《三国演义》文史对照系列

三国志演义
文史对照本

周文业 主编
邓宏顺 编著

中州古籍出版社
·郑州·

图书在版编目(CIP)数据

三国志演义文史对照本 / 周文业主编;邓宏顺编著. —郑州:中州古籍出版社,2013.4(2023.10重印)
ISBN 978-7-5348-4190-3

Ⅰ.①三… Ⅱ.①周…②邓… Ⅲ.①章回小说-中国-明代 Ⅳ.①I242.4

中国版本图书馆CIP数据核字(2013)第061457号

SANGUOZHI YANYI WENSHI DUIZHAO BEN

三国志演义文史对照本

责任编辑　李祖哲
责任校对　刘　琳
美术编辑　赵启航

出 版 社	中州古籍出版社(地址:郑州市郑东新区祥盛街27号6层　邮编:450016　电话:0371-65788693)
发行单位	河南省新华书店发行集团有限公司
承印单位	河南奈斯数字科技有限公司
开　　本	787 mm×1092 mm　1/16
印　　张	49
字　　数	1300千字
印　　数	701—1200册
版　　次	2013年6月第1版
印　　次	2023年10月第2次印刷
定　　价	108.00元

本书如有印装质量问题,请联系出版社调换。

前　言

三种《三国演义》版本

《三国演义》是历史演义小说的开山之作。历史演义小说是以历史为底本，加以各种传说、故事，演义为小说。《三国演义》是历史演义小说，而不是史书，清代学者章学诚先生称之"七实三虚"。《三国演义》中许多人物和事件属于作者虚构，许多人物和事件与史籍有矛盾。

一般认为，《三国演义》是根据陈寿的《三国志》编写的，其正式书名《三国志演义》可以认为是对《三国志》的"演义"。但根据有关学者的研究，《三国演义》的依据除《三国志》外，还有《后汉书》和《资治通鉴》。这可以从目前存世最早的版本之一的叶逢春本的书名中清楚看出。该书在不同的地方，有不同的书名。目录前的书名最长、最完整，其全文为《新刊按鉴汉谱三国志传绘象足本大全》。书名中的"按鉴"就是"按照《资治通鉴》"的意思，"汉谱"是指《后汉书》，而《三国志》就是指史书《三国志》。这清楚地说明了《三国演义》的三个史书来源。

《三国演义》与三国历史之间虚虚实实，错综复杂，它们之间的关系如何，如何演化，都很值得研究。

《三国演义》文史对照就是将小说中的事件、人物，与历史上实际的事件和人物进行对照。自从《三国演义》诞生以来，就有许多人详细地比较对照《三国演义》和《三国志》《后汉书》《资治通鉴》等史书。1935年上海大众书局出版了《古本考证三国志演义》，收入了王大错先生比较《三国演义》和《三国志》后写出的考证文字，将其插入《三国演义》相应的段落之后。2000年长江文艺出版社出版了《〈三国演义〉文史对照插图本》，张国光先生将王大错的考证从文本中移至每回前，重新排版，并写了长篇前言予以说明。1995年盛巽昌先生针对《三国演义》中所叙述的事件的虚实，进行了全面的补正，由上海画报出版社出版了《三国演义补正本》。近年来随着三国热的升温，2007年盛巽昌先生又做了新的修订，改名《三国演义补证本》。2002年本人和许盘清合作，由江苏古籍出版社出版了《〈三国演义〉〈三国志〉对照本》，但史书只限于《三国志》。

《三国演义》有诸多版本，一般分为"演义"系列（24卷）、"志传"系列（20卷）和毛本系列。要仔细研究《三国演义》与《三国志》等史书的关系，应该选取不同时期的版本进行全面的对照，包括"通俗演义"系列明嘉靖元年（1522）刻印的嘉靖元年本，"三国志传"系列的明嘉靖二十七年（1548）刻印的叶逢春本等，以及清康熙年间刊刻的毛宗岗评本。

现存的嘉靖元年本一般认为是目前已知刊行年代中最早的版本（但实际现存的嘉靖元年本是后来修订本，已经不是嘉靖元年本的原本），叶逢春本是"志传"系列最早的版本，有学者认为它比嘉靖元年本更接近罗贯中《三国演义》的原本。根据嘉靖元年本、叶逢春本和三部史书之间的对照，可以看出《三国演义》成书初期的文本和史书之间的差异。毛宗岗本是一个经过多处加工、修改后，到目前为止最流行的版本，根据毛宗岗本和三部史书之间的对照，可以看出毛宗岗本根据史书又作了哪些进一步的修订。

为此，我们编辑出版了《三国演义》文史对照系列丛书，分别选取嘉靖元年本、毛宗岗本和叶逢春本与史书进行对照。2013年先出版了嘉靖元年本和毛宗岗本的文史对照本，这次再出版叶逢春本的文史对照本，并对前二本做了补充修订，组成一套完整的《三国演义》文史对照本。

由于本系列丛书的重点是文史对照，而嘉靖元年本排印本已经出版很多，因此嘉靖元年本正文前面的序、引、宗僚和分卷都省略了。但考虑叶逢春本从未出版排印本，为便于研究，叶逢春本保留了正文前面的序、总目录、姓氏和分卷。

嘉靖元年本和叶逢春本，原书只分24卷和10卷，而则目和段目均没有序号，为便于查找，我们在嘉靖元年本和叶逢春本中分别加了则序号和段序号。

文史对照

文史对照的排版方式有两种：

一是段落对照：按照"段落"进行对照，《三国志》中原文和裴注对照就采用"段落对照"方式。

二是句对照：逐"句"进行对照。

这两种对照方式，以嘉靖元年本开始部分举例如下。

1. **段落对照**：文字连贯，排版方便，但比对不太清楚。

时榜文到涿县张挂去，涿县楼桑村引出一个英雄。那人平生不甚乐读书，喜犬马，爱音乐，美衣服；少言语，礼下于人，喜怒不形于色；好交游天下豪杰，素有大志。生得身长七尺五寸，两耳垂肩，双手过膝，目能自顾其耳，面如冠玉，唇若涂朱。中山靖王刘胜之后，汉景帝阁下玄孙，姓刘，名备，表字玄德。昔刘胜之子刘贞，汉武帝元狩六年封为涿郡陆城亭侯，坐酎金失侯，因此这一枝在涿郡。玄德祖刘雄，父刘弘。因刘弘曾举孝廉，亦在州郡为吏。备早丧父，事母至孝；家寒，贩履织席为业。舍东南角上有一桑树，高五丈余，遥望童童如小车盖，往来者皆言此树非凡，相者李定云："此家必出贵人。"玄德年幼时，与乡中小儿戏于树下，曰："我为天子，当乘此羽葆车盖。"叔父责曰："汝勿妄言，灭吾门也！"年一十五岁，母使行学，与同宗刘德然、辽西公孙瓒为友。玄德叔父刘元起见玄德家贫，常资给之。元起妻曰："各自一家，何能常耳！"元起曰："吾宗中有此儿，非常人也。"

据《三国志·蜀书·先主传》：先主姓刘，讳备，字玄德，涿郡涿县人，汉景帝子中山靖王胜之后也。胜子贞，元狩六年封涿县陆城亭侯。坐酎金失侯，因家焉。先主祖雄，父弘，世仕州郡。雄举孝廉，官至东郡范令。先主少孤，与母贩履织席为业。舍东南角篱上有桑树生高五丈余，遥望见童童如小车盖，往来者皆怪此树非凡，或谓当出贵人。先主少时，与宗中诸小儿于树下戏，言："吾必当乘此羽葆盖车。"叔父子敬谓曰："汝勿妄语，灭吾门也！"年十五，母使行学，与同宗刘德然、辽西公孙瓒俱事故九江太守同郡卢植。德然父元起常资给先主，与德然等。元起妻曰："各自一家，何能常尔邪！"起曰："吾宗中有此儿，非常人也。"而瓒深与先主相友。瓒年长，先主以兄事之。先主不甚乐读书，喜狗马、音乐、美衣服。身长七尺五寸，垂手下膝，顾自见其耳。少语言，善下人，喜怒不形于色。好交结豪侠，年少争附之。（参见《资治通鉴》卷六十）

2. **句对照**：文字不太连贯，但比对清楚，排版也方便。

时榜文到涿县张挂去，涿县楼桑村引出一个英雄。那人平生不甚乐读书，喜犬马，爱音乐，美衣服；少言语，礼下于人，喜怒不形于色；好交游天下豪杰，素有大志。生得身长七尺五寸，两耳垂肩，双手过膝，目能自顾其耳，面如冠玉，唇若涂朱。

据《三国志·蜀书·先主传》：先主不甚乐读书，喜狗马、音乐、美衣服。身长七尺五寸，垂手下膝，顾自见其耳。少语言，善下人，喜怒不形于色。好交结豪侠，年少争附之。（参见《资治通鉴》卷六十）

中山靖王刘胜之后，汉景帝阁下玄孙，姓刘，名备，表字玄德。昔刘胜之子刘贞，汉武帝元狩六年封为涿郡陆城亭侯，坐酎金失侯，因此这一枝在涿郡。玄德祖刘雄，父刘弘。因刘弘曾举孝廉，亦在州郡为吏。备早丧父，事母至孝；家寒，贩履织席为业。

据《三国志·蜀书·先主传》：先主姓刘，讳备，字玄德，涿郡涿县人，汉景帝子中山靖王胜之后也。胜子贞，元狩六年封涿县陆城亭侯。坐酎金失侯，因家焉。先主祖雄，父弘，世仕州郡。雄举孝廉，官至东郡范令。先主少孤，与母贩履织席为业。（参见《资治通鉴》卷六十）

舍东南角上有一桑树，高五丈余，遥望童童如小车盖，往来者皆言此树非凡，相者李定云："此家必出贵人。"玄德年幼时，与乡中小儿戏于树下，曰："我为天子，当乘此羽葆车盖。"叔父责曰："汝勿妄言，灭吾门也！"年十五岁，母使行学，与同宗刘德然、辽西公孙瓒为友。玄德叔父刘元起见玄德家贫，常资给之。元起妻曰："各自一家，何能常耳！"元起曰："吾宗中有此儿，非常人也。"

据《三国志·蜀书·先主传》：舍东南角篱上有桑树生高五丈余，遥望见童童如小车盖，往来者皆怪此树非凡，或谓当出贵人。先主少时，与宗中诸小儿于树下戏，言："吾必当乘此羽葆盖车。"叔父子敬谓曰："汝勿妄语，灭吾门也！"年十五，母使行学，与同宗刘德然、辽西公孙瓒俱事故九江太守同郡卢植。德然父元起常资给先主，与德然等。元起妻曰："各自一家，何能常尔邪！"起曰："吾宗中有此儿，非常人也。"而瓒深与先主相友。瓒年长，先主以兄事之。

我们采用"段落对照"和"句对照"相结合的方式进行文史对照。

"段落对照"方式，类似于裴松之注《三国志》所采用的方式，即在需要对照的小说的一段文字之后，列出史书文字。

"句对照"方式，即逐"句"进行对照。这种对照方式的主要优点是比对清楚。

两种对照方式的选择，我们遵循以下原则：凡能使用句对照方式的地方，我们尽量采用句对照方式，以求比对清楚。当小说文字和史书记事不一致而无法采用句对照方式时，或采用句对照方式反而会割裂史书文字，损害语意完整性的地方，我们就采用段落对照方式。

本书除逐一列出所有与小说描述有关的史书文字外，还对某些文史对照问题插入了按语，对小说与史书的差异做了简单说明。主要是考虑只列出史书的记述，读者可能还不清楚小说和史实之间的差异。

对《三国演义》小说和历史的差异，即《三国演义》的"虚实"问题，很早就有人开始研究，以至成为《三国演义》研究中的一个热点问题，相关的著作、论文很多。本书的说明曾参考很多前人的研究，限于篇幅，这类说明尽量简略，只说明小说和史书的差异，不加任何分析和判断。

《资治通鉴》和《后汉书》对三国史的记述，与《三国志》和裴松之注大体是重复的；而《三国志》所包括的《魏书》《蜀书》和《吴书》三个部分，对同一件史实往往也有相近的表述。对史书中这些重复的记述，我们一般仅从这三部史书中选取表述最完整的一段文字与《三国演义》对照，同时，将载有与这段文字雷同的其他史书的卷次或传目，注于所选取的史书文字之后。

《三国演义》文史对照工作由周文业、邓宏顺、徐晋合作完成,周文业负责整体策划,邓宏顺负责嘉靖元年本、毛宗岗本和史书文字的采集、整理和按语编写,徐晋负责叶逢春本的整理。

本书是将《三国演义》三种主要版本与几种主要史书做全面对照的首次尝试,一定会存在许多错误与不足之处,我们诚恳地期待着专家、读者的批评指正。

周文业
2023 年 3 月于北京

整理说明

编辑整理《三国演义》（以下简称《演义》）文史对照本的目的，是为了清楚地显示《演义》文本与史书的差异。

《三国演义》文本的选择

嘉靖元年本，根据人民文学出版社1975年影印本整理；毛宗岗本，根据国家图书馆藏清醉耕堂本整理；叶逢春本，则根据西班牙爱思哥利亚修道院所藏本的影印本整理。其中错讹之处，我们酌情据他本改正，并加按语予以说明。

史书的范围

《三国演义》文史对照系列共包括三种文史对照本，分别将嘉靖元年本《三国志通俗演义》（以下简称嘉靖元年本）、毛宗岗本《三国志演义》（以下简称毛本）和叶逢春本《通俗演义三国志史传》（以下简称叶本）的文字与《资治通鉴》《三国志》和《后汉书》这三部史书进行对照。

此外，还选择了《晋书》的部分文字做对照。

司马光在编修《资治通鉴》的同时，还编写了《资治通鉴考异》一书，该书对重大历史事件，凡遇史书记载有不同之处，均利用书证、物证、校勘等方式订正真伪，说明取舍的原因。我们也将该书对三国史的考证文字，收入了文史对照本。

毛纶、毛宗岗父子在修改《演义》时，插入了《世说新语》中的许多故事，使小说的细节描写和人物形象更加生动。我们也将《世说新语》中有关三国的故事，收入了毛本的文史对照本。

史书文字的选择和编排方式

1. 保留多种说法：《演义》中的描述，在史书中有几种不同的说法时，这几种说法都选入。

2. 编排顺序：《演义》的文字，有几种史书文字可资对照时，在编排时把与《演义》文字相同或相近的史书文字排在前面。

3. 与小说不同的记载：史书的记载，不管和《演义》的情节是否一致，都采来进行对照。

4. 小说没有采用的史实：《演义》没有采用的史实，从史书中选择了一些有意义的记载作对照。

5. 重复对照：同一段史书文字，有时需要和《演义》的两处或两处以上的文字作对照。

6. 史书文字的适当编排：为了说明《演义》的描写与史书记载的区别，有时需要先将史书有关的文字按时间顺序排列集中，然后再插入小说的适当位置。

7. 关于《晋书》：只选择该书中那些《资治通鉴》和《三国志》中未记载的史实作对照。

8. 关于《资治通鉴考异》：收入了该书对三国史的大部分考证文字。

9. 按语：《演义》以史书为基础，进行了大量虚构。为便于读者了解小说与史书的差异，本书在史书文字之后，插入了一些按语。

现分别举例说明如下。

保留多种说法

《演义》中的故事，在史书中有几种不同的说法时，我们将各种说法都选入。

如：曹嵩一家人是被谁杀害的，史书中有三种说法：

第一种说法：被陶谦的部将张闿杀害，见于《三国志·魏书·武帝纪》注引韦曜《吴书》：

> 太祖迎嵩，辎重百余两。陶谦遣都尉张闿将骑二百卫送，闿于泰山华、费间杀嵩，取财物，因奔淮南。

《演义》所述即依据《吴书》。

第二种说法：被驻守阴平的陶谦的部将袭杀，见于《后汉书·陶谦传》和《资治通鉴》：

> 曹操父嵩避难琅邪，时谦别将守阴平，士卒利嵩财宝，遂袭杀之。

第三种说法：被陶谦杀害，见于《三国志·魏书·武帝纪》及注引《世语》，《后汉书·应劭传》《曹腾传》。

《后汉书·应劭传》还说，陶谦之所以派人追杀曹嵩，是因为恨曹操曾多次攻打徐州。此说与史不合。在曹嵩遇害之前，曹操并没有攻打过徐州。

又如：夏侯渊被斩杀，魏、蜀双方的记载不同。

蜀汉的说法，见于《三国志·蜀书》先主、黄忠、法正三传，是说黄忠受刘备之命，在法正的策划下，居高临下，鼓噪而攻，大败魏军并杀死了夏侯渊，但没说是黄忠亲手斩杀。

魏方的说法，见于《三国志·魏书》夏侯渊和张郃两传，是说：刘备率军烧了夏侯渊的鹿角，夏侯渊来救火并保护鹿角，与刘备交战，死于乱军之中。

曹操有一道《军策令》（载于《太平御览》）谈到夏侯渊战死的经过，和上述魏方的说法是一致的：

> 夏侯渊今月贼烧却鹿角。鹿角去本营十五里，渊将四百兵行鹿角，因使士补之。贼山上望见，从谷中卒出，渊使兵与斗，贼遂绕出其后，兵退而渊未至，甚可伤。

《三国志·魏书·夏侯渊传》注引《魏略》还记载：夏侯渊的儿子夏侯霸后来投奔了蜀汉，后主刘禅亲自接见他（刘禅的岳母是夏侯霸的堂妹），向他解释当年的夏侯渊之死：

> 及霸入蜀，禅与相见，释之曰："卿父自遇害于行间耳，非我先人之手刃也。"指其儿子以示之曰："此夏侯氏之甥也。"厚加爵宠。

可见当时还曾流传刘备亲手杀死夏侯渊的说法。

综合魏蜀双方的记载，我们可以推断夏侯渊之死的过程，大体是：刘备采用法正之计，派黄忠率军在山上隐蔽待机。黄忠激励士卒，蜀军士气高涨。刘备同时派军烧毁夏侯渊和张郃军营外围的鹿角，引诱魏军出战。夏侯渊亲自率军救火，还分出一半军队去支援张郃。黄忠抓住这一有利战机，率军突然杀出，夏侯渊仓促应战，在撤退时死于乱军之中。

《演义》采用《蜀书》的记载，并写成是黄忠亲手斩杀夏侯渊，突出了黄忠的老当益壮和法正的智谋。

又如：马谡之死，《三国志》有两种说法：一是被处死，一是死于狱中。被处死的说法见于《三国志》诸葛亮、王平两传，《资治通鉴》也采此说；死于狱中的说法见于《三国志·马谡传》；此外，《向朗传》还有马谡曾逃亡之说。

又如：诸葛恪被杀的原因，史书有两种说法。据《三国志·吴书·诸葛恪传》和《资治通鉴》记载，诸葛恪被杀，是因为他率军讨伐魏国，在新城失利，引起朝内外不满。《演义》也是这样写的。而据《三国志·吴书·吴主五子传》，诸葛恪被杀，他伐魏失败仅是导火线，主要还是由于孙权家庭内部两派的皇位继承权之争。

由以上几例可以看出，史书中对同一事件的不同说法，可以分为两种情形：一种是，这些不同的说法是相互矛盾的，只能有一种符合史实；另一种是，由于观察问题的角度或立场不同，因而产生了不同的说法，这些说法并不矛盾，而是反映了事件的不同侧面，将这些说法综合起来考察，我们可以更全面地了解历史事件的真相和来龙去脉。上述曹嵩之死、马谡之死的不同说法属于第一种情形，夏侯渊之死、诸葛恪之死的不同说法则属于第二种。

编排顺序

《演义》的一段文字，当有几种史书文字可资对照时，我们在编排时把与《演义》文字相同或相近的史书文字排在前面。这样编排，是为了读者便于研究《演义》的史书来源和成书过程。

例如上文提到的夏侯渊之死，《三国志·魏书》与《蜀书》的记载不同，《演义》采用的是《蜀书》的说法，我们就把《蜀书》的文字排在前面。

对于曹魏代汉和西晋代魏的历史过程，《三国志》与《后汉书》的记载有所不同。陈寿身为晋臣，他在记述魏、晋政权兴替的历史时，为了避免司马氏政权的迫害，不敢不为晋讳。而晋承魏之统，既然要为晋回护，不得不先为魏回护。因此，《三国志》的文字曲笔较多。范晔撰写《后汉书》，他是撰写隔代的历史，自然无所顾忌而可以秉笔直书。

对上述史实的记述，《资治通鉴》与《三国志》大体相同。

《演义》基于拥刘贬曹的立场，大多采用《后汉书》的文字。

例如：嘉靖元年本第六十五则和毛本第三十三回中都写道：曹操占领冀州后，"写表申朝，操自领冀州牧"。对此，史书记载分别是：

据《三国志·魏书·武帝纪》记载：

　　天子以公领冀州牧，公让还兖州。

据《资治通鉴》卷六十四记载：

　　（建安九年秋）九月，诏以操领冀州牧；操让还兖州。

据《后汉书·献帝纪》记载：

　　（建安）九年秋八月戊寅，曹操大破袁尚，平冀州，自领冀州牧。

《后汉书·献帝纪》称曹操"自领冀州牧"，与《演义》相同，所以我们在编辑史书文字时，把《后汉书》的文字排在最前面，其后排《三国志》的文字；《资治通鉴》从《三国志》，故排于《三国志》文字之后。

又如：夏侯令女立志守节的故事，嘉靖元年本和叶本中都没有，毛本第一百七回根据史书插入了这个故事：

　　时有曹爽从弟文叔之妻，乃夏侯令女也，早寡而无子，其父欲改嫁之，女截耳自誓。及爽被诛，其父复将嫁之，女又断去其鼻。其家惊惶，谓之曰："人生世间，如轻尘栖弱草，何至自苦如此？且夫家又被司马氏诛戮已尽，守此欲谁为哉？"女泣曰："吾闻仁者不以盛衰改节，义者不以存亡易心。曹氏盛时，尚欲保终；况今灭亡，何忍弃之？此禽兽之行，吾岂为乎！"懿闻而贤之，听使乞子以养，为曹氏后。

《资治通鉴》卷七十五的记述如下:

> 爽从弟文叔妻夏侯令女,早寡而无子,其父文宁欲嫁之;令女刀截两耳以自誓,居常依爽。爽诛,其家上书绝昏,强迎以归,复将嫁之;令女窃入寝室,引刀自断其鼻,其家惊惋,谓之曰:"人生世间,如轻尘栖弱草耳,何至自苦乃尔!且夫家夷灭已尽,守此欲谁为哉!"令女曰:"吾闻仁者不以盛衰改节,义者不以存亡易心。曹氏前盛之时,尚欲保终,况今衰亡,何忍弃之!此禽兽不行,吾岂为乎!"司马懿闻而贤之,听使乞子字养为曹氏后。

《三国志·魏书·曹真传附子爽传》注引皇甫谧《列女传》的记述是:

> 爽从弟文叔,妻谯郡夏侯文宁之女,名令女。文叔早死,服阕,自以年少无子,恐家必嫁己,乃断发以为信。其后,家果欲嫁之,令女闻,即复以刀截两耳,居止常依爽。及爽被诛,曹氏尽死。令女叔父上书与曹氏绝婚,强迎令女归。时文宁为梁相,怜其少,执义,又曹氏无遗类,冀其意沮,乃微使人讽之。令女叹且泣曰:"吾亦惟之,许之是也。"家以为信,防之少懈。令女于是窃入寝室,以刀断鼻,蒙被而卧。其母呼与语,不应,发被视之,血流满床席。举家惊惶,奔往视之,莫不酸鼻。或谓之曰:"人生世间,如轻尘栖弱草耳,何至辛苦乃尔!且夫家夷灭已尽,守此欲谁为哉?"令女曰:"闻仁者不以盛衰改节,义者不以存亡易心,曹氏前盛之时,尚欲保终,况今衰亡,何忍弃之!禽兽之行,吾岂为乎?"司马宣王闻而嘉之,听使乞子字养,为曹氏后,名显于世。

我们将毛本的文字与《资治通鉴》和裴注引《列女传》的文字比较后可以看出,毛本的文字与《资治通鉴》的文字接近,而与《列女传》的文字有多处不同。由此可知,这个故事是在《演义》成书过程中,刊印者依据《资治通鉴》或《资治通鉴》系统的史书插入的。因此,我们在编排史书文字时,把《资治通鉴》的文字排在前面。

与小说不同的记载

在将小说与史书对照时,我们将史书中那些与《演义》情节不一致的记述,也选入了对照本。

《三国演义》是一部历史演义小说,其基本轮廓大体上与历史一致。在主要人物和历史事件不违背历史事实的前提下,作者对人物形象和具体情节,作了大量的虚构,因此小说与史书记载不一致的地方是很多的。下面举几个例子:

嘉靖元年本第九则、毛本第五回和叶本第九段描写关东联军讨董卓,关羽在汜水关斩杀了董卓的大将华雄。

而《三国志·吴书·孙坚传》和《资治通鉴》都记载,华雄是被孙坚的部队杀死的,《资治通鉴》卷六十的记载如下:

> 孙坚移屯梁东,为卓将徐荣所败,复收散卒进屯阳人。卓遣东郡太守胡轸督步骑五千击之,以吕布为骑督。轸与布不相得,坚出击,大破之,枭其都督华雄。

《三国志·吴书·孙坚传》的记载是:

> 坚复相收兵,合战于阳人,大破卓军,枭其都督华雄等。

罗贯中移花接木,把孙坚的功劳记到了关羽的账上。《演义》以脍炙人口的"温酒斩华雄"的故事,展现了关羽的高超武艺和勇猛无敌的气概。

又如:嘉靖元年本第一百二则、毛本第五十一回和叶本第一百二段,描写周瑜指挥东吴兵与曹操留守南郡的大将曹仁激战，诸葛亮则乘南郡空虚之际，派赵云袭取了南郡，又令关羽和张飞攻取了襄阳和荆州。周瑜劳而无功，气得金疮迸裂，昏死过去。小说称之为"诸葛亮一气周瑜"。

而《三国志·吴书·吴主传》的记载是：

> （建安）十四年，瑜、仁相守岁余，所杀伤甚众。仁委城走。权以瑜为南郡太守。

《资治通鉴》卷六十六也有类似记载。

由史书记载可知，周瑜与曹仁在江陵交战一年多，终于迫使曹仁撤退，江陵被东吴占领；诸葛亮并未取得南郡和襄阳。小说将"实事"和"虚构"交织在一起，突出了诸葛亮的智谋。

又如：与赤壁之战同时进行的合肥之战，最后以孙权撤军而结束。孙权退兵的原因，嘉靖元年本第一百六则、毛本第五十三回和叶本第一百六段都说：太史慈受重伤后，孙权采纳了张昭的建议而撤军；而史书记载是，曹操的谋臣蒋济以虚张声势之计，欺骗了孙权，孙权中计下令撤军。《三国志·魏书·蒋济传》记载是：

> 建安十三年，孙权率众围合肥。时大军征荆州，遇疾疫，唯遣将军张喜单将千骑，过领汝南兵以解围，颇复疾疫。济乃密白刺史，伪得喜书，云步骑四万已到雩娄，遣主簿迎喜。三部使赍书语城中守将，一部得入城，二部为贼所得。权信之，遽烧围走，城用得全。

《资治通鉴》卷六十六也有类似记载。

小说没有采用的史实

对《演义》没有采用的史实，我们也从史书中选择了一些有意义的记载作对照。

例如：建安元年（196），曹操采纳了荀彧和毛玠提出的"奉天子以令不臣"的建议，迎献帝到许都，控制了朝政大权。史书和《演义》对此均有记述。而在前一年，袁绍的谋士沮授就向袁绍提出过同样的建议，建议他"挟天子而令诸侯"，但袁绍没有采纳。此事在《资治通鉴》《三国志》和《后汉书》中都有记载，但《演义》没有采用。

我们把史书中荀彧、毛玠和沮授的建议都选来作对照，排列在一起，通过比较，可以清楚地看出袁绍与曹操的领导能力和决策水平的高下。

又如：赤壁之战前，曹操的智囊团对曹操急于进攻东吴的决定是有不同意见的，贾诩和程昱就是这类意见的代表。

据《三国志·魏书·贾诩传》记载：

> 建安十三年，太祖破荆州，欲顺江东下。诩谏曰："明公昔破袁氏，今收汉南，威名远著，军势既大；若乘旧楚之饶，以飨吏士，抚安百姓，使安土乐业，则可不劳众而江东稽服矣。"太祖不从，军遂无利。

据《三国志·魏书·程昱传》记载：

> 太祖征荆州，刘备奔吴。论者以为孙权必杀备，昱料之曰："孙权新在位，未为海内所惮。曹公无敌于天下，初举荆州，威震江表，权虽有谋，不能独当也。刘备有英名，关羽、张飞皆万人敌也，权必资之以御我。难解势分，备资以成，又不可得而杀也。"权果多与备兵，以御太祖。

《三国志》这两段文字，《资治通鉴》都没有收入，《演义》也没有采用。

贾诩和程昱的观点，代表了曹操的智囊团对曹操急于进攻东吴的决策的不同意见以及对孙刘两家在曹操的强大军事压力下必然结盟的预见。对贾诩和程昱的意见，曹操一改以前虚心纳谏的作风，都拒不采纳。可见曹操因刘琮投降、不战而得荆州，被胜利冲昏了头脑，骄傲轻敌，过高地估计了自己的力量。

《三国志》这两段文字，尽管小说未采用，但对研究历史有意义，因此也选入了对照本。

重复对照

同一段史书文字，有时需要和《演义》的两处或两处以上文字作对照。

如：《资治通鉴》卷六十六中有这样一段文字：

> 刘备表权行车骑将军，领徐州牧。会刘琦卒，权以备领荆州牧，周瑜分南岸地以给备。备立营于油口，改名公安。

这段文字表述了赤壁之战后孙刘两家的蜜月关系，包括两个内容：一是刘备和孙权分别向朝廷上表举荐对方任职，二是周瑜承认刘备占据油江口一带的事实。因此这段文字需要与《演义》中以下两处文字进行对照：一处是嘉靖元年本第一百十一则、毛本第五十六回和叶本第一百十一段，顾雍向孙权建议，派人赴许都，"表刘备为荆州牧"。另一处是嘉靖元年本第一百六则、毛本第五十三回和叶本第一百六段，刘备"改油江口为公安"。

如果将这段史书文字分割成两部分分别与上述两处《演义》文字作对照，就会造成语意的不完整，不能完整体现赤壁之战后孙刘两家的蜜月关系，所以我们采取了重复对照的方式。

又如：据《资治通鉴》卷六十六记载：

> 刘表故吏士多归刘备，备以周瑜所给地少，不足以容其众，乃自诣京见孙权，求都督荆州。瑜上疏于权曰："刘备以枭雄之姿，而有关羽、张飞熊虎之将，必非久屈为人用者。愚谓大计宜徙备置吴，盛为筑宫室，多其美女玩好，以娱其耳目；分此二人各置一方，使如瑜者得挟以攻战，大事可定也。今猥割土地以资业之，聚此三人俱在疆场，恐蛟龙得云雨，终非池中物也。"吕范亦劝留之。权以曹操在北，方当广揽英雄，不从。备还公安，久乃闻之，叹曰："天下智谋之士，所见略同。时孔明谏孤莫行，其意亦虑此也。孤方危急，不得不往，此诚险涂，殆不免周瑜之手！"

这段文字包括了两个内容：一是周瑜向孙权献计软禁刘备；一是刘备亲自去东吴见孙权借荆州，行前诸葛亮认为有风险，劝他不要去。(《演义》所写恰恰相反，写成刘备不敢去东吴招亲，诸葛亮力主前去。)这段文字也需要与小说的两处文字进行对照：一处是嘉靖元年本第一百七则、毛本第五十四回和叶本第一百七段，诸葛亮劝刘备去东吴招亲；另一处是嘉靖元年本第一百九则、毛本第五十五回和叶本第一百九段，周瑜向孙权建议软禁刘备。

史书文字的适当编排

为了说明《演义》的描写与史书记载的区别，有时不能将史书中相应的文字直接插入小说文字之后进行对照，而有必要先将史书有关的文字按时间顺序排列，集中在一起，然后再插入小说文字的适当位置。

例如：关于张任之死、庞统之死和诸葛亮入蜀的对照。

这三件事，小说描写的顺序与史书记载不同，小说从突出诸葛亮这一目的出发，有意变动了史实的顺序。

史实顺序是：

（1）建安十八年五月，刘备进军围雒城，张任出战，战死。

（2）一年以后，建安十九年五月，诸葛亮与张飞、赵云率军入蜀。

（3）此时，刘备围攻雒城已近一年，庞统为流矢所中，身死。

《演义》的顺序则是：

（1）庞统在落凤坡中箭身亡。

（2）诸葛亮率军入蜀。

（3）诸葛亮指挥捉张任。

可以看出，小说记载这三事的顺序与史书不同。作为文学作品，进行艺术虚构当然是允许的，但我们做文史对照则有必要指出小说与史书的不同。如果在小说所记三事之后分别插入相应的史书文字进行对照，就看不出小说与史书记事先后顺序的区别了。

我们采用的对照方法是：将史书所记三事集中起来，再插入小说的适当位置进行对照：

> 据《资治通鉴》卷六十六、《资治通鉴》卷六十七：（建安十八年夏五月，）刘璝、张任与璋子循退守雒城，备进军围之。任勒兵出战于雁桥，军败，任死。……（建安十九年夏五月，）诸葛亮留关羽守荆州，与张飞、赵云将兵溯流克巴东。……刘备围雒城且一年，庞统为流矢所中，卒。

将上述文字插入小说中庞统在落凤坡中箭身亡的文字之后进行对照，就可以看出小说与史书记事顺序的不同了。

采用同样的方法，在小说记诸葛亮留关羽守荆州，自己统兵入蜀的文字之后，插入下面的对照文字：

> 据《资治通鉴》卷六十七：（建安十九年夏五月，）诸葛亮留关羽守荆州，与张飞、赵云将兵溯流克巴东。……刘备围雒城且一年，庞统为流矢所中，卒。

这样就能看出，诸葛亮入蜀在先，庞统身死在后了。

关于《晋书》

《晋书》中的三国史部分，与《资治通鉴》及《三国志》基本相同，因此，我们只选用了那些在《资治通鉴》和《三国志》中未记载的史实作对照。

如：魏太和元年六月，孟达欲叛魏归蜀，《晋书·宣帝纪》记载此事时说，诸葛亮为促使孟达尽早举事，故意向魏方泄漏孟达之谋。这一史实，《三国志》与《资治通鉴》均未记载。

《晋书·宣帝纪》的记载如下：

> 太和元年六月，天子诏帝屯于宛，加督荆、豫二州诸军事。初，蜀将孟达之降也，魏朝遇之甚厚。帝以达言行倾巧，不可任，骤谏，不见听，乃以达领新城太守，封侯，假节。达于是连吴固蜀，潜图中国。蜀相诸葛亮恶其反覆，又虑其为患。达与魏兴太守申仪有隙，亮欲促其事，乃遣郭模诈降，过仪，因漏泄其谋。达闻其谋漏泄，将举兵。帝恐达速发，以书喻之曰："将军昔弃刘备，托身国家，国家委将军以疆埸之任，任将军以图蜀之事，可谓心贯白日。蜀人愚智，莫不切齿于将军。诸葛亮欲相破，惟苦无路耳。模之所言，非小事也，亮岂轻之而令宣露，此殆易知耳。"达得书大喜，犹与不决。帝乃潜军进讨。

将这段文字与《资治通鉴》和《三国志》的相关文字放在一起，便于我们了解这一事件的全过程。

关于《资治通鉴考异》

司马光在编修《资治通鉴》的过程中，对重大历史事件，凡遇时间、地点及人物事迹有不同之处，均利用书证、物证、校勘等方式订正真伪，说明取舍的原因，编成《资治通鉴考异》（以下简称《考异》）一书。

《资治通鉴》记载三国时期的史事，主要依据《三国志》和裴松之注，同时也参考了《后汉书》。对于这些史书记载的歧异之处，司马光在《考异》一书中采用上述方法作了辨证。

如：《三国志·蜀书·刘璋传》《先主传》《法正传》均记载：建安十六年张松向刘璋建议请刘备入蜀，受刘璋派遣去荆州见刘备的是法正；而《三国志·先主传》注引《吴书》则说是张松先去荆州见的刘备。

司马光在《资治通鉴》中按《三国志·蜀书》记载了这一史事，并在《考异》中作了如下辨证：

> 韦曜《吴书》曰："备前见张松，后得法正，皆厚以恩意接纳，尽其殷勤之欢。因问蜀中阔狭，兵器府库人马众寡，及诸要害道里远近；松等具言之。"按《刘璋（传）》《刘备传》，松未尝先见备，《吴书》误也。

又如：建安八年（203），曹操进攻黎阳，《三国志》与《资治通鉴》的记载都是曹操连战连捷，只有《后汉书·袁绍传》记载了其间曹操曾被袁尚击败：

> 曹操度河攻（袁）谭，谭告急于尚，尚乃留审配守邺，自将助谭，与操相拒于黎阳。自九月至明年二月，大战城下，谭、尚败退。操将围之，乃夜遁还邺。操军进，尚逆击破操，操军还许。

对此，《考异》作了辨证和分析：

> 《范书·绍传》曰："尚逆击，破操军。"今从《魏志·绍传》。余谓此诸葛孔明所谓逼于黎阳时也，必有破操军事，魏人讳而不书耳。

文中"诸葛孔明所谓逼于黎阳"，是指《后出师表》一文所列举曹操用兵遭遇失败及陷于险境的诸多战例，其中之一就是"逼于黎阳"。

按语

《演义》以史书为基础，作了大量虚构。为便于读者了解小说与史书的差异，本书在史书文字之后，插入了一些按语。此外，《演义》中还有大量虚构的人物和故事，是没有史实依据的，我们也针对主要情节，在按语中予以指出。

《演义》的虚构，可分为以下三种类型：

（1）小说根据史书的记载虚构故事。
（2）小说虚构的人物和故事没有史书依据。
（3）罗贯中误解史书而虚构故事。

下面分别做一些说明。

（1）小说根据史书的记载虚构故事

①在史实基础上进行合理虚构

如：桃园结义，史书中仅说刘备、关羽、张飞三人"恩若兄弟"，小说则据此写三人结拜为兄弟。

又如：水淹七军，本是一场天灾，并非关羽事先谋划。但关羽熟悉当地气候和地理，故能因势利导而取胜。小说则写成关羽派人堵住各处水口，在一个风雨大作的夜里，放水淹没了敌军，表现了关羽指挥大型战役的能力。

②调整史实——改动历史事件发生的时间及地点

如：太史慈病死于建安十一年（206），《演义》则说他参加了两年之后的合肥之战，中箭后伤重而死。

又如：张辽平息军中哗变，据史书，发生在赤壁战前张辽驻屯长社时，小说将其移植于建安十三年（208）孙权攻合肥时。

再如：刘琰挝妻，本是建兴十二年（234）的事，其时诸葛亮尚在；《演义》为表现刘禅的荒淫无道，将此事移植于蜀汉灭亡前的景耀五年（262）。

③移花接木——改换史实中的人物

如：鞭打督邮的本是刘备，《演义》移植为张飞。斩华雄的本是孙坚，《演义》移植为关羽。刘备斩蔡阳、杀车胄，也都移植给了关羽。草船借箭本是孙权所为，小说移植为诸葛亮。

④改造史实，编织故事

如：《江表传》记载，赤壁战前刘备乘单舸去见周瑜，表现了战前刘备的不安和缺乏信心，周瑜的胸有成竹和必胜信念。《演义》对这一故事加以改造，写周瑜想借机杀害刘备，因关羽随行护卫没敢动手，表现了周瑜的心胸狭窄和关羽的神威。

又如：单刀会，本是鲁肃冒着生命危险前往关羽驻地，双方将领带着随身的佩刀相聚。小说改写成：鲁肃在陆口临江亭布下伏兵等待关羽，关羽冒着生命危险，乘一条小船，渡过长江去会见鲁肃。

⑤史书仅有简略记载，小说靠艺术想象，虚构情节，描写发挥

如：长坂坡之役，赵云保护甘夫人和刘禅脱险，仅是一次成功的撤退。《三国志·蜀书·赵云传》只有"云身抱弱子，保护甘夫人，皆得免难"一句话。《演义》则详尽描写赵云多次突入敌阵，先后救出简雍、糜竺和甘夫人，糜夫人跳井身死，赵云怀抱阿斗冲杀，夺得曹操青釭宝剑，陷入土坑后一道红光惊退张郃，终于怀抱后主，杀出重围，杀死曹营名将五十余员。写出了赵云光彩照人的忠勇形象。

又如：刘备三顾茅庐，史书只有"凡三往乃见"五个字，《演义》则用一回半约五千字的篇幅（据毛本）详尽描述，写出了精彩的三顾茅庐故事。

上述几种情形，小说与史实的差异程度虽有区别，但其中多数情形，只要将史书与小说进行对照，就可以看出两者的差异所在。但也有一些情形，由于史书记载不一，而《演义》中的实事与虚构，又常常交织在一起，使得小说与史实的差异不易一下子看出。

为便于读者了解小说与史书的差异，本书对小说中的大部分虚构情节，在按语中指出小说与史书之间的差异；限于篇幅，对差异产生的原因，一般不作分析。

（2）小说虚构的人物和故事没有史书依据

《演义》中有大量虚构的人物和故事，是没有史实依据的。

《演义》虚构的人物有130多人，其中有的虚构人物还是故事的主角，或对情节的发展起重要作用，如：连环计中的貂蝉、甘露寺相亲中的吴国太、单刀会中的周仓等。

本书的按语，仅对书中重要的虚构人物，在其首次出场时予以指出。

《演义》中没有史书来源的故事，亦即纯属虚构的故事，为数不少，如：三英战吕布、古城会、诸葛亮舌战群儒、诸葛亮智激周瑜、庞统献连环计、诸葛亮安居平五路、诸葛亮火烧上方谷、姜维弃粮胜邓艾，均是。

对小说中没有史书依据虚构的故事，本书针对书中的主要情节，在按语中指出其虚构成分。

(3) 罗贯中误解史书而虚构故事

小说中还有一种现象，即罗贯中没看清或没看懂史书的语句，就进行复述或改编，无意中虚构了故事，造成了小说与史书的差异。

如：嘉靖元年本第六十五则，由于复述史书时对史书断句有误，增添了乌丸触这个不必要的虚构人物（毛本第三十三回作乌桓触）；嘉靖元年本第七十则和毛本第三十五回因误解"单家子"的含义，称徐庶更名为单福；嘉靖元年本第一百四十八则、第二百二十六则，毛本第七十四回、第一百十五回将史书中的"五百"及"五伯"理解为"五百人"，等等。

对《演义》中的这种现象，本书选择了与人物及故事情节关系密切的若干事例，在按语中作了说明。

邓宏顺

2023 年 3 月于北京

目 录

第 一 回	宴桃园豪杰三结义	斩黄巾英雄首立功	1
第 二 回	张翼德怒鞭督邮	何国舅谋诛宦竖	11
第 三 回	议温明董卓叱丁原	馈金珠李肃说吕布	21
第 四 回	废汉帝陈留践位	谋董贼孟德献刀	28
第 五 回	发矫诏诸镇应曹公	破关兵三英战吕布	35
第 六 回	焚金阙董卓行凶	匿玉玺孙坚背约	44
第 七 回	袁绍磐河战公孙	孙坚跨江击刘表	50
第 八 回	王司徒巧使连环计	董太师大闹凤仪亭	57
第 九 回	除暴凶吕布助司徒	犯长安李傕听贾诩	61
第 十 回	勤王室马腾举义	报父仇曹操兴师	68
第 十 一 回	刘皇叔北海救孔融	吕温侯濮阳破曹操	75
第 十 二 回	陶恭祖三让徐州	曹孟德大战吕布	83
第 十 三 回	李傕郭汜大交兵	杨奉董承双救驾	89
第 十 四 回	曹孟德移驾幸许都	吕奉先乘夜袭徐郡	97
第 十 五 回	太史慈酣斗小霸王	孙伯符大战严白虎	106
第 十 六 回	吕奉先射戟辕门	曹孟德败师淯水	118
第 十 七 回	袁公路大起七军	曹孟德会合三将	126
第 十 八 回	贾文和料敌决胜	夏侯惇拔矢啖睛	131
第 十 九 回	下邳城曹操鏖兵	白门楼吕布殒命	137
第 二 十 回	曹阿瞒许田打围	董国舅内阁受诏	145
第二十一回	曹操煮酒论英雄	关公赚城斩车胄	150
第二十二回	袁曹各起马步三军	关张共擒王刘二将	157
第二十三回	祢正平裸衣骂贼	吉太医下毒遭刑	164
第二十四回	国贼行凶杀贵妃	皇叔败走投袁绍	171
第二十五回	屯土山关公约三事	救白马曹操解重围	175
第二十六回	袁本初败兵折将	关云长挂印封金	181
第二十七回	美髯公千里走单骑	汉寿侯五关斩六将	185

第二十八回	斩蔡阳兄弟释疑	会古城主臣聚义	189
第二十九回	小霸王怒斩于吉	碧眼儿坐领江东	194
第 三 十 回	战官渡本初败绩	劫乌巢孟德烧粮	202
第三十一回	曹操仓亭破本初	玄德荆州依刘表	210
第三十二回	夺冀州袁尚争锋	决漳河许攸献计	215
第三十三回	曹丕乘乱纳甄氏	郭嘉遗计定辽东	223
第三十四回	蔡夫人隔屏听密语	刘皇叔跃马过檀溪	232
第三十五回	玄德南漳逢隐沦	单福新野遇英主	237
第三十六回	玄德用计袭樊城	元直走马荐诸葛	241
第三十七回	司马徽再荐名士	刘玄德三顾草庐	245
第三十八回	定三分隆中决策	战长江孙氏报仇	249
第三十九回	荆州城公子三求计	博望坡军师初用兵	258
第 四 十 回	蔡夫人议献荆州	诸葛亮火烧新野	264
第四十一回	刘玄德携民渡江	赵子龙单骑救主	271
第四十二回	张翼德大闹长坂桥	刘豫州败走汉津口	278
第四十三回	诸葛亮舌战群儒	鲁子敬力排众议	283
第四十四回	孔明用智激周瑜	孙权决计破曹操	288
第四十五回	三江口曹操折兵	群英会蒋干中计	294
第四十六回	用奇谋孔明借箭	献密计黄盖受刑	300
第四十七回	阚泽密献诈降书	庞统巧授连环计	304
第四十八回	宴长江曹操赋诗	锁战船北军用武	308
第四十九回	七星坛诸葛祭风	三江口周瑜纵火	312
第 五 十 回	诸葛亮智算华容	关云长义释曹操	318
第五十一回	曹仁大战东吴兵	孔明一气周公瑾	322
第五十二回	诸葛亮智辞鲁肃	赵子龙计取桂阳	327
第五十三回	关云长义释黄汉升	孙仲谋大战张文远	331
第五十四回	吴国太佛寺看新郎	刘皇叔洞房续佳偶	337
第五十五回	玄德智激孙夫人	孔明二气周公瑾	342
第五十六回	曹操大宴铜雀台	孔明三气周公瑾	346
第五十七回	柴桑口卧龙吊丧	耒阳县凤雏理事	352
第五十八回	马孟起兴兵雪恨	曹阿瞒割须弃袍	358

第五十九回	许褚裸衣斗马超	曹操抹书间韩遂	364
第 六 十 回	张永年反难杨修	庞士元议取西蜀	371
第六十一回	赵云截江夺阿斗	孙权遗书退老瞒	379
第六十二回	取涪关杨高授首	攻雒城黄魏争功	386
第六十三回	诸葛亮痛哭庞统	张翼德义释严颜	391
第六十四回	孔明定计捉张任	杨阜借兵破马超	396
第六十五回	马超大战葭萌关	刘备自领益州牧	403
第六十六回	关云长单刀赴会	伏皇后为国捐生	414
第六十七回	曹操平定汉中地	张辽威震逍遥津	421
第六十八回	甘宁百骑劫魏营	左慈掷杯戏曹操	430
第六十九回	卜周易管辂知机	讨汉贼五臣死节	436
第 七 十 回	猛张飞智取瓦口隘	老黄忠计夺天荡山	443
第七十一回	占对山黄忠逸待劳	据汉水赵云寡胜众	448
第七十二回	诸葛亮智取汉中	曹阿瞒兵退斜谷	455
第七十三回	玄德进位汉中王	云长攻拔襄阳郡	461
第七十四回	庞令明抬榇决死战	关云长放水淹七军	469
第七十五回	关云长刮骨疗毒	吕子明白衣渡江	474
第七十六回	徐公明大战沔水	关云长败走麦城	480
第七十七回	玉泉山关公显圣	洛阳城曹操感神	486
第七十八回	治风疾神医身死	传遗命奸雄数终	491
第七十九回	兄逼弟曹植赋诗	侄陷叔刘封伏法	497
第 八 十 回	曹丕废帝篡炎刘	汉王正位续大统	504
第八十一回	急兄仇张飞遇害	雪弟恨先主兴兵	512
第八十二回	孙权降魏受九锡	先主征吴赏六军	517
第八十三回	战猇亭先主得仇人	守江口书生拜大将	523
第八十四回	陆逊营烧七百里	孔明巧布八阵图	530
第八十五回	刘先主遗诏托孤儿	诸葛亮安居平五路	537
第八十六回	难张温秦宓逞天辩	破曹丕徐盛用火攻	545
第八十七回	征南寇丞相大兴师	抗天兵蛮王初受执	551
第八十八回	渡泸水再缚番王	识诈降三擒孟获	557
第八十九回	武乡侯四番用计	南蛮王五次遭擒	561
第 九 十 回	驱巨兽六破蛮兵	烧藤甲七擒孟获	565

第九十一回	祭泸水汉相班师	伐中原武侯上表	570
第九十二回	赵子龙力斩五将	诸葛亮智取三城	580
第九十三回	姜伯约归降孔明	武乡侯骂死王朗	584
第九十四回	诸葛亮乘雪破羌兵	司马懿克日擒孟达	589
第九十五回	马谡拒谏失街亭	武侯弹琴退仲达	595
第九十六回	孔明挥泪斩马谡	周鲂断发赚曹休	601
第九十七回	讨魏国武侯再上表	破曹兵姜维诈献书	608
第九十八回	追汉军王双受诛	袭陈仓武侯取胜	613
第九十九回	诸葛亮大破魏兵	司马懿入寇西蜀	619
第 一 百 回	汉兵劫寨破曹真	武侯斗阵辱仲达	625
第一百一回	出陇上诸葛妆神	奔剑阁张郃中计	629
第一百二回	司马懿占北原渭桥	诸葛亮造木牛流马	635
第一百三回	上方谷司马受困	五丈原诸葛禳星	643
第一百四回	陨大星汉丞相归天	见木像魏都督丧胆	648
第一百五回	武侯预伏锦囊计	魏主拆取承露盘	653
第一百六回	公孙渊兵败死襄平	司马懿诈病赚曹爽	661
第一百七回	魏主政归司马氏	姜维兵败牛头山	671
第一百八回	丁奉雪中奋短兵	孙峻席间施密计	680
第一百九回	困司马汉将奇谋	废曹芳魏家果报	688
第一百十回	文鸯单骑退雄兵	姜维背水破大敌	693
第一百十一回	邓士载智败姜伯约	诸葛诞义讨司马昭	700
第一百十二回	救寿春于诠死节	取长城伯约鏖兵	705
第一百十三回	丁奉定计斩孙綝	姜维斗阵破邓艾	710
第一百十四回	曹髦驱车死南阙	姜维弃粮胜魏兵	716
第一百十五回	诏班师后主信谗	托屯田姜维避祸	722
第一百十六回	锺会分兵汉中道	武侯显圣定军山	728
第一百十七回	邓士载偷度阴平	诸葛瞻战死绵竹	733
第一百十八回	哭祖庙一王死孝	入西川二士争功	738
第一百十九回	假投降巧计成虚话	再受禅依样画葫芦	744
第一百二十回	荐杜预老将献新谋	降孙皓三分归一统	752

词曰：滚滚长江东逝水，浪花淘尽英雄。是非成败转头空。青山依旧在，几度夕阳红。白发渔樵江渚上，惯看秋月春风。一壶浊酒喜相逢。古今多少事，都付笑谈中。

第一回　宴桃园豪杰三结义　斩黄巾英雄首立功

话说天下大势，分久必合，合久必分。周末七国分争，并入于秦。及秦灭之后，楚、汉分争，又并入于汉。汉朝自高祖斩白蛇而起义，一统天下，后来光武中兴，传至献帝，遂分为三国。推其致乱之由，殆始于桓、灵二帝。桓帝禁锢善类，崇信宦官。及桓帝崩，灵帝即位，大将军窦武、太傅陈蕃，共相辅佐。

> 据《资治通鉴》卷五十六：宏者，河间孝王之曾孙也……时年十二。……建宁元年春正月壬午，以城门校尉窦武为大将军。前太尉陈蕃为太傅，与武及司徒胡广参录尚书事。……庚子，即皇帝位，改元。（参见《后汉书·灵帝纪》）

时有宦官曹节等弄权，窦武、陈蕃谋诛之，机事不密，反为所害。

> 据《后汉书·灵帝纪》：（建宁元年秋）九月辛亥，中常侍曹节矫诏诛太傅陈蕃、大将军窦武及尚书令尹勋、侍中刘瑜、屯骑校尉冯述，皆夷其族。

中涓自此愈横。

建宁二年四月望日，帝御温德殿。方升座，殿角狂风骤起。只见一条大青蛇，从梁上飞将下来，蟠于椅上。帝惊倒，左右急救入宫，百官俱奔避。须臾，蛇不见了。忽然大雷大雨，加以冰雹，落到半夜方止，坏却房屋无数。

> 据《资治通鉴》卷五十六：（建宁二年）夏四月壬辰，有青蛇见于御坐上。癸巳，大风，雨雹，霹雳，拔大木百余。（参见《后汉书·灵帝纪》）

建宁四年二月，洛阳地震；又海水泛溢，沿海居民，尽被大浪卷入海中。

> 据《后汉书·灵帝纪》：（建宁四年）二月癸卯，地震，海水溢，河水清。（参见《资治通鉴》卷五十六）

光和元年，雌鸡化雄。

> 据《后汉书·灵帝纪》：（光和元年）夏四月丙辰，地震。侍中寺雌鸡化为雄。（参见《资治通鉴》卷五十七）

六月朔，黑气十余丈，飞入温德殿中。秋七月，有虹现于玉堂；

> 据《资治通鉴》卷五十七：（光和元年）六月丁丑，有黑气堕帝所御温德殿东庭中，长十余丈，似龙。秋七月壬子，青虹见玉堂后殿庭中。（参见《后汉书·灵帝纪》）

五原山岸，尽皆崩裂。

> 据《后汉书·灵帝纪》：（光和六年）秋，金城河水溢。五原山岸崩。（参见《资治通鉴》卷五十八）

种种不祥，非止一端。帝下诏问群臣以灾异之由，议郎蔡邕上疏，以为霓堕鸡化，乃妇寺干政之所致，言颇切直。帝览奏叹息，因起更衣。曹节在后窃视，悉宣告左右；遂以他事陷邕于罪，放归田里。

> 据《资治通鉴》卷五十七：诏召光禄大夫杨赐等诣金商门，问以灾异及消复之术。……议郎蔡邕对曰："臣伏思诸异，皆亡国之怪也。天于大汉殷勤不已，故屡出祅变以当谴责，欲令人君感悟，改危即安。今霓堕、鸡化，皆妇人干政之所致也……"章奏，帝览而叹息。因起更衣，曹节于后窃视之，悉宣语左右，事遂漏露。其为邕所裁黜者，侧目思报。初，邕与大鸿胪刘郃素不相平，叔父卫尉质又与将作大匠阳球有隙。球即中常侍程璜女夫也。璜遂使人飞章言"邕、质数以私事请托于郃，郃不听。邕含隐切，志欲相中。"于中诏下尚书召邕诘状。邕上书曰："臣实愚戆，不顾后害，陛下不念忠臣直言，宜加掩蔽，诽谤卒至，便用疑怪。臣年四十有六，孤特一身，得托名忠臣，死有余荣，恐陛下于此不复闻至言矣！"于是下邕、质于雒阳狱，劾以"仇怨奉公，议害大臣，大不敬，弃市"。事奏，中常侍河南吕强愍邕无罪，力为伸请。帝亦更思其章，有诏："减死一等，与家属髡钳徙朔方，不得以赦令除。"阳球使客追路刺邕，客感其义，皆莫为用。球又赂其部主，使加毒害，所赂者反以其情戒邕，由是得免。（参见《后汉书·蔡邕传》）

后张让、赵忠、封谞、段珪、曹节、侯览、蹇硕、程旷、夏恽、郭胜十人朋比为奸，号为"十常侍"。帝尊信张让，呼为"阿父"。

> 据《后汉书·宦者传·张让传》：是时，让、忠及夏恽、郭胜、孙璋、毕岚、栗嵩、段珪、高望、张恭、韩悝、宋典十二人，皆为中常侍，封侯贵宠，父兄子弟布列州郡，所在贪贱，为人蠹害。……帝……常云："张常侍是我公，赵常侍是我母。"宦者得志，无所惮畏，并起第宅，拟则宫室。（参见《资治通鉴》卷五十八）

> 按：据《后汉书·宦者传》，十常侍为十二人。《演义》删去了孙璋、毕岚、栗嵩、高望、张恭、韩悝、宋典等七人，增加了封谞、曹节、侯览、蹇硕、程旷等五人，使十常侍正好为十人。据《后汉书·宦者传》，侯览和曹节两人，已分别死于熹平元年（172）和光和四年（181）。

朝政日非，以致天下人心思乱，盗贼蜂起。

时巨鹿郡有兄弟三人，一名张角，一名张宝，一名张梁。那张角本是个不第秀才，因入山采药，遇一老人，碧眼童颜，手执藜杖，唤角至一洞中，以天书三卷授之，曰："此名《太平要术》。汝得之，当代天宣化，普救世人；若萌异心，必获恶报。"角拜问姓名。老人曰："吾乃南华老仙也。"言讫，化阵清风而去。角得此书，晓夜攻习，能呼风唤雨，号为"太平道人"。中平元年正月内，疫气流行，张角散施符水，为人治病，自称"大贤良师"。角有徒弟五百余人，云游四方，皆能书符念咒。次后徒众日多，角乃立三十六方，大方万余人，小方六七千，各立渠帅，称为将军；讹言："苍天已死，黄天当立；岁在甲子，天下大吉。"令人各以白土，书"甲子"二字于家中大门上。青、幽、徐、冀、荆、扬、兖、豫八州之人，家家侍奉大贤良师张角名字。

> 据《资治通鉴》卷五十八：巨鹿张角奉事黄、老，以妖术教授，号"太平道"。咒符水以疗病，令病者跪拜首过，或时病愈，众共神而信之。角分遣弟子周行四方，转相诳诱，十余年间，徒众数十万，自青、徐、幽、冀、荆、扬、兖、豫八州之人，莫不毕

应。或弃卖财产、流移奔赴，填塞道路，未至病死者亦以万数。郡县不解其意，反言角以善道教化，为民所归。……角遂置三十六方，方，犹将军也。大方万余人，小方六七千，各立渠帅；讹言："苍天已死，黄天当立；岁在甲子，天下大吉。"以白土书京城寺门及州郡官府，皆作"甲子"字。（参见《后汉书·皇甫嵩传》）

角遣其党马元义，暗赍金帛，结交中涓封谞，以为内应。角与二弟商议曰："至难得者，民心也。今民心已顺，若不乘势取天下，诚为可惜。"遂一面私造黄旗，约期举事；一面使弟子唐周，驰书报封谞。唐周乃径赴省中告变。帝召大将军何进调兵擒马元义，斩之；次收封谞等一干人下狱。张角闻知事露，星夜举兵，自称"天公将军"，张宝称"地公将军"，张梁称"人公将军"。申言于众曰："今汉运将终，大圣人出。汝等皆宜顺天从正，以乐太平。"四方百姓，裹黄巾从张角反者四五十万。贼势浩大，官军望风而靡。何进奏帝火速降诏，令各处备御，讨贼立功。一面遣中郎将卢植、皇甫嵩、朱隽，

　　按：朱隽，史书中作朱俊。

各引精兵、分三路讨之。

　　据《资治通鉴》卷五十八：大方马元义等先收荆、扬数万人，期会发于邺。元义数往来京师，以中常侍封谞、徐奉等为内应，约以三月五日内外俱起。中平元年春，角弟子济南唐周上书告之。于是收马元义，车裂于雒阳。诏三公、司隶案验宫省直卫及百姓有事角道者，诛杀千余人；下冀州逐捕角等。角等知事已露，晨夜驰敕诸方，一时俱起，皆著黄巾以为标帜，故时人谓之"黄巾贼"。二月，角自称天公将军，角弟宝称地公将军，宝弟梁称人公将军，所在燔烧官府，劫略聚邑，州郡失据，长吏多逃亡；旬月之间，天下响应，京师震动。安平、甘陵人各执其王应贼。三月戊申，以河南尹何进为大将军，封慎侯，率左右羽林、五营营士屯都亭，修理器械，以镇京师；置函谷、太谷、广成、伊阙、辕辕、旋门、孟津、小平津八关都尉。……发天下精兵，遣北中郎将卢植讨张角，左中郎将皇甫嵩、右中郎将朱俊讨颍川黄巾。（参见《后汉书·皇甫嵩传》《灵帝纪》《何进传》）

且说张角一军，前犯幽州界分。幽州太守刘焉，

　　据《后汉书·刘虞传》：虞初举孝廉，稍迁幽州刺史。……中平初，黄巾作乱，攻破冀州诸郡，拜虞甘陵相……迁宗正。……明年，复拜幽州牧。
　　据《后汉书·灵帝纪》：广阳黄巾杀幽州刺史郭勋及太守刘卫。
　　按：据上述史书记载，刘虞曾任幽州刺史，但中平元年（184）黄巾起时，他已被调离；当时的幽州刺史是郭勋。刘焉未曾任幽州长官，他于中平五年（188）出任益州牧。据《后汉书·百官志》，州长官名为"刺史"或"牧"，郡长官方为"太守"。

乃江夏竟陵人氏，汉鲁恭王之后也。

　　据《三国志·蜀书·刘焉传》：刘焉字君郎，江夏竟陵人也，汉鲁恭王之后裔。……焉少仕州郡，以宗室拜中郎……历雒阳令、冀州刺史、南阳太守、宗正、太常。（参见《后汉书·刘焉传》）

当时闻得贼兵将至，召校尉邹靖计议。靖曰："贼兵众，我兵寡，明公宜作速招军应敌。"刘焉然其说，随即出榜招募义兵。

　　榜文行到涿县，引出涿县中一个英雄。那人不甚好读书；性宽和，寡言语，喜怒不形于

色；素有大志，专好结交天下豪杰；生得身长七尺五寸，两耳垂肩，双手过膝，目能自顾其耳，面如冠玉，唇若涂脂；

> 据《三国志·蜀书·先主传》：先主不甚乐读书，喜狗马、音乐、美衣服。身长七尺五寸，垂手下膝，顾自见其耳。少语言，善下人，喜怒不形于色。好交结豪侠，年少争附之。（参见《资治通鉴》卷六十）

中山靖王刘胜之后，汉景帝阁下玄孙：姓刘，名备，字玄德。昔刘胜之子刘贞，汉武时封涿鹿亭侯，后坐酎金失侯，因此遗这一枝在涿县。玄德祖刘雄，父刘弘。弘曾举孝廉，亦尝作吏，早丧。玄德幼孤，事母至孝；家贫，贩屦织席为业。

> 据《三国志·蜀书·先主传》：先主姓刘，讳备，字玄德，涿郡涿县人，汉景帝子中山靖王胜之后也。胜子贞，元狩六年封涿县陆城亭侯。坐酎金失侯，因家焉。先主祖雄，父弘，世仕州郡。雄举孝廉，官至东郡范令。先主少孤，与母贩履织席为业。（参见《资治通鉴》卷六十）

家住本县楼桑村。其家之东南，有一大桑树，高五丈余，遥望之，童童如车盖。相者云："此家必出贵人。"玄德幼时，与乡中小儿戏于树下，曰："我为天子，当乘此车盖。"叔父刘元起奇其言，曰："此儿非常人也！"因见玄德家贫，常资给之。年十五岁，母使游学，尝师事郑玄、卢植，与公孙瓒等为友。

> 据《三国志·蜀书·先主传》：舍东南角篱上有桑树生高五丈余，遥望见童童如小车盖，往来者皆怪此树非凡，或谓当出贵人。先主少时，与宗中诸小儿于树下戏，言："吾必当乘此羽葆盖车。"叔父子敬谓曰："汝勿妄语，灭吾门也！"年十五，母使行学，与同宗刘德然、辽西公孙瓒俱事故九江太守同郡卢植。德然父元起常资给先主，与德然等。元起妻曰："各自一家，何能常尔邪！"起曰："吾宗中有此儿，非常人也。"而瓒深与先主相友。瓒年长，先主以兄事之。

> 按：《演义》称刘元起为刘备之叔，与史不合。据《三国志·蜀书·先主传》，刘元起为刘备同宗刘德然之父。

及刘焉发榜招军时，玄德年已二十八岁矣。

> 按：据《三国志·蜀书·先主传》推算，刘备生于161年，此时（184）应为二十四岁（虚岁）。

当日见了榜文，慨然长叹。随后一人厉声言曰："大丈夫不与国家出力，何故长叹？"玄德回视其人，身长八尺，豹头环眼，燕颔虎须，

> 按：张飞的相貌，不见于史。

声若巨雷，势如奔马。玄德见他形貌异常，问其姓名。其人曰："某姓张，名飞，字翼德。世居涿郡，颇有庄田，卖酒屠猪，专好结交天下豪杰。

> 据《三国志·蜀书·张飞传》：张飞字益德，涿郡人也。

> 按：张飞的表字翼德，史书中作益德。

恰才见公看榜而叹，故此相问。"玄德曰："我本汉室宗亲，姓刘，名备。今闻黄巾倡乱，有志欲破贼安民，恨力不能，故长叹耳。"飞曰："吾颇有资财，当招募乡勇，与公同举大事，

如何？"玄德甚喜，遂与同入村店中饮酒。正饮间，见一大汉，推着一辆车子，到店门首歇了，入店坐下，便唤酒保："快斟酒来吃，我待赶入城去投军。"玄德看其人：身长九尺，髯长二尺；

  据《三国志·蜀书·关羽传》：羽美须髯，故亮谓之髯。

面如重枣，唇若涂脂；丹凤眼，卧蚕眉，相貌堂堂，威风凛凛。玄德就邀他同坐，叩其姓名。其人曰："吾姓关，名羽，字寿长，后改云长，河东解良人也。因本处势豪倚势凌人，被吾杀了，逃难江湖五六年矣。今闻此处招军破贼，特来应募。"

  据《三国志·蜀书·关羽传》：关羽字云长，本字长生，河东解人也。亡命奔涿郡。先主于乡里合徒众，而羽与张飞为之御侮。

  按：关羽的字，《演义》称"字寿长，后改云长"，与史不合。《三国志·关羽传》作"关羽字云长，本字长生"。

玄德遂以己志告之，云长大喜。同到张飞庄上，共议大事。

  按：家居涿郡涿县的刘备、张飞与亡命来奔的关羽相聚，事在黄巾起义之前。

飞曰："吾庄后有一桃园，花开正盛；明日当于园中祭告天地，我三人结为兄弟，协力同心，然后可图大事。"玄德、云长齐声应曰："如此甚好。"次日，于桃园中，备下乌牛白马祭礼等项，三人焚香再拜而说誓曰："念刘备、关羽、张飞，虽然异姓，既结为兄弟，则同心协力，救困扶危；上报国家，下安黎庶。不求同年同月同日生，只愿同年同月同日死。皇天后土，实鉴此心，背义忘恩，天人共戮！"誓毕，拜玄德为兄，关羽次之，张飞为弟。

  据《三国志·蜀书·关羽传》：先主于乡里合徒众，而羽与张飞为之御侮。先主为平原相，以羽、飞为别部司马，分统部曲。先主与二人寝则同床，恩若兄弟。而稠人广坐，侍立终日，随先主周旋，不避艰险。（参见《资治通鉴》卷六十）

  据《三国志·蜀书·张飞传》：少与关羽俱事先主。羽年长数岁，飞兄事之。

  据《三国志·蜀书·关羽传》：建安五年，曹公东征，先主奔袁绍。曹公禽羽以归，拜为偏将军，礼之甚厚。……曹公壮羽为人，而察其心神无久留之意，谓张辽曰："卿试以情问之。"既而辽以问羽，羽叹曰："吾极知曹公待我厚，然吾受刘将军厚恩，誓以共死，不可背之。吾终不留，吾要当立效以报曹公乃去。"辽以羽言报曹公，曹公义之。（参见《资治通鉴》卷六十三）

  据《三国志·魏书·刘晔传》：黄初元年……诏问群臣令料刘备当为关羽出报吴不。众议咸云："蜀，小国耳，名将唯羽。羽死军破，国内忧惧，无缘复出。"晔独曰："……关羽与备，义为君臣，恩犹父子；羽死不能为兴军报敌，于终始之分不足。"后备果出兵击吴。

  据《三国志·蜀书·费诗传》：诗谓羽曰："……王与君侯，譬犹一体，同休等戚，祸福共之"。

  按：桃园结义之事，不见于史书记载。盛巽昌先生指出，汉末尚未盛行异姓兄弟的准血缘圈，此处结义的仪式，乃元明文化意蕴，幅射于小说者。历史上的刘、关、张三人虽未义结金兰，但他们感情亲密，"恩若兄弟"，关羽曾对曹操说，自己与刘备"誓以共死"，可见他们之间确曾有过某种誓愿。《三国志·刘晔传》说"关羽与备，义为君臣，恩犹父子"，可见他们之间的亲密感情是集兄弟、君臣、父子于一体的。

祭罢天地，复宰牛设酒，聚乡中勇士，得三百余人，就桃园中痛饮一醉。

来日收拾军器，但恨无马匹可乘。正思虑间，人报有两个客人，引一伙伴当，赶一群马，投庄上来。玄德曰："此天佑我也！"三人出庄迎接。原来二客乃中山大商：一名张世平，一名苏双，每年往北贩马，近因寇发而回。玄德请二人到庄，置酒管待，诉说欲讨贼安民之意。二客大喜，愿将良马五十匹相送；又赠金银五百两，镔铁一千斤，以资器用。

> 据《三国志·蜀书·先主传》：中山大商张世平、苏双等赀累千金，贩马周旋于涿郡，见而异之，乃多与之金财。先主由是得用合徒众。

> 按：张世平、苏双资助刘备，事在黄巾起义之前。

玄德谢别二客，便命良匠打造双股剑。云长造青龙偃月刀，又名"冷艳锯"，重八十二斤。

> 按：《演义》称关羽的马上兵器是青龙偃月刀，不见于史。方北辰、谭良啸主编的《三国故事真与假100例》（成都时代出版社2015年版）一书中说，青龙偃月刀出现在唐宋以后，三国时期流行的长兵器是长矛或长戟，《三国志·关羽传》中的"策马刺良"的"刺"字，证明关羽的马上兵器应是其中之一。三国时期有一种长度在一米左右的环首刀，《三国志·关羽传》有"斩其首还"的文句，《三国志·鲁肃传》也有"羽操刀"的记载，可见关羽还随身佩带有环首刀一类的兵器。

张飞造丈八点钢矛。

> 按：张飞持矛，于史有据。据《三国志》本传记载，张飞在当阳长坂"据水断桥，瞋目横矛"。

各置全身铠甲。共聚乡勇五百余人，来见邹靖。邹靖引见太守刘焉。三人参见毕，各通姓名。玄德说起宗派，刘焉大喜，遂认玄德为侄。

不数日，人报黄巾贼将程远志统兵五万来犯涿郡。刘焉令邹靖引玄德等三人，统兵五百，前去破敌。

> 据《三国志·蜀书·先主传》：灵帝末，黄巾起，州郡各举义兵，先主率其属从校尉邹靖讨黄巾贼有功，除安喜尉。

玄德等欣然领军前进，直至大兴山下，与贼相见。贼众皆披发，以黄巾抹额。当下两军相对，玄德出马，左有云长，右有翼德，扬鞭大骂："反国逆贼，何不早降！"程远志大怒，遣副将邓茂出战。张飞挺丈八蛇矛直出，手起处，刺中邓茂心窝，翻身落马。程远志见折了邓茂，拍马舞刀，直取张飞。云长舞动大刀，纵马飞迎。程远志见了，早吃一惊，措手不及，被云长刀起处，挥为两段。后人有诗赞二人曰：

> 英雄露颖在今朝，一试矛兮一试刀。初出便将威力展，三分好把姓名标。

众贼见程远志被斩，皆倒戈而走。玄德挥军追赶，投降者不计其数，大胜而回。刘焉亲自迎接，赏劳军士。

次日，接得青州太守龚景牒文，言黄巾贼围城将陷，乞赐救援。刘焉与玄德商议。玄德曰："备愿往救之。"刘焉令邹靖将兵五千，同玄德、关、张，投青州来。贼众见救军至，分兵混战。玄德兵寡不胜，退三十里下寨。玄德谓关、张曰："贼众我寡；必出奇兵，方可取胜。"乃分关公引一千军伏山左，张飞引一千军伏山右，鸣金为号，齐出接应。

次日，玄德与邹靖引军鼓噪而进。贼众迎战，玄德引军便退。贼众乘势追赶，方过山岭，玄德军中一齐鸣金，左右两军齐出，玄德麾军回身复杀。三路夹攻，贼众大溃。直赶至青州城下,太守龚景亦率民兵出城助战。贼势大败,剿戮极多,遂解青州之围。

> 按:刘备救青州,不见于史。

后人有诗赞玄德曰:
运筹决算有神功,二虎还须逊一龙。初出便能垂伟绩,自应分鼎在孤穷。

龚景犒军毕,邹靖欲回。玄德曰:"近闻中郎将卢植与贼首张角战于广宗,备昔曾师事卢植,欲往助之。"于是邹靖引军自回,玄德与关、张引本部五百人投广宗来。至卢植军中,入帐施礼,具道来意。卢植大喜,留在帐前听调。

时张角贼众十五万,植兵五万,相拒于广宗,未见胜负。植谓玄德曰:"我今围贼在此,贼弟张梁、张宝在颍川,与皇甫嵩、朱隽对垒。汝可引本部人马,我更助汝一千官军,前去颍川打探消息,约期剿捕。"玄德领命,引军星夜投颍川来。时皇甫嵩、朱隽领军拒贼,贼战不利,退入长社,依草结营。

> 据《资治通鉴》卷五十八:皇甫嵩、朱俊合将四万余人,共讨颍川,嵩、俊各统一军。俊与贼波才战,败;嵩进保长社。……波才围皇甫嵩于长社。嵩兵少,军中皆恐。(参见《后汉书·皇甫嵩传》)

> 按:据史书,本为官军进入长社县城,被黄巾军包围;《演义》却说"贼战不利,乃退入长社……嵩四面围定",完全颠倒了敌对双方的位置。

嵩与隽计曰:"贼依草结营,当用火攻之。"遂令军士,每人束草一把,暗地埋伏。其夜大风忽起。二更以后,一齐纵火,嵩与隽各引兵攻击贼寨,火焰张天,贼众惊慌,马不及鞍,人不及甲,四散奔走。

> 据《资治通鉴》卷五十八:贼依草结营,会大风,嵩约敕军士皆束苣乘城,使锐士间出围外,纵火大呼,城上举燎应之,嵩从城中鼓噪而出,奔击贼陈,贼惊乱,奔走。会骑都尉沛国曹操将兵适至,五月,嵩、操与朱俊合军,更与贼战,大破之,斩首数万级。(参见《后汉书·皇甫嵩传》)

杀到天明,张梁、张宝引败残军士,夺路而走。忽见一彪军马,尽打红旗,当头来到,截住去路。为首闪出一将,身长七尺,细眼长髯,

> 据《世说新语·容止》:魏武将见匈奴使,自以形陋,不足雄远国,使崔季珪代,帝自捉刀立床头。既毕,令间谍问曰:"魏王何如?"匈奴使答曰:"魏王雅望非常;然床头捉刀人,此乃英雄也。"刘孝标注引孙盛《魏氏春秋》曰:武王姿貌短小,而神明英发。

官拜骑都尉,沛国谯郡人也,姓曹,名操,字孟德。

> 据《三国志·魏书·武帝纪》:太祖武皇帝,沛国谯人也,姓曹,讳操,字孟德,汉相国参之后。

操父曹嵩,本姓夏侯氏,因为中常侍曹腾之养子,故冒姓曹。

> 据《资治通鉴》卷五十八:操父嵩,为中常侍曹腾养子,不能审其生出本末,或云夏侯氏子也。(参见《三国志·魏书·武帝纪》及注引司马彪《续汉书》,《后汉书·宦者传·曹腾传》)

> 据《三国志·魏书·武帝纪》注引吴人作《曹瞒传》及郭颁《世语》:嵩,夏侯氏

之子，夏侯惇之叔父。太祖于惇为从父兄弟。
曹嵩生操，

  据《三国志·魏书·武帝纪》：嵩生太祖。

小字阿瞒，一名吉利。

  据《三国志·魏书·武帝纪》注：太祖一名吉利，小字阿瞒。

操幼时，好游猎，喜歌舞，有权谋，多机变。操有叔父，见操游荡无度，尝怒之，言于曹嵩。嵩责操。操忽心生一计，见叔父来，诈倒于地，作中风之状。叔父惊告嵩，嵩急视之。操故无恙。嵩曰："叔言汝中风，今已愈乎？"操曰："儿自来无此病；因失爱于叔父，故见罔耳。"嵩信其言。后叔父但言操过，嵩并不听。因此，操得恣意放荡。

  据《三国志·魏书·武帝纪》注引《曹瞒传》：太祖少好飞鹰走狗，游荡无度，其叔父数言之于嵩。太祖患之，后逢叔父于路，乃阳败面㖞口；叔父怪而问其故，太祖曰："卒中恶风。"叔父以告嵩。嵩惊愕，呼太祖，太祖口貌如故。嵩问曰："叔父言汝中风，已差乎？"太祖曰："初不中风，但失爱于叔父，故见罔耳。"嵩乃疑焉。自后叔父有所告，嵩终不复信，太祖于是益得肆意矣。

时人有桥玄者，谓操曰："天下将乱，非命世之才不能济。能安之者，其在君乎？"南阳何颙见操，言："汉室将亡，安天下者，必此人也。"

  据《资治通鉴》卷五十八：操少机警，有权数，而任侠放荡，不治行业。世人未之奇也，唯太尉桥玄及南阳何颙异焉。玄谓操曰："天下将乱，非命世之才，不能济也。能安之者，其在君乎！"颙见操，叹曰："汉家将亡，安天下者，必此人也。"（参见《三国志·魏书·武帝纪》及注引王沈《魏书》，《后汉书·桥玄传》）

汝南许劭，有知人之名。操往见之，问曰："我何如人？"劭不答。又问，劭曰："子治世之能臣，乱世之奸雄也。"操闻言大喜。

  据《资治通鉴》卷五十八：曹操往造劭而问之曰："我何如人？"劭鄙其为人，不答。操乃劫之，劭曰："子，治世之能臣，乱世之奸雄。"操大喜而去。
  据《三国志·魏书·武帝纪》注引孙盛《异同杂语》：太祖……尝问许子将："我何如人？"子将不答。固问之，子将曰："子治世之能臣，乱世之奸雄。"太祖大笑。
  据《三国志·魏书·武帝纪》注引《世语》：玄谓太祖曰："君未有名，可交许子将。"太祖乃造子将，子将纳焉，由是知名。
  据《后汉书·许劭传》：许劭字子将，汝南平舆人也。少峻名节，好人伦，多所赏识。……曹操微时，常卑辞厚礼，求为己目。劭鄙其人而不肯对，操乃伺隙胁劭，劭不得已，曰："君清平之奸贼，乱世之英雄。"操大悦而去。
  据《世说新语·识鉴》：曹公少时见乔玄，玄谓曰："天下方乱，群雄虎争，拨而理之，非君乎？然君实是乱世之英雄，治世之奸贼。恨吾老矣，不见君富贵，当以子孙相累。"

  按：许劭对曹操的评语有两说：孙盛《异同杂语》为"治世之能臣，乱世之奸雄"，《后汉书·许劭传》为"清平之奸贼，乱世之英雄"。《演义》与《资治通鉴》均取孙盛说。"治世"与"清平"语意相同，均指太平盛世。

年二十，举孝廉，为郎，除洛阳北都尉。

按：洛阳北都尉，据《三国志·魏书·武帝纪》，应作"洛阳北部尉"；原文因"部""都"形近而误。

初到任，即设五色棒十余条于县之四门，有犯禁者，不避豪贵，皆责之。中常侍蹇硕之叔，提刀夜行，操巡夜拿住，就棒责之。由是，内外莫敢犯者，威名颇震。后为顿丘令。

　　据《三国志·魏书·武帝纪》：年二十，举孝廉为郎，除洛阳北部尉，迁顿丘令，征拜议郎。

　　据《三国志·魏书·武帝纪》注引《曹瞒传》：太祖初入尉廨，缮治四门。造五色棒，县门左右各十余枚，有犯禁者，不避豪强，皆棒杀之。后数月，灵帝爱幸小黄门蹇硕叔父夜行，即杀之。京师敛迹，莫敢犯者。近习宠臣咸疾之，然不能伤，于是共称荐之，故迁为顿丘令。

因黄巾起，拜为骑都尉，引马步军五千，前来颍川助战。

　　据《三国志·魏书·武帝纪》：光和末，黄巾起。拜骑都尉，讨颍川贼。

正值张梁、张宝败走，曹操拦住，大杀一阵，斩首万余级，夺得旗幡、金鼓、马匹极多。

　　据《资治通鉴》卷五十八：波才围皇甫嵩于长社。……会骑都尉沛国曹操将兵适至，（中平元年夏）五月，嵩、操与朱俊合军，更与贼战，大破之，斩首数万级。（参见《后汉书·皇甫嵩传》）

张梁、张宝死战得脱。操见过皇甫嵩、朱隽，随即引兵追袭张梁、张宝去了。

　　却说玄德引关、张来颍川，听得喊杀之声，又望见火光烛天，急引兵来时，贼已败散。玄德见皇甫嵩、朱隽，具道卢植之意。嵩曰："张梁、张宝势穷力乏，必投广宗去依张角。玄德可即星夜往助。"玄德领命，遂引兵复回。得到半路，只见一簇军马，护送一辆槛车，车中之囚，乃卢植也。玄德大惊，滚鞍下马，问其缘故。植曰："我围张角，将次可破；因角用妖术，未能即胜。朝廷差黄门左丰前来体探，问我索取贿赂。我答曰：'军粮尚缺，安有余钱奉承天使？'左丰挟恨，回奏朝廷，说我高垒不战，惰慢军心；因此朝廷震怒，遣中郎将董卓来代将我兵，取我回京问罪。"

　　据《资治通鉴》卷五十八：北中郎将卢植连战破张角，斩获万余人，角等走保广宗。植筑围凿堑，造作云梯，垂当拔之。帝遣小黄门左丰视军，或劝植以赂送丰，植不肯。丰还，言于帝曰："广宗贼易破耳，卢中郎固垒息军，以待天诛。"帝怒，槛车征植，减死一等；遣东中郎将陇西董卓代之。（参见《后汉书·卢植传》《灵帝纪》《董卓传》，《三国志·魏书·卢毓传》注引《续汉书》）

张飞听罢，大怒，要斩护送军人，以救卢植。玄德急止之曰："朝廷自有公论，汝岂可造次？"军士簇拥卢植去了。

关公曰："卢中郎已被逮，别人领兵，我等去无所依，不如且回涿郡。"玄德从其言，遂引军北行。行无二日，忽闻山后喊声大震。玄德引关、张纵马上高冈望之，见汉军大败，后面漫山塞野，黄巾盖地而来，旗上大书"天公将军"。玄德曰："此张角也！可速战！"三人飞马引军而出。张角正杀败董卓，乘势赶来，忽遇三人冲杀，角军大乱，败走五十余里。三人救了董卓回寨。

　　按：刘、关、张救董卓，不见于史。

卓问三人现居何职。玄德曰："白身。"卓甚轻之，不为礼。玄德出，张飞大怒曰："我等亲赴血战，救了这厮，他却如此无礼。若不杀之，难消我气！"便要提刀入帐来杀董卓。正是：人情势利古犹今，谁识英雄是白身？安得快人如翼德，尽诛世上负心人！毕竟董卓性命如何，且听下文分解。

第二回　张翼德怒鞭督邮　何国舅谋诛宦竖

且说董卓字仲颖，陇西临洮人也，官拜河东太守，

> 据《后汉书·董卓传》：董卓字仲颖，陇西临洮人也。……桓帝末，以六郡良家子为羽林郎，从中郎将张奂为军司马，共击汉阳叛羌，破之，拜郎中……后为并州刺史，河东太守。中平元年，拜东中郎将，持节，代卢植击张角于下曲阳，军败抵罪。（参见《三国志·魏书·董卓传》及注引《英雄记》）

自来骄傲。当日怠慢了玄德，张飞性发，便欲杀之。玄德与关公急止之曰：“他是朝廷命官，岂可擅杀？”飞曰：“若不杀这厮，反要在他部下听令，其实不甘！二兄要便住在此，我自投别处去也！”玄德曰：“我三人义同生死，岂可相离？不若都投别处去便了。”飞曰：“若如此，稍解吾恨。”

于是三人连夜引军来投朱隽。隽待之甚厚，合兵一处，进讨张宝。是时曹操自跟皇甫嵩讨张梁，大战于曲阳。这里朱隽进攻张宝。张宝引贼众八九万，屯于山后。隽令玄德为其先锋，与贼对敌。张宝遣副将高升出马搦战，玄德使张飞击之。飞纵马挺矛，与升交战，不数合，刺升落马。玄德麾军直冲过去。张宝就马上披发仗剑，作起妖法。只见风雷大作，一股黑气，从天而降，黑气中似有无限人马杀来。玄德连忙回军，军中大乱。败阵而归，与朱隽计议。隽曰：“彼用妖术，我来日可宰猪羊狗血，令军士伏于山头；候贼赶来，从高坡上泼之，其法可解。”玄德听令，拨关公、张飞各引军一千，伏于山后高冈之上，盛猪羊狗血并秽物准备。次日，张宝摇旗擂鼓，引军搦战，玄德出迎。交锋之际，张宝作法，风雷大作，飞砂走石，黑气漫天，滚滚人马，自天而下。玄德拨马便走，张宝驱兵赶来。将过山头，关、张伏军放起号炮，秽物齐泼。但见空中纸人草马，纷纷坠地；风雷顿息，砂石不飞。张宝见解了法，急欲退军。左关公，右张飞，两军都出，背后玄德、朱隽一齐赶上，贼兵大败。玄德望见"地公将军"旗号，飞马赶来，张宝落荒而走。玄德发箭，中其左臂。张宝带箭逃脱，走入阳城，坚守不出。

朱隽引兵围住阳城攻打，一面差人打探皇甫嵩消息。探子回报，具说：“皇甫嵩大获胜捷，朝廷以董卓屡败，命嵩代之。嵩到时，张角已死；张梁统其众，与我军相拒，被皇甫嵩连胜七阵，斩张梁于曲阳。发张角之棺，戮尸枭首，送往京师。余众俱降。朝廷加皇甫嵩为车骑将军，领冀州牧。”

> 据《资治通鉴》卷五十八：（中平元年夏八月，）董卓攻张角无功，抵罪。乙巳，诏嵩讨角。……冬十月，皇甫嵩与张角弟梁战于广宗，梁众精勇，嵩不能克。明日，乃闭营休士，以观其变，知贼意稍懈，乃潜夜勒兵，鸡鸣，驰赴其陈，战至晡时，大破之，斩梁，获首三万级，赴河死者五万许人。角先已病死，剖棺戮尸，传首京师。十一月，嵩复攻角弟宝于下曲阳，斩之，斩获十余万人。即拜嵩为左车骑将军领冀州牧，封槐里侯。（参见《后汉书·皇甫嵩传》）

皇甫嵩又表奏卢植有功无罪，朝廷复卢植原官。

> 据《后汉书·卢植传》：及车骑将军皇甫嵩讨平黄巾，盛称植行师方略，嵩皆资用

规谋，济成其功。以其年复为尚书。

曹操亦以有功，除济南相，即日将班师赴任。"

　　据《三国志·魏书·武帝纪》：光和末，黄巾起。拜骑都尉，讨颍川贼。迁为济南相。

朱儁听说，催促军马，悉力攻打阳城。贼势危急，贼将严政刺杀张宝，献首投降。朱儁遂平数郡，上表献捷。

　　据《资治通鉴》卷五十八：（中平元年冬）十一月，嵩复攻角弟宝于下曲阳，斩之，斩获十余万人。（参见《后汉书·皇甫嵩传》）

时又黄巾余党三人：赵弘、韩忠、孙仲，聚众数万，望风烧劫，称与张角报仇。朝廷命朱儁即以得胜之师讨之。儁奉诏，率军前进。时贼据宛城，儁引兵攻之，赵弘遣韩忠出战。儁遣玄德、关、张攻城西南角。韩忠尽率精锐之众，来西南角抵敌。朱儁自纵铁骑二千，径取东北角。贼恐失城，急弃西南而回。玄德从背后掩杀，贼众大败，奔入宛城。朱儁分兵四面围定。城中断粮，韩忠使人出城投降。儁不许。玄德曰："昔高祖之得天下，盖为能招降纳顺；公何拒韩忠耶？"儁曰："彼一时，此一时也。昔秦、项之际，天下大乱，民无定主，故招降赏附，以劝来耳。今海内一统，惟黄巾造反；若容其降，无以劝善。使贼得利恣意劫掠，失利便投降：此长寇之志，非良策也。"玄德曰："不容寇降是矣。今四面围如铁桶，贼乞降不得，必然死战。万人一心，尚不可当，况城中有数万死命之人乎？不若撤去东南，独攻西北。贼必弃城而走，无心恋战，可即擒也。"儁然之，随撤东南二面军马，一齐攻打西北。韩忠果引军弃城而奔。儁与玄德、关、张率三军掩杀，射死韩忠，余皆四散奔走。正追赶间，赵弘、孙仲引贼众到，与儁交战。儁见弘势大，引军暂退。弘乘势复夺宛城。

　　据《资治通鉴》卷五十八：张曼成余党更以赵弘为帅，众复盛，至十余万，据宛城。朱俊与荆州刺史徐璆等合兵围之……俊击弘，斩之。贼帅韩忠复据宛拒俊，俊鸣鼓攻其西南，贼悉众赴之；俊自将精卒掩其东北，乘城而入。忠乃退保小城，惶惧乞降。诸将皆欲听之，俊曰："兵固有形同而势异者。昔秦、项之际，民无定主，故赏附以劝来耳。今海内一统，唯黄巾造逆。纳降无以劝善，讨之足以惩恶。今若受之，更开逆意，贼利则进战，钝则乞降，纵敌长寇，非良计也。"因急攻，连战不克。俊登土山望之，顾谓司马张超曰："吾知之矣。贼今外围周固，内营逼急，乞降不受，欲出不得，所以死战也。万人一心，犹不可当，况十万乎！不如彻围，并兵入城，忠见围解，势必自出。自出则意散，易破之道也。"既而解围，忠果出战，俊因击，大破之，斩首万余级。南阳太守秦颉杀忠，余众复奉孙夏为帅，还屯宛。（参见《后汉书·朱俊传》）

　　按：《演义》所述刘备参加朱俊攻打宛城的战事并向朱俊提出军事建议，与史相悖。

儁离十里下寨。方欲攻打，忽见正东一彪人马到来。为首一将，生得广额阔面，虎体熊腰；吴郡富春人也，姓孙，名坚，字文台，乃孙武子之后。年十七岁时，与父至钱塘，见海贼十余人，劫取商人财物，于岸上分赃。坚谓父曰："此贼可擒也。"遂奋力提刀上岸，扬声大叫，东西指挥，如唤人状。贼以为官兵至，尽弃财物奔走。坚赶上，杀一贼。由是郡县知名，荐为校尉。后会稽妖贼许昌造反，自称"阳明皇帝"，聚众数万；坚与郡司马招募勇士千余人，会合州郡破之，斩许昌并其子许韶。刺史臧旻上表奏其功，除坚为盐渎丞，又除盱眙丞、下邳丞。

　　据《三国志·吴书·孙坚传》：孙坚字文台，吴郡富春人，盖孙武之后也。少为县吏。

年十七，与父共载船至钱唐，会海贼胡玉等从匏里上掠取贾人财物，方于岸上分之，行旅皆住，船不敢进。坚谓父曰："此贼可击，请讨之。"父曰："非尔所图也。"坚行操刀上岸，以手东西指麾，若分部人兵以罗遮贼状。贼望见，以为官兵捕之，即委财物散走。坚追，斩得一级以还；父大惊。由是显闻，府召署假尉。会稽妖贼许昌起于句章，自称阳明皇帝，与其子韶扇动诸县，众以万数。坚以郡司马募召精勇，得千余人，与州郡合讨破之。是岁，熹平元年也。刺史臧旻列上功状，诏书除坚盐渎丞，数岁徙盱眙丞，又徙下邳丞。

今见黄巾寇起，聚集乡中少年及诸商旅，并淮泗精兵一千五百余人，前来接应。朱儁大喜，便令坚攻打南门，玄德打北门，朱儁打西门，留东门与贼走。孙坚首先登城，斩贼二十余人，贼众奔溃。赵弘飞马突槊，直取孙坚。坚从城上飞身夺弘槊，刺弘下马；却骑弘马，飞身往来杀贼。孙仲引贼突出北门，正迎玄德，无心恋战，只待奔逃。玄德张弓一箭，正中孙仲，翻身落马。朱儁大军随后掩杀，斩首数万级，降者不可胜计。南阳一路，十数郡皆平。儁班师回京，诏封为车骑将军，河南尹。儁表奏孙坚、刘备等功。坚有人情，除别郡司马上任去了；

　　据《资治通鉴》卷五十八：南阳太守秦颉杀（韩）忠，余众复奉孙夏为帅，还屯宛。俊急攻之，司马孙坚率众先登；癸巳，拔宛城。孙夏走，俊追至西鄂精山，复破之，斩万余级。于是黄巾破散，其余州郡所诛，一郡数千人。（参见《三国志·吴书·孙坚传》《后汉书·朱俊传》）

　　据《三国志·吴书·孙坚传》：汝、颍贼困迫，走保宛城。坚身当一面，登城先入，众乃蚁附，遂大破之。俊具以状闻上，拜坚别部司马。

　　据《后汉书·朱俊传》：明年春，遣使者持节拜俊右车骑将军，振旅还京师，以为光禄大夫，增邑五千，更封钱塘侯，加位特进。……复拜俊为光禄大夫，转屯骑，寻拜城门校尉、河南尹。

惟玄德听候日久，不得除授。

　　三人郁郁不乐，上街闲行，正值郎中张钧车到。玄德见之，自陈功绩。钧大惊，随入朝见帝曰："昔黄巾造反，其原皆由十常侍卖官鬻爵，非亲不用，非仇不诛，以致天下大乱。今宜斩十常侍，悬首南郊，遣使者布告天下，有功者重加赏赐，则四海自清平也。"十常侍奏帝曰："张钧欺主。"帝令武士逐出张钧。

　　据《资治通鉴》卷五十八：郎中中山张钧上书曰："窃惟张角所以能兴兵作乱，万民所以乐附之者，其源皆由十常侍多放父兄、子弟、婚亲、宾客典据州郡，辜榷财利，侵掠百姓，百姓之冤，无所告诉，故谋议不轨，聚为盗贼。宜斩十常侍，县头南郊，以谢百姓，遣使者布告天下，可不须师旅而大寇自消。"帝以钧章示诸常侍，皆免冠徒跣顿首，乞自致雒阳诏狱，并出家财以助军费。有诏，皆冠履视事如故。帝怒钧曰："此真狂子也！十常侍固常有一人善者不！"御史承旨，遂诬奏钧学黄巾道，收掠，死狱中。（参见《后汉书·宦者传·张让传》）

十常侍共议："此必破黄巾有功者，不得除授，故生怨言。权且教省家铨注微名，待后却再理会未晚。"因此玄德除授定州中山府安喜县尉，克日赴任。

　　据《三国志·蜀书·先主传》：灵帝末，黄巾起，州郡各举义兵，先主率其属从校尉邹靖讨黄巾贼有功，除安喜尉。

　　据《三国志·蜀书·先主传》注引鱼氏《典略》：平原刘子平知备有武勇，时张纯反叛，青州被诏，遣从事将兵讨纯，过平原，子平荐备于从事，遂与相随，遇贼于野，备中创阳死，贼去后，故人以车载之，得免。后以军功，为中山安喜尉。

玄德将兵散回乡里，止带亲随二十余人，与关、张来安喜县中到任。署县事一月，与民秋毫无犯，民皆感化。到任之后，与关、张食则同桌，寝则同床。如玄德在稠人广坐，关、张侍立，终日不倦。

> 据《三国志·蜀书·关羽传》：先主与二人寝则同床，恩若兄弟。而稠人广坐，侍立终日，随先主周旋，不避艰险。（参见《资治通鉴》卷六十）

到县未及四月，朝廷降诏，凡有军功为长吏者当沙汰。玄德疑在遣中。适督邮行部至县，玄德出郭迎接，见督邮施礼。督邮坐于马上，惟微以鞭指回答。关、张二公俱怒。及到馆驿，督邮南面高坐，玄德侍立阶下。良久，督邮问曰："刘县尉是何出身？"玄德曰："备乃中山靖王之后；自涿郡剿戮黄巾，大小三十余战，颇有微功，因得除今职。"督邮大喝曰："汝诈称皇亲，虚报功绩！目今朝廷降诏，正要沙汰这等滥官污吏！"玄德喏喏连声而退。归到县中，与县吏商议。吏曰："督邮作威，无非要贿赂耳。"玄德曰："我与民秋毫无犯，那得财物与他？"次日，督邮先提县吏去，勒令指称县尉害民。玄德几番自往求免，俱被门役阻住，不肯放参。

却说张飞饮了数杯闷酒，乘马从馆驿前过，见五六十个老人，皆在门前痛哭。飞问其故，众老人答曰："督邮逼勒县吏，欲害刘公；我等皆来苦告，不得放入，反遭把门人赶打！"张飞大怒，睁圆环眼，咬碎钢牙，滚鞍下马，径入馆驿，把门人那里阻挡得住，直奔后堂，见督邮正坐厅上，将县吏绑倒在地。飞大喝："害民贼！认得我么？"督邮未及开言，早被张飞揪住头发，扯出馆驿，直到县前马桩上缚住；攀下柳条，去督邮两腿上着力鞭打，一连打折柳条十数枝。玄德正纳闷间，听得县前喧闹，问左右，答曰："张将军绑一人在县前痛打。"玄德忙去观之，见绑缚者乃督邮也。玄德惊问其故。飞曰："此等害民贼，不打死等甚！"督邮告曰："玄德公救我性命！"玄德终是仁慈的人，急喝张飞住手。傍边转过关公来，曰："兄长建许多大功，仅得县尉，今反被督邮侮辱。吾思枳棘丛中，非栖鸾凤之所；不如杀督邮，弃官归乡，别图远大之计。"玄德乃取印绶，挂于督邮之颈，责之曰："据汝害民，本当杀却；今姑饶汝命。吾缴还印绶，从此去矣。"

> 据《三国志·蜀书·先主传》注引《典略》：其后州郡被诏书，其有军功为长吏者，当沙汰之，备疑在遣中。督邮至县，当遣备，备素知之。闻督邮在传舍，备欲求见督邮，督邮称疾不肯见备，备恨之，因还治，将吏卒更诣传舍，突入门，言"我被府君密教收督邮"。遂就床缚之，将出到界，自解其绶以系督邮颈，缚之著树，鞭杖百余下，欲杀之。督邮求哀，乃释去之。

> 据《三国志·蜀书·先主传》：督邮以公事到县，先主求谒，不通，直入缚督邮，杖二百，解绶系其颈着马柳，弃官亡命。

> 按：据史书，鞭打督邮的是刘备，《演义》移植为张飞。

督邮归告定州太守，

> 据《明史·地理志》：定州，元中山府。洪武二年正月改曰定州。三年以州治安喜县省入。

> 据《后汉书·郡国志》：中山国……安熹本安险，章帝更名。

> 按：定州乃明代地名，州治在安喜，东汉时安喜县属于中山国下辖，所以此处督邮归告的应该是中山国相。

太守申文省府，差人捕捉。玄德、关、张三人往代州投刘恢。

> 据《三国志·蜀书·先主传》：顷之，大将军何进遣都尉毌丘毅诣丹杨募兵，先主与俱行，至下邳遇贼，力战有功，除为下密丞。复去官。后为高唐尉，迁为令。
>
> 据《明史·地理志》：代州洪武二年降为县。八年二月复升为州。句注山在西，亦名西陉，亦曰雁门山，其北为雁门关，有雁门守御千户所，洪武十二年十月置。
>
> 按：代州是明代地名，对应东汉时期的并州雁门郡广武县。据《三国志·蜀书·先主传》，刘备此后曾至下邳，又先后在下密和高唐任职，并没有去并州。下邳属徐州，高唐属青州，故此时刘备的活动范围是在青、徐一带。刘恢，史无其人。

恢见玄德乃汉室宗亲，留匿在家不题。

却说十常侍既握重权，互相商议：但有不从己者，诛之。赵忠、张让差人问破黄巾将士索金帛，不从者奏罢职。皇甫嵩、朱隽皆不肯与，赵忠等俱奏罢其官。

> 据《资治通鉴》卷五十八：皇甫嵩之讨张角也，过邺，见中常侍赵忠舍宅逾制，奏没入之。又中常侍张让私求钱五千万，嵩不与。二人由是奏嵩连战无功，功费者多，征嵩还，收左军骑将车印绶，削户六千。

帝又封赵忠等为车骑将军，张让等十三人皆封列侯。朝政愈坏，人民嗟怨。于是长沙贼区星作乱；

> 据《资治通鉴》卷五十八：（中平四年）冬十月，长沙贼区星自称将军，众万余人。（参见《三国志·吴书·孙坚传》《后汉书·灵帝纪》及《资治通鉴考异》）

渔阳张举、张纯反，举称天子，纯称大将军。

> 据《资治通鉴》卷五十八：张温发幽州乌桓突骑三千以讨凉州，故中山相渔阳张纯请将之，温不听，而使涿令辽西公孙瓒将之。军到蓟中，乌桓以牢禀逋县，多叛还本国。张纯忿不得将，乃与同郡故泰山太守张举及乌桓大人丘力居等连盟，劫略蓟中，杀护乌桓校尉公綦稠、右北平太守刘政、辽东太守阳终等，众至十余万，屯肥如。举称天子，纯称弥天将军、安定王，移书州郡，云举当代汉，告天子避位，敕公卿奉迎。（参见《后汉书·灵帝纪》《刘虞传》）

表章雪片告急，十常侍皆藏匿不奏。

一日，帝在后园与十常侍饮宴，谏议大夫刘陶，径到帝前大恸。帝问其故。陶曰："天下危在旦夕，陛下尚自与阉宦共饮耶！"帝曰："国家承平，有何危急？"陶曰："四方盗贼并起，侵掠州郡。其祸皆由十常侍卖官害民，欺君罔上。朝廷正人皆去，祸在目前矣！"十常侍皆免冠跪伏于帝前曰："大臣不相容，臣等不能活矣！愿乞性命归田里，尽将家产以助军资。"言罢痛哭。帝怒谓陶曰："汝家亦有近侍之人，何独不容朕耶？"呼武士推出斩之。刘陶大呼："臣死不惜！可怜汉室天下，四百余年，到此一旦休矣！"

> 据《资治通鉴》卷五十八：谏议大夫刘陶上言："天下前遭张角之乱，后遭边章之寇，今西羌逆类已攻河东，恐遂转盛，豕突上京。民有百走退死之心，而无一前斗生之计，西寇浸前，车骑孤危，假令失利，其败不救。臣自知言数见厌，而言不自裁者，以为国安则臣蒙其庆，国危则臣亦先亡也。谨复陈当今要急八事。"大较言天下大乱，皆由宦官。宦官共谮陶曰："前张角事发，诏书示以威恩，自此以来，各各改悔。今者四方安静，而陶疾害圣政，专言妖孽。州郡不上，陶何缘知？疑陶与贼通情。"于是收陶下黄门北寺狱，掠按日急。陶谓使者曰："臣恨不与伊、吕同畴，而以三仁为辈。今上

杀忠謇之臣,下有憔悴之民,亦在不久,后悔何及!"遂闭气而死。

武士拥陶出,方欲行刑,一大臣喝住曰:"勿得下手,待我谏去。"众视之,乃司徒陈耽,径入宫中来谏帝曰:"刘谏议得何罪而受诛?"帝曰:"毁谤近臣,冒渎朕躬。"耽曰:"天下人民,欲食十常侍之肉,陛下敬之如父母,身无寸功,皆封列侯;况封谞等结连黄巾,欲为内乱:陛下今不自省,社稷立见崩摧矣!"帝曰:"封谞作乱,其事不明。十常侍中,岂无一二忠臣?"陈耽以头撞阶而谏。帝怒,命牵出,与刘陶皆下狱。是夜,十常侍即于狱中谋杀之;

　　据《资治通鉴》卷五十八:前司徒陈耽为人忠正,宦官怨之,亦诬陷,死狱中。
　　据《后汉书·灵帝纪》:前司徒陈耽、谏议大夫刘陶坐直言,下狱死。

假帝诏以孙坚为长沙太守,讨区星。

　　不五十日,报捷,江夏平,诏封坚为乌程侯。

　　据《资治通鉴》卷五十八:(中平四年)冬十月,长沙贼区星自称将军,众万余人;诏以议郎孙坚为长沙太守,讨击平之,封坚乌程侯。(参见《三国志·吴书·孙坚传》《后汉书·灵帝纪》及《资治通鉴考异》)

封刘虞为幽州牧,

　　据《资治通鉴》卷五十九:以……宗正东海刘虞为幽州牧。……虞,东海恭王之五世孙也。虞尝为幽州刺史,民夷怀其恩信,故用之。(参见《后汉书·刘虞传》)

领兵往渔阳征张举、张纯。代州刘恢以书荐玄德见虞。虞大喜,令玄德为都尉,引兵直抵贼巢,与贼大战数日,挫动锐气。张纯专一凶暴,士卒心变,帐下头目刺杀张纯,将头纳献,率众来降。张举见势败,亦自缢死。渔阳尽平。

　　据《资治通鉴》卷五十九:张纯与丘力居钞略青、徐、幽、冀四州;诏骑都尉公孙瓒讨之。瓒与战于属国石门,纯等大败,弃妻子,逾塞走;悉得所略男女。瓒深入无继,反为丘力居等所围于辽西管子城,二百余日,粮尽众溃,士卒死者什五六。……幽州牧刘虞到部,遣使至鲜卑中,告以利害,责使送张举、张纯首,厚加购尝。丘力居等闻虞至,喜,各遣译自归。举、纯走出塞,余皆降散。虞上罢诸屯兵,但留降虏校尉公孙瓒,将步骑万人屯右北平。(中平六年春)三月,张纯客王政杀纯,送首诣虞。(参见《后汉书·刘虞传》《乌桓传》,《三国志·魏书·公孙瓒传》《乌丸传》)
　　据《三国志·蜀书·先主传》注引《典略》:平原刘子平知备有武勇,时张纯反叛,青州被诏,遣从事将兵讨纯,过平原,子平荐备于从事,遂与相随,遇贼于野,备中创阳死,贼去后,故人以车载之,得免。后以军功,为中山安喜尉。

刘虞表奏刘备大功,朝廷赦免鞭督邮之罪,除下密丞,迁高堂尉。公孙瓒又表陈玄德前功,荐为别部司马,守平原县令。玄德在平原,颇有钱粮军马,重整旧日气象。

　　据《三国志·蜀书·先主传》:顷之,大将军何进遣都尉毌丘毅诣丹杨募兵,先主与俱行,至下邳遇贼,力战有功,除为下密丞。复去官。后为高唐尉,迁为令。为贼所破,往奔中郎将公孙瓒,瓒表为别部司马,使为青州刺史田楷以拒冀州牧袁绍。数有战功,试守平原令,后领平原相。(参见《资治通鉴》卷六十)
　　据《三国志·蜀书·关羽传》:先主为平原相,以羽、飞为别部司马,分统部曲。

刘虞平寇有功,封太尉。

> 据《三国志·魏书·公孙瓒传》：虞以功即拜太尉，封襄贲侯。（参见《后汉书·刘虞传》）

中平六年夏四月，灵帝病笃，召大将军何进入宫，商议后事。那何进起身屠家；因妹入宫为贵人，生皇子辩，遂立为皇后。进由是得权重任。

> 据《三国志·魏书·董卓传》注引《续汉书》：进字遂高，南阳人，太后异母兄也。进本屠家子，父曰真。真死后，进以妹倚黄门得入掖庭，有宠，光和三年立为皇后，进由是贵幸。中平元年，黄巾起，拜进大将军。（参见《后汉书·何进传》《灵思何皇后纪》）

帝又宠幸王美人，生皇子协。何后嫉妒，鸩杀王美人。皇子协养于董太后宫中。

> 据《资治通鉴》卷五十八：何皇后性强忌，后宫王美人生皇子协，后鸩杀美人。帝大怒，欲废后；诸中官固请，得止。（参见《后汉书·献帝纪》）

> 据《后汉书·灵思何皇后纪》：时王美人任娠，畏后，乃服药欲除之，而胎安不动，又数梦负日而行。（光和）四年，生皇子协，后遂鸩杀美人。帝大怒，欲废后，诸宦官固请得止。董太后自养协，号曰董侯。

董太后乃灵帝之母，解渎亭侯刘苌之妻也。初因桓帝无子，迎立解渎亭侯之子，是为灵帝。灵帝入继大统，遂迎养母氏于宫中，尊为太后。

董太后尝劝帝立皇子协为太子。帝亦偏爱协，欲立之。

> 据《后汉书·孝仁董皇后纪》：孝仁董皇后讳某，河间人。为解犊亭侯苌夫人，生灵帝。……初，后自养皇子协，数劝帝立为太子，而何皇后恨之，议未及定而帝崩。

当时病笃，中常侍蹇硕奏曰："若欲立协，必先诛何进，以绝后患。"帝然其说，因宣进入宫。进至宫门，司马潘隐谓进曰："不可入宫。蹇硕欲谋杀公。"

> 据《资治通鉴》卷五十九：初，帝数失皇子，何皇后生子辩，养于道人史子眇家，号曰"史侯"。王美人生子协，董太后自养之，号曰"董侯"。群臣请立太子。帝以辩轻佻无威仪，欲立协，犹豫未决。会疾笃，属协于蹇硕。（中平六年夏四月）丙辰，帝崩于嘉德殿。硕时在内，欲先诛何进而立协，使人迎进，欲与计事；进即驾往。硕司马潘隐与进早旧，迎而目之。进惊，驰从傥道归营，引兵入屯百郡邸，因称疾不入。（参见《后汉书·何进传》）

进大惊，急归私宅，召诸大臣，欲尽诛宦官。座上一人挺身出曰："宦官之势，起自冲、质之时；朝廷滋蔓极广，安能尽诛？倘机不密，必有灭族之祸：请细详之。"进视之，乃典军校尉曹操也。

> 据《三国志·魏书·武帝纪》：征太祖为典军校尉。

进叱曰："汝小辈安知朝廷大事！"正踌躇间，潘隐至，言："帝已崩。

> 据《后汉书·灵帝纪》：（中平六年夏四月）丙辰，帝崩于南宫嘉德殿，年三十四。

今蹇硕与十常侍商议，秘不发丧，矫诏宣何国舅入宫，欲绝后患，册立皇子协为帝。"说未了，使命至，宣进速入，以定后事。操曰："今日之计，先宜正君位，然后图贼。"进曰："谁敢与吾正君讨贼？"一人挺身出曰："愿借精兵五千，斩关入内，册立新君，尽诛阉竖，扫清朝廷，以安天下！"进视之，乃司徒袁逢之子，袁隗之侄：名绍，字本初，现为司隶校尉。

> 据《三国志·魏书·袁绍传》：袁绍字本初，汝南汝阳人也。高祖父安，为汉司徒。自安以下四世居三公位，由是势倾天下。绍有姿貌威容，能折节下士，士多附之，太祖

少与交焉。以大将军掾为侍御史，稍迁中军校尉，至司隶。（参见《后汉书·袁绍传》）

据《三国志·魏书·袁绍传》注引《魏书》：绍即逢之庶子，术异母兄也，出后成为子。

据《后汉书·袁绍传》：袁绍字本初，汝南汝阳人，司徒汤之孙。父成，五官中郎将。

据《三国志·魏书·袁绍传》注引华峤《汉书》：安字邵公，……章帝时至司徒，生蜀郡太守京。京弟敞为司空。京子汤，太尉。汤四子：长子平，平弟成，左中郎将，并早卒；成弟逢，逢弟隗，皆为公。

何进大喜，遂点御林军五千。绍全身披挂。何进引何颙、荀攸、郑泰等大臣三十余员，相继而入，就灵帝柩前，扶立太子辩即皇帝位。

百官呼拜已毕，袁绍入宫收蹇硕。硕慌走入御园，花阴下为中常侍郭胜所杀。硕所领禁军，尽皆投顺。

据《资治通鉴》卷五十九：（中平六年夏四月）戊午，皇子辩即皇帝位，年十四。尊皇后曰皇太后。太后临朝。赦天下，改元为光熹。封皇弟协为渤海王。协年九岁。以后将军袁隗为太傅，与大将军何进参录尚书事。进既秉朝政，忿蹇硕图己，阴规诛之。袁绍因进亲客张津，劝进悉诛诸宦官。进以袁氏累世贵宠，而绍与从弟虎贲中郎将术皆为豪桀所归，信而用之。复博征智谋之士何颙、荀攸及河南郑泰等二十余人，以颙为北军中候，攸为黄门侍郎，泰为尚书，与同腹心。攸，爽之从孙也。蹇硕疑不自安，与中常侍赵忠、宋典等书曰："大将军兄弟秉国专朝，今与天下党人谋诛先帝左右，扫灭我曹，但以硕典禁兵，故且沉吟。今宜共闭上阁，急捕诛之。"中常侍郭胜，进同郡人也，太后及进之贵幸，胜有力焉，故亲信何氏；与赵忠等议，不从硕计，而以其书示进。庚午，进使黄门令收硕，诛之，因悉领其屯兵。（参见《后汉书·何进传》《灵帝纪》《郑太传》，《三国志·魏书·袁绍传》注引《续汉书》，《三国志·魏书·华歆传》《荀攸传》）

绍谓何进曰："中官结党。今日可乘势尽诛之。"张让等知事急，慌入告何后曰："始初设谋陷害大将军者，止蹇硕一人，并不干臣等事。今大将军听袁绍之言，欲尽诛臣等，乞娘娘怜悯！"何太后曰："汝等勿忧，我当保汝。"传旨宣何进入。太后密谓曰："我与汝出身寒微，非张让等，焉能享此富贵？今蹇硕不仁，既已伏诛，汝何听信人言，欲尽诛宦官耶？"何进听罢，出谓众官曰："蹇硕设谋害我，可族灭其家。其余不必妄加残害。"袁绍曰："若不斩草除根，必为丧身之本。"进曰："吾意已决，汝勿多言。"众官皆退。次日，太后命何进参录尚书事，其余皆封官职。

董太后宣张让等入宫商议曰："何进之妹，始初我抬举他。今日他孩儿即皇帝位，内外臣僚，皆其心腹：威权太重，我将如何？"让奏曰："娘娘可临朝，垂帘听政；封皇子协为王；加国舅董重大官，掌握军权；重用臣等：大事可图矣。"董太后大喜。次日设朝，董太后降旨，封皇子协为陈留王，

据《资治通鉴》卷五十九：（中平六年夏四月）戊午，皇子辩即皇帝位，……封皇弟协为渤海王。……秋七月，徙渤海王协为陈留王。（参见《后汉书·献帝纪》）

董重为骠骑将军，

据《资治通鉴》卷五十九：（中平五年秋九月，）以卫尉条侯董重为票骑将军。重，永乐太后兄子也。（参见《后汉书·孝仁董皇后纪》）

张让等共预朝政。

何太后见董太后专权，于宫中设一宴，请董太后赴席。酒至半酣，何太后起身捧杯再拜曰：

"我等皆妇人也，参预朝政，非其所宜。昔吕后因握重权，宗族千口皆被戮。今我等宜深居九重；朝廷大事，任大臣元老自行商议，此国家之幸也。愿垂听焉。"董后大怒曰："汝鸩死王美人，设心嫉妒。今倚汝子为君，与汝兄何进之势，辄敢乱言！吾敕骠骑断汝兄首，如反掌耳！"何后亦怒曰："吾以好言相劝，何反怒耶？"董后曰："汝家屠沽小辈，有何见识！"两宫互相争竞，张让等各劝归宫。何后连夜召何进入宫，告以前事。何进出，召三公共议。来早设朝，使廷臣奏董太后原系藩妃，不宜久居宫中，合仍迁于河间安置，限日下即出国门。一面遣人起送董后；一面点禁军围骠骑将军董重府宅，追索印绶。董重知事急，自刎于后堂。家人举哀，军士方散。

  据《资治通鉴》卷五十九：骠骑将军董重，与何进权势相害，中官挟重以为党助。董太后每欲参干政事，何太后辄相禁塞，董后忿恚詈曰："汝今辀张，怙汝兄耶！吾敕骠骑断何进头，如反手耳！"何太后闻之，以告进。五月，进与三公共奏："孝仁皇后使故中常侍夏恽等交通州郡，辜较财利，悉入西省。故事，蕃后不得留京师；请迁宫本国。"奏可。（中平六年夏五月）辛巳，进举兵围骠骑府，收董重，免官，自杀。（参见《后汉书·孝仁董皇后纪》）

张让、段珪见董后一枝已废，遂皆以金珠玩好结构何进弟何苗并其母舞阳君，令早晚入何太后处，善言遮蔽：因此十常侍又得近幸。

六月，何进暗使人鸩杀董后于河间驿庭，举柩回京，葬于文陵。

  据《资治通鉴》卷五十九：（中平六年夏）六月辛亥，董后忧怖，暴崩。民间由是不附何氏。

  据《后汉书·孝仁董皇后纪》：后忧怖，疾病暴崩，在位二十二年。民间归咎何氏。丧还河间，合葬慎陵。

  据《后汉书·孝仁董皇后纪》：孝仁董皇后……为解犊亭侯苌夫人，生灵帝。

  按：《演义》称董太后死后葬于洛阳之文陵，与史不合。文陵乃灵帝之陵，据《后汉书·孝仁董皇后纪》，董太后乃解犊亭侯刘苌夫人，应与刘苌合葬，断无葬于文陵之理。

进托病不出。司隶校尉袁绍入见进曰："张让、段珪等流言于外，言公鸩杀董后，欲谋大事。乘此时不诛阉宦，后必为大祸。昔窦武欲诛内竖，机谋不密，反受其殃。今公兄弟部曲将吏，皆英俊之士；若使尽力，事在掌握。此天赞之时，不可失也。"进曰："且容商议。"左右密报张让，让等转告何苗，又多送贿赂。苗入奏何后云："大将军辅佐新君，不行仁慈，专务杀伐。今无端又欲杀十常侍，此取乱之道也。"后纳其言。少顷，何进入白后，欲诛中涓。何后曰："中官统领禁省，汉家故事。先帝新弃天下，尔欲诛杀旧臣，非重宗庙也。"进本是没决断之人，听太后言，唯唯而出。

  据《资治通鉴》卷五十九：袁绍复说何进曰："前窦武欲诛内宠而反为所害者，但坐言语漏泄；五营兵士皆畏服中人，而窦氏反用之，自取祸灭。今将军兄弟并领劲兵，部曲将吏皆英俊名士，乐尽力命，事在掌握，此天赞之时也。将军宜一为天下除患，以垂名后世，不可失也！"进乃白太后，请尽罢中常侍以下，以三署郎补其处。太后不听，曰："中官统领禁省，自古及今，汉家故事，不可废也。且先帝新弃天下，我奈何楚楚与士人共对事乎！"进难违太后意，且欲诛其放纵者。绍以为中官亲近至尊，出纳号令，今不悉废，后必为患。而太后母舞阳君及何苗数受诸宦官赂遗，知进欲诛之。数白太后为其障蔽；又言："大将军专杀左右，擅权以弱社稷。"太后疑以为然。进新贵，素敬惮中官，虽外慕大名而内不能断，故事久不决。（参见《后汉书·何进传》，《三国志·魏书·袁绍传》注引司马彪《九州春秋》）

据《三国志·魏书·刘表传》注引《傅子》：越，蒯通之后也，深中足智，魁杰有雄姿。大将军何进闻其名，辟为东曹掾。越劝进诛诸阉官，进犹豫不决。越知进必败，求出为汝阳令，佐刘表平定境内，表得以强大。

袁绍迎问曰："大事若何？"进曰："太后不允，如之奈何？"绍曰："可召四方英雄之士，勒兵来京，尽诛阉竖。此时事急，不容太后不从。"进曰："此计大妙！"便发檄至各镇，召赴京师。主簿陈琳曰："不可！俗云：掩目而捕燕雀，是自欺也。微物尚不可欺以得志，况国家大事乎？今将军仗皇威，掌兵要，龙骧虎步，高下在心：若欲诛宦官，如鼓洪炉燎毛发耳。但当速发雷霆，行权立断，则天人顺之。却反外檄大臣，临犯京阙，英雄聚会，各怀一心：所谓倒持干戈，授人以柄，功必不成，反生乱矣。"何进笑曰："此懦夫之见也！"

据《资治通鉴》卷五十九：绍等又为画策，多召四方猛将及诸豪杰，使并引兵向京城，以胁太后；进然之。主簿广陵陈琳谏曰："谚称'掩目捕雀'，夫微物尚不可欺以得志，况国之大事，其可以诈立乎！今将军总皇威，握兵要，龙骧虎步，高下在心，此犹鼓洪炉燎毛发耳。但当速发雷霆，行权立断，则天人顺之。而反委释利器，更征外助，大兵聚会，强者为雄，所谓倒持干戈，授人以柄，功必不成，只为乱阶耳！"进不听。（参见《后汉书·何进传》《三国志·魏书·王粲传附陈琳传》）

旁边一人鼓掌大笑曰："此事易如反掌，何必多议！"视之，乃曹操也。正是：欲除君侧宵人乱，须听朝中智士谋。不知曹操说出甚话来，且听下文分解。

第三回　议温明董卓叱丁原　馈金珠李肃说吕布

且说曹操当日对何进曰："宦官之祸，古今皆有；但世主不当假之权宠，使至于此。若欲治罪，当除元恶，但付一狱吏足矣，何必纷纷召外兵乎？欲尽诛之，事必宣露。吾料其必败也。"

> 据《资治通鉴》卷五十九：典军校尉曹操闻而笑曰："宦者之官，古今宜有，但世主不当假之权宠，使至于此。既治其罪，当诛元恶，一狱吏足矣，何至纷纷召外兵乎！欲尽诛之，事必宣露，吾见其败也。"（参见《三国志·魏书·武帝纪》注引《魏书》）

何进怒曰："孟德亦怀私意耶？"操退曰："乱天下者，必进也。"进乃暗差使命，赍密诏星夜往各镇去。

却说前将军、鳌乡侯、西凉刺史董卓，先为破黄巾无功，朝议将治其罪，因贿赂十常侍幸免；后又结托朝贵，遂任显官，

> 据《三国志·魏书·董卓传》：董卓字仲颖，陇西临洮人也。少好侠……卓有才武，旅力少比，双带两鞬，左右驰射。……征拜并州刺史、河东太守，迁中郎将，讨黄巾，军败抵罪。……复为中郎将……拜前将军，封鳌乡侯，征为并州牧。（参见《后汉书·董卓传》）

统西州大军二十万，常有不臣之心。是时得诏大喜，点起军马，陆续便行；使其婿中郎将牛辅守住陕西，自己却带李傕、郭汜、张济、樊稠等提兵望洛阳进发。卓婿谋士李儒曰："今虽奉诏，中间多有暗昧。何不差人上表，名正言顺，大事可图。"卓大喜，遂上表。其略曰：

> 窃闻天下所以乱逆不止者，皆由黄门常侍张让等侮慢天常之故。臣闻扬汤止沸，不如去薪；溃痈虽痛，胜于养毒。臣敢鸣钟鼓入洛阳，请除让等。社稷幸甚！天下幸甚！

> 据《资治通鉴》卷五十九：何进召卓使将兵诣京师。……进府掾王匡，骑都尉鲍信，皆泰山人，进使还乡里募兵；并召东郡太守桥瑁屯成皋，使武猛都尉丁原将数千人寇河内，烧孟津，火照城中，皆以诛宦官为言。董卓闻召，即时就道，并上书曰："中常侍张让等，窃幸承宠，浊乱海内。臣闻扬汤止沸，莫若去薪；溃痈虽痛，胜于内食。昔赵鞅兴晋阳之甲以逐君侧之恶，今臣辄鸣钟鼓如雒阳，请收让等以清奸秽！"（参见《三国志·魏书·董卓传》及注引《典略》，《后汉书·董卓传》《何进传》，《资治通鉴考异》）

何进得表，出示大臣。侍御史郑泰谏曰："董卓乃豺狼也，引入京城，必食人矣。"进曰："汝多疑，不足谋大事。"卢植亦谏曰："植素知董卓为人，面善心狠；一入禁庭，必生祸患。不如止之勿来，免致生乱。"进不听，郑泰、卢植皆弃官而去。朝廷大臣，去者大半。

> 据《资治通鉴》卷五十九：何进召卓使将兵诣京师。侍御史郑泰谏曰："董卓强忍寡义，志欲无厌，若借之朝政，授以大事，将恣凶欲，必危朝廷。明公以亲德之重，据阿衡之权，秉意独断，诛除有罪，诚不宜假卓以为资援也！且事留变生，殷鉴不远，宜在速决。"尚书卢植亦言不宜召卓，进皆不从。泰乃弃官去，谓荀攸曰："何公未易辅也。"（参见《三国志·魏书·郑浑传》注引张璠《汉纪》，《后汉书·郑太传》《卢植传》）

进使人迎董卓于渑池，卓按兵不动。

> 据《资治通鉴》卷五十九：卓至渑池，而进更狐疑，使谏议大夫种邵宣诏止之。卓不受诏，遂前至河南；邵迎劳之，因譬令还军。卓疑有变，使其军士以兵胁邵。邵怒，称诏叱之，军士皆披，遂前质责卓；卓辞屈，乃还军夕阳亭。

张让等知外兵到，共议曰："此何进之谋也；我等不先下手，皆灭族矣。"乃先伏刀斧手五十人于长乐宫嘉德门内，入告何太后曰："今大将军矫诏召外兵至京师，欲灭臣等，望娘娘垂怜赐救。"太后曰："汝等可诣大将军府谢罪。"让曰："若到相府，骨肉齑粉矣。望娘娘宣大将军入宫谕止之。如其不从，臣等只就娘娘前请死。"太后乃降诏宣进。

> 据《资治通鉴》卷五十九：（中平六年秋）八月戊辰，进入长乐宫，白太后，请尽诛诸常侍。中常侍张让、段珪相谓曰："大将军称疾，不临丧，不送葬，今欻入省，此意何为？窦氏事竟复起邪？"使潜听，具闻其语。乃率其党数十人持兵窃自侧闼入，伏省户下，进出，因诈以太后诏召进。（参见《后汉书·何进传》）

进得诏便行。主簿陈琳谏曰："太后此诏，必是十常侍之谋，切不可去。去必有祸。"进曰："太后诏我，有何祸事？"袁绍曰："今谋已泄，事已露，将军尚欲入宫耶？"

> 据《资治通鉴》卷五十九：袁绍惧进变计，因胁之曰："交构已成，形势已露，将军复欲何待而不早决之乎？事久变生，复为窦氏矣！"进于是以绍为司隶校尉，假节，专命击断。（参见《三国志·魏书·袁绍传》注引《九州春秋》，《后汉书·何进传》）

曹操曰："先召十常侍出，然后可入。"进笑曰："此小儿之见也。吾掌天下之权，十常侍敢待如何？"绍曰："公必欲去，我等引甲士护从，以防不测。"于是袁绍、曹操各选精兵五百，命袁绍之弟袁术领之。袁术全身披挂，引兵布列青琐门外。

> 据《三国志·魏书·袁绍传》：又令绍弟虎贲中郎将术选温厚虎贲二百人，当入禁中，代持兵黄门陛守门户。

绍与操带剑护送何进至长乐宫前。黄门传懿旨云："太后特宣大将军，余人不许辄入。"将袁绍、曹操等都阻住宫门外。何进昂然直入。至嘉德殿门，张让、段珪迎出，左右围住，进大惊。让厉声责进曰："董后何罪，妄以鸩死？国母丧葬，托疾不出！汝本屠沽小辈，我等荐之天子，以致荣贵；不思报效，欲相谋害，汝言我等甚浊，其清者是谁？"进慌急，欲寻出路，宫门尽闭，伏甲齐出，将何进砍为两段。

> 据《后汉书·何进传》：（中平六年秋）八月……张让等……诈以太后诏召进。入坐省闼，让等诘进曰："天下愦愦，亦非独我曹罪也。先帝尝与太后不快，几至成败，我曹涕泣救解，各出家财千万为礼，和悦上意，但欲托卿门户耳。今乃欲灭我曹种族，不亦太甚乎？卿言省内秽浊，公卿以下忠清者为谁？"于是尚方监渠穆拔剑斩进于嘉德殿前。让、珪等为诏，以故太尉樊陵为司隶校尉，少府许相为河南尹。尚书得诏板，疑之，曰："请大将军出共议。"中黄门以进头掷与尚书，曰："何进谋反，已伏诛矣。"（参见《资治通鉴》卷五十九，《三国志·魏书·袁绍传》《后汉书·宦者传·张让传》）

后人有诗叹之曰：

　　汉室倾危天数终，无谋何进作三公。几番不听忠臣谏，难免宫中受剑锋。

让等既杀何进，袁绍久不见进出，乃于宫门外大叫曰："请将军上车！"让等将何进首级从墙上掷出，宣谕曰："何进谋反，已伏诛矣！其余胁从，尽皆赦宥。"袁绍厉声大叫："阉官谋杀大臣！诛恶党者前来助战！"何进部将吴匡，便于青琐门外放起火来。袁术引兵突入宫庭，但见阉官，不论大小，尽皆杀之。袁绍、曹操斩关入内。赵忠、程旷、夏恽、郭胜四个被赶至翠花楼前，剁为肉泥。宫中火焰冲天。张让、段珪、曹节、

> 据《后汉书·宦者传·曹节传》：曹节字汉丰，南阳新野人也。其本魏郡人，世吏二千石。顺帝初，以西园骑迁小黄门。桓帝时，迁中常侍，奉车都尉。建宁元年，持节将中黄门虎贲羽林千人，北迎灵帝，陪乘入宫。及即位，以定策封长安乡侯，六百户。……（光和）四年，卒，赠车骑将军。

侯览

> 据《后汉书·宦者传·侯览传》：侯览者，山阳防东人。桓帝初为中常侍……建宁二年……代曹节领长乐太仆。熹平元年，有司举奏览专权骄奢，策收印绶，自杀。

> 按：据《后汉书·宦者传》，曹节死于光和四年（181），侯览死于熹平元年（172），均在何进谋诛宦官之前。

将太后及太子并陈留王劫去内省，从后道走北宫。

> 据《资治通鉴》卷五十九：让、珪等为诏，以故太尉樊陵为司隶校尉，少府许相为河南尹。尚书得诏板，疑之，曰："请大将军出共议。"中黄门以进头掷与尚书，曰："何进谋反，已伏诛矣！"进部曲将吴匡、张璋在外，闻进被害，欲引兵入宫，宫门闭。虎贲中郎将袁术与匡共研攻之，中黄门持兵守阁。会日暮，术因烧南宫青琐门，欲以胁出让等。让等入白太后，言大将军兵反，烧宫，攻尚书闼，因将太后、少帝及陈留王，劫省内官属，从复道走北宫。（参见《后汉书·何进传》《灵帝纪》）

> 按：从后道走北宫，据《资治通鉴》和《后汉书·何进传》，应作"从复道走北宫"；原文因"复""后"两字之繁体"復""後"形近而误。

时卢植弃官未去，见宫中事变，擐甲持戈，立于阁下。遥见段珪拥逼何后过来，植大呼曰："段珪逆贼，安敢劫太后！"段珪回身便走。太后从窗中跳出，植急救得免。吴匡杀入内庭，见何苗亦提剑出。匡大呼曰："何苗同谋害兄，当共杀之！"众人俱曰："愿斩谋兄之贼！"苗欲走，四面围定。砍为齑粉。绍复令军士分头来杀十常侍家属，不分大小，尽皆诛绝，多有无须者误被杀死。

> 据《资治通鉴》卷五十九：尚书卢植执戈于阁道窗下，仰数段珪；珪惧，乃释太后，太后投阁，得免。袁绍与叔父隗矫诏召樊陵、许相，斩之。绍及何苗引兵屯朱雀阙下，捕得赵忠等，斩之。吴匡等素怨苗不与进同心，而又疑其与宦官通谋，乃令军中曰："杀大将军者，即车骑也，吏士能为报仇乎？"皆流涕曰："愿致死！"匡遂引兵与董卓弟奉车都尉旻攻杀苗，弃其尸于苑中。绍遂闭北宫门，勒兵捕诸宦者，无少长皆杀之，凡二千余人，或有无须而误死者。绍因进兵排宫，或上端门屋，以攻省内。（参见《后汉书·何进传》《灵帝纪》，《三国志·魏书·董卓传》注引《英雄记》）

曹操一面救灭宫中之火，请何太后权摄大事，遣兵追袭张让等，寻觅少帝。

且说张让、段珪劫拥少帝及陈留王，冒烟突火，连夜奔走至北邙山。约二更时分，后面喊声大举，人马赶至；当前河南中部掾吏闵贡，大呼"逆贼休走！"张让见事急，遂投河而死。帝与陈留王未知虚实，不敢高声，伏于河边乱草之内。军马四散去赶，不知帝之所在。帝与王伏至四更，露水又下，腹中饥馁，相抱而哭；又怕人知觉，吞声草莽之中。陈留王曰：

"此间不可久恋，须别寻活路。"于是二人以衣相结，爬上岸边。满地荆棘，黑暗之中，不见行路。正无奈何，忽有流萤千百成群，光芒照耀，只在帝前飞转。陈留王曰："此天助我兄弟也！"遂随萤火而行，渐渐见路。行至五更，足痛不能行，山冈边见一草堆，帝与王卧于草堆之畔。草堆前面是一所庄院。庄主是夜梦两红日坠于庄后，惊觉，披衣出户，四下观望，见庄后草堆上红光冲天，慌忙往视，却是二人卧于草畔。庄主问曰："二少年谁家之子？"帝不敢应。陈留王指曰："此是当今皇帝，遭十常侍之乱，逃难到此。吾乃皇弟陈留王也。"庄主大惊，再拜曰："臣先朝司徒崔烈之弟崔毅也。因见十常侍卖官嫉贤，故隐于此。"遂扶帝入庄跪进酒食。

却说闵贡赶上段珪，拿住问："天子何在？"珪言："已在半路相失，不知何往。"贡遂杀段珪，悬头于马项下，分兵四散寻觅；自己却独乘一马。随路追寻，偶至崔毅庄，毅见首级，问之，贡说详细，崔毅引贡见帝，君臣痛哭。贡曰："国不可一日无君，请陛下还都。"崔毅庄上止有瘦马一匹，备与帝乘。贡与陈留王共乘一马。离庄而行，不到三里，司徒王允、太尉杨彪、左军校尉淳于琼、右军校尉赵萌、后军校尉鲍信、中军校尉袁绍，一行人众，数百人马，接着车驾。君臣皆哭。先使人将段珪首级往京师号令，另换好马与帝及陈留王骑坐，簇帝还京。

> 据《资治通鉴》卷五十九：（中平六年秋八月）庚午，张让、段珪等困迫，遂将帝与陈留王数十人步出谷门，夜，至小平津，六玺不自随，公卿无得从者，唯尚书卢植、河南中部掾闵贡夜至河上。贡厉声质责让等，且曰："今不速死，吾将杀汝！"因手剑斩数人。让等惶怖，叉手再拜，叩头向帝辞曰："臣等死，陛下自爱！"遂投河而死。贡扶帝与陈留王夜步逐萤光南行，欲还宫，行数里，得民家露车，共乘之，至雒舍止。辛未，帝独乘一马，陈留王与贡共乘一马，从雒舍南行，公卿稍有至者。（参见《后汉书·何进传》《灵帝纪》《宦者传·张让传》，《三国志·魏书·袁绍传》，《三国志·魏书·卢毓传》注引《续汉书》，《三国志·魏书·董卓传》注引张璠《汉纪》及注引《英雄记》）

先是洛阳小儿谣曰："帝非帝，王非王，千乘万骑走北邙。"至此果应其谶。

> 据《三国志·魏书·董卓传》注引袁晔《献帝春秋》：先是童谣曰："侯非侯，王非王，千乘万骑走北芒。"

车驾行不到数里，忽见旌旗蔽日，尘土遮天，一枝人马到来。百官失色，帝亦大惊。袁绍骤马出问："何人？"绣旗影里，一将飞出，厉声问："天子何在？"帝战栗不能言。陈留王勒马向前，叱曰："来者何人？"卓曰："西凉刺史董卓也。"陈留王曰："汝来保驾耶，汝来劫驾耶？"卓应曰："特来保驾。"陈留王曰："既来保驾，天子在此，何不下马？"卓大惊，慌忙下马，拜于道左。陈留王以言抚慰董卓，自初至终，并无失语。卓暗奇之，已怀废立之意。

> 据《资治通鉴》卷五十九：董卓至显阳苑，远见火起，知有变，引兵急进；未明，到城西，闻帝在北，因与公卿往奉迎于北芒阪下。帝见卓将兵卒至，恐怖涕泣。群公谓卓曰："有诏却兵。"卓曰："公诸人为国大臣，不能匡正王室，至使国家播荡，何却兵之有！"卓与帝语，语不可了；乃更与陈留王语，问祸乱由起，王答，自初至终，无所遗失。卓大喜，以王为贤，且为董太后所养，卓自以与太后同族，遂有废立之意。（参见《后汉书·董卓传》，《三国志·魏书·董卓传》注引《献帝纪》）

> 据《三国志·魏书·董卓传》注引《英雄记》：公卿百官奉迎于北芒阪下，故太尉崔烈在前导。卓将步骑数千来迎，烈呵使避，卓骂烈曰："昼夜三百里来，何云避，我不能断卿头邪？"前见帝曰："陛下令常侍小黄门作乱乃尔，以取祸败，为负不小邪？"

又趋陈留王，曰："我董卓也，从我抱来。"乃于贡抱中取王。

> 据《三国志·魏书·董卓传》注引《英雄记》：一本云王不就卓抱，卓与王并马而行也。

是日还宫，见何太后，俱各痛哭。检点宫中，不见了传国玉玺。

> 据《资治通鉴》卷五十九：是日，帝还宫，赦天下，改光熹为昭宁。失传国玺，余玺皆得之。

董卓屯兵城外，每日带铁甲马军入城，横行街市，百姓惶惶不安。卓出入宫庭，略无忌惮。后军校尉鲍信，来见袁绍，言董卓必有异心，可速除之。绍曰："朝廷新定，未可轻动。"鲍信见王允，亦言其事。允曰："且容商议。"信自引本部军兵，投泰山去了。

> 据《资治通鉴》卷五十九：骑都尉鲍信自泰山募兵适至，说袁绍曰："董卓拥强兵，将有异志，今不早图，必为所制；乃其新至疲劳，袭之，可禽也！"绍畏卓，不敢发。信乃引兵还泰山。（参见《后汉书·袁绍传》《三国志·魏书·董卓传》）

董卓招诱何进兄弟部下之兵，尽归掌握。

> 据《资治通鉴》卷五十九：董卓之入也，步骑不过三千，自嫌兵少，恐不为远近所服，率四五日辄夜潜出军近营，明旦，乃大陈旌鼓而还，以为西兵复至，雒中无知者。俄而进及弟苗部曲皆归于卓，卓又阴使丁原部曲司马五原吕布杀原而并其众，卓兵于是大盛。（参见《后汉书·董卓传》，《三国志·魏书·董卓传》及注引《九州春秋》）

私谓李儒曰："吾欲废帝立陈留王，何如？"李儒曰："今朝廷无主，不就此时行事，迟则有变矣。来日于温明园中，召集百官，谕以废立；有不从者斩之，则威权之行，正在今日。"卓喜。

次日，大排筵会，遍请公卿。公卿皆惧董卓，谁敢不到。卓待百官到了，然后徐徐到园门下马，带剑入席。酒行数巡，卓教停酒止乐，乃厉声曰："吾有一言，众官静听。"众皆侧耳。卓曰："天子为万民之主，无威仪不可以奉宗庙社稷。今上懦弱，不若陈留王聪明好学，可承大位。吾欲废帝，立陈留王，诸大臣以为何如？"诸官听罢，不敢出声。座上一人推案直出，立于筵前，大呼："不可！不可！汝是何人，敢发大语？天子乃先帝嫡子，初无过失，何得妄议废立！汝欲为篡逆耶？"卓视之，乃荆州刺史丁原也。

> 据《三国志·魏书·吕布传》：吕布……以骁武给并州。刺史丁原为骑都尉，屯河内……灵帝崩，原将兵诣洛阳。与何进谋诛诸黄门，拜执金吾。（参见《后汉书·吕布传》）
>
> 按：丁原并非荆州刺史。丁原曾任并州刺史，后由武猛都尉任上调往京都洛阳，因受何进信任而升为执金吾。《演义》因"荆""并"两字音近且形似而致误。

卓怒叱曰："顺我者生，逆我者死！"遂掣佩剑欲斩丁原。

> 按：丁原反对董卓废立及董卓怒叱丁原，均不见于史。

时李儒见丁原背后一人，生得器宇轩昂，威风凛凛，手执方天画戟，

> 按：据史书，吕布使用的兵器是矛，不是戟。吕布使矛，史书有两处记载：一是《后汉书·董卓传》记吕布杀董卓时，"布应声持矛刺卓"；一是《三国志·魏书·吕布传》注引《英雄记》记载，李傕、郭汜攻长安时，吕布与郭汜单挑，"布以矛刺中汜"。

怒目而视。李儒急进曰："今日饮宴之处，不可谈国政；来日向都堂公论未迟。"众人皆劝丁

原上马而去。

卓问百官曰："吾所言，合公道否？"卢植曰："明公差矣。昔太甲不明，伊尹放之于桐宫；昌邑王登位方二十七日，造恶三千余条，故霍光告太庙而废之。今上虽幼，聪明仁智，并无分毫过失。公乃外郡刺史，素未参与国政，又无伊、霍之大才，何可强主废立之事？圣人云：'有伊尹之志则可，无伊尹之志则篡也。'"卓大怒，拔剑向前欲杀植。侍中蔡邕、议郎彭伯谏曰："卢尚书海内人望，今先害之，恐天下震怖。"卓乃止。

> 据《资治通鉴》卷五十九：（中平六年秋）九月癸酉，卓大会百僚，奋首而言曰："皇帝暗弱，不可以奉宗庙，为天下主。今欲依伊尹、霍光故事，更立陈留王，何如？"公卿以下皆惶恐，莫敢对。卓又抗言曰："昔霍光定策，延年按剑。有敢沮大议，皆以军法从事！"坐者震动，尚书卢植独曰："昔太甲既立不明，昌邑罪过千余，故有废立之事。今上富于春秋，行无失德，非前事之比也。"卓大怒，罢坐。将杀植，蔡邕为之请，议郎彭伯亦谏卓曰："卢尚书海内大儒，人之望也。今先害之，天下震怖。"卓乃止，但免植官，植遂逃隐于上谷。（参见《后汉书·董卓传》《卢植传》，《三国志·魏书·董卓传》注引《献帝纪》）

司徒王允曰："废立之事，不可酒后相商，另日再议。"于是百官皆散。卓按剑立于园门，忽见一人跃马持戟，于园门外往来驰骤。卓问李儒："此何人也？"儒曰："此丁原义儿：姓吕，名布，字奉先者也。

> 据《后汉书·吕布传》：吕布字奉先，五原九原人也。以弓马骁武给并州。刺史丁原为骑都尉，屯河内，以布为主簿，甚见亲侍。（参见《三国志·魏书·吕布传》）
>
> 按：核诸史书，吕布未拜丁原为义父。

主公且须避之。"卓乃入园潜避。

次日，人报丁原引军城外搦战。卓怒，引军同李儒出迎。两阵对圆，只见吕布顶束发金冠，披百花战袍，擐唐猊铠甲，系狮蛮宝带，纵马挺戟，随丁建阳出到阵前。建阳指卓骂曰："国家不幸，阉官弄权，以致万民涂炭。尔无尺寸之功，焉敢妄言废立，欲乱朝廷！"董卓未及回言，吕布飞马直杀过来。董卓慌走，建阳率军掩杀。卓兵大败，退三十余里下寨，聚众商议。卓曰："吾观吕布非常人也。吾若得此人，何虑天下哉！"帐前一人出曰："主公勿忧。某与吕布同乡，知其勇而无谋，见利忘义。某凭三寸不烂之舌，说吕布拱手来降，可乎？"卓大喜，观其人，乃虎贲中郎将李肃也。卓曰："汝将何以说之？"肃曰："某闻主公有名马一匹，号曰'赤兔'，日行千里。须得此马，再用金珠，以利结其心。某更进说词，吕布必反丁原，来投主公矣。"卓问李儒："此言可乎？"儒曰："主公欲取天下，何惜一马！"卓欣然与之，更与黄金一千两、明珠数十颗、玉带一条。

李肃赍了礼物，投吕布寨来。伏路军人围住。肃曰："可速报吕将军，有故人来见。"军人报知，布命入见。肃见布曰："贤弟别来无恙！"布揖曰："久不相见，今居何处？"肃曰："现任虎贲中郎将之职。闻贤弟匡扶社稷，不胜之喜。有良马一匹，日行千里，渡水登山，如履平地，名曰'赤兔'：特献与贤弟，以助虎威。"布便令牵过来看。果然那马浑身上下，火炭般赤，无半根杂毛；从头至尾，长一丈；从蹄至项，高八尺；嘶喊咆哮，有腾空入海之状。

> 据《三国志·魏书·吕布传》：布有良马曰赤兔。
>
> 据《后汉书·吕布传》：布常御良马，号曰赤菟，能驰城飞堑。

后人有诗单道赤兔马曰：

奔腾千里荡尘埃，渡水登山紫雾开。掣断丝缰摇玉辔，火龙飞下九天来。

布见了此马，大喜，谢肃曰："兄赐此龙驹，将何以为报？"肃曰："某为义气而来，岂望报乎！"布置酒相待。

酒酣，肃曰："肃与贤弟少得相见，令尊却常会来。"布曰："兄醉矣！先父弃世多年，安得与兄相会？"肃大笑曰："非也！某说今日丁刺史耳。"布惶恐曰："某在丁建阳处，亦出于无奈。"肃曰："贤弟有擎天驾海之才，四海孰不钦敬？功名富贵，如探囊取物，何言无奈而在人之下乎？"布曰："恨不逢其主耳。"肃笑曰："'良禽择木而栖，贤臣择主而事。'见机不早，悔之晚矣。"布曰："兄在朝廷，观何人为世之英雄？"肃曰："某遍观群臣，皆不如董卓。董卓为人敬贤礼士，赏罚分明，终成大业。"布曰："某欲从之，恨无门路。"肃取金珠、玉带列于布前。布惊曰："何为有此？"肃令叱退左右，告布曰："此是董公久慕大名，特令某将此奉献。赤兔马亦董公所赠也。"

按：《演义》称吕布坐骑赤兔马为董卓所赠，不见于史。

布曰："董公如此见爱，某将何以报之？"肃曰："如某之不才，尚为虎贲中郎将；公若到彼，贵不可言。"布曰："恨无涓埃之功，以为进见之礼。"肃曰："功在翻手之间，公不肯为耳。"布沉吟良久曰："吾欲杀丁原，引军归董卓，何如？"肃曰："贤弟若能如此，真莫大之功也！但事不宜迟，在于速决。"布与肃约于明日来降，肃别去。

是夜二更时分，布提刀径入丁原帐中。原正秉烛观书，见布至，曰："吾儿来有何事故？"布曰："吾堂堂丈夫，安肯为汝子乎！"原曰："奉先何故心变？"布向前，一刀砍下丁原首级，大呼左右："丁原不仁，吾已杀之。肯从吾者在此，不从者自去！"军士散其大半。次日，布持丁原首级，往见李肃。肃遂引布见卓。卓大喜，置酒相待。卓先下拜曰："卓今得将军，如旱苗之得甘雨也。"布纳卓坐而拜之曰："公若不弃，布请拜为义父。"卓以金甲锦袍赐布，畅饮而散。卓自是威势越大，自领前将军事，封弟董旻为左将军、鄠侯，封吕布为骑都尉、中郎将、都亭侯。

据《三国志·魏书·吕布传》：灵帝崩，原将兵诣洛阳。与何进谋诛诸黄门，拜执金吾。进败，董卓入京都，将为乱，欲杀原，并其兵众。卓以布见信于原，诱布令杀原。布斩原首诣卓，卓以布为骑都尉，甚爱信之，誓为父子。布便弓马，膂力过人，号为飞将。稍迁至中郎将，封都亭侯。（参见《后汉书·吕布传》《后汉书·董卓传》《三国志·魏书·董卓传》《资治通鉴》卷五十九）

据《资治通鉴》卷五十九：董卓自为太尉，领前将军事，加节传、斧钺、虎贲，更封郿侯。（参见《后汉书·董卓传》）

据《三国志·魏书·董卓传》：卓弟旻为左将军，封鄠侯；兄子璜为侍中中军校尉典兵；宗族内外并列朝廷。

李儒劝卓早定废立之计。卓乃于省中设宴，会集公卿，令吕布将甲士千余，侍卫左右。是日，太傅袁隗与百官皆到。酒行数巡，卓按剑曰："今上暗弱，不可以奉宗庙；吾将依伊尹、霍光故事，废帝为弘农王，立陈留王为帝。有不从者斩！"群臣惶怖莫敢对。中军校尉袁绍挺身出曰："今上即位未几，并无失德；汝欲废嫡立庶，非反而何？"卓怒曰："天下事在我！我今为之，谁敢不从！汝视我之剑不利否？"袁绍亦拔剑曰："汝剑利，吾剑未尝不利！"两个在筵上对敌。正是：丁原仗义身先丧，袁绍争锋势又危。毕竟袁绍性命如何，且听下文分解。

第四回　废汉帝陈留践位　谋董贼孟德献刀

且说董卓欲杀袁绍，李儒止之曰："事未可定，不可妄杀。"袁绍手提宝剑，辞别百官而出，悬节东门，奔冀州去了。

> 据《资治通鉴》卷五十九：董卓谓袁绍曰："天下之主，宜得贤明，每念灵帝，令人愤毒！董侯似可，今欲立之，为能胜史侯否？人有小智大痴，亦知复何如？为当且尔。刘氏种不足复遗！"绍曰："汉家君天下四百许年，恩泽深渥，兆民戴之。今上富于春秋，未有不善宣于天下。公欲废嫡立庶，恐众不从公议也。"卓按剑叱绍曰："竖子敢然！天下之事，岂不在我！我欲为之，谁敢不从！尔谓董卓刀为不利乎！"绍勃然曰："天下健者，岂惟董公！"引佩刀，横揖，径出。卓以新至，见绍大家，故不敢害。绍县节于上东门，逃奔冀州。（参见《后汉书·袁绍传》《三国志·魏书·袁绍传》）

> 据《三国志·魏书·袁绍传》注引《献帝春秋》：卓欲废帝，谓绍曰："皇帝冲暗，非万乘之主。陈留王犹胜，今欲立之。人有少智，大或痴，亦知复何如，为当且尔；卿不见灵帝乎？念此令人愤毒！"绍曰："汉家君天下四百许年，恩泽深渥，兆民戴之来久。今帝虽幼冲，未有不善宣闻天下，公欲废适立庶，恐众不从公议也。"卓谓绍曰："竖子！天下事岂不决我？我今为之，谁敢不从？尔谓董卓刀为不利乎！"绍曰："天下健者，岂唯董公？"引佩刀横揖而出。绍既出，遂亡奔冀州。　臣松之以为绍于时与卓未构嫌隙，故卓与之谘谋。若但以言议不同，便骂为竖子，而有推刃之心，及绍复答，屈强为甚，卓又安能容忍而不加害乎？且如绍此言，进亦亮正，退违诡逊，而显其竞爽之旨，以触哮阚之锋，有志功业者，理岂然哉！此语妄之甚矣。

卓谓太傅袁隗曰："汝侄无礼，吾看汝面，姑恕之。废立之事若何？"隗曰："太尉所见是也。"

> 据《资治通鉴》卷五十九：卓以废立议示太傅袁隗，隗报如议。

卓曰："敢有阻大议者，以军法从事！"群臣震恐，皆云一听尊命。

> 据《资治通鉴》卷五十九：公卿以下皆惶恐，莫敢对。卓又抗言曰："昔霍光定策，延年按剑。有敢沮大议，皆以军法从事！"坐者震动。

宴罢，卓问侍中周毖、校尉伍琼曰："袁绍此去若何？"周毖曰："袁绍忿忿而去，若购之急，势必为变。且袁氏树恩四世，门生故吏遍于天下；倘收豪杰以聚徒众，英雄因之而起，山东非公有也。不如赦之，拜为一郡守，则绍喜于免罪，必无患矣。"伍琼曰："袁绍好谋无断，不足为虑；诚不若加之一郡守，以收民心。"卓从之，即日差人拜绍为渤海太守。

> 据《资治通鉴》卷五十九：卓购求袁绍急，周毖、伍琼说卓曰："夫废立大事，非常人所及。袁绍不达大体，恐惧出奔，非有它志。今急购之，势必为变。袁氏树恩四世，门生故吏遍于天下，若收豪杰以聚徒众，英雄因之而起，则山东非公之有也。不如赦之，拜一郡守，绍喜于免罪，必无患矣。"卓以为然，乃即拜绍勃海太守，封邟乡侯。又以袁术为后将军，曹操为骁骑校尉。术畏卓，出奔南阳。（参见《后汉书·袁绍传》《三国志·魏书·袁绍传》）

九月朔，请帝升嘉德殿，大会文武。卓拔剑在手，对众曰："天子暗弱，不足以君天下。今有策文一道，宜为宣读。"

> 据《资治通鉴》卷五十九：（中平六年秋九月）甲戌，卓复会群僚于崇德前殿，遂胁太后策废少帝，曰："皇帝在丧，无人子之心，威仪不类人君，今废为弘农王，立陈留王协为帝。"（参见《后汉书·董卓传》，《三国志·魏书·董卓传》注引《献帝纪》）

乃命李儒读策曰：

孝灵皇帝，早弃臣民；皇帝承嗣，海内侧望。而帝天资轻佻，威仪不恪，居丧慢惰：否德既彰，有忝大位。皇太后教无母仪，统政荒乱。永乐太后暴崩，众论惑焉。三纲之道，天地之纪，毋乃有阙？陈留王协，圣德伟懋，规矩肃然；居丧哀戚，言不以邪；休声美誉，天下所闻，宜承洪业，为万世统。兹废皇帝为弘农王，皇太后还政，请奉陈留王为皇帝，应天顺人，以慰生灵之望。

> 据《三国志·魏书·董卓传》注引《献帝起居注》：策曰："孝灵皇帝不究高宗眉寿之祚，早弃臣子。皇帝承绍，海内侧望，而帝天姿轻佻，威仪不恪，在丧慢惰，衰如故焉；凶德既彰，淫秽发闻，损辱神器，忝污宗庙。皇太后教无母仪，统政荒乱。永乐太后暴崩，众论惑焉。三纲之道，天地之纪，而乃有阙，罪之大者。陈留王协，圣德伟茂，规矩邈然，丰下兑上，有尧图之表；居丧哀戚，言不及邪，岐嶷之性，有周成之懿。休声美称，天下所闻，宜承洪业，为万世统，可以承宗庙。废皇帝为弘农王。皇太后还政。"

李儒读策毕，卓叱左右扶帝下殿，解其玺绶，北面长跪，称臣听命。又呼太后去服候敕。帝后皆号哭，群臣无不悲惨。

> 据《资治通鉴》卷五十九：袁隗解帝玺绶，以奉陈留王，扶弘农王下殿，北面称臣。太后鲠涕，群臣含悲，莫敢言者。（参见《后汉书·灵思何皇后纪》）

阶下一大臣，愤怒高叫曰："贼臣董卓，敢为欺天之谋，吾当以颈血溅之！"挥手中象简，直击董卓。卓大怒，喝武士拿下：乃尚书丁管也。卓命牵出斩之。管骂不绝口，至死神色不变。

> 据《三国志·魏书·董卓传》注引《献帝起居注》：尚书读册毕，群臣莫有言，尚书丁宫曰："天祸汉室，丧乱弘多。昔祭仲废忽立突，《春秋》大其权。今大臣量宜为社稷计，诚合天人，请称万岁。"

后人有诗叹之曰：

董贼潜怀废立图，汉家宗社委丘墟。满朝臣宰皆囊括，惟有丁公是丈夫。

卓请陈留王登殿。群臣朝贺毕，卓命扶何太后并弘农王及帝妃唐氏于永安宫闲住，封锁宫门，禁群臣无得擅入。

> 据《资治通鉴》卷五十九：卓又议："太后踧迫永乐宫，至令忧死，逆妇姑之礼。"乃迁太后于永安宫。（参见《后汉书·董卓传》《后汉书·灵思何皇后纪》）

可怜少帝四月登基，至九月即被废。卓所立陈留王协，表字伯和，灵帝中子，即献帝也；时年九岁。改元初平。

> 据《后汉书·献帝纪》：孝献皇帝讳协，灵帝中子也。……（中平六年）九月甲戌，即皇帝位，年九岁。（参见《三国志·魏书·董卓传》）

董卓为相国，赞拜不名，入朝不趋，剑履上殿，威福莫比。

> 据《资治通鉴》卷五十九：（中平六年冬）十一月，以董卓为相国，赞拜不名，入朝不趋，剑履上殿。（参见《三国志·魏书·董卓传》《后汉书·董卓传》《后汉书·献帝纪》）

李儒劝卓擢用名流，以收人望，因荐蔡邕之才。卓命征之，邕不赴。卓怒，使人谓邕曰："如不来，当灭汝族。"邕惧，只得应命而至。卓见邕大喜，一月三迁其官，拜为侍中，甚见亲厚。

> 据《资治通鉴》卷五十九：初，蔡邕徙朔方，会赦得还。……董卓闻其名而辟之，称疾不就。卓怒，詈曰："我能族人！"邕惧而应命，到，署祭酒，甚见敬重，举高第，三日之间，周历三台，迁为侍中。（参见《后汉书·蔡邕传》）

却说少帝与何太后、唐妃困于永安宫中，衣服饮食，渐渐少缺；少帝泪不曾干。一日，偶见双燕飞于庭中，遂吟诗一首。诗曰：

嫩草绿凝烟，袅袅双飞燕。洛水一条青，陌上人称羡。

远望碧云深，是吾旧宫殿。何人仗忠义，泄我心中怨！

董卓时常使人探听。是日获得此诗，来呈董卓。卓曰："怨望作诗，杀之有名矣。"遂命李儒带武士十人，入宫弑帝。帝与后、妃正在楼上，宫女报李儒至，帝大惊。儒以鸩酒奉帝，帝问何故。儒曰："春日融和，董相国特上寿酒。"太后曰："既云寿酒，汝可先饮。"儒怒曰："汝不饮耶？"呼左右持短刀白练于前曰："寿酒不饮，可领此二物！"唐妃跪告曰："妾身代帝饮酒，愿公存母子性命。"儒叱曰："汝何人，可代王死？"乃举酒与何太后：："汝可先饮！"后大骂何进无谋，引贼入京，致有今日之祸。儒催逼帝，帝曰："容我与太后作别。"乃大恸而作歌，其歌曰：

天地易兮日月翻，弃万乘兮退守藩。为臣逼兮命不久，大势去兮空泪潸！

唐妃亦作歌曰：

皇天将崩兮后土颓，身为帝姬兮命不随。生死异路兮从此毕，奈何茕速兮心中悲！

歌罢，相抱而哭，李儒叱曰："相国立等回报，汝等俄延，望谁救耶？"太后大骂："董贼逼我母子，皇天不佑！汝等助恶，必当灭族！"儒大怒，双手扯住太后，直撺下楼；

> 据《后汉书·灵思何皇后纪》：董卓又议太后踧迫永乐宫，至令忧死，逆妇姑之礼，乃迁于永安宫，因进鸩，弑而崩。在位十年。董卓令帝出奉常亭举哀，公卿皆白衣会，不成丧也。合葬文昭陵。（参见《资治通鉴》卷五十九）

叱武士绞死唐妃；

> 据《后汉书·灵思何皇后纪附唐姬传》：唐姬，颍川人也。王薨，归乡里。父会稽太守瑁欲嫁之，姬誓不许。及李傕破长安，遣兵抄关东，略得姬。傕因欲妻之，固不听，而终不自名。尚书贾诩知之，以状白献帝。帝闻感怆，乃下诏迎姬，置园中，使侍中持节拜为弘农王妃。

以鸩酒灌杀少帝。

> 据《后汉书·灵思何皇后纪附弘农王传》：明年，山东义兵大起，讨董卓之乱。卓乃置弘农王于阁上，使郎中令李儒进鸩，曰："服此药，可以辟恶。"王曰："我无疾，是欲杀我耳！？"不肯饮。强饮之，不得已，乃与妻唐姬及宫人饮宴别。酒行，王悲歌曰："天道易兮我何艰！弃万乘兮退守蕃。逆臣见迫兮命不延，逝将去汝兮适幽玄！"因令唐姬起舞，姬抗袖而歌曰："皇天崩兮后土颓，身为帝兮命天摧。死生路异兮从此乖，奈我茕独兮心中哀！"因泣下呜咽，坐者皆歔欷。王谓姬曰："卿王者妃，势不复为吏民

妻。自爱,从此长辞!"遂饮药而死。时年十八。(参见《资治通鉴》卷五十九,《后汉书·献帝纪》《后汉书·董卓传》)

> 按:据史书,董卓废少帝后即鸩杀何太后;而少帝被杀是在次年,因关东诸侯起兵声讨董卓,董卓遂命李儒毒死少帝,但未杀唐妃。

还报董卓,卓命葬于城外。自此每夜入宫,奸淫宫女,夜宿龙床。尝引军出城,行到阳城地方,时当二月,村民社赛,男女皆集。卓命军士围住,尽皆杀之,掠妇女财物,装载车上,悬头千余颗于车下,连轸还都,扬言杀贼大胜而回;于城门外焚烧人头,以妇女财物分散众军。

> 据《三国志·魏书·董卓传》:尝遣军到阳城。时适二月社,民各在其社下,悉就断其男子头,驾其车牛,载其妇女财物,以所断头系车辕轴,连轸而还洛,云攻贼大获,称万岁。入开阳城门,焚烧其头,以妇女与甲兵为婢妾。至于奸乱宫人公主。其凶逆如此。(参见《后汉书·董卓传》《资治通鉴》卷五十九)

越骑校尉伍孚,字德瑜,见卓残暴,愤恨不平,尝于朝服内披小铠,藏短刀,欲伺便杀卓。一日,卓入朝,孚迎至阁下,拔刀直刺卓。卓气力大,两手抠住;吕布便入,揪倒伍孚。卓问曰:"谁教汝反?"孚瞪目大喝曰:"汝非吾君,吾非汝臣,何反之有?汝罪恶盈天,人人愿得而诛之!吾恨不车裂汝以谢天下!"卓大怒,命牵出剖剐之。孚至死骂不绝口。

> 据《三国志·魏书·董卓传》注引谢承《后汉书》:伍孚字德瑜,少有大节,为郡门下书佐。……后大将军何进辟为东曹属,稍迁侍中、河南尹、越骑校尉。董卓作乱,百僚震栗。孚著小铠,于朝服里挟佩刀见卓,欲伺便刺杀之。语阕辞去,卓送至阁中,孚因出刀刺之。卓多力,退却不中,即收孚。卓曰:"卿欲反邪?"孚大言曰:"汝非吾君,吾非汝臣,何反之有?汝乱国篡主,罪盈恶大,今是吾死日,故来诛奸贼耳,恨不车裂汝于市朝以谢天下。"遂杀孚。(参见《后汉书·董卓传》)

后人有诗赞之曰:
汉末忠臣说伍孚,冲天豪气世间无。朝堂杀贼名犹在,万古堪称大丈夫!

董卓自此出入常带甲士护卫。

时袁绍在渤海,闻知董卓弄权,乃差人赍密书来见王允。书略曰:

卓贼欺天废主,人不忍言;而公恣其跋扈,如不听闻,岂报国效忠之臣哉?绍今集兵练卒,欲扫清王室,未敢轻动。公若有心,当乘间图之。如有驱使,即当奉命。

王允得书,寻思无计。一日,于侍班阁子内见旧臣俱在,允曰:"今日老夫贱降,晚间敢屈众位到舍小酌。"众官皆曰:"必来祝寿。"当晚王允设宴后堂,公卿皆至。酒行数巡,王允忽然掩面大哭。众官惊问曰:"司徒贵诞,何故发悲?"允曰:"今日并非贱降,因欲与众位一叙,恐董卓见疑,故托言耳。董卓欺主弄权,社稷旦夕难保。想高皇诛秦灭楚,奄有天下;谁想传至今日,乃丧于董卓之手:此吾所以哭也。"于是众官皆哭。坐中一人抚掌大笑曰:"满朝公卿,夜哭到明,明哭到夜,还能哭死董卓否?"允视之,乃骁骑校尉曹操也。

> 据《三国志·魏书·武帝纪》:(董卓)废帝为弘农王而立献帝,京都大乱。卓表太祖为骁骑校尉,欲与计事。(参见《资治通鉴》卷五十九)

允怒曰:"汝祖宗亦食禄汉朝,今不思报国而反笑耶?"操曰:"吾非笑别事,笑众位无一计杀董卓耳。操虽不才,愿即断董卓头,悬之都门,以谢天下。"允避席问曰:"孟德有何高见?

操曰:"近日操屈身以事卓者,实欲乘间图之耳。今卓颇信操,操因得时近卓。闻司徒有七宝刀一口,愿借与操入相府刺杀之,虽死不恨!"允曰:"孟德果有是心,天下幸甚!"遂亲自酌酒奉操。操沥酒设誓,允随取宝刀与之。操藏刀,饮酒毕,即起身辞别众官而去。众官又坐了一回,亦俱散讫。

次日,曹操佩着宝刀,来至相府,问:"丞相何在?"从人云:"在小阁中。"操径入。见董卓坐于床上,吕布侍立于侧。卓曰:"孟德来何迟?"操曰:"马羸行迟耳。"卓顾谓布曰:"吾有西凉进来好马,奉先可亲去拣一骑赐与孟德。"布领令而出。操暗忖曰:"此贼合死!"即欲拔刀刺之,惧卓力大,未敢轻动。卓胖大不耐久坐,遂倒身而卧,转面向内。操又思曰:"此贼当休矣!"急掣宝刀在手,恰待要刺,不想董卓仰面看衣镜中,照见曹操在背后拔刀,急回身问曰:"孟德何为?"时吕布已牵马至阁外。操惶遽,乃持刀跪下曰:"操有宝刀一口,献上恩相。"卓接视之,见其刀长尺余,七宝嵌饰,极其锋利,果宝刀也;遂递与吕布收了。操解鞘付布。卓引操出阁看马,操谢曰:"愿借试一骑。"卓就教与鞍辔。操牵马出相府,加鞭望东南而去。布对卓曰:"适来曹操似有行刺之状,及被喝破,故推献刀。"卓曰:"吾亦疑之。"正说话间,适李儒至,卓以其事告之。儒曰:"操无妻小在京,只独居寓所。今差人往召,如彼无疑而便来,则是献刀;如推托不来,则必是行刺,便可擒而问也。"卓然其说,即差狱卒四人往唤操。去了良久,回报曰:"操不曾回寓,乘马飞出东门。门吏问之,操曰'丞相差我有紧急公事',纵马而去矣。"儒曰:"操贼心虚逃窜,行刺无疑矣。"卓大怒曰:"我如此重用,反欲害我!"儒曰:"此必有同谋者,待拿住曹操便可知矣。"卓遂令遍行文书,画影图形,捉拿曹操:擒献者,赏千金,封万户侯;窝藏者同罪。

按:曹操献刀欲刺董卓事,不见于史。

且说曹操逃出城外,飞奔谯郡。

据《三国志·魏书·武帝纪》:(董卓)废帝为弘农王而立献帝,京都大乱。卓表太祖为骁骑校尉,欲与计事。太祖乃变易姓名,间行东归。(参见《资治通鉴》卷五十九)

据《三国志·魏书·武帝纪》注引《魏书》:太祖以卓终必覆败,遂不就拜,逃归乡里。

按:《演义》称曹操因行刺董卓失败而逃离洛阳,于史无据。据史书记载,曹操"间行东归",是因为他认为董卓"终必覆败"。

路经中牟县,为守关军士所获,擒见县令。操言:"我是客商,覆姓皇甫。"县令熟视曹操,沉吟半晌,乃曰:"吾前在洛阳求官时,曾认得汝是曹操,如何隐讳!且把来监下,明日解去京师请赏。"把关军士赐以酒食而去。至夜分,县令唤亲随人暗地取出曹操,直至后院中审究;问曰:"我闻丞相待汝不薄,何故自取其祸?"操曰:"燕雀安知鸿鹄志哉!汝既拿住我,便当解去请赏。何必多问!"县令屏退左右,谓操曰:"汝休小觑我。我非俗吏,奈未遇其主耳。"操曰:"吾祖宗世食汉禄,若不思报国,与禽兽何异?吾屈身事卓者,欲乘间图之,为国除害耳。今事不成,乃天意也!"县令曰:"孟德此行,将欲何往?"操曰:"吾将归乡里,发矫诏,召天下诸侯兴兵共诛董卓:吾之愿也。"县令闻言,乃亲释其缚,扶之上坐,再拜曰:"公真天下忠义之士也!"曹操亦拜,问县令姓名。县令曰:"吾姓陈,名宫,字公台。

据《三国志·魏书·吕布传》注引《典略》:陈宫字公台,东郡人也。刚直烈壮,少与海内知名之士皆相连结。及天下乱,始随太祖,后自疑,乃从吕布,为布画策,布每不从其计。

据《资治通鉴》卷六十：青州黄巾寇兖州，刘岱欲击之，济北相鲍信谏曰："今贼众百万，百姓皆震恐，士卒无斗志，不可敌也。然贼军无辎重，唯以钞略为资。今不若畜士众之力，先为固守；彼欲战不得，攻又不能，其势必离散。然后选精锐，据要害，击之可破也。"岱不从，遂与战，果为所杀。曹操部将东郡陈宫谓操曰："州今无主，而王命断绝，宫请说州中纲纪，明府寻往牧之，资之以收天下，此霸王之业也。"宫因往说别驾、治中曰："今天下分裂而州无主；曹东郡，命世之才也，若迎以牧州，必宁生民。"鲍信等亦以为然，乃与州吏万潜等至东郡，迎操领兖州刺史。（参见《三国志·魏书·武帝纪》注引《世语》）

按：据史书记载，陈宫原是曹操的部将，他追随曹操的具体时间和地点，史书没有明确记载。兖州刺史刘岱战死后，曹操被迎立为兖州刺史，陈宫在其中起了很大的作用，但后来他叛离曹操而转投了吕布。《演义》改变了历史上陈宫的身份和事迹，将他改写为中牟县令。

老母妻子，皆在东郡。今感公忠义，愿弃一官，从公而逃。"操甚喜。是夜陈宫收拾盘费，与曹操更衣易服，各背剑一口，乘马投故乡来。

据《资治通鉴》卷五十九：操变易姓名，间行东归，过中牟，为亭长所疑，执诣县。时县已被卓书，唯功曹心知是操，以世方乱，不宜拘天下雄俊，因白令释之。（参见《三国志·魏书·武帝纪》及注引《世语》）

按：《演义》称，曹操在中牟县被捕后，时任中牟县令的陈宫将曹操释放并弃官与之同行，这些情节均与史不合。

行了三日，至成皋地方，天色向晚。操以鞭指林深处谓宫曰："此间有一人姓吕，名伯奢，是吾父结义弟兄。就往问家中消息，觅一宿，如何？"宫曰："最好。"二人至庄前下马，入见伯奢。奢曰："我闻朝廷遍行文书，捉汝甚急，汝父已避陈留去了。汝如何得至此？"操告以前事，曰："若非陈县令，已粉骨碎身矣。"伯奢拜陈宫："小侄若非使君，曹氏灭门矣。使君宽怀安坐，今晚便可下榻草舍。"说罢，即起身入内。良久乃出，谓陈宫曰："老夫家无好酒，容往西村沽一樽来相待。"言讫，匆匆上驴而去。

操与宫坐久，忽闻庄后有磨刀之声。操曰："吕伯奢非吾至亲，此去可疑，当窃听之。"二人潜步入草堂后，但闻人语曰："缚而杀之，何如？"操曰："是矣！今若不先下手，必遭擒获。"遂与宫拔剑直入，不问男女，皆杀之，一连杀死八口。搜至厨下，却见缚一猪欲杀。宫曰："孟德心多，误杀好人矣！"急出庄上马而行。

行不到二里，只见伯奢驴鞍前鞒悬酒二瓶，手携果菜而来，叫曰："贤侄与使君何故便去？"操曰："被罪之人，不敢久住。"伯奢曰："吾已分付家人宰一猪相款，贤侄、使君何憎一宿？速请转骑。"操不顾，策马便行。行不数步，忽拔剑复回，叫伯奢曰："此来者何人？"伯奢回头看时，操挥剑砍伯奢于驴下。宫大惊曰："适才误耳，今何为也？"操曰："伯奢到家，见杀死多人，安肯干休？若率众来追，必遭其祸矣。"宫曰："知而故杀，大不义也！"操曰："宁教我负天下人，休教天下人负我。"陈宫默然。

据《三国志·魏书·武帝纪》注引《世语》：太祖过伯奢。伯奢出行，五子皆在，备宾主礼。太祖自以背卓命，疑其图己，手剑夜杀八人而去。

据《三国志·魏书·武帝纪》注引孙盛《杂记》：太祖闻其食器声，以为图己，遂夜杀之。既而凄怆曰："宁我负人，毋人负我！"遂行。

据《三国志·魏书·武帝纪》注引《魏书》：太祖以卓终必覆败，遂不就拜，逃归乡里。从数骑过故人成皋吕伯奢。伯奢不在，其子与宾客共劫太祖，取马及物，太祖手刃击杀数人。

  按：曹操杀吕伯奢家人的原因，史书所记不一。《魏书》说曹操是遭到抢劫后的自卫或报复，《世语》和《杂记》说曹操因多疑而杀人。《魏书》和《世语》都说，吕伯奢不在家，没有被杀。《演义》取《世语》和《杂记》，并将吕伯奢的身份由曹操的"故人"改变为曹操父亲的结义弟兄，还让陈宫在场成为曹操罪行的见证人。周寿昌《三国志注证遗》认为：此事自以郭、孙两说为确。即以情事言，吕氏子弟宾客果有劫操之心，则杀人已有备，操一人何能敌之？惟吕伯奢五子皆以父友待操，并无机心，操自多疑，故得乘其不防而杀之耳。厥后"宁我负人，无人负我"之语，其灭绝天良，正是天良不能昧处。若王沈《魏书》，则全为操文饰，隐其恶以诬吕氏，不足信也。

  当夜，行数里，月明中敲开客店门投宿。喂饱了马，曹操先睡。陈宫寻思："我将谓曹操是好人，弃官跟他；原来是个狼心之徒！今日留之，必为后患。"便欲拔剑来杀曹操。正是：设心狠毒非良士，操卓原来一路人。毕竟曹操性命如何，且听下文分解。

第五回　发矫诏诸镇应曹公　破关兵三英战吕布

　　却说陈宫临欲下手杀曹操，忽转念曰："我为国家跟他到此，杀之不义。不若弃而他往。"插剑上马，不等天明，自投东郡去了。操觉，不见陈宫，寻思："此人见我说了这两句，疑我不仁，弃我而去；吾当急行，不可久留。"遂连夜到陈留，寻见父亲，备说前事；欲散家资，招募义兵。父言："资少恐不成事。此间有孝廉卫弘，疏财仗义，其家巨富；若得相助，事可图矣。"

　　操置酒张筵，拜请卫弘到家，告曰："今汉室无主，董卓专权，欺君害民，天下切齿。操欲力扶社稷，恨力不足。公乃忠义之士，敢求相助！"卫弘曰："吾有是心久矣，恨未遇英雄耳。既孟德有大志，愿将家资相助。"

　　　据《三国志·魏书·武帝纪》注引《世语》：陈留孝廉卫兹以家财资太祖，使起兵，众有五千人。（参见《三国志·魏书·卫臻传》及注引《先贤行状》）

操大喜；于是先发矫诏，驰报各道，

　　　据《三国志·魏书·武帝纪》注引《英雄记》：东郡太守桥瑁，诈作京师三公移书与州郡，陈卓罪恶，云："见逼迫，无以自救，企望义兵，解国患难。"（参见《后汉书·袁绍传》）

　　　按：《演义》称曹操矫诏招集义兵讨董卓，与史不合。据史书记载，是东郡太守桥瑁"诈作京师三公移书与州郡"，号召兴义兵以救国难。

然后招集义兵，竖起招兵白旗一面，上书"忠义"二字。不数日间，应募之士，如雨骈集。一日，有一个阳平卫国人，姓乐，名进，字文谦，来投曹操。

　　　据《三国志·魏书·乐进传》：乐进字文谦，阳平卫国人也。容貌短小，以胆烈从太祖，为帐下吏。

又有一个山阳巨鹿人，姓李，名典，字曼成，也来投曹操。操皆留为帐前吏。

　　　据《三国志·魏书·李典传》：李典字曼成，山阳钜野人也。……初平中，以众随太祖。

又有沛国谯人夏侯惇，字元让，乃夏侯婴之后；自小习枪棒；年十四从师学武，有人辱骂其师，惇杀之，逃于外方；闻知曹操起兵，与其族弟夏侯渊两个，各引壮士千人来会。此二人本操之弟兄：操父曹嵩原是夏侯氏之子，过房与曹家，因此是同族。

　　　据《三国志·魏书·夏侯惇传》：夏侯惇字元让，沛国谯人，夏侯婴之后也。年十四，就师学，人有辱其师者，惇杀之，由是以烈气闻。太祖初起，惇常为裨将，从征伐。
　　　据《三国志·魏书·夏侯渊传》：夏侯渊字妙才，惇族弟也。太祖居家，曾有县官事，渊代引重罪，太祖营救之，得免。太祖起兵，以别部司马、骑都尉从。
　　　据《三国志·魏书·武帝纪》注引《曹瞒传》、郭颁《世语》：嵩，夏侯氏之子，夏侯惇之叔父。太祖于惇为从父兄弟。

不数日，曹氏兄弟曹仁、曹洪各引兵千余来助。曹仁字子孝，曹洪字子廉：二人弓马熟娴，武艺精通。

> 据《三国志·魏书·曹仁传》：曹仁字子孝，太祖从弟也。少好弓马弋猎。后豪杰并起，仁亦阴结少年，得千余人，周旋淮、泗之间，遂从太祖为别部司马，行厉锋校尉。
> 据《三国志·魏书·曹洪传》：曹洪字子廉，太祖从弟也。

操大喜，于村中调练军马。卫弘尽出家财，置办衣甲旗幡。

> 据《三国志·魏书·武帝纪》：太祖至陈留，散家财，合义兵，将以诛卓。冬十二月，始起兵于己吾，是岁中平六年也。
> 据《资治通鉴》卷五十九：操至陈留，散家财，合兵得五千人。

四方送粮食者，不计其数。

时袁绍得操矫诏，乃聚麾下文武，引兵三万，离渤海来与曹操会盟。

> 据《后汉书·袁绍传》：是时，豪杰既多附绍，且感其家祸，人思为报，州郡蜂起，莫不以袁氏为名。韩馥见人情归绍，忌其得众，恐将图己，常遣从事守绍门，不听发兵。桥瑁乃诈作三公移书，传驿州郡，说董卓罪恶，天子危逼，企望义兵，以释国难。馥于是方听绍举兵。（参见《三国志·魏书·武帝纪》注引《英雄记》）

操作檄文以达诸郡。檄文曰：

操等谨以大义布告天下：董卓欺天罔地，灭国弑君；秽乱宫禁，残害生灵；狼戾不仁，罪恶充积！今奉天子密诏，大集义兵，誓欲扫清华夏，剿戮群凶。望兴义师，共泄公愤；扶持王室，拯救黎民。檄文到日，可速奉行！

操发檄文去后，各镇诸侯皆起兵相应：

第一镇，后将军南阳太守袁术。

> 据《三国志·魏书·袁术传》：董卓之将废帝，以术为后将军；术亦畏卓之祸，出奔南阳。会长沙太守孙坚杀南阳太守张咨，术得据其郡。（参见《后汉书·袁术传》《资治通鉴》卷五十九）

第二镇，冀州刺史韩馥。

> 据《三国志·魏书·武帝纪》注引《英雄记》：馥字文节，颍川人。为御史中丞。董卓举为冀州牧。

第三镇，豫州刺史孔伷。

> 据《三国志·魏书·武帝纪》注引《英雄记》：伷字公绪，陈留人。
> 据《三国志·魏书·武帝纪》注引张璠《汉纪》载郑泰说卓："孔公绪能清谈高论，嘘枯吹生。"

第四镇，兖州刺史刘岱。

> 据《三国志·吴书·刘繇传》：繇兄岱，字公山，历位侍中、兖州刺史。

第五镇，河内郡太守王匡。

> 据《三国志·魏书·武帝纪》注引《英雄记》：匡字公节，泰山人。轻财好施，以

任侠闻。辟大将军何进府,进符使匡于徐州发强弩五百西诣京师。会进败,匡还州里。起家,拜河内太守。

第六镇,陈留太守张邈。

  据《三国志·魏书·张邈传》:张邈字孟卓,东平寿张人也。少以侠闻,振穷救急,倾家无爱,士多归之。太祖、袁绍皆与邈友。辟公府,以高第拜骑都尉,迁陈留太守。董卓之乱,太祖与邈首举义兵。

第七镇,东郡太守乔瑁。

  据《三国志·魏书·武帝纪》注引《英雄记》:瑁字元伟,玄族子。先为兖州刺史,甚有威惠。

第八镇,山阳太守袁遗。

  据《三国志·魏书·武帝纪》注引《英雄记》:遗字伯业,绍从兄。为长安令。河间张超尝荐遗于太尉朱俊,称遗"有冠世之懿,干时之量。其忠允亮直,固天所纵;若乃包罗载籍,管综百氏,登高能赋,睹物知名,求之今日,邈焉靡俦。"

第九镇,济北相鲍信。

  据《三国志·魏书·鲍勋传》注引《魏书》:信少有大节,宽厚爱人,沉毅有谋。大将军何进辟,拜骑都尉,遣归募兵,得千余人,还到成皋而进已遇害。信至京师,董卓亦始到。信知卓必为乱,劝袁绍袭卓,绍畏卓不敢发。信乃引军还乡里,收徒众二万,骑七百,辎重五千余乘。是岁,太祖始起兵于己吾,信与弟韬以兵应太祖。太祖与袁绍表信行破虏将军,韬裨将军。……太祖为东郡太守,表信为济北相。

第十镇,北海太守孔融。

  据《三国志·魏书·崔琰传》注引《续汉书》:融,孔子二十世孙也。……司徒大将军辟举高第,累迁北军中候、虎贲中郎将、北海相,时年三十八。承黄巾残破之后,修复城邑,崇学校,设庠序,举贤才,显儒士。(参见《后汉书·孔融传》)

第十一镇,广陵太守张超。

第十二镇,徐州刺史陶谦。

  据《后汉书·陶谦传》:陶谦字恭祖,丹阳人也。少为诸生,仕州郡……会徐州黄巾起,以谦为徐州刺史,击黄巾,大破走之,境内晏然。(参见《三国志·魏书·陶谦传》)

第十三镇,西凉太守马腾。

  据《三国志·蜀书·马超传》注引《典略》:腾字寿成,马援后也。……灵帝末,凉州刺史耿鄙任信奸吏,民王国等及氐、羌反叛。州郡募发民中有勇力者,欲讨之,腾在募中。州郡异之,署为军从事,典领部众。讨贼有功,拜军司马,后以功迁偏将军,又迁征西将军,常屯汧、陇之间。初平中,拜征东将军。

  按:据史书,马腾从未任西凉太守。

第十四镇,北平太守公孙瓒。

  据《后汉书·公孙瓒传》:公孙瓒字伯珪,辽西令支人也。家世二千石。瓒以母贱,

遂为郡小吏。为人美姿貌，大音声，言事辩慧。（参见《三国志·魏书·公孙瓒传》）

第十五镇，上党太守张杨。

> 据《三国志·魏书·张杨传》：张杨字稚叔，云中人也。以武勇给并州，为武猛从事。灵帝末，天下乱，帝以所宠小黄门蹇硕为西园上军校尉，军京都，欲以御四方，征天下豪杰以为偏裨。太祖及袁绍等皆为校尉，属之。并州刺史丁原遣杨将兵诣硕，为假司马。灵帝崩，硕为何进所杀。杨复为进所遣，归本州募兵，得千余人，因留上党，击山贼。进败，董卓作乱。……山东兵起，欲诛卓。袁绍至河内，杨与绍合，复与匈奴单于于夫罗屯漳水。

第十六镇，乌程侯长沙太守孙坚。

> 据《三国志·吴书·孙坚传》：时长沙贼区星自称将军，众万余人，攻围城邑，乃以坚为长沙太守。到郡亲率将士，施设方略，旬月之间，克破星等。……汉朝录前后功，封坚乌程侯。灵帝崩，卓擅朝政，横恣京城。诸州郡并兴义兵，欲以讨卓。坚亦举兵。

第十七镇，祁乡侯渤海太守袁绍。

> 按：据史书记载，关东州郡起兵的过程是：东郡太守桥瑁"诈作京师三公移书与州郡"，号召兴义兵讨董卓。兖州刺史刘岱、豫州刺史孔伷、陈留太守张邈、东郡太守桥瑁、广陵太守张超等五人最先在酸枣会盟，此后曹操和袁绍等人才参加。《演义》所谓关东十八路诸侯，据史书记载，实际只有十二支队伍，其中孙坚隶属于袁术，张杨与袁绍合兵，孔融、陶谦、马腾、公孙瓒等四人并没有参加。

诸路军马，多少不等，有三万者，有一二万者，各领文官武将，投洛阳来。

且说北平太守公孙瓒，统领精兵一万五千，路经德州平原县。正行之间，遥见桑树丛中，一面黄旗，数骑来迎。瓒视之，乃刘玄德也。瓒问曰："贤弟何故在此？"玄德曰："旧日蒙兄保备为平原县令，

> 据《三国志·蜀书·先主传》：后为高唐尉，迁为令。为贼所破，往奔中郎将公孙瓒，瓒表为别部司马，使为青州刺史田楷以拒冀州牧袁绍。数有战功，试守平原令，后领平原相。

今闻大军过此，特来奉候，就请兄长入城歇马。"瓒指关、张而问曰："此何人也？"玄德曰："此关羽、张飞，备结义兄弟也。"瓒曰："乃同破黄巾者乎？"玄德曰："皆此二人之力。"瓒曰："今居何职？"玄德答曰："关羽为马弓手，张飞为步弓手。"瓒叹曰："如此可谓埋没英雄！今董卓作乱，天下诸侯共往诛之。贤弟可弃此卑官，一同讨贼，力扶汉室，若何？"玄德曰："愿往。"张飞曰："当时若容我杀了此贼，免有今日之事。"云长曰："事已至此，即当收拾前去。"

玄德、关、张引数骑跟公孙瓒来，

> 据《三国志·蜀书·先主传》注引《英雄记》：灵帝末年，备尝在京师，后与曹公俱还沛国，募召合众。会灵帝崩，天下大乱，备亦起军从讨董卓。

> 按：《三国志·蜀书·先主传》未载刘备起兵讨董卓，仅裴注引《英雄记》称刘备曾起兵。据《先主传》，初平元年关东州郡起兵讨董卓时，刘备任下密丞或高唐尉或高唐丞，并未起兵。

曹操接着。众诸侯亦陆续皆至，各自安营下寨，连接二百余里。操乃宰牛杀马，大会诸侯，商议进兵之策。太守王匡曰："今奉大义，必立盟主；众听约束，然后进兵。"操曰："袁本初四世三公，门多故吏，汉朝名相之裔，可为盟主。"绍再三推辞，众皆曰非本初不可，绍方应允。

  据《资治通鉴》卷五十九：初平元年春正月，关东州郡皆起兵以讨董卓，推渤海太守袁绍为盟主。绍自号车骑将军，诸将皆板授官号。绍与河内太守王匡屯河内，冀州牧韩馥留邺，给其军粮，豫州刺史孔伷屯颍川，兖州刺史刘岱、陈留太守张邈、邈弟广陵太守超、东郡太守桥瑁、山阳太守袁遗、济北相鲍信与曹操俱屯酸枣，后将军袁术屯鲁阳，众各数万。豪杰多归心袁绍者，鲍信独谓曹操曰："夫略不世出，能拨乱反正者，君也。苟非其人，虽强必毙。君殆天之所启乎！"（参见《后汉书·袁绍传》《董卓传》，《三国志·魏书·武帝纪》《袁绍传》，《三国志·魏书·鲍勋传》注引《魏书》）

  按：关东各州郡起兵后，分别驻扎在酸枣、河内、南阳等地，并没有在洛阳外围会合，袁绍是被"遥推"为盟主的。

次日筑台三层，遍列五方旗帜，上建白旄黄钺，兵符将印，请绍登坛。绍整衣佩剑，慨然而上，焚香再拜。其盟曰：

  汉室不幸，皇纲失统。贼臣董卓，乘衅纵害，祸加至尊，虐流百姓。绍等惧社稷沦丧，纠合义兵，并赴国难。凡我同盟，齐心戮力，以致臣节，必无二志。有渝此盟，俾坠其命，无克遗育。皇天后土，祖宗明灵，实皆鉴之！

读毕，歃血。众因其辞气慷慨，皆涕泗横流。

  据《三国志·魏书·臧洪传》：臧洪字子源，广陵射阳人也。……太守张超请洪为功曹。董卓杀帝，图危社稷，洪说超曰："明府历世受恩，兄弟并据大郡，今王室将危，贼臣未枭，此诚天下义烈报恩效命之秋也。今郡境尚全，吏民殷富，若动枹鼓，可得二万人，以此诛除国贼，为天下倡先，义之大者也。"超然其言，与洪西至陈留，见兄邈计事。邈亦素有心，会于酸枣，邈谓超曰："闻弟为郡守，政教威恩，不由己出，动任臧洪，洪者何人？"超曰："洪才略智数优超，超甚爱之，海内奇士也。"邈即引见洪，与语大异之。致之于刘兖州公山、孔豫州公绪，皆与洪亲善。乃设坛场，方共盟誓，诸州郡更相让，莫敢当，咸共推洪。洪乃升坛操槃歃血而盟曰："汉室不幸，皇纲失统，贼臣董卓乘衅纵害，祸加至尊，虐流百姓，大惧沦丧社稷，翦覆四海。兖州刺史岱、豫州刺史伷、陈留太守邈、东郡太守瑁、广陵太守超等，纠合义兵，并赴国难。凡我同盟，齐心戮力，以致臣节，殒首丧元，必无二志。有渝此盟，俾坠其命，无克遗育。皇天后土，祖宗明灵，实皆鉴之！"洪辞气慷慨，涕泣横下，闻其言者，虽卒伍厮养，莫不激扬，人思致节。（参见《后汉书·臧洪传》）

  按：《演义》称袁绍登坛主盟，不见于史。《演义》中袁绍宣读的誓词，取材于兖州刺史刘岱、豫州刺史孔伷、陈留太守张邈、东郡太守桥瑁、广陵太守张超等五人在酸枣会盟时，由广陵郡功曹臧洪宣读的誓词。

歃血已罢，下坛。众扶绍升帐而坐，两行依爵位年齿分列坐定。操行酒数巡，言曰："今日既立盟主，各听调遣，同扶国家，勿以强弱计较。"袁绍曰："绍虽不才，既承公等推为盟主，有功必赏，有罪必罚。国有常刑，军有纪律。各宜遵守，勿得违犯。"众皆曰惟命是听。绍曰："吾弟袁术总督粮草，应付诸营，无使有缺。更须一人为先锋，直抵汜水关挑战。余各据险要，以为接应。"长沙太守孙坚出曰："坚愿为前部。"绍曰："文台勇烈，可当此任。"

坚遂引本部人马杀奔汜水关来。

守关将士,差流星马往洛阳丞相府告急。董卓自专大权之后,每日饮宴。李儒接得告急文书,径来禀卓。卓大惊,急聚众将商议。温侯吕布

> 据《三国志·魏书·吕布传》：布斩（丁）原首诣卓,卓以布为骑都尉,甚爱信之,誓为父子。布便弓马,膂力过人,号为飞将。稍迁至中郎将,封都亭侯。

> 据《三国志·魏书·吕布传》：允以布为奋武将军,假节,仪比三司,进封温侯,共秉朝政。（参见《后汉书·吕布传》）

> 按：据史书记载,吕布杀丁原投奔董卓后,被董卓授为骑都尉,"稍迁至中郎将,封都亭侯"；他与王允合谋杀死董卓后,始进封为温侯。

挺身出曰："父亲勿虑。关外诸侯,布视之如草芥；愿提虎狼之师,尽斩其首,悬于都门。"卓大喜曰："吾有奉先,高枕无忧矣！"言未绝,吕布背后一人高声出曰："割鸡焉用牛刀？不劳温侯亲往。吾斩众诸侯首级,如探囊取物耳！"卓视之,其人身长九尺,虎体狼腰,豹头猿臂；关西人也,姓华,名雄。卓闻言大喜,加为骁骑校尉。拨马步军五万,同李肃、胡轸、赵岑星夜赴关迎敌。

> 据《三国志·吴书·孙坚传》注引《英雄记》：初坚讨董卓,到梁县之阳人。卓亦遣兵步骑五千迎之,陈郡太守胡轸为大督护,吕布为骑督,其余步骑将校都督者甚众。

众诸侯内有济北相鲍信,寻思孙坚既为前部,怕他夺了头功,暗拨其弟鲍忠,先将马步军三千,径抄小路,直到关下搦战。华雄引铁骑五百,飞下关来,大喝："贼将休走！"鲍忠急待退,被华雄手起刀落,斩于马下,生擒将校极多。华雄遣人赍鲍忠首级来相府报捷,卓加雄为都督。

却说孙坚引四将直至关前。那四将？——第一个,右北平土垠人,姓程,名普,字德谋,使一条铁脊蛇矛；

> 据《三国志·吴书·程普传》：程普字德谋,右北平土垠人也。……从孙坚征伐,讨黄巾于宛、邓,破董卓于阳人,攻城野战,身被创夷。

第二个,姓黄,名盖,字公覆,零陵人也,使铁鞭；

> 据《三国志·吴书·黄盖传》：黄盖字公覆,零陵泉陵人也。……孙坚举义兵,盖从之。坚南破山贼,北走董卓,拜盖别部司马。

第三个,姓韩,名当,字义公,辽西令支人也,使一口大刀；

> 据《三国志·吴书·韩当传》：韩当字义公,辽西令支人也。以便弓马,有膂力,幸于孙坚,从征伐周旋,数犯危难,陷敌擒虏,为别部司马。

第四个,姓祖,名茂,字大荣,吴郡富春人也,使双刀。孙坚披烂银铠,裹赤帻,横古锭刀,骑花鬃马,指关上而骂曰："助恶匹夫,何不早降！"华雄副将胡轸引兵五千出关迎战。程普飞马挺矛,直取胡轸。斗不数合,程普刺中胡轸咽喉,死于马下。坚挥军直杀至关前,关上矢石如雨。孙坚引兵回至梁东屯住。

> 据《后汉书·献帝纪》：（初平二年春二月,）袁术遣将孙坚与董卓将胡轸战于阳人,轸军大败。（参见《资治通鉴》卷六十,《三国志·吴书·孙坚传》注引《英雄记》）

使人于袁绍处报捷,就于袁术处催粮。

或说术曰:"孙坚乃江东猛虎;若打破洛阳,杀了董卓,正是除狼而得虎也。今不与粮,彼军必散。"术听之,不发粮草。

> 据《资治通鉴》卷六十:或谓袁术曰:"坚若得雒,不可复制,此为除狼而得虎也。"术疑之,不运军粮。(参见《三国志·吴书·孙坚传》及注引虞溥《江表传》)

孙坚军缺食,军中自乱,细作报上关来。李肃为华雄谋曰:"今夜我引一军从小路下关,袭孙坚寨后,将军击其前寨,坚可擒矣。"雄从之,传令军士饱餐,乘夜下关。是夜月白风清。到坚寨时,已是半夜,鼓噪直进。坚慌忙披挂上马,正遇华雄。两马相交,斗不数合,后面李肃军到,竟天价放起火来。坚军乱窜。众将各自混战,止有祖茂跟定孙坚,突围而走。背后华雄追来。坚取箭,连放两箭,皆被华雄躲过。再放第三箭时,因用力太猛,拽折了鹊画弓,只得弃弓纵马而奔。祖茂曰:"主公头上赤帻射目,为贼所识认。可脱帻与某戴之。"坚就脱帻换茂盔,分两路而走。雄军只望赤帻者追赶,坚乃从小路得脱。祖茂被华雄追急,将赤帻挂于人家烧不尽的庭柱上,却入树林潜躲。华雄军于月下遥见赤帻,四面围定,不敢近前。用箭射之,方知是计,遂向前取了赤帻。祖茂于林后杀出,挥双刀欲劈华雄;雄大喝一声,将祖茂一刀砍于马下。杀至天明,雄方引兵上关。

> 据《三国志·吴书·孙坚传》:坚移屯梁东,大为卓军所攻,坚与数十骑溃围而出。坚常著赤罽帻,乃脱帻令亲近将祖茂著之。卓骑争逐茂,故坚从间道得免。茂困迫,下马,以帻冠冢间烧柱,因伏草中。卓骑望见,围绕数重,定近觉是柱,乃去。

程普、黄盖、韩当都来寻见孙坚,再收拾军马屯扎。坚为折了祖茂,伤感不已,星夜遣人报知袁绍。绍大惊曰:"不想孙文台败于华雄之手!"便聚众诸侯商议。众人都到,只有公孙瓒后至,绍请入帐列坐。绍曰:"前日鲍将军之弟不遵调遣,擅自进兵,杀身丧命,折了许多军士;今者孙文台又败于华雄:挫动锐气,为之奈何?"诸侯并皆不语。绍举目遍视,见公孙瓒背后立着三人,容貌异常,都在那里冷笑。绍问曰:"公孙太守背后何人?"瓒呼玄德出曰:"此吾自幼同舍兄弟,平原令刘备是也。"曹操曰:"莫非破黄巾刘玄德乎?"瓒曰:"然。"即令刘玄德拜见。瓒将玄德功劳,并其出身,细说一遍。绍曰:"既是汉室宗派,取坐来。"命坐。备逊谢。绍曰:"吾非敬汝名爵,吾敬汝是帝室之胄耳。"玄德乃坐于末位,关、张叉手侍立于后。

忽探子来报:"华雄引铁骑下关,用长竿挑着孙太守赤帻,来寨前大骂搦战。"绍曰:"谁敢去战?"袁术背后转出骁将俞涉曰:"小将愿往。"绍喜,便著俞涉出马。即时报来:"俞涉与华雄战不三合,被华雄斩了。"众大惊。太守韩馥曰:"吾有上将潘凤,可斩华雄。"绍急令出战。潘凤手提大斧上马。去不多时,飞马来报:"潘凤又被华雄斩了。"众皆失色。绍曰:"可惜吾上将颜良、文丑未至!得一人在此,何惧华雄!"言未毕,阶下一人大呼出曰:"小将愿往斩华雄头,献于帐下!"众视之,见其人身长九尺,髯长二尺,丹凤眼,卧蚕眉,面如重枣,声如巨钟,立于帐前。绍问何人。公孙瓒曰:"此刘玄德之弟关羽也。"绍问现居何职。瓒曰:"跟随刘玄德充马弓手。"帐上袁术大喝曰:"汝欺吾众诸侯无大将耶?量一弓手,安敢乱言!与我打出!"曹操急止之曰:"公路息怒。此人既出大言,必有勇略;试教出马,如其不胜,责之未迟。"袁绍曰:"使一弓手出战,必被华雄所笑。"操曰:"此人仪表不俗,华雄安知他是弓手?"关公曰:"如不胜,请斩某头。"操教酾热酒一杯,与关公饮了上马。关公曰:"酒且斟下,某去便来。"出帐提刀,飞身上马。众诸侯听得关外鼓声大震,喊声大举,如天摧地塌,岳撼山崩,众皆失惊。正欲探听,鸾铃响处,马到中军,云长提华雄之头,掷于地上。其酒尚温。

据《资治通鉴》卷六十：孙坚移屯梁东，为卓将徐荣所败，复收散卒进屯阳人。卓遣东郡太守胡轸督步骑五千击之，以吕布为骑督。轸与布不相得，坚出击，大破之，枭其都督华雄。……复进军大谷，距雒九十里。卓自出，与坚战于诸陵间，卓败走，却屯渑池，聚兵于陕。坚进至雒阳，击吕布，复破走。（参见《三国志·吴书·孙坚传》）

> 按：据史书记载，斩杀董卓军都督华雄的是孙坚，《演义》将功劳给了关羽。据史书，关东联军讨董卓表面上声势浩大，但袁绍等诸侯均畏缩不前，只有孙坚和曹操两支军队主动向董卓发起进攻。孙坚曾与董卓的军队多次交锋，仅在初战中受挫，以后则连战连胜，打败董卓和吕布，并占领了雒阳。

后人有诗赞之曰：

威镇乾坤第一功，辕门画鼓响冬冬。云长停盏施英勇，酒尚温时斩华雄。

曹操大喜。只见玄德背后转出张飞，高声大叫："俺哥哥斩了华雄，不就这里杀入关去，活拿董卓，更待何时！"袁术大怒，喝曰："俺大臣尚自谦让，量一县令手下小卒，安敢在此耀武扬威！都与赶出帐去！"曹操曰："得功者赏，何计贵贱乎？"袁术曰："既然公等只重一县令，我当告退。"操曰："岂可因一言而误大事耶？"命公孙瓒且带玄德、关、张回寨。众官皆散。曹操暗使人赍牛酒抚慰三人。

却说华雄手下败军，报上关来。李肃慌忙写告急文书，申闻董卓。卓急聚李儒、吕布等商议。儒曰："今失了上将华雄，贼势浩大。袁绍为盟主，绍叔袁隗，现为太傅；倘或里应外合，深为不便，可先除之。请丞相亲领大军，分拨剿捕。"卓然其说，唤李傕、郭汜领兵五百，围住太傅袁隗家，不分老幼，尽皆诛绝，先将袁隗首级去关前号令。

据《资治通鉴》卷五十九：董卓以袁绍之故，（初平元年春三月）戊午，杀太傅袁隗、太仆袁基，及其家尺口以上五十余人。（参见《三国志·魏书·袁绍传》，《后汉书·袁绍传》《献帝纪》）

卓遂起兵二十万，分为两路而来：一路先令李傕、郭汜引兵五万，把住汜水关，不要厮杀；卓自将十五万，同李儒、吕布、樊稠、张济等守虎牢关。这关离洛阳五十里。军马到关，卓令吕布领三万军，去关前扎住大寨。卓自在关上屯住。

流星马探听得，报入袁绍大寨里来。绍聚众商议。操曰："董卓屯兵虎牢，截俺诸侯中路，今可勒兵一半迎敌。"绍乃分王匡、乔瑁、鲍信、袁遗、孙融、张杨、陶谦、公孙瓒八路诸侯，往虎牢关迎敌。操引军往来救应。八路诸侯，各自起兵。

河内太守王匡，引兵先到。吕布带铁骑三千，飞奔来迎。王匡将军马列成阵势，勒马门旗下看时，见吕布出阵：头戴三叉束发紫金冠，体挂西川红锦百花袍，身披兽面吞头连环铠，腰系勒甲玲珑狮蛮带；弓箭随身，手持画戟，坐下嘶风赤兔马：果然是"人中吕布，马中赤兔"！

据《三国志·魏书·吕布传》注引《曹瞒传》：时人语曰："人中有吕布，马中有赤兔。"

王匡回头问曰："谁敢出战？"后面一将，纵马挺枪而出。匡视之，乃河内名将方悦。两马相交，无五合，被吕布一戟刺于马下，挺戟直冲过来。匡军大败，四散奔走。布东西冲杀，如入无人之境。

据《三国志·魏书·董卓传》：河内太守王匡，遣泰山兵屯河阳津，将以图卓。卓遣疑兵若将于平阴渡者，潜遣锐众从小平北渡，绕击其后，大破之津北，死者略尽。

据《资治通鉴》卷五十九：（初平元年冬，）王匡屯河阳津，董卓袭击，大破之。

幸得乔瑁、袁遗两军皆至，来救王匡，吕布方退。三路诸侯，各折了些人马，退三十里下寨。随后五路军马都至，一处商议，言吕布英雄，无人可敌。

正虑间，小校报来："吕布搦战。"八路诸侯，一齐上马。军分八队，布在高冈。遥望吕布一簇军马，绣旗招飐，先来冲阵。上党太守张杨部将穆顺，出马挺枪迎战，被吕布手起一戟，刺于马下。众大惊。北海太守孔融部将武安国，使铁锤飞马而出。吕布挥戟拍马来迎。战到十余合，一戟砍断安国手腕，弃锤于地而走。八路军兵齐出，救了武安国。吕布退回去了。众诸侯回寨商议。曹操曰："吕布英勇无敌，可会十八路诸侯，共议良策。若擒了吕布，董卓易诛耳。"

正议间，吕布复引兵搦战。八路诸侯齐出。公孙瓒挥槊亲战吕布。战不数合，瓒败走。吕布纵赤兔马赶来。那马日行千里，飞走如风。看看赶上，布举画戟望瓒后心便刺。傍边一将，圆睁环眼，倒竖虎须，挺丈八蛇矛，飞马大叫："三姓家奴休走！燕人张飞在此！"吕布见了，弃了公孙瓒，便战张飞。飞抖擞精神，酣战吕布。连斗五十余合，不分胜负。云长见了，把马一拍，舞八十二斤青龙偃月刀，来夹攻吕布。三匹马丁字儿厮杀。战到三十合，战不倒吕布。刘玄德掣双股剑，骤黄鬃马，刺斜里也来助战。这三个围住吕布，转灯儿般厮杀。八路人马，都看得呆了。吕布架隔遮拦不定，看着玄德面上，虚刺一戟，玄德急闪。吕布荡开阵角，倒拖画戟，飞马便回。三个那里肯舍，拍马赶来。八路军兵，喊声大震，一齐掩杀。吕布军马望关上奔走，玄德、关、张随后赶来。

> 按：虎牢关三英战吕布的故事，不见于史。查《三国志》和《资治通鉴》，虎牢关并未成为讨董卓的战场。虎牢关，唐代以后又名汜水关，《演义》将同一关口的两个名称写成了两个关口。据史书记载，在讨董卓之战中，打败吕布的是孙坚，他曾于初平二年（191）在阳人和洛阳两次与吕布交战，都打了胜仗。周兆新先生在《三国演义考评》（北京大学出版社1990年版）一书中指出，从史书上看，刘备、关羽和张飞三人，未必参加过讨董卓的军队，因为《三国志·蜀书·先主传》叙述刘备早期的经历，只说他担任过安喜县、下密县、高唐县的地方官，并多次与黄巾军作战。他被黄巾军打败后投奔公孙瓒时，讨董卓的战争已告结束。裴松之注引《英雄记》云："会灵帝崩，天下大乱，备亦起军从讨董卓。"这条记载太简略，而且缺乏佐证，所以很值得怀疑。退一步说，即使刘、关、张真的参加过讨董卓，他们也没有打败吕布，更没有发挥扭转战局的作用，这是可以肯定的。

古人曾有篇言语，单道着玄德、关、张三战吕布：

> 汉朝天数当桓灵，炎炎红日将西倾。奸臣董卓废少帝，刘协懦弱魂梦惊。
> 曹操传檄告天下，诸侯奋怒皆兴兵。议立袁绍作盟主，誓扶王室定太平。
> 温侯吕布世无比，雄才四海夸英伟。护躯银铠砌龙鳞，束发金冠簪雉尾。
> 参差宝带兽平吞，错落锦袍飞凤起。龙驹跳踏起天风，画戟荧煌射秋水。
> 出关搦战谁敢当？诸侯胆裂心惶惶。踊出燕人张翼德，手持蛇矛丈八枪。
> 虎须倒竖翻金线，环眼圆睁起电光。酣战未能分胜败，阵前恼起关云长。
> 青龙宝刀灿霜雪，鹦鹉战袍飞蛱蝶。马蹄到处鬼神嚎，目前一怒应流血。
> 枭雄玄德掣双锋，抖擞天威施勇烈。三人围绕战多时，遮拦架隔无休歇。
> 喊声震动天地翻，杀气迷漫牛斗寒。吕布力穷寻走路，遥望家山拍马还。
> 倒拖画杆方天戟，乱散销金五彩幡。顿断绒绦走赤兔，翻身飞上虎牢关。

三人直赶吕布到关下，看见关上西风飘动青罗伞盖。张飞大叫："此必董卓！追吕布有甚强处？不如先拿董贼，便是斩草除根！"拍马上关，来擒董卓。正是：擒贼定须擒贼首，奇功端的待奇人。未知胜负如何，且听下文分解。

第六回　焚金阙董卓行凶　匿玉玺孙坚背约

却说张飞拍马赶到关下，关上矢石如雨，不得进而回。八路诸侯，同请玄德、关、张贺功，使人去袁绍寨中报捷。

绍遂移檄孙坚，令其进兵。坚引程普、黄盖至袁术寨中相见。坚以杖画地曰："董卓与我，本无仇隙。今我奋不顾身，亲冒矢石，来决死战者，上为国家讨贼，下为将军家门之私；而将军却听谗言，不发粮草，致坚败绩，将军何安？"术惶恐无言，命斩进谗之人，以谢孙坚。

　　据《资治通鉴》卷六十：或谓袁术曰："坚若得雒，不可复制，此为除狼而得虎也。"术疑之，不运军粮。坚夜驰见术，画地计校曰："所以出身不顾者，上为国家讨贼，下慰将军家门之私仇。坚与卓非有骨肉之怨也，而将军受浸润之言，还相嫌疑，何也？"术踧踖，即调发军粮。（参见《三国志·吴书·孙坚传》及注引《江表传》）

忽人报坚曰："关上有一将，乘马来寨中，要见将军。"坚辞袁术，归到本寨，唤来问时，乃董卓爱将李傕。坚曰："汝来何为？"傕曰："丞相所敬者，惟将军耳。今特使傕来结亲：丞相有女，欲配将军之子。"坚大怒，叱曰："董卓逆天无道，荡覆王室，吾欲夷其九族，以谢天下，安肯与逆贼结亲耶！吾不斩汝，汝当速去，早早献关，饶你性命！倘若迟误，粉骨碎身！"

　　据《三国志·吴书·孙坚传》：卓惮坚猛壮，乃遣将军李傕等来求和亲，令坚列疏子弟任刺史、郡守者，许表用之。坚曰："卓逆天无道，荡覆王室，今不夷汝三族，县示四海，则吾死不瞑目，岂将与乃和亲邪？"复进军大谷，拒雒九十里。卓寻徙都西入关，焚烧雒邑。（参见《资治通鉴》卷六十，《后汉书·董卓传》）

李傕抱头鼠窜，回见董卓，说孙坚如此无礼。卓怒，问李儒。儒曰："温侯新败，兵无战心。不若引兵回洛阳，迁帝于长安，以应童谣。近日街市童谣曰：'西头一个汉，东头一个汉。鹿走入长安，方可无斯难。'臣思此言'西头一个汉'，乃应高祖旺于西都长安，传一十二帝；'东头一个汉'，乃应光武旺于东都洛阳，今亦传一十二帝。天运合回。丞相迁回长安，方可无虞。"卓大喜曰："非汝言，吾实不悟。"遂引吕布星夜回洛阳，商议迁都。聚文武于朝堂，卓曰："汉东都洛阳，二百余年，气数已衰。吾观旺气实在长安，吾欲奉驾西幸。汝等各宜促装。"司徒杨彪曰："关中残破零落。今无故捐宗庙，弃皇陵，恐百姓惊动。天下动之至易，安之至难。望丞相鉴察。"卓怒曰："汝阻国家大计耶？"太尉黄琬曰："杨司徒之言是也。往者王莽篡逆，更始赤眉之时，焚烧长安，尽为瓦砾之地；更兼人民流移，百无一二。今弃宫室而就荒地，非所宜也。"卓曰："关东贼起，天下播乱。长安有崤函之险；更近陇右，木石砖瓦，克日可办，宫室营造，不须月余。汝等再休乱言。"司徒荀爽谏曰："丞相若欲迁都，百姓骚动不宁矣。"卓大怒曰："吾为天下计，岂惜小民哉！"即日罢杨彪、黄琬、荀爽为庶民。

　　据《资治通鉴》卷五十九：卓大会公卿议，曰："高祖都关中，十有一世，光武宫雒阳，于今亦十一世矣。案《石包谶》，宜徙都长安，以应天人之意。"百官皆默然。司徒杨彪曰："移都改制，天下大事，故盘庚迁亳，殷民胥怨。昔关中遭王莽残破，故光武更都雒邑，历年已久，百姓安乐。今无故捐宗庙，弃园陵，恐百姓惊动，必有糜沸之乱。《石包谶》，妖邪之书，岂可信用！"卓曰："关中肥饶，故秦得并吞六国。且陇石材木自出，杜陵有武帝陶灶，并功营之，可使一朝而办。百姓何足与议！若有前却，我以大兵驱之，可令诣沧海。"彪曰："天下动之至易，安之甚难，惟明公虑焉！"卓作色曰："公欲沮国计邪！"太尉黄琬曰："此国之大事，杨公之言得无可思？"卓不答。司空荀爽见卓意壮，恐害彪等，因从容言曰："相国岂乐此邪！山东兵起，非一日可禁，故当迁以图之，此秦、汉之势也。"卓意小解。琬退，又为驳议。（初平元年）二月乙亥，卓以灾异奏免琬、彪等，以光禄勋赵谦为太尉，太仆王允为司徒。城门校尉伍琼、督军校尉周毖固谏迁都，卓大怒曰："卓初入朝，二君劝用善士，故卓相从。而诸君到官，举兵相图，此二君卖卓，卓何用相负！"庚辰，收琼、毖，斩之。杨彪、黄琬恐惧，诣卓谢，卓亦悔杀琼、毖，乃复表彪、琬为光禄大夫。（参见《后汉书·杨彪传》《黄琬传》《董卓传》，《三国志·魏书·董卓传》注引《续汉书》及华峤《汉书》）

卓出上车，只见二人望车而揖，视之，乃尚书周毖、城门校尉伍琼也。卓问何事，毖曰："今闻丞相欲迁都长安，故来谏耳。"卓大怒曰："我始初听你两个，保用袁绍；今绍已反，是汝等一党！"叱武士推出都门斩首。

　　据《后汉书·董卓传》：及闻东方兵起，惧，乃鸩杀弘农王，欲徙都长安。会公卿议，太尉黄琬、司徒杨彪廷争不能得，而伍琼、周珌又固谏之。卓因大怒曰："卓初入朝，二子劝用善士，故相从；而诸君到官，举兵相图。此二君卖卓，卓何用相负！"遂斩琼、珌。（参见《资治通鉴》卷五十九）

　　据《三国志·魏书·董卓传》：初，卓信任尚书周毖，城门校尉伍琼等，用其所举韩馥、刘岱、孔伷、张咨、张邈等出宰州郡。而馥等至官，皆合兵将以讨卓。卓闻之，以为毖、琼等通情卖己，皆斩之。（参见《三国志·蜀书·许靖传》）

　　按：周毖、伍琼被杀的时间，《后汉书·董卓传》所记与《三国志》不同。《资治通鉴》和《演义》均从《后汉书》。

遂下令迁都，限来日便行。

李儒曰："今钱粮缺少，洛阳富户极多，可籍没入官。但是袁绍等门下，杀其宗党而抄其家赀，必得巨万。"卓即差铁骑五千、遍行捉拿洛阳富户，共数千家，插旗头上大书"反臣逆党"，尽斩于城外，取其金赀。

李傕、郭汜尽驱洛阳之民数百万口，前赴长安。每百姓一队，间军一队，互相拖押；死于沟壑者，不可胜数。又纵军士淫人妻女，夺人粮食；啼哭之声，震动天地。如有行得迟者，背后三千军催督，军手执白刃，于路杀人。卓临行，教诸门放火，焚烧居民房屋，并放火烧宗庙宫府。南北两宫，火焰相接；长乐宫庭，尽为焦土。又差吕布发掘先皇及后妃陵寝，取其金宝。军士乘势掘官民坟冢殆尽。董卓装载金珠缎匹好物数千余车，劫了天子并后妃等，竟望长安去了。

　　据《资治通鉴》卷五十九：（初平元年春二月）丁亥，车驾西迁。董卓收诸富室，以罪恶诛之，没入其财物，死者不可胜计。悉驱徙其余民数百万口于长安。步骑驱蹙，更相蹈藉，饥饿寇掠，积尸盈路。卓自留屯毕圭苑中，悉烧宫庙，官府、居家，二百里内，室屋荡尽，无复鸡犬。又使吕布发诸帝陵及公卿以下冢墓，收其珍宝。（参见《后汉书·献帝纪》《董卓传》，《三国志·魏书·董卓传》及注引《续汉书》）

　　按：周兆新先生在《三国演义考评》一书中指出，据史书记载，初平元年（190）春季，董卓决定将首都迁往长安。旧历二月十七日，汉献帝被迫西行，董卓仍留在洛阳。

过了一年之后，到初平二年（191）春季，董卓抵挡不住孙坚的进攻，方才离开洛阳。无论东汉王朝迁都或董卓撤出洛阳，均与刘、关、张毫不相干。《演义》却说，刘、关、张打败吕布，迫使董卓撤出洛阳，迁都于长安。

却说卓将赵岑，见卓已弃洛阳而去，便献了汜水关。孙坚驱兵先入。玄德、关、张杀入虎牢关，诸侯各引军入。

且说孙坚飞奔洛阳，遥望火焰冲天，黑烟铺地，二三百里，并无鸡犬人烟；坚先发兵救灭了火，令众诸侯各于荒地上屯住军马。曹操来见袁绍曰："今董贼西去，正可乘势追袭；本初按兵不动，何也？"绍曰："诸兵疲困，进恐无益。"操曰："董贼焚烧宫室，劫迁天子，海内震动，不知所归；此天亡之时也，一战而天下定矣。诸公何疑而不进？"众诸侯皆言不可轻动。操大怒曰："竖子不足与谋！"遂自引兵万余，领夏侯惇、夏侯渊、曹仁、曹洪、李典、乐进，星夜来赶董卓。

据《资治通鉴》卷五十九：董卓在雒阳，袁绍等诸军皆畏其强，莫敢先进。曹操曰："举义兵以诛暴乱，大众已合，诸君何疑？向使董卓倚王室，据旧京，东向以临天下，虽以无道行之，犹足为患；今焚烧宫室，劫迁天子，海内震动，不知所归，此天亡之时也，一战而天下定矣。"遂引兵西，将据成皋，张邈遣将卫兹分兵随之。（参见《三国志·魏书·武帝纪》）

按：据史书记载，曹操于初平元年（190）三月引兵西进，在荥阳与徐荣作战，为流矢所中。这是关东联军与董卓的第一次交锋，当时董卓还牢牢地据守洛阳，并没有溃退。《演义》则将孙坚写成联军的先锋，他在汜水关败给华雄成为联军讨董卓的首战；而曹操是在吕布战败以后，董卓自洛阳向长安逃走时才出兵连夜追赶，在荥阳被徐荣打败。这样，历史上讨董卓之战中曹操的首战，在《演义》中就变成了讨董卓之战的尾声。

且说董卓行至荥阳地方，太守徐荣出接。李儒曰："丞相新弃洛阳，防有追兵。可教徐荣伏军荥阳城外山坞之旁，若有兵追来，可竟放过；待我这里杀败，然后截住掩杀。令后来者不敢复追。"卓从其计，又令吕布引精兵遏后。

布正行间，曹操一军赶上。吕布大笑曰："不出李儒所料也！"将军马摆开。曹操出马，大叫："逆贼！劫迁天子，流徙百姓，将欲何往？"吕布骂曰："背主懦夫，何得妄言！"夏侯惇挺枪跃马，直取吕布。战不数合，李傕引一军，从左边杀来，操急令夏侯渊迎敌。右边喊声又起，郭汜引军杀到，操急令曹仁迎敌。三路军马，势不可当。夏侯惇抵敌吕布不住，飞马回阵。布引铁骑掩杀，操军大败，回望荥阳而走。走至一荒山脚下，时约二更，月明如昼。方才聚集残兵，正欲埋锅造饭，只听得四围喊声，徐荣伏兵尽出。曹操慌忙策马，夺路奔逃，正遇徐荣，转身便走。荣搭上箭，射中操肩膊。操带箭逃命，踅过山坡。两个军士伏于草中，见操马来，二枪齐发，操马中枪而倒。操翻身落马，被二卒擒住。只见一将飞马而来，挥刀砍死两个步军，下马救起曹操。操视之，乃曹洪也。操曰："吾死于此矣，贤弟可速去！"洪曰："公急上马！洪愿步行。"操曰："贼兵赶上，汝将奈何？"洪曰："天下可无洪，不可无公。"操曰："吾若再生，汝之力也。"操上马，洪脱去衣甲，拖刀跟马而走。约走至四更余，只见前面一条大河，阻住去路，后面喊声渐近。操曰："命已至此，不得复活矣！"洪急扶操下马，脱去袍铠，负操渡水。才过彼岸，追兵已到，隔水放箭。操带水而走。比及天明，又走三十余里，土冈下少歇。忽然喊声起处，一彪人马赶来：却是徐荣从上流渡河来追。操正慌急间，只见夏侯惇、夏侯渊引数十骑飞至，大喝："徐荣无伤吾主！"徐荣便奔夏侯惇，惇挺枪来迎。交马数合，惇刺徐荣于马下，杀散余兵。随后曹仁、李典、乐进各引兵寻到，见了曹操，忧喜交集；聚集残兵五百余人，同回河内。卓兵自往长安。

> 据《资治通鉴》卷五十九：进至荥阳汴水，遇卓将玄菟徐荣，与战，操兵败，为流矢所中，所乘马被创。从弟洪以马与操，操不受。洪曰："天下可无洪，不可无君！"遂步从操，夜遁去。荣见操所将兵少，力战尽日，谓酸枣未易攻也，亦引兵还。（参见《三国志·魏书·武帝纪》《曹洪传》）

却说众诸侯分屯洛阳。孙坚救灭宫中余火，屯兵城内，设帐于建章殿基上。坚令军士扫除宫殿瓦砾。凡董卓所掘陵寝，尽皆掩闭。于太庙基上，草创殿屋三间，请众诸侯立列圣神位，宰太牢祀之。

> 据《三国志·吴书·孙坚传》：卓寻徙都西入关，焚烧雒邑。坚乃前入至雒，修诸陵，平塞卓所发掘。（参见《资治通鉴》卷六十，《后汉书·董卓传》）

> 据《三国志·吴书·孙坚传》注引韦曜《吴书》：坚入洛，扫除汉宗庙，祠以太牢。（参见《资治通鉴》卷六十）

祭毕，皆散。坚归寨中，是夜星月交辉，乃按剑露坐，仰观天文。见紫微垣中白气漫漫，坚叹曰："帝星不明，贼臣乱国，万民涂炭，京城一空！"言讫，不觉泪下。

> 据《三国志·吴书·孙坚传》注引《江表传》：旧京空虚，数百里中无烟火。坚前入城，惆怅流涕。

傍有军士指曰："殿南有五色毫光起于井中。"坚唤军士点起火把，下井打捞。捞起一妇人尸首，虽然日久，其尸不烂，宫样装束，项下带一锦囊。取开看时，内有朱红小匣，用金锁锁着。启视之，乃一玉玺：方圆四寸，上镌五龙交纽；傍缺一角，以黄金镶之；上有篆文八字云："受命于天，既寿永昌。"

> 据《三国志·吴书·孙坚传》注引《吴书》：坚入洛，……坚军城南甄官井上，旦有五色气，举军惊怪，莫有敢汲。坚令人入井，探得汉传国玺，文曰"受命于天，既寿永昌"，方圜四寸，上纽交五龙，上一角缺。初，黄门张让等作乱，劫天子出奔，左右分散，掌玺者以投井中。

> 据《资治通鉴》卷六十：坚进至雒阳，……得传国玺于城南甄官井中。

坚得玺，乃问程普。普曰："此传国玺也。此玉是昔日卞和于荆山之下，见凤凰栖于石上，载而进之楚文王。解之，果得玉。秦二十六年，令良工琢为玺，李斯篆此八字于其上。二十八年，始皇巡狩至洞庭湖。风浪大作，舟将覆，急投玉玺于湖而止。至三十六年，始皇巡狩至华阴，有人持玺遮道，与从者曰：'持此还祖龙。'言讫不见，此玺复归于秦。明年，始皇崩。后来子婴将玉玺献与汉高祖。后至王莽篡逆，孝元皇太后将玺打王寻、苏献，崩其一角，以金镶之。光武得此宝于宜阳，传位至今。近闻十常侍作乱，劫少帝出北邙，回宫失此宝。今天授主公，必有登九五之分。此处不可久留，宜速回江东，别图大事。"坚曰："汝言正合吾意。明日便当托疾辞归。"商议已定，密谕军士勿得泄漏。

谁想数中一军，是袁绍乡人，欲假此为进身之计，连夜偷出营寨，来报袁绍。绍与之赏赐，暗留军中。次日，孙坚来辞袁绍曰："坚抱小疾，欲归长沙，特来别公。"绍笑曰："吾知公疾乃害传国玺耳。"坚失色曰："此言何来？"绍曰："今兴兵讨贼，为国除害。玉玺乃朝廷之宝，公既获得，当对众留于盟主处，候诛了董卓，复归朝廷。今匿之而去，意欲何为？"坚曰："玉玺何由在吾处？"绍曰："建章殿井中之物何在？"坚曰："吾本无之，何强相逼？"

绍曰:"作速取出,免自生祸。"坚指天为誓曰:"吾若果得此宝,私自藏匿,异日不得善终,死于刀箭之下!"众诸侯曰:"文台如此说誓,想必无之。"绍唤军士出曰:"打捞之时,有此人否?"坚大怒,拔所佩之剑,要斩那军士。绍亦拔剑曰:"汝斩军人,乃欺我也。"绍背后颜良、文丑皆拔剑出鞘。坚背后程普、黄盖、韩当亦掣刀在手。众诸侯一齐劝住。坚随即上马,拔寨离洛阳而去。

> 按:《演义》称孙坚进入洛阳后,在皇宫中一口井内打捞出传国玺;据史书记载,此井在洛阳城南。《演义》称,孙坚军中有人将此事密报给袁绍,袁绍命孙坚交出玉玺,孙坚指天发誓,这些情节均不见于史。

绍大怒,遂写书一封,差心腹人连夜往荆州,送与刺史刘表,教就路上截住夺之。

次日,人报曹操追董卓,战于荥阳,大败而回。绍令人接至寨中,会众置酒,与操解闷。饮宴间,操叹曰:"吾始兴大义,为国除贼。诸公既仗义而来,操之初意,欲烦本初引河内之众,临孟津;酸枣诸将固守成皋,据敖仓,塞轘辕、太谷,制其险要;公路率南阳之军,驻丹、析,入武关,以震三辅:皆深沟高垒,勿与战,益为疑兵,示天下形势,以顺诛逆,可立定也。今迟疑不进,大失天下之望。操窃耻之!"绍等无言可对。既而席散,操见绍等各怀异心,料不能成事,自引军投扬州去了。

> 据《资治通鉴》卷五十九:操到酸枣,诸军十余万,日置酒高会,不图进取,操责让之,因为谋曰:"诸君能听吾计,使渤海引河内之众临孟津;酸枣诸将守成皋,据敖仓,塞轘辕、太谷,全制其险;使袁将军率南阳之军军丹、析,入武关,以震三辅:皆高垒深壁,勿与战,益为疑兵,示天下形势,以顺诛逆,可立定也。今兵以义动,持疑不进,失天下望,窃为诸君耻之!"邈等不能用。操乃与司马沛国夏侯惇等诣扬州募兵,得千余人,还屯河内。顷之,酸枣诸军食尽,众散。(参见《三国志·魏书·武帝纪》)

> 按:《演义》称曹操"见绍等各怀异心,料不能成事",于是"引军投扬州",离开了讨伐董卓的联军。这一情节与史不合。据史书,曹操到扬州是为了募兵,他募得千余人以后,仍回到河内驻扎,此时联军还没有解散,曹操也没有离开联军。据《资治通鉴》胡三省注,"还屯河内"乃"从袁绍也"。联军解散是此后不久的事。

公孙瓒谓玄德、关、张曰:"袁绍无能为也,久必有变。吾等且归。"遂拔寨北行。至平原,令玄德为平原相,自去守地养军。兖州太守刘岱,问东郡太守乔瑁借粮。瑁推辞不与,岱引军突入瑁营,杀死乔瑁,尽降其众。

> 据《资治通鉴》卷五十九,《三国志·魏书·武帝纪》:刘岱与桥瑁相恶,岱杀瑁,以王肱领东郡太守。

袁绍见众人各自分散,就领兵拔寨,离洛阳,投关东去了。

却说荆州刺史刘表,字景升,山阳高平人也,乃汉室宗亲;幼好结纳,与名士七人为友,时号"江夏八俊"。那七人:汝南陈翔,字仲麟;同郡范滂,字孟博;鲁国孔昱,字世元;渤海范康,字仲真;山阳檀敷,字文友;同郡张俭,字元节;南阳岑晊,字公孝。刘表与此七人为友;

> 据《三国志·魏书·刘表传》:刘表字景升,山阳高平人也。少知名,号八俊。长八尺余,姿貌甚伟。以大将军掾为北军中候。灵帝崩,代王叡为荆州刺史。(参见《后汉书·刘表传》)

> 据《三国志·魏书·刘表传》注引《汉末名士录》:表与汝南陈翔字仲麟、范滂字

孟博，鲁国孔昱字世元，勃海苑康字仲真，山阳檀敷字文友、张俭字元节，南阳岑晊字公孝为八友。

有延平人蒯良、蒯越，襄阳人蔡瑁为辅。

　　据《三国志·魏书·刘表传》注引司马彪《战略》：刘表之初为荆州也，江南宗贼盛，袁术屯鲁阳，尽有南阳之众。吴人苏代领长沙太守，贝羽为华容长，各阻兵作乱。表初到，单马入宜城，而延中庐人蒯良、蒯越，襄阳人蔡瑁与谋。（参见《后汉书·刘表传》）

当时看了袁绍书，随令蒯越、蔡瑁引兵一万来截孙坚。

　　坚军方到，蒯越将阵摆开，当先出马。孙坚问曰："蒯异度何故引兵截吾去路？"越曰："汝既为汉臣，如何私匿传国之宝？可速留下，放汝归去！"坚大怒，命黄盖出战。蔡瑁舞刀来迎。斗到数合，盖挥鞭打瑁，正中护心镜。瑁拨回马走，孙坚乘势杀过界口。山背后金鼓齐鸣、乃刘表亲自引军来到。孙坚就马上施礼曰："景升何故信袁绍之书，相逼邻郡？"表曰："汝匿传国玺，将欲反耶？"坚曰："吾若有此物，死于刀箭之下！"表曰："汝若要我听信，将随军行李，任我搜看。"坚怒曰："汝有何力，敢小觑我！"方欲交兵，刘表便退。坚纵马赶去，两山后伏兵齐起，背后蔡瑁、蒯越赶来，将孙坚困在垓心。正是：玉玺得来无用处，反因此宝动刀兵。毕竟孙坚怎地脱身，且听下文分解。

第七回　袁绍磐河战公孙　孙坚跨江击刘表

却说孙坚被刘表围住，亏得程普、黄盖、韩当三将死救得脱，折兵大半，夺路引兵回江东。

> 据《资治通鉴》卷六十：卓引还长安。孙坚修塞诸陵，引军还鲁阳。（参见《三国志·吴书·孙坚传》）

> 按：关东联军解散以后，《演义》称孙坚引兵回江东，与史不合。据史书，孙坚在世时并未占有江东；孙策统一江东是建安元年（196），此时孙坚已死去五年。

自此孙坚与刘表结怨。

且说袁绍屯兵河内，缺少粮草。冀州牧韩馥，遣人送粮以资军用。谋士逢纪说绍曰："大丈夫纵横天下，何待人送粮为食！冀州乃钱粮广盛之地，将军何不取之？"绍曰："未有良策。"纪曰："可暗使人驰书与公孙瓒，令进兵取冀州，约以夹攻，瓒必兴兵。韩馥无谋之辈，必请将军领州事；就中取事，唾手可得。"绍大喜，即发书到瓒处。瓒得书，见说共攻冀州，平分其地，大喜，即日兴兵。绍却使人密报韩馥。

> 据《资治通鉴》卷六十：初，何进遣云中张杨还并州募兵，会进败，杨留上党，有众数千人。袁绍在河内，杨往归之，与南单于于扶罗屯漳水。韩馥以豪杰多归心袁绍，忌之；阴贬节其军粮，欲使其众离散。会馥将麹义叛，馥与战而败，绍因与义相结。绍客逢纪谓绍曰："将军举大事而仰人资结，不据一州，无以自全。"绍曰："冀州兵强，吾士饥乏，设不能办，无所容立。"纪曰："韩馥庸才，可密要公孙瓒使取冀州，馥必骇惧，因遣辩士为陈祸福，馥迫于仓卒，必肯逊让。"绍然之，即以书与瓒。瓒遂引兵而至，外托讨董卓而阴谋袭馥，馥与战不利。（参见《后汉书·袁绍传》，《三国志·魏书·袁绍传》及注引《英雄记》）

馥慌聚荀谌、辛评二谋士商议。谌曰："公孙瓒将燕、代之众，长驱而来，其锋不可当。兼有刘备、关、张助之，难以抵敌。今袁本初智勇过人，手下名将极广，将军可请彼同治州事，彼必厚待将军，无患公孙瓒矣。"韩馥即差别驾关纯

> 按：关纯，史书中作闵纯。

去请袁绍。长史耿武谏曰："袁绍孤客穷军，仰我鼻息，譬如婴儿在股掌之上，绝其乳哺，立可饿死。奈何欲以州事委之？此引虎入羊群也。"馥曰："吾乃袁氏之故吏，才能又不如本初。古者择贤者而让之，诸君何嫉妒耶？"耿武叹曰："冀州休矣！"于是弃职而去者三十余人。独耿武与关纯伏于城外，以待袁绍。数日后，绍引兵至。耿武、关纯拔刀而出，欲刺杀绍。绍将颜良立斩耿武，文丑砍死关纯。

> 据《资治通鉴》卷六十：会董卓入关，绍还军延津，使外甥陈留高干及馥所亲颍川辛评、荀谌、郭图等说馥曰："公孙瓒将燕、代之卒乘胜来南，而诸郡应之，其锋不可当。袁车骑引军东向，其意未可量也。窃为将军危之！"馥惧，曰："然则为之奈何？"

谌曰："君自料宽仁容众为天下所附，孰与袁氏？"馥曰："不如也。""临危吐决，智勇过人，又孰与袁氏？"馥曰："不如也。""世布恩德，天下家受其惠，又孰与袁氏？"馥曰："不如也。"谌曰："袁氏一时之杰，将军资三不如之势，久处其上，彼必不为将军下也。夫冀州，天下之重资也，彼若与公孙瓒并力取之，危亡可立而待也。夫袁氏，将军之旧，且为同盟，当今之计，若举冀州以让袁氏，彼必厚德将军，瓒亦不能与之争矣。是将军有让贤之名，而身安于泰山也。"馥性恇怯，因然其计。馥长史耿武、别驾闵纯、治中李历闻而谏曰："冀州带甲百万，谷支十年。袁绍孤客穷军，仰我鼻息，譬如婴儿在股掌之上，绝其哺乳，立可饿杀，奈何欲以州与之！"馥曰："吾袁氏故吏，且才不如本初，度德而让，古人所贵，诸君独何病焉！"先是，馥从事赵浮、程奂将强弩万张屯孟津，闻之，率兵驰还。时绍在朝歌清水，浮等从后来，船数百艘，众万余人，整兵鼓，夜过绍营，绍甚恶之。浮等到，谓馥曰："袁本初军无斗粮，各已离散，虽有张杨、于扶罗新附，未肯为用，不足敌也。小从事等请以见兵拒之，旬日之间，必土崩瓦解。明将军但当开阁高枕，何忧何惧！"馥又不听，乃避位，出居中常侍赵忠故舍，遣子送印绶以让绍。绍将至，从事十人争弃馥去，独耿武、闵纯杖刀拒之，不能禁，乃止；绍皆杀之。(参见《后汉书·袁绍传》，《三国志·魏书·袁绍传》及注引《九州春秋》)

绍入冀州，以馥为奋威将军，以田丰、沮授、许攸、逢纪分掌州事，尽夺韩馥之权。

> 据《资治通鉴》卷六十：绍遂领冀州牧，承制以馥为奋威将军，而无所将御，亦无官属。绍以广平沮授为奋武将军，使监护诸将，宠遇甚厚。魏郡审配、巨鹿田丰并以正直不得志于韩馥，绍以丰为别驾，配为治中，及南阳许攸、逢纪，颍川荀谌皆为谋主。(参见《后汉书·袁绍传》《三国志·魏书·袁绍传》)

馥懊悔无及，遂弃下家小，匹马往投陈留太守张邈去了。

> 据《资治通鉴》卷六十：绍以河内朱汉为都官从事。汉先为韩馥所不礼，且欲徼迎绍意，擅发兵围守馥第，拔刃登屋，馥走上楼，收得馥大儿，槌折两脚。绍立收汉，杀之。馥犹忧怖，从绍索去，往依张邈。后绍遣使诣邈，有所计议，与邈耳语；馥在坐上，谓为见图，无何，起至溷，以书刀自杀。(参见《后汉书·袁绍传》《三国志·魏书·袁绍传》)

却说公孙瓒知袁绍已据冀州，遣弟公孙越来见绍，欲分其地。绍曰："可请汝兄自来，吾有商议。"越辞归。行不到五十里，道旁闪出一彪军马，口称："我乃董丞相家将也！"乱箭射死公孙越。从人逃回见公孙瓒，报越已死。瓒大怒曰："袁绍诱我起兵攻韩馥，他却就里取事；今又诈董卓兵射死吾弟，此冤如何不报！"尽起本部兵，杀奔冀州来。

> 据《资治通鉴》卷六十：是时关东州、郡务相兼并以自强大，袁绍、袁术亦自相离贰。术遣孙坚击董卓未返，绍以会稽周昂为豫州刺史，袭夺坚阳城。坚……引兵击昂，走之。袁术遣公孙越助坚攻昂，越为流矢所中死。公孙瓒怒曰："余弟死，祸起于绍。"遂出军屯磐河，上疏数绍罪恶，进兵攻绍。冀州诸城多畔绍从瓒。(参见《三国志·魏书·公孙瓒传》《后汉书·公孙瓒传》)

绍知瓒兵至，亦领军出。二军会于磐河之上：绍军于磐河桥东，瓒军于桥西。瓒立马桥上，大呼曰："背义之徒，何敢卖我！"绍亦策马至桥边，指瓒曰："韩馥无才，愿让冀州于吾，与尔何干？"瓒曰："昔日以汝为忠义，推为盟主；今之所为，真狼心狗行之徒，有何面目立于世间！"袁绍大怒曰："谁可擒之？"言未毕，文丑策马挺枪，直杀上桥。公孙瓒就桥边与文丑交锋。战不到十余合，瓒抵挡不住，败阵而走。文丑乘势追赶。瓒走入阵中，文丑飞马径入中军，往来冲突。瓒手下健将四员，一齐迎战；被文丑一枪，刺一将下马，三将俱走。文丑直赶公孙瓒出阵后，瓒望山谷而逃。文丑骤马厉声大叫："快下马受降！"瓒弓箭尽落，头盔堕地；披发纵马，奔转山坡；其马前失，瓒翻身落于坡下。文丑急捻枪来刺。忽见草坡左侧转出一个少年将军，飞马挺枪，直取文丑，公孙瓒扒上坡去，看那少年：生得身长八尺，浓眉大眼，阔面重颐，威风凛凛，与文丑大战五六十合，胜负未分。瓒部下救军到，丑拨回马去了。那少年也不追赶。瓒忙下土坡，问那少年姓名。那少年欠身答曰："某乃常山真定人也，姓赵，名云，字子龙。

　　据《三国志·蜀书·赵云传》：赵云字子龙，常山真定人也。

本袁绍辖下之人。因见绍无忠君救民之心，故特弃彼而投麾下，不期于此处相见。"瓒大喜，遂同归寨，整顿甲兵。

　　据《三国志·蜀书·赵云传》注引《云别传》：云身长八尺，姿颜雄伟，为本郡所举，将义从吏兵诣公孙瓒。时袁绍称冀州牧，瓒深忧州人之从绍也，善云来附，嘲云曰："闻贵州人皆愿袁氏，君何独回心，迷而能反乎？"云答曰："天下讻讻，未知孰是，民有倒县之厄，鄙州论议，从仁政所在，不为忽袁公私明将军也。"遂与瓒征讨。（参见《资治通鉴》卷六十）

　　按：《演义》称，赵云是在磐河之战时投归公孙瓒的。而史书记载，赵云在磐河之战前即已投归公孙瓒。他是"为本郡所举"，带领招募的队伍投奔公孙瓒的。

　　次日，瓒将军马分作左右两队，势如羽翼。马五千余匹，大半皆是白马。因公孙瓒曾与羌人战，尽选白马为先锋，号为白马将军；羌人但见白马便走，因此白马极多。

　　据《三国志·袁绍传》注引《英雄记》：瓒每与虏战，常乘白马，追不虚发，数获戎捷，虏相告云"当避白马"。因虏所忌，简其白马数千匹，选骑射之士，号为白马义从；一曰胡夷健者常乘白马，瓒有健骑数千，多乘白马，故以号焉。（参见《后汉书·公孙瓒传》）

袁绍令颜良、文丑为先锋，各引弓弩手一千，亦分作左右两队；令在左者射公孙瓒右军，在右者射公孙瓒左军。再令麹义引八百弓手，步兵一万五千，列于阵中。袁绍自引马步军数万，于后接应。公孙瓒初得赵云，不知心腹，令其另领一军在后。遣大将严纲为先锋。瓒自领中军，立马桥上，傍竖大红圈金线"帅"字旗于马前。从辰时摇鼓，直到巳时，绍军不进。麹义令弓手皆伏于遮箭牌下，只听炮响发箭。严纲鼓噪呐喊，直取麹义。义军见严纲兵来，都伏而不动；直到来得至近，一声炮响，八百弓弩手一齐俱发。纲急待回，被麹义拍马舞刀，斩于马下，瓒军大败。左右两军，欲来救应，都被颜良、文丑引弓弩手射住。绍军并进，直杀到界桥边。麹义马到，先斩执旗将，把绣旗砍倒。公孙瓒见砍倒绣旗，回马下桥而走。麹义引军直冲到后军，正撞着赵云，挺枪跃马，直取麹义。战不数合，一枪刺麹义于马下。

　　据《三国志·袁绍传》注引《英雄记》：麹义后恃功而骄恣，绍乃杀之。

赵云一骑马飞入绍军，左冲右突，如入无人之境。公孙瓒引军杀回，绍军大败。

　　却说袁绍先使探马看时，回报麹义斩将搴旗，追赶败兵；因此不作准备，与田丰引着帐下持戟军士数百人，弓箭手数十骑，乘马出观，呵呵大笑曰："公孙瓒无能之辈！"正说之间，忽见赵云冲到面前。弓箭手急待射时，云连刺数人，众军皆走。后面瓒军团团围裹上来。田丰慌对绍曰："主公且于空墙中躲避！"绍以兜鍪扑地，大呼曰："大丈夫愿临阵斗死，岂可入墙而望活乎！"众军士齐心死战，赵云冲突不入，绍兵大队掩至，颜良亦引军来到，两路并杀。赵云保公孙瓒杀透重围，回到界桥。绍驱兵大进，复赶过桥，落水死者，不计其数。

> 据《三国志·魏书·袁绍传》注引《英雄记》：公孙瓒击青州黄巾贼，大破之，还屯广宗，改易守令，冀州长吏无不望风响应，开门受之。绍自往征瓒，合战于界桥南二十里。瓒步兵三万余人为方陈，骑为两翼，左右各五千余匹，白马义从为中坚，亦分作两校，左射右，右射左，旌旗铠甲，光照天地。绍令麹义以八百兵为先登，强弩千张夹承之，绍自以步兵数万结陈于后。义久在凉州，晓习羌斗，兵皆骁锐。瓒见其兵少，便放骑欲陵蹈之。义兵皆伏楯下不动，未至数十步，乃同时俱起，扬尘大叫，直前冲突，强弩雷发，所中必倒，临陈斩瓒所署冀州刺史严纲甲首千余级。瓒军败绩，步骑奔走，不复还营。义追至界桥；瓒殿兵还战桥上，义复破之，遂到瓒营，拔其牙门，营中余众皆复散走。绍在后，未到桥十数里，下马发鞍，见瓒已破，不为设备，惟帐下强弩数十张，大戟士百余人自随。瓒部逆骑二千余匹卒至，便围绍数重，弓矢雨下。别驾从事田丰扶绍欲却入空垣，绍以兜鍪扑地曰："大丈夫当前斗死，而入墙间，岂可得活乎？"强弩乃乱发，多所杀伤。瓒骑不知是绍，亦稍引却；会麹义来迎，乃散去。（参见《后汉书·袁绍传》《公孙瓒传》，《三国志·魏书·公孙瓒传》，《资治通鉴》卷六十）

袁绍当先赶来，不到五里，只听得山背后喊声大起，闪出一彪人马，为首三员大将，乃是刘玄德、关云长、张翼德。因在平原探知公孙瓒与袁绍相争，特来助战。当下三匹马，三般兵器，飞奔前来，直取袁绍。绍惊得魂飞天外，手中宝刀坠于马下，忙拨马而逃，众人死救过桥。公孙瓒亦收军归寨。玄德、关、张动问毕，瓒曰："若非玄德远来救我，几乎狼狈。"教与赵云相见。玄德甚相敬爱，便有不舍之心。

却说袁绍输了一阵，坚守不出。两军相拒月余，有人来长安报知董卓。李儒对卓曰："袁绍与公孙瓒，亦当今豪杰。现在磐河厮杀，宜假天子之诏，差人往和解之。二人感德，必顺太师矣。"卓曰："善。"次日便使太傅马日磾、太仆赵岐，赍诏前去。二人来至河北，绍出迎于百里之外，再拜奉诏。次日，二人至瓒营宣谕，瓒乃遣使致书于绍，互相讲和。

> 据《三国志·魏书·袁绍传》注引《英雄记》：初平四年，天子使太傅马日磾、太仆赵岐和解关东。岐别诣河北，绍出迎于百里上，拜奉帝命。岐住绍营，移书告瓒。瓒遣使具与绍书曰："赵太仆以周召之德，衔命来征，宣扬朝恩，示以和睦，旷若开云见日，何喜如之？昔贾复、寇恂亦争士卒，欲相危害，遇光武之宽，亲俱陛见，同舆共出，时人以为荣。自省边鄙，得与将军共同此福，此诚将军之眷，而瓒之幸也。"（参见《后汉书·袁绍传》《赵岐传》）

二人自回京复命。瓒即日班师，又表荐刘玄德为平原相。

> 据《三国志·蜀书·先主传》：往奔中郎将公孙瓒，瓒表为别部司马，使为青州刺史田楷以拒冀州牧袁绍。数有战功，试守平原令，后领平原相。

玄德与赵云分别，执手垂泪，不忍相离。云叹曰："某曩日误认公孙瓒为英雄；今观所为，亦袁绍等辈耳！"玄德曰："公且屈身事之，相见有日。"洒泪而别。

却说袁术在南阳，闻袁绍新得冀州，遣使来求马千匹。绍不与，术怒。自此兄弟不睦。

> 据《资治通鉴》卷六十：是时关东州、郡务相兼并以自强大，袁绍、袁术亦自相离贰。……初，袁术之得南阳，户口数百万，而术奢淫肆欲，征敛无度，百姓苦之，稍稍

离散。既与袁绍有隙,各立党援以相图谋,术结公孙瓒而绍连刘表。豪桀多附于绍,术怒曰:"群竖不吾从而从吾家奴乎!"又与公孙瓒书曰:"绍非袁氏子。"绍闻大怒。(参见《三国志·魏书·袁术传》《后汉书·袁术传》)

又遣使往荆州,问刘表借粮二十万,表亦不与。术恨之,密遣人遗书于孙坚,使伐刘表。其书略曰:

前者刘表截路,乃吾兄本初之谋也。今本初又与表私议欲袭江东。公可速兴兵伐刘表,吾为公取本初,二仇可报。公取荆州,吾取冀州,切勿误也!

坚得书曰:"叵耐刘表!昔日断吾归路,今不乘时报恨,更待何年!"聚帐下程普、黄盖、韩当等商议。程普曰:"袁术多诈,未可准信。"坚曰:"吾自欲报仇,岂望袁术之助乎?"便差黄盖先来江边安排战船,多装军器粮草,大船装载战马,克日兴师。

江中细作探知,来报刘表。表大惊,急聚文武将士商议。蒯良曰:"不必忧虑。可令黄祖部领江夏之兵为前驱,主公率荆襄之众为援。孙坚跨江涉湖而来,安能用武乎?"表然之,令黄祖设备,随后便起大军。

却说孙坚有四子,皆吴夫人所生:

据《资治通鉴》卷六十一:孙坚娶钱唐吴氏,生四男,策、权、翊、匡及一女。

据《三国志·吴书·孙坚传》:坚四子:策、权、翊、匡。

长子名策,字伯符;

据《三国志·吴书·孙策传》:策字伯符。

次子名权,字仲谋;

据《三国志·吴书·吴主传》:孙权字仲谋。

三子名翊,字叔弼;

据《三国志·吴书·孙翊传》:孙翊字叔弼,权弟也,骁悍果烈,有兄策风。

四子名匡,字季佐。

据《三国志·吴书·孙匡传》:孙匡字季佐,翊弟也。

吴夫人之妹,即为孙坚次妻,亦生一子一女:子名朗,字早安;女名仁。

据《三国志·吴书·孙坚传》注引虞喜《志林》:坚有五子:策、权、翊、匡,吴氏所生;少子朗,庶生也,一名仁。

按:吴夫人之妹(吴国太),是《演义》虚构的人物。据《三国志·吴书·孙破虏吴夫人传》,吴夫人无妹,更无与妹同嫁孙坚故事。

坚又过房俞氏一子,名韶,字公礼。

据《三国志·吴书·孙韶传》:孙韶字公礼。伯父河,字伯海,本姓俞氏,亦吴人也。孙策爱之,赐姓为孙,列之属籍。

坚有一弟,名静,字幼台。

据《三国志·吴书·孙静传》:孙静字幼台,坚季弟也。

坚临行,静引诸子列拜于马前而谏曰:"今董卓专权,天子懦弱,海内大乱,各霸一方;江东方稍宁，以一小恨而起重兵，非所宜也。愿兄详之。"坚曰："弟勿多言。吾将纵横天下，有仇岂可不报！"长子孙策曰："如父亲必欲往，儿愿随行。"坚许之，遂与策登舟，杀奔樊城。黄祖伏弓弩手于江边，见船傍岸，乱箭俱发。坚令诸军不可轻动，只伏于船中来往诱之；一连三日，船数十次傍岸。黄祖军只顾放箭，箭已放尽。坚却拔船上所得之箭，约十数万。

　　据《三国志·吴书·吴主传》注引《魏略》：权乘大船来观军，公使弓弩乱发，箭著其船，船偏重将覆，权因回船，复以一面受箭，箭均船平，乃还。

　　按：《演义》所写孙坚借箭，不见于史。罗贯中是从《三国志·吴书·吴主传》注引《魏略》孙权借箭的故事移植的。

　　当日正值顺风，坚令军士一齐放箭。岸上支吾不住，只得退走。坚军登岸，程普、黄盖分兵两路，直取黄祖营寨。背后韩当驱兵大进。三面夹攻，黄祖大败，弃却樊城，走入邓城。坚令黄盖守住船只，亲自统兵追袭。黄祖引军出迎，布阵于野。坚列成阵势，出马于门旗之下。孙策也全副披挂，挺枪立马于父侧。黄祖引二将出马，一个是江夏张虎，一个是襄阳陈生。黄祖扬鞭大骂："江东鼠贼，安敢侵略汉室宗亲境界！"便令张虎搦战。坚阵内韩当出迎。两骑相交，战二十余合，陈生见张虎力怯，飞马来助。孙策望见，按住手中枪，扯弓搭箭，正射中陈生面门，应弦落马。张虎见陈生坠地，吃了一惊，措手不及，被韩当一刀，削去半个脑袋。程普纵马直来阵前捉黄祖。黄祖弃却头盔、战马，杂于步军内逃命。孙坚掩杀败军，直到汉水，命黄盖将船只进泊汉江。

　　黄祖聚败军，来见刘表，备言坚势不可当。表慌请蒯良商议。良曰："目今新败，兵无战心；只可深沟高垒，以避其锋；却潜令人求救于袁绍，此围自可解也。"蔡瑁曰："子柔之言，直拙计也。兵临城下，将至壕边，岂可束手待毙！某虽不才，愿请军出城，以决一战。"刘表许之。蔡瑁引军万余，出襄阳城外，于岘山布阵。孙坚将得胜之兵，长驱大进。蔡瑁出马。坚曰："此人是刘表后妻之兄也，谁与吾擒之？"程普挺铁脊矛出马，与蔡瑁交战。不到数合，蔡瑁败走。坚驱大军，杀得尸横遍野。蔡瑁逃入襄阳。蒯良言瑁不听良策，以致大败，按军法当斩。刘表以新娶其妹，不肯加刑。

　　却说孙坚分兵四面，围住襄阳攻打。忽一日，狂风骤起，将中军"帅"字旗竿吹折。韩当曰："此非吉兆，可暂班师。"坚曰："吾屡战屡胜，取襄阳只在旦夕；岂可因风折旗竿，遽尔罢兵！"遂不听韩当之言，攻城愈急。蒯良谓刘表曰："某夜观天象，见一将星欲坠。以分野度之，当应在孙坚。主公可速致书袁绍，求其相助。"刘表写书，问谁敢突围而出。健将吕公，应声愿往。蒯良曰："汝既敢去，可听吾计：与汝军马五百，多带能射者冲出阵去，即奔岘山。他必引军来赶，汝分一百人上山，寻石子准备；一百人执弓弩伏于林中。但有追兵到时，不可径走；可盘旋曲折，引到埋伏之处，矢石俱发。若能取胜，放起连珠号炮，城中便出接应。如无追兵，不可放炮，趱程而去。今夜月不甚明，黄昏便可出城。"吕公领了计策，拴束军马。黄昏时分，密开东门，引兵出城。孙坚在帐中，忽闻喊声，急上马引三十余骑，出营来看。军士报说："有一彪人马杀将出来，望岘山而去。"坚不会诸将，只引三十余骑赶来。吕公已于山林丛杂去处，上下埋伏。坚马快，单骑独来，前军不远。坚大叫："休走！"吕公勒回马来战孙坚。交马只一合，吕公便走，闪入山路去。坚随后赶入，却不见了吕公。坚方欲上山，忽然一声锣响，山上石子乱下，林中乱箭齐发。坚体中石、箭，脑浆迸流，人马皆死于岘山之内；寿止三十七岁。

　　据《资治通鉴》卷五十九：（初平二年，）术使孙坚击刘表，表遣其将黄祖逆战于樊、邓之间，坚击破之，遂围襄阳。表夜遣黄祖潜出发兵，祖将兵欲还，坚逆与战，祖败走，窜岘山中。坚乘胜夜追祖,祖部兵从竹木间暗射坚,杀之。……术由是不能胜表。(参见《三国志·吴书·孙坚传》及注引《典略》,《三国志·魏书·刘表传》,《后汉书·刘表传》《袁术传》)

据《三国志·吴书·孙坚传》注引《英雄记》:坚以初平四年正月七日死。又云:刘表将吕公将兵缘山向坚,坚轻骑寻山讨公。公兵下石。中坚头,应时脑出物故。

据《三国志·吴书·孙坚传》注引张勃《吴录》:坚时年三十七。

据《资治通鉴考异》:《范书》,"初平三年春,坚死"。《吴志·孙坚传》亦云初平三年。《英雄记》曰:"初平四年正月七日死。"《袁纪》,"初平三年五月"。《山阳公载记》载策表曰:"臣年十七,丧失所怙。"裴松之按策以建安五年卒,时年二十六,计坚之亡,策应十八,而此表云十七,则为不符。张璠《汉纪》及胡冲《吴历》并以坚初平二年死,此为是而本传误也。今从之。

吕公截住三十骑,并皆杀尽,放起连珠号炮。城中黄祖、蒯越、蔡瑁分头引兵杀出,江东诸军大乱。黄盖听得喊声震天,引水军杀来,正迎着黄祖。战不两合,生擒黄祖。程普保着孙策,急待寻路,正遇吕公。程普纵马向前,战不到数合,一矛刺吕公于马下。两军大战,杀到天明,各自收军。刘表军自入城。孙策回到汉水,方知父亲被乱箭射死,尸首已被刘表军士扛抬入城去了,放声大哭。众军俱号泣。策曰:"父尸在彼,安得回乡!"黄盖曰:"今活捉黄祖在此,得一人入城讲和,将黄祖去换主公尸首。"言未毕,军吏桓楷出曰:"某与刘表有旧,愿入城为使。"策许之。桓楷入城见刘表,具说其事。表曰:"文台尸首,吾已用棺木盛贮在此。可速放回黄祖,两家各罢兵,再休侵犯。"

据《资治通鉴》卷五十九:坚所举孝廉长沙桓阶诣表请坚丧,表义而许之。(参见《三国志·魏书·桓阶传》)

按:桓楷,史书中作桓阶,《演义》因"阶"之繁体"階"与"楷"形近致误。此处写桓阶冒危难见刘表求取孙坚遗体,于史有据。但称黄盖生擒黄祖,用黄祖交换孙坚遗体,则于史无据。

桓楷拜谢欲行,阶下蒯良出曰:"不可!不可!吾有一言,今江东诸军片甲不回。请先斩桓楷,然后用计。"正是:追敌孙坚方殒命,求和桓楷又遭殃。未知桓楷性命如何,且听下文分解。

第八回　王司徒巧使连环计　董太师大闹凤仪亭

却说蒯良曰："今孙坚已丧，其子皆幼。乘此虚弱之时，火速进军，江东一鼓可得。若还尸罢兵，容其养成气力，荆州之患也。"表曰："吾有黄祖在彼营中，安忍弃之？"良曰："舍一无谋黄祖而取江东，有何不可？"表曰："吾与黄祖心腹之交，舍之不义。"遂送桓楷回营，相约以孙坚尸换黄祖。

孙策换回黄祖，迎接灵柩，罢战回江东，葬父于曲阿之原。丧事已毕，引军居江都，

> 据《三国志·吴书·孙策传》：坚薨，还葬曲阿。已乃渡江居江都。

招贤纳士，屈己待人，四方豪杰，渐渐投之。不在话下。

却说董卓在长安，闻孙坚已死，乃曰："吾除却一心腹之患也！"

> 据《资治通鉴》卷六十：卓谓长史刘艾曰："关东军败数矣，皆畏孤，无能为也。惟孙坚小戆，颇能用人，当语诸将，使知忌之……"（参见《三国志·吴书·孙坚传》注引《山阳公载记》，《后汉书·董卓传》）
>
> 按：《演义》称董卓把孙坚当作心腹之患，于史有据。据史书记载，董卓与关东军交战时屡败于孙坚，他撤往长安时曾提醒部下与孙坚作战要谨慎。

问："其子年几岁矣？"或答曰："十七岁。"卓遂不以为意。自此愈加骄横，自号为"尚父"，出入僭天子仪仗；封弟董旻为左将军、鄠侯，侄董璜为侍中，总领禁军。董氏宗族，不问长幼，皆封列侯。

> 据《三国志·魏书·董卓传》：卓至西京，为太师，号曰尚父。乘青盖金华车，爪画两轓，时人号曰竿摩车。卓弟旻为左将军，封鄠侯；兄子璜为侍中、中军校尉，典兵；宗族内外并列朝廷。公卿见卓，谒拜车下，卓不为礼。召呼三台尚书以下自诣卓府启事。（参见《三国志·魏书·董卓传》注引《英雄记》，《后汉书·董卓传》）
>
> 据《资治通鉴》卷六十：（初平二年）夏四月，董卓至长安，……卓党欲尊卓比太公，称尚父。卓以问蔡邕，邕曰："明公威德，诚为巍巍，然比之太公，愚意以为未可。宜须关东平定，车驾还反旧京，然后议之。"卓乃止。（参见《三国志·魏书·董卓传》注引《献帝记》）

离长安城二百五十里，别筑郿坞，

> 据《三国志·魏书·董卓传》注引《英雄记》：郿去长安二百六十里。

役民夫二十五万人筑之：其城郭高下厚薄一如长安，内盖宫室，仓库屯积二十年粮食；选民间少年美女八百人实其中，金玉、彩帛、珍珠堆积不知其数；家属都住在内。

> 据《资治通鉴》卷六十：又筑坞于郿，高厚皆七丈，积谷为三十年储，自云："事成，雄据天下；不成，守此足以毕老。"（参见《三国志·魏书·董卓传》《后汉书·董卓传》）

卓往来长安，或半月一回，或一月一回，公卿皆候送于横门外；卓常设帐于路，与公卿聚饮。

一日，卓出横门，百官皆送，卓留宴，适北地招安降卒数百人到。卓即命于座前，或断其手足，或凿其眼睛，或割其舌，或以大锅煮之。哀号之声震天，百官战栗失箸，卓饮食谈笑自若。

> 据《三国志·魏书·董卓传》：尝至郿行坞，公卿已下祖道于横门外。卓豫施帐幔饮，诱降北地反者数百人，于坐中先断其舌，或斩手足，或凿眼，或镬煮之，未死，偃转杯案间，会者皆战栗亡失匕箸，而卓饮食自若。（参见《后汉书·董卓传》）

又一日，卓于省台大会百官，列坐两行。酒至数巡，吕布径入，卓耳边言不数句，卓笑曰："原来如此。"命吕布于筵上揪司空张温下堂。百官失色。不多时，侍从将一红盘，托张温头入献。百官魂不附体。卓笑曰："诸公勿惊。张温结连袁术，欲图害我，因使人寄书来，错下在吾儿奉先处。故斩之。公等无故，不必惊畏。"众官唯唯而散。

> 据《资治通鉴》卷六十：太史望气，言当有大臣戮死者。董卓使人诬卫尉张温与袁术交通，（初平二年）冬十月壬戌，笞杀温于市以应之。（参见《三国志·魏书·董卓传》《后汉书·董卓传》）

司徒王允归到府中，寻思今日席间之事，坐不安席。至夜深月明，策杖步入后园，立于荼蘼架侧，仰天垂泪。忽闻有人在牡丹亭畔，长吁短叹。允潜步窥之，乃府中歌伎貂蝉也。其女自幼进入府中，教以歌舞，年方二八，色伎俱佳，允以亲女待之。是夜允听良久，喝曰："贱人将有私情耶？"貂蝉惊跪答曰："贱妾安敢有私！"允曰："汝无所私，何夜深于此长叹？"蝉曰："容妾伸肺腑之言。"允曰："汝勿隐匿，当实告我。"蝉曰："妾蒙大人恩养，训习歌舞，优礼相待，妾虽粉身碎骨，莫报万一。近见大人两眉愁锁，必有国家大事，又不敢问。今晚又见行坐不安，因此长叹。不想为大人窥见。倘有用妾之处，万死不辞！"允以杖击地曰："谁想汉天下却在汝手中耶！随我到画阁中来。"貂蝉跟允到阁中，允尽叱出妇妾，纳貂蝉于坐，叩头便拜。貂蝉惊伏于地曰："大人何故如此？"允曰："汝可怜汉天下生灵！"言讫，泪如泉涌。貂蝉曰："适间贱妾曾言：但有使令，万死不辞。"允跪而言曰："百姓有倒悬之危，君臣有累卵之急，非汝不能救也。贼臣董卓，将欲篡位；朝中文武，无计可施。董卓有一义儿，姓吕，名布，骁勇异常。我观二人皆好色之徒，今欲用连环计，先将汝许嫁吕布，后献与董卓；汝于中取便，谍间他父子反颜，令布杀卓，以绝大恶。重扶社稷，再立江山，皆汝之力也。不知汝意若何？"貂蝉曰："妾许大人万死不辞，望即献妾与彼。妾自有道理。"允曰："事若泄漏，我灭门矣。"貂蝉曰："大人勿忧。妾若不报大义，死于万刃之下！"允拜谢。

> 按：貂蝉，史无其人。王允利用貂蝉离间董卓和吕布的故事，不见于史。

次日，便将家藏明珠数颗，令良匠嵌造金冠一顶，使人密送吕布。布大喜，亲到王允宅致谢。允预备嘉肴美馔；候吕布至，允出门迎迓，接入后堂，延之上坐。布曰："吕布乃相府一将，司徒是朝廷大臣，何故错敬？"允曰："方今天下别无英雄，惟有将军耳。允非敬将军之职，敬将军之才也。"布大喜。允殷勤敬酒，口称董太师并布之德不绝。布大笑畅饮。允叱退左右，只留侍妾数人劝酒。酒至半酣，允曰："唤孩儿来。"少顷，二青衣引貂蝉艳妆而出。布惊问何人。允曰："小女貂蝉也。允蒙将军错爱，不异至亲，故令其与将军相见。"便命貂蝉与吕布把盏。貂蝉送酒与布，两下眉来眼去。允佯醉曰："孩儿央及将军痛饮几杯。吾一家全靠着将军哩。"布请貂蝉坐，貂蝉假意欲入。允曰："将军吾之至友，孩儿便坐何妨。"

貂蝉便坐于允侧。吕布目不转睛的看。又饮数杯，允指蝉谓布曰："吾欲将此女送与将军为妾，还肯纳否？"布出席谢曰："若得如此，布当效犬马之报！"允曰："早晚选一良辰，送至府中。"布欣喜无限，频以目视貂蝉。貂蝉亦以秋波送情。少顷席散，允曰："本欲留将军止宿，恐太师见疑。"布再三拜谢而去。

过了数日，允在朝堂，见了董卓，趁吕布不在侧，伏地拜请曰："允欲屈太师车骑，到草舍赴宴，未审钧意若何？"卓曰："司徒见招，即当趋赴。"允拜谢归家，水陆毕陈，于前厅正中设座，锦绣铺地，内外各设帏幔。次日晌午，董卓来到。允具朝服出迎，再拜起居。卓下车，左右持戟甲士百余，簇拥入堂，分列两傍。允于堂下再拜，卓命扶上，赐坐于侧。允曰："太师盛德巍巍，伊、周不能及也。"卓大喜。进酒作乐，允极其致敬。天晚酒酣，允请卓入后堂。卓叱退甲士。允捧觞称贺曰："允自幼颇习天文，夜观乾象，汉家气数已尽。太师功德振于天下，若舜之受尧，禹之继舜，正合天心人意。"卓曰："安敢望此！"允曰："自古有道伐无道，无德让有德，岂过分乎！"卓笑曰："若果天命归我，司徒当为元勋。"允拜谢。堂中点上画烛，止留女使进酒供食。允曰："教坊之乐，不足供奉；偶有家伎，敢使承应。"卓曰："甚妙。"允教放下帘栊，笙簧缭绕，簇捧貂蝉舞于帘外。有词赞之曰：

　　原是昭阳宫里人，惊鸿宛转掌中身，只疑飞过洞庭春。　按彻《梁州》莲步稳，好花风袅一枝新，画堂香暖不胜春。

又诗曰：

　　红牙催拍燕飞忙，一片行云到画堂。眉黛促成游子恨，脸容初断故人肠。

　　榆钱不买千金笑，柳带何须百宝妆。舞罢隔帘偷目送，不知谁是楚襄王。

舞罢，卓命近前。貂蝉转入帘内，深深再拜。卓见貂蝉颜色美丽，便问："此女何人？"允曰："歌伎貂蝉也。"卓曰："能唱否？"允命貂蝉执檀板低讴一曲。正是：

　　一点樱桃启绛唇，两行碎玉喷阳春。丁香舌吐衔钢剑，要斩奸邪乱国臣。

卓称赏不已。允命貂蝉把盏。卓擎杯问曰："青春几何？"貂蝉曰："贱妾年方二八。"卓笑曰："真神仙中人也！"允起曰："允欲将此女献上太师，未审肯容纳否？"卓曰："如此见惠，何以报德？"允曰："此女得侍太师，其福不浅。"卓再三称谢。允即命备毡车，先将貂蝉送到相府。卓亦起身告辞。允亲送董卓直到相府，然后辞回。

乘马而行，不到半路，只见两行红灯照道，吕布骑马执戟而来，正与王允撞见，便勒住马，一把揪住衣襟，厉声问曰："司徒既以貂蝉许我，今又送与太师，何相戏耶？"允急止之曰："此非说话处，且请到草舍去。"布同允到家，下马入后堂。叙礼毕，允曰："将军何故怪老夫？"布曰："有人报我，说你把毡车送貂蝉入相府，是何意故？"允曰："将军原来不知！昨日太师在朝堂中，对老夫说：'我有一事，明日要到你家。'允因此准备小宴等候。太师饮酒中间，说，'我闻你有一女，名唤貂蝉，已许吾儿奉先。我恐你言未准，特来相求，并请一见。'老夫不敢有违，随引貂蝉出拜公公。太师曰：'今日良辰，吾即当取此女回去，配与奉先。'将军试思：太师亲临，老夫焉敢推阻？"布曰："司徒少罪。布一时错见，来日自当负荆。"允曰："小女颇有妆奁，待过将军府下，便当送至。"布谢去。

次日，吕布在府中打听，绝不闻音耗。径入堂中，寻问诸侍妾。侍妾对曰："夜来太师与新人共寝，至今未起。"布大怒，潜入卓卧房后窥探。时貂蝉起于窗下梳头，忽见窗外池中照一人影，极长大，头戴束发冠：偷眼视之，正是吕布。貂蝉故蹙双眉，做忧愁不乐之态，复以香罗频拭眼泪。吕布窥视良久，乃出；少顷，又入。卓已坐于中堂，见布来，问："外面无事乎？"布曰："无事。"侍立卓侧。卓方食，布偷目窃望，见绣帘内一女子往来观觑，微露半面，以目送情。布知是貂蝉，神魂飘荡。卓见布如此光景，心中疑忌，曰："奉先无事且退。"布怏怏而出。

董卓自纳貂蝉后，为色所迷，月余不出理事。卓偶染小疾，貂蝉衣不解带，曲意逢迎，卓心愈喜。吕布入内问安，正值卓睡。貂蝉于床后探半身望布，以手指心，又以手指董卓，挥泪不止。布心如碎。卓朦胧双目，见布注视床后，目不转睛；回身一看，见貂蝉立于床后。卓大怒，叱布曰："汝敢戏吾爱姬耶！"唤左右逐出，今后不许入堂。吕布怒恨而归，路遇李儒，告知其故。儒急入见卓曰："太师欲取天下，何故以小过见责温侯？倘彼心变，大事去矣。"卓曰："奈何？"儒曰："来朝唤入，赐以金帛，好言慰之，自然无事。"卓依言。次日，使人唤布入堂，慰之曰："吾前日病中，心神恍惚，误言伤汝，汝勿记心。"随赐金十斤，锦二十匹。布谢归，然身虽在卓左右，心实系念貂蝉。

卓疾既愈，入朝议事。布执戟相随，见卓与献帝共谈，便乘间提戟出内门，上马径投相府来；系马府前，提戟入后堂，寻见貂蝉。蝉曰："汝可去后园中凤仪亭边等我。"布提戟径往，立于亭下曲栏之傍。良久，见貂蝉分花拂柳而来，果然如月宫仙子，泣谓布曰："我虽非王司徒亲女，然待之如己出。自见将军，许侍箕帚。妾已生平愿足。谁想太师起不良之心，将妾淫污，妾恨不即死；止因未与将军一诀，故且忍辱偷生。今幸得见，妾愿毕矣！此身已污，不得复事英雄；愿死于君前，以明妾志！"言讫，手攀曲栏，望荷花池便跳。吕布慌忙抱住，泣曰："我知汝心久矣！只恨不能共语！"貂蝉手扯布曰："妾今生不能与君为妻，愿相期于来世。"布曰："我今生不能以汝为妻，非英雄也！"蝉曰："妾度日如年，愿君怜而救之。"布曰："我今偷空而来，恐老贼见疑，必当速去。"貂蝉牵其衣曰："君如此惧怕老贼，妾身无见天日之期矣！"布立住曰："容我徐图良策。"语罢，提戟欲去。貂蝉曰："妾在深闺，闻将军之名，如雷灌耳，以为当世一人而已；谁想反受他人之制乎！"言讫，泪下如雨。布羞惭满面，重复倚戟，回身搂抱貂蝉，用好言安慰。两个偎偎倚倚，不忍相离。

却说董卓在殿上，回头不见吕布，心下怀疑，连忙辞了献帝，登车回府；见布马系于府前；问门吏，吏答曰："温侯入堂去了。"卓叱退左右，径入后堂中，寻觅不见；唤貂蝉，蝉亦不见。急问侍妾，侍妾曰："貂蝉在后园看花。"卓寻入后园，正见吕布和貂蝉在凤仪亭下共语，画戟倚在一边。卓怒，大喝一声。布见卓至，大惊，回身便走。卓抢了画戟，挺着赶来。吕布走得快，卓肥胖赶不上，掷戟刺布。布打戟落地。卓拾戟再赶，布已走远。

据《资治通鉴》卷六十：中郎将吕布，便弓马，膂力过人，卓自以遇人无礼，行止常以布自卫，甚爱信之，誓为父子。然卓性刚褊，尝小失卓意，卓拔手戟掷布，布拳捷避之，而改容顾谢，卓意亦解。布由是阴怨于卓。卓又使布守中阁，而私于傅婢，益不自安。（参见《后汉书·吕布传》《三国志·魏书·吕布传》）

按：盛巽昌先生在《三国演义补证本》（上海人民出版社2007年版）一书中说，根据这条史料可以判定，董卓掷戟并非凤仪亭后之事，《演义》将董卓掷戟与吕布私婢的时间倒置了。又，武人临阵所使用兵器，在平时多非随身携带，此小说家言，可见一斑。

卓赶出园门，一人飞奔前来，与卓胸膛相撞，卓倒于地。正是：冲天怒气高千丈，仆地肥躯做一堆。未知此人是谁，且听下文分解。

第九回　除暴凶吕布助司徒　犯长安李傕听贾诩

却说那撞倒董卓的人，正是李儒。当下李儒扶起董卓，至书院中坐定，卓曰："汝为何来此？"儒曰："儒适至府门，知太师怒入后园，寻问吕布。因急走来，正遇吕布奔走，云：'太师杀我！'儒慌赶入园中劝解，不意误撞恩相。死罪！死罪！"卓曰："叵耐逆贼！戏吾爱姬，誓必杀之！"儒曰："恩相差矣。昔楚庄王绝缨之会，不究戏爱姬之蒋雄，后为秦兵所困，得其死力相救。今貂蝉不过一女子，而吕布乃太师心腹猛将也。太师若就此机会，以蝉赐布，布感大恩，必以死报太师。太师请自三思。"卓沉吟良久曰："汝言亦是，我当思之。"儒谢而去。

卓入后堂，唤貂蝉问曰："汝何与吕布私通耶？"蝉泣曰："妾在后园看花，吕布突至。妾方惊避，布曰：'我乃太师之子，何必相避？'提戟赶妾至凤仪亭。妾见其心不良，恐为所逼，欲投荷池自尽，却被这厮抱住。正在生死之间，得太师来，救了性命。"董卓曰："我今将汝赐与吕布，何如？"貂蝉大惊，哭曰："妾身已事贵人，今忽欲下赐家奴，妾宁死不辱！"遂掣壁间宝剑欲自刎。卓慌夺剑拥抱曰："吾戏汝！"貂蝉倒于卓怀，掩面大哭曰："此必李儒之计也！儒与布交厚，故设此计；却不顾惜太师体面与贱妾性命。妾当生噬其肉！"卓曰："吾安忍舍汝耶？"蝉曰："虽蒙太师怜爱，但恐此处不宜久居，必被吕布所害。"卓曰："吾明日和你归郿坞去，同受快乐，慎勿忧疑。"蝉方收泪拜谢。

次日，李儒入见曰："今日良辰，可将貂蝉送与吕布。"卓曰："布与我有父子之分，不便赐与。我只不究其罪。汝传我意，以好言慰之可也。"儒曰："太师不可为妇人所惑。"卓变色曰："汝之妻肯与吕布否？貂蝉之事，再勿多言，言则必斩！"李儒出，仰天叹曰："吾等皆死于妇人之手矣！"后人读书至此。有诗叹之曰：

司徒妙算托红裙，不用干戈不用兵。三战虎牢徒费力，凯歌却奏凤仪亭。

董卓即日下令还郿坞，百官俱拜送。貂蝉在车上，遥见吕布于稠人之内，眼望车中。貂蝉虚掩其面，如痛哭之状。车已去远，布缓辔于土冈之上，眼望车尘，叹惜痛恨。忽闻背后一人问曰："温侯何不从太师去，乃在此遥望而发叹？"布视之，乃司徒王允也。相见毕，允曰："老夫日来因染微恙，闭门不出，故久未得与将军一见。今日太师驾归郿坞，只得扶病出送，却喜得晤将军。请问将军，为何在此长叹？"布曰："正为公女耳。"允佯惊曰："许多时尚未与将军耶？"布曰："老贼自宠幸久矣！"允佯大惊曰："不信有此事！"布将前事一一告允。允仰面跌足，半晌不语；良久，乃言曰："不意太师作此禽兽之行！"因挽布手曰："且到寒舍商议。"

布随允归。允延入密室，置酒款待。布又将凤仪亭相遇之事，细述一遍。允曰："太师淫吾之女，夺将军之妻，诚为天下耻笑。非笑太师，笑允与将军耳！然允老迈无能之辈，不足为道；可惜将军盖世英雄，亦受此污辱也！"布怒气冲天，拍案大叫。允急曰："老夫失语，将军息怒。"布曰："誓当杀此老贼，以雪吾耻！"允急掩其口曰："将军勿言，恐累及老夫。"布曰："大丈夫生居天地间，岂能郁郁久居人下！"允曰："以将军之才，诚非董太师所可限制。"布曰："吾欲杀此老贼，奈是父子之情，恐惹后人议论。"允微笑曰："将军自姓吕，太师自姓董。掷戟之时，岂有父子情耶？"布奋然曰："非司徒言，布几自误！"允见其意已决，便说之曰："将军若扶汉室，乃忠臣也，青史传名，流芳百世；将军若助董卓，乃反臣也，载之史笔，遗臭万年。"布避席下拜曰："布意已决，司徒勿疑。"允曰："但恐事或不成，反招大祸。"布拔带刀，刺臂出血为誓。允跪谢曰："汉祀不斩，皆出将军之赐也。切勿泄漏！临期有计，自当相报。"布慨诺而去。

> 据《资治通鉴》卷六十：王允素善待布，布见允，自陈卓几见杀之状，允因以诛卓之谋告布，使为内应。布曰："如父子何？"曰："君自姓吕，本非骨肉。今忧死不暇，何谓父子？掷戟之时，岂有父子情邪！"布遂许之。（参见《后汉书·吕布传》《三国志·魏书·吕布传》）

允即请仆射士孙瑞、司隶校尉黄琬商议。

> 据《资治通鉴》卷六十：司徒王允与司隶校尉黄琬、仆射士孙瑞、尚书杨瓒密谋诛卓。（参见《后汉书·黄琼传附黄琬传》）

瑞曰："方今主上有疾新愈，可遣一能言之人，往郿坞请卓议事；一面以天子密诏付吕布，使伏甲兵于朝门之内，引卓入诛之：此上策也。"琬曰："何人敢去？"瑞曰："吕布同郡骑都尉李肃，以董卓不迁其官，甚是怀怨。若令此人去，卓必不疑。"允曰："善。"请吕布共议。布曰："昔日劝吾杀丁建阳，亦此人也。今若不去，吾先斩之。"使人密请肃至。布曰："昔日公说布使杀丁建阳而投董卓；今卓上欺天子，下虐生灵，罪恶贯盈，人神共愤。公可传天子诏往郿坞，宣卓入朝，伏兵诛之，力扶汉室，共作忠臣。尊意若何？"肃曰："我亦欲除此贼久矣，恨无同心者耳。今将军若此，是天赐也，肃岂敢有二心！"遂折箭为誓。允曰："公若能干此事，何患不得显官。"

次日，李肃引十数骑，前到郿坞。人报天子有诏，卓教唤入。李肃入拜。卓曰："天子有何诏？"肃曰："天子病体新痊，欲会文武于未央殿，议将禅位于太师，故有此诏。"卓曰："王允之意若何？"肃曰："王司徒已命人筑受禅台，只等主公到来。"卓大喜曰："吾夜梦一龙罩身，今日果得此喜信。时哉不可失！"

> 按：李肃以献帝"将禅位于太师"诱董卓，不见于史。据史书，董卓并没有做皇帝的意向，他是因皇帝病愈，从长安居住处前去朝贺的。

便命心腹将李傕、郭汜、张济、樊稠四人领飞熊军三千守郿坞，自己即日排驾回京；顾谓李肃曰："吾为帝，汝当为执金吾。"肃拜谢称臣。卓入辞其母。母时年九十余矣，问曰："吾儿何往？"卓曰："儿将往受汉禅，母亲早晚为太后也！"母曰："吾近日肉颤心惊，恐非吉兆。"卓曰："将为国母，岂不预有惊报！"遂辞母而行。临行，谓貂蝉曰："吾为天子，当立汝为贵妃。"貂蝉已明知就里，假作欢喜拜谢。

卓出坞上车，前遮后拥，望长安来。行不到三十里，所乘之车，忽折一轮，卓下车乘马。又行不到十里，那马咆哮嘶喊，掣断辔头。卓问肃曰："车折轮，马断辔，其兆若何？"肃曰："乃太师应绍汉禅，弃旧换新，将乘玉辇金鞍之兆也。"卓喜而信其言。次日，正行间，忽然狂风骤起，昏雾蔽天。卓问肃曰："此何祥也？"肃曰："主公登龙位，必有红光紫雾，以壮天威耳。"卓又喜而不疑。既至城外，百官俱出迎接。只有李儒抱病在家，不能出迎。卓进至相府，吕布入贺。卓曰："吾登九五，汝当总督天下兵马。"布拜谢，就帐前歇宿。是夜有十数小儿于郊外作歌，风吹歌声入帐。歌曰："千里草，何青青！十日卜，不得生！"歌声悲切。卓问李肃曰："童谣主何吉凶？"肃曰："亦只是言刘氏灭、董氏兴之意。"

次日侵晨，董卓摆列仪从入朝，忽见一道人，青袍白巾，手执长竿，上缚布一丈，两头各书一"口"字。卓问肃曰："此道人何意？"肃曰："乃心恙之人也。"呼将士驱去。

> 据《三国志·魏书·董卓传》注引《英雄记》：时有谣言曰："千里草，何青青，十日卜，犹不生。"又作董逃之歌。又有道士书布为"吕"字以示卓，卓不知其为吕布也。

卓当入会，陈列步骑，自营至宫，朝服导引行其中。马踬不前，卓心怪欲止，布劝使行，

乃衷甲而入。(参见《后汉书·董卓传》)

卓进朝，群臣各具朝服，迎谒于道。李肃手执宝剑扶车而行。到北掖门，军兵尽挡在门外，独有御车二十余人同入。董卓遥见王允等各执宝剑立于殿门，惊问肃曰："持剑是何意？"肃不应，推车直入。王允大呼曰："反贼至此，武士何在？"两旁转出百余人，持戟挺槊刺之。卓裹甲不入，伤臂坠车，大呼曰："吾儿奉先何在？"吕布从车后厉声出曰："有诏讨贼！"一戟直刺咽喉，李肃早割头在手。吕布左手持戟，右手怀中取诏，大呼曰："奉诏讨贼臣董卓，其余不问！"将吏皆呼万岁。

> 据《后汉书·董卓传》：(初平)三年四月，帝疾新愈，大会未央殿。卓朝服升车，既而马惊堕泥，还入更衣。其少妻止之，卓不从，遂行。乃陈兵夹道，自垒及宫，左步右骑，屯卫周匝，令吕布等捍卫前后。王允乃与士孙瑞密表其事，使瑞自书诏以授布，令骑都尉李肃与布同心勇士十余人，伪着卫士服于北掖门内以待卓。卓将至，马惊不行，怪惧欲还。吕布劝令进，遂入门。肃以戟刺之，卓裹甲不入，伤臂堕车，顾大呼曰："吕布何在？"布曰："有诏讨贼臣！"卓大骂曰："庸狗敢如是邪！"布应声持矛刺卓，趣兵斩之。主簿田仪及卓仓头前赴其尸，布又杀之。驰赉赦书，以令宫陛内外。士卒皆称万岁。(参见《资治通鉴》卷六十，《三国志·魏书·董卓传》)

> 按："裹甲不入"，据史书，应作"衷甲不入"。

后人有诗叹董卓曰：
> 霸业成时为帝王，不成且作富家郎。谁知天意无私曲，郿坞方成已灭亡。

却说当下吕布大呼曰："助卓为虐者，皆李儒也！谁可擒之？"李肃应声愿往。忽听朝门外发喊，人报李儒家奴已将李儒绑缚来献。王允命缚赴市曹斩之；又将董卓尸首，号令通衢。卓尸肥胖，看尸军士以火置其脐中为灯，膏流满地。

> 据《三国志·魏书·董卓传》注引《英雄记》：袁氏门生故吏，改殡诸袁死于郿者，敛聚董氏尸于其侧而焚之。暴卓尸于市。卓素肥，膏流浸地，草为之丹。守尸吏暝以为大炷，置卓脐中以为灯，光明达旦，如是积日。后卓故部曲收所烧者灰，并以一棺棺之，葬于郿。(参见《资治通鉴》卷六十，《后汉书·董卓传》)

百姓过者，莫不手掷其头，足践其尸。

> 据《资治通鉴》卷六十：百姓歌舞于道，长安中士女卖其珠玉衣装市酒肉相庆者，填满街肆。(参见《后汉书·董卓传》)

> 据《三国志·魏书·董卓传》：长安士庶咸相庆贺，诸阿附卓者皆下狱死。

王允又命吕布同皇甫嵩、李肃领兵五万，至郿坞抄籍董卓家产、人口。

> 据《后汉书·董卓传》：使皇甫嵩攻卓弟旻于郿坞，杀得母妻男女，尽灭其族。

却说李傕、郭汜、张济、樊稠闻董卓已死，吕布将至，便引了飞熊军连夜奔凉州去了。吕布至郿坞，先取了貂蝉。皇甫嵩命将坞中所藏良家子女，尽行释放。但系董卓亲属，不分老幼，悉皆诛戮。卓母亦被杀。卓弟董旻、侄董璜皆斩首号令。

> 据《三国志·魏书·董卓传》注引《英雄记》：旻、璜等及宗族老弱悉在郿，皆还，为其群下所斫射。卓母年九十，走至坞门曰"乞脱我死"，即斩首。

> 据《资治通鉴》卷六十：弟旻、璜等及宗族老弱在郿，皆为其群下所斫射死。

收籍坞中所蓄，黄金数十万，白金数百万，绮罗、珠宝、器皿、粮食，不计其数。

  据《三国志·魏书·董卓传》注引《英雄记》：卓坞中金有二三万斤，银八九万斤，珠玉锦绮奇玩杂物皆山崇阜积，不可知数。（参见《资治通鉴》卷六十，《后汉书·董卓传》）

回报王允。允乃大犒军士，设宴于都堂，召集众官，酌酒称庆。

  正饮宴间，忽人报曰："董卓暴尸于市，忽有一人伏其尸而大哭。"

  据《后汉书·蔡邕传》：及卓被诛，邕在司徒王允坐，殊不意言之而叹，有动于色。

  按：据史书记载，蔡邕未尝伏尸而哭，仅是叹息。

允怒曰："董卓伏诛，士民莫不称贺；此何人，独敢哭耶！"遂唤武士："与吾擒来！"须臾擒至。众官见之，无不惊骇：原来那人不是别人，乃侍中蔡邕也。允叱曰："董卓逆贼，今日伏诛，国之大幸。汝为汉臣，乃不为国庆，反为贼哭，何也？"邕伏罪曰："邕虽不才，亦知大义，岂肯背国而向卓？只因一时知遇之感，不觉为之一哭，自知罪大。愿公见原：倘得黥首刖足，使续成汉史，以赎其辜，邕之幸也。"众官惜邕之才，皆力救之。太傅马日䃅亦密谓允曰："伯喈旷世逸才，若续成汉史，诚为盛事。且其孝行素著，若遽杀之，恐失人望。"允曰："昔孝武不杀司马迁，后使作史，遂致谤书流于后世。方今国运衰微，朝政错乱，不可令佞臣执笔于幼主左右，使吾等蒙其讪议也。"日䃅无言而退，私谓众官曰："王允其无后乎！善人，国之纪也；制作，国之典也。灭纪废典，岂能久乎？"当下王允不听马日䃅之言，命将蔡邕下狱中缢死。一时士大夫闻者，尽为流涕。

  据《资治通鉴》卷六十：卓之死也，左中郎将高阳侯蔡邕在王允坐，闻之惊叹。允勃然叱之曰："董卓，国之大贼，几亡汉室。君为王臣，所宜同疾，而怀其私遇，反相伤痛，岂不共为逆哉！"即收付廷尉。邕谢曰："身虽不忠，古今大义，耳所厌闻，口所常玩，岂当背国而向卓也！愿黥首刖足，继成汉史。"士大夫多矜救之，不能得。太尉马日䃅谓允曰："伯喈旷世逸才，多识汉事，当续成后史，为一代大典；而所坐至微。诛之，无乃失人望乎！"允曰："昔武帝不杀司马迁，使作谤书流于后世。方今国祚中衰，戎马在郊，不可令佞臣执笔在幼主左右，既无益圣德，复使吾党蒙其讪议。"日䃅退而告人曰："王公其无后乎！善人，国之纪也；制作，国之典也；灭纪废典，其能久乎！"邕遂死狱中。（参见《后汉书·蔡邕传》，《三国志·魏书·董卓传》注引谢承《后汉书》，《三国志·魏书·董卓传》注引张璠《汉纪》）

后人论蔡邕之哭董卓，固自不是；允之杀之，亦为已甚。有诗叹曰：

  董卓专权肆不仁，侍中何自竟亡身？当时诸葛隆中卧，安肯轻身事乱臣。

  且说李傕、郭汜、张济、樊稠逃居陕西，使人至长安上表求赦。王允曰："卓之跋扈，皆此四人助之；今虽大赦天下，独不赦此四人。"使者回报李傕。傕曰："求赦不得，各自逃生可也。"谋士贾诩

  据《三国志·魏书·贾诩传》：贾诩字文和，武威姑臧人也。少时人莫知，唯汉阳阎忠异之，谓诩有良、平之奇。……董卓之入洛阳，诩以太尉掾为平津都尉，迁讨虏校尉。卓婿中郎将牛辅屯陕，诩在辅军。

曰："诸君若弃军单行，则一亭长能缚君矣。不若诱集陕人，并本部军马，杀入长安，与董卓报仇。事济，奉朝廷以正天下；若其不胜，走亦未迟。"傕等然其说，遂流言于西凉州曰：

"王允将欲洗荡此方之人矣！"众皆惊惶。乃复扬言曰："徒死无益，能从我反乎？"众皆愿从。于是聚众十余万，分作四路，杀奔长安来。

> 据《资治通鉴》卷六十：时百姓讹言当悉诛凉州人，卓故将校遂转相恐动，皆拥兵自守，更相谓曰："蔡伯喈但以董公亲厚，尚从坐，今既不赦我曹而欲使解兵，今日解兵，明日当复为鱼肉矣！"吕布使李肃至陕，以诏命诛牛辅，辅等逆与肃战，肃败，走弘农，布诛杀之。辅恇怯失守，会营中无故自惊，辅欲走，为左右所杀。李傕等还，辅已死，傕等无所依，遣使诣长安求赦。王允曰："一岁不可再赦。"不许。傕等益惧，不知所为，欲各解散，间行归乡里，讨虏校尉武威贾诩曰："诸君若弃军单行，则一亭长能束君矣。不如相率而西，以攻长安，为董公报仇。事济，奉国家以正天下；若其不合，走未后也。"傕等然之，乃相与结盟，率军数千，晨夜西行。王允以胡文才、杨整修皆凉州大人，召使东，解释之，不假以温颜，谓曰："关东鼠子，欲何为邪？卿往呼之！"于是二人往，实召兵而还。（参见《后汉书·董卓传》《王允传》《吕布传》，《三国志·魏书·贾诩传》《吕布传》，《三国志·魏书·董卓传》注引《九州春秋》）

路逢董卓女婿中郎将牛辅，引军五千人，欲去与丈人报仇，李傕便与合兵，使为前驱。四人陆续进发。

王允听知西凉兵来，与吕布商议。布曰："司徒放心。量此鼠辈，何足数也！"遂引李肃将兵出敌。肃当先迎战，正与牛辅相遇，大杀一阵。牛辅抵敌不过，败阵而去。不想是夜二更，牛辅乘肃不备，竟来劫寨。肃军乱窜，败走三十余里，折军大半，来见吕布，布大怒曰："汝何挫吾锐气！"遂斩李肃，悬头军门。

次日，吕布进兵，与牛辅对敌。量牛辅如何敌得吕布，仍复大败而走。是夜牛辅唤心腹人胡赤儿商议曰："吕布骁勇，万不能敌。不如瞒了李傕等四人，暗藏金珠，与亲随三五人弃军而去。"胡赤儿应允。是夜收拾金珠，弃营而走，随行者三四人。将渡一河，赤儿欲谋取金珠，竟杀死牛辅，将头来献吕布。布问起情由，从人出首："胡赤儿谋杀牛辅，夺其金宝。"布怒，即将赤儿诛杀。

> 据《三国志·魏书·董卓传》：初，卓女婿中郎将牛辅典兵别屯陕，分遣校尉李傕、郭汜、张济略陈留、颍川诸县。卓死，吕布使李肃至陕，欲以诏命诛辅。辅等逆与肃战，肃败走弘农，布诛肃。其后辅营兵有夜叛出者，营中惊，辅以为皆叛，乃取金宝，独与素所厚支胡赤儿等五六人相随，逾城北渡河，赤儿等利其金宝，斩首送长安。（参见《后汉书·董卓传》《资治通鉴》卷六十）

领军前进，正迎着李傕军马。吕布不等他列阵，便挺戟跃马，麾军直冲过来。傕军不能抵当，退走五十余里，依山下寨，请郭汜、张济、樊稠共议，曰："吕布虽勇，然而无谋，不足为虑。我引军守住谷口，每日诱他厮杀，郭将军可领军抄击其后，效彭越挠楚之法，鸣金进兵，擂鼓收兵。张、樊二公，却分兵两路，径取长安。彼首尾不能救应，必然大败。"众用其计。

却说吕布勒兵到山下，李傕引军搦战。布忿怒冲杀过去，傕退走上山。山上矢石如雨，布军不能进。忽报郭汜在阵后杀来，布急回战。只闻鼓声大震，汜军已退。布方欲收军，锣声响处，傕军又来。未及对敌，背后郭汜又领军杀到。及至吕布来时，却又擂鼓收军去了。

> 据《三国志·魏书·吕布传》注引《英雄记》：郭汜在城北。布开城门，将兵就汜，言"且却兵，但身决胜负"。汜、布乃独共对战，布以矛刺中汜，汜后骑遂前救汜，汜、布遂各两罢。

激得吕布怒气填胸。一连如此几日，欲战不得，欲止不得。正在恼怒，忽然飞马报来，说张济、樊稠两路军马，竟犯长安，京城危急。布急领军回，背后李傕、郭汜杀来。布无心恋战，只顾奔走，折了好些人马。比及到长安城下，贼兵云屯雨集，围定城池，布军与战不利。军士畏吕布暴厉，多有降贼者，布心甚忧。

数日之后，董卓余党李蒙、王方在城中为贼内应，偷开城门，四路贼军一齐拥入。吕布左冲右突，拦挡不住，引数百骑往青琐门外，呼王允曰："势急矣！请司徒上马，同出关去，别图良策。"允曰："若蒙社稷之灵，得安国家，吾之愿也；若不获已，则允奉身以死。临难苟免，吾不为也。为我谢关东诸公，努力以国家为念！"吕布再三相劝，王允只是不肯去。不一时，各门火焰竟天，吕布只得弃却家小，引百余骑飞奔出关，投袁术去了。

　　据《资治通鉴》卷六十：傕随道收兵，比至长安，已十余万，与卓故部曲樊稠、李蒙等合围长安城，城峻不可攻，守之八日。吕布军有叟兵内反，（初平三年夏）六月戊午，引傕众入城，放兵虏掠。布与战城中，不胜，将数百骑以卓头系马鞍出走，驻马青琐门外，招王允同去。允曰："若蒙社稷之灵，上安国家，吾之愿也；如其不获，则奉身以死之。朝廷幼少，恃我而已，临难苟免，吾不忍也。努力谢关东诸公，勤以国家为念！"（参见《后汉书·董卓传》《王允传》《吕布传》，《三国志·魏书·董卓传》及注引张璠《汉纪》，《三国志·魏书·吕布传》）

李傕、郭汜纵兵大掠。太常卿种拂、太仆鲁馗、大鸿胪周奂、城门校尉崔烈、越骑校尉王颀皆死于国难。

　　据《资治通鉴》卷六十：太常种拂曰："为国大臣，不能禁暴御侮，使白刃向宫，去将安之！"遂战而死。傕、汜屯南宫掖门，杀太仆鲁馗、大鸿胪周奂、城门校尉崔烈、越骑校尉王颀。吏民死者万余人，狼藉满道。（参见《后汉书·董卓传》《献帝纪》，《三国志·魏书·董卓传》及注引张璠《汉纪》）

贼兵围绕内庭至急，侍臣请天子上宣平门止乱。李傕等望见黄盖，约住军士，口呼"万岁"。献帝倚楼问曰："卿不候奏请，辄入长安，意欲何为？"李傕、郭汜仰面奏曰："董太师乃陛下社稷之臣，无端被王允谋杀，臣等特来报仇，非敢造反。但见王允，臣便退兵。"王允时在帝侧，闻知此言，奏曰："臣本为社稷计。事已至此，陛下不可惜臣，以误国家。臣请下见二贼。"帝徘徊不忍。允自宣平门楼上跳下楼去，大呼曰："王允在此！"李傕、郭汜拔剑叱曰："董太师何罪而见杀？"允曰："董贼之罪，弥天亘地，不可胜言！受诛之日，长安士民，皆相庆贺，汝独不闻乎？"傕、汜曰："太师有罪；我等何罪，不肯相赦？"王允大骂："逆贼何必多言！我王允今日有死而已！"二贼手起，把王允杀于楼下。

　　据《资治通鉴》卷六十：王允扶帝上宣平门避兵，傕等于城门下伏地叩头，帝谓傕等曰："卿等放兵纵横，欲何为乎？"傕等曰："董卓忠于陛下，而无故为吕布所杀，臣等为卓报仇，非敢为逆也。请事毕诣廷尉受罪。"傕等围门楼，共表请司徒王允出，问："太师何罪？"允穷蹙，乃下见之。己未，赦天下，以李傕为扬武将军，郭汜为扬烈将军，樊稠等皆为中郎将。傕等收司隶校尉黄琬，下狱，杀之。初，王允以同郡宋翼为左冯翊，王宏为右扶风，傕等欲杀允，恐二郡为患，乃先征翼、宏。宏遣使谓翼曰："郭汜、李傕以我二人在外，故未危王公。今日就征，明日俱族，计将安出？"翼曰："虽祸福难量，然王命，所不得避也！"宏曰："关东义兵鼎沸，欲诛董卓，今卓已死，其党与易制耳。若举兵共讨傕等，与山东相应，此转祸为福之计也。"翼不从，宏不能独立，遂俱就征。甲子，傕收允及翼、宏，并杀之；允妻子皆死。宏临命诟曰："宋翼竖儒，不足议大计！"傕尸王允于市，莫敢收者，故吏平陵令京兆赵戬弃官收而葬之。始，允自专讨卓之劳，

士孙瑞归功不侯,故得免于难。(参见《后汉书·王允传》《献帝纪》,《三国志·魏书·董卓传》及注引张璠《汉纪》)

按:王允被杀的时间,《演义》所述与史书不同。据史书记载,王允不是城破当日被杀,而是数日之后,李傕等人召回了在外地任太守的王允的两位亲信,将他们一同杀害的。

史官有诗赞曰:

　　　　王允运机筹,奸臣董卓休。心怀家国恨,眉锁庙堂忧。
　　　　英气连霄汉,忠诚贯斗牛。至今魂与魄,犹绕凤凰楼。

众贼杀了王允,一面又差人将王允宗族老幼,尽行杀害。士民无不下泪。当下李傕、郭汜寻思曰:"既到这里,不杀天子谋大事,更待何时?"便持剑大呼,杀入内来。正是:巨魁伏罪灾方息,从贼纵横祸又来。未知献帝性命如何,且听下文分解。

第十回　勤王室马腾举义　报父仇曹操兴师

却说李、郭二贼欲弑献帝。张济、樊稠谏曰："不可。今日若便杀之，恐众人不服；不如仍旧奉之为主，赚诸侯入关，先去其羽翼，然后杀之，天下可图也。"李、郭二人从其言，按住兵器。帝在楼上宣谕曰："王允既诛，军马何故不退？"李傕、郭汜曰："臣等有功王室，未蒙赐爵，故不敢退军。"帝曰："卿欲封何爵？"李、郭、张、樊四人各自写职衔献上，勒要如此官品，帝只得从之。封李傕为车骑将军、池阳侯，领司隶校尉，假节钺；郭汜为后将军、美阳侯，假节钺，同秉朝政；樊稠为右将军、万年侯；张济为骠骑将军、平阳侯，领兵屯弘农。

据《三国志·魏书·董卓传》：傕为车骑将军、池阳侯，领司隶校尉，假节。汜为后将军、美阳侯。稠为右将军、万年侯。傕、汜、稠擅朝政。济为骠骑将军、平阳侯，屯弘农。（参见《资治通鉴》卷六十，《后汉书·献帝纪》《董卓传》）

其余李蒙、王方等，各为校尉。然后谢恩，领兵出城。又下令追寻董卓尸首，获得些零碎皮骨，以香木雕成形体，安凑停当，大设祭祀，用王者衣冠棺椁，选择吉日，迁葬郿坞。临葬之期，天降大雷雨，平地水深数尺，霹雳震开其棺，尸首提出棺外。李傕候晴再葬，是夜又复如是。三次改葬，皆不能葬，零皮碎骨，悉为雷火消灭。天之怒卓，可谓甚矣！

据《后汉书·董卓传》：傕等葬董卓于郿，并收董氏所焚尸之灰，合敛一棺而葬之。葬日，大风雨，霆震卓墓，流水入藏，漂其棺木。（参见《三国志·魏书·董卓传》）

且说李傕、郭汜既掌大权，残虐百姓；密遣心腹侍帝左右，观其动静。献帝此时举动荆棘。朝廷官员，并由二贼升降。因采人望，特宣朱隽入朝封为太仆，同领朝政。

一日，人报西凉太守马腾、并州刺史韩遂二将引军十余万，杀奔长安来，声言讨贼。原来二将先曾使人入长安，结连侍中马宇、谏议大夫种邵、左中郎将刘范三人为内应，共谋贼党。三人密奏献帝，封马腾为征西将军，韩遂为镇西将军，各受密诏，并力讨贼。

据《资治通鉴》卷六十：初，董卓入关，说韩遂、马腾与共图山东，遂、腾率众诣长安，会卓死，李傕等以遂为镇西将军，遣还金城；腾为征西将军，遣屯郿。（参见《三国志·蜀书·马超传》《三国志·魏书·董卓传附李傕传》《后汉书·董卓传》）

当下李傕、郭汜、张济、樊稠闻二军将至，一同商议御敌之策。谋士贾诩曰："二军远来，只宜深沟高垒，坚守以拒之。不过百日，彼兵粮尽，必将自退，然后引兵追之，二将可擒矣。"李蒙、王方出曰："此非好计。愿借精兵万人，立斩马腾、韩遂之头，献于麾下。"贾诩曰："今若即战，必当败绩。"李蒙、王方齐声曰："若吾二人败，情愿斩首；吾若战胜，公亦当输首级与我。"诩谓李傕、郭汜曰："长安西二百里盩厔山，其路险峻，可使张、樊两将军屯兵于此，坚壁守之；待李蒙、王方自引兵迎敌，可也。"李傕、郭汜从其言，点一万五千人马与李蒙、王方。二人忻喜而去，离长安二百八十里下寨。

西凉兵到，两个引军迎去。西凉军马拦路摆开阵势。马腾、韩遂联辔而出，指李蒙、王方骂曰："反国之贼！谁去擒之？"言未绝，只见一位少年将军，面如冠玉，眼若流星，虎

体猿臂，彪腹狼腰；手执长枪，坐骑骏马，从阵中飞出。原来那将即马腾之子马超，字孟起，

> 据《三国志·蜀书·马超传》：马超字孟起，扶风茂陵人也。

年方十七岁，英勇无敌。王方欺他年幼，跃马迎战。战不到数合，早被马超一枪刺于马下。马超勒马便回。李蒙见王方刺死，一骑马从马超背后赶来。超只做不知。马腾在阵门下大叫："背后有人追赶！"声犹未绝，只见马超已将李蒙擒在马上。原来马超明知李蒙追赶，却故意俄延；等他马近举枪刺来，超将身一闪，李蒙搠个空，两马相并，被马超轻舒猿臂，生擒过去。军士无主，望风奔逃。马腾、韩遂乘势追杀，大获胜捷，直逼隘口下寨，把李蒙斩首号令。

李傕、郭汜听知李蒙、王方皆被马超杀了，方信贾诩有先见之明，重用其计，只理会紧守关防，由他搦战，并不出迎。果然西凉军未及两月，粮草俱乏，商议回军。恰好长安城中马宇家僮出首家主与刘范、种邵，外连马腾、韩遂，欲为内应等情。李傕、郭汜大怒，尽收三家老少良贱斩于市，把三颗首级，直来门前号令。马腾、韩遂见军粮已尽，内应又泄，只得拔寨退军。

> 据《后汉书·董卓传》：初，卓之入关，要韩遂、马腾共谋山东。遂、腾见天下方乱，亦欲倚卓起兵。兴平元年，马腾从陇右来朝，进屯霸桥。时腾私有求于傕，不获而怨，遂与侍中马宇、右中郎将刘范、前凉州刺史种劭、中郎将杜禀合兵攻傕，连日不决。韩遂闻之，乃率众来欲和腾、傕，既而复与腾合。傕使兄子利共郭汜、樊稠与腾等战于长平观下。遂、腾败，斩首万余级，种劭、刘范等皆死。（参见《资治通鉴》卷六十一，《三国志·魏书·董卓传》）

> 按：《演义》将马腾、韩遂二人攻李傕说成是勤王讨贼的正义举动，与史不合。据史书记载，马腾、韩遂与董卓、李傕、郭汜等人本为一党。马腾、韩遂这次攻李傕，是由于马腾与李傕之间的私怨。

李傕、郭汜令张济引军赶马腾，樊稠引军赶韩遂，西凉军大败。马超在后死战，杀退张济。樊稠去赶韩遂，看看赶上，相近陈仓，韩遂勒马向樊稠曰："吾与公乃同乡之人，今日何太无情？"樊稠也勒住马答道："上命不可违！"韩遂曰："吾此来亦为国家耳，公何相逼之甚也？"樊稠听罢，拨转马头，收兵回寨，让韩遂去了。

不提防李傕之侄李别，见樊稠放走韩遂，回报其叔。李傕大怒，便欲兴兵讨樊稠。贾诩曰："目今人心未宁，频动干戈，深为不便；不若设一宴，请张济、樊稠庆功，就席间擒稠斩之，毫不费力。"李傕大喜，便设宴请张济、樊稠。二将忻然赴宴。酒半阑，李傕忽然变色曰："樊稠何故交通韩遂，欲谋造反？"稠大惊，未及回言；只见刀斧手拥出，早把樊稠斩首于案下。吓得张济俯伏于地。

> 据《资治通鉴》卷六十一：樊稠之击马腾、韩遂也，李利战不甚力，稠叱之曰："人欲截汝父头，何敢如此！我不能斩卿邪！"及腾、遂败走，稠追至陈仓，遂语稠曰："本所争者非私怨，王家事耳。与足下州里人，欲相与善语而别。"乃俱却骑，前接马，交臂相加，共语良久而别。军还，李利告傕："韩、樊交马语，不知所道，意爱甚密。"傕亦以稠勇而得众，忌之。稠欲将兵东出关，从傕索益兵。（兴平二年春）二月，傕请稠会议，便于坐杀稠。由是诸将转相疑贰。（参见《三国志·魏书·董卓传》及注引《九州春秋》，《后汉书·董卓传》）

> 按：《演义》记述了李傕杀樊稠这一事件，但没有把这件事与后来的李傕、郭汜相

攻联系起来。据史书记载，李傕杀樊稠，引起郭汜和诸将不安，李郭之间的裂痕也由此开始，终于发展到举兵相攻。李别，史书中作李利，《演义》因"利""别"形近而误。

李傕扶起曰："樊稠谋反，故尔诛之；公乃吾之心腹，何须惊惧？"将樊稠军拨与张济管领。张济自回弘农去了。

李傕、郭汜自战败西凉兵，诸侯莫敢谁何。贾诩屡劝抚安百姓，结纳贤豪。

　　据《三国志·魏书·贾诩传》：（李傕等）拜诩尚书，典选举，多所匡济，傕等亲而惮之。

　　据《三国志·魏书·贾诩传》注引《献帝纪》：郭汜、樊稠与傕互相违戾，欲斗者数矣。诩辄以道理责之，颇受诩言。

自是朝廷微有生意。

不想青州黄巾又起，聚众数十万，头目不等，劫掠良民。太仆朱儁保举一人，可破群贼。李傕、郭汜问是何人。朱儁曰："要破山东群贼，非曹孟德不可。"李傕曰："孟德今在何处？"儁曰："现为东郡太守，广有军兵。若命此人讨贼，贼可克日而破也。"李傕大喜，星夜草诏，差人赍往东郡，命曹操与济北相鲍信一同破贼。

　　据《资治通鉴》卷六十：鲍信谓曹操曰："袁绍为盟主，因权夺利，将自生乱，是复有一卓也。若抑之，则力不能制，只以遘难。且可规大河之南以待其变。"操善之。会黑山、于毒、白绕、眭固等十余万众略东郡，王肱不能御。曹操引兵入东郡，击白绕于濮阳，破之。袁绍因表操为东郡太守，治东武阳。……青州黄巾寇兖州，刘岱欲击之，济北相鲍信谏曰："今贼众百万，百姓皆震恐，士卒无斗志，不可敌也。然贼军无辎重，唯以钞略为资。今不若畜士众之力，先为固守。彼欲战不得，攻又不能，其势必离散。然后选精锐，据要害，击之可破也。"岱不从，遂与战，果为所杀。曹操部将东郡陈宫谓操曰："州今无主，而王命断绝，宫请说州中纲纪，明府寻往牧之，资之以收天下，此霸王之业也。"宫因往说别驾、治中曰："今天下分裂而州无主；曹东郡，命世之才也，若迎以牧州，必宁生民。"鲍信等亦以为然，乃与州吏万潜等至东郡，迎操领兖州刺史。（参见《三国志·魏书·武帝纪》及注引《世语》）

操领了圣旨，会同鲍信，一同兴兵，击贼于寿阳。鲍信杀入重地，为贼所害。

　　据《资治通鉴》卷六十：操遂进兵击黄巾于寿张东。不利。贼众精悍，操兵寡弱，操抚循激励，明设赏罚，承间设奇，昼夜会战，战辄禽获，贼遂退走。鲍信战死，操购求其丧不得，乃刻木如信状，祭而哭焉。（参见《三国志·魏书·武帝纪》及注引《魏书》）

　　据《三国志·魏书·鲍勋传》注引《魏书》：太祖以贼恃胜而骄，欲设奇兵挑击之于寿张。先与信出行战地，后步军未至，而卒与贼遇，遂接战。信殊死战，以救太祖，太祖仅得溃围出，信遂没，时年四十一。

操追赶贼兵，直到济北，降者数万。操即用贼为前驱，兵马到处，无不降顺。不过百余日，招安到降兵三十余万、男女百余万口。操择精锐者，号为"青州兵"，

　　据《资治通鉴》卷六十：曹操追黄巾至济北，悉降之，得戎卒三十余万，男女百余万口，收其精锐者，号青州兵。（参见《三国志·魏书·武帝纪》《后汉书·献帝纪》）

其余尽令归农。操自此威名日重。捷书报到长安，朝廷加曹操为镇东将军。

操在兖州，招贤纳士。有叔侄二人来投操：乃颍川颍阴人，姓荀，名彧，字文若，荀绲之子也；旧事袁绍，今弃绍投操。操与语大悦，曰："此吾之子房也！"遂以为行军司马。

> 据《后汉书·荀彧传》：荀彧字文若，颍川颍阴人，朗陵令淑之孙也。父绲，为济南相。……南阳何颙名知人，见彧而异之，曰："王佐才也。"……彧比至冀州，而袁绍已夺馥位，绍待彧以上宾之礼。彧明有意数，见汉室崩乱，每怀匡佐之义。时，曹操在东郡，彧闻操有雄略，而度绍终不能定大业。初平二年，乃去绍从操。操与语大悦，曰："吾子房也。"以为奋武司马，时年二十九。明年，又为操镇东司马。（参见《三国志·魏书·荀彧传》《资治通鉴》卷六十）

其侄荀攸，字公达，海内名士，曾拜黄门侍郎，后弃官归乡，今与其叔同投曹操，操以为行军教授。

> 据《三国志·魏书·荀攸传》：荀攸字公达，彧从子也。……何进秉政，征海内名士攸等二十余人。攸到，拜黄门侍郎。董卓之乱，关东兵起，……弃官归，……攸以蜀汉险固，人民殷盛，乃求为蜀郡太守，道绝不得至，驻荆州。太祖迎天子都许，遗攸书曰："方今天下大乱，智士劳心之时也，而顾观变蜀汉，不已久乎！"于是征攸为汝南太守，入为尚书。太祖素闻攸名，与语大悦，谓荀彧、钟繇曰："公达，非常人也，吾得与之计事，天下当何忧哉！"以为军师。（参见《资治通鉴》卷六十二，《三国志·魏书·荀彧传》，《后汉书·荀彧传》）

> 按：《演义》称，曹操任东郡太守时，荀彧与荀攸叔侄二人一起投奔曹操。而据史书记载，荀攸投曹，比荀彧要晚五年：荀彧投曹是在初平二年（191），荀攸直到建安元年（196）十月，曹操迁献帝至许县后，方才应征入朝。

荀彧曰："某闻兖州有一贤士，今此人不知何在。"操问是谁，彧曰："乃东郡东阿人，姓程，名昱，字仲德。"操曰："吾亦闻名久矣。"遂遣人于乡中寻问。访得他在山中读书，操拜请之。程昱来见，曹操大喜。

> 据《三国志·魏书·程昱传》：程昱字仲德，东郡东阿人也。……太祖临兖州，辟昱。……太祖与语，说之，以昱守寿张令。

昱谓荀彧曰："某孤陋寡闻，不足当公之荐。公之乡人姓郭，名嘉，字奉孝，乃当今贤士，何不罗而致之？"彧猛省曰："吾几忘却！"遂启操征聘郭嘉到兖州，共论天下之事。

> 据《三国志·魏书·郭嘉传》：郭嘉字奉孝，颍川阳翟人也。初，北见袁绍，谓绍谋臣辛评、郭图曰："夫智者审于量主，故百举百全而功名可立也。袁公徒欲效周公之下士，而未知用人之机。多端寡要，好谋无决，欲与共济天下大难，定霸王之业，难矣！"于是遂去之。先是时，颍川戏志才，筹画士也，太祖甚器之。早卒。太祖与荀彧书曰："自志才亡后，莫可与计事者。汝、颍固多奇士，谁可以继之？"彧荐嘉。召见，论天下事。太祖曰："使孤成大业者，必此人也。"嘉出，亦喜曰："真吾主也。"表为司空军祭酒。（参见《资治通鉴》卷六十二）

郭嘉荐光武嫡派子孙，淮南成德人，姓刘，名晔，字子阳。

> 据《三国志·魏书·刘晔传》：刘晔字子扬，淮南成德人，汉光武子阜陵王延后也。

操即聘晔至。晔又荐二人：一个是山阳昌邑人，姓满，名宠，字伯宁；

　　　　据《三国志·魏书·满宠传》：满宠字伯宁，山阳昌邑人也。……太祖临兖州，辟为从事。

一个是武城人，姓吕，名虔，字子恪。曹操亦素知这两个名誉，就聘为军中从事。

　　　　据《三国志·魏书·吕虔传》：吕虔字子恪，任城人也。太祖在兖州，闻虔有胆策，以为从事。

满宠、吕虔共荐一人，乃陈留平邱人，姓毛，名玠，字孝先。曹操亦聘为从事。

　　　　据《三国志·魏书·毛玠传》：毛玠字孝先，陈留平丘人也。少为县吏，以清公称。……太祖临兖州，辟为治中从事。

又有一将引军数百人，来投曹操：乃泰山巨平人，姓于，名禁，字文则。操见其人弓马熟娴，武艺出众，命为点军司马。

　　　　据《三国志·魏书·于禁传》：于禁字文则，泰山钜平人也。黄巾起，鲍信招合徒众，禁附从焉。及太祖领兖州，禁与其党俱诣为都伯，属将军王朗。朗异之，荐禁才任大将军。太祖召见与语，拜军司马。

一日，夏侯惇引一大汉来见，操问何人，惇曰："此乃陈留人，姓典，名韦，勇力过人。旧跟张邈，与帐下人不和，手杀数十人，逃窜山中。惇出射猎，见韦逐虎过涧，因收于军中。今特荐之于公。"操曰："吾观此人容貌魁梧，必有勇力。"惇曰："他曾为友报仇杀人，提头直出闹市，数百人不敢近。只今所使两枝铁戟，重八十斤，挟之上马，运使如飞。"操即令韦试之。韦挟戟骤马，往来驰骋。忽见帐下大旗为风所吹，岌岌欲倒，众军士挟持不定；韦下马，喝退众军，一手执定旗杆，立于风中，巍然不动。操曰："此古之恶来也！"遂命为帐前都尉，解身上棉袄，及骏马雕鞍赐之。

　　　　据《三国志·魏书·典韦传》：典韦，陈留己吾人也。形貌魁梧，旅力过人，有志节任侠。襄邑刘氏与睢阳李永为仇，韦为报之。永故富春长，备卫甚谨。韦乘车载鸡酒，伪为候者，门开，怀匕首入杀永，并杀其妻，徐出，取车上刀戟，步去。永居近市，一市尽骇。追者数百，莫敢近。行四五里，遇其伴，转战得脱。由是为豪杰所识。初平中，张邈举义兵，韦为士，属司马赵宠。牙门旗长大，人莫能胜，韦一手建之，宠异其才力。后属夏侯惇，数斩首有功，拜司马。

自是曹操部下文有谋臣，武有猛将，威镇山东。乃遣泰山太守应劭，往琅琊郡取父曹嵩。嵩自陈留避难，隐居琅琊；当日接了书信，便与弟曹德

　　　　据《三国志·魏书·武帝纪》注引《世语》：嵩……诣兖州，……陶谦密遣数千骑掩捕，……杀太祖弟德于门中。

　　　　按：《演义》称曹德为曹嵩之弟，与史不合。据史书，曹德乃曹操之弟。

及一家老小四十余人，带从者百余人，车百余辆，径望兖州而来。道经徐州，太守陶谦，字恭祖，

　　　　据《后汉书·陶谦传》：陶谦字恭祖，丹阳人也。少为诸生，仕州郡，……会徐州黄巾起，以谦为徐州刺史，击黄巾，大破走之，境内晏然。（参见《三国志·魏书·陶谦传》《资治通鉴》卷六十）

第十回　勤王室马腾举义　报父仇曹操兴师

为人温厚纯笃，向欲结纳曹操，正无其由；知操父经过，遂出境迎接，再拜致敬，大设筵宴，款待两日。曹嵩要行，陶谦亲送出郭，特差都尉张闿，将部兵五百护送。

曹嵩率家小行到华、费间，时夏末秋初，大雨骤至，只得投一古寺歇宿。寺僧接入。嵩安顿家小，命张闿将军马屯于两廊。众军衣装，都被雨打湿，同声嗟怨。张闿唤手下头目于静处商议曰："我们本是黄巾余党，勉强降顺陶谦，未有好处。如今曹家辎重车辆无数，你们欲得富贵不难，只就今夜三更，大家砍将入去，把曹嵩一家杀了，取了财物，同往山中落草。此计何如？"众皆应允。是夜风雨未息，曹嵩正坐，忽闻四壁喊声大举。曹德提剑出看，就被搠死。曹嵩忙引一妾奔入方丈后，欲越墙而走；妾肥胖不能出，嵩慌急，与妾躲于厕中，被乱军所杀。应劭死命逃脱，投袁绍去了。张闿杀尽曹嵩全家，取了财物，放火烧寺，与五百人逃奔淮南去了。

　　据《三国志·魏书·武帝纪》注引《吴书》：太祖迎嵩，辎重百余两。陶谦遣都尉张闿将骑二百卫送，闿于泰山华、费间杀嵩，取财物，因奔淮南。太祖归咎于陶谦，故伐之。

　　据《资治通鉴》卷六十：前太尉曹嵩避难在琅邪，其子操令泰山太守应劭迎之。嵩辎重百余两，陶谦别将守阴平，士卒利嵩财宝，掩袭嵩于华、费间，杀之，并少子德。（参见《后汉书·陶谦传》）

　　据《三国志·魏书·武帝纪》注引《世语》：嵩在泰山华县。太祖令泰山太守应劭送家诣兖州，劭兵未至，陶谦密遣数千骑掩捕。嵩家以为劭迎，不设备。谦兵至，杀太祖弟德于门中。嵩惧，穿后垣，先出其妾，妾肥，不时得出；嵩逃于厕，与妾俱被害，阖门皆死。劭惧，弃官赴袁绍。后太祖定冀州，劭时已死。（参见《三国志·魏书·武帝纪》《后汉书·宦者传·曹腾传》）

　　据《后汉书·应劭传》：（中平）六年，拜太山太守。……兴平元年，前太尉曹嵩及子德从琅邪入太山，劭遣兵迎之，未到，而徐州牧陶谦素怨嵩子操数击之，乃使轻骑追嵩、德，并杀之于郡界。劭畏操诛，弃郡奔冀州牧袁绍。

　　按：曹嵩一家是被谁杀害的，史书有三种说法：

　　第一种说法：被陶谦的部将张闿杀害，见《三国志·魏书·武帝纪》注引韦曜《吴书》。《演义》所述即依据《吴书》。

　　第二种说法：被驻守阴平的陶谦的部将袭杀，见《后汉书·陶谦传》和《资治通鉴》。

　　第三种说法：被陶谦杀害，见《三国志·魏书·武帝纪》及注引《世语》，《后汉书·应劭传》《曹腾传》。

　　《后汉书·应劭传》称，陶谦之所以派人追杀曹嵩，是因为恨曹操曾多次攻打徐州，此说与史不合。在曹嵩遇害之前，曹操没有攻打过徐州。但曹操和陶谦曾于初平三年（192）在发干交战，当时陶谦屯发干，曹操在袁绍的配合下打败了陶谦。

后人有诗曰：

　　曹操奸雄世所夸，曾将吕氏杀全家。如今阖户逢人杀，天理循环报不差。

　　当下应劭部下有逃命的军士，报与曹操。操闻之，哭倒于地。众人救起。操切齿曰："陶谦纵兵杀吾父，此仇不共戴天！吾今悉起大军，洗荡徐州，方雪吾恨！"遂留荀彧、程昱领军三万守鄄城、范县、东阿三县，其余尽杀奔徐州来。夏侯惇、于禁、典韦为先锋。操令：但得城池，将城中百姓，尽行屠戮，以雪父仇。

　　据《资治通鉴》卷六十、卷六十一：（初平四年）秋，操引兵击谦，攻拔十余城，至彭城，大战，谦兵败，走保郯。初，京、雒遭董卓之乱，民流移东出，多依徐土，遇操至，坑杀男女数十万口于泗水，水为不流。操攻郯不能克，乃去，攻取虑、睢陵、夏丘，皆屠之，鸡犬亦尽，墟邑无复行人。……（兴平元年春二月，）陶谦告急于田楷，楷与平原相刘备救之。备自有兵数千人，谦益以丹杨兵四千，备遂去楷归谦，谦表为豫州刺史，屯小沛。曹操军食亦尽，引兵还。……（兴平元年夏，）曹操使司马荀彧、寿张令程昱守鄄城，复往攻陶谦，遂略地至琅邪、东海，所过残灭。还，击破刘备于郯东。谦恐，欲走归丹杨。会陈留太守张邈叛操迎吕布，操乃引军还。（参见《三国志·魏书·武帝纪》《陶谦传》，《三国志·魏书·荀彧传》注引《曹瞒传》，《三国志·蜀书·先主传》《后汉书·陶谦传》）

    按：据史书记载，曹操于初平四年（193）和兴平元年（194）两次攻徐州，《演义》合为一次。

当有九江太守边让，

    据《后汉书·文苑传·边让传》：边让字文礼，陈留浚仪人也。

与陶谦交厚，闻知徐州有难，自引兵五千来救。操闻之大怒，使夏侯惇于路截杀之。

    据《资治通鉴》卷六十一：前九江太守陈留边让尝讥议操，操闻而杀之，并其妻子。让素有才名，由是兖州士大夫皆恐惧。（参见《三国志·武帝纪》注引《曹瞒传》）

    据《后汉书·文苑传·边让传》初平中，王室大乱，让去官还家。恃才气，不屈曹操，多轻侮之言。建安中，其乡人有构让于操，操告郡就杀之。

    按：《演义》称，边让因救徐州而为曹操所杀，与史不合。核诸史书，曹操攻徐州时边让已"去官还家"，不是九江太守了，不可能带兵去救徐州。

时陈宫为东郡从事，亦与陶谦交厚；闻曹操起兵报仇，欲尽杀百姓，星夜前来见操。操知是为陶谦作说客，欲待不见，又灭不过旧恩，只得请入帐中相见。宫曰："今闻明公以大兵临徐州，报尊父之仇，所到欲尽杀百姓，某因此特来进言。陶谦乃仁人君子，非好利忘义之辈；尊父遇害，乃张闿之恶，非谦罪也。且州县之民，与明公何仇？杀之不祥。望三思而行。"操怒曰："公昔弃我而去，今有何面目复来相见？陶谦杀吾一家，誓当摘胆剜心，以雪吾恨！公虽为陶谦游说，其如吾不听何！"陈宫辞出，叹曰："吾亦无面目见陶谦也！"遂驰马投陈留太守张邈去了。

  且说操大军所到之处，杀戮人民，发掘坟墓。陶谦在徐州，闻曹操起军报仇，杀戮百姓，仰天恸哭曰："我获罪于天，致使徐州之民，受此大难！"急聚众官商议。曹豹曰："曹兵既至，岂可束手待死！某愿助使君破之。"陶谦只得引兵出迎，远望操军如铺霜涌雪，中军竖起白旗二面，大书"报仇雪恨"四字。军马列成阵势，曹操纵马出阵，身穿缟素，扬鞭大骂。陶谦亦出马于门旗下，欠身施礼曰："谦本欲结好明公，故托张闿护送。不想贼心不改，致有此事。实不干陶谦之故。望明公察之。"操大骂曰："老匹夫！杀吾父，尚敢乱言！谁可生擒老贼？"夏侯惇应声而出。陶谦慌走入阵。夏侯惇赶来，曹豹挺枪跃马，前来迎敌。两马相交，忽然狂风大作，飞沙走石，两军皆乱，各自收兵。

  陶谦入城，与众计议曰："曹兵势大难敌，吾当自缚往操营，任其剖割，以救徐州一郡百姓之命。"言未绝，一人进前言曰："府君久镇徐州，人民感恩。今曹兵虽众，未能即破我城。府君与百姓坚守勿出；某虽不才，愿施小策，教曹操死无葬身之地！"众人大惊，便问计将安出。正是：本为纳交反成怨，那知绝处又逢生。毕竟此人是谁，且听下文分解。

第十一回　刘皇叔北海救孔融　吕温侯濮阳破曹操

　　却说献计之人，乃东海朐县人，姓糜，名竺，字子仲。此人家世富豪，

> 据《三国志·蜀书·糜竺传》：糜竺字子仲，东海朐人也。祖世货殖，僮客万人，赀产钜亿。

尝往洛阳买卖，乘车而回，路遇一美妇人，来求同载，竺乃下车步行，让车与妇人坐。妇人请竺同载。竺上车端坐，目不邪视。行及数里，妇人辞去；临别对竺曰："我乃南方火德星君也，奉上帝敕，往烧汝家。感君相待以礼，故明告君。君可速归，搬出财物。吾当夜来。"言讫不见。竺大惊，飞奔到家，将家中所有，疾忙搬出。是晚果然厨中火起，尽烧其屋。

> 据《三国志·蜀书·糜竺传》注引干宝《搜神记》：竺尝从洛归，未达家数十里，路傍见一妇人，从竺求寄载。行可数里，妇谢去，谓竺曰："我天使也，当往烧东海糜竺家，感君见载，故以相语。"竺因私请之，妇曰："不可得不烧。如此，君可驰去，我当缓行，日中火当发。"竺乃还家，遽出财物，日中而火大发。

竺因此广舍家财，济贫拔苦。后陶谦聘为别驾从事。

> 据《三国志·蜀书·糜竺传》：后徐州牧陶谦辟为别驾从事。

当日献计曰："某愿亲往北海郡，求孔融起兵救援；更得一人往青州田楷处求救：若二处军马齐来，操必退兵矣。"谦从之，遂写书二封，问帐下谁人敢去青州求救。一人应声愿往。众视之，乃广陵人，姓陈，名登，字元龙。

> 据《三国志·魏书·吕布传附陈登传》：陈登者，字元龙，在广陵有威名。

陶谦先打发陈元龙往青州去讫，然后命糜竺赍书赴北海，自己率众守城，以备攻击。却说北海孔融，字文举，鲁国曲阜人也，孔子二十世孙，泰山都尉孔宙之子。自小聪明，年十岁时，往谒河南尹李膺，阍人难之，融曰："我系李相通家。"及入见，膺问曰："汝祖与吾祖何亲？"融曰："昔孔子曾问礼于老子，融与君岂非累世通家？"膺大奇之。少顷，太中大夫陈炜至。膺指融曰："此奇童也。"炜曰："小时聪明，大时未必聪明。"融即应声曰："如君所言，幼时必聪明者。"炜等皆笑曰："此子长成，必当代之伟器也。"自此得名。

> 据《后汉书·孔融传》：孔融字文举，鲁国人，孔子二十世孙也。七世祖霸，为元帝师，位至侍中。父宙，太山都尉。融幼有异才。年十岁，随父诣京师。时，河南尹李膺以简重自居，不妄接士宾客，敕外自非当世名人及与通家，皆不得白。融欲观其人，故造膺门。语门者曰："我是李君通家子弟。"门者言之。膺请融，问曰："高明祖父尝与仆有恩旧乎？"融曰："然。先君孔子与君先人李老君同德比义，而相师友，则融与君累世通家。"众坐莫不叹息。太中大夫陈炜后至，坐中以告炜。炜曰："夫人小而聪了，大未必奇。"融应声曰："观君所言，将不早惠乎？"膺大笑曰："高明必为伟器。"（参见《三国志·魏书·崔琰传附孔融传》及注引《续汉书》，《世说新语·言语》）

后为中郎将，累迁北海太守。

据《三国志·魏书·崔琰传附孔融传》注引《续汉书》：司徒大将军辟举高第，累迁北军中候、虎贲中郎将、北海相，时年三十八。（参见《后汉书·孔融传》）

极好宾客，常曰："座上客常满，樽中酒不空，吾之愿也。"在北海六年，甚得民心。

据《后汉书·孔融传》：性宽容少忌，好士，喜诱益后进。及退闲职，宾客日盈其门。常叹曰："坐上客恒满，尊中酒不空，吾无忧矣。"（参见《三国志·魏书·崔琰传附孔融传》注引张璠《汉纪》）

当日正与客坐，人报徐州糜竺至。融请入见，问其来意，竺出陶谦书，言："曹操攻围甚急，望明公垂救。"融曰："吾与陶恭祖交厚，子仲又亲到此，如何不去？只是曹孟德与我无仇，当先遣人送书解和。如其不从，然后起兵。"竺曰："曹操倚仗兵威，决不肯和。"融教一面点兵，一面差人送书。正商议间，忽报黄巾贼党管亥部领群寇数万杀奔前来。孔融大惊，急点本部人马，出城与贼迎战。管亥出马曰："吾知北海粮广，可借一万石，即便退兵；不然，打破城池，老幼不留！"孔融叱曰："吾乃大汉之臣，守大汉之地，岂有粮米与贼耶！"管亥大怒，拍马舞刀，直取孔融，融将宗宝挺枪出马；战不数合，被管亥一刀，砍宗宝于马下。孔融兵大乱，奔入城中。管亥分兵四面围城，孔融心中郁闷。糜竺怀愁，更不可言。

次日，孔融登城遥望，贼势浩大，倍添忧恼。忽见城外一人挺枪跃马杀入贼阵，左冲右突，如入无人之境，直到城下，大叫"开门"。孔融不识其人，不敢开门。贼众赶到壕边，那人回身连搠十数人下马，贼众倒退。融急命开门引入。其人下马弃枪，径到城上，拜见孔融。融问其姓名，对曰："某东莱黄县人也，覆姓太史，名慈，字子义。

据《三国志·吴书·太史慈传》：太史慈字子义，东莱黄人也。

老母重蒙恩顾。某昨自辽东回家省亲，知贼寇城。老母说：'屡受府君深恩，汝当往救。'某故单马而来。"孔融大喜。原来孔融与太史慈虽未识面，却晓得他是个英雄。因他远出，有老母住在离城二十里之外，融常使人遗以粟帛；母感融德，故特使慈来救。当下孔融重待太史慈，赠与衣甲鞍马。慈曰："某愿借精兵一千，出城杀贼。"融曰："君虽英勇，然贼势甚盛，不可轻出。"慈曰："老母感君厚德，特遣慈来；如不能解围，慈亦无颜见母矣。愿决一死战！"融曰："吾闻刘玄德乃当世英雄，若请得他来相救，此围自解。只无人可使耳。"慈曰："府君修书，某当急往。"融喜，修书付慈，慈擐甲上马，腰带弓矢，手持铁枪，饱食严装，城门开处，一骑飞出。近壕，贼将率众来战。慈连搠死数人，透围而出。管亥知有人出城，料必是请救兵的，便自引数百骑赶来，八面围定。慈倚住枪，拈弓搭箭，八面射之，无不应弦落马。贼众不敢来追。

据《三国志·吴书·太史慈传》：北海相孔融闻而奇之，数遣人讯问其母，并致饷遗。时融以黄巾寇暴，出屯都昌，为贼管亥所围。慈从辽东还，母谓慈曰："汝与孔北海未尝相见，至汝行后，赡恤殷勤，过于故旧，今为贼所围，汝宜赴之。"慈留三日，单步径至都昌。时围尚未密，夜伺间隙，得入见融，因求兵出斫贼。融不听，欲待外救，未有至者，而围日逼。融欲告急平原相刘备，城中人无由得出，慈自请求行。融曰："今贼围甚密，众人皆言不可，卿意虽壮，无乃实难乎？"慈对曰："昔府君倾意于老母，老母感遇，遣慈赴府君之急，固以慈有可取，而来必有益也。今众人言不可，慈亦言不可，岂府君爱顾之义，老母遣慈之意邪？事已急矣，愿府君无疑。"融乃然之。于是严行蓐食，须明，便带鞬摄弓上马，将两骑自随，各作一的持之，开门直出。外围下左右人并惊骇，兵马互出。慈引马至城下堑内，植所持的各一，出射之，射之毕，径入门。

明晨复如此，围下人或起或卧，慈复植的，射之毕，复入门。明晨复出如此，无复起者，于是下鞭马直突围中驰去。比贼觉知，慈行已过，又射杀数人，皆应弦而倒，故无敢追者。（参见《后汉书·孔融传》）

太史慈得脱，星夜投平原来见刘玄德。施礼罢，具言孔北海被围求救之事，呈上书札。玄德看毕，问慈曰："足下何人？"慈曰："某太史慈，东海之鄙人也。与孔融亲非骨肉，比非乡党，特以气谊相投，有分忧共患之意。今管亥暴乱，北海被围，孤穷无告，危在旦夕。闻君仁义素著，能救人危急，故特令某冒锋突围，前来求救。"玄德敛容答曰："孔北海知世间有刘备耶？"乃同云长、翼德点精兵三千，往北海郡进发。

据《三国志·吴书·太史慈传》：遂到平原，说备曰："慈，东莱之鄙人也，与孔北海亲非骨肉，比非乡党，特以名志相好，有分灾共患之义。今管亥暴乱，北海被围，孤穷无援，危在旦夕。以君有仁义之名，能救人之急，故北海区区，延颈恃仰，使慈冒白刃，突重围，从万死之中自托于君，惟君所以存之。"备敛容答曰："孔北海知世间有刘备邪！"即遣精兵三千人随慈。（参见《后汉书·孔融传》）

管亥望见救军来到，亲自引兵迎敌；因见玄德兵少，不以为意。玄德与关、张、太史慈立马阵前，管亥忿怒直出。太史慈却待向前，云长早出，直取管亥。两马相交，众军大喊。量管亥怎敌得云长，数十合之间，青龙刀起，劈管亥于马下。太史慈、张飞两骑齐出，双枪并举，杀入贼阵。玄德驱兵掩杀。城上孔融望见太史慈与关、张赶杀贼众，如虎入羊群，纵横莫当，便驱兵出城。两下夹攻，大败群贼，降者无数，余党溃散。

孔融迎接玄德入城，叙礼毕，大设筵宴庆贺。又引糜竺来见玄德，具言张闿杀曹嵩之事："今曹操纵兵大掠，围住徐州，特来求救。"玄德曰："陶恭祖乃仁人君子，不意受此无辜之冤。"孔融曰："公乃汉室宗亲。今曹操残害百姓，倚强欺弱，何不与融同往救之？"玄德曰："备非敢推辞，奈兵微将寡，恐难轻动。"孔融曰："融之欲救陶恭祖，虽因旧谊，亦为大义。公岂独无仗义之心耶？"玄德曰："既如此，请文举先行，容备去公孙瓒处，借三五千人马，随后便来。"融曰："公切勿失信。"玄德曰："公以备为何如人也？圣人云：自古皆有死，人无信不立。刘备借得军或借不得军，必然亲至。"孔融应允，教糜竺先回徐州去报，融便收拾起程。太史慈拜谢曰："慈奉母命前来相助，今幸无虞。有扬州刺史刘繇，与慈同郡，有书来唤，不敢不去。容图再见。"融以金帛相酬，慈不肯受而归。其母见之，喜曰："我喜汝有以报北海也！"遂遣慈往扬州去了。

据《三国志·吴书·太史慈传》：贼闻兵至，解围散走。融既得济，益奇贵慈，曰："卿吾之少友也。"事毕，还启其母，母曰："我喜汝有以报孔北海也。"

不说孔融起兵。且说玄德离北海来见公孙瓒，具说欲救徐州之事。瓒曰："曹操与君无仇，何苦替人出力？"玄德曰："备已许人，不敢失信。"瓒曰："我借与君马步军二千。"玄德曰："更望借赵子龙一行。"瓒许之。

据《三国志·蜀书·赵云传》：赵云字子龙，常山真定人也。本属公孙瓒，瓒遣先主为田楷拒袁绍，云遂随从，为先主主骑。

据《资治通鉴》卷六十：常山赵云为本郡将吏兵诣公孙瓒，……刘备见而奇之，深加接纳，云遂从备至平原，为备主骑兵。

据《三国志·蜀书·赵云传》注引《云别传》：时先主亦依托瓒，每接纳云，云得深自结托。云以兄丧，辞瓒暂归，先主知其不反，捉手而别，云辞曰："终不背德也。"

> 按：《演义》称刘备救徐州时向公孙瓒"借赵云"，与史不合。据史书记载，刘备投靠公孙瓒不久，公孙瓒就派他到青州与袁绍相拒，同时将赵云派去为刘备主管骑兵。初平三年（192）赵云因兄丧辞别刘备返回常山，从此脱离了公孙瓒，故兴平元年（194）刘备进军徐州救陶谦时赵云并未同行。

玄德遂与关、张引本部三千人为前部，子龙引二千人随后，往徐州来。

却说糜竺回报陶谦，言北海又请得刘玄德来助；陈元龙也回报青州田楷欣然领兵来救；陶谦心安。

> 据《资治通鉴》卷六十一：陶谦告急于田楷，楷与平原相刘备救之。（参见《三国志·蜀书·先主传》）

原来孔融、田楷两路军马，惧怕曹兵势猛，远远依山下寨，未敢轻进。曹操见两路军到，亦分了军势，不敢向前攻城。

却说刘玄德军到，见孔融。融曰："曹兵势大，操又善于用兵，未可轻战。且观其动静，然后进兵。"玄德曰："但恐城中无粮，难以久持。备令云长、子龙领军四千，在公部下相助；备与张飞杀奔曹营，径投徐州去见陶使君商议。"融大喜，会合田楷，为掎角之势；云长、子龙领兵两边接应。

是日玄德、张飞引一千人马杀入曹兵寨边。正行之间，寨内一声鼓响，马军步军，如潮似浪，拥将出来。当头一员大将，乃是于禁，勒马大叫："何处狂徒！往那里去！"张飞见了，更不打话，直取于禁。两马相交，战到数合，玄德掣双股剑麾兵大进，于禁败走。张飞当前追杀，直到徐州城下。城上望见红旗白字，大书"平原刘玄德"，陶谦急令开门。玄德入城，陶谦接着，共到府衙。礼毕，设宴相待，一壁劳军。陶谦见玄德仪表轩昂，语言豁达，心中大喜，便命糜竺取徐州牌印，让与玄德。玄德愕然曰："公何意也？"谦曰："今天下扰乱，王纲不振；公乃汉室宗亲，正宜力扶社稷。老夫年迈无能，情愿将徐州相让。公勿推辞。谦当自写表文，申奏朝廷。"玄德离席再拜曰："刘备虽汉朝苗裔，功微德薄，为平原相犹恐不称职。今为大义，故来相助。公出此言，莫非疑刘备有吞并之心耶？若举此念，皇天不佑！"谦曰："此老夫之实情也。"再三相让，玄德那里肯受。糜竺进曰："今兵临城下，且当商议退敌之策。待事平之日，再当相让可也。"玄德曰："备当遗书与曹操，劝令解和。操若不从，厮杀未迟。"于是传檄三寨，且按兵不动；遣人赍书以达曹操。

却说曹操正在军中，与诸将议事，人报徐州有战书到。操拆而观之，乃刘备书也。书略曰：

> 备自关外得拜君颜，嗣后天各一方，不及趋侍。向者，尊父曹侯，实因张闿不仁，以致被害，非陶恭祖之罪也。目今黄巾遗孽，扰乱于外；董卓余党，盘踞于内。愿明公先朝廷之急，而后私仇；撤徐州之兵，以救国难：则徐州幸甚，天下幸甚！

曹操看书，大骂："刘备何人，敢以书来劝我！且中间有讥讽之意！"命斩来使，一面竭力攻城。郭嘉谏曰："刘备远来救援，先礼后兵，主公当用好言答之，以慢备心；然后进兵攻城，城可破也。"操从其言，款留来使，候发回书。正商议间，忽流星马飞报祸事。操问其故，报说吕布已袭破兖州，进据濮阳。

原来吕布自遭李、郭之乱，逃出武关，去投袁术；术怪吕布反覆不定，拒而不纳。投袁绍，绍纳之，与布共破张燕于常山。布自以为得志，傲慢袁绍手下将士。绍欲杀之。布乃去投张杨，杨纳之。

> 据《三国志·魏书·吕布传》：布自杀卓后，畏恶凉州人，凉州人皆怨。由是李傕等遂相结还攻长安城。布不能拒，傕等遂入长安。卓死后六旬，布亦败。将数百骑出武

关，欲诣袁术。布自以杀卓为术报仇，欲以德之。术恶其反覆，拒而不受。北诣袁绍，绍与布击张燕于常山。燕精兵万余，骑数千。布有良马曰赤兔。常与其亲近成廉、魏越等陷锋突陈，遂破燕军。而求益兵众，将士钞掠，绍患忌之。布觉其意，从绍求去。绍恐还为己害，遣壮士夜掩杀布，不获。事露，布走河内，与张杨合。绍令众追之，皆畏布，莫敢逼近者。（参见《三国志·魏书·吕布传》注引《英雄记》）

据《后汉书·吕布传》：允既不赦凉州人，由是卓将李傕等相结，还攻长安。布与傕战，败，乃将数百骑，以卓头系马鞍，走出武关，奔南阳。袁术待之甚厚。布自恃杀卓，有德袁氏，遂恣兵抄掠。术患之。布不安，复去从张杨于河内。时李傕等购募求布急，杨下诸将皆欲图之。布惧，谓杨曰："与卿州里，今见杀，其功未必多。不如生卖布，可大得傕等爵宠。"杨以为然。有顷，布得走投袁绍，绍与布击张燕于常山。燕精兵万余，骑数千匹。布常御良马，号曰赤菟，能驰城飞堑，与其健将成廉、魏越等数十骑驰突燕阵，一日或至三四，皆斩首而出。连战十余日，遂破燕军。布既恃其功，更请兵于绍，绍不许，而将士多暴横，绍患之。布不自安，因求还洛阳。绍听之，承制使领司隶校尉，遣壮士送布而阴使杀之。布疑其图己，乃使人鼓筝于帐中，潜自遁出。夜中兵起，而布已亡。绍闻，惧为患，募遣追之，皆莫敢逼，遂归张杨。（参见《资治通鉴》卷六十）

时庞舒在长安城中，私藏吕布妻小，送还吕布。李傕、郭汜知之，遂斩庞舒，写书与张杨，教杀吕布。布因弃张杨去投张邈。恰好张邈弟张超引陈宫来见张邈。宫说邈曰："今天下分崩，英雄并起；君以千里之众，而反受制于人，不亦鄙乎！今曹操征东，兖州空虚；而吕布乃当世勇士，若与之共取兖州，霸业可图也。"张邈大喜，便令吕布袭破兖州，随据濮阳。止有鄄城、东阿、范县三处，被荀彧、程昱设计死守得全，其余俱破。

据《三国志·魏书·吕布传》：吕布之舍袁绍从张杨也，过邈临别，把手共誓。绍闻之，大恨。邈畏太祖终为绍击己也，心不自安。兴平元年，太祖复征谦，邈弟超，与太祖将陈宫、从事中郎许汜、王楷共谋叛太祖。宫说邈曰："今雄杰并起，天下分崩，君以千里之众，当四战之地，抚剑顾眄，亦足以为人豪，而反制于人，不以鄙乎！今州军东征，其处空虚，吕布壮士，善战无前，若权迎之，共牧兖州，观天下形势，俟时事之变通，此亦纵横之一时也。"邈从之。太祖初使宫将兵留屯东郡，遂以其众东迎布为兖州牧，据濮阳。郡县皆应，唯鄄城、东阿、范为太祖守。（参见《三国志·魏书·武帝纪》《张邈传》《荀彧传》《程昱传》，《后汉书·荀彧传》）

据《后汉书·吕布传》：道经陈留，太守张邈遣使迎之，相待甚厚，临别把臂言誓。邈字孟卓，东平人，少以侠闻。初辟公府，稍迁陈留太守。董卓之乱，与曹操共举义兵。及袁绍为盟主，有骄色，邈正义责之。绍既怨邈，且闻与布厚，乃令曹操杀邈。操不听，然邈心不自安。兴平元年，曹操东击陶谦，令其将武阳人陈宫屯东郡。宫因说邈曰："今天下分崩，雄桀并起。君拥十万之众，当四战之地，抚剑顾眄，亦足以为人豪，而反受制，不以鄙乎！今州军东征，其处空虚，吕布壮士，善战无前，迎之共据兖州，观天下形势，俟时事变通，此亦从横一时也。"邈从之，遂与弟超及宫等迎布为兖州牧，据濮阳，郡县皆应之。（参见《资治通鉴》卷六十一）

据《后汉书·吕布传》：道经陈留，太守张邈遣使迎之，相待甚厚，临别把臂言誓。邈字孟卓，东平人，少以侠闻。初辟公府，稍迁陈留太守。董卓之乱，与曹操共举义兵。及袁绍为盟主，有骄色，邈正义责之。绍既怨邈，且闻与布厚，乃令曹操杀邈。操不听，然邈心不自安。兴平元年，曹操东击陶谦，令其将武阳人陈宫屯东郡。宫因说邈曰："今天下分崩，雄桀并起。君拥十万之众，当四战之地，抚剑顾眄，亦足以为人豪，而反受制，不以鄙乎！今州军东征，其处空虚，吕布壮士，善战无前，迎之共据兖州，观天下形势，俟时事变通，此亦从横一时也。"邈从之，遂与弟超及宫等迎布为兖州牧，据濮阳，郡县皆应之。（参见《资治通鉴》卷六十一）

据《资治通鉴》卷六十一：前九江太守陈留边让尝讥议操，操闻而杀之，并其妻子。让素有才名，由是兖州士大夫皆恐惧。陈宫性刚直壮烈，内亦自疑，乃与从事中郎许汜、王楷及邈弟超共谋叛操。（参见《三国志·武帝纪》注引《曹瞒传》）

曹仁屡战，皆不能胜，特此告急。操闻报大惊曰："兖州有失，使吾无家可归矣，不可不亟图之！"郭嘉曰："主公正好卖个人情与刘备，退军去复兖州。"操然之，即时答书与刘备，拔寨退兵。

据《资治通鉴》卷六十、卷六十一：（兴平元年春二月，）陶谦告急于田楷，楷与平原相刘备救之。备自有兵数千人，谦益以丹杨兵四千，备遂去楷归谦，谦表为豫州刺史，屯小沛。曹操军食亦尽，引兵还。……（兴平元年夏，）曹操使司马荀彧、寿张令程昱守鄄城，复往攻陶谦，遂略地至琅邪、东海，所过残灭。还，击破刘备于郯东。谦恐，欲走归丹杨。会陈留太守张邈叛操迎吕布，操乃引军还。（参见《三国志·魏书·武帝纪》《陶谦传》，《三国志·魏书·荀彧传》注引《曹瞒传》，《三国志·蜀书·先主传》《后汉书·陶谦传》）

且说来使回徐州，入城见陶谦，呈上书札，言曹兵已退。谦大喜，差人请孔融、田楷、云长、子龙等赴城大会。饮宴既毕，谦延玄德于上座，拱手对众曰："老夫年迈，二子不才，不堪国家重任。刘公乃帝室之胄，德广才高，可领徐州。老夫情愿乞闲养病。"玄德曰："孔文举令备来救徐州，为义也。今无端据而有之，天下将以备为无义人矣。"糜竺曰："今汉室陵迟，海宇颠覆，树功立业，正在此时。徐州殷富，户口百万，刘使君领此，不可辞也。"玄德曰："此事决不敢应命。"陈登曰："陶府君多病，不能视事，明公勿辞。"玄德曰："袁公路四世三公，海内所归，近在寿春，何不以州让之？"孔融曰："袁公路冢中枯骨，何足挂齿！今日之事，天与不取，悔不可追。"

据《三国志·蜀书·先主传》：谦病笃，谓别驾糜竺曰："非刘备不能安此州也。"谦死，竺率州人迎先主，先主未敢当。下邳陈登谓先主曰："今汉室陵迟，海内倾覆，立功立事，在于今日。彼州殷富，户口百万，欲屈使君抚临州事。"先主曰："袁公路近在寿春，此君四世五公，海内所归，君可以州与之。"登曰："公路骄豪，非治乱之主。今欲为使君合步骑十万，上可以匡主济民，成五霸之业，下可以割地守境，书功于竹帛。若使君不见听许，登亦未敢听使君也。"北海相孔融谓先主曰："袁公路岂忧国忘家者邪？冢中枯骨，何足介意。今日之事，百姓与能，天与不取，悔不可追。"先主遂领徐州。（参见《资治通鉴》卷六十一）

玄德坚执不肯。陶谦泣下曰："君若舍我而去，我死不瞑目矣！"云长曰："既承陶公相让，兄且权领州事。"张飞曰："又不是我强要他的州郡；他好意相让，何必苦苦推辞！"玄德曰："汝等欲陷我于不义耶？"陶谦推让再三，玄德只是不受。陶谦曰："如玄德必不肯从，此间近邑，名曰小沛，足可屯军，请玄德暂驻军此邑，以保徐州。何如？"众皆劝玄德留小沛，玄德从之。

据《资治通鉴》卷六十一：陶谦告急于田楷，楷与平原相刘备救之。备自有兵数千人，谦益以丹杨兵四千，备遂去楷归谦，谦表为豫州刺史，屯小沛。（参见《三国志·蜀

书·先主传》)

陶谦劳军已毕，赵云辞去，玄德执手挥泪而别。

> 据《三国志·蜀书·赵云传》注引《云别传》：时先主亦依托瓒，每接纳云，云得深自结托。云以兄丧，辞瓒暂归，先主知其不反，捉手而别，云辞曰："终不背德也。"

孔融、田楷亦各相别，引军自回。玄德与关、张引本部军来至小沛，修葺城垣，抚谕居民。

却说曹操回军，曹仁接着，言吕布势大，更有陈宫为辅，兖州、濮阳已失，其鄄城、东阿、范县三处，赖荀彧、程昱二人设计相连，死守城郭。操曰："吾料吕布有勇无谋，不足虑也。"教且安营下寨，再作商议。

吕布知曹操回兵，已过滕县，召副将薛兰、李封曰："吾欲用汝二人久矣。汝可引军一万，坚守兖州。吾亲自率兵，前去破曹。"二人应诺。陈宫急入见曰："将军弃兖州，欲何往乎？"布曰："吾欲屯兵濮阳，以成鼎足之势。"宫曰："差矣。薛兰必守兖州不住。——此去正南一百八十里，泰山路险，可伏精兵万人在彼。曹兵闻失兖州，必然倍道而进，待其过半，一击可擒也。"布曰："吾屯濮阳，别有良谋，汝岂知之！"遂不用陈宫之言，而用薛兰守兖州而行。曹操兵行至泰山险路，郭嘉曰："且不可进，恐此处有伏兵。"曹操笑曰："吕布无谋之辈，故教薛兰守兖州，自往濮阳，安得此处有埋伏耶？教曹仁领一军围兖州，吾进兵濮阳，速攻吕布。"

> 据《三国志·魏书·武帝纪》：会张邈与陈宫叛迎吕布，郡县皆应。荀彧、程昱保鄄城，范、东阿二县固守，太祖乃引军还。布到，攻鄄城不能下，西屯濮阳。太祖曰："布一旦得一州，不能据东平，断亢父、泰山之道乘险要我，而乃屯濮阳，吾知其无能为也。"遂进军攻之。(参见《资治通鉴》卷六十一)

陈宫闻曹兵至近，乃献计曰："今曹兵远来疲困，利在速战，不可养成气力。"布曰："吾匹马纵横天下，何愁曹操！待其下寨，吾自擒之。"

却说曹操兵近濮阳，下住寨脚。次日，引众将出，陈兵于野。操立马于门旗下，遥望吕布兵到。阵圆处，吕布当先出马，两边排开八员健将：第一个雁门马邑人，姓张，名辽，字文远；

> 据《三国志·魏书·张辽传》：张辽字文远，雁门马邑人也。本聂壹之后，以避怨变姓。少为郡吏。汉末，并州刺史丁原以辽武力过人，召为从事，使将兵诣京都。何进遣诣河北募兵，得千余人。还，进败，以兵属董卓。卓败，以兵属吕布，迁骑都尉。布为李傕所败，从布东奔徐州，领鲁相，时年二十八。

第二个泰山华阴人，姓臧，名霸，字宣高。

> 据《三国志·魏书·臧霸传》：臧霸字宣高，泰山华人也。……黄巾起，霸从陶谦击破之，拜骑都尉。遂收兵于徐州，与孙观、吴敦、尹礼等并聚众，霸为帅，屯于开阳。太祖之讨吕布也，霸等将兵助布。

> 按：据《三国志·魏书·臧霸传》，臧霸非吕布部将。

两将又各引三员健将：郝萌、曹性、成廉、魏续、宋宪、侯成。布军五万，鼓声大震。操指吕布而言曰："吾与汝自来无仇，何得夺吾州郡？"布曰："汉家城池，诸人有分，偏尔合得？"便叫臧霸出马搦战。曹军内乐进出迎。两马相交，双枪齐举。战到三十余合，胜负不分。夏侯惇拍马便出助战，吕布阵上张辽截住厮杀。恼得吕布性起，挺戟骤马，冲出阵来。夏侯惇、乐进皆走，吕布掩杀，曹军大败，退三四十里。布自收军。曹操输了一阵，回寨与诸将商议。于禁曰："某今日上山观望，濮阳之西，吕布有一寨，约无多军。今夜彼将谓我军败走，必不准备，可引兵击之；若得寨，布军必惧：此为上策。"操从其言，带曹洪、李典、毛玠、吕虔、于禁、典韦六将，选马步二万人，连夜从小路进发。

却说吕布于寨中劳军。陈宫曰："西寨是个要紧去处，倘或曹操袭之，奈何？"布曰："他今日输了一阵，如何敢来！"宫曰："曹操是极能用兵之人，须防他攻我不备。"布乃拨高顺并魏续、侯成引兵往守西寨。

却说曹操于黄昏时分，引军至西寨，四面突入。寨兵不能抵挡，四散奔走，曹操夺了寨。将及四更，高顺方引军到，杀将入来。曹操自引军马来迎，正逢高顺，三军混战、将及天明，正西鼓声大震，人报吕布自引救军来了。操弃寨而走。背后高顺、魏续、侯成赶来；当头吕布亲自引军来到。于禁、乐进双战吕布不住。操望北而行。山后一彪军出：左有张辽，右有臧霸。操使吕虔、曹洪战之，不利。操望西而走。忽又喊声大震，一彪军至：郝萌、曹性、成廉、宋宪四将拦住走路。众将死战，操当先冲阵。梆子响处，箭如骤雨射将来。操不能前进，无计可脱，大叫："谁人救我！"马军队里，一将踊出，乃典韦也，手挺双铁戟，大叫："主公勿忧！"飞身下马，插住双戟，取短戟十数枝，挟在手中，顾从人曰："贼来十步乃呼我！"遂放开脚步，冒箭前行。布军数十骑追至。从人大叫曰："十步矣！"韦曰："五步乃呼我！"从人又曰："五步矣！"韦乃飞戟刺之，一戟一人坠马，并无虚发，立杀十数人。众皆奔走。韦复飞身上马，挺一双大铁戟，冲杀入去。郝、曹、成、宋四将不能抵挡，各自逃去。典韦杀散敌军，救出曹操。众将随后也到，寻路归寨。

> 据《资治通鉴》卷六十一：吕布有别屯在濮阳西，曹操夜袭破之，未及还。会布至，身自搏战，自旦至日，数十合，相持甚急。操募人陷陈，司马陈留典韦将应募者进当之，布弓弩乱发，矢至如雨。韦不视，谓等人曰："虏来十步，乃白之。"等人曰："十步矣。"又曰："五步乃白。"等人惧，疾言："虏至矣！"韦持戟大呼而起，所抵无不应手倒者，布众退。会日暮，操乃得引去。拜韦都尉，令常将亲兵数百人，绕大帐左右。（参见《三国志·魏书·典韦传》）

看看天色傍晚，背后喊声起处，吕布骤马提戟赶来，大叫："操贼休走！"此时人困马乏，大家面面相觑，各欲逃生。正是：虽能暂把重围脱，只怕难当劲敌追。不知曹操性命如何，且听下文分解。

第十二回　陶恭祖三让徐州　曹孟德大战吕布

　　曹操正慌走间，正南上一彪军到，乃夏侯惇引军来救援，截住吕布大战。斗到黄昏时分，大雨如注，各自引军分散。操回寨，重赏典韦，加为领军都尉。

　　却说吕布到寨，与陈宫商议。宫曰："濮阳城中有富户田氏，家僮千百，为一郡之巨室；可令彼密使人往操寨中下书，言'吕温侯残暴不仁，民心大怨。今欲移兵黎阳，止有高顺在城内。可连夜进兵，我为内应'。操若来，诱之入城，四门放火，外设伏兵。曹操虽有经天纬地之才，到此安能得脱也？"吕布从其计，密谕田氏使人径到操寨。操因新败，正在踌躇，忽报田氏人到，呈上密书云："吕布已往黎阳，城中空虚。万望速来，当为内应。城上插白旗，大书'义'字，便是暗号。"操大喜曰："天使吾得濮阳也！"重赏来人，一面收拾起兵。刘晔曰："布虽无谋，陈宫多计。只恐其中有诈，不可不防。明公欲去，当分三军为三队：两队伏城外接应，一队入城，方可。"

　　操从其言，分军三队，来至濮阳城下。操先往观之，见城上遍竖旗幡，西门角上，有一"义"字白旗，心中暗喜。是日午牌，城门开处，两员将引军出战：前军侯成，后军高顺。操即使典韦出马，直取侯成。侯成抵敌不过，回马望城中走。韦赶到吊桥边，高顺亦拦挡不住，都退入城中去了。数内有军人乘势混过阵来见操，说是田氏之使，呈上密书。约云："今夜初更时分，城上鸣锣为号，便可进兵。某当献门。"操拨夏侯惇引军在左，曹洪引军在右，自己引夏侯渊、李典、乐进、典韦四将，率兵入城。李典曰："主公且在城外，容某等先入城去。"操喝曰："我不自往，谁肯向前！"遂当先领兵直入。

　　时约初更，月光未上。只听得西门上吹嬴壳声，喊声忽起，门上火把燎乱，城门大开，吊桥放落。曹操争先拍马而入。直到州衙，路上不见一人。操知是计，忙拨回马，大叫："退兵！"州衙中一声炮响，四门烈火，轰天而起；金鼓齐鸣，喊声如江翻海沸。东巷内转出张辽，西巷内转出臧霸，夹攻掩杀。操走北门，道傍转出郝萌、曹性，又杀一阵。操急走南门，高顺、侯成拦住。典韦怒目咬牙，冲杀出去。高顺、侯成倒走出城。典韦杀到吊桥，回头不见了曹操，翻身复杀入城来，门下撞着李典。典韦问："主公何在？"典曰："吾亦寻不见。"韦曰："汝在城外催救军，我入去寻主公。"李典去了。典韦杀入城中，寻觅不见；再杀出城壕边，撞着乐进。进曰："主公何在？"韦曰："我往复两遭，寻觅不见。"进曰："同杀入去救主！"两人到门边，城上火炮滚下，乐进马不能入。典韦冒烟突火，又杀入去，到处寻觅。

　　却说曹操见典韦杀出去了，四下里人马截来，不得出南门；再转北门，火光里正撞见吕布挺戟跃马而来。操以手掩面，加鞭纵马竟过。吕布从后拍马赶来，将戟于操盔上一击，问曰："曹操何在？"操反指曰："前面骑黄马者是他。"吕布听说，弃了曹操，纵马向前追赶。曹操拨转马头，望东门而走，正逢典韦。韦拥护曹操，杀条血路，到城门边，火焰甚盛，城上推下柴草，遍地都是火，韦用戟拨开，飞马冒烟突火先出。曹操随后亦出。方到门道边，城门上崩下一条火梁来，正打着曹操战马后胯，那马扑地倒了。操用手托梁推放地上，手臂须发，尽被烧伤。典韦回马来救，恰好夏侯渊亦到。两个同救起曹操，突火而出。操乘渊马，典韦杀条大路而走。直混战到天明，操方回寨。

　　众将拜伏问安，操仰面笑曰："误中匹夫之计，吾必当报之！"郭嘉曰："计可速发。"操曰："今只将计就计：诈言我被火伤，已经身死。布必引兵来攻。我伏兵于马陵山中，候其兵半渡而击之，布可擒矣。"嘉曰："真良策也！"于是令军士挂孝发丧，诈言操死。早有人来濮阳报吕布，说曹操被火烧伤肢体，到寨身死。布随点起军马，杀奔马陵山来。将到操寨，一声鼓响，伏兵四起。吕布死战得脱，折了好些人马，败回濮阳，坚守不出。

  据《资治通鉴》卷六十一：濮阳大姓田氏为反间，操得入城，烧其东门，示无反意。及战，军败，布骑得操而不识，问曰："曹操何在？"操曰："乘黄马走者是也。"布骑乃释操而追黄马者。操突火而出，至营，自力劳军，令军中促为攻具，进，复攻之。

  据《献帝春秋》：太祖围濮阳，濮阳大姓田氏为反间，太祖得入城。烧其东门，示无反意。及战，军败。布骑得太祖而不知是，问曰："曹操何在？"太祖曰："乘黄马走者是也。"布骑乃释太祖而追黄马者。门火犹盛，太祖突火而出。

  据《三国志·魏书·武帝纪》：布出兵战，先以骑犯青州兵。青州兵奔，太祖阵乱，驰突火出，坠马，烧左手掌。司马楼异扶太祖上马，遂引去。未至营，止；诸将未与太祖相见，皆怖。太祖乃自力劳军，令军中促为攻具，进，复攻之。

  按：盛巽昌先生在《三国演义补证本》一书中指出，曹操攻打濮阳一战，各史书所记有异。《三国志·武帝纪》称曹操并未进城即遭火攻溃败。但《献帝春秋》乃称曹操已进城，曹操兵败后冒火突出，而此火实为曹操自烧，以示决心。方诗铭先生在《曹操·袁绍·黄巾》（上海社会科学出版社1995年版）一书中认定，曹操此次惨败，"主要原因，出于青州兵一触即退，打乱了曹操的作战部署"。

是年蝗虫忽起，食尽禾稻。关东一境，每谷一斛，直钱五十贯，人民相食。曹操因军中粮尽，引兵回鄄城暂住。吕布亦引兵出屯山阳就食。因此二处权且罢兵。

  据《资治通鉴》卷六十一：与布相守百余日。蝗虫起，百姓大饿，布粮食亦尽，各引去。（兴平元年秋）九月，操还鄄城。布到乘氏，为其县人李进所破，东屯山阳。（参见《三国志·魏书·武帝纪》《后汉书·吕布传》）

  却说陶谦在徐州，时年已六十三岁，忽然染病，看看沉重，请糜竺、陈登议事。竺曰："曹兵之去，止为吕布袭兖州故也。今因岁荒罢兵，来春又必至矣。府君两番欲让位于刘玄德，时府君尚强健，故玄德不肯受；今病已沉重，正可就此而与之，玄德不肯辞矣。"谦大喜，使人来小沛，请刘玄德商议军务。玄德引关、张带数十骑到徐州，陶谦教请入卧内。玄德问安毕，谦曰："请玄德公来，不为别事：止因老夫病已危笃，朝夕难保；万望明公可怜汉家城池为重，受取徐州牌印，老夫死亦瞑目矣！"玄德曰："君有二子，何不传之？"谦曰："长子商，次子应，其才皆不堪任。老夫死后，犹望明公教诲，切勿令掌州事。"玄德曰："备一身安能当此大任？"谦曰："某举一人，可为公辅：系北海人，姓孙，名乾，字公祐。此人可使为从事。"

  据《三国志·蜀书·孙乾传》：孙乾字公祐，北海人也。先主领徐州，辟为从事。

  据《三国志·蜀书·孙乾传》注引《郑玄传》：玄荐乾于州。乾被辟命，玄所举也。

  按：《演义》称陶谦向刘备推荐孙乾，与史不合。据史书记载，推荐孙乾的，是郑玄。

又谓糜竺曰："刘公当世人杰，汝当善事之。"玄德终是推托，陶谦以手指心而死。众军举哀毕，即捧牌印交送玄德。玄德固辞。次日，徐州百姓，拥挤府前哭拜曰："刘使君若不领此郡，我等皆不能安生矣！"关、张二公亦再三相劝。玄德乃许权领徐州事；

  据《三国志·蜀书·先主传》：谦病笃，谓别驾糜竺曰："非刘备不能安此州也。"

谦死，竺率州人迎先主，先主未敢当。下邳陈登谓先主曰："今汉室陵迟，海内倾覆，立功立事，在于今日。彼州殷富，户口百万，欲屈使君抚临州事。"先主曰："袁公路近在寿春，此君四世五公，海内所归，君可以州与之。"登曰："公路骄豪，非治乱之主。今欲为使君合步骑十万，上可以匡主济民，成五霸之业，下可以割地守境，书功于竹帛。若使君不见听许，登亦未敢听使君也。"北海相孔融谓先主曰："袁公路岂忧国忘家者邪？冢中枯骨，何足介意。今日之事，百姓与能，天与不取，悔不可追。"先主遂领徐州。（参见《资治通鉴》卷六十一）

据《三国志·蜀书·麋竺传》：谦卒，竺奉谦遗命，迎先主于小沛。

据《三国志·魏书·陈群传》：刘备临豫州，辟群为别驾。时陶谦病死，徐州迎备，备欲往，群说备曰："袁术尚强，今东，必与之争。吕布若袭将军之后，将军虽得徐州，事必无成。"备遂东，与袁术战。布果袭下邳，遣兵助术，大破备军，备恨不用群言。

按：《演义》称陶谦曾三次将徐州让给刘备，不见于史。核诸史书，陶谦活着的时候，从来没有把徐州让给刘备，他只是在病危时对别驾麋竺说过："非刘备不能安此州也。"陶谦死后，在麋竺、陈登、孔融等著名人物支持下，刘备接任了徐州牧。

使孙乾、麋竺为辅，陈登为幕官；尽取小沛军马入城，出榜安民；一面安排丧事。玄德与大小军士，尽皆挂孝，大设祭奠祭毕，葬于黄河之原。将陶谦遗表，申奏朝廷。

操在鄄城，知陶谦已死，刘玄德领徐州牧，大怒曰："我仇未报，汝不费半箭之功，坐得徐州！吾必先杀刘备，后戮谦尸，以雪先君之怨！"即传号令，克日起兵去打徐州。荀彧入谏曰："昔高祖保关中，光武据河内，皆深根固本以制天下，进足以胜敌，退足以坚守，故虽有困，终济大业。明公本首事兖州，河、济乃天下之要地，是亦昔之关中、河内也。今若取徐州，多留兵则不足用，少留兵则吕布乘虚寇之，是无兖州也。若徐州不得，明公安所归乎？今陶谦虽死，已有刘备守之。徐州之民，既已服备，必助备死战。明公弃兖州而取徐州，是弃大而就小，去本而求末，以安而易危也。愿熟思之。"

据《资治通鉴》卷六十一：（兴平二年夏四月闰月，）操军乘氏，以陶谦已死。欲遂取徐州，还乃定布。荀彧曰："昔高祖保关中，光武据河内，皆深根固本以制天下，进足以胜敌，退足以坚守，故虽有困败而终济大业。将军本以兖州首事，平山东之难，百姓无不归心悦服。且河、济，天下之要地也，今虽残坏，犹易以自保，是亦将军之关中、河内也，不可以不先定。今已破李封、薛兰，若分兵东击陈宫，宫必不敢西顾，以其间勒兵收熟麦，约食畜谷，一举而布可破也。破布，然后南结扬州，共讨袁术，以临淮、泗。若舍布而东，多留兵则不足用，少留兵则民皆保城，不得樵采，布乘虚寇暴，民心益危，唯鄄城、范、卫可全，其余非己之有，是无兖州也。若徐州不定，将军当安所归乎！且陶谦虽死，徐州未易亡也。彼惩往年之败，将惧而结亲，相为表里。今东方皆已收麦，必坚壁清野以待将军，攻之不拔，略之无获，不出十日，则十万之众，未战而先自困耳。前讨徐州，威罚实行，其子弟念父兄之耻，必人自为守，无降心，就能破之，尚不可有也。夫事固有弃此取彼者，以大易小可也，以安易危可也，权一时之势，不患本之不固可也。今三者莫利，惟将军熟虑之。"操乃止。（参见《三国志·魏书·荀彧传》《后汉书·荀彧传》）

按：《演义》称，荀彧反对曹操进攻徐州，他说："今陶谦虽死，已有刘备守之。徐州之民，既已服备，必助备死战。"在史书中，荀彧仅说"且陶谦虽死，徐州未易亡也"，并没有强调刘备力量强大和深得民心。

操曰："今岁荒乏粮，军士坐守于此，终非良策。"或曰："不如东略陈地，使军就食汝南、颍川。黄巾余党何仪、黄劭等，劫掠州郡，多有金帛、粮食，此等贼徒，又容易破；破而取其粮，以养三军，朝廷喜，百姓悦，乃顺天之事也。"操喜，从之，乃留夏侯惇、曹仁守鄄城等处，自引兵先略陈地，次及汝、颍。

黄巾何仪、黄劭知曹兵到，引众来迎，会于羊山。时贼兵虽众，都是狐群狗党，并无队伍行列。操令强弓硬弩射住，令典韦出马。何仪令副元帅出战，不三合，被典韦一戟刺于马下。操引众乘势赶过羊山下寨。次日，黄劭自引军来。阵圆处，一将步行出战，头裹黄巾，身披绿袄，手提铁棒，大叫："我乃截天夜叉何曼也！谁敢与我厮斗？"曹洪见了，大喝一声，飞身下马，提刀步出。两下向阵前厮杀，四五十合，胜负不分。曹洪诈败而走，何曼赶来。洪用拖刀背砍计，转身一踅，砍中何曼，再复一刀杀死。李典乘势飞马直入贼阵。黄劭不及提备，被李典生擒活捉过来。曹兵掩杀贼众，夺其金帛、粮食无数。何仪势孤，引数百骑奔走葛陂。正行之间，山背后撞出一军。为头一个壮士，身长八尺，腰大十围，手提大刀，截住去路。何仪挺枪出迎，只一合，被那壮士活挟过去。余众着忙，皆下马受缚，被壮士尽驱入葛陂坞中。

却说典韦追袭何仪到葛陂，壮士引军迎住。典韦曰："汝亦黄巾贼耶？"壮士曰："黄巾数百骑，尽被我擒在坞内！"韦曰："何不献出？"壮士曰："你若赢得手中宝刀，我便献出！"韦大怒，挺双戟向前来战。两个从辰至午，不分胜负，各自少歇。不一时，那壮士又出搦战，典韦亦出。直战到黄昏，各因马乏暂止。

按：《演义》叙曹操收许褚时，典韦曾与其交战，其实，许褚归曹时典韦已战死半年有余了。据史书，典韦战死于建安二年（197）正月，曹操收许褚是同年九、十月间。《演义》称曹操于兴平二年（195）春收许褚，将时间提前了两年多。

典韦手下军士，飞报曹操。操大惊，忙引众将来看。次日，壮士又出搦战。操见其人威风凛凛，心中暗喜，分付典韦，今日且诈败。韦领命出战；战到三十合，败走回阵，壮士赶到阵门中，弓弩射回。操急引军退五里，密使人掘下陷坑，暗伏钩手。次日，再令典韦引百余骑出。壮士笑曰："败将何敢复来！"便纵马接战。典韦略战数合，便回马走。壮士只顾望前赶来，不提防连人带马，都落于陷坑之内，被钩手缚来见曹操。操下帐叱退军士，亲解其缚，急取衣衣之，命坐，问其乡贯姓名。壮士曰："我乃谯国谯县人也，姓许，名褚，字仲康。向遭寇乱，聚宗族数百人，筑坚壁于坞中以御之。一日寇至，吾令众人多取石子准备，吾亲自飞石击之，无不中者，寇乃退去。又一日寇至，坞中无粮，遂与贼和，约以耕牛换米。米已送到，贼驱牛至坞外，牛皆奔走回还，被我双手掣二牛尾，倒行百余步。贼大惊，不敢取牛而走。因此保守此处无事。"操曰："吾闻大名久矣，还肯降否？"褚曰："固所愿也。"遂招引宗族数百人俱降。操拜许褚为都尉，赏劳甚厚。

据《三国志·魏书·许褚传》：许褚字仲康，谯国谯人也。长八尺余，腰大十围，容貌雄毅，勇力绝人。汉末，聚少年及宗族数千家，共坚壁以御寇。时汝南葛陂贼万余人攻褚壁，褚众少不敌，力战疲极。兵矢尽，乃令壁中男女，聚治石如杅斗者置四隅。褚飞石掷之，所值皆摧碎。贼不敢进。粮乏，伪与贼和，以牛与贼易食，贼来取牛，牛辄奔还。褚乃出陈前，一手逆曳牛尾，行百余步。贼众惊，遂不敢取牛而走。由是淮、汝、陈、梁间，闻皆畏惮之。太祖徇淮、汝，褚以众归太祖。太祖见而壮之曰："此吾樊哙也。"即日拜都尉，引入宿卫。诸从褚侠客，皆以为虎士。（参见《资治通鉴》卷六十二）

随将何仪、黄劭斩讫。汝、颍悉平。

　　据《三国志·魏书·武帝纪》：（建安元年春正月，）汝南、颍川黄巾何仪、刘辟、黄邵、何曼等，众各数万，初应袁术，又附孙坚。二月，太祖进军讨破之，斩邵等，仪及其众皆降。

　　据《资治通鉴》卷六十二：（建安元年二月，）汝南、颍川黄巾何仪等拥众附袁术，曹操击破之。

　　曹操班师，曹仁、夏侯惇接见，言近日细作报说：兖州薛兰、李封军士皆出掳掠，城邑空虚，可引得胜之兵攻之，一鼓可下。操遂引军径奔兖州。薛兰、李封出其不意，只得引兵出城迎战。许褚曰："吾愿取此二人，以为贽见之礼。"操大喜，遂令出战。李封使画戟，向前来迎。交马两合，许褚斩李封于马下。薛兰急走回阵，吊桥边李典拦住。薛兰不敢回城，引军投巨野而去；却被吕虔飞马赶来，一箭射于马下，军皆溃散。

　　据《资治通鉴》卷六十一：（兴平二年夏四月闰月，）吕布将薛兰、李封屯巨野，曹操攻之，布救兰等，不胜而走，操遂斩兰等。（参见《三国志·魏书·武帝纪》）

　　曹操复得兖州，程昱便请进兵取濮阳。操令许褚、典韦为先锋，夏侯惇、夏侯渊为左军，李典、乐进为右军，操自领中军，于禁、吕虔为合后。兵至濮阳，吕布欲自将出迎，陈宫谏："不可出战。待众将聚会后方可。"吕布曰："吾怕谁来？"遂不听宫言，引兵出阵，横戟大骂。许褚便出。斗二十合，不分胜负。操曰："吕布非一人可胜。"便差典韦助战，两将夹攻；左边夏侯惇、夏侯渊，右边李典、乐进齐到，六员将共攻吕布。布遮拦不住，拨马回城。城上田氏，见布败回，急令人拽起吊桥。布大叫："开门！"田氏曰："吾已降曹将军矣。"布大骂，引军奔定陶而去。陈宫急开东门，保护吕布老小出城。操遂得濮阳，恕田氏旧日之罪。刘晔曰："吕布乃猛虎也，今日困乏，不可少容。"操令刘晔等守濮阳，自己引军赶至定陶。

　　时吕布与张邈、张超尽在城中，高顺、张辽、臧霸、侯成巡海打粮未回。操军至定陶，连日不战，引军退四十里下寨。正值济郡麦熟，操即令军割麦为食。细作报知吕布，布引军赶来。将近操寨，见左边一望林木茂盛，恐有伏兵而回。操知布军回去，乃谓诸将曰："布疑林中有伏兵耳，可多插旌旗于林中以疑之。寨西一带长堤，无水，可尽伏精兵。明日吕布必来烧林，堤中军断其后，布可擒矣。"于是止留鼓手五十人于寨中摇鼓，将村中掳来男女在寨内呐喊。精兵多伏堤中。

　　却说吕布回报陈宫。宫曰："操多诡计，不可轻敌。"布曰："吾用火攻，可破伏兵。"乃留陈宫、高顺守城。布次日引大军来，遥见林中有旗，驱兵大进，四面放火，竟无一人。欲投寨中，却闻鼓声大震。正自疑惑不定，忽然寨后一彪军出。吕布纵马赶来。炮响处，堤内伏兵尽出：夏侯惇、夏侯渊、许褚、典韦、李典、乐进骤马杀来。吕布料敌不过，落荒而走。从将成廉，被乐进一箭射死。布军三停去了二停，败卒回报陈宫，宫曰："空城难守，不若急去。"遂与高顺保着吕布老小，弃定陶而走。

　　据《资治通鉴》卷六十一：（兴平二年夏四月闰月，）布复从东缗与陈宫将万余人来战，操兵皆出收麦，在者不能千人，屯营不固。屯西有大堤，其南树木幽深，操隐兵堤里，出半兵堤外。布益进，乃令轻兵挑战，既合，伏兵乃悉乘堤，步骑并进，大破之，追至其营而还。布夜走，操复攻拔定陶，分兵平诸县。（参见《三国志·魏书·武帝纪》及注引《魏书》）

曹操将得胜之兵，杀入城中，势如劈竹。张超自刎，张邈投袁术去了。山东一境，尽被曹操所得。安民修城，不在话下。

　　据《三国志·魏书·武帝纪》：（兴平二年夏，）布夜走，太祖复攻，拔定陶，分兵平诸县。布东奔刘备，张邈从布，使其弟超将家属保雍丘。秋八月，围雍丘。……（冬）十二月，雍丘溃，超自杀，夷邈三族。邈诣袁术请救，为其众所杀。兖州平，遂东略陈地。（参见《资治通鉴》卷六十一，《三国志·魏书·张邈传》，《后汉书·吕布传》）

　　按：据史书，张超自杀的地点是雍丘，《演义》写成定陶。据史书，曹操先杀死吕布的将领薛兰，又攻克定陶和雍丘，张超被迫自尽，然后才东略陈地，并打败颍川的黄巾军；《演义》颠倒了事件的时间顺序，写成曹军先东略陈地，并打败颍川的黄巾军，然后才杀死薛兰，攻克定陶，张超自杀。

　　却说吕布正走，逢诸将皆回。陈宫亦已寻着。布曰："吾军虽少，尚可破曹。"遂再引军来。正是：兵家胜败真常事，卷甲重来未可知。不知吕布胜负如何，且听下文分解。

第十三回　李傕郭汜大交兵　杨奉董承双救驾

却说曹操大破吕布于定陶，布乃收集败残军马于海滨，众将皆来会集，欲再与曹操决战。陈宫曰："今曹兵势大，未可与争。先寻取安身之地，那时再来未迟。"布曰："吾欲再投袁绍，何如？"宫曰："先使人往冀州探听消息，然后可去。"布从之。

且说袁绍在冀州，闻知曹操与吕布相持，谋士审配进曰："吕布，豺虎也；若得兖州，必图冀州。不若助操攻之，方可无患。"绍遂遣颜良将兵五万，往助曹操。

> 据《三国志·魏书·袁绍传》注引孙盛《魏氏春秋》，《后汉书·袁绍传》载绍檄州郡文："地夺于吕布，彷徨东裔，蹈据无所。幕府唯强干弱枝之义，且不登叛人之党，故复援旌擐甲，席卷赴征，金鼓响震，布众破沮。拯其死亡之患，复其方伯之任。"

> 按：《演义》所记袁绍助曹操攻吕布一事，不见于《三国志》，仅见于裴注引《魏氏春秋》之陈琳《讨曹操檄》，文中"幕府"系绍自称。

细作探知这个消息，飞报吕布。布大惊，与陈宫商议。宫曰："闻刘玄德新领徐州，可往投之。"布从其言，竟投徐州来。

> 据《资治通鉴》卷六十一：（兴平二年夏，）布夜走，操复攻，拔定陶，分兵平诸县。布东奔刘备。（参见《三国志·魏书·武帝纪》《吕布传》，《后汉书·吕布传》）

有人报知玄德。玄德曰："布乃当今英勇之士，可出迎之。"糜竺曰："吕布乃虎狼之徒，不可收留；收则伤人矣。"玄德曰："前者非布袭兖州，怎解此郡之祸。今彼穷而投我，岂有他心！"张飞曰："哥哥心肠忒好。虽然如此，也要准备。"

玄德领众出城三十里，接着吕布，并马入城。都到州衙厅上，讲礼毕，坐下。布曰："某自与王司徒计杀董卓之后，又遭傕、汜之变，飘零关东，诸侯多不能相容。近因曹贼不仁，侵犯徐州，蒙使君力救陶谦，布因袭兖州以分其势；不料反堕奸计，败兵折将。今投使君，共图大事，未审尊意如何？"玄德曰："陶使君新逝，无人管领徐州，因令备权摄州事。今幸将军至此，合当相让。"遂将牌印送与吕布。吕布却待要接，只见玄德背后关、张二公各有怒色。布乃佯笑曰："量吕布一勇夫，何能作州牧乎？"玄德又让。陈宫曰："强宾不压主，请使君勿疑。"玄德方止。遂设宴相待，收拾宅院安下。

> 据《资治通鉴》卷六十一：布初见备，甚尊敬之，谓备曰："我与卿同边地人也！布见关东起兵，欲诛董卓。布杀卓东出，关东诸将无安布者，皆欲杀布耳。"请备于帐中，坐妇床上，令妇向拜，酌酒饮食，名备为弟。备见布语言无常，外然之而内不悦。（参见《三国志·魏书·吕布传》注引《英雄记》）

次日，吕布回席请玄德，玄德乃与关、张同往。饮酒至半酣，布请玄德入后堂，关、张随入。布令妻女出拜玄德。玄德再三谦让。布曰："贤弟不必推让。"张飞听了，瞋目大叱曰："我哥哥是金枝玉叶，你是何等人，敢称我哥哥为贤弟！你来！我和你斗三百合！"玄德连忙喝住，关公劝飞出。玄德与吕布陪话曰："劣弟酒后狂言，兄勿见责。"布默然无语。须臾席散。布送玄德出门，张飞跃马横枪而来，大叫："吕布！我和你并三百合！"玄德急令关公劝止。

次日，吕布来辞玄德曰："蒙使君不弃，但恐令弟辈不能相容。布当别投他处。"玄德曰："将军若去，某罪大矣。劣弟冒犯，另日当令陪话。近邑小沛，乃备昔日屯兵之处。将军不嫌浅狭，权且歇马，如何？粮食军需，谨当应付。"吕布谢了玄德，自引军投小沛安身去了。玄德自去埋怨张飞不题。

却说曹操平了山东，表奏朝廷，加操为建德将军费亭侯。

> 据《三国志·魏书·武帝纪》：天子拜太祖建德将军，（建安元年）夏六月，迁镇东将军，封费亭侯。

其时李傕自为大司马，郭汜自为大将军，横行无忌，朝廷无人敢言。太尉杨彪、大司农朱隽暗奏献帝曰："今曹操拥兵二十余万，谋臣武将数十员，若得此人扶持社稷，剿除奸党，天下幸甚。"献帝泣曰："朕被二贼欺凌久矣！若得诛之，诚为大幸！"彪奏曰："臣有一计：先令二贼自相残害，然后诏曹操引兵杀之，扫清贼党，以安朝廷。"献帝曰："计将安出？"彪曰："闻郭汜之妻最妒，可令人于汜妻处用反间计，则二贼自相害矣。"

帝乃书密诏付杨彪。

> 按：《演义》称献帝与杨彪订反间计离间李傕和郭汜，不见于史。据史书记载，李傕杀樊稠，引起郭汜和诸将不安，李郭之间渐生嫌隙，终于发展到举兵相攻。郭妻之妒只是李郭交兵的导火线。

彪即暗使夫人以他事入郭汜府，乘间告汜妻曰："闻郭将军与李司马夫人有染，其情甚密。倘司马知之，必遭其害。夫人宜绝其往来为妙。"汜妻讶曰："怪见他经宿不归！却干出如此无耻之事！非夫人言，妾不知也。当慎防之。"彪妻告归，汜妻再三称谢而别。过了数日，郭汜又将往李傕府中饮宴。妻曰："傕性不测，况今两雄不并立，倘彼酒后置毒，妾将奈何？"汜不肯听，妻再三劝住。至晚间，傕使人送酒筵至。汜妻乃暗置毒于中，方始献入，汜便欲食。妻曰："食自外来，岂可便食？"乃先与犬试之，犬立死。自此汜心怀疑。一日朝罢，李傕力邀郭汜赴家饮宴。至夜席散，汜醉而归，偶然腹痛。妻曰："必中其毒矣！"急令将粪汁灌之，一吐方定。汜大怒曰："吾与李傕共图大事，今无端欲谋害我，我不先发，必遭毒手。"遂密整本部甲兵，欲攻李傕。

> 据《资治通鉴》卷六十一：傕数设酒请郭汜，或留汜止宿。汜妻恐汜爱傕婢妾，思有以间之。会傕送馈，妻以豉为药，擿以示汜曰："一栖不两雄，我固疑将军信李公也。"他日，傕复请汜，饮大醉，汜疑其有毒，绞粪汁饮之。于是各治兵相攻矣。（参见《三国志·魏书·董卓传》及注引《典略》，《后汉书·董卓传》）

早有人报知傕。傕亦大怒曰："郭阿多安敢如此！"

> 据《三国志·魏书·董卓传》注引《英雄记》：汜，张掖人，一名多。

遂点本部甲兵，来杀郭汜。两处合兵数万，就在长安城下混战，乘势掳掠居民。傕侄李暹引兵围住宫院，用车二乘，一乘载天子，一乘载伏皇后，使贾诩、左灵监押车驾；其余宫人内侍，并皆步走。拥出后宰门，正遇郭汜兵到，乱箭齐发，射死宫人不知其数。李傕随后掩杀，郭汜兵退，车驾冒险出城，不由分说，竟拥到李傕营中。郭汜领兵入宫，尽抢掳宫嫔采女入营，放火烧宫殿。

> 据《资治通鉴》卷六十一：帝使侍中、尚书和傕、汜，傕、汜不从。汜谋迎帝幸其营，夜有亡者，告傕。（兴平二年）三月丙寅，傕使兄子暹将数千兵围宫，以车三乘迎

帝。太尉杨彪曰:"自古帝王无在人家者,诸君举事,奈何如是!"遑曰:"将军计定矣。"于是群臣步从乘舆以出,兵即入殿中,掠宫人、御物。帝至傕营,傕又徙御府金帛置其营,遂放火烧宫殿、官府、民居悉尽。(参见《三国志·魏书·董卓传》及注引《献帝起居注》,《后汉书·董卓传》)

据《三国志·魏书·贾诩传》注引《献帝纪》:傕等与诩议,迎天子置其营中。诩曰:"不可。胁天子,非义也。"傕不听。张绣谓诩曰:"此中不可久处,君胡不去?"诩曰:"吾受国恩,义不可背。卿自行,我不能也。"

次日,郭汜知李傕劫了天子,领军来营前厮杀。帝后都受惊恐。后人有诗叹之曰:
　　光武中兴兴汉世,上下相承十二帝。桓灵无道宗社堕,阉臣擅权为叔季。
　　无谋何进作三公,欲除社鼠招奸雄。豺獭虽驱虎狼入,西州逆竖生淫凶。
　　王允赤心托红粉,致令董吕成矛盾。渠魁殄灭天下宁,谁知李郭心怀愤。
　　神州荆棘争奈何,六宫饥馑愁干戈。人心既离天命去,英雄割据分山河。
　　后王规此存兢业,莫把金瓯等闲缺。生灵糜烂肝脑涂,剩水残山多怨血。
　　我观遗史不胜悲,今古茫茫叹《黍离》。人君当守"苞桑"戒,太阿谁执全纲维。

却说郭汜兵到,李傕出营接战。汜军不利,暂且退去。傕乃移帝后车驾于郿坞,使侄李暹监之,断绝内使,饮食不继,侍臣皆有饥色。帝令人问傕取米五斛,牛骨五具,以赐左右。傕怒曰:"朝夕上饭,何又他求?"乃以腐肉朽粮与之,皆臭不可食。帝骂曰:"逆贼直如此相欺!"侍中杨琦急奏曰:"傕性残暴。事势至此,陛下且忍之,不可撄其锋也。"帝乃低头无语,泪盈袍袖。忽左右报曰:"有一路军马,枪刀映日,金鼓震天,前来救驾。"帝教打听是谁,乃郭汜也。帝心转忧。只闻坞外喊声大起,原来李傕引兵出迎郭汜,鞭指郭汜而骂曰:"我待你不薄,你如何谋害我!"汜曰:"尔乃反贼,如何不杀你!"傕曰:"我保驾在此,何为反贼?"汜曰:"此乃劫驾,何为保驾?"傕曰:"不须多言!我两个各不许用军士,只自并输赢。赢的便把皇帝取去罢了。"二人便就阵前厮杀。战到十合。不分胜负。只见杨彪拍马而来,大叫:"二位将军少歇!老夫特邀众官,来与二位讲和。"傕、汜乃各自还营。杨彪与朱儁会合朝廷官僚六十余人,先诣郭汜营中劝和。郭汜竟将众官尽行监下。众官曰:"我等为好而来,何乃如此相待?"汜曰:"李傕劫天子,偏我劫不得公卿!"杨彪曰:"一劫天子,一劫公卿,意欲何为?"汜大怒,便拔剑欲杀彪。中郎将杨密力劝,汜乃放了杨彪、朱儁,其余都监在营中。彪谓儁曰:"为社稷之臣,不能匡君救主,空生天地间耳!"言讫,相抱而哭,昏绝于地。儁归家成病而死。自此之后,傕、汜每日厮杀,一连五十余日,死者不知其数。

据《资治通鉴》卷六十一:帝复使公卿和傕、汜,汜留杨彪及司空张喜、尚书王隆、光禄勋刘渊、卫尉士孙瑞、太仆韩融、廷尉宣璠、大鸿胪荣邰、大司农朱儁、将作大匠梁邵、屯骑校尉姜宣等于其营为质。朱儁愤懑发病死。……郭汜飨公卿,议攻李傕。杨彪曰:"群臣共斗,一人劫天子,一人质公卿,可行乎!"汜怒,欲手刃之。彪曰:"卿尚不奉国家,吾岂求生邪!"中郎将杨密固谏,汜乃止。傕召羌胡数千人,先以御物缯彩与之,许以宫人、妇女,欲令攻郭汜。汜阴与傕党中郎将张苞等谋攻傕。丙申,汜将兵夜攻傕门,矢及帝帘帷中,又贯傕左耳。苞等烧屋,火不然。杨奉于外拒汜,汜兵退,苞等因将所领兵归汜。是日,傕复移乘舆幸北坞,使校尉监坞门,内外隔绝,侍臣皆有饥色。帝求米五斗、牛骨五具以赐左右。傕曰:"朝晡上饭,何用米为?"乃以臭牛骨与之。帝大怒,欲诘责之。侍中杨琦谏曰:"傕自知所犯悖逆,欲转车驾幸池阳黄白城,臣愿陛下忍之。"帝乃止。……李傕、郭汜相攻连月,死者以万数。(参见《三国志·魏书·董卓传》及注引《献帝起居注》、注引华峤《汉书》,《后汉书·董卓传》《朱儁传》)

却说李傕平日最喜左道妖邪之术，常使女巫击鼓降神于军中。贾诩屡谏不听。侍中杨琦密奏帝曰："臣观贾诩虽为李傕腹心，然实未尝忘君，陛下当与谋之。"正说之间，贾诩来到。帝乃屏退左右，泣谕诩曰："卿能怜汉朝，救朕命乎？"诩拜伏于地曰："固臣所愿也。陛下且勿言，臣自图之。"帝收泪而谢。少顷，李傕来见，带剑而入。帝面如土色。傕谓帝曰："郭汜不臣，监禁公卿，欲劫陛下。非臣则驾被掳矣。"帝拱手称谢，傕乃出。

  据《资治通鉴》卷六十一：傕信巫觋厌胜之术，常以三牲祠董卓于省门外。每对帝或言"明陛下"，或言"明帝"，为帝说郭汜无状，帝亦随其意应答之。傕喜，自谓良得天子欢心也。

  时皇甫郦入见帝。帝知郦能言，又与李傕同乡，诏使往两边解和。郦奉诏，走至汜营说汜。汜曰："如李傕送出天子，我便放出公卿。"郦即来见李傕曰："今天子以某是西凉人，与公同乡，特令某来劝和二公。汜已奉诏，公意若何？"傕曰："吾有败吕布之大功，辅政四年，多著勋绩，天下共知。郭阿多盗马贼耳，乃敢擅劫公卿，与我相抗，誓必诛之！君试观我方略士众，足胜郭阿多否？"郦答曰："不然。昔有穷后羿恃其善射，不思患难，以致灭亡。近董太师之强，君所目见也，吕布受恩而反图之，斯须之间，头悬国门。则强固不足恃矣。将军身为上将，持钺仗节，子孙宗族，皆居显位，国恩不可谓不厚。今郭阿多劫公卿，而将军劫至尊，果谁轻谁重耶？"李傕大怒，拔剑叱曰："天子使汝来辱我乎？我先斩汝头！"骑都尉杨奉谏曰："今郭汜未除，而杀天使，则汜兴兵有名，诸侯皆助之矣。"贾诩亦力劝，傕怒少息。诩遂推皇甫郦出。郦大叫曰："李傕不奉诏，欲弑君自立！"侍中胡邈急止之曰："无出此言，恐于身不利。"郦叱之曰："胡敬才！汝亦为朝廷之臣，如何附贼？君辱臣死，吾被李傕所杀，乃分也！"大骂不止。帝知之，急令皇甫郦回西凉。

  却说李傕之军，大半是西凉人氏，更赖羌兵为助。却被皇甫郦扬言于西凉人曰："李傕谋反，从之者即为贼党，后患不浅。"西凉人多有听郦之言，军心渐涣。傕闻郦言，大怒，差虎贲王昌追之。昌知郦乃忠义之士，竟不往追，只回报曰："郦已不知何往矣。"

  据《资治通鉴》卷六十一：（兴平二年）闰月己卯，帝使谒者仆射皇甫郦和傕、汜。郦先诣汜，汜从命；又诣傕，傕不肯，曰："郭多，盗马虏耳，何敢欲与吾等邪！必诛之！君观吾方略士众，足办郭多否邪？郭多又劫质公卿，所为如是，而君苟欲左右之邪？"郦曰："近者董公之强，将军所知也；吕布受恩而反图之，斯须之间，身首异处，此有勇而无谋也。今将军身为上将，荷国宠荣，汜质公卿而将军胁主，谁轻重乎！张济与汜有谋，杨奉、白波贼帅耳，犹知将军所为非是，将军虽宠之，犹不为用也。"傕呵之令出。郦出，诣省门，白："傕不肯奉诏，辞语不顺。"帝恐傕闻之，亟令郦去。傕遣虎贲王昌呼，欲杀之，昌知郦忠直，纵令去，还答傕，言"追之不及"。（参见《三国志·魏书·董卓传》注引《献帝起居注》，《后汉书·董卓传》）

  贾诩又密谕羌人曰："天子知汝等忠义，久战劳苦，密诏使汝还郡，后当有重赏。"羌人正怨李傕不与爵赏，遂听诩言，都引兵去。诩又密奏帝曰："李傕贪而无谋，今兵散心怯，可以重爵饵之。"帝乃降诏，封傕为大司马。傕喜曰："此女巫降神祈祷之力也！"遂重赏女巫，却不赏军将。

  据《三国志·魏书·董卓传》注引《献帝起居注》：天子使左中郎将李固持节拜傕为大司马，在三公之右。傕自以为得鬼神之力，乃厚赐诸巫。（参见《资治通鉴》卷六十一，《后汉书·献帝纪》）

骑都尉杨奉大怒，谓宋果曰："吾等出生入死，身冒矢石，功反不及女巫耶！"宋果曰："何不杀此贼，以救天子？"奉曰："你于中军放火为号，吾当引兵外应。"二人约定是夜二更时分举事。不料其事不密，有人报知李傕。傕大怒，令人擒宋果先杀之。杨奉引兵在外，不见号火。李傕自将兵出，恰遇杨奉，就寨中混战到四更。奉不胜，引军投西安去了。李傕自此军势渐衰。更兼郭汜常来攻击，杀死者甚多。

　　据《三国志·魏书·董卓传》：傕将杨奉与傕军吏宋果等谋杀傕，事泄，遂将兵叛傕。傕众叛，稍衰弱。（参见《资治通鉴》卷六十一）

　　忽人来报："张济统领大军，自陕西来到，欲与二公解和；声言如不从者，引兵击之。"傕便卖个人情，先遣人赴张济军中许和。郭汜亦只得许诺。张济上表，请天子驾幸弘农。帝喜曰："朕思东都久矣。今乘此得还，乃万幸也！"诏封张济为骠骑将军。济进粮食酒肉，供给百官。汜放公卿出营。傕收拾车驾东行，遣旧有御林军数百，持戟护送。

　　据《后汉书·董卓传》：张济自陕来和解二人，仍欲迁帝权幸弘农。帝亦思旧京，因遣使敦请傕求东归，十反乃许。车驾即日发迈。李傕出屯曹阳。以张济为骠骑将军，复还屯陕。迁郭汜车骑将军，杨定后将军，杨奉兴义将军。又以故牛辅部曲董承为安集将军。汜等并侍送乘舆。（参见《后汉书·献帝纪》）

　　据《资治通鉴》卷六十一：（兴平二年夏六月）庚午，镇东将军张济自陕至，欲和傕、汜，迁乘舆权幸弘农。帝亦思旧京，遣使宣谕，十反，汜、傕许和，欲质其爱子。傕妻爱其男，和计未定，而羌胡数来窥省门，曰："天子在此中邪！李将军许我宫人，今皆何在？"帝患之，使侍中刘艾谓宣义将军贾诩曰："卿前奉职公忠，故仍升荣宠；今羌胡满路，宜思方略。"诩乃召羌胡大帅饮食之，许以封赏，羌胡皆引去，傕由此单弱。于是复有言和解之计者，傕乃从之，各以女为质。（参见《三国志·魏书·贾诩传》注引《献帝纪》）

　　銮舆过新丰，至霸陵，时值秋天，金风骤起。忽闻喊声大作，数百军兵来至桥上拦住车驾，厉声问曰："来者何人？"侍中杨琦拍马上桥曰："圣驾过此，谁敢拦阻？"有二将出曰："吾等奉郭将军命，把守此桥，以防奸细。既云圣驾，须亲见帝，方可准信。"杨琦高揭珠帘。帝谕曰："朕躬在此，卿何不退？"众将皆呼"万岁"，分于两边，驾乃得过。二将回报郭汜曰："驾已去矣。"汜曰："我正欲哄过张济，劫驾再入郿坞，你如何擅自放了过去？"遂斩二将，起兵赶来。

　　据《资治通鉴》卷六十一：（兴平二年）秋七月甲子，车驾出宣平门，当渡桥，汜兵数百人遮桥曰："此天子非也？"车不得前。傕兵数百人，皆持大戟在乘舆车前，兵欲交，侍中刘艾大呼曰："是天子也！"使侍中杨琦高举车帷，帝曰："诸君何敢迫近至尊邪？"汜兵乃却。既渡桥，士众皆称万岁。夜到霸陵，从者皆饥，张济赋给各有差。傕出屯池阳。（参见《三国志·魏书·董卓传》注引《献帝起居注》）

　　车驾正到华阴县，背后喊声震天，大叫："车驾且休动！"帝泣告大臣曰："方离狼窝，又逢虎口，如之奈何？"众皆失色。贼军渐近。只听得一派鼓声，山背后转出一将，当先一面大旗，上书"大汉杨奉"四字，引军千余杀来。原来杨奉自为李傕所败，便引军屯终南山下；今闻驾至，特来保护。当下列开阵势。汜将崔勇出马，大骂杨奉"反贼"。奉大怒，回顾阵中曰："公明何在？"一将手执大斧，飞骤骅骝，直取崔勇。两马相交，只一合，斩崔勇于马下。杨奉乘势掩杀，汜军大败，退走二十余里。

据《资治通鉴》卷六十一：郭汜欲令车驾幸高陵，公卿及济以为宜幸弘农，大会议之，不决。帝遣使谕汜曰："弘农近郊庙，勿有疑也。"汜不从。帝遂终日不食。汜闻之曰："可且幸近县。"（兴平二年夏）八月甲辰，车驾幸新丰。丙子，郭汜复谋胁帝还都郿，侍中种辑知之，密告杨定、董承、杨奉令会新丰。郭汜自知谋泄，乃弃军入南山。

奉乃收军来见天子。帝慰谕曰："卿救朕躬，其功不小！"奉顿首拜谢。帝曰："适斩贼将者何人？"奉乃引此将拜于车下曰："此人河东杨郡人，姓徐，名晃，字公明。"

据《三国志·魏书·徐晃传》：徐晃字公明，河东杨人也。

帝慰劳之。杨奉保驾至华阴驻跸。将军段煨，具衣服饮膳上献。是夜，天子宿于杨奉营中。

据《资治通鉴》卷六十一：（兴平二年冬十月）戊戌，郭汜党夏育、高硕等谋胁乘舆西行。侍中刘艾见火起不止，请帝出幸一营以避火。杨定、董承将兵迎天子幸杨奉营，夏育等勒兵欲止乘舆，杨定、杨奉力战，破之，乃得出。壬寅，行幸华阴。宁辑将军段煨具服御及公卿已下资储，……露次于道南。（参见《后汉书·董卓传》《三国志·魏书·董卓传》）

郭汜败了一阵，次日又点军杀至营前来。徐晃当先出马，郭汜大军八面围来，将天子、杨奉困在垓心。正在危急之中，忽然东南上喊声大震，一将引军纵马杀来。贼众奔溃。徐晃乘势攻击，大败汜军。那人来见天子，乃国戚董承也。

按：盛巽昌先生在《三国演义补证本》一书中指出，董承原系董卓部将，乃牛辅部曲。据《后汉书·董卓传》，牛辅死，董承随李傕进犯长安。李傕主政时以董承为安集将军。董承女嫁刘协（汉献帝），当在此事后。

帝哭诉前事。承曰："陛下免忧。臣与杨将军誓斩二贼，以靖天下。"帝命早赴东都。连夜驾起，前幸弘农。

却说郭汜引败军回，撞着李傕，言："杨奉、董承救驾往弘农去了。若到山东，立脚得牢，必然布告天下，令诸侯共伐我等。三族不能保矣。"傕曰："今张济兵据长安，未可轻动。我和你乘间合兵一处，至弘农杀了汉君，平分天下，有何不可！"汜喜诺。二人合兵，于路劫掠，所过一空。杨奉、董承知贼兵远来，遂勒兵回，与贼大战于东涧。傕、汜二人商议："我众彼寡，只可以混战胜之。"于是李傕在左，郭汜在右，漫山遍野拥来。杨奉、董承两边死战，刚保帝后车出；百官宫人，符册典籍，一应御用之物，尽皆抛弃。郭汜引军入弘农劫掠。承、奉保驾走陕北，傕、汜分兵赶来。

据《资治通鉴》卷六十一：李傕、郭汜悔令车驾东，……欲劫帝而西。杨定闻傕、汜至，欲还蓝田，为汜所邀，单骑亡走荆州。张济与杨奉、董承不相平，乃复与傕、汜合。(兴平二年冬)十二月，帝幸弘农，张济、李傕、郭汜共追乘舆，大战于弘农东涧，承、奉军败，百官、士卒死者，不可胜数，弃御物、符策、典籍，略无所遗。射声校尉沮俊被创坠马，傕谓左右曰："尚可活否？"俊骂之曰："汝等凶逆，逼劫天子，使公卿被害，宫人流离。乱臣贼子，未有如此也！"傕乃杀之。（参见《后汉书·董卓传》《献帝纪》，《三国志·魏书·董卓传》）

承、奉一面差人与傕、汜讲和，一面密传圣旨往河东，急召故白波帅韩暹、李乐、胡才三处军兵前来救应。那李乐亦是啸聚山林之贼，今不得已而召之。三处军闻天子赦罪赐官，如何不来；并拔本营军士，来与董承约会一齐，再取弘农。其时李傕、敦汜但到之处，劫掠百姓，老弱者杀之，强壮者充军；临敌则驱民兵在前，名曰"敢死军"，贼势浩大。李乐军到，会于渭阳。郭汜令军士将衣服物件抛弃于道。乐军见衣服满地,争往取之,队伍尽失。傕、汜二军,四面混战,乐军大败。杨奉、董承遮拦不住,保驾北走,背后贼军赶来。李乐曰:"事急矣!请天子上马先行!"帝曰:"朕不可舍百官而去。"众皆号泣相随。

　　据《资治通鉴》卷六十一:(兴平二年冬十二月)壬申,帝露次曹阳。承、奉乃谲傕等与连和,而密遣间使至河东,招故白波帅李乐、韩暹、胡才及南匈奴右贤王去卑,并率其众数千骑来,与承、奉共击傕等,大破之,斩首数千级。于是董承等以新破傕等,可复东引。庚申,车驾发东,董承、李乐卫乘舆,胡才、杨奉、韩暹、匈奴右贤王于后为拒。傕等复来战,奉等大败,死者甚于东涧。光禄勋邓渊、廷尉宣璠、少府田芬、大司农张义皆死。司徒赵温、太常王绛、卫尉周忠、司隶校尉管郃为傕所遮,欲杀之,贾诩曰:"此皆大臣,卿奈何害之!"乃止。李乐曰:"事急矣,陛下宜御马。"上曰:"不可舍百官而去,此何辜哉!"兵相连缀四十里,方得至陕,乃结营自守。(参见《后汉书·董卓传》《三国志·魏书·董卓传》)

胡才被乱军所杀。

　　据《资治通鉴》卷六十二:胡才、李乐留河东,才为怨家所杀。(参见《后汉书·董卓传》)

承、奉见贼追急,请天子弃车驾,步行到黄河岸边。李乐等寻得一只小舟作渡船。时值天气严寒,帝与后强扶到岸,边岸又高,不得下船,后面追兵将至。杨奉曰:"可解马缰绳接连,拴缚帝腰,放下船去。"人丛中国舅伏德挟白绢十数匹至,曰:"我于乱军中拾得此绢,可接连拽辇。"行军校尉尚弘用绢包帝及后,令众先挂帝往下放之,乃得下船。李乐仗剑立于船头上。后兄伏德,负后下船中。岸上有不得下船者,争扯船缆,李乐尽砍于水中。渡过帝后,再放船渡众人。其争渡者,皆被砍下手指,哭声震天。

　　据《资治通鉴》卷六十一:时残破之余,虎贲、羽林不满百人,傕、汜兵绕营叫呼,吏士失色,各有分散之意。李乐惧,欲令车驾御船过砥柱,出孟津。杨彪以为河道险难,非万乘所宜乘;乃使李乐夜渡,潜具船,举火为应。上与公卿步出营,皇后兄伏德扶后,一手挟绢十匹。董承使符节令孙徽从人间斫之,杀旁侍者,血溅后衣。河岸高十余丈,不得下,乃以绢为辇,使人居前负帝,余皆匍匐而下,或从上自投,冠帻皆坏。既至河边,士卒争赴舟,董承、李乐以戈击之,手指于舟中可掬。帝乃御船,同济者,皇后及杨彪以下才数十人,其宫女及吏民不得渡者,皆为兵所掠夺,衣服俱尽,发亦被截,冻死者不可胜计。卫尉士孙瑞为傕所杀。(参见《后汉书·董卓传》《献帝伏皇后纪》,《三国志·魏书·董卓传》及注引《献帝纪》、注引《魏书》)

既渡彼岸,帝左右止剩得十余人。杨奉寻得牛车一辆,载帝至大阳。绝食,晚宿于瓦屋中,野老进粟饭,上与后共食,粗粝不能下咽。次日,诏封李乐为征北将军,韩暹为征东将军,起驾前行。有二大臣寻至,哭拜车前,乃太尉杨彪、太仆韩融也。帝后俱哭。韩融曰:"傕、汜二贼,颇信臣言;臣舍命去说二贼罢兵。陛下善保龙体。"韩融去了。李乐请帝入杨奉营暂歇。杨彪请帝都安邑县。驾至安邑,苦无高房,帝后都居于茅屋中;又无门关闭,四边插荆棘以为屏蔽。帝与大臣议事于茅屋之下,诸将引兵于篱外镇压。李乐等专权,百官稍有触犯,竟于帝前殴骂;故意送浊酒粗食与帝,帝勉强纳之。李乐、韩暹又连名保奏无徒、部曲、巫医、走卒二百余名,并为校尉、御史等官。刻印不及,以锥画之,全不成体统。

　　却说韩融曲说傕、汜二贼。二贼从其言,乃放百官及宫人归。是岁大荒,百姓皆食枣菜,饿莩遍野。河内太守张杨献米肉,河东太守王邑献绢帛,帝稍得宁。

据《资治通鉴》卷六十一：傕见河北有火，遣骑候之，适见上渡河，呼曰："汝等将天子去邪！"董承惧射之，以被为幔。既到大阳，幸李乐营。河内太守张杨使数千人负米来贡饷。（兴平二年冬十二月）乙亥，帝御牛车，幸安邑，河东太守王邑奉献绵帛，悉赋公卿以下，封邑为列侯，拜胡才为征东将军，张杨为安国将军，皆假节，开府。其垒壁群帅竞求拜职，刻印不给，至乃以锥画之。乘舆居棘篱中，门户无关闭，天子与群臣会，兵士伏篱上观，互相镇压以为笑。帝又遣太仆韩融至弘农与傕、汜等连和，傕乃放遣公卿百官，颇归所掠宫人及乘舆器服。已而粮谷尽，宫人皆食菜果。乙卯，张杨自野王来朝，谋以乘舆还雒阳；诸将不听，杨复还野王。是时，长安城空四十余日，强者四散，羸者相食，二三年间，关中无复人迹。（参见《后汉书·董卓传》，《三国志·魏书·董卓传》及注引《魏书》，《三国志·魏书·张杨传》，《三国志·魏书·贾诩传》注引《献帝纪》）

董承、杨奉商议，一面差人修洛阳宫院，欲奉车驾还东都。李乐不从。董承谓李乐曰："洛阳本天子建都之地，安邑乃小地面，如何容得车驾？今奉驾还洛阳是正理。"李乐曰："汝等奉驾去，我只在此处住。"

据《资治通鉴》卷六十二：（建安元年春正月，）董承、张杨欲以天子还雒阳，杨奉、李乐不欲，由是诸将更相疑贰。二月，韩暹攻董承，承奔野王。韩暹屯闻喜，胡才、杨奉之坞乡。胡才欲攻韩暹，上使人谕止之。……张杨使董承先缮修雒阳宫。太仆赵岐为承说刘表，使遣兵诣雒阳，助修宫室；军资委输，前后不绝。夏五月丙寅，帝遣使至杨奉、李乐、韩暹营，求送至雒阳，奉等从诏。六月乙未，车驾幸闻喜。（参见《后汉书·董卓传》）

承、奉乃奉驾起程。李乐暗令人结连李傕、郭汜，一同劫驾。董承、杨奉、韩暹知其谋，连夜摆布军士，护送车驾前奔箕关。李乐闻知，不等傕、汜军到，自引本部人马前来追赶。四更左侧，赶到箕山下，大叫："车驾休行！李傕、郭汜在此！"吓得献帝心惊胆战。山上火光遍起。正是：前番两贼分为二，今番三贼合为一。不知汉天子怎离此难，且听下文分解。

第十四回　曹孟德移驾幸许都　吕奉先乘夜袭徐郡

　　却说李乐引军诈称李傕、郭汜，来追车驾，天子大惊。杨奉曰："此李乐也。"遂令徐晃出迎之。李乐亲自出战。两马相交，只一合，被徐晃一斧砍于马下，

> 据《资治通鉴》卷六十二：胡才、李乐留河东，才为怨家所杀，乐自病死。（参见《后汉书·董卓传》）

杀散余党，保护车驾过箕关。太守张杨具粟帛迎驾于轵道。帝封张杨为大司马。杨辞帝，屯兵野王去了。

　　帝入洛阳，见宫室烧尽，街市荒芜，满目皆是蒿草，宫院中只有颓墙坏壁。命杨奉且盖小宫居住。百官朝贺，皆立于荆棘之中。诏改兴平为建安元年。是岁又大荒。洛阳居民，仅有数百家，无可为食，尽出城去剥树皮、掘草根食之。尚书郎以下，皆自出城樵采，多有死于颓墙坏壁之间者。

> 据《资治通鉴》卷六十二：（建安元年夏六月）庚子，杨奉、韩暹奉帝东还，张杨以粮迎道路。秋七月甲子，车驾至雒阳，幸故中常侍赵忠宅。丁丑，大赦。八月辛丑，幸南宫杨安殿。张杨以为己功，故名其殿曰杨安。杨谓诸将曰："天子当与天下共之，朝廷自有公卿大臣，杨当出捍外难。"遂还野王。杨奉亦出屯梁，韩暹、董承并留宿卫。癸卯，以安国将军张杨为大司马，杨奉为车骑将军，韩暹为大将军领司隶校尉，皆假节钺。是时，宫室烧尽，百官披荆棘，依墙壁间，州郡各拥强兵，委输不至；群僚饥乏，尚书郎以下自出采稆，或饥死墙壁间，或为兵士所杀。（参见《三国志·魏书·张杨传》《董卓传》，《三国志·魏书·武帝纪》注引《献帝春秋》，《后汉书·献帝纪》《董卓传》）

汉末气运之衰，无甚于此。后人有诗叹之曰：
　　血流芒砀白蛇亡，赤帜纵横游四方。秦鹿逐翻兴社稷，楚骓推倒立封疆。
　　天子懦弱奸邪起，气色凋零盗贼狂。看到两京遭难处，铁人无泪也凄惶！

太尉杨彪奏帝曰："前蒙降诏，未曾发遣。今曹操在山东，兵强将盛，可宣入朝，以辅王室。"帝曰："朕前既降诏，卿何必再奏，今即差人前去便了。"彪领旨，即差使命赴山东，宣召曹操。

> 按：《演义》称太尉杨彪奏请献帝宣召曹操入洛阳，不见于史。

　　却说曹操在山东，闻知车驾已还洛阳，聚谋士商议，荀彧进曰："昔晋文公纳周襄王，而诸侯服从；汉高祖为义帝发丧，而天下归心。今天子蒙尘，将军诚因此时首倡义兵，奉天子以从众望，不世之略也。若不早图，人将先我而为之矣。"曹操大喜。

> 据《资治通鉴》卷六十二：曹操在许，谋迎天子。众以为"山东未定，韩暹、杨奉，负功恣睢，未可卒制"。荀彧曰："昔晋文公纳周襄王而诸侯景从，汉高祖为义帝缟素而天下归心。自天子蒙尘，将军首唱义兵，徒以山东扰乱，未遑远赴。今銮驾旋轸，东京榛芜，义士有存本之思，兆民怀感旧之哀。诚因此时，奉主上以从人望，大顺也；秉至公以服天下，大略也；扶弘义以致英俊，大德也。四方虽有逆节，其何能为？韩暹、杨

奉，安足恤哉！若不时定，使豪杰生心，后虽为虑，亦无及矣。"操乃遣扬武中郎将曹洪将兵西迎天子，董承等据险拒之，洪不得进。（参见《三国志·魏书·荀彧传》《武帝纪》，《后汉书·荀彧传》）

据《三国志·魏书·毛玠传》：玠语太祖曰："今天下分崩，国主迁移，生民废业，饥馑流亡，公家无经岁之储，百姓无安固之志，难以持久。今袁绍、刘表，虽士民众强，皆无经远之虑，未有树基建本者也。夫兵义者胜，守位以财，宜奉天子以令不臣，修耕植，畜军资，如此则霸王之业可成也。"太祖敬纳其言。

据《资治通鉴》卷六十一：沮授说袁绍曰："将军累叶台辅，世济忠义。今朝廷播越，宗庙残毁，观诸州郡虽外托义兵，内实相图，未有忧存社稷恤民之意。今州城粗定，兵强士附，西迎大驾，即宫邺都，挟天子而令诸侯，畜士马以讨不庭，谁能御之！"颍川郭图、淳于琼曰："汉室陵迟，为日久矣，今欲兴之，不亦难乎！且英雄并起，各据州郡，连徒聚众，动有万计，所谓秦失其鹿，先得者王。今迎天子自近，动辄表闻，从之则权轻，违之则拒命，非计之善者也。"授曰："今迎朝廷，于义为得，于时为宜，若不早定，必有先之者矣。"绍不从。（参见《三国志·魏书·袁绍传》注引《献帝传》，《后汉书·袁绍传》）

按：建安元年（196），曹操采纳了谋士荀彧和毛玠提出的"奉天子以令不臣"的建议，迎献帝到许都，控制了朝政大权。史书和《演义》对此均有记述。而在前一年，袁绍的谋士沮授就向袁绍提出过同样的建议，建议他"挟天子而令诸侯"，但袁绍不予采纳。这一史实在《资治通鉴》《三国志》《后汉书》中都有记载，但《演义》没有采用。

正要收拾起兵，忽报有天使赍诏宣召。操接诏，克日兴师。

据《资治通鉴》卷六十二：议郎董昭以杨奉兵马最强而少党援，作操书与奉曰："吾与将军闻名慕义，便推赤心。今将军拔万乘之艰难，反之旧都，翼佐之功，超世无畴，何其休哉！方今群凶猾夏，四海未宁，神器至重，事在维辅；必须众贤以清王轨，诚非一人所能独建，心腹四支，实相恃赖，一物不备，则有阙焉。将军当为内主，吾为外援。今吾有粮，将军有兵，有无相通，足以相济，死生契阔，相与共之。"奉得书喜悦，语诸将军曰："兖州诸军近在许耳，有兵有粮，国家所当依仰也。"遂共表操为镇东将军，袭父爵费亭侯。韩暹矜功恣睢，董承患之，因潜召操；操乃将兵诣雒阳。（参见《三国志·魏书·董昭传》）

据《后汉书·董卓传》：（韩）暹矜功恣睢，干乱政事，董承患之，潜召兖州牧曹操。操乃诣阙贡献。

却说帝在洛阳，百事未备，城郭崩倒，欲修未能。人报李傕、郭汜领兵将到。帝大惊，问杨奉曰："山东之使未回，李、郭之兵又至，为之奈何？"杨奉、韩暹曰："臣愿与贼决死战，以保陛下！"董承曰："城郭不坚，兵甲不多，战如不胜，当复如何？不若且奉驾往山东避之。"帝从其言，即日起驾望山东进发。百官无马，皆随驾步行。

出了洛阳，行无一箭之地，但见尘头蔽日，金鼓喧天，无限人马来到。帝、后战栗不能言。忽见一骑飞来，乃前差往山东之使命也，至车前拜启曰："曹将军尽起山东之兵，应诏前来。闻李傕、郭汜犯洛阳，先差夏侯惇为先锋，引上将十员，精兵五万，前来保驾。"帝心方安。少顷，夏侯惇引许褚、典韦等，至驾前面君，俱以军礼见。帝慰谕方毕，忽报正东又有一路军到。帝即命夏侯惇往探之，回奏曰："乃曹操步军也。"须臾，曹洪、李典、乐进来见驾。通名毕，洪奏曰："臣兄知贼兵至近，恐夏侯惇孤力难为，故又差臣等倍道而来协助。"帝曰："曹将军真社稷臣也！"遂命护驾前行。探马来报："李傕、郭汜领兵长驱而来。"帝令夏侯惇分两路迎之。惇乃与曹洪分为两翼，马军先出，步军后随，尽力攻击。傕、汜贼兵大败，斩首万余。于是请帝还洛阳故宫。夏侯惇屯兵于城外。

次日，曹操引大队人马到来。安营毕，入城见帝，拜于殿阶之下。帝赐平身，宣谕慰劳。操曰："臣向蒙国恩，刻思图报。今傕、汜二贼，罪恶贯盈；臣有精兵二十余万，以顺讨逆，无不克捷。陛下善保龙体，以社稷为重。"帝乃封操领司隶校尉、假节钺、录尚书事。

> 据《三国志·魏书·武帝纪》：天子假太祖节钺，录尚书事。
>
> 据《三国志·魏书·武帝纪》注引《献帝纪》：又领司隶校尉。
>
> 据《后汉书·献帝纪》：（建安元年八月）辛亥，镇东将军曹操自领司隶校尉、录尚书事。

却说李傕、郭汜知操远来，议欲速战。贾诩谏曰："不可。操兵精将勇，不如降之，求免本身之罪。"傕怒曰："尔敢灭吾锐气！"拔剑欲斩诩。众将劝免。是夜，贾诩单马走回乡里去了。

> 据《资治通鉴》卷六十二：帝既出长安，宣威将军贾诩上还印绶，往依段煨于华阴。（参见《三国志·魏书·贾诩传》）

次日，李傕军马来迎操兵。操先令许褚、曹仁、典韦领三百铁骑，于傕阵中冲突三遭，方才布阵。阵圆处，李傕侄李暹、李别出马阵前，未及开言，许褚飞马过去，一刀先斩李暹；李别吃了一惊，倒撞下马，褚亦斩之，双挽人头回阵。曹操抚许褚之背曰："子真吾之樊哙也！"

> 据《资治通鉴》卷六十二：操徇淮、汝，褚以众归操，操曰："此吾樊哙也！"（参见《三国志·魏书·许褚传》）

随令夏侯惇领兵左出、曹仁领兵右出，操自领中军冲阵。鼓响一声，三军齐进。贼兵抵敌不住，大败而走。操亲掣宝剑押阵，率众连夜追杀，剿戮极多，降者不计其数。傕、汜望西逃命，忙忙似丧家之狗；自知无处容身，只得往山中落草去了。

> 按：《演义》称曹操在洛阳附近和李傕、郭汜交战，于史无据。

曹操回兵，仍屯于洛阳城外。杨奉、韩暹两个商议："今曹操成了大功，必掌重权，如何容得我等？"乃入奏天子，只以追杀傕、汜为名，引本部军屯于大梁去了。

> 据《资治通鉴》卷六十二：操乃将兵诣雒阳。既至，奏韩暹、张杨之罪。暹惧诛，单骑奔杨奉。帝以暹、杨有翼车驾之功，诏一切勿问。（建安元年秋八月）辛亥，以曹操领司隶校尉、录尚书事。（参见《后汉书·董卓传》）
>
> 据《三国志·魏书·武帝纪》：（建安元年）秋七月，杨奉、韩暹以天子还洛阳，奉别屯梁。太祖遂至洛阳，卫京都，暹遁走。天子假太祖节钺，录尚书事。（参见《三国志·魏书·董卓传》）

帝一日命人至操营，宣操入宫议事。操闻天使至，请入相见，只见那人眉清目秀，精神充足。操暗想曰："今东都大荒，官僚军民皆有饥色，此人何得独肥？"因问之曰："公尊颜充腴，以何调理而至此？"对曰："某无他法，只食淡三十年矣。"操乃颔之。又问曰："君居何职？"对曰："某举孝廉。原为袁绍、张杨从事。今闻天子还都，特来朝觐，官封正议郎。济阴定陶人，姓董，名昭，字公仁。"

> 据《三国志·魏书·董昭传》：董昭字公仁，济阴定陶人也。举孝廉，除瘿陶长、柏人令，袁绍以为参军事。……昭欲诣汉献帝，至河内，为张杨所留。……天子在安邑，昭从河内往，诏拜议郎。

曹操避席曰："闻名久矣！幸得于此相见。"遂置酒帐中相待，令与荀彧相会。忽人报曰："一队军往东而去，不知何人。"操急令人探之。董昭曰："此乃李傕旧将杨奉，与白波帅韩暹，因明公来此，故引兵欲投大梁去耳。"操曰："莫非疑操乎？"昭曰："此乃无谋之辈，明公何足虑也。"操又曰："李、郭二贼此去若何？"昭曰："虎无爪，鸟无翼，不久当为明公所擒，无足介意。"

操见昭言语投机，便问以朝廷大事。昭曰："明公兴义兵以除暴乱，入朝辅佐天子，此五霸之功也。但诸将人殊意异，未必服从；今若留此，恐有不便。惟移驾幸许都为上策。然朝廷播越，新还京师，远近仰望，以冀一朝之安；今复徙驾，不厌众心。夫行非常之事，乃有非常之功，愿将军决计之。"操执昭手而笑曰："此吾之本志也。但杨奉在大梁，大臣在朝，不有他变否？"昭曰："易也。以书与杨奉，先安其心。明告大臣，以京师无粮，欲车驾幸许都，近鲁阳，转运粮食，庶无欠缺悬隔之忧。大臣闻之，当欣从也。"操大喜。昭谢别，操执其手曰："凡操有所图，惟公教之。"昭称谢而去。

据《资治通鉴》卷六十二：操引董昭并坐，问曰："今孤为此，当施何计？"昭曰："将军兴义兵以诛暴乱，入朝天子，辅翼三室，此五伯之功也。此下诸将，人殊意异，未必服从，今留匡弼，事势不便，惟有移驾幸许耳。然朝廷播越，新还旧京，远近跂望，冀一朝获安，今复徙驾，不厌众心。夫行非常之事，乃有非常之功，愿将军算其多者。"操曰："此孤本志也。杨奉近在梁耳，闻其兵精，得无为孤累乎？"昭曰："奉少党援，心相凭结，镇东、费亭之事，皆奉所定，宜时遣使厚遗答谢，以安其意，说'京都无粮，欲车驾暂幸鲁阳，鲁阳近许，转运稍易，可无县乏之忧。'奉为人勇而寡虑，必不见疑，比使往来，足以定计，奉何能为累！"操曰："善！"即遣使诣奉。（参见《三国志·魏书·董昭传》）

操由是日与众谋士密议迁都之事。时侍中太史令王立私谓宗正刘艾曰："吾仰观天文，自去春太白犯镇星于斗牛，过天津，荧惑又逆行，与太白会于天关，金火交会，必有新天子出。吾观大汉气数将终，晋魏之地，必有兴者。"又密奏献帝曰："天命有去就，五行不常盛。代火者土也。代汉而有天下者，当在魏。"操闻之，使人告立曰："知公忠于朝廷，然天道深远，幸勿多言。"操以是告彧。彧曰："汉以火德王，而明公乃土命也。许都属土，到彼必兴。火能生土，土能旺木，正合董昭、王立之言。他日必有兴者。"操意遂决。

据《三国志·魏书·武帝纪》注引张璠《汉纪》：初，天子败于曹阳，欲浮河东下。侍中太史令王立曰："自去春太白犯镇星于牛斗，过天津，荧惑又逆行守北河，不可犯也。"由是天子遂不北渡河，将自轵关东出。立又谓宗正刘艾曰："前太白守天关，与荧惑会；金火交会，革命之象也。汉祚终矣，晋、魏必有兴者。"立后数言于帝曰："天命有去就，五行不常盛，代火者土也，承汉者魏也，能安天下者，曹姓也，唯委任曹氏而已。"公闻之，使人语立曰："知公忠于朝廷，然天道深远，幸勿多言。"

按：据史书，王立认为土将代火，即曹魏将取代东汉；《演义》在引述王立的话之后，又接着说，荀彧与王立的观点相同，并建议曹操迁往许县。这一情节不见于史。史书记载，建安十七年（212）董昭主张尊曹操为魏公时，荀彧是表示反对的；荀彧连曹操当魏公都不赞成，他更不可能支持曹操代汉自立。

次日，入见帝，奏曰："东都荒废久矣，不可修葺；更兼转运粮食艰辛。许都地近鲁阳，城郭宫室，钱粮民物，足可备用。臣敢请驾幸许都，惟陛下从之。"帝不敢不从；群臣皆惧操势，亦莫敢有异议。遂择日起驾。操引军护行，百官皆从。

据《资治通鉴》卷六十二：(建安元年秋八月)庚申，车驾出辕而东，遂迁都许。(参见《三国志·魏书·武帝纪》，《后汉书·董卓传》)

行不到数程，前至一高陵。忽然喊声大举，杨奉、韩暹领兵拦路。徐晃当先，大叫："曹操欲劫驾何往！"操出马视之，见徐晃威风凛凛，暗暗称奇；便令许褚出马与徐晃交锋。刀斧相交，战五十余合，不分胜败。操即鸣金收军，召谋士议曰："杨奉、韩暹诚不足道；徐晃乃真良将也。吾不忍以力并之，当以计招之。"行军从事满宠曰："主公勿虑。某向与徐晃有一面之交，今晚扮作小卒，偷入其营，以言说之，管教他倾心来降。"操欣然遣之。

是夜满宠扮作小卒，混入彼军队中，偷至徐晃帐前，只见晃秉烛被甲而坐。宠突至其前，揖曰："故人别来无恙乎！"徐晃惊起，熟视之曰："子非山阳满伯宁耶！何以至此？"宠曰："某现为曹将军从事。今日于阵前得见故人，欲进一言，故特冒死而来。"晃乃延之坐，问其来意。宠曰："公之勇略，世所罕有，奈何屈身于杨、韩之徒？曹将军当世英雄，其好贤礼士，天下所知也；今日阵前，见公之勇，十分敬爱，故不忍以健将决死战，特遣宠来奉邀。公何不弃暗投明，共成大业？"晃沉吟良久，乃喟然叹曰："吾固知奉、暹非立业之人，奈从之久矣，不忍相舍。"宠曰："岂不闻'良禽择木而栖，贤臣择主而事'？遇可事之主，而交臂失之，非丈夫也。"晃起谢曰："愿从公言。"宠曰："何不就杀奉、暹而去，以为进见之礼？"晃曰："以臣弑主，大不义也。吾决不为。"宠曰："公真义士也！"晃遂引帐下数十骑，连夜同满宠来投曹操。

据《三国志·魏书·徐晃传》：徐晃字公明，河东杨人也。为郡吏，从车骑将军杨奉讨贼有功，拜骑都尉。李傕、郭汜之乱长安也，晃说奉，令与天子还洛阳，奉从其计。天子渡河至安邑，封晃都亭侯。及到洛阳，韩暹、董承日争斗，晃说奉令归太祖；奉欲从之，后悔。太祖讨奉于梁，晃遂归太祖。

按：《演义》称满宠说徐晃归降曹操，不见于史。

早有人报知杨奉。奉大怒，自引千骑来追，大叫："徐晃反贼休走！"正追赶间，忽然一声炮响，山上山下，火把齐明，伏军四出，曹操亲自引军当先，大喝："我在此等候多时。休教走脱！"杨奉大惊，急待回军，早被曹兵围住。恰好韩暹引兵来救，两军混战，杨奉走脱。曹操趁彼军乱，乘势攻击，两家军士大半多降。杨奉、韩暹势孤，引败兵投袁术去了。

据《资治通鉴》卷六十二：车驾之东迁也，杨奉自梁欲邀之，不及。(建安元年)冬十月，曹操征奉，奉南奔袁术，遂攻其梁屯，拔之。(参见《三国志·魏书·武帝纪》《董昭传》，《后汉书·董卓传》)

曹操收军回营，满宠引徐晃入见。操大喜，厚待之。于是迎銮驾到许都，盖造宫室殿宇，立宗庙社稷、省台司院衙门，修城郭府库；封董承等十三人为列侯。赏功罚罪，并听曹操处置。操自封为大将军武平侯，

据《资治通鉴》卷六十二：(建安元年秋八月)庚申，车驾出辕而东，遂迁都许。己巳，幸曹操营，以操为大将军，封武平侯。始立宗庙社稷于许。(参见《三国志·魏书·武帝纪》)

据《后汉书·献帝纪》：(建安元年)冬十一月丙戌，曹操自为司空，行车骑将军事，百官总已以听。

据《资治通鉴》卷六十二：操于是诛尚书冯硕等三人，讨有罪也；封卫将军董承等十三人为列侯，赏有功也；赠射声校尉沮俊为弘农太守，矜死节也。(参见《后汉书·董

卓传》)

按:《演义》此后即称曹操为丞相,而据史书记载,曹操废三公、自任丞相是在建安十三年(208)。

以荀彧为侍中、尚书令,

据《后汉书·荀彧传》:及帝都许,以彧为侍中,守尚书令。操每征伐在外,其军国之事,皆与彧筹焉。(参见《三国志·魏书·荀彧传》《资治通鉴》卷六十二)

荀攸为军师,

据《资治通鉴》卷六十二:操问彧以策谋之士,彧荐其从子蜀郡太守攸及颍川郭嘉。操征攸为尚书,与语,大悦,曰:"公达,非常人也。吾得与之计事,天下当何忧哉!"以为军师。

郭嘉为司马祭酒,

据《资治通鉴》卷六十二:操表嘉为司空祭酒。

刘晔为司空仓曹掾,

据《三国志·魏书·刘晔传》:太祖……辟晔为司空仓曹掾。

毛玠、任峻为典农中郎将,催督钱粮,

据《三国志·魏书·毛玠传》:太祖为司空丞相,玠尝为东曹掾。

据《三国志·魏书·任峻传》:是时岁饥旱,军食不足,羽林监颍川枣祗建置屯田,太祖以峻为典农中郎将。

程昱为东平相,

据《三国志·魏书·程昱传》:天子都许,以昱为尚书。兖州尚未安集,复以昱为东中郎将,领济阴太守,都督兖州事。

范成、董昭为洛阳令,满宠为许都令,

据《资治通鉴》卷六十二:操以山阳满宠为许令。(参见《三国志·魏书·满宠传》)

夏侯惇、夏侯渊、曹仁、曹洪皆为将军,吕虔、李典、乐进、于禁、徐晃皆为校尉,许褚、典韦皆为都尉;其余将士,各各封官。自此大权皆归于曹操:朝廷大务,先禀曹操,然后方奏天子。

据《三国志·魏书·袁绍传》:初,天子之立非绍意,及在河东,绍遣颍川郭图使焉。图还说绍迎天子都邺,绍不从。会太祖迎天子都许,收河南地,关中皆附。绍悔,欲令太祖徙天子都鄄城以自密近,太祖拒之。(参见《后汉书·袁绍传》)

操既定大事,乃设宴后堂,聚众谋士共议曰:"刘备屯兵徐州,自领州事;近吕布以兵败投之,备使居于小沛:若二人同心引兵来犯,乃心腹之患也。公等有何妙计可图之?"许褚曰:"愿借精兵五万,斩刘备、吕布之头,献于丞相。"荀彧曰:"将军勇则勇矣,不知用谋。今许都新定,未可造次用兵。彧有一计,名曰二虎竞食之计。今刘备虽领徐州,未得诏命。明公可奏请诏命实授备为徐州牧,因密与一书,教杀吕布。事成则备无猛士为辅,亦渐可图；事不成，则吕布必杀备矣：此乃二虎竞食之计也。"操从其言，即时奏请诏命，遣使赍往徐州，封刘备为征东将军、宜城亭侯，领徐州牧；

> 据《三国志·蜀书·先主传》：曹公表先主为镇东将军，封宜城亭侯，是岁建安元年也。

并附密书一封。

却说刘玄德在徐州，闻帝幸许都，正欲上表庆贺。忽报天使至，出郭迎接入郡，拜受恩命毕，设宴管待来使。使曰："君侯得此恩命，实曹将军于帝前保荐之力也。"玄德称谢。使者乃取出私书递与玄德。玄德看罢，曰："此事尚容计议。"席散，安歇来使于馆驿。玄德连夜与众商议此事。张飞曰："吕布本无义之人，杀之何碍！"玄德曰："他势穷而来投我，我若杀之，亦是不义。"张飞曰："好人难做！"玄德不从。

次日，吕布来贺，玄德教请入见。布曰："闻公受朝廷恩命，特来相贺。"玄德逊谢。只见张飞扯剑上厅，要杀吕布。玄德慌忙阻住。布大惊曰："翼德何故只要杀我？"张飞叫曰："曹操道你是无义之人，教我哥哥杀你！"玄德连声喝退。乃引吕布同入后堂，实告前因；就将曹操所送密书与吕布看。布看毕，泣曰："此乃曹贼欲令我二人不和耳！"玄德曰："兄勿忧，刘备誓不为此不义之事。"吕布再三拜谢。备留布饮酒，至晚方回。关、张曰："兄长何故不杀吕布？"玄德曰："此曹孟德恐我与吕布同谋伐之，故用此计，使我两人自相吞并，彼却于中取利。奈何为所使乎？"关公点头道是。张飞曰："我只要杀此贼以绝后患！"玄德曰："此非大丈夫之所为也。"

次日，玄德送使命回京，就拜表谢恩，并回书与曹操，只言容缓图之。使命回见曹操，言玄德不杀吕布之事。操问荀彧曰："此计不成，奈何？"彧曰："又有一计，名曰驱虎吞狼之计。"操曰："其计如何？"彧曰："可暗令人往袁术处通问，报说刘备上密表，要略南郡。术闻之，必怒而攻备；公乃明诏刘备讨袁术。两边相并，吕布必生异心：此驱虎吞狼之计也。"操大喜，先发人往袁术处；次假天子诏，发人往徐州。

却说玄德在徐州，闻使命至，出郭迎接；开读诏书，却是要起兵讨袁术。玄德领命，送使者先回。糜竺曰："此又是曹操之计。"玄德曰："虽是计，王命不可违也。"遂点军马，克日起程，孙乾曰："可先定守城之人。"玄德曰："二弟之中，谁人可守？"关公曰："弟愿守此城。"玄德曰："吾早晚欲与尔议事，岂可相离？"张飞曰："小弟愿守此城。"玄德曰："你守不得此城：你一者酒后刚强，鞭挞士卒；二者作事轻易，不从人谏。吾不放心。"张飞曰："弟自今以后，不饮酒，不打军士，诸般听人劝谏便了。"糜竺曰："只恐口不应心。"飞怒曰："吾跟哥哥多年，未尝失信，你如何轻料我！"玄德曰："弟言虽如此，吾终不放心。还请陈元龙辅之，早晚令其少饮酒，勿致失事。"陈登应诺。玄德分付了当，乃统马步军三万，离徐州望南阳进发。

却说袁术闻说刘备上表，欲吞其州县，乃大怒曰："汝乃织席编屦之夫，今辄占据大郡，与诸侯同列；吾正欲伐汝，汝却反欲图我！深为可恨！"乃使上将纪灵起兵十万，杀奔徐州。两军会于盱眙。玄德兵少，依山傍水下寨。那纪灵乃山东人，使一口三尖刀，重五十斤。是日引兵出阵，大骂："刘备村夫，安敢侵吾境界！"玄德曰："吾奉天子诏，以讨不臣。汝今敢来相拒，罪不容诛！"纪灵大怒，拍马舞刀，直取玄德。关公大喝曰："匹夫休得逞强！"出马与纪灵大战。一连三十合，不分胜负。纪灵大叫少歇，关公便拨马回阵，立于阵前候之。纪灵却遣副将荀正出马。关公曰："只教纪灵来，与他决个雌雄！"荀正曰："汝乃无名下将，非纪将军对手！"关公大怒，直取荀正；交马一合，砍荀正于马下。玄德驱兵杀将过去，纪灵大败，退守淮阴河口，不敢交战；只教军士来偷营劫寨，皆被徐州兵杀败。两军相拒，不在话下。

却说张飞自送玄德起身后，一应杂事，俱付陈元龙管理；军机大务，自家参酌，一日，设宴请各官赴席。众人坐定，张飞开言曰："我兄临去时，分付我少饮酒，恐致失事。众官今日尽此一醉，明日都各戒酒，帮我守城。今日却都要满饮。"言罢，起身与众官把盏。酒至曹豹面前，豹曰："我从天戒，不饮酒。"飞曰："厮杀汉如何不饮酒？我要你吃一盏。"豹惧怕，只得饮了一杯。张飞把遍各官，自斟巨觥，连饮了几十杯，不觉大醉，却又起身与众官把盏。酒至曹豹，豹曰："某实不能饮矣。"飞曰："你恰才吃了，如今为何推却？"豹再三不饮。飞醉后使酒，便发怒曰："你违我将令，该打一百！"便喝军士拿下。陈元龙曰："玄德公临去时，分付你甚来？"飞曰："你文官，只管文官事，休来管我！"曹豹无奈，只得告求曰："翼德公，看我女婿之面，且恕我罢。"飞曰："你女婿是谁？"豹曰："吕布是也。"飞大怒曰："我本不欲打你；你把吕布来唬我，我偏要打你！我打你，便是打吕布！"诸人劝不住。将曹豹鞭至五十，众人苦苦告饶，方止。席散，曹豹回去，深恨张飞，连夜差人赍书一封，径投小沛见吕布，备说张飞无礼；且云："玄德已往淮南，今夜可乘飞醉，引兵来袭徐州，不可错此机会。"

按：《演义》称张飞逼曹豹喝酒，因曹豹不肯喝而鞭打他，吕布是曹豹的女婿，曹豹就给吕布写密信，这些情节均不见于史。

吕布见书，便请陈宫来议。宫曰："小沛原非久居之地。今徐州既有可乘之隙，失此不取，悔之晚矣。"布从之，随即披挂上马，领五百骑先行；使陈宫引大军继进，高顺亦随后进发。小沛离徐州只四五十里，上马便到。吕布到城下时，恰才四更，月色澄清，城上更不知觉。布到城门边叫曰："刘使君有机密使人至。"城上有曹豹军报知曹豹，豹上城看之，便令军士开门。吕布一声暗号。众军齐入，喊声大举。张飞正醉卧府中，左右急忙摇醒，报说："吕布赚开城门，杀将进来了！"张飞大怒，慌忙披挂，绰了丈八蛇矛；才出府门上得马时，吕布军马已到，正与相迎。张飞此时酒犹未醒，不能力战。吕布素知飞勇，亦不敢相逼。十八骑燕将，保着张飞，杀出东门，玄德家眷在府中，都不及顾了。

却说曹豹见张飞只十数人护从，又欺他醉，遂引百十人赶来。飞见豹，大怒，拍马来迎。战了三合，曹豹败走，飞赶到河边，一枪正刺中曹豹后心，连人带马，死于河中。飞于城外招呼士卒，出城者尽随飞投淮南而去。吕布入城安抚居民，令军士一百人守把玄德宅门，诸人不许擅入。

据《三国志·蜀书·先主传》：袁术来攻先主，先主拒之于盱眙、淮阴。曹公表先主为镇东将军，封宜城亭侯，是岁建安元年也。先主与术相持经月，吕布乘虚袭下邳。下邳守将曹豹反，间迎布。布虏先主妻子，先主转军海西。

据《三国志·蜀书·先主传》注引《英雄记》：备留张飞守下邳，引兵与袁术战于淮阴石亭，更有胜负。陶谦故将曹豹在下邳，张飞欲杀之。豹众坚营自守，使人招吕布。布取下邳，张飞败走。

据《资治通鉴》卷六十二：袁术攻刘备以争徐州，备使司马张飞守下邳，自将拒术于盱眙、淮阴，相持经月，更有胜负。下邳相曹豹，陶谦故将也，与张飞相失，飞杀之，城中乖乱。袁术与吕布书，劝令袭下邳，许助以军粮。布大喜，引军水陆东下。备中郎将丹杨许耽开门迎之。张飞败走，布虏备妻子及将吏家口。

据《三国志·魏书·吕布传》注引《英雄记》：布水陆东下，军到下邳西四十里。备中郎将丹杨许耽夜遣司马章诳来诣布，言"张益德与下邳相曹豹共争，益德杀豹，城中大乱,不相信。丹杨兵有千人屯西白门城内,闻将军来东,大小踊跃,如复更生。将军兵向城西门,丹杨军便开门内将军矣"。布遂夜进,晨到城下。天明,丹杨兵悉开门内布兵。布于门上坐,步骑放火,大破益德兵,获备妻子军资及部曲将吏士家口。

按:《演义》称,张飞失徐州,迎吕布者为曹豹,此说据《三国志·蜀书·先主传》。《三国志·魏书·吕布传》注引《英雄记》则称,曹豹已为张飞所杀,迎吕布者是许耽与丹杨兵。

却说张飞引数十骑,直到盱眙来见玄德,具说曹豹与吕布里应外合,夜袭徐州。众皆失色。玄德叹曰:"得何足喜,失何足忧!"关公曰:"嫂嫂安在?"飞曰:"皆陷于城中矣。"玄德默然无语。关公顿足埋怨曰:"你当初要守城时说甚来?兄长分付你甚来?今日城池又失了,嫂嫂又陷了,如何是好!"张飞闻言,惶恐无地,掣剑欲自刎。正是:举杯畅饮情何放,拔剑捐生悔已迟!不知性命如何,且听下文分解。

第十五回　太史慈酣斗小霸王　孙伯符大战严白虎

却说张飞拔剑要自刎，玄德向前抱住，夺剑掷地曰："古人云：'兄弟如手足，妻子如衣服。衣服破，尚可缝；手足断，安可续？'吾三人桃园结义，不求同生，但愿同死。今虽失了城池家小，安忍教兄弟中道而亡？况城池本非吾有；家眷虽被陷，吕布必不谋害，尚可设计救之。贤弟一时之误，何至遽欲捐生耶！"说罢大哭。关、张俱感泣。

且说袁术知吕布袭了徐州，星夜差人至吕布处，许以粮五万斛、马五百匹、金银一万两、彩缎一千匹，使夹攻刘备。布喜，令高顺领兵五万袭玄德之后。玄德闻得此信，乘阴雨撤兵，弃盱眙而走，思欲东取广陵。比及高顺军来，玄德已去。高顺与纪灵相见，就索所许之物。灵曰："公且回军，容某见主公计之。"高顺乃别纪灵回军，见吕布具述纪灵语。布正在迟疑，忽有袁术书至。书意云："高顺虽来，而刘备未除；且待捉了刘备，那时方以所许之物相送。"布怒骂袁术失信，欲起兵伐之。陈宫曰："不可。术据寿春，兵多粮广，不可轻敌。不如请玄德还屯小沛，使为我羽翼。他日令玄德为先锋，那时先取袁术，后取袁绍，可纵横天下矣。"布听其言，令人赍书迎玄德回。

却说玄德引兵东取广陵，被袁术劫寨，折兵大半。回来正遇吕布之使，呈上书札，玄德大喜。关、张曰："吕布乃无义之人，不可信也。"玄德曰："彼既以好情待我，奈何疑之！"遂来到徐州。

　　据《后汉书·吕布传》：时，刘备领徐州，居下邳，与袁术相拒于淮上。术欲引布击备，乃与布书曰："术举兵诣阙，未能屠裂董卓。将军诛卓，为术报耻，功一也。昔金元休南至封丘，为曹操所败。将军伐之，令术复明目于遐迩，功二也。术生年以来，不闻天下有刘备，备乃举兵与术对战。凭将军威灵，得以破备，功三也。将军有三大功在术，术虽不敏，奉以死生。将军连年攻战，军粮苦少，今送米二十万斛。非唯此止，当骆驿复致。凡所短长亦唯命。"布得书大悦，即勒兵袭下邳，获备妻子。备败走海西，饥困，请降于布。布又患术运粮不复至，乃具车马迎备，以为豫州刺史，遣屯小沛。布自号徐州牧。

　　据《资治通鉴》卷六十二：（建安元年六月，）袁术与吕布书，劝令袭下邳，许助以军粮。布大喜，引军水陆东下。备中郎将丹杨许耽开门迎之。张飞败走，布虏备妻子及将吏家口。备闻之，引还，比至下邳，兵溃。备收余兵东取广陵，与袁术战，又败，屯于海西。饥饿困踧，吏士相食，从事东海糜竺以家财助军。备请降于布，布亦忿袁术运粮不继，乃召备，复以为豫州刺史，与并势击术，使屯小沛。布自称徐州牧。（参见《三国志·蜀书·先主传》及注引《魏书》，注引《英雄记》，《三国志·魏书·吕布传》）

　　按：史书记载，建安元年（196）六月，"袁术与吕布书，劝令袭下邳，许助以军粮"，吕布遂夺取了徐州的治所下邳，并俘获了刘备的妻子。《演义》将徐州当作一座城市，称吕布袭取了徐州并俘获了刘备的妻子之后，袁术方才给他写信，许诺助以军粮。

布恐玄德疑惑，先令人送还家眷。

　　据《三国志·蜀书·先主传》注引《英雄记》：布令备还州，并势击术。具刺史车马童仆，发遣备妻子部曲家属于泗水上，祖道相乐。

第十五回 太史慈酣斗小霸王 孙伯符大战严白虎

甘、糜二夫人见玄德,

> 按:《演义》此处称吕布送还"甘、糜二夫人",与史不合。据《三国志·蜀书·糜竺传》记载,吕布乘刘备出拒袁术时,袭取下邳,虏获刘备妻子。刘备转军广陵海西,糜竺乃以妹嫁刘备为夫人。故吕布所虏之刘备妻子中,并无糜夫人。

具说吕布令兵把定宅门,禁诸人不得入;又常使侍妾送物,未尝有缺。玄德谓关、张曰:"我知吕布必不害我家眷也。"乃入城谢吕布。张飞恨吕布,不肯随往,先奉二嫂往小沛去了。玄德入见吕布拜谢。吕布曰:"我非欲夺城;因令弟张飞在此恃酒杀人,恐有失事,故来守之耳。"玄德曰:"备欲让兄久矣。"布假意仍让玄德。玄德力辞,还屯小沛住扎。关、张心中不忿。玄德曰:"屈身守分,以待天时,不可与命争也。"吕布令人送粮米缎匹。自此两家和好,不在话下。

却说袁术大宴将士于寿春。人报孙策征庐江太守陆康,得胜而回。术唤策至,策拜于堂下。问劳已毕,便令侍坐饮宴。原来孙策自父丧之后,退居江南,礼贤下士;

> 据《资治通鉴》卷六十一:及坚死,策年十七,还葬曲阿;已乃渡江,居江都,结纳豪俊,有复仇之志。

后因陶谦与策母舅丹阳太守吴景不和,策乃移母并家属居于曲阿,自己却投袁术。

> 据《三国志·吴书·孙策传》:徐州牧陶谦深忌策。策舅吴景,时为丹杨太守,策乃载母徙曲阿,与吕范、孙河俱就景,因缘召募得数百人。兴平元年,从袁术。术甚奇之,以坚部曲还策。

> 据《资治通鉴》卷六十一:丹杨太守会稽周昕与袁术相恶,术上策舅吴景领丹杨太守,攻昕,夺其郡,以策从兄贲为丹杨都尉。策以母弟托广陵张纮,径到寿春见袁术。涕泣言曰:"亡父昔从长沙入讨董卓,与明使君会于南阳,同盟结好,不幸遇难,勋业不终。策感惟先人旧恩,欲自凭结,愿明使君垂察其诚!"术甚奇之,然未肯还其父兵,谓策曰:"孤用贵舅为丹杨太守,贤从伯阳为都尉,彼精兵之地,可还依召募。"策遂与汝南吕范及族人孙河迎其母诣曲阿,依舅氏。因缘召募,得数百人;而为泾县大帅祖郎所袭,几至危殆。于是复往见术。术以坚余兵千余人还策,表拜怀义校尉。(参见《三国志·吴书·孙策传》及注引《江表传》)

术甚爱之,常叹曰:"使术有子如孙郎,死复何恨!"

> 据《三国志·吴书·孙策传》:术常叹曰:"使术有子如孙郎,死复何恨!"

因使为怀义校尉,

> 据《三国志·吴书·孙策传》:太傅马日䃅杖节安集关东,在寿春以礼辟策,表拜怀义校尉。(参见《资治通鉴》卷六十一)

引兵攻泾县大帅祖郎得胜。术见策勇,复使攻陆康,今又得胜而回。

当日筵散,策归营寨。见术席间相待之礼甚傲,心中郁闷,

> 据《资治通鉴》卷六十一:术初许以策为九江太守,已而更用丹杨陈纪。后术欲攻徐州,从庐江太守陆康求米三万斛;康不与。术大怒,遣策攻康,谓曰:"前错用陈纪,每恨本意不遂。今若得康,庐江真卿有也。"策攻康,拔之,术复用其故吏刘勋为太守;策益失望。(参见《三国志·吴书·孙策传》)

乃步月于中庭。因思父孙坚如此英雄，我今沦落至此，不觉放声大哭。忽见一人自外而入，大笑曰："伯符何故如此？尊父在日，多曾用我。君今有不决之事，何不问我，乃自哭耶！"策视之，乃丹阳故鄣人，姓朱，名治，字君理，孙坚旧从事官也。

> 据《三国志·吴书·朱治传》：朱治字君理，丹杨故鄣人也。初为县吏，后察孝廉，州辟从事，随孙坚征伐。……会坚薨，治扶翼策，依就袁术。

策收泪而延之坐曰："策所哭者，恨不能继父之志耳。"治曰："君何不告袁公路，借兵往江东，假名救吴景，实图大业，而乃久困于人之下乎？"

> 据《资治通鉴》卷六十一：丹杨朱治尝为孙坚校尉，见袁术政德不立，劝孙策归取江东。（参见《三国志·吴书·朱治传》）

正商议间，一人忽入曰："公等所谋，吾已知之。吾手下有精壮百人，暂助伯符一马之力。"策视其人，乃袁术谋士，汝南细阳人，姓吕，名范，字子衡。

> 据《三国志·吴书·吕范传》：吕范字子衡，汝南细阳人也。少为县吏，有容观姿貌。……后避乱寿春，孙策见而异之，范遂自委昵，将私客百人归策。

策大喜，延坐共议。吕范曰："只恐袁公路不肯借兵。"策曰："吾有亡父留下传国玉玺，以为质当。"范曰："公路欲得此久矣！以此相质，必肯发兵。"三人计议已定。

次日，策入见袁术，哭拜曰："父仇不能报，今母舅吴景，又为扬州刺史刘繇所逼；策老母家小，皆在曲阿，必将被害。策敢借雄兵数千，渡江救难省亲。恐明公不信，有亡父遗下玉玺，权为质当。"术闻有玉玺，取而视之，大喜曰："吾非要你玉玺，今且权留在此。我借兵三千、马五百匹与你。平定之后，可速回来。你职位卑微，难掌大权。我表你为折冲校尉、殄寇将军，克日领兵便行。"

> 据《资治通鉴》卷六十一：侍御史刘繇，岱之弟也，素有盛名，诏书用为扬州刺史。州旧治寿春，术已据之，繇欲南渡江，吴景、孙贲迎置曲阿。及策攻庐江，繇闻之，以景、贲本术所置，惧为袁、孙所并，遂构嫌隙，迫逐景、贲。景、贲退屯历阳。繇遣将樊能、于麋屯横江，张英屯当利口以拒之。术乃自用故吏惠衢为扬州刺史，以景为督军中郎将，与贲共将兵击英等。……初，丹杨朱治尝为孙坚校尉，见袁术政德不立，劝孙策归取江东。时吴景攻樊能、张英等，岁余不克，策说术曰："家有旧恩在东，愿助舅讨横江。横江拔，因投本土召募，可得三万兵，以佐明使君定天下。"术知其恨，而以刘繇据曲阿，王朗在会稽，谓策未必能定，乃许之。表策为折冲校尉，将兵千余人、骑数十匹。行收兵，比至历阳，众五六千。……袁术表策行殄寇将军。（参见《三国志·吴书·孙策传》及注引《江表传》）

> 据《三国志·吴书·孙坚传》注引乐资《山阳公载记》：袁术将僭号，闻坚得传国玺，乃拘坚夫人而夺之。（参见《后汉书·袁术传》）

> 按：《演义》称孙策向袁术借兵以传国玺做抵押，与史不合。据史书记载，袁术将孙坚夫人拘为人质，而攫取了传国玺。

策拜谢，遂引军马，带领朱治、吕范，旧将程普、黄盖、韩当等，择日起兵。行至历阳，见一军到。当先一人，姿质风流，仪容秀丽，见了孙策，下马便拜。策视其人，乃庐江舒城人，姓周，名瑜，字公瑾。原来孙坚讨董卓之时，移家舒城，瑜与孙策同年，交情甚密，因结为昆仲。策长瑜两月，瑜以兄事策。瑜叔周尚，为丹阳太守；今往省亲，到此与策相遇。策见瑜大喜，诉以衷情。瑜曰："某愿施犬马之力，共图大事。"策喜曰："吾得公瑾，大事谐矣！"

> 据《三国志·吴书·周瑜传》：周瑜字公瑾，庐江舒人也。从祖父景，景子忠，皆为汉太尉。父异，洛阳令。瑜长壮有姿貌。初，孙坚兴义兵讨董卓，徙家于舒。坚子策与瑜同年，独相友善，瑜推道南大宅以舍策，升堂拜母，有无通共。瑜从父尚为丹杨太守，瑜往省之。会策将东渡，到历阳，驰书报瑜，瑜将兵迎策。策大喜曰："吾得卿，谐也！"（参见《资治通鉴》卷六十一，《三国志·吴书·孙策传》及注引《江表传》）

便令与朱治、吕范等相见。瑜谓策曰："吾兄欲济大事，亦知江东有二张乎？"策曰："何为二张？"瑜曰："一人乃彭城张昭，字子布；

> 据《三国志·吴书·张昭传》：张昭字子布，彭城人也。少好学，善隶书，从白侯子安受《左氏春秋》，博览众书，与琅邪赵昱、东海王朗俱发名友善。弱冠察孝廉，不就，与朗共论旧君讳事，州里才士陈琳等皆称善之。刺史陶谦举茂才，不应，谦以为轻己，遂见拘执。昱倾身营救，方以得免。汉末大乱，徐方士民多避难扬土，昭皆南渡江。孙策创业，命昭为长史、抚军中郎将，升堂拜母，如比肩之旧，文武之事，一以委昭。

一人乃广陵张纮，字子纲。

> 据《三国志·吴书·张纮传》：张纮字子纲，广陵人。少游学京都，还本郡，举茂才，公府辟，皆不就。避难江东，孙策创业，遂委质焉。表为正议校尉。

二人皆有经天纬地之才，因避乱隐居于此。吾兄何不聘之？"策喜，即便令人赍礼往聘，俱辞不至。策乃亲到其家，与语大悦，

> 据《三国志·吴书·孙策传》注引《吴历》：初，策在江都时，张纮有母丧。策数诣纮，咨以世务，曰："方今汉祚中微，天下扰攘，英雄俊杰各拥众营私，未有能扶危济乱者也。先君与袁氏共破董卓，功业未遂，卒为黄祖所害。策虽暗稚，窃有微志，欲从袁扬州求先君余兵，就舅氏于丹杨，收合流散，东据吴会，报仇雪耻，为朝廷外藩。君以为何如？"纮答曰："既素空劣，方居衰绖之中，无以奉赞盛略。"策曰："君高名播越，远近怀归。今日事计，决之于君，何得不纾虑启告，副其高山之望？若微志得展，血仇得报，此乃君之勋力，策心所望也。"因涕泣横流，颜色不变。纮见策忠壮内发，辞令慷慨，感其志言，乃答曰："昔周道陵迟，齐、晋并兴；王室已宁，诸侯贡职。今君绍先侯之轨，有骁武之名，若投丹杨，收兵吴会，则荆、扬可一，仇敌可报。据长江，奋威德，诛除群秽，匡辅汉室，功业侔于桓、文，岂徒外藩而已哉？方今世乱多难，若功成事立，当与同好俱南济也。"策曰："一与君同符合契，有永固之分，今便行矣，以老母弱弟委付于君，策无复回顾之忧。"

> 按：《演义》称周瑜向孙策推荐张纮，与史不合。盛巽昌先生在《三国演义补证本》一书中指出，孙策在隶属袁术前已与张纮相识。据此条史料记载，初平三年（192），孙策因父死，渡江寄居广陵（江苏扬州），他数次拜谒张纮求教，最后张纮感动了，为孙策策划了今后进军江东的战略方案。

力聘之，二人许允。策遂拜张昭为长史，兼抚军中郎将；张纮为参谋、正议校尉。

> 据《资治通鉴》卷六十一：策以张纮为正议校尉，彭城张昭为长史，常令一人居守，一人从征讨，及广陵秦松、陈端等亦参与谋谟。策待昭以师友之礼，文武之事，一以委昭。（参见《三国志·吴书·张纮传》注引《吴书》）

商议攻击刘繇。

却说刘繇字正礼,东莱牟平人也,亦是汉室宗亲,太尉刘宠之侄,兖州刺史刘岱之弟;

> 据《三国志·吴书·刘繇传》:刘繇字正礼,东莱牟平人也。齐孝王少子封牟平侯,子孙家焉。繇伯父宠,为汉太尉。繇兄岱,字公山,历位侍中、兖州刺史。

旧为扬州刺史,屯于寿春,被袁术赶过江东,故来曲阿。

> 据《资治通鉴》卷六十一:侍御史刘繇,岱之弟也,素有盛名,诏书用为扬州刺史。州旧治寿春,术已据之,繇欲南渡江,吴景、孙贲迎置曲阿。(参见《三国志·吴书·刘繇传》)

当下闻孙策兵至,急聚众将商议。部将张英曰:"某领一军屯于牛渚,纵有百万之兵,亦不能近。"言未毕,帐下一人高叫曰:"某愿为前部先锋!"众视之,乃东莱黄县人太史慈也。慈自解了北海之围后,便来见刘繇,繇留于帐下。当日听得孙策来到,愿为前部先锋。繇曰:"你年尚轻,未可为大将,只在吾左右听命。"太史慈不喜而退。

> 据《资治通鉴》卷六十一:繇同郡太史慈时自东莱来省繇,会策至,或劝繇可以慈为大将。繇曰:"我若用子义,许子将不当笑我邪!"但使慈侦视轻重。(参见《三国志·吴书·太史慈传》)

张英领兵至牛渚,积粮十万于邸阁。孙策引兵到,张英出迎,两军会于牛渚滩上。孙策出马,张英大骂,黄盖便出与张英战。不数合,忽然张英军中大乱,报说寨中有人放火。张英急回军。孙策引军前来,乘势掩杀。张英弃了牛渚,望深山而逃。原来那寨后放火的,乃是两员健将:一人乃九江寿春人,姓蒋,名钦,字公奕;

> 据《三国志·吴书·蒋钦传》:蒋钦字公奕,九江寿春人也。孙策之袭袁术,钦随从给事。及策东渡,拜别部司马,授兵。

一人乃九江下蔡人,姓周,名泰,字幼平。

> 据《三国志·吴书·周泰传》:周泰字幼平,九江下蔡人也。与蒋钦随孙策为左右,服事恭敬,数战有功。策入会稽,署别部司马,授兵。

二人皆遭世乱,聚人在洋子江中,劫掠为生;久闻孙策为江东豪杰,能招贤纳士,故特引其党三百余人,前来相投。策大喜,用为军前校尉。收得牛渚邸阁粮食、军器,并降卒四千余人,遂进兵神亭。

> 据《资治通鉴》卷六十一:策攻刘繇牛渚营,尽得邸阁粮谷、战具。(参见《三国志·吴书·孙策传》注引《江表传》)

却说张英败回见刘繇,繇怒欲斩之。谋士笮融、薛礼劝免,使屯兵零陵城拒敌。

> 按:"屯兵零陵城"与地理不合。本回乃叙江东故事,而"零陵"属荆州,系刘表地盘,故"零陵"应是"秣陵"之误,下文即有笮融、薛礼"秣陵"战事。

繇自领兵于神亭岭南下营,孙策于岭北下营。策问土人曰:"近山有汉光武庙否?"土人曰:"有庙在岭上。"策曰:"吾夜梦光武召我相见,当往祈之。"长史张昭曰:"不可。岭南乃刘繇寨,倘有伏兵,奈何?"策曰:"神人佑我,吾何惧焉!"遂披挂绰枪上马,引程普、黄盖、韩当、蒋钦、周泰等共十三骑,出寨上岭,到庙焚香。下马参拜已毕,策向前跪祝曰:"若孙策能于江东立业,复兴故父之基,即当重修庙宇,四时祭祀。"祝毕,出庙上马,回顾众

第十五回　太史慈酣斗小霸王　孙伯符大战严白虎　111

将曰："吾欲过岭，探看刘繇寨栅。"诸将皆以为不可。策不从，遂同上岭，南望村林。早有伏路小军飞报刘繇，繇曰："此必是孙策诱敌之计，不可追之。"太史慈踊跃曰："此时不捉孙策，更待何时！"遂不候刘繇将令，竟自披挂上马，绰枪出营，大叫曰："有胆气者，都跟我来！"诸将不动。惟有一小将曰："太史慈真猛将也！吾可助之！"拍马同行。众将皆笑。

却说孙策看了半响，方始回马。正行过岭，只听得岭上叫："孙策休走！"策回头视之，见两匹马飞下岭来。策将十三骑一齐摆开。策横枪立马于岭下待之。太史慈高叫曰："那个是孙策？"策曰："你是何人？"答曰："我便是东莱太史慈也，特来捉孙策！"策笑曰："只我便是。你两个一齐来并我一个，我不惧你！我若怕你，非孙伯符也！"慈曰："你便众人都来，我亦不怕！"纵马横枪，直取孙策。策挺枪来迎。两马相交，战五十合，不分胜负。程普等暗暗称奇。慈见孙策枪法无半点儿渗漏，乃佯输诈败，引孙策赶来。慈却不由旧路上岭，竟转过山背后。策赶到，大喝曰："走的不算好汉！"慈心中自忖："这厮有十二从人，我只一个，便活捉了他，也吃众人夺去。再引一程，教这厮没寻处，方好下手。"于是且战且走。策那里肯舍，一直赶到平川之地。慈兜回马再战，又到五十合。策一枪搠去，慈闪过，挟住枪；慈也一枪搠去，策亦闪过，挟住枪。两个用力只一拖，都滚下马来。马不知走的那里去了。两个弃了枪，揪住厮打，战袍扯得粉碎。策手快，掣了太史慈背上的短戟，慈亦掣了策头上的兜鍪。策把戟来刺慈，慈把兜鍪遮架。忽然喊声后起，乃刘繇接应军到来，约有千余。策正慌急，程普等十二骑亦冲到。策与慈方才放手。慈于军中讨了一匹马，取了枪，上马复来。孙策的马却是程普收得，策亦取枪上马。刘繇一千余军，和程普等十二骑混战，逶迤杀到神亭岭下。喊声起处，周瑜领军来到。刘繇自引大军杀下岭来。时近黄昏，风雨暴至，两下各自收军。

　　据《资治通鉴》卷六十一：时独与一骑卒遇策于神亭，策从骑十三，皆坚旧将辽西韩当、零陵黄盖辈也。慈便前斗，正与策对，策刺慈马，而揽得慈项上手戟，慈亦得策兜鍪。会两家兵骑并各来赴，于是解散。（参见《三国志·吴书·太史慈传》）

次日，孙策引军到刘繇营前，刘繇引军出迎。两阵圆处，孙策把枪挑太史慈的小戟于阵前，令军士大叫曰："太史慈若不是走的快，已被刺死了！"太史慈亦将孙策兜鍪挑于阵前，也令军士大叫曰："孙策头已在此！"两军呐喊，这边夸胜，那边道强。太史慈出马，要与孙策决个胜负，策遂欲出。程普曰："不须主公劳力，某自擒之。"程普出到阵前，太史慈曰："你非我之敌手，只教孙策出马来！"程普大怒，挺枪直取太史慈。两马相交，战到三十合，刘繇急鸣金收军。太史慈曰："我正要捉拿贼将，何故收军？"刘繇曰："人报周瑜领军袭取曲阿，有庐江松滋人陈武，字子烈，

　　据《三国志·吴书·陈武传》：陈武字子烈，庐江松滋人。

接应周瑜入去。吾家基业已失，不可久留。速往秣陵，会薛礼、笮融军马，急来接应。"太史慈跟着刘繇退军，孙策不赶，收住人马。长史张昭曰："彼军被周瑜袭取曲阿，无恋战之心，今夜正好劫营。"孙策然之。当夜分军五路，长驱大进。刘繇军兵大败，众皆四纷五落。太史慈独力难当，引十数骑连夜投泾县去了。

却说孙策又得陈武为辅，其人身长七尺，面黄睛赤，形容古怪。策甚敬爱之，拜为校尉，

　　据《三国志·吴书·陈武传》：孙策在寿春，武往修谒，时年十八，长七尺七寸，因从渡江，征讨有功，拜别部司马。

使作先锋，攻薛礼。武引十数骑突入阵去，斩首级五十余颗。薛礼闭门不敢出。策正攻城，忽有人报刘繇会合笮融去取牛渚。孙策大怒，自提大军竟奔牛渚。刘繇，笮融二人出马迎敌。孙策曰："吾今到此，你如何不降？"刘繇背后一人挺枪出马，乃部将于糜也，与策战不三

合,被策生擒过去,拨马回阵。繇将樊能,见捉了于糜,挺枪来赶。那枪刚搠到策后心,策阵上军士大叫:"背后有人暗算!"策回头,忽见樊能马到,乃大喝一声,声如巨雷。樊能惊骇,倒翻身撞下马来,破头而死。策到门旗下,将于糜丢下,已被挟死。一霎时挟死一将,喝死一将,自此人皆呼孙策为"小霸王"。

  据《三国志·吴书·孙策传》注引《江表传》:时彭城相薛礼、下邳相笮融依繇为盟主,礼据秣陵城,融屯县南。策先攻融,融出兵交战,斩首五百余级,融即闭门不敢动。因渡江攻礼,礼突走,而樊能、于糜等复合众袭夺牛渚屯。策闻之,还攻破能等,获男女万余人。

  据《三国志·吴书·孙策传》注引《江表传》:吴郡太守许贡上表于汉帝曰:"孙策骁雄,与项籍相似,宜加贵宠,召还京邑。若被诏不得不还,若放于外必作世患。"

  按:《演义》称孙策绰号为"小霸王",于史无据。

当日刘繇兵大败,人马大半降策。策斩首级万余。刘繇与笮融走豫章投刘表去了。

  据《资治通鉴》卷六十一:时彭城相薛礼、下邳相丹杨笮融依繇为盟主,礼据秣陵城,融屯县南,策皆击破之。又破繇别将于梅陵,攻湖孰、江乘,皆下之,进击繇于曲阿。……繇与策战,兵败,走丹徒。……刘繇自丹徒将奔会稽,许邵曰:"会稽富实,策之所贪,且穷在海隅,不可往也。不如豫章,北达豫壤,西接荆州;若收合吏民,遣使贡献,与曹兖州相闻,虽有袁公路隔在其间,其人豺狼,不能久也。足下受王命,孟德、景升必相救济。"繇从之。……繇进讨融,融败走,入山,为民所杀。(参见《三国志·吴书·孙策传》注引《江表传》、《三国志·吴书·刘繇传》、《后汉书·献帝纪》《陶谦传》)

孙策还兵复攻秣陵,亲到城壕边,招谕薛礼投降。城上暗放一冷箭,正中孙策左腿,翻身落马,众将急救起,还营拔箭,以金疮药傅之。策令军中诈称主将中箭身死,军中举哀,拔寨齐起。薛礼听知孙策已死,连夜起城内之军,与骁将张英、陈横杀出城来追之。忽然伏兵四起,孙策当先出马,高声大叫曰:"孙郎在此!"众军皆惊,尽弃枪刃,拜于地下。策令休杀一人。张英拨马回走,被陈武一枪刺死。陈横被蒋钦一箭射死。薛礼死于乱军中。策入秣陵,安辑居民;

  据《三国志·吴书·孙策传》注引《江表传》:复下攻融,为流矢所中,伤股,不能乘马,因自舆还牛渚营。或叛告融曰:"孙郎被箭已死。"融大喜,即遣将于兹乡策。策遣步骑数百挑战,设伏于后,贼出击之,锋刃未接而伪走,贼追入伏中,乃大破之,斩首千余级。策因往到融营下,令左右大呼曰:"孙郎竟云何!"贼于是惊怖夜遁。融闻策尚在,更深沟高垒,缮治守备。策以融所屯地势险固,乃舍去,攻破繇别将于梅陵,转攻湖孰、江乘,皆下之。

移兵至泾县来捉太史慈。

  据《资治通鉴》卷六十二:刘繇之奔豫章也,太史慈遁于芜湖山中,自称丹杨太守。策已定宣城以东,惟泾以西六县未服,慈因进住泾县,大为山越所附。(参见《三国志·吴书·太史慈传》)

  却说太史慈招得精壮二千余人,并所部兵,正要来与刘繇报仇。孙策与周瑜商议活捉太史慈之计。瑜令三面攻县,只留东门放走;离城二十五里,三路各伏一军,太史慈到那里,人困马乏,必然被擒。原来太史慈所招军大半是山野之民,不谙纪律。泾县城头,苦不甚高。

第十五回　太史慈酣斗小霸王　孙伯符大战严白虎

当夜孙策命陈武短衣持刀,首先爬上城放火。太史慈见城上火起,上马投东门走,背后孙策引军赶来。太史慈正走,后军赶至三十里,却不赶了。太史慈走了五十里,人困马乏,芦苇之中,喊声忽起。慈急待走,两下里绊马索齐来,将马绊翻了,生擒太史慈,解投大寨。策知解到太史慈,亲自出营喝散士卒,自释其缚,将自己锦袍衣之,请入寨中,谓曰:"我知子义真丈夫也。刘繇蠢辈,不能用为大将,以致此败。"慈见策待之甚厚,遂请降。策执慈手笑曰:"神亭相战之时,若公获我,还相害否?"慈笑曰:"未可知也。"策大笑,请入帐,邀之上坐,设宴款待。慈曰:"刘君新破,士卒离心。某欲自往收拾余众,以助明公。不识能相信否?"策起谢曰:"此诚策所愿也。今与公约:明日日中,望公来还。"慈应诺而去。诸将曰:"太史慈此去必不来矣。"策曰:"子义乃信义之士,必不背我。"众皆未信。次日,立竿于营门以候日影。恰将日中,太史慈引一千余众到寨。孙策大喜。众皆服策之知人。

据《资治通鉴》卷六十二:讨太史慈于勇里,禽之,解缚,捉其手曰:"宁识神亭时邪?若卿尔时得我云何?"慈曰:"未可量也。"策大笑曰:"今日之事,当与卿共之。闻卿有烈义,天下智士也,但所托未得其人耳。孤是卿知己,勿忧不如意也。"即署门下督。军还,祖郎、太史慈俱在前导,军人以为荣。会刘繇卒于豫章,士众万余人,欲奉豫章太守华歆为主。歆以为因时擅命,非人臣所宜,众守之连月,卒谢遣之。其众未有所附,策命太史慈往抚安之,谓慈曰:"刘牧往责吾为袁氏攻庐江,吾先君兵数千人,尽在公路许。吾志在立事,安得不屈意于公路以求之乎?其后不遵臣节,谏之不从。丈夫义交,苟有大故,不得不离。吾交求公路及绝之本末如此,恨不及其生时与共论辩也。今儿子在豫章,卿往视之。并宣孤意于其部曲。部曲乐来者与俱来,不乐来者且安慰之。并观华子鱼所以牧御方规何如。卿须几兵,多少随意。"慈曰:"慈有不赦之罪,将军量同桓、文,当尽死以报德。今并息兵,兵不宜多,将数十人足矣。"左右皆曰:"慈必北去不还。"策曰:"子义舍我,当复从谁!"饯送昌门,把腕别曰:"何时能还?"答曰:"不过六十日。"慈行,议者犹纷纭言遣之非计。策曰:"诸君勿复言,孤断之详矣。太史子义虽气勇有胆烈,然非纵横之人,其志秉道义,重然诺,一以意许知己,死亡不相负,诸君勿忧也。"慈果如期而反,谓策曰:"华子鱼,良德也,然无他方规,自守而已。又,丹杨僮芝,自擅庐陵,鄱阳民帅别立宗部,言'我已别立郡海昏上缭,不受发召',子鱼但睹视之而已。"策拊掌大笑,遂有兼并之志。(参见《三国志·吴书·太史慈传》及注引《江表传》)

据《三国志·吴书·太史慈传》注引《吴历》:慈于神亭战败,为策所执。策素闻其名,即解缚请见,咨问进取之术。慈答曰:"破军之将,不足与论事。"策曰:"昔韩信定计于广武,今策决疑于仁者,君何辞焉?"慈曰:"州军新破,士卒离心,若倘分散,难复合聚;欲出宣恩安集,恐不合尊意。"策长跪答曰:"诚本心所望也。明日中,望君来还。"诸将皆疑,策曰:"太史子义,青州名士,以信义为先,终不欺策。"明日,大请诸将,豫设酒食,立竿视影。日中而慈至,策大悦,常与参论诸军事。　臣松之案:《吴历》云慈于神亭战败,为策所得,与本传大异,疑为谬误。

于是孙策聚数万之众,下江东,安民恤众,投者无数。江东之民,皆呼策为孙郎。但闻孙郎兵至,皆丧胆而走。及策军到,并不许一人掳掠,鸡犬不惊,人民皆悦,赍牛酒到寨劳军。策以金帛答之,欢声遍野。

据《三国志·吴书·孙策传》注引《江表传》:策时年少,虽有位号,而士民皆呼为孙郎。

据《资治通鉴》卷六十一:策渡江转斗,所向皆破,莫敢当其锋者。百姓闻孙郎至,皆失魂魄。长吏委城郭,窜伏山草。及策至,军士奉令,不敢虏略,鸡犬菜茹,一无所犯,民乃大悦,竞以牛酒劳军。策为人,美姿颜,能笑语,性阔达听受,善于用人,是以士民见者莫不尽心,乐为致死。(参见《三国志·吴书·孙策传》)

其刘繇旧军,愿从军者听从,不愿为军者给赏归农。江南之民,无不仰颂。由是兵势大盛。

> 据《资治通鉴》卷六十一:繇与策战,兵败,走丹徒。策入曲阿,劳赐将士,发恩布令,告谕诸县:"其刘繇、笮融等故乡部曲来降首者,一无所问;乐从军者,一身行,复除门户;不乐者不强。"旬日之间,四面云集,得见兵二万余人,马千余匹,威震江东。(参见《三国志·吴书·孙策传》注引《江表传》)

策乃迎母叔诸弟俱归曲阿,使弟孙权与周泰守宣城。策领兵南取吴郡。

时有严白虎,自称东吴德王,据吴郡,遣部将守住乌城、嘉兴。

> 据《资治通鉴》卷六十二:孙策将取会稽,吴人严白虎等众各万余人,处处屯聚。
> 据《三国志·吴书·孙策传》注引《吴录》:时有乌程邹他、钱铜及前合浦太守嘉兴王晟等,各聚众万余或数千。
> 按:据史书,在乌程和嘉兴活动的分别是邹他、王晟等人,他们并非严白虎的部将。

当日白虎闻策兵至,令弟严舆出兵,会于枫桥。舆横刀立马于桥上。有人报入中军,策便欲出。张纮谏曰:"夫主将乃三军之所系命,不易轻敌小寇。愿将军自重。"

> 据《三国志·吴书·张纮传》:从讨丹杨。策身临行陈,纮谏曰:"夫主将乃筹谋之所自出,三军之所系命也,不宜轻脱,自敌小寇。愿麾下重天授之姿,副四海之望,无令国内上下危惧。"

策谢曰:"先生之言如金石;但恐不亲冒矢石,则将士不用命耳。"随遣韩当出马。比及韩当到桥上时,蒋钦、陈武早驾小舟从河岸边杀过桥里,乱箭射倒岸上军,二人飞身上岸砍杀。严舆退走。韩当引军直杀到阊门下,贼退入城里去了。策分兵水陆并进,围住吴城。

一困三日,无人出战。策引众军到阊门外招谕。城上一员裨将,左手托定护梁,右手指着城下大骂。太史慈就马上拈弓取箭,顾军将曰:"看我射中这厮左手!"说声未绝,弓弦响处,果然射个正中,把那将的左手射透,反牢钉在护梁上。城上城下人见者,无不喝采。众人救了这人下城。

> 据《三国志·吴书·太史慈传》:慈长七尺七寸,美须髯,猿臂善射,弦不虚发。尝从策讨麻保贼,贼于屯里缘楼上行詈,以手持楼棼,慈引弓射之,矢贯手著棼,围外万人莫不称善。其妙如此。

白虎大惊曰:"彼军有如此人,安能敌乎!"遂商量求和。次日,使严舆出城,来见孙策。策请舆入帐饮酒。酒酣,问舆曰:"令兄意欲如何?"舆曰:"欲与将军平分江东。"策大怒曰:"鼠辈安敢与吾相等!"命斩严舆。舆拔剑起身,策飞剑砍之,应手而倒,割下首级,令人送入城中。白虎料敌不过,弃城而走。

> 据《三国志·吴书·孙策传》注引《吴录》:策自讨虎,虎高垒坚守,使其弟舆请和。许之。舆请独与策会面约。既会,策引白刃斫席,舆体动,策笑曰:"闻卿能坐跃,剽捷不常,聊戏卿耳!"舆曰:"我见刃乃然。"策知其无能也,乃以手戟投之,立死。舆有勇力,虎众以其死也,甚惧。进攻破之。虎奔余杭。(参见《三国志·吴书·孙策传》)

第十五回　太史慈酣斗小霸王　孙伯符大战严白虎　115

> 按：方北辰、谭良啸主编的《三国故事真与假100例》一书中指出，严白虎的根据地与活动地区，只是在他家乡乌程县一带。他根本没有在吴县，即今江苏省苏州市与孙策打过攻守战。

策进兵追袭，黄盖攻取嘉兴，太史慈攻取乌城，数州皆平。

> 据《三国志·吴书·孙策传》注引《吴录》：时有乌程邹他、钱铜及前合浦太守嘉兴王晟等，各聚众万余或数千。引兵扑讨，皆攻破之。

白虎奔余杭，于路劫掠，被土人凌操领乡人杀败，望会稽而走。凌操父子二人来接孙策，策使为从征校尉，遂同引兵渡江。严白虎聚寇，分布于西津渡口。程普与战，复大败之，连夜赶到会稽。会稽太守王朗，

> 据《三国志·魏书·王朗传》：王朗字景兴，东海郯人也。……徐州刺史陶谦察朗茂才。时汉帝在长安，关东兵起，朗为谦治中，与别驾赵昱等说谦曰："春秋之义，求诸侯莫如勤王。今天子越在西京，宜遣使奉承王命。"谦乃遣昱奉章至长安。天子嘉其意，拜谦安东将军。以昱为广陵太守，朗会稽太守。

欲引兵救白虎。忽一人出曰："不可。孙策用仁义之师，白虎乃暴虐之众，还宜擒白虎以献孙策。"朗视之，乃会稽余姚人，姓虞，名翻，字仲翔，现为郡吏。

> 据《三国志·吴书·虞翻传》：虞翻字仲翔，会稽余姚人也，太守王朗命为功曹。孙策征会稽，翻时遭父丧，衰绖诣府门，朗欲就之，翻乃脱衰入见，劝朗避策。朗不能用，拒战败绩。

朗怒叱之，翻长叹而出。朗遂引兵会合白虎，同陈兵于山阴之野。两阵对圆，孙策出马，谓王朗曰："吾兴仁义之兵，来安浙江，汝何故助贼？"朗骂曰："汝贪心不足！既得吴郡，而又强并吾界！今日特与严氏雪仇！"孙策大怒，正待交战，太史慈早出。王朗拍马舞刀，与慈战不数合，

> 按：小说此处将王朗描写成一员武将，与史不合，也与小说后文中王朗的形象发生冲突。王朗后来投归曹操，做了魏国的司空，史书中看不出王朗会武艺。按此处文字非罗贯中原文，乃毛宗岗所添加。

朗将周昕，杀出助战；孙策阵中黄盖，飞马接住周昕交锋。两下鼓声大震，互相鏖战。忽王朗阵后先乱，一彪军从背后抄来。朗大惊，急回马来迎：原来是周瑜与程普引军刺斜杀来，前后夹攻。王朗寡不敌众，与白虎、周昕杀条血路，走入城中，拽起吊桥，坚闭城门。孙策大军乘势赶到城下，分布众军，四门攻打。王朗在城中见孙策攻城甚急，欲再出兵决一死战。严白虎曰："孙策兵势甚大，足下只宜深沟高垒，坚壁勿出。不消一月，彼军粮尽，自然退走。那时乘虚掩之，可不战而破也。"朗依其议，乃固守会稽城而不出。

孙策一连攻了数日，不能成功，乃与众将计议。孙静曰："王朗负固守城，难可卒拔。会稽钱粮，大半屯于查渎；其地离此数十里，莫若以兵先据其内：所谓攻其无备，出其不意也。"策大喜曰："叔父妙用，足破贼人矣！"即下令于各门燃火，虚张旗号，设为疑兵，连夜撤围南去。周瑜进曰："主公大兵一起，王朗必然出城来赶，可用奇兵胜之。"策曰："吾今准备下了，取城只在今夜。"遂令军马起行。

却说王朗闻报孙策军马退去，自引众人来敌楼上观望；见城下烟火并起，旌旗不杂，心下迟疑。周昕曰："孙策走矣，特设此计以疑我耳，可出兵袭之。"严白虎曰："孙策此去，

莫非要去查渎？我令部兵与周将军追之。"朗曰："查渎是我屯粮之所，正须提防。汝引兵先行，吾随后接应。"白虎与周昕领五千兵出城追赶。将近初更，离城二十余里，忽密林里一声鼓响，火把齐明。白虎大惊，便勒马回走。一将当先拦住，火光中视之，乃孙策也。周昕舞刀来迎，被策一枪刺死。余众皆降。白虎杀条血路，望余杭而走。王朗听知前军已败，不敢入城，引部下奔逃海隅去了。孙策复回大军，乘势取了城池，安定人民。

　　据《资治通鉴》卷六十二：孙策将取会稽，吴人严白虎等众各万余人，处处屯聚，诸将欲先击白虎等。策曰："白虎等群盗，非有大志，此成禽耳。"遂引兵渡浙江。会稽功曹虞翻说太守王朗曰："策善用兵，不如避之。"朗不从。发兵拒策于固陵。策数渡水战，不能克。策叔父静说策曰："朗负阻城守，难可卒拔。查渎南去此数十里，宜从彼据其内，所谓攻其无备，出其不意者也。"策从之，夜，多然火为疑兵，分军投查渎道，袭高迁屯。朗大惊，遣故丹杨太守周昕等帅兵逆战，策破昕等，斩之。朗遁去，虞翻追随营护朗，浮海至东冶，策追击，大破之，朗乃诣策降。策自领会稽太守，复命虞翻为功曹，待以交友之礼。（参见《三国志·吴书·孙静传》《虞翻传》，《三国志·魏书·王朗传》）

　　据《三国志·吴书·孙策传》：吴人严白虎等众各万余人，处处屯聚。吴景等欲先击破虎等，乃至会稽。策曰："虎等群盗，非有大志，此成禽耳。"遂引兵渡浙江，据会稽，屠东冶，乃攻破虎等。

　　按：方北辰、谭良啸主编的《三国故事真与假100例》一书中指出，严白虎根本没有南渡浙江与王朗一起在山阴县和查渎，即今浙江省绍兴市和萧山区，与孙策对过垒。据史书，孙策打过江东，一路南下时，吴景等人提议先把西边乌程的严白虎消灭，而孙策认为眼下最重要目标，是浙江即今钱塘江以南的会稽郡，于是径直向南渡过浙江，在查渎打败太守王朗，占领会稽郡之后，再回过头来把严白虎的势力彻底消灭。

　　不隔一日，只见一人将着严白虎首级来孙策军前投献。策视其人，身长八尺，面方口阔。问其姓名，乃会稽余姚人，姓董，名袭，字元代。策喜，命为别部司马。

　　据《三国志·吴书·董袭传》：董袭字元代，会稽余姚人，长八尺，武力过人。孙策入郡，袭迎于高迁亭，策见而伟之，到署门下贼曹。

　　自是东路皆平，令叔孙静守之，

　　据《三国志·吴书·孙静传》：表拜静为奋武校尉，欲授之重任，静恋坟墓宗族，不乐出仕，求留镇守。策从之。

令朱治为吴郡太守，收军回江东。

　　据《三国志·吴书·孙策传》：策自领会稽太守，复以吴景为丹杨太守，以孙贲为豫章太守，分豫章为庐陵郡，以贲弟辅为庐陵太守，丹杨朱治为吴郡太守。彭城张昭，广陵张纮、秦松、陈端等为谋主。

　　据《三国志·吴书·朱治传》：治从钱唐欲进到吴，吴郡太守许贡拒之于由拳，治与战，大破之。贡南就山贼严白虎，治遂入郡，领太守事。

　　却说孙权与周泰守宣城，忽山贼窃发，四面杀至。时值更深，不及抵敌，泰抱权上马。数十贼众，用刀来砍。泰赤体步行，提刀杀贼，砍杀十余人。随后一贼跃马挺枪直取周泰，被泰扯住枪，拖下马来，夺了枪马，杀条血路。救出孙权。余贼远遁。周泰身被十二枪，金疮发胀，命在须臾。

> 据《三国志·吴书·周泰传》：策讨六县山贼，权住宣城，使士自卫，不能千人，意尚忽略，不治围落，而山贼数千人卒至。权始得上马，而贼锋刃已交于左右，或斫中马鞍，众莫能自定。惟泰奋激，投身卫权，胆气倍人，左右由泰并能就战。贼既解散，身被十二创，良久乃苏。是日无泰，权几危殆。

策闻之大惊。帐下董袭曰："某曾与海寇相持，身遭数枪，得会稽一个贤郡吏虞翻荐一医者，半月而愈。"策曰："虞翻莫非虞仲翔乎？"袭曰："然。"策曰："此贤士也。我当用之。"乃令张昭与董袭同往聘请虞翻。翻至，策优礼相待，拜为功曹，

> 据《三国志·吴书·虞翻传》：虞翻字仲翔，会稽余姚人也，太守王朗命为功曹。……翻既归，策复命为功曹，待以交友之礼，身诣翻第。

因言及求医之意。翻曰："此人乃沛国谯郡人，姓华，名佗，字元化，

> 据《三国志·魏书·方技传·华佗传》：华佗字元化，沛国谯人也，一名旉。游学徐土，兼通数经。沛相陈珪举孝廉，太尉黄琬辟，皆不就。晓养性之术，时人以为年且百岁而貌有壮容。

真当世之神医也。当引之来见。"不一日引至。策见其人，童颜鹤发，飘然有出世之姿。乃待为上宾，请视周泰疮。佗曰："此易事耳。"投之以药，一月而愈。策大喜，厚谢华佗。遂进兵杀除山贼。江南皆平。孙策分拨将士，守把各处隘口；一面写表申奏朝廷，一面结交曹操，一面使人致书与袁术取玉玺。

却说袁术暗有称帝之心，乃回书推托不还；急聚长史杨大将，

> 据《三国志·吴书·孙策传》：后术死，长史杨弘、大将张勋等将其众欲就策，庐江太守刘勋要击，悉虏之，收其珍宝以归。

> 按：长史杨大将，乃罗贯中读史粗疏而致误。《三国志·吴书·孙策传》为"长史杨弘、大将张勋"，罗氏漏看"弘"字，且断句不当，遂误。

都督张勋、纪灵、桥蕤，上将雷薄、陈兰三十余人商议，曰："孙策借我军马起事，今日尽得江东地面；乃不思根本，而反来索玺，殊为无礼。当以何策图之？"长史杨大将曰："孙策据长江之险，兵精粮广，未可图也。今当先伐刘备，以报前日无故相攻之恨，然后图取孙策未迟。某献一计，使备即日就擒。"正是：不去江东图虎豹，却来徐郡斗蛟龙。不知其计若何，且听下文分解。

第十六回　吕奉先射戟辕门　曹孟德败师淯水

却说杨大将献计欲攻刘备。袁术曰："计将安出？"大将曰："刘备军屯小沛，虽然易取，奈吕布虎踞徐州，前次许他金帛粮马，至今未与，恐其助备；今当令人送与粮食，以结其心，使其按兵不动，则刘备可擒。先擒刘备，后图吕布，徐州可得也。"术喜，便具粟二十万斛，令韩胤赍密书往见吕布。吕布甚喜，重待韩胤。胤回告袁术，术遂遣纪灵为大将，雷薄、陈兰为副将，统兵数万，进攻小沛。玄德闻知此信，聚众商议。张飞要出战。孙乾曰："今小沛粮寡兵微，如何抵敌？可修书告急于吕布。"张飞曰："那厮如何肯来！"玄德曰："乾之言善。"遂修书与吕布。书略曰：

伏自将军垂念，令备于小沛容身，实拜云天之德。今袁术欲报私仇，遣纪灵领兵到县，亡在旦夕，非将军莫能救。望驱一旅之师，以救倒悬之急，不胜幸甚！

吕布看了书，与陈宫计议曰："前者袁术送粮致书，盖欲使我不救玄德也。今玄德又来求救。吾想玄德屯军小沛，未必遂能为我害；若袁术并了玄德，则北连泰山诸将以图我，我不能安枕矣：不若救玄德。"遂点兵起程。

却说纪灵起兵长驱大进，已到沛县东南，扎下营寨。昼列旌旗，遮映山川；夜设火鼓，震明天地。玄德县中，止有五千余人，也只得勉强出县，布阵安营。忽报吕布引兵离县一里西南上扎下营寨。纪灵知吕布领兵来救刘备，急令人致书于吕布，责其无信。布笑曰："我有一计，使袁、刘两家都不怨我。"乃发使往纪灵、刘备寨中，请二人饮宴。

玄德闻布相请，即便欲往。关、张曰："兄长不可去。吕布必有异心。"玄德曰："我待彼不薄，彼必不害我。"遂上马而行。关、张随往，到吕布寨中，入见。布曰："吾今特解公之危。异日得志，不可相忘！"玄德称谢。布请玄德坐。关、张按剑立于背后。人报纪灵到，玄德大惊，欲避之。布曰："吾特请你二人来会议，勿得生疑。"玄德未知其意，心下不安。纪灵下马入寨，却见玄德在帐上坐，大惊，抽身便回，左右留之不住。吕布向前一把扯回，如提童稚。灵曰："将军欲杀纪灵耶？"布曰："非也。"灵曰："莫非杀大耳儿乎？"布曰："亦非也。"灵曰："然则为何？"布曰："玄德与布乃兄弟也，今为将军所困，故来救之。"灵曰："若此则杀灵也？"布曰："无有此理。布平生不好斗，惟好解斗。吾今为两家解之。"灵曰："请问解之之法？"布曰："我有一法，从天所决。"乃拉灵入帐与玄德相见。二人各怀疑忌。布乃居中坐，使灵居左，备居右，且教设宴行酒。

酒行数巡，布曰："你两家看我面上，俱各罢兵。"玄德无语。灵曰："吾奉主公之命，提十万之兵，专捉刘备，如何罢得？"张飞大怒，拔剑在手。叱曰："吾虽兵少，觑汝辈如儿戏耳！你比百万黄巾如何？你敢伤我哥哥！"关公急止之曰："且看吕将军如何主意，那时各回营寨厮杀未迟。"吕布曰："我请你两家解斗，须不教你厮杀！"这边纪灵不忿，那边张飞只要厮杀。布大怒，教左右："取我戟来！"布提画戟在手，纪灵、玄德尽皆失色。布曰："我劝你两家不要厮杀，尽在天命。"令左右接过画戟，去辕门外远远插定。乃回顾纪灵、玄德曰："辕门离中军一百五十步。吾若一箭射中戟小枝，你两家罢兵；如射不中，你各自回营，安排厮杀。有不从吾言者，并力拒之。"纪灵私忖："戟在一百五十步之外，安能便中？且落得应允。待其不中，那时凭我厮杀。"便一口许诺。玄德自无不允。布都教坐，再各饮一杯酒。酒毕，布教取弓箭来。玄德暗祝曰："只愿他射得中便好！"只见吕布挽起袍袖，搭上箭，扯满弓，叫一声："着！"正是：弓开如秋月行天，箭去似流星落地，一箭正中画戟小枝。帐上帐下将校，齐声喝采。后人有诗赞之曰：

　　温侯神射世间稀，曾向辕门独解危。落日果然欺后羿，号猿直欲胜由基。

　　虎筋弦响弓开处，雕羽翎飞箭到时。豹子尾摇穿画戟，雄兵十万脱征衣。

当下吕布射中画戟小枝，呵呵大笑，掷弓于地，执纪灵、玄德之手曰："此天令你两家罢兵也！"喝教军士："斟酒来！各饮一大觥。"玄德暗称惭愧。纪灵默然半晌，告布曰："将军之言，不敢不听；奈纪灵回去，主人如何肯信？"布曰："吾自作书复之便了。"酒又数巡，纪灵求书先回。布谓玄德曰："非我则公危矣。"玄德拜谢，与关、张回。次日，三处军马都散。

　　据《资治通鉴》卷六十二：术遣将纪灵等步骑三万攻刘备，备求救于布。诸将谓布曰："将军常欲杀刘备，今可假手于术。"布曰："不然。术若破备，则北连泰山诸将，吾为在术围中，不得不救也。"便率步骑千余驰往赴之。灵等闻布至，皆敛兵而止。布屯沛城西南，遣铃下请灵等，灵等亦请布，布往就之，与备共饮食。布谓灵等曰："玄德，布弟也，为诸君所困，故来救之。布性不喜合斗，喜解斗耳。"乃令军候植戟于营门，布弯弓顾曰："诸君观布射戟小支，中者当各解兵，不中可留决斗。"布即一发，正中戟支。灵等皆惊，言："将军天威也！"明日复欢会，然后各罢。（参见《后汉书·吕布传》《三国志·魏书·吕布传》）

不说玄德入小沛，吕布归徐州。却说纪灵回淮南见袁术，说吕布辕门射戟解和之事，呈上书信。袁术大怒曰："吕布受吾许多粮米，反以此儿戏之事，偏护刘备。吾当自提重兵，亲征刘备，兼讨吕布！"纪灵曰："主公不可造次。吕布勇力过人，兼有徐州之地；若布与备首尾相连，不易图也。灵闻布妻严氏有一女，年已及笄。主公有一子，可令人求亲于布，布若嫁女于主公，必杀刘备：此乃疏不间亲之计也。"袁术从之，即日遣韩胤为媒，赍礼物往徐州求亲。

胤到徐州见布，称说："主公仰慕将军，欲求令爱为儿妇，永结秦晋之好。"布入谋于妻严氏。原来吕布有二妻一妾：先娶严氏为正妻，后娶貂蝉为妾；及居小沛时，又娶曹豹之女为次妻。曹氏先亡无出，貂蝉亦无所出，惟严氏生一女，布最钟爱。当下严氏对布曰："吾闻袁公路久镇淮南，兵多粮广，早晚将为天子。若成大事，则吾女有后妃之望。只不知他有几子？"布曰："止有一子。"妻曰："既如此，即当许之。纵不为皇后，吾徐州亦无忧矣。"布意遂决，厚款韩胤，许了亲事。韩胤回报袁术。术即备聘礼，仍令韩胤送至徐州。吕布受了，设席相待，留于馆驿安歇。

次日，陈宫竟往馆驿内拜望韩胤。讲礼毕，坐定。宫乃叱退左右，对胤曰："谁献此计，教袁公与奉先联姻？意在取刘玄德之头乎？"胤失惊，起谢曰："乞公台勿泄！"宫曰："吾自不泄，只恐其事若迟，必被他人识破，事将中变。"胤曰："然则奈何？愿公教之。"宫曰："吾见奉先，使其即日送女就亲，何如？"胤大喜，称谢曰："若如此，袁公感佩明德不浅矣！"宫遂辞别韩胤。入见吕布曰："闻公女许嫁袁公路，甚善。但不知于何日结亲？"布曰："尚容徐议。"宫曰："古者自受聘成婚之期，各有定例：天子一年，诸侯半年，大夫一季，庶民一月。"布曰："袁公路天赐国宝，早晚当为帝，今从天子例，可乎？"宫曰："不可。"布曰："然则仍从诸侯例？"宫曰："亦不可。"布曰："然则将从卿大夫例矣？"宫曰："亦不可。"布笑曰："公岂欲吾依庶民例耶？"宫曰："非也。"布曰："然则公意欲如何？"宫曰："方今天下诸侯，互相争雄；今公与袁公路结亲，诸侯保无有嫉妒者乎？若复远择吉期，或竟乘我良辰，伏兵半路以夺之，如之奈何？为今之计，不许便休；既已许之，当趁诸侯未知之时，即便送女到寿春，另居别馆，然后择吉成亲，万无一失也。"布喜曰："公台之言甚当。"遂入告严氏。连夜具办妆奁,收拾宝马香车,令宋宪、魏续一同韩胤送女前去。鼓乐喧天,送出城外。

时陈元龙之父陈珪,养老在家,闻鼓乐之声,遂问左右。左右告以故。珪曰:"此乃疏不间亲之计也。玄德危矣。"遂扶病来见吕布。布曰:"大夫何来?"珪曰:"闻将军死至,特来吊丧。"布惊曰:"何出此言?"珪曰:"前者袁公路以金帛送公,欲杀刘玄德,而公以射戟解之;今忽来求亲,其意盖欲以公女为质,随后就来攻玄德而取小沛。小沛亡,徐州危矣。且彼或来借粮,或来借兵:公若应之,是疲于奔命,而又结怨于人;若其不允,是弃亲而启兵端也。况闻袁术有称帝之意,是造反也。彼若造反,则公乃反贼亲属矣,得无为天下所不容乎?"布大惊曰:"陈宫误我!"急命张辽引兵,追赶至三十里之外,将女抢归;连韩胤都拿回监禁,不放归去。却令人回复袁术,只说女儿妆奁未备,俟备毕便自送来。陈珪又说吕布,使解韩胤赴许都。布犹豫未决。

据《资治通鉴》卷六十二:袁术畏吕布为己害,乃为子求婚,布复许之。……袁术遣使者韩胤以称帝事告吕布,因求迎妇,布遣女随。陈珪恐徐、扬合从,为难未已,往说布曰:"曹公奉迎天子,辅赞国政,将军宜与协同策谋,共存大计。今与袁术结婚,必受不义之名,将有累卵之危矣!"布亦怨术初不己受也,女已在涂,乃追还绝昏,械送韩胤,枭首许市。(参见《三国志·魏书·吕布传》《后汉书·吕布传》)

忽人报:"玄德在小沛招军买马,不知何意。"布曰:"此为将者本分事,何足为怪。"正话间,宋宪、魏续至,告布曰:"我二人奉明公之命,往山东买马,买得好马三百余匹;回至沛县界首,被强寇劫去一半。打听得是刘备之弟张飞,诈妆山贼,抢劫马匹去了。"吕布听了大怒,随即点兵往小沛来斗张飞。

据《三国志·蜀书·先主传》注引《英雄记》:建安三年春,布使人赍金欲诣河内买马,为备兵所钞。布由是遣中郎将高顺、北地太守张辽等攻备。

按:据《英雄记》,刘备劫夺吕布的买马钱,事在建安三年(198)春,《演义》移植于此,将时间提前了一年,并将劫金改成张飞夺马。

玄德闻知大惊,慌忙领兵出迎。两阵圆处,玄德出马曰:"兄长何故领兵到此?"布指骂曰:"我辕门射戟,救你大难,你何故夺我马匹?"玄德曰:"备因缺马,令人四下收买,安敢夺兄马匹。"布曰:"你便使张飞夺了我好马一百五十匹,尚自抵赖!"张飞挺枪出马曰:"是我夺了你好马!你今待怎么?"布骂曰:"环眼贼!你累次渺视我!"飞曰:"我夺你马你便恼,你夺我哥哥的徐州便不说了!"布挺戟出马来战张飞,飞亦挺枪来迎。两个酣战一百余合,未见胜负。玄德恐有疏失,急鸣金收军入城。吕布分军四面围定。玄德唤张飞责之曰:"都是你夺他马匹,惹起事端!如今马匹在何处?"飞曰:"都寄在各寺院内。"玄德随令人出城,至吕布营中,说情愿送还马匹,两相罢兵。布欲从之。陈宫曰:"今不杀刘备,久后必为所害。"布听之,不从所请,攻城愈急。玄德与糜竺、孙乾商议。孙乾曰:"曹操所恨者,吕布也。不若弃城走许都,投奔曹操,借军破布,此为上策。"玄德曰:"谁可当先破围而出?"飞曰:"小弟情愿死战!"玄德令飞在前,云长在后,自居于中,保护老小。当夜三更,乘着月明,出北门而走。正遇宋宪、魏续,被翼德一阵杀退,得出重围。后面张辽赶来,关公敌住。吕布见玄德去了,也不来赶,随即入城安民,令高顺守小沛,自己仍回徐州去了。

却说玄德前奔许都,到城外下寨,先使孙乾来见曹操,言被吕布追逼。特来相投。操曰:"玄德与吾,兄弟也。"便请入城相见。次日,玄德留关、张在城外,自带孙乾、糜竺入见操。操待以上宾之礼。玄德备诉吕布之事,操曰:"布乃无义之辈,吾与贤弟并力诛之。"玄德称谢。操设宴相待,至晚送出。荀彧入见曰:"刘备,英雄也。今不早图,后必为患。"操不答。彧出,郭嘉入。操曰:"荀彧劝我杀玄德,当如何?"嘉曰:"不可。主公兴义兵,为百姓除暴,惟仗信义以招俊杰,犹惧其不来也;今玄德素有英雄之名,以困穷而来投,若杀之,是害贤也。天下智谋之士,闻而自疑,将裹足不前,主公谁与定天下乎?夫除一人之患,以阻四海之望,安危之机,不可不察。"操大喜曰:"君言正合吾心。"次日,即表荐刘备领豫州牧。程昱谏曰:"刘备终不为人之下,不如早图之。"操曰:"方今正用英雄之时,不可杀一人而失天下之心。此郭奉孝与吾有同见也。"遂不听昱言,以兵三千、粮万斛送与玄德,使往豫州到任,进兵屯小沛,招集原散之兵,攻吕布。

> 据《资治通鉴》卷六十二:备合兵得万余人,布恶之,自出兵攻备。备败走,归曹操,操厚遇之,以为豫州牧。或谓操曰:"备有英雄之志,今不早图,后必为患。"操以问郭嘉,嘉曰:"有是。然公起义兵,为百姓除暴,推诚仗信以招俊杰,犹惧其未也。今备有英雄名,以穷归己而害之,是以害贤为名也。如此,则智士将自疑,回心择主,公谁与定天下乎!夫除一人之患,以沮四海之望,安危之机也,不可不察。"操笑曰:"君得之矣!"遂益其兵,给粮食,使东至沛,收散兵以图吕布。(参见《三国志·蜀书·先主传》,《三国志·魏书·郭嘉传》注引《魏书》)

> 据《三国志·魏书·武帝纪》:吕布袭刘备,取下邳。备来奔。程昱说公曰:"观刘备有雄才而甚得众心,终不为人下,不如早图之。"公曰:"方今收英雄时也,杀一人而失天下之心,不可。"

> 据《三国志·魏书·郭嘉传》注引《傅子》:刘备来降,太祖以客礼待之,使为豫州牧。嘉言于太祖曰:"备有雄才而甚得众心。张飞、关羽者,皆万人之敌也,为之死用。嘉观之,备终不为人下,其谋未可测也。古人有言:'一日纵敌,数世之患。'宜早为之所。"是时,太祖奉天子以号令天下,方招怀英雄以明大信,未得从嘉谋。

玄德至豫州,令人约会曹操。操正欲起兵,自往征吕布,忽流星马报说:"张济自关中引兵攻南阳,为流矢所中而死;济侄张绣统其众,

> 据《资治通鉴》卷六十二:张济自关中引兵入荆州界,攻穰城,为流矢所中死。荆州官属皆贺,刘表曰:"济以穷来,主人无礼,至于交锋,此非牧意,牧受吊,不受贺也。"使人纳其众;众闻之喜,皆归心焉。济族子建忠将军绣代领其众,屯宛。(参见《三国志·魏书·张绣传》《刘表传》《武帝纪》《董卓传》,《后汉书·刘表传》《董卓传》)

用贾诩为谋士,结连刘表,屯兵宛城,欲兴兵犯阙夺驾。"

> 据《资治通鉴》卷六十二:初,帝既出长安,宣威将军贾诩上还印绶,往依段煨于华阴。诩素知名,为煨军所望,煨礼奉甚备。诩潜谋归张绣,或曰:"煨待君厚矣,君去安之?"诩曰:"煨性多疑,有忌诩意,礼虽厚,不可恃久,将为所图。去必喜,又望吾结大援于外,必厚吾妻子;绣无谋主,亦愿得诩:则家与身必俱全矣。"诩遂往,绣执子孙礼,煨果善视其家。诩说绣附于刘表,绣从之。(参见《三国志·魏书·贾诩传》)

操大怒,欲兴兵讨之,又恐吕布来侵许都,乃问计于荀彧。彧曰:"此易事耳。吕布无谋之辈,见利必喜;明公可遣使往徐州,加官赐赏,令与玄德解和。布喜,则不思远图矣。"操曰:"善。"遂差奉军都尉王则,赍官诰并和解书,往徐州去讫。一面起兵十五万,亲讨张绣。分军三路而行,以夏侯惇为先锋。军马至淯水下寨。贾诩劝张绣曰:"操兵势大,不可与敌,

不如举众投降。"张绣从之,

> 据《资治通鉴》卷六十二:(建安)二年春正月,曹操讨张绣,军于淯水,绣举众降。(参见《三国志·魏书·武帝纪》《张绣传》)

使贾诩至操寨通款。操见诩应对如流,甚爱之,欲用为谋士。诩曰:"某昔从李傕,得罪天下;今从张绣,言听计从,不忍弃之。"乃辞去。次日引绣来见操,操待之甚厚。引兵入宛城屯扎,余军分屯城外,寨栅联络十余里。一住数日,绣每日设宴请操。

一日操醉,退入寝所,私问左右曰:"此城中有妓女否?"操之兄子曹安民,知操意,乃密对曰:"昨晚小侄窥见馆舍之侧,有一妇人,生得十分美丽,问之,即绣叔张济之妻也。"操闻言,便令安民领五十甲兵往取之。

> 按:曹操纳张济之寡妻,《演义》称曹安民为之穿针引线,于史无据。

须臾,取到军中。操见之,果然美丽。问其姓,妇答曰:"妾乃张济之妻邹氏也。"操曰:"夫人识吾否?"邹氏曰:"久闻丞相威名,今夕幸得瞻拜。"操曰:"吾为夫人故,特纳张绣之降;不然灭族矣。"邹氏拜曰:"实感再生之恩。"操曰:"今日得见夫人,乃天幸也。今宵愿同枕席,随吾还都,安享富贵,何如?"邹氏拜谢。是夜,共宿于帐中。邹氏曰:"久住城中,绣必生疑,亦恐外人议论。"操曰:"明日同夫人去寨中住。"次日,移于城外安歇,唤典韦就中军帐房外宿卫。他人非奉呼唤,不许辄入。因此,内外不通。操每日与邹氏取乐,不想归期。

张绣家人密报绣。绣怒曰:"操贼辱我太甚!"

> 据《资治通鉴》卷六十二:(建安)二年春正月,曹操讨张绣,军于淯水,绣举众降。操纳张济之妻,绣恨之。(参见《三国志·魏书·武帝纪》)

便请贾诩商议。诩曰:"此事不可泄漏。来日等操出帐议事,如此如此。"次日,操坐帐中,张绣入告曰:"新降兵多有逃亡者,乞移屯中军。"操许之。绣乃移屯其军。分为四寨,刻期举事。

> 据《三国志·魏书·张绣传》注引《吴书》:绣降,用贾诩计,乞徙军就高道,道由太祖屯中。绣又曰:"车少而重,乞得使兵各被甲。"太祖信绣,皆听之。绣乃严兵入屯,掩太祖。太祖不备,故败。

因畏典韦勇猛,急切难近,乃与偏将胡车儿商议。那胡车儿力能负五百斤,日行七百里,亦异人也。

> 据《三国志·魏书·张绣传》注引《傅子》:绣有所亲胡车儿,勇冠其军。太祖爱其骁健,手以金与之。绣闻而疑太祖欲因左右刺之,遂反。

> 按:据此条史料可知,张绣降曹后复叛,不仅因曹操强娶其婶而感到耻辱,还因为怀疑曹操预谋杀害他。

当下献计于绣曰:"典韦之可畏者,双铁戟耳。主公明日可请他来吃酒,使尽醉而归。那时某便混入他跟来军士数内,偷入帐房,先盗其戟,此人不足畏矣。"

> 按:《演义》称胡车儿盗戟,不见于史。

绣甚喜,预先准备弓箭、甲兵,告示各寨。至期,令贾诩致意,请典韦到寨,殷勤待酒。至晚醉归,胡车儿杂在众人队里,直入大寨。是夜曹操于帐中与邹氏饮酒,忽听帐外人言马嘶,操使人观之。回报是张绣军夜巡，操乃不疑。时近二更，忽闻寨内呐喊，报说草车上火起。操曰："军人失火，勿得惊动。"须臾，四下里火起，操始着忙，急唤典韦。韦方醉卧，睡梦中听得金鼓喊杀之声，便跳起身来，却寻不见了双戟。时敌兵已到辕门，韦急掣步卒腰刀在手。只见门首无数军马，各挺长枪，抢入寨来。韦奋力向前，砍死二十余人。马军方退，步军又到，两边枪如苇列。韦身无片甲，上下被数十枪，兀自死战。刀砍缺不堪用，韦即弃刀，双手提着两个军人迎敌，击死者八九人，群贼不敢近，只远远以箭射之，箭如骤雨。韦犹死拒寨门。怎奈寨后贼军已入，韦背上又中一枪，乃大叫数声，血流满地而死。死了半晌，还无一人敢从前门而入者。

据《三国志·魏书·典韦传》：太祖征荆州，至宛，张绣迎降。太祖甚悦，延绣及其将帅，置酒高会。太祖行酒，韦持大斧立后，刃径尺，太祖所至之前，韦辄举斧目之。竟酒，绣及其将帅莫敢仰视。后十余日，绣反，袭太祖营，太祖出战不利，轻骑引去。韦战于门中，贼不得入。兵遂散从他门并入。时韦校尚有十余人，皆殊死战，无一当十。贼前后至稍多，韦以长戟左右击之，一叉入，辄十余矛摧。左右死伤者略尽。韦被数十创，短兵接战，贼前搏之。韦双挟两贼击杀之，余贼不敢前。韦复前突贼，杀数人，创重发，瞋目大骂而死。贼乃敢前，取其头，传观之，覆军就视其躯。

按：《演义》称典韦"双手提着两个军人迎敌"，与史不合。史书为"韦双挟两贼击杀之"，即典韦用双臂夹住两个张绣军士将他们杀死。

却说曹操赖典韦当住寨门，乃得从寨后上马逃奔，只有曹安民步随。操右臂中了一箭，马亦中了三箭。亏得那马是大宛良马，熬得痛，走得快。刚刚走到淯水河边，贼兵追至，安民被砍为肉泥。操急骤马冲波过河，才上得岸，贼兵一箭射来，正中马眼，那马扑地倒了。操长子曹昂，即以己所乘之马奉操。操上马急奔，曹昂却被乱箭射死。操乃走脱。路逢诸将，收集残兵。

据《资治通鉴》卷六十二：（建安）二年春正月，曹操讨张绣，军于淯水，绣举众降。操纳张济之妻，绣恨之；又以金与绣骁将胡车儿，绣闻而疑惧，袭击操军，杀操长子昂。操中流矢，败走，校尉典韦与绣力战，左右死伤略尽，韦被数十创。绣兵前搏之，韦双挟两人击杀之，瞋目大骂而死。操收散兵，还住舞阴。绣率骑来追，操击破之，绣走还穰，复与刘表合。……操引军还许。

据《三国志·魏书·武帝纪》：（建安）二年春正月，公到宛。张绣降，既而悔之，复反。公与战，军败，为流矢所中，长子昂、弟子安民遇害。公乃引兵还舞阴，绣将骑来钞，公击破之。绣奔穰，与刘表合。公谓诸将曰："吾降张绣等，失不便取其质，以至于此。吾知所以败。诸卿观之，自今已后不复败矣。"遂还许。

据《三国志·魏书·张绣传》：太祖南征，军淯水，绣等举众降。太祖纳济妻，绣恨之。太祖闻其不悦，密有杀绣之计。计漏，绣掩袭太祖。太祖军败，二子没。

据《三国志·魏书·武帝纪》注引《魏书》：公所乘马名绝影，为流矢所中，伤颊及足，并中公右臂。

据《三国志·魏书·武帝纪》注引《世语》：昂不能骑，进马于公，公故免，而昂遇害。

时夏侯惇所领青州之兵，乘势下乡，劫掠民家；平虏校尉于禁，即将本部军于路剿杀，安抚乡民。青州兵走回，迎操泣拜于地，言于禁造反，赶杀青州军马。操大惊。须臾，夏侯惇、许褚、李典、乐进都到。操言于禁造反，可整兵迎之。

却说于禁见操等俱到，乃引军射住阵角，凿堑安营。或告之曰："青州军言将军造反，今丞相已到，何不分辩，乃先立营寨耶？"于禁曰："今贼追兵在后，不时即至；若不先准备，何以拒敌？分辩小事，退敌大事。"安营方毕，张绣军两路杀至。于禁身先出寨迎敌。绣急退兵。左右诸将，见于禁向前，各引兵击之，绣军大败，追杀百余里。绣势穷力孤，引败兵投刘表去了。

曹操收军点将，于禁入见，备言青州之兵，肆行劫掠，大失民望，某故杀之。操曰："不告我，先下寨，何也？"禁以前言对。操曰："将军在匆忙之中，能整兵坚垒，任谤任劳，使反败为胜，虽古之名将，何以加兹！"乃赐以金器一副，封益寿亭侯；责夏侯惇治兵不严之过。

> 据《资治通鉴》卷六十二：是时，诸军大乱，平虏校尉泰山于禁独整众而还，道逢青州兵劫掠人，禁数其罪而击之。青州兵走，诣操。禁既至，先立营垒，不时谒操。或谓禁："青州兵已诉君矣，宜促诣公辨之。"禁曰："今贼在后，追至无时，不先为备，何以待敌！且公聪明，谮诉何缘得行！"徐凿堑安营讫，乃入谒，具陈其状。操悦，谓禁曰："淯水之难，吾犹狼狈，将军在乱能整，讨暴坚垒，有不可动之节，虽古名将，何以加之！"于是录禁前后功，封益寿亭侯。(参见《三国志·魏书·于禁传》)

又设祭祭典韦，操亲自哭而奠之，顾谓诸将曰："吾折长子、爱侄，俱无深痛；独号泣典韦也！"

> 据《三国志·魏书·典韦传》：太祖退住舞阴，闻韦死，为流涕，募间取其丧，亲自临哭之，遣归葬襄邑，拜子满为郎中。车驾每过，常祠以中牢。太祖思韦，拜满为司马，引自近。

众皆感叹，次日下令班师。

不说曹操还兵许都。且说王则赍诏至徐州，布迎接入府，开读诏书：封布为平东将军，特赐印绶。又出操私书，王则在吕布面前极道曹公相敬之意。布大喜。

> 据《三国志·魏书·吕布传》注引《英雄记》：初，天子在河东，有手笔版书召布来迎。布军无畜积，不能自致，遣使上书。朝廷以布为平东将军，封平陶侯。使人于山阳界亡失文字，太祖又手书厚加慰劳布，说起迎天子，当平定天下意，并诏书购捕公孙瓒、袁术、韩暹、杨奉等。布大喜，复遣使上书于天子曰："臣本当迎大驾，知曹操忠孝，奉迎都许。臣前与操交兵，今操保傅陛下，臣为外将，欲以兵自随，恐有嫌疑，是以待罪徐州，进退未敢自宁。"答太祖曰："布获罪之人，分为诛首，手命慰劳，厚见褒奖。重见购捕袁术等诏书，布当以命为效。"太祖更遣奉车都尉王则为使者，赍诏书，又封平东将军印绶来拜布。太祖又手书与布曰："山阳屯送将军所失大封，国家无好金，孤自取家好金更相为作印，国家无紫绶，自取所带紫绶以籍心。将军所使不良，袁术称天子，将军止之，而使不通章。朝廷信将军，使复重上，以相明忠诚。"布乃遣登奉章谢恩，并以一好绶答太祖。

忽报袁术遣人至，布唤入问之。使言："袁公早晚即皇帝位，立东宫，催取皇妃早到淮南。"布大怒曰："反贼焉敢如此！"遂杀来使，将韩胤用枷钉了，遣陈登赍谢表，解韩胤一同王则上许都来谢恩。且答书于操，欲求实授徐州牧。操知布绝婚袁术，大喜，遂斩韩胤于市曹。

> 据《资治通鉴》卷六十二：袁术遣使者韩胤以称帝事告吕布，因求迎妇，布遣女随之。陈珪恐徐、扬合从，为难未已，往说布曰："曹公奉迎天子，辅赞国政，将军宜与

协同策谋，共存大计。今与袁术结婚，必受不义之名，将有累卵之危矣！"布亦怨术初不已受也，女已在途，乃追还绝昏，械送韩胤，枭首许市。陈珪欲使子登诣曹操，布固不肯。会诏以布为左将军，操复遗布手书，深加慰纳。布大喜，即遣登奉章谢恩，并答操书。（参见《三国志·魏书·吕布传》《后汉书·吕布传》）

陈登密谏操曰："吕布，豺狼也，勇而无谋，轻于去就，宜早图之。"操曰："吾素知吕布狼子野心，诚难久养。非公父子莫能究其情，公当与吾谋之。"登曰："丞相若有举动，某当为内应。"操喜，表赠陈珪致中二千石，登为广陵太守。登辞回，操执登手曰："东方之事，便以相付。"登点头允诺。

  据《资治通鉴》卷六十二：登见操，因陈布勇而无谋，轻于去就，宜早图之。操曰："布狼子野心，诚难久养，非卿莫究其情伪。"即增珪秩中二千石，拜登广陵太守。临别，操执登手曰："东方之事，便以相付。"令阴合部众以为内应。（参见《三国志·魏书·吕布传》《后汉书·吕布传》）

  据《三国志·魏书·吕布传附陈登传》注引《先贤行状》：登忠亮高爽，沉深有大略，少有扶世济民之志。……奉使到许，太祖以登为广陵太守，令阴合众以图吕布。

  按：致中二千石，据史书，应作"秩中二千石"。秩，官禄等级。

回徐州见吕布，布问之，登言："父赠禄，某为太守。"布大怒曰："汝不为吾求徐州牧，而乃自求爵禄！汝父教我协同曹公，绝婚公路，今吾所求，终无一获；而汝父子俱各显贵，吾为汝父子所卖耳！"遂拔剑欲斩之。登大笑曰："将军何其不明之甚也！"布曰："吾何不明？"登曰："吾见曹公，言养将军譬如养虎，当饱其肉，不饱则将噬人。曹公笑曰：'不如卿言。吾待温侯，如养鹰耳：狐兔未息，不敢先饱，饥则为用，饱则飏去。'某问谁为狐兔，曹公曰：'淮南袁术、江东孙策、冀州袁绍、荆襄刘表、益州刘璋、汉中张鲁，皆狐兔也。'"布掷剑笑曰："曹公知我也！"

  据《资治通鉴》卷六十二：始，布因登求徐州牧不得，登还，布怒，拔戟斫几曰："卿父劝吾协同曹操，绝婚公路；今吾所求无获，而卿父子并显重，但为卿所卖耳！"登不为动容，徐对之曰："登见曹公言：'养将军譬如养虎，当饱其肉，不饱则将噬人。'公曰：'不如卿言。譬如养鹰，饥即为用，饱则飏去。'其言如此。"布意乃解。（参见《三国志·魏书·吕布传》《后汉书·吕布传》）

正说话间，忽报袁术军取徐州。吕布闻言失惊。正是：秦晋未谐吴越斗，婚姻惹出甲兵来。毕竟后事如何，且听下文分解。

第十七回　袁公路大起七军　曹孟德会合三将

却说袁术在淮南,地广粮多,又有孙策所质玉玺,遂思僭称帝号;大会群下议曰:"昔汉高祖不过泗上一亭长,而有天下;今历年四百,气数已尽,海内鼎沸。吾家四世三公,百姓所归;吾欲应天顺人,正位九五。尔众人以为何如?"主簿阎象曰:"不可。昔周后稷积德累功,至于文王,三分天下有其二,犹以服事殷。明公家世虽贵,未若有周之盛;汉室虽微,未若殷纣之暴也。此事决不可行。"术怒曰:"吾袁姓出于陈,陈乃大舜之后。以土承火,正应其运。又谶云:代汉者,当涂高也。吾字公路,正应其谶。又有传国玉玺。若不为君,背天道也。吾意已决,多言者斩!"

　　据《资治通鉴》卷六十二:袁术以谶言"代汉者当涂高",自云名字应之。又以袁氏出陈,为舜后,以黄代赤,德运之次,遂有僭逆之谋。闻孙坚得传国玺,拘坚妻而夺之。及闻天子败于曹阳,乃会群下议称尊号;众莫敢对。主簿阎象进曰:"昔周自后稷至于文王,积德累功,参分天下有其二,犹服事殷。明公虽弈世克昌,未若有周之盛;汉室虽微,未若殷纣之暴也!"术默然。(参见《后汉书·袁术传》,《三国志·魏书·袁术传》及注引《典略》)

遂建号仲氏,立台省等官,乘龙凤辇,祀南北郊,立冯方女为后,立子为东宫。

　　据《资治通鉴》卷六十二:袁术称帝于寿春,自称仲家,以九江太守为淮南尹,置公卿百官,郊祀天地。(参见《后汉书·袁术传》,《三国志·魏书·袁术传》及注引《典略》)

因命使催取吕布之女为东宫妃,却闻布已将韩胤解赴许都,为曹操所斩,乃大怒;遂拜张勋为大将军,统领大军二十余万,分七路征徐州:第一路大将张勋居中,第二路上将桥蕤居左,第三路上将陈纪居右,第四路副将雷薄居左,第五路副将陈兰居右,第六路降将韩暹居左,第七路降将杨奉居右。各领部下健将,克日起行。命兖州刺史金尚为太尉,监运七路钱粮。尚不从,术杀之。

　　据《资治通鉴》卷六十二:术欲以故兖州刺史金尚为太尉,尚不许而逃去,术杀之。

以纪灵为七路都救应使。术自引军三万,使李丰、梁刚、

　　按:梁刚,史书中作梁纲。

乐就为催进使,接应七路之兵。

　　吕布使人探听得张勋一军从大路径取徐州,桥蕤一军取小沛,陈纪一军取沂都,雷薄一军取琅琊,陈兰一军取碣石,韩暹一军取下邳,杨奉一军取浚山:七路军马,日行五十里,于路劫掠将来。乃急召众谋士商议,陈宫与陈珪父子俱至。陈宫曰:"徐州之祸,乃陈珪父子所招,媚朝廷以求爵禄,今日移祸于将军。可斩二人之头献袁术,其军自退。"布听其言,即命擒下陈珪、陈登。陈登大笑曰:"何如是之懦也?吾观七路之兵,如七堆腐草,何足介意!"布曰:"汝若有计破敌,免汝死罪。"陈珪曰:"将军若用老夫之言,徐州可保无虞。"布曰:"试言之。"珪曰:"术兵虽众,皆乌合之师,素不亲信;我以正兵守之,出奇兵胜之,无不成功。更有一

第十七回　袁公路大起七军　曹孟德会合三将

计，不止保安徐州，并可生擒袁术。"布曰："计将安出？"珪曰："韩暹、杨奉乃汉旧臣，因惧曹操而走，无家可依，暂归袁术；术必轻之，彼亦不乐为术用。若凭尺书结为内应，更连刘备为外合，必擒袁术矣。"布曰："汝须亲到韩暹、杨奉处下书。"陈登允诺。

布乃发表上许都，并致书与豫州，然后令陈登引数骑，先于下邳道上候韩暹。暹引兵至，下寨毕，登入见。暹问曰："汝乃吕布之人，来此何干？"登笑曰："某为大汉公卿，何谓吕布之人？若将军者，向为汉臣，今乃为叛贼之臣，使昔日关中保驾之功，化为乌有，窃为将军不取也。且袁术性最多疑，将军后必为其所害。今不早图，悔之无及！"暹叹曰："吾欲归汉，恨无门耳。"登乃出布书。暹览书毕曰："吾已知之。公先回，吾与杨将军反戈击之。但看火起为号，温侯以兵相应可也。"登辞暹，急回报吕布。

布乃分兵五路，高顺引一军进小沛，敌桥蕤；陈宫引一军进沂都，敌陈纪；张辽、臧霸引一军出琅琊，敌雷薄；宋宪、魏续引一军出碣石，敌陈兰；吕布自引一军出大道，敌张勋。各领军一万，余者守城。吕布出城三十里下寨。张勋军到，料敌吕布不过，且退二十里屯住，待四下兵接应。是夜二更时分，韩暹、杨奉分兵到处放火，接应吕家军入寨。勋军大乱。吕布乘势掩杀，张勋败走。吕布赶到天明，正撞纪灵接应。两军相迎，恰待交锋，韩暹、杨奉两路杀来。纪灵大败而走，吕布引兵追杀。山背后一彪军到，门旗开处，只见一队军马，打龙凤日月旗幡，四斗五方旌帜，金瓜银斧，黄钺白旄，黄罗销金伞盖之下，袁术身披金甲，腕悬两刀，立于阵前，大骂："吕布，背主家奴！"布怒，挺戟向前。术将李丰挺枪来迎；战不三合，被布刺伤其手，丰弃枪而走。吕布麾兵冲杀，术军大乱。吕布引军从后追赶，抢夺马匹衣甲无数。袁术引着败军，走不上数里，山背后一彪军出，截住去路。当先一将乃关云长也，大叫："反贼！还不受死！"袁术慌走，余众四散奔逃，被云长大杀了一阵。袁术收拾败军，奔回淮南去了。

据《资治通鉴》卷六十二：袁术遣其大将张勋、桥蕤等与韩暹、杨奉连势，步骑数万趣下邳，七道攻布。布时有兵三千，马四百匹，惧其不敌，谓陈珪曰："今致术军，卿之由也，为之奈何？"珪曰："暹、奉与术，卒合之师耳，谋无素定，不能相维，子登策之，比于连鸡，势不俱栖，立可离也。"布用珪策，与暹、奉书曰："二将军亲拔大驾，而布手杀董卓，俱立功名，今奈何与袁术同为贼乎！不如相与并力破术，为国除害。"且许悉以术军资与之。暹、奉大喜，即回计从布。布进军，去勋营百步，暹、奉兵同时叫呼，并到勋营，勋等散走，布兵追击，斩其将十人首，所杀伤堕水死者殆尽。布因与暹、奉合军向寿春，水陆并进，到钟离，所过虏掠，还渡淮北，留书辱术。术自将步骑五千扬兵淮上，布骑皆于水北大哈笑之而还。（参见《三国志·魏书·吕布传》及注引《九州春秋》、注引《英雄记》，《三国志·魏书·武帝纪》，《后汉书·袁术传》））

据《后汉书·吕布传》：袁术怒布杀韩胤，遣其大将张勋、桥蕤等与韩暹、杨奉连势，步骑数万，七道攻布。布时兵有三千，马四百匹，惧其不敌，谓陈珪曰："今致术军，卿之由也，为之奈何？"珪曰："暹、奉与术，卒合之师耳。谋无素定，不能相维。子登策之，比于连鸡，势不俱栖，立可离也。"布用珪策，与暹、奉书曰："二将军亲拔大驾，而布手杀董卓，俱立功名，当垂竹帛。今袁术造逆，宜共诛讨，奈何与贼还来伐布？可因今者同力破术，为国除害，建功天下，此时不可失也。"又许破术兵，悉以军资与之。暹、奉大喜，遂共击勋等于下邳，大破之，生禽桥蕤，余众溃走，其所杀伤、堕水死者殆尽。

据《资治通鉴考异》：《范书·吕布传》云："布破张勋于下邳，生禽桥蕤。"……然《魏志·吕布传》无桥蕤事，当是《范书》误。

吕布得胜，邀请云长并杨奉、韩暹等一行人马到徐州，大排筵宴管待，军士都有犒赏。次日，云长辞归。布保韩暹为沂都牧、杨奉为琅琊牧，商议欲留二人在徐州。陈珪曰："不可。韩、杨二人据山东，不出一年，则山东城郭皆属将军也。"布然之，遂送二将暂于沂都、琅琊二处屯扎，以候恩命。陈登私问父曰："何不留二人在徐州，为杀吕布之根？"珪曰："倘二人协助吕布，是反为虎添爪牙也。"登乃服父之高见。

却说袁术败回淮南，遣人往江东问孙策借兵报仇。策怒曰："汝赖吾玉玺，僭称帝号，背反汉室，大逆不道！吾方欲加兵问罪，岂肯反助叛贼乎！"遂作书以绝之。使者赍书回见袁术。术看毕，怒曰："黄口孺子，何敢乃尔！吾先伐之！"长史杨大将力谏方止。

　　据《三国志·吴书·孙策传》：时袁术僭号，策以书责而绝之。

　　据《资治通鉴》卷六十二：袁术……有僭逆之谋，……会群下议称尊号。……孙策闻之，与术书曰……术始自以为有淮南之众，料策必与己合，及得其书，愁沮发疾。既不纳其言，策遂与之绝。

却说孙策自发书后，防袁术兵来，点军守住江口。忽曹操使至，拜策为会稽太守，令起兵征讨袁术。策乃商议，便欲起兵。长史张昭曰："术虽新败，兵多粮足，未可轻敌。不如遗书曹操，劝他南征，吾为后应：两军相援，术军必败。万一有失，亦望操救援。"策从其言，遣使以此意达曹操。

却说曹操至许都，思慕典韦，立祀祭之；封其子典满为中郎，收养在府。忽报孙策遣使致书，操览书毕；又有人报袁术乏粮，劫掠陈留。欲乘虚攻之，遂兴兵南征。令曹仁守许都，其余皆从征，马步兵十七万，粮食辎重千余车。一面先发人会合孙策与刘备、吕布。兵至豫州界上，玄德早引兵来迎，操命请入营。相见毕，玄德献上首级二颗。操惊曰："此是何人首级？"玄德曰："此韩暹、杨奉之首级也。"操曰："何以得之？"玄德曰："吕布令二人权住沂都、琅琊两县。不意二人纵兵掠民，人人嗟怨。因此备乃设一宴，诈请议事；饮酒间，掷盏为号，使关、张二弟杀之，尽降其众。今特来请罪。"

　　据《三国志·魏书·董卓传》：太祖乃迎天子都许。暹、奉不能奉王法，各出奔，寇徐、扬间，为刘备所杀。（参见《三国志·蜀书·先主传》）

　　据《资治通鉴》卷六十二：韩暹、杨奉在下邳，寇掠徐、扬间，军饥饿，辞吕布，欲诣荆州；布不听。奉知刘备与布有宿憾，私与备相闻，欲共击布；备阳许之。奉引军诣沛，备请奉入城，饮食未半，于座上缚奉，斩之。暹失奉，孤特，与十余骑归并州，为抒秋令张宣所杀。（参见《三国志·魏书·董卓传》注引《英雄记》《后汉书·董卓传》）

　　按：《演义》称刘备杀死了杨奉、韩暹二人，据《三国志·魏书·董卓传》注引《英雄记》，韩暹非刘备所杀。

操曰："君为国家除害，正是大功，何言罪也？"遂厚劳玄德。合兵到徐州界，吕布出迎。操善言抚慰，封为左将军，许于还都之时，换给印绶。布大喜。操即分吕布一军在左，玄德一军在右，自统大军居中，令夏侯惇、于禁为先锋。

袁术知操兵至，令大将桥蕤引兵五万作先锋。两军会于寿春界口。桥蕤当先出马，与夏侯惇战不三合，被夏侯惇搠死。术军大败，奔走回城。忽报孙策发船攻江边西面，吕布引兵攻东面，刘备、关、张引兵攻南面，操自引兵十七万攻北面。术大惊，急聚众文武商议。杨大将曰："寿春水旱连年，人皆缺食；今又动兵扰民，民既生怨，兵至难以拒敌。不如留军在寿春，不必与战；待彼兵粮尽，必然生变。陛下且统御林军渡淮，一者就熟，二者暂避其

第十七回 袁公路大起七军 曹孟德会合三将

锐。"术用其言，留李丰、乐就、梁刚、陈纪四人分兵十万，坚守寿春；其余将卒并库藏金玉宝贝，尽数收拾过淮去了。

却说曹兵十七万，日费粮食浩大，诸郡又荒旱，接济不及。操催军速战，李丰等闭门不出。操军相拒月余，粮食将尽，致书于孙策，借得粮米十万斛，不敷支散。管粮官任峻部下仓官王垕入禀操曰："兵多粮少，当如之何？"操曰："可将小斛散之，权且救一时之急。"垕曰："兵士倘怨，如何？"操曰："吾自有策。"垕依命，以小斛分散。操暗使人各寨探听，无不嗟怨，皆言丞相欺众。操乃密召王垕入曰："吾欲问汝借一物，以压众心，汝必勿吝。"垕曰："丞相欲用何物？"操曰："欲借汝头以示众耳。"垕大惊曰："某实无罪！"操曰："吾亦知汝无罪，但不杀汝，军心变矣。汝死后，汝妻子吾自养之，汝勿虑也。"垕再欲言时，操早呼刀斧手推出门外，一刀斩讫，悬头高竿，出榜晓示曰："王垕故行小斛，盗窃官粮，谨按军法。"于是众怨始解。

　　据《三国志·魏书·武帝纪》注引《曹瞒传》：常讨贼，廪谷不足，私谓主者曰："如何？"主者曰："可以小斛以足之。"太祖曰："善。"后军中言太祖欺众，太祖谓主者曰："特当借君死以厌众，不然事不解。"乃斩之，取首题徇曰："行小斛，盗官谷，斩之军门。"其酷虐变诈，皆此类也。

　　次日，操传令各营将领："如三日内不并力破城，皆斩！"操亲自至城下，督诸军搬土运石，填壕塞堑。城上矢石如雨，有两员裨将畏避而回，操擎剑亲斩于城下，遂自下马接土填坑。于是大小将士无不向前，军威大振。城上抵敌不住，曹兵争先上城，斩关落锁，大队拥入。李丰、陈纪、乐就、梁刚都被生擒，操令皆斩于市。焚烧伪造宫室殿宇、一应犯禁之物；寿春城中，收掠一空。

　　据《三国志·魏书·武帝纪》：（建安二年）秋九月，术侵陈，公东征之。术闻公自来，弃军走，留其将桥蕤、李丰、梁纲、乐就；公到，击破蕤等，皆斩之。术走渡淮。公还许。

　　据《资治通鉴》卷六十二：（建安二年）秋九月，司空曹操东征袁术。术闻操来，弃军走，留其将桥蕤等于蕲阳以拒操；操击破蕤等，皆斩之。术走渡淮，时天旱岁荒，士民冻馁，术由是遂衰。

　　据《资治通鉴考异》：《范书·吕布传》云："布破张勋于下邳，生禽桥蕤。"此又一桥蕤，然蕤被获又还也？然《魏志·吕布传》无桥蕤事，当是《范书》误。

　　据《后汉书·袁术传》：术又率兵击陈国，诱杀其王宠及相骆俊，曹操乃自征之。术闻大骇，即走度淮，留张勋、桥蕤于蕲阳，以拒操。操击破斩蕤，而勋退走。

商议欲进兵渡淮，追赶袁术。荀彧谏曰："年来荒旱，粮食艰难，若更进兵，劳军损民，未必有利。不若暂回许都，待来春麦熟，军粮足备，方可图之。"操踌躇未决。忽报马到，报说："张绣依托刘表，复肆猖獗，南阳、江陵诸县复反。曹洪拒敌不住，连输数阵。今特来告急。"操乃驰书与孙策，令其跨江布阵，以为刘表疑兵，使不敢妄动，自己即日班师，别议征张绣之事。临行，令玄德仍屯兵小沛，与吕布结为兄弟，互相救助，再无相侵。吕布领兵自回徐州。操密谓玄德曰："吾令汝屯兵小沛，是掘坑待虎之计也。公但与陈珪父子商议，勿致有失。某当为公外援。"话毕而别。

　　却说曹操引军回许都，人报段煨杀了李傕，伍习杀了郭汜，将头来献。段煨并将李傕合族老小二百余口活解入许都。操令分于各门处斩，传首号令，人民称快。天子升殿，会集文武，作太平筵宴。封段煨为荡寇将军、伍习为殄虏将军，各引兵镇守长安。二人谢恩而去。

据《资治通鉴》卷六十二,《后汉书·董卓传》:(建安二年冬十一月,)郭汜为其将伍习所杀。……(建安三年)夏四月,使调者仆射裴茂诏关中诸将段煨等讨李傕,夷其三族。以煨为安南将军,封闽乡侯。(参见《三国志·魏书·董卓传》,《后汉书·董卓传》《献帝纪》)

操即奏张绣作乱,当兴兵伐之。天子乃亲排銮驾。送操出师。时建安三年夏四月也。

据《三国志·魏书·武帝纪》:(建安三年)三月,公围张绣于穰。

据《三国志·魏书·荀攸传》:建安三年,从征张绣。攸言于太祖曰:"绣与刘表相恃为强,然绣以游军仰食于表,表不能供也,势必离。不如缓军以待之,可诱而致也;若急之,其势必相救。"太祖不从,遂进军之穰,与战。绣急,表果救之。军不利。太祖谓攸曰:"不用君言至是。"(参见《资治通鉴》卷六十二)

操留荀彧在许都,调遣兵将,自统大军进发。行军之次,见一路麦已熟,民因兵至,逃避在外,不敢刈麦。操使人远近遍谕村人父老及各处守境官吏曰:"吾奉天子明诏,出兵讨逆,与民除害。方今麦熟之时,不得已而起兵,大小将校,凡过麦田,但有践踏者,并皆斩首。军法甚严,尔民勿得惊疑。"百姓闻谕,无不欢喜称颂,望尘遮道而拜。官军经过麦田,皆下马以手扶麦,递相传送而过,并不敢践踏。操乘马正行,忽田中惊起一鸠。那马眼生,窜入麦中,践坏了一大块麦田。操随呼行军主簿,拟议自己践麦之罪。主簿曰:"丞相岂可议罪?"操曰:"吾自制法,吾自犯之,何以服众?"即掣所佩之剑欲自刎。众急救住。郭嘉曰:"古者《春秋》之义,法不加于尊。丞相总统大军,岂可自戕?"操沉吟良久,乃曰:"既《春秋》有法不加于尊之义,吾姑免死。"乃以剑割自己之发,掷于地曰:"割发权代首。"使人以发传示三军曰:"丞相践麦,本当斩首号令,今割发以代。"于是三军悚然,无不懔遵军令。

据《三国志·魏书·武帝纪》注引《曹瞒传》:尝出军,行经麦中,令士卒"无败麦,犯者死"。骑士皆下马,持麦以相付。于是太祖马腾入麦中,敕主簿议罪,主簿对以《春秋》之义,罚不加于尊。太祖曰:"制法而自犯之,何以帅下?然孤为军帅,不可自杀,请自刑。"因援剑割发以置地。

后人有诗论之曰:

十万貔貅十万心,一人号令众难禁。拔刀割发权为首,方见曹瞒诈术深。

却说张绣知操引兵来,急发书报刘表,使为后应;一面与雷叙、张先二将领兵出城迎敌。两阵对圆,张绣出马,指操骂曰:"汝乃假仁义无廉耻之人,与禽兽何异!"操大怒,令许褚出马。绣令张先接战。只三合,许褚斩张先于马下,绣军大败。操引军赶至南阳城下。绣入城,闭门不出。操围城攻打,见城壕甚阔,水势又深,急难近城。乃令军士运土填壕,又用土布袋并柴薪草把相杂,于城边作梯凳,又立云梯窥望城中,操自骑马绕城观之,如此三日。传令教军士于西门角上,堆积柴薪,会集诸将,就那里上城。城中贾诩见如此光景,便谓张绣曰:"某已知曹操之意矣,今可将计就计而行。"正是:强中自有强中手,用诈还逢识诈人。不知其计若何,且听下文分解。

第十八回　贾文和料敌决胜　夏侯惇拔矢啖睛

　　却说贾诩料知曹操之意，便欲将计就计而行，乃谓张绣曰："某在城上见曹操绕城而观者三日。他见城东南角砖土之色，新旧不等，鹿角多半毁坏，意将从此处攻进，却虚去西北上积草，诈为声势，欲哄我撤兵守西北，彼乘夜黑必爬东南角而进也。绣曰："然则奈何？"诩曰："此易事耳。来日可令精壮之兵，饱食轻装，尽藏于东南房屋内，却教百姓假扮军士，虚守西北。夜间任他在东南角上爬城。俟其爬进城时，一声炮响，伏兵齐起，操可擒矣。"绣喜，从其计。早有探马报曹操，说张绣尽撤兵在西北角上，呐喊守城，东南却甚空虚。操曰："中吾计矣！"遂命军中密备锹钁爬城器具。日间只引军攻西北角。至二更时分，却领精兵于东南角上爬过壕去，砍开鹿角。城中全无动静，众军一齐拥入。只听得一声炮响，伏兵四起。曹军急退，背后张绣亲驱勇壮杀来。曹军大败，退出城外，奔走数十里。张绣直杀至天明方收军入城。曹操计点败军，折兵五万余人，失去辎重无数。吕虔、于禁俱各被伤。

　　却说贾诩见操败走，急劝张绣遗书刘表，使起兵截其后路。表得书，即欲起兵。忽探马报孙策屯兵湖口。蒯良曰："策屯兵湖口，乃曹操之计也。今操新败，若不乘势击之，后必有患。"表乃令黄祖坚守隘口，自己统兵至安众县截操后路；一面约会张绣。绣知表兵已起，即同贾诩引兵袭操。

　　且说操军缓缓而行，至襄城，到淯水，操忽于马上放声大哭。众惊问其故，操曰："吾思去年于此地折了吾大将典韦，不由不哭耳！"因即下令屯住军马，大设祭筵，吊奠典韦亡魂。操亲自拈香哭拜，三军无不感叹。祭典韦毕，方祭侄曹安民及长子曹昂，并祭阵亡军士；连那匹射死的大宛马，也都致祭。

　　据《三国志·魏书·武帝纪》注引《魏书》：临淯水，祠亡将士，歔欷流涕，众皆感恸。

　　次日，忽荀彧差人报说："刘表助张绣屯兵安众，截吾归路。"操答彧书曰："吾日行数里，非不知贼来追我；然吾计划已定，若到安众，破绣必矣。君等勿疑。"便催军行至安众县界。刘表军已守险要，张绣随后引军赶来。操乃令众军黑夜凿险开道，暗伏奇兵。及天色微明，刘表、张绣军会合，见操兵少，疑操遁去，俱引兵入险击之。操纵奇兵出，大破两家之兵。曹兵出了安众隘口，于隘外下寨。刘表、张绣各整败兵相见。表曰："何期反中曹操奸计！"绣曰："容再图之。"于是两军集于安众。

　　据《三国志·魏书·武帝纪》：（建安三年）夏五月，刘表遣兵救绣，以绝军后。公将引还，绣兵来追，公军不得进，连营稍前。公与荀彧书曰："贼来追吾，虽日行数里，吾策之，到安众，破绣必矣。"到安众，绣与表兵合守险，公军前后受敌。公乃夜凿险为地道，悉过辎重，设奇兵。会明，贼谓公为遁也，悉军来追。乃纵奇兵步骑夹攻，大破之。

　　据《资治通鉴》卷六十二：会绍亡卒诣操，云田丰劝绍袭许，操解穰围而还，张绣率众追之。（建安三年）五月，刘表遣兵救绣，屯于安众，守险以绝军后。操与荀彧书曰："吾到安众，破绣必矣。"及到安众，操军前后受敌，操乃夜凿险伪遁。表、绣悉军来追，操纵奇兵步骑夹攻，大破之。

且说荀彧探知袁绍欲兴兵犯许都,星夜驰书报曹操。操得书心慌,即日回兵。

> 据《资治通鉴》卷六十二:初,袁绍每得诏书,患其有不便于己者,欲移天子自近,使说曹操以许下埤湿,雒阳残破,宜徙都鄄城以就全实;操拒之。田丰说绍曰:"徙都之计,既不克从,宜早图许,奉迎天子,动托诏书,号令海内,此算之上者。不尔,终为人所禽,虽悔无益也。"绍不从。会绍亡卒诣操,云田丰劝绍袭许,操解穰围而还。

> 据《三国志·魏书·武帝纪》注引《献帝春秋》:袁绍叛卒诣公云:"田丰使绍早袭许,若挟天子以令诸侯,四海可指麾而定。"公乃解绣围。

细作报知张绣,绣欲追之。贾诩曰:"不可追也,追之必败。"刘表曰:"今日不追,坐失机会矣。"力劝绣引军万余同往追之。约行十余里,赶上曹军后队。曹军奋力接战,绣、表两军大败而还。绣谓诩曰:"不用公言,果有此败。"诩曰:"今可整兵再往追之。"绣与表俱曰:"今已败,奈何复追?"诩曰:"今番追去,必获大胜;如其不然,请斩吾首。"绣信之。刘表疑虑,不肯同往。绣乃自引一军往追。操兵果然大败,军马辎重,连路散弃而走。绣正往前追赶,忽山后一彪军拥出。绣不敢前追,收军回安众。刘表问贾诩曰:"前以精兵追退兵,而公曰必败;后以败卒击胜兵,而公曰必克:究竟悉如公言。何其事不同而皆验也?愿公明教我。"诩曰:"此易知耳。将军虽善用兵,非曹操敌手。操军虽败,必有劲将为后殿,以防追兵;我兵虽锐,不能敌之也:故知必败。夫操之急于退兵者,必因许都有事;既破我追军之后,必轻车速回,不复为备;我乘其不备而更追之:故能胜也。"刘表、张绣俱服其高见。

> 据《资治通鉴》卷六十二:绣之追操也,贾诩止之曰:"不可追也,追必败。"绣不听,进兵交战,大败而还。诩登城谓绣曰:"促更追之,更战必胜。"绣谢曰:"不用公言,以至于此,今已败,奈何复追?"诩曰:"兵势有变,促追之。"绣素信诩言,遂收散卒更追,合战,果以胜还,乃问诩曰:"绣以精兵追退军,而公曰必败;以败卒击胜兵,而公曰必克,悉如公言,何也?"诩曰:"此易知耳。将军虽善用兵,非曹公敌也。曹公军新退,必自断后。故知必败。曹公攻将军,既无失策,力未尽而一朝引退,必国内有故也。已破将军,必轻军速进,留诸将断后,诸将虽勇,非将军敌,故虽用败兵而战必胜也。"绣乃服。(参见《三国志·魏书·贾诩传》)

诩劝表回荆州,绣守襄城,以为唇齿。两军各散。

且说曹操正行间,闻报后军为绣所追,急引众将回身救应,只见绣军已退。败兵回告操曰:"若非山后这一路人马阻住中路,我等皆被擒矣。"操急问何人。那人绰枪下马,拜见曹操,乃镇威中郎将,江夏平春人,姓李,名通,字文达。操问何来。通曰:"近守汝南,闻丞相与张绣、刘表战,特来接应。"操喜,封之为建功侯,守汝南西界,以防表、绣。李通谢而去。

> 据《三国志·魏书·李通传》:李通字文达,江夏平春人也。……建安初,通举众诣太祖于许。拜通振威中郎将,屯汝南西界。太祖讨张绣,刘表遣兵以助绣,太祖军不利。通将兵夜诣太祖,太祖得以复战,通为先登,大破绣军。

操还许都,表奏孙策有功,封为讨逆将军,赐爵吴侯,遣使赍诏江东,谕令防剿刘表。

> 据《资治通鉴》卷六十二:孙策遣其正议校尉张纮献方物,曹操欲抚纳之,表策为讨逆将军,封吴侯。(参见《三国志·吴书·孙策传》及注引《江表传》)

操回府,众官参见毕,荀彧问曰:"丞相缓行至安众,何以知必胜贼兵?"操曰:"彼退无归路,必将死战,吾缓诱之而暗图之,是以知其必胜也。"荀彧拜服。

据《三国志·魏书·武帝纪》:(建安三年)秋七月,公还许。荀彧问公:"前以策贼必破,何也?"公曰:"虏遏吾归师,而与吾死地战,吾是以知胜矣。"(参见《资治通鉴》卷六十二)

按:曹操就安众之战回答荀彧的话,罗贯中复述史书有无误。史书上曹操的话是说:《孙子兵法》有"归师勿遏"和"陷之死地然后生"的说法,敌人恰好犯了兵家之忌,故我军必定取胜;而《演义》"彼退无归路"一句颠倒了战斗双方的攻守地位,使曹操的话与战斗的具体过程相矛盾。

郭嘉入,操曰:"公来何暮也?"嘉袖出一书,白操曰:"袁绍使人致书丞相,言欲出兵攻公孙瓒,特来借粮借兵。"操曰:"吾闻绍欲图许都,今见吾归,又别生他议。"遂拆书观之。见其词意骄慢,乃问嘉曰:"袁绍如此无状,吾欲讨之,恨力不及,如何?"嘉曰:"刘、项之不敌,公所知也。高祖惟智胜,项羽虽强,终为所擒。今绍有十败,公有十胜,绍兵虽盛,不足惧也:绍繁礼多仪,公体任自然,此道胜也;绍以逆动,公以顺率,此义胜也;桓、灵以来,政失于宽,绍以宽济,公以猛纠,此治胜也;绍外宽内忌,所任多亲戚,公外简内明,用人惟才,此度胜也;绍多谋少决,公得策辄行,此谋胜也;绍专收名誉,公以至诚待人,此德胜也;绍恤近忽远,公虑无不周,此仁胜也;绍听谗惑乱,公浸润不行,此明胜也;绍是非混淆,公法度严明,此文胜也;绍好为虚势,不知兵要,公以少克众,用兵如神,此武胜也。公有此十胜,于以败绍无难矣。"操笑曰:"如公所言,孤何足以当之!"荀彧曰:"郭奉孝十胜十败之说,正与愚见相合。绍兵虽众,何足惧耶!"嘉曰:"徐州吕布,实心腹大患。今绍北征公孙瓒,我当乘其远出,先取吕布,扫除东南,然后图绍,乃为上计;否则我方攻绍,布必乘虚来犯许都,为害不浅也。"操然其言,遂议东征吕布。荀彧曰:"可先使人往约刘备,待其回报,方可动兵。"

据《三国志·魏书·郭嘉传》注引《傅子》:太祖谓嘉曰:"本初拥冀州之众,青、并从之,地广兵强,而数为不逊。吾欲讨之,力不敌,如何?"对曰:"刘、项之不敌,公所知也。汉祖唯智胜;项羽虽强,终为所禽。嘉窃料之,绍有十败,公有十胜,虽兵强,无能为也。绍繁礼多仪,公体任自然,此道胜一也。绍以逆动,公奉顺以率天下,此义胜二也。汉末政失于宽,绍以宽济宽,故不摄,公纠之以猛而上下知制,此治胜三也。绍外宽内忌,用人而疑之,所任唯亲戚子弟,公外易简而内机明,用人无疑,唯才所宜,不间远近,此度胜四也。绍多谋少决,失在后事,公策得辄行,应变无穷,此谋胜五也。绍因累世之资,高议揖让以收名誉,士之好言饰外者多归之,公以至心待人,推诚而行,不为虚美,以俭率下,与有功者无所吝,士之忠正远见而有实者皆愿为用,此德胜六也。绍见人饥寒,恤念之形于颜色,其所不见,虑或不及也,所谓妇人之仁耳,公于目前小事,时有所忽,至于大事,与四海接,恩之所加,皆过其望,虽所不见,虑之所周,无不济也,此仁胜七也。绍大臣争权,谗言惑乱,公御下以道,浸润不行,此明胜八也。绍是非不可知,公所是进之以礼,所不是正之以法,此文胜九也。绍好为虚势,不知兵要,公以少克众,用兵如神,军人恃之,敌人畏之,此武胜十也。"太祖笑曰:"如卿所言,孤何德以堪之也!"嘉又曰:"绍方北击公孙瓒,可因其远征,东取吕布。不先取布,若绍为寇,布为之援,此深害也。"太祖曰:"然。"(参见《资治通鉴》卷六十二)

据《三国志·魏书·荀彧传》:自太祖之迎天子也,袁绍内怀不服。绍既并河朔,天下畏其强。太祖方东忧吕布,南拒张绣,而绣败太祖军于宛。绍益骄,与太祖书,其辞悖慢。太祖大怒,出入动静变于常,众皆谓以失利于张绣故也。钟繇以问彧,彧曰:"公之聪明,必不追咎往事,殆有他虑。"则见太祖问之,太祖乃以绍书示彧,曰:"今将讨不义,而力不敌,何如?"彧曰:"古之成败者,诚有其才,虽弱必强,苟非其人,虽强易弱,刘、项之存亡,足以观矣。今与公争天下者,唯袁绍尔。绍貌外宽而内忌,任人而疑其心,公明达不拘,唯才所宜,此度胜也。绍迟重少决,失在后机,公能断大事,应变无方,此谋胜也。绍御军宽缓,法令不立,士卒虽众,其实难用,公法令既明,赏罚必行,士卒虽寡,皆争致死,此武胜也。绍凭世资,从容饰智,以收名誉,故士之寡能好问者多归之,公以至仁待人,推诚心不为虚美,行己谨俭,而与有功者无所吝惜,故天下忠正效实之士咸愿为用,此德胜也。夫以四胜辅天子,扶义征伐,谁敢不从?绍之强其何能为!"太祖悦。彧曰:"不先取吕布,河北亦未易图也。"太祖曰:"然。吾所惑者,又恐绍侵扰关中,乱羌胡,南诱蜀汉,是我独以兖、豫抗天下六分之五也。为将奈何?"彧曰:"关中将帅以十数,莫能相一,唯韩遂、马超最强。彼见山东方争,必各拥众自保。今若抚以恩德,遣使连和,相持虽不能久安,比公安定山东,足以不动。钟繇可属以西事。则公无忧矣。"(参见《后汉书·荀彧传》)

操从之,一面发书与玄德,一面厚遣绍使,奏封绍为大将军、太尉,兼都督冀、青、幽、并四州,

> 据《后汉书·袁绍传》:建安元年,曹操迎天子都许,……以绍为太尉,封邺侯。时曹操自为大将军,绍耻为之下,伪表辞不受。操大惧,乃让位于绍。二年,使将作大匠孔融持节拜绍大将军,锡弓矢节钺,虎贲百人,兼督冀、青、幽、并四州,然后受之。(参见《资治通鉴》卷六十二,《三国志·魏书·武帝纪》,《三国志·魏书·袁绍传》及注引《献帝春秋》,《后汉书·献帝纪》)

密书答之云:"公可讨公孙瓒,吾当相助。"绍得书大喜,便进兵攻公孙瓒。

且说吕布在徐州,每当宾客宴会之际,陈珪父子必盛称布德。陈宫不悦,乘间告布曰:"陈珪父子面谀将军,其心不可测,宜善防之。"布怒叱曰:"汝无端献谗,欲害好人耶?"宫出叹曰:"忠言不入,吾辈必受殃矣!"意欲弃布他往,却又不忍;又恐被人嗤笑,乃终日闷闷不乐。一日,带领数骑去小沛地面围猎解闷,忽见官道上一骑驿马,飞奔前去。宫疑之,弃了围场,引从骑从小路赶上,问曰:"汝是何处使命?"那使者知是吕布部下人,慌不能答。陈宫令搜其身,得玄德回答曹操密书一封。宫即连人与书,拿见吕布。布问其故。来使曰:"曹丞相差我往刘豫州处下书,今得回书,不知书中所言何事。"布乃拆书细看。书略曰:

> 奉明命欲图吕布,敢不夙夜用心。但备兵微将少,不敢轻动。丞相兴大师,备当为前驱。谨严兵整甲,专待钧命。

吕布见了,大骂曰:"操贼焉敢如此!"遂将使者斩首。先使陈宫、臧霸结连泰山寇孙观、吴敦、尹礼、昌豨,东取山东兖州诸郡;

> 据《三国志·魏书·武帝纪》:太山臧霸、孙观、吴敦、尹礼、昌豨各聚众。布之破刘备也,霸等悉从布。(参见《资治通鉴》卷六十二)

令高顺、张辽取沛城,攻玄德;

> 据《三国志·蜀书·先主传》注引《英雄记》:建安三年春,布使人赍金欲诣河内买马,为备兵所钞。布由是遣中郎将高顺、北地太守张辽等攻备。

第十八回　贾文和料敌决胜　夏侯惇拔矢啖睛

> 按：据《三国志·蜀书·先主传》注引《英雄记》，此次战事系刘备劫夺吕布的买马钱引起。

令宋宪、魏续西取汝、颍；布自总中军为三路救应。

且说高顺等引兵出徐州，将至小沛，有人报知玄德。玄德急与众商议。孙乾曰："可速告急于曹操。"玄德曰："谁可去许都告急？"阶下一人出曰："某愿往。"视之，乃玄德同乡人，姓简，名雍，字宪和，现为玄德幕宾。

> 据《三国志·蜀书·简雍传》：简雍字宪和，涿郡人也。少与先主有旧，随从周旋。

玄德即修书付简雍，使星夜赴许都求援；一面整顿守城器具。玄德自守南门，孙乾守北门，云长守西门，张飞守东门，令糜竺与其弟糜芳守护中军。原来糜竺有一妹，嫁与玄德为次妻。玄德与他兄弟有郎舅之亲，故令其守中军保护妻小。

> 据《三国志·蜀书·麋竺传》：建安元年，吕布乘先主之出拒袁术，袭下邳，虏先主妻子。先主转军广陵海西，竺于是进妹于先主为夫人，奴客二千，金银货币以助军资；于时困匮，赖此复振。后曹公表竺领赢郡太守，竺弟芳为彭城相，皆去官，随先主周旋。

高顺军至，玄德在敌楼上问曰："吾与奉先无隙，何故引兵至此？"顺曰："你结连曹操，欲害吾主，今事已露，何不就缚！"言讫，便麾军攻城。玄德闭门不出。次日，张辽引兵攻打西门。云长在城上谓之曰："公仪表非俗，何故失身于贼？"张辽低头不语。云长知此人有忠义之气，更不以恶言相加，亦不出战。辽引兵退至东门，张飞便出迎战。早有人报知关公。关公急来东门看时，只见张飞方出城，张辽军已退。飞欲追赶，关公急召入城。飞曰："彼惧而退，何不追之？"关公曰："此人武艺不在你我之下，因我以正言感之，颇有自悔之心，故不与我等战耳。"飞乃悟，只令士卒坚守城门，更不出战。

却说简雍至许都见曹操，具言前事。操即聚众谋士议曰："吾欲攻吕布，不忧袁绍掣肘，只恐刘表、张绣议其后耳。"荀攸曰："二人新破，未敢轻动。吕布骁勇，若更结连袁术，纵横淮、泗，急难图矣。"郭嘉曰："今可乘其初叛，众心未附，疾往击之。"操从其言。

> 据《资治通鉴》卷六十二：曹操欲自击布，诸将皆曰："刘表、张绣在后，而远袭吕布，其危必也。"荀攸曰："表、绣新破，势不敢动。布骁猛，又恃袁术，若从横淮、泗间，豪杰必应之。今乘其初叛，众心未一，往可破也。"操曰："善！"（参见《三国志·魏书·荀攸传》注引《魏书》）

即命夏侯惇与夏侯渊、吕虔、李典领兵五万先行，自统大军陆续进发，简雍随行。早有探马报知高顺，顺飞报吕布。布先令侯成、郝萌、曹性引二百余骑接应高顺，使离沛城三十里去迎曹军，自引大军随后接应。玄德在小沛城中见高顺退去，知是曹家兵至，乃只留孙乾守城，糜竺、糜芳守家，自己却与关、张二公提兵，尽出城外，分头下寨，接应曹军。

却说夏侯惇引军前进，正与高顺军相遇，便挺枪出马搦战。高顺迎敌。两马相交，战有四五十合，高顺抵敌不住，败下阵来。惇纵马追赶，顺绕阵而走。惇不舍，亦绕阵追之。阵上曹性看见，暗地拈弓搭箭，觑得亲切，一箭射去，正中夏侯惇左目。惇大叫一声，急用手拔箭，不想连眼珠拨出，乃大呼曰："父精母血，不可弃也！"遂纳于口内啖之，仍复挺枪纵马，直取曹性。性不及提防，早被一枪搠透面门，死于马下。两边军士见者，无不骇然。

> 据《三国志·魏书·夏侯惇传》：太祖自徐州还，惇从征吕布，为流矢所中，伤左目。

> 按：史书只是说夏侯惇左眼中箭受伤，《演义》所写夏侯惇拔箭时带出眼珠、大呼后

吞掉眼珠的情节，不见于史。

夏侯惇既杀曹性，纵马便回。高顺从背后赶来，麾军齐上，曹兵大败。夏侯渊救护其兄而走。吕虔、李典将败军退去济北下寨。高顺得胜，引军回击玄德。恰好吕布大军亦至，布与张辽、高顺分兵三路，来攻玄德、关、张三寨，正是：啖睛猛将虽能战，中箭先锋难久持。未知玄德胜负如何，且听下文分解。

第十九回　下邳城曹操鏖兵　白门楼吕布殒命

却说高顺引张辽击关公寨，吕布自击张飞寨。关、张各出迎战，玄德引兵两路接应。吕布分军从背后杀来，关、张两军皆溃。玄德引数十骑奔回沛城，吕布赶来，玄德急唤城上军士放下吊桥，吕布随后也到，城上欲待放箭，又恐射了玄德，被吕布乘势杀入城门。把门将士，抵敌不住，都四散奔避。吕布招军入城。玄德见势已急，到家不及，只得弃了妻小，穿城而过，走出西门，匹马逃难。吕布赶到玄德家中，糜竺出迎，告布曰："吾闻大丈夫不废人之妻子。今与将军争天下者，曹公耳。玄德常念辕门射戟之恩，不敢背将军也。今不得已而投曹公，惟将军怜之。"布曰："吾与玄德旧交，岂忍害他妻子。"便令糜竺引玄德妻小，去徐州安置。布自引军投山东兖州境上，留高顺、张辽守小沛。此时孙乾已逃出城外，关、张二人亦各自收得些人马，往山中住扎。

　　据《资治通鉴》卷六十二：吕布复与袁术通，遣其中郎将高顺及北地太守雁门张辽攻刘备。曹操遣将军夏侯惇救之，为顺等所败。（建安三年）秋九月，顺等破沛城，虏备妻子，备单身走。（参见《三国志·魏书·吕布传》《武帝纪》，《三国志·蜀书·先主传》及注引《英雄记》，《后汉书·吕布传》）

且说玄德匹马逃难，正行间，背后一人赶至，视之乃孙乾也。玄德曰："吾今两弟不知存亡，妻小失散，为之奈何？"孙乾曰："不若且投曹操，以图后计。"玄德依言，寻小路投许都。途次绝粮，尝往村中求食。但到处，闻刘豫州，皆争进饮食。一日，到一家投宿，其家一少年出拜，问其姓名，乃猎户刘安也。当下刘安闻豫州牧至，欲寻野味供食，一时不能得，乃杀其妻以食之。玄德曰："此何肉也？"安曰："乃狼肉也。"玄德不疑，乃饱食了一顿，天晚就宿。至晓将去，往后院取马，忽见一妇人杀于厨下，臂上肉已都割去。玄德惊问，方知昨夜食者，乃其妻之肉也。玄德不胜伤感，洒泪上马。刘安告玄德曰："本欲相随使君，因老母在堂，未敢远行。"玄德称谢而别，

　　按：刘安杀妻，不见于史。

取路出梁城。忽见尘头蔽日，一彪大军来到。玄德知是曹操之军，同孙乾径至中军旗下，与曹操相见，具说失沛城、散二弟、陷妻小之事。操亦为之下泪。

　　据《三国志·蜀书·先主传》注引《英雄记》：（建安三年）十月，曹公自征布，备于梁国界中与曹公相遇，遂随公俱东征。

　　据《资治通鉴》卷六十二：操与刘备遇于梁。进至彭城。

又说刘安杀妻为食之事，操乃令孙乾以金百两往赐之。

军行至济北，夏侯渊等迎接入寨，备言兄夏侯惇损其一目，卧病未痊。操临卧处视之，令先回许都调理。一面使人打探吕布现在何处。探马回报云："吕布与陈宫、臧霸结连泰山贼寇，共攻兖州诸郡。"操即令曹仁引三千兵打沛城；操亲提大军，与玄德来战吕布。前至山东，路近萧关，正遇泰山寇孙观、吴敦、尹礼、昌豨领兵三万余拦住去路。操令许褚迎战，四将一齐出马。许褚奋力死战，四将抵敌不住，各自败走。操乘势掩杀，追至萧关。

探马飞报吕布。时布已回徐州，欲同陈登往救小沛，令陈珪守徐州。陈登临行，珪谓之

曰："昔曹公曾言东方事尽付与汝。今布将败，可便图之。"登曰："外面之事，儿自为之；倘布败回，父亲便请糜竺一同守城，休放布入，儿自有脱身之计。"珪曰："布妻小在此，心腹颇多，为之奈何？"登曰："儿亦有计了。"乃入见吕布曰："徐州四面受敌，操必力攻，我当先思退步：可将钱粮移于下邳，倘徐州被围，下邳有粮可救。主公盍早为计？"布曰："元龙之言甚善。吾当并妻小移去。"遂令宋宪、魏续保护妻小与钱粮移屯下邳；一面自引军与陈登往救萧关。到半路，登曰："容某先到关探曹操虚实，主公方可行。"布许之，登乃先到关上。陈宫等接见。登曰："温侯深怪公等不肯向前，要来责罚。"宫曰："今曹兵势大，未可轻敌。吾等紧守关隘，可劝主公深保沛城，乃为上策。"陈登唯唯。至晚，上关而望，见曹兵直逼关下，乃乘夜连写三封书，拴在箭上，射下关去。次日辞了陈宫，飞马来见吕布曰："关上孙观等皆欲献关，某已留下陈宫守把，将军可于黄昏时杀去救应。"布曰："非公则此关休矣。"便教陈登飞骑先至关，约陈宫为内应，举火为号。登径往报宫曰："曹兵已抄小路到关内，恐徐州有失。公等宜急回。"宫遂引众弃关而走。登就关上放起火来。吕布乘黑杀至，陈宫军和吕布军在黑暗里自相掩杀。曹兵望见号火，一齐杀到，乘势攻击。孙观等各自四散逃避去了。

吕布直杀到天明，方知是计，急与陈宫回徐州。到得城边叫门时，城上乱箭射下。糜竺在敌楼上喝曰："汝夺吾主城池，今当仍还吾主，汝不得复入此城也。"布大怒曰："陈珪何在？"竺曰："吾已杀之矣。"布回顾宫曰："陈登安在？"宫曰："将军尚执迷而问此佞贼乎？"布令遍寻军中，却只不见。宫劝布急投小沛，布从之。行至半路，只见一彪军骤至，视之，乃高顺、张辽也。布问之，答曰："陈登来报说主公被围，令某等急来救解。"宫曰："此又佞贼之计也。"布怒曰："吾必杀此贼！"急驱马至小沛。只见小沛城上尽插曹兵旗号。原来曹操已令曹仁袭了城池，引军守把。吕布于城下大骂陈登。登在城上指布骂曰："吾乃汉臣，安肯事汝反贼耶！"布大怒，正待攻城，忽听背后喊声大起，一队人马来到，当先一将乃是张飞。高顺出马迎敌，不能取胜。布亲自接战。正斗间，阵外喊声复起，曹操亲统大军冲杀前来。吕布料难抵敌，引军东走。曹兵随后追赶。吕布走得人困马乏。忽又闪出一彪军拦住去路，为首一将，立马横刀，大喝："吕布休走！关云长在此！"吕布慌忙接战。背后张飞赶来。布无心恋战，与陈宫等杀开条路，径奔下邳。侯成引兵接应去了。

　　据《资治通鉴》卷六十二：（建安三年）冬十月，操屠彭城。广陵太守陈登率郡兵为操先驱，进至下邳。

　　按：史书只是说陈登率本郡人马为曹操大军前行开路，罗贯中则据此敷演出一段陈登为曹操作内应，两次施调虎离山计，使吕布连失徐州和小沛，只好退守下邳的精彩故事。《演义》故事中的"徐州"应作"彭城"。徐州系州名，而非具体城名。

　　关、张相见，各洒泪言失散之事。云长曰："我在海州路上住扎，探得消息，故来至此。"张飞曰："弟在芒砀山住了这几时，今日幸得相遇。"两个叙话毕，一同引兵来见玄德，哭拜于地。玄德悲喜交集，引二人见曹操，便随操入徐州。糜竺接见，具言家属无恙，玄德甚喜。陈珪父子亦来参拜曹操。操设一大宴，犒劳诸将。操自居中，使陈珪居右、玄德居左。其余将士，各依次坐。宴罢，操嘉陈珪父子之功，加封十县之禄，授登为伏波将军。

　　据《三国志·魏书·吕布传附陈登传》：陈登者，字元龙，在广陵有威名。又掎角吕布有功，加伏波将军，年三十九卒。

　　据《三国志·魏书·吕布传附陈登传》注引《先贤行状》：登忠亮高爽，沉深有大略，少有扶世济民之志。……奉使到许，太祖以登为广陵太守，令阴合众以图吕布。……

第十九回 下邳城曹操鏖兵 白门楼吕布殒命

太祖到下邳，登率郡兵为军先驱。时登诸弟在下邳城中，布乃质执登三弟，欲求和同。登执意不挠，进围日急。布刺奸张弘，惧于后累，夜将登三弟出就登。布既伏诛，登以功加拜伏波将军，甚得江、淮间欢心，于是有吞灭江南之志。

且说曹操得了徐州，心中大喜，商议起兵攻下邳。程昱曰："布今止有下邳一城，若逼之太急，必死战而投袁术矣。布与术合，其势难攻。今可使能事者守住淮南径路，内防吕布，外当袁术。况今山东尚有臧霸、孙观之徒未曾归顺，防之亦不可忽也。"操曰："吾自当山东诸路。其淮南径路，请玄德当之。"玄德曰："丞相将令，安敢有违。"次日，玄德留糜竺、简雍在徐州，带孙乾、关、张引军往守淮南径路。曹操自引兵攻下邳。

且说吕布在下邳，自恃粮食足备，且有泗水之险，安心坐守，可保无虞。陈宫曰："今操兵方来，可乘其寨栅未定，以逸击劳，无不胜者。"布曰："吾方屡败，不可轻出。待其来攻而后击之，皆落泗水矣。"遂不听陈宫之言。

> 据《资治通鉴》卷六十二：操与刘备遇于梁。进至彭城。陈宫谓布："宜逆击之，以逸击劳，无不克也。"布曰："不如待其来攻，縻著泗水中。"（参见《三国志·魏书·吕布传》注引《献帝春秋》）

过数日，曹兵下寨已定。操统众将至城下，大叫吕布答话，布上城而立，操谓布曰："闻奉先又欲结婚袁术，吾故领兵至此。夫术有反逆大罪，而公有讨董卓之功，今何自弃其前功而从逆贼耶？倘城池一破，悔之晚矣！若早来降，共扶王室，当不失封侯之位。"布曰："丞相且退，尚容商议。"陈宫在布侧大骂曹操奸贼，一箭射中其麾盖。操指宫恨曰："吾誓杀汝！"遂引兵攻城。

> 据《后汉书·吕布传》：操乃自将击布，至下邳城下。遗布书，为陈祸福。布欲降，而陈宫等自以负罪于操深，沮其计。（参见《三国志·魏书·吕布传》）

> 据《资治通鉴》卷六十二：布自将屡与操战，皆大败，还保城，不敢出。操遗布书，为陈祸福。布惧，欲降。

> 据《三国志·魏书·武帝纪》：（建安三年）九月，公东征布。冬十月，屠彭城，获其相侯谐。进至下邳，布自将骑逆击。大破之，获其骁将成廉。追至城下，布恐，欲降。陈宫等沮其计，求救于术，劝布出战；战又败，乃还固守，攻之不下。

宫谓布曰："曹操远来，势不能久。将军可以步骑出屯于外，宫将余众闭守于内；操若攻将军，宫引兵击其背；若来攻城，将军为救于后；不过旬日，操军食尽，可一鼓而破；此乃掎角之势也。"布曰："公言极是。"遂归府收拾戎装。时方冬寒，分付从人多带绵衣，布妻严氏闻之，出问曰："君欲何往？"布告以陈宫之谋。严氏曰："君委全城，捐妻子，孤军远出，倘一旦有变，妾岂得为将军之妻乎？"布踌躇未决，三日不出。

> 据《资治通鉴》卷六十二：操遗布书，为陈祸福。布惧，欲降。陈宫曰："曹操远来，势不能久。将军若以步骑出屯于外，宫将余众闭守于内。若向将军，宫引兵而攻其背；若但攻城，则将军救于外。不过旬月，操军食尽，击之，可破也。"布然之，欲使宫与高顺守城，自将骑断操粮道。布妻谓布曰："宫、顺素不和，将军一出，宫、顺必不同心共城守也，如有蹉跌，将军当于何自立乎？且曹氏待公台如赤子，独舍而归我。今将军厚公台不过曹氏，而欲委全城，捐妻子，孤军远出，若一旦有变，妾岂得复为将军妻哉！"布乃止。（参见《三国志·魏书·吕布传》注引《魏氏春秋》，《后汉书·吕布传》）

宫入见曰："操军四面围城，若不早出，必受其困。"布曰："吾思远出不如坚守。"宫曰："近闻操军粮少,遣人往许都去取,早晚将至。将军可引精兵往断其粮道。此计大妙。"布然其言,复入内对严氏说知此事。严氏泣曰:"将军若出,陈宫、高顺安能坚守城池?倘有差失,悔无及矣!妾昔在长安,已为将军所弃,幸赖庞舒私藏妾身,再得与将军相聚;孰知今又弃妾而去乎?将军前程万里,请勿以妾为念!"言罢痛哭。布闻言,愁闷不决,

> 据《三国志·魏书·吕布传》注引《英雄记》:布欲令陈宫、高顺守城,自将骑断太祖粮道。布妻谓曰:"将军自出断曹公粮道是也。宫、顺素不和,将军一出,宫、顺必不同心共城守也,如有蹉跌,将军当于何自立乎?愿将军谛计之,无为宫等所误也。
> 妾昔在长安,已为将军所弃,赖得庞舒私藏妾身耳,今不须顾妾也。"布得妻言,愁闷不能自决。

入告貂蝉。貂蝉曰:"将军与妾作主,勿轻身自出。"布曰:"汝无忧虑。吾有画戟、赤兔马,谁敢近我!"乃出谓陈宫曰:"操军粮至者,诈也。操多诡计,吾未敢动。"宫出,叹曰:"吾等死无葬身之地矣!"

布于是终日不出,只同严氏、貂蝉饮酒解闷。谋士许汜、王楷入见布,进计曰:"今袁术在淮南,声势大振。将军旧曾与彼约婚,今何不仍求之?彼兵若至,内外夹攻,操不难破也。"布从其计,即日修书,就着二人前去。许汜曰:"须得一军引路冲出方好。"布令张辽、郝萌两个引兵一千,送出隘口。是夜二更,张辽在前,郝萌在后,保着许汜、王楷杀出城去。抹过玄德寨,众将追赶不及,已出隘口。郝萌将五百人,跟许汜、王楷而去。张辽引一半军回来,到隘口时,云长拦住。未及交锋,高顺引兵出城救应,接入城中去了。

且说许汜、王楷至寿春,拜见袁术,呈上书信。术曰:"前者杀吾使命,赖我婚姻!今又来相问,何也?"汜曰:"此为曹操奸计所误,愿明上详之。"术曰:"汝主不因曹兵困急,岂肯以女许我?"楷曰:"明上今不相救,恐唇亡齿寒,亦非明上之福也。"术曰:"奉先反复无信,可先送女,然后发兵。"

> 据《资治通鉴》卷六十二:布……潜遣其官属许汜、王楷求救于袁术。术曰:"布不与我女,理自当败,何为复来?"汜、楷曰:"明上今不救布,为自败耳。布破,明上亦破也。"术乃严兵为布作声援。(参见《三国志·魏书·吕布传》注引《英雄记》)

许汜、王楷只得拜辞,和郝萌回来。到玄德寨边,汜曰:"日间不可过。夜半吾二人先行,郝将军断后。"商量停当。夜过玄德寨,许汜、王楷先过去了。郝萌正行之次,张飞出寨拦路。郝萌交马只一合,被张飞生擒过去,五百人马尽被杀散。张飞解郝萌来见玄德,玄德押往大寨见曹操。郝萌备说求救许婚一事。操大怒,斩郝萌于军门,

> 据《三国志·魏书·吕布传》注引《英雄记》:建安元年六月夜半时,布将河内郝萌反,将兵入布所治下邳府,诣厅事阁外,同声大呼攻阁,阁坚不得入。布不知反者为谁,直牵妇,科头袒衣,相将从溷上排壁出,诣都督高顺营,直排顺门入。顺问:"将军有所隐不?"布言"河内儿声"。顺言"此郝萌也"。顺即严兵入府,弓弩并射萌众;萌众乱走,天明还故营。萌将曹性反萌,与对战,萌刺伤性,性斫萌一臂。顺斫萌首,床舆性,送诣布。

使人传谕各寨,小心防守:如有走透吕布及彼军士者,依军法处治。各寨悚然。玄德回营,分付关、张曰:"我等正当淮南冲要之处。二弟切宜小心在意,勿犯曹公军令。"飞曰:"捉了一员贼将,操不见有甚褒赏,却反来唬吓,何也?"玄德曰:"非也。曹操统领多军,不以军令,何能服人?弟勿犯之。"关、张应诺而退。

第十九回　下邳城曹操鏖兵　白门楼吕布殒命

却说许汜、王楷回见吕布，具言袁术先欲得妇，然后起兵救援。布曰："如何送去？"汜曰："今郝萌被获，操必知我情，预作准备。若非将军亲自护送，谁能突出重围？"布曰："今日便送去，如何？"汜曰："今日乃凶神值日，不可去。明日大利，宜用戌、亥时。"布命张辽、高顺："引三千军马，安排小车一辆；我亲送至二百里外，却使你两个送去。"次夜二更时分，吕布将女以绵缠身，用甲包裹，负于背上，提戟上马。放开城门，布当先出城，张辽、高顺跟着。将次到玄德寨前，一声鼓响，关、张二人拦住去路，大叫："休走！"布无心恋战，只顾夺路而行。玄德自引一军杀来，两军混战。吕布虽勇，终是缚一女在身上，只恐有伤，不敢冲突重围。后面徐晃、许褚皆杀来，众军皆大叫曰："不要走了吕布！"布见军来太急，只得仍退入城。玄德收军，徐晃等各归寨，端的不曾走透一个。吕布回到城中，心中忧闷，只是饮酒。

> 据《资治通鉴》卷六十二：布恐术为女不至，故不遣救兵，以绵缠女身缚著马上，夜自送女出，与操守兵相触，格射不得过，复还。（参见《三国志·魏书·吕布传》注引《英雄记》）
>
> 据《三国志·魏书·吕布传》：布遣人求救于术，自将千余骑出战，败走还，保城不敢出。术亦不能救。（参见《后汉书·吕布传》）

却说曹操攻城，两月不下。忽报："河内太守张杨出兵东市，欲救吕布；部将杨丑杀之，欲将头献丞相，却被张杨心腹将眭固所杀，反投大城去了。"

> 按：大城，史书中作犬城，《演义》因"犬""大"形近致误。

操闻报，即遣史涣

> 据《三国志·魏书·夏侯惇传》注引《魏书》：史涣字公刘。少任侠，有雄气。太祖初起，以客从，行中军校尉，从征伐，常监诸将，见亲信，转拜中领军。

追斩眭固。

> 据《三国志·魏书·张杨传》：杨素与吕布善。太祖之围布，杨欲救之，不能。乃出兵东市，遥为之势。其将杨丑杀杨以应太祖。杨将眭固杀丑，将其众，欲北合袁绍。太祖遣史涣邀击，破之于犬城，斩固，尽收其众也。（参见《资治通鉴》卷六十二，《三国志·魏书·武帝纪》）

因聚众将曰："张杨虽幸自灭，然北有袁绍之忧，东有表、绣之患，下邳久围不克，吾欲舍布还都，暂且息战，何如？"荀攸急止曰："不可。吕布屡败，锐气已堕，军以将为主，将衰则军无战心。彼陈宫虽有谋而迟。今布之气未复，宫之谋未定，作速攻之，布可擒也。"郭嘉曰："某有一计，下邳城可立破，胜于二十万师。"荀彧曰："莫非决沂、泗之水乎？"嘉笑曰："正是此意。"操大喜，即令军士决两河之水。曹兵皆居高原。坐视水淹下邳。下邳一城，只剩得东门无水；其余各门，都被水淹。

> 据《资治通鉴》卷六十二：操掘堑围下邳，积久，士卒疲敝，欲还，荀攸、郭嘉曰："吕布勇而无谋，今屡战皆北，锐气衰矣。三军以将为主，主衰则军无奋意。陈宫有智而迟。今及布气之未复，宫谋之未定，急攻之，布可拔也。"乃引沂、泗灌城。（参见《三国志·魏书·荀攸传》《武帝纪》）
>
> 据《三国志·魏书·郭嘉传》注引《傅子》：太祖欲引军还，嘉曰："昔项籍七十余战，未尝败北，一朝失势而身死国亡者，恃勇无谋故也。今布每战辄破，气衰力尽，内

外失守。布之威力不及项籍，而困败过之，若乘胜攻之，此成禽也。"太祖曰："善。"

众军飞报吕布。布曰："吾有赤兔马，渡水如平地，又何惧哉！"乃日与妻妾痛饮美酒，因酒色过伤，形容销减；一日取镜自照，惊曰："吾被酒色伤矣！自今日始，当戒之。"遂下令城中，但有饮酒者皆斩。

却说侯成有马十五匹，被后槽人盗去，欲献与玄德。侯成知觉，追杀后槽人，将马夺回；诸将与侯成作贺。侯成酿得五六斛酒，欲与诸将会饮，恐吕布见罪，乃先以酒五瓶诣布府，禀曰："托将军虎威，追得失马。众将皆来作贺。酿得些酒，未敢擅饮，特先奉上微意。"布大怒曰："吾方禁酒，汝却酿酒会饮，莫非同谋伐我乎！"命推出斩之。宋宪、魏续等诸将俱入告饶。布曰："故犯吾令，理合斩首。今看众将面，且打一百！"众将又哀告，打了五十背花，然后放归。众将无不丧气。宋宪、魏续至侯成家来探视，侯成泣曰："非公等则吾死矣！"宪曰："布只恋妻子，视吾等如草芥。"续曰："军围城下，水绕壕边，吾等死无日矣！"宪曰："布无仁无义，我等弃之而走，何如？"续曰："非丈夫也。不若擒布献曹公。"侯成曰："我因追马受责，而布所倚恃者，赤兔马也。汝二人果能献门擒布，吾当先盗马去见曹公。"三人商议定了。是夜侯成暗至马院，盗了那匹赤兔马，飞奔东门来。魏续便开门放出，却佯作追赶之状。侯成到曹操寨，献上马匹，备言宋宪、魏续插白旗为号，准备献门。

据《三国志·魏书·吕布传》注引《九州春秋》：初，布骑将侯成遣客牧马十五匹，客悉驱马去，向沛城，欲归刘备。成自将骑逐之，悉得马还。诸将合礼贺成，成酿五六斛酒，猎得十余头猪，未饮食，先持半猪五斗酒自入诣布前，跪言："间蒙将军恩，逐得所失马，诸将来相贺，自酿少酒，猎得猪，未敢饮食，先奉上微意。"布大怒曰："布禁酒，卿酿酒，诸将共饮食作兄弟，共谋杀布邪？"成大惧而去，弃所酿酒，还诸将礼。由是自疑，会太祖围下邳，成遂领众降。（参见《后汉书·吕布传》）

曹操闻此信，便押榜数十张射入城去。其榜曰：

大将军曹，特奉明诏，征伐吕布。如有抗拒大军者，破城之日，满门诛戮。上至将校，下至庶民，有能擒吕布来献，或献其首级者，重加官赏。为此榜谕，各宜知悉。

次日平明，城外喊声震地。吕布大惊，提戟上城，各门点视，责骂魏续走透侯成，失了战马，欲待治罪。城下曹兵望见城上白旗，竭力攻城，布只得亲自抵敌。从平明直打到日中，曹兵稍退。布少憩门楼，不觉睡着在椅上。宋宪赶退左右，先盗其画戟，便与魏续一齐动手，将吕布绳缠索绑，紧紧缚住。布从睡梦中惊醒，急唤左右，却都被二人杀散，把白旗一招，曹兵齐至城下。魏续大叫："已生擒吕布矣！"夏侯渊尚未信。宋宪在城上掷下吕布画戟来，大开城门，曹兵一拥而入。高顺、张辽在西门，水围难出，为曹兵所擒。陈宫奔至南门，为徐晃所获。

据《资治通鉴》卷六十二：乃引沂、泗灌城。月余，布益困迫，临城谓操军士曰："卿曹无相困，我当自首于明公。"陈宫曰："逆贼曹操，何等明公！今日降之，若卵投石，岂可得全也！"布将侯成亡其名马，已而复得之，诸将合礼以贺成，成分酒肉先入献布。布怒曰："布禁酒而卿等酝酿，为欲因酒共谋布邪？"成忿惧，（建安三年）十二月癸酉，成与诸将宋宪、魏续等共执陈宫、高顺，率其众降。布与麾下登白门楼。兵围之急，布令左右取其首诣操，左右不忍，乃下降。（参见《三国志·魏书·吕布传》《武帝纪》，《后汉书·吕布传》）

据《资治通鉴考异》：《范书·布传》云"灌其城三月"，《魏志·传》亦曰"围之三月"。按操以十月至下邳，及杀布，共在一月，不可言三月。今从《魏志·武纪》。

第十九回　下邳城曹操鏖兵　白门楼吕布殒命

曹操入城，即传令退了所决之水，出榜安民；一面与玄德同坐白门楼上。关、张侍立于侧，提过擒获一干人来。吕布虽然长大，却被绳索捆作一团，布叫曰："缚太急，乞缓之！"操曰："缚虎不得不急。"

据《三国志·魏书·吕布传》：布与其麾下登白门楼。兵围急，乃下降。遂生缚布，布曰："缚太急，小缓之。"太祖曰："缚虎不得不急也。"（参见《资治通鉴》卷六十二，《后汉书·吕布传》）

布见侯成、魏续、宋宪皆立于侧，乃谓之曰："我待诸将不薄，汝等何忍背反？"宪曰："听妻妾言，不听将计，何谓不薄？"布默然。

据《三国志·魏书·吕布传》注引《英雄记》：布谓太祖曰："布待诸将厚也，诸将临急皆叛布耳。"太祖曰："卿背妻，爱诸将妇，何以为厚？"布默然。

须臾，众拥高顺至。操问曰："汝有何言？"顺不答。操怒命斩之。

徐晃解陈宫至。操曰："公台别来无恙！"宫曰："汝心术不正，吾故弃汝！"操曰："吾心不正，公又奈何独事吕布？"宫曰："布虽无谋，不似你诡诈奸险。"操曰："公自谓足智多谋，今竟何如？"宫顾吕布曰："恨此人不从吾言！若从吾言，未必被擒也。"操曰："今日之事当如何？"宫大声曰："今日有死而已！"操曰："公如是，奈公之老母妻子何？"宫曰："吾闻以孝治天下者，不害人之亲；施仁政于天下者，不绝人之祀。老母妻子之存亡，亦在于明公耳。吾身既被擒，请即就戮，并无挂念。"操有留恋之意。宫径步下楼，左右牵之不住。操起身泣而送之。宫并不回顾。操谓从者曰："即送公台老母妻子回许都养老，怠慢者斩。"宫闻言，亦不开口，伸颈就刑。众皆下泪。操以棺椁盛其尸，葬于许都。

据《资治通鉴》卷六十二：操谓陈宫曰："公台平生自谓智有余，今竟何如？"宫指布曰："是子不用宫言，以至于此。若其见从，亦未必为禽也。"操曰："奈卿老母何？"宫曰："宫闻以孝治天下者不害人之亲。老母存否，在明公，不在宫也。"操曰："奈卿妻子何？"宫曰："宫闻施仁政于天下者不绝人之祀，妻子存否，在明公，不在宫也。"操未复言。宫请就刑，遂出，不顾，操为之泣涕，并布、顺皆缢杀之，传首许市。操召陈宫之母，养之终其身，嫁宫女，抚视其家皆厚于初。（参见《后汉书·吕布传》《三国志·魏书·吕布传》）

据《三国志·魏书·吕布传》注引《典略》：陈宫字公台，东郡人也。刚直烈壮，少与海内知名之士皆相连结。及天下乱，始随太祖，后自疑，乃从吕布，为布画策，布每不从其计。下邳败，军士执布及宫，太祖皆见之，与语平生，故布有求活之言。太祖谓宫曰："公台，卿平常自谓智计有余，今竟何如？"宫顾指布曰："但坐此人不从宫言，以至于此。若其见从，亦未必为禽也。"太祖笑曰："今日之事当云何？"宫曰："为臣不忠，为子不孝，死自分也。"太祖曰："卿如是，奈卿老母何？"宫曰："宫闻将以孝治天下者不害人之亲，老母之存否，在明公也。"太祖曰："若卿妻子何？"宫曰："宫闻将施仁政于天下者不绝人之祀，妻子之存否，亦在明公也。"太祖未复言。宫曰："请出就戮，以明军法。"遂趋出，不可止。太祖泣而送之，宫不还顾。宫死后，太祖待其家皆厚于初。

按：在历史上，陈宫原是曹操的部将，后来他叛离曹操转而支持吕布。所以，他在下邳被擒后，在白门楼对曹操说："为臣不忠，为子不孝，死自分也。"又说："请出就戮，以明军法。"而在《演义》中陈宫已不是曹操的部将，罗贯中将他变为中牟县的县令，让他救了曹操弃官随曹操逃亡，后来又离开曹操追随吕布。可是罗贯中在这里忘记了他已改变了陈宫的身份,在《三国志通俗演义》(嘉靖本)中照抄陈宫这两句话,只将"分"改为"甘心",于是露出了陈宫真实身份的痕迹。毛宗岗发现了这个漏洞,将陈宫的话改为"吾身既被擒,请即就戮,并无挂念。"这就符合《演义》中陈宫的身份了。

后人有诗叹之曰:

生死无二志,丈夫何壮哉! 不从金石论,空负栋梁材。

辅主真堪敬,辞亲实可哀。白门身死日,谁肯似公台!

方操送宫下楼时,布告玄德曰:"公为坐上客,布为阶下囚,何不发一言而相宽乎?"玄德点头。及操上楼来,布叫曰:"明公所患,不过于布;布今已服矣。公为大将,布副之,天下不难定也。"操回顾玄德曰:"何如?"玄德答曰:"公不见丁建阳、董卓之事乎?"布目视玄德曰:"是儿最无信者!"操令牵下楼缢之。布回顾玄德曰:"大耳儿!不记辕门射戟时耶?"

据《三国志·魏书·吕布传》:布与其麾下登白门楼。兵围急,乃下降。遂生缚布,布曰:"缚太急,小缓之。"太祖曰:"缚虎不得不急也。"布请曰:"明公所患不过于布,今已服矣,天下不足忧。明公将步,令布将骑,则天下不足定也。"太祖有疑色。刘备进曰:"明公不见布之事丁建阳及董太师乎!"太祖领之。布因指备曰:"是儿最叵信者!"于是缢杀布。布与宫、顺等皆枭首送许,然后葬之。(参见《资治通鉴》卷六十二,《后汉书·吕布传》)

据《三国志·魏书·吕布传》注引《献帝春秋》:布问太祖:"明公何瘦?"太祖曰:"君何以识孤?"布曰:"昔在洛,会温氏园。"太祖曰:"然。孤忘之矣。所以瘦,恨不早相得故也。"布曰:"齐桓舍射钩,使管仲相;今使布竭股肱之力,为公前驱,可乎?"布缚急,谓刘备曰:"玄德,卿为坐客,我为执虏,不能一言以相宽乎?"太祖笑曰:"何不相语,而诉明使君乎?"意欲活之,命使宽缚。主簿王必趋进曰:"布,勍虏也。其众近在外,不可宽也。"太祖曰:"本欲相缓,主簿复不听,如之何?"

忽一人大叫曰:"吕布匹夫!死则死耳,何惧之有!"众视之,乃刀斧手拥张辽至。操令将吕布缢死,然后枭首。

据《后汉书·吕布传》:布及宫、顺皆缢杀之,传首许市。

后人有诗叹曰:

洪水滔滔淹下邳,当年吕布受擒时:空余赤兔马千里,漫有方天戟一枝。

缚虎望宽今太懦,养鹰休饱昔无疑。恋妻不纳陈宫谏,枉骂无恩大耳儿。

又有诗论玄德曰:

伤人饿虎缚休宽,董卓丁原血未干。玄德既知能啖父,争如留取害曹瞒?

却说武士拥张辽至。操指辽曰:"这人好生面善。"辽曰:"濮阳城中曾相遇,如何忘却?"操笑曰:"你原来也记得!"辽曰:"只是可惜!"操曰:"可惜甚的?"辽曰:"可惜当日火不大,不曾烧死你这国贼!"操大怒曰:"败将安敢辱吾!"拔剑在手,亲自来杀张辽。辽全无惧色,引颈待杀。曹操背后一人攀住臂膊,一人跪于面前,说道:"丞相且莫动手!"正是:

乞哀吕布无人救,骂贼张辽反得生。毕竟救张辽的是谁,且听下文分解。

第二十回　曹阿瞒许田打围　董国舅内阁受诏

话说曹操举剑欲杀张辽，玄德攀住臂膊，云长跪于面前。玄德曰："此等赤心之人，正当留用。"云长曰："关某素知文远忠义之士，愿以性命保之。"操掷剑笑曰："我亦知文远忠义，故戏之耳。"乃亲释其缚，解衣衣之，延之上坐，辽感其意，遂降。操拜辽为中郎将，赐爵关内侯。

> 据《三国志·魏书·张辽传》：太祖破吕布于下邳，辽将其众降，拜中郎将，赐爵关内侯。（参见《资治通鉴》卷六十二）

> 按：据史书记载，张辽并非被俘后降。他是吕布被俘杀后，主动归降的。

使招安臧霸。霸闻吕布已死，张辽已降，遂亦引本部军投降。操厚赏之。臧霸又招安孙观、吴敦、尹礼来降；独昌豨未肯归顺。操封臧霸为琅琊相。孙观等亦各加官，令守青、徐沿海地面；

> 据《资治通鉴》卷六十二：臧霸自亡匿，操募索得之，使霸招吴敦、尹礼、孔观等，皆诣操降。操乃分琅邪、东海为城阳、利城、昌虑郡，悉以霸等为守、相。（参见《三国志·魏书·臧霸传》《武帝纪》）

将吕布妻女载回许都。大犒三军，拔寨班师。路过徐州，百姓焚香遮道，请留刘使君为牧。操曰："刘使君功大，且待面君封爵，回来未迟。"百姓叩谢。操唤车骑将军车胄权领徐州。操军回许昌，封赏出征人员，留玄德在相府左近宅院歇定。

> 据《三国志·蜀书·先主传》：曹公自出东征，助先主围布于下邳，生禽布。先主复得妻子，从曹公还许。

次日，献帝设朝，操表奏玄德军功，引玄德见帝。玄德具朝服拜于丹墀。帝宣上殿，问曰："卿祖何人？"玄德奏曰："臣乃中山靖王之后，孝景皇帝阁下玄孙，刘雄之孙，刘弘之子也。"帝教取宗族世谱检看，令宗正卿宣读曰：

孝景皇帝生十四子。第七子乃中山靖王刘胜。胜生陆城亭侯刘贞。贞生沛侯刘昂。昂生漳侯刘禄。禄生沂水侯刘恋。恋生钦阳侯刘英。英生安国侯刘建。建生广陵侯刘哀。哀生胶水侯刘宪。宪生祖邑侯刘舒。舒生祁阳侯刘谊。谊生原泽侯刘必。必生颍川侯刘达。达生丰灵侯刘不疑。不疑生济川侯刘惠。惠生东郡范令刘雄。雄生刘弘。弘不仕。刘备乃刘弘之子也。

> 据《三国志·蜀书·先主传》：汉景帝子中山靖王胜之后也。胜子贞，元狩六年封涿县陆城亭侯。坐酎金失侯，因家焉。先主祖雄，父弘，世仕州郡。

帝排世谱，则玄德乃帝之叔也。

> 按：《演义》称刘备是献帝伯叔辈，于史无据。

帝大喜，请入偏殿叙叔侄之礼。帝暗思："曹操弄权，国事都不由朕主。今得此英雄之叔，朕有助矣！"遂拜玄德为左将军、宜城亭侯。

> 据《三国志·蜀书·先主传》：曹公表先主为镇东将军，封宜城亭侯，是岁建安元年也。
>
> 据《三国志·蜀书·先主传》：表先主为左将军，礼之愈重，出则同舆，坐则同席。

设宴款待毕，玄德谢恩出朝。自此人皆称为刘皇叔。

曹操回府，荀彧等一班谋士入见曰："天子认刘备为叔，恐无益于明公。"操曰："彼既认为皇叔，吾以天子之诏令之，彼愈不敢不服矣。况吾留彼在许都，名虽近君，实在吾掌握之内，吾何惧哉？吾所虑者，太尉杨彪系袁术亲戚，倘与二袁为内应，为害不浅。当即除之。"乃密使人诬告彪交通袁术，遂收彪下狱，命满宠按治之。时北海太守孔融在许都，因谏操曰："杨公四世清德，岂可因袁氏而罪之乎？"操曰："此朝廷意也。"融曰："使成王杀召公，周公可得言不知耶？"操不得已，乃免彪官，放归田里。

> 据《三国志·魏书·崔琰传附孔融传》注引《续汉书》：太尉杨彪与袁术婚姻，术僭号，太祖与彪有隙，因是执彪，将杀焉。融闻之，不及朝服，往见太祖曰："杨公累世清德，四叶重光，《周书》'父子兄弟，罪不相及'，况以袁氏之罪乎？《易》称'积善余庆'，但欺人耳。"太祖曰："国家之意也。"融曰："假使成王欲杀召公，则周公可得言不知邪？今天下缨緌搢绅之士所以瞻仰明公者，以明公聪明仁智，辅相汉朝，举直措枉，致之雍熙耳。今横杀无辜，则海内观听，谁不解体？孔融鲁国男子，明日便当褰衣而去，不复朝矣。"太祖意解，遂理出彪。
>
> 据《三国志·魏书·满宠传》：故太尉杨彪收付县狱，尚书令荀彧、少府孔融等并属宠："但当受辞，勿加考掠。"宠一无所报，考讯如法。数日，求见太祖，言之曰："杨彪考讯无他辞语。当杀者宜先彰其罪；此人有名海内，若罪不明，必大失民望，窃为明公惜之。"太祖即日赦出彪。初，彧、融闻考掠彪，皆怒，及因此得了，更善宠。臣松之以为杨公积德之门，身为名臣，纵有怨负，犹宜保佑，况淫刑所滥，而可加其楚掠乎？若理应考讯，荀、孔二贤岂其妄有相请属哉？宠以此为能，酷吏之用心耳。虽有后善，何解前虐？

议郎赵彦愤操专横，上疏劾操不奉帝旨、擅收大臣之罪。操大怒，即收赵彦杀之。

> 据《后汉书·献帝伏皇后纪》：自帝都许，守位而已，宿卫兵侍，莫非曹氏党旧姻戚。议郎赵彦尝为帝陈言时策，曹操恶而杀之。其余内外，多见诛戮。（参见《资治通鉴》卷六十七）
>
> 据《后汉书·袁绍传》：绍于是进军攻许。……乃先宣檄曰："……议郎赵彦，忠谏直言，议有可纳，故圣朝含听，改容加锡。操欲迷夺时明，杜绝言路，擅收立杀，不俟报闻。……"（参见《三国志·魏书·袁绍传》注引《魏氏春秋》）

于是百官无不悚惧。

谋士程昱说操曰："今明公威名日盛，何不乘此时行王霸之事？"操曰："朝廷股肱尚多，未可轻动。吾当请天子田猎，以观动静。"于是拣选良马、名鹰、俊犬、弓矢俱备，先聚兵城外，操入请天子田猎。帝曰："田猎恐非正道。"操曰："古之帝王，春蒐夏苗，秋狝冬狩：四时出郊，以示武于天下。今四海扰攘之时，正当借田猎以讲武。"帝不敢不从，随即上逍遥马，带宝雕弓、金鈚箭，排銮驾出城。玄德与关、张各弯弓插箭，内穿掩心甲，手持兵器，引数十骑随驾出许昌。曹操骑爪黄飞电马，引十万之众，与天子猎于许田。军士排开围场，周广二百余里。操与天子并马而行，只争一马头。背后都是操之心腹将校。文武百官，远远侍从，谁敢近前。当日献帝驰马到许田，刘玄德起居道傍。帝曰："朕今欲看皇叔射猎。"玄

第二十回　曹阿瞒许田打围　董国舅内阁受诏

德领命上马，忽草中赶起一兔。玄德射之，一箭正中那兔。帝喝采。转过土坡，忽见荆棘中赶出一只大鹿。帝连射三箭不中，顾谓操曰："卿射之。"操就讨天子宝雕弓、金鈚箭，扣满一射，正中鹿背，倒于草中。群臣将校，见了金鈚箭，只道天子射中，都踊跃向帝呼"万岁"。曹操纵马直出，遮于天子之前以迎受之。众皆失色。玄德背后云长大怒，剔起卧蚕眉，睁开丹凤眼，提刀拍马便出，要斩曹操。玄德见了，慌忙摇手送目。关公见兄如此，便不敢动。玄德欠身向操称贺曰："丞相神射，世所罕及！"操笑曰："此天子洪福耳。"乃回马向天子称贺，竟不献还宝雕弓，就自悬带。围场已罢，宴于许田。宴毕，驾回许都，众人各自归歇。云长问玄德曰："操贼欺君罔上，我欲杀之，为国除害，兄何止我？"玄德曰："投鼠忌器。操与帝相离只一马头，其心腹之人，周回拥侍；吾弟若逞一时之怒，轻有举动，倘事不成，有伤天子，罪反坐我等矣。"云长曰："今日不杀此贼，后必为祸。"玄德曰："且宜秘之，不可轻言。"

> 据《三国志·蜀书·关羽传》注引王隐《蜀记》：初，刘备在许，与曹公共猎。猎中，众散，羽劝备杀公，备不从。

> 按：据史书，刘备在许都时曾与曹操一起打猎，汉献帝并没有参加。《演义》所描写的曹操欺压汉献帝的情节，不见于史。

却说献帝回宫，泣谓伏皇后曰："朕自即位以来，奸雄并起：先受董卓之殃，后遭傕、汜之乱。常人未受之苦，吾与汝当之。后得曹操，以为社稷之臣；不意专国弄权，擅作威福。朕每见之，背若芒刺。今日在围场上，身迎呼贺，无礼已极！早晚必有异谋，吾夫妇不知死所也！"伏皇后曰："满朝公卿，俱食汉禄，竟无一人能救国难乎？"言未毕，忽一人自外而入曰："帝、后休忧。吾举一人，可除国害。"帝视之，乃伏皇后之父伏完也。帝掩泪问曰："皇丈亦知操贼之专横乎？"完曰："许田射鹿之事，谁不见之？但满朝之中，非操宗族，则其门下。若非国戚，谁肯尽忠讨贼？老臣无权，难行此事。车骑将军国舅董承可托也。"帝曰："董国舅多赴国难，朕躬素知。可宣入内，共议大事。"完曰："陛下左右皆操贼心腹，倘事泄，为祸不浅。"帝曰："然则奈何？"完曰："臣有一计：陛下可制衣一领，取玉带一条，密赐董承，却于带衬内缝一密诏以赐之，令到家见诏，可以昼夜画策，神鬼不觉矣。"帝然之，伏完辞出。

帝乃自作一密诏，咬破指尖，以血写之，暗令伏皇后缝于玉带紫锦衬内，

> 按：核诸史书，伏皇后与其父伏完未参与衣带诏事件。

却自穿锦袍，自系此带，令内史宣董承入。承见帝，礼毕，帝曰："朕夜来与后说霸河之苦，念国舅大功，故特宣入慰劳。"承顿首谢。帝引承出殿，到太庙，转上功臣阁内。帝焚香礼毕，引承观画像。中间画汉高祖容像。帝曰："吾高祖皇帝起身何地？如何创业？"承大惊曰："陛下戏臣耳。圣祖之事，何为不知？高皇帝起自泗上亭长，提三尺剑，斩蛇起义，纵横四海，三载亡秦，五年灭楚，遂有天下，立万世之基业。"帝曰："祖宗如此英雄，子孙如此懦弱，岂不可叹！"因指左右二辅之像曰："此二人非留侯张良、酇侯萧何耶？"承曰："然也。高祖开基创业，实赖二人之力。"帝回顾左右较远，乃密谓承曰："卿亦当如此二人立于朕侧。"承曰："臣无寸功，何以当此？"帝曰："朕想卿西都救驾之功，未尝少忘，无可为赐。"因指所着袍带曰："卿当衣朕此袍，系朕此带，常如在朕左右也。"承顿首谢。帝解袍带赐承，密语曰："卿归可细观之，勿负朕意。"承会意，穿袍系带，辞帝下阁。

早有人报知曹操曰："帝与董承登功臣阁说话。"操即入朝来看。董承出阁，才过宫门，恰遇操来；急无躲避处，只得立于路侧施礼。操问曰："国舅何来？"承曰："适蒙天子宣召，

赐以锦袍玉带。"操问曰："何故见赐？"承曰："因念某旧日西都救驾之功，故有此赐。"操曰："解带我看。"承心知衣带中必有密诏，恐操看破，迟延不解。操叱左右："急解下来！"看了半晌，笑曰："果然是条好玉带！再脱下锦袍来借看。"承心中畏惧，不敢不从，遂脱袍献上。操亲自以手提起，对日影中细细详看。看毕，自己穿在身上，系了玉带，回顾左右曰："长短如何？"左右称美。操谓承曰："国舅即以此袍带转赐与吾，何如？"承告曰："君恩所赐，不敢转赠；容某别制奉献。"操曰："国舅受此衣带，莫非其中有谋乎？"承惊曰："某焉敢？丞相如要，便当留下。"操曰："公受君赐，吾何相夺？聊为戏耳。"遂脱袍带还承。

承辞操归家，至夜独坐书院中，将袍仔细反复看了，并无一物。承思曰："天子赐我袍带，命我细观，必非无意；今不见甚踪迹，何也？"随又取玉带检看，乃白玉玲珑，碾成小龙穿花，背用紫锦为衬，缝缀端整，亦并无一物，承心疑，放于桌上，反复寻之。良久，倦甚。正欲伏几而寝，忽然灯花落于带上，烧着背衬。承惊拭之，已烧破一处，微露素绢，隐见血迹。急取刀拆开视之，乃天子手书血字密诏也。诏曰：

> 朕闻人伦之大，父子为先；尊卑之殊，君臣为重。近日操贼弄权，欺压君父；结连党伍，败坏朝纲；敕赏封罚，不由朕主。朕夙夜忧思，恐天下将危。卿乃国之大臣，朕之至戚，当念高帝创业之艰难，纠合忠义两全之烈士，殄灭奸党，复安社稷，祖宗幸甚！破指洒血，书诏付卿，再四慎之，勿负朕意！建安四年春三月诏。

董承览毕，涕泪交流，一夜寝不能寐。晨起，复至书院中，将诏再三观看，无计可施。乃放诏于几上，沉思灭操之计。忖量未定，隐几而卧。忽侍郎王子服至。门吏知子服与董承交厚，不敢拦阻，竟入书院。见承伏几不醒，袖底压着素绢，微露"朕"字。子服疑之，默取看毕，藏于袖中，呼承曰："国舅好自在！亏你如何睡得着！"承惊觉，不见诏书，魂不附体，手脚慌乱。子服曰："汝欲杀曹公！吾当出首。"承泣告曰："若兄如此，汉室休矣！"子服曰："吾戏耳。吾祖宗世食汉禄，岂无忠心？愿助兄一臂之力，共诛国贼。"承曰："兄有此心，国之大幸！"子服曰："当于密室同立义状，各舍三族，以报汉君。"承大喜，取白绢一幅，先书名画字。子服亦即书名画字。书毕，子服曰："将军吴子兰，与吾至厚，可与同谋。"承曰："满朝大臣，惟有长水校尉种辑、议郎吴硕是吾心腹，必能与我同事。"

> 据《三国志·蜀书·先主传》注引《献帝起居注》：承等与备谋未发，而备出。承谓服曰："郭多有数百兵，坏李傕数万人，但足下与我同不耳！昔吕不韦之门，须子楚而后高，今吾与子由是也。"服曰："惶惧不敢当，且兵又少。"承曰："举事讫，得曹公成兵，顾不足邪？"服曰："今京师岂有所任乎？"承曰："长水校尉种辑、议郎吴硕是我腹心办事者。"遂定计。

正商议间，家僮入报种辑、吴硕来探。承曰："此天助我也！"教子服暂避于屏后。承接二人入书院坐定，茶毕，辑曰："许田射猎之事，君亦怀恨乎？"承曰："虽怀恨，无可奈何。"硕曰："吾誓杀此贼，恨无助我者耳！"辑曰："为国除害，虽死无怨！"王子服从屏后出曰："汝二人欲杀曹丞相！我当出首，董国舅便是证见。"种辑怒曰："忠臣不怕死！吾等死作汉鬼，强似你阿附国贼！"承笑曰："吾等正为此事，欲见二公。王侍郎之言乃戏耳。"便于袖中取出诏来与二人看。二人读诏，挥泪不止。承遂请书名。子服曰："二公在此少待，吾去请吴子兰来。"子服去不多时，即同子兰至，与众相见，亦书名毕。

> 据《后汉书·董卓传附董承传》：自都许之后，权归曹氏，天子总已，百官备员而已。帝忌操专逼，乃密诏董承，使结天下义士共诛之。承遂与刘备同谋，未发，会备出征，承更与偏将军王服、长水校尉种辑、议郎吴硕结谋。（参见《后汉书·献帝纪》）
>
> 据《资治通鉴》卷六十三：初，车骑将军董承称受帝衣带中密诏，与刘备谋诛曹

操。……遂与承及长水校尉种辑、将军吴子兰、王服等同谋。

据《三国志·蜀书·先主传》：先主未出时，献帝舅车骑将军董承辞受帝衣带中密诏，当诛曹公。……遂与承及长水校尉种辑、将军吴子兰、王子服等同谋。

按：董承谋杀曹操，事发被诛，实有其事；但他是否曾接受献帝的衣带诏，史书记载并不一致。《三国志·先主传》称"董承辞受帝衣带中密诏"，《资治通鉴》根据《三国志》记作"董承称受帝衣带中密诏"，都是说，董承自称接受了"衣带密诏"；仅《后汉书》称献帝曾"密诏董承"。《演义》采用了《后汉书》的说法。

承邀于后堂会饮。忽报西凉太守马腾相探。承曰："只推我病，不能接见。"门吏回报。腾大怒曰："我夜来在东华门外，亲见他锦袍玉带而出，何故推病耶！吾非无事而来，奈何拒我！"门吏入报，备言腾怒。承起曰："诸公少待，暂容承出。"随即出厅延接。礼毕坐定，腾曰："腾入觐将还，故来相辞，何见拒也？"承曰："贱躯暴疾，有失迎候，罪甚！"腾曰："面带春色，未见病容。"承无言可答。腾拂袖便起，嗟叹下阶曰："皆非救国之人也！"承感其言，挽留之，问曰："公谓何人非救国之人？"腾曰："许田射猎之事，吾尚气满胸膛；公乃国之至戚，犹自耽于酒色，而不思讨贼，安得为皇家救难扶灾之人乎！"承恐其诈，佯惊曰："曹丞相乃国之大臣，朝廷所倚赖，公何出此言？"腾大怒曰："汝尚以曹贼为好人耶？"承曰："耳目甚近，请公低声。"腾曰："贪生怕死之徒，不足以论大事！"说罢又欲起身。承知腾忠义，乃曰："公且息怒。某请公看一物。"遂邀腾入书院，取诏示之。腾读毕，毛发倒竖，咬齿嚼唇，满口流血，谓承曰："公若有举动，吾即统西凉兵为外应。"承请腾与诸公相见，取出义状，教腾书名。腾乃取酒歃血为盟曰："吾等誓死不负所约！"指坐上五人言曰："若得十人，大事谐矣。"

按：据史书记载，与董承同谋者仅王服、种辑、吴硕和刘备四人，《演义》作六人，其中马腾未参与此事，系小说虚构；吴硕与吴子兰应是同一人。王服，一作王子服。

承曰："忠义之士，不可多得。若所与非人，则反相害矣。"腾教取《鸳行鹭序簿》来检看。检到刘氏宗族，乃拍手言曰："何不共此人商议？"众皆问何人。马腾不慌不忙，说出那人来。正是：本因国舅承明诏，又见宗潢佐汉朝。毕竟马腾之言如何，且听下文分解。

第二十一回　曹操煮酒论英雄　关公赚城斩车胄

却说董承等问马腾曰："公欲用何人？"马腾曰："见有豫州牧刘玄德在此，何不求之？"承曰："此人虽系皇叔，今正依附曹操，安肯行此事耶？"腾曰："吾观前日围场之中，曹操迎受众贺之时，云长在玄德背后，挺刀欲杀操，玄德以目视之而止。玄德非不欲图操，恨操牙爪多，恐力不及耳。公试求之，当必应允。"吴硕曰："此事不宜太速，当从容商议。"众皆散去。

次日黑夜里，董承怀诏，径往玄德公馆中来。门吏入报，玄德迎出，请入小阁坐定。关、张侍立于侧。玄德曰："国舅夤夜至此，必有事故。"承曰："白日乘马相访，恐操见疑，故黑夜相见。"玄德命取酒相待。承曰："前日围场之中，云长欲杀曹操，将军动目摇头而退之，何也？"玄德失惊曰："公何以知之？"承曰："人皆不见，某独见之。"玄德不能隐讳，遂曰："舍弟见操僭越，故不觉发怒耳。"承掩面而哭曰："朝廷臣子，若尽如云长，何忧不太平哉！"玄德恐是曹操使他来试探，乃佯言曰："曹丞相治国，为何忧不太平？"承变色而起曰："公乃汉朝皇叔，故剖肝沥胆以相告，公何诈也？"玄德曰："恐国舅有诈，故相试耳。"于是董承取衣带诏令观之，玄德不胜悲愤。又将义状出示，上止有六位：一，车骑将军董承；二，工部侍郎王子服；三，长水校尉种辑；四，议郎吴硕；五，昭信将军吴子兰；六，西凉太守马腾。玄德曰："公既奉诏讨贼，备敢不效犬马之劳。"承拜谢，便请书名。玄德亦书"左将军刘备"，押了字，付承收讫。承曰："尚容再请三人，共聚十义，以图国贼。"玄德曰："切宜缓缓施行，不可轻泄。"共议到五更，相别去了。

玄德也防曹操谋害，就下处后园种菜，亲自浇灌，以为韬晦之计。关、张二人曰："兄不留心天下大事，而学小人之事，何也？"玄德曰："此非二弟所知也。"二人乃不复言。

> 据《三国志·蜀书·先主传》注引《吴历》：曹公数遣亲近密觇诸将有宾客酒食者，辄因事害之。备时闭门，将人种芜菁，曹公使人窥门。既去，备谓张飞、关羽曰："吾岂种菜者乎？曹公必有疑意，不可复留。"其夜开后栅，与飞等轻骑俱去，所得赐遗衣服，悉封留之，乃往小沛收合兵众。　　臣松之案：魏武帝遣先主统诸将要击袁术，郭嘉等并谏，魏武不从，其事显然，非因种菜逼逃而去。如胡冲所云，何乖僻之甚乎！

一日，关、张不在，玄德正在后园浇菜，许褚、张辽引数十人入园中曰："丞相有命，请使君便行。"玄德惊问曰："有甚紧事？"许褚曰："不知。只教我来相请。"玄德只得随二人入府见操。操笑曰："在家做得好大事！"唬得玄德面如土色。操执玄德手，直至后园，曰："玄德学圃不易！"玄德方才放心，答曰："无事消遣耳。"操曰："适见枝头梅子青青，忽感去年征张绣时，道上缺水，将士皆渴；吾心生一计，以鞭虚指曰：'前面有梅林。'军士闻之，口皆生唾，由是不渴。

> 据《世说新语·假谲》：魏武行役，失汲道，军皆渴，乃令曰："前有大梅林，饶子，甘酸可以解渴。"士卒闻之，口皆出水，乘此得及前源。

今见此梅，不可不赏。又值煮酒正熟，故邀使君小亭一会。"玄德心神方定。随至小亭，已设樽俎：盘置青梅，一樽煮酒。

> 按：曹操指刘备为英雄，史书有载；但青梅煮酒，则于史无据。

二人对坐，开怀畅饮。

酒至半酣，忽阴云漠漠，骤雨将至。从人遥指天外龙挂，操与玄德凭栏观之。操曰："使君知龙之变化否？"玄德曰："未知其详。"操曰："龙能大能小，能升能隐；大则兴云吐雾，小则隐介藏形；升则飞腾于宇宙之间，隐则潜伏于波涛之内。方今春深，龙乘时变化，犹人得志而纵横四海。龙之为物，可比世之英雄。玄德久历四方，必知当世英雄。请试言之。"玄德曰："备肉眼安识英雄？"操曰："休得过谦。"玄德曰："备叨恩庇，得仕于朝。天下英雄，实有未知。"操曰："既不识其面，亦闻其名。"玄德曰："淮南袁术，兵粮足备，可为英雄？"操笑曰："冢中枯骨，吾早晚必擒之！"

> 据《资治通鉴》卷六十一：北海相孔融谓备曰："袁公路岂忧国忘家者邪！冢中枯骨，何足介意！"（参见《三国志·蜀书·先主传》）

玄德曰："河北袁绍，四世三公，门多故吏；今虎踞冀州之地，部下能事者极多，可为英雄？"操笑曰："袁绍色厉胆薄，好谋无断；干大事而惜身，见小利而忘命，非英雄也。"

> 据《资治通鉴》卷六十三：许下诸将闻绍将攻许，皆惧，曹操曰："吾知绍之为人，志大而智小，色厉而胆薄，忌克而少威，兵多而分画不明，将骄而政令不一，土地虽广，粮食虽丰，适足以为吾奉也。"（参见《三国志·魏书·武帝纪》）

> 据《资治通鉴》卷六十二：袁绍与操书，辞语骄慢。操谓荀彧、郭嘉曰："今将讨不义而力不敌，何如？"对曰："……今绍有十败，公有十胜，绍虽强，无能为也。……绍多谋少决，失在后事……"（参见《三国志·魏书·郭嘉传》注引《傅子》）

> 据《资治通鉴》卷六十三：关中诸将以袁、曹方争，皆中立顾望。凉州牧韦端使从事天水杨阜诣许，阜还，关右诸将问："袁、曹胜败孰在？"阜曰："袁公宽而不断，好谋而少决；不断则无威，少决则后事，今虽强，终不能成大业。……"（参见《三国志·魏书·杨阜传》）

玄德曰："有一人名称八俊，威镇九州，刘景升可为英雄？"操曰："刘表虚名无实，非英雄也。"玄德曰："有一人血气方刚，江东领袖，孙伯符乃英雄也？"操曰："孙策藉父之名，非英雄也。"

> 据《三国志·吴书·孙策传》注引《吴历》：曹公闻策平定江南，意甚难之，常呼"猘儿难与争锋也"。

玄德曰："益州刘季玉，可为英雄乎？"操曰："刘璋虽系宗室，乃守户之犬耳，何足为英雄！"玄德曰："如张绣、张鲁、韩遂等辈皆何如？"操鼓掌大笑曰："此等碌碌小人，何足挂齿！"玄德曰："舍此之外，备实不知。"操曰："夫英雄者，胸怀大志，腹有良谋，有包藏宇宙之机，吞吐天地之志者也。"玄德曰："谁能当之？"操以手指玄德，后自指，曰："今天下英雄，惟使君与操耳！"玄德闻言，吃了一惊，手中所执匙箸，不觉落于地下。时正值大雨将至，雷声大作。玄德乃从容俯首拾箸曰："一震之威，乃至于此。"操笑曰："丈夫亦畏雷乎？"玄德曰："圣人迅雷风烈必变，安得不畏？"将闻言失箸缘故，轻轻掩饰过了。操遂不疑玄德。

> 据《资治通鉴》卷六十三：初，车骑将军董承称受帝衣带中密诏，与刘备谋诛曹操。操从容谓备曰："今天下英雄，惟使君与操耳，本初之徒，不足数也！"备方食，失匕箸，值天雷震，备因曰："圣人云：'迅雷风烈必变'，良有以也。"遂与承及长水校尉种辑、

将军吴子兰、王服等同谋。

　　据《三国志·蜀书·先主传》：先主未出时，献帝舅车骑将军董承辞受帝衣带中密诏，当诛曹公。先主未发。是时曹公从容谓先主曰："今天下英雄，唯使君与操耳。本初之徒，不足数也。"先主方食，失匕箸。

　　据《三国志·蜀书·先主传》注引《华阳国志·刘先主志》：于时正当雷震，备因谓操曰："圣人云'迅雷风烈必变'，良有以也。一震之威，乃可至于此也！"

后人有诗赞曰：

　　勉从虎穴暂趋身，说破英雄惊杀人。巧借闻雷来掩饰，随机应变信如神。

　　天雨方住，见两个人撞入后园，手提宝剑，突至亭前，左右拦挡不住。操视之，乃关、张二人也。原来二人从城外射箭方回，听得玄德被许褚、张辽请将去了，慌忙来相府打听；闻说在后园，只恐有失，故冲突而入。却见玄德与操对坐饮酒。二人按剑而立。操问二人何来。云长曰："听知丞相和兄饮酒，特来舞剑，以助一笑。"操笑曰："此非鸿门会，安用项庄、项伯乎？"玄德亦笑。操命："取酒与二樊哙压惊。"关、张拜谢。

　　须臾席散，玄德辞操而归。云长曰："险些惊杀我两个！"玄德以落箸事说与关、张。关、张问是何意。玄德曰："吾之学圃，正欲使操知我无大志；不意操竟指我为英雄，我故失惊落箸。又恐操生疑，故借惧雷以掩饰之耳。"关、张曰："兄真高见！"

　　操次日又请玄德。正饮间，人报满宠去探听袁绍而回。操召入问之。宠曰："公孙瓒已被袁绍破了。"玄德急问曰："愿闻其详。"宠曰："瓒与绍战不利，筑城围圈，圈上建楼，高十丈，名曰易京楼，积粟三十万以自守。战士出入不息。或有被绍围者，众请救之。瓒曰：'若救一人，后之战者只望人救，不肯死战矣。'遂不肯救。因此袁绍兵来，多有降者。瓒势孤，使人持书赴许都求救，不意中途为绍军所获。瓒又遗书张燕，暗约举火为号，里应外合。下书人又被袁绍擒住，却来城外放火诱敌。瓒自出战，伏兵四起，军马折其大半。退守城中，被袁绍穿地直入瓒所居之楼下，放起火来。瓒无走路，先杀妻子，然后自缢，全家都被火焚了。"

　　据《资治通鉴》卷六十一、卷六十二、卷六十三：公孙瓒既杀刘虞，尽有幽州之地，志气益盛，恃其才力，不恤百姓，记过忘善，睚眦必报。衣冠善士，名在其右者，必以法害之；有材秀者，必抑困使在穷苦之地。或问其故，瓒曰："衣冠皆自以职分当贵，不谢人惠。"故所宠爱，类多商贩、庸儿，与为兄弟，或结婚姻；所在侵暴，百姓怨之。刘虞从事渔阳鲜于辅等，合率州兵欲共报仇，以燕国阎柔素有恩信，推为乌桓司马。柔招诱胡、汉数万人，与瓒所置渔阳太守邹丹战于潞北，斩丹等四千余级。乌桓峭王亦率种人及鲜卑七千余骑，随辅南迎虞子和与袁绍将麹义，合兵十万共攻瓒，破瓒于鲍丘，斩首二万余级。于是代郡、广阳、上谷、右北平各杀瓒所置长吏，复与鲜于辅、刘和兵合，瓒军屡败。先是有童谣曰："燕南垂，赵北际，中央不合大如砺，唯有此中可避世。"瓒自谓易地当之，遂徙镇易，为围堑十重，于堑里筑京，皆高五六丈，为楼其上；中堑为京，特高十丈，自居焉。以铁为门，斥去左右，男人七岁以上不得入门，专与姬妾居。其文簿、书记皆汲而上之。令妇人习为大声，使闻数百步，以传宣教令。疏远宾客，无所亲信，谋臣猛将，稍稍乖散。自此之后，希复攻战。或问其故，瓒曰："我昔驱畔胡于塞表，扫黄巾于孟津，当此之时，谓天下指麾可定。至于今日，兵革方始，观此，非我所决，不如休兵力耕，以救凶年。兵法，百楼不攻。今吾诸营楼橹数十重，积谷三百万斛。食尽此谷，足以待天下之事矣。"……袁绍连年攻公孙瓒，不能克，以书谕之，欲相与释憾连和；瓒不答，而增修守备，谓长史太原关靖曰："当今四方虎争，无有能坐吾城下相守经年者明矣，袁本初其若我何！"绍于是大兴兵以攻瓒。先是瓒别将有为敌所围者，瓒不救，曰："救一人，使后将恃救，不肯力战。"及绍来攻，瓒南界别营，自度守则不能自固，又知必不见救，或降或溃。绍军径至其门，瓒遣子续请救于黑山诸帅，而欲自将突骑出傍西山，拥黑山之众侵掠冀州，横断绍后。关靖谏曰："今将军将士莫不怀瓦解之心，所以犹能相守者，顾恋其居处老小，而恃将军为主故耳。坚守旷日，或可使绍自退。若舍之而出，后无镇重，易京之危，可立待也。"瓒乃止。绍渐相攻逼，瓒众日蹙。建安四年春，黑山贼帅张燕与公孙续率兵十万，三道救之。未至，瓒密使行人赍书告续，使引五千铁骑于北隰之中，起火为应，瓒欲自内出战。绍候得其书，如期举火。瓒以为救至，遂出战。绍设伏击之，瓒大败，复还自守。绍为地道，穿其楼下，施木柱之，度足达半，便烧之，楼辄倾倒，稍至京中。瓒自计必无全，乃悉缢其姊妹、妻子，然后引火自焚。绍趣兵登台，斩之。田楷战死。关靖叹曰："前若不止将军自行，未必不济。吾闻君子陷人危，必同其难，岂可以独生乎！"策马赴绍军而死。续为屠各所杀。（参见《三国志·魏书·公孙瓒传》及注引《英雄记》，《后汉书·公孙瓒传》）

今袁绍得了瓒军，声势甚盛。绍弟袁术在淮南骄奢过度，不恤军民，众皆背反。术使人归帝号于袁绍。绍欲取玉玺，术约亲自送至，

据《资治通鉴》卷六十三：袁术既称帝，淫侈滋甚，媵御数百，无不兼罗纨，厌粱肉，自下饥困，莫之收恤。既而资实空尽，不能自立，乃烧宫室，奔其部曲陈简、雷薄于灊山，复为简等所拒，遂大穷，士卒散走，忧懑不知所为。乃遣使归帝号于从兄绍。（参见《三国志·魏书·袁术传》《后汉书·袁术传》）

见今弃淮南欲归河北。若二人协力，急难收复。乞丞相作急图之。"玄德闻公孙瓒已死，追念昔日荐己之恩，不胜伤感；又不知赵子龙如何下落，放心不下。因暗想曰："我不就此时寻个脱身之计，更待何时？"遂起身对操曰："术若投绍，必从徐州过，备请一军就半路截击，术可擒矣。"操笑曰："来日奏帝，即便起兵。"

次日，玄德面奏君。操令玄德总督五万人马，又差朱灵、

据《三国志·魏书·朱灵传》：初，清河朱灵为袁绍将。太祖之征陶谦，绍使灵督三营助太祖，战有功。绍所遣诸将各罢归，灵曰："灵观人多矣，无若曹公者，此乃真明主也。今已遇，复何之？"遂留不去。所将士卒慕之，皆随灵留。灵后遂为好将，名亚晃等，至后将军，封高唐亭侯。

路昭二人同行。

据《三国志·蜀书·先主传》：袁术欲经徐州北就袁绍，曹公遣先主督朱灵、路招要击术。（参见《资治通鉴》卷六十三，《三国志·魏书·武帝纪》）

玄德辞帝，帝泣送之。玄德至寓，星夜收拾军器鞍马，挂了将军印，催促便行。董承赶出十里长亭来送。玄德曰："国舅宁耐。某此行必有以报命。"承曰："公宜留意，勿负帝心。"二人分别。关、张在马上问曰："兄今番出征，何故如此慌速？"玄德曰："吾乃笼中鸟、网中鱼，此一行如鱼入大海、鸟上青霄，不受笼网之羁绊也！"因命关、张催朱灵、路昭军马速行。时郭嘉、程昱考较钱粮方回，知曹操已遣玄德进兵徐州，慌入谏曰："丞相何故令刘备督军？"操曰："欲截袁术耳。"程昱曰："昔刘备为豫州牧时，某等请杀之，丞相不听；今日又与之兵：此放龙入海，纵虎归山也。后欲治之，其可得乎？"郭嘉曰："丞相纵不杀备，

亦不当使之去。古人云：'一日纵敌，万世之患。'望丞相察之。"操然其言，

　　据《资治通鉴》卷六十三：会操遣备与朱灵邀袁术，程昱、郭嘉、董昭皆谏曰："备不可遣也！"操悔，追之，不及。（参见《三国志·魏书·武帝纪》）

　　据《三国志·魏书·程昱传》：刘备失徐州，来归太祖。昱说太祖杀备，太祖不听。语在《武纪》。后又遣备至徐州要击袁术，昱与郭嘉说太祖曰："公前日不图备，昱等诚不及也。今借之以兵，必有异心。"太祖悔，追之不及。会术病死，备至徐州，遂杀车胄，举兵背太祖。

　　据《三国志·魏书·郭嘉传》注引《傅子》：初，刘备来降，太祖以客礼待之，使为豫州牧。嘉言于太祖曰："备有雄才而甚得众心。张飞、关羽者，皆万人之敌也，为之死用。嘉观之，备终不为人下，其谋未可测也。古人有言：'一日纵敌，数世之患。'宜早为之所。"是时，太祖奉天子以号令天下，方招怀英雄以明大信，未得从嘉谋。会太祖使备要击袁术，嘉与程昱俱驾而谏太祖曰："放备，变作矣！"时备已去，遂举兵以叛。太祖恨不用嘉之言。

　　据《三国志·魏书·董昭传》：太祖令刘备拒袁术，昭曰："备勇而志大，关羽、张飞为之羽翼，恐备之心未可得论也！"太祖曰："吾已许之矣。"备到下邳，杀徐州刺史车胄，反。

遂令许褚将兵五百前往，务要追玄德转来。许褚应诺而去。

　　却说玄德正行之间，只见后面尘头骤起，谓关、张曰："此必曹兵追至也。"遂下了营寨，令关、张各执军器，立于两边。许褚至，见严兵整甲，乃下马入营见玄德。玄德曰："公来此何干？"褚曰："奉丞相命，特请将军回去，别有商议。"玄德曰："'将在外，君命有所不受。'吾面过君，又蒙丞相钧语。今别无他议，公可速回，为我禀覆丞相。"许褚寻思："丞相与他一向交好，今番又不曾教我来厮杀，只得将他言语回覆，另候裁夺便了。"遂辞了玄德，领兵而回。回见曹操，备述玄德之言。操犹豫未决。程昱、郭嘉曰："备不肯回兵，可知其心变矣。"操曰："我有朱灵、路昭二人在彼，料玄德未必敢心变。况我既遣之，何可复悔？"遂不复追玄德。后人有诗叹玄德曰：

　　　　束兵秣马去匆匆，心念天言衣带中。撞破铁笼逃虎豹，顿开金锁走蛟龙。

　　却说马腾见玄德已去，边报又急，亦回西凉州去了。

　　玄德兵至徐州，刺史车胄出迎。公宴毕，孙乾、糜竺等都来参见。玄德回家探视老小，一面差人探听袁术。探子回报："袁术奢侈太过，雷薄、陈兰皆投嵩山去了。术势甚衰，乃作书让帝号于袁绍。绍命人召术，术乃收拾人马、宫禁御用之物，先到徐州来。"

　　据《资治通鉴》卷六十三：（袁术）奔其部曲陈简、雷薄于灊山，复为简等所拒，遂大穷，士卒散走，忧懑不知所为。乃遣使归帝号于从兄绍曰："禄去汉室久矣！袁氏受命当王，符瑞炳然。今君拥有四州，人户百万，谨归大命，君其兴之！"（参见《三国志·魏书·袁术传》及注引《魏书》,《后汉书·袁术传》）

　　玄德知袁术将至，乃引关、张、朱灵、路昭五万军出，正迎着先锋纪灵至。张飞更不打话，直取纪灵。斗无十合，张飞大喝一声，刺纪灵于马下，败军奔走。袁术自引军来斗。玄德分兵三路：朱灵、路昭在左，关、张在右，玄德自引兵居中，与术相见，在门旗下责骂曰："汝反逆不道，吾今奉明诏前来讨汝！汝当束手受降，免你罪犯。"袁术骂曰："织席编屦小辈，安敢轻我！"麾兵赶来。玄德暂退，让左右两路军杀出。杀得术军尸横遍野，血流成渠；兵卒逃亡，不可胜计。

据《资治通鉴》卷六十三：袁谭自青州迎术，欲从下邳北过。曹操遣刘备及将军清河朱灵邀之，术不得过，复走寿春。（参见《后汉书·袁术传》）

据《三国志·蜀书·先主传》：袁术欲经徐州北就袁绍，曹公遣先主督朱灵、路招要击术。未至，术病死。（参见《三国志·魏书·武帝纪》《袁术传》）

按：《演义》写刘备在徐州拦截袁术并与其交战，不见于史。据史书记载，袁术欲经徐州北投袁绍，但未到徐州，于途中病死。

又被嵩山雷薄、陈兰劫去钱粮草料。欲回寿春，又被群盗所袭，只得住于江亭。止有一千余众，皆老弱之辈。时当盛暑，粮食尽绝，只剩麦三十斛，分派军士。家人无食，多有饿死者。术嫌饭粗，不能下咽，乃命庖人取蜜水止渴。庖人曰："止有血水，安有蜜水！"术坐于床上，大叫一声，倒于地下，吐血斗余而死。时建安四年六月也。

据《三国志·魏书·袁术传》注引《吴书》：术既为雷薄等所拒，留住三日，士众绝粮，乃还至江亭，去寿春八十里。问厨下，尚有麦屑三十斛。时盛暑，欲得蜜浆，又无蜜。坐棂床上，叹息良久，乃大咤曰："袁术至于此乎！"因顿伏床下，呕血斗余而死。

据《资治通鉴》卷六十三：（建安四年夏）六月，至江亭，坐簀床而叹曰："袁术乃至是乎！"因愤慨结病，欧血死。（参见《后汉书·袁术传》）

后人有诗曰：
汉末刀兵起四方，无端袁术太猖狂，不思累世为公相，便欲孤身作帝王。
强暴枉夸传国玺，骄奢妄说应天祥。渴思蜜水无由得，独卧空床呕血亡。

袁术已死，侄袁胤将灵柩及妻子奔庐江来，被徐璆尽杀之。璆夺得玉玺，赴许都献于曹操。操大喜，封徐璆为高陵太守。此时玉玺归操。

据《资治通鉴》卷六十三：（袁术）因愤慨结病，欧血死。术从弟胤畏曹操，不敢居寿春，率其部曲奉术柩及妻子，奔庐江太守刘勋于皖城。故广陵太守徐璆得传国玺。献之。（参见《后汉书·袁术传》，《三国志·魏书·袁术传》，《三国志·吴书·孙策传》注引《江表传》）

据《三国志·吴书·孙策传》：后术死，长史杨弘、大将张勋等将其众欲就策，庐江太守刘勋要击，悉虏之，收其珍宝以归。《资治通鉴考异》认为：（该传）与诸书不同，今从《范书》《陈志》"（袁）术传"及《江表传》。

据《三国志·魏书·武帝纪》注引《先贤行状》：璆字孟玉，广陵人。少履清爽，立朝正色。历任城、汝南、东海三郡，所在化行。被征当还，为袁术所劫。术僭号，欲授以上公之位，璆终不为屈。术死后，璆得术玺，致之汉朝，拜卫尉太常；公为丞相，以位让璆焉。（参见《后汉书·徐璆传》）

却说玄德知袁术已丧，写表申奏朝廷，书呈曹操，令朱灵、路昭回许都，留下军马保守徐州；一面亲自出城，招谕流散人民复业。

且说朱灵、路昭回许都见曹操，说玄德留下军马。操怒，欲斩二人。荀彧曰："权归刘备，二人亦无奈何。"操乃赦之。彧又曰："可写书与车胄就内图之。"操从其计，暗使人来见车胄，传曹操钧旨。胄随即请陈登商议此事。登曰："此事极易。今刘备出城招民，不日将还；将军可命军士伏于瓮城边，只作接他，待马到来，一刀斩之；某在城上射住后军，大事济矣。"胄从之。陈登回见父陈珪，备言其事。珪命登先往报知玄德。登领父命，飞马去报，正迎着关、张，报说如此如此。

> 按：《演义》称，陈登暗助刘备，为之通报消息，不见于史。

原来关、张先回，玄德在后。张飞听得，便要去厮杀。云长曰："他伏瓮城边待我，去必有失。我有一计，可杀车胄：乘夜扮作曹军到徐州，引车胄出迎，袭而杀之。"飞然其言。那部下军原有曹操旗号，衣甲都同。当夜三更，到城边叫门。城上问是谁，众应是曹丞相差来张文远的人马。报知车胄，胄急请陈登议曰："若不迎接，诚恐有疑；若出迎之，又恐有诈。"胄乃上城回言："黑夜难以分辨，天明了相见。"城下答应："只恐刘备知道，疾快开门！"车胄犹豫未定，城外一片声叫开门。车胄只得披挂上马，引一千军出城；跑过吊桥，大叫："文远何在？"火光中只见云长提刀纵马直迎车胄，大叫："匹夫安敢怀诈，欲杀吾兄！"车胄大惊，战未数合，遮拦不住，拨马便回。到吊桥边，城上陈登乱箭射下，车胄绕城而走。云长赶来，手起一刀，砍于马下，割下首级提回，望城上呼曰："反贼车胄，吾已杀之；众等无罪，投降免死！"诸军倒戈投降，军民皆安。

> 据《资治通鉴》卷六十三：术既南走，朱灵等还。备遂杀徐州刺史车胄，留关羽守下邳，行太守事，身还小沛。（参见《三国志·魏书·袁绍传》《三国志·蜀书·关羽传》）
> 据《三国志·蜀书·先主传》：先主……与承及长水校尉种辑、将军吴子兰、王子服等同谋。会见使，未发。事觉，承等皆伏诛。先主据下邳。灵等还，先主乃杀徐州刺史车胄，留关羽守下邳，而身还小沛。
> 据《三国志·魏书·武帝纪》：（建安四年冬十二月，）备之未东也，阴与董承等谋反，至下邳，遂杀徐州刺史车胄，举兵屯沛。……五年春正月，董承等谋泄，皆伏诛。
> 据《资治通鉴考异》：《蜀志》先叙董承谋泄诛死，备乃杀车胄。《魏志》，备杀车胄后，明年，董承乃死。《袁纪》，备据下邳亦在承死前。《蜀志》误也。
>
> 按：《资治通鉴考异》说"《蜀志》误也"，即认为《三国志·蜀书·先主传》记事在时间顺序上有误。司马光在这里没有注意《三国志·蜀书·先主传》的体例。《先主传》在刘备称帝前是按人物列传记事，与纪事本末体相仿，"事觉，承等皆伏诛"与"先主乃杀徐州刺史车胄"是并记两件事，没有时间上的先后关系。

云长将胄头去迎玄德，具言车胄欲害之事，今已斩首。

> 按：据史书记载，杀车胄的是刘备，并非关羽。

玄德大惊曰："曹操若来，如之奈何？"云长曰："弟与张飞迎之。"玄德懊悔不已，遂入徐州。百姓父老，伏道而接。玄德到府，寻张飞，飞已将车胄全家杀尽。玄德曰："杀了曹操心腹之人，如何肯休？"陈登曰："某有一计，可退曹操。"正是：既把孤身离虎穴，还将妙计息狼烟。不知陈登说出甚计来，且听下文分解。

第二十二回　袁曹各起马步三军　关张共擒王刘二将

却说陈登献计于玄德曰："曹操所惧者袁绍。绍虎踞冀、青、幽、并诸郡，带甲百万，文官武将极多，今何不写书遣人到彼求救？"玄德曰："绍向与我未通往来，今又新破其弟，安肯相助？"登曰："此间有一人与袁绍三世通家，若得其一书致绍，绍必来相助。"玄德问何人。登曰："此人乃公平日所折节敬礼者，何故忘之？"玄德猛省曰："莫非郑康成先生乎？"登笑曰："然也。"

原来郑康成名玄，好学多才，尝受业于马融。

> 据《后汉书·郑玄传》：郑玄字康成，北海高密人也。……以山东无足问者，乃西入关，因涿郡卢植，事扶风马融。

融每当讲学，必设绛帐，前聚生徒，后陈声妓，侍女环列左右。玄听讲三年，目不邪视，融甚奇之。及学成而归，融叹曰："得我学之秘者，惟郑玄一人耳！"玄家中侍婢俱通毛诗。一婢尝忤玄意，玄命长跪阶前。一婢戏谓之曰："胡为乎泥中？"此婢应声曰："薄言往愬，逢彼之怒。"其风雅如此。

> 据《世说新语·文学》：郑玄家奴婢皆读书。尝使一婢，不称旨，将挞之。方自陈说，玄怒，使人曳着泥中。须臾，复有一婢来，问曰："胡为乎泥中？"答曰："薄言往愬，逢彼之怒。"

桓帝朝，玄官至尚书；后因十常侍之乱，弃官归田，居于徐州。

> 据《后汉书·郑玄传》：会黄巾寇青部，乃避地徐州，徐州牧陶谦接以师友之礼。

玄德在涿郡时，已曾师事之；及为徐州牧，时时造庐请教，敬礼特甚。

当下玄德想出此人，大喜，便同陈登亲至郑玄家中，求其作书。玄慨然依允，写书一封，付与玄德。

> 按：刘备请郑玄作书向袁绍求救事，不见于史。

玄德便差孙乾星夜赍往袁绍处投递。

> 据《三国志·蜀书·先主传》：先主乃杀徐州刺史车胄，……遣孙乾与袁绍连和。

绍览毕，自忖曰："玄德攻灭吾弟，本不当相助；但重以郑尚书之命，不得不往救之。"遂聚文武官，商议兴兵伐曹操。谋士田丰曰："兵起连年，百姓疲弊，仓廪无积，不可复兴大军。宜先遣人献捷天子，若不得通，乃表称曹操隔我王路，然后提兵屯黎阳；更于河内增益舟楫，缮置军器，分遣精兵，屯扎边鄙。三年之中，大事可定也。"谋士审配曰："不然。以明公之神武，抚河朔之强盛，兴兵讨曹贼，易如反掌，何必迁延日月？"谋士沮授曰："制胜之策，不在强盛。曹操法令既行，士卒精练，比公孙瓒坐受困者不同。今弃献捷良策，而兴无名之兵，窃为明公不取。"谋士郭图曰："非也。兵加曹操，岂曰无名？公正当及时早定大业。愿从郑尚书之言，与刘备共仗大义，剿灭曹贼，上合天意，下合民情，实为幸甚！"四人争论未定，绍踌躇不决。忽许攸、荀谌自外而入。绍曰："二人多有见识，且看如何主张。"二人施礼毕,绍曰:"郑尚书有书来,令我起兵助刘备,攻曹操。起兵是乎?不起兵是乎?"二人齐声应曰:"明公以众克寡,以强攻弱,讨汉贼以扶王室:起兵是也。"绍曰:"二人所见,正合我心。"便商议兴兵。

　　据《资治通鉴》卷六十三:绍简精兵十万、骑万匹,欲以攻许。沮授谏曰:"近讨公孙瓒,师出历年,百姓疲敝,仓库无积,未可动也。宜务农息民,先遣使献捷天子。若不得通,乃表曹操隔我王路,然后进屯黎阳,渐营河南,益作舟舡,缮修器械,分遣精骑抄其边鄙,令彼不得安,我取其逸。如此,可坐定也。"郭图、审配曰:"以明公之神武,引河朔之强众,以伐曹操,易如覆手,何必乃尔!"授曰:"夫救乱诛暴,谓之义兵;恃众凭强,谓之骄兵。义者无敌,骄者先灭。曹操奉天子以令天下,今举师南向,于义则违。且庙胜之策,不在强弱。曹操法令既行,士卒精练,非公孙瓒坐而受攻者也。今弃万安之术而兴无名之师,窃为公惧之!"图、配曰:"武王伐纣,不为不义。况兵加曹操,而云无名?且以公今日之强,将士思奋,不及时以定大业,所谓天与不取,反受其咎,此越之所以霸,吴之所以灭也。监军之计在于持牢,而非见时知机之变也。"绍纳图言,图等因是谮授曰:"授监统内外,威震三军,若其浸盛,何以制之!夫臣与主同者亡,此《黄石》之所忌也。且御众于外,不宜知内。"绍乃分授所统为三都督,使授及郭图、淳于琼各典一军。(参见《后汉书·袁绍传》,《三国志·魏书·袁绍传》注引《献帝传》)

先令孙乾回报郑玄,并约玄德准备接应;一面令审配、逢纪为统军,田丰、荀谌、许攸为谋士,颜良、文丑为将军,起马军十五万,步兵十五万,共精兵三十万,望黎阳进发。

　　据《三国志·魏书·袁绍传》:众数十万,以审配、逢纪统军事,田丰、荀谌、许攸为谋主,颜良、文丑为将率,简精卒十万,骑万匹,将攻许。(参见《后汉书·袁绍传》)

分拨已定,郭图进曰:"以明公大义伐操,必须数操之恶,驰檄各郡,声罪致讨,然后名正言顺。"绍从之,遂令书记陈琳草檄。琳字孔璋,素有才名;灵帝时为主簿,因谏何进不听,复遭董卓之乱,避难冀州,绍用为记室。当下领命草檄,援笔立就。其文曰:

　　盖闻明主图危以制变,忠臣虑难以立权。是以有非常之人,然后有非常之事;有非常之事,然后立非常之功。夫非常者,固非常人所拟也。曩者,强秦弱主,赵高执柄,专制朝权,威福由己;时人迫胁,莫敢正言;终有望夷之败,祖宗焚灭,污辱至今,永为世鉴。及臻吕后季年,产、禄专政,内兼二军,外统梁、赵;擅断万机,决事省禁;下陵上替,海内寒心。于是绛侯、朱虚兴兵奋怒,诛夷逆暴,尊立太宗,故能王道兴隆,光明显融,此则大臣立权之明表也。

　　司空曹操:祖父中常侍腾,与左悺、徐璜并作妖孽,饕餮放横,伤化虐民;父嵩,乞匄携养,因赃假位,舆金辇璧,输货权门,窃盗鼎司,倾覆重器。操赘阉遗丑,本无懿德,狡锋协,好乱乐祸。幕府董统鹰扬,扫除凶逆,续遇董卓,侵官暴国。于是提剑挥鼓,发命东夏,收罗英雄,弃瑕取用,故遂与操同谘合谋,授以裨师,谓其鹰犬之才,爪牙可任。至乃愚佻短略,轻进易退,伤夷折衄,数丧师徒。幕府辄复分兵命锐,修完补辑,表行东郡,领兖州刺史,被以虎文,奖蹙威柄,冀获秦师一克之报。而操遂承资跋扈,恣行凶忒,割剥元元,残贤害善。故九江太守边让,英才俊伟,天下知名,直言正色,论不阿谄,身首被枭悬之诛,妻孥受灰灭之咎。自是士林愤痛,民怨弥重,一夫奋臂,举州同声。故躬破于徐方,地夺于吕布;彷徨东裔,蹈据无所。幕府惟强干

第二十二回　袁曹各起马步三军　关张共擒王刘二将　159

弱枝之义，且不登叛人之党，故复援旌擐甲，席卷起征，金鼓响振，布众奔沮；拯其死亡之患，复其方伯之位：则幕府无德于兖土之民，而有大造于操也。

后会銮驾返旆，群贼寇攻。时冀州方有北鄙之警，匪遑离局，故使从事中郎徐勋，就发遣操，使缮修郊庙，翊卫幼主。操便放志：专行胁迁，当御省禁；卑侮王室，败法乱纪；坐领三台，专制朝政；爵赏由心，刑戮在口；所爱光五宗，所恶灭三族，群谈者受显诛，腹议者蒙隐戮；百僚钳口，道路以目；尚书记朝会，公卿充员品而已。故太尉杨彪，典历二司，享国极位。操因缘眦睚，被以非罪；榜楚参并，五毒备至；触情任忒，不顾宪纲。又议郎赵彦，忠谏直言，义有可纳，是以圣朝含听，改容加饰。操欲迷夺时明，杜绝言路，擅收立杀，不俟报闻。又梁孝王，先帝母昆，坟陵尊显，桑梓松柏，犹宜肃恭。而操帅将吏士，亲临发掘，破棺裸尸，掠取金宝，至令圣朝流涕，士民伤怀！操又特置发丘中郎将、摸金校尉，所过隳突，无骸不露。身处三公之位，而行盗贼之态，污国害民，毒施人鬼！加其细政惨苛，科防互设；罾缴充蹊，坑阱塞路；举手挂网罗，动足触机陷：是以兖、豫有无聊之民，帝都有吁嗟之怨。历观载籍，无道之臣，贪残酷烈，于操为甚！

幕府方诘外奸，未及整训，加绪含容，冀可弥缝。而操豺狼野心，潜包祸谋，乃欲摧挠栋梁，孤弱汉室，除灭忠正，专为枭雄。往者伐鼓北征公孙瓒，强寇桀逆，拒围一年。操因其未破，阴交书命，外助王师，内相掩袭。会其行人发露，瓒亦枭夷，故使锋芒挫缩，厥图不果。今乃屯据敖仓，阻河为固，欲以螳螂之斧，御隆车之隧。幕府奉汉威灵，折冲宇宙；长戟百万，骁骑千群；奋中黄、育、获之士，骋良弓劲弩之势；并州越太行，青州涉济、漯；大军泛黄河而角其前，荆州下宛、叶而掎其后：雷震虎步，若举炎火以炳飞蓬，覆沧海以沃熛炭，有何不灭者哉？又操军吏士，其可战者，皆出自幽冀，或故营部曲，咸怨旷思归，流涕北顾。其余兖、豫之民，及吕布、张杨之余众，覆亡迫胁，权时苟从；各被创夷，人为仇敌。若回旆方徂，登高冈而击鼓吹，扬素挥以启降路，必土崩瓦解，不俟血刃。

方今汉室陵迟，纲维弛绝；圣朝无一介之辅，股肱无折冲之势。方畿之内，简练之臣，皆垂头搨翼，莫所凭恃，虽有忠义之佐，胁于暴虐之臣，焉能展其节？又操持部曲精兵七百，围守宫阙，外托宿卫，内实拘执。惧其篡逆之萌，因斯而作。此乃忠臣肝脑涂地之秋，烈士立功之会，可不勖哉！操又矫命称制，遣使发兵。恐边远州郡，过听给与，违众旅叛，举以丧名，为天下笑，则明哲不取也。

即日幽、并、青、冀，四州并进。书到荆州，便勒见兵，与建忠将军协同声势。州郡各整义兵，罗落境界，举师扬威，并匡社稷，则非常之功于是乎著。其得操首者，封五千户侯，赏钱五千万。部曲偏裨将校诸吏降者，勿有所问。广宣恩信，班扬符赏，布告天下，咸使知圣朝有拘逼之难。如律令！

据《后汉书·袁绍传》：曹操畏绍过河，乃急击备，遂破之。备奔绍，绍于是进军攻许。……乃先宣檄曰：

盖闻明主图危以制变，忠臣虑难以立权。曩者强秦弱主，赵高执柄，专制朝命，威福由己，终有望夷之祸，污辱至今。及臻吕后，禄、产专政，擅断万机，决事禁省，下陵上替，海内寒心。于是绛侯、朱虚兴威奋怒，诛夷逆暴，尊立太宗，故能道化兴隆，光明融显，此则大臣立权之明表也。

司空曹操祖父腾，故中常侍，与左悺、徐璜并作妖孽，饕餮放横，伤化虐人。父嵩，乞匄携养，因臧买位，舆金辇宝，输货权门，窃盗鼎司，倾覆重器。操赘阉遗丑，本无令德，狡锋侠，好乱乐祸。幕府董统鹰扬，埽夷凶逆，续遇董卓侵官暴国，于是提剑挥鼓，发命东夏，广罗英难，弃瑕录用，故遂与操参咨策略，谓其鹰犬之才，爪牙可任。至乃愚佻短虑，轻进易退，伤夷折衄，数丧师徒。幕府辄复分兵命锐，修完补辑，表行东郡太守、兖州刺史，被以虎文，授以偏师，奖就威柄，冀获秦师一克之报。而遂乘资跋扈，肆行酷烈，割剥元元，残贤害善。故九江太守边让，英才俊逸，以直言正色，论不阿谄，身被枭悬之戮，妻孥受灰灭之咎。自是士林愤痛，人怨天怒，一夫奋臂，举州同声，故躬破于徐方，地夺于吕布，彷徨东裔，蹈据无所。幕府惟强干弱枝之义，且不登畔人之党，故复援旌擐甲，席卷赴征，金鼓响震，布众破沮。拯其死亡之患，复其方伯之任。是则幕府无德于兖土，而有大造于操也。

会后銮驾东反，群虏乱政。时冀州方有北鄙之警，匪遑离局，故使从事中郎徐勋就发遣操，使缮修郊庙，翼卫幼主。而便放志专行，威劫省禁，卑侮王僚，败法乱纪，坐召三台，专制朝政，爵赏由心，刑戮在口，所爱光五宗，所怨灭三族，群谈者受显诛，腹议者蒙隐戮，道路以目，百辟钳口，尚书记朝会，公卿充员品而已。故太尉杨彪，历典二司，元纲极位。操因睚眦，被以非罪，笞楚并兼，五毒俱至，触情放慝，不顾宪章。又议郎赵彦，忠谏直言，议有可纳，故圣朝含听，改容加锡。操欲迷夺时明，杜绝言路，擅收立杀，不俟报闻。又梁孝王先帝母弟，坟陵尊显，松柏桑梓，犹宜恭肃。操率将吏士，亲临发掘，破棺裸尸，掠取金宝，至令圣朝流涕，士民伤怀。又署发丘中郎将、摸金校尉，所过毁突，无骸不露。身处三公之官，而行桀虏之态，污国虐民，毒施人鬼。加其细政苛惨，科防互设，赠缴充蹊，坑穽塞路，举手挂网罗，动足蹈机坑，是以兖、豫有无聊之人，帝都有呼嗟之怨。历观古今书籍所载，贪残虐烈无道之臣，于操为甚。

幕府方诘外奸，未及整训，加意含覆，冀可弥缝。而操豺狼野心，潜包祸谋，乃欲桡折栋梁，孤弱汉室，除忠害善，专为枭雄。往岁伐鼓北征，讨公孙瓒，强御桀逆，拒围一年。操因其未破，阴交书命，欲托助王师，以见掩袭，故引兵造河，方舟北济。会行人发露，瓒亦枭夷，故使锋芒挫缩，厥图不果。屯据敖仓，阻河为固，乃欲运螳螂之斧，御隆车之隧。幕府奉汉威灵，折冲宇宙，长戟百万，胡骑千群，奋中黄、育、获之士，聘良弓劲弩之势，并州越太行，青州涉济、漯，大军之黄河以角其前，荆州下宛、叶而掎其后。雷震虎步，并集虏廷，若举炎火以焚飞蓬，覆沧海而注熛炭，有何不消灭者哉？

当今汉道陵迟，纲弛网绝，操以精兵七百，围守宫阙，外称陪卫，内以拘质，惧篡逆之祸，因斯而作。乃忠臣肝脑涂地之秋，烈士立功之会也。可不勖哉！

（参见《三国志·魏书·袁绍传》注引《魏氏春秋》）

绍览檄大喜，即命使将此檄遍行州郡，并于各处关津隘口张挂。

檄文传至许都，时曹操方患头风，卧病在床。左右将此檄传进，操见之，毛骨悚然，出了一身冷汗，不觉头风顿愈，从床上一跃而起，顾谓曹洪曰："此檄何人所作？"洪曰："闻是陈琳之笔。"

据《三国志·魏书·王粲传附陈琳传》注引《典略》：琳作诸书及檄，草成呈太祖。太祖先苦头风，是日疾发，卧读琳所作，翕然而起曰："此愈我病。"数加厚赐。

操笑曰："有文事者，必须以武略济之。陈琳文事虽佳，其如袁绍武略之不足何！"遂聚众谋士商议迎敌。

孔融闻之，来见操曰："袁绍势大，不可与战，只可与和。"荀彧曰："袁绍无用之人，何必议和？"融曰："袁绍土广民强。其部下如许攸、郭图、审配、逢纪皆智谋之士；田丰、沮授皆忠臣也；颜良、文丑勇冠三军；其余高览、张郃、淳于琼等俱世之名将。何谓绍为无用之人乎？"彧笑曰："绍兵多而不整。田丰刚而犯上，许攸贪而不智，审配专而无谋，逢纪果而无用，此数人者，势不相容，必生内变。颜良、文丑，匹夫之勇，一战可擒。其余碌碌等辈，纵有百万，何足道哉！"孔融默然。操大笑曰："皆不出荀文若之料。"

据《资治通鉴》卷六十三：许下诸将闻绍将攻许，皆惧，曹操曰："吾知绍之为人，志大而智小，色厉而胆薄，忌克而少威，兵多而分画不明，将骄而政令不一，土地虽广，粮食虽丰，适足以为吾奉也。"孔融谓荀彧曰："绍地广兵强，田丰、许攸智士也，为之谋；审配、逢纪忠臣也，任其事；颜良、文丑勇将也，统其兵。殆难克乎！"彧曰："绍兵虽多而法不整，田丰刚而犯上，许攸贪而不治，审配专而无谋，逢纪果而自用，此数人者，势不相容，必生内变。颜良、文丑，一夫之勇耳，可一战而禽也。"

据《三国志·魏书·荀彧传》：（建安）三年，太祖既破张绣，东禽吕布，定徐州，遂与袁绍相拒。孔融谓彧曰："绍地广兵强；田丰、许攸，智计之士也，为之谋；审配、逢纪，尽忠之臣也，任其事；颜良、文丑，勇冠三军，统其兵。殆难克乎！"彧曰："绍兵虽多而法不整。田丰刚而犯上，许攸贪而不治。审配专而无谋，逢纪果而自用，此二人留知后事，若攸家犯其法，必不能纵也，不纵，攸必为变。颜良、文丑，一夫之勇耳，可一战而禽也。"……审配以许攸家不法，收其妻子，攸怒叛绍；颜良、文丑临阵授首；田丰以谏见诛：皆如彧所策。（参见《后汉书·荀彧传》）

遂唤前军刘岱、

据《三国志·魏书·武帝纪》注引《魏武故事》：岱字公山，沛国人。以司空长史从征伐有功，封列侯。

后军王忠

据《三国志·魏书·武帝纪》注引《魏略》：王忠，扶风人，少为亭长。三辅乱，……聚众千余人以归公。拜忠中郎将，从征讨。

引军五万，打着丞相旗号，去徐州攻刘备。原来刘岱旧为兖州刺史；及操取兖州，岱降于操，操用为偏将，故今差他与王忠一同领兵。

按：三国时有两个刘岱，一个是兖州刺史刘岱，此人已于初平三年（192）被青州黄巾军杀死；另一个就是本回的刘岱。《演义》混同为一人。

操却自引大军二十万，进黎阳，拒袁绍。程昱曰："恐刘岱、王忠不称其使。"操曰："吾亦知非刘备敌手，权且虚张声势。"分付："不可轻进。待我破绍，再勒兵破备。"刘岱、王忠领兵去了。

曹操自引兵至黎阳。两军隔八十里，各自深沟高垒，相持不战。自八月守至十月。原来许攸不乐审配领兵，沮授又恨绍不用其谋，各不相和，不图进取。袁绍心怀疑惑，不思进兵，操乃唤吕布手下降将臧霸守把青、徐；于禁、李典屯兵河上；曹仁总督大军，屯于官渡。操自引一军，竟回许都。

据《资治通鉴》卷六十三：（建安四年）秋八月，操进军黎阳，使臧霸等将精兵入

青州以捍东方，留于禁屯河上。九月，操还许，分兵守官渡。（参见《三国志·魏书·武帝纪》）

且说刘岱、王忠引军五万，离徐州一百里下寨。中军虚打"曹丞相"旗号，未敢进兵，只打听河北消息。这里玄德也不知曹操虚实，未敢擅动，亦只探听河北。忽曹操差人催刘岱、王忠进战。二人在寨中商议。岱曰："丞相催促攻城，你可先去。"王忠曰："丞相先差你。"岱曰："我是主将，如何先去？"忠曰："我和你同引兵去。"岱曰："我与你拈阄，拈着的便去。"王忠拈着"先"字，只得分一半军马，来攻徐州。

玄德听知军马到来，请陈登商议曰："袁本初虽屯兵黎阳，奈谋臣不和，尚未进取。曹操不知在何处。闻黎阳军中，无操旗号，如何这里却反有他旗号？"登曰："操诡计百出，必以河北为重，亲自监督，却故意不建旗号，乃于此处虚张旗号：吾意操必不在此。"玄德曰："两弟谁可探听虚实？"张飞曰："小弟愿往。"玄德曰："汝为人躁暴，不可去。"飞曰："便是有曹操也拿将来！"云长曰："待弟往观其动静。"玄德曰："云长若去，我却放心。"于是云长引三千人马出徐州来。

时值初冬，阴云布合，雪花乱飘，军马皆冒雪布阵。云长骤马提刀而出，大叫王忠打话。忠出曰："丞相到此，缘何不降？"云长曰："请丞相出阵，我自有话说。"忠曰："丞相岂肯轻见你！"云长大怒，骤马向前。王忠挺枪来迎。两马相交，云长拨马便走。王忠赶来。转过山坡，云长回马，大叫一声，舞刀直取。王忠拦截不住，恰待骤马奔逃，云长左手倒提宝刀，右手揪住王忠勒甲绦，拖下鞍鞒，横担于马上，回本阵来。王忠军四散奔走。云长押解王忠，回徐州见玄德。玄德问："尔乃何人？现居何职？敢诈称曹丞相！"忠曰："焉敢有诈。奉命教我虚张声势，以为疑兵。丞相实不在此。"玄德教付衣服酒食，且暂监下，待捉了刘岱，再作商议。云长曰："某知兄有和解之意，故生擒将来。"玄德曰："吾恐翼德躁暴，杀了王忠，故不教去。此等人杀之无益，留之可为解和之地。"张飞曰："二哥捉了王忠，我去生擒刘岱来！"玄德曰："刘岱昔为兖州刺史，虎牢关伐董卓时，也是一镇诸侯，今日为前军，不可轻敌。"飞曰："量此辈何足道哉！我也似二哥生擒将来便了。"玄德曰："只恐坏了他性命，误我大事。"飞曰："如杀了，我偿他命！"玄德遂与军三千。飞引兵前进。

却说刘岱知王忠被擒，坚守不出。张飞每日在寨前叫骂，岱听知是张飞，越不敢出。飞守了数日，见岱不出，心生一计：传令今夜二更去劫寨；日间却在帐中饮酒诈醉，寻军士罪过，打了一顿，缚在营中，曰："待我今夜出兵时，将来祭旗！"却暗使左右纵之去。军士得脱，偷走出营，径往刘岱营中来报劫寨之事。刘岱见降卒身受重伤，遂听其说，虚扎空寨，伏兵在外。是夜张飞却分兵三路，中间使三十余人，劫寨放火；却教两路军抄出他寨后，看火起为号，夹击之。三更时分，张飞自引精兵，先断刘岱后路；中路三十余人，抢入寨中放火。刘岱伏兵恰待杀入，张飞两路兵齐出。岱军自乱，正不知飞兵多少，各自溃散。刘岱引一队残军，夺路而走，正撞见张飞，狭路相逢，急难回避，交马只一合，早被张飞生擒过去。余众皆降。飞使人先报入徐州。玄德闻之，谓云长曰："翼德自来粗莽，今亦用智，吾无忧矣！"乃亲自出郭迎之。飞曰："哥哥道我躁暴，今日如何？"玄德曰："不用言语相激，如何肯使机谋！"飞大笑。

玄德见缚刘岱过来，慌下马解其缚曰："小弟张飞误有冒渎，望乞恕罪。"遂迎入徐州，放出王忠，一同管待。玄德曰："前因车胄欲害备，故不得不杀之。丞相错疑备反，遣二将军前来问罪。备受丞相大恩，正思报效，安敢反耶？二将军至许都，望善言为备分诉，备之幸也。"刘岱、王忠曰："深荷使君不杀之恩，当于丞相处方便，以某两家老小保使君。"玄德称谢。次日尽还原领军马，送出郭外。刘岱、王忠行不上十余里，一声鼓响，张飞拦路大喝曰:"我哥哥忒没分晓!捉住贼将如何又放了?"唬得刘岱、王忠在马上发颤。张飞睁眼挺枪赶来,背后一人飞马大叫:"不得无礼!"视之,乃云长也。刘岱、王忠方才放心。云长曰:"既兄长放了,吾弟如何不遵法令?"飞曰:"今番放了,下次又来。"云长曰:"待他再来,杀之未迟。"刘岱、王忠连声告退曰:"便丞相诛我三族,也不来了。望将军宽恕。"飞曰:"便是曹操自来,也杀他片甲不回!今番权且寄下两颗头!"刘岱、王忠抱头鼠窜而去。

  据《资治通鉴》卷六十三:备众数万人,遣使与袁绍连兵。操遣司空长史沛国刘岱、中郎将扶风王忠击之,不克。备谓岱等曰:"使汝百人来,无如我何;曹公自来,未可知耳!"(参见《三国志·魏书·武帝纪》及注引《献帝春秋》,《三国志·魏书·袁绍传》,《三国志·蜀书·先主传》)

云长、翼德回见玄德曰:"曹操必然复来。"孙乾谓玄德曰:"徐州受敌之地,不可久居;不若分兵屯小沛,守邳城,为掎角之势,以防曹操。"玄德用其言,令云长守下邳;

  据《资治通鉴》卷六十三:备遂杀徐州刺史车胄,留关羽守下邳,行太守事,身还小沛。(参见《三国志·蜀书·关羽传》《先主传》)

甘、糜二夫人亦于下邳安置。甘夫人乃小沛人也,

  据《三国志·蜀书·先主甘皇后传》:先主甘皇后,沛人也。先主临豫州,住小沛,纳以为妾。先主数丧嫡室,常摄内事。

糜夫人乃糜竺之妹也。

  据《三国志·蜀书·糜竺传》:建安元年,吕布乘先主之出拒袁术,袭下邳,虏先主妻子。先主转军广陵海西,竺于是进妹于先主为夫人,奴客二千,金银货币以助军资;于时困匮,赖此复振。

  按:据史书记载,糜夫人是刘备的正妻,其身份高于甘夫人。甘夫人生前一直是妾,始终未立为正妻。章武二年(222),刘禅被立为太子,母以子贵,她才被追谥为皇思夫人。

孙乾、简雍、糜竺、糜芳守徐州。玄德与张飞屯小沛。

刘岱、王忠回见曹操,具言刘备不反之事。操怒骂:"辱国之徒,留你何用!"喝令左右推出斩之。正是:犬豕何堪共虎斗,鱼虾空自与龙争。不知二人性命如何,且听下文分解。

第二十三回　祢正平裸衣骂贼　吉太医下毒遭刑

却说曹操欲斩刘岱、王忠。孔融谏曰："二人本非刘备敌手，若斩之，恐失将士之心。"操乃免其死，黜罢爵禄。欲自起兵伐玄德。孔融曰："方今隆冬盛寒，未可动兵，待来春未为晚也。可先使人招安张绣、刘表，然后再图徐州。"操然其言，先遣刘晔往说张绣。晔至襄城，先见贾诩，陈说曹公盛德。诩乃留晔于家中。次日来见张绣，说曹公遣刘晔招安之事。正议间，忽报袁绍有使至，绣命人。使者呈上书信。绣览之，亦是招安之意。诩问来使曰："近日兴兵破曹操，胜负何如？"使曰："隆冬寒月，权且罢兵。今以将军与荆州刘表俱有国士之风，故来相请耳。"诩大笑曰："汝可便回见本初，道汝兄弟尚不能容，何能容天下国士乎！"当面扯碎书，叱退来使。

张绣曰："方今袁强曹弱；今毁书叱使，袁绍若至，当如之何？"诩曰："不如去从曹操。"绣曰："吾先与操有仇，安得相容？"诩曰："从操其便有三：夫曹公奉天子明诏，征伐天下，其宜从一也；绍强盛，我以少从之，必不以我为重，操虽弱，得我必喜，其宜从二也；曹公五霸之志，必释私怨，以明德于四海，其宜从三也。愿将军无疑焉。"绣从其言，请刘晔相见。晔盛称操德，且曰："丞相若记旧怨，安肯使某来结好将军乎？"绣大喜，即同贾诩等赴许都投降。绣见操，拜于阶下。操忙扶起，执其手曰："有小过失，勿记于心。"遂封绣为扬武将军，封贾诩为执金吾使。

　　据《资治通鉴》卷六十三：袁绍遣人招张绣，并与贾诩书结好。绣欲许之，诩于绣坐上，显谓绍使曰："归谢袁本初，兄弟不能相容，而能容天下国士乎！"绣惊惧曰："何至于此！"窃谓诩曰："若此，当何归？"诩曰："不如从曹公。"绣曰："袁强曹弱，又先与曹为仇，从之如何？"诩曰："此乃所以宜从也。夫曹公奉天子以令天下，其宜从一也；绍强盛，我以少众从之，必不以我为重，曹公众弱，其得我必喜，其宜从二也；夫有霸王之志者，固将释私怨以明德于四海，其宜从三也。愿将军无疑！"（建安四年）冬十一月，绣率众降曹操，操执绣手，与欢宴，为子均取绣女，拜扬武将军；表诩为执金吾，封都亭侯。（参见《三国志·魏书·贾诩传》《张绣传》）

操即命绣作书招安刘表。贾诩进曰："刘景升好结纳名流，今必得一有文名之士往说之，方可降耳。"操问荀攸曰："谁人可去？"攸曰："孔文举可当其任。"操然之。攸出见孔融曰："丞相欲得一有文名之士，以备行人之选。公可当此任否？"融曰："吾友祢衡，字正平，其才十倍于我。此人宜在帝左右，不但可备行人而已。我当荐之天子。"于是遂上表奏帝。其文曰：

　　臣闻洪水横流，帝思俾乂，旁求四方，以招贤俊。昔世宗继统，将弘基业，畴咨熙载，群士响臻。陛下睿圣，纂承基绪，遭遇厄运，劳谦日昃，维岳降神，异人并出。窃见处士平原祢衡，年二十四，字正平，淑质贞亮，英才卓跞。初涉艺文，升堂睹奥；目所一见，辄诵之口，耳所暂闻，不忘于心；性与道合，思若有神。弘羊潜计，安世默识，以衡准之，诚不足怪。忠果正直，志怀霜雪，见善若惊，嫉恶若仇。任座抗行，史鱼厉节，殆无以过也。鸷鸟累百，不如一鹗；使衡立朝，必有可观。飞辩骋词，溢气坌涌；解疑释结，临敌有余。

昔贾谊求试属国，诡系单于；终军欲以长缨，牵制劲越：弱冠慷慨，前世美之。近日路粹、严象，亦用异才，擢拜台郎，衡宜与为比。如得龙跃天衢，振翼云汉，扬声紫微，垂光虹蜺，足以昭近署之多士，增四门之穆穆。钧天广乐，必有奇丽之观；帝室皇居，必蓄非常之宝。若衡等辈，不可多得。《激楚》《阳阿》，至妙之容，掌伎者之所贪；飞兔、骠袅，绝足奔放，良、乐之所急也。臣等区区，敢不以闻？陛下笃慎取士，必须效试。乞令衡以褐衣召见，如无可观采，臣等受面欺之罪。

据《后汉书·文苑传·祢衡传》：衡始弱冠，而融年四十，遂与为交友。上疏荐之曰：臣闻洪水横流，帝思俾义，旁求四方，以招贤俊。昔孝武继统，将弘祖业，畴咨熙载，群士响臻。陛下睿圣，纂承基绪，遭遇厄运，劳谦日昃。惟岳降神，异人并出。窃见处士平原祢衡，年二十四，字正平，淑质贞亮，英才卓砾。初涉艺文，升堂睹奥。目所一见，辄诵于口；耳所瞥闻，不忘于心。性与道合，思若有神。弘羊潜计，安世默识，以衡准之，诚不足怪。忠果正直，志怀霜雪。见善若惊，疾恶若仇。任座抗行，史鱼厉节，殆无以过也。鸷鸟累伯，不如一鹗。使衡立朝，必有可观。飞辩骋辞，溢气坌涌，解疑释结，临敌有余。昔贾谊求试属国，诡系单于；终军欲以长缨，牵致劲越。弱冠慷慨，前世美之。近日路粹、严象，亦用异才，擢拜台郎，衡宜与为比。如得龙跃天衢，振翼云汉，扬声紫微，垂光虹蜺，足以昭近署之多士，增四门之穆穆。钧天广乐，必有奇丽之观；帝室皇居，必蓄非常之宝。若衡等辈，不可多得。《激楚》《杨阿》，至妙之容，台牧者之所贪；飞兔、骠袅，绝足奔放，良、乐之所急。臣等区区，敢不以闻。

帝览表，以付曹操。操遂使人召衡至。礼毕，操不命坐。祢衡仰天叹曰："天地虽阔，何无一人也！"操曰："吾手下有数十人，皆当世英雄，何谓无人？"衡曰："愿闻。"操曰："荀彧、荀攸、郭嘉、程昱，机深智远，虽萧何、陈平不及也。张辽、许褚、李典、乐进，勇不可当，虽岑彭、马武不及也。吕虔、满宠为从事，于禁、徐晃为先锋；夏侯惇天下奇才，曹子孝世间福将。安得无人？"衡笑曰："公言差矣！此等人物，吾尽识之：荀彧可使吊丧问疾，荀攸可使看坟守墓；程昱可使关门闭户，郭嘉可使白词念赋；张辽可使击鼓鸣金，许褚可使牧牛放马，乐进可使取状读招，李典可使传书送檄；吕虔可使磨刀铸剑，满宠可使饮酒食糟；于禁可使负版筑墙，徐晃可使屠猪杀狗；夏侯惇称为完体将军，曹子孝呼为要钱太守。其余皆是衣架、饭囊、酒桶、肉袋耳！"操怒曰："汝有何能？"衡曰："天文地理，无一不通；三教九流，无所不晓；上可以致君为尧、舜，下可以配德于孔、颜。岂与俗子共论乎！"时止有张辽在侧，掣剑欲斩之。操曰："吾正少一鼓吏；早晚朝贺宴享，可令祢衡充此职。"衡不推辞，应声而去。辽曰："此人出言不逊，何不杀之？"操曰："此人素有虚名，远近所闻。今日杀之，天下必谓我不能容物。彼自以为能，故令为鼓吏以辱之。"

来日，操于省厅上大宴宾客，令鼓吏挝鼓。旧吏云："挝鼓必换新衣。"衡穿旧衣而入，遂击鼓为《渔阳三挝》，音节殊妙，渊渊有金石声。坐客听之，莫不慷慨流涕。左右喝曰："何不更衣！"衡当面脱下旧破衣服，裸体而立，浑身尽露。坐客皆掩面。衡乃徐徐着裤，颜色不变。操叱曰："庙堂之上，何太无礼？"衡曰："欺君罔上乃谓无礼。吾露父母之形，以显清白之体耳！"操曰："汝为清白，谁为污浊？"衡曰："汝不识贤愚，是眼浊也；不读诗书，是口浊也；不纳忠言，是耳浊也；不通古今，是身浊也；不容诸侯，是腹浊也；常怀篡逆，是心浊也！吾乃天下名士，用为鼓吏，是犹阳货轻仲尼，臧仓毁孟子耳！欲成王霸之业，而如此轻人耶？"

时孔融在坐，恐操杀衡，乃从容进曰："祢衡罪同胥靡，不足发明王之梦。"操指衡而言曰："令汝往荆州为使。如刘表来降，便用汝作公卿。"衡不肯往。操教备马三匹，令二人扶挟而行；却教手下文武，整酒于东门外送之。荀彧曰："如祢衡来，不可起身。"衡至，下马入见，众皆端坐。衡放声大哭。荀彧问曰："何为而哭？"衡曰："行于死柩之中，如何不哭？"众皆曰："吾等是死尸，汝乃无头狂鬼耳！"衡曰："吾乃汉朝之臣，不作曹瞒之党，安得无头？"众欲杀之。荀彧急止之曰："量鼠雀之辈，何足污刀！"衡曰："吾乃鼠雀，尚有人性；汝等只可谓之蜾虫！"众恨而散。

　　据《三国志·魏书·荀彧传》注引张衡《文士传》：孔融数荐衡于太祖，欲与相见，而衡疾恶之，意常愤懑。因狂疾不肯往，而数有言论。太祖闻其名，图欲辱之，乃录为鼓史。后至八月朝，大宴，宾客并会。时鼓史击鼓过，皆当脱其故服，易着新衣。次衡，衡击为《渔阳参挝》，容态不常，音节殊妙。坐上宾客听之，莫不慷慨。过不易衣，吏呵之，衡乃当太祖前，以次脱衣，裸身而立，徐徐乃著裈帽毕，复击鼓参挝，而颜色不怍。太祖大笑，告四坐曰："本欲辱衡，衡反辱孤。"至今有《渔阳参挝》，自衡造也。融深责数衡，并宣太祖意，欲令与太祖相见。衡许之，曰："当为卿往。"至十月朝，融先见太祖，说"衡欲求见"。至日晏，衡著布单衣、疏巾，履坐太祖营门外，以杖捶地，数骂太祖。太祖敕外厩急具精马三匹，并骑二人，谓融曰："祢衡竖子，乃敢尔！孤杀之无异于雀鼠，顾此人素有虚名，远近所闻，今日杀之，人将谓孤不能容。今送与刘表，视卒当何如？"乃令骑以衡置马上，两骑扶送至南阳。

　　据《三国志·魏书·荀彧传》注引《平原祢衡传》：衡字正平，建安初，自荆州北游许都，恃才傲逸，臧否过差，见不如己者不与语，人皆以是憎之。唯少府孔融高贵其才，上书荐之曰："淑质贞亮，英才卓荦。初涉艺文，升堂睹奥；目所一见，辄诵于口，耳所暂闻，不忘于心。性与道合，思若有神。弘羊心计，安世默识，以衡准之，诚不足怪。"衡时年二十四。是时许都虽新建，尚饶人士。衡尝书一刺怀之，字漫灭而无所适。或问之曰："何不从陈长文、司马伯达乎？"衡曰："卿欲使我从屠沽儿辈也！"又问曰："当今许中，谁最可者？"衡曰："大儿有孔文举，小儿有杨德祖。"又问："曹公、荀令君、赵荡寇皆足盖世乎？"衡称曹公不甚多；又见荀有仪容，赵有腹尺，因答曰："文若可借面吊丧，稚长可使监厨请客。"其意以为荀但有貌，赵健啖肉也。于是众人皆切齿。衡知众不悦，将南还荆州。装束临发，众人为祖道，先设供帐于城南，自共相诫曰："衡数不逊，今因其后到，以不起报之。"及衡至，众人皆坐不起，衡乃号咷大哭。众人问其故，衡曰："行尸柩之间，能不悲乎？"

　　据《后汉书·文苑传·祢衡传》：祢衡字正平，平原般人也。少有才辩，而尚气刚傲，好矫时慢物。兴平中，避难荆州。建安初，来游许下。始达颍川，乃阴怀一刺，既而无所之适，至于刺字漫灭。是时，许都新建，贤士大夫，四方来集。或问衡曰："盍从陈长文、司马伯达乎？"对曰："吾焉能从屠沽儿耶！"又问："荀文若、赵稚长云何？"衡曰："文若可借面吊丧，稚长可使监厨请客。"唯善鲁国孔融及弘农杨修。常称曰："大儿孔文举，小儿杨德祖。余子碌碌，莫足数也。"融亦深爱其才。衡始弱冠，而融年四十，遂与为交友。……融既爱衡才，数称述于曹操。操欲见之，而衡素相轻疾，自称狂病，不肯往，而数有恣言。操怀忿，而以其才名，不欲杀之。闻衡善击鼓，乃召为鼓史，因大会宾客，阅试音节。诸史过者，皆令脱其故衣，更着岑牟、单绞之服。次至衡，衡方为《渔阳参挝》，踯躅而前，容态有异，声节悲壮，听者莫不慷慨。衡进至操前而止，吏呵之曰："鼓史何不改装，而轻敢进乎？"衡曰："诺。"于是先解衵衣，次释余服，裸身而立，徐取岑牟、单绞而着之，毕，复参挝而去，颜色不怍。操笑曰："本欲辱衡，衡反辱孤。"孔融退而数之曰："正平大雅，固当尔邪？"因宣操区区之意。衡许往。融复见操，说衡狂疾，今求得自谢。操喜，敕门者有客便通，待之极晏。衡乃着布单衣、疏巾，手持三尺梲杖，坐大营门，以杖捶地大骂。吏曰："外有狂生，坐于营门，言语悖逆，请收案罪。"操怒，谓融曰："祢衡竖子，孤杀之犹雀鼠耳。顾此人素有虚名，远近将谓孤不能容之，今送与刘表，视当何如。"于是遣人骑送之。临发，众人为之祖道，先供设于城南，乃更相戒曰："祢衡勃虐无礼，今因其后到，咸当以不起折之也。"及衡至，众人莫肯兴，衡坐而大号。众问其故，衡曰："坐者为冢，卧者为尸。尸冢之间，能不悲乎！"

据《世说新语·言语》：祢衡被魏武谪为鼓史，正月半试鼓。衡扬枹为《渔阳掺挝》，渊渊有金石声，四坐为之改容。孔融曰："祢衡罪同胥靡，不能发明王之梦。"魏武惭而赦之。

按：据张衡《文士传》，祢衡击鼓与骂曹是两次完成的：第一次击鼓而未骂曹，第二次大骂而未见曹，《演义》合为一次。《演义》所写祢衡骂曹操及其僚属的话，仅"苟或可使吊丧问疾"一句源于《平原祢衡传》，其余均不见于史。据《文士传》，曹操将祢衡送往刘表处，并不是命他为使招降刘表；《平原祢衡传》则称祢衡是自往荆州。

衡至荆州，见刘表毕，虽颂德，实讥讽。表不喜，令去江夏见黄祖。或问表曰："祢衡戏谑主公，何不杀之？"表曰："祢衡数辱曹操，操不杀者，恐失人望；故令作使于我，欲借我手杀之，使我受害贤之名也。吾今遣去见黄祖，使曹操知我有识。"众皆称善。

时袁绍亦遣使至。表问众谋士曰："袁本初又遣使来，曹孟德又差祢衡在此，当从何便？"从事中郎将韩嵩进曰："今两雄相持，将军若欲有为，乘此破敌可也。如其不然，将择其善者而从之。今曹操善能用兵，贤俊多归，其势必先取袁绍，然后移兵向江东，恐将军不能御；莫若举荆州以附操，操必重待将军矣。"表曰："汝且去许都，观其动静，再作商议。"嵩曰："君臣各有定分。嵩今事将军，虽赴汤蹈火，一唯所命。将军若能上顺天子，下从曹公，使嵩可也；如持疑未定，嵩到京师，天子赐嵩一官，则嵩为天子之臣，不复为将军死矣。"表曰："汝且先往观之。吾别有主意。"嵩辞表，到许都见操。操遂拜嵩为侍中，领零陵太守。荀彧曰："韩嵩来观动静，未有微功，重加此职；祢衡又无音耗，丞相遣而不问，何也？"操曰："祢衡辱吾太甚，故借刘表手杀之，何必再问？"遂遣韩嵩回荆州说刘表。嵩回见表，称颂朝廷盛德，劝表遣子入侍，表大怒曰："汝怀二心耶！"欲斩之。嵩大叫曰："将军负嵩，嵩不负将军！"蒯良曰："嵩未去之前，先有此言矣。"刘表遂赦之。

据《三国志·魏书·刘表传》：太祖与袁绍方相持于官渡，绍遣人求助，表许之而不至，亦不佐太祖，欲保江汉间，观天下变。从事中郎韩嵩、别驾刘先说表曰："豪杰并争，两雄相持，天下之重，在于将军。将军若欲有为，起乘其弊可也；若不然，固将择所从。将军拥十万之众，安坐而观望。夫见贤而不能助，请和而不得，此两怨必集于将军，将军不得中立矣。夫以曹公之明哲，天下贤俊皆归之，其势必举袁绍，然后称兵以向江汉，恐将军不能御也。故为将军计者，不若举州以附曹公，曹公必重德将军，长享福祚，垂之后嗣，此万全之策也。"表大将蒯越亦劝表，表狐疑，乃遣嵩诣太祖以观虚实。嵩还，深陈太祖威德，说表遣子入质。表疑嵩反为太祖说，大怒，欲杀嵩，考杀随嵩行者，知嵩无他意，乃止。（参见《后汉书·刘表传》《资治通鉴》卷六十三）

据《三国志·魏书·刘表传》注引《傅子》：初，表谓嵩曰："今天下大乱，未知所定，曹公拥天子都许，君为我观其衅。"嵩对曰："圣达节，次守节。嵩，守节者也。夫事君为君，君臣名定，以死守之；今策名委质，唯将军所命，虽赴汤蹈火，死无辞也。以嵩观之，曹公至明，必济天下。将军能上顺天子，下归曹公，必享百世之利，楚国实受其祐，使嵩可也；设计未定，嵩使京师，天子假嵩一官，则天子之臣，而将军之故吏耳。在君为君，则嵩守天子之命，义不得复为将军死也。唯将军重思，无负嵩。"表遂使之，果如所言，天子拜嵩侍中，迁零陵太守，还称朝廷、曹公之德也。表以为怀贰，大会寮属数百人，陈兵见嵩，盛怒，持节，将斩之，数曰："韩嵩敢怀贰邪！"众皆恐，欲令嵩谢。嵩不动，谓表曰："将军负嵩，嵩不负将军！"具陈前言。表怒不已，其妻蔡氏谏之曰："韩嵩，楚国之望也；且其言直，诛之无辞。"表乃弗诛而囚之。

人报黄祖斩了祢衡，表问其故，对曰："黄祖与祢衡共饮，皆醉。祖问衡曰：'君在许都有何人物？'衡曰：'大儿孔文举，小儿杨德祖。除此二人，别无人物。'祖曰：'似我何如？'衡曰：'汝似庙中之神，虽受祭祀，恨无灵验！'祖大怒曰：'汝以我为土木偶人耶！'遂斩之。衡至死骂不绝口。"

  据《资治通鉴》卷六十二：平原祢衡，少有才辨，而尚气刚傲，孔融荐之于曹操。衡骂辱操，操怒，谓融曰："祢衡竖子，孤杀之，犹雀鼠耳；顾此人素有虚名，远近将谓孤不能容之。"乃送与刘表，表延礼以为上宾。衡称表之美盈口，而好议贬其左右，于是左右因形而谮之曰："衡称将军之仁，西伯不过也，唯以为不能断，终不济者，必由此也。"其言实指表短，而非衡所言也。表由是怒，以江夏太守黄祖性急，送衡与之，祖亦善待焉。后衡众辱祖，祖杀之。（参见《三国志·魏书·荀彧传》注引《傅子》）

  据《三国志·魏书·荀彧传》注引《平原祢衡传》：衡南见刘表，表甚礼之。将军黄祖屯夏口，祖子射与衡善，随到夏口。祖嘉其才，每在坐，席有异宾，介使与衡谈。后衡骄蹇，答祖言俳优饶言，祖以为骂己也，大怒，顾伍伯捉头出。左右遂扶以去，拉而杀之。

  据《后汉书·文苑传·祢衡传》：刘表及荆州士大夫，先服其才名，甚宾礼之，文章言议，非衡不定。表尝与诸文人共草章奏，并极其才思。时衡出，还见之，开省未周，因毁以抵地。表忼然为骇。衡乃从求笔札，须臾立成，辞义可观。表大悦，益重之。后复侮慢于表，表耻不能容，以江夏太守黄祖性急，故送衡与之，祖亦善待焉。衡为作书记，轻重疏密，各得体宜。祖持其手曰："处士，此正得祖意，如祖腹中之所欲言也。"祖长子射，为章陵太守，尤善于衡。尝与衡俱游，共读蔡邕所作碑文，射爱其辞，还恨不缮写。衡曰："吾虽一览，犹能识之，唯其中石缺二字，为不明耳。"因书出之，射驰使写碑，还校，如衡所书，莫不叹伏。射时大会宾客，人有献鹦鹉者，射举卮于衡曰："愿先生赋之，以娱嘉宾。"衡揽笔而作，文无加点，辞采甚丽。后黄祖在蒙冲船上，大会宾客，而衡言不逊顺，祖惭，乃呵之。衡更熟视曰："死公！云等道？"祖大怒，令五百将出，欲加箠。衡方大骂，祖恚，遂令杀之。祖主簿素疾衡，即时杀焉。射徒跣来救，不及。祖亦悔之，乃厚加棺敛。衡时年二十六，其文章多亡云。

刘表闻衡死，亦嗟呀不已，令葬于鹦鹉洲边。后人有诗叹曰：

  黄祖才非长者俦，祢衡丧首此江头。今来鹦鹉洲边过，惟有无情碧水流。

  却说曹操知祢衡受害，笑曰："腐儒舌剑，反自杀矣！"因不见刘表来降，便欲兴兵问罪。荀彧谏曰："袁绍未平，刘备未灭，而欲用兵江汉，是犹舍心腹而顾手足也。可先灭袁绍，后灭刘备，江汉可一扫而平矣。"操从之。

  且说董承自刘玄德去后，日夜与王子服等商议，无计可施。建安五年，元旦朝贺，见曹操骄横愈甚，感愤成疾。帝知国舅染病，令随朝太医前去医治。此医乃洛阳人，姓吉，名太，字称平，人皆呼为吉平，按：吉平，史书中作吉本，《演义》因"本""平"形近而误。

当时名医也。平到董承府用药调治，旦夕不离；常见董承长吁短叹，不敢动问。

时值元宵，吉平辞去，承留住，二人共饮。饮至更余，承觉困倦，就和衣而睡。忽报王子服等四人至，承出接入。服曰："大事谐矣！"承曰："愿闻其说。"服曰："刘表结连袁绍，起兵五十万，共分十路杀来。马腾结连韩遂，起西凉军七十二万，从北杀来。曹操尽起许昌兵马，分头迎敌，城中空虚。若聚五家僮仆，可得千余人。乘今夜府中大宴，庆赏元宵，将府围住，突入杀之。不可失此机会！"承大喜，即唤家奴各人收拾兵器，自己披挂绰枪上马，约会都在内门前相会，同时进兵。夜至二鼓，众兵皆到。董承手提宝剑，徒步直入，见操设宴后堂，大叫："操贼休走！"一剑剁去，随手而倒。霎时觉来，乃南柯一梦，口中犹骂"操贼"不止。吉平向前叫曰："汝欲害曹公乎？"承惊惧不能答。吉平曰："国舅休慌。某虽医人，未尝忘汉。某连日见国舅嗟叹，不敢动问。恰才梦中之言，已见真情，幸勿相瞒。倘有用某之处，虽灭九族，亦无后悔！"承掩面而哭曰："只恐汝非真心！"平遂咬下一指为誓。承乃取出衣带诏，令平视之；且曰："今之谋望不成者，乃刘玄德、马腾各自去了，无计可施，因此感而成疾。"平曰："不消诸公用心。操贼性命，只在某手中。"承问其故。平曰："操贼常患头风，痛入骨髓；才一举发，便召某医治。如早晚有召，只用一服毒药，必然死矣，何必举刀兵乎？"承曰："若得如此，救汉朝社稷者，皆赖君也！"

据《三国志·魏书·武帝纪》：（建安）二十三年春正月，汉太医令吉本与少府耿纪、司直韦晃等反，攻许，烧丞相长史王必营，必与颍川典农中郎将严匡讨斩之。

按：据史书记载，太医令吉本（《演义》误作吉平）并未参加建安五年（200）董承为首的反曹活动。他是建安二十三年（218）与耿纪、韦晃等反曹被杀死的。

时吉平辞归。

承心中暗喜，步入后堂，忽见家奴秦庆童同侍妾云英在暗处私语。承大怒，唤左右捉下，欲杀之。夫人劝免其死，各人杖脊四十，将庆童锁于冷房。庆童怀恨，黄夜将铁锁扭断，跳墙而出，径入曹操府中，告有机密事。操唤入密室问之。庆童云："王子服、吴子兰、种辑、吴硕、马腾五人在家主府中商议机密，必然是谋丞相。家主将出白绢一段，不知写着甚的。近日吉平咬指为誓，我也曾见。"曹操藏匿庆童于府中，董承只道逃往他方去了，也不追寻。

按：《演义》写董承家奴向曹操告密，此事不见于史。

次日，曹操诈患头风，召吉平用药。平自思曰："此贼合休！"暗藏毒药入府。操卧于床上，令平下药。平曰："此病可一服即愈。"教取药罐，当面煎之。药已半干，平已暗下毒药，亲自送上。操知有毒，故意迟延不服。平曰："乘热服之，少汗即愈。"操起曰："汝既读儒书，必知礼义：君有疾饮药，臣先尝之；父有疾饮药，子先尝之。汝为我心腹之人，何不先尝而后进？"平曰："药以治病，何用人尝？"平知事已泄，纵步向前，扯住操耳而灌之。操推药泼地，砖皆迸裂。操未及言，左右已将吉平执下。操曰："吾岂有疾，特试汝耳！汝果有害我之心！"遂唤二十个精壮狱卒，执平至后园拷问。操坐于亭上，将平缚倒于地。吉平面不改容，略无惧怯。操笑曰："量汝是个医人，安敢下毒害我？必有人唆使你来。你说出那人，我便饶你。"平叱之曰："汝乃欺君罔上之贼，天下皆欲杀汝，岂独我乎！"操再三磨问。平怒曰："我自欲杀汝，安有人使我来？今事不成，惟死而已！"操怒，教狱卒痛打。打到两个时辰，皮开肉裂，血流满阶。操恐打死，无可对证，令狱卒揪去静处，权且将息。

传令次日设宴，请众大臣饮酒。惟董承托病不来。王子服等皆恐操生疑，只得俱至。操于后堂设席。酒行数巡，曰："筵中无可为乐，我有一人，可为众官醒酒。"教二十个狱卒：

"与吾牵来！"须臾，只见一长枷钉着吉平，拖至阶下。操曰："众官不知，此人连结恶党，欲反背朝廷，谋害曹某；今日天败，请听口词。"操教先打一顿，昏绝于地，以水喷面。吉平苏醒，睁目切齿而骂曰："操贼！不杀我，更待何时！"操曰："同谋者先有六人。与汝共七人耶？"平只是大骂。王子服等四人面面相觑，如坐针毡。操教一面打，一面喷。平并无求饶之意。操见不招，且教牵去。

众官席散，操只留王子服等四人夜宴。四人魂不附体，只得留待。操曰："本不相留，争奈有事相问。汝四人不知与董承商议何事？"子服曰："并未商议甚事。"操曰："白绢中写着何事？"子服等皆隐讳。操教唤出庆童对证。子服曰："汝于何处见来？"庆童曰："你回避了众人，六人在一处画字，如何赖得？"子服曰："此贼与国舅侍妾通奸，被责诬主，不可听也。"操曰："吉平下毒，非董承所使而谁？"子服等皆言不知。操曰："今晚自首，尚犹可恕；若待事发，其实难容！"子服等皆言并无此事。操叱左右将四人拿住监禁。

次日，带领众人径投董承家探病。承只得出迎。操曰："缘何夜来不赴宴？"承曰："微疾未痊，不敢轻出。"操曰："此是忧国家病耳。"承愕然。操曰："国舅知吉平事乎？"承曰："不知。"操冷笑曰："国舅如何不知？"唤左右："牵来与国舅起病。"承举措无地。须臾，二十狱卒推吉平至阶下。吉平大骂："曹操逆贼！"操指谓承曰："此人曾攀下王子服等四人，吾已拿下廷尉。尚有一人，未曾捉获。"因问平曰："谁使汝来药我？可速招出！"平曰："天使我来杀逆贼！"操怒教打。身上无容刑之处。承在座视之，心如刀割。操又问平曰："你原有十指，今如何只有九指？"平曰："嚼以为誓，誓杀国贼！"操教取刀来，就阶下截去其九指，曰："一发截了，教你为誓！"平曰："尚有口可以吞贼，有舌可以骂贼！"操令割其舌。平曰："且勿动手。吾今熬刑不过，只得供招。可释吾缚。"操曰："释之何碍？"遂命解其缚。平起身望阙拜曰："臣不能为国家除贼，乃天数也！"拜毕，撞阶而死。操令分其肢体号令。时建安五年正月也。史官有诗曰：

汉朝无起色，医国有称平；立誓除奸党，捐躯报圣明。

极刑词愈烈，惨死气如生。十指淋漓处，千秋仰异名。

操见吉平已死，教左右牵过秦庆童至面前。操曰："国舅认得此人否？"承大怒曰："逃奴在此，即当诛之！"操曰："他首告谋反，今来对证，谁敢诛之？"承曰："丞相何故听逃奴一面之说？"操曰："王子服等吾已擒下，皆招证明白，汝尚抵赖乎？"即唤左右拿下，命从人直入董承卧房内，搜出衣带诏并义状。操看了，笑曰："鼠辈安敢如此！"遂命："将董承全家良贱，尽皆监禁，休教走脱一个。"操回府以诏状示众谋士商议，要废献帝，更立新君。正是：数行丹诏成虚望，一纸盟书惹祸殃。未知献帝性命如何，且听下文分解。

第二十四回 国贼行凶杀贵妃 皇叔败走投袁绍

却说曹操见了衣带诏，与众谋士商议，欲废却献帝，更择有德者立之。程昱谏曰："明公所以能威震四方，号令天下者，以奉汉家名号故也，今诸侯未平，遽行废立之事，必起兵端矣。"操乃止。只将董承等五人，并其全家老小，押送各门处斩。死者共七百余人。城中官民见者，无不下泪。

  据《资治通鉴》卷六十三：建安五年春正月，董承谋泄；壬子，曹操杀承及王服、种辑，皆夷三族。

  据《后汉书·董卓传附董承传》：自都许之后，权归曹氏，天子总己，百官备员而已。帝忌操专逼，乃密诏董承，使结天下义士共诛之。承遂与刘备同谋，未发，会备出征，承更与偏将军王服、长水校尉种辑、议郎吴硕结谋。事泄，承、服、辑、硕皆为操所诛。（参见《后汉书·献帝纪》）

后人有诗叹董承曰：
  密诏传衣带，天言出禁门。当年曾救驾，此日更承恩。
  忧国成心疾，除奸入梦魂。忠贞千古在，成败复谁论。
又有叹王子服等四人诗曰：
  书名尺素矢忠谋，慷慨思将君父酬。赤青可怜捐百口，丹心自是足千秋。
  且说曹操既杀了董承等众人，怒气未消，遂带剑入宫，来弑董贵妃。贵妃乃董承之妹，

  按：董贵妃，应作董贵人。据《后汉书·皇后纪》，东汉皇帝后官，"六官称号，唯皇后、贵人"。据《后汉书·献帝伏皇后纪》，董贵人为董承之女，并非董承之妹。

帝幸之，已怀孕五月。当日帝在后宫，正与伏皇后私论董承之事至今尚无音耗。忽见曹操带剑入宫，面有怒容，帝大惊失色。操曰："董承谋反，陛下知否？"帝曰："董卓已诛矣。"操大声曰："不是董卓，是董承！"帝战栗曰："朕实不知。"操曰："忘了破指修诏耶？"帝不能答。操叱武士擒董妃至。帝告曰："董妃有五月身孕，望丞相见怜。"操曰："若非天败，吾已被害。岂得复留此女，为吾后患！"伏后告曰："贬于冷宫，待分娩了，杀之未迟。"操曰："欲留此逆种，为母报仇乎？"董妃泣告曰："乞全尸而死，勿令彰露。"操令取白练至面前。帝泣谓妃曰："卿于九泉之下，勿怨朕躬！"言讫，泪下如雨。伏后亦大哭。操怒曰："犹作儿女态耶！"叱武士牵出，勒死于宫门之外。

  据《资治通鉴》卷六十七：董承女为贵人，操诛承，求贵人杀之。帝以贵人有妊，累为请，不能得。（参见《后汉书·献帝伏皇后纪》）

后人有诗叹董妃曰：
  春殿承恩亦枉然，伤哉龙种并时捐。堂堂帝主难相救，掩面徒看泪涌泉。
操谕监宫官曰："今后但有外戚宗族，不奉吾旨，辄入宫门者，斩。守御不严，与同罪。"又拨心腹人三千充御林军，令曹洪统领，以为防察。

  操谓程昱曰："今董承等虽诛，尚有马腾、刘备，亦在此数，不可不除。"昱曰："马腾

屯军西凉，未可轻取；但当以书慰劳，勿使生疑，诱入京师，图之可也。刘备现在徐州，分布掎角之势，亦不可轻敌。况今袁绍屯兵官渡，常有图许都之心。若我一旦东征，刘备势必求救于绍。绍乘虚来袭，何以当之？"操曰："非也。备乃人杰也，今若不击，待其羽翼既成，急难图矣。袁绍虽强，事多怀疑不决，何足忧乎！"正议间，郭嘉自外而入。操问曰："吾欲东征刘备，奈有袁绍之忧，如何？"嘉曰："绍性迟而多疑，其谋士各相妒忌，不足忧也。刘备新整军兵，众心未服，丞相引兵东征，一战可定矣。"操大喜曰："正合吾意。"遂起二十万大军，分兵五路下徐州。

　　据《三国志·魏书·武帝纪》：（建安）五年春正月，董承等谋泄，皆伏诛。公将自东征备，诸将皆曰："与公争天下者，袁绍也。今绍方来而弃之东，绍乘人后，若何？"公曰："夫刘备，人杰也，今不击，必为后患。袁绍虽有大志，而见事迟，必不动也。"郭嘉亦劝公，遂东击备，破之，生禽其将夏侯博。备走奔绍，获其妻子。备将关羽屯下邳，复进攻之，羽降。昌豨叛为备，又攻破之。公还官渡，绍卒不出。（参见《资治通鉴》卷六十三）

　　据《三国志·魏书·郭嘉传》注引《傅子》：太祖欲速征刘备，议者惧军出袁绍击其后，进不得战而退失所据。语在《武纪》。太祖疑，以问嘉。嘉劝太祖曰："绍性迟而多疑，来必不速。备新起，众心未附，急击之必败。此存亡之机，不可失也。"太祖曰："善。"遂东征备。备败奔绍，绍果不出。　　臣松之案《武纪》，决计征备，量绍不出，皆出自太祖。此云用嘉计，则为不同。

　　细作探知，报入徐州。孙乾先往下邳报知关公，随至小沛报知玄德。玄德与孙乾计议曰："此必求救于袁绍，方可解危。"于是玄德修书一封，遣孙乾至河北。

　　　　按：核诸史书，建安五年（200）曹操进兵徐州攻刘备，刘备并未向袁绍求援。

乾乃先见田丰，具言其事，求其引进。丰即引孙乾入见绍，呈上书信。只见绍形容憔悴，衣冠不整。丰曰："今日主公何故如此？"绍曰："我将死矣！"丰曰："主公何出此言？"绍曰："吾生五子，惟最幼者极快吾意；今患疥疮，命已垂绝。吾有何心更论他事乎？"丰曰："今曹操东征刘玄德，许昌空虚，若义兵乘虚而入，上可以保天子，下可以救万民。此不易得之机会也，惟明公裁之。"绍曰："吾亦知此最好，奈我心中恍惚，恐有不利。"丰曰："何恍惚之有？"绍曰："五子中惟此子生得最异，倘有疏虞，吾命休矣。"遂决意不肯发兵，乃谓孙乾曰："汝回见玄德，可言其故。倘有不如意，可来相投，吾自有相助之处。"田丰以杖击地曰："遭此难遇之时，乃以婴儿之病，失此机会！大事去矣，可痛惜哉！"跌足长叹而出。

　　据《资治通鉴》卷六十三：（建安五年春正月，）冀州别驾田丰说袁绍曰："曹操与刘备连兵，未可卒解。公举军而袭其后，可一往而定。"绍辞以子疾，未得行。丰举杖击地曰："嗟乎！遭难遇之时，而以婴儿病失其会，惜哉，事去矣！"（参见《后汉书·袁绍传》《三国志·魏书·袁绍传》）

　　孙乾见绍不肯发兵，只得星夜回小沛见玄德，具说此事。玄德大惊曰："似此如之奈何？"张飞曰："兄长勿忧。曹兵远来，必然困乏；乘其初至，先去劫寨，可破曹操。"玄德曰："素以汝为一勇夫耳。前者捉刘岱时，颇能用计；今献此策，亦中兵法。"乃从其言，分兵劫寨。

　　且说曹操引军往小沛来。正行间，狂风骤至，忽听一声响亮，将一面牙旗吹折。操便令军兵且住，聚众谋士问吉凶。荀彧曰："风从何方来？吹折甚颜色旗？"操曰："风自东南方来，吹折角上牙旗，旗乃青红二色。"彧曰："不主别事，今夜刘备必来劫寨。"操点头。忽毛玠入见曰："方才东南风起，吹折青红牙旗一面。主公以为主何吉凶？"操曰："公意若何？"毛玠曰："愚意以为今夜必主有人来劫寨。"后人有诗叹曰：

　　吁嗟帝胄势孤穷，全仗分兵劫寨功。争奈牙旗折有兆，老天何故纵奸雄？

操曰："天报应我，当即防之。"遂分兵九队，只留一队向前虚扎营寨，余众八面埋伏。

是夜月色微明，玄德在左，张飞在右，分兵两队进发，只留孙乾守小沛。

且说张飞自以为得计，领轻骑在前，突入操寨。但见零零落落，无多人马，四边火光大起，喊声齐举。飞知中计，急出寨外。正东张辽、正西许褚、正南于禁、正北李典、东南徐晃、西南乐进、东北夏侯惇、西北夏侯渊，八处军马杀来。张飞左冲右突，前遮后当；所领军兵原是曹操手下旧军，见事势已急，尽皆投降去了。飞正杀间，逢着徐晃大杀一阵，后面乐进赶到。飞杀条血路，突围而走，只有数十骑跟定。欲还小沛，去路已断；欲投徐州、下邳，又恐曹军截住；寻思无路，只得望芒砀山而去。

却说玄德引军劫寨，将近寨门，忽然喊声大震，后面冲出一军，先截去了一半人马。夏侯惇又到。玄德突围而走，夏侯渊又从后赶来。玄德回顾，止有三十余骑跟随，急欲奔还小沛，早望见小沛城中火起，只得弃了小沛；欲投徐州、下邳，又见曹军漫山塞野，截住去路。玄德自思无路可归，想："袁绍有言'倘不如意，可来相投'，今不若暂往依栖，别作良图。"遂望青州路而走，正逢李典拦住。玄德匹马落荒望北而逃，李典掳将从骑去了。

　　据《三国志·蜀书·先主传》注引《魏书》：是时，公方有急于官渡，乃分留诸将屯官渡，自勒精兵征备。备初谓公与大敌连，不得东，而候骑卒至，言曹公自来。备大惊，然犹未信。自将数十骑出望公军，见麾旌，便弃众而走。　《资治通鉴考异》认为：计备必不至此，《魏书》多妄。

且说玄德匹马投青州，日行三百里，奔至青州城下叫门。门吏问了姓名，来报刺史。刺史乃袁绍长子袁谭。谭素敬玄德，闻知匹马到来，即便开门相迎，接入公廨，细问其故。玄德备言兵败相投之意。谭乃留玄德于馆驿中住下，发书报父袁绍；一面差本州人马，护送玄德。至平原界口，袁绍亲自引众出邺郡三十里迎接玄德。玄德拜谢，绍忙答礼曰："昨为小儿抱病，有失救援，于心怏怏不安。今幸得相见，大慰平生渴想之思。"玄德曰："孤穷刘备，久欲投于门下，奈机缘未遇。今为曹操所攻，妻子俱陷，想将军容纳四方之士，故不避羞惭，径来相投，望乞收录，誓当图报。"绍大喜，相待甚厚，同居冀州。

　　据《资治通鉴》卷六十三：（建安五年春正月，）曹操击刘备，破之，获其妻子；进拔下邳，禽关羽；又击昌豨，破之。备奔青州，因袁谭以归袁绍。绍闻备至，去邺二百里迎之，驻月余，所亡士卒稍稍归之。（参见《三国志·魏书·武帝纪》《三国志·蜀书·关羽传》）

　　据《三国志·蜀书·先主传》：先主走青州。青州刺史袁谭，先主故茂才也，将步骑迎先主。先主随谭到平原，谭驰使白绍。绍遣将道路奉迎，身去邺二百里，与先主相见。驻月余日，所失亡士卒稍稍来集。

　　据《三国志·蜀书·先主传》注引《魏书》：备归绍，绍父子倾心敬重。

且说曹操当夜取了小沛，随即进兵攻徐州。糜竺、简雍守把不住，只得弃城而走。陈登献了徐州。曹操大军入城，安民已毕，随唤众谋士议取下邳。荀彧曰："云长保护玄德妻小，死守此城。若不速取，恐为袁绍所窃。"

　　按：《演义》称甘、糜二夫人随关羽住下邳，于史无据。据史书记载，曹操先攻小沛打败刘备，掳其妻子，然后才攻打关羽据守的下邳。

操曰:"吾素爱云长武艺人材,欲得之以为己用,不若令人说之使降。"郭嘉曰:"云长义气深重,必不肯降。若使人说之,恐被其害。"帐下一人出曰:"某与关公有一面之交,愿往说之。"众视之,乃张辽也。程昱曰:"文远虽与云长有旧,吾观此人,非可以言词说也。某有一计,使此人进退无路,然后用文远说之,彼必归丞相矣。"正是:整备窝弓射猛虎,安排香饵钓鳌鱼。未知其计若何,且听下文分解。

第二十五回　屯土山关公约三事　救白马曹操解重围

却说程昱献计曰："云长有万人之敌，非智谋不能取之。今可即差刘备手下投降之兵，入下邳，见关公，只说是逃回的，伏于城中为内应；却引关公出战，诈败佯输，诱入他处，以精兵截其归路，然后说之可也。"操听其谋，即令徐州降兵数十，径投下邳来降关公。关公以为旧兵，留而不疑。

次日，夏侯惇为先锋，领兵五千来搦战。关公不出，惇即使人于城下辱骂。关公大怒，引三千人马出城，与夏侯惇交战。约战十余合，惇拨回马走。关公赶来，惇且战且走。关公约赶二十里，恐下邳有失，提兵便回。只听得一声炮响，左有徐晃，右有许褚，两队军截住去路，关公夺路而走，两边伏兵排下硬弩百张，箭如飞蝗。关公不得过，勒兵再回，徐晃、许褚接住交战。关公奋力杀退二人，引军欲回下邳，夏侯惇又截住厮杀。公战至日晚，无路可归，只得到一座土山，引兵屯于山头，权且少歇。曹兵团团将土山围住。公于山上遥望下邳城中火光冲天，却是那诈降兵卒偷开城门，曹操自提大军杀入城中，只教举火以惑关公之心。关公见下邳火起，心中惊惶，连夜几番冲下山来，皆被乱箭射回。

捱到天晓，再欲整顿下山冲突，忽见一人跑马上山来，视之乃张辽也。关公迎谓曰："文远欲来相敌耶？"辽曰："非也。想故人旧日之情，特来相见。"遂弃刀下马，与关公叙礼毕，坐于山顶。公曰："文远莫非说关某乎？"辽曰："不然。昔日蒙兄救弟，今日弟安得不救兄？"公曰："然则文远将欲助我乎？"辽曰："亦非也。"公曰："既不助我，来此何干？"辽曰："玄德不知存亡，翼德未知生死。昨夜曹公已破下邳，军民尽无伤害，差人护卫玄德家眷，不许惊忧。如此相待，弟特来报兄。"关公怒曰："此言特说我也。吾今虽处绝地，视死如归。汝当速去，吾即下山迎战。"张辽大笑曰："兄此言岂不为天下笑乎？"公曰："吾仗忠义而死，安得为天下笑？"辽曰："兄今即死，其罪有三。"公曰："汝且说我那三罪？"辽曰："当初刘使君与兄结义之时，誓同生死；今使君方败，而兄即死战，倘使君复出，欲求兄相助而不可复得，岂不负当年之盟誓乎？其罪一也。刘使君以家眷付托于兄，兄今战死，二夫人无所依赖，负却使君依托之重。其罪二也。兄武艺超群，兼通经史，不思共使君匡扶汉室，徒欲赴汤蹈火，以成匹夫之勇，安得为义？其罪三也。兄有此三罪，弟不得不告。"

公沉吟曰："汝说我有三罪，欲我如何？"辽曰："今四面皆曹公之兵，兄若不降，则必死；徒死无益，不若且降曹公；却打听刘使君音信，如在何处，即往投之。一者可以保二夫人，二者不背桃园之约，三者可留有用之身：有此三便，兄宜详之。"公曰："兄言三便，吾有三约。若丞相能从，我即当卸甲；如其不允，吾宁受三罪而死。"辽曰："丞相宽洪大量，何所不容。愿闻三事。"公曰："一者，吾与皇叔设誓，共扶汉室，吾今只降汉帝，不降曹操；二者，二嫂处请给皇叔俸禄养赡，一应上下人等，皆不许到门；三者，但知刘皇叔去向，不管千里万里，便当辞去：三者缺一，断不肯降。望文远急急回报。"张辽应诺，遂上马，回见曹操，先说降汉不降曹之事。操笑曰："吾为汉相，汉即吾也。此可从之。"辽又言："二夫人欲请皇叔俸给，并上下人等不许到门。"操曰："吾于皇叔俸内，更加倍与之。至于严禁内外，乃是家法，又何疑焉！"辽又曰："但知玄德信息，虽远必往。"操摇首曰："然则吾养云长何用？此事却难从。"辽曰："岂不闻豫让众人国士之论乎？刘玄德待云长不过恩厚耳。丞相更施厚恩以结其心，何忧云长之不服也？"操曰："文远之言甚当，吾愿从此三事。"

张辽再往山上回报关公。关公曰:"虽然如此,暂请丞相退军,容我入城见二嫂,告知其事,然后投降。"张辽再回,以此言报曹操。操即传令,退军三十里。荀彧曰:"不可,恐有诈。"操曰:"云长义士,必不失信。"遂引军退。关公引兵入下邳,见人民安妥不动,竟到府中,来见二嫂。甘、糜二夫人听得关公到来,急出迎之。公拜于阶下曰:"使二嫂受惊,某之罪也。"二夫人曰:"皇叔今在何处?"公曰:"不知去向。"二夫人曰:"二叔今将若何?"公曰:"关某出城死战,被困土山,张辽劝我投降,我以三事相约。曹操已皆允从,故特退兵,放我入城。我不曾得嫂嫂主意,未敢擅便。"二夫人问:"那三事?"关公将上项三事,备述一遍。甘夫人曰:"昨日曹军入城,我等皆以为必死;谁想毫发不动,一军不敢入门。叔叔既已领诺,何必问我二人?只恐日后曹操不容叔叔去寻皇叔。"公曰:"嫂嫂放心,关某自有主张。"二夫人曰:"叔叔自家裁处,凡事不必问俺女流。"

关公辞退,遂引数十骑来见曹操。操自出辕门相接。关公下马入拜,操慌忙答礼。关公曰:"败兵之将,深荷不杀之恩。"操曰:"素慕云长忠义,今日幸得相见,足慰平生之望。"关公曰:"文远代禀三事,蒙丞相应允,谅不食言。"操曰:"吾言既出,安敢失信。"关公曰:"关某若知皇叔所在,虽蹈水火,必往从之。此时恐不及拜辞,伏乞见原。"操曰:"玄德若在,必从公去;但恐乱军中亡矣。公且宽心,尚容缉听。"关公拜谢。操设宴相待。

  据《资治通鉴》卷六十三:(建安五年春正月,)曹操击刘备,破之,获其妻子;进拔下邳,禽关羽。

  据《三国志·魏书·武帝纪》:(建安五年春正月,)东击备,破之,生禽其将夏侯博。备走奔绍,获其妻子。备将关羽屯下邳,复进攻之,羽降。

  据《三国志·蜀书·先主传》:(建安)五年,曹公东征先主,先主败绩。曹公尽收其众,虏先主妻子,并禽关羽以归。

  据《三国志·蜀书·关羽传》:建安五年,曹公东征,先主奔袁绍。曹公禽羽以归。

  按:关羽降曹并无条件。《演义》称关羽降曹前曾以三事相约,不见于史。《演义》将保护二嫂作为关羽投降的一个原因,与史不合。刘备之妻应随刘备住在小沛,而不是住在下邳。《演义》称甘夫人随关羽降曹,不见于《三国志·蜀书·甘皇后传》,看来甘夫人始终是跟随刘备的,并未被曹军俘虏。

次日班师还许昌。关公收拾车仗,请二嫂上车,亲自护车而行。于路安歇馆驿,操欲乱其君臣之礼,使关公与二嫂共处一室。关公乃秉烛立于户外,自夜达旦,毫无倦色。操见公如此,愈加敬服。既到许昌,操拨一府与关公居住。关公分一宅为两院,内门拨老军十人把守,关公自居外宅。操引关公朝见献帝,帝命为偏将军。公谢恩归宅。操次日设大宴,会众谋臣武士,以客礼待关公,延之上座;又备绫锦及金银器皿相送。关公都送与二嫂收贮。关公自到许昌,操待之甚厚:小宴三日,大宴五日;又送美女十人,使侍关公。

  据《三国志·蜀书·关羽传》:建安五年,曹公东征,先主奔袁绍。曹公禽羽以归,拜为偏将军,礼之甚厚。

关公尽送入内门,令伏侍二嫂。却又三日一次于内门外躬身施礼,动问二嫂安否。二夫人回问皇叔之事毕,曰"叔叔自便",关公方敢退回。操闻之,又叹服关公不已。

一日,操见关公所穿绿锦战袍已旧,即度其身品,取异锦作战袍一领相赠。关公受之,穿于衣底,上仍用旧袍罩之。操笑曰:"云长何如此之俭乎?"公曰:"某非俭也。旧袍乃刘皇叔所赐,某穿之如见兄面,不敢以丞相之新赐而忘兄长之旧赐,故穿于上。"操叹曰:"真义士也!"然口虽称羡,心实不悦。

一日，关公在府，忽报："内院二夫人哭倒于地，不知为何，请将军速入。"关公乃整衣跪于内门外，问二嫂为何悲泣。甘夫人曰："我夜梦皇叔身陷于土坑之内，觉来与糜夫人论之，想在九泉之下矣！是以相哭。"关公曰："梦寐之事，不可凭信，此是嫂嫂想念之故。请勿忧愁。"

正说间，适曹操命使来请关公赴宴。公辞二嫂，往见操。操见公有泪容，问其故。公曰："二嫂思兄痛哭，不由某心不悲。"操笑而宽解之，频以酒相劝。公醉，自绰其髯而言曰："生不能报国家，而背其兄，徒为人也！"操问曰："云长髯有数乎？"公曰："约数百根。每秋月约退三五根。冬月多以皂纱囊裹之，恐其断也。"操以纱锦作囊，与关公护髯。次日，早朝见帝。帝见关公一纱锦囊垂于胸次，帝问之。关公奏曰："臣髯颇长，丞相赐囊贮之。"帝令当殿披拂，过于其腹。帝曰："真美髯公也！"因此人皆呼为"美髯公"。

据《三国志·蜀书·关羽传》：羽美须髯，故亮谓之髯。

忽一日，操请关公宴。临散，送公出府，见公马瘦，操曰："公马因何而瘦？"关公曰："贱躯颇重，马不能载，因此常瘦。"操令左右备一马来。须臾牵至。那马身如火炭，状甚雄伟。操指曰："公识此马否？"公曰："莫非吕布所骑赤兔马乎？"操曰："然也。"遂并鞍辔送与关公。关公再拜称谢。操不悦曰："吾累送美女金帛，公未尝下拜；今吾赠马，乃喜而再拜，何贱人而贵畜耶？"关公曰："吾知此马日行千里，今幸得之，若知兄长下落，可一日而见面矣。"操愕然而悔。

按：关羽坐骑，不见于史。

关公辞去。后人有诗叹曰：

威倾三国著英豪，一宅分居义气高。奸相枉将虚礼待，岂知关羽不降曹。

操问张辽曰："吾待云长不薄，而彼常怀去心，何也？"辽曰："容某探其情。"次日，往见关公。礼毕，辽曰："我荐兄在丞相处，不曾落后？"公曰："深感丞相厚意。只是吾身虽在此，心念皇叔，未尝去怀。"辽曰："兄言差矣，处世不分轻重，非丈夫也。玄德待兄，未必过于丞相，兄何故只怀去志？"公曰："吾固知曹公待吾甚厚。奈吾受刘皇叔厚恩，誓以共死，不可背之。吾终不留此，要必立效以报曹公，然后去耳。"辽曰："倘玄德已弃世，公何所归乎？"公曰："愿从于地下。"辽知公终不可留，乃告退，回见曹操，具以实告。操叹曰："事主不忘其本，乃天下之义士也！"荀彧曰："彼言立功方去，若不教彼立功，未必便去。"操然之。

据《资治通鉴》卷六十三：操壮关羽之为人，而察其心神无久留之意，使张辽以其情问之，羽叹曰："吾极知曹公待我厚；然吾受刘将军恩，誓以共死，不可背之。吾终不留，要当立效以报曹公乃去耳。"辽以羽言报操，操义之。（参见《三国志·蜀书·关羽传》）

据《三国志·蜀书·关羽传》注引《傅子》：辽欲白太祖，恐太祖杀羽；不白，非事君之道，乃叹曰："公，君父也；羽，兄弟耳。"遂白之。太祖曰："事君不忘其本，天下义士也。度何时能去？"辽曰："羽受公恩，必立效报公而后去也。"

据《华阳国志·刘先主志》：（建安）五年，公东征先主。先主败绩，妻子及关羽见获。……公壮羽勇锐，拜偏将军。初，羽随先主从公围吕布于濮阳。时秦宜禄为布求救于张杨，羽启公："妻无子，下城，乞纳宜禄妻。"公许之。及至城门，复白。公疑其有色，自纳之。后先主与公猎，羽欲于猎中杀公。先主为天下惜，不听。故羽常怀惧。公察其神不安，使将军张辽以情问之。羽叹曰："吾极知曹公待我厚，然吾受刘将军恩，誓以共死，不可背之。要当立效以报曹公。"公闻而义之。

据《三国志·蜀书·关羽传》注引《蜀记》：曹公与刘备围吕布于下邳，关羽启公，布使秦宜禄行求救，乞娶其妻，公许之。临破，又屡启于公。公疑其有异色，先遣迎看，因自留之，羽心不自安。

据《三国志·魏书·明帝纪》注引《献帝传》：（秦）朗父名宜禄，为吕布使诣袁术，术妻以汉宗室女。其前妻杜氏留下邳。布之被围，关羽屡请于太祖，求以杜氏为妻，太祖疑其有色，及城陷，太祖见之，乃自纳之。

据《三国志·蜀书·关羽传》注引《蜀记》：初，刘备在许，与曹公共猎。猎中，众散，羽劝备杀公，备不从。

按：据史书记载，关羽不肯归附曹操，除因"受刘将军恩，誓以共死，不可背之"之外，还因与曹操有个人恩怨：关羽欲娶秦宜禄前妻，本已获曹操批准而曹却自纳之，关羽为此"心不自安"；后关羽欲于猎中杀曹操，而为刘备所阻，关羽为此"常怀惧"。这些内容，《演义》均未采用。

却说玄德在袁绍处，且夕烦恼。绍曰："玄德何故常忧？"玄德曰："二弟不知音耗，妻小陷于曹贼；上不能报国，下不能保家：安得不忧？"绍曰："吾欲进兵赴许都久矣。方今春暖，正好兴兵。"便商议破曹之策。田丰谏曰："前操攻徐州，许都空虚，不及此时进兵；今徐州已破，操兵方锐，未可轻敌。不如以久持之，待其有隙而后可动也。"绍曰："待我思之。"因问玄德曰："田丰劝我固守，何如！"玄德曰："曹操欺君之贼，明公若不讨之，恐失大义于天下。"绍曰："玄德之言甚善。"遂欲兴兵。田丰又谏。绍怒曰："汝等弄文轻武，使我失大义！"田丰顿首曰："若不听臣良言，出师不利。"绍大怒，欲斩之。玄德力劝，乃囚于狱中，沮授见田丰下狱，乃会其宗族，尽散家财，与之诀曰："吾随军而去，胜则威无加，败则一身不保矣！"众皆下泪送之。

据《资治通鉴》卷六十三：曹操还军官渡，绍乃议攻许，田丰曰："曹操既破刘备，则许下非复空虚。且操善用兵，变化无方，众虽少，未可轻也，今不如以久持之。将军据山河之固，拥四州之众，外结英雄，内修农战，然后简其精锐，分为奇兵，乘虚迭出以扰河南，救右则击其左，救左则击其右，使敌疲于奔命，民不得安业，我未劳而彼已困，不及三年，可坐克也。今释庙胜之策而决成败于一战，若不如志，悔无及也。"绍不从。丰强谏忤绍，绍以为沮众，械系之。于是移檄州郡，数操罪恶。（建安五年春）二月，进军黎阳。沮授临行，会其宗族，散资财以与之曰："势存则威无不加，势亡则不保一身，哀哉！"其弟宗曰："曹操士马不敌，君何惧焉？"授曰："以曹操之明略，又挟天子以为资，我虽克伯珪，众实疲敝，而主骄将忕，军之破败，在此举矣。扬雄有言：'六国蚩蚩，为嬴弱姬。'其今之谓乎！"（参见《后汉书·袁绍传》，《三国志·魏书·袁绍传》及注引《献帝传》）

按：《演义》称，刘备投奔袁绍之后，鼓动袁绍向曹操开战，于是引发了袁曹官渡之战。此情节不见于史。

绍遣大将颜良作先锋，进攻白马。沮授谏曰："颜良性狭，虽骁勇，不可独任。"绍曰："吾之上将，非汝等可料。"

据《资治通鉴》卷六十三：（建安五年春二月，）袁绍遣其将颜良攻东郡太守刘延于白马，沮授曰："良性促狭，虽骁勇，不可独任。"绍不听。（参见《三国志·魏书·袁绍传》）

大军进发至黎阳，东郡太守刘延告急许昌。曹操急议兴兵抵敌。关公闻知，遂入相府见操曰：

"闻丞相起兵，某愿为前部。"操曰："未敢烦将军。早晚有事，当来相请。"关公乃退。

据《三国志·蜀书·关羽传》：绍遣大将颜良攻东郡太守刘延于白马，曹公使张辽及羽为先锋击之。（参见《资治通鉴》卷六十三，《三国志·魏书·武帝纪》）

按：《演义》称，关羽自请为前部先锋，为曹操婉拒。史书记载恰相反：曹操"使张辽及（关）羽为先锋"。

操引兵十五万，分三队而行。于路又连接刘延告急文书，操先提五万军亲临白马，靠土山扎住。遥望山前平川旷野之地，颜良前部精兵十万，排成阵势。操骇然，回顾吕布旧将宋宪曰："吾闻汝乃吕布部下猛将，今可与颜良一战。"宋宪领诺，绰枪上马，直出阵前。颜良横刀立马于门旗下；见宋宪马至，良大喝一声，纵马来迎。战不三合，手起刀落，斩宋宪于阵前。曹操大惊曰："真勇将也！"魏续曰："杀我同伴，愿去报仇！"操许之。续上马持矛，径出阵前，大骂颜良。良更不打话，交马一合，照头一刀，劈魏续于马下。操曰："今谁敢当之？"徐晃应声而出，与颜良战二十合，败归本阵。诸将栗然。曹操收军，良亦引军退去。

操见连斩二将，心中忧闷。程昱曰："某举一人可敌颜良。"操问是谁。昱曰："非关公不可。"操曰："吾恐他立了功便去。"昱曰："刘备若在，必投袁绍。今若使云长破袁绍之兵，绍必疑刘备而杀之矣。备既死，云长又安往乎？"操大喜，遂差人去请关公。关公即入辞二嫂。二嫂曰："叔今此去，可打听皇叔消息。"

关公领诺而出，提青龙刀，上赤兔马，引从者数人，直至白马来见曹操。操叙说："颜良连诛二将，勇不可当，特请云长商议。"关公曰："容某观之。"操置酒相待。忽报颜良搦战。操引关公上土山观看。操与关公坐，诸将环立。曹操指山下颜良排的阵势，旗帜鲜明，枪刀森布，严整有威，乃谓关公曰："河北人马，如此雄壮！"关公曰："以吾观之，如土鸡瓦犬耳！"操又指曰："麾盖之下，绣袍金甲，持刀立马者，乃颜良也。"关公举目一望，谓操曰："吾观颜良，如插标卖首耳！"操曰："未可轻视。"关公起身曰："某虽不才，愿去万军中取其首级，来献丞相。"张辽曰："军中无戏言，云长不可忽也。"关公奋然上马，倒提青龙刀，跑下山来，凤目圆睁，蚕眉直竖，直冲彼阵。河北军如波开浪裂，关公径奔颜良。颜良正在麾盖下，见关公冲来，方欲问时，关公赤兔马快，早已跑到面前；颜良措手不及，被云长手起一刀，刺于马下。忽地下马，割了颜良首级，拴于马项之下，飞身上马，提刀出阵，如入无人之境。河北兵将大惊，不战自乱。曹军乘势攻击，死者不可胜数；马匹器械，抢夺极多。

据《三国志·蜀书·关羽传》：绍遣大将颜良攻东郡太守刘延于白马，曹公使张辽及羽为先锋击之。羽望见良麾盖，策马刺良于万众之中，斩其首还，绍诸将莫能当者，遂解白马围。

据《资治通鉴》卷六十三：（建安五年春二月，）袁绍遣其将颜良攻东郡太守刘延于白马，沮授曰："良性促狭，虽骁勇，不可独任。"绍不听。夏四月，曹操北救刘延。荀攸曰："今兵少不敌，必分其势乃可。公到延津，若将渡兵向其后者，绍必西应之，然后轻兵袭白马，掩其不备，颜良可禽也。"操从之，绍闻兵渡，即分兵西邀之。操乃引军兼行趣白马，未至十余里，良大惊，来逆战。操使张辽、关羽先登击之。羽望见良麾盖，策马刺良于万众之中，斩其首而还，绍军莫能当者。遂解白马之围，徙其民，循河而西。（参见《三国志·魏书·武帝纪》《袁绍传》）

关公纵马上山，众将尽皆称贺。公献首级于操前。操曰："将军真神人也！"关公曰："某何足道哉！吾弟张翼德于百万军中取上将之头，如探囊取物耳。"操大惊，回顾左右曰："今后如遇张翼德，不可轻敌。"令写于衣袍襟底以记之。

却说颜良败军奔回,半路迎见袁绍,报说被赤面长须使大刀一勇将,匹马入阵,斩颜良而去,因此大败。绍惊问曰:"此人是谁?"沮授曰:"此必是刘玄德之弟关云长也。"绍大怒,指玄德曰:"汝弟斩吾爱将,汝必通谋,留尔何用!"唤刀斧手推出玄德斩之。正是:初见方为座上客,此日几同阶下囚。未知玄德性命如何,且听下文分解。

第二十六回 袁本初败兵折将 关云长挂印封金

却说袁绍欲斩玄德。玄德从容进曰："明公只听一面之词，而绝向日之情耶？备自徐州失散，二弟云长未知存否；天下同貌者不少，岂赤面长须之人，即为关某也？明公何不察之？"袁绍是个没主张的人，闻玄德之言，责沮授曰："误听汝言，险杀好人。"遂仍请玄德上帐坐，议报颜良之仇。帐下一人应声而进曰："颜良与我如兄弟，今被曹贼所杀，我安得不雪其恨？"玄德视其人，身长八尺，面如獬豸，乃河北名将文丑也。袁绍大喜曰："非汝不能报颜良之仇。吾与十万军兵，便渡黄河，追杀曹贼！"沮授曰："不可。今宜留屯延津，分兵官渡，乃为上策。若轻举渡河，设或有变，众皆不能还矣。"绍怒曰："皆是汝等迟缓军心，迁延日月，有妨大事！岂不闻兵贵神速乎？"沮授出，叹曰："上盈其志，下务其功；悠悠黄河，吾其济乎！"遂托疾不出议事。

　　据《资治通鉴》卷六十三：绍渡河追之，沮授谏曰："胜负变化，不可不详。今宜留屯延津；分兵官渡，若其克获，还迎不晚，设其有难，众弗可还。"绍弗从。授临济叹曰："上盈其志，下务其功，悠悠黄河，吾其济乎！"遂以疾辞。绍不许而意恨之，复省其所部并属郭图。（参见《三国志·魏书·袁绍传》注引《献帝传》，《后汉书·袁绍传》）

玄德曰："备蒙大恩，无可报效，意欲与文将军同行：一者报明公之德，二者就探云长的实信。"绍喜，唤文丑与玄德同领前部。文丑曰："刘玄德屡败之将，于军不利。既主公要他去时，某分三万军，教他为后部。"于是文丑自领七万军先行，令玄德引三万军随后。

　　且说曹操见云长斩了颜良，倍加钦敬，表奏朝廷，封云长为汉寿亭侯，铸印送关公。

　　据《三国志·蜀书·关羽传》：曹公即表封羽为汉寿亭侯。

忽报袁绍又使大将文丑渡黄河，已据延津之上。操乃先使人移徙居民于西河，然后自领兵迎之；传下将令：以后军为前军，以前军为后军；粮草先行，军兵在后。吕虔曰："粮草在先，军兵在后，何意也？"操曰："粮草在后，多被剽掠，故令在前。"虔曰："倘遇敌军劫去，如之奈何？"操曰："且待敌军到时，却又理会。"虔心疑未决。操令粮食辎重沿河堑至延津。操在后军，听得前军发喊，急教人看时，报说："河北大将文丑兵至，我军皆弃粮草，四散奔走。后军又远，将如之何？"操以鞭指南阜曰："此可暂避。"人马急奔土阜。操令军士皆解衣卸甲少歇，尽放其马。文丑军掩至。众将曰："贼至矣！可急收马匹，退回白马！"荀攸急止之曰："此正可以饵敌，何故反退？"操急以目视荀攸而笑。攸知其意，不复言。文丑军既得粮草车仗，又来抢马。军士不依队伍，自相杂乱。曹操却令军将一齐下土阜击之，文丑军大乱。曹兵围裹将来，文丑挺身独战，军士自相践踏。文丑止遏不住，只得拨马回走。操在土阜上指曰："文丑为河北名将，谁可擒之？"张辽、徐晃飞马齐出，大叫："文丑休走！"文丑回头见二将赶上，遂按住铁枪，拈弓搭箭，正射张辽。徐晃大叫："贼将休放箭！"张辽低头急躲，一箭射中头盔，将簪缨射去。辽奋力再赶，坐下战马，又被文丑一箭射中面颊。那马跪倒前蹄，张辽落地。文丑回马复来，徐晃急轮大斧，截住厮杀。只见文丑后面军马齐到，晃料敌不过，拨马而回。文丑沿河赶来。忽见十余骑马，旗号翩翻，一将当头提刀飞马而来，乃关云长也，大喝："贼将休走！"与文丑交马，战不三合，文丑心怯，拨马绕河而走。关公马快,赶上文丑,脑后一刀,将文丑斩下马来。

> 据《资治通鉴》卷六十三:绍军至延津南,操勒兵驻营南阪下,使登垒望之,曰:"可五六百骑。"有顷,复白:"骑稍多,步兵不可胜数。"操曰:"勿复白。"令骑解鞍放马。是时,白马辎重就道,诸将以为敌骑多,不如还保营。荀攸曰:"此所以饵敌,如何去之!"操顾攸而笑。绍骑将文丑与刘备将五六千骑前后至。诸将复白:"可上马。"操曰:"未也。"有顷,骑至稍多,或分趣辎重。操曰:"可矣!"乃皆上马。时骑不满六百,遂纵兵击,大破之,斩丑。(参见《三国志·魏书·武帝纪》《荀攸传》《袁绍传》)

> 按:关羽斩文丑,不见于史。文丑死于何人之手,史无明文。

曹操在土阜上,见关公砍了文丑,大驱人马掩杀。河北军大半落水,粮草马匹仍被曹操夺回。云长引数骑东冲西突。正杀之间,刘玄德领三万军随后到。前面哨马探知,报与玄德云:"今番又是红面长髯的斩了文丑。"玄德慌忙骤马来看,隔河望见一簇人马,往来如飞,旗上写着"汉寿亭侯关云长"七字。玄德暗谢天地曰:"原来吾弟果然在曹操处!"欲待招呼相见,被曹兵大队拥来,只得收兵回去。袁绍接应至官渡,下定寨栅。郭图、审配入见袁绍,说:"今番又是关某杀了文丑,刘备佯推不知。"袁绍大怒,骂曰:"大耳贼焉敢如此!"少顷,玄德至,绍令推出斩之。玄德曰:"某有何罪?"绍曰:"你故使汝弟又坏我一员大将,如何无罪?"玄德曰:"容伸一言而死:曹操素忌备,今知备在明公处,恐备助公,故特使云长诛杀二将,公知必怒,此借公之手以杀刘备也。愿明公思之。"袁绍曰:"玄德之言是也。汝等几使我受害贤之名。"喝退左右,请玄德上帐而坐。玄德谢曰:"荷明公宽大之恩,无可补报,欲令一心腹人持密书去见云长,使知刘备消息,彼必星夜来到,辅佐明公,共诛曹操,以报颜良、文丑之仇,若何?"袁绍大喜曰:"吾得云长,胜颜良、文丑十倍也。"玄德修下书札,未有人送去。

绍令退军武阳,

> 按:核诸史书,"武阳"乃"阳武"之误。

连营数十里,按兵不动。操乃使夏侯惇领兵守住官渡隘口,自己班师回许都,

> 据《三国志·魏书·武帝纪》:公还军官渡。绍进保阳武。

大宴众官,贺云长之功。因谓吕虔曰:"昔日吾以粮草在前者,乃饵敌之计也。惟荀公达知吾心耳。"众皆叹服。正饮宴间,忽报:"汝南有黄巾刘辟、龚都,甚是猖獗。

> 据《三国志·蜀书·先主传》:曹公与袁绍相拒于官渡,汝南黄巾刘辟等叛曹公应绍。绍遣先主将兵与辟等略许下。(参见《三国志·魏书·武帝纪》)

曹洪累战不利,乞遣兵救之。"云长闻言,进曰:"关某愿施犬马之劳,破汝南贼寇。"操曰:"云长建立大功,未曾重酬,岂可复劳征进?"公曰:"关某久闲,必生疾病。愿再一行。"曹操壮之,点兵五万,使于禁、乐进为副将,次日便行。

> 按:关羽请兵往讨汝南黄巾刘辟、龚都之事,不见于史。据《三国志·魏书·乐进传》《于禁传》,讨汝南黄巾,系以乐进为主将,于禁为副将。

荀彧密谓操曰:"云长常有归刘之心,倘知消息必去,不可频令出征。"操曰:"今次收功,吾不复教临敌矣。"

且说云长领兵将近汝南,扎住营寨。当夜营外拿了两个细作人来。云长视之,内中认得

一人，乃孙乾也。关公叱退左右，问乾曰："公自溃散之后，一向踪迹不闻，今何为在此处？"乾曰："某自逃难，飘泊汝南，幸得刘辟收留。今将军为何在曹操处？未识甘、糜二夫人无恙否？"关公因将上项事细说一遍。乾曰："近闻玄德公在袁绍处，欲往投之，未得其便。今刘、龚二人归顺袁绍，相助攻曹。天幸得将军到此，因特令小军引路，教某为细作，来报将军。来日二人当虚败一阵，公可速引二夫人投袁绍处，与玄德公相见。"关公曰："既兄在袁绍处，吾必星夜而往。但恨吾斩绍二将，恐今事变矣。"乾曰："吾当先往探彼虚实，再来报将军。"公曰："吾见兄长一面，虽万死不辞。今回许昌，便辞曹操也。"当夜密送孙乾去了。次日，关公引兵出，龚都披挂出阵。关公曰："汝等何故背反朝廷？"都曰："汝乃背主之人，何反责我？"关公曰："我何为背主？"都曰："刘玄德在袁本初处，汝却从曹操，何也？"关公更不打话，拍马舞刀向前。龚都便走，关公赶上。都回身告关公曰："故主之恩，不可忘也。公当速进，我让汝南。"关公会意，驱军掩杀。刘、龚二人佯输诈败，四散去了。云长夺得州县，安民已定，班师回许昌。曹操出郭迎接，赏劳军士。

宴罢，云长回家，参拜二嫂于门外。甘夫人曰："叔叔两番出军，可知皇叔音信否？"公答曰："未也。"关公退，二夫人于门内痛哭曰："想皇叔休矣！二叔恐我姊妹烦恼，故隐而不言。"正哭间，有一随行老军，听得哭声不绝，于门外告曰："夫人休哭，主人现在河北袁绍处。"夫人曰："汝何由知之？"军曰："跟关将军出征，有人在阵上说来。"夫人急召云长责之曰："皇叔未尝负汝，汝今受曹操之恩，顿忘旧日之义，不以实情告我，何也？"关公顿首曰："兄今委实在河北。未敢教嫂嫂知者，恐有泄漏也。事须缓图，不可欲速。"甘夫人曰："叔宜上紧。"公退，寻思去计，坐立不安。

原来于禁探知刘备在河北，报与曹操。操令张辽来探关公意。关公正闷坐，张辽入贺曰："闻兄在阵上知玄德音信，特来贺喜。"关公曰："故主虽在，未得一见，何喜之有！"辽曰："兄与玄德交，比弟与兄交何如？"公曰："我与兄，朋友之交也；我与玄德，是朋友而兄弟、兄弟而主臣者也，岂可共论乎？"辽曰："今玄德在河北，兄往从否？"关公曰："昔日之言，安肯背之！文远须为我致意丞相。"张辽将关公之言，回告曹操，操曰："吾自有计留之。"

且说关公正寻思间，忽报有故人相访。及请入，却不相识。关公问曰："公何人也？"答曰："某乃袁绍部下南阳陈震也。"

> 据《三国志·蜀书·陈震传》：陈震字孝起，南阳人也。先主领荆州牧，辟为从事，部诸郡。随先主入蜀，蜀既定，为蜀郡北部都尉。

关公大惊，急退左右，问曰："先生此来，必有所为？"震出书一缄，递与关公。公视之，乃玄德书也。其略云：

> 备与足下，自桃园缔盟，誓以同死。今何中道相违，割恩断义？君必欲取功名、图富贵，愿献备首级以成全功。书不尽言，死待来命。

关公看书毕，大哭曰："某非不欲寻兄，奈不知所在也。安肯图富贵而背旧盟乎？"震曰："玄德望公甚切，公既不背旧盟，宜速往见。"关公曰："人生天地间，无终始者，非君子也。吾来时明白，去时不可不明白。吾今作书，烦公先达知兄长，容某辞却曹操，奉二嫂来相见。"震曰："倘曹操不允，为之奈何？"公曰："吾宁死，岂肯久留于此！"震曰："公速作回书，免致刘使君悬望。"关公写书答云：

> 窃闻义不负心，忠不顾死。羽自幼读书，粗知礼义，观羊角哀、左伯桃之事，未尝不三叹而流涕也。前守下邳，内无积粟，外无援兵；欲即效死，奈有二嫂之重，未敢断首捐躯，致负所托；故尔暂且羁身，冀图后会。近至汝南，方知兄信；即当面辞曹公，奉二嫂归。羽但怀异心，神人共戮。披肝沥胆，笔楮难穷。瞻拜有期，伏惟照鉴。

陈震得书自回。

关公入内告知二嫂，随即至相府，拜辞曹操。操知来意，乃悬回避牌于门。关公怏怏而回，命旧日跟随人役，收拾车马，早晚伺候；分付宅中，所有原赐之物，尽皆留下，分毫不可带去。次日再往相府辞谢，门首又挂回避牌。关公一连去了数次，皆不得见。乃往张辽家相探，欲言其事。辽亦托疾不出。关公思曰："此曹丞相不容我去之意。我去志已决，岂可复留！"即写书一封，辞谢曹操。书略曰：

> 羽少事皇叔，誓同生死；皇天后土，实闻斯言。前者下邳失守，所请三事，已蒙恩诺。今探知故主现在袁绍军中，回思昔日之盟，岂容违背？新恩虽厚，旧义难忘。兹特奉书告辞，伏惟照察。其有余恩未报，愿以俟之异日。

写毕封固，差人去相府投递；一面将累次所受金银，一一封置库中，悬汉寿亭侯印于堂上，

> 据《资治通鉴》卷六十三：（建安五年夏四月，）及羽杀颜良，操知其必去，重加赏赐。羽尽封其所赐，拜书告辞，而奔刘备于袁军。（参见《三国志·蜀书·关羽传》）

> 按：据史书记载，关羽辞曹，封金而未挂印。关羽被封为汉寿亭侯，虽是曹操保举，名义上却是汉献帝封拜，关羽也接受"汉寿亭侯"封爵。

请二夫人上车。

> 按：《演义》称关羽护送刘备家眷回归，不见于史。卢弼《三国志集解》说，刘备妻子"为操房者，不知所终"。关羽是只身回归的。

关公上赤兔马，手提青龙刀，率领旧日跟随人役，护送车仗，径出北门。门吏挡之。关公怒目横刀，大喝一声，门吏皆退避。关公既出门，谓从者曰："汝等护送车仗先行，但有追赶者，吾自当之，勿得惊动二位夫人。"从者推车，望官道进发。

却说曹操正论关公之事未定，左右报关公呈书。操即看毕，大惊曰："云长去矣！"忽北门守将飞报："关公夺门而去，车仗鞍马二十余人，皆望北行。"又关公宅中人来报说："关公尽封所赐金银等物。美女十人，另居内室。其汉寿亭侯印悬于堂上。丞相所拨人役，皆不带去，只带原跟从人，及随身行李，出北门去了。"众皆愕然。一将挺身出曰："某愿将铁骑三千，去生擒关某，献与丞相！"众视之，乃将军蔡阳也。正是：欲离万丈蛟龙穴，又遇三千狼虎兵。蔡阳要赶关公，毕竟如何，且听下文分解。

第二十七回　美髯公千里走单骑　汉寿侯五关斩六将

却说曹操部下诸将中，自张辽而外，只有徐晃与云长交厚，其余亦皆敬服；独蔡阳不服关公，故今日闻其去，欲往追之。操曰："不忘故主，来去明白，真丈夫也。汝等皆当效之。"遂叱退蔡阳，不令去赶。程昱曰："丞相待关某甚厚，今彼不辞而去，乱言片楮，冒渎钧威，其罪大矣。若纵之使归袁绍，是与虎添翼也。不若追而杀之，以绝后患。"操曰："吾昔已许之，岂可失信！彼各为其主，勿追也。"

据《资治通鉴》卷六十三：（建安五年夏四月，）及羽杀颜良，操知其必去，重加赏赐。羽尽封其所赐，拜书告辞，而奔刘备于袁军。左右欲追之，操曰："彼各为其主，勿追也。"（参见《三国志·蜀书·关羽传》）

据《三国志·蜀书·关羽传》注：臣松之以为曹公知羽不留而心嘉其志，去不遣追以成其义，自非有王霸之度，孰能至于此乎？斯实曹公之休美。

因谓张辽曰："云长封金挂印，财贿不以动其心，爵禄不以移其志，此等人吾深敬之。想他去此不远，我一发结识他做个人情。汝可先去请住他，待我与他送行，更以路费征袍赠之，使为后日记念。"张辽领命，单骑先往。曹操引数十骑随后而来。

却说云长所骑赤兔马，日行千里，本是赶不上；因欲护送车仗，不敢纵马，按辔徐行。忽听背后有人大叫："云长且慢行！"回头视之，见张辽拍马而至。关公教车仗从人，只管望大路紧行；自己勒住赤兔马，按定青龙刀，问曰："文远莫非欲追我回乎？"辽曰："非也。丞相知兄远行，欲来相送，特先使我请住台驾，别无他意。"关公曰："便是丞相铁骑来，吾愿决一死战！"遂立马于桥上望之。见曹操引数十骑，飞奔前来，背后乃是许褚、徐晃、于禁、李典之辈。操见关公横刀立马于桥上，令诸将勒住马匹，左右排开。关公见众人手中皆无军器，方始放心。操曰："云长行何太速？"关公于马上欠身答曰："关某前曾禀过丞相。今故主在河北，不由某不急去。累次造府，不得参见，故拜书告辞，封金挂印，纳还丞相。望丞相勿忘昔日之言。"操曰："吾欲取信于天下，安肯有负前言。恐将军途中乏用，特具路资相送。"一将便从马上托过黄金一盘。关公曰："累蒙恩赐，尚有余资。留此黄金以赏将士。"操曰："特以少酬大功于万一，何必推辞？"关公曰："区区微劳，何足挂齿。"操笑曰："云长天下义士，恨吾福薄，不得相留。锦袍一领，略表寸心。"令一将下马，双手捧袍过来。云长恐有他变，不敢下马，用青龙刀尖挑锦袍披于身上，勒马回头称谢曰："蒙丞相赐袍，异日更得相会。"遂下桥望北而去。许褚曰："此人无礼太甚，何不擒之？"操曰："彼一人一骑，吾数十余人，安得不疑？吾言既出，不可追也。"曹操自引众将回城，于路叹想云长不已。

不说曹操自回。且说关公来赶车仗。约行三十里，却只不见。云长心慌，纵马四下寻之。忽见山头一人，高叫："关将军且住！"云长举目视之，只见一少年，黄巾锦衣，持枪跨马，马项下悬着首级一颗，引百余步卒，飞奔前来。公问曰："汝何人也？"少年弃枪下马，拜伏于地。云长恐是诈，勒马持刀问曰："壮士，愿通姓名。"答曰："吾本襄阳人，姓廖，名化，字元俭。

据《三国志·蜀书·廖化传》：廖化字元俭，本名淳，襄阳人也。

因世乱流落江湖，聚众五百余人，劫掠为生。恰才同伴杜远下山巡哨，误将两夫人劫掠上山。吾问从者，知是大汉刘皇叔夫人，且闻将军护送在此，吾即欲送下山来。杜远出言不逊，被某杀之。今献头与将军请罪。"关公曰："二夫人何在？"化曰："现在山中。"关公教急取下山。不移时，百余人簇拥车仗前来。关公下马停刀，叉手于车前问候曰："二嫂受惊否？"二夫人曰："若非廖将军保全，已被杜远所辱。"关公问左右曰："廖化怎生救夫人？"左右曰："杜远劫上山去，就要与廖化各分一人为妻。廖化问起根由，好生拜敬；杜远不从，已被廖化杀了。"关公听言，乃拜谢廖化。廖化欲以部下人送关公。关公寻思此人终是黄巾余党，未可作伴，乃谢却之。

　　按：《演义》称，廖化是黄巾军余部，以劫掠为生，不见于史。

廖化又拜送金帛，关公亦不受。廖化拜别，自引人伴投山谷中去了。

　　云长将曹操赠袍事，告知二嫂，催促车仗前行。至天晚，投一村庄安歇。庄主出迎，须发皆白，问曰："将军姓甚名谁？"关公施礼曰："吾乃刘玄德之弟关某也。"老人曰："莫非斩颜良、文丑的关公否？"公曰："便是。"老人大喜，便请入庄。关公曰："车上还有二位夫人。"老人便唤妻女出迎。二夫人至草堂上，关公叉手立于二夫人之侧。老人请公坐，公曰："尊嫂在上，安敢就坐！"老人乃令妻女请二夫人入内室款待，自于草堂款待关公。关公问老人姓名。老人曰："吾姓胡，名华。桓帝时曾为议郎，致仕归乡。今有小儿胡班，在荥阳太守王植部下为从事。将军若从此处经过，某有一书寄与小儿。"关公允诺。

　　次日早膳毕，请二嫂上车，取了胡华书信，相别而行，取路投洛阳来。前至一关，名东岭关。把关将姓孔，名秀，引五百军兵在岭上把守。当日关公押车仗上岭，军士报知孔秀，秀出关来迎。关公下马，与孔秀施礼。秀曰："将军何往？"公曰："某辞丞相，特往河北寻兄。"秀曰："河北袁绍，正是丞相对头。将军此去，必有丞相文凭？"公曰："因行期慌迫，不曾讨得。"秀曰："既无文凭，待我差人禀过丞相，方可放行。"关公曰："待去禀时，须误了我行程。"秀曰："法度所拘，不得不如此。"关公曰："汝不容我过关乎？"秀曰："汝要过去，留下老小为质。"关公大怒，举刀就杀孔秀。秀退入关去，鸣鼓聚军，披挂上马，杀下关来，大喝曰："汝敢过去么！"关公约退车仗，纵马提刀，竟不打话，直取孔秀。秀挺枪来迎。两马相交，只一合，钢刀起处，孔秀尸横马下。众军便走。关公曰："军士休走。吾杀孔秀，不得已也，与汝等无干。借汝众军之口，传语曹丞相，言孔秀欲害我，我故杀之。"众军俱拜于马前。关公即请二夫人车仗出关，望洛阳进发。

　　早有军士报知洛阳太守韩福。韩福急聚众将商议。牙将孟坦曰："既无丞相文凭，即系私行；若不阻挡，必有罪责。"韩福曰："关公勇猛，颜良、文丑俱为所杀。今不可力敌，只须设计擒之。"孟坦曰："吾有一计：先将鹿角拦定关口，待他到时，小将引兵和他交锋，佯败诱他来追，公可用暗箭射之。若关某坠马，即擒解许都，必得重赏。"商议停当，人报关公车仗已到。韩福弯弓插箭，引一千人马，排列关口，问："来者何人？"关公马上欠身言曰："吾汉寿亭侯关某，敢借过路。"韩福曰："有曹丞相文凭否？"关公曰："事冗不曾讨得。"韩福曰："吾奉承相钧命，镇守此地，专一盘诘往来奸细。若无文凭，即系逃窜。"关公怒曰："东岭孔秀，已被吾杀。汝亦欲寻死耶？"韩福曰："谁人与我擒之？"孟坦出马，轮双刀来取关公。关公约退车仗，拍马来迎。孟坦战不三合，拨回马便走。关公赶来。孟坦只指望引诱关公，不想关公马快，早已赶上，只一刀，砍为两段。关公勒马回来，韩福闪在门首，尽力放了一箭，正射中关公左臂。公用口拔出箭，血流不住，飞马径奔韩福，冲散众军，韩福急走不迭，关公手起刀落，带头连肩，斩于马下；杀散众军，保护车仗。

　　关公割帛束住箭伤，于路恐人暗算，不敢久住，连夜投沂水关来。

第二十七回　美髯公千里走单骑　汉寿侯五关斩六将

按：沂水关，从故事情节所表现的地理来判断，应作"汜水关"。

把关将乃并州人氏，姓卞，名喜，善使流星锤；原是黄巾余党，后投曹操，拨来守关。当下闻知关公将到，寻思一计：就关前镇国寺中，埋伏下刀斧手二百余人，诱关公至寺，约击盏为号，欲图相害。安排已定，出关迎接关公。公见卞喜来迎，便下马相见。喜曰："将军名震天下，谁不敬仰！今归皇叔，足见忠义！"关公诉说斩孔秀、韩福之事。卞喜曰："将军杀之是也。某见丞相，代禀衷曲。"关公甚喜，同上马过了沂水关，到镇国寺前下马。众僧鸣钟出迎。

原来那镇国寺乃汉明帝御前香火院，本寺有僧三十余人。内有一僧，却是关公同乡人，法名普净。当下普净已知其意，向前与关公问讯，曰："将军离蒲东几年矣？"关公曰："将及二十年矣。"普净曰："还认得贫僧否？"公曰："离乡多年，不能相识。"普净曰："贫僧家与将军家只隔一条河。"卞喜见普净叙出乡里之情，恐有走泄，乃叱之曰："吾欲请将军赴宴，汝僧人何得多言！"关公曰："不然。乡人相遇，安得不叙旧情耶？"普净请关公方丈待茶。关公曰："二位夫人在车上，可先献茶。"普净教取茶先奉夫人，然后请关公入方丈。普净以手举所佩戒刀，以目视关公。公会意，命左右持刀紧随。卞喜请关公于法堂筵席。关公曰："卞君请关某，是好意，还是歹意？"卞喜未及回言，关公早望见壁衣中有刀斧手，乃大喝卞喜曰："吾以汝为好人，安敢如此！"卞喜知事泄，大叫："左右下手！"左右方欲动手，皆被关公拔剑砍之。卞喜下堂绕廊而走，关公弃剑执大刀来赶。卞喜暗取飞锤掷打关公。关公用刀隔开锤，赶将入去，一刀劈卞喜为两段。随即回身来看二嫂，早有军人围住，见关公来，四下奔走。关公赶散，谢普净曰："若非吾师，已被此贼害矣。"普净曰："贫僧此处难容，收拾衣钵，亦往他处云游也。后会有期，将军保重。"关公称谢，护送车仗，往荥阳进发。

荥阳太守王植，却与韩福是两亲家；闻得关公杀了韩福，商议欲暗害关公，乃使人守住关口。待关公到时，王植出关，喜笑相迎。关公诉说寻兄之事。植曰："将军于路驱驰，夫人车上劳困，且请入城，馆驿中暂歇一宵，来日登途未迟。"关公见王植意甚殷勤，遂请二嫂入城。馆驿中皆铺陈了当。王植请公赴宴，公辞不往；植使人送筵席至馆驿。关公因于路辛苦，请二嫂晚膳毕，就正房歇定；令从者各自安歇，饱喂马匹。关公亦解甲憩息。

却说王植密唤从事胡班听令曰："关某背丞相而逃，又于路杀太守并守关将校，死罪不轻！此人武勇难敌。汝今晚点一千军围住馆驿，一人一个火把，待三更时分，一齐放火；不问是谁，尽皆烧死！吾亦自引军接应。"胡班领命，便点起军士，密将干柴引火之物，搬于馆驿门首，约时举事。胡班寻思："我久闻关云长之名，不识如何模样，试往窥之。"乃至驿中，问驿吏曰："关将军在何处？"答曰："正厅上观书者是也。"胡班潜至厅前，见关公左手绰髯，于灯下凭几看书。班见了，失声叹曰："真天人也！"公问何人，胡班入拜曰："荥阳太守部下从事胡班。"关公曰："莫非许都城外胡华之子否？"班曰："然也。"公唤从者于行李中取书付班。班看毕，叹曰："险些误杀忠良！"遂密告："王植心怀不仁，欲害将军，暗令人四面围住馆驿，约于三更放火。今某当先去开了城门，将军急收拾出城。"关公大惊，忙披挂提刀上马，请二嫂上车，尽出馆驿，果见军士各执火把听候。关公急来到城边，只见城门已开。关公催车仗急急出城。胡班还去放火。关公行不到数里，背后火把照耀，人马赶来。当先王植大叫："关某休走！"关公勒马，大骂："匹夫！我与你无仇，如何令人放火烧我？"王植拍马挺枪，径奔关公，被关公拦腰一刀，砍为两段。人马都赶散。关公催车仗速行，于路感胡班不已。

行至滑州界首，有人报与刘延。延引数十骑，出郭而迎。关公马上欠身而言曰："太守别来无恙！"延曰："公今欲何往？"公曰："辞了丞相，去寻家兄。"延曰："玄德在袁绍处，绍乃丞相仇人，如何容公去？"公曰："昔日曾言定来。"延曰："今黄河渡口关隘，夏侯惇部将秦琪据守，恐不容将军过渡。"公曰："太守应付船只，若何？"延曰："船只虽有，不敢应付。"公曰："我前者诛颜良、文丑，亦曾与足下解厄。今日求一渡船而不与，何也？"延曰："只恐夏侯惇知之，必然罪我。"关公知刘延无用之人，遂自催车仗前进。到黄河渡口，秦琪引军出问："来者何人？"关公曰："汉寿亭侯关某也。"琪曰："今欲何往？"关公曰："欲投河北去寻兄长刘玄德，敬来借渡。"琪曰："丞相公文何在？"公曰："吾不受丞相节制，有甚公文！"琪曰："吾奉夏侯将军将令，守把关隘，你便插翅，也飞不过去！"关公大怒曰："你知我于路斩戮拦截者乎？"琪曰："你只杀得无名下将，敢杀我么？"关公怒曰："汝比颜良、文丑若何？"秦琪大怒，纵马提刀，直取关公。二马相交，只一合，关公刀起，秦琪头落。关公曰："当吾者已死，余人不必惊走。速备船只，送我渡河。"军士急撑舟傍岸。关公请二嫂上船渡河。渡过黄河，便是袁绍地方。关公所历关隘五处，斩将六员。

据《三国志·魏书·武帝纪》：（建安五年夏四月，）公还军官渡。绍进保阳武。关羽亡归刘备。

据《资治通鉴》卷六十三：（建安五年夏四月，）及羽杀颜良，操知其必去，重加赏赐。羽尽封其所赐，拜书告辞，而奔刘备于袁军。（参见《三国志·蜀书·关羽传》）

按：关羽过五关、斩六将，不见于史。据《三国志·魏书·武帝纪》及《三国志·蜀书·关羽传》，关羽辞别曹操回归刘备，是在建安五年四月斩颜良之后。当时袁绍在阳武，曹操驻军官渡，两军相距不远。刘备随袁绍军行动，尚未离开袁绍而南略汝、颍；关羽身在曹营，他此时"奔刘备于袁军"，实际是由曹军驻扎地到袁军驻扎地。《演义》写关羽从许都出发，先西行取道洛阳，再东折长驱至滑州，绕了一个大弯，方向与路线均不合理。

后人有诗叹曰：
挂印封金辞汉相，寻兄遥望远途还。马骑赤兔行千里，刀偃青龙出五关。
忠义慨然冲宇宙，英雄从此震江山。独行斩将应无敌，今古留题翰墨间。

关公于马上自叹曰："吾非欲沿途杀人，奈事不得已也。曹公知之，必以我为负恩之人矣。"正行间，忽见一骑自北而来，大叫："云长少住！"关公勒马视之，乃孙乾也。关公曰："自汝南相别，一向消息若何？"乾曰："刘辟、龚都自将军回兵之后，复夺了汝南；遣某往河北结好袁绍，请玄德同谋破曹之计。不想河北将士，各相妒忌。田丰尚囚狱中；沮授黜退不用；审配、郭图各自争权；袁绍多疑，主持不定。某与刘皇叔商议，先求脱身之计。今皇叔已往汝南会合刘辟去了。

据《三国志·蜀书·先主传》：曹公与袁绍相拒于官渡，汝南黄巾刘辟等叛曹公应绍。绍遣先主将兵与辟等略许下。（参见《资治通鉴》卷六十三）

恐将军不知，反到袁绍处，或为所害，特遣某于路迎接将来。幸于此得见。将军可速往汝南与皇叔相会。"关公教孙乾拜见夫人。夫人问其动静。孙乾备说袁绍二次欲斩皇叔，今幸脱身往汝南去了。夫人可与云长到此相会。二夫人皆掩面垂泪。关公依言，不投河北去，径取汝南来。正行之间，背后尘埃起处，一彪人马赶来，当先夏侯惇大叫："关某休走！"正是：
六将阻关徒受死，一军拦路复争锋。毕竟关公怎生脱身，且听下文分解。

第二十八回　斩蔡阳兄弟释疑　会古城主臣聚义

却说关公同孙乾保二嫂向汝南进发，不想夏侯惇领三百余骑，从后追来。孙乾保车仗前行。关公回身勒马按刀问曰："汝来赶我，有失丞相大度。"夏侯惇曰："丞相无明文传报，汝于路杀人，又斩吾部将，无礼太甚！我特来擒你，献与丞相发落！"言讫，便拍马挺枪欲斗。只见后面一骑飞来，大叫："不可与云长交战！"关公按辔不动。来使于怀中取出公文，谓夏侯惇曰："丞相敬爱关将军忠义，恐于路关隘拦截，故遣某特赍公文，遍行诸处。"惇曰："关某于路杀把关将士，丞相知否？"来使曰："此却未知。"惇曰："我只活捉他去见丞相，待丞相自放他。"关公怒曰："吾岂惧汝耶！"拍马持刀，直取夏侯惇。惇挺枪来迎。两马相交，战不十合，忽又一骑飞至，大叫："二将军少歇！"惇停枪问来使曰："丞相叫擒关某乎？"使者曰："非也。丞相恐守关诸将阻挡关将军，故又差某驰公文来放行。"惇曰："丞相知其于路杀人否？"使者曰："未知。"惇曰："既未知其杀人，不可放去。"指挥手下军士，将关公围住。关公大怒，舞刀迎战。两个正欲交锋，阵后一人飞马而来，大叫："云长、元让，休得争战！"众视之，乃张辽也。二人各勒住马。张辽近前言曰："奉丞相钧旨：因闻知云长斩关杀将，恐于路有阻，特差我传谕各处关隘，任便放行。"惇曰："秦琪是蔡阳之甥。他将秦琪托付我处，今被关某所杀，怎肯干休？"辽曰："我见蔡将军，自有分解。既丞相大度，教放云长去，公等不可废丞相之意。"夏侯惇只得将军马约退。辽曰："云长今欲何往？"关公曰："闻兄长又不在袁绍处，吾今将遍天下寻之。"辽曰："既未知玄德下落，且再回见丞相，若何？"关公笑曰："安有是理！文远回见丞相，幸为我谢罪。"说毕，与张辽拱手而别。于是张辽与夏侯惇领军自回。

关公赶上车仗，与孙乾说知此事。二人并马而行。行了数日，忽值大雨滂沱，行装尽湿。遥望山冈边有一所庄院，关公引着车仗，到彼借宿。庄内一老人出迎。关公具言来意。老人曰："某姓郭，名常，世居于此。久闻大名，幸得瞻拜。"遂宰羊置酒相待，请二夫人于后堂暂歇。郭常陪关公、孙乾于草堂饮酒。一边烘焙行李，一边喂养马匹。至黄昏时候，忽见一少年，引数人入庄，径上草堂。郭常唤曰："吾儿来拜将军。"因谓关公曰："此愚男也。"关公问何来。常曰："射猎方回。"少年见过关公，即下堂去了。常流泪言曰："老夫耕读传家，止生此子，不务本业，惟以游猎为事。是家门不幸也！"关公曰："方今乱世，若武艺精熟，亦可以取功名，何云不幸？"常曰："他若肯习武艺，便是有志之人。今专务游荡，无所不为，老夫所以忧耳！"关公亦为叹息。至更深，郭常辞出。关公与孙乾方欲就寝，忽闻后院马嘶人叫。关公急唤从人，却都不应，乃与孙乾提剑往视之。只见郭常之子倒在地上叫唤，从人正与庄客厮打。公问其故。从人曰："此人来盗赤兔马，被马踢倒。我等闻叫唤之声，起来巡看，庄客们反来厮闹。"公怒曰："鼠贼焉敢盗吾马！"恰待发作，郭常奔至告曰："不肖子为此歹事，罪合万死！奈老妻最怜爱此子，乞将军仁慈宽恕！"关公曰："此子果然不肖，适才老翁所言，真知子莫若父也。我看翁面，且姑恕之。"遂分付从人看好了马，喝散庄客，与孙乾回草堂歇息。次日，郭常夫妇出拜于堂前，谢曰："犬子冒渎虎威，深感将军恩恕。"关公令唤出："我以正言教之。"常曰："他于四更时分，又引数个无赖之徒，不知何处去了。"

关公谢别郭常，奉二嫂上车，出了庄院，与孙乾并马，护着车仗，取山路而行。不及三十里，只见山背后拥出百余人，为首两骑马：前面那人，头裹黄巾，身穿战袍；后面乃郭常之子也。黄巾者曰："我乃天公将军张角部将也！来者快留下赤兔马，放你过去！"关公大笑曰："无知狂贼！汝既从张角为盗，亦知刘、关、张兄弟三人名字否？"黄巾者曰："我只闻赤面长髯者名关云长，却未识其面。汝何人也？"公乃停刀立马，解开须囊，出长髯令视之。其人滚鞍下马，脑揪郭常之子拜献于马前。关公问其姓名。告曰："某姓裴，名元绍。自张角死后，一向无主，啸聚山林，权于此处藏伏。今早这厮来报：有一客人，骑一匹千里马，在我家投宿。特邀某来劫夺此马。不想却遇将军。"郭常之子拜伏乞命。关公曰："吾看汝父之面，饶你性命！"郭子抱头鼠窜而去。

公谓元绍曰："汝不识吾面，何以知吾名？"元绍曰："离此二十里有一卧牛山。山上有一关西人，姓周，名仓，两臂有千斤之力，板肋虬髯，形容甚伟；原在黄巾张宝部下为将，张宝死，啸聚山林。他多曾与某说将军盛名，恨无门路相见。"关公曰："绿林中非豪杰托足之处。公等今后可各去邪归正，勿自陷其身。"元绍拜谢。正说话间，遥望一彪人马来到。元绍曰："此必周仓也。"关公乃立马待之。果见一人，黑面长身，持枪乘马，引众而至；见了关公，惊喜曰："此关将军也！"疾忙下马，俯伏道傍曰："周仓参拜。"

　　　　按：周仓是传说中的人物，不见于史。

关公曰："壮士何处曾识关某来？"仓曰："旧随黄巾张宝时，曾识尊颜；恨失身贼党，不得相随。今日幸得拜见。愿将军不弃，收为步卒，早晚执鞭随镫，死亦甘心！"公见其意甚诚，乃谓曰："汝若随我，汝手下人伴若何？"仓曰："愿从则俱从；不愿从者，听之可也。"于是众人皆曰："愿从。"关公乃下马至车前禀问二嫂。甘夫人曰："叔叔自离许都，于路独行至此，历过多少艰难，未尝要军马相随。前廖化欲相投，叔既却之，今何独容周仓之众耶？我辈女流浅见，叔自斟酌。"公曰："嫂嫂之言是也。"遂谓周仓曰："非关某寡情，奈二夫人不从。汝等且回山中，待我寻见兄长，必来相招。"周仓顿首告曰："仓乃一粗莽之人，失身为盗；今遇将军，如重见天日，岂忍复错过！若以众人相随为不便，可令其尽跟裴元绍去。仓只身步行，跟随将军，虽万里不辞也！"关公再以此言告二嫂。甘夫人曰："一二人相从，无妨于事。"公乃令周仓拨人伴随裴元绍去。元绍曰："我亦愿随关将军。"周仓曰："汝若去时，人伴皆散；且当权时统领。我随关将军去，但有住扎处，便来取你。"元绍怏怏而别。

　　周仓跟着关公，往汝南进发。行了数日，遥见一座山城。公问土人："此何处也？"土人曰："此名古城。数月前有一将军，姓张，名飞，引数十骑到此，将县官逐去，占住古城，招军买马，积草屯粮。今聚有三五千人马，四远无人敢敌。"关公喜曰："吾弟自徐州失散，一向不知下落，谁想却在此！"乃令孙乾先入城通报，教来迎接二嫂。

　　却说张飞在芒砀山中，住了月余，因出外探听玄德消息，偶过古城。入县借粮；县官不肯，飞怒，因就逐去县官，夺了县印，占住城池，权且安身。当日孙乾领关公命，入城见飞。施礼毕，具言："玄德离了袁绍处，投汝南去了。今云长直从许都送二位夫人至此，请将军出迎。"张飞听罢，更不回言，随即披挂持矛上马，引一千余人，径出北门。孙乾惊讶，又不敢问，只得随出城来。关公望见张飞到来，喜不自胜，付刀与周仓接了，拍马来迎。只见张飞圆睁环眼，倒竖虎须，吼声如雷，挥矛向关公便搠。关公大惊，连忙闪过，便叫："贤弟何故如此？岂忘了桃园结义耶？"飞喝曰："你既无义，有何面目来与我相见！"关公曰："我如何无义？"飞曰："你背了兄长，降了曹操，封侯赐爵。今又来赚我！我今与你拼个死活！"关公曰："你原来不知！我也难说。现放着二位嫂嫂在此，贤弟请自问。"二夫人听得，揭帘而呼曰："三叔何故如此？"飞曰："嫂嫂住着。且看我杀了负义的人，然后请嫂嫂

第二十八回 斩蔡阳兄弟释疑 会古城主臣聚义

入城。"甘夫人曰:"二叔因不知你等下落,故暂时栖身曹氏。今知你哥哥在汝南,特不避险阻,送我们到此。三叔休错见了。"糜夫人曰:"二叔向在许都,原出于无奈。"飞曰:"嫂嫂休要被他瞒过了!忠臣宁死而不辱。大丈夫岂有事二主之理!"关公曰:"贤弟休屈了我。"孙乾曰:"云长特来寻将军。"飞喝曰:"如何你也胡说!他那里有好心,必是来捉我!"关公曰:"我若捉你,须带军马来。"飞把手指曰:"兀的不是军马来也!"

关公回顾,果见尘埃起处,一彪人马来到。风吹旗号,正是曹军。张飞大怒曰:"今还敢支吾么?"挺丈八蛇矛便搠将来。关公急止之曰:"贤弟且住。你看我斩此来将,以表我真心。"飞曰:"你果有真心,我这里三通鼓罢,便要你斩来将!"关公应诺。须臾,曹军至。为首一将,乃是蔡阳,挺刀纵马大喝曰:"你杀吾外甥秦琪,却原来逃在此!吾奉丞相命,特来拿你!"关公更不打话,举刀便砍。张飞亲自擂鼓。只见一通鼓未尽,关公刀起处,蔡阳头已落地。

> 据《资治通鉴》卷六十三:(建安五年夏四月,)及羽杀颜良,操知其必去,重加赏赐。羽尽封其所赐,拜书告辞,而奔刘备于袁军。……秋七月,……汝南黄巾刘辟等叛曹操应袁绍,绍遣刘备将兵助辟,郡县多应之。……操乃使(曹)仁将骑击备,破走之,尽复收诸叛县而还。备还至绍军,阴欲离绍,乃说绍南连刘表。绍遣备将本兵复至汝南,与贼龚都等合,众数千人。曹操遣将蔡杨击之,为备所杀。(参见《三国志·魏书·武帝纪》《三国志·蜀书·先主传》)

> 按:据史书记载,斩蔡阳的是刘备,《演义》移植为关羽。《三国志·蜀书·关羽传》未载关羽斩蔡阳事。

众军士俱走。关公活捉执认旗的小卒过来,问取来由。小卒告说:"蔡阳闻将军杀了他外甥,十分忿怒,要来河北与将军交战。丞相不肯,因差他往汝南攻刘辟。不想在这里遇着将军。"关公闻言,教去张飞前告说其事。飞将关公在许都时事细问小卒;小卒从头至尾,说了一遍,飞方才信。

正说间,忽城中军士来报:"城南门外有十数骑来的甚紧,不知是甚人。"张飞心中疑虑,便转出南门看时,果见十数骑轻弓短箭而来。见了张飞,滚鞍下马。视之,乃糜竺、糜芳也。飞亦下马相见。竺曰:"自徐州失散,我兄弟二人逃难回乡。使人远近打听,知云长降了曹操,主公在于河北,又闻简雍亦投河北去了,只不知将军在此。昨于路上遇见一伙客人,说有一姓张的将军,如此模样,今据古城。我兄弟度量必是将军,故来寻访,幸得相见!"飞曰:"云长兄与孙乾送二嫂方到,已知哥哥下落。"二糜大喜,同来见关公,并参见二夫人。飞遂迎请二嫂入城。至衙中坐定,二夫人诉说关公历过之事,张飞方才大哭,参拜云长。二糜亦俱伤感。张飞亦自诉别后之事,一面设宴贺喜。

次日,张飞欲与关公同赴汝南见玄德。关公曰:"贤弟可保护二嫂,暂住此城,待我与孙乾先去探听兄长消息。"飞允诺。关公与孙乾引数骑奔汝南来。刘辟、龚都接着,关公便问:"皇叔何在?"刘辟曰:"皇叔到此住了数日,为见军少,复往河北袁本初处商议去了。"关公怏怏不乐。孙乾曰:"不必忧虑。再苦一番驱驰,仍往河北去报知皇叔,同至古城便了。"关公依言,辞了刘辟、龚都,回至古城,与张飞说知此事。张飞便欲同至河北。关公曰:"有此一城,便是我等安身之处,未可轻弃。我还与孙乾同往袁绍处,寻见兄长,来此相会。贤弟可坚守此城。"飞曰:"兄斩他颜良、文丑,如何去得?"关公曰:"不妨。我到彼当见机而变。"遂唤周仓问曰:"卧牛山裴元绍处,共有多少人马?"仓曰:"约有四五百。"关公曰:"我今抄近路去寻兄长。汝可往卧牛山招此一枝人马,从大路上接来。"仓领命而去。

关公与孙乾只带二十余骑投河北来,将至界首,乾曰:"将军未可轻人,只在此间暂歇,待某先入见皇叔，别作商议。"关公依言，先打发孙乾去了；遥望前村有一所庄院，便与从人到彼投宿。庄内一老翁携杖而出，与关公施礼。公具以实告。老翁曰："某亦姓关，名定。久闻大名，幸得瞻谒。"遂命二子出见，款留关公，并从人俱留于庄内。

且说孙乾匹马入冀州见玄德，具言前事。玄德曰："简雍亦在此间，可暗请来同议。"少顷，简雍至，与孙乾相见毕，共议脱身之计。雍曰："主公明日见袁绍，只说要往荆州，说刘表共破曹操，便可乘机而去。"玄德曰："此计大妙！但公能随我去否？"雍曰："某亦自有脱身之计。"商议已定。

次日，玄德入见袁绍，告曰："刘景升镇守荆襄九郡，兵精粮足，宜与相约，共攻曹操。"绍曰："吾尝遣使约之，奈彼未肯相从。"玄德曰："此人是备同宗，备往说之，必无推阻。"绍曰："若得刘表，胜刘辟多矣。"遂命玄德行。

> 据《三国志·蜀书·先主传》：曹公遣曹仁将兵击先主，先主还绍军，阴欲离绍，乃说绍南连荆州牧刘表。绍遣先主将本兵复至汝南。（参见《资治通鉴》卷六十三）

绍又曰："近闻关云长已离了曹操，欲来河北；吾当杀之，以雪颜良、文丑之恨！"玄德曰："明公前欲用之，吾故召之。今何又欲杀之耶？且颜良、文丑比之二鹿耳，云长乃一虎也：失二鹿而得一虎，何恨之有？"绍笑曰："吾实爱之，故戏言耳。公可再使人召之，令其速来。"玄德曰："即遣孙乾往召之可也。"绍大喜从之。玄德出，简雍进曰："玄德此去，必不回矣。某愿与偕往：一则同说刘表，二则监住玄德。"绍然其言，便命简雍与玄德同行。郭图谏绍曰："刘备前去说刘辟，未见成事；今又使与简雍同往荆州，必不返矣。"绍曰："汝勿多疑，简雍自有见识。"郭图嗟呀而出。

却说玄德先命孙乾出城，回报关公；一面与简雍辞了袁绍，上马出城。行至界首，孙乾接着，同往关定庄上。关公迎门接拜，执手啼哭不止。关定领二子拜于草堂之前。玄德问其姓名。关公曰："此人与弟同姓，有二子：长子关宁，学文；次子关平，学武。"关定曰："今愚意欲遣次子跟随关将军，未识肯容纳否？"玄德曰："年几何矣？"定曰："十八岁矣。"玄德曰："既蒙长者厚意，吾弟尚未有子，今即以贤郎为子，若何？"关定大喜，便命关平拜关公为父，呼玄德为伯父。

> 按：史书未称关平为关羽义子。

玄德恐袁绍追之，急收拾起行。关平随着关公，一齐起身。关定送了一程自回。

关公教取路往卧牛山来。正行间，忽见周仓引数十人带伤而来。关公引他见了玄德。问其何故受伤，仓曰："某未至卧牛山之前，先有一将单骑而来，与裴元绍交锋，只一合，刺死裴元绍，尽数招降人伴，占住山寨。仓到彼招诱人伴时，止有这几个过来，余者俱惧怕，不敢擅离。仓不忿，与那将交战，被他连胜数次，身中三枪。因此来报主公。"玄德曰："此人怎生模样？姓甚名谁？"仓曰："极其雄壮，不知姓名。"于是关公纵马当先，玄德在后，径投卧牛山来。周仓在山下叫骂，只见那将全副披挂，持枪骤马，引众下山。玄德早挥鞭出马大叫曰："来者莫非子龙否？"那将见了玄德，滚鞍下马，拜伏道旁，原来果然是赵子龙。玄德、关公俱下马相见，问其何由至此。云曰："云自别使君，不想公孙瓒不听人言，以致兵败自焚，袁绍屡次招云，云想绍亦非用人之人，因此未往。后欲至徐州投使君，又闻徐州失守，云长已归曹操，使君又在袁绍处。云几番欲来相投，只恐袁绍见怪。

> 按：《演义》此处所写赵云向刘备、关羽自述别后经历，与史实多有不合。据《三国志·蜀书·赵云传》注引《云别传》记载，赵云投归公孙瓒不久，就因兄丧回家并脱离公孙瓒，并非一直追随公孙瓒到他兵败自焚之时。袁绍也未屡次招赵云。赵云于建安五年

（200）春到袁绍所在的邺城投归刘备，并不怕"袁绍见怪"。

四海飘零，无容身之地。前偶过此处，适遇裴元绍下山来欲夺吾马，云因杀之，借此安身。近闻翼德在古城，欲往投之，未知真实。今幸得遇使君！"玄德大喜，诉说从前之事。关公亦诉前事。玄德曰："吾初见子龙，便有留恋不舍之情。今幸得相遇！"云曰："云奔走四方，择主而事，未有如使君者。今得相随，大称平生，虽肝脑涂地，无恨矣。"当日就烧毁山寨，率领人众，尽随玄德前赴古城。

　　据《三国志·蜀书·赵云传》注引《云别传》：云身长八尺，姿颜雄伟，为本郡所举，将义从吏兵诣公孙瓒。……时先主亦依托瓒，每接纳云，云得深自结托。云以兄丧，辞瓒暂归，先主知其不反，捉手而别，云辞曰："终不背德也。"先主就袁绍，云见于邺。先主与云同床眠卧，密遣云合募得数百人，皆称刘左将军部曲，绍不能知。遂随先主至荆州。

　　据《三国志·蜀书·赵云传》：赵云字子龙，常山真定人也。本属公孙瓒，瓒遣先主为田楷拒袁绍，云遂随从，为先主主骑。

　　据《资治通鉴》卷六十：常山赵云为本郡将吏兵诣公孙瓒，……刘备见而奇之，深加接纳，云遂从备至平原，为备主骑兵。

　　按：赵云何时归属刘备，史书所载不一：《三国志》本传和《资治通鉴》均称赵云自初平二年（191）就追随刘备了；《云别传》则称，赵云是在刘备徐州兵败北投袁绍之后，到邺城投归刘备的，时为建安五年（200）春。细考史书，应以《云别传》为是。初平二年（191）赵云与刘备系初次结识，当时他到刘备军中是受公孙瓒派遣，但不久他就因兄丧回家离开刘备并脱离了公孙瓒。建安五年（200）春，赵云到邺城见刘备，才正式归属并一直追随。

张飞、糜竺、糜芳迎接入城，各相拜诉。二夫人具言云长之事，玄德感叹不已。于是杀牛宰马，先拜谢天地，然后遍劳诸军。玄德见兄弟重聚，将佐无缺，又新得了赵云，关公又得了关平、周仓二人，欢喜无限，连饮数日。

　　按：《演义》写徐州之役张飞与刘备失散后逃入芒砀山和占据古城，以及刘、关、张古城相会，均不见于史。据《三国志·武帝纪》，关羽辞曹回归刘备，是在官渡前线，故不会有千里走单骑与古城相会之事。

后人有诗赞之曰：
　　　　当时手足似瓜分，信断音稀杳不闻。今日君臣重聚义，正如龙虎会风云。
时玄德、关、张、赵云、孙乾、简雍、糜竺、糜芳、关平、周仓部领马步军校共四五千人。玄德欲弃了古城去守汝南，恰好刘辟、龚都差人来请。于是遂起军往汝南驻扎，招军买马，徐图征进，不在话下。

且说袁绍见玄德不回，大怒，欲起兵伐之。郭图曰："刘备不足虑。曹操乃劲敌也，不可不除。刘表虽据荆州，不足为强。江东孙伯符威镇三江，地连六郡，谋臣武士极多，可使人结之，共攻曹操。"绍从其言，即修书遣陈震为使，来会孙策。正是：只因河北英雄去，引出江东豪杰来。未知其事如何，且听下文分解。

第二十九回　小霸王怒斩于吉　碧眼儿坐领江东

却说孙策自霸江东，兵精粮足。建安四年，袭取庐江，败刘勋，使虞翻驰檄豫章，豫章太守华歆投降。

> 据《资治通鉴》卷六十三：勋以袁术部曲众多，不能赡，遣从弟偕求米于上缭诸宗帅，不能满数，偕召勋使袭之。孙策恶勋兵强，伪卑辞以事勋曰："上缭宗民数欺鄙郡，欲击之，路不便。上缭甚富实，愿君伐之，请出兵以为外援。"且以珠宝、葛越赂勋。勋大喜，外内尽贺，刘晔独否，勋问其故，对曰："上缭虽小，城坚池深，攻难守易，不可旬日而举也。兵疲于外而国内虚，策乘虚袭我，则后不能独守。是将军进屈于敌，退无所归，若军必出，祸今至矣。"勋不听，遂伐上缭；至海昏，宗帅知之，皆空壁逃迁，勋了无所得。时策引兵西击黄祖，行及石城，闻勋在海昏，策乃分遣从兄贲、辅将八千人屯彭泽，自与领江夏太守周瑜将二万人袭皖城，克之，得术、勋妻子及部曲三万余人；表汝南李术为庐江太守，给兵三千人以守皖城，皆徙所得民东诣吴。勋还至彭泽，孙贲、孙辅邀击，破之。勋走保流沂，求救于黄祖，祖遣其子射率船军五千人助勋。策复就攻勋，大破之，勋北归曹操，射亦遁走。策收得勋兵二千余人，船千艘，遂进击黄祖。（建安四年）十二月辛亥，策军至沙羡，刘表遣从子虎及南阳韩晞，将长矛五千来救祖。甲寅，策与战，大破之，斩晞。祖脱身走，获其妻子及船六千艘，士卒杀溺死者数万人。

> 策盛兵将徇豫章，屯于椒丘，谓功曹虞翻曰："华子鱼自有名字，然非吾敌也。若不开门让城，金鼓一震，不得无所伤害。卿便在前，具宣孤意。"翻乃往见华歆曰："窃闻明府与郡郡故王府君齐名中州，海内所宗，虽在东垂，常怀瞻仰。"歆曰："孤不如王会稽。"翻复曰："不审豫章资粮器仗，士民勇果，孰与鄙郡？"歆曰："大不如也。"翻曰："明府言不如王会稽，谦光之谭耳；精兵不如会稽，实如尊教。孙讨逆智略超世，用兵如神，前走刘扬州，君所亲见；南定鄙郡，亦君所闻也。今欲守孤城，自料资粮，已知不足，不早为计，悔无及也。今大军已次椒丘，仆便还去，明日日中迎檄不到者，与君辞矣。"歆曰："久在江表，常欲北归；孙会稽来，吾便去也。"乃夜作檄，明旦，遣吏赍迎。策便进军，歆葛巾迎策，策谓歆曰："府君年德名望，远近所归；策年幼稚，宜修子弟之礼。"便向歆拜，礼为上宾。（参见《三国志·吴书·孙策传》注引《江表传》，《三国志·魏书·华歆传》及注引《吴历》、注引《江表传》）

自此声势大振，乃遣张纮往许昌上表献捷。曹操知孙策强盛，叹曰："狮儿难与争锋也！"

> 据《三国志·吴书·孙策传》注引《吴历》：曹公闻策平定江南，意甚难之，常呼"猘儿难与争锋也"。

遂以曹仁之女许配孙策幼弟孙匡，两家结婚。留张纮在许昌。

> 据《资治通鉴》卷六十二：孙策遣其正议校尉张纮献方物，曹操欲抚纳之，……以弟女配策弟匡，又为子彰取孙贲女；礼辟策弟权、翊；以张纮为侍御史。（参见《三国志·吴书·孙策传》《张纮传》）

孙策求为大司马，曹操不许。策恨之，常有袭许都之心。于是吴郡太守许贡，乃暗遣使赴许都上书于曹操。其略曰：

  孙策骁勇，与项籍相似。朝廷宜外示荣宠，召还京师；不可使居外镇，以为后患。

使者赍书渡江，被防江将士所获，解赴孙策处。策观书大怒，斩其使，遣人假意请许贡议事。贡至，策出书示之，叱曰："汝欲送我于死地耶！"命武士绞杀之。

  据《三国志·吴书·孙策传》注引《江表传》：吴郡太守许贡上表于汉帝曰："孙策骁雄，与项籍相似，宜加贵宠，召还京邑。若被诏，不得不还；若放于外，必作世患。"策候吏得贡表，以示策。策请贡相见，以责让贡。贡辞无表，策即令武士绞杀之。　《资治通鉴考异》认为：按贡先为朱治所迫，已去郡依严白虎，安能复尔，盖策破白虎时杀贡耳。

贡家属皆逃散。有家客三人，欲为许贡报仇，恨无其便。

一日，孙策引军会猎于丹徒之西山，赶起一大鹿，策纵马上山逐之。正赶之间，只见树林之内有三个人持枪带弓而立。策勒马问曰："汝等何人？"答曰："乃韩当军士也。在此射鹿。"策方举辔欲行，一人拈枪望策左腿便刺。策大惊，急取佩剑从马上砍去，剑刃忽坠，止存剑靶在手。一人早拈弓搭箭射来，正中孙策面颊。策就拔面上箭，取弓回射放箭之人，应弦而倒。那二人举枪向孙策乱搠，大叫曰："我等是许贡家客，特来为主人报仇！"策别无器械，只以弓拒之，且拒且走。二人死战不退。策身被数枪，马亦带伤。正危急之时，程普引数人至。孙策大叫："杀贼！"程普引众齐上，将许贡家客砍为肉泥。看孙策时，血流满面，被伤至重，乃以刀割袍，裹其伤处，救回吴会养病。

  据《三国志·吴书·孙策传》：建安五年，曹公与袁绍相拒于官渡，策阴欲袭许，迎汉帝，密治兵，部署诸将。未发，会为故吴郡太守许贡客所杀。先是，策杀贡，贡小子与客亡匿江边。策单骑出，卒与客遇，客击伤策。

  据《三国志·吴书·孙策传》注引《九州春秋》：策闻曹公北征柳城，悉起江南之众，自号大司马，将北袭许，恃其勇，行不设备，故及于难。

  据《三国志·吴书·孙策传》注引《江表传》：广陵太守陈登治射阳，登即瑀之从兄子也。策前西征，登阴复遣间使，以印绶与严白虎余党，图为后害，以报瑀见破之辱。策归，复讨登。军到丹徒，须待运粮。策性好猎，将步骑数出。策驱驰逐鹿，所乘马精骏，从骑绝不能及。初，吴郡太守许贡上表于汉帝曰："孙策骁雄，与项籍相似，宜加贵宠，召还京邑。若被诏，不得不还；若放于外，必作世患。"策候吏得贡表，以示策。策请贡相见，以责让贡。贡辞无表，策即令武士绞杀之。贡奴客潜民间，欲为贡报仇。猎日，卒有三人即贡客也。策问："尔等何人？"答云："是韩当兵，在此射鹿耳。"策曰："当兵吾皆识之，未尝见汝等。"因射一人，应弦而倒。余二人怖急，便举弓射策，中颊。后骑寻至，皆刺杀之。

  据《资治通鉴》卷六十三：广陵太守陈登治射阳，孙策西击黄祖，登诱严白虎余党，图为后害，策还击登，军到丹徒，须待运粮。初，策杀吴郡太守许贡，贡奴客潜民间，欲为贡报仇。策性好猎，数出驱驰，所乘马精骏，从骑绝不能及，卒遇贡客三人，射策中颊，后骑寻至，皆刺杀之。

  据《资治通鉴考异》引孙盛《异同评》：按袁绍以建安五年至黎阳，策以四月遇害，而《志》云"策闻曹公与袁绍相拒于官渡"，谬矣。伐登之言为有证也。今从之。

  据《三国志·吴书·孙策传》注引孙盛《异同评》：凡此数书，各有所失。孙策虽威行江外，略有六郡，然黄祖乘其上流，陈登间其心腹，且深险强宗，未尽归复，曹、袁虎争，势倾山海，策岂暇远师汝、颍，而迁帝于吴、越哉？斯盖庸人之所鉴见，况策达于事势者乎？又案袁绍以建安五年至黎阳，而策以四月遇害，而《志》云策闻曹公与绍相拒于官渡，谬矣。伐登之言，为有证也。又《江表传》说策悉识韩当军士，疑此为诈，便射杀一人。夫三军将士或有新附，策为大将，何能悉识？以所不识，便射杀之，非其论也，又策见杀在五年，柳城之役在十二年，《九州春秋》乖错尤甚矣。　　臣松之案：《傅子》亦云曹公征柳城，将袭许。记述若斯，何其疏哉！然孙盛所讥，未为悉是。黄祖始被策破，魂气未反，且刘表君臣本无兼并之志，虽在上流，何办规拟吴会？策之此举，理应先图陈登，但举兵所在，不止登而已。于时强宗骁帅，祖郎、严虎之徒，禽灭已尽，所余山越，盖何足虑？然则策之所规，未可谓之不暇也。若使策志获从，大权在手，淮、泗之间，所在皆可都，何必毕志江外，其当迁帝于扬、越哉？案魏武纪，武帝以建安四年已出屯官渡，乃策未死之前，久与袁绍交兵，则《国志》所云不为谬也。

后人有诗赞许家三客曰：
　　　　孙郎智勇冠江湄，射猎山中受困危。许客三人能死义，杀身豫让未为奇。
　　却说孙策受伤而回，使人寻请华佗医治。不想华佗已往中原去了，止有徒弟在吴，命其治疗。其徒曰："箭头有药，毒已入骨。须静养百日，方可无虞。若怒气冲激，其疮难治。"

　　　　据《三国志·吴书·孙策传》注引《吴历》：策既被创，医言可治，当好自将护，百日勿动。

　　孙策为人最是性急，恨不得即日便愈。将息到二十余日，忽闻张纮有使者自许昌回，策唤问之。使者曰："曹操甚惧主公；其帐下谋士，亦俱敬服；惟有郭嘉不服。"策曰："郭嘉曾有何说？"使者不敢言。策怒，固问之。使者只得从实告曰："郭嘉曾对曹操言主公不足惧也：轻而无备，性急少谋，乃匹夫之勇耳，他日必死于小人之手。"

　　　　据《三国志·魏书·郭嘉传》：孙策转斗千里，尽有江东，闻太祖与袁绍相持于官渡，将渡江北袭许。众闻皆惧，嘉料之曰："策新并江东，所诛皆英豪雄杰，能得人死力者也。然策轻而无备，虽有百万之众，无异于独行中原也。若刺客伏起，一人之敌耳。以吾观之，必死于匹夫之手。"策临江未济，果为许贡客所杀。

策闻言，大怒曰："匹夫安敢料吾！吾誓取许昌！"遂不待疮愈，便欲商议出兵。张昭谏曰："医者戒主公百日休动，今何因一时之忿，自轻万金之躯？"
　　正话间，忽报袁绍遣使陈震至。策唤入问之。震具言袁绍欲结东吴为外应，共攻曹操。策大喜，即日会诸将于城楼上，设宴款待陈震。饮酒之间，忽见诸将互相耳语，纷纷下楼。策怪问何故，左右曰："有于神仙者，今从楼下过，诸将欲往拜之耳。"策起身凭栏观之，见一道人，身披鹤氅，手携藜杖，立于当道，百姓俱焚香伏道而拜。策怒曰："是何妖人？快与我擒来！"左右告曰："此人姓于，名吉，寓居东方，往来吴会，普施符水，救人万病，无有不验。当世呼为神仙，未可轻渎。"策愈怒，喝令："速速擒来！违者斩！"左右不得已，只得下楼，拥于吉至楼上。策叱曰："狂道怎敢煽惑人心！"于吉曰："贫道乃琅琊宫道士，顺帝时曾入山采药，得神书于阳曲泉水上，号曰《太平青领道》，凡百余卷，皆治人疾病方术。

　　　　据《三国志·吴书·孙策传》注引《志林》：初，顺帝时，琅邪宫崇诣阙上师于吉所得神书于曲阳泉水上，白素朱界，号《太平青领道》，凡百余卷。

贫道得之，惟务代天宣化，普救万人，未曾取人毫厘之物，安得煽惑人心？"策曰："汝毫不取人，衣服饮食，从何而得？汝即黄巾张角之流，今若不诛，必为后患！"叱左右斩之。张昭谏曰:"于道人在江东数十年,并无过犯,不可杀害。"策曰:"此等妖人,吾杀之,何异屠猪狗!"众官皆苦谏,陈震亦劝。策怒未息,命且囚于狱中。众官俱散。陈震自归馆驿安歇。

孙策归府,早有内侍传说此事与策母吴太夫人知道。夫人唤孙策入后堂,谓曰:"吾闻汝将于神仙下于缧绁。此人多曾医人疾病,军民敬仰,不可加害。"策曰:"此乃妖人,能以妖术惑众,不可不除!"夫人再三劝解。策曰:"母亲勿听外人妄言,儿自有区处。"乃出唤狱吏取于吉来问。原来狱吏皆敬信于吉,吉在狱中时,尽去其枷锁;及策唤取,方带枷锁而出。策访知大怒,痛责狱吏,仍将于吉械系下狱。张昭等数十人,连名作状,拜求孙策,乞保于神仙。策曰:"公等皆读书人,何不达理?昔交州刺史张津,听信邪教,鼓瑟焚香,常以红帕裹头,自称可助出军之威,后竟为敌军所杀。此等事甚无益,诸君自未悟耳。吾欲杀于吉,正思禁邪觉迷也。"

据《三国志·吴书·孙策传》注引《江表传》:时有道士琅邪于吉,先寓居东方,往来吴会,立精舍,烧香读道书,制作符水以治病,吴会人多事之。策尝于郡城门楼上,集会诸将宾客,吉乃盛服杖小函,漆画之,名为仙人铧,趋度门下。诸将宾客三分之二下楼迎拜之,掌宾者禁呵不能止。策即令收之。诸事之者,悉使妇女入见策母,请救之。母谓策曰:"于先生亦助军作福,医护将士,不可杀之。"策曰:"此子妖妄,能幻惑众心,远使诸将不复相顾君臣之礼,尽委策下楼拜之,不可不除也。"诸将复连名通白事陈乞之,策曰:"昔南阳张津为交州刺史,舍前圣典训,废汉家法律,尝著绛帕头,鼓琴烧香,读邪俗道书,云以助化,卒为南夷所杀。此甚无益,诸君但未悟耳。今此子已在鬼箓,勿复费纸笔也。"即催斩之,县首于市。诸事之者,尚不谓其死而云尸解焉,复祭祀求福。

吕范曰:"某素知于道人能祈风祷雨。方今天旱,何不令其祈雨以赎罪?"策曰:"吾且看此妖人若何。"遂命于狱中取出于吉,开其枷锁,令登坛求雨。吉领命,即沐浴更衣,取绳自缚于烈日之中。百姓观者,填街塞巷。于吉谓众人曰:"吾求三尺甘霖,以救万民,然我终不免一死。"众人曰:"若有灵验,主公必然敬服。"于吉曰:"气数至此,恐不能逃。"少顷,孙策亲至坛中下令:"若午时无雨,即焚死于吉。"先令人堆积干柴伺候。将及午时,狂风骤起。风过处,四下阴云渐合。策曰:"时已近午,空有阴云,而无甘雨,正是妖人!"叱左右将于吉扛上柴堆,四下举火,焰随风起。忽见黑烟一道,冲上空中,一声响亮,雷电齐发,大雨如注。顷刻之间,街市成河,溪涧皆满,足有三尺甘雨。于吉仰卧于柴堆之上,大喝一声,云收雨住,复见太阳。于是众官及百姓,共将吉扶下柴堆,解去绳索,再拜称谢。孙策见官民俱罗拜于水中,不顾衣服,乃勃然大怒,叱曰:"晴雨乃天地之定数,妖人偶乘其便,你等何得如此惑乱!"掣宝剑令左右速斩于吉。众官力谏,策怒曰:"尔等皆欲从于吉造反耶!"众官乃不敢复言。策叱武士将于吉一刀斩头落地。只见一道青气,投东北去了。策命将其尸号令于市,以正妖妄之罪。

是夜风雨交作,及晓,不见了于吉尸首。

据《三国志·吴书·孙策传》注引《搜神记》:策欲渡江袭许,与吉俱行。时大旱,所在熇厉。策催诸将士使速引船,或身自早出督切,见将吏多在吉许,策因此激怒,言:"我为不如于吉邪,而先趋务之?"便使收吉。至,呵问之曰:"天旱不雨,道涂艰涩,不时得过,故自早出,而卿不同忧戚,安坐船中作鬼物态,败吾部伍,今当相除。"令人缚置地上暴之,使请雨,若能感天日中雨者,当原赦,不尔行诛。俄而云气上蒸,肤寸而合,比至日中,大雨总至,溪涧盈溢。将士喜悦,以为吉必见原,并往庆慰。策遂杀之。将士哀惜,共藏其尸。天夜,忽更兴云覆之;明旦往视,不知所在。　　案《江表传》《搜神记》于吉事不同,未详孰是。

守尸军士报知孙策。策怒,欲杀守尸军士。忽见一人,从堂前徐步而来,视之,却是于吉。策大怒,正欲拔剑斫之,忽然昏倒于地。左右急救入卧内,半晌方苏。吴太夫人来视疾,谓策曰:"吾儿屈杀神仙,故招此祸。"策笑曰:"儿自幼随父出征,杀人如麻,何曾有为祸之理?今杀妖人,正绝大祸,安得反为我祸?"夫人曰:"因汝不信,以致如此;今可作好事以禳之。"策曰:"吾命在天,妖人决不能为祸。何必禳耶!"夫人料劝不信,乃自令左右暗修善事禳解。

是夜二更,策卧于内宅,忽然阴风骤起,灯灭而复明。灯影之下,见于吉立于床前。策大喝曰:"吾平生誓诛妖妄,以靖天下!汝既为阴鬼,何敢近我!"取床头剑掷之,忽然不见。吴太夫人闻之,转生忧闷。策乃扶病强行,以宽母心。母谓策曰:"圣人云:'鬼神之为德,其盛矣乎!'又云:'祷尔于上下神祇。'鬼神之事,不可不信。汝屈杀于先生,岂无报应?吾已令人设醮于郡之玉清观内,汝可亲往拜祷,自然安妥。"策不敢违母命,只得勉强乘轿至玉清观。道士接入,请策焚香,策焚香而不谢。忽香炉中烟起不散,结成一座华盖,上面端坐着于吉。策怒,唾骂之;走离殿宇,又见于吉立于殿门首,怒目视策。策顾左右曰:"汝等见妖鬼否?"左右皆云未见。策愈怒,拔佩剑望于吉掷去,一人中剑而倒。众视之,乃前日动手杀于吉之小卒,被剑斫入脑袋,七窍流血而死。策命扛出葬之。比及出观,又见于吉走入观门来。策曰:"此观亦藏妖之所也!"遂坐于观前,命武士五百人拆毁之。武士方上屋揭瓦,却见于吉立于屋上,飞瓦掷地。策大怒,传令逐出本观道士,放火烧毁殿宇。火起处,又见于吉立于火光之中。策怒归府,又见于吉立于府门前。策乃不入府,随点起三军,出城外下寨,传唤众将商议,欲起兵助袁绍夹攻曹操。众将俱曰:"主公玉体违和,未可轻动。且待平愈,出兵未迟。"是夜孙策宿于寨内,又见于吉披发而来。策于帐中叱喝不绝。

次日,吴太夫人传命,召策回府。策乃归见其母。夫人见策形容憔悴,泣曰:"儿失形矣!"策即引镜自照,果见形容十分瘦损,不觉失惊,顾左右曰:"吾奈何憔悴至此耶!"言未已,忽见于吉立于镜中。策拍镜大叫一声,金疮迸裂,昏绝于地。

　　据《三国志·吴书·孙策传》注引《搜神记》:策既杀于吉,每独坐,仿佛见吉在左右,意深恶之,颇有失常。后治创方差,而引镜自照,见吉在镜中,顾而弗见,如是再三,因扑镜大叫,创皆崩裂,须臾而死。

　　据《三国志·吴书·孙策传》注引《吴历》:策既被创,医言可治,当好自将护,百日勿动。策引镜自照,谓左右曰:"面如此,尚可复建功立事乎?"椎几大奋,创皆分裂,其夜卒。

　　按:孙策系因单身外出遇许贡门客行刺伤重而死,与杀于吉无关。《演义》所记于吉事,取自《江表传》与《搜神记》,陈寿以此事荒诞不经,故不录。

夫人令扶入卧内。须臾苏醒,自叹曰:"吾不能复生矣!"随召张昭等诸人,及弟孙权,至卧榻前,嘱付曰:"天下方乱,以吴越之众,三江之固,大可有为。子布等幸善相吾弟。"乃取印绶与孙权曰:"若举江东之众,决机于两阵之间,与天下争衡,卿不如我;举贤任能,使各尽力以保江东,我不如卿。卿宜念父兄创业之艰难,善自图之!"权大哭,拜受印绶。策告母曰:"儿天年已尽,不能奉慈母。今将印绶付弟,望母朝夕训之。父兄旧人,慎勿轻怠。"母哭曰:"恐汝弟年幼,不能任大事,当复如何?"策曰:"弟才胜儿十倍,足当大任。倘内事不决,可问张昭;外事不决,可问周瑜。恨周瑜不在此,不得面嘱之也!"又唤诸弟嘱曰:"吾死之后,汝等并辅仲谋。宗族中敢有生异心者,众共诛之;骨肉为逆,不得入祖坟安葬。"

诸弟泣受命。又唤妻乔夫人谓曰:"吾与汝不幸中途相分,汝须孝养尊姑。早晚汝妹入见,可嘱其转致周郎,尽心辅佐吾弟,休负我平日相知之雅。"言讫,瞑目而逝。年止二十六岁。

> 据《资治通鉴》卷六十三:策创甚,召张昭等谓曰:"中国方乱,以吴、越之众,三江之固,足以观成败,公等善相吾弟!"呼权,佩以印绶,谓曰:"举江东之众,决机于两陈之间,与天下争衡,卿不如我;举贤任能,各尽其心以保江东,我不如卿。"(建安五年夏四月)丙午,策卒,时年二十六。(参见《三国志·吴书·孙策传》)
>
> 据《三国志·吴书·张昭传》:策临亡,以弟权托昭,昭率群僚立而辅之。
>
> 据《三国志·吴书·张昭传》注引《吴历》:策谓昭曰:"若仲谋不任事者,君便自取之。正复不克捷,缓步西归,亦无所虑。"
>
> 按:《演义》称,孙策对母亲说"内事不决,可问张昭;外事不决,可问周瑜",此语不见于史。

后人有诗赞曰:

独战东南地,人称小霸王。运筹如虎踞,决策似鹰扬。
威镇三江靖,名闻四海香。临终遗大事,专意属周郎。

孙策既死,孙权哭倒于床前。张昭曰:"此非将军哭时也。宜一面治丧事,一面理军国大事。"权乃收泪。张昭令孙静理会丧事,请孙权出堂,受众文武谒贺。

> 据《资治通鉴》卷六十三:权悲号,未视事,张昭曰:"孝廉,此宁哭时邪!"乃改易权服,扶令上马,使出巡军。昭率僚属,上表朝廷,下移属城,中外将校,各令奉职。(参见《三国志·吴书·吴主传》《张昭传》)

孙权生得方颐大口,碧眼紫髯。

> 据《三国志·吴书·吴主传》注引《江表传》:坚为下邳丞时,权生,方颐大口,目有精光,坚异之,以为有贵象。

昔汉使刘琬入吴,见孙家诸昆仲,因语人曰:"吾遍观孙氏兄弟,虽各才气秀达,然皆禄祚不终。惟仲谋形貌奇伟,骨格非常,乃大贵之表,又享高寿,众皆不及也。"

> 据《三国志·吴书·吴主传》:汉以策远修职贡,遣使者刘琬加锡命。琬语人曰:"吾观孙氏兄弟虽各才秀明达,然皆禄祚不终,惟中弟孝廉,形貌奇伟,骨体不恒,有大贵之表,年又最寿,尔试识之。"

且说当时孙权承孙策遗命,掌江东之事。经理未定,人报周瑜自巴丘提兵回吴。权曰:"公瑾已回,吾无忧矣。"原来周瑜守御巴丘。闻知孙策中箭被伤,因此回来问候;将至吴郡,闻策已亡,故星夜来奔丧。当下周瑜哭拜于孙策灵柩之前。吴太夫人出,以遗嘱之语告瑜,瑜拜伏于地曰:"敢不效犬马之力,继之以死!"少顷,孙权入。周瑜拜见毕,权曰:"愿公无忘先兄遗命。"瑜顿首曰:"愿以肝脑涂地,报知己之恩。"

> 据《资治通鉴》卷六十三:周瑜自巴丘将兵赴丧,遂留吴,以中护军与张昭共掌众事。时策虽有会稽、吴郡、丹杨、豫章、庐江、庐陵,然深险之地,犹未尽从,流寓之士,皆以安危去就为意,未有君臣之固,而张昭、周瑜等谓权可与共成大业,遂委心而服事焉。(参见《三国志·吴书·吴主传》)
>
> 据《资治通鉴》卷六十六:初,瑜见友于孙策,太夫人又使权以兄奉之。是时权位为将军,诸将、宾客为礼尚简,而瑜独先尽敬,便执臣节。(参见《三国志·吴书·周

瑜传》)

权曰:"今承父兄之业,将何策以守之?"瑜曰:"自古得人者昌,失人者亡。为今之计,须求高明远见之人为辅,然后江东可定也。"权曰:"先兄遗言:内事托子布,外事全赖公瑾。"瑜曰:"子布贤达之士,足当大任。瑜不才,恐负倚托之重,愿荐一人以辅将军。"权问何人。瑜曰:"姓鲁,名肃,字子敬,临淮东川人也。此人胸怀韬略,腹隐机谋。早年丧父,事母至孝。其家极富,尝散财以济贫乏。瑜为居巢长之时,将数百人过临淮,因乏粮,闻鲁肃家有两囷米,各三千斛,因往求助。肃即指一囷相赠,其慷慨如此。

　　据《三国志·吴书·鲁肃传》:鲁肃字子敬,临淮东城人也。生而失父,与祖母居。家富于财,性好施与。尔时天下已乱,肃不治家事,大散财货,摽卖田地,以赈穷弊结士为务,甚得乡邑欢心。周瑜为居巢长,将数百人故过候肃,并求资粮。肃家有两囷米,各三千斛,肃乃指一囷与周瑜,瑜益知其奇也,遂相亲结,定侨、札之分。

平生好击剑骑射,寓居曲阿。祖母亡,还葬东城。其友刘子扬欲约彼往巢湖投郑宝,肃尚踌躇未往。今主公可速召之。"

　　据《资治通鉴》卷六十三:鲁肃将北还,周瑜止之,因荐肃于权曰:"肃才宜佐时,当广求其比以成功业。"

权大喜,即命周瑜往聘。

瑜奉命亲往,见肃叙礼毕,具道孙权相慕之意。肃曰:"近刘子扬约某往巢湖,某将就之。"瑜曰:"昔马援对光武云:当今之世,非但君择臣,臣亦择君。今吾孙将军亲贤礼士,纳奇录异,世所罕有。足下不须他计,只同我往投东吴为是。"肃从其言,遂同周瑜来见孙权。

　　据《三国志·吴书·鲁肃传》:袁术闻其名,就署东城长。肃见术无纲纪,不足与立事,乃携老弱将轻侠少年百余人,南到居巢就瑜。瑜之东渡,因与同行,留家曲阿。会祖母亡,还葬东城。刘子扬与肃友善,遗肃书曰:"方今天下豪杰并起,吾子姿才,尤宜今日。急还迎老母,无事滞于东城。近郑宝者,今在巢湖,拥众万余,处地肥饶,庐江间人多依就之,况吾徒乎?观其形势,又可博集,时不可失,足下速之。"肃答然其计。葬毕还曲阿,欲北行。会瑜已徙肃母到吴,肃具以状语瑜。时孙策已薨,权尚住吴,瑜谓肃曰:"昔马援答光武云'当今之世,非但君择臣,臣亦择君'。今主人亲贤贵士,纳奇录异,且吾闻先哲秘论,承运代刘氏者,必兴于东南,推步事势,当其历数,终构帝基,以协天符,是烈士攀龙附凤驰骛之秋。吾方达此,足下不须以子扬之言介意也。"肃从其言。瑜因荐肃才宜佐时,当广求其比,以成功业,不可令去也。

　　据《资治通鉴》卷六十二:袁术以周瑜为居巢长,以临淮鲁肃为东城长。瑜、肃知术终无所成,皆弃官渡江从孙策。策以瑜为建威中郎将。肃因家于曲阿。

权甚敬之,与之谈论,终日不倦。

一日,众官皆散,权留鲁肃共饮,至晚同榻抵足而卧。夜半,权问肃曰:"方今汉室倾危,四方纷扰;孤承父兄余业,思为桓、文之事,君将何以教我?"肃曰:"昔汉高祖欲尊事义帝而不获者,以项羽为害也。今之曹操可比项羽,将军何由得为桓、文乎?肃窃料汉室不可复兴,曹操不可卒除。为将军计,惟有鼎足江东以观天下之衅。今乘北方多务,剿除黄祖,进伐刘表,竟长江所极而据守之;然后建号帝王,以图天下:此高祖之业也。"权闻言大喜,披衣起谢。次日厚赠鲁肃,并将衣服帷帐等物赐肃之母。

　　据《资治通鉴》卷六十三:权即见肃,与语,悦之。宾退,独引肃合榻对饮,曰:

"今汉室倾危,孤思有桓、文之功,君何以佐之?"肃曰:"昔高帝欲尊事义帝而不获者,以项羽为害也。今之曹操,犹昔项羽,将军何由得为桓、文乎!肃窃料之,汉室不可复兴,曹操不可卒除,为将军计,惟有保守江东以观天下之衅耳。若因北方多务,剿除黄祖,进伐刘表,竟长江所极,据而有之,此王业也。"权曰:"今尽力一方,冀以辅汉耳,此言非所及也。"张昭毁肃年少粗疏,权益贵重之,赏赐储偫,富拟其旧。(参见《三国志·吴书·鲁肃传》)

肃又荐一人见孙权:此人博学多才,事母至孝;覆姓诸葛,名瑾,字子瑜,琅琊南阳人也。权拜之为上宾。

　　据《三国志·吴书·诸葛瑾传》:诸葛瑾字子瑜,琅邪阳都人也。汉末避乱江东。值孙策卒,孙权姊婿曲阿弘咨见而异之,荐之于权,与鲁肃等并见宾待,后为权长史,转中司马。

　　据《三国志·吴书·诸葛瑾传》注引《吴书》:其先葛氏,本琅邪诸县人,后徙阳都。阳都先有姓葛者,时人谓之诸葛,因以为氏。瑾少游京师,治《毛诗》《尚书》《左氏春秋》。遭母忧,居丧至孝,事继母恭谨,甚得人子之道。

瑾劝权勿通袁绍,且顺曹操,然后乘便图之。权依言,乃遣陈震回,以书绝袁绍。

　　却说曹操闻孙策已死,欲起兵下江南。侍御史张纮谏曰:"乘人之丧而伐之,既非义举;若其不克,弃好成仇:不如因而善遇之。"操然其说,乃即奏封孙权为将军,兼领会稽太守;即令张纮为会稽都尉,赍印往江东。孙权大喜,又得张纮回吴,即命与张昭同理政事。

　　据《资治通鉴》卷六十三:曹操闻孙策死,欲因丧伐之。侍御史张纮谏曰:"乘人之丧,既非古义,若其不克,成仇弃好,不如因而厚之。"操即表权为讨虏将军,领会稽太守。操欲令纮辅权内附,乃以纮为会稽东部都尉。纮至吴,太夫人以权年少,委纮与张昭共辅之。(参见《三国志·吴书·张纮传》)

张纮又荐一人于孙权:此人姓顾,名雍,字元叹,乃中郎蔡邕之徒;其为人少言语,不饮酒,严厉正大。权以为丞,行太守事。

　　据《三国志·吴书·顾雍传》:顾雍字元叹,吴郡吴人也。蔡伯喈从朔方还,尝避怨于吴,雍从学琴书。……孙权领会稽太守,不之郡,以雍为丞,行太守事。……雍为人不饮酒,寡言语,举动时当。

自是孙权威震江东,深得民心。

　　且说陈震回见袁绍,具说:"孙策已亡,孙权继立。曹操封之为将军,结为外应矣。"袁绍大怒,遂起冀、青、幽、并等处人马七十余万,复来攻取许昌。

　　按:《演义》称袁绍率七十余万大军进攻许昌,显系虚夸。武国卿先生在《中国战争史(四)》(金城出版社1992年版)中认为,袁绍参加官渡之战的总兵力约为十二万。

正是:江南兵革方休息,冀北干戈又复兴。未知胜负若何,且听下文分解。

第三十回　战官渡本初败绩　劫乌巢孟德烧粮

却说袁绍兴兵，望官渡进发。夏侯惇发书告急。曹操起军七万，前往迎敌，

　　据《三国志·魏书·武帝纪》：时公兵不满万，伤者十二三。

　　据《三国志·魏书·武帝纪》注：臣松之以为魏武初起兵，已有众五千，自后百战百胜，败者十二三而已矣。但一破黄巾，受降卒三十余万，余所吞并，不可悉纪；虽征战损伤，未应如此之少也。夫结营相守，异于摧锋决战。本纪云："绍众十余万，屯营东西数十里。"魏太祖虽机变无方，略不世出，安有以数千之兵，而得逾时相抗者哉？以理而言，窃谓不然。绍为屯数十里，公能分营与相当，此兵不得甚少，一也。绍若有十倍之众，理应当悉力围守，使出入断绝，而公使徐晃等击其运车，公又自出击淳于琼等，扬旌往还，曾无抵阂，明绍力不能制，是不得甚少，二也。诸书皆云公坑绍众八万，或云七万。夫八万人奔散，非八千人所能缚，而绍之大众皆拱手就戮，何缘力能制之？是不得甚少，三也。将记述者欲以少见奇，非其实录也。按《锺繇传》云："公与绍相持，繇为司隶，送马二千余匹以给军。"本纪及《世语》并云公时有骑六百余匹，繇马为安在哉？

　　按：《演义》称曹操起兵七万前往官渡，与史不合。武国卿先生在《中国战争史（四）》中认为，曹操参加官渡之战的总兵力不少于三四万。

留荀彧守许都。绍兵临发，田丰从狱中上书谏曰："今且宜静守以待天时，不可妄兴大兵，恐有不利。"逢纪谮曰："主公兴仁义之师，田丰何得出此不祥之语！"绍因怒，欲斩田丰。众官告免。绍恨曰："待吾破了曹操，明正其罪！"遂催军进发，旌旗遍野，刀剑如林。行至阳武，下定寨栅。沮授曰："我军虽众，而勇猛不及彼军；彼军虽精，而粮草不如我军。彼军无粮，利在急战；我军有粮，宜且缓守。若能旷以日月，则彼军不战自败矣。"绍怒曰："田丰慢我军心，吾回日必斩之。汝安敢又如此！"叱左右："将沮授锁禁军中，待我破曹之后，与田丰一体治罪！"

　　据《资治通鉴》卷六十三：袁绍军阳武，沮授说绍曰："北兵虽众而劲果不及南，南军谷少而资储不如北；南幸于急战，北利在缓师。宜徐持久，旷以日月。"绍不从。（参见《三国志·魏书·袁绍传》《后汉书·袁绍传》）

　　按：《演义》称，沮授向袁绍提议，应进行持久战，袁绍听到后，立即发怒，下令将他"锁禁军中"。据史书记载，袁绍虽未采纳他的意见，但并没有加罪于他。

于是下令，将大军七十万，东西南北，周围安营，连络九十余里。

　　据《资治通鉴》卷六十三：（建安五年秋）八月，绍进营稍前，依沙堆为屯，东西数十里。操亦分营与相当。（参见《三国志·魏书·武帝纪》）

细作探知虚实，报至官渡。曹军新到，闻之皆惧。曹操与众谋士商议。荀攸曰："绍军虽多，不足惧也。我军俱精锐之士，无不一以当十。但利在急战。若迁延日月，粮草不敷，事可忧矣。"操曰："所言正合吾意。"遂传令军将鼓噪而进。绍军来迎，两边排成阵势。审

配拨弩手一万，伏于两翼；弓箭手五千，伏于门旗内：约炮响齐发。三通鼓罢，袁绍金盔金甲，锦袍玉带，立马阵前。左右排列着张郃、高览、韩猛、淳于琼等诸将。旌旗节钺，甚是严整。曹阵上门旗开处，曹操出马。许褚、张辽、徐晃、李典等，各持兵器，前后拥卫。曹操以鞭指袁绍曰："吾于天子之前，保奏你为大将军，今何故谋反？"绍怒曰："汝托名汉相，实为汉贼！罪恶弥天，甚于莽、卓，乃反诬人造反耶！"操曰："吾今奉诏讨汝！"绍曰："吾奉衣带诏讨贼！"

　　按：《演义》写曹操和袁绍阵前对话，袁绍说："吾奉衣带诏讨贼！"这一情节与史书及《演义》前文均不合。史书及《演义》均未写袁绍奉衣带诏，袁绍与衣带诏毫无关连。

操怒，使张辽出战。张郃跃马来迎。二将斗了四五十合，不分胜负。曹操见了，暗暗称奇。许褚挥刀纵马，直出助战。高览挺枪接住。四员将捉对儿厮杀。曹操令夏侯惇、曹洪，各引三千军，齐冲彼阵。审配见曹军来冲阵，便令放起号炮：两下万弩并发，中军内弓箭手一齐拥出阵前乱射。曹军如何抵敌，望南急走。袁绍驱兵掩杀，曹军大败，尽退至官渡。

　　袁绍移军逼近官渡下寨。审配曰："今可拨兵十万守官渡，就曹操寨前筑起土山，令军人下视寨中放箭。操若弃此而去，吾得此隘口，许昌可破矣。"绍从之，于各寨内选精壮军人，用铁锹土担，齐来曹操寨边，垒土成山。曹营内见袁军堆筑土山，欲待出去冲突，被审配弓弩手当住咽喉要路，不能前进。十日之内，筑成土山五十余座，上立高橹，分拨弓弩手于其上射箭。曹军大惧，皆顶着遮箭牌守御。土山上一声梆子响处，箭下如雨。曹军皆蒙楯伏地，袁军呐喊而笑。曹操见军慌乱，集众谋士问计。刘晔进曰："可作发石车以破之。"操令晔进车式，连夜造发石车数百乘，分布营墙内，正对着土山上云梯。候弓箭手射箭时，营内一齐拽动石车，炮石飞空，往上乱打。人无躲处，弓箭手死者无数。袁军皆号其车为"霹雳车"。由是袁军不敢登高射箭。

　　审配又献一计：令军人用铁锹暗打地道，直透曹营内，号为"掘子军"。曹兵望见袁军于山后掘土坑，报知曹操。操又问计于刘晔。晔曰："此袁军不能攻明而攻暗，发掘伏道，欲从地下透营而入耳。"操曰："何以御之？"晔曰："可绕营掘长堑，则彼伏道无用也。"操连夜差军掘堑。袁军掘伏道到堑边，果不能入，空费军力。

　　据《资治通鉴》卷六十三：曹操出兵与袁绍战，不胜，复还，坚壁。绍为高橹，起土山，射营中，营中皆蒙楯而行。操乃为霹雳车，发石以击绍楼，皆破，绍复为地道攻操，操辄于内为长堑以拒之。（参见《三国志·魏书·武帝纪》《袁绍传》《于禁传》，《后汉书·袁绍传》）

　　却说曹操守官渡，自八月起，至九月终，军力渐乏，粮草不继。意欲弃官渡退回许昌，迟疑未决，乃作书遣人赴许昌问荀彧。彧以书报之。书略曰：

　　承尊命，使决进退之疑。愚以袁绍悉众聚于官渡，欲与明公决胜负，公以至弱当至强，若不能制，必为所乘：是天下之大机也。绍军虽众，而不能用；以公之神武明哲，何向而不济！今军实虽少，未若楚、汉在荥阳、成皋间也。公今画地而守，扼其喉而使不能进，情见势竭，必将有变。此用奇之时，断不可失。惟明公裁察焉。

曹操得书大喜，令将士效力死守。

　　据《资治通鉴》卷六十三：操众少粮尽，士卒疲乏，百姓困于征赋，多叛归绍者，操患之，与荀彧书，议欲还许，以致绍师。彧报曰："绍悉众聚官渡，欲与公决胜败。公以至弱当至强，若不能制，必为所乘，是天下之大机也。且绍，布衣之雄耳，能聚人而不能用。以公之神武明哲而辅以大顺，何向而不济！今谷食虽少，未若楚、汉在荥阳、成皋间也。是时刘、项莫肯先退者，以为先退则势屈也。公以十分居一之众，画地而守之，扼其喉而不得进，已半年矣。情见势竭，必将有变。此用奇之时，不可失也。"操从之，乃坚壁持之。(参见《三国志·魏书·武帝纪》《荀彧传》，《后汉书·荀彧传》)

绍军约退三十余里，操遣将出营巡哨。有徐晃部将史涣获得袁军细作，解见徐晃。晃问其军中虚实。答曰："早晚大将韩猛运粮至军前接济，先令我等探路。"徐晃便将此事报知曹操。荀攸曰："韩猛匹夫之勇耳。若遣一人引轻骑数千，从半路击之，断其粮草，绍军自乱。"操曰："谁人可往？"攸曰："即遣徐晃可也。"操遂差徐晃将带史涣并所部兵先出，后使张辽、许褚引兵救应。当夜韩猛押粮车数千辆，解赴绍寨。正走之间，山谷内徐晃、史涣引军截住去路。韩猛飞马来战，徐晃接住厮杀。史涣便杀散人夫，放火焚烧粮车。韩猛抵当不住，拨回马走。徐晃催军烧尽辎重。

  据《资治通鉴》卷六十三：绍运谷车数千乘至官渡。荀攸言于操曰："绍运车旦暮至，其将韩猛锐而轻敌。击，可破也！"操曰："谁可使者？"攸曰："徐晃可。"乃遣偏将军河东徐晃与史涣邀击猛，破走之，烧其辎重。(参见《三国志·魏书·荀攸传》《武帝纪》)

袁绍军中，望见西北上火起，正惊疑间，败军报来："粮草被劫！"绍急遣张郃、高览去截大路，正遇徐晃烧粮而回，恰欲交锋，背后张辽、许褚军到。两下夹攻，杀散袁军，四将合兵一处，回官渡寨中。曹操大喜，重加赏劳。又分军于寨前结营，为掎角之势。

  却说韩猛败军还营，绍大怒，欲斩韩猛，众官劝免。审配曰："行军以粮食为重，不可不用心提防。乌巢乃屯粮之处，必得重兵守之。"袁绍曰："吾筹策已定。汝可回邺都监督粮草，休教缺乏。"审配领命而去。袁绍遣大将淳于琼，部领督将眭元进、韩莒子、吕威璜、赵叡等，引二万人马，守乌巢。那淳于琼性刚好酒，军士多畏之；既至乌巢，终日与诸将聚饮。

  据《资治通鉴》卷六十三：(建安五年)冬十月，绍复遣车运谷，使其将淳于琼等将兵万余人送之，宿绍营北四十里。沮授说绍："可遣蒋奇别为支军于表，以绝曹操之钞。"绍不从。(参见《三国志·魏书·袁绍传》《后汉书·袁绍传》)

且说曹操军粮告竭，急发使往许昌教荀彧作速措办粮草，星夜解赴军前接济。使者赍书而往，行不上三十里，被袁军捉住，缚见谋士许攸。那许攸字子远，少时曾与曹操为友，此时却在袁绍处为谋士。当下搜得使者所赍曹操催粮书信，径来见绍曰："曹操屯军官渡，与我相持已久，许昌必空虚；若分一军星夜掩袭许昌，则许昌可拔，而操可擒也。今操粮草已尽，正可乘此机会，两路击之。"绍曰："曹操诡计极多，此书乃诱敌之计也。"攸曰："今若不取，后将反受其害。"正话间，忽有使者自邺郡来，呈上审配书。书中先说运粮事；后言许攸在冀州时，尝滥受民间财物，且纵令子侄辈多科税，钱粮入己，今已收其子侄下狱矣。绍见书大怒曰："滥行匹夫！尚有面目于吾前献计耶！汝与曹操有旧，想今亦受他财贿，为他作奸细，啜赚吾军耳！本当斩首，今权且寄头在项！可速退出，今后不许相见！"许攸出，仰天叹曰："忠言逆耳，竖子不足与谋！吾子侄已遭审配之害，吾何颜复见冀州之人乎！"遂欲拔剑自刎。左右夺剑劝曰："公何轻生至此？袁绍不纳直言，后必为曹操所擒。公既与曹公有旧，何不弃暗投明？"只这两句言语，点醒许攸，于是许攸径投曹操。

  据《资治通鉴》卷六十三：许攸曰："曹操兵少而悉师拒我，许下余守，势必空弱。若分遣轻军，星行掩袭，许可拔也。许拔，则奉迎天子以讨操，操成禽矣。如其未溃，可令首尾奔命，破之必也。"绍不从，曰："吾要当先取操。"会攸家犯法，审配收系之，攸怒，遂奔操。（参见《三国志·魏书·武帝纪》注引习凿齿《汉晋春秋》，《三国志·魏书·崔琰传附许攸传》注引《魏略》，《后汉书·袁绍传》）

后人有诗叹曰：

　　　　本初豪气盖中华，官渡相持枉叹嗟。若使许攸谋见用，山河争得属曹家？

却说许攸暗步出营，径投曹寨，伏路军人拿住。攸曰："我是曹丞相故友，快与我通报，说南阳许攸来见。"军士忙报入寨中。时操方解衣歇息，闻说许攸私奔到寨，大喜，不及穿履，跣足出迎，遥见许攸，抚掌欢笑，携手共入，操先拜于地。攸慌扶起曰："公乃汉相，吾乃布衣，何谦恭如此？"操曰："公乃操故友，岂敢以名爵相上下乎！"攸曰："某不能择主，屈身袁绍，言不听，计不从。今特弃之来见故人，愿赐收录。"操曰："子远肯来，吾事济矣！愿即教我以破绍之计。"攸曰："吾曾教袁绍以轻骑乘虚袭许都，首尾相攻。"操大惊曰："若袁绍用子言，吾事败矣。"攸曰："公今军粮尚有几何？"操曰："可支一年。"攸笑曰："恐未必。"操曰："有半年耳。"攸拂袖而起，趋步出帐曰："吾以诚相投，而公见欺如是，岂吾所望哉！"操挽留曰："子远勿嗔，尚容实诉：军中粮实可支三月耳。"攸笑曰："世人皆言孟德奸雄，今果然也。"操亦笑曰："岂不闻兵不厌诈！"遂附耳低言曰："军中止有此月之粮。"攸大声曰："休瞒我！粮已尽矣！"操愕然曰："何以知之？"攸乃出操与荀彧之书以示之曰："此书何人所写？"操惊问曰："何处得之？"攸以获使之事相告。操执其手曰："子远既念旧交而来，愿即有以教我。"攸曰："明公以孤军抗大敌，而不求急胜之方，此取死之道也。攸有一策，不过三日，使袁绍百万之众，不战自破。明公还肯听否？"操喜曰："愿闻良策。"攸曰："袁绍军粮辎重，尽积乌巢，今拨淳于琼守把。琼嗜酒无备，公可选精兵诈称袁将蒋奇领兵到彼护粮，乘间烧其粮草辎重，则绍军不三日将自乱矣。"操大喜，重待许攸，留于寨中。

据《资治通鉴》卷六十三：操闻攸来，跣出迎之，抚掌笑曰："子卿远来，吾事济矣！"既入坐，谓操曰："袁氏军盛，何以待之？今有几粮乎？"操曰："尚可支一岁。"攸曰："无是，更言之！"又曰："可支半岁。"攸曰："足下不欲破袁氏邪！何言之不实也！"操曰："向言戏之耳。其实可一月，为之奈何？"攸曰："公孤军独守，外无救援而粮谷已尽，此危急之日也。袁氏辎重万余乘，在故市、乌巢，屯军无严备，若以轻兵袭之，不意而至，燔其积聚，不过三日，袁氏自败也。"操大喜。（参见《三国志·魏书·武帝纪》及注引《曹瞒传》）

次日，操自选马步军士五千，准备往乌巢劫粮。张辽曰："袁绍屯粮之所，安得无备？丞相未可轻往，恐许攸有诈。"操曰："不然，许攸此来，天败袁绍。今吾军粮不给，难以久持；若不用许攸之计，是坐而待困也。彼若有诈，安肯留我寨中？且吾亦欲劫寨久矣。今劫粮之举，计在必行，君请勿疑。"辽曰："亦须防袁绍乘虚来袭。"操笑曰："吾已筹之熟矣。"便教荀攸、贾诩、曹洪同许攸守大寨，夏侯惇、夏侯渊领一军伏于左，曹仁、李典领一军伏于右，以备不虞。教张辽、许褚在前，徐晃、于禁在后，操自引诸将居中，共五千人马，打着袁军旗号，军士皆束草负薪，人衔枚，马勒口，黄昏时分，望乌巢进发。是夜星光满天。

据《资治通鉴》卷六十三：乃留曹洪、荀攸守营，自将步骑五千人，皆用袁军旗帜，衔枚缚马口，夜从间道出，人抱束薪。（参见《三国志·魏书·武帝纪》及注引《曹瞒传》，《三国志·魏书·荀攸传》《贾诩传》，《后汉书·袁绍传》）

且说沮授被袁绍拘禁在军中，是夜因见众星朗列，乃命监者引出中庭，仰观天象。忽见太白逆行，侵犯牛斗之分，大惊曰："祸将至矣！"遂连夜求见袁绍。时绍已醉卧，听说沮授有密事启报，唤入问之。授曰："适观天象，见太白逆行于柳鬼之间，流光射入牛斗之分，恐有贼兵劫掠之害。乌巢屯粮之所，不可不提备。宜速遣精兵猛将，于间道山路巡哨，免为曹操所算。"绍怒叱曰："汝乃得罪之人，何敢妄言惑众！"因叱监者曰："吾令汝拘囚之，何敢放出！"遂命斩监者，别换人监押沮授。授出，掩泪叹曰："我军亡在旦夕，我尸骸不知落何处也！"后人有诗叹曰：

　　　　逆耳忠言反见仇，独夫袁绍少机谋。乌巢粮尽根基拔，犹欲区区守冀州。

却说曹操领兵夜行，前过袁绍别寨，寨兵问是何处军马。操使人应曰："蒋奇奉命往乌巢护粮。"袁军见是自家旗号，遂不疑惑。凡过数处，皆诈称蒋奇之兵，并无阻碍。

　　据《资治通鉴》卷六十三：所历道有问者，语之曰："袁公恐曹操钞略后军，遣军以益备。"闻者信以为然，皆自若。（参见《三国志·魏书·武帝纪》注引《曹瞒传》）

及到乌巢，四更已尽。操教军士将束草周围举火，众将校鼓噪直入。时淳于琼方与众饮了酒，醉卧帐中；闻鼓噪之声，连忙跳起问："何故喧闹？"言未已，早被挠钩拖翻。眭元进、赵叡运粮方回，见屯上火起，急来救应。曹军飞报曹操，说："贼兵在后，请分军拒之。"操大喝曰："诸将只顾奋力向前，待贼至背后，方可回战！"于是众军将无不争先掩杀。一霎时，火焰四起，烟迷太空。眭、赵二将驱兵来救，操勒马回战。二将抵敌不住，皆被曹军所杀，粮草尽行烧绝。

　　据《资治通鉴》卷六十三：既至，围屯，大放火，营中惊乱。会明，琼等望见操兵少，出陈门外，操急击之，琼退保营，操遂攻之。……绍骑至乌巢，操左右或言："贼骑稍近，请分兵拒之。"操怒曰："贼在背后，乃白！"士卒皆殊死战，遂大破之，斩琼等，尽燔其粮谷，杀士卒千余人，皆取其鼻，牛马割唇舌，以示绍军，绍军将士皆汹惧。（参见《三国志·魏书·武帝纪》）

　　据《三国志·魏书·武帝纪》注引《曹瞒传》：既至，围屯，大放火，营中惊乱。大破之，尽燔其粮谷宝货，斩督将眭元进、骑督韩莒子、吕威璜、赵叡等首，割得将军淳于仲简鼻，未死，杀士卒千余人，皆取鼻，牛马割唇舌，以示绍军。将士皆怛惧。

　　按：《演义》对曹操火烧乌巢的描写，与史书及情理均不合。周兆新先生在《三国演义考评》一书中认为，将史书与《演义》仔细对照一下，发现史书中曹操的言行完全合乎情理，他为了及早攻破淳于琼的大营，不肯分散兵力。《演义》中曹操的言行，却令人莫名其妙。他顺利攻破淳于琼大营之后，听说袁绍的救兵临近，为什么不立即分兵抵挡呢？本来史书中极其紧张和精彩的一个场面，到《演义》中全给弄糟了。

淳于琼被擒见操，操命割去其耳鼻手指，缚于马上，放回绍营以辱之。

却说袁绍在帐中，闻报正北上火光满天，知是乌巢有失，急出帐召文武各官，商议遣兵往救。张郃曰："某与高览同往救之。"郭图曰："不可。曹军劫粮，曹操必然亲往；操既自出，寨必空虚。可纵兵先击曹操之寨，操闻之必速还。此孙膑围魏救赵之计也。"张郃曰："非也。曹操多谋，外出必为内备，以防不虞。今若攻操营而不拔，琼等见获，吾属皆被擒矣。"郭图曰："曹操只顾劫粮，岂留兵在寨耶！"再三请劫曹营。绍乃遣张郃、高览引军五千，往官渡击曹营；遣蒋奇领兵一万，往救乌巢。

　　据《资治通鉴》卷六十三：绍闻操击琼，谓其子谭曰："就操破琼，吾拔其营，彼固无所归矣！"乃使其将高览、张郃等攻操营。郃曰："曹公精兵往，必破琼等，琼等破，

第三十回 战官渡本初败绩 劫乌巢孟德烧粮

则事去矣,请先往救之。"郭图固请攻操营。郃曰:"曹公营固,攻之必不拔。若琼等见禽,吾属尽为虏矣。"绍但遣轻骑救琼,而以重兵攻操营。(参见《后汉书·袁绍传》《三国志·魏书·张郃传》)

且说曹操杀散淳于琼部卒,尽夺其衣甲旗帜,伪作淳于琼部下收军回寨,至山僻小路,正遇蒋奇军马。奇军问之,称是乌巢败军奔回,奇遂不疑,驱马径过。张辽、许褚忽至,大喝:"蒋奇休走!"奇措手不及,被张辽斩于马下,尽杀蒋奇之兵。又使人当先伪报云:"蒋奇已自杀散乌巢兵了。"袁绍因不复遣人接应乌巢,只添兵往官渡。

却说张郃、高览攻打曹营,左边夏侯惇,右边曹仁,中路曹洪,一齐冲出。三下攻击,袁军大败。比及接应军到,曹操又从背后杀来,四下围住掩杀。张郃、高览夺路走脱。

据《资治通鉴》卷六十三:绍但遣轻骑救琼,而以重兵攻操营,不能下。(参见《三国志·魏书·张郃传》《后汉书·袁绍传》)

袁绍收得乌巢败残军马归寨,见淳于琼耳鼻皆无,手足尽落。绍问:"如何失了乌巢?"败军告说:"淳于琼醉卧,因此不能抵敌。"绍怒,立斩之。

据《三国志·魏书·武帝纪》注引《曹瞒传》:割得将军淳于仲简鼻,未死,……时有夜得仲简,将以诣麾下,公谓曰:"何为如是?"仲简曰:"胜负自天,何用为问乎!"公意欲不杀。许攸曰:"明旦鉴于镜,此益不忘人。"乃杀之。

郭图恐张郃、高览回寨证对是非,先于袁绍前谮曰:"张郃、高览见主公兵败,心中必喜。"绍曰:"何出此言?"图曰:"二人素有降曹之意,今遣击寨,故意不肯用力,以致损折士卒。"绍大怒,遂遣使急召二人归寨问罪。郭图先使人报二人云:"主公将杀汝矣。"及绍使至,高览问曰:"主公唤我等为何?"使者曰:"不知何故。"览遂拔剑斩来使。郃大惊,览曰:"袁绍听信谗言,必为曹操所擒;吾等岂可坐而待死?不如去投曹操。"郃曰:"吾亦有此心久矣。"于是二人领本部兵马,往曹操寨中投降。夏侯惇曰:"张、高二人来降,未知虚实。"操曰:"吾以恩遇之,虽有异心,亦可变矣。"遂开营门命二人入。

据《资治通鉴》卷六十三:郭图惭其计之失,复谮张郃于绍曰:"郃快军败。"郃忿惧,遂与高览焚攻具,诣操营降。曹洪疑,不敢受,荀攸曰:"郃计画不用,怒而来奔,君有何疑!"乃受之。

据《三国志·魏书·荀攸传》:太祖乃留攸及曹洪守,太祖自将攻破之,尽斩琼等。绍将张郃、高览烧攻橹降,绍遂弃军走。郃之来,洪疑不敢受,攸谓洪曰:"郃计不用,怒而来,君何疑?"乃受之。

按:《演义》称,张郃、高览降曹,夏侯惇表示怀疑,曹操说:"吾以恩遇之,虽有异心,亦可变矣。"遂教开门接入。这一情节与史不合。据史书,张郃、高览到曹操大营投降时,曹操自乌巢返回尚未到大营,留守大营的曹洪产生疑心,不敢接受他们。荀攸对曹洪说:"郃计画不用,怒而来奔,君有何疑!"于是接受他们投降。罗贯中把荀攸办的好事,移给了曹操。

二人倒戈卸甲,拜伏于地。操曰:"若使袁绍肯从二将军之言,不至有败。今二将军肯来相投,如微子去殷,韩信归汉也。"遂封张郃为偏将军、都亭侯,高览为偏将军、东莱侯。二人大喜。

据《三国志·魏书·张郃传》:太祖得郃甚喜,谓曰:"昔子胥不早寤,自使身危,岂若微子去殷、韩信归汉邪？"拜郃偏将军，封都亭侯。

却说袁绍既去了许攸，又去了张郃、高览，又失了乌巢粮，军心皇皇。许攸又劝曹操作速进兵；张郃、高览请为先锋；操从之。即令张郃、高览领兵往劫绍寨。当夜三更时分，出军三路劫寨。混战到明，各自收兵，绍军折其大半。荀攸献计曰："今可扬言调拨人马，一路取酸枣，攻邺郡；一路取黎阳，断袁兵归路。袁绍闻之，必然惊惶，分兵拒我；我乘其兵动击之，绍可破也。"操用其计，使大小三军，四远扬言。绍军闻此信，来寨中报说："曹操分兵两路：一路取邺郡，一路取黎阳去也。"绍大惊，急遣袁尚分兵五万救邺郡，辛明分兵五万救黎阳，连夜起行。曹操探知袁绍兵动，便分大队军马，八路齐出，直冲绍营。袁军俱无斗志，四散奔走，遂大溃。

　　据《资治通鉴》卷六十三：郭图惭其计之失，复谮张郃于绍曰："郃快军败。"郃忿惧，遂与高览焚攻具，诣操营降。……于是绍军惊扰，大溃。

　　据《后汉书·袁绍传》：操……攻破琼等，悉斩之。初，绍闻操击琼，……乃使高览、张郃等攻操营，不下。二将闻琼等败，遂奔操。于是绍军惊扰，大溃。

　　据《三国志·魏书·武帝纪》：公……大破琼等，皆斩之。绍初闻公之击琼，……乃使张郃、高览攻曹洪。郃等闻琼破，遂来降。绍众大溃。

　　据《三国志·魏书·袁绍传》：太祖……破琼等，悉斩之。太祖还，未至营，绍将高览、张郃等率其众降。绍众大溃。

　　据《三国志·魏书·张郃传》：太祖果破琼等，绍军溃。图惭，又更谮郃曰："郃快军败，出言不逊。"郃惧，乃归太祖。

　　据《三国志·魏书·张郃传》注：臣松之案《武纪》及《袁绍传》并云袁绍使张郃、高览攻太祖营，郃等闻淳于琼破，遂来降，绍众于是大溃。是则缘郃等降而后绍军坏也。至如此传，为绍军先溃，惧郭图之谮，然后归太祖，为参错不同矣。

　　按：关于袁绍军官渡之战失败的经过，《三国志·魏书·武帝纪》《袁绍传》与《后汉书·袁绍传》的记载是一致的，都是说：张郃听说乌巢被曹操攻破，就投降了曹操，以致袁绍的军队溃败。《资治通鉴》和《演义》均采用了这一说法。但《三国志·魏书·张郃传》则称，是袁绍军先溃败，然后郭图向袁绍进谗中伤张郃，张郃因惧怕袁绍问罪，才率军投奔曹操的。对此，清代史学家赵翼认为：由于张郃后来成为魏国名将，故陈寿在《张郃传》中记述传主当初背袁降曹一事时，有意为其开脱责任，做出了与史实相悖的记载。

袁绍披甲不迭，单衣幅巾上马，幼子袁谭后随。

　　按："幼子袁谭后随"有误，袁谭非袁绍幼子。

张辽、许褚、徐晃、于禁四员将，引军追赶袁绍。绍急渡河，尽弃图书、车仗、金帛，止引随行八百余骑而去。操军追之不及，尽获遗下之物。所杀八万余人，血流盈沟，溺水死者不计其数。

　　据《资治通鉴》卷六十三：于是绍军惊扰，大溃，绍及谭等幅巾乘马，与八百骑渡河。操追之不及，尽收其辎重、图书、珍宝。余众降者，操尽坑之，前后所杀七万余人。（参见《三国志·魏书·武帝纪》，《三国志·魏书·袁绍传》注引张璠《汉纪》，《后汉书·袁绍传》）

　　据《三国志·魏书·武帝纪》注引《献帝起居注》：公上言"……辄勒兵马，与战官渡，乘圣朝之威，得斩绍大将淳于琼等八人首，遂大破溃。绍与子谭轻身逃走。凡斩首七万余级，辎重财物巨亿。"

　　据《资治通鉴考异》：《范书·绍传》曰："所杀八万人。"按《献帝起居注》：曹公上言，"凡斩首七万余级"。

操获全胜，将所得金宝缎匹，给赏军士。于图书中检出书信一束，皆许都及军中诸人与绍暗通之书。左右曰："可逐一点对姓名，收而杀之。"操曰："当绍之强，孤亦不能自保，况他人乎？"遂命尽焚之，更不再问。

　　据《资治通鉴》卷六十三：操收绍书中，得许下及军中人书，皆焚之，曰："当绍之强，孤犹不能自保，况众人乎！"（参见《三国志·魏书·武帝纪》及注引《魏氏春秋》）

却说袁绍兵败而奔，沮授因被囚禁，急走不脱，为曹军所获，擒见曹操。操素与授相识。授见操，大呼曰："授不降也！"操曰："本初无谋，不用君言，君何尚执迷耶？吾若早得足下，天下不足虑也。"因厚待之，留于军中。授乃于营中盗马，欲归袁氏。操怒，乃杀之。授至死神色不变。操叹曰："吾误杀忠义之士也！"命厚礼殡殓，为建坟，安葬于黄河渡口，题其墓曰"忠烈沮君之墓"。

　　据《资治通鉴》卷六十三：沮授不及绍渡，为操军所执，乃大呼曰："授不降也，为所执耳！"操与之有旧，迎谓曰："分野殊异，遂用圮绝，不图今日乃相禽也！"授曰："冀州失策，自取奔北。授知力俱困，宜其见禽。"操曰："本初无谋，不相用计，今丧乱未定，方当与君图之。"授曰："叔父、母弟，县命袁氏，若蒙公灵，速死为福。"操叹曰："孤早相得，天下不足虑也。"遂赦而厚遇焉。授寻谋归袁氏，操乃杀之。（参见《后汉书·袁绍传》，《三国志·魏书·袁绍传》及注引《献帝传》）

后人有诗赞曰：

　　　　河北多名士，忠贞推沮君。凝眸知阵法，仰面识天文。
　　　　至死心如铁，临危气似云。曹公钦义烈，特与建孤坟。

操下令攻冀州。正是：势弱只因多算胜，兵强却为寡谋亡。未知胜负如何，且看下文分解。

第三十一回　曹操仓亭破本初　玄德荆州依刘表

却说曹操乘袁绍之败，整顿军马，迤逦追袭。袁绍幅巾单衣，引八百余骑，奔至黎阳北岸，大将蒋义渠出寨迎接。绍以前事诉与义渠。义渠乃招谕离散之众，众闻绍在，又皆蚁聚。军势复振，议还冀州。

　　据《后汉书·袁绍传》：绍军惊扰，大溃。绍与谭等幅巾乘马，与八百骑度河，至黎阳北岸，入其将军蒋义渠营。至帐下，把其手曰："孤以首领相付矣。"义渠避帐而处之，使宣令焉。众闻绍在，稍复集。……冀州城邑多畔，绍复击定之。（参见《资治通鉴》卷六十三，《三国志·魏书·袁绍传》）

军行之次，夜宿荒山。绍于帐中闻远远有哭声，遂私往听之。却是败军相聚，诉说丧兄失弟，弃伴亡亲之苦，各各捶胸大哭，皆曰："若听田丰之言，我等怎遭此祸！"绍大悔曰："吾不听田丰之言，兵败将亡；今回去，有何面目见之耶！"次日，上马正行间，逢纪引军来接。绍对逢纪曰："吾不听田丰之言，致有此败。吾今归去，羞见此人。"逢纪因谮曰："丰在狱中闻主公兵败，抚掌大笑曰：果不出吾之料！"袁绍大怒曰："竖儒怎敢笑我！我必杀之！"遂命使者赍宝剑先往冀州狱中杀田丰。

却说田丰在狱中。一日，狱吏来见丰曰："与别驾贺喜！"丰曰："何喜可贺？"狱吏曰："袁将军大败而回，君必见重矣。"丰笑曰："吾今死矣！"狱吏问曰："人皆为君喜，君何言死也？"丰曰："袁将军外宽而内忌，不念忠诚。若胜而喜，犹能赦我；今战败则羞，吾不望生矣。"狱吏未信。忽使者赍剑至，传袁绍命，欲取田丰之首，狱吏方惊。丰曰："吾固知必死也。"狱吏皆流泪。丰曰："大丈夫生于天地间，不识其主而事之，是无智也！今日受死，夫何足惜！"乃自刎于狱中。

　　据《资治通鉴》卷六十三：或谓田丰曰："君必见重矣。"丰曰："公貌宽而内忌，不亮吾忠，而吾数以至言迕之，若胜而喜，犹能赦我，今战败而惠，内忌将发，吾不望生。"绍军士皆拊膺泣曰："向令田丰在此，必不至于败。"绍谓逢纪曰："冀州诸人闻吾军败，皆当念吾，惟田别驾前谏止吾，与众不同，吾亦惭之。"纪曰："丰闻将军之退，拊手大笑，喜其言之中也。"绍于是谓僚属曰："吾不用田丰言，果为所笑。"遂杀之。初，曹操闻丰不从戎，喜曰："绍必败矣。"及绍奔遁，复曰："向使绍用其别驾计，尚未可知也。"（参见《三国志·魏书·袁绍传》及注引《先贤行状》，《后汉书·袁绍传》）

后人有诗曰：
　　昨朝沮授军中失，今日田丰狱内亡。河北栋梁皆折断，本初焉不丧家邦！
田丰既死，闻者皆为叹惜。

袁绍回冀州，心烦意乱，不理政事。其妻刘氏劝立后嗣。绍所生三子：长子袁谭字显思，出守青州；次子袁熙字显奕，出守幽州；三子袁尚字显甫，是绍后妻刘氏所出，生得形貌俊伟，绍甚爱之，因此留在身边。

　　据《后汉书·袁绍传》：绍有三子：谭字显思，熙字显雍，尚字显甫。谭长而惠，尚少而美。绍后妻刘有宠，而偏爱尚，数称于绍，绍亦奇其姿容，欲使传嗣。乃以谭继兄后，出为青州刺史。沮授谏曰："世称万人逐兔，一人获之，贪者悉止，分定故也。且年均以贤，德均则卜，古之制也。愿上惟先代成败之诫，下思逐兔分定之义。若其不改，祸始此矣。"绍曰："吾欲令诸子各据一州，以视其能。"于是以中子熙为幽州刺史，外甥高干为并州刺史。（参见《资治通鉴》卷六十四，《三国志·魏书·袁绍传》及注引《九州春秋》）

自官渡兵败之后，刘氏劝立尚为后嗣，绍乃与审配、逢纪、辛评、郭图四人商议，原来审、逢二人，向辅袁尚；辛、郭二人，向辅袁谭；四人各为其主。

据《资治通鉴》卷六十四：逢纪、审配素为谭所疾，辛评、郭图皆附于谭，而与配、纪有隙。

当下袁绍谓四人曰："今外患未息，内事不可不早定，吾将议立后嗣：长子谭，为人性刚好杀；次子熙，为人柔懦难成；三子尚，有英雄之表，礼贤敬士，吾欲立之。公等之意若何？"郭图曰："三子之中，谭为长，今又居外；主公若废长立幼，此乱萌也。今军威稍挫，敌兵压境，岂可复使父子兄弟自相争乱耶？主公且理会拒敌之策，立嗣之事，毋容多议。"袁绍踌躇未决。

忽报袁熙引兵六万，自幽州来；袁谭引兵五万，自青州来；外甥高干亦引兵五万，自并州来：各至冀州助战。绍喜，再整人马来战曹操。时操引得胜之兵，陈列于河上，有土人箪食壶浆以迎之。操见父老数人，须发尽白，乃命入帐中赐坐，问之曰："老丈多少年纪？"答曰："皆近百岁矣。"操曰："吾军士惊扰汝乡，吾甚不安。"父老曰："桓帝时，有黄星见于楚、宋之分，辽东殷馗善晓天文，夜宿于此，对老汉等言：黄星见于乾象，正照此间。后五十年，当有真人起于梁沛之间。今以年计之，整整五十年。袁本初重敛于民，民皆怨之。丞相兴仁义之兵，吊民伐罪，官渡一战，破袁绍百万之众，正应当时殷馗之言，兆民可望太平矣。"

据《三国志·魏书·武帝纪》：初，桓帝时有黄星见于楚、宋之分，辽东殷馗善天文，言："后五十岁当有真人起于梁、沛之间，其锋不可当。"至是凡五十年，而公破绍，天下莫敌矣。

操笑曰："何敢当老丈所言？"遂取酒食绢帛赐老人而遣之。号令三军："如有下乡杀人家鸡犬者，如杀人之罪！"于是军民震服。操亦心中暗喜。

人报袁绍聚四州之兵，得二三十万，前至仓亭下寨。操提兵前进，下寨已定。次日，两军相对，各布成阵势。操引诸将出阵，绍亦引三子一甥及文官武将出到阵前。操曰："本初计穷力尽，何尚不思投降？直待刀临项上，悔无及矣！"绍大怒，回顾众将曰："谁敢出马？"袁尚欲于父前逞能，便舞双刀，飞马出阵，来往奔驰。操指问众将曰："此何人？"有识者答曰："此袁绍三子袁尚也。"言未毕，一将挺枪早出。操视之，乃徐晃部将史涣也。两骑相交，不三合，尚拨马刺斜而走。史涣赶来，袁尚拈弓搭箭，翻身背射，正中史涣左目，坠马而死。

据《三国志·魏书·夏侯惇传》注引《魏书》：史涣字公刘。少任侠，有雄气。太祖初起，以客从，行中军校尉，从征伐，常监诸将，见亲信，转拜中领军。十四年薨。

按：盛巽昌先生在《三国演义补证本》一书中指出：据史传，史涣久随曹操，从未隶属于徐晃，其任中领军职位还高于徐晃之偏将军。史涣更非袁尚所阵杀，他是病死的。

袁绍见子得胜，挥鞭一指，大队人马拥将过来混战，大杀一场，各鸣金收军还寨。

操与诸将商议破绍之策。程昱献十面埋伏之计,劝操退军于河上,伏兵十队,诱绍追至河上,"我军无退路,必将死战,可胜绍矣"。操然其计。左右各分五队。左:一队夏侯惇,二队张辽,三队李典,四队乐进,五队夏侯渊;右:一队曹洪,二队张郃,三队徐晃,四队于禁,五队高览。中军许褚为先锋。次日,十队先进,埋伏左右已定。至半夜,操令许褚引兵前进,伪作劫寨之势。袁绍五寨人马,一齐俱起。许褚回军便走。袁绍引军赶来,喊声不绝;比及天明,赶至河上。曹军无去路,操大呼曰:"前无去路,诸军何不死战?"众军回身奋力向前。许褚飞马当先,力斩十数将。袁军大乱。袁绍退军急回,背后曹军赶来。正行间,一声鼓响,左边夏侯渊,右边高览,两军冲出。袁绍聚三子一甥,死冲血路奔走。又行不到十里,左边乐进,右边于禁杀出,杀得袁军尸横遍野,血流成渠。又行不到数里,左边李典,右边徐晃,两军截杀一阵。袁绍父子胆丧心惊,奔入旧寨。令三军造饭,方欲待食,左边张辽,右边张郃,径来冲寨。绍慌上马,前奔仓亭。人马困乏,欲待歇息,后面曹操大军赶来,袁绍舍命而走。正行之间,右边曹洪,左边夏侯惇,挡住去路。绍大呼曰:"若不决死战,必为所擒矣!"奋力冲突,得脱重围。袁熙、高干皆被箭伤。军马死亡殆尽。

据《资治通鉴》卷六十四:(建安六年)夏四月,操扬兵河上,击袁绍仓亭军,破之。(参见《三国志·魏书·武帝纪》)

按:《演义》称,仓亭之役,袁绍亲率三子一甥参战、程昱献十面埋伏之计,均不见于史。

绍抱三子痛哭一场,不觉昏倒。众人急救,绍口吐鲜血不止,叹曰:"吾自历战数十场,不意今日狼狈至此!此天丧吾也!汝等各回本州,誓与曹贼一决雌雄!"便教辛评、郭图火急随袁谭前往青州整顿,恐曹操犯境;令袁熙仍回幽州,高干仍回并州:各去收拾人马,以备调用。袁绍引袁尚等入冀州养病,令尚与审配、逢纪暂掌军事。

却说曹操自仓亭大胜,重赏三军;令人探察冀州虚实。细作回报:"绍卧病在床。袁尚、审配紧守城池。袁谭,袁熙、高干皆回本州。"众皆劝操急攻之。操曰:"冀州粮食极广,审配又有机谋,未可急拔。现今禾稼在田,恐废民业,姑待秋成后取之未晚。"

据《三国志·魏书·武帝纪》:(建安)七年春正月,公军谯,令曰:"吾起义兵,为天下除暴乱。旧土人民,死丧略尽,国中终日行,不见所识,使吾凄怆伤怀。其举义兵已来,将士绝无后者,求其亲戚以后之,授土田,官给耕牛,置学师以教之。为存者立庙,使祀其先人,魂而有灵,吾百年之后何恨哉!"

正议间,忽荀彧有书到,报说:"刘备在汝南得刘辟、龚都数万之众。闻丞相提军出征河北,乃令刘辟守汝南,备亲自引兵乘虚来攻许昌。丞相可速回军御之。"操大惊,留曹洪屯兵河上,虚张声势。操自提大兵往汝南来迎刘备。

却说玄德与关、张、赵云等,引兵欲袭许都。行近穰山地面,正遇曹兵杀来,玄德便于穰山下寨,军分三队:云长屯兵于东南角上,张飞屯兵于西南角上,玄德与赵云于正南立寨。曹操兵至,玄德鼓噪而出。操布成阵势,叫玄德打话。玄德出马于门旗下。操以鞭指骂曰:"吾待汝为上宾,汝何背义忘恩?"玄德曰:"汝托名汉相,实为国贼!吾乃汉室宗亲,奉天子密诏,来讨反贼!"遂于马上朗诵衣带诏。操大怒,教许褚出战。玄德背后赵云挺枪出马。二将相交三十合,不分胜负。忽然喊声大震,东南角上,云长冲突而来;西南角上,张飞引军冲突而来。三处一齐掩杀。曹军远来疲困,不能抵当,大败而走。玄德得胜回营。

次日,又使赵云搦战。操兵旬日不出。玄德再使张飞搦战,操兵亦不出。玄德愈疑。忽

第三十一回 曹操仓亭破本初 玄德荆州依刘表

报龚都运粮至,被曹军围住,玄德急令张飞去救。忽又报夏侯惇引军抄背后径取汝南,玄德大惊曰:"若如此,吾前后受敌,无所归矣!"急遣云长救之。两军皆去。不一日,飞马来报夏侯惇已打破汝南,刘辟弃城而走,云长现今被围。玄德大惊。又报张飞去救龚都,也被围住了。玄德急欲回兵,又恐操兵后袭。忽报寨外许褚搦战。玄德不敢出战,候至天黑,教军士饱餐,步军先起,马军后随,寨中虚传更点。玄德等离寨约行数里,转过土山,火把齐明,山头上大呼曰:"休教走了刘备!丞相在此专等!"玄德慌寻走路。赵云曰:"主公勿忧,但跟某来。"赵云挺枪跃马,杀开条路,玄德掣双股剑后随。正战间,许褚追至,与赵云力战。背后于禁、李典又到。玄德见势危,落荒而走。听得背后喊声渐远,玄德望深山僻路,单马逃生。捱到天明,侧首一彪军冲出。玄德大惊,视之,乃刘辟引败军千余骑,护送玄德家小前来;孙乾、简雍、糜芳亦至,诉说:"夏侯惇军势甚锐,因此弃城而走。曹兵赶来,幸得云长挡住,因此得脱。"玄德曰:"不知云长今在何处?"刘辟曰:"将军且行,却再理会。"行到数里,一棒鼓响,前面拥出一彪人马。当先大将,乃是张郃,大叫:"刘备快下马受降!"玄德方欲退后,只见山头上红旗磨动,一军从山坞内拥出,为首大将,乃高览也。玄德两头无路,仰天大呼曰:"天何使我受此窘极耶!事势至此,不如就死!"欲拔剑自刎,刘辟急止之曰:"容某死战,夺路救君。"言讫,便来与高览交锋。战不三合,被高览一刀砍于马下。玄德正慌,方欲自战,高览后军忽然自乱,一将冲阵而来,枪起处,高览翻身落马。视之,乃赵云也。玄德大喜。云纵马挺枪,杀散后队,又来前军独战张郃。郃与云战三十余合,拨马败走。云乘势冲杀,却被郃兵守住山隘,路窄不得出。正夺路间,只见云长、关平、周仓引三百军到。两下夹攻,杀退张郃。各出隘口,占住山险下寨。玄德使云长寻觅张飞。原来张飞去救龚都,龚都已被夏侯渊所杀;飞奋力杀退夏侯渊,迤逦赶去,却被乐进引军围住。云长路逢败军,寻踪而去,杀退乐进,与飞同回见玄德。人报曹军大队赶来,玄德教孙乾等保护老小先行。玄德与关、张、赵云在后,且战且走。操见玄德去远,收军不赶。

据《资治通鉴》卷六十四:操自击刘备于汝南,备奔刘表,龚都等皆散。

据《三国志·魏书·武帝纪》:绍之未破也,使刘备略汝南,汝南贼共都等应之。遣蔡扬击都,不利,为都所破。公南征备。备闻公自行,走奔刘表,都等皆散。

按:刘备汝南之败,不见于史。

玄德败军不满一千,狼狈而奔。前至一江,唤土人问之,乃汉江也。玄德权且安营。土人知是玄德,奉献羊酒,乃聚饮于沙滩之上。玄德叹曰:"诸君皆有王佐之才,不幸跟随刘备。备之命窘,累及诸君。今日身无立锥,诚恐有误诸君。君等何不弃备而投明主,以取功名乎?"众皆掩面而哭。云长曰:"兄言差矣。昔日高祖与项羽争天下,数败于羽;后九里山一战成功,而开四百年基业。胜负兵家之常,何可自隳其志!"

孙乾曰:"成败有时,不可丧志。此离荆州不远。刘景升坐镇九郡,兵强粮足,更且与公皆汉室宗亲,何不往投之?"玄德曰:"但恐不容耳。"乾曰:"某愿先往说之,使景升出境而迎主公。"玄德大喜,便令孙乾星夜往荆州。到郡入见刘表,礼毕,刘表问曰:"公从玄德,何故至此?"乾曰:"刘使君天下英雄,虽兵微将寡,而志欲匡扶社稷。汝南刘辟、龚都素无亲故,亦以死报之。明公与使君,同为汉室之胄;今使君新败,欲往江东投孙仲谋。乾僭言曰:'不可背亲而向疏。荆州刘将军礼贤下士,士归之如水之投东,何况同宗乎?'因此使君特使乾先来拜白。惟明公命之。"表大喜曰:"玄德,吾弟也。久欲相会而不可得。今肯惠顾,实为幸甚!"蔡瑁谮曰:"不可。刘备先从吕布,后事曹操,近投袁绍,皆不克终,足可见其为人。今若纳之,曹操必加兵于我,枉动干戈。不如斩孙乾之首,以献曹操,操必重待主公也。"孙乾正色曰:"乾非惧死之人也。刘使君忠心为国,非曹操、袁绍、吕布等比。

前此相从，不得已也。今闻刘将军汉朝苗裔，谊切同宗，故千里相投。尔何献谗而妒贤如此耶？"刘表闻言，乃叱蔡瑁曰："吾主意已定，汝勿多言。"蔡瑁惭恨而出，刘表遂命孙乾先往报玄德，

> 据《三国志·蜀书·孙乾传》：先主之背曹公，遣乾自结袁绍，将适荆州，乾又与麋竺俱使刘表，皆如意指。

> 据《三国志·蜀书·麋竺传》：先主将适荆州，遣竺先与刘表相闻。

一面亲自出郭三十里迎接。玄德见表，执礼甚恭。表亦相待甚厚。玄德引关、张等拜见刘表，表遂与玄德等同入荆州，分拨院宅居住。

> 据《资治通鉴》卷六十四：操自击刘备于汝南，备奔刘表，龚都等皆散。表闻备至，自出郊迎，以上宾礼待之，益其兵，使屯新野。

> 据《三国志·蜀书·先主传》：曹公既破绍，自南击先主。先主遣麋竺、孙乾与刘表相闻，表自郊迎，以上宾礼待之，益其兵，使屯新野。

却说曹操探知玄德已往荆州投奔刘表，便欲引兵攻之。程昱曰："袁绍未除，而遽攻荆襄，倘袁绍从北而起，胜负未可知矣。不如还兵许都，养军蓄锐，待来年春暖，然后引兵先破袁绍，后取荆襄：南北之利，一举可收也。"操然其言，遂提兵回许都。至建安七年，春正月，操复商议兴兵。先差夏侯惇、满宠镇守汝南，以拒刘表；留曹仁、荀彧守许都：亲统大军前赴官渡屯扎。

且说袁绍自旧岁感冒吐血症候，今方稍愈，商议欲攻许都。审配谏曰："旧岁官渡、仓亭之败，军心未振；尚当深沟高垒，以养军民之力。"正议间，忽报曹操进兵官渡，来攻冀州。绍曰："若候兵临城下，将至壕边，然后拒敌，事已迟矣。吾当自领大军出迎。"袁尚曰："父亲病体未痊，不可远征。儿愿提兵前去迎敌。"绍许之，遂使人往青州取袁谭，幽州取袁熙，并州取高干：四路同破曹操。正是：才向汝南鸣战鼓，又从冀北动征鼙。未知胜负如何，且听下文分解。

第三十二回　夺冀州袁尚争锋　决漳河许攸献计

却说袁尚自斩史涣之后，自负其勇，不待袁谭等兵至，自引兵数万出黎阳，与曹军前队相迎。张辽当先出马，袁尚挺枪来战，不三合，架隔遮拦不住，大败而走。张辽乘势掩杀，袁尚不能主张，急急引军奔回冀州。袁绍闻袁尚败回，又受了一惊，旧病复发，吐血数斗，昏倒在地。刘夫人慌救入卧内，病势渐危。刘夫人急请审配、逢纪，直至袁绍榻前，商议后事。绍但以手指而不能言。刘夫人曰："尚可继后嗣否？"绍点头。审配便就榻前写了遗嘱。绍翻身大叫一声，又吐血斗余而死。

　　据《资治通鉴》卷六十四：袁绍自军败，惭愤，发病呕血；（建安七年）夏五月，薨。（参见《三国志·魏书·武帝纪》《袁绍传》，《后汉书·袁绍传》）

后人有诗曰：
　　累世公卿立大名，少年意气自纵横。空招俊杰三千客，漫有英雄百万兵。
　　羊质虎皮功不就，凤毛鸡胆事难成。更怜一种伤心处，家难徒延两弟兄。

袁绍既死，审配等主持丧事。刘夫人便将袁绍所爱宠妾五人尽行杀害；又恐其阴魂于九泉之下再与绍相见，乃髡其发，刺其面，毁其尸：其妒恶如此。袁尚恐宠妾家属为害，并收而杀之。

　　据《三国志·魏书·袁绍传附子谭传》注引《典论》：谭长而惠，尚少而美。绍妻刘氏爱尚，数称其才，绍亦奇其貌，欲以为后，未显而绍死。刘氏性酷妒，绍死，僵尸未殡，宠妾五人，刘尽杀之。以为死者有知，当复见绍于地下，乃髡头墨面以毁其形。尚又为尽杀死者之家。

审配、逢纪立袁尚为大司马将军，领冀、青、幽、并四州牧，遣使报丧。

　　据《资治通鉴》卷六十四：逢纪、审配素为谭所疾，辛评、郭图皆附于谭，而与配、纪有隙。及绍薨，众以谭长，欲立之。配等恐谭立而评等为害，遂矫绍遗命，奉尚为嗣。（参见《后汉书·袁绍传附子谭传》《三国志·魏书·袁绍传附子谭传》）

此时袁谭已发兵离青州，知父死，便与郭图、辛评商议。图曰："主公不在冀州，审配、逢纪必立显甫为主矣。当速行。"辛评曰："审、逢二人，必预定机谋。今若速往，必遭其祸。"袁谭曰："若此当何如？"郭图曰："可屯兵城外，观其动静。某当亲往察之。"谭依言。郭图遂入冀州，见袁尚。礼毕，尚问："兄何不至？"图曰："因抱病在军中，不能相见。"尚曰："吾受父亲遗命，立我为主，加兄为车骑将军。目下曹军压境，请兄为前部，吾随后便调兵接应也。"图曰："军中无人商议良策，愿乞审正南、逢元图二人为辅。"尚曰："吾亦欲仗此二人早晚画策，如何离得！"图曰："然则于二人内遣一人去，何如？"尚不得已，乃令二人拈阄，拈着者便去。

　　按：《演义》说，袁尚命审配、逢纪二人拈阄，以决定谁到袁谭帐下，这个情节不见于史。

逢纪拈着，尚即命逢纪赍印绶，同郭图赴袁谭军中。纪随图至谭军，见谭无病，心中不安，献上印绶。谭大怒，欲斩逢纪。郭图密谏曰："今曹军压境，且只款留逢纪在此，以安尚心。待破曹之后，却来争冀州不迟。"

谭从其言。即时拔寨起行，前至黎阳，与曹军相抵。谭遣大将汪昭出战，操遣徐晃迎敌。二将战不数合，徐晃一刀斩汪昭于马下。曹军乘势掩杀，谭军大败。谭收败军入黎阳，遣人求救于尚。尚与审配计议，只发兵五千余人相助。曹操探知救军已到，遣乐进、李典引兵于半路接着，两头围住尽杀之。袁谭知尚止拨兵五千，又被半路坑杀，大怒，乃唤逢纪责骂。纪曰："容某作书致主公，求其亲自来救。"谭即令纪作书，遣人到冀州致袁尚，尚与审配共议。配曰："郭图多谋，前次不争而去者，为曹军在境也。今若破曹，必来争冀州矣。不如不发救兵，借操之力以除之。"尚从其言，不肯发兵。使者回报，谭大怒，立斩逢纪，议欲降曹。

　　据《资治通鉴》卷六十四：谭至，不得立，自称车骑将军，屯黎阳。尚少与之兵，而使逢纪随之。谭求益兵，审配等又议不与。谭怒，杀逢纪。（参见《三国志·魏书·袁绍传附子谭传》《武帝纪》，《后汉书·袁绍传附子谭传》）

早有细作密报袁尚。尚与审配议曰："使谭降曹，并力来攻，则冀州危矣。"乃留审配并大将苏由固守冀州，自领大军来黎阳救谭。尚问军中谁敢为前部，大将吕旷、吕翔兄弟二人愿去。尚点兵三万，使为先锋，先至黎阳。谭闻尚自来，大喜，遂罢降曹之议。谭屯兵城中，尚屯兵城外，为掎角之势。

不一日，袁熙、高干皆领军到城外，屯兵三处，每日出兵与操相持。尚屡败，操兵屡胜。至建安八年春二月，操分路攻打，袁谭、袁熙、袁尚、高干皆大败，弃黎阳而走。操引兵追至冀州，谭与尚入城坚守；熙与干离城三十里下寨，虚张声势。操兵连日攻打不下。郭嘉进曰："袁氏废长立幼，而兄弟之间，权力相并，各自树党，急之则相救，缓之则相争。不如举兵南向荆州，征讨刘表，以候袁氏兄弟之变；变成而后击之，可一举而定也。"操善其言，命贾诩为太守，守黎阳；曹洪引兵守官渡。操引大军向荆州进兵。

　　据《资治通鉴》卷六十四：（建安七年）秋九月，曹操渡河攻谭。谭告急于尚，尚留审配守邺，自将助谭，与操相拒。连战，谭、尚数败，退而固守。……八年春二月，曹操攻黎阳，与袁谭、袁尚战于城下，谭、尚败走，还邺。夏四月，操追至邺，收其麦。诸将欲乘胜遂攻之，郭嘉曰："袁绍爱此二子，莫适立也。今权力相侔，各有党与，急之则相保，缓之则争心生。不如南向荆州以待其变，变成而后击之，可一举定也。"操曰："善！"五月，操还许，留其将贾信屯黎阳。（参见《三国志·魏书·袁绍传附子谭传》《郭嘉传》）

　　据《后汉书·袁绍传附子谭传》：曹操度河攻谭，谭告急于尚，尚乃留审配守邺，自将助谭，与操相拒于黎阳。自（建安七年）九月至明年二月，大战城下，谭、尚败退。操将围之，乃夜遁还邺。操军进，尚逆击破操，操军还许。

　　据《资治通鉴考异》：《范书·绍传》曰："尚逆击，破操军。"今从《魏志·绍传》。余谓此诸葛孔明所谓逼于黎阳时也，必有破操军事，魏人讳而不书耳。

谭、尚听知曹军自退，遂相庆贺。袁熙、高干各自辞去。袁谭与郭图、辛评议曰："我为长子，反不能承父业；尚乃继母所生，反承大爵：心实不甘。"图曰："主公可勒兵城外，只做请显甫、审配饮酒，伏刀斧手杀之，大事定矣。"谭从其言。适别驾王修自青州来，谭将此计告之。修曰："兄弟者，左右手也。今与他人争斗，断其右手，而曰我必胜，安可得乎？夫弃兄弟而不亲，天下其谁亲之？彼逸人离间骨肉，以求一朝之利，愿塞耳勿听也。"谭怒，叱退王修，使人去请袁尚。

据《资治通鉴》卷六十四：别驾北海王修率吏民自青州往救谭。谭欲更还攻尚，修曰："兄弟者，左右手也。譬人将斗而断其右手，曰'我必胜'，其可乎？夫弃兄弟而不亲，天下其谁亲之！彼谗人离间骨肉以求一朝之利，愿塞耳勿听也。若斩佞臣数人，复相亲睦，以御四方，可横行于天下。"谭不从。（参见《后汉书·袁绍传附子谭传》《三国志·魏书·王修传》）

尚与审配商议。配曰："此必郭图之计也。主公若往，必遭奸计。不如乘势攻之。"袁尚依言，便披挂上马，引兵五万出城。袁谭见袁尚引军来，情知事泄，亦即披挂上马，与尚交锋。尚见谭大骂。谭亦骂曰："汝药死父亲，篡夺爵位，今又来杀兄耶！"二人亲自交锋，袁谭大败。尚亲冒矢石，冲突掩杀。谭引败军奔平原，尚收兵还。袁谭与郭图再议进兵，令岑璧为将，领兵前来。尚自引兵出冀州。两阵对圆，旗鼓相望。璧出骂阵；尚欲自战，大将吕旷，拍马舞刀，来战岑璧。二将战无数合，旷斩岑璧于马下。谭兵又败，再奔平原。审配劝尚进兵，追至平原。谭抵挡不住，退入平原，坚守不出。尚三面围城攻打。谭与郭图计议。图曰："今城中粮少，彼军方锐，势不相敌。愚意可遣人投降曹操，使操将兵攻冀州，尚必还救。将军引兵夹击之，尚可擒矣。若操击破尚军，我因而敛其军实以拒操。操军远来，粮食不继，必自退去。我可以仍据冀州，以图进取也。"谭从其言，问曰："何人可为使？"图曰："辛评之弟辛毗，字佐治，见为平原令。此人乃能言之士，可命为使。"谭即召辛毗，毗欣然而至。谭修书付毗，使三千军送毗出境。

据《三国志·魏书·辛毗传》注引《英雄记》：谭、尚战于外门，谭军败奔北。郭图说谭曰："今将军国小兵少，粮匮势弱，显甫之来，久则不敌。愚以为可呼曹公来击显甫。曹公至，必先攻邺，显甫还救。将军引兵而西，自邺以北皆可虏得。若显甫军破，其兵奔亡，又可敛取以拒曹公。曹公远侨而来，粮饷不继，必自逃去。比此之际，赵国以北皆我之有，亦足与曹公为对矣。不然，不谐。"谭始不纳，后遂从之。问图："谁可使？"图答："辛佐治可。"谭遂遣毗诣太祖。

据《资治通鉴》卷六十四：谭谓尚曰："我铠甲不精，故前为曹操所败。今操军退，人怀归志，及其未济，出兵掩之，可令大溃，此策不可失也。"尚疑之，既不益兵，又不易甲。谭大怒，郭图、辛评因谓谭曰："使先公出将军为兄后者，皆审配之谋也。"谭遂引兵攻尚，战于门外。谭败，引兵还南皮。……袁尚自将攻袁谭，大破之。谭奔平原，婴城固守。尚围之急，谭遣辛评弟毗诣曹操请救。（参见《后汉书·袁绍传附子谭传》）

毗星夜赍书往见曹操，时操屯军西平伐刘表，表遣玄德引兵为前部以迎之。未及交锋，辛毗到操寨。见操礼毕，操问其来意，毗具言袁谭相求之意，呈上书信。操看书毕，留辛毗于寨中，聚文武计议。程昱曰："袁谭被袁尚攻击太急，不得已而来降，不可准信。"吕虔、满宠亦曰："丞相既引兵至此，安可复舍表而助谭？"荀攸曰："三公之言未善。以愚意度之：天下方有事，而刘表坐保江、汉之间，不敢展足，其无四方之志可知矣。袁氏据四州之地，带甲数十万，若二子和睦，共守成业，天下事未可知也；今乘其兄弟相攻，势穷而投我，我提兵先除袁尚，后观其变，并灭袁谭，天下定矣。此机会不可失也。"操大喜，便邀辛毗饮酒，谓之曰："袁谭之降，真耶诈耶？袁尚之兵，果可必胜耶？"毗对曰："明公勿问真与诈也，只论其势可耳。袁氏连年丧败，兵革疲于外，谋臣诛于内；兄弟谗隙，国分为二；加之饥馑并臻，天灾人困：无问智愚，皆知土崩瓦解，此乃天灭袁氏之时也。今明公提兵攻邺，袁尚不还救，则失巢穴；若还救，则谭踵袭其后。以明公之威，击疲惫之众，如迅风之扫秋叶也。不此之图，而伐荆州；荆州丰乐之地，国和民顺，未可摇动。况四方之患，莫大于河北；河北既平，则霸业成矣。愿明公详之。"操大喜曰："恨与辛佐治相见之晚也！"即日督军还取冀州。玄德恐操有谋,不敢追袭,引兵自回荆州。

　　据《资治通鉴》卷六十四:(建安八年)秋八月,操击刘表,军于西平。……辛毗至西平见曹操,致谭意,群下多以为刘表强,宜先平之,谭、尚不足忧也。荀攸曰:"天下方有事,而刘表坐保江、汉之间,其无四方之志可知矣。袁氏据四州之地,带甲数十万,绍以宽厚得众心;使二子和睦以守其成业,则天下之难未息也。今兄弟遘恶,其势不两全,若有所并则力专,力专则难图也。及其乱而取之,天下定矣,此时不可失也。"操从之。后数日,操更欲先平荆州,使谭、尚自相敝,辛毗望操色,知有变,以语郭嘉。嘉白操,操谓毗曰:"谭必可信,尚必可克不?"毗对曰:"明公无问信与诈也,直当论其势耳。袁氏本兄弟相伐,非谓他人能间其间,乃谓天下可定于己也。今一旦求救于明公,此可知也。显甫见显思困而不能取,此力竭也。兵革败于外,谋臣诛于内,兄弟谗阋,国分为二,连年战伐,介胄生虮虱,加以旱蝗,饥馑并臻;天灾应于上,人事困于下,民无愚智,皆知土崩瓦解,此乃天亡尚之时也。今往攻邺,尚不还救,即不能自守;还救,即谭踵其后。以明公之威,应困穷之敌,击疲敝之寇,无异迅风之振秋叶矣。天以尚与明公,明公不取而伐荆州,荆州丰乐,国未有衅。仲虺有言,'取乱侮亡'。方今二袁不务远略而内相图,可谓乱矣;居者无食,行者无粮,可谓亡矣。朝不谋夕,民命靡继,而不绥之,欲待他年;他年或登,又自知亡而改修厥德,失所以用兵之要矣。今因其请救而抚之,利莫大焉。且四方之寇,莫大于河北,河北平,则六军盛而天下震矣。"操曰:"善!"乃许谭平。(参见《三国志·魏书·辛毗传》《荀攸传》《武帝纪》《袁绍传附子谭传》)

　　据《三国志·魏书·武帝纪》注引《魏书》:公云:"我攻吕布,表不为寇,官渡之役,不救袁绍,此自守之贼也,宜为后图。谭、尚狡猾,当乘其乱。纵谭挟诈,不终束手,使我破尚,偏收其地,利自多矣。"乃许之。

　　却说袁尚知曹军渡河,急急引军还邺,命吕旷、吕翔断后。袁谭见尚退军,乃大起平原军马,随后赶来。行不到数十里,一声炮响,两军齐出:左边吕旷,右边吕翔,兄弟二人截住袁谭。谭勒马告二将曰:"吾父在日,吾并未慢待二将军,今何从吾弟而见逼耶?"二将闻言,乃下马降谭。谭曰:"勿降我,可降曹丞相。"二将因随谭归营。谭候操军至,引二将见操。操大喜,以女许谭为妻,即令吕旷、吕翔为媒。谭请操攻取冀州。操曰:"方今粮草不接,搬运劳苦,我由济河遏淇水入白沟以通粮道,然后进兵。"

　　按:"我由济河遏淇水入白沟以通粮道"有误。《资治通鉴》卷六十四记此事时写作:"曹操济河,遏淇水入白沟以通粮道",罗贯中复述史书时,错会了"济(渡)河"二字的意义,误认为河名而加"由"字。

令谭且居平原。操引军退屯黎阳,封吕旷、吕翔为列侯,随军听用。郭图谓袁谭曰:"曹操以女许婚,恐非真意。今又封赏吕旷、吕翔,带去军中,此乃牢笼河北人心。后必终为我祸。主公可刻将军印二颗,暗使人送与二吕,令作内应。待操破了袁尚,可乘便图之。"谭依言,遂刻将军印二颗,暗送与二吕。二吕受讫,径将印来禀曹操。操大笑曰:"谭暗送印者,欲汝等为内助,待我破袁尚之后,就中取事耳。汝等且权受之,我自有主张。"自此曹操便有杀谭之心。

　　据《资治通鉴》卷六十四:(建安八年)冬十月,操至黎阳。尚闻操渡河,乃释平原还邺。尚将吕旷、高翔畔归曹操,谭复阴刻将军印以假旷、翔。操知谭诈,乃为子整娉谭女以安之,而引军还。(参见《三国志·魏书·武帝纪》及注引《魏书》,《三国志·魏书·袁绍传附子谭传》,《后汉书·袁绍传附子谭传》)

且说袁尚与审配商议:"今曹兵运粮入白沟,必来攻冀州,如之奈何?"配曰:"可发檄使武安长尹楷屯毛城,通上党运粮道;令沮授之子沮鹄守邯郸,远为声援。主公可进兵平原,急攻袁谭。先绝袁谭,然后破曹。"袁尚大喜,留审配与陈琳守冀州,使马延、张颉二将为先锋,连夜起兵攻打平原。谭知尚兵来近,告急于操。操曰:"吾今番必得冀州矣。"正说间,适许攸自许昌来;闻尚又攻谭,入见操曰:"丞相坐守于此,岂欲待天雷击杀二袁乎?"操笑曰:"吾已料定矣。"遂令曹洪先进兵攻邺,操自引一军来攻尹楷。兵临本境,楷引军来迎。楷出马,操曰:"许仲康安在?"许褚应声而出,纵马直取尹楷。楷措手不及,被许褚一刀斩于马下,余众奔溃。操尽招降之,即勒兵取邯郸。沮鹄进兵来迎。张辽出马,与鹄交锋。战不三合,鹄大败,辽从后追赶。两马相离不远,辽急取弓射之,应弦落马。操指挥军马掩杀,众皆奔散。于是操引大军前抵冀州。曹洪已近城下。操令三军绕城筑起土山,又暗掘地道以攻之。审配设计坚守,法令甚严。东门守将冯礼,因酒醉有误巡警,配痛责之。冯礼怀恨,潜地出城降操。操问破城之策,礼曰:"突门内土厚,可掘地道而入。"操便命冯礼引三百壮士,黉夜掘地道而入。

却说审配自冯礼出降之后,每夜亲自登城点视军马。当夜在突门阁上,望见城外无灯火。配曰:"冯礼必引兵从地道而入也。"急唤精兵运石击突闸门;门闭,冯礼及三百壮士,皆死于土内。操折了这一场,遂罢地道之计,退军于洹水之上,以候袁尚回兵。袁尚攻平原,闻曹操已破尹楷、沮鹄,大军围困冀州,乃掣兵回救。部将马延曰:"从大路去,曹操必有伏兵;可取小路,从西山出滏水口去劫曹营,必解围也。"尚从其言,自领大军先行,令马延与张颉断后。早有细作去报曹操。操曰:"彼若从大路上来,吾当避之;若从西山小路而来,一战可擒也。吾料袁尚必举火为号,令城中接应。吾可分兵击之。"于是分拨已定。

却说袁尚出滏水界口,东至阳平,军阳平亭,离冀州十七里,一边靠着滏水。尚令军士堆积柴薪干草,至夜焚烧为号;遣主簿李孚扮作曹军都督,直至城下。大叫:"开门!"审配认得是李孚声音,放人城中,说:"袁尚已陈兵在阳平亭,等候接应,若城中兵出,亦举火为号。"配教城中堆草放火,以通音信。孚曰:"城中无粮,可发老弱残兵并妇人出降;彼必不为备,我即以兵继百姓之后出攻之。"配从其论。次日,城上竖起白旗,上写"冀州百姓投降"。操曰:"此是城中无粮,教老弱百姓出降,后必有兵出也。"操教张辽、徐晃各引三千军马,伏于两边。操自乘马张麾盖至城下,果见城门开处,百姓扶老携幼,手持白旗而出。百姓才出尽,城中兵突出。操教将红旗一招,张辽、徐晃两路兵齐出乱杀,城中兵只得复回。操自飞马赶来,到吊桥边,城中弩箭如雨,射中操盔,险透其顶。众将急救回阵。操更衣换马,引众将来攻尚寨,尚自迎敌。时各路军马一齐杀至,两军混战,袁尚大败。尚引败兵退往西山下寨,令人催取马延、张颉军来。不知曹操已使吕旷、吕翔去招安二将。二将随二吕来降,操亦封为列侯。即日进兵攻打西山,先使二吕、马延、张颉截断袁尚粮道。尚情知西山守不住,夜走滥口。安营未定,四下火光并起,伏兵齐出。人不及甲,马不及鞍,尚军大溃,退走五十里,势穷力极,只得遣豫州刺史阴夔至操营请降。操佯许之,却连夜使张辽、徐晃去劫寨。尚尽弃印绶、节钺、衣甲、辎重,望中山而逃。

操回军攻冀州。许攸献计曰:"何不决漳河之水以淹之?"

> 按:《演义》称,决漳河水淹邺城乃许攸之谋,不见于史。

操然其计,先差军于城外掘壕堑,周围四十里。审配在城上见操军在城外掘堑,却掘得甚浅。配暗笑曰:"此欲决漳河之水以灌城耳。壕深可灌,如此之浅,有何用哉!"遂不为备。当夜曹操添十倍军士并力发掘，比及天明，广深二丈，引漳水灌之。城中水深数尺，更兼粮绝，军士皆饿死。辛毗在城外，用枪挑袁尚印绶衣服，招安城内之人。审配大怒，将辛毗家属老小八十余口，就于城上斩之，将头掷下。辛毗号哭不已。审配之侄审荣，素与辛毗相厚，见辛毗家属被害，心中怀忿，乃密写献门之书，拴于箭上，射下城来。军士拾献辛毗，毗将书献操。操先下令："如入冀州，休得杀害袁氏一门老小；军民降者免死。"次日天明，审荣大开西门，放曹兵入。辛毗跃马先入，军将随后，杀入冀州。审配在东南城楼上，见操军已入城中，引数骑下城死战。正迎徐晃交马，徐晃生擒审配，绑出城来。路逢辛毗，毗咬牙切齿，以鞭鞭配首曰："贼杀才！今日死矣！"配大骂："辛毗贼徒！引曹操破我冀州，我恨不杀汝也！"徐晃解配见操。操曰："汝知献门接我者乎？"配曰："不知。"操曰："此汝侄审荣所献也。"配怒曰："小儿不行，乃至于此！"操曰："昨孤至城下，何城中弩箭之多耶？"配曰："恨少！恨少！"操曰："卿忠于袁氏，不容不如此。今肯降吾否？"配曰："不降！不降！"辛毗哭拜于地曰："家属八十余口，尽遭此贼杀害。愿丞相戮之，以雪此恨！"配曰："吾生为袁氏臣，死为袁氏鬼，不似汝辈谗谄阿谀之贼！可速斩我！"操教牵出。临受刑，叱行刑者曰："吾主在北，不可使我面南而死！"乃向北跪，引颈就刃。

据《资治通鉴》卷六十四：建安九年春正月，曹操济河，遏淇水入白沟以通粮道。
二月，袁尚复攻袁谭于平原，留其将审配、苏由守邺。曹操进军至洹水，苏由欲为内应，谋泄，出奔操。操进至邺，为土山、地道以攻之。尚武安长尹楷屯毛城，以通上党粮道。夏四月，操留曹洪攻邺，自将击楷，破之而还。又击尚将沮鹄于邯郸，拔之。……五月，操毁土山、地道，凿堑围城，周回四十里，初令浅，示若可越。配望见，笑之，不出争利。操一夜浚之，广深二丈，引漳水以灌之；城中饿死者过半。秋七月，尚将兵万余人还救邺；未到，欲令审配知外动止，先使主簿巨鹿李孚入城。孚斫问事杖，系著马边，自著平上帻，将三骑，投暮诣邺下；自称都督，历北围，循表而东，步步呵责守围将士，随轻重行其罚。遂历操营，前至南围，当章门，复责怒守围者，收缚之。因开其围，驰到城下，呼城上人，城上人以绳引，孚得入。配等见孚，悲喜，鼓噪称万岁。守围者以状闻，操笑曰："此非徒得入也，方且复出。"孚知外围益急，不可复冒，乃请配悉出城中老弱以省谷，夜，简别数千人，皆使持白幡，从三门并出降。孚复将三骑作降人服，随辈夜出，突围得去。尚兵既至，诸将皆以为："此归师，人自为战，不如避之。"操曰："尚从大道来，当避之；若循西山来者，此成禽耳。"尚果循西山来，东至阳平亭，去邺十七里，临滏水为营。夜，举火以示城中，城中亦举火相应。配出兵城北，欲与尚对决围。操逆击之，败还，尚亦破走，依曲漳为营，操遂围之。未合，尚惧，遣使求降；操不听，围之益急。尚夜遁，保祁山，操复进围之。尚将马延、张颉等临陈降，众大溃，尚奔中山。尽收其辎重，得尚印绶、节钺及衣物，以示城中，城中崩沮。审配令士辛曰："坚守死战！操军疲矣，幽州方至，何忧无主！"操出行围，配伏弩射之，几中。配兄子荣为东门校尉，八月戊寅，荣夜开门内操兵。配拒战城中，操兵生获之。辛评家系邺狱，辛毗驰往，欲解之，已悉为配所杀。操兵缚配诣帐下，毗逆以马鞭击其头，骂之曰："奴，汝今日真死矣！"配顾曰："狗辈，正由汝曹破我冀州，恨不得杀汝也！且汝今日能杀生我邪？"有顷，操引见，谓配曰："囊日孤之行围，何弩之多也！"配曰："犹恨其少！"操曰："卿忠于袁氏，亦自不得不尔。"意欲活之。配意气壮烈，终无桡辞，而辛毗等号哭不已，遂斩之。冀州人张子谦先降，素与配不善，笑谓配曰："正南，卿竟何如我？"配厉声曰："汝为降虏，审配为忠臣。虽死，岂羡汝生邪！"临行刑，叱持兵者令北向，曰："我君在北也。"（参见《三国志·魏书·贾逵传附子充传》注引《魏略》）

据《三国志·魏书·武帝纪》：（建安）九年春正月，济河，遏淇水入白沟以通粮道。二月，尚复攻谭，留苏由、审配守邺。公进军到洹水，由降。既至，攻邺，为土山、地道。武安长尹楷屯毛城，通上党粮道。夏四月，留曹洪攻邺，公自将击楷，破之而还。尚将沮鹄守邯郸，又击拔之。易阳令韩范、涉长梁岐举县降，赐爵关内侯。五月，毁土山、地道，作围堑，决漳水灌城；城中饿死者过半。秋七月，尚还救邺，诸将皆以为"此归师，人自为战，不如避之"。公曰："尚从大道来，当避之；若循西山来者，此成禽耳。"尚果循西山来，临滏水为营。夜遣兵犯围，公逆击破走之，遂围其营。未合，尚惧，遣故豫州刺史阴夔及陈琳乞降，公不许，为围益急。尚夜遁，保祁山，追击之。其将马延、张颌等临陈降，众大溃，尚走中山。尽获其辎重，得尚印绶节钺，使尚降人示其家，城中崩沮。八月，审配兄子荣夜开所守城东门内兵。配逆战，败，生禽配，斩之，邺定。

据《后汉书·袁绍传附子尚传》：（建安）九年三月，尚使审配守邺，复攻谭于平原。……曹操因此进攻邺，审配将冯礼为内应，开突门内操兵三百余人。配觉之，从城上以大石击门，门闭，入者皆死。操乃凿堑围城，周回四十里，初令浅，示若可越。配望见，笑而不出争利。操一夜浚之，广深二丈，引漳水以灌之。自五月至八月，城中饿死者过半。尚闻邺急，将军万余人还救城，操逆击破之。尚走依曲漳为营，操复围之，未合，尚惧，遣阴夔、陈琳求降，不听。尚还走蓝口，操复进，急围之。尚将马延等临阵降，众大溃，尚奔中山。尽收其辎重，得尚印绶节钺及衣物，以示城中，城中崩沮。审配令士卒曰："坚守死战，操军疲矣。幽州方至，何忧无主！"操出行围，配伏弩射之，几中。以其兄子荣为东门校尉，荣夜开门内操兵，配拒战城中，生获配。操谓配曰："吾近行围，弩何多也？"配曰："犹恨其少。"操曰："卿忠于袁氏，亦自不得不尔。"意欲活之。配意气壮烈，终无挠辞，见者莫不叹息，遂斩之。全尚母妻子，还其财宝。（参见《三国志·魏书·袁绍传附子尚传》）

据《三国志·魏书·袁绍传附子尚传》注引《先贤行状》：配字正南，魏郡人，少忠烈慷慨，有不可犯之节。袁绍领冀州，委以腹心之任，以为治中别驾，并总幕府。初，谭之去，皆呼辛毗、郭图家得出，而辛评家独被收。及配兄子开城门内兵，时配在城东南角楼上，望见太祖兵入，忿辛、郭坏败冀州，乃遣人驰诣邺狱，指杀仲治家。是时，辛毗在军，闻门开，驰走诣狱，欲解其兄家，兄家已死。是日生缚配，将诣帐下，辛毗等逆以马鞭击其头，骂之曰："奴，汝今日真死矣！"配顾曰："狗辈，正由汝曹破我冀州，恨不得杀汝也！且汝今日能杀生我邪？"有顷，公引见，谓配："知谁开卿城门？"配曰："不知也。"曰："自卿子荣耳。"配曰："小儿不足用乃至此！"公复谓曰："曩日孤之行围，何弩之多也？"配曰："恨其少耳！"公曰："卿忠于袁氏父子，亦自不得不尔也。"有意欲活之。配既无挠辞，而辛毗等号哭不已，乃杀之。初，冀州人张子谦先降，素与配不善，笑谓配曰："正南，卿竟何如我？"配厉声曰："汝为降虏，审配为忠臣，虽死，岂若汝生邪！"临行刑，叱持兵者令北向，曰："我君在北。"

按：《演义》称，曹操击溃袁尚后始决漳河水灌邺城，与史相悖。据史书，建安九年（204）五月，曹操"决漳水灌城"；"自五月至八月，城中饿死者过半"。秋七月，"尚闻邺急，将军万余人还救城，操逆击破之"。

后人有诗叹曰：

　　河北多名士，谁如审正南？命因昏主丧，心与古人参。
　　忠直言无隐，廉能志不贪。临亡犹北面，降者尽羞惭。

审配既死，操怜其忠义，命葬于城北。众将请曹操入城。操方欲起行，只见刀斧手拥一人至，操视之，乃陈琳也。操谓之曰："汝前为本初作檄，但罪状孤，可也；何乃辱及祖、父耶？"琳答曰："箭在弦上，不得不发耳。"左右劝操杀之。操怜其才，乃赦之，命为从事。

    据《资治通鉴》卷六十四：官渡之战，袁绍使陈琳为檄书，数操罪恶，连及家世，极其丑诋。及袁氏败，琳归操，操曰："卿昔为本初移书，但可罪状孤身，何乃上及父祖邪！"琳谢罪，操释之，使与陈留阮瑀俱管记室。

    据《三国志·魏书·王粲传附陈琳传》：琳避难冀州，袁绍使典文章。袁氏败，琳归太祖。太祖谓曰："卿昔为本初移书，但可罪状孤而已，恶恶止其身，何乃上及父祖邪？"琳谢罪，太祖爱其才而不咎。……太祖并以琳、瑀为司空军谋祭酒，管记室。

却说操长子曹丕，字子桓，时年十八岁。

    据《三国志·魏书·文帝纪》：文皇帝讳丕，字子桓，武帝太子也。中平四年冬，生于谯。

丕初生时，有云气一片，其色青紫，圆如车盖，覆于其室，终日不散。有望气者，密谓操曰："此天子气也。令嗣贵不可言！"丕八岁能属文，有逸才，博古通今，善骑射，好击剑。

    据《三国志·魏书·文帝纪》注引《魏书》：帝生时，有云气青色而圜如车盖当其上，终日，望气者以为至贵之证，非人臣之气。年八岁，能属文。有逸才，遂博贯古今经传诸子百家之书。善骑射，好击剑。

时操破冀州，丕随父在军中，先领随身军，径投袁绍家，下马拔剑而入。有一将当之曰："丞相有命，诸人不许入绍府。"丕叱退，提剑入后堂。见两个妇人相抱而哭，丕向前欲杀之。正是：四世公侯已成梦，一家骨肉又遭殃。未知性命如何，且听下文分解。

第三十三回　曹丕乘乱纳甄氏　郭嘉遗计定辽东

却说曹丕见二妇人啼哭，拔剑欲斩之。忽见红光满目，遂按剑而问曰："汝何人也？"一妇人告曰："妾乃袁将军之妻刘氏也。"丕曰："此女何人？"刘氏曰："此次男袁熙之妻甄氏也。因熙出镇幽州，甄氏不肯远行，故留于此。"丕拖此女近前，见披发垢面。丕以衫袖拭其面而观之，见甄氏玉肌花貌，有倾国之色。遂对刘氏曰："吾乃曹丞相之子也。愿保汝家。汝勿忧虑。"遂按剑坐于堂上。

> 据《三国志·魏书·文昭甄皇后传》注引《魏略》：熙出在幽州，后留侍姑。及邺城破，绍妻及后共坐堂上。文帝入绍舍，见绍妻及后，后怖，以头伏姑膝上，绍妻两手自搏。文帝谓曰："刘夫人云何如此？令新妇举头！"姑乃捧后令仰，文帝就视，见其颜色非凡，称叹之。太祖闻其意，遂为迎取。

> 据《三国志·魏书·文昭甄皇后传》注引《世语》：太祖下邺，文帝先入袁尚府，有妇人被发垢面，垂涕立绍妻刘后，文帝问之，刘答"是熙妻"，顾揽发髻，以巾拭面，姿貌绝伦。既过，刘谓后"不忧死矣"！遂见纳，有宠。

> 据《三国志·魏书·文昭甄皇后传》：建安中，袁绍为中子熙纳之。熙出为幽州，后留养姑。及冀州平，文帝纳后于邺，有宠，生明帝及东乡公主。

却说曹操统领众将入冀州城，将入城门，许攸纵马近前，以鞭指城门而呼操曰："阿瞒，汝不得我，安得入此门？"操大笑。众将闻言，俱怀不平。

> 据《三国志·魏书·崔琰传附许攸传》注引《魏略》：攸自恃勋劳，时与太祖相戏，每在席，不自限齐，至呼太祖小字，曰："某甲，卿不得我，不得冀州也。"太祖笑曰："汝言是也。"然内嫌之。其后从行出邺东门，顾谓左右曰："此家非得我，则不得出入此门也。"人有白者，遂见收。（参见《资治通鉴》卷六十四）

操至绍府门下，问曰："谁曾入此门来？"守将对曰："世子在内。"操唤出责之。刘氏出拜曰："非世子不能保全妾家，愿献甄氏为世子执箕帚。"操教唤出甄氏拜于前。操视之曰："真吾儿妇也！"遂令曹丕纳之。

> 据《资治通鉴》卷六十九：太祖之入邺也，帝为五官中郎将，见袁熙妻中山甄氏美而悦之，太祖为之聘焉，生子叡。

操既定冀州，亲往袁绍墓下设祭，再拜而哭甚哀，顾谓众官曰："昔日吾与本初共起兵时，本初问吾曰：'若事不辑，方面何所可据？'吾问之曰：'足下意欲若何？'本初曰：'吾南据河，北阻燕代，兼沙漠之众，南向以争天下，庶可以济乎？'吾答曰：'吾任天下之智力，以道御之，无所不可。'此言如昨，而今本初已丧，吾不能不为流涕也！"众皆叹息。操以金帛粮米赐绍妻刘氏。

> 据《资治通鉴》卷六十四：操乃临祀绍墓，哭之流涕；慰劳绍妻，还其家人宝物，赐杂缯絮，廪食之。初，袁绍与操共起兵，绍问操曰："若事不辑，则方面何所可据？"操曰："足下意以为何如？"绍曰："吾南据河，北阻燕、代，兼戎狄之众，南向以争天

下，庶可以济乎！"操曰："吾任天下之智力，以道御之，无所不可。"（参见《三国志·魏书·武帝纪》）

据《三国志·魏书·武帝纪》注引《傅子》：太祖又云："汤、武之王，岂同土哉？若以险固为资，则不能应机而变化也。"

乃下令曰："河北居民遭兵革之难，尽免今年租赋。"

据《三国志·魏书·武帝纪》：（建安九年秋）九月，令曰："河北罹袁氏之难，其令无出今年租赋。"重豪强兼并之法，百姓喜悦。

一面写表申朝；操自领冀州牧。

据《后汉书·献帝纪》：（建安）九年秋八月戊寅，曹操大破袁尚，平冀州，自领冀州牧。

据《三国志·魏书·武帝纪》：天子以公领冀州牧，公让还兖州。

据《资治通鉴》卷六十四：（建安九年秋）九月，诏以操领冀州牧；操让还兖州。

一日，许褚走马入东门，正迎许攸，攸唤褚曰："汝等无我，安能出入此门乎？"褚怒曰："吾等千生万死，身冒血战，夺得城池，汝安敢夸口！"攸骂曰："汝等皆匹夫耳，何足道哉！"褚大怒，拔剑杀攸，提头来见曹操，说："许攸如此无礼，某杀之矣。"操曰："子远与吾旧交，故相戏耳，何故杀之！"深责许褚，令厚葬许攸。

按：《演义》称许攸被许褚杀死，不见于史。

乃令人遍访冀州贤士。冀民曰："骑都尉崔琰，字季珪，清河东武城人也。数曾献计于袁绍，绍不从，因此托疾在家。"操即召琰为本州别驾从事，而谓曰："昨按本州户籍，共计三十万众，可谓大州。"琰曰："今天下分崩，九州幅裂，二袁兄弟相争，冀民暴骨原野，丞相不急存问风俗，救其涂炭，而先计校户籍，岂本州士女所望于明公哉？"操闻言，改容谢之，待为上宾。

据《三国志·魏书·崔琰传》：崔琰字季珪，清河东武城人也。……（袁）绍以为骑都尉。后绍治兵黎阳，次于延津，琰复谏曰："天子在许，民望助顺，不如守境述职，以宁区宇。"绍不听，遂败于官渡。……太祖破袁氏，领冀州牧，辟琰为别驾从事，谓琰曰："昨案户籍，可得三十万众，故为大州也。"琰对曰："今天下分崩，九州幅裂，二袁兄弟亲寻干戈，冀方蒸庶暴骨原野。未闻王师仁声先路，存问风俗，救其涂炭，而校计甲兵，唯此为先，斯岂鄙州士女所望于明公哉！"太祖改容谢之。于时宾客皆伏失色。（参见《资治通鉴》卷六十四）

操已定冀州，使人探袁谭消息。时谭引兵劫掠甘陵、安平、渤海、河间等处，闻袁尚败走中山，乃统军攻之。尚无心战斗，径奔幽州投袁熙。谭尽降其众，欲复图冀州。操使人召之，谭不至。操大怒，驰书绝其婚，自统大军征之，直抵平原。

据《资治通鉴》卷六十四：曹操之围邺也，袁谭复背之，略取甘陵、安平、勃海、河间。攻袁尚于中山，尚败，走故安，从袁熙；谭悉收其众，还屯龙凑。操与谭书，责以负约，与之绝婚，女还，然后进讨。（参见《三国志·魏书·武帝纪》《袁绍传附子谭传》，《后汉书·袁绍传附子谭传》）

谭闻操自统军来，遣人求救于刘表。表请玄德商议。玄德曰："今操已破冀州，兵势正盛，袁氏兄弟不久必为操擒，救之无益；况操常有窥荆襄之意，我只养兵自守，未可妄动。"表曰："然则何以谢之？"玄德曰："可作书与袁氏兄弟，以和解为名，婉词谢之。"表然其言，先遣人以书遗谭。书略曰：

　　君子违难，不适仇国。日前闻君屈膝降曹，则是忘先人之仇，弃手足之谊，而遗同盟之耻矣。若冀州不弟，当降心相从。待事定之后，使天下平其曲直，不亦高义耶？

又与袁尚书曰：

　　青州天性峭急，迷于曲直。君当先除曹操，以卒先公之恨。事定之后，乃计曲直，不亦善乎？若迷而不返，则是韩卢、东郭自困于前，而遗田父之获也。

　　据《资治通鉴》卷六十四：刘表以书谏谭曰："君子违难不适仇国，交绝不出恶声，况忘先人之仇，弃亲戚之好，而为万世之戒，遗同盟之耻哉！若冀州有不弟之傲，仁君当降志辱身，以济事为务，事定之后，使天下平其曲直，不亦为高义邪？"又与尚书曰："金、木、水、火以刚柔相济，然后克得其和，能为民用。今青州天性峭急，迷于曲直。仁君度数弘广，绰然有余，当以大包小，以优容劣，先除曹操以卒先公之恨，事定之后，乃议曲直之计，不亦善乎！若迷而不反，则胡夷将有讥诮之言，况我同盟，复能戮力为君之役哉？此韩卢、东郭自困于前而遗田父之获者也。"谭、尚皆不从。（参见《三国志·魏书·袁绍传附子谭传》注引《魏氏春秋》《后汉书·袁绍传附子谭传》）

谭得表书，知表无发兵之意，又自料不能敌操，遂弃平原，走保南皮。

　　据《资治通鉴》卷六十四：（建安九年冬）十二月，操军其门，谭拔平原，走保南皮，临清河而屯。操入平原，略定诸县。（参见《三国志·魏书·武帝纪》《袁绍传附子谭传》《后汉书·袁绍传附子谭传》）

曹操追至南皮，时天气寒肃，河道尽冻，粮船不能行动。操令本处百姓敲冰拽船，百姓闻令而逃。操大怒，欲捕斩之。百姓闻得，乃亲往营中投首。操曰："若不杀汝等，则吾号令不行；若杀汝等，吾又不忍。汝等快往山中藏避，休被我军士擒获。"百姓皆垂泪而去。

　　据《三国志·魏书·武帝纪》：初讨谭时，民亡椎冰，令不得降。顷之，亡民有诣门首者，公谓曰："听汝则违令，杀汝则诛首，归深自藏，无为吏所获。"民垂泣而去，后竟捕得。

　　据《三国志·魏书·武帝纪》注：臣松之以为讨谭时，川渠水冻，使民椎冰以通船，民惮役而亡。

袁谭引兵出城，与曹军相敌。两阵对圆，操出马以鞭指谭而骂曰："吾厚待汝，汝何生异心？"谭曰："汝犯吾境界，夺吾城池，赖吾妻子，反说我有异心耶！"操大怒，使徐晃出马。谭使彭安接战。两马相交，不数合，晃斩彭安于马下。谭军败走，退入南皮。操遣军四面围住。谭着慌，使辛评见操约降。操曰："袁谭小子，反覆无常，吾难准信。汝弟辛毗，吾已重用，汝亦留此可也。"评曰："丞相差矣。某闻主贵臣荣，主忧臣辱。某久事袁氏，岂可背之！"操知其不可留，乃遣回。评回见谭，言操不准投降。谭叱曰："汝弟现事曹操，汝怀二心耶？"评闻言，气满填胸，昏绝于地。谭令扶出，须臾而死。谭亦悔之。郭图谓谭曰："来日尽驱百姓当先，以军继其后，与曹操决一死战。"谭从其言。当夜尽驱南皮百姓，皆执刀枪听令。次日平明，大开四门，军在后，驱百姓在前，喊声大举，一齐拥出，直抵曹寨。两军混战，自辰至午，胜负未分，杀人遍地。操见未获全胜，弃马上山，亲自击鼓。将士见之，奋力向前，谭军大败。百姓被杀者无数。曹洪奋威突阵，正迎袁谭，举刀乱砍，谭竟被曹洪杀于阵中，郭图见阵大乱，急驰入城中。乐进望见，拈弓搭箭，射下城壕，人马俱陷。

　　据《资治通鉴》卷六十四：建安十年春正月，曹操攻南皮，袁谭出战，士卒多死。

操欲缓之，议郎曹纯曰："今县师深入，难以持久，若进不能克，退必丧威。"乃自执桴鼓以率攻者，遂克之。谭出走，追斩之。李孚自称冀州主簿，求见操曰："今城中弱强相陵，人心扰乱，以为宜令新降为内所识信者宣传明教。"操即使孚往入城，告谕吏民，使各安故业，不得相侵，城中乃安。操于是斩郭图等及其妻子。（参见《三国志·魏书·武帝纪》《袁绍传附子谭传》）

据《后汉书·袁绍传附子谭传》：（建安九年冬）十二月，曹操讨谭，军其门。谭夜遁走南皮，临清河而屯。明年正月，急攻之。谭欲出战，军未合而破。谭被发驱驰，追者意非恒人，趋奔之。谭坠马，顾曰："咄，儿过我，我能富贵汝。"言未绝口，头已断地。于是斩郭图等，戮其妻子。

据《三国志·魏书·武帝纪》注引《魏书》：公攻谭，旦及日中不决；公乃自执桴鼓，士卒咸奋，应时破陷。

操引兵入南皮，安抚百姓。忽有一彪军来到，乃袁熙部将焦触、张南也。操自引军迎之。二将倒戈卸甲，特来投降。操封为列侯。

据《资治通鉴》卷六十四：（建安十年春正月，）袁熙为其将焦触、张南所攻，与尚俱奔辽西乌桓。触自号幽州刺史，驱率诸郡太守令长，背袁向曹，……触等遂降曹操，皆封为列侯。（参见《三国志·魏书·武帝纪》《袁绍传附子尚传》，《后汉书·袁绍传附子尚传》）

又黑山贼张燕，引军十万来降，操封为平北将军。

据《资治通鉴》卷六十四：（建安十年）夏四月，黑山贼帅张燕率其众十余万降，封安国亭侯。（参见《三国志·魏书·武帝纪》，《后汉书·公孙瓒传》《朱俊传》）

据《三国志·魏书·张燕传》：张燕，常山真定人也，本姓褚。黄巾起，燕合聚少年为群盗，在山泽间转攻，还真定，众万余人。……其后人众寖广，常山、赵郡、中山、上党、河内诸山谷皆相通，其小帅孙轻、王当等，各以部众从燕，众至百万，号曰黑山。……袁绍与公孙瓒争冀州，燕遣将杜长等助瓒，与绍战，为绍所败，人众稍散，太祖将定冀州，燕遣使求佐王师，拜平北将军；率众诣邺，封安国亭侯，邑五百户。

下令将袁谭首级号令，敢有哭者斩。头挂北门外。一人布冠衰衣，哭于头下。左右拿来见操。操问之，乃青州别驾王修也，因谏袁谭被逐，今知谭死，故来哭之。操曰："汝知吾令否？"修曰："知之。"操曰："汝不怕死耶？"修曰："我生受其辟命，亡而不哭，非义也。畏死忘义，何以立世乎！若得收葬谭尸，受戮无恨。"操曰："河北义士，何其如此之多也！可惜袁氏不能用！若能用，则吾安敢正眼觑此地哉！"遂命收葬谭尸，礼修为上宾，以为司金中郎将。

据《三国志·魏书·王修传》：太祖既破冀州，谭又叛。太祖遂引军攻谭于南皮。修时运粮在乐安，闻谭急，将所领兵及诸从事数十人往赴谭。至高密，闻谭死，下马号哭曰："无君焉归？"遂诣太祖，乞收葬谭尸。太祖欲观修意，默然不应。修复曰："受袁氏厚恩，若得收敛谭尸，然后就戮，无所恨。"太祖嘉其义，听之。（参见《资治通鉴》卷六十四）

因问之曰："今袁尚已投袁熙，取之当用何策？"修不答。操曰："忠臣也。"问郭嘉，嘉曰："可使袁氏降将焦触、张南等自攻之。"操用其言，随差焦触、张南、吕旷、吕翔、马延、张𫖮，各引本部兵，分三路进攻幽州；一面使李典、乐进会合张燕，打并州，攻高干。

据《资治通鉴》卷六十四：（建安九年冬十月，）高干以并州降，操复以干为并州刺史。……（十年）冬十月，高干闻操讨乌桓，复以并州叛，执上党太守，举兵守壶关口。操遣其将乐进、李典击之。（参见《三国志·魏书·武帝纪》《袁绍传附子尚传》，《后汉书·袁绍传附子尚传》）

且说袁尚、袁熙知曹兵将至，料难迎敌，乃弃城，引兵星夜奔辽西投乌桓去了。幽州刺史乌桓触，

> 按：乌桓触，史无其人。《资治通鉴》卷六十四称："袁熙为其将焦触、张南所攻，与尚俱奔辽西乌桓。触自号幽州刺史"。此处"触"即焦触，罗贯中读史断句有误，遂误作"乌桓触"。

聚幽州众官，歃血为盟，共议背袁向曹之事。乌桓触先言曰："吾知曹丞相当世英雄，今往投降，有不遵令者斩。"依次歃血，循至别驾韩珩。珩乃掷剑于地，大呼曰："吾受袁公父子厚恩，今主败亡，智不能救，勇不能死，于义缺矣！若北面而降操，吾不为也！"众皆失色。乌桓触曰："夫兴大事，当立大义。事之济否，不待一人。韩珩既有志如此，听其自便。"推珩而出。乌桓触乃出城迎接三路军马，径来降操。操大喜，加为镇北将军。

> 据《资治通鉴》卷六十四：袁熙为其将焦触、张南所攻，与尚俱奔辽西乌桓。触自号幽州刺史，驱率诸郡太守令长，背袁向曹，陈兵数万，杀白马而盟，令曰："敢违者斩！"众莫敢仰视，各以次歃。别驾代郡韩珩曰："吾受袁公父子厚恩，今其破亡，智不能救，勇不能死，于义阙矣。若乃北面曹氏，所不能为也。"一坐为珩失色。触曰："夫举大事，当立大义，事之济否，不待一人，可卒珩志，以厉事君。"乃舍之。触等遂降曹操，皆封为列侯。（参见《后汉书·袁绍传附子尚传》《三国志·魏书·袁绍传附子尚传》）

忽探马来报："乐进、李典、张燕攻打并州，高干守住壶关口，不能下。"操自勒兵前往。三将接着，说干拒关难击。操集众将共议破干之计。荀攸曰："若破干，须用诈降计方可。"操然之。唤降将吕旷、吕翔，附耳低言如此如此。吕旷等引军数十，直抵关下，叫曰："吾等原系袁氏旧将，不得已而降曹。曹操为人诡谲，薄待吾等；吾今还扶旧主。可疾开关相纳。"高干未信，只教二将自上关说话。二将卸甲弃马而入，谓干曰："曹军新到，可乘其军心未定，今夜劫寨。某等愿当先。"干喜从其言，是夜教二吕当先，引万余军前去。将至曹寨，背后喊声大震，伏兵四起。高干知是中计，急回壶关城，乐进、李典已夺了关。高干夺路走脱，往投单于。操领兵拒住关口，使人追袭高干。干到单于界，正迎北番左贤王。干下马拜伏于地，言曹操吞并疆土，今欲犯王子地面，万乞救援，同力克复，以保北方。左贤王曰："吾与曹操无仇，岂有侵我土地？汝欲使我结怨于曹氏耶！"叱退高干。干寻思无路，只得去投刘表。行至上洛，被都尉王琰所杀，将头解送曹操。曹封琰为列侯。

> 据《资治通鉴》卷六十五：（建安九年）冬十月，高干以并州降，操复以干为并州刺史。……（建安十年）冬十月，高干闻操讨乌桓，复以并州叛，执上党太守，举兵守壶关口。操遣其将乐进、李典击之。……（建安十一年春正月，）曹操自将击高干，留其世子丕守邺，使别驾从事崔琰傅之。操围壶关，三月，壶关降。高干自入匈奴求救，单于不受。干独与数骑亡，欲南奔荆州，上洛都尉王琰捕斩之，并州悉平。（参见《三国志·魏书·武帝纪》《袁绍传附子尚传》《乐进传》《李典传》，《后汉书·袁绍传附子尚传》）

并州既定，操商议西击乌桓。曹洪等曰："袁熙、袁尚兵败将亡，势穷力尽，远投沙漠；我今引兵西击，倘刘备、刘表乘虚袭许都，我救应不及，为祸不浅矣：请回师勿进为上。"郭嘉曰："诸公所言错矣。主公虽威震天下，沙漠之人恃其边远，必不设备；乘其无备，卒

然击之，必可破也。且袁绍与乌桓有恩，而尚与熙兄弟犹存，不可不除。刘表坐谈之客耳，自知才不足以御刘备，重任之则恐不能制，轻任之则备不为用。虽虚国远征，公无忧也。"操曰："奉孝之言极是。"

> 据《资治通鉴》卷六十五：曹操将击乌桓，诸将皆曰："袁尚亡虏耳，夷狄贪而无亲，岂能为尚用！今深入征之，刘备必说刘表以袭许，万一为变，事不可悔。"郭嘉曰："公虽威震天下，胡恃其远，必不设备，因其无备，卒然击之，可破灭也。且袁绍有恩于民夷，而尚兄弟生存。今四州之民，徒以威附，德施未加，舍而南征，尚因乌桓之资，招其死主之臣，胡人一动，民夷俱应，以生蹋顿之心，成觊觎之计，恐青、冀非己之有也。表坐谈客耳，自知不足以御备，重任之则恐不能制，轻任之则备不为用，虽虚国远征，公无忧矣。"操从之。（参见《三国志·魏书·郭嘉传》《武帝纪》）

> 据《三国志·魏书·张辽传》注引《傅子》：太祖将征柳城，辽谏曰："夫许，天子之会也。今天子在许，公远北征，若刘表遣刘备袭许，据之以号令四方，公之势去矣。"太祖策表必不能任备，遂行也。

遂率大小三军，车数千辆，望前进发。但见黄沙漠漠，狂风四起；道路崎岖，人马难行。操有回军之心，问于郭嘉。嘉此时不伏水土，卧病车上。操泣曰："因我欲平沙漠，使公远涉艰辛，以至染病，吾心何安！"嘉曰："某感丞相大恩，虽死不能报万一。"操曰："吾见北地崎岖，意欲回军，若何？"嘉曰："兵贵神速。今千里袭人，辎重多而难以趋利，不如轻兵兼道以出，掩其不备。但须得识径路者为引导耳。"

> 据《资治通鉴》卷六十五：行至易，郭嘉曰："兵贵神速。今千里袭人，辎重多，难以趋利，且彼闻之，必为备。不如留辎重，轻兵兼道以出，掩其不意。"（参见《三国志·魏书·郭嘉传》）

遂留郭嘉于易州养病，

> 据《三国志·魏书·郭嘉传》：自柳城还，疾笃，太祖问疾者交错。

> 按：据此条史料，郭嘉未曾在易县（《演义》误作"易州"）养病，他随军远征到白狼山，参与了破乌桓战役。

求向导官以引路。人荐袁绍旧将田畴。

> 据《三国志·魏书·田畴传》：田畴字子泰，右北平无终人也。好读书，善击剑。初平元年，义兵起，董卓迁帝于长安。幽州牧刘虞叹曰："贼臣作乱，朝廷播荡，四海俄然，莫有固志。身备宗室遗老，不得自同于众。今欲奉使展效臣节，安得不辱命之士乎？"众议咸曰："田畴虽年少，多称其奇。"畴时年二十二矣。虞乃备礼请与相见，大悦之，遂署为从事，具其车骑。……袁绍数遣使招命，又即授将军印，因安辑所统，畴皆拒不受。绍死，其子尚又辟焉，畴终不行。畴常愤乌丸昔多贼杀其郡冠盖，有欲讨之意而力未能。建安十二年，太祖北征乌丸，未至，先遣使辟畴，又命田豫喻指。畴戒其门下趣治严。门人谓曰："昔袁公慕君，礼命五至，君义不屈；今曹公使一来而君若恐弗及者，何也？"畴笑而应之曰："此非君所识也。"遂随使者到军，署司空户曹掾，引见诸议。明日出令曰："田子泰非吾所宜吏者。"即举茂才，拜为蓨令，不之官，随军次无终。（参见《资治通鉴》卷六十五）

> 按：《演义》称田畴是袁绍旧将，与史不合。据《三国志·魏书·田畴传》，田畴原隶属幽州牧刘虞。袁绍曾多次征召他，他都拒而不受。

第三十三回　曹丕乘乱纳甄氏　郭嘉遗计定辽东　229

深知此境，操召而问之。畴曰："此道秋夏间有水，浅不通车马，深不载舟楫，最难行动。不如回军，从卢龙口越白檀之险，出空虚之地，前近柳城，掩其不备；蹋顿可一战而擒也。"操从其言，封田畴为靖北将军，作向导官为前驱，张辽为次，操自押后，倍道轻骑而进。田畴引张辽前至白狼山，正遇袁熙、袁尚会合蹋顿等数万骑前来。张辽飞报曹操。操自勒马登高望之，见蹋顿兵无队伍，参差不整。操谓张辽曰："敌兵不整，便可击之。"乃以麾授辽。辽引许褚、于禁、徐晃分四路下山，奋力急攻，蹋顿大乱。辽拍马斩蹋顿于马下，余众皆降。袁熙、袁尚引数千骑投辽东去了。

　　据《资治通鉴》卷六十五：时方夏水雨，而滨海洿下，泞滞不通，虏亦遮守蹊要，军不得进。操患之，以问田畴。畴曰："此道，秋夏每常有水，浅不通车马，深不载舟船，为难久矣。旧北平郡治在平冈，道出卢龙，达于柳城。自建武以来，陷坏断绝，垂二百载，而尚有微径可从。今虏将以大军当由无终，不得进而退，懈弛无备。若嘿回军，从卢龙口越白檀之险，出空虚之地，路近而便，掩其不备，蹋顿可不战而禽也。"操曰："善！"乃引军还，而署大木表于水侧路傍曰："方今夏暑，道路不通，且俟秋冬，乃复进军。"虏候骑见之，诚以为大军去也。操令畴将其众为乡导，上徐无山，堑山埋谷，五百余里，经白檀，历平冈，步鲜卑庭，东指柳城。未至二百里，虏乃知之。尚、熙与蹋顿及辽西单于楼班、右北平单于能臣抵之等将数万骑逆军。（建安十二年秋）八月，操登白狼山，卒与虏遇，众甚盛。操车重在后，被甲者少，左右皆惧。操登高，望虏阵不整，乃纵兵击之，使张辽为前锋，虏众大崩，斩蹋顿及名王已下，胡、汉降者二十余万口。辽东单于速仆丸与尚、熙奔辽东太守公孙康。（参见《三国志·魏书·武帝纪》《田畴传》，《后汉书·乌桓传》）

　　据《三国志·魏书·张辽传》：从征袁尚于柳城，卒与虏遇，辽劝太祖战，气甚奋，太祖壮之，自以所持麾授辽。遂击，大破之，斩单于蹋顿。

操收军入柳城，封田畴为柳亭侯，以守柳城。畴涕泣曰："某负义逃窜之人耳，蒙厚恩全活，为幸多矣；岂可卖卢龙之寨以邀赏禄哉！死不敢受侯爵。"操义之，乃拜畴为议郎。

　　据《资治通鉴》卷六十五：师还，论功行赏，以五百户封田畴为亭侯。畴曰："吾始为刘公报仇，率众逃遁，志义不立，反以为利，非本志也。"固让不受。操知其至心，许而不夺。……曹操追念田畴功，恨前听其让，曰："是成一人之志而亏王法大制也。"乃复以前爵封畴。畴上疏陈诚，以死自誓。操不听，欲引拜之，至于数四，终不受。有司劾畴："狷介违道，苟立小节，宜免官加刑。"操下世子及大臣博议。世子丕以"畴同于子文辞禄，由胥逃赏，宜勿夺以优其节"。尚书令荀彧、司隶校尉锺繇，亦以为可听。操犹欲侯之，畴素与夏侯惇善，操使惇自以其情喻之。惇就畴宿而劝之，畴揣知其指，不复发言。惇临去，固邀畴，畴曰："畴，负义逃窜之人耳；蒙恩全活，为幸多矣，岂可卖卢龙之塞以易赏禄哉！纵国私畴，畴独不愧于心乎！将军雅知畴者，犹复如此，若必不得已，请愿效死，刎首于前。"言未卒，涕泣横流。惇具以答操，操喟然，知不可屈，乃拜为议郎。（参见《三国志·魏书·田畴传》）

操抚慰单于人等，收得骏马万匹，即日回兵。时天气寒且旱，二百里无水，军又乏粮，杀马为食，凿池三四十丈，

　　按："凿池三四十丈"与史不合。《资治通鉴》卷六十五作"凿地入三十余丈方得水"。《演义》系因"地""池"形近致误。

方得水。操回至易州，重赏先曾谏者；因谓众将曰："孤前者乘危远征，侥幸成功。虽得胜，天所佑也，不可以为法。诸君之谏，乃万安之计，是以相赏。后勿难言。"

据《资治通鉴》卷六十五：时天寒且旱，二百里无水，军又乏食，杀马数千匹以为粮，凿地入三十余丈方得水。既还，科问前谏者，众莫知其故，人人皆惧。操皆厚赏之，曰："孤前行，乘危以徼幸。虽得之，天所佐也，顾不可以为常。诸君之谏，万安之计，是以相赏，后勿难言之。"（参见《三国志·魏书·武帝纪》注引《曹瞒传》）

操到易州时，郭嘉已死数日，停柩在公廨。操往祭之，大哭曰："奉孝死，乃天丧吾也！"回顾众官曰："诸君年齿，皆孤等辈，惟奉孝最少，吾欲托以后事。不期中年夭折，使吾心肠崩裂矣！"

据《三国志·魏书·郭嘉传》：嘉深通有算略，达于事情。太祖曰："唯奉孝为能知孤意。"年三十八，自柳城还，疾笃，太祖问疾者交错。及薨，临其丧，哀甚，谓荀攸等曰："诸君年皆孤辈也，唯奉孝最少。天下事竟，欲以后事属之，而中年夭折，命也夫！"

嘉之左右，将嘉临死所封之书呈上曰："郭公临亡，亲笔书此，嘱曰：丞相若从书中所言，辽东事定矣。"操拆书视之，点头嗟叹，诸人皆不知其意。次日，夏侯惇引众人禀曰："辽东太守公孙康，久不宾服。今袁熙、袁尚又往投之，必为后患。不如乘其未动，速往征之，辽东可得也。"操笑曰："不烦诸公虎威。数日之后，公孙康自送二袁之首至矣。"诸将皆不肯信。

却说袁熙、袁尚引数千骑奔辽东。辽东太守公孙康，本襄平人，武威将军公孙度之子也。

据《资治通鉴》卷六十四：曹操表公孙度为武威将军，封永宁乡侯。度曰："我王辽东，何永宁也！"藏印绶于武库。是岁，度卒，子康嗣位，以永宁乡侯封其弟恭。（参见《三国志·魏书·公孙度传》《后汉书·袁绍传附子尚传》）

当日知袁熙、袁尚来投，遂聚本部属官商议此事。公孙恭曰："袁绍存日，常有吞辽东之心；今袁熙、袁尚兵败将亡，无处依栖，来此相投，是鸠夺鹊巢之意也。若容纳之，后必相图。不如赚入城中杀之，献头与曹公，曹公必重待我。"康曰："只怕曹操引兵下辽东，又不如纳二袁使为我助。"恭曰："可使人探听。如曹兵来攻，则留二袁；如其不动，则杀二袁，送与曹公。"康从之，使人去探消息。

却说袁熙、袁尚至辽东，二人密议曰："辽东军兵数万，足可与曹操争衡。今暂投之，后当杀公孙康而夺其地，养成气力而抗中原，可复河北也。"商议已定，乃入见公孙康。康留于馆驿，只推有病，不即相见。不一日，细作回报："曹公兵屯易州，并无下辽东之意。"公孙康大喜，乃先伏刀斧手于壁衣中，使二袁入。相见礼毕，命坐。时天气严寒，尚见床榻上无裀褥，谓康曰："愿铺坐席。"康瞋目言曰："汝二人之头，将行万里，何席之有！"尚大惊。康叱曰："左右何不下手！"刀斧手拥出，就坐席上砍下二人之头，用木匣盛贮，使人送到易州，来见曹操。

据《后汉书·袁绍传附子尚传》：（建安）十二年，曹操征辽西，击乌桓。尚、熙与乌桓逆操军，战败走，乃与亲兵数千人奔公孙康于辽东。尚有勇力，先与熙谋曰："今到辽东，康必见我，我独为兄手击之，且据其郡，犹可以自广也。"康亦心规取尚以为功，乃先置精勇于厩中，然后请尚、熙。熙疑不欲进，尚强之，遂与俱入。未及坐，康叱伏兵禽下，坐于冻地。尚谓康曰："未死之间，寒不可忍，可相与席。"康曰："卿头颅方行万里，何席之为！"遂斩首送之。

据《三国志·魏书·袁绍传附子尚传》注引《典略》：尚为人有勇力，欲夺取康众，与熙谋曰："今到，康必相见，欲与兄手击之，有辽东犹可以自广也。"康亦心计曰："今不取熙、尚，无以为说于国家。"乃先置其精勇于厩中，然后请熙、尚。熙、尚入，康伏兵出，皆缚之，坐于冻地。尚寒，求席，熙曰："头颅方行万里，何席之为！"遂斩首。

> 按：据《三国志·魏书·袁绍传附子尚传》注引《典略》，"头颅方行万里，何席之为"乃袁熙语；《演义》则据《后汉书》，作公孙康语。周寿昌《三国志注证遗》认为：注引《典略》作："熙曰：'头颅尚行万里'"云云。"熙曰"，《后汉书》作"康曰"，为公孙康语，情事稍不合。尚寒求席，熙故作此愤语也。

时操在易州，按兵不动。夏侯惇、张辽入禀曰："如不下辽东，可回许都，恐刘表生心。"操曰："待二袁首级至，即便回兵。"众皆暗笑。忽报辽东公孙康遣人送袁熙、袁尚首级至，众皆大惊。使者呈上书信，操大笑曰："不出奉孝之料！"重赏来使，封公孙康为襄平侯、左将军。众官问曰："何为不出奉孝之所料？"操遂出郭嘉书以示之。书略曰：

今闻袁熙、袁尚往投辽东，明公切不可加兵。公孙康久畏袁氏吞并，二袁往投必疑。若以兵击之，必并力迎敌，急不可下；若缓之，公孙康、袁氏必自相图，其势然也。

> 据《资治通鉴》卷六十五：辽东单于速仆丸与尚、熙奔辽东太守公孙康，其众尚有数千骑。或劝操遂击之，操曰："吾方使康斩送尚、熙首，不烦兵矣。"（建安十二年秋）九月，操引兵自柳城还。公孙康欲取尚、熙以为功，乃先置精勇于厩中，然后请尚、熙入，未及坐，康叱伏兵禽之，遂斩尚、熙，并速仆丸首送之。诸将或问操："公还而康斩尚、熙，何也？"操曰："彼素畏尚、熙，吾急之则并力，缓之则自相图，其势然也。"……十一月，曹操至易水，乌桓单于代郡普富卢、上郡那楼皆来贺。（参见《三国志·魏书 武帝纪》《袁绍传附子尚传》）

> 按：所谓郭嘉遗计，乃《演义》移植。据《三国志·魏书·武帝纪》，此计出自曹操本人。曹操从柳城撤军之前，就已料定公孙康会斩杀二袁；建安十二年（207）九月，曹操从柳城一撤军，公孙康即斩杀二袁，将首级送与曹操。《演义》却说，曹操大军于同年十一月回到易县（《演义》误作"易州"）后，公孙康才斩杀二袁。又，曹操是进军辽东追击二袁，还是撤军以待公孙康与二袁相图，实决策于距辽东较近的辽西柳城，而不是等大军长途跋涉两个月撤到易县之后；《演义》却称，曹军退至易县后，夏侯惇才向曹操提出进军辽东的建议，这与史书及情理均不合。

众皆踊跃称善。操引众官复设祭于郭嘉灵前。亡年三十八岁，从征伐十有一年，多立奇勋。

> 据《三国志·魏书·郭嘉传》：年三十八，自柳城还，疾笃，太祖问疾者交错。及薨，临其丧，哀甚，……乃表曰："军祭酒郭嘉，自从征伐，十有一年。每有大议，临敌制变。臣策未决，嘉辄成之。平定天下，谋功为高……"

后人有诗赞曰：

天生郭奉孝，豪杰冠群英。腹内藏经史，胸中隐甲兵。

运谋如范蠡，决策似陈平。可惜身先丧，中原梁栋倾。

操领兵还冀州，使人先扶郭嘉灵柩于许都安葬。

程昱等请曰："北方既定，今还许都，可早建下江南之策。"操笑曰："吾有此志久矣。诸君所言，正合吾意。"是夜，宿于冀州城东角楼上，凭栏仰观天文。时荀攸在侧，操指曰："南方旺气灿然，恐未可图也。"攸曰："以丞相天威，何所不服！"正看间，忽见一道金光，从地而起。攸曰："此必有宝于地下。"操下楼，令人随光掘之。正是：星文方向南中指，金宝旋从北地生。不知所得何物，且听下文分解。

第三十四回 蔡夫人隔屏听密语 刘皇叔跃马过檀溪

却说曹操于金光处，掘出一铜雀，问荀攸曰："此何兆也？"攸曰："昔舜母梦玉雀入怀而生舜。今得铜雀，亦吉祥之兆也。"操大喜，遂命作高台以庆之。乃即日破土断木，烧瓦磨砖，筑铜雀台于漳河之上。

> 据《三国志·魏书·武帝纪》：（建安十五年）冬，作铜雀台。

> 据《资治通鉴》卷六十六：（建安十五年）冬，曹操作铜爵台于邺。

约计一年而工毕。少子曹植进曰："若建层台，必立三座：中间高者，名为铜雀；左边一座，名为玉龙；右边一座，名为金凤。更作两条飞桥，横空而上，乃为壮观。"操曰："吾儿所言甚善。他日台成，足可娱吾老矣！"原来曹操有五子，惟植性敏慧，善文章，曹操平日最爱之。

> 据《三国志·魏书·陈思王植传》：陈思王植字子建。年十岁余，诵读诗、论及辞赋数十万言，善属文。太祖尝视其文，谓植曰："汝倩人邪？"植跪曰："言出为论，下笔成章，顾当面试，奈何倩人？"时邺铜爵台新成，太祖悉将诸子登台，使各为赋。植援笔立成，可观，太祖甚异之。……每进见难问，应声而对，特见宠爱。

于是留曹植与曹丕在邺郡造台，使张燕守北寨。操将所得袁绍之兵，共五六十万，班师回许都。大封功臣；又表赠郭嘉为贞侯，养其子奕于府中。

> 据《三国志·魏书·郭嘉传》：谥曰贞侯。子奕嗣。

复聚众谋士商议，欲南征刘表。荀彧曰："大军方北征而回，未可复动。且待半年，养精蓄锐，刘表、孙权可一鼓而下也。"操从之，遂分兵屯田，以候调用。

却说玄德自到荆州，刘表待之甚厚。一日，正相聚饮酒，忽报降将张武、陈孙在江夏掳掠人民，共谋造反。表惊曰："二贼又反，为祸不小！"

> 按：盛巽昌先生在《三国演义补证本》一书中指出，据《三国志·魏书·刘表传》注引司马彪《战略》，刘表初任荆州刺史时，"江夏贼张虎、陈生拥众据襄阳，表乃使（蒯）越与庞季单骑往说降之，江南遂悉平"。《演义》称降后复叛，为刘备讨平，不见史传，当系假托移植。

玄德曰："不须兄长忧虑，备请往讨之。"表大喜，即点三万军，与玄德前去。玄德领命即行，不一日，来到江夏。张武、陈孙引兵来迎。玄德与关、张、赵云出马在门旗下，望见张武所骑之马，极其雄骏。玄德曰："此必千里马也。"言未毕，赵云挺枪而出，径冲彼阵。张武纵马来迎，不三合，被赵云一枪刺落马下，随手扯住辔头，牵马回阵。陈孙见了，随赶来夺。张飞大喝一声，挺矛直出，将陈孙刺死。众皆溃散。玄德招安余党，平复江夏诸县，班师而回。表出郭迎接入城，设宴庆功。酒至半酣，表曰："吾弟如此雄才，荆州有倚赖也。但忧南越不时来寇，张鲁、孙权皆足为虑。"玄德曰："弟有三将，足可委用：使张飞巡南越之境；云长拒固子城，以镇张鲁；赵云拒三江，以当孙权。何足虑哉？"表喜，欲从其言。蔡瑁告其姊蔡夫人曰："刘备遣三将居外，而自居荆州，久必为患。"蔡夫人乃夜对刘表曰："我闻荆州人多与刘备往来，不可不防之。今容其居住城中，无益，不若遣使他往。"表曰："玄德仁人也。"蔡氏曰："只恐他人不似汝心。"表沉吟不答。

> 据《后汉书·刘表传》：（建安）六年，刘备自袁绍奔荆州，表厚相待结而不能用也。（参见《三国志·魏书·刘表传》）
>
> 据《三国志·蜀书·先主传》：荆州豪杰归先主者日益多，表疑其心，阴御之。
>
> 据《三国志·蜀书·先主传》注引《世语》：备屯樊城，刘表礼焉，惮其为人，不甚信用。

次日出城，见玄德所乘之马极骏，问之，知是张武之马，表称赞不已。玄德遂将此马送与刘表。表大喜，骑回城中。蒯越见而问之，表曰："此玄德所送也。"越曰："昔先兄蒯良，最善相马；越亦颇晓。此马眼下有泪槽，额边生白点，名为的卢，骑则妨主。张武为此马而亡，主公不可乘之。"

> 据《世说新语·德行》：庾公乘马有的卢，或语令卖去。庾云："卖之必有买者，即当害其主。宁可不安己而移于他人哉？昔孙叔敖杀两头蛇以为后人，古之美谈，效之，不亦达乎？"

表听其言。次日请玄德饮宴，因言曰："昨承惠良马，深感厚意。但贤弟不时征进，可以用之。敬当送还。"玄德起谢。表又曰："贤弟久居此间，恐废武事。襄阳属邑新野县，颇有钱粮。弟可引本部军马于本县屯扎，何如？"玄德领诺。次日，谢别刘表，引本部军马径往新野。

> 据《三国志·蜀书·先主传》：先主遣麋竺、孙乾与刘表相闻，表自郊迎，以上宾礼待之，益其兵，使屯新野。（参见《资治通鉴》卷六十四）

方出城门，只见一人在马前长揖曰："公所骑马，不可乘也。"玄德视之，乃荆州幕宾伊籍，字机伯，山阳人也。

> 据《三国志·蜀书·伊籍传》：伊籍字机伯，山阳人。少依邑人镇南将军刘表。先主之在荆州，籍常往来自托。

玄德忙下马问之。籍曰："昨闻蒯异度对刘荆州云：此马名的卢，乘则妨主，因此还公。公岂可复乘之？"玄德曰："深感先生见爱。但凡人死生有命，岂马所能妨哉！"籍服其高见，自此常与玄德往来。

玄德自到新野，军民皆喜，政治一新。建安十二年春，甘夫人生刘禅。

> 据《三国志·蜀书·先主甘皇后传》：随先主于荆州，产后主。

是夜有白鹤一只，飞来县衙屋上，高鸣四十余声，望西飞去。临分娩时，异香满室。甘夫人尝夜梦仰吞北斗，因而怀孕，故乳名阿斗。

此时曹操正统兵北征，玄德乃往荆州说刘表曰："今曹操悉兵北征，许昌空虚。若以荆襄之众乘间袭之，大事可就也。"表曰："吾坐据九郡足矣，岂可别图！"玄德默然。表邀入后堂饮酒。酒至半酣，表忽然长叹。玄德曰："兄长何故长叹？"表曰："吾有心事，未易明言。"玄德再欲问时，蔡夫人出立屏后。刘表乃垂头不语。须臾席散，玄德自归新野。

至是年冬，闻曹操自柳城回，玄德甚叹表之不用其言。忽一日，刘表遣使至，请玄德赴荆州相会。玄德随使而往。刘表接着，叙礼毕，请入后堂饮宴，因谓玄德曰："近闻曹操提兵回许都，势日强盛，必有吞并荆襄之心。昔日悔不听贤弟之言，失此好机会。"玄德曰："今天下分裂，干戈日起，机会岂有尽乎？若能应之于后，未足为恨也。"

> 据《资治通鉴》卷六十五：操之北伐也，刘备说刘表袭许，表不能用。及闻操还，表谓备曰："不用君言，故为失此大会。"备曰："今天下分裂，日寻干戈，事会之来，岂有终极乎？若能应之于后者，则此未足为恨也。"（参见《三国志·魏书·刘表传》注引《汉晋春秋》，《三国志·蜀书·先主传》及注引《汉晋春秋》）

表曰："吾弟之言甚当。"相与对饮。酒酣，表忽潸然泪下。玄德问其故。表曰："吾有心事，前者欲诉与贤弟，未得其便。"玄德曰："兄长有何难决之事？倘有用弟之处，弟虽死不辞。"表曰："前妻陈氏所生长子琦，为人虽贤，而柔懦不足立事；后妻蔡氏所生少子琮，颇聪明。吾欲废长立幼，恐碍于礼法；欲立长子，争奈蔡氏族中，皆掌军务，后必生乱：因此委决不下。"

> 据《后汉书·刘表传》：二子：琦、琮。表初以琦貌类于己，甚爱之，后为琮娶其后妻蔡氏之侄，蔡氏遂爱琮而恶琦，毁誉之言日闻于表。表宠耽后妻，每信受焉。又妻弟蔡瑁及外甥张允并得幸于表，又睦于琮。

> 据《三国志·魏书·刘表传》：表及妻爱少子琮，欲以为后，而蔡瑁、张允为之支党。

> 按：《演义》称，刘琦、刘琮是同父异母兄弟，与史不合。核诸史书，两人均为刘表前妻所生，刘琮因娶继母蔡氏之侄女为妻而获蔡氏集团信任。

玄德曰："自古废长立幼，取乱之道。若忧蔡氏权重，可徐徐削之，不可溺爱而立少子也。"表默然。

原来蔡夫人素疑玄德，凡遇玄德与表叙论，必来窃听。是时正在屏风后，闻玄德此言，心甚恨之。玄德自知语失，遂起身如厕。因见己身髀肉复生，亦不觉潸然流涕。少顷复入席。表见玄德有泪容，怪问之。玄德长叹曰："备往常身不离鞍，髀肉皆散；今久不骑，髀里肉生。日月磋跎，老将至矣，而功业不建：是以悲耳！"

> 据《资治通鉴》卷六十四：备在荆州数年，尝于表坐起至厕，慨然流涕。表怪，问备，备曰："平常身不离鞍，髀肉皆消。今不复骑，髀里肉生。日月如流，老将至矣，而功业不建，是以悲耳。"（参见《三国志·蜀书·先主传》注引《九州春秋》）

表曰："吾闻贤弟在许昌，与曹操青梅煮酒，共论英雄，贤弟尽举当世名士，操皆不许，而独曰：'天下英雄，惟使君与操耳。'以曹操之权力，犹不敢居吾弟之先，何虑功业不建乎？"玄德乘着酒兴，失口答曰："备若有基本，天下碌碌之辈，诚不足虑也。"表闻言默然。玄德自知语失，托醉而起，归馆舍安歇。后人有诗赞玄德曰：

曹公屈指从头数，天下英雄独使君。髀肉复生犹感叹，争教寰宇不三分？

却说刘表闻玄德语，口虽不言，心怀不足，别了玄德，退入内宅。蔡夫人曰："适间我于屏后听得刘备之言，甚轻觑人，足见其有吞并荆州之意。今若不除，必为后患。"表不答，但摇头而已。蔡氏乃密召蔡瑁入，商议此事。瑁曰："请先就馆舍杀之，然后告知主公。"蔡氏然其言。瑁出，便连夜点军。

却说玄德在馆舍中秉烛而坐，三更以后，方欲就寝。忽一人叩门而入，视之乃伊籍也。原来伊籍探知蔡瑁欲害玄德，特黉夜来报。当下伊籍将蔡瑁之谋，报知玄德，催促玄德速速起身。玄德曰："未辞景升，如何便去？"籍曰："公若辞，必遭蔡瑁之害矣。"玄德乃谢别伊籍，急唤从者，一齐上马，不待天明，星夜奔回新野。比及蔡瑁领军到馆舍时，玄德已去远矣。瑁悔恨无及，乃写诗一首于壁间，径入见表曰："刘备有反叛之意，题反诗于壁上，

第三十四回　蔡夫人隔屏听密语　刘皇叔跃马过檀溪

不辞而去矣。"表不信，亲诣馆舍观之，果有诗四句。诗曰：

数年徒守困，空对旧山川。龙岂池中物，乘雷欲上天！

刘表见诗大怒，拔剑言曰："誓杀此无义之徒！"行数步，猛省曰："吾与玄德相处许多时，不曾见他作诗。此必外人离间之计也。"遂回步入馆舍，用剑尖削去此诗，弃剑上马。蔡瑁请曰："军士已点齐，可就往新野擒刘备。"表曰："未可造次，容徐图之。"蔡瑁见表持疑不决，乃暗与蔡夫人商议：即日大会众官于襄阳，就彼处谋之。次日，瑁禀表曰："近年丰熟，合聚众官于襄阳，以示抚劝之意。请主公一行。"表曰："吾近日气疾作，实不能行。可令二子为主待客。"瑁曰："公子年幼，恐失于礼节。"表曰："可往新野请玄德待客。"瑁暗喜正中其计，便差人请玄德赴襄阳。

却说玄德奔回新野，自知失言取祸，未对众人言之。忽使者至，请赴襄阳。孙乾曰："昨见主公匆匆而回，意甚不乐。愚意度之，在荆州必有事故。今忽请赴会，不可轻往。"玄德方将前项事诉与诸人。云长曰："兄自疑心语失，刘荆州并无嗔责之意。外人之言，未可轻信。襄阳离此不远，若不去，则荆州反生疑矣。"玄德曰："云长之言是也。"张飞曰："筵无好筵，会无好会，不如休去。"赵云曰："某将马步军三百人同往，可保主公无事。"玄德曰："如此甚好。"

遂与赵云即日赴襄阳。蔡瑁出郭迎接，意甚谦谨。随后刘琦、刘琮二子，引一班文武官僚出迎。玄德见二公子俱在，并不疑忌。是日请玄德于馆舍暂歇。赵云引三百军围绕保护。云披甲挂剑，行坐不离左右。刘琦告玄德曰："父亲气疾作，不能行动，特请叔父待客，抚劝各处守收之官。"玄德曰："吾本不敢当此；既有兄命，不敢不从。"次日，人报九郡四十二州官员，俱已到齐。蔡瑁预请蒯越计议曰："刘备世之枭雄，久留于此，后必为害，可就今日除之。"越曰："恐失士民之望。"瑁曰："吾已密领刘荆州言语在此。"越曰："既如此，可预作准备。"瑁曰："东门岘山大路，已使吾弟蔡和引军守把；南门外已使蔡中守把；北门外已使蔡勋守把。止有西门不必守把：前有檀溪阻隔，虽有数万之众，不易过也。"越曰："吾见赵云行坐不离玄德，恐难下手。"瑁曰："吾伏五百军在城内准备。"越曰："可使文聘、王威二人另设一席于外厅，以待武将。先请住赵云，然后可行事。"瑁从其言。当日杀牛宰马，大张筵席。玄德乘的卢马至州衙，命牵入后园拴系。众官皆至堂中。玄德主席，二公子两边分坐，其余各依次而坐。赵云带剑立于玄德之侧。文聘、王威入请赵云赴席。云推辞不去。玄德令云就席，云勉强应命而出。蔡瑁在外收拾得铁桶相似，将玄德带来三百军，都遣归馆舍，只待半酣，号起下手。酒至三巡，伊籍起把盏，至玄德前，以目视玄德，低声谓曰："请更衣。"玄德会意，即起如厕，伊籍把盏毕，疾入后园，接着玄德，附耳报曰："蔡瑁设计害君，城外东、南、北三处，皆有军马守把。惟西门可走，公宜速逃！"玄德大惊，急解的卢马，开后园门牵出，飞身上马，不顾从者，匹马望西门而走。门吏问之，玄德不答，加鞭而出。门吏当之不住，飞报蔡瑁。瑁即上马，引五百军随后追赶。

却说玄德撞出西门，行无数里，前有大溪，拦住去路，那檀溪阔数丈，水通湘江，

按：湘江，从故事情节所表现的地理来判断，应作"襄江"。

其波甚紧。玄德到溪边，见不可渡，勒马再回，遥望城西尘头大起，追兵将至。玄德曰："今番死矣！"遂回马到溪边。回头看时，追兵已近。玄德着慌，纵马下溪。行不数步，马前蹄忽陷，浸湿衣袍。玄德乃加鞭大呼曰："的卢，的卢！今日妨吾！"言毕，那马忽从水中涌身而起，一跃三丈，飞上西岸。玄德如从云雾中起。后来苏学士有古风一篇，单咏跃马檀溪事。诗曰：

老去花残春日暮,宦游偶至檀溪路。停骖遥望独徘徊,眼前零落飘红絮。
暗想咸阳火德衰,龙争虎斗交相持。襄阳会上王孙饮,坐中玄德身将危。
逃生独出西门道,背后追兵复将到。一川烟水涨檀溪,急叱征骑往前跳。
马蹄踏碎青玻璃,天风响处金鞭挥。耳畔但闻千骑走,波中忽见双龙飞。
西川独霸真英主,坐上龙驹两相遇。檀溪溪水自东流,龙驹英主今何处!
临流三叹心欲酸,斜阳寂寂照空山。三分鼎足浑如梦,踪迹空留在世间。
玄德跃过溪西,顾望东岸,蔡瑁已引军赶到溪边,大叫:"使君何故逃席而去?"玄德曰:"吾与汝无仇,何故欲相害?"瑁曰:"吾并无此心,使君休听人言。"玄德见瑁手将拈弓取箭,乃急拨马望西南而去。

> 据《三国志·蜀书·先主传》注引《世语》:备屯樊城,刘表礼焉,惮其为人,不甚信用。曾请备宴会,蒯越、蔡瑁欲因会取备,备觉之,伪如厕,潜遁出。所乘马名的卢,骑的卢走,堕襄阳城西檀溪水中,溺不得出。备急曰:"的卢,今日厄矣,可努力!"的卢乃一踊三丈,遂得过,乘浮渡河,中流而迫者至,以表意谢之,曰:"何去之速乎!" 孙盛曰:此不然之言。备时羁旅,客主势殊,若有此变,岂敢晏然终表之世而无衅故乎?此皆世俗妄说,非事实也。

瑁谓左右曰:"是何神助也?"方欲收军回城,只见西门内赵云引三百军赶来。正是:跃去龙驹能救主,追来虎将欲诛仇。未知蔡瑁性命如何,且听下文分解。

第三十五回　玄德南漳逢隐沦　单福新野遇英主

却说蔡瑁方欲回城，赵云引军赶出城来。原来赵云正饮酒间，忽见人马动，急入内观之，席上不见了玄德。云大惊，出投馆舍，听得人说："蔡瑁引军望西赶去了。"云火急绰枪上马，引着原带来三百军，奔出西门，正迎着蔡瑁，急问曰："吾主何在？"瑁曰："使君逃席而去，不知何往。"赵云是谨细之人，不肯造次，即策马前行。遥望大溪，别无去路，乃复回马，喝问蔡瑁曰："汝请吾主赴宴，何故引着军马追来？"瑁曰："九郡四十二州县官僚俱在此，吾为上将，岂可不防护？"云曰："汝逼吾主何处去了？"瑁曰："闻使君匹马出西门，到此却又不见。"云惊疑不定，直来溪边看时，只见隔岸一带水迹。云暗忖曰："难道连马跳过了溪去？"令三百军四散观望，并不见踪迹。云再回马时，蔡瑁已入城去了。云乃拿守门军士追问，皆说："刘使君飞马出西门而去。"云再欲入城，又恐有埋伏，遂急引军归新野。

却说玄德跃马过溪，似醉如痴，想："此阔涧一跃而过，岂非天意！"迤逦望南漳策马而行，日将沉西。正行之间，见一牧童跨于牛背上，口吹短笛而来。玄德叹曰："吾不如也！"遂立马观之。牧童亦停牛罢笛，熟视玄德，曰："将军莫非破黄巾刘玄德否？"玄德惊问曰："汝乃村僻小童，何以知吾姓字？"牧童曰："我本不知。因常侍师父，有客到日，多曾说有一刘玄德，身长七尺五寸，垂手过膝，目能自顾其耳，乃当世之英雄，今观将军如此模样，想必是也。"玄德曰："汝师何人也？"牧童曰："吾师覆姓司马，名徽，字德操，颍川人也。

> 据《资治通鉴》卷六十五：司马徽，清雅有知人之鉴。同县庞德公素有重名，徽兄事之。

道号'水镜先生'。"

> 据《三国志·蜀书·庞统传》注引《襄阳记》：诸葛孔明为卧龙，庞士元为凤雏，司马德操为水镜，皆庞德公语也。

玄德曰："汝师与谁为友？"小童曰："与襄阳庞德公、

> 据《后汉书·逸民传·庞公传》：庞公者，南郡襄阳人也。居岘山之南，未尝入城府。夫妻相敬如宾。荆州刺史刘表数延请，不能屈，乃就候之。谓曰："夫保全一身，孰若保全天下乎？"庞公笑曰："鸿鹄巢于高林之上，暮而得所栖；鼋鼍穴于深渊之下，夕而得所宿。夫趣舍行止，亦人之巢穴也。且各得其栖宿而已，天下非所保也。"因释耕于垄上，而妻子耘于前。表指而问曰："先生苦居畎亩而不肯官禄，后世何以遗子孙乎？"庞公曰："世人皆遗之以危，今独遗之以安。虽所遗不同，未为无所遗也。"表叹息而去。后遂携其妻子登鹿门山，因采药不反。

庞统为友。"玄德曰："庞德公乃庞统何人？"童子曰："叔侄也。庞德公字山民，长俺师父十岁；

> 据《三国志·蜀书·庞统传》注引《襄阳记》：诸葛孔明为卧龙，庞士元为凤雏，司马德操为水镜，皆庞德公语也。德公，襄阳人。孔明每至其家，独拜床下，德公初不令止。德操尝造德公，值其渡沔，上祀先人墓，德操径入其室，呼德公妻子，使速作黍："徐元直向云有客当来就我与庞公谭。"其妻子皆罗列拜于堂下，奔走供设。须臾，德

公还，直入相就，不知何者是客也。德操年小德公十岁，兄事之，呼作庞公，故世人遂谓庞公是德公名，非也。德公子山民，亦有令名，娶诸葛孔明小姊，为魏黄门吏部郎，早卒。子涣，字世文，晋太康中为牂牁太守。

  按：据史书，庞山民乃庞德公之子；《演义》误作"庞德公字山民"。

庞统字士元，

  据《三国志·蜀书·庞统传》：庞统字士元，襄阳人也。少时朴钝，未有识者。颍川司马徽清雅有知人鉴，统弱冠往见徽，徽采桑于树上，坐统在树下，共语自昼至夜。徽甚异之，称统当南州士之冠冕，由是渐显。

  据《三国志·蜀书·庞统传》注引《襄阳记》：统，德公从子也，少未有识者，惟德公重之，年十八，使往见德操。德操与语，既而叹曰："德公诚知人，此实盛德也。"

  据《资治通鉴》卷六十五：德公从子统，少时朴钝，未有识者，惟德公与徽重之。

少俺师父五岁。一日，我师父在树上采桑，适庞统来相访，坐于树下，共相议论，终日不倦。吾师甚爱庞统，呼之为弟。"玄德曰："汝师今居何处？"牧童遥指曰："前面林中，便是庄院。"玄德曰："吾正是刘玄德。汝可引我去拜见你师父。"

  童子便引玄德，行二里余，到庄前下马，入至中门，忽闻琴声甚美。玄德教童子且休通报，侧耳听之。琴声忽住而不弹。一人笑而出曰："琴韵清幽，音中忽起高抗之调。必有英雄窃听。"童子指谓玄德曰："此即吾师水镜先生也。"玄德视其人，松形鹤骨，器宇不凡。慌忙进前施礼，衣襟尚湿。水镜曰："公今日幸免大难！"玄德惊讶不已。小童曰："此刘玄德也。"水镜请入草堂，分宾主坐定。玄德见架上满堆书卷，窗外盛栽松竹，横琴于石床之上，清气飘然。水镜问曰："明公何来？"玄德曰："偶尔经由此地，因小童相指，得拜尊颜，不胜欣幸！"水镜笑曰："公不必隐讳。公今必逃难至此。"玄德遂以襄阳一事告之。水镜曰："吾观公气色，已知之矣。"因问玄德："吾久闻明公大名，何故至今犹落魄不偶耶？"玄德曰："命途多蹇，所以至此。"水镜曰："不然。盖因将军左右不得其人耳。"玄德曰："备虽不才，文有孙乾、糜竺、简雍之辈，武有关、张、赵云之流，竭忠辅相，颇赖其力。"水镜曰："关、张、赵云，皆万人敌，

  据《三国志·魏书·郭嘉传》注引《傅子》：初，刘备来降，太祖以客礼待之，使为豫州牧。嘉言于太祖曰："备有雄才而甚得众心。张飞、关羽者，皆万人之敌也，为之死用。嘉观之，备终不为人下，其谋未可测也。"

  据《三国志·魏书·程昱传》：太祖征荆州，刘备奔吴。论者以为孙权必杀备，（程）昱料之曰："刘备有英名，关羽、张飞皆万人敌也，权必资之以御我。"

  据《三国志·蜀书·张飞传》：飞雄壮威猛，亚于关羽，魏谋臣程昱等咸称羽、飞万人之敌也。

  据《三国志·蜀书·关张马黄赵传》《资治通鉴》卷六十九：评曰：关羽、张飞皆称万人之敌，为世虎臣。

  按：《演义》称关羽、张飞为万人敌，于史有据。建安元年（196）刘备投奔曹操时，郭嘉就称两人为"万人敌"。周瑜称他俩为"熊虎之将"，刘晔赞两人"勇冠三军"，可见关张二人在当时威名已闻于敌国。《演义》称赵云为万人敌，不见于史。

惜无善用之之人。若孙乾、糜竺辈，乃白面书生，非经纶济世之才也。"玄德曰："备亦尝侧身以求山谷之遗贤，奈未遇其人何！"水镜曰："岂不闻孔子云：'十室之邑，必有忠信。'何

谓无人？"玄德曰："备愚昧不识，愿赐指教。"水镜曰："公闻荆襄诸郡小儿谣言乎？其谣曰：'八九年间始欲衰，至十三年无孑遗。到头天命有所归，泥中蟠龙向天飞。'此谣始于建安初：建安八年，刘景升丧却前妻，便生家乱，此所谓'始欲衰'也；'无孑遗'者，不久则景升将逝，文武零落无孑遗矣；'天命有归'，'龙向天飞'，盖应在将军也。"玄德闻言惊谢曰："备安敢当此！"

> 据《三国志·魏书·刘表传》注引《搜神记》：建安初，荆州童谣曰："八九年间始欲衰，至十三年无孑遗。"言自中平以来，荆州独全，及刘表为牧，民又丰乐，至建安八年九年当始衰。始衰者，谓刘表妻死，诸将并零落也。十三年无孑遗者，表当又死，因以丧破也。

> 按：据《搜神记》，童谣仅"八九年间始欲衰，至十三年无孑遗"两句，"到头天命有所归，泥中蟠龙向天飞"两句为《演义》增入。

水镜曰："今天下之奇才，尽在于此，公当往求之。"玄德急问曰："奇才安在？果系何人？"水镜曰："伏龙、凤雏，两人得一，可安天下。"玄德曰："伏龙、凤雏何人也？"水镜抚掌大笑曰："好！好！"

> 据《资治通鉴》卷六十五：刘备在荆州，访士于襄阳司马徽。徽曰："儒生俗士，岂识时务，识时务者在乎俊杰。此间自有伏龙、凤雏。"备问为谁，曰："诸葛孔明、庞士元也。"（参见《三国志·蜀书·诸葛亮传》注引《襄阳记》）

> 据《资治通鉴》卷六十五：司马徽，清雅有知人之鉴。同县庞德公素有重名，徽兄事之。诸葛亮每至德公家，独拜床下，德公初不令止。德公从子统，少时朴钝，未有识者，惟德公与徽重之。德公常谓孔明为卧龙，士元为凤雏，德操为水鉴；故德操与刘备语而称之。（参见《三国志·蜀书·庞统传》注引《襄阳记》）

玄德再问时，水镜曰："天色已晚，将军可于此暂宿一宵，明日当言之。"即命小童具饮馔相待，马牵入后院喂养。

玄德饮膳毕，即宿于草堂之侧。玄德因思水镜之言，寝不成寐。约至更深，忽听一人叩门而入，水镜曰："元直何来？"玄德起床密听之，闻其人答曰："久闻刘景升善善恶恶，特往谒之。及至相见，徒有虚名，盖善善而不能用，恶恶而不能去者也。故遗书别之，而来至此。"水镜曰："公怀王佐之才，宜择人而事，奈何轻身往见景升乎？且英雄豪杰，只在眼前，公自不识耳。"其人曰："先生之言是也。"玄德闻之大喜，暗忖此人必是伏龙、凤雏，即欲出见，又恐造次。

候至天晓，玄德求见水镜，问曰："昨夜来者是谁？"水镜曰："此吾友也。"玄德求与相见。水镜曰："此人欲往投明主，已到他处去了。"玄德请问其姓名。水镜笑曰："好！好！"玄德再问："伏龙、凤雏，果系何人？"水镜亦只笑曰："好！好！"玄德拜请水镜出山相助，同扶汉室。水镜曰："山野闲散之人，不堪世用。自有胜吾十倍者来助公，公宜访之。"正谈论间，忽闻庄外人喊马嘶，小童来报："有一将军，引数百人到庄来也。"玄德大惊，急出视之，乃赵云也。玄德大喜。云下马入见曰："某夜来回县，寻不见主公，连夜跟问到此。主公可作速回县，只恐有人来县中厮杀。"玄德辞了水镜，与赵云上马，投新野来。行不数里，一彪人马来到，视之，乃云长、翼德也。相见大喜。玄德诉说跃马檀溪之事，共相嗟讶。

到县中，与孙乾等商议。乾曰："可先致书于景升，诉告此事。"玄德从其言，即令孙乾赍书至荆州。刘表唤入问曰："吾请玄德襄阳赴会，缘何逃席而去？"孙乾呈上书札，具言蔡瑁设谋相害，赖跃马檀溪得脱。表大怒，急唤蔡瑁责骂曰："汝焉敢害吾弟！"命推出斩之。蔡夫人出，哭求免死，表怒犹未息。孙乾告曰："若杀蔡瑁，恐皇叔不能安居于此矣。"表乃责而释之，使长子刘琦同孙乾至玄德处请罪。琦奉命赴新野，玄德接着，设宴相待。酒酣，琦忽然堕泪。玄德问其故。琦曰："继母蔡氏，常怀谋害之心；侄无计免祸，幸叔父指教。"玄德劝以小心尽孝，自然无祸。次日，琦泣别。玄德乘马送琦出郭，因指马谓琦曰："若非此马，吾已为泉下之人矣。"琦曰："此非马之力，乃叔父之洪福也。"说罢相别。刘琦涕泣而去。

玄德回马入城，忽见市上一人，葛巾布袍，皂绦乌履，长歌而来。歌曰：

  天地反覆兮，火欲殂；大厦将崩兮，一木难扶。山谷有贤兮，欲投明主；明主求贤兮，却不知吾。

玄德闻歌，暗思："此人莫非水镜所言伏龙、凤雏乎？"遂下马相见，邀入县衙。问其姓名，答曰："某乃颍上人也，姓单，名福。久闻使君纳士招贤，欲来投托，未敢辄造；故行歌于市，以动尊听耳。"玄德大喜，待为上宾。单福曰："适使君所乘之马，再乞一观。"玄德命去鞍牵于堂下。单福曰："此非的卢马乎？虽是千里马，却只妨主，不可乘也。"玄德曰："已应之矣。"遂具言跃檀溪之事。福曰："此乃救主，非妨主也；终必妨一主。某有一法可禳。"玄德曰："愿闻禳法。"福曰："公意中有仇怨之人，可将此马赐之；待妨过了此人，然后乘之，自然无事。"玄德闻言变色曰："公初至此，不教吾以正道，便教作利己妨人之事，备不敢闻教。"福笑谢曰："向闻使君仁德，未敢便信，故以此言相试耳。"玄德亦改容起谢曰："备安能有仁德及人，惟先生教之。"福曰："吾自颍上来此，闻新野之人歌曰'新野牧，刘皇叔；自到此，民丰足。'可见使君之仁德及人也。"玄德乃拜单福为军师，调练本部人马。

  据《三国志·蜀书·诸葛亮传》：时先主屯新野。徐庶见先主，先主器之。（参见《资治通鉴》卷六十五）

却说曹操自冀州回许都，常有取荆州之意，特差曹仁、李典并降将吕旷、吕翔等领兵三万，屯樊城，虎视荆襄，就探看虚实。时吕旷、吕翔禀曹仁曰："今刘备屯兵新野，招军买马，积草储粮，其志不小，不可不早图之。吾二人自降丞相之后，未有寸功，愿请精兵五千，取刘备之头，以献丞相。"曹仁大喜，与二吕兵五千，前往新野厮杀。探马飞报玄德。玄德请单福商议。福曰："既有敌兵，不可令其入境。可使关公引一军从左而出，以敌来军中路；张飞引一军从右而出，以敌来军后路；公自引赵云出兵前路相迎：敌可破矣。"玄德从其言，即差关、张二人去讫；然后与单福、赵云等，共引二千人马出关相迎。行不数里，只见山后尘头大起，吕旷、吕翔引军来到。两边各射住阵角。玄德出马于旗门下，大呼曰："来者何人，敢犯吾境？"吕旷出马曰："吾乃大将吕旷也。奉丞相命，特来擒汝！"玄德大怒，使赵云出马。二将交战，不数合，赵云一枪刺吕旷于马下。玄德麾军掩杀，吕翔抵敌不住，引军便走。正行间，路傍一军突出，为首大将，乃关云长也；冲杀一阵，吕翔折兵大半，夺路走脱。行不到十里，又一军拦住去路，为首大将，挺矛大叫："张翼德在此！"直取吕翔。翔措手不及，被张飞一矛刺中，翻身落马而死。余众四散奔走。玄德合军追赶，大半多被擒获。玄德班师回县，重待单福，犒赏三军。

却说败军回见曹仁，报说："二吕被杀，军士多被活捉。"曹仁大惊，与李典商议。典曰："二将欺敌而亡，今只宜按兵不动，申报丞相，起大兵来征剿，乃为上策。"仁曰："不然。今二将阵亡，死折许多军马，此仇不可不急报。量新野弹丸之地，何劳丞相大军？"典曰："刘备人杰也，不可轻视。"仁曰："公何怯也！"典曰："兵法云：'知彼知己，百战百胜。'某非怯战，但恐不能必胜耳。"仁怒曰："公怀二心耶？吾必欲生擒刘备！"典曰："将军若去，某守樊城。"仁曰："汝若不同去，真怀二心矣！"典不得已，只得与曹仁点起二万五千军马，渡河投新野而来。正是：偏裨既有舆尸辱，主将重兴雪耻兵。未知胜负何如，且听下文分解。

第三十六回　玄德用计袭樊城　元直走马荐诸葛

却说曹仁忿怒，遂大起本部之兵，星夜渡河，意欲踏平新野。

且说单福得胜回县，谓玄德曰："曹仁屯兵樊城，今知二将被诛，必起大军来战。"玄德曰："当何以迎之？"福曰："彼若尽提兵而来，樊城空虚，可乘间夺之。"玄德问计，福附耳低言如此如此。玄德大喜，预先准备已定。忽报马报说："曹仁引大军渡河来了。"单福曰："果不出吾之料。"遂请玄德出军迎敌。两阵对圆，赵云出马唤彼将答话。曹仁命李典出阵，与赵云交锋。约战十数合，李典料敌不过，拨马回阵。云纵马追赶，两翼军射住，遂各罢兵归寨。李典回见曹仁，言："彼军精锐，不可轻敌，不如回樊城。"曹仁大怒曰："汝未出军时，已慢吾军心；今又卖阵，罪当斩首！"便喝刀斧手推出李典要斩，众将苦告方免。乃调李典领后军，仁自引兵为前部。次日鸣鼓进军，布成一个阵势，使人问玄德曰："识吾阵势？"单福便上高处观看毕，谓玄德曰："此八门金锁阵也。八门者：休、生、伤、杜、景、死、惊、开。如从生门、景门、开门而入则吉；从伤门、惊门、休门而入则伤；从杜门、死门而入则亡。今八门虽布得整齐，只是中间通欠主持。如从东南角上生门击入，往正西景门而出，其阵必乱。"玄德传令，教军士把住阵角，命赵云引五百军从东南而入，径往西出。云得令，挺枪跃马，引兵径投东南角上，呐喊杀入中军。曹仁便投北走。云不追赶，却突出西门，又从西杀转东南角上来。曹仁军大乱。玄德麾军冲击，曹兵大败而退。单福命休追赶，收军自回。

却说曹仁输了一阵，方信李典之言，因复请典商议，言："刘备军中必有能者，吾阵竟为所破。"李典曰："吾虽在此，甚忧樊城。"曹仁曰："今晚去劫寨。如得胜，再作计议；如不胜，便退军回樊城。"李典曰："不可。刘备必有准备。"仁曰："若如此多疑，何以用兵！"遂不听李典之言。自引军为前队，使李典为后应，当夜二更劫寨。

却说单福正与玄德在寨中议事，忽信风骤起。福曰："今夜曹仁必来劫寨。"玄德曰："何以敌之？"福笑曰："吾已预算定了。"遂密密分拨已毕。至二更，曹仁兵将近寨，只见寨中四围火起，烧着寨栅。曹仁知有准备，急令退军。赵云掩杀将来。仁不及收兵回寨，急望北河而走。将到河边，才欲寻船渡河，岸上一彪军杀到：为首大将，乃张飞也。曹仁死战，李典保护曹仁下船渡河。曹军大半溺死水中。曹仁渡过河面，上岸奔至樊城，令人叫门。只见城上一声鼓响，一将引军而出，大喝曰："吾已取樊城多时矣！"众惊视之，乃关云长也。仁大惊，拨马便走。云长追杀过来。曹仁又折了好些军马，星夜投许昌。于路打听，方知有单福为军师，设谋定计。

> 按：樊城此时为刘表管辖，不可能由曹仁镇守。《演义》所述曹仁攻新野，徐庶帮助刘备打败曹仁、夺取樊城的情节，均不见于史。

不说曹仁败回许昌。且说玄德大获全胜，引军入樊城，县令刘泌出迎。玄德安民已定。那刘泌乃长沙人，亦汉室宗亲，遂请玄德到家，设宴相待。只见一人侍立于侧。玄德视其人器宇轩昂，因问泌曰："此何人？"泌曰："此吾之甥寇封，本罗侯寇氏之子也；因父母双亡，故依于此。"玄德爱之，欲嗣为义子。刘泌欣然从之，遂使寇封拜玄德为父，改名刘封。

> 据《三国志·蜀书·刘封传》：刘封者，本罗侯寇氏之子，长沙刘氏之甥也。先主至荆州，以未有继嗣，养封为子。（参见《资治通鉴》卷六十九）

玄德带回，令拜云长、翼德为叔。云长曰："兄长既有子，何必用螟蛉？后必生乱。"

> 按：《演义》称刘备收养刘封在刘禅降生之后，与史不合。据史书记载，刘备"以未有继嗣，养封为子"。

玄德曰："吾待之如子，彼必事吾如父，何乱之有！"云长不悦。玄德与单福计议，令赵云引一千军守樊城。玄德领众自回新野。

却说曹仁与李典回许都，见曹操，泣拜于地请罪，具言损将折兵之事。操曰："胜负乃军家之常，但不知谁为刘备画策？"曹仁言是单福之计。操曰："单福何人也？"程昱笑曰："此非单福也。此人幼好学击剑；中平末年，尝为人报仇杀人，披发涂面而走，为吏所获，问其姓名不答，吏乃缚于车上，击鼓行于市，令市人识之，虽有识者不敢言，而同伴窃解救之。乃更姓名而逃，折节向学，遍访名师，尝与司马徽谈论。此人乃颍川徐庶，字元直。单福乃其托名耳。"操曰："徐庶之才，比君何如？"昱曰："十倍于昱。"操曰："惜乎！贤士归于刘备，羽翼成矣，奈何？"昱曰："徐庶虽在彼，丞相要用，召来不难。"操曰："安得彼来归？"昱曰："徐庶为人至孝。幼丧其父，止有老母在堂。现今其弟徐康已亡，老母无人侍养。丞相可使人赚其母至许昌，令作书召其子，则徐庶必至矣。"

操大喜，使人星夜前去取徐庶母。不一日，取至，操厚待之。因谓之曰："闻令嗣徐元直，乃天下奇才也。今在新野，助逆臣刘备，背叛朝廷，正犹美玉落于污泥之中，诚为可惜。今烦老母作书，唤回许都，吾于天子之前保奏，必有重赏。"遂命左右捧过文房四宝，令徐母作书。徐母曰："刘备何如人也？"操曰："沛郡小辈，妄称皇叔，全无信义，所谓外君子而内小人者也。"徐母厉声曰："汝何虚诳之甚也！吾久闻玄德乃中山靖王之后，孝景皇帝阁下玄孙，屈身下士，恭己待人，仁声素著，世之黄童、白叟、牧子、樵夫皆知其名：真当世之英雄也。吾儿辅之，得其主矣。汝虽托名汉相，实为汉贼。乃反以玄德为逆臣，欲使吾儿背明投暗，岂不自耻乎！"言讫，取石砚便打曹操。操大怒，叱武士执徐母出，将斩之。程昱急止之，入谏操曰："徐母触忤丞相者，欲求死也。丞相若杀之，则招不义之名，而成徐母之德。徐母既死，徐庶必死心助刘备以报仇矣。不如留之，使徐庶身心两处，纵使助刘备，亦不尽力也。且留得徐母在，昱自有计赚徐庶至此，以辅丞相。"操然其言，遂不杀徐母，送于别室养之。

程昱日往问候，诈言曾与徐庶结为兄弟，待徐母如亲母，时常馈送物件，必具手启。徐母因亦作手启答之。程昱赚得徐母笔迹，乃仿其字体，诈修家书一封，差一心腹人，持书径奔新野县，寻问单福行幕。军士引见徐庶。庶知母有家书至，急唤入问之。来人曰："某乃馆下走卒，奉老夫人言语，有书附达。"庶拆封视之。书曰：

> 近汝弟康丧，举目无亲。正悲凄间，不期曹丞相使人赚至许昌，言汝背反，下我于缧绁，赖程昱等救免。若得汝降，能免我死。如书到日，可念劬劳之恩，星夜前来，以全孝道，然后徐图归耕故园，免遭大祸。吾今命若悬丝，专望救援。更不多嘱。

徐庶览毕，泪如泉涌，持书来见玄德曰："某本颍川徐庶，字元直，为因逃难，更名单福。

> 据《三国志·蜀书·诸葛亮传》注引《魏略》：庶先名福，本单家子，少好任侠击剑。中平末，尝为人报仇，白垩突面，被发而走，为吏所得，问其姓字，闭口不言。吏乃于车上立柱维磔之，击鼓以令于市廛，莫敢识者，而其党伍共篡解之，得脱。于是感激，弃其刀戟，更疏巾单衣，折节学问。始诣精舍，诸生闻其前作贼，不肯与共止。福乃卑躬早起，常独扫除，动静先意，听习经业，义理精熟。遂与同郡石韬相亲爱。初平中，中州兵起，乃与韬南客荆州，到，又与诸葛亮特相善。及荆州内附，孔明与刘备相

随去，福与韬俱来北。

按：《演义》称徐庶曾更名单福，是罗贯中误解了《魏略》"单家子"的含义而误以"单"为姓氏。"单家子"指出身寒微，而非世家大族。

前闻刘景升招贤纳士，特往见之；及与论事，方知是无用之人，故作书别之。寅夜至司马水镜庄上，诉说其事。水镜深责庶不识主，因说刘豫州在此，何不事之？庶故作狂歌于市，以动使君；幸蒙不弃，即赐重用。争奈老母今被曹操奸计，赚至许昌囚禁，将欲加害。老母手书来唤，庶不容不去。非不欲效犬马之劳，以报使君；奈慈亲被执，不得尽力。今当告归，容图后会。"

据《三国志·蜀书·诸葛亮传》：（刘）琮闻曹公来征，遣使请降。先主在樊闻之，率其众南行，亮与徐庶并从，为曹公所追破，获庶母。庶辞先主而指其心曰："本欲与将军共图王霸之业者，以此方寸之地也。今已失老母，方寸乱矣，无益于事，请从此别。"遂诣曹公。（参见《资治通鉴》卷六十五）

玄德闻言大哭曰："子母乃天性之亲，元直无以备为念。待与老夫人相见之后，或者再得奉教。"徐庶便拜谢欲行。玄德曰："乞再聚一宵，来日饯行。"孙乾密谓玄德曰："元直天下奇才，久在新野，尽知我军中虚实。今若使归曹操，必然重用，我其危矣。主公宜苦留之，切勿放去。操见元直不去，必斩其母。元直知母死，必为母报仇，力攻曹操也。"玄德曰："不可。使人杀其母，而吾用其子，不仁也；留之不使去，以绝其子母之道，不义也。吾宁死，不为不仁不义之事。"众皆感叹。

据《三国志·魏书·程昱传》注引徐众《评》：徐庶母为曹公所得，刘备乃遣庶归，欲为天下者恕人子之情也。

玄德请徐庶饮酒，庶曰："今闻老母被囚，虽金波玉液不能下咽矣。"玄德曰："备闻公将去，如失左右手，虽龙肝凤髓，亦不甘味。"二人相对而泣，坐以待旦。诸将已于郭外安排筵席饯行。玄德与徐庶并马出城，至长亭，下马相辞。玄德举杯谓徐庶曰："备分浅缘薄，不能与先生相聚。望先生善事新主，以成功名。"庶泣曰："某才微智浅，深荷使君重用。今不幸半途而别，实为老母故也。纵使曹操相逼，庶亦终身不设一谋。"玄德曰："先生既去，刘备亦将远遁山林矣。"庶曰："某所以与使君共图王霸之业者，恃此方寸耳；今以老母之故，方寸乱矣，纵使在此，无益于事。使君宜别求高贤辅佐，共图大业，何便灰心如此？"玄德曰："天下高贤，无有出先生右者。"庶曰："某樗栎庸材，何敢当此重誉。"临别，又顾谓诸将曰："愿诸公善事使君，以图名垂竹帛，功标青史，切勿效庶之无始终也。"诸将无不伤感。玄德不忍相离，送了一程，又送一程。庶辞曰："不劳使君远送，庶就此告别。"玄德就马上执庶之手曰："先生此去，天各一方，未知相会却在何日！"说罢，泪如雨下。庶亦涕泣而别。玄德立马于林畔，看徐庶乘马与从者匆匆而去。玄德哭曰："元直去矣！吾将奈何？"凝泪而望，却被一树林隔断。玄德以鞭指曰："吾欲尽伐此处树木。"众问何故。玄德曰："因阻吾望徐元直之目也。"

正望间，忽见徐庶拍马而回。玄德曰："元直复回，莫非无去意乎？"遂欣然拍马向前迎问曰："先生此回，必有主意。"庶勒马谓玄德曰："某因心绪如麻，忘却一语：此间有一奇士，只在襄阳城外二十里隆中。

据《三国志·蜀书·诸葛亮传》注引《汉晋春秋》：亮家于南阳之邓县，在襄阳城西二十里，号曰隆中。

使君何不求之？"玄德曰："敢烦元直为备请来相见。"庶曰："此人不可屈致，使君可亲往求之。

  据《三国志·蜀书·诸葛亮传》：时先主屯新野。徐庶见先主，先主器之，谓先主曰："诸葛孔明者，卧龙也，将军岂愿见之乎？"先主曰："君与俱来。"庶曰："此人可就见，不可屈致也。将军宜枉驾顾之。"（参见《资治通鉴》卷六十五）

若得此人，无异周得吕望、汉得张良也。"玄德曰："此人比先生才德何如？"庶曰："以某比之，譬犹驽马并麒麟、寒鸦配鸾凤耳。此人每尝自比管仲、乐毅；以吾观之，管、乐殆不及此人。此人有经天纬地之才，盖天下一人也！"玄德喜曰："愿闻此人姓名。"庶曰："此人乃琅琊阳都人，覆姓诸葛，名亮，字孔明，乃汉司隶校尉诸葛丰之后。其父名珪，字子贡，为泰山郡丞，早卒；亮从其叔玄。玄与荆州刘景升有旧，因往依之，遂家于襄阳。后玄卒，亮与弟诸葛均躬耕于南阳。尝好为《梁父吟》。

  据《三国志·蜀书·诸葛亮传》：诸葛亮字孔明，琅邪阳都人也。汉司隶校尉诸葛丰后也。父珪，字君贡，汉末为太山郡丞。亮早孤，从父玄为袁术所署豫章太守，玄将亮及亮弟均之官。会汉朝更选朱皓代玄。玄素与荆州牧刘表有旧，往依之。玄卒，亮躬耕陇亩，好为《梁父吟》。（参见《资治通鉴》卷六十五）

  据《三国志·吴书·诸葛瑾传》注引《吴书》：其先葛氏，本琅邪诸县人，后徙阳都。阳都先有姓葛者，时人谓之诸葛，因以为氏。

  据《三国志·蜀书·诸葛亮传》引《上诸葛亮集表》：亮少有逸群之才，英霸之器，身长八尺，容貌甚伟，时人异焉。遭汉末扰乱，随叔父玄避难荆州，躬耕于野，不求闻达。

所居之地有一冈，名卧龙冈，因自号为'卧龙先生'。

  据《三国志·蜀书·庞统传》注引《襄阳记》：诸葛孔明为卧龙，庞士元为凤雏，司马德操为水镜，皆庞德公语也。

  按：据这条史料，"卧龙"之号是庞德公起的，并非诸葛亮自号。《演义》称诸葛亮自号"卧龙先生"是因卧龙岗而得名，与史不合。又，卧龙岗本在南阳郡治宛县，隆中并没有卧龙岗。

此人乃绝代奇才，使君急宜枉驾见之。若此人肯相辅佐，何愁天下不定乎！"玄德曰："昔水镜先生曾为备言：'伏龙、凤雏，两人得一，可安天下。'今所云莫非即'伏龙、凤雏'乎？"庶曰："凤雏乃襄阳庞统也。伏龙正是诸葛孔明。"玄德踊跃曰："今日方知伏龙、凤雏之语，何期大贤只在目前！非先生言，备有眼如盲也！"后人有赞徐庶走马荐诸葛诗曰：

  痛恨高贤不再逢，临岐泣别两情浓。片言却似春雷震，能使南阳起卧龙。

徐庶荐了孔明，再别玄德，策马而去。

  按：《演义》说，徐庶辞别刘备北上临行前，才向刘备推荐了诸葛亮。而据史书记载，徐庶投奔刘备以后，就向刘备推荐了诸葛亮。徐庶辞刘归曹时，时在三顾茅庐的翌年，刘备仓促南撤、徐母被俘之时；他与诸葛亮同在刘备幕下约有一年之久。

玄德闻徐庶之语，方悟司马德操之言，似醉方醒，如梦初觉。引众将回至新野，便具厚币，同关、张前去南阳请孔明。

  且说徐庶既别玄德，感其留恋之情，恐孔明不肯出山辅之，遂乘马直至卧龙冈下，入草庐见孔明。孔明问其来意。庶曰："庶本欲事刘豫州，奈老母为曹操所囚，驰书来召，只得舍之而往。临行时，将公荐与玄德。玄德即日将来奉谒，望公勿推阻，即展平生之大才以辅之，幸甚！"孔明闻言作色曰："君以我为享祭之牺牲乎！"说罢，拂袖而入。庶羞惭而退，上马趱程，赴许昌见母。正是：嘱友一言因爱主，赴家千里为思亲。未知后事若何，下文便见。

第三十七回　司马徽再荐名士　刘玄德三顾草庐

　　却说徐庶趱程赴许昌。曹操知徐庶已到，遂命荀彧、程昱等一班谋士往迎之。庶入相府拜见曹操。操曰："公乃高明之士，何故屈身而事刘备乎？"庶曰："某幼逃难，流落江湖，偶至新野，遂与玄德交厚，老母在此，幸蒙慈念，不胜愧感。"操曰："公今至此，正可晨昏侍奉令堂，吾亦得听清诲矣。"庶拜谢而出。急往见其母，泣拜于堂下。母大惊曰："汝何故至此？"庶曰："近于新野事刘豫州，因得母书，故星夜至此。"徐母勃然大怒，拍案骂曰："辱子飘荡江湖数年，吾以为汝学业有进，何其反不如初也！汝既读书，须知忠孝不能两全。岂不识曹操欺君罔上之贼？刘玄德仁义布于四海，况又汉室之胄，汝既事之，得其主矣，今凭一纸伪书，更不详察，遂弃明投暗，自取恶名，真愚夫也！吾有何面目与汝相见！汝玷辱祖宗，空生于天地间耳！"骂得徐庶拜伏于地，不敢仰视，母自转入屏风后去了。少顷，家人出报曰："老夫人自缢于梁间。"徐庶慌入救时，母气已绝。

　　按：《演义》叙曹操诈书骗徐母，徐母骂曹及自缢身死，徐庶在魏"终身不为曹操设一谋"等情节，均不见于史。据《魏略》记载，魏文帝时，徐庶官至右中郎将、御史中丞。

后人有《徐母赞》曰：
　　贤哉徐母，流芳千古。守节无亏，于家有补。教子多方，处身自苦。气若丘山，义出肺腑。赞美豫州，毁触魏武。不畏鼎镬，不惧刀斧。唯恐后嗣，玷辱先祖。伏剑同流，断机堪伍。生得其名，死得其所。贤哉徐母，流芳千古！

徐庶见母已死，哭绝于地，良久方苏。曹操使人赍礼吊问，又亲往祭奠。徐庶葬母柩于许昌之南原，居丧守墓。凡曹操所赐，庶俱不受。

　　时操欲商议南征。荀彧谏曰："天寒未可用兵；姑待春暖，方可长驱大进。"操从之，乃引漳河之水作一池，名玄武池，于内教练水军，准备南征。

　　据《三国志·魏书·武帝纪》：（建安）十三年春正月，公还邺，作玄武池以肄舟师。（参见《资治通鉴》卷六十五）

　　却说玄德正安排礼物，欲往隆中谒诸葛亮，忽人报："门外有一先生，峨冠博带，道貌非常，特来相探。"玄德曰："此莫非即孔明否？"遂整衣出迎。视之，乃司马徽也。玄德大喜，请入后堂高坐，拜问曰："备自别仙颜，因军务倥偬，有失拜访。今得光降，大慰仰慕之私。"徽曰："闻徐元直在此，特来一会。"玄德曰："近因曹操囚其母，徐母遣人驰书，唤回许昌去矣。"徽曰："此中曹操之计矣！吾素闻徐母最贤，虽为操所囚，必不肯驰书召其子；此书必诈也。元直不去，其母尚存；今若去，母必死矣！"玄德惊问其故，徽曰："徐母高义，必羞见其子也。"玄德曰："元直临行，荐南阳诸葛亮，其人若何？"徽笑曰："元直欲去，自去便了，何又惹他出来呕心血也？"玄德曰："先生何出此言？"徽曰："孔明与博陵崔州平、颍川石广元、汝南孟公威与徐元直四人为密友。此四人务于精纯，惟孔明独观其大略。尝抱膝长吟，而指四人曰：'公等仕进，可至刺史、郡守。'众问孔明之志若何，孔明但笑而不答。

　　据《三国志·蜀书·诸葛亮传》注引《魏略》：亮在荆州，以建安初与颍川石广元、徐元直、汝南孟公威等俱游学，三人务于精熟，而亮独观其大略。每晨夜从容，常抱膝长啸，而谓三人曰："卿诸人仕进，可至刺史、郡守也。"三人问其所至，亮但笑而不言。每常自比管仲、乐毅，其才不可量也。

> 据《三国志·蜀书·诸葛亮传》：亮躬耕陇亩，好为《梁父吟》。身长八尺，每自比于管仲、乐毅，时人莫之许也。惟博陵崔州平、颍川徐庶元直与亮友善，谓为信然。（参见《资治通鉴》卷六十五）

玄德曰："何颍川之多贤乎！"徽曰："昔有殷馗善观天文，尝谓'群星聚于颍分，其地必多贤士'。"时云长在侧曰："某闻管仲、乐毅乃春秋、战国名人，功盖寰宇；孔明自比此二人，毋乃太过？"徽笑曰："以吾观之，不当比此二人；我欲另以二人比之。"云长问："那二人？"徽曰："可比兴周八百年之姜子牙、旺汉四百年之张子房也。"众皆愕然。徽下阶，相辞欲行，玄德留之不住。徽出门，仰天大笑曰："卧龙虽得其主，不得其时，惜哉！"言罢，飘然而去。玄德叹曰："真隐居贤士也！"

次日，玄德同关、张并从人等来隆中。遥望山畔数人，荷锄耕于田间，而作歌曰：

苍天如圆盖，陆地似棋局。世人黑白分，往来争荣辱。
荣者自安安，辱者定碌碌。南阳有隐居，高眠卧不足。

玄德闻歌，勒马唤农夫问曰："此歌何人所作？"答曰："乃卧龙先生所作也。"玄德曰："卧龙先生住何处？"农夫曰："自此山之南，一带高冈，乃卧龙冈也。冈前疏林内茅庐中，即诸葛先生高卧之地。"玄德谢之，策马前行。不数里，遥望卧龙冈，果然清景异常。后人有古风一篇，单道卧龙居处。诗曰：

襄阳城西二十里，

> 据《三国志·蜀书·诸葛亮传》注引《汉晋春秋》：亮家于南阳之邓县，在襄阳城西二十里，号曰隆中。

一带高冈枕流水。高冈屈曲压云根，流水潺湲飞石髓。
势若困龙石上蟠，形如单凤松阴里。柴门半掩闭茅庐，中有高人卧不起。
修竹交加列翠屏，四时篱落野花馨。床头堆积皆黄卷，座上往来无白丁。
叩户苍猿时献果，守门老鹤夜听经。囊里名琴藏古锦，壁间宝剑映松文。
庐中先生独幽雅，闲来亲自勤耕稼。专待春雷惊梦回，一声长啸安天下。

玄德来到庄前，下马亲叩柴门，一童出问。玄德曰："汉左将军、宜城亭侯、领豫州牧、皇叔刘备，特来拜见先生。"童子曰："我记不得许多名字。"玄德曰："你只说刘备来访。"童子曰："先生今早少出。"玄德曰："何处去了？"童子曰："踪迹不定，不知何处去了。"玄德曰："几时归？"童子曰："归期亦不定，或三五日，或十数日。"玄德惆怅不已。张飞曰："既不见，自归去罢了。"玄德曰："且待片时。"云长曰："不如且归，再使人来探听。"玄德从其言，嘱付童子："如先生回，可言刘备拜访。"遂上马，行数里，勒马回观隆中景物，果然山不高而秀雅，水不深而澄清，地不广而平坦，林不大而茂盛，猿鹤相亲，松篁交翠，观之不已。忽见一人，容貌轩昂，丰姿俊爽，头戴逍遥巾，身穿皂布袍，杖藜从山僻小路而来。玄德曰："此必卧龙先生也！"急下马向前施礼，问曰："先生非卧龙否？"其人曰："将军是谁？"玄德曰："刘备也。"其人曰："吾非孔明，乃孔明之友，博陵崔州平也。"

> 据《三国志·蜀书·诸葛亮传》注：按《崔氏谱》：州平，太尉烈子，均之弟也。

玄德曰："久闻大名，幸得相遇。乞即席地权坐，请教一言。"二人对坐于林间石上，关、张侍立于侧。州平曰："将军何故欲见孔明？"玄德曰："方今天下大乱，四方云扰，欲见孔明，求安邦定国之策耳。"州平笑曰："公以定乱为主，虽是仁心，但自古以来，治乱无常。自高祖斩蛇起义，诛无道秦，是由乱而入治也；至哀、平之世二百年，太平日久，王莽篡逆，又由治而入乱；光武中兴，重整基业，复由乱而入治；至今二百年，民安已久，故干戈又复四起：此正由治入乱之时，未可猝定也。将军欲使孔明斡旋天地，补缀乾坤，恐不易为，徒费心力耳。岂不闻'顺天者逸，逆天者劳'，'数之所在，理不得而夺'；命之所在，人不得而强之'乎？"玄德曰："先生所言，诚为高见。但备身为汉胄，合当匡扶汉室，何敢委之数与命？"州平曰："山野之夫，不足与论天下事，适承明问，故妄言之。"玄德曰："蒙先生见教。但不知孔明往何处去了？"州平曰："吾亦欲访之，正不知其何往。"玄德曰："请先生同至敝县，若何？"州平曰："愚性颇乐闲散，无意功名久矣。容他日再见。"言讫，长揖而去。玄德与关、张上马而行。张飞曰："孔明又访不着，却遇此腐儒，闲谈许久！"玄德曰："此亦隐者之言也。"

三人回至新野，过了数日，玄德使人探听孔明。回报曰："卧龙先生已回矣。"玄德便教备马。张飞曰："量一村夫，何必哥哥自去，可使人唤来便了。"玄德叱曰："汝岂不闻孟子云：'欲见贤而不以其道，犹欲其入而闭之门也。'孔明当世大贤，岂可召乎！"遂上马再往访孔明。关、张亦乘马相随。时值隆冬，天气严寒，彤云密布。行无数里，忽然朔风凛凛，瑞雪霏霏，山如玉簇，林似银妆。张飞曰："天寒地冻，尚不用兵，岂宜远见无益之人乎！不如回新野以避风雪。"玄德曰："吾正欲使孔明知我殷勤之意。如弟辈怕冷，可先回去。"飞曰："死且不怕，岂怕冷乎！但恐哥哥空劳神思。"玄德曰："勿多言，只相随同去。"将近茅庐，忽闻路傍酒店中有人作歌。玄德立马听之。其歌曰：

壮士功名尚未成，呜呼久不遇阳春！君不见东海老叟辞荆榛，后车遂与文王亲。
八百诸侯不期会，白鱼入舟涉孟津。牧野一战血流杵，鹰扬伟烈冠武臣。
又不见高阳酒徒起草中，长揖芒砀隆准公。高谈王霸惊人耳，辍洗延坐钦英风。
东下齐城七十二，天下无人能继踪。二人功迹尚如此，至今谁复识英雄？

歌罢，又有一人击桌而歌。其歌曰：

吾皇提剑清寰海，创业垂基四百载。桓灵季业火德衰，奸臣贼子调鼎鼐。
青蛇飞下御座傍，又见妖虹降玉堂。群盗四方如蚁聚，奸雄百辈皆鹰扬。
吾侪长啸空拍手，闷来村店饮村酒。独善其身尽日安，何须千古名不朽！

二人歌罢，抚掌大笑。玄德曰："卧龙其在此间乎？"遂下马入店。见二人凭桌对饮，上首者白面长须，下首者清奇古貌。玄德揖而问曰："二公谁是卧龙先生？"长须者曰："公何人？欲寻卧龙何干？"玄德曰："某乃刘备也。欲访先生，求济世安民之术。"长须者曰："我等非卧龙，皆卧龙之友也，吾乃颍川石广元，此位是汝南孟公威。"

> 据《三国志·蜀书·诸葛亮传》注引《魏略》：亮在荆州，以建安初与颍川石广元、徐元直、汝南孟公威等俱游学。

玄德喜曰："备久闻二公大名，幸得邂逅。今有随行马匹在此，敢请二公同往卧龙庄上一谈。"广元曰："吾等皆山野慵懒之徒，不省治国安民之事，不劳下问。明公请自上马，寻访卧龙。"

玄德乃辞二人，上马投卧龙冈来。到庄前下马，扣门问童子曰："先生今日在庄否？"童子曰："现在堂上读书。"玄德大喜，遂跟童子而入。至中门，只见门上大书一联云："淡泊以明志，宁静而致远。"

> 据《诸葛亮集·文集·诫子书》：夫君子之行，静以修身，俭以养德。非淡泊无以明志，非宁静无以致远。夫学须静也，才须学也，非学无以广才，非志无以成学。

玄德正看间，忽闻吟咏之声，乃立于门侧窥之，见草堂之上，一少年拥炉抱膝，歌曰：

凤翱翔于千仞兮，非梧不栖；士伏处于一方兮，非主不依。乐躬耕于陇亩兮，吾爱吾庐；聊寄傲于琴书兮，以待天时。

玄德待其歌罢，上草堂施礼曰："备久慕先生，无缘拜会。昨因徐元直称荐，敬至仙庄，不遇空回。今特冒风雪而来，得瞻道貌，实为万幸！"那少年慌忙答礼曰："将军莫非刘豫州，欲见家兄否？"玄德惊讶曰："先生又非卧龙耶？"少年曰："某乃卧龙之弟诸葛均也。愚兄弟三人：长兄诸葛瑾，现在江东孙仲谋处为幕宾；孔明乃二家兄。"玄德曰："卧龙今在家否？"均曰："昨为崔州平相约，出外闲游去矣。"玄德曰："何处闲游？"均曰："或驾小舟游于江湖之中，或访僧道于山岭之上，或寻朋友于村落之间，或乐琴棋于洞府之内：往来莫测，不知去所。"玄德曰："刘备直如此缘分浅薄，两番不遇大贤！"均曰："少坐献茶。"张飞曰："那先生既不在，请哥哥上马。"玄德曰："我既到此间，如何无一语而回？"因问诸葛均曰："闻令兄卧龙先生熟谙韬略，日看兵书，可得闻乎？"均曰："不知。"张飞曰："问他则甚！风雪甚紧，不如早归。"玄德叱止之。均曰："家兄不在，不敢久留车骑，容日却来回礼。"玄德曰："岂敢望先生枉驾。数日之后，备当再至。愿借纸笔作一书，留达令兄，以表刘备殷勤之意。"均遂进文房四宝。玄德呵开冻笔，拂展云笺，写书曰：

备久慕高名，两次晋谒，不遇空回，惆怅何似！窃念备汉朝苗裔，滥叨名爵，伏睹朝廷陵替，纲纪崩摧，群雄乱国，恶党欺君，备心胆俱裂。虽有匡济之诚，实乏经纶之策。仰望先生仁慈忠义，慨然展吕望之大才，施子房之鸿略，天下幸甚！社稷幸甚！先此布达，再容斋戒薰沐，特拜尊颜，面倾鄙悃。统希鉴原。

玄德写罢，递与诸葛均收了，拜辞出门。均送出，玄德再三殷勤致意而别。

方上马欲行，忽见童子招手篱外，叫曰："老先生来也。"玄德视之，见小桥之西，一人暖帽遮头，狐裘蔽体，骑着一驴，后随一青衣小童，携一葫芦酒，踏雪而来，转过小桥，口吟诗一首。诗曰：

一夜北风寒，万里彤云厚。长空雪乱飘，改尽江山旧。
仰面观太虚，疑是玉龙斗。纷纷鳞甲飞，顷刻遍宇宙。
骑驴过小桥，独叹梅花瘦。

玄德闻歌曰："此真卧龙矣！"滚鞍下马，向前施礼曰："先生冒寒不易，刘备等候久矣！"那人慌忙下驴答礼。诸葛均在后曰："此非卧龙家兄，乃家兄岳父黄承彦也。"

> 据《三国志·蜀书·诸葛亮传》注引《襄阳记》：黄承彦者，高爽开列，为沔南名士，谓诸葛孔明曰："闻君择妇；身有丑女，黄头黑色，而才堪相配。"孔明许，即载送之。时人以为笑乐，乡里为之谚曰："莫作孔明择妇，正得阿承丑女。"

玄德曰："适间所吟之句，极其高妙。"承彦曰："老夫在小婿家观《梁父吟》，

> 据《三国志·蜀书·诸葛亮传》：亮躬耕陇亩，好为《梁父吟》。

记得这一篇；适过小桥，偶见篱落间梅花，故感而诵之。不期为尊客所闻。"玄德曰："曾见令婿否？"承彦曰："便是老夫也来看他。"玄德闻言，辞别承彦，上马而归。正值风雪又大，回望卧龙冈，悒怏不已。后人有诗单道玄德风雪访孔明。诗曰：

一天风雪访贤良，不遇空回意感伤。冻合溪桥山石滑，寒侵鞍马路途长。
当头片片梨花落，扑面纷纷柳絮狂。回首停鞭遥望处，烂银堆满卧龙冈。

玄德回新野之后，光阴荏苒，又早新春。乃令卜者揲蓍，选择吉期，斋戒三日，薰沐更衣，再往卧龙冈谒孔明。关、张闻之不悦，遂一齐入谏玄德。正是：高贤未服英雄志，屈节偏生杰士疑。未知其言若何，下文便晓。

第三十八回　定三分隆中决策　战长江孙氏报仇

却说玄德访孔明两次不遇，欲再往访之。关公曰："兄长两次亲往拜谒，其礼太过矣。想诸葛亮有虚名而无实学，故避而不敢见。兄何惑于斯人之甚也！"玄德曰："不然，昔齐桓公欲见东郭野人，五反而方得一面。况吾欲见大贤耶？"张飞曰："哥哥差矣。量此村夫，何足为大贤！今番不须哥哥去，他如不来，我只用一条麻绳缚将来！"玄德叱曰："汝岂不闻周文王谒姜子牙之事乎？文王且如此敬贤，汝何太无礼！今番汝休去，我自与云长去。"飞曰："既两位哥哥都去，小弟如何落后！"玄德曰："汝若同往，不可失礼。"飞应诺。

　　按：刘备三顾茅庐，《演义》称有关、张随行，不见于史。盛巽昌先生在《三国演义补证本》一书中指出，此时刘备屯新野，赴隆中行程二三百里，往返须数日，此中须有留守者，非关、张莫属；而徐庶作为媒介，且刘备早有言："君与俱来。"故陪同刘备三顾，关张可无有而必应有徐庶在焉。

于是三人乘马引从者往隆中。离草庐半里之外，玄德便下马步行，正遇诸葛均。玄德忙施礼，问曰："令兄在庄否？"均曰："昨暮方归，将军今日可与相见。"言罢，飘然自去。玄德曰："今番侥幸，得见先生矣！"张飞曰："此人无礼！便引我等到庄也不妨，何故竟自去了！"玄德曰："彼各有事，岂可相强。"三人来到庄前叩门，童子开门出问。玄德曰："有劳仙童转报：刘备专来拜见先生。"童子曰："今日先生虽在家，但今在草堂上昼寝未醒。"玄德曰："既如此，且休通报。"分付关、张二人，只在门首等着。玄德徐步而入，见先生仰卧于草堂几席之上。玄德拱立阶下。半晌，先生未醒。关、张在外立久，不见动静，入见玄德犹然侍立。张飞大怒，谓云长曰："这先生如何傲慢！见我哥哥侍立阶下，他竟高卧，推睡不起！等我去屋后放一把火，看他起不起！"云长再三劝住。玄德仍命二人出门外等候。望堂上时，见先生翻身将起，忽又朝里壁睡着。童子欲报，玄德曰："且勿惊动。"又立了一个时辰，孔明才醒，口吟诗曰：

　　　　大梦谁先觉？平生我自知，草堂春睡足，窗外日迟迟。

孔明吟罢，翻身问童子曰："有俗客来否？"童子曰："刘皇叔在此，立候多时。"孔明乃起身曰："何不早报！尚容更衣。"遂转入后堂。又半晌，方整衣冠出迎。

玄德见孔明身长八尺，面如冠玉，头戴纶巾，身披鹤氅，飘飘然有神仙之概。

　　据《三国志·蜀书·诸葛亮传》引《上诸葛亮集表》：亮少有逸群之才，英霸之器，身长八尺，容貌甚伟，时人异焉。

　　据《三国志·蜀书·诸葛亮传》：身长八尺，每自比于管仲、乐毅，时人莫之许也。

玄德下拜曰："汉室末胄、涿郡愚夫，久闻先生大名，如雷贯耳。昨两次晋谒，不得一见，已书贱名于文几，未审得入览否？"孔明曰："南阳野人，疏懒成性，屡蒙将军枉临，不胜愧赧。"

　　据《三国志·蜀书·诸葛亮传》引诸葛亮《出师表》：臣本布衣，躬耕于南阳，苟全性命于乱世，不求闻达于诸侯。先帝不以臣卑鄙，猥自枉屈，三顾臣于草庐之中，咨臣以当世之事，由是感激，遂许先帝以驱驰。

据《三国志·蜀书·诸葛亮传》：由是先主遂诣亮，凡三往，乃见。

据《资治通鉴》卷六十五：备由是诣亮，凡三往，乃见。

二人叙礼毕，分宾主而坐，童子献茶。茶罢，孔明曰："昨观书意，足见将军忧民忧国之心。但恨亮年幼才疏，有误下问。"玄德曰："司马德操之言，徐元直之语，岂虚谈哉？望先生不弃鄙贱，曲赐教诲。"孔明曰："德操、元直，世之高士。亮乃一耕夫耳，安敢谈天下事？二公谬举矣。将军奈何舍美玉而求顽石乎？"玄德曰："大丈夫抱经世奇才，岂可空老于林泉之下？愿先生以天下苍生为念，开备愚鲁而赐教。"孔明笑曰："愿闻将军之志。"玄德屏人促席而告曰："汉室倾颓，奸臣窃命，备不量力，欲伸大义于天下，而智术浅短，迄无所就。惟先生开其愚而拯其厄，实为万幸！"孔明曰："自董卓造逆以来，天下豪杰并起。曹操势不及袁绍，而竟能克绍者，非惟天时，抑亦人谋也。今操已拥百万之众，挟天子以令诸侯，此诚不可与争锋。孙权据有江东，已历三世，国险而民附，此可用为援而不可图也。荆州北据汉沔，利尽南海，东连吴会，西通巴蜀，此用武之地，非其主不能守；是殆天所以资将军，将军岂有意乎？益州险塞，沃野千里，天府之国，高祖因之以成帝业；今刘璋暗弱，民殷国富而不知存恤，智能之士思得明君。将军既帝室之胄，信义著于四海，总揽英雄，思贤如渴，若跨有荆益，保其岩阻，西和诸戎，南抚彝越，外结孙权，内修政理；待天下有变，则命一上将将荆州之兵以向宛洛，将军身率益州之众以出秦川，百姓有不箪食壶浆以迎将军者乎？诚如是，则大业可成，汉室可兴矣。此亮所以为将军谋者也。惟将军图之。"

据《三国志·蜀书·诸葛亮传》：由是先主遂诣亮，凡三往，乃见。因屏人曰："汉室倾颓，奸臣窃命，主上蒙尘。孤不度德量力，欲信大义于天下，而智术浅短，遂用猖蹶，至于今日。然志犹未已，君谓计将安出？"亮答曰："自董卓已来，豪杰并起，跨州连郡者不可胜数。曹操比于袁绍，则名微而众寡，然操遂能克绍，以弱为强者，非惟天时，抑亦人谋也。今操已拥百万之众，挟天子而令诸侯，此诚不可与争锋。孙权据有江东，已历三世，国险而民附，贤能为之用，此可以为援而不可图也。荆州北据汉沔，利尽南海，东连吴会，西通巴蜀，此用武之国，而其主不能守，此殆天所以资将军，将军岂有意乎？益州险塞，沃野千里，天府之土，高祖因之以成帝业。刘璋暗弱，张鲁在北，民殷国富而不知存恤，智能之士思得明君。将军既帝室之胄，信义著于四海，总揽英雄，思贤如渴，若跨有荆益，保其岩阻，西和诸戎，南抚夷越，外结好孙权，内修政理；天下有变，则命一上将将荆州之军以向宛洛，将军身率益州之众出于秦川，百姓孰敢不箪食壶浆以迎将军者乎？诚如是，则霸业可成，汉室可兴矣。"先主曰："善！"（参见《资治通鉴》卷六十五）

按：诸葛亮隆中对策，论荆州乃用武之国，"而其主不能守"，演义误植为"非其主不能守"。语末"霸业可成"，毛宗岗改为"大业可成"，虽一字之改，但语义迥别。

言罢，命童子取出画一轴，挂于中堂，指谓玄德曰："此西川五十四州之图也。将军欲成霸业，北让曹操占天时，南让孙权占地利，将军可占人和。先取荆州为家，后即取西川建基业，以成鼎足之势，然后可图中原也。"玄德闻言，避席拱手谢曰："先生之言，顿开茅塞，使备如拨云雾而睹青天。但荆州刘表、益州刘璋，皆汉室宗亲，备安忍夺之？"孔明曰："亮夜观天象，刘表不久人世；刘璋非立业之主：久后必归将军。"玄德闻言，顿首拜谢。只这一席话，乃孔明未出茅庐，已知三分天下，真万古之人不及也！后人有诗赞曰：

豫州当日叹孤穷，何幸南阳有卧龙！欲识他年分鼎处，先生笑指画图中。

玄德拜请孔明曰："备虽名微德薄，愿先生不弃鄙贱，出山相助。备当拱听明诲。"孔明曰："亮久乐耕锄，懒于应世，不能奉命。"玄德泣曰："先生不出，如苍生何！"言毕，泪沾袍袖，衣襟尽湿。孔明见其意甚诚，乃曰："将军既不相弃，愿效犬马之劳。"

  据《三国志·蜀书·诸葛亮传》《资治通鉴》卷七十引诸葛亮《出师表》：臣本布衣，躬耕于南阳，苟全性命于乱世，不求闻达于诸侯。先帝不以臣卑鄙，猥自枉屈，三顾臣于草庐之中，谘臣以当世之事，由是感激，遂许先帝以驱驰。

  据《三国志·蜀书·诸葛亮传》引《上诸葛亮集表》：遭汉末扰乱，随叔父玄避难荆州，躬耕于野，不求闻达。时左将军刘备以亮有殊量，乃三顾亮于草庐之中；亮深谓备雄姿杰出，遂解带写诚，厚相结纳。

  据《三国志·蜀书·诸葛亮传》注引《魏略》《九州春秋》：刘备屯于樊城。是时曹公方定河北，亮知荆州次当受敌，而刘表性缓，不晓军事。亮乃北行见备，备与亮非旧，又以其年少，以诸生意待之。坐集既毕，众宾皆去，而亮独留，备亦不问其所欲言。备性好结毦，时适有人以髦牛尾与备者，备因手自结之。亮乃进曰："明将军当复有远志，但结毦而已邪！"备知亮非常人也，乃投毦而答曰："是何言与！我聊以忘忧耳。"亮遂言曰："将军度刘镇南孰与曹公邪？"备曰："不及。"亮又曰："将军自度何如也？"备曰："亦不如。"曰："今皆不及，而将军之众不过数千人，以此待敌，得无非计乎！"备曰："我亦愁之，当若之何？"亮曰："今荆州非少人也，而著籍者寡，平居发调，则人心不悦；可语镇南，令国中凡有游户，皆使自实，因录以益众可也。"备从其计，故众遂强。备由此知亮有英略，乃以上客礼之。　　臣松之以为亮表云"先帝不以臣卑鄙，猥自枉屈，三顾臣于草庐之中，谘臣以当世之事"，则非亮先诣备，明矣。虽闻见异辞，各生彼此，然乖背至是，亦良为可怪。

玄德大喜，遂命关、张入，拜献金帛礼物。孔明固辞不受。玄德曰："此非聘大贤之礼，但表刘备寸心耳。"孔明方受。于是玄德等在庄中共宿一宵。次日，诸葛均回，孔明嘱付曰："吾受刘皇叔三顾之恩，不容不出。汝可躬耕于此，勿得荒芜田亩。待我功成之日，即当归隐。"

  据《三国志·蜀书·诸葛亮传》：亮弟均，官至长水校尉。

后人有诗叹曰：
    身未升腾思退步，功成应忆去时言。只因先主丁宁后，星落秋风五丈原。
又有古风一篇曰：
    高皇手提三尺雪，芒砀白蛇夜流血。平秦灭楚入咸阳，二百年前几断绝。
    大哉光武兴洛阳，传至桓灵又崩裂。献帝迁都幸许昌，纷纷四海生豪杰。
    曹操专权得天时，江东孙氏开鸿业。孤穷玄德走天下，独居新野愁民厄。
    南阳卧龙有大志，腹内雄兵分正奇。只因徐庶临行语，茅庐三顾心相知。
    先生尔时年三九，收拾琴书离陇亩。先取荆州后取川，大展经纶补天手。
    纵横舌上鼓风雷，谈笑胸中换星斗。龙骧虎视安乾坤，万古千秋名不朽。

玄德等三人别了诸葛均，与孔明同归新野。玄德待孔明如师，食则同桌，寝则同榻，终日共论天下之事。孔明曰："曹操于冀州作玄武池以练水军，必有侵江南之意。可密令人过江探听虚实。"玄德从之，使人往江东探听。

  却说孙权自孙策死后，据住江东，承父兄基业，广纳贤士，开宾馆于吴会，命顾雍、张纮延接四方宾客。连年以来，你我相荐。时有会稽阚泽，字德润；

  据《三国志·吴书·阚泽传》：阚泽字德润，会稽山阴人也。家世农夫，至泽好学，……

察孝廉，除钱唐长，迁郴令。

彭城严畯，字曼才；

> 据《三国志·吴书·严畯传》：严畯字曼才，彭城人也。……避乱江东，与诸葛瑾、步骘齐名友善。……张昭进之于孙权，权以为骑都尉、从事中郎。

> 按：严峻，史书中作严畯，《演义》因"畯""峻"形近致误。

沛县薛综，字敬文；

> 据《三国志·吴书·薛综传》：薛综字敬文，沛郡竹邑人也。少依族人避地交州，从刘熙学。士燮既附孙权，召综为五官中郎将，除合浦、交阯太守。

汝南程秉，字德枢；

> 据《三国志·吴书·程秉传》：程秉字德枢，汝南南顿人也。……权闻其名儒，以礼征，秉既到，拜太子太傅。

吴郡朱桓，字休穆；

> 据《三国志·吴书·朱桓传》：朱桓字休穆，吴郡吴人也。孙权为将军，桓给事幕府，除余姚长。

陆绩，字公纪；

> 据《三国志·吴书·陆绩传》：陆绩字公纪，吴郡吴人也。……绩容貌雄壮，博学多识，星历算数无不该览。虞翻旧齿名盛，庞统荆州令士，年亦差长，皆与绩友善。孙权统事，辟为奏曹掾，以直道见惮，出为郁林太守，加偏将军，给兵二千人。

吴人张温，字惠恕；

> 据《三国志·吴书·张温传》：张温字惠恕，吴郡吴人也。父允，以轻财重士，名显州郡，为孙权东曹掾，卒。温少修节操，容貌奇伟。权闻之，以问公卿曰："温当今与谁为比？"大司农刘基曰："可与全琮为辈。"太常顾雍曰："基未详其为人也。温当今无辈。"权曰："如是，张允不死也。"征到延见，文辞占对，观者倾竦，权改容加礼。罢出，张昭执其手曰："老夫托意，君宜明之。"拜议郎、选曹尚书，徙太子太傅，甚见信重。

会稽凌统，字公续；

> 据《三国志·吴书·骆统传》：骆统字公绪，会稽乌伤人也。……孙权以将军领会稽太守，统年二十，试为乌程相，民户过万，咸叹其惠理。权嘉之，召为功曹，行骑都尉，妻以从兄辅女。

> 按："会稽凌统，字公续"，据史书，应作"乌伤骆统，字公绪"。凌统是吴郡余杭人，字公绩，《演义》所载的籍贯、字号均不确。

乌程吴粲，字孔休：

> 据《三国志·吴书·吾粲传》：吾粲字孔休，吴郡乌程人也。孙河为县长，粲为小吏，河深奇之。河后为将军，得自选长吏，表粲为曲阿丞，迁为长史，治有名迹。虽起孤微，与同郡陆逊、卜静等比肩齐声矣。孙权为车骑将军，召为主簿，出为山阴令，还

为参军校尉。

>按：吴粲，史书中作吾粲。

此数人皆至江东，孙权敬礼甚厚。又得良将数人：乃汝南吕蒙，字子明；

>据《三国志·吴书·吕蒙传》：吕蒙字子明，汝南富陂人也。少南渡，依姊夫邓当。当为孙策将，数讨山越。蒙年十五六，窃随当击贼，当顾见大惊，呵叱不能禁止。……策召见奇之，引置左右。数岁，邓当死，张昭荐蒙代当，拜别部司马。权统事，料诸小将兵少而用薄者，欲并合之。蒙阴赊贳，为兵作绛衣行縢，及简日，陈列赫然，兵人练习，权见之大悦，增其兵。从讨丹杨，所向有功，拜平北都尉，领广德长。

吴郡陆逊，字伯言；

>据《三国志·吴书·陆逊传》：陆逊字伯言，吴郡吴人也。本名议，世江东大族。孙权为将军，逊年二十一，始仕幕府，历东西曹令史，出为海昌屯田都尉，并领县事。

琅琊徐盛，字文向；

>据《三国志·吴书·徐盛传》：徐盛字文向，琅邪莒人也。遭乱，客居吴，以勇气闻。孙权统事，以为别部司马。

东郡潘璋，字文珪；

>据《三国志·吴书·潘璋传》：潘璋字文珪，东郡发干人也。孙权为阳羡长，始往随权。性博荡嗜酒，居贫，好赊酤，债家至门，辄言后豪富相还。权奇爱之，因使召募，得百余人，遂以为将。讨山贼有功，署别部司马。

庐江丁奉，字承渊。

>据《三国志·吴书·丁奉传》：丁奉字承渊，庐江安丰人也。少以骁勇为小将，属甘宁、陆逊、潘璋等。数随征伐，战斗常冠军。

文武诸人，共相辅佐，由此江东称得人之盛。

建安七年，曹操破袁绍，遣使往江东，命孙权遣子入朝随驾。权犹豫未决。吴太夫人命周瑜、张昭等面议。张昭曰："操欲令我遣子入朝，是牵制诸侯之法也。然若不令去，恐其兴兵下江东，势必危矣。"周瑜曰："将军承父兄遗业，兼六郡之众，兵精粮足，将士用命，有何逼迫而欲送质于人？质一入，不得不与曹氏连和；彼有命召，不得不往：如此，则见制于人也。不如勿遣，徐观其变，别以良策御之。"吴太夫人曰："公瑾之言是也。"权遂从其言，谢使者，不遣子。

>据《三国志·吴书·周瑜传》注引《江表传》：曹公新破袁绍，兵威日盛，建安七年，下书责权质任子。权召群臣会议，张昭、秦松等犹豫不能决，权意不欲遣质，乃独将瑜诣母前定议，瑜曰："昔楚国初封于荆山之侧，不满百里之地，继嗣贤能，广土开境，立基于郢，遂据荆扬，至于南海，传业延祚，九百余年。今将军承父兄余资，兼六郡之众，兵精粮多，将士用命，铸山为铜，煮海为盐，境内富饶，人不思乱，泛舟举帆，朝发夕到，士风劲勇，所向无敌，有何逼迫，而欲送质？质一入，不得不与曹氏相首尾，与相首尾，则命召不得不往，便见制于人也。极不过一侯印，仆从十余人，车数乘，马数匹，岂与南面称孤同哉？不如勿遣，徐观其变。若曹氏能率义以正天下，将军事之未晚。若图为暴乱，兵犹火也，不戢将自焚。将军韬勇抗威，以待天命，何送质之有！"

> 权母曰："公瑾议是也。公瑾与伯符同年，小一月耳，我视之如子也，汝其兄事之。"遂不送质。（参见《资治通鉴》卷六十四）
>
> 按：《演义》称，曹操曾于建安七年（202）要求孙权送子为质，孙权采纳周瑜意见决定不送质。《演义》这一情节采自《江表传》。对此，章义和、唐燮军在《细说曹操》（上海人民出版社 2005 年版）一书中认为，《江表传》的这一记载，与史相悖。其中的关键，是因为孙权在建安七年（202）还没有儿子，他的大儿子孙登，迟至建安十四年（209）才出生；假如曹操真的想"质任子"，肯定会预先打听孙权有没有儿子可"质"，没有的话，自然不会提这样的要求。

自此曹操有下江南之意。但正值北方未宁，无暇南征。

建安八年十一月，孙权引兵伐黄祖，战于大江之中。祖军败绩。

> 据《资治通鉴》卷六十四：（建安八年冬十月，）孙权西伐黄祖，破其舟军，惟城未克。（参见《三国志·吴书·吴主传》）

权部将凌操，轻舟当先，杀入夏口，被黄祖部将甘宁一箭射死。凌操子凌统，时年方十五岁，奋力往夺父尸而归。

> 据《三国志·吴书·凌统传》：父操，轻侠有胆气，孙策初兴，每从征伐，常冠军履锋。守永平长，平治山越，奸猾敛手，迁破贼校尉。及权统军，从讨江夏。入夏口，先登，破其前锋，轻舟独进，中流矢死。统年十五，左右多称述者，权亦以操死国事，拜统别部司马，行破贼都尉，使摄父兵。
>
> 按：《演义》称，凌操死后，十五岁的凌统"奋力往夺父尸而归"，不见于史。

权见风色不利，收军还东吴。

却说孙权弟孙翊为丹阳太守，翊性刚好酒，醉后尝鞭挞士卒。丹阳督将妫览、郡丞戴员二人，常有杀翊之心；乃与翊从人边洪结为心腹，共谋杀翊。时诸将县令，皆集丹阳，翊设宴相待。翊妻徐氏美而慧，极善卜《易》，是日卜一卦，其象大凶，劝翊勿出会客。翊不从，遂与众大会。至晚席散，边洪带刀跟出门外，即抽刀砍死孙翊。妫览、戴员乃归罪边洪，斩之于市。二人乘势掳翊家资侍妾。妫览见徐氏美貌，乃谓之曰："吾为汝夫报仇，汝当从我；不从则死。"徐氏曰："夫死未几，不忍便相从；可待至晦日，设祭除服，然后成亲未迟。"览从之。徐氏乃密召孙翊心腹旧将孙高、傅婴二人入府，泣告曰："先夫在日，常言二公忠义。今妫、戴二贼，谋杀我夫，只归罪边洪，将我家资童婢尽皆分去。妫览又欲强占妾身，妾已诈许之，以安其心。二将军可差人星夜报知吴侯，一面设密计以图二贼，雪此仇辱，生死衔恩！"言毕再拜。孙高、傅婴皆泣曰："我等平日感府君恩遇，今日所以不即死难者，正欲为复仇计耳。夫人所命，敢不效力！"于是密遣心腹使者往报孙权。

至晦日，徐氏先召孙、傅二人，伏于密室帏幕之中，然后设祭于堂上。祭毕，即除去孝服，沐浴薰香，浓妆艳裹，言笑自若。妫览闻之甚喜。至夜，徐氏遣婢妾请览入府，设席堂中饮酒。饮既醉，徐氏乃邀览入密室。览喜，乘醉而入。徐氏大呼曰："孙、傅二将军何在！"二人即从帏幕中持刀跃出。妫览措手不及，被傅婴一刀砍倒在地，孙高再复一刀，登时杀死。徐氏复传请戴员赴宴。员入府来，至堂中，亦被孙、傅二将所杀。一面使人诛戮二贼家小，及其余党。徐氏遂重穿孝服，将妫览、戴员首级，祭于孙翊灵前。不一日，孙权自领军马至丹阳，见徐氏已杀妫、戴二贼，乃封孙高、傅婴为牙门将，令守丹阳，取徐氏归家养老。江东人无不称徐氏之德。

> 据《资治通鉴》卷六十四：丹杨大都督妫览、郡丞戴员杀太守孙翊。将军孙河屯京城，驰赴宛陵，览、员复杀之；遣人迎扬州刺史刘馥，令往历阳，以丹杨应之。览入居军府中，欲逼取翊妻徐氏。徐氏绐之曰："乞须晦日，设祭除服，然后听命。"览许之。徐氏潜使所亲语翊亲近旧将孙高、傅婴等与共图览，高、婴涕泣许诺，密呼翊时侍养者二十余人与盟誓合谋。到晦日，设祭。徐氏哭泣尽哀，毕，乃除服，薰香沐浴，言笑欢悦。大小凄怆，怪其如此。览密觇，无复疑意。徐氏呼高、婴置户内，使人召览入。徐氏出户拜。览适得一拜，徐大呼："二君可起！"高、婴俱出，共杀览，余人即就外杀员。徐氏乃还缞绖，奉览、员首以祭翊墓，举军震骇。孙权闻乱，从椒丘还。至丹杨，悉族诛览、员余党，擢高、婴为牙门，其余赏赐有差。（参见《三国志·吴书·孙翊传》《三国志·吴书·吴主传》）

> 据《三国志·吴书·孙翊传》注引《吴历》：妫览、戴员亲近边洪等，数为翊所困，常欲叛逆，因吴主出征，遂其奸计。时诸县令长并会见翊，翊以妻徐氏颇晓卜，翊入语徐："吾明日欲为长吏作主人，卿试卜之。"徐言："卦不能佳，可须异日。"翊以长吏来久，宜速遣，乃大请宾客。翊出入常持刀，尔时有酒色，空手送客，洪从后斫翊，郡中扰乱，无救翊者，遂为洪所杀，迸走入山。徐氏购募追捕，中宿乃得，览、员归罪杀洪。诸将皆知览、员所为，而力不能讨。览入居军府中，悉取翊嫔妾及左右侍御，欲复取徐。恐逆之见害，乃绐之曰："乞须晦日设祭除服。"时月垂竟，览听须祭毕。徐潜使所亲信语翊亲近旧将孙高、傅婴等，说："览已房略婢妾，今又欲见逼，所以外许之者，欲安其意以免祸耳。欲立微计，愿二君哀救。"高、婴涕泣答言："受府君恩遇，所以不即死难者，以死无益，欲思惟事计，事计未立，未敢启夫人耳。今日之事，实夙夜所怀也。"乃密呼翊时侍养者二十余人，以徐意语之，共盟誓，合谋。到晦日，设祭，徐氏哭泣尽哀毕，乃除服，薰香沐浴，更于他室，安施帏帐，言笑欢悦，示无戚容。大小凄怆，怪其如此。览密觇视，无复疑意。徐呼高、婴与诸婢罗住户内，使人报览，说已除凶即吉，惟府君敕命。览盛意入，徐出户拜。览适得一拜，徐便大呼："二君可起！"高、婴俱出，共得杀览，余人即就外杀员。夫人乃还缞绖，奉览、员首以祭翊墓。举军震骇，以为神异。吴主续至，悉族诛览、员余党，擢高、婴为牙门，其余皆加赐金帛，殊其门户。

后人有诗赞曰：
才节双全世所无，奸回一旦受摧锄。庸臣从贼忠臣死，不及东吴女丈夫。

且说东吴各处山贼，尽皆平复。大江之中，有战船七千余只。孙权拜周瑜为大都督，总统江东水陆军马。建安十二年冬十月，权母吴太夫人病危，召周瑜、张昭二人至，

> 据《资治通鉴》卷六十五：（建安十二年，）权母吴氏疾笃，引见张昭等，属以后事而卒。（参见《三国志·吴书·孙破虏吴夫人传》及注引《志林》）

谓曰："我本吴人，幼亡父母，与弟吴景徒居越中。后嫁与孙氏，生四子。长子策生时，吾梦月入怀；后生次子权，又梦日入怀。卜者云：梦日月入怀者，其子大贵。

> 据《三国志·吴书·孙破虏吴夫人传》注引《搜神记》：初，夫人孕而梦月入其怀，既而生策。及权在孕，又梦日入其怀，以告坚曰："昔妊策，梦月入我怀，今也又梦日入我怀，何也？"坚曰："日月者阴阳之精，极贵之象，吾子孙其兴乎！"

不幸策早丧，今将江东基业付权。望公等同心助之，吾死不朽矣！"又嘱权曰："汝事子布、

公瑾以师傅之礼,不可怠慢。吾妹与我共嫁汝父,则亦汝之母也;吾死之后,事吾妹如事我。汝妹亦当恩养,择佳婿以嫁之。"言讫遂终。孙权哀哭,具丧葬之礼,自不必说。

至来年春,孙权商议欲伐黄祖。张昭曰:"居丧未及期年,不可动兵。"周瑜曰:"报仇雪恨,何待期年?"权犹豫未决。适平北都尉吕蒙入见,告权曰:"某把龙湫水口,忽有黄祖部将甘宁来降。某细询之:宁字兴霸,巴郡临江人也,颇通书史,有气力,好游侠。尝招合亡命,纵横于江湖之中;腰悬铜铃,人听铃声,尽皆避之。又尝以西川锦作帆幔,时人皆称为'锦帆贼'。

> 据《三国志·吴书·甘宁传》:甘宁字兴霸,巴郡临江人也。少有气力,好游侠,招合轻薄少年,为之渠帅;群聚相随,挟持弓弩,负毦带铃,民闻铃声,即知是宁。人与相逢,及属城长吏,接待隆厚者乃与交欢;不尔,即放所将夺其资货,于长吏界中有所贼害,作其发负,至二十余年。

> 据《三国志·吴书·甘宁传》注引《吴书》:宁轻侠杀人,藏舍亡命,闻于郡中。其出入,步则陈车骑,水则连轻舟,侍从被文绣,所如光道路,住止常以缯锦维舟,去或割弃,以示奢也。

后悔前非,改行从善,引众投刘表。见表不能成事,即欲来投东吴,却被黄祖留住在夏口。前东吴破祖时,祖得甘宁之力,救回夏口;乃待宁甚薄。都督苏飞屡荐宁于祖。祖曰:'宁乃劫江之贼,岂可重用!'宁因此怀恨。苏飞知其意,乃置酒邀宁到家,谓之曰:吾荐公数次,奈主公不能用。日月逾迈,人生几何,宜自远图。吾当保公为邾县长,自作去就之计。宁因此得过夏口,欲投江东,恐江东恨其救黄祖杀凌操之事。某具言主公求贤若渴,不记旧恨;况各为其主,又何恨焉?宁欣然引众渡江,来见主公。乞钧旨定夺。"孙权大喜曰:"吾得兴霸,破黄祖必矣!"

> 据《三国志·吴书·甘宁传》注引《吴书》:宁将僮客八百人就刘表。表儒人,不习军事。时诸英豪各各起兵,宁观表事势,终必无成,恐一朝土崩,并受其祸,欲东入吴。黄祖在夏口,军不得过,乃留依祖,三年,祖不礼之。权讨祖,祖军败奔走,追兵急,宁以善射,将兵在后,射杀校尉凌操。祖既得免,军罢还营,待宁如初。祖都督苏飞数荐宁,祖不用,令人化诱其客,客稍亡。宁欲去,恐不获免,独忧闷不知所出。飞知其意,乃要宁,为之置酒,谓曰:"吾荐子者数矣,主不能用。日月逾迈,人生几何,宜自远图,庶遇知己。"宁良久乃曰:"虽有其志,未知所由。"飞曰:"吾欲白子为邾长,于是去就,孰与临阪转丸乎?"宁曰:"幸甚。"飞白祖,听宁之县。招怀亡客并义从者,得数百人。

> 据《三国志·吴书·甘宁传》:止不攻劫,颇读诸子,乃往依刘表,因居南阳,不见进用,后转托黄祖,祖又以凡人畜之。于是归吴。周瑜、吕蒙皆共荐达,孙权加异,同于旧臣。(参见《资治通鉴》卷六十五)

遂命吕蒙引甘宁入见。参拜已毕,权曰:"兴霸来此,大获我心,岂有记恨之理?请无怀疑。愿教我以破黄祖之策。"宁曰:"今汉祚日危,曹操终必篡窃。南荆之地,操所必争也。刘表无远虑,其子又愚劣,不能承业传基,明公宜早图之;若迟,则操先图之矣。今宜先取黄祖。祖今年老昏迈,务于货利;侵求吏民,人心皆怨;战具不修,军无法律。明公若往攻之,其势必破。既破祖军,鼓行而西,据楚关而图巴蜀,霸业可定也。"孙权曰:"此金玉之论也!"

> 据《三国志·吴书·甘宁传》:宁陈计曰:"今汉祚日微,曹操弥憍,终为篡盗。南荆之地,山陵形便,江川流通,诚是国之西势也。宁已观刘表,虑既不远,儿子又劣,非能

承业传基者也。至尊当早规之,不可后操图之。图之之计,宜先取黄祖。祖今年老,昏耄已甚,财谷并乏,左右欺弄,务于货利,侵求吏士,吏士心怨,舟船战具,顿废不修,急于耕农,军无法伍。至尊今往,其破必可。一破祖军,鼓行而西,西据楚关,大势弥广,即可渐规巴蜀。"权深纳之。张昭时在坐,难曰:"吴下业业,若军果行,恐必致乱。"宁谓昭曰:"国家以萧何之任付君,君居守而忧乱,奚以希慕古人乎?"权举酒属宁曰:"兴霸,今年行讨,如此酒矣,决以付卿。卿但当勉建方略,令必克祖,则卿之功,何嫌张长史之言乎!"权遂西,果禽祖,尽获其士众。(参见《资治通鉴》卷六十五)

遂命周瑜为大都督,

> 据《三国志·吴书·周瑜传》:(建安)十三年春,权讨江夏,瑜为前部大督。
>
> 按:周瑜从未任大都督。据史书,东吴此次攻江夏,周瑜任前部大督。

总水陆军兵;吕蒙为前部先锋,董袭与甘宁为副将,权自领大军十万,征讨黄祖。

细作探知,报至江夏。黄祖急聚众商议,令苏飞为大将,陈就、邓龙为先锋,尽起江夏之兵迎敌。陈就、邓龙各引一队艨艟截住沔口,艨艟上各设强弓硬弩千余张,将大索系定艨艟于水面上。东吴兵至,艨艟上鼓响,弓弩齐发,兵不敢进,约退数里水面。甘宁谓董袭曰:"事已至此,不得不进。"乃选小船百余只,每船用精兵五十人:二十人撑船,三十人各披衣甲,手执钢刀,不避矢石,直至艨艟傍边,砍断大索,艨艟遂横。甘宁飞上艨艟,将邓龙砍死。陈就弃船而走。吕蒙见了,跳下小船,自举橹棹,直入船队,放火烧船。陈就急待上岸,吕蒙舍命赶到跟前,当胸一刀砍翻。比及苏飞引军于岸上接应时,东吴诸将一齐上岸,势不可当。祖军大败。

> 据《资治通鉴》卷六十五:(建安十三年春,)权遂西击黄祖。祖横两蒙冲挟守沔口,以拼间大绁系石为矴,上有千人,以弩交射,飞矢雨下,军不得前。偏将军董袭与别部司马凌统俱为前部,各将敢死百人,人被两铠,乘大舸,突入蒙冲里。袭身以刀断两绁,蒙冲乃横流,大兵遂进。祖令都督陈就以水军逆战。平北都尉吕蒙勒前锋,亲枭就首。于是将士乘胜,水陆并进,傅其城,尽锐攻之,遂屠其城。(参见《三国志·吴书·董袭传》《吕蒙传》《吴主传》)
>
> 按:据史书,建安十三年(208)孙权攻黄祖,甘宁并未参战。《演义》所述甘宁事迹,系移植于史书中董袭事迹。

苏飞落荒而走,正遇东吴大将潘璋,两马相交,战不数合,被璋生擒过去,径至船中来见孙权。权命左右以槛车囚之,待活捉黄祖,一并诛戮。催动三军,不分昼夜,攻打夏口。正是:只因不用锦帆贼,至令冲开大索船。未知黄祖胜负如何,且看下文分解。

第三十九回　荆州城公子三求计　博望坡军师初用兵

　　却说孙权督众攻打夏口，黄祖兵败将亡，情知守把不住，遂弃江夏，望荆州而走。甘宁料得黄祖必走荆州，乃于东门外伏兵等候。祖带数十骑突出东门，正走之间，一声喊起，甘宁拦住。祖于马上谓宁曰："我向日不曾轻待汝，今何相逼耶？"宁叱曰："吾昔在江夏，多立功绩，汝乃以'劫江贼'待我，今日尚有何说！"黄祖自知难免，拨马而走。甘宁冲开士卒，直赶将来，只听得后面喊声起处，又有数骑赶来。宁视之，乃程普也。宁恐普来争功，慌忙拈弓搭箭，背射黄祖，祖中箭翻身落马。宁枭其首级，

　　　　据《三国志·吴书·吴主传》：祖挺身亡走，骑士冯则追枭其首，虏其男女数万口。

回马与程普合兵一处，回见孙权，献黄祖首级。权命以木匣盛贮，待回江东祭献于亡父灵前。重赏三军，升甘宁为都尉，商议欲分兵守江夏。张昭曰："孤城不可守，不如且回江东。刘表知我破黄祖，必来报仇；我以逸待劳，必败刘表；表败而后乘势攻之，荆襄可得也。"权从其言，遂弃江夏，班师回江东。

　　苏飞在槛车内，密使人告甘宁求救。宁曰："飞即不言，吾岂忘之？"大军既至吴会，权命将苏飞枭首，与黄祖首级一同祭献。甘宁乃入见权，顿首哭告曰："某向日若不得苏飞，则骨填沟壑矣，安能效命将军麾下哉？今飞罪当诛，某念其昔日之恩情，愿纳还官爵，以赎飞罪。"权曰："彼既有恩于君，吾为君赦之。但彼若逃去，奈何？"宁曰："飞得免诛戮，感恩无地，岂肯走乎！若飞去，宁愿将首级献于阶下。"权乃赦苏飞，止将黄祖首级祭献。

　　　　据《资治通鉴》卷六十五：权先作两函，欲以盛祖及苏飞首。权为诸将置酒，甘宁下席叩头，血涕交流，为权言飞畴昔旧恩曰："宁不值飞，固已损骸于沟壑，不得致命于麾下。今飞罪当夷戮，特从将军乞其首领。"权感其言，谓曰："今为君置之。若走去何？"宁曰："飞免分裂之祸，受更生之恩，逐之尚必不走，岂当图亡哉！若尔，宁头当代入函。"权乃赦之。（参见《三国志·吴书·甘宁传》注引《吴书》）

祭毕设宴，大会文武庆功。正饮酒间，忽见座上一人大哭而起，拔剑在手，直取甘宁。宁忙举坐椅以迎之。权惊视其人，乃凌统也，因甘宁在江夏时，射死他父亲凌操，今日相见，故欲报仇。权连忙劝住，谓统曰："兴霸射死卿父，彼时各为其主，不容不尽力。今既为一家人，岂可复理旧仇？万事皆看吾面。"凌统叩头大哭曰："不共戴天之仇，岂容不报！"权与众官再三劝之，凌统只是怒目而视甘宁。权即日命甘宁领兵五千、战船一百只，往夏口镇守，以避凌统。宁拜谢，领兵自往夏口去了。

　　　　据《资治通鉴》卷六十五：凌统怨宁杀其父操，常欲杀宁，权命统不得仇之，令宁将兵屯于它所。

　　　　据《三国志·吴书·甘宁传》注引《吴书》：凌统怨宁杀其父操，宁常备统，不与相见。权亦命统不得仇之。尝于吕蒙舍会，酒酣，统乃以刀舞。宁起曰："宁能双戟舞。"蒙曰："宁虽能，未若蒙之巧也。"因操刀持楯，以身分之。后权知统意，因令宁将兵，遂徙屯于半州。

权又加封凌统为承烈都尉。

> 据《三国志·吴书·凌统传》：权以统为承烈都尉，与周瑜等拒破曹公于乌林。

统只得含恨而止。东吴自此广造战船，分兵守把江岸；又命孙静引一枝军守吴会；孙权自领大军，屯柴桑；周瑜日于鄱阳湖教练水军，以备攻战。

话分两头。却说玄德差人打探江东消息，回报：“东吴已攻杀黄祖，现今屯兵柴桑。”玄德便请孔明计议。正话间，忽刘表差人来请玄德赴荆州议事。孔明曰：“此必因江东破了黄祖，故请主公商议报仇之策也。某当与主公同往，相机而行，自有良策。”玄德从之，留云长守新野，令张飞引五百人马跟随往荆州来。玄德在马上谓孔明曰：“今见景升，当若何对答？”孔明曰：“当先谢襄阳之事。他若令主公去征讨江东，切不可应允，但说容归新野，整顿军马。”玄德依言。来到荆州，馆驿安下，留张飞屯兵城外，玄德与孔明入城见刘表。礼毕，玄德请罪于阶下。表曰：“吾已悉知贤弟被害之事。当时即欲斩蔡瑁之首，以献贤弟；因众人告免，故姑恕之。贤弟幸勿见罪。”玄德曰：“非干蔡将军之事，想皆下人所为耳。”表曰：“今江夏失守，黄祖遇害，故请贤弟共议报复之策。”玄德曰：“黄祖性暴，不能用人，故致此祸。今若兴兵南征，倘曹操北来，又当奈何？”表曰：“吾今年老多病，不能理事，贤弟可来助我。我死之后，弟便为荆州之主也。”玄德曰：“兄何出此言！量备安敢当此重任。”孔明以目视玄德。玄德曰：“容徐思良策。”遂辞出。回至馆驿，孔明曰：“景升欲以荆州付主公，奈何却之？”玄德曰：“景升待我，恩礼交至，安忍乘其危而夺之？”孔明叹曰：“真仁慈之主也！”

正商论间，忽报公子刘琦来见。玄德接入，琦泣拜曰：“继母不能相容，性命只在旦夕，望叔父怜而救之。”玄德曰：“此贤侄家事耳，奈何问我？”孔明微笑。玄德求计于孔明，孔明曰：“此家事，亮不敢与闻。”少时，玄德送琦出，附耳低言曰：“来日我使孔明回拜贤侄，可如此如此，彼定有妙计相告。”琦谢而去。

次日，玄德只推腹痛，乃浼孔明代往回拜刘琦。孔明允诺，来至公子宅前下马，入见公子。公子邀入后堂。茶罢，琦曰：“琦不见容于继母，幸先生一言相救。”孔明曰：“亮客寄于此，岂敢与人骨肉之事？倘有漏泄，为害不浅。”说罢，起身告辞。琦曰：“既承光顾，安敢慢别。”乃挽留孔明入密室共饮。饮酒之间，琦又曰：“继母不见容，乞先生一言救我。”孔明曰：“此非亮所敢谋也。”言讫，又欲辞去。琦曰：“先生不言则已，何便欲去？”孔明乃复坐。琦曰：“琦有一古书，请先生一观。”乃引孔明登一小楼，孔明曰：“书在何处？”琦泣拜曰：“继母不见容，琦命在旦夕，先生忍无一言相救乎？”孔明作色而起，便欲下楼，只见楼梯已撤去。琦告曰：“琦欲求教良策，先生恐有泄漏，不肯出言；今日上不至天，下不至地，出君之口，入琦之耳：可以赐教矣。”孔明曰：“疏不间亲，亮何能为公子谋？”琦曰：“先生终不幸教琦乎！琦命固不保矣，请即死于先生之前。”乃掣剑欲自刎。孔明止之曰：“已有良策。”琦拜曰：“愿即赐教。”孔明曰：“公子岂不闻申生、重耳之事乎？申生在内而亡，重耳在外而安。今黄祖新亡，江夏乏人守御，公子何不上言，乞屯兵守江夏，则可以避祸矣。”琦再拜谢教，乃命人取梯送孔明下楼。孔明辞别，回见玄德，具言其事。玄德大喜。

次日，刘琦上言，欲守江夏。刘表犹豫未决，请玄德共议。玄德曰：“江夏重地，固非他人可守，正须公子自往。东南之事，兄父子当之；西北之事，备愿当之。”表曰：“近闻曹操于邺郡作玄武池以练水军，必有南征之意，不可不防。”玄德曰：“备已知之，兄勿忧虑。”遂拜辞回新野。刘表令刘琦引兵三千往江夏镇守。

> 据《资治通鉴》卷六十五：初，刘表二子琦、琮，表为琮娶其后妻蔡氏之侄，蔡氏遂爱琮而恶琦。表妻弟蔡瑁、外甥张允并得幸于表，日相与毁琦而誉琮。琦不自宁，与

诸葛亮谋自安之术，亮不对。后乃共升高楼，因令去梯，谓亮曰："今日上不至天，下不至地，言出子口，而入吾耳，可以言未？"亮曰："君不见申生在内而危，重耳居外而安乎？"琦意感悟，阴规出计。会黄祖死，琦求代其任，表乃以琦为江夏太守。（参见《三国志·蜀书·诸葛亮传》《后汉书·刘表传》《三国志·魏书·刘表传》）

却说曹操罢三公之职，自以丞相兼之。

> 据《后汉书·献帝纪》：（建安十三年）夏六月，罢三公官，置丞相、御史大夫。癸巳，曹操自为丞相。
>
> 据《三国志·魏书·武帝纪》：汉罢三公官，置丞相、御史大夫。（建安十三年）夏六月，以公为丞相。
>
> 据《资治通鉴》卷六十五：（建安十三年）夏六月，罢三公官，复置丞相、御史大夫。癸巳，以曹操为丞相。

以毛玠为东曹掾，崔琰为西曹掾，司马懿为文学掾。

> 据《资治通鉴》卷六十五：操以冀州别驾从事崔琰为丞相西曹掾，司空东曹掾陈留毛玠为丞相东曹掾，元城令河内司马朗为主簿，弟懿为文学掾。（参见《三国志·魏书·崔琰传》《毛玠传》）

懿字仲达，河内温人也。颍川太守司马隽之孙，京兆尹司马防之子，主簿司马朗之弟也。

> 据《晋书·宣帝纪》：宣皇帝讳懿，字仲达，河内温县孝敬里人，姓司马氏。……颍川太守俊，字元异。俊生京兆尹防，字建公。帝即防之第二子也。少有奇节，聪明多大略。……尚书清河崔琰与帝兄朗善，亦谓朗曰："君弟聪亮明允，刚断英特，非子所及也。"汉建安六年，郡举上计掾。魏武帝为司空，闻而辟之。帝知汉运方微，不欲屈节曹氏，辞以风痹，不能起居。魏武使人夜往密刺之，帝坚卧不动。及魏武为丞相，又辟为文学掾，敕行者曰："若复盘桓，便收之。"帝惧而就职。（参见《资治通鉴》卷六十五）

自是文官大备，乃聚武将商议南征。夏侯惇进曰："近闻刘备在新野，每日教演士卒，必为后患，可早图之。"操即命夏侯惇为都督，于禁、李典、夏侯兰、韩浩

> 据《三国志·魏书·夏侯惇传附韩浩传》注引《魏书》：韩浩字元嗣。……夏侯惇闻其名，请与相见，大奇之，使领兵从征伐。

为副将，领兵十万，直抵博望城，以窥新野。荀彧谏曰："刘备英雄，今更兼诸葛亮为军师，

> 按：《演义》称，诸葛亮初出茅庐，就被刘备拜为军师，于史无据。建安十二年（207）诸葛亮出山时，刘备未授他任何官职。建安十三年（208）赤壁之战后，刘备攻占了荆州的武陵、桂阳、零陵、长沙等四郡，始授诸葛亮为军师中郎将；建安十九年（214），刘备取得益州，诸葛亮升为军师将军；章武元年（221），诸葛亮擢升为丞相。

不可轻敌。"惇曰："刘备鼠辈耳，吾必擒之。"徐庶曰："将军勿轻视刘玄德。今玄德得诸葛亮为辅，如虎生翼矣。"操曰："诸葛亮何人也？"庶曰："亮字孔明，道号卧龙先生。有经天纬地之才，出鬼入神之计，真当世之奇才，非可小觑。"操曰："比公若何？"庶曰："庶安敢比亮？庶如萤火之光，亮乃皓月之明也。"夏侯惇曰："元直之言谬矣。吾看诸葛亮如草芥耳，何足惧哉！吾若不一阵生擒刘备，活捉诸葛，愿将首级献与丞相。"操曰："汝早报捷

书，以慰吾心。"惇奋然辞曹操，引军登程。

却说玄德自得孔明，以师礼待之。关、张二人不悦，曰："孔明年幼，有甚才学？兄长待之太过，又未见他真实效验！"玄德曰："吾得孔明，犹鱼之得水也。两弟勿复多言。"关、张见说，不言而退。

据《资治通鉴》卷六十五：于是与亮情好日密。关羽、张飞不悦，备解之曰："孤之有孔明，犹鱼之有水也。愿诸君勿复言。"羽、飞乃止。（参见《三国志·蜀书·诸葛亮传》）

一日，有人送犛牛尾至。玄德取尾亲自结帽。孔明入见，正色曰："明公无复有远志，但事此而已耶？"玄德投帽于地而谢曰："吾聊假此以忘忧耳。"孔明曰："明公自度比曹操若何？"玄德曰："不如也。"孔明曰："明公之众，不过数千人，万一曹兵至，何以迎之？"玄德曰："吾正愁此事，未得良策。"孔明曰："可速招募民兵，亮自教之，可以待敌。"玄德遂招新野之民，得三千人。孔明朝夕教演阵法。

据《三国志·蜀书·诸葛亮传》注引《魏略》：备性好结耗，时适有人以髦牛尾与备者，备因手自结之。亮乃进曰："明将军当复有远志，但结耗而已邪！"备知亮非常人也，乃投耗而答曰："是何言与！我聊以忘忧耳。"亮遂言曰："将军度刘镇南孰与曹公邪？"备曰："不及。"亮又曰："将军自度何如也？"备曰："亦不如。"曰："今皆不及，而将军之众不过数千人，以此待敌，得无非计乎！"备曰："我亦愁之，当若之何？"亮曰："今荆州非少人也，而著籍者寡，平居发调，则人心不悦；可语镇南，令国中凡有游户，皆使自实，因录以益众可也。"备从其计，故众遂强。

按：周兆新先生在《三国演义考评》一书中指出，史书中所说的"耗"，读音为ěr，乃是一种羽毛或兽毛制的装饰品。《演义》称"有人送犛牛尾至。玄德取尾亲自结帽"，罗贯中可能把"耗"字误读为mào，并在复述时写成了"帽"。

忽报曹操差夏侯惇引兵十万，杀奔新野来了。张飞闻知，谓云长曰："可着孔明前去迎敌便了。"正说之间，玄德召二人入，谓曰："夏侯惇引兵到来，如何迎敌？"张飞曰："哥哥何不使'水'去？"玄德曰："智赖孔明，勇须二弟，何可推调？"关、张出，玄德请孔明商议。孔明曰："但恐关、张二人不肯听吾号令；主公若欲亮行兵，乞假剑印。"玄德便以剑印付孔明，孔明遂聚集众将听令。张飞谓云长曰："且听令去，看他如何调度。"孔明令曰："博望之左有山，名曰豫山；右有林，名曰安林，可以埋伏军马。云长可引一千军往豫山埋伏，等彼军至，放过休敌；其辎重粮草，必在后面，但看南面火起，可纵兵出击，就焚其粮草。翼德可引一千军去安林背后山谷中埋伏，只看南面火起，便可出，向博望城旧屯粮草处纵火烧之。关平、刘封可引五百军，预备引火之物，于博望坡后两边等候，至初更兵到，便可放火矣。"又命：于樊城取回赵云，令为前部，"不要赢，只要输，主公自引一军为后援。各须依计而行，勿使有失"。云长曰："我等皆出迎敌，未审军师却作何事？"孔明曰："我只坐守县城。"张飞大笑曰："我们都去厮杀，你却在家里坐地，好自在！"孔明曰："剑印在此，违令者斩！"玄德曰："岂不闻'运筹帷幄之中，决胜千里之外'？二弟不可违令。"张飞冷笑而去。云长曰："我们且看他的计应也不应，那时却来问他未迟。"二人去了。众将皆未知孔明韬略，今虽听令，却都疑惑不定。孔明谓玄德曰："主公今日可便引兵就博望山下屯住。来日黄昏，敌军必到，主公便弃营而走；但见火起，即回军掩杀。亮与糜竺、糜芳引五百军守县。"命孙乾、简雍准备庆喜筵席，安排功劳簿伺候。派拨已毕，玄德亦疑惑不定。

却说夏侯惇与于禁等引兵至博望，分一半精兵作前队，其余尽护粮车而行。时当秋月，商飙徐起。人马趱行之间,望见前面尘头忽起。惇便将人马摆开,问向导官曰:"此间是何处?"答曰:"前面便是博望城,后面是罗川口。"惇令于禁、李典押住阵脚,亲自出马阵前。遥望军马来到,惇忽然大笑。众问:"将军为何而笑?"惇曰:"吾笑徐元直在丞相面前,夸诸葛亮为天人;今观其用兵,乃以此等军马为前部,与吾对敌,正如驱犬羊与虎豹斗耳!吾于丞相前夸口。要活捉刘备、诸葛亮,今必应吾言矣。"遂自纵马向前。赵云出马。惇骂曰:"汝等随刘备,如孤魂随鬼耳!"云大怒,纵马来战。两马相交,不数合,云诈败而走。夏侯惇从后追赶。云约走十余里,回马又战。不数合又走。韩浩拍马向前谏曰:"赵云诱敌,恐有埋伏。"惇曰:"敌军如此,虽十面埋伏,吾何惧哉!"遂不听浩言,直赶至博望坡。一声炮响,玄德自引军冲将过来,接应交战。夏侯惇笑谓韩浩曰:"此即埋伏之兵也!吾今晚不到新野,誓不罢兵!"乃催军前进。玄德、赵云退后便走。

时天色已晚,浓云密布,又无月色;昼风既起,夜风愈大。夏侯惇只顾催军赶杀。于禁、李典赶到窄狭处,两边都是芦苇。典谓禁曰:"欺敌者必败。南道路狭,山川相逼。树木丛杂,倘彼用火攻,奈何?"禁曰:"君言是也。吾当往前为都督言之;君可止住后军。"李典便勒回马,大叫:"后军慢行!"人马走发,那里拦当得住?于禁骤马大叫:"前军都督且住!"夏侯惇正走之间,见于禁从后军奔来,便问何故。禁曰:"南道路狭,山川相逼,树木丛杂,可防火攻。"夏侯惇猛省,即回马令军马勿进。言未已,只听背后喊声震起,早望见一派火光烧着,随后两边芦苇亦着。一霎时,四面八方,尽皆是火;又值风大,火势愈猛。曹家人马,自相践踏,死者不计其数。赵云回军赶杀,夏侯惇冒烟突火而走。

且说李典见势头不好,急奔回博望城时,火光中一军拦住。当先大将,乃关云长也。李典纵马混战,夺路而走。于禁见粮草车辆,都被火烧,便投小路奔逃去了。夏侯兰、韩浩来救粮草,正遇张飞。

> 据《资治通鉴》卷六十四:(建安七年,)刘表使刘备北侵,至叶,曹操遣夏侯惇、于禁等拒之。备一旦烧屯去,惇等追之。裨将军巨鹿李典曰:"贼无故退,疑必有伏。南道窄狭,草木深,不可追也。"惇不听,使典留守而追之,果入伏里,兵大败。典往救之,备乃退。(参见《三国志·魏书·李典传》)
> 据《三国志·蜀书·先主传》:(刘表)使拒夏侯惇、于禁等于博望。久之,先主设伏兵,一旦自烧屯伪遁,惇等追之,为伏兵所破。
> 按:据史书记载,博望坡之战发生在诸葛亮出山之前,与诸葛亮毫无关系。在战斗中,刘备并没有用火攻,而是烧了自己的营寨,诱敌深入,然后以伏兵破敌。周兆新先生在《三国演义考评》一书中指出,史书中的"屯",指军队驻扎之处,而非屯聚粮草之处;而从《演义》的描写可以看出,罗贯中所理解的"烧屯",显然已不是烧军营,而是烧粮草了。

战不数合,张飞一枪刺夏侯兰于马下。

> 据《三国志·蜀书·赵云传》注引《云别传》:与夏侯惇战于博望,生获夏侯兰。兰是云乡里人,少小相知,云白先主活之,荐兰明于法律,以为军正。

韩浩夺路走脱。直杀到天明,却才收军。杀得尸横遍野,血流成河。后人有诗曰:

博望相持用火攻,指挥如意笑谈中。直须惊破曹公胆,初出茅庐第一功!

夏侯惇收拾残军,自回许昌。

却说孔明收军。关、张二人相谓曰:"孔明真英杰也!"行不数里,见糜竺、糜芳引军簇

第三十九回　荆州城公子三求计　博望坡军师初用兵　263

拥着一辆小车，车中端坐一人，乃孔明也。关、张下马拜伏于车前。须臾，玄德、赵云、刘封、关平等皆至，收聚众军，把所获粮草辎重，分赏将士，班师回新野。新野百姓望尘遮道而拜，曰："吾属生全，皆使君得贤人之力也！"孔明回至县中，谓玄德曰："夏侯惇虽败去，曹操必自引大军来。"玄德曰："似此如之奈何？"孔明曰："亮有一计，可敌曹军。"正是：
破敌未堪息战马，避兵又必赖良谋。未知其计若何，且看下回分解。

第四十回　蔡夫人议献荆州　诸葛亮火烧新野

却说玄德问孔明求拒曹兵之计。孔明曰："新野小县，不可久居，近闻刘景升病在危笃，可乘此机会，取彼荆州为安身之地，庶可拒曹操也。"玄德曰："公言甚善；但备受景升之恩，安忍图之！"孔明曰："今若不取，后悔何及！"玄德曰："吾宁死，不忍作负义之事。"孔明曰："且再作商议。"

却说夏侯惇败回许昌，自缚见曹操，伏地请死。操释之。惇曰："惇遭诸葛亮诡计，用火攻破我军。"操曰："汝自幼用兵，岂不知狭处须防火攻？"惇曰："李典、于禁曾言及此，悔之不及！"操乃赏二人。惇曰："刘备如此猖狂，真腹心之患也，不可不急除。"操曰："吾所虑者，刘备、孙权耳；余皆不足介意，今当乘此时扫平江南。"便传令起大兵五十万，令曹仁、曹洪为第一队，张辽、张郃为第二队，夏侯渊、夏侯惇为第三队，于禁、李典为第四队，

> 按：据史书记载，曹操手下的主要将领夏侯惇、夏侯渊、张辽、于禁、张郃及臧霸等人，当时均在后方驻守或作战，未随曹操南征；曹操南下占领荆州后，为安定新降区，命乐进、徐晃、曹仁分别镇守襄阳、樊城和江陵，他们也未随曹操到达赤壁前线。

操自领诸将为第五队。每队各引兵十万。又令许褚为折冲将军，引兵三千为先锋。选定建安十三年秋七月丙午日出师。

> 据《资治通鉴》卷六十五：（建安十三年）秋七月，曹操南击刘表。
> 据《三国志·魏书·荀彧传》：太祖将伐刘表，问彧策安出，彧曰："今华夏已平，南土知困矣。可显出宛、叶，而间行轻进以掩其不意。"太祖遂行。会表病死，太祖直趋宛、叶如彧计，表子琮以州逆降。（参见《后汉书·荀彧传》）

太中大夫孔融谏曰："刘备、刘表皆汉室宗亲，不可轻伐；孙权虎踞六郡，且有大江之险，亦不易取，今丞相兴此无义之师，恐失天下之望。"操怒曰："刘备、刘表、孙权皆逆命之臣，岂容不讨！"遂叱退孔融，下令："如有再谏者，必斩。"孔融出府，仰天叹曰："以至不仁伐至仁，安得不败乎！"时御史大夫郗虑

> 据《资治通鉴》卷六十五：（建安十三年秋）八月丁未，以光禄勋山阳郗虑为御史大夫。

家客闻此言，报知郗虑，虑常被孔融侮慢，心正恨之，乃以此言入告曹操，且曰："融平日每每狎侮丞相，又与祢衡相善，衡赞融曰'仲尼不死'，融赞衡曰'颜回复生'。向者祢衡之辱丞相，乃融使之也。"操大怒，遂命廷尉捕捉孔融。

> 据《后汉书·孔融传》：初，曹操攻屠邺城，袁氏妇子多见侵略，而操子丕私纳袁熙妻甄氏。融乃与操书，称"武王伐纣，以妲己赐周公"。操不悟，后问出何经典。对曰："以今度之，想当然耳。"后操讨乌桓，又嘲之曰："大将军远征，萧条海外。昔肃慎不贡楛矢，丁零盗苏武牛羊，可并案也。"时年饥兵兴，操表制酒禁，融频书争之，多侮慢之辞。既见操雄诈渐著，数不能堪，故发辞偏宕，多致乖忤。又尝奏宜准古王畿

之制，千里寰内，不以封建诸侯。操疑其所论建渐广，益悼之。然以融名重天下，外相容忍，而潜忌正议，虑鲠大业。山阳郗虑承望风旨，以微法奏免融官。……岁余，复拜太中大夫。……曹操既积嫌忌，而郗虑复构成其罪，遂令丞相军谋祭酒路粹枉状奏融曰："少府孔融，昔在北海，见王室不静，而招合徒众，欲规不轨，云'我大圣之后，而见灭于宋，有天下者，何必卯金刀'。及与孙权使语，谤讪朝廷。又融为九列，不遵朝仪，秃巾微行，唐突宫掖。又前与白衣祢衡跌荡放言，云'父之于子，当有何亲？论其本意，实为情欲发耳。子之于母，亦复奚为？譬如寄物缶中，出则离矣'。既而与衡更相赞扬，衡谓融曰：'仲尼不死。'融答曰：'颜回复生。'大逆不道，宜极重诛。"书奏，下狱弃市。时年五十六。妻子皆被诛。（参见《资治通鉴》卷六十五，《三国志·魏书·崔琰传附孔融传》注引《魏氏春秋》《三国志·魏书·王粲传附路粹传》注引《典略》）

据《三国志·魏书·崔琰传附孔融传》注引张璠《汉纪》：融在郡八年，仅以身免。帝初都许，融以为宜略依旧制，定王畿，正司隶所部为千里之封，乃引公卿上书言其义。是时天下草创，曹、袁之权未分，融所建明，不识时务。又天性气爽，颇推平生之意，狎侮太祖。太祖制酒禁，而融书啁之曰："天有酒旗之星，地列酒泉之郡，人有旨酒之德，故尧不饮千钟，无以成其圣。且桀纣以色亡国，今令不禁婚姻也。"太祖外虽宽容，而内不能平。御史大夫郗虑知旨，以法免融官。岁余，拜太中大夫。

融有二子，年尚少，时方在家，对坐弈棋。左右急报曰："尊君被廷尉执去，将斩矣！二公子何不急避？"二子曰："破巢之下，安有完卵乎？"言未已，廷尉又至，尽收融家小并二子，皆斩之，号令融尸于市。

据《后汉书·孔融传》：初，女年七岁，男年九岁，以其幼弱得全，寄它舍。二子方弈棋，融被收而不动。左右曰："父执而不起，何也？"答曰："安有巢毁而卵不破乎！"主人有遗肉汁，男渴而饮之。女曰："今日之祸，岂得久活，何赖知肉味乎？"兄号泣而止。或言于曹操，遂尽杀之。及收至，谓兄曰："若死者有知，得见父母，岂非至愿！"乃延颈就刑，颜色不变，莫不伤之。

据《三国志·魏书·崔琰传附孔融传》注引《魏氏春秋》：二子年八岁，时方弈棋，融被收，端坐不起。左右曰："而父见执，不起何也？"二子曰："安有巢毁而卵不破者乎！"遂俱见杀。

据《三国志·魏书·崔琰传附孔融传》注引《世语》：融二子，皆龆龀。融见收，顾谓二子曰："何以不辞？"二子俱曰："父尚如此，复何所辞！"以为必俱死也。　臣松之以为《世语》云融二子不辞，知必俱死，犹差可安。如孙盛之言，诚所未譬。八岁小儿，能玄了祸福，聪明特达，卓然既远，则其忧乐之情，宜其有过成人，安有见父收执而曾无变容，弈棋不起，若在暇豫者乎？昔申生就命，言不忘父，不以己身将死而废念父之情也。父安犹尚若兹，而况于颠沛哉？盛以此为美谈，无乃贼夫人之子与！盖由好奇情多，而不知言之伤理。

据《世说新语·言语》：孔融被收，中外惶怖。时融儿大者九岁，小者八岁。二儿故琢钉戏，了无遽容。融谓使者曰："冀罪止于身，二儿可得全不？"儿徐进曰："大人岂见覆巢之下，复有完卵乎？"寻亦收至。

京兆脂习伏尸而哭。操闻之，大怒，欲杀之。荀彧曰："或闻脂习常谏融曰：公刚直太过，乃取祸之道，今融死而来哭，乃义人也，不可杀。"操乃止。习收融父子尸首，皆葬之。

据《资治通鉴》卷六十五：初，京兆脂习与融善，每戒融刚直太过，必罹世患。及融死，许下莫敢收者。习往抚尸曰："文举舍我死，吾何用生为！"操收习，欲杀之，既而赦之。（参见《后汉书·孔融传》《三国志·魏书·王修传》注引《魏略》）

    按：《演义》称孔融因反对曹操南征而被杀，不见于史。据史书，孔融曾屡次对曹操进行讥讽和调侃。刘运好先生在《曹操集》（国家图书馆出版社2021年版）一书的"导读"中认为，孔融出于维护汉室的政治目的，无法忍受曹操的专权朝政和政治野心。他对于曹操，先是进行一般的名士调侃，以后则发展为进行实质性的攻击，使曹操无法容忍，最终招致杀身之祸。

后人有诗赞孔融曰：
    孔融居北海，豪气贯长虹。坐上客长满，樽中酒不空。
    文章惊世俗，谈笑侮王公。史笔褒忠直，存官纪太中。
曹操既杀孔融，传令五队军马次第起行，只留荀彧等守许昌。

  却说荆州刘表病重，使人请玄德来托孤。玄德引关、张至荆州见刘表。表曰："我病已入膏肓，不久便死矣，特托孤于贤弟。我子无才，恐不能承父业，我死之后，贤弟可自领荆州。"玄德泣拜曰："备当竭力以辅贤侄，安敢有他意乎！"

    据《三国志·蜀书·先主传》注引《魏书》：表病笃，托国于备，顾谓曰："我儿不才，而诸将并零落，我死之后，卿便摄荆州。"备曰："诸子自贤，君其忧病。"或劝备宜从表言，备曰："此人待我厚，今从其言，人必以我为薄，所不忍也。"臣松之以为表夫妻素爱琮，舍适立庶，情计久定，无缘临终举荆州以授备，此亦不然之言。

    据《三国志·蜀书·先主传》注引《英雄记》：表病，上备领荆州刺史。

正说间，人报曹操自统大兵至。玄德急辞刘表，星夜回新野。刘表病中闻此信，吃惊不小，商议写遗嘱，令玄德辅佐长子刘琦为荆州之主。蔡夫人闻之大怒，关上内门；使蔡瑁、张允二人把住外门。时刘琦在江夏，知父病危，来至荆州探病，方到外门，蔡瑁当住曰："公子奉父命镇守江夏，其任至重；今擅离职守，倘东吴兵至，如之奈何？若入见主公，主公必生嗔怒，病将转增，非孝也。宜速回。"刘琦立于门外，大哭一场，上马仍回江夏。

    据《资治通鉴》卷六十五：表病甚，琦归省疾。瑁、允恐其见表而父子相感，更有托后之意，乃谓琦曰："将军命君抚临江夏，其任至重；今释众擅来，必见谴怒。伤亲之欢，重增其疾，非孝敬之道也。"遂遏于户外，使不得见。琦流涕而去。（参见《后汉书·刘表传》《三国志·魏书·刘表传》注引《典略》）

刘表病势危笃，望刘琦不来；至八月戊申日，大叫数声而死。
    据《后汉书·刘表传》：（建安）十三年，曹操自将征表，未至。八月，表疽发背卒。（参见《三国志·魏书·刘表传》）

后人有诗叹刘表曰：
    昔闻袁氏居河朔，又见刘君霸汉阳。总为牝晨致家累，可怜不久尽销亡！
  刘表既死，蔡夫人与蔡瑁、张允商议，假写遗嘱，令次子刘琮为荆州之主，然后举哀报丧。时刘琮年方十四岁，颇聪明，乃聚众言曰："吾父弃世，吾兄现在江夏，更有叔父玄德在新野。汝等立我为主，倘兄与叔兴兵问罪，如何解释？"众官未及对，幕官李珪答曰："公子之言甚善。今可急发哀书至江夏，请大公子为荆州之主，就命玄德一同理事：北可以敌曹操，南可以拒孙权。此万全之策也。"蔡瑁叱曰："汝何人，敢乱言以逆主公遗命！"李珪大骂曰:"汝内外朋谋,假称遗命,废长立幼,眼见荆襄九郡,送于蔡氏之手!故主有灵,必当殛汝!"蔡瑁大怒,喝令左右推出斩之。李珪至死大骂不绝。于是蔡瑁遂立刘琮为主。蔡氏宗族,分领荆州之兵;命治中邓义、别驾刘先守荆州;蔡夫人自与刘琮前赴襄阳驻扎,以防刘琦、刘备。就葬刘表之柩于襄阳城东汉阳之原,竟不讣告刘琦与玄德。

　　据《资治通鉴》卷六十五:表卒,瑁、允等遂以琮为嗣。琮以侯印授琦。琦怒,投之地,将因奔丧作难。会曹操军至,琦奔江南。(参见《后汉书·刘表传附子琮传》《三国志·魏书·刘表传附子琮传》)

　　刘琮至襄阳,方才歇马,忽报曹操引大军径望襄阳而来。琮大惊,遂请蒯越、蔡瑁等商议。东曹掾傅巽进言曰:"不特曹操兵来为可忧;今大公子在江夏,玄德在新野,我皆未往报丧,若彼兴兵问罪,荆襄危矣。巽有一计,可使荆襄之民,安如泰山,又可保全主公名爵。"琮曰:"计将安出?"巽曰:"不如将荆襄九郡,献与曹操,操必重待主公也。"琮叱曰:"是何言也!孤受先君之基业,坐尚未稳,岂可便弃之他人?"蒯越曰:"傅公悌之言是也。夫逆顺有大体,强弱有定势。今曹操南征北讨,以朝廷为名,主公拒之,其名不顺。且主公新立,外患未宁,内忧将作。荆襄之民,闻曹兵至,未战而胆先寒,安能与之敌哉?"琮曰:"诸公善言,非我不从;但以先君之业,一旦弃与他人,恐贻笑于天下耳。"

　　据《后汉书·刘表传附子琮传》:蒯越、韩嵩及东曹掾傅巽等说琮归降。琮曰:"今与诸君据全楚之地,守先君之业,以观天下,何为不可?"巽曰:"逆顺有大体,强弱有定势。以人臣而拒人主,逆道也;以新造之楚而御中国,必危也;以刘备而敌曹公,不当也。三者皆短,欲以抗王师之锋,必亡之道也。将军自料何与刘备?"琮曰:"不若也。"巽曰:"诚以刘备不足御曹公,则虽全楚不能以自存也。诚以刘备足御曹公,则备不为将军下也。愿将军勿疑。"及操军到襄阳,琮举州请降,刘备奔夏口。(参见《三国志·魏书·刘表传附子琮传》《资治通鉴》卷六十五)

　　据《资治通鉴考异》:《范书》《陈志》"(刘)表传"皆云韩嵩亦说琮降。按嵩时被囚,必不预谋。

　　据卢弼《三国志集解》引何焯评:《魏志》云:"知嵩无他意,乃止。"是则嵩未尝见囚,实劝琮降也。封者十五人,焉知嵩不在其中?《范书》兼采《傅子》"弗诛而囚之"说,后又补"释嵩之囚"一语,而仍陈氏"越、嵩及东曹掾"云,乃不觉违反也。

　　按:《演义》将史书中傅巽的劝降词,移植到了蒯越名下。

　　言未已,一人昂然而进曰:"傅公悌、蒯异度之言甚善,何不从之?"众视之,乃山阳高平人,姓王,名粲,字仲宣。粲容貌瘦弱,身材短小;幼时往见中郎蔡邕,时邕高朋满座,闻粲至,倒履迎之。宾客皆惊曰:"蔡中郎何独敬此小子耶?"邕曰:"此子有异才,吾不如也。"

　　据《三国志·魏书·王粲传》:王粲字仲宣,山阳高平人也。曾祖父龚,祖父畅,皆为汉三公。父谦,为大将军何进长史。……献帝西迁,粲徙长安,左中郎将蔡邕见而奇之。时邕才学显著,贵重朝廷,常车骑填巷,宾客盈坐。闻粲在门,倒屣迎之。粲至,年既幼弱,容状短小,一坐尽惊。邕曰:"此王公孙也,有异才,吾不如也。吾家书籍文章,尽当与之。"

　　粲博闻强记,人皆不及:尝观道旁碑文一过,便能记诵;观人弈棋,棋局乱,粲复为摆出,不差一子。又善算术。其文词妙绝一时。

　　据《三国志·魏书·王粲传》:初,粲与人共行,读道边碑,人问曰:"卿能暗诵乎?"

曰："能。"因使背而诵之，不失一字。观人围棋，局坏，粲为覆之。棋者不信，以帕盖局，使更以他局为之。用相比校，不误一道。其强记默识如此。性善算，作算术，略尽其理。善属文，举笔便成，无所改定，时人常以为宿构；然正复精意覃思，亦不能加也。著诗、赋、论、议垂六十篇。

年十七，辟为黄门侍郎，不就。后因避乱至荆襄，刘表以为上宾。

　　　据《三国志·魏书·王粲传》：年十七，司徒辟，诏除黄门侍郎，以西京扰乱，皆不就。乃之荆州依刘表。表以粲貌寝而体弱通悦，不甚重也。表卒，粲劝表子琮，令归太祖。

当日谓刘琮曰："将军自料比曹公何如？"琮曰："不如也。"粲曰："曹公兵强将勇，足智多谋；擒吕布于下邳，摧袁绍于官渡，逐刘备于陇右，破乌桓于白狼：枭除荡定者，不可胜计。今以大军南下荆襄，势难抵敌。傅、蒯二君之谋，乃长策也。将军不可迟疑，致生后悔。"

　　　据《三国志·魏书·王粲传》注引《文士传》载粲说琮曰："仆有愚计，愿进之于将军，可乎？"琮曰："吾所愿闻也。"粲曰："天下大乱，豪杰并起，在仓卒之际，强弱未分，故人各各有心耳。当此之时，家家欲为帝王，人人欲为公侯。观古今之成败，能先见事机者，则恒受其福。今将军自度，何如曹公邪？"琮不能对。粲复曰："如粲所闻，曹公故人杰也。雄略冠时，智谋出世，摧袁氏于官渡，驱孙权于江外，逐刘备于陇右，破乌丸于白登，其余枭夷荡定者，往往如神，不可胜计。今日之事，去就可知也。将军能听粲计，卷甲倒戈，应天顺命，以归曹公，曹公必重德将军，保己全宗，长享福祚，垂之后嗣，此万全之策也。粲遭乱流离，托命此州，蒙将军父子重顾，敢不尽言！"琮纳其言。　　臣松之案：孙权自此以前，尚与中国和同，未尝交兵，何云"驱权于江外"乎？魏武以十三年征荆州，刘备却后数年方入蜀，备身未尝涉于关、陇。而于征荆州之年，便云逐备于陇右，既已乖错；又白登在平城，亦魏武所不经，北征乌丸，与白登永不相豫。以此知张骘假伪之辞，而不觉其虚之自露也。凡骘虚伪妄作，不可覆疏，如此类者，不可胜纪。

琮曰："先生见教极是。但须禀告母亲知道。"只见蔡夫人从屏后转出，谓琮曰："既是仲宣、公悌、异度三人所见相同，何必告我。"于是刘琮意决，便写降书，令宋忠潜地往曹操军前投献。宋忠领命，直至宛城，接着曹操，献上降书。操大喜，重赏宋忠，分付教刘琮出城迎接，便着他永为荆州之主。

　　　据《资治通鉴》卷六十五：（建安十三年秋）九月，操至新野，琮遂举州降，以节迎操。（参见《三国志·魏书·武帝纪》《刘表传附子琮传》，《后汉书·刘表传附子琮传》）

忠拜辞曹操，取路回荆襄。将欲渡江，忽见一枝人马到来，视之，乃关云长也。宋忠回避不迭，被云长唤住，细问荆州之事。忠初时隐讳；后被云长盘问不过，只得将前后事情，一一实告。云长大惊，随捉宋忠至新野见玄德，备言其事。玄德闻之大哭。张飞曰："事已如此，可先斩宋忠，随起兵渡江，夺了襄阳，杀了蔡氏、刘琮，然后与曹操交战。"玄德曰："你且缄口。我自有斟酌。"乃叱宋忠曰："你知众人作事，何不早来报我？今虽斩汝，无益于事。可速去。"忠拜谢，抱头鼠窜而去。

　　　据《资治通鉴》卷六十五：（建安十三年）九月，操至新野，琮遂举州降，……时刘备屯樊，琮不敢告备。备久之乃觉，遣所亲问琮，琮令其官属宋忠诣备宣旨。时曹操已在宛，备乃大惊骇，谓忠曰："卿诸人作事如此，不早相语，今祸至方告我，不亦太剧乎！"

引刀向忠曰:"今断卿头,不足以解忿,亦耻丈夫临别复杀卿辈!"遣忠去。

玄德正忧闷间,忽报公子刘琦差伊籍到来。玄德感伊籍昔日相救之恩,降阶迎之,再三称谢。籍曰:"大公子在江夏,闻荆州已故,蔡夫人与蔡瑁等商议,不来报丧,竟立刘琮为主。公子差人往襄阳探听,回说是实;恐使君不知,特差某赍哀书呈报,并求使君尽起麾下精兵,同往襄阳问罪。"玄德看书毕,谓伊籍曰:"机伯只知刘琮僭立,更不知刘琮已将荆襄九郡献与曹操矣!"籍大惊曰:"使君从何知之?"玄德具言拿获宋忠之事。籍曰:"若如此,使君不如以吊丧为名,前赴襄阳,诱刘琮出迎,就便擒下,诛其党类,则荆州属使君矣。"孔明曰:"机伯之言是也,主公可从之。"玄德垂泪曰:"吾兄临危托孤于我,今若执其子而夺其地,异日死于九泉之下,何面目复见吾兄乎?"孔明曰:"如不行此事,今曹兵已至宛城,何以拒敌?"玄德曰:"不如走樊城以避之。"

据《三国志·蜀书·先主传》:曹公南征表,会表卒,子琮代立,遣使请降。先主屯樊,不知曹公卒至,至宛乃闻之,遂将其众去。过襄阳,诸葛亮说先主攻琮,荆州可有。先主曰:"吾不忍也。"

据《资治通鉴》卷六十五:操至新野,琮遂举州降……时刘备屯樊……乃呼部曲共议。或劝备攻琮,荆州可得。备曰:"刘荆州临亡托我以孤遗,背信自济,吾所不为,死何面目以见刘荆州乎!"(参见《三国志·蜀书·先主传》注引孔衍《汉魏春秋》)

按:本回所写火烧新野故事,不见于史。综合上述史料可知,当时刘备屯樊城,并未在新野设防。刘琮降曹,刘备被蒙在鼓里,曹操大军到达宛城刘备才知情,只好仓促南撤,根本不可能在新野对抗曹军。

正商议间,探马飞报曹兵已到博望了。玄德慌忙发付伊籍回江夏整顿军马,一面与孔明商议拒敌之计。孔明曰:"主公且宽心。前番一把火,烧了夏侯惇大半人马;今番曹军又来,必教他中这条计。我等在新野住不得了,不如早到樊城去。"便差人四门张榜,晓谕居民:"无问老幼男女,愿从者,即于今日皆跟我往樊城暂避,不可自误。"差孙乾往河边调拨船只,救济百姓;差糜竺护送各官家眷到樊城。一面聚诸将听令,先教云长:"引一千军去白河上流头埋伏。各带布袋,多装沙土,遏住白河之水,至来日三更后,只听下流头人喊马嘶,急取起布袋,放水淹之,却顺水杀将下来接应。"又唤张飞:"引一千军去博陵渡口埋伏。此处水势最慢,曹军被淹,必从此逃难,可便乘势杀来接应。"又唤赵云:"引军三千,分为四队,自领一队伏于东门外,其三队分伏西、南、北三门,却先于城内人家屋上,多藏硫黄焰硝引火之物。曹军入城,必安歇民房。来日黄昏后,必有大风;但看风起,便令西、南、北三门伏军尽将火箭射入城去;待城中火势大作,却于城外呐喊助威,只留东门放他出走。汝却于东门外从后击之。天明会合关、张二将,收军回樊城。"再令糜芳、刘封:"二人带二千军。一半红旗,一半青旗,去新野城外三十里鹊尾坡前屯住。一见曹军到,红旗军走在左,青旗军走在右。他心疑必不敢追。汝二人却去分头埋伏。只望城中火起,便可追杀败兵,然后却来白河上流头接应。"孔明分拨已定,乃与玄德登高瞭望,只候捷音。

却说曹仁、曹洪引军十万为前队,前面已有许褚引三千铁甲军开路,浩浩荡荡,杀奔新野来。是日午牌时分,来到鹊尾坡,望见坡前一簇人马,尽打青、红旗号,许褚催军向前。刘封、糜芳分为四队,青、红旗各归左右。许褚勒马,教且休进:"前面必有伏兵。我兵只在此处住下。"许褚一骑马飞报前队曹仁。曹仁曰:"此是疑兵,必无埋伏。可速进兵。我当催军继至。"许褚复回坡前,提兵杀入。至林下追寻时,不见一人。时日已坠西,许褚方欲前进,只听得山上大吹大擂。抬头看时,只见山顶上一簇旗,旗丛中两把伞盖:左玄德,右孔明，二人对坐饮酒。许褚大怒，引军寻路上山。山上擂木炮石打将下来，不能前进。又闻山后喊声大震。欲寻路厮杀，天色已晚。

曹仁领兵到，教且夺新野城歇马。军士至城下时，只见四门大开。曹兵突入，并无阻当，城中亦不见一人，竟是一座空城了。曹洪曰："此是势孤计穷，故尽带百姓逃窜去了。我军权且在城安歇，来日平明进兵。"此时各军走乏，都已饥饿，皆去夺房造饭。曹仁、曹洪就在衙内安歇。初更已后，狂风大作，守门军士飞报火起。曹仁曰："此必军士造饭不小心，遗漏之火，不可自惊。"说犹未了，接连几次飞报，西、南、北三门皆火起。曹仁急令众将上马时，满县火起，上下通红。是夜之火，更胜前日博望烧屯之火。后人有诗叹曰：

奸雄曹操守中原，九月南征到汉川。风伯怒临新野县，祝融飞下焰摩天。

曹仁引众将突烟冒火，寻路奔走，闻说东门无火，急急奔出东门。军士自相践踏，死者无数。

曹仁等方才脱得火厄，背后一声喊起，赵云引军赶来混战，败军各逃性命，谁肯回身厮杀。正奔走间，糜芳引一军至，又冲杀一阵。曹仁大败，夺路而走，刘封又引一军截杀一阵。到四更时分，人困马乏，军士大半焦头烂额；奔至白河边，喜得河水不甚深，人马都下河吃水；人相喧嚷，马尽嘶鸣。

却说云长在上流用布袋遏住河水，黄昏时分，望见新野火起；至四更，忽听得下流头人喊马嘶，急令军士一齐掣起布袋，水势滔天，望下流冲去，曹军人马俱溺于水中，死者极多。曹仁引众将望水势慢处夺路而走。行到博陵渡口，只听喊声大起，一军拦路，当先大将，乃张飞也，大叫："曹贼快来纳命！"曹军大惊。正是：城内才看红焰吐，水边又遇黑风来。未知曹仁性命如何，且看下文分解。

第四十一回　刘玄德携民渡江　赵子龙单骑救主

却说张飞因关公放了上流水，遂引军从下流杀将来，截住曹仁混杀。忽遇许褚，便与交锋；许褚不敢恋战，夺路走脱。张飞赶来，接着玄德、孔明，一同沿河到上流。刘封、糜芳已安排船只等候，遂一齐渡河，尽望樊城而去。孔明教将船筏放火烧毁。

却说曹仁收拾残军，就新野屯住，使曹洪去见曹操，具言失利之事。操大怒曰："诸葛村夫，安敢如此！"催动三军，漫山塞野，尽至新野下寨。传令军士一面搜山，一面填塞白河。令大军分作八路，一齐去取樊城。刘晔曰："丞相初至襄阳，必须先买民心，今刘备尽迁新野百姓入樊城，若我兵径进，二县为齑粉矣；不如先使人招降刘备。备即不降，亦可见我爱民之心；若其来降，则荆州之地，可不战而定也。"操从其言，便问："谁可为使？"刘晔曰："徐庶与刘备至厚，今现在军中，何不命他一往？"操曰："他去恐不复来。"晔曰："他若不来，贻笑于人矣。丞相勿疑。"操乃召徐庶至，谓曰："我本欲踏平樊城，奈怜众百姓之命。公可往说刘备：如肯来降，免罪赐爵；若更执迷，军民共戮，玉石俱焚。吾知公忠义，故特使公往。愿勿相负。"徐庶受命而行。至樊城，玄德、孔明接见，共诉旧日之情。庶曰："曹操使庶来招降使君，乃假买民心也，今彼分兵八路，填白河而进。樊城恐不可守，宜速作行计。"玄德欲留徐庶。庶谢曰："某若不还，恐惹人笑。今老母已丧，抱恨终天。身虽在彼，誓不为设一谋，公有卧龙辅佐，何愁大业不成。庶请辞。"玄德不敢强留。

　　据《三国志·蜀书·诸葛亮传》：琮闻曹公来征，遣使请降。先主在樊闻之，率其众南行，亮与徐庶并从，为曹公所追破，获庶母。庶辞先主而指其心曰："本欲与将军共图王霸之业者，以此方寸之地也。今已失老母，方寸乱矣，无益于事，请从此别。"遂诣曹公。

　　按：徐庶为曹操出使往说刘备，不见于史。按《三国志·蜀书·诸葛亮传》，徐母实于此时为曹兵所掳，此后徐庶方辞别刘备北上归曹。小说作者于此处安插这一情节，似乎是为了使读者悟出，他将徐庶北上置于三顾茅庐之前，并非有意违背史实，而是出于艺术上的考虑。

徐庶辞回，见了曹操，言玄德并无降意。操大怒，即日进兵。玄德问计于孔明。孔明曰："可速弃樊城，取襄阳暂歇。"玄德曰："奈百姓相随许久，安忍弃之？"孔明曰："可令人遍告百姓：有愿随者同去，不愿者留下。"先使云长往江岸整顿船只，令孙乾、简雍在城中声扬曰："今曹兵将至，孤城不可久守，百姓愿随者，便同过江。"两县之民，齐声大呼曰："我等虽死，亦愿随使君！"即日号泣而行。扶老携幼，将男带女，滚滚渡河，两岸哭声不绝。玄德于船上望见，大恸曰："为吾一人而使百姓遭此大难，吾何生哉！"欲投江而死，左右急救止。闻者莫不痛哭。船到南岸，回顾百姓，有未渡者，望南而哭。玄德急令云长催船渡之，方才上马。

行至襄阳东门，只见城上遍插旌旗，壕边密布鹿角，玄德勒马大叫曰："刘琮贤侄，吾但欲救百姓，并无他念。可快开门。"刘琮闻玄德至，惧而不出。

　　据《资治通鉴》卷六十五：备将其众去，过襄阳，驻马呼琮；琮惧，不能起。琮左右及荆州人多归备。

　　据《三国志·蜀书·先主传》：过襄阳，诸葛亮说先主攻琮，荆州可有。先主曰："吾不忍也。"乃驻马呼琮，琮惧不能起。琮左右及荆州人多归先主。

> 按：《演义》中刘备"携民渡江"的故事，《三国志·蜀书·先主传》称："先主屯樊，不知曹公卒至，至宛乃闻之，遂将其众去。"方北辰、谭良啸主编的《三国故事真与假100例》一书中说，"遂将其众去"的"众"字，准确含义是指刘备的部众，即原本在樊城驻屯的军事部队。史书并没有刘备从樊城渡江到襄阳时，携带大批民众南渡汉水的记载。当刘备经过襄阳时，《先主传》称，"琮左右及荆州人多归先主。比到当阳，众十余万，辎重数千两，日行十余里。"可见，追随刘备的大批民众，是他经过襄阳时前来投奔的荆州州政府的官员及襄阳的各界人士，还有沿途陆续加入的百姓。

蔡瑁、张允径来敌楼上，叱军士乱箭射下。城外百姓，皆望敌楼而哭。城中忽有一将，引数百人径上城楼，大喝："蔡瑁、张允卖国之贼！刘使君乃仁德之人，今为救民而来投，何得相拒！"众视其人，身长八尺，面如重枣；乃义阳人也，姓魏，名延，字文长。

> 据《三国志·蜀书·魏延传》：魏延字文长，义阳人也。以部曲随先主入蜀，数有战功，迁牙门将军。

当下魏延轮刀砍死守门将士，开了城门，放下吊桥，大叫："刘皇叔快领兵入城，共杀卖国之贼！"

> 按：《演义》写魏延反刘琮，迎刘备入襄阳，于史无据。

张飞便跃马欲入，玄德急止之曰："休惊百姓！"魏延只管招呼玄德军马入城。只见城内一将飞马引军而出，大喝："魏延无名小卒，安敢造乱！认得我大将文聘么！"魏延大怒，挺枪跃马，便来交战。两下军兵在城边混杀，喊声大震。玄德曰："本欲保民，反害民也！吾不愿入襄阳！"孔明曰："江陵乃荆州要地，不如先取江陵为家。"玄德曰："正合吾心。"于是引着百姓，尽离襄阳大路，望江陵而走。襄阳城中百姓，多有乘乱逃出城来，跟玄德而去。魏延与文聘交战，从巳至未，手下兵卒皆已折尽。延乃拨马而逃，却寻不见玄德，自投长沙太守韩玄去了。

却说玄德同行军民十余万，大小车数千辆，挑担背包者不计其数。路过刘表之墓，玄德率众将拜于墓前，哭告曰："辱弟备无德无才，负兄寄托之重，罪在备一身，与百姓无干。望兄英灵，垂救荆襄之民！"言甚悲切，军民无不下泪。

> 据《资治通鉴》卷六十五：备过辞表墓，涕泣而去。
> 据《三国志·蜀书·先主传》注引《典略》：备过辞表墓，遂涕泣而去。

忽哨马报说："曹操大军已屯樊城，使人收拾船筏，即日渡江赶来也。"众将皆曰："江陵要地，足可拒守。今拥民众数万，日行十余里，似此几时得至江陵？倘曹兵到，如何迎敌？不如暂弃百姓，先行为上。"玄德泣曰："举大事者必以人为本。今人归我，奈何弃之？"百姓闻玄德此言，莫不伤感。

> 据《资治通鉴》卷六十五：比到当阳，众十余万人，辎重数千两，日行十余里，……或谓备曰："宜速行保江陵，今虽拥大众，被甲者少，若曹公兵至，何以拒之！"备曰："夫济大事必以人为本，今人归吾，吾何忍弃去！"（参见《三国志·蜀书·先主传》）
> 据《三国志·蜀书·先主传》注：习凿齿曰：先主虽颠沛险难而信义愈明，势逼事危而言不失道。追景升之顾，则情感三军；恋赴义之士，则甘与同败。观其所以结物情者，岂徒投醪抚寒含蓼问疾而已哉！其终济大业，不亦宜乎！

后人有诗赞之曰：

临难仁心存百姓，登舟挥泪动三军。至今凭吊襄江口，父老犹然忆使君。

却说玄德拥着百姓，缓缓而行。孔明曰："追兵不久即至。可遣云长往江夏求救于公子刘琦。教他速起兵乘船会于江陵。"玄德从之，即修书令云长同孙乾领五百军往江夏求救；

> 据《三国志·蜀书·关羽传》：曹公定荆州，先主自樊将南渡江，别遣羽乘船数百艘会江陵。（参见《三国志·蜀书·先主传》《资治通鉴》卷六十五）
>
> 按：《演义》称刘备派关羽带五百人去江夏求救，与史不合。据史书记载，刘备自樊城南撤，是兵分两路，刘备走陆路，关羽率水军沿汉水南下，约定在江陵会合。后来刘备在当阳惨败，向东逃至汉津，恰好与关羽水师相遇，于是一起撤到夏口。关羽所率水军约万人，船数百艘，并非《演义》所说仅带五百人。

令张飞断后；赵云保护老小；其余俱管顾百姓而行。每日只走十余里便歇。

却说曹操在樊城，使人渡江至襄阳，召刘琮相见。琮惧怕不敢往见。蔡瑁、张允请行。王威密告琮曰："将军既降，玄德又走，曹操必懈弛无备。愿将军奋整奇兵，设于险处击之，操可获矣。获操则威震天下，中原虽广，可传檄而定。此难遇之机，不可失也。"琮以其言告蔡瑁。瑁叱王威曰："汝不知天命，安敢妄言！"威怒骂曰："卖国之徒，吾恨不生啖汝肉！"

> 据《三国志·魏书·刘表传附子琮传》注引《汉晋春秋》：王威说刘琮曰："曹操得将军既降，刘备已走，必解弛无备，轻行单进；若给威奇兵数千，徼之于险，操可获也。获操即威震天下，坐而虎步，中夏虽广，可传檄而定，非徒收一胜之功，保守今日而已。此难遇之机，不可失也。"琮不纳。（参见《资治通鉴》卷六十五）

瑁欲杀之，蒯越劝止。瑁遂与张允同至樊城，拜见曹操。瑁等辞色甚是谄佞。操问："荆州军马钱粮，今有多少？"瑁曰："马军五万，步军十五万，水军八万，共二十八万。钱粮大半在江陵；其余各处，亦足供给一载。"操曰："战船多少？原是何人管领？"瑁曰："大小战船，共七千余只，原是瑁等二人掌管。"操遂加瑁为镇南侯、水军大都督，张允为助顺侯、水军副都督。二人大喜拜谢。操又曰："刘景升既死，其子降顺，吾当表奏天子，使永为荆州之主。"二人大喜而退。荀攸曰："蔡瑁，张允乃谄佞之徒，主公何遂加以如此显爵，更教都督水军乎？"操笑曰："吾岂不识人！止因吾所领北地之众，不习水战，故且权用此二人；待成事之后，别有理会。"

却说蔡瑁、张允归见刘琮，具言："曹操许保奏将军永镇荆襄。"琮大喜。次日，与母蔡夫人赍捧印绶兵符，亲自渡江拜迎曹操。操抚慰毕，即引随征军将，进屯襄阳城外。蔡瑁、张允令襄阳百姓焚香拜接。曹操俱用好言抚谕。入城至府中坐定，即召蒯越近前，抚慰曰："吾不喜得荆州，喜得异度也。"

> 据《三国志·魏书·刘表传附子琮传》注引《傅子》：越，蒯通之后也，深中足智，魁杰有雄姿。大将军何进闻其名，辟为东曹掾。越劝进诛诸阉官，进犹豫不决。越知进必败，求出为汝阳令，佐刘表平定境内，表得以强大。诏书拜章陵太守，封樊亭侯。荆州平，太祖与荀彧书曰："不喜得荆州，喜得蒯异度耳。"

遂封蒯越为江陵太守、樊城侯；傅巽、王粲等皆为关内侯；而以刘琮为青州刺史，便教起程。

> 据《三国志·魏书·刘表传附子琮传》：太祖以琮为青州刺史，封列侯。蒯越等侯者十五人。越为光禄勋；嵩，大鸿胪；羲，侍中；先，尚书令；其余多至大官。（参见《资治通鉴》卷六十五，《后汉书·刘表传附子琮传》）

琮闻命大惊，辞曰："琮不愿为官，愿守父母乡土。"操曰："青州近帝都，教你随朝为官，免在荆襄被人图害。"琮再三推辞，曹操不准。琮只得与母蔡夫人同赴青州，只有故将王威相随，其余官员俱送至江口而回。操唤于禁嘱咐曰："你可引轻骑追刘琮母子杀之，以绝后患。"于禁得令，领众赶上，大喝曰："我奉丞相令，教来杀汝母子！可早纳下首级！"蔡夫人抱刘琮而大哭。于禁喝令军士下手。王威忿怒，奋力相斗，竟被众军所杀。军士杀死刘琮及蔡夫人。

  据《三国志·魏书·刘表传附子琮传》注引《魏武故事》载令："青州刺史琮，……虽封列侯一州之位，犹恨此宠未副其人；而比有笺求还州。监史虽尊，秩禄未优。今听所执，表琮为谏议大夫，参同军事。"

  按：核诸史书，曹操未杀刘琮。

于禁回报曹操，操重赏于禁。便使人往隆中搜寻孔明妻小，却不知去向。原来孔明先已令人搬送至三江内隐避矣。操深恨之。

襄阳既定，荀攸进言曰："江陵乃荆襄重地，钱粮极广。刘备若据此地，急难动摇。"操曰："孤岂忘之！"随命于襄阳诸将中，选一员引军开道。诸将中却独不见文聘。操使人寻问，方才来见。操曰："汝来何迟？"对曰："为人臣而不能使其主保全境土，心实悲惭，无颜早见耳。"言讫，歔欷流涕。操曰："真忠臣也！"除江夏太守，赐爵关内侯。

  据《资治通鉴》卷六十五：荆州大将南阳文聘别屯在外，琮之降也，呼聘，欲与俱。聘曰："聘不能全州，当待罪而已！"操济汉，聘乃诣操。操曰："来何迟邪？"聘曰："先日不能辅弼刘荆州以奉国家；荆州虽没，常愿据守汉川，保全土境。生不负于孤弱，死无愧于地下。而计不在己，以至于此，实怀悲惭，无颜早见耳！"遂歔欷流涕。操为之怆然，字谓之曰："仲业，卿真忠臣也！"厚礼待之，使统本兵，为江夏太守。（参见《三国志·魏书·文聘传》《武帝纪》）

便教引军开道。探马报说："刘备带领百姓，日行止十数里，计程只有三百余里。"操教各部下精选五千铁骑，星夜前进，

  据《三国志·魏书·文聘传》：太祖……授聘兵，使与曹纯追讨刘备于长阪。

  据《三国志·魏书·曹仁传》：仁弟纯，初以议郎参司空军事，督虎豹骑……从征荆州，追刘备于长坂，获其二女、辎重，收其散卒。

限一日一夜，赶上刘备。大军陆续随后而进。

  却说玄德引十数万百姓、三千余军马，一程程挨着往江陵进发。赵云保护老小，张飞断后。孔明曰："云长往江夏去了，绝无回音，不知若何。"玄德曰："敢烦军师亲自走一遭。刘琦感公昔日之教，今若见公亲至，事必谐矣。"孔明允诺，便同刘封引五百军先往江夏求救去了。

  按：《演义》称，在当阳兵败前，诸葛亮已奉刘备之命前往江夏求救，与史相悖。据史书，诸葛亮是在当阳兵败后，与刘备一同撤往夏口的。

当日玄德自与简雍、糜竺、糜芳同行。正行间，忽然一阵狂风就马前刮起，尘土冲天，平遮红日。玄德惊曰："此何兆也？"简雍颇明阴阳，袖占一课，失惊曰："此大凶之兆也，应在今夜。主公可速弃百姓而走。"玄德曰："百姓从新野相随至此，吾安忍弃之？"雍曰："主公若恋而不弃，祸不远矣。"玄德问："前面是何处？"左右答曰："前面是当阳县，有座山名为景山。"玄德便教就此山扎住。时秋末冬初，凉风透骨，黄昏将近，哭声遍野。至四更时分，只听得西北喊声震地而来。玄德大惊，急上马引本部精兵二千余人迎敌。曹兵掩至，势不可当。玄德死战。正在危迫之际，幸得张飞引军至，杀开一条血路，救玄德望东而走。

文聘当先拦住，玄德骂曰："背主之贼，尚有何面目见人！"文聘羞惭满面，引兵自投东北去了。张飞保着玄德，且战且走。奔至天明，闻喊声渐渐远去，玄德方才歇马。看手下随行人，止有百余骑；百姓、老小并糜竺、糜芳、简雍、赵云等一干人，皆不知下落。玄德大哭曰："十数万生灵，皆因恋我，遭此大难；诸将及老小，皆不知存亡：虽土木之人，宁不悲乎！"

　　　　据《资治通鉴》卷六十五：操以江陵有军实，恐刘备据之，乃释辎重，轻军到襄阳。闻备已过，操将精骑五千急追之，一日一夜行三百余里，及于阳之长坂。备弃妻子，与诸葛亮、张飞、赵云等数十骑走，操大获其人众辎重。（参见《三国志·蜀书·先主传》）

　　正凄惶时，忽见糜芳面带数箭，踉跄而来，口言："赵子龙反投曹操去了也！"玄德叱曰："子龙是我故交，安肯反乎？"张飞曰："他今见我等势穷力尽，或者反投曹操，以图富贵耳！"玄德曰："子龙从我于患难，心如铁石，非富贵所能动摇也。"糜芳曰："我亲见他投西北去了。"张飞曰："待我亲自寻他去。若撞见时，一枪刺死！"玄德曰："休错疑了。岂不见你二兄诛颜良、文丑之事乎？子龙此去，必有事故。吾料子龙必不弃我也。"

　　　　据《资治通鉴》卷六十五：或谓备："赵云已北走。"备以手戟掷之曰："子龙不弃我走也。"顷之，云身抱备子禅，与关羽船会，得济沔，遇刘琦众万余人，与俱到夏口。（参见《三国志·蜀书·赵云传》注引《云别传》）

张飞那里肯听，引二十余骑，至长坂桥。见桥东有一带树木，飞生一计：教所从二十余骑，都砍下树枝，拴在马尾上，在树林内往来驰骋，冲起尘土，以为疑兵。飞却亲自横矛立马于桥上，向西而望。

　　却说赵云自四更时分，与曹军厮杀，往来冲突，杀至天明，寻不见玄德，又失了玄德老小，云自思曰："主公将甘、糜二夫人与小主人阿斗，托付在我身上；今日军中失散，有何面目去见主人？不如去决一死战，好歹要寻主母与小主人下落！"回顾左右，只有三四十骑相随。云拍马在乱军中寻觅，二县百姓号哭之声震天动地；中箭着枪、抛男弃女而走者，不计其数。赵云正走之间，见一人卧在草中，视之，乃简雍也。云急问曰："曾见两位主母否？"雍曰："二主母弃了车仗，抱阿斗而走。我飞马赶去，转过山坡，被一将刺了一枪，跌下马来，马被夺了去。我争斗不得，故卧在此。"云乃将从骑所骑之马，借一匹与简雍骑坐；又着二卒扶护简雍先去报与主人："我上天入地，好歹寻主母与小主人来。如寻不见，死在沙场上也！"

　　说罢，拍马望长坂坡而去。

　　　　据《三国志·蜀书·赵云传》：先主为曹公所追于当阳长阪。

　　　　按：长坂坡乃民间俗称，史书称"长阪"或"长坂"。

忽一人大叫："赵将军那里去？"云勒马问曰："你是何人？"答曰："我乃刘使君帐下护送车仗的军士，被箭射倒在此。"赵云便问二夫人消息。军士曰："恰才见甘夫人披头跣足，相随一伙百姓妇女，投南而走。"云见说，也不顾军士，急纵马望南赶去。只见一伙百姓，男女数百人，相携而走。云大叫曰："内中有甘夫人否？"夫人在后面望见赵云，放声大哭。云下马插枪而泣曰："使主母失散，云之罪也！糜夫人与小主人安在？"甘夫人曰："我与糜夫人被逐，弃了车仗，杂于百姓内步行，又撞见一枝军马冲散。糜夫人与阿斗不知何往。我独自逃生至此。"正言间，百姓发喊，又撞出一枝军来。赵云拔枪上马看时，面前马上绑着一人，乃糜竺也。背后一将，手提大刀，引着千余军。乃曹仁部将淳于导，拿住糜竺，正要解去献功。赵云大喝一声，挺枪纵马，直取淳于导。导抵敌不住，被云一枪刺落马下，向前救了糜竺，夺得马二匹。云请甘夫人上马，杀开条大路，直送至长坂坡。

据《三国志·蜀书·先主甘皇后传》：先主甘皇后，沛人也。先主临豫州，住小沛，纳以为妾。先主数丧嫡室，常摄内事。随先主于荆州，产后主。值曹公军至，追及先主于当阳长阪，于时困逼，弃后及后主，赖赵云保护，得免于难。

只见张飞横矛立马于桥上，大叫："子龙！你如何反我哥哥？"云曰："我寻不见主母与小主人，因此落后，何言反耶？"飞曰："若非简雍先来报信，我今见你，怎肯干休也！"云曰："主公在何处？"飞曰："只在前面不远。"云谓糜竺曰："糜子仲保甘夫人先行，待我仍往寻糜夫人与小主人去。"言罢，引数骑再回旧路。

正走之间，见一将手提铁枪，背着一口剑，引十数骑跃马而来。赵云更不打话，直取那将。交马只一合，把那将一枪刺倒，从骑皆走。原来那将乃曹操随身背剑之将夏侯恩也。曹操有宝剑二口：一名"倚天"，一名"青釭"；倚天剑自佩之，青釭剑令夏侯恩佩之。那青釭剑砍铁如泥，锋利无比。当时夏侯恩自恃勇力，背着曹操，只顾引人抢夺掳掠。不想撞着赵云，被他一枪刺死，夺了那口剑，看靶上有金嵌"青釭"二字，方知是宝剑也。云插剑提枪，复杀入重围，回顾手下从骑，已没一人，只剩得孤身。云并无半点退心，只顾往来寻觅；但逢百姓，便问糜夫人消息。忽一人指曰："夫人抱着孩儿，左腿上着了枪，行走不得，只在前面墙缺内坐地。"

赵云听了，连忙追寻。只见一个人家，被火烧坏土墙，糜夫人抱着阿斗，坐于墙下枯井之傍啼哭。云急下马伏地而拜。夫人曰："妾得见将军，阿斗有命矣。望将军可怜他父亲飘荡半世，只有这点骨血。将军可护持此子，教他得见父面，妾死无恨！"云曰："夫人受难，云之罪也。不必多言，请夫人上马。云自步行死战，保夫人透出重围。"糜夫人曰："不可！将军岂可无马！此子全赖将军保护。妾已重伤，死何足惜！望将军速抱此子前去，勿以妾为累也。"云曰："喊声将近，追兵已至，请夫人速速上马。"糜夫人曰："妾身委实难去。休得两误。"乃将阿斗递与赵云曰："此子性命全在将军身上！"赵云三回五次请夫人上马，夫人只不肯上马。四边喊声又起。云厉声曰："夫人不听吾言，追军若至，为之奈何？"糜夫人乃弃阿斗于地，翻身投入枯井中而死。

按：糜夫人下落，史无明言。《演义》称糜夫人死于当阳之役，不见于史。

后人有诗赞之曰：

战将全凭马力多，步行怎把幼君扶？拚将一死存刘嗣，勇决还亏女丈夫。

赵云见夫人已死，恐曹军盗尸，便将土墙推倒，掩盖枯井。掩讫，解开勒甲绦，放下掩心镜，将阿斗抱护在怀，绰枪上马。早有一将，引一队步军至，乃曹洪部将晏明也，持三尖两刃刀来战赵云。不三合，被赵云一枪刺倒，杀散众军，冲开一条路。正走间，前面又一枝军马拦路。当先一员大将，旗号分明，大书"河间张郃"。云更不答话，挺枪便战。约十余合，云不敢恋战，夺路而走。背后张郃赶来，云加鞭而行，不想跐跶一声，连马和人，颠入土坑之内。张郃挺枪来刺，忽然一道红光，从土坑中滚起，那匹马平空一跃，跳出坑外。后人有诗曰：

红光罩体困龙飞，征马冲开长坂围。四十二年真命主，将军因得显神威。

张郃见了，大惊而退。赵云纵马正走，背后忽有二将大叫："赵云休走！"前面又有二将，使两般军器，截住去路：后面赶的是马延、张𫖮，前面阻的是焦触、张南，都是袁绍手下降将。赵云力战四将，曹军一齐拥至。云乃拔青釭剑乱砍，手起处，衣甲平过，血如涌泉。杀退众军将，直透重围。

却说曹操在景山顶上，望见一将，所到之处，威不可当，急问左右是谁。曹洪飞马下山大叫曰："军中战将可留姓名！"云应声曰："吾乃常山赵子龙也！"曹洪回报曹操。操曰："真虎将也！吾当生致之。"遂令飞马传报各处："如赵云到，不许放冷箭，只要捉活的。"因此赵云得脱此难，此亦阿斗之福所致也。这一场杀，赵云怀抱后主，直透重围，砍倒大旗两面，夺槊三条，前后枪刺剑砍，杀死曹营名将五十余员。

据《三国志·蜀书·赵云传》：先主为曹公所追于当阳长阪，弃妻子南走，云身抱弱子，保护甘夫人，皆得免难。(参见《三国志·蜀书·先主甘皇后传》)

按：据史书记载，长坂坡之役，赵云保护甘夫人和刘禅脱险，仅是一次成功的撤退。《演义》所写赵云多次出入敌阵，反复冲杀，先后救出简雍、糜竺、甘夫人和阿斗等情节，均不见于史。

后人有诗曰：
血染征袍透甲红，当阳谁敢与争锋！古来冲阵扶危主，只有常山赵子龙。

赵云当下杀透重围，已离大阵，血满征袍。正行间，山坡下又撞出两枝军，乃夏侯惇部将钟缙、钟绅兄弟二人，一个使大斧，一个使画戟，大喝："赵云快下马受缚！"正是："才离虎窟逃生去，又遇龙潭鼓浪来。毕竟子龙怎地脱身，且听下回分解。

第四十二回　张翼德大闹长坂桥　刘豫州败走汉津口

　　却说钟缙、钟绅二人拦住赵云厮杀。赵云挺枪便刺，钟缙当先挥大斧来迎。两马相交，战不三合。被云一枪刺落马下，夺路便走。背后钟绅持戟赶来，马尾相衔，那枝戟只在赵云后心内弄影。云急拨转马头，恰好两胸相拍。云左手持枪隔过画戟，右手拔出青釭宝剑砍去，带盔连脑，砍去一半，绅落马而死，余众奔散。赵云得脱，望长坂桥而走，只闻后面喊声大震，原来文聘引军赶来。赵云到得桥边，人困马乏。见张飞挺矛立马于桥上，云大呼曰："翼德援我！"飞曰："子龙速行，追兵我自当之。"

　　云纵马过桥，行二十余里，见玄德与众人憩于树下。云下马伏地而泣。玄德亦泣。云喘息而言曰："赵云之罪，万死犹轻！糜夫人身带重伤，不肯上马，投井而死，云只得推土墙掩之。怀抱公子，身突重围，赖主公洪福，幸而得脱。适来公子尚在怀中啼哭，此一会不见动静，多是不能保也。"遂解视之，原来阿斗正睡着未醒。云喜曰："幸得公子无恙！"双手递与玄德。玄德接过，掷之于地曰："为汝这孺子，几损我一员大将！"赵云忙向地下抱起阿斗，泣拜曰："云虽肝脑涂地，不能报也！"后人有诗曰：

　　　　曹操军中飞虎出，赵云怀内小龙眠。无由抚慰忠臣意，故把亲儿掷马前。

　　却说文聘引军追赵云至长坂桥，只见张飞倒竖虎须，圆睁环眼，手绰蛇矛，立马桥上，又见桥东树林之后，尘头大起，疑有伏兵，便勒住马，不敢近前。俄而，曹仁、李典、夏侯惇、夏侯渊、乐进、张辽、张郃、许褚等都至。见飞怒目横矛，立马于桥上，又恐是诸葛孔明之计，都不敢近前。扎住阵脚，一字儿摆在桥西，使人飞报曹操。操闻知，急上马，从阵后来。张飞睁圆环眼，隐隐见后军青罗伞盖、旄钺旌旗来到，料得是曹操心疑，亲自来看。飞乃厉声大喝曰："我乃燕人张翼德也！谁敢与我决一死战？"声如巨雷。曹军闻之，尽皆股栗。曹操急令去其伞盖，回顾左右曰："我向曾闻云长言：翼德于百万军中，取上将之首，如探囊取物。今日相逢，不可轻敌。"言未已，张飞睁目又喝曰："燕人张翼德在此！谁敢来决死战？"曹操见张飞如此气概，颇有退心。飞望见曹操后军阵脚移动，乃挺矛又喝曰："战又不战，退又不退，却是何故！"喊声未绝，曹操身边夏侯杰惊得肝胆碎裂，倒撞于马下。操便回马而走。于是诸军众将一齐望西奔走。正是：黄口孺子，怎闻霹雳之声；病体樵夫，难听虎豹之吼。一时弃枪落盔者，不计其数，人如潮涌，马似山崩，自相践踏。

　　　　据《三国志·蜀书·张飞传》：曹公入荆州，先主奔江南。曹公追之，一日一夜，及于当阳之长阪。先主闻曹公卒至，弃妻子走，使飞将二十骑拒后。飞据水断桥，瞋目横矛曰："身是张益德也，可来共决死！"敌皆无敢近者，故遂得免。（参见《资治通鉴》卷六十五）

后人有诗赞曰：

　　　　长坂桥头杀气生，横枪立马眼圆睁。一声好似轰雷震，独退曹家百万兵。

　　却说曹操惧张飞之威，骤马望西而走，冠簪尽落，披发奔逃。张辽、许褚赶上，扯住辔环。曹操仓皇失措。张辽曰："丞相休惊。料张飞一人，何足深惧！今急回军杀去，刘备可擒也。"曹操神色方才稍定，乃令张辽、许褚再至长坂桥探听消息。

且说张飞见曹军一拥而退，不敢追赶；速唤回原随二十余骑，解去马尾树枝，令将桥梁拆断。

> 按：《演义》称张飞拆断桥梁，不见于史。刘世德先生在《夜话三国》（书目文献出版社1995年版）一书中认为，史书称"飞据水断桥"，是说张飞独自一人，横矛立马，在桥上阻挡住曹兵的进路。这个"断"字，有"阻隔""隔绝"的含义。盛巽昌先生在《三国演义补证本》一书中也指出，"据水断桥"，当是依水为阻，据桥拦敌，并非是通常将"断桥"意解为"拆断桥梁"。

然后回马来见玄德，具言断桥一事。玄德曰："吾弟勇则勇矣，惜失于计较。"飞问其故。玄德曰："曹操多谋。汝不合拆断桥梁，彼必追至矣。"飞曰："他被我一喝，倒退数里，何敢再追？"玄德曰："若不断桥，彼恐有埋伏，不敢进兵；今拆断了桥，彼料我无军而怯，必来追赶。彼有百万之众，虽涉江汉，可填而过，岂惧一桥之断耶？"于是即刻起身，从小路斜投汉津，望沔阳路而走。

却说曹操使张辽、许褚探长坂桥消息，回报曰："张飞已拆断桥梁而去矣。"操曰："彼断桥而去，乃心怯也。"遂传令差一万军，速搭三座浮桥，只今夜就要过。李典曰："此恐是诸葛亮之诈谋，不可轻进。"操曰："张飞一勇之夫，岂有诈谋！"遂传下号令，火速进兵。

却说玄德行近汉津，忽见后面尘头大起，鼓声连天，喊声震地。玄德曰："前有大江，后有追兵，如之奈何？"急命赵云准备抵敌。曹操下令军中曰："今刘备釜中之鱼，阱中之虎；若不就此时擒捉，如放鱼入海，纵虎归山矣。众将可努力向前。"众将领命，一个个奋威追赶。忽山坡后鼓声响处，一队军马飞出，大叫曰："我在此等候多时了！"当头那员大将，手执青龙刀，坐下赤兔马，原来是关云长，去江夏借得军马一万，探知当阳长坂大战，特地从此路截出。

> 据《三国志·蜀书·关羽传》：曹公定荆州，先主自樊将南渡江，别遣羽乘船数百艘会江陵。曹公追至当阳长阪，先主斜趣汉津，适与羽船相值，共至夏口。（参见《三国志·蜀书·先主传》）

曹操一见云长，即勒住马回顾众将曰："又中诸葛亮之计也！"传令大军速退。

云长追赶十数里，即回军保护玄德等到汉津，已有船只伺候，云长请玄德并甘夫人、阿斗至船中坐定。云长问曰："二嫂嫂如何不见？"玄德诉说当阳之事。云长叹曰："曩日猎于许田时，若从吾意，可无今日之患。"玄德曰："我于此时亦'投鼠忌器'耳。"

> 据《三国志·蜀书·关羽传》注引《蜀记》：初，刘备在许，与曹公共猎。猎中，众散，羽劝备杀公，备不从。及在夏口，飘飖江渚，羽怒曰："往日猎中，若从羽言，可无今日之困。"备曰："是时亦为国家惜之耳；若天道辅正，安知此不为福邪！"　臣松之以为备后与董承等结谋，但事泄不克谐耳，羽若为国家惜曹公，其如此言何！羽若果有此劝而备不肯从者，将以曹公腹心亲戚，实繁有徒，事不宿构，非造次所行；曹虽可杀，身必不免，故以计而止，何惜之有乎！既往之事，故托为雅言耳。

> 按：在嘉靖本中，当关羽很后悔当年没有除掉曹操时，刘备回答说："比时亦为国家惜耳；若天道辅正，安知此不为福也！"刘备此语抄自《蜀记》，它在历史上可以讲得通，但回顾《演义》前文中的许田射猎故事，就讲不通了。因为罗贯中已对史书中的许田射猎故事做了改编，历史上的汉献帝并未参加许田射猎，罗贯中不但让汉献帝参加，而且加进了曹操公然欺压汉献帝的内容；既然曹操篡夺皇位的野心已暴露无遗，那么刘备制止关羽杀曹操，就只能解释为投鼠忌器了，刘备事后对关羽也是这样解释的。毛宗岗发现了嘉靖本前后文不合榫，于是将刘备回答关羽的话改为"我于此时亦'投

鼠忌器'耳。"

正说之间，忽见江南岸战鼓大鸣，舟船如蚁，顺风扬帆而来。玄德大惊。船来至近，只见一人白袍银铠，立于船头上大呼曰："叔父别来无恙！小侄得罪。"玄德视之，乃刘琦也。琦过船哭拜曰："闻叔父困于曹操，小侄特来接应。"玄德大喜，遂合兵一处，放舟而行。

  据《三国志·蜀书·先主传》：曹公以江陵有军实，恐先主据之，乃释辎重，轻军到襄阳。闻先主已过，曹公将精骑五千急追之，一日一夜行三百余里，及于当阳之长坂。先主弃妻子，与诸葛亮、张飞、赵云等数十骑走，曹公大获其人众辎重。先主斜趋汉津，适与羽船会，得济沔，遇表长子江夏太守琦众万余人，与俱到夏口。（参见《资治通鉴》卷六十五）

在船中正诉情由，江西南上战船一字儿摆开，乘风喽唣而至，刘琦惊曰："江夏之兵，小侄已尽起至此矣。今有战船拦路，非曹操之军，即江东之军也，如之奈何？"玄德出船头视之，见一人纶巾道服，坐在船头上，乃孔明也，背后立着孙乾。玄德慌请过船，问其何故却在此。孔明曰："亮自至江夏，先令云长于汉津登陆地而接。我料曹操必来追赶，主公必不从江陵来，必斜取汉津矣；故特请公子先来接应，我竟往夏口，尽起军前来相助。"玄德大悦，合为一处，商议破曹之策。孔明曰："夏口城险，颇有钱粮，可以久守。请主公且到夏口屯住。公子自回江夏，整顿战船，收拾军器，为掎角之势，可以抵当曹操。若共归江夏，则势反孤矣。"刘琦曰："军师之言甚善。但愚意欲请叔父暂至江夏；整顿军马停当，再回夏口不迟。"玄德曰："贤侄之言亦是。"遂留下云长，引五千军守夏口。玄德、孔明、刘琦共投江夏。

却说曹操见云长在旱路引军截出，疑有伏兵，不敢来追；又恐水路先被玄德夺了江陵，便星夜提兵赴江陵来。荆州治中邓义、别驾刘先，已备知襄阳之事，料不能抵敌曹操，遂引荆州军民出郭投降。曹操入城、安民已定，释韩嵩之囚，加为大鸿胪。其余众官，各有封赏。

  据《资治通鉴》卷六十五：曹操进军江陵，以刘琮为青州刺史，封列侯，并蒯越等，侯者凡十五人。释韩嵩之囚，待以交友之礼，使条品州人优劣，皆擢而用之。以嵩为大鸿胪，蒯越为光禄勋，刘先为尚书，邓义为侍中。（参见《后汉书·刘表传附子琮传》《三国志·魏书·武帝纪》）

  据《三国志·魏书·刘表传附子琮传》注引《先贤行状》：荆州平，嵩疾病，就在所拜授大鸿胪印绶。

  按：《演义》第二十三回称刘表已赦免韩嵩，此处却说曹操"释韩嵩之囚"，前后不合榫，其原因在于两处依据了不同的史书：《三国志·魏书·刘表传》称"表疑嵩反为太祖说，大怒，欲杀嵩，考杀随嵩行者，知嵩无他意，乃止。"《傅子》却作"表乃弗诛而囚之"。据《三国志·魏书·刘表传》，韩嵩后与蒯越、傅巽等说刘琮降曹；《先贤行状》也说："荆州平，嵩疾病，就在所拜授大鸿胪印绶。"均可证韩嵩无被囚被释之事。

曹操与众将议曰："今刘备已投江夏，恐结连东吴，是滋蔓也，当用何计破之？"

  据《三国志·魏书·贾诩传》：建安十三年，太祖破荆州，欲顺江东下。诩谏曰："明公昔破袁氏，今收汉南，威名远著，军势既大；若乘旧楚之饶，以飨吏士，抚安百姓，使安土乐业，则可不劳众而江东稽服矣。"太祖不从，军遂无利。

  据《三国志·魏书·程昱传》：太祖征荆州，刘备奔吴。论者以为孙权必杀备，昱料之曰："孙权新在位，未为海内所惮。曹公无敌于天下，初举荆州，威震江表，权虽有谋，不能独当也。刘备有英名，关羽、张飞皆万人敌也，权必资之以御我。难解势分，备资以成，又不可得而杀也。"权果多与备兵，以御太祖。

> 按：《三国志》这两段文字，《资治通鉴》和《演义》都没有采用。

荀攸曰："我今大振兵威，遣使驰檄江东，请孙权会猎于江夏，共擒刘备，分荆州之地，永结盟好。孙权必惊疑而来降，则吾事济矣。"操从其计，

> 按：荀攸此计，不见于史。据《三国志·荀攸传》，荀攸未随曹操南征荆州。

一面发檄遣使赴东吴；一面计点马步水军共八十三万，诈称一百万，水陆并进，船骑双行，沿江而来，西连荆、陕，东接蕲、黄，寨栅联络三百余里。

> 据《三国志·吴书·诸葛恪传》：近者刘景升在荆州，有众十万，财谷如山……北方都定之后，操率三十万众来向荆州。

> 按：《演义》称曹操率八十三万大军伐吴，显系夸张。据史书，周瑜向孙权分析曹操兵力时说："彼所将中国人不过十五六万，且已久疲；所得表众亦极七八万耳，尚怀狐疑。"所以，周瑜认为曹操的总兵力为二十二万至二十四万。张靖龙先生在《赤壁之战研究》（中州古籍出版社2004年版）一书中认为，周瑜给孙权及同僚们提供的敌方兵员估计数，应是其内心揣摩的下限。曹操率领南下的北方兵员数，陈寿所记——诸葛恪之语"三十万众"较为可靠。刘表原有的十万兵马，减去在刘备、刘琦控制之下的两万余名军人，投降曹操的约为七八万人马。平定荆州后的三十七八万曹军，必须分兵防守（或留守）江陵、襄阳、南阳等战略要点，荆州其他五郡也要按战略形势配备数量不等的郡兵。因而可以作为战略机动力量投入征讨孙刘联军一线作战的兵力，约在三十万左右，其中水军约十万，骑兵约五万，步兵十五万左右。但由于赤壁初战被东吴水军打败，曹操大军只好引退江北"恶地"乌林，步兵和骑兵因无法展开而失去作用，与联军对阵的实际兵力只有十万水军。

话分两头。却说江东孙权，屯兵柴桑郡，闻曹操大军至襄阳，刘琮已降，今又星夜兼道取江陵，乃集众谋士商议御守之策。鲁肃曰："荆州与国邻接，江山险固，士民殷富。吾若据而有之，此帝王之资也。今刘表新亡，刘备新败，肃请奉命往江夏吊丧，因说刘备使抚刘表众将，同心一意，共破曹操；备若喜而从命，则大事可定矣。"权喜从其言，即遣鲁肃赍礼往江夏吊丧。

> 据《资治通鉴》卷六十五：鲁肃闻刘表卒，言于孙权曰："荆州与国邻接，江山险固，沃野万里，士民殷富，若据而有之，此帝王之资也。今刘表新亡，二子不协，军中诸将，各有彼此。刘备天下枭雄，与操有隙，寄寓于表，表恶其能而不能用也。若备与彼协心，上下齐同，则宜抚安，与结盟好；如有离违，宜别图之，以济大事。肃请得奉命吊表二子，并慰劳其军中用事者，及说备使抚表众，同心一意，共治曹操，备必喜而从命。如其克谐，天下可定也。今不速往，恐为操所先。"权即遣肃行。（参见《三国志·吴书·鲁肃传》《吴主传》）

却说玄德至江夏，与孔明、刘琦共议良策。孔明曰："曹操势大，急难抵敌，不如往投东吴孙权，以为应援。使南北相持，吾等于中取利，有何不可？"玄德曰："江东人物极多，必有远谋，安肯相容耶？"孔明笑曰："今操引百万之众，虎踞江汉，江东安得不使人来探听虚实？若有人到此，亮借一帆风，直至江东，凭三寸不烂之舌，说南北两军互相吞并。若南军胜，共诛曹操以取荆州之地；若北军胜，则我乘势以取江南可也。"玄德曰："此论甚高。

但如何得江东人到？"

正说间，人报江东孙权差鲁肃来吊丧，船已傍岸。

> 据《资治通鉴》卷六十五：（鲁肃）到夏口，闻操已向荆州，晨夜兼道，比至南郡，而琮已降，备南走，肃径迎之，与备会于当阳长坂。（参见《三国志·吴书·鲁肃传》《吴主传》《周瑜传》，《三国志·蜀书·先主传》注引《江表传》）
>
> 按：《演义》称鲁肃与刘备会面的地点为江夏（江夏为郡名，非城名，应为夏口），与史不合。据史书，鲁肃与刘备"会于当阳长坂"，故其会面的时间应是刘备正携带大批民众南撤，而曹军尚未追及之时。

孔明笑曰："大事济矣！"遂问刘琦曰："往日孙策亡时，襄阳曾遣人去吊丧否？"琦曰："江东与我家有杀父之仇，安得通庆吊之礼！"孔明曰："然则鲁肃之来，非为吊丧，乃来探听军情也。"遂谓玄德曰："鲁肃至，若问曹操动静，主公只推不知，再三问时，主公只说可问诸葛亮。"计会已定，使人迎接鲁肃。肃入城吊丧；收过礼物，刘琦请肃与玄德相见。礼毕，邀入后堂饮酒。肃曰："久闻皇叔大名，无缘拜会；今幸得见。实为欣慰。近闻皇叔与曹操会战，必知彼虚实：敢问操军约有几何？"玄德曰："备兵微将寡，一闻操至即走，竟不知彼虚实。"鲁肃曰："闻皇叔用诸葛孔明之谋，两场火烧得曹操魂亡胆落，何言不知耶？"玄德曰："除非问孔明，便知其详。"肃曰："孔明安在？愿求一见。"玄德教请孔明出来相见。肃见孔明礼毕，问曰："向慕先生才德，未得拜晤；今幸相遇，愿闻目今安危之事。"孔明曰："曹操奸计，亮已尽知；但恨力未及，故且避之。"肃曰："皇叔今将止于此乎？"孔明曰："使君与苍梧太守吴臣有旧，将往投之。"肃曰："吴臣粮少兵微，自不能保，焉能容人？"孔明曰："吴臣处虽不足久居，今且暂依之，别有良图。"肃曰："孙将军虎踞六郡，兵精粮足，又极敬贤礼士，江表英雄，多归附之。今为君计，莫若遣心腹往结东吴，以共图大事。"孔明曰："刘使君与孙将军自来无旧，恐虚费词说。且别无心腹之人可使。"肃曰："先生之兄，现为江东参谋，日望与先生相见。肃不才，愿与公同见孙将军，共议大事。"玄德曰："孔明是吾之师，顷刻不可相离，安可去也？"肃坚请孔明同去。玄德佯不许。

> 据《资治通鉴》卷六十五：肃宣权旨，论天下事势，致殷勤之意，且问备曰："豫州今欲何至？"备曰："与苍梧太守吴巨有旧，欲往投之。"肃曰："孙讨虏聪明仁惠，敬贤礼士，江表英豪，咸归附之，已据有六郡，兵精粮多，足以立事。今为君计，莫若遣腹心自结于东，以共济世业。而欲投吴巨，巨是凡人，偏在远郡，行将为人所并，岂足托乎！"备甚悦。肃又谓诸葛亮曰："我，子瑜友也。"即共定交。子瑜者，亮兄瑾也，避乱江东，为孙权长史。（参见《三国志·吴书·鲁肃传》《吴主传》《周瑜传》，《三国志·蜀书·先主传》注引《江表传》）

孔明曰："事急矣，请奉命一行。"玄德方才许诺。鲁肃遂别了玄德、刘琦，与孔明登舟，望柴桑郡来。

> 据《资治通鉴》卷六十五：曹操自江陵将顺江东下。诸葛亮谓刘备曰："事急矣，请奉命求救于孙将军。"遂与鲁肃俱诣孙权。（参见《三国志·蜀书·诸葛亮传》）

正是：只因诸葛扁舟去，致使曹兵一旦休。不知孔明此去毕竟如何，且看下文分解。

第四十三回　诸葛亮舌战群儒　鲁子敬力排众议

却说鲁肃、孔明辞了玄德、刘琦，登舟望柴桑郡来。二人在舟中共议、鲁肃谓孔明曰："先生见孙将军，切不可实言曹操兵多将广。"孔明曰："不须子敬叮咛，亮自有对答之语。"及船到岸，肃请孔明于馆驿中暂歇，先自往见孙权。

权正聚文武于堂上议事，闻鲁肃回，急召入问曰："子敬往江夏，体探虚实若何？"肃曰："已知其略，尚容徐禀。"权将曹操檄文示肃曰："操昨遣使赍文至此，孤先发遣来使，现今会众商议未定。"肃接檄文观看。其略曰：

孤近承帝命，奉词伐罪。旄麾南指，刘琮束手；荆襄之民，望风归顺。今统雄兵百万，上将千员，欲与将军会猎于江夏，共伐刘备，同分土地，永结盟好。幸勿观望，速赐回音。

据《资治通鉴》卷六十五：是时，曹操遗权书曰："近者奉辞伐罪，旄麾南指，刘琮束手。今治水军八十万众，方与将军会猎于吴。"权以示群下，莫不响震失色。（参见《三国志·吴书·吴主传》及注引《江表传》）

按：曹操给孙权的檄文，《江表传》作"今治水军八十万众，方与将军会猎于吴"，是表示要进攻东吴，恐吓孙权，逼其投降；《演义》却改作"欲与将军会猎于江夏，共伐刘备，同分土地，永结盟好"，其中虽有迫孙权就范的含义，但其威胁的程度大为减弱了。

鲁肃看毕曰："主公尊意若何？"权曰："未有定论。"张昭曰："曹操拥百万之众，借天子之名，以征四方，拒之不顺。且主公大势可以拒操者，长江也。今操既得荆州，长江之险，已与我共之矣，势不可敌。以愚之计，不如纳降，为万安之策。"众谋士皆曰："子布之言，正合天意。"孙权沉吟不语。张昭又曰："主公不必多疑。如降操，则东吴民安，江南六郡可保矣。"孙权低头不语。须臾，权起更衣，鲁肃随于权后。权知肃意，乃执肃手而言曰："卿欲如何？"肃曰："恰才众人所言，深误将军。众人皆可降曹操，惟将军不可降曹操。"权曰："何以言之？"肃曰："如肃等降操，当以肃还乡党，累官故不失州郡也；将军降操，欲安所归乎？位不过封侯，车不过一乘，骑不过一匹，从不过数人，岂得南面称孤哉！众人之意，各为自己，不可听也。将军宜早定大计。"权叹曰："诸人议论，大失孤望。子敬开说大计，正与吾见相同。此天以子敬赐我也！"

据《资治通鉴》卷六十五：是时，曹操遗权书曰："近者奉辞伐罪，旄麾南指，刘琮束手。今治水军八十万众，方与将军会猎于吴。"权以示群下，莫不响震失色。长史张昭等曰："曹公，豺虎也，挟天子以征四方，动以朝廷为辞；今日拒之，事更不顺。且将军大势可以拒操者，长江也。今操得荆州，奄有其地，刘表治水军，蒙冲斗舰乃以千数，操悉浮以沿江，兼有步兵，水陆俱下，此为长江之险已与我共之矣，而势力众寡又不可论。愚谓大计不如迎之。"鲁肃独不言。权起更衣，肃追于宇下。权知其意，执肃手曰："卿欲何言？"肃曰："向察众人之议，专欲误将军，不足与图大事。今肃可迎操耳，如将军不可也。何以言之？今肃迎操，操当以肃还付乡党，品其名位，犹不失下曹从事，乘犊车，从吏卒，交游士林，累官故不失州郡也。将军迎操，欲安所归乎？愿早定大计，莫用众人之议也！"权叹息曰："诸人持议，甚失孤望。今卿廓开大计，正与孤同。"（参见《三国志·吴书·周瑜传》，《三国志·吴书·吴主传》及注引《江表传》）

据《三国志·吴书·鲁肃传》：会权得曹公欲东之问，与诸将议，皆劝权迎之，而肃独不言。权起更衣，肃追于宇下，权知其意，执肃手曰："卿欲何言？"肃对曰："向察众人之议，专欲误将军，不足与图大事。今肃可迎操耳，如将军，不可也。何以言之？今肃迎操，操当以肃还付乡党，品其名位，犹不失下曹从事，乘犊车，从吏卒，交游士林，累官故不失州郡也。将军迎操，欲安所归？愿早定大计，莫用众人之议也。"权叹息曰："此诸人持议，甚失孤望；今卿廓开大计，正与孤同，此天以卿赐我也。"

据《三国志·吴书·周瑜传》注：臣松之以为建计拒曹公，实始鲁肃。于时周瑜使鄱阳，肃劝权呼瑜，瑜使鄱阳还，但与肃暗同，故能共成大勋。

但操新得袁绍之众，近又得荆州之兵，恐势大难以抵敌。"肃曰："肃至江夏，引诸葛瑾之弟诸葛亮在此，主公可问之，便知虚实。"权曰："卧龙先生在此乎？"肃曰："现在馆驿中安歇。"权曰："今日天晚，且未相见。来日聚文武于帐下，先教见我江东英俊，然后升堂议事。"肃领命而去。次日至馆驿中见孔明，又嘱曰："今见我主，切不可言曹操兵多。"孔明笑曰："亮自见机而变，决不有误。"肃乃引孔明至幕下。早见张昭、顾雍等一班文武二十余人，峨冠博带，整衣端坐。孔明逐一相见，各问姓名。施礼已毕，坐于客位。张昭等见孔明丰神飘洒，器宇轩昂，料道此人必来游说。张昭先以言挑之曰："昭乃江东微末之士，久闻先生高卧隆中，自比管、乐，此语果有之乎？"孔明曰："此亮平生小可之比也。"昭曰："近闻刘豫州三顾先生于草庐之中，幸得先生，以为如鱼得水，思欲席卷荆襄。今一旦以属曹操，未审是何主见？"孔明自思张昭乃孙权手下第一个谋士，若不先难倒他，如何说得孙权，遂答曰："吾观取汉上之地，易如反掌。我主刘豫州躬行仁义，不忍夺同宗之基业，故力辞之。刘琮孺子，听信佞言，暗自投降，致使曹操得以猖獗。今我主屯兵江夏，别有良图，非等闲可知也。"昭曰："若此，是先生言行相违也。先生自比管、乐，管仲相桓公，霸诸侯，一匡天下；乐毅扶持微弱之燕，下齐七十余城：此二人者，真济世之才也。先生在草庐之中，但笑傲风月，抱膝危坐，今既从事刘豫州，当为生灵兴利除害，剿灭乱贼。且刘豫州未得先生之前，尚且纵横寰宇，割据城池；今得先生，人皆仰望，虽三尺童蒙，亦谓彪虎生翼，将见汉室复兴，曹氏即灭矣。朝廷旧臣，山林隐士，无不拭目而待，以为拂高天之云翳，仰日月之光辉，拯民于水火之中，措天下于衽席之上，在此时也。何先生自归豫州，曹兵一出，弃甲抛戈，望风而窜；上不能报刘表以安庶民，下不能辅孤子而据疆土；乃弃新野，走樊城，败当阳，奔夏口，无容身之地：是豫州既得先生之后，反不如其初也。管仲、乐毅，果如是乎？愚直之言，幸勿见怪！"孔明听罢，哑然而笑曰："鹏飞万里，其志岂群鸟能识哉？譬如人染沉疴，当先用糜粥以饮之，和药以服之；待其腑脏调和，形体渐安，然后用肉食以补之，猛药以治之：则病根尽去，人得全生也。若不待气脉和缓，便投以猛药厚味，欲求安保，诚为难矣。吾主刘豫州，向日军败于汝南，寄迹刘表，兵不满千，将止关、张、赵云而已：此正如病势尪羸已极之时也。新野山僻小县，人民稀少，粮食鲜薄，豫州不过暂借以容身，岂真将坐守于此耶？夫以甲兵不完，城郭不固，军不经练，粮不继日，然而博望烧屯，白河用水，使夏侯惇、曹仁辈心惊胆裂：窃谓管仲、乐毅之用兵，未必过此。至于刘琮降操，豫州实出不知；且又不忍乘乱夺同宗之基业，此真大仁大义也。当阳之败，豫州见有数十万赴义之民，扶老携幼相随，不忍弃之，日行十里，不思进取江陵，甘与同败，此亦大仁大义也。寡不敌众，胜负乃其常事。昔高皇数败于项羽，而垓下一战成功，此非韩信之良谋乎？夫信久事高皇，未尝累胜。盖国家大计，社稷安危，是有主谋。非比夸辩之徒，虚誉欺人：坐议立谈，无人可及；临机应变，百无一能。诚为天下笑耳！"这一篇言语，说得张昭并无一言回答。

座上忽一人抗声问曰："今曹公兵屯百万，将列千员，龙骧虎视，平吞江夏，公以为何如？"孔明视之，乃虞翻也。孔明曰："曹操收袁绍蚁聚之兵，劫刘表乌合之众，虽数百万不足惧也。"虞翻冷笑曰："军败于当阳，计穷于夏口，区区求救于人，而犹言不惧，此真大言欺人也！"孔明曰："刘豫州以数千仁义之师，安能敌百万残暴之众？退守夏口，所以待时也。今江东兵精粮足，且有长江之险，犹欲使其主屈膝降贼，不顾天下耻笑。由此论之，刘豫州真不惧操贼者矣！"虞翻不能对。

座间又一人问曰："孔明欲效仪、秦之舌，游说东吴耶？"孔明视之，乃步骘也。孔明曰："步子山以苏秦、张仪为辩士，不知苏秦、张仪亦豪杰也。苏秦佩六国相印，张仪两次相秦，皆有匡扶人国之谋，非比畏强凌弱、惧刀避剑之人也。君等闻曹操虚发诈伪之词，便畏惧请降，敢笑苏秦、张仪乎？"步骘默然无语。

忽一人问曰："孔明以曹操何如人也？"孔明视其人，乃薛综也。孔明答曰："曹操乃汉贼也，又何必问？"综曰："公言差矣。汉传世至今，天数将终。今曹公已有天下三分之二，人皆归心。刘豫州不识天时，强欲与争，正如以卵击石，安得不败乎？"孔明厉声曰："薛敬文安得出此无父无君之言乎！夫人生天地间，以忠孝为立身之本。公既为汉臣，则见有不臣之人，当誓共戮之：臣之道也。今曹操祖宗叨食汉禄，不思报效，反怀篡逆之心，天下之所共愤；公乃以天数归之，真无父无君之人也！不足与语！请勿复言！"薛综满面羞惭，不能对答。

座上又一人应声问曰："曹操虽挟天子以令诸侯，犹是相国曹参之后。刘豫州虽云中山靖王苗裔，却无可稽考，眼见只是织席贩屦之夫耳，何足与曹操抗衡哉！"孔明视之，乃陆绩也。孔明笑曰："公非袁术座间怀橘之陆郎乎？

> 据《三国志·吴书·陆绩传》：绩年六岁，于九江见袁术。术出橘，绩怀三枚，去，拜辞堕地，术谓曰："陆郎作宾客而怀橘乎？"绩跪答曰："欲归遗母。"术大奇之。

请安坐，听吾一言：曹操既为曹相国之后，则世为汉臣矣；今乃专权肆横，欺凌君父，是不惟无君，亦且蔑祖，不惟汉室之乱臣，亦曹氏之贼子也。刘豫州堂堂帝胄，当今皇帝按谱赐爵，何云无可稽考？且高祖起身亭长，而终有天下；织席贩屦，又何足为辱乎？公小儿之见，不足与高士共语！"陆绩语塞。

座上一人忽曰："孔明所言，皆强词夺理，均非正论，不必再言。且请问孔明治何经典？"孔明视之，乃严畯也。孔明曰："寻章摘句，世之腐儒也，何能兴邦立事？且古耕莘伊尹，钓渭子牙，张良、陈平之流，邓禹、耿弇之辈，皆有匡扶宇宙之才，未审其生平治何经典。岂亦效书生，区区于笔砚之间，数黑论黄，舞文弄墨而已乎？"严畯低头丧气而不能对。

忽又一人大声曰："公好为大言，未必真有实学，恐适为儒者所笑耳。"孔明视其人，乃汝阳程德枢也。孔明答曰："儒有君子小人之别。君子之儒，忠君爱国，守正恶邪，务使泽及当时，名留后世；若夫小人之儒，惟务雕虫，专工翰墨，青春作赋，皓首穷经，笔下虽有千言，胸中实无一策。且如杨雄以文章名世，而屈身事莽，不免投阁而死，此所谓小人之儒也。虽日赋万言，亦何取哉！"程德枢不能对。众人见孔明对答如流，尽皆失色。

时座上张温、骆统二人，又欲问难。忽一人自外而入，厉声言曰："孔明乃当世奇才，君等以唇舌相难，非敬客之礼也。曹操大军临境，不思退敌之策，乃徒斗口耶！"众视其人，乃零陵人，姓黄，名盖，字公覆，现为东吴粮官。

> 按：诸葛亮舌战群儒的故事，不见于史。罗贯中在虚构这一情节时，对出场的人物，并没有以严谨的态度考证史实。对照史书可以发现，虞翻为人耿直，仇视曹操，拒绝过

曹操的征召，所以不可能说出《演义》中那些为曹操张本的话。薛综和程秉此时正避乱交州，尚未进入孙权的幕府，张温和骆统均年仅十六岁，尚未出仕，他们均不可能名列"群儒"之中。

当时黄盖谓孔明曰："愚闻多言获利，不如默而无言。何不将金石之论为我主言之，乃与众人辩论也？"孔明曰："诸君不知世务，互相问难，不容不答耳。"于是黄盖与鲁肃引孔明入。至中门，正遇诸葛瑾，孔明施礼。瑾曰："贤弟既到江东，如何不来见我？"孔明曰："弟既事刘豫州，理宜先公后私。公事未毕，不敢及私。望兄见谅。"瑾曰："贤弟见过吴侯，却来叙话。"说罢自去。

鲁肃曰："适间所嘱，不可有误。"孔明点头应诺。引至堂上，孙权降阶而迎，优礼相待。施礼毕，赐孔明坐。众文武分两行而立。鲁肃立于孔明之侧，只看他讲话。孔明致玄德之意毕，偷眼看孙权：碧眼紫髯，堂堂一表。孔明暗思："此人相貌非常，只可激，不可说。等他问时，用言激之便了。"献茶已毕，孙权曰："多闻鲁子敬谈足下之才，今幸得相见，敢求教益。"孔明："不才无学，有辱明问。"权曰："足下近在新野，佐刘豫州与曹操决战，必深知彼军虚实。"孔明曰："刘豫州兵微将寡，更兼新野城小无粮，安能与曹操相持。"权曰："曹兵共有多少？"孔明曰："马步水军，约有一百余万。"权曰："莫非诈乎？"孔明曰："非诈也。曹操就兖州已有青州军二十万；平了袁绍，又得五六十万；中原新招之兵三四十万；今又得荆州之军二三十万：以此计之，不下一百五十万。亮以百万言之，恐惊江东之士也。"鲁肃在旁，闻言失色，以目视孔明；孔明只做不见。权曰："曹操部下战将，还有多少？"孔明曰："足智多谋之士，能征惯战之将，何止一二千人。"权曰："今曹操平了荆楚，复有远图乎？"孔明曰："即今沿江下寨，准备战船，不欲图江东，待取何地？"权曰："若彼有吞并之意，战与不战，请足下为我一决。"孔明曰："亮有一言，但恐将军不肯听从。"权曰："愿闻高论。"孔明曰："向者宇内大乱，故将军起江东，刘豫州收众汉南，与曹操并争天下。今操芟除大难，略已平矣，近又新破荆州，威震海内，纵有英雄，无用武之地，故豫州遁逃至此。愿将军量力而处之：若能以吴、越之众，与中国抗衡，不如早与之绝；若其不能，何不从众谋士之论，按兵束甲，北面而事之？"权未及答。孔明又曰："将军外托服从之名，内怀疑贰之见，事急而不断，祸至无日矣！"权曰："诚如君言，刘豫州何不降操？"孔明曰："昔田横，齐之壮士耳，犹守义不辱；况刘豫州王室之胄，英才盖世，众士仰慕。事之不济，此乃天也，又安能屈处人下乎！"

孙权听了孔明此言，不觉勃然变色，拂衣而起，退入后堂。众皆哂笑而散。鲁肃责孔明曰："先生何故出此言？幸是吾主宽洪大度，不即面责。先生之言，藐视吾主甚矣。"孔明仰面笑曰："何如此不能容物耶！我自有破曹之计，彼不问我，我故不言。"肃曰："果有良策，肃当请主公求教。"孔明曰："吾视曹操百万之众，如群蚁耳！但我一举手，则皆为齑粉矣！"肃闻言，便入后堂见孙权。权怒气未息，顾谓肃曰："孔明欺吾太甚！"肃曰："臣亦以此责孔明，孔明反笑主公不能容物。破曹之策，孔明不肯轻言，主公何不求之？"权回嗔作喜曰："原来孔明有良谋，故以言词激我。我一时浅见，几误大事。"便同鲁肃重复出堂，再请孔明叙话。权见孔明，谢曰："适来冒渎威严，幸勿见罪。"孔明亦谢曰："亮言语冒犯，望乞恕罪。"权邀孔明入后堂，置酒相待。

数巡之后，权曰："曹操平生所恶者：吕布、刘表、袁绍、袁术、豫州与孤耳。今数雄已灭，独豫州与孤尚存。孤不能以全吴之地，受制于人。吾计决矣！非刘豫州莫与当曹操者；然豫州新败之后，安能抗此难乎？"孔明曰："豫州虽新败，然关云长犹率精兵万人；刘琦领江夏战士，亦不下万人。曹操之众远来疲惫，近追豫州，轻骑一日夜行三百里，此所谓'强弩之末，势不能穿鲁缟'者也。且北方之人，不习水战。荆州士民附操者，迫于势耳，非本心也。今将军诚能与豫州协力同心，破曹军必矣。操军破，必北还，则荆吴之势强，而鼎足之形成矣。成败之机，在于今日。惟将军裁之。"权大悦曰："先生之言，顿开茅塞。吾意已决，更无他疑。即日商议起兵，共灭曹操！"遂令鲁肃将此意传谕文武官员，就送孔明于馆驿安歇。

据《资治通鉴》卷六十五：亮见权于柴桑，说权曰："海内大乱，将军起兵江东，刘豫州收众汉南，与曹操并争天下。今操芟夷大难，略已平矣，遂破荆州，威震四海。英雄无用武之地，故豫州遁逃至此。愿将军量力而处之：若能以吴、越之众与中国抗衡，不如早与之绝；若不能，何不按兵束甲，北面而事之！今将军外托服从之名，而内怀犹豫之计，事急而不断，祸至无日矣！"权曰："苟如君言，刘豫州何不遂事之乎？"亮曰："田横，齐之壮士耳，犹守义不辱；况刘豫州王室之胄，英才盖世，众士慕仰，若水之归海。若事之不济，此乃天也，安能复为之下乎！"权勃然曰："吾不能举全吴之地，十万之众，受制于人。吾计决矣！非刘豫州莫可以当曹操者；然豫州新败之后，安能抗此难乎？"亮曰："豫州军虽败于长坂，今战士还者及关羽水军精甲万人，刘琦合江夏战士亦不下万人。曹操之众，远来疲敝，闻追豫州，轻骑一日一夜行三百余里，此所谓'强弩之末势不能穿鲁缟'者也。故《兵法》忌之，曰'必蹶上将军'。且北方之人，不习水战；又，荆州之民附操者，逼兵势耳，非心服也。今将军诚能命猛将统兵数万，与豫州协规同力，破操军必矣。操军破，必北还；如此，则荆吴之势强，鼎足之形成矣。成败之机，在于今日！"权大悦，与其群下谋之。（参见《三国志·蜀书·诸葛亮传》）

张昭知孙权欲兴兵，遂与众议曰："中了孔明之计也！"急入见权曰："昭等闻主公将兴兵与曹操争锋。主公自思比袁绍若何？曹操向日兵微将寡，尚能一鼓克袁绍；何况今日拥百万之众南征，岂可轻敌？若听诸葛亮之言，妄动甲兵，此所谓负薪救火也。"孙权只低头不语。顾雍曰："刘备因为曹操所败，故欲借我江东之兵以拒之，主公奈何为其所用乎？愿听子布之言。"孙权沉吟未决。张昭等出，鲁肃入见曰："适张子布等又劝主公休动兵，力主降议，此皆全躯保妻子之臣，为自谋之计耳。原主公勿听也。"孙权尚在沉吟。肃曰："主公若迟疑，必为众人误矣。"权曰："卿且暂退，容我三思。"肃乃退出。时武将或有要战的，文官都是要降的，议论纷纷不一。

且说孙权退入内宅，寝食不安，犹豫不决。吴国太见权如此，问曰："何事在心，寝食俱废？"权曰："今曹操屯兵于江汉，有下江南之意。问诸文武，或欲降者，或欲战者。欲待战来，恐寡不敌众；欲待降来，又恐曹操不容：因此犹豫不决。"吴国太曰："汝何不记吾姐临终之语乎？"孙权如醉方醒，似梦初觉，想出这句话来。正是：追思国母临终语，引得周郎立战功。毕竟说着甚的，且看下文分解。

第四十四回　孔明用智激周瑜　孙权决计破曹操

却说吴国太见孙权疑惑不决，乃谓之曰："先姊遗言云：'伯符临终有言：内事不决问张昭，外事不决问周瑜。'今何不请公瑾问之？"

> 据《资治通鉴》卷六十五：时周瑜受使至番阳，肃劝权召瑜还。（参见《三国志·吴书·鲁肃传》）

权大喜，即遣使往鄱阳请周瑜议事。原来周瑜在鄱阳湖训练水师，闻曹操大军至汉上，便星夜回柴桑郡，议事军机。使者未发，周瑜已先到。鲁肃与瑜最厚，先来接着，将前项事细述一番。周瑜曰："子敬休忧，瑜自有主张。今可速请孔明来相见。"鲁肃上马去了。

周瑜方才歇息，忽报张昭、顾雍、张纮、步骘四人来相探。瑜接入堂中坐定，叙寒温毕。张昭曰："都督知江东之利害否？"瑜曰："未知也。"昭曰："曹操拥众百万，屯于汉上，昨传檄文至此，欲请主公会猎于江夏。虽有相吞之意，尚未露其形。昭等劝主公且降之，庶免江东之祸。不想鲁子敬从江夏带刘备军师诸葛亮至此，彼因自欲雪愤，特下说词以激主公。子敬却执迷不悟。正欲待都督一决。"瑜曰："公等之见皆同否？"顾雍等曰："所议皆同。"瑜曰："吾亦欲降久矣。公等请回，明早见主公，自有定议。"昭等辞去。

少顷，又报程普、黄盖、韩当等一班战将来见。瑜迎入，各问慰讫。程普曰："都督知江东早晚属他人否？"瑜曰："未知也。"普曰："吾等自随孙将军开基创业，大小数百战，方才战得六郡城池。今主公听谋士之言，欲降曹操，此真可耻可惜之事！吾等宁死不辱。望都督劝主公决计兴兵，吾等愿效死战。"瑜曰："将军等所见皆同否？"黄盖忿然而起，以手拍额曰："吾头可断，誓不降曹！"众人皆曰："吾等都不愿降！"瑜曰："吾正欲与曹操决战，安肯投降！将军等请回。瑜见主公，自有定议。"程普等别去。

又未几，诸葛瑾、吕范等一班儿文官相候。瑜迎入，讲礼方毕，诸葛瑾曰："舍弟诸葛亮自汉上来，言刘豫州欲结东吴，共伐曹操，文武商议未定。因舍弟为使，瑾不敢多言，专候都督来决此事。"瑜曰："以公论之若何？"瑾曰："降者易安，战者难保。"周瑜笑曰："瑜自有主张。来日同至府下定议。"瑾等辞退。

忽又报吕蒙、甘宁等一班儿来见。瑜请入，亦叙谈此事。有要战者，有要降者，互相争论。瑜曰："不必多言，来日都到府下公议。"众乃辞去。周瑜冷笑不止。

至晚，人报鲁子敬引孔明来拜。瑜出中门迎入。叙礼毕，分宾主而坐。肃先问瑜曰："今曹操驱众南侵，和与战二策，主公不能决，一听于将军。将军之意若何？"瑜曰："曹操以天子为名，其师不可拒。且其势大，未可轻敌。战则必败，降则易安。吾意已决。来日见主公，便当遣使纳降。"鲁肃愕然曰："君言差矣！江东基业，已历三世，岂可一旦弃于他人？伯符遗言，外事付托将军。今正欲仗将军保全国家，为泰山之靠，奈何从懦夫之议耶？"瑜曰："江东六郡，生灵无限，若罹兵革之祸，必有归怨于我，故决计请降耳。"肃曰："不然。以将军之英雄，东吴之险固，操未必便能得志也。"二人互相争辩，孔明只袖手冷笑。瑜曰："先生何故哂笑？"孔明曰："亮不笑别人，笑子敬不识时务耳。"肃曰："先生如何反笑我不识时务？"孔明曰："公瑾主意欲降操，甚为合理。"瑜曰："孔明乃识时务之士，必与吾有同心。"肃曰："孔明，你也如何说此？"孔明曰："操极善用兵，天下莫敢当。向只有吕布、袁绍、袁术、刘表敢与对敌。今数人皆被操灭，天下无人矣。独有刘豫州不识时务，强与争衡；今孤身江夏，存亡未保。将军决计降曹，可以保妻子，可以全富贵。国祚迁移，付之天命，何足惜哉！"鲁肃大怒曰："汝教吾主屈膝受辱于国贼乎！"

孔明曰："愚有一计，并不劳牵羊担酒，纳土献印；亦不须亲自渡江；只须遣一介之使，扁舟送两个人到江上。操一得此两人，百万之众，皆卸甲卷旗而退矣。"瑜曰："用何二人，可退操兵？"孔明曰："江东去此两人，如大木飘一叶，太仓减一粟耳；而操得之，必大喜而去。"瑜又问："果用何二人？"孔明曰："亮居隆中时，即闻操于漳河新造一台，名曰铜雀，极其壮丽；

> 据《三国志·魏书·武帝纪》：（建安十五年）冬，作铜雀台。
> 据《资治通鉴》卷六十六：（建安十五年）冬，曹操作铜爵台于邺。

广选天下美女以实其中。操本好色之徒，久闻江东乔公有二女，长曰大乔，次曰小乔，有沉鱼落雁之容，闭月羞花之貌。

> 据《三国志·吴书·周瑜传》：策欲取荆州，以瑜为中护军，领江夏太守。从攻皖，拔之。时得桥公两女，皆国色也。策自纳大桥，瑜纳小桥。

操曾发誓曰：吾一愿扫平四海，以成帝业；一愿得江东二乔，置之铜雀台，以乐晚年，虽死无恨矣。今虽引百万之众，虎视江南，其实为此二女也。将军何不去寻乔公，以千金买此二女，差人送与曹操，操得二女，称心满意，必班师矣。此范蠡献西施之计，何不速为之？"瑜曰："操欲得二乔，有何证验？"孔明曰："曹操幼子曹植，字子建，下笔成文。操尝命作一赋，名曰《铜雀台赋》。

> 据《三国志·魏书·陈思王植传》：陈思王植字子建。……时邺铜爵台新成，太祖悉将诸子登台，使各为赋。植援笔立成，可观，太祖甚异之。

赋中之意，单道他家合为天子，誓取二乔。"瑜曰："此赋公能记否？"孔明曰："吾爱其文华美，尝窃记之。"瑜曰："试请一诵。"孔明即时诵《铜雀台赋》云：

从明后以嬉游兮，登层台以娱情。见太府之广开兮，观圣德之所营。建高门之嵯峨兮，浮双阙乎太清。立中天之华观兮，连飞阁乎西城。临漳水之长流兮，望园果之滋荣。立双台于左右兮，有玉龙与金凤。揽二乔于东南兮，乐朝夕之与共。俯皇都之宏丽兮，瞰云霞之浮动。欣群才之来萃兮，协飞熊之吉梦。仰春风之和穆兮，听百鸟之悲鸣。云天亘其既立兮，家愿得乎双逞。扬仁化于宇宙兮，尽肃恭于上京。唯桓文之为盛兮，岂足方乎圣明？

休矣！美矣！惠泽远扬。翼佐我皇家兮，宁彼四方。同天地之规量兮，齐日月之辉光。永贵尊而无极兮，等年寿于东皇。御龙旗以遨游兮，回鸾驾而周章。思化及乎四海兮，嘉物阜而民康。愿斯台之永固兮，乐终古而未央！

> 据《三国志·魏书·陈思王植传》注引阴澹《魏纪》：植赋曰"从明后而嬉游兮，登层台以娱情。见太府之广开兮，观圣德之所营。建高门之嵯峨兮，浮双阙乎太清。立中天之华观兮，连飞阁乎西城。临漳水之长流兮，望园果之滋荣。仰春风之和穆兮，听百鸟之悲鸣。天云垣其既立兮，家愿得而获逞。扬仁化于宇内兮，尽肃恭于上京。惟桓文之为盛兮，岂足方乎圣明！休矣美矣！惠泽远扬。翼佐我皇家兮，宁彼四方。同天地之规量兮，齐日月之晖光。永贵尊而无极兮，等年寿于东王"云云。

按：《演义》所述《铜雀台赋》与曹植原作有较大差异。罗贯中在曹植作品的中间，额外插入了"列双台于左右兮,玉龙与金凤"等八句。曹植原作中根本没有"揽二乔于东南兮"句。曹植此赋当为建安十五年(210)——赤壁之战后两年——铜雀台筑成后作。

周瑜听罢,勃然大怒,离座指北而骂曰:"老贼欺吾太甚!"孔明急起止之曰:"昔单于屡侵疆界,汉天子许以公主和亲,今何惜民间二女乎?"瑜曰:"公有所不知:大乔是孙伯符将军主妇,小乔乃瑜之妻也。"孔明佯作惶恐之状,曰:"亮实不知。失口乱言,死罪!死罪!"瑜曰:"吾与老贼誓不两立!"孔明曰:"事须三思,免致后悔。"瑜曰:"吾承伯符寄托,安有屈身降操之理?适来所言,故相试耳。吾自离鄱阳湖,便有北伐之心,虽刀斧加头,不易其志也!望孔明助一臂之力,同破曹贼。"孔明曰:"若蒙不弃,愿效犬马之劳,早晚拱听驱策。"瑜曰:"来日入见主公,便议起兵。"孔明与鲁肃辞出,相别而去。

　　按:《演义》称诸葛亮智激周瑜,于史无据。

次日清晨,孙权升堂。左边文官张昭、顾雍等三十余人,右边武官程普、黄盖等三十余人,衣冠济济,剑佩锵锵,分班侍立。少顷,周瑜入见。礼毕,孙权问慰罢,瑜曰:"近闻曹操引兵屯汉上,驰书至此,主公尊意若何?"权即取檄文与周瑜看。瑜看毕,笑曰:"老贼以我江东无人,敢如此相侮耶!"权曰:"君之意若何?"瑜曰:"主公曾与众文武商议否?"权曰:"连日议此事:有劝我降者,有劝我战者。吾意未定,故请公瑾一决。"瑜曰:"谁劝主公降?"权曰:"张子布等皆主其意。"瑜即问张昭曰:"愿闻先生所以主降之意。"昭曰:"曹操挟天子而征四方,动以朝廷为名;近又得荆州,威势愈大。吾江东可以拒操者,长江耳。今操艨艟战舰,何止千百?水陆并进,何可当之?不如且降,更图后计。"瑜曰:"此迂儒之论也!江东自开国以来,今历三世,安忍一旦废弃!"权曰:"若此,计将安出?"瑜曰:"操虽托名汉相,实为汉贼。将军以神武雄才,仗父兄余业,据有江东,兵精粮足,正当横行天下,为国家除残去暴,奈何降贼耶?且操今此来,多犯兵家之忌:北土未平,马腾、韩遂为其后患,而操久于南征,一忌也;北军不熟水战,操舍鞍马,仗舟楫,与东吴争衡,二忌也;又时值隆冬盛寒,马无藁草,三忌也;驱中国士卒,远涉江湖,不服水土,多生疾病,四忌也。操兵犯此数忌,虽多必败。将军擒操,正在今日。瑜请得精兵数千,

　　按:《演义》称"瑜请得精兵数千",与史书及下文均不合。《三国志·周瑜传》作"瑜请得精兵三万人",《江表传》作"得精兵五万,自足制之",《资治通鉴》作"瑜请得精兵数万人";《演义》下文周瑜夜见孙权时说"瑜得五万兵,自足破之"。

进屯夏口,为将军破之!"权矍然起曰:"老贼欲废汉自立久矣,所惧二袁、吕布、刘表与孤耳。今数雄已灭,惟孤尚存。孤与老贼,誓不两立!卿言当伐,甚合孤意。此天以卿授我也。"瑜曰:"臣为将军决一血战,万死不辞。只恐将军狐疑不定。"权拔佩剑砍面前奏案一角曰:"诸官将有再言降操者,与此案同!"

　　据《三国志·吴书·周瑜传》:(建安十三年)九月,曹公入荆州,刘琮举众降,曹公得其水军,船步兵数十万,将士闻之皆恐。权延见群下,问以计策。议者咸曰:"曹公豺虎也,然托名汉相,挟天子以征四方,动以朝廷为辞,今日拒之,事更不顺。且将军大势,可以拒操者,长江也。今操得荆州,奄有其地,刘表治水军,蒙冲斗舰,乃以千数,操悉浮以沿江,兼有步兵,水陆俱下,此为长江之险,已与我共之矣。而势力众寡,又不可论。愚谓大计不如迎之。"瑜曰:"不然。操虽托名汉相,其实汉贼也。将军以神武雄才,兼仗父兄之烈,割据江东,地方数千里,兵精足用,英雄乐业,尚当横行

天下，为汉家除残去秽。况操自送死，而可迎之邪？请为将军筹之：今使北土已安，操无内忧，能旷日持久，来争疆场，又能与我校胜负于船楫间乎？今北土既未平安，加马超、韩遂尚在关西，为操后患。且舍鞍马，仗舟楫，与吴越争衡，本非中国所长。又今盛寒，马无藁草，驱中国士众远涉江湖之间，不习水土，必生疾病。此数四者，用兵之患也，而操皆冒行之。将军禽操，宜在今日。瑜请得精兵三万人，进住夏口，保为将军破之。"权曰："老贼欲废汉自立久矣，徒忌二袁、吕布、刘表与孤耳。今数雄已灭，惟孤尚存，孤与老贼，势不两立。君言当击，甚与孤合，此天以君授孤也。"

　　据《资治通鉴》卷六十五：瑜至，谓权曰："操虽托名汉相，其实汉贼也。将军以神武雄才，兼仗父兄之烈，割据江东，地方数千里，兵精足用，英雄乐业，当横行天下，为汉家除残去秽；况操自送死，而可迎之邪？请为将军筹之：今北土未平、马超、韩遂尚在关西，为操后患；而操舍鞍马，杖舟楫，与吴、越争衡；今又盛寒，马无藁草；驱中国士众远涉江湖之间，不习水土，必生疾病。此数者，用兵之患也，而操皆冒行之。将军禽操，宜在今日。瑜请得精兵数万人，进住夏口，保为将军破之！"权曰："老贼欲废汉自立久矣，徒忌二袁、吕布、刘表与孤耳；今数雄已灭，惟孤尚存。孤与老贼势不两立！君言当击，甚与孤合，此天以君授孤也。"因拔刀斫前奏案曰："诸将吏敢复有言当迎操者，与此案同！"乃罢会。（参见《三国志·吴书·周瑜传》注引《江表传》）

　　言罢，便将此剑赐周瑜，即封瑜为大都督，程普为副都督，鲁肃为赞军校尉。

　　据《资治通鉴》卷六十五：遂以周瑜、程普为左右督，将兵与备并力逆操；以鲁肃为赞军校尉，助画方略。（参见《三国志·吴书·吴主传》《鲁肃传》《程普传》）

　　按：周瑜从未任大都督。据史书记载，孙权"以周瑜、程普为左右督"。

如文武官将有不听号令者，即以此剑诛之。瑜受了剑，对众言曰："吾奉主公之命，率众破曹。诸将官吏来日俱于江畔行营听令。如迟误者，依七禁令五十四斩施行。"言罢，辞了孙权，起身出府。众文武各无言而散。

　　周瑜回到下处，便请孔明议事。孔明至，瑜曰："今日府下公议已定，愿求破曹良策。"孔明曰："孙将军心尚未稳，不可以决策也。"瑜曰："何谓心不稳？"孔明曰："心怯曹兵之多，怀寡不敌众之意。将军能以军数开解，使其了然无疑，然后大事可成。"瑜曰："先生之论甚善。"乃复入见孙权。权曰："公瑾夜至，必有事故。"瑜曰："来日调拨军马，主公心有疑否？"权曰："但忧曹操兵多，寡不敌众耳。他无所疑。"瑜笑曰："瑜特为此来开解主公。主公因见操檄文，言水陆大军百万，故怀疑惧，不复料其虚实。今以实较之：彼将中国之兵，不过十五六万，且已久疲；所得袁氏之众，亦止七八万耳，

　　按："所得袁氏之众，亦止七八万耳"，与史不合。《资治通鉴》和《江表传》记此事时均作：曹操"所得（刘）表众亦极七八万耳"。小说此处系因"表""袁"形近而误。

尚多怀疑未服。夫以久疲之卒，御狐疑之众，其数虽多，不足畏也。瑜得五万兵，自足破之。愿主公勿以为虑。"权抚瑜背曰："公瑾此言，足释吾疑。子布无谋，深失孤望；独卿及子敬，与孤同心耳。卿可与子敬、程普即日选军前进。孤当续发人马，多载资粮，为卿后应。卿前军倘不如意，便还就孤。孤当亲与操贼决战，更无他疑。"

　　据《资治通鉴》卷六十五：是夜，瑜复见权曰："诸人徒见操书言水步八十万而各恐慑，不复料其虚实，便开此议，甚无谓也。今以实较之：彼所将中国人不过十五六万，

且已久疲；所得表众亦极七八万耳，尚怀狐疑。夫以疲病之卒御狐疑之众，众数虽多，甚未足畏。瑜得精兵五万，自足制之，愿将军勿虑！"权抚其背曰："公瑾，卿言至此，甚合孤心。子布、元表诸人，各顾妻子，挟持私虑，深失所望；独卿与子敬与孤同耳，此天以卿二人赞孤也。五万兵难卒合，已选三万人，船粮战具俱办。卿与子敬、程公便在前发，孤当续发人众，多载资粮，为卿后援。卿能办之者诚决，邂逅不如意，便还就孤，孤当与孟德决之。"（参见《三国志·吴书·周瑜传》注引《江表传》）

按：孙刘联军参加赤壁之战的兵力，据史书，刘备一方有关羽水军一万多人，刘琦江夏军一万多人，共计两万多人，加上东吴三万人，参加赤壁之战的联军总兵力为五万多人。

周瑜谢出，暗忖曰："孔明早已料着吴侯之心。其计画又高我一头。久必为江东之患，不如杀之。"乃令人连夜请鲁肃入帐，言欲杀孔明之事。肃曰："不可。今操贼未破，先杀贤士，是自去其助也。"瑜曰："此人助刘备，必为江东之患。"肃曰："诸葛瑾乃其亲兄，可令招此人同事东吴，岂不妙哉？"瑜善其言。

次日平明，瑜赴行营，升中军帐高坐。左右立刀斧手，聚集文官武将听令。原来程普年长于瑜，今瑜爵居其上，心中不乐，是日乃托病不出，令长子程咨自代。瑜令众将曰："王法无亲，诸君各守乃职。方今曹操弄权，甚于董卓，囚天子于许昌，屯暴兵于境上。吾今奉命讨之，诸君幸皆努力向前。大军到处，不得扰民。赏劳罚罪，并不徇纵。"令毕，即差韩当、黄盖为前部先锋，领本部战船，即日起行，前至三江口下寨，别听将令；蒋钦、周泰为第二队；凌统、潘璋为第三队；太史慈、吕蒙为第四队；陆逊、董袭为第五队；吕范、朱治为四方巡警使，催督六郡官军，水陆并进，克期取齐。调拨已毕，诸将各自收拾船只军器起行。程咨回见父程普，说周瑜调兵，动止有法。普大惊曰："吾素欺周郎懦弱，不足为将；今能如此，真将才也！我如何不服！"遂亲诣行营谢罪。瑜亦逊谢。

据《资治通鉴》卷六十六：程普颇以年长，数陵侮瑜，瑜折节下之，终不与校。普后自敬服而亲重之，乃告人曰："与周公瑾交，若饮醇醪，不觉自醉。"（参见《三国志·吴书·周瑜传》注引《江表传》）

据《三国志·吴书·周瑜传》：性度恢廓，大率为得人，惟与程普不睦。

次日，瑜请诸葛瑾，谓曰："令弟孔明有王佐之才，如何屈身事刘备？今幸至江东，欲烦先生不惜齿牙余论，使令弟弃刘备而事东吴，则主公既得良辅，而先生兄弟又得相见，岂不美哉？先生幸即一行。"瑾曰："瑾自至江东，愧无寸功。今都督有命，敢不效力。"即时上马，径投驿亭来见孔明。孔明接入，哭拜，各诉阔情。瑾泣曰："弟知伯夷、叔齐乎？"孔明暗思："此必周郎教来说我也。"遂答曰："夷、齐古之圣贤也。"瑾曰："夷、齐虽至饿死首阳山下，兄弟二人亦在一处。我今与你同胞共乳，乃各事其主，不能旦暮相聚。视夷、齐之为人，能无愧乎？"孔明曰："兄所言者，情也；弟所守者，义也。弟与兄皆汉人。今刘皇叔乃汉室之胄，兄若能去东吴，而与弟同事刘皇叔，则上不愧为汉臣，而骨肉又得相聚，此情义两全之策也。不识兄意以为何如？"瑾思曰："我来说他，反被他说了我也。"遂无言回答，起身辞去。回见周瑜，细述孔明之言。瑜曰："公意若何？"瑾曰："吾受孙将军厚恩，安肯相背！"瑜曰："公既忠心事主，不必多言。吾自有伏孔明之计。"

据《资治通鉴》卷六十九，《三国志·吴书·诸葛瑾传》注引《江表传》：（孙权）曰："子瑜与孤从事积年，恩如骨肉，深相明究。其为人，非道不行，非义不言。玄德昔遣孔明至吴，孤尝语子瑜曰：'卿与孔明同产，且弟随兄，于义为顺，何以不留孔明？

第四十四回　孔明用智激周瑜　孙权决计破曹操　293

孔明若留从卿者，孤当以书解玄德，意自随人耳。'子瑜答孤言：'弟亮已失身于人，委质定分，义无二心。弟之不留，犹瑾之不往也。'其言足贯神明。"

　　按：《演义》称，诸葛瑾奉周瑜之命劝说诸葛亮留在东吴，这一情节不见于史。据史书记载，孙权曾要求诸葛瑾留下诸葛亮，诸葛瑾向他讲明了道理而拒绝了。

正是：智与智逢宜必合，才和才角又难容。毕竟周瑜定何计伏孔明，且看下回分解。

第四十五回　三江口曹操折兵　群英会蒋干中计

却说周瑜闻诸葛瑾之言，转恨孔明，存心欲谋杀之。次日，点齐军将，入辞孙权。权曰："卿先行，孤即起兵继后。"瑜辞出，与程普、鲁肃领兵起行，便邀孔明同住。孔明欣然从之。一同登舟，驾起帆樯，迤逦望夏口而进。离三江口五六十里，船依次第歇定。周瑜在中央下寨，岸上依西山结营，周围屯住。孔明只在一叶小舟内安身。

周瑜分拨已定，使人请孔明议事。孔明至中军帐，叙礼毕，瑜曰："昔曹操兵少，袁绍兵多，而操反胜绍者，因用许攸之谋，先断乌巢之粮也。今操兵八十三万，我兵只五六万，安能拒之？亦必须先断操之粮，然后可破。我已探知操军粮草，俱屯于聚铁山。先生久居汉上，熟知地理。敢烦先生与关、张、子龙辈——吾亦助兵千人——星夜往聚铁山断操粮道。彼此各为主人之事，幸勿推调。"孔明暗思："此因说我不动，设计害我。我若推调，必为所笑。不如应之，别有计议。"乃欣然领诺。瑜大喜。孔明辞出。鲁肃密谓瑜曰："公使孔明劫粮，是何意见？"瑜曰："吾欲杀孔明，恐惹人笑，故借曹操之手杀之，以绝后患耳。"肃闻言，乃往见孔明，看他知也不知。只见孔明略无难色，整点军马要行。肃不忍，以言挑之曰："先生此去可成功否？"孔明笑曰："吾水战、步战、马战、车战，各尽其妙，何愁功绩不成，非比江东公与周郎辈止一能也。"肃曰："吾与公瑾何谓一能？"孔明曰："吾闻江南小儿谣言云：'伏路把关饶子敬，临江水战有周郎。'公等于陆地但能伏路把关；周公瑾但堪水战，不能陆战耳。"

肃乃以此言告知周瑜。瑜怒曰："何欺我不能陆战耶！不用他去！我自引一万马军，往聚铁山断操粮道。"肃又将此言告孔明。孔明笑曰："公瑾令吾断粮者，实欲使曹操杀吾耳。吾故以片言戏之，公瑾便容纳不下。目今用人之际，只愿吴侯与刘使君同心，则功可成；如各相谋害，大事休矣。操贼多谋，他平生惯断人粮道，今如何不以重兵提备？公瑾若去，必为所擒。今只当先决水战，挫动北军锐气，别寻妙计破之。望子敬善言以告公瑾为幸。"鲁肃遂连夜回见周瑜，备述孔明之言。瑜摇首顿足曰："此人见识胜吾十倍，今不除之，后必为我国之祸！"肃曰："今用人之际，望以国家为重。且待破曹之后，图之未晚。"瑜然其说。

按：《演义》所述周瑜多次寻机设计谋害诸葛亮，均不见于史。

却说玄德分付刘琦守江夏，自领众将引兵往夏口。遥望江南岸旗幡隐隐，戈戟重重，料是东吴已动兵矣，乃尽移江夏之兵，至樊口屯扎。

据《三国志·吴书·鲁肃传》：备惶遽奔走，欲南渡江。肃径迎之，到当阳长阪，与备会，宣腾权旨，及陈江东强固，劝备与权并力。备甚欢悦。……备遂到夏口，遣亮使权，肃亦反命。（参见《三国志·吴书·吴主传》《周瑜传》，《三国志·蜀书·先主传》《诸葛亮传》《关羽传》，《三国志·魏书·武帝纪》《刘表传》）

据《三国志·蜀书·先主传》注引《江表传》：备从鲁肃计，进住鄂县之樊口。

据《资治通鉴》卷六十五：备用肃计，进住鄂县之樊口。

按：鲁肃与刘备在当阳长坂会面，双方达成了联合抗曹的初步意向之后，《三国志》各传均记载刘备进住夏口，只有《江表传》认为是"樊口"。《演义》与《资治通鉴》均从

《江表传》。张靖龙先生在《赤壁之战研究》一书中认为，《江表传》一书可信度不高，刘知几称之为"伪书"。夏口为战略要地，刘备放弃夏口，退守樊口，简直匪夷所思。夏口乃刘琦之地盘，而樊口已处于孙吴的控制之下，当时孙、刘双方有关联合抗曹的设想，还在谈判阶段，尚未达成协议，刘备匆匆移驻樊口，寄人篱下，主动依附，不仅示之以弱，在未来的联合体中处于仆从地位，而且非常危险：年前，袁尚、袁熙兵败奔走辽东投公孙康，其脑袋却被公孙康作为人情献给曹操。

玄德聚众曰："孔明一去东吴，杳无音信，不知事体如何。谁人可去探听虚实回报？"糜竺曰："竺愿往。"玄德乃备羊酒礼物，令糜竺至东吴，以犒军为名，探听虚实。竺领命，驾小舟顺流而下，径至周瑜大寨前。军士入报周瑜，瑜召入。竺再拜，致玄德相敬之意，献上酒礼。瑜受讫，设宴款待糜竺。竺曰："孔明在此已久，今愿与同回。"瑜曰："孔明方与我同谋破曹，岂可便去？吾亦欲见刘豫州，共议良策；奈身统大军，不可暂离。若豫州肯枉驾来临，深慰所望。"竺应诺，拜辞而回。肃问瑜曰："公欲见玄德，有何计议？"瑜曰："玄德世之枭雄，不可不除。"

　　据《三国志·吴书·周瑜传》：备诣京见权，瑜上疏曰："刘备以枭雄之姿，而有关羽、张飞熊虎之将，必非久屈为人用者……"

吾今乘机诱至杀之，实为国家除一后患。"鲁肃再三劝谏，瑜只不听，遂传密令："如玄德至，先埋伏刀斧手五十人于壁衣中，看吾掷杯为号，便出下手。"

　　却说糜竺回见玄德，具言周瑜欲请主公到彼面会，别有商议。玄德便教收拾快船一只，只今便行。云长谏曰："周瑜多谋之士，又无孔明书信，恐其中有诈，不可轻去。"玄德曰："我今结东吴以共破曹操，周郎欲见我，我若不往，非同盟之意。两相猜忌，事不谐矣。"云长曰："兄长若坚意要去，弟愿同往。"张飞曰："我也跟去。"玄德曰："只云长随我去。翼德与子龙守寨。简雍固守鄂县。我去便回。"分付毕，即与云长乘小舟，并从者二十余人，飞棹赴江东。玄德观看江东艨艟战舰、旌旗甲兵，左右分布整齐，心中甚喜。军士飞报周瑜："刘豫州来了。"瑜问："带多少船只来？"军士答曰："只有一只船，二十余从人。"瑜笑曰："此人命合休矣！"乃命刀斧手先埋伏定，然后出寨迎接。玄德引云长等二十余人，直到中军帐，叙礼毕，瑜请玄德上坐。玄德曰："将军名传天下，备不才，何烦将军重礼？"乃分宾主而坐。周瑜设宴相待。

　　且说孔明偶来江边，闻说玄德来此与都督相会，吃了一惊，急入中军帐窃看动静。只见周瑜面有杀气，两边壁衣中密排刀斧手。孔明大惊曰："似此如之奈何？"回视玄德，谈笑自若；却见玄德背后一人，按剑而立，乃云长也。孔明喜曰："吾主无危矣。"遂不复入，仍回身至江边等候。

　　周瑜与玄德饮宴，酒行数巡，瑜起身把盏，猛见云长按剑立于玄德背后，忙问何人。玄德曰："吾弟关云长也。"瑜惊曰："非向日斩颜良、文丑者乎？"玄德曰："然也。"瑜大惊，汗流满背，便斟酒与云长把盏。少顷，鲁肃入。玄德曰："孔明何在？烦子敬请来一会。"瑜曰："且待破了曹操，与孔明相会未迟。"玄德不敢再言。云长以目视玄德。玄德会意，即起身辞瑜曰："备暂告别。即日破敌收功之后，专当叩贺。"瑜亦不留，送出辕门。

　　据《资治通鉴》卷六十五：刘备在樊口，日遣逻吏于水次候望权军。吏望见瑜船，驰往白备，备遣人慰劳之。瑜曰："有军任，不可得委署；傥能屈威，诚副其所望。"备乃乘单舸往见瑜问曰："今拒曹公，深为得计。战卒有几？"瑜曰："三万人。"备曰："恨少。"瑜曰："此自足用，豫州但观瑜破之。"备欲呼鲁肃等共会语，瑜曰："受命不得妄委署。若欲见子敬，可别过之。"备深愧喜。

据《三国志·蜀书·先主传》注引《江表传》：备从鲁肃计，进住鄂县之樊口。诸葛亮诣吴未还，备闻曹公军下，恐惧，日遣逻吏于水次候望权军。吏望见瑜船，驰往白备，备曰："何以知非青徐军邪？"吏对曰："以船知之。"备遣人慰劳之。瑜曰："有军任，不可得委署，傥能屈威，诚副其所望。"备谓关羽、张飞曰："彼欲致我，我今自结托于东而不往，非同盟之意也。"乃乘单舸往见瑜，问曰："今拒曹公，深为得计。战卒有几？"瑜曰："三万人。"备曰："恨少。"瑜曰："此自足用，豫州但观瑜破之。"备欲呼鲁肃等共会语，瑜曰："受命不得妄委署，若欲见子敬，可别过之。又孔明已俱来，不过三两日到也。"备虽深愧异瑜，而心未许之能必破北军也，故差池在后，将二千人与羽、飞俱，未肯系瑜，盖为进退之计也。　孙盛曰：刘备雄才，处必亡之地，告急于吴，而获奔助，无缘复顾望江渚而怀后计。《江表传》之言，当是吴人欲专美之辞。

按：据《三国志·蜀书·先主传》注引《江表传》，赤壁之战前夕，刘备曾应邀会见周瑜，但并无《演义》所述周瑜设伏兵欲杀刘备一事，亦未称偕关羽同往。

玄德别了周瑜，与云长等来至江边，只见孔明已在舟中。玄德大喜。孔明曰："主公知今日之危乎？"玄德愕然曰："不知也。"孔明曰："若无云长，主公几为周郎所害矣。"玄德方才省悟，便请孔明同回樊口。孔明曰："亮虽居虎口，安如泰山。今主公但收拾船只军马候用。以十一月二十甲子日后为期，可令子龙驾小舟来南岸边等候。切勿有误。"玄德问其意。孔明曰："但看东南风起，亮必还矣。"玄德再欲问时，孔明催促玄德作速开船，言讫自回。玄德与云长及从人开船，行不数里，忽见上流头放下五六十只船来。船头上一员大将，横矛而立，乃张飞也。因恐玄德有失，云长独力难支，特来接应。于是三人一同回寨，不在话下。

却说周瑜送了玄德，回至寨中，鲁肃入问曰："公既诱玄德至此，为何又不下手？"瑜曰："关云长，世之虎将也，与玄德行坐相随，吾若下手，他必来害我。"肃愕然。忽报曹操遣使送书至。瑜唤入，使者呈上书，看时，封面上判云"汉大丞相付周都督开拆"。瑜大怒，更不开看，将书扯碎，掷于地下，喝斩来使。肃曰："两国相争，不斩来使。"瑜曰："斩使以示威！"遂斩使者，将首级付从人持回。随令甘宁为先锋，韩当为左翼，蒋钦为右翼。瑜自部领诸将接应。来日四更造饭，五更开船，鸣鼓呐喊而进。

却说曹操知周瑜毁书斩使，大怒，便唤蔡瑁、张允等一班荆州降将为前部，操自为后军，催督战船，到三江口。早见东吴船只，蔽江而来。为首一员大将，坐在船头上大呼曰："吾乃甘宁也！谁敢来与我决战？"蔡瑁令弟蔡壎前进。两船将近，甘宁拈弓搭箭，望蔡壎射来，应弦而倒。宁驱船大进，万弩齐发。曹军不能抵当。右边蒋钦，左边韩当，直冲入曹军队中。曹军大半是青、徐之兵，素不习水战，大江面上，战船一摆，早立脚不住。甘宁等三路战船，纵横水面。周瑜又催船助战。曹军中箭着炮者，不计其数，从巳时直杀到未时。周瑜虽得利，只恐寡不敌众，遂下令鸣金，收住船只。曹军败回。操登旱寨，再整军士，

据《资治通鉴》卷六十五：进，与操遇于赤壁。时操军众已有疾疫，初一交战，操军不利，引次江北。（参见《三国志·吴书·周瑜传》）

按：历史上的赤壁之战，分为初战和决战两个阶段，初战是蒲圻赤壁之战，决战是乌林火攻之战。《演义》将初战即蒲圻赤壁遭遇战的地点，写为今湖北省鄂州市的三江口，与史实不符。

唤蔡瑁、张允责之曰："东吴兵少，反为所败，是汝等不用心耳！"蔡瑁曰："荆州水军，久不操练；青、徐之军，又素不习水战，故尔致败。今当先立水寨，令青、徐军在中，荆州军在外，每日教习精熟，方可用之。"操曰："汝既为水军都督，可以便宜从事，何必禀我！"于是张、蔡二人，自去训练水军。沿江一带分二十四座水门，以大船居于外为城郭，小船居于内，可通往来，至晚点上灯火，照得天心水面通红。旱寨三百余里，烟火不绝。

却说周瑜得胜回寨，犒赏三军，一面差人到吴侯处报捷。当夜瑜登高观望，只见西边火光接天。左右告曰："此皆北军灯火之光也。"瑜亦心惊。次日，瑜欲亲往探看曹军水寨，乃命收拾楼船一只，带着鼓乐，随行健将数员，各带强弓硬弩，一齐上船，迤逦前进。至操寨边，瑜命下了矴石，楼船上鼓乐齐奏。瑜暗窥他水寨，大惊曰："此深得水军之妙也！"问："水军都督是谁？"左右曰："蔡瑁、张允。"瑜思曰："二人久居江东，谙习水战，吾必设计先除此二人，然后可以破曹。"正窥看间，早有曹军飞报曹操，说："周瑜偷看吾寨。"操命纵船擒捉。瑜见水寨中旗号动，急教收起矴石，两边四下一齐轮转橹棹，望江面上如飞而去。比及曹寨中船出时，周瑜的楼船已离了十数里远，追之不及，回报曹操。

操问众将曰："昨日输了一阵，挫动锐气；今又被他深窥吾寨。吾当作何计破之？"言未毕，忽帐下一人出曰："某自幼与周郎同窗交契，愿凭三寸不烂之舌，往江东说此人来降。"曹操大喜，视之，乃九江人，姓蒋，名干，字子翼，现为帐下幕宾。操问曰："子翼与周公瑾相厚乎？"干曰："丞相放心。干到江左，必要成功。"操问："要将何物去？"干曰："只消一童随往，二仆驾舟，其余不用。"操甚喜，置酒与蒋干送行。干葛巾布袍，驾一只小舟，径到周瑜寨中，命传报："故人蒋干相访。"周瑜正在帐中议事，闻将干至，笑谓诸将曰："说客至矣！"遂与众将附耳低言，如此如此。众皆应命而去。

瑜整衣冠，引从者数百，皆锦衣花帽，前后簇拥而出。蒋干引一青衣小童，昂然而来。瑜拜迎之。干曰："公瑾别来无恙！"瑜曰："子翼良苦，远涉江湖，为曹氏作说客耶？"干愕然曰："吾久别足下，特来叙旧，奈何疑我作说客也？"瑜笑曰："吾虽不及师旷之聪，闻弦歌而知雅意。"干曰："足下待故人如此，便请告退。"瑜笑而挽其臂曰："吾但恐兄为曹氏作说客耳。既无此心，何速去也？"遂同入帐。叙礼毕，坐定，即传令悉召江左英杰与子翼相见。

须臾，文官武将，各穿锦衣；帐下偏裨将校，都披银铠：分两行而入。瑜都教相见毕，就列于两傍而坐。大张筵席，奏军中得胜之乐，轮换行酒。瑜告众官曰："此吾同窗契友也。虽从江北到此，却不是曹家说客。公等勿疑。"遂解佩剑付太史慈曰："公可佩我剑作监酒。今日宴饮，但叙朋友交情；如有提起曹操与东吴军旅之事者，即斩之！"太史慈应诺，按剑坐于席上。蒋干惊愕，不敢多言。周瑜曰："吾自领军以来，滴酒不饮；今日见了故人，又无疑忌，当饮一醉。"说罢，大笑畅饮。座上觥筹交错。饮至半酣，瑜携干手，同步出帐外。左右军士，皆全装惯带，持戈执戟而立。瑜曰："吾之军士，颇雄壮否？"干曰："真熊虎之士也。"瑜又引干到帐后一望，粮草堆如山积。瑜曰："吾之粮草，颇足备否？"干曰："兵精粮足，名不虚传。"瑜佯醉大笑曰："想周瑜与子翼同学业时，不曾望有今日。"干曰："以吾兄高才，实不为过。"瑜执干手曰："大丈夫处世，遇知己之主，外托君臣之义，内结骨肉之恩，言必行，计必从，祸福共之。假使苏秦、张仪、陆贾、郦生复出，口似悬河，舌如利刃，安能动我心哉！"言罢大笑。蒋干面如土色。瑜复携干入帐，会诸将再饮；因指诸将曰："此皆江东之英杰。今日此会，可名'群英会'。"饮至天晚，点上灯烛，瑜自起舞剑作歌。歌曰：

丈夫处世兮立功名，立功名兮慰平生。慰平生兮吾将醉，吾将醉兮发狂吟！

歌罢，满座欢笑。至夜深，干辞曰："不胜酒力矣。"瑜命撤席，诸将辞出。瑜曰："久不与子翼同榻,今宵抵足而眠。"于是佯作大醉之状,携干入帐共寝。瑜和衣卧倒,呕吐狼藉。蒋干如何睡得着?伏枕听时,军中鼓打二更,起视残灯尚明。看周瑜时,鼻息如雷。干见帐内桌上,堆着一卷文书,乃起床偷视之,却都是往来书信。内有一封,上写"蔡瑁张允谨封"。干大惊,暗读之。书略曰:

　　某等降曹,非图仕禄,迫于势耳。今已赚北军困于寨中,但得其便,即将操贼之首,献于麾下。早晚人到,便有关报。幸勿见疑。先此敬覆。

干思曰:"原来蔡瑁、张允结连东吴!"遂将书暗藏于衣内。再欲检看他书时,床上周瑜翻身,干急灭灯就寝。瑜口内含糊曰:"子翼,我数日之内,教你看操贼之首!……"干勉强应之。瑜又曰:"子翼,且住!……教你看操贼之首!……"及干问之,瑜又睡着。干伏于床上,将近四更,只听得有人入帐唤曰:"都督醒否?"周瑜梦中做忽觉之状,故问那人曰:"床上睡着何人?"答曰:"都督请子翼同寝,何故忘却?"瑜懊悔曰:"吾平日未尝饮醉;昨日醉后失事,不知可曾说甚言语?"那人曰:"江北有人到此。"瑜喝:"低声!"便唤:"子翼。"蒋干只妆睡着。瑜潜出帐。干窃听之,只闻有人在外曰:"张、蔡二都督道:'急切不得下手。'……"后面言语颇低,听不真实。少顷,瑜入帐,又唤:"子翼。"蒋干只是不应,蒙头假睡。瑜亦解衣就寝。

干寻思:"周瑜是个精细人,天明寻书不见,必然害我。"睡至五更,干起唤周瑜,瑜却睡着。干戴上巾帻,潜步出帐,唤了小童,径出辕门。军士问:"先生那里去?"干曰:"吾在此恐误都督事,权且告别。"军士亦不阻当。

干下船,飞棹回见曹操。操问:"子翼干事若何?"干曰:"周瑜雅量高致,非言词所能动也。"

　　据《三国志·吴书·周瑜传》注引《江表传》:初,曹公闻瑜年少有美才,谓可游说动也,乃密下扬州,遣九江蒋干往见瑜。干有仪容,以才辩见称,独步江淮之间,莫与为对。乃布衣葛巾,自托私行诣瑜。瑜出迎之,立谓干曰:"子翼良苦,远涉江湖为曹氏作说客邪?"干曰:"吾与足下州里,中间别隔,遥闻芳烈,故来叙阔,并观雅规,而云说客,无乃逆诈乎?"瑜曰:"吾虽不及夔、旷,闻弦赏音,足知雅曲也。"因延干入,为设酒食。毕,遣之曰:"适吾有密事,且出就馆,事了,别自相请。"后三日,瑜请干与周观营中,行视仓库军资器仗讫,还宴饮,示之侍者服饰珍玩之物,因谓干曰:"丈夫处世,遇知己之主,外托君臣之义,内结骨肉之恩,言行计从,祸福共之,假使苏张更生,郦叟复出,犹抚其背而折其辞,岂足下幼生所能移乎?"干但笑,终无所言。干还,称瑜雅量高致,非言辞所间。

　　据《资治通鉴》卷六十六:(建安十四年,)曹操密遣九江蒋干往说周瑜。干以才辩独步于江淮之间,乃布衣葛巾,自托私行诣瑜。瑜出迎之,立谓干曰:"子翼良苦,远涉江湖,为曹氏作说客邪?"因延干,与周观营中,行视仓库、军资、器仗讫,还饮宴,示之侍者服饰珍玩之物。因谓干曰:"丈夫处世,遇知己之主,外托君臣之义,内结骨肉之恩,言行计从,祸福共之,假使苏、张共生,能移其意乎?"干但笑,终无所言。还白操,称瑜雅量高致,非言辞所能间也。

　　按:蒋干过江见周瑜的时间,《江表传》未作交代;《资治通鉴》将此事系于建安十四年(209),即赤壁之战的下一年,周瑜任南郡太守屯驻江陵之时。

操怒曰:"事又不济,反为所笑!"干曰:"虽不能说周瑜,却与丞相打听得一件事。乞退左右。"干取出书信,将上项事逐一说与曹操。操大怒曰:"二贼如此无礼耶!"即便唤蔡瑁、张允到帐下。操曰:"我欲使汝二人进兵。"瑁曰:"军尚未曾练熟,不可轻进。"操怒曰:"军若练熟，吾首级献于周郎矣！"蔡、张二人不知其意，惊慌不能回答。操喝武士推出斩之。须臾，献头帐下，操方省悟曰："吾中计矣！"后人有诗叹曰：

　　　　曹操奸雄不可当，一时诡计中周郎。蔡张卖主求生计，谁料今朝剑下亡！

众将见杀了张、蔡二人，入问其故。操虽心知中计，却不肯认错，乃谓众将曰："二人怠慢军法，吾故斩之。"众皆嗟呀不已。操于众将内选毛玠、于禁为水军都督，以代蔡、张二人之职。

　　　　按：蒋干盗书和曹操中计杀蔡瑁、张允，均不见于史。核诸史书，曹操下江南，军中未见设有水军都督；毛玠是文官，于禁时在皖西六安围剿陈兰、梅成，不在赤壁前线，他们都不可能任水军都督。

细作探知，报过江东。周瑜大喜曰："吾所患者，此二人耳。今既剿除，吾无忧矣！"肃曰："都督用兵如此，何愁曹贼不破乎！"瑜曰："吾料诸将不知此计，独有诸葛亮识见胜我，想此谋亦不能瞒也。子敬试以言挑之，看他知也不知，便当回报。"正是：还将反间成功事，去试从旁冷眼人。未知肃去问孔明，还是如何，且看下文分解。

第四十六回　用奇谋孔明借箭　献密计黄盖受刑

却说鲁肃领了周瑜言语，径来舟中相探孔明。孔明接入小舟对坐。肃曰："连日措办军务，有失听教。"孔明曰："便是亮亦未与都督贺喜。"肃曰："何喜？"孔明曰："公瑾使先生来探亮知也不知，便是这件事可贺喜耳。"唬得鲁肃失色问曰："先生何由知之？"孔明曰："这条计只好弄蒋干。曹操虽被一时瞒过，必然便省悟，只是不肯认错耳。今蔡张两人既死，江东无患矣，如何不贺喜！吾闻曹操换毛玠、于禁为水军都督，则这两个手里，好歹送了水军性命。"鲁肃听了，开口不得，把些言语支吾了半晌，别孔明而回。孔明嘱曰："望子敬在公瑾面前勿言亮先知此事。恐公瑾心怀妒忌，又要寻事害亮。"鲁肃应诺而去，回见周瑜，把上项事只得实说了。瑜大惊曰："此人决不可留！吾决意斩之！"肃劝曰："若杀孔明，却被曹操笑也。"瑜曰："吾自有公道斩之，教他死而无怨。"肃曰："何以公道斩之？"瑜曰："子敬休问，来日便见。"

次日，聚众将于帐下，教请孔明议事。孔明欣然而至。坐定，瑜问孔明曰："即日将与曹军交战，水路交兵，当以何兵器为先？"孔明曰："大江之上，以弓箭为先。"瑜曰："先生之言，甚合愚意。但今军中正缺箭用，敢烦先生监造十万枝箭，以为应敌之具。此系公事，先生幸勿推却。"孔明曰："都督见委，自当效劳。敢问十万枝箭，何时要用？"瑜曰："十日之内，可完办否？"孔明曰："操军即日将至，若候十日，必误大事。"瑜曰："先生料几日可完办？"孔明曰："只消三日，便可拜纳十万枝箭。"瑜曰："军中无戏言。"孔明曰："怎敢戏都督！愿纳军令状：三日不办，甘当重罚。"瑜大喜，唤军政司当面取了文书，置酒相待曰："待军事毕后，自有酬劳。"孔明曰："今日已不及，来日造起。至第三日，可差五百小军到江边搬箭。"饮了数杯，辞去。鲁肃曰："此人莫非诈乎？"瑜曰："他自送死，非我逼他。今明白对众要了文书，他便两胁生翅，也飞不去。我只分付军匠人等，教他故意迟延，凡应用物件，都不与齐备。如此，必然误了日期。那时定罪，有何理说？公今可去探他虚实，却来回报。"

肃领命来见孔明。孔明曰："吾曾告子敬，休对公瑾说，他必要害我。不想子敬不肯为我隐讳，今日果然又弄出事来。三日内如何造得十万箭？子敬只得救我！"肃曰："公自取其祸，我如何救得你？"孔明曰："望子敬借我二十只船，每船要军士三十人，船上皆用青布为幔，各束草千余个，分布两边。吾别有妙用。第三日包管有十万枝箭。只不可又教公瑾得知，若彼知之，吾计败矣。"肃允诺，却不解其意，回报周瑜，果然不提起借船之事，只言："孔明并不用箭竹、翎毛、胶漆等物，自有道理。"瑜大疑曰："且看他三日后如何回覆我！"

却说鲁肃私自拨轻快船二十只，各船三十余人，并布幔束草等物，尽皆齐备，候孔明调用。第一日却不见孔明动静；第二日亦只不动。至第三日四更时分，孔明密请鲁肃到船中。肃问曰："公召我来何意？"孔明曰："特请子敬同往取箭。"肃曰："何处去取？"孔明曰："子敬休问，前去便见。"遂命将二十只船，用长索相连，径望北岸进发。是夜大雾漫天，长江之中，雾气更甚，对面不相见。孔明促舟前进，果然是好大雾！前人有篇《大雾垂江赋》曰：

　　大哉长江！西接岷峨，南控三吴，北带九河，汇百川而入海，历万古以扬波。至若龙伯、海若、江妃、水母，长鲸千丈，天蜈九首，鬼怪异类，咸集而有。盖夫鬼神之所凭依，英雄之所战守也。

时而阴阳既乱,昧爽不分。讶长空之一色,忽大雾之四屯。虽舆薪而莫睹,唯金鼓之可闻。初若溟濛,才隐南山之豹;渐而充塞,欲迷北海之鲲。然后上接高天,下垂厚地;渺乎苍茫,浩乎无际。鲸鲵出水而腾波,蛟龙潜渊而吐气。又如梅霖收溽,春阴酿寒;溟溟漠漠,洁浩漫漫。东失柴桑之岸,南无夏口之山。战船千艘,俱沉沦于岩壑;渔舟一叶,惊出没于波澜。甚则穹昊无光,朝阳失色;返白昼为昏黄,变丹山为水碧。虽大禹之智,不能测其浅深;离娄之明,焉能辨乎咫尺?

于是冯夷息浪,屏翳收功,鱼鳖遁迹,鸟兽潜踪。隔断蓬莱之岛,暗围阊阖之宫。恍惚奔腾,如骤雨之将至;纷纭杂沓,若寒云之欲同。乃能中隐毒蛇,因之而为瘴疠;内藏妖魅,凭之而为祸害。降疾厄于人间,起风尘于塞外。小民遇之夭伤,大人观之感慨。盖将返元气于洪荒,混天地为大块。

当夜五更时候,船已近曹操水寨。孔明教把船只头西尾东,一带摆开,就船上擂鼓呐喊。鲁肃惊曰:"倘曹兵齐出,如之奈何?"孔明笑曰:"吾料曹操于重雾中必不敢出。吾等只顾酌酒取乐,待雾散便回。"

却说曹寨中听得擂鼓呐喊,毛玠、于禁二人慌忙飞报曹操。操传令曰:"重雾迷江,彼军忽至,必有埋伏,切不可轻动。可拨水军弓弩手乱箭射之。"又差人往旱寨内唤张辽、徐晃各带弓弩军三千,火速到江边助射。比及号令到来,毛玠、于禁怕南军抢入水寨,已差弓弩手在寨前放箭;少顷,旱寨内弓弩手亦到,约一万余人,尽皆向江中放箭;箭如雨发。孔明教把船吊回,头东尾西,逼近水寨受箭,一面擂鼓呐喊。待至日高雾散,孔明令收船急回。二十只船两边束草上,排满箭枝。孔明令各船上军士齐声叫曰:"谢丞相箭!"比及曹军寨内报知曹操时,这里船轻水急,已放回二十余里,追之不及。曹操懊悔不已。

却说孔明回船谓鲁肃曰:"每船上箭约五六千矣。不费江东半分之力,已得十万余箭。明日即将来射曹军,却不甚便!"肃曰:"先生真神人也!何以知今日如此大雾?"孔明曰:"为将而不通天文,不识地利,不知奇门,不晓阴阳,不看阵图,不明兵势,是庸才也。亮于三日前已算定今日有大雾,因此敢任三日之限。公瑾教我十日完办,工匠料物,都不应手,将这一件风流罪过,明白要杀我。我命系于天,公瑾焉能害我哉!"鲁肃拜服。

船到岸时,周瑜已差五百军在江边等候搬箭。孔明教于船上取之,可得十余万枝,都搬入中军帐交纳。鲁肃入见周瑜,备说孔明取箭之事。瑜大惊,慨然叹曰:"孔明神机妙算,吾不如也!"

据《三国志·吴书·吴主传》注引《魏略》:权乘大船来观军,公使弓弩乱发,箭著其船,船偏重将覆,权因回船,复以一面受箭,箭均船平,乃还。

按:诸葛亮草船借箭,不见于史。罗贯中是从《三国志·吴书·吴主传》注引《魏略》孙权借箭的故事移植的。

后人有诗赞曰:

一天浓雾满长江,远近难分水渺茫。骤雨飞蝗来战舰,孔明今日伏周郎。

少顷,孔明入寨见周瑜。瑜下帐迎之,称羡曰:"先生神算,使人敬服。"孔明曰:"诡谲小计,何足为奇。"瑜邀孔明入帐共饮。瑜曰:"昨吾主遣使来催督进军,瑜未有奇计,愿先生教我。"孔明曰:"亮乃碌碌庸才,安有妙计?"瑜曰:"某昨观曹操水寨,极是严整有法,非等闲可攻。思得一计,不知可否。先生幸为我一决之。"孔明曰:"都督且休言。各自写于手内,看同也不同。"瑜大喜,教取笔砚来,先自暗写了,却送与孔明;孔明亦暗写了。两个移近坐榻,各出掌中之字,互相观看,皆大笑。原来周瑜掌中字,乃一"火"字;孔明掌中,亦一"火"字。瑜曰:"既我两人所见相同,更无疑矣。幸勿漏泄。"孔明曰:"两家公事,岂有漏泄之理。吾料曹操虽两番经我这条计,然必不为备。今都督尽行之可也。"饮罢分散,诸将皆不知其事。

  按:这一情节不见于史。据史书记载,火攻破曹,计出黄盖,周瑜采纳。诸葛亮不是周瑜的参谋人员,他不可能参与火攻计划的制订。

  却说曹操平白折了十五六万箭,心中气闷。荀攸进计曰:"江东有周瑜、诸葛亮二人用计,急切难破。可差人去东吴诈降,为奸细内应,以通消息,方可图也。"操曰:"此言正合吾意。汝料军中谁可行此计?"攸曰:"蔡瑁被诛,蔡氏宗族,皆在军中。瑁之族弟蔡中、蔡和现为副将。丞相可以恩结之,差往诈降东吴,必不见疑。"操从之,当夜密唤二人入帐嘱付曰:"汝二人可引些少军士,去东吴诈降。但有动静,使人密报,事成之后,重加封赏。休怀二心!"二人曰:"吾等妻子俱在荆州,安敢怀二心,丞相勿疑。某二人必取周瑜、诸葛亮之首,献于麾下。"操厚赏之。次日,二人带五百军士,驾船数只,顺风望着南岸来。

  且说周瑜正理会进兵之事,忽报江北有船来到江口,称是蔡瑁之弟蔡和、蔡中,特来投降。瑜唤入。二人哭拜曰:"吾兄无罪,被操贼所杀。吾二人欲报兄仇,特来投降,望赐收录,愿为前部。"瑜大喜,重赏二人,即命与甘宁引军为前部。二人拜谢,以为中计。瑜密唤甘宁分付曰:"此二人不带家小,非真投降,乃曹操使来为奸细者。吾今欲将计就计,教他通报消息。汝可殷勤相待,就里提防。至出兵之日,先要杀他两个祭旗。汝切须小心,不可有误。"甘宁领命而去。鲁肃入见周瑜曰:"蔡中、蔡和之降,多应是诈,不可收用。"瑜叱曰:"彼因曹操杀其兄,欲报仇而来降,何诈之有!你若如此多疑,安能容天下之士乎!"肃默然而退,乃往告孔明。孔明笑而不言。肃曰:"孔明何故哂笑?"孔明曰:"吾笑子敬不识公瑾用计耳。大江隔远,细作极难往来。操使蔡中、蔡和诈降,刺探我军中事,公瑾将计就计,正要他通报消息。兵不厌诈,公瑾之谋是也。"肃方才省悟。

  却说周瑜夜坐帐中,忽见黄盖潜入中军来见周瑜。瑜问曰:"公覆夜至,必有良谋见教?"盖曰:"彼众我寡,不宜久持,何不用火攻之?"

  据《资治通鉴》卷六十五:瑜等在南岸,瑜部将黄盖曰:"今寇众我寡,难与持久。操军方连船舰,首尾相接,可烧而走也。"(参见《三国志·吴书·周瑜传》)

瑜曰:"谁教公献此计?"盖曰:"某出己意,非他人之所教也。"瑜曰:"吾正欲如此,故留蔡中、蔡和诈降之人,以通消息;但恨无一人为我行诈降计耳。"盖曰:"某愿行此计。"瑜曰:"不受些苦,彼如何肯信?"盖曰:"某受孙氏厚恩,虽肝脑涂地,亦无怨悔。"瑜拜而谢之曰:"君若肯行此苦肉计,则江东之万幸也。"盖曰:"某死亦无怨。"遂谢而出。

  按:据史书记载,赤壁之战,黄盖建策火攻,并"以书遗操,诈云欲降",但未行苦肉计。

  次日,周瑜鸣鼓大会诸将于帐下。孔明亦在座。周瑜曰:"操引百万之众,连络三百余里,非一日可破。今令诸将各领三个月粮草,准备御敌。"言未讫,黄盖进曰:"莫说三个月,便支三十个月粮草,也不济事!若是这个月破的,便破;若是这个月破不的,只可依张子布之言,弃甲倒戈,北面而降之耳!"周瑜勃然变色,大怒曰:"吾奉主公之命,督兵破曹,敢有再言降者必斩。今两军相敌之际,汝敢出此言,慢我军心,不斩汝首,难以服众!"喝左右将黄盖斩讫报来。黄盖亦怒曰:"吾自随破虏将军,纵横东南,已历三世,那有你来?"瑜大怒,喝令速斩。甘宁进前告曰:"公覆乃东吴旧臣,望宽恕之。"瑜喝曰:"汝何敢多言,乱吾法度!"先叱左右将甘宁乱棒打出。众官皆跪告曰:"黄盖罪固当诛,但于军不利。望都督宽恕,权且记罪。破曹之后,斩亦未迟。"瑜怒未息。众官苦苦告求。瑜曰:"若不看众官面皮,决须斩首!今且免死!"命左右:"拖翻打一百脊杖,以正其罪!"众官又告免。瑜推翻案桌,叱退众官,喝教行杖。将黄盖剥了衣服,拖翻在地,打了五十脊杖。众官又复苦苦求免。瑜跃起指盖曰:"汝敢小觑我耶!且寄下五十棍!再有怠慢,二罪俱罚!"恨声不绝而入帐中。

众官扶起黄盖,打得皮开肉绽,鲜血迸流,扶归本寨,昏绝几次。动问之人,无不下泪。鲁肃也往看问了,来至孔明船中,谓孔明曰:"今日公瑾怒责公覆,我等皆是他部下,不敢犯颜苦谏;先生是客,何故袖手旁观,不发一语?"孔明笑曰:"子敬欺我。"肃曰:"肃与先生渡江以来,未尝一事相欺。今何出此言?"孔明曰:"子敬岂不知公瑾今日毒打黄公覆,乃其计耶?如何要我劝他?"肃方悟。孔明曰:"不用苦肉计,何能瞒过曹操?今必令黄公覆去诈降,却教蔡中、蔡和报知其事矣。子敬见公瑾时,切勿言亮先知其事,只说亮也埋怨都督便了。"肃辞去,入帐见周瑜。瑜邀入帐后,肃曰:"今日何故痛责黄公覆?"瑜曰:"诸将怨否?"肃曰:"多有心中不安者。"瑜曰:"孔明之意若何?"肃曰:"他也埋怨都督忒情薄。"瑜笑曰:"今番须瞒过他也。"肃曰:"何谓也?"瑜曰:"今日痛打黄盖,乃计也。吾欲令他诈降,先须用苦肉计瞒过曹操,就中用火攻之,可以取胜。"肃乃暗思孔明之高见,却不敢明言。

且说黄盖卧于帐中,诸将皆来动问。盖不言语,但长吁而已。忽报参谋阚泽来问。盖令请入卧内,叱退左右。阚泽曰:"将军莫非与都督有仇?"盖曰:"非也。"泽曰:"然则公之受责,莫非苦肉计乎?"盖曰:"何以知之?"泽曰:"某观公瑾举动,已料着八九分。"盖曰:"某受吴侯三世厚恩,无以为报,故献此计,以破曹操。吾虽受苦,亦无所恨。吾遍观军中,无一人可为心腹者。惟公素有忠义之心,敢以心腹相告。"泽曰:"公之告我,无非要我献诈降书耳。"盖曰:"实有此意。未知肯否?"阚泽欣然领诺。正是:勇将轻身思报主,谋臣为国有同心。未知阚泽所言若何,且看下文分解。

第四十七回　阚泽密献诈降书　庞统巧授连环计

　　却说阚泽字德润，会稽山阴人也；家贫好学，与人佣工，尝借人书来看，看过一遍，更不遗忘；口才辨给，少有胆气。孙权召为参谋。

　　据《三国志·吴书·阚泽传》：阚泽字德润，会稽山阴人也。家世农夫，至泽好学，居贫无资，常为人佣书，以供纸笔，所写既毕，诵读亦遍。追师论讲，究览群籍，兼通历数，由是显名。察孝廉，除钱唐长，迁郴令。

　　按：《演义》称阚泽"与人佣工，借书读诵"，与史相悖。史书中"佣书"，乃受雇为人抄书之意。

与黄盖最相善。盖知其能言有胆，故欲使献诈降书。泽欣然应诺曰："大丈夫处世，不能立功建业，不几与草木同腐乎！公既捐躯报主，泽又何惜微生！"黄盖滚下床来，拜而谢之。泽曰："事不可缓，即可便行。"盖曰："书已修下了。"泽领了书，只就当夜扮作渔翁，驾小舟，望北岸而行。

　　按：黄盖诈降曹操，遣何人送书，不见于史；《演义》以阚泽为送书人，于史无据。

是夜寒星满天。三更时候，早到曹军水寨。巡江军士拿住，连夜报知曹操。操曰："莫非是奸细么？"军士曰："只一渔翁，自称是东吴参谋阚泽，有机密事来见。"操便教引将入来。军士引阚泽至，只见帐上灯烛辉煌，曹操凭几危坐，问曰："汝既是东吴参谋，来此何干？"泽曰："人言曹丞相求贤若渴，今观此问，甚不相合。黄公覆，汝又错寻思了也！"操曰："吾与东吴旦夕交兵，汝私行到此，如何不问？"泽曰："黄公覆乃东吴三世旧臣，今被周瑜于众将之前，无端毒打，不胜忿恨。因欲投降丞相，为报仇之计，特谋之于我。我与公覆，情同骨肉，径来为献密书。未知丞相肯容纳否？"操曰："书在何处？"阚泽取书呈上。

　　据《资治通鉴》卷六十五：以书遗操，诈云欲降。
　　据《三国志·吴书·周瑜传》：书报曹公，欺以欲降。

操拆书，就灯下观看。书略曰：

　　盖受孙氏厚恩，本不当怀二心。然以今日事势论之：用江东六郡之卒，当中国百万之师，众寡不敌，海内所共见也。东吴将吏，无有智愚，皆知其不可。周瑜小子，偏怀浅戆，自负其能，辄欲以卵敌石；兼之擅作威福，无罪受刑，有功不赏。盖系旧臣，无端为所摧辱，心实恨之！伏闻丞相诚心待物，虚怀纳士，盖愿率众归降，以图建功雪耻。粮草军仗，随船献纳。泣血拜白，万勿见疑。

　　据《三国志·吴书·周瑜传》注引《江表传》载盖书：盖受孙氏厚恩，常为将帅，见遇不薄。然顾天下事有大势，用江东六郡山越之人，以当中国百万之众，众寡不敌，海内所共见也。东方将吏，无有愚智，皆知其不可，惟周瑜、鲁肃偏怀浅戆，意未解耳。今日归命，是其实计。瑜所督领，自易摧破。交锋之日，盖为前部，当因事变化，效命在近。

曹操于几案上翻覆将书看了十余次，忽然拍案张目大怒曰："黄盖用苦肉计，令汝下诈降书，就中取事，却敢来戏侮我耶！"便教左右推出斩之。左右将阚泽簇下。泽面不改容，仰天大笑。操教牵回，叱曰："吾已识破奸计，汝何故哂笑？"泽曰："吾不笑你，吾笑黄公覆不识人耳。"操曰："何不识人？"泽曰："杀便杀，何必多问！"操曰："吾自幼熟读兵书，深知奸伪之道。汝这条计，只好瞒别人，如何瞒得我！"泽曰："你且说书中那件事是奸计？"操曰："我说出你那破绽，教你死而无怨：你既是真心献书投降，如何不明约几时？你今有何理说？"阚泽听罢，大笑曰："亏汝不惶恐，敢自夸熟读兵书！还不及早收兵回去！倘若交战，必被周瑜擒矣！无学之辈！可惜吾屈死汝手！"操曰："何谓我无学？"泽曰："汝不识机谋，不明道理，岂非无学？"操曰："你且说我那几般不是处？"泽曰："汝无待贤之礼，吾何必言！但有死而已。"操曰："汝若说得有理，我自然敬服。"泽曰："岂不闻'背主作窃，不可定期'？倘今约定日期，急切下不得手，这里反来接应，事必泄漏。但可觑便而行，岂可预期相订乎？汝不明此理，欲屈杀好人，真无学之辈也！"操闻言，改容下席而谢曰："某见事不明，误犯尊威，幸勿挂怀。"泽曰："吾与黄公覆，倾心投降，如婴儿之望父母，岂有诈乎！"操大喜曰："若二人能建大功，他日受爵，必在诸人之上。"

> 据《三国志·吴书·周瑜传》注引《江表传》：曹公特见行人，密问之，口敕曰："但恐汝诈耳。盖若信实，当授爵赏，超于前后也。"

泽曰："某等非为爵禄而来，实应天顺人耳。"操取酒待之。

少顷，有人入帐，于操耳边私语。操曰："将书来看。"其人以密书呈上。操观之，颜色颇喜。阚泽暗思："此必蔡中、蔡和来报黄盖受刑消息，操故喜我投降之事为真实也。"操曰："烦先生再回江东，与黄公覆约定，先通消息过江，吾以兵接应。"泽曰："某已离江东，不可复还。望丞相别遣机密人去。"操曰："若他人去，事恐泄漏。"泽再三推辞；良久，乃曰："若去则不敢久停，便当行矣。"

操赐以金帛，泽不受。辞别出营，再驾扁舟，重回江东，来见黄盖，细说前事。盖曰："非公能辩，则盖徒受苦矣。"泽曰："吾今去甘宁寨中，探蔡中、蔡和消息。"盖曰："甚善。"泽至宁寨，宁接入，泽曰："将军昨为救黄公覆，被周公瑾所辱，吾甚不平。"宁笑而不答。正话间，蔡和、蔡中至。泽以目送甘宁，宁会意，乃曰："周公瑾只自恃其能，全不以我等为念。我今被辱，羞见江左诸人！"说罢，咬牙切齿，拍案大叫。泽乃虚与宁耳边低语。宁低头不言，长叹数声。蔡和、蔡中见宁、泽皆有反意，以言挑之曰："将军何故烦恼？先生有何不平？"泽曰："吾等腹中之苦，汝岂知耶！"蔡和曰："莫非欲背吴投曹耶？"阚泽失色，甘宁拔剑而起曰："吾事已为窥破，不可不杀之以灭口！"蔡和、蔡中慌曰："二公勿忧。吾亦当以心腹之事相告。"宁曰："可速言之！"蔡和曰："吾二人乃曹公使来诈降者。二公若有归顺之心，吾当引进。"宁曰："汝言果真？"二人齐声曰："安敢相欺！"宁佯喜曰："若如此，是天赐其便也！"二蔡曰："黄公覆与将军被辱之事，吾已报知丞相矣。"泽曰："吾已为黄公覆献书丞相，今特来见兴霸，相约同降耳。"宁曰："大丈夫既遇明主，自当倾心相投。"于是四人共饮，同论心事。二蔡即时写书，密报曹操，说"甘宁与某同为内应"。阚泽另自修书，遣人密报曹操，书中具言：黄盖欲来，未得其便；但看船头插青牙旗而来者，即是也。

却说曹操连得二书，心中疑惑不定，聚众谋士商议曰："江左甘宁，被周瑜所辱，愿为内应；黄盖受责，令阚泽来纳降：俱未可深信。谁敢直入周瑜寨中，探听实信？"蒋干进曰："某前日空往东吴，未得成功，深怀惭愧。今愿舍身再往，务得实信，回报丞相。"操大喜，即时令蒋干上船。干驾小舟，径到江南水寨边，便使人传报。周瑜听得干又到，大喜曰："吾之成功，只在此人身上！"遂嘱付鲁肃："请庞士元来，为我如此如此。"原来襄阳庞统，字士元，因避乱寓居江东，鲁肃曾荐之于周瑜。统未及往见，瑜先使肃问计于统曰："破曹当用何策？"统密谓肃曰："欲破曹兵，须用火攻；但大江面上，一船着火，余船四散；除非献'连环计'，教他钉作一处，然后功可成也。"肃以告瑜，瑜深服其论，因谓肃曰："为我行此计者，非庞士元不可。"肃曰："只怕曹操奸猾，如何去得？"周瑜沉吟未决。正寻思没个机会，忽报蒋干又来。瑜大喜，一面分付庞统用计；一面坐于帐上，使人请干。干见不来接，心中疑虑，教把船于僻静岸口缆系，乃入寨见周瑜。瑜作色曰："子翼何故欺吾太甚？"蒋干笑曰："吾想与你乃旧日弟兄，特来吐心腹事，何言相欺也？"瑜曰："汝要说我降，除非海枯石烂！前番吾念旧日交情，请你痛饮一醉，留你共榻；你却盗吾私书，不辞而去，归报曹操，杀了蔡瑁、张允，致使吾事不成。今日无故又来，必不怀好意！吾不看旧日之情，一刀两段！本待送你过去，争奈吾一二日间，便要破曹贼；待留你在军中，又必有泄漏。"便教左右："送子翼往西山庵中歇息。待吾破了曹操，那时渡你过江未迟。"蒋干再欲开言，周瑜已入帐后去了。左右取马与蒋干乘坐，送到西山背后小庵歇息，拨两个军人伏侍。

干在庵内，心中忧闷，寝食不安。是夜星露满天，独步出庵后，只听得读书之声。信步寻去，见山岩畔有草屋数椽，内射灯光。干往窥之，只见一人挂剑灯前，诵孙吴兵书。干思："此必异人也。"叩户请见。其人开门出迎，仪表非俗。干问姓名，答曰："姓庞，名统，字士元。"干曰："莫非凤雏先生否？"统曰："然也。"干喜曰："久闻大名，今何僻居此地？"答曰："周瑜自恃才高，不能容物，吾故隐居于此。公乃何人？"干曰："吾蒋干也。"统乃邀入草庵，共坐谈心。干曰："以公之才，何往不利？如肯归曹，干当引进。"统曰："吾亦欲离江东久矣。公既有引进之心，即今便当一行。如迟则周瑜闻之，必将见害。"于是与干连夜下山，至江边寻着原来船只，飞棹投江北。

既至操寨，干先入见，备述前事。操闻凤雏先生来，亲自出帐迎入，分宾主坐定，问曰："周瑜年幼，恃才欺众，不用良谋。操久闻先生大名，今得惠顾，乞不吝教诲。"统曰："某素闻丞相用兵有法，今愿一睹军容。"操教备马，先邀统同观旱寨。统与操并马登高而望。统曰："傍山依林，前后顾盼，出入有门，进退曲折，虽孙吴再生，穰苴复出，亦不过此矣。"操曰："先生勿得过誉，尚望指教。"于是又与同观水寨。见向南分二十四座门，皆有艨艟战舰，列为城郭，中藏小船，往来有巷，起伏有序，统笑曰："丞相用兵如此，名不虚传！"因指江南而言曰："周郎，周郎！克期必亡！"操大喜。回寨，请入帐中，置酒共饮，同说兵机。统高谈雄辩，应答如流。操深敬服，殷勤相待。统佯醉曰："敢问军中有良医否？"操问何用。统曰："水军多疾，须用良医治之。"时操军因不服水土，俱生呕吐之疾，多有死者，操正虑此事；忽闻统言，如何不问？统曰："丞相教练水军之法甚妙，但可惜不全。"操再三请问。统曰："某有一策，使大小水军，并无疾病，安稳成功。"操大喜，请问妙策。统曰："大江之中，潮生潮落，风浪不息；北兵不惯乘舟，受此颠播，便生疾病。若以大船小船各皆配搭，或三十为一排，或五十为一排，首尾用铁环连锁，上铺阔板，休言人可渡，马亦可走矣，乘此而行，任他风浪潮水上下，复何惧哉？"曹操下席而谢曰："非先生良谋，安能破东吴耶！"统曰："愚浅之见，丞相自裁之。"操即时传令，唤军中铁匠，连夜打造连环大钉，锁住船只。

  据《资治通鉴》卷六十五：瑜等在南岸，瑜部将黄盖曰："……操军方连船舰，首尾相接，可烧而走也。"（参见《三国志·吴书·周瑜传》）

  按：《演义》称，庞统向曹操献连环计，为了制止船只摇晃颠簸，教曹操将战船连锁，这一情节不见于史。曹军将船舰首尾连接在一起，是为了防止船只在冬天西北季风时节被刮离，漂向江中及对岸。章义和、唐燮军在《细说曹操》一书中指出,以北方人为主的曹军,诚然存在着短期内无法克服的晕船现象,但很难想象,善于用兵的曹操,面对隔江对峙的以水师为主的孙刘联军,竟然弱智到把战船固定起来,主动放弃"制江权"。

诸军闻之,俱各喜悦。后人有诗曰:

　　赤壁鏖兵用火攻,运筹决策尽皆同。若非庞统连环计,公瑾安能立大功?

庞统又谓操曰:"某观江左豪杰,多有怨周瑜者;某凭三寸舌,为丞相说之,使皆来降。周瑜孤立无援,必为丞相所擒。瑜既破,则刘备无所用矣。"操曰:"先生果能成大功,操请奏闻天子,封为三公之列。"统曰:"某非为富贵,但欲救万民耳。丞相渡江,慎勿杀害。"操曰:"吾替天行道,安忍杀戮人民!"统拜求榜文,以安宗族。操曰:"先生家属,现居何处?"统曰:"只在江边。若得此榜,可保全矣。"操命写榜佥押付统。统拜谢曰:"别后可速进兵,休待周郎知觉。"操然之。

统拜别,至江边,正欲下船,忽见岸上一人,道袍竹冠,一把扯住统曰:"你好大胆!黄盖用苦肉计,阚泽下诈降书,你又来献连环计:只恐烧不尽绝!你们把出这等毒手来,只好瞒曹操,也须瞒我不得!"唬得庞统魂飞魄散。正是:莫道东南能制胜,谁云西北独无人?毕竟此人是谁,且看下文分解。

第四十八回　宴长江曹操赋诗　锁战船北军用武

却说庞统闻言，吃了一惊，急回视其人，原来却是徐庶。统见是故人，心下方定。回顾左右无人，乃曰："你若说破我计，可惜江南八十一州百姓，皆是你送了也！"庶笑曰："此间八十三万人马，性命如何？"统曰："元直真欲破我计耶？"庶曰："吾感刘皇叔厚恩，未尝忘报。曹操送死吾母，吾已说过终身不设一谋，今安肯破兄良策？只是我亦随军在此，兵败之后，玉石不分，岂能免难？君当教我脱身之术，我即缄口远避矣。"统笑曰："元直如此高见远识，谅此有何难哉！"庶曰："愿先生赐教。"统去徐庶耳边略说数句。庶大喜，拜谢。庞统别却徐庶，下船自回江东。

且说徐庶当晚密使近人去各寨中暗布谣言。次日，寨中三三五五，交头接耳而说。早有探事人报知曹操，说："军中传言西凉州韩遂、马腾谋反，杀奔许都来。"操大惊，急聚众谋士商议曰："吾引兵南征，心中所忧者，韩遂、马腾耳。军中谣言，虽未辨虚实，然不可不防。"言未毕，徐庶进曰："庶蒙丞相收录，恨无寸功报效。请得三千人马，星夜往散关把住隘口；如有紧急，再行告报。"操喜曰："若得元直去，吾无忧矣！散关之上，亦有军兵，公统领之。目下拨三千马步军，命臧霸为先锋，星夜前去，不可稽迟。"徐庶辞了曹操，与臧霸便行。此便是庞统救徐庶之计。

　　按：庞统教徐庶以脱身之计，不见于史。据《三国志·魏书·臧霸传》，臧霸当时在青徐地区作战，未随曹操南征。

后人有诗曰：
　　曹操征南日日忧，马腾韩遂起戈矛。凤雏一语教徐庶，正似游鱼脱钓钩。

曹操自遣徐庶去后，心中稍安，遂上马先看沿江旱寨，次看水寨。乘大船一只于中央，上建"帅"字旗号，两傍皆列水寨，船上埋伏弓弩千张。操居于上。时建安十三年冬十一月十五日，天气晴明，平风静浪。操令："置酒设乐于大船之上，吾今夕欲会诸将。"天色向晚，东山月上，皎皎同如白日。长江一带，如横素练。操坐大船之上，左右侍御者数百人，皆锦衣绣袄，荷戈执戟。文武众官，各依次而坐。操见南屏山色如画，东视柴桑之境，西观夏口之江，南望樊山，北觑乌林，四顾空阔，心中欢喜，谓众官曰："吾自起义兵以来，与国家除凶去害，誓愿扫清四海，削平天下；所未得者江南也。今吾有百万雄师，更赖诸公用命，何患不成功耶！收服江南之后，天下无事，与诸公共享富贵，以乐太平。"文武皆起谢曰："愿得早奏凯歌！我等终身皆赖丞相福荫。"操大喜，命左右行酒。饮至半夜，操酒酣，遥指南岸曰："周瑜、鲁肃，不识天时！今幸有投降之人，为彼心腹之患，此天助吾也。"荀攸曰："丞相勿言，恐有泄漏。"操大笑曰："座上诸公，与近侍左右，皆吾心腹之人也，言之何碍！"又指夏口曰："刘备、诸葛亮，汝不料蝼蚁之力，欲撼泰山，何其愚耶！"顾谓诸将曰："吾今年五十四岁矣，如得江南，窃有所喜。昔日乔公与吾至契，吾知其二女皆有国色，后不料为孙策、周瑜所娶。

　　据《三国志·吴书·周瑜传》：策欲取荆州，以瑜为中护军，领江夏太守，从攻皖，拔之。时得桥公两女，皆国色也。策自纳大桥，瑜纳小桥。

> 按：《演义》称二乔之父（后文称乔国老）是东汉太尉桥玄，与史不合。据史书记载，桥玄（109—183），字公祖，睢阳（今河南商丘）人；二乔之父，《三国志》称桥公，无名字，庐江皖县（今安徽潜山）人，其生活年代比桥玄晚四五十年。

吾今新构铜雀台于漳水之上，如得江南，当娶二乔，置之台上，以娱暮年，吾愿足矣！"言罢大笑。唐人杜牧之有诗曰：

折戟沉沙铁未消，自将磨洗认前朝。东风不与周郎便，铜雀春深锁二乔。

曹操正笑谈间，忽闻鸦声望南飞鸣而去。操问曰："此鸦缘何夜鸣？"左右答曰："鸦见月明，疑是天晓，故离树而鸣也。"操又大笑。时操已醉，乃取槊立于船头上，以酒奠于江中，满饮三爵，横槊谓诸将曰："我持此槊，破黄巾，擒吕布，灭袁术，收袁绍，深入塞北，直抵辽东，纵横天下，颇不负大丈夫之志也。今对此景，甚有慷慨。吾当作歌，汝等和之。"歌曰：

对酒当歌，人生几何？譬若朝露，去日无多。慨当以慷，忧思难忘。何以解忧，惟有杜康。青青子衿，悠悠我心。呦呦鹿鸣，食野之萍。我有嘉宾，鼓瑟吹笙。皎皎如月，何时可辍？忧从中来，不可断绝。越陌度阡，枉用相存。契阔谈宴，心念旧恩。月明星稀，乌鹊南飞。绕树三匝，无枝可依。山不厌高，水不厌深。周公吐哺，天下归心。

> 按：《演义》所录曹操诗与原作有差异，中华书局《先秦汉魏晋南北朝诗·魏诗·魏武帝曹操》（逯钦立辑校，1983年9月出版）所收曹操《短歌行》一诗为：
>
> 对酒当歌，人生几何！譬如朝露，去日苦多。慨当以慷，忧思难忘。何以解忧？惟有杜康。青青子衿，悠悠我心。但为君故，沉吟至今。呦呦鹿鸣，食野之苹。我有嘉宾，鼓瑟吹笙。明明如月，何时可掇？忧从中来，不可断绝。越陌度阡，枉用相存。契阔谈宴，心念旧恩。月明星稀，乌鹊南飞。绕树三匝，何枝可依？山不厌高，海不厌深。周公吐哺，天下归心。

歌罢，众和之，共皆欢笑。

忽座间一人进曰："大军相当之际，将士用命之时，丞相何故出此不吉之言？"操视之，乃扬州刺史、沛国相人，姓刘，名馥，字元颖。馥起自合淝，创立州治，聚逃散之民，立学校，广屯田，兴治教，久事曹操，多立功绩。

> 据《三国志·魏书·刘馥传》：刘馥字元颖，沛国相人也。……太祖方有袁绍之难，谓馥可任以东南之事，遂表为扬州刺史。馥既受命，单马造合肥空城，建立州治，南怀乾、绪等，皆安集之，贡献相继。数年中恩化大行，百姓乐其政，流民越江山而归者以万数。于是聚诸生，立学校，广屯田，兴治芍陂及茄陂、七门、吴塘诸堨以溉稻田，官民有畜。又高为城垒，多积木石，编作草苫数千万枚，益贮鱼膏数千斛，为战守备。（参见《资治通鉴》卷六十三）

当下操横槊问曰："吾言有何不吉？"馥曰："'月明星稀，乌鹊南飞。绕树三匝，无枝可依。'此不吉之言也。"操大怒曰："汝安敢败吾兴！"手起一槊，刺死刘馥。

> 据《三国志·魏书·刘馥传》：建安十三年卒。

> 按：曹操横槊赋诗及杀死刘馥，均不见于史。据《三国志·魏书·刘馥传》，在曹操南征前不久，刘馥已病死在扬州刺史任上。

众皆惊骇。遂罢宴。次日，操酒醒，懊恨不已。馥子刘熙，按：据《三国志·魏书·刘馥传》，刘馥子名靖，刘熙乃刘靖之子。

告请父尸归葬。操泣曰："吾昨因醉误伤汝父，悔之无及。可以三公厚礼葬之。"又拨军士护送灵柩，即日回葬。

次日，水军都督毛玠、于禁诣帐下，请曰："大小船只，俱已配搭连锁停当。旌旗战具，一一齐备。请丞相调遣，克日进兵。"操至水军中央大战船上坐定，唤集诸将，各各听令。水旱二军，俱分五色旗号：水军中央黄旗毛玠、于禁，前军红旗张郃，后军皂旗吕虔，左军青旗文聘，右军白旗吕通；马步前军红旗徐晃，后军皂旗李典，左军青旗乐进，右军白旗夏侯渊。水陆路都接应使：夏侯惇、曹洪；护卫往来监战使：许褚、张辽。其余骁将，各依队伍。令毕，水军寨中发擂三通，各队伍战船，分门而出。是日西北风骤起，各船拽起风帆，冲波激浪，稳如平地。北军在船上，踊跃施勇，刺枪使刀。前后左右各军，旗幡不杂。又有小船五十余只，往来巡警催督。操立于将台之上，观看调练，心中大喜，以为必胜之法。教且收住帆幔，各依次序回寨。

操升帐谓众谋士曰："若非天命助吾，安得凤雏妙计？铁索连舟，果然渡江如履平地。"程昱曰："船皆连锁，固是平稳；但彼若用火攻，难以回避。不可不防。"操大笑曰："程仲德虽有远虑，却还有见不到处。"荀攸曰："仲德之言甚是。丞相何故笑之？"操曰："凡用火攻，必藉风力。方今隆冬之际，但有西风北风，安有东风南风耶？吾居于西北之上，彼兵皆在南岸，彼若用火，是烧自己之兵也，吾何惧哉？若是十月小春之时，吾早已提备矣。"诸将皆拜伏曰："丞相高见，众人不及。"操顾诸将曰："青、徐、燕、代之众，不惯乘舟。今非此计，安能涉大江之险！"

只见班部中二将挺身出曰："小将虽幽燕之人，也能乘舟。今愿借巡船二十只，直至江口，夺旗鼓而还，以显北军亦能乘舟也。"操视之，乃袁绍手下旧将焦触、张南也。操曰："汝等皆生长北方，恐乘舟不便。江南之兵，往来水上，习练精熟，汝勿轻以性命为儿戏也。"焦触、张南大叫曰："如其不胜，甘受军法！"操曰："战船尽已连锁，惟有小舟。每舟可容二十人，只恐未便接战。"触曰："若用大船，何足为奇？乞付小舟二十余只，某与张南各引一半，只今日直抵江南水寨，须要夺旗斩将而还。"操曰："吾与汝二十只船，差拨精锐军五百人，皆长枪硬弩。到来日天明，将大寨船出到江面上，远为之势。更差文聘亦领三十只巡船接应汝回。"焦触、张南欣喜而退。次日，四更造饭，五更结束已定，早听得水寨中擂鼓鸣金。船皆出寨，分布水面，长江一带，青红旗号交杂。焦触、张南领哨船二十只，穿寨而出，望江南进发。

却说南岸隔夜听得鼓声喧震，遥望曹操调练水军，探事人报知周瑜。瑜往山顶观之，操军已收回。次日，忽又闻鼓声震天，军士急登高观望，见有小船冲波而来，飞报中军。周瑜问帐下："谁敢先出？"韩当、周泰二人齐出曰："某当权为先锋破敌。"瑜喜，传令各寨严加守御，不可轻动。韩当、周泰各引哨船五只，分左右而出。

却说焦触、张南凭一勇之气，飞棹小船而来。韩当独披掩心，手执长枪，立于船头。焦触船先到，便命军士乱箭望韩当船上射来。当用牌遮隔。焦触捻长枪与韩当交锋。当手起一枪，刺死焦触。张南随后大叫赶来。隔斜里周泰船出。张南挺枪立于船头，两边弓矢乱射。周泰一臂挽牌，一手提刀，两船相离七八尺，泰即飞身一跃，直跃过张南船上，手起刀落，砍张南于水中，乱杀驾舟军士。众船飞棹急回。韩当、周泰催船追赶，到半江中，恰与文聘船相迎。两边便摆定船厮杀。

却说周瑜引众将立于山顶，遥望江北水面，艨艟战船排合江上，旗帜号带皆有次序。回看文聘与韩当、周泰相持，韩当、周泰奋力攻击，文聘抵敌不住，回船而走。韩、周二人，急催船追赶。周瑜恐二人深入重地,便将白旗招飐,令众鸣金。二人乃挥棹而回。周瑜于山顶看隔江战船,尽入水寨。瑜顾谓众将曰:"江北战船如芦苇之密,操又多谋,当用何计以破之?"众未及对,忽见曹军寨中,被风吹折中央黄旗,飘入江中。瑜大笑曰:"此不祥之兆也!"正观之际,忽狂风大作,江中波涛拍岸。一阵风过,刮起旗角于周瑜脸上拂过。瑜猛然想起一事在心,大叫一声,往后便倒,口吐鲜血。诸将急救起时,却早不省人事。正是:一时忽笑又忽叫,难使南军破北军。毕竟周瑜性命如何,且看下文分解。

第四十九回　七星坛诸葛祭风　三江口周瑜纵火

却说周瑜立于山顶，观望良久，忽然望后而倒，口吐鲜血，不省人事。左右救回帐中。诸将皆来动问，尽皆愕然相顾曰："江北百万之众，虎踞鲸吞。不争都督如此，倘曹兵一至，如之奈何？"慌忙差人申报吴侯，一面求医调治。

却说鲁肃见周瑜卧病，心中忧闷，来见孔明，言周瑜卒病之事。孔明曰："公以为何如？"肃曰："此乃曹操之福，江东之祸也。"孔明笑曰："公瑾之病，亮亦能医。"肃曰："诚如此，则国家万幸！"即请孔明同去看病。肃先入见周瑜，瑜以被蒙头而卧。肃曰："都督病势若何？"周瑜曰："心腹搅痛，时复昏迷。"肃曰："曾服何药饵？"瑜曰："心中呕逆，药不能下。"肃曰："适来去望孔明，言能医都督之病。现在帐外，烦来医治，何如？"瑜命请入，教左右扶起，坐于床上。孔明曰："连日不晤君颜，何期贵体不安！"瑜曰："人有旦夕祸福，岂能自保？"孔明笑曰："天有不测风云，人又岂能料乎？"瑜闻失色，乃作呻吟之声。孔明曰："都督心中似觉烦积否？"瑜曰："然。"孔明曰："必须用凉药以解之。"瑜曰："已服凉药，全然无效。"孔明曰："须先理其气；气若顺，则呼吸之间，自然痊可。"瑜料孔明必知其意，乃以言挑之："欲得顺气，当服何药？"孔明笑曰："亮有一方，便教都督气顺。"瑜曰："愿先生赐教。"孔明索纸笔，屏退左右，密书十六字曰：

　　欲破曹公，宜用火攻；万事俱备，只欠东风。

写毕，递与周瑜曰："此都督病源也。"瑜见了大惊，暗思："孔明真神人也！早已知我心事！只索以实情告之。"乃笑曰："先生已知我病源，将用何药治之？事在危急，望即赐教。"孔明曰："亮虽不才，曾遇异人，传授奇门遁甲天书，可以呼风唤雨。都督若要东南风时，可于南屏山建一台，名曰七星坛：高九尺，作三层，用一百二十人，手执旗幡围绕。亮于台上作法，借三日三夜东南大风，助都督用兵，何如？"瑜曰："休道三日三夜，只一夜大风，大事可成矣。只是事在目前，不可迟缓。"孔明曰："十一月二十日甲子祭风，至二十二日丙寅风息，如何？"

　　据《三国志·魏书·武帝纪》：（建安十三年）十二月，孙权为备攻合肥。公自江陵征备，至巴丘，遣张熹救合肥。权闻熹至，乃走。公至赤壁，与备战，不利。

　　按：赤壁之战发生的时间，《演义》记为建安十三年十一月，与史实不合。据《三国志·魏书·武帝纪》，赤壁之战发生在建安十三年（208）十二月，这本来是很明确的。但《武帝纪》注引孙盛《异同评》却说："按《吴志》（指《三国志·吴书·吴主传》），刘备先破公军，然后权攻合肥，而此记云权先攻合肥，后有赤壁之事。二者不同，《吴志》为是。"对此，张靖龙先生在《赤壁之战研究》一书中指出，《吴主传》的叙事是以事件为本，将赤壁之战和孙权攻合肥这两件事分别记叙，其顺序与两事时间上的先后没有关系。孙盛的错误评判，在赤壁之战发生的时间上误导了范晔、司马光等许多历史学家。范晔《后汉书》把赤壁之战记在十月之后、十四年之前，司马光《资治通鉴》又进一步将时间框定于十月至十一月之间，朱熹《资治通鉴纲目》所记与《资治通鉴》相同。《演义》将赤壁之战的时间记为十一月，当是依据《资治通鉴》或《资治通鉴纲目》。

瑜闻言大喜，矍然而起。便传令差五百精壮军士，往南屏山筑坛；拨一百二十人，执旗守坛，听候使令。

孔明辞别出帐，与鲁肃上马，来南屏山相度地势。令军士取东南方赤土筑坛，方圆二十四丈，每一层高三尺，共是九尺。下一层插二十八宿旗：东方七面青旗，按角、亢、氐、房、心、尾、箕，布苍龙之形；北方七面皂旗，按斗、牛、女、虚、危、室、壁，作玄武之势；西方七面白旗，按奎、娄、胃、昴、毕、觜、参，踞白虎之威；南方七面红旗，按井、鬼、柳、星、张、翼、轸，成朱雀之状。第二层周围黄旗六十四面，按六十四卦，分八位而立。上一层用四人，各人戴束发冠，穿皂罗袍，凤衣博带，朱履方裙。前左立一人，手执长竿，竿尖上用鸡羽为葆，以招风信；前右立一人，手执长竿，竿上系七星号带，以表风色；后左立一人，捧宝剑；后右立一人，捧香炉。坛下二十四人，各持旌旗宝盖、大戟长戈、黄钺白旄、朱幡皂纛，环绕四面。

孔明于十一月二十日甲子吉辰，沐浴斋戒，身披道衣，跣足散发，来到坛前。分付鲁肃曰："子敬自往军中相助公瑾调兵。倘亮所祈无应，不可有怪。"鲁肃别去。孔明嘱付守坛将士："不许擅离方位，不许交头接耳，不许失口乱言，不许失惊打怪，如违令者斩。"众皆领命。孔明缓步登坛，观瞻方位已定，焚香于炉，注水于盂，仰天暗祝。下坛入帐中少歇，令军士更替吃饭。孔明一日上坛三次，下坛三次。却并不见有东南风。

且说周瑜请程普、鲁肃一班军官，在帐中伺候，只等东南风起，便调兵出；一面关报孙权接应。黄盖已自准备火船二十只，船头密布大钉；船内装载芦苇干柴，灌以鱼油，上铺硫黄、焰硝引火之物，各用青布油单遮盖；船头上插青龙牙旗，船尾各系走舸：在帐下听候，只等周瑜号令。

> 据《资治通鉴》卷六十五：乃取蒙冲斗舰十艘，载燥荻、枯柴、灌油其中，裹以帷幕，上建旌旗，预备走舸，系于其尾。

甘宁、阚泽窝盘蔡和、蔡中在水寨中，每日饮酒，不放一卒登岸；周围尽是东吴军马，把得水泄不通：只等帐上号令下来。周瑜正在帐中坐议，探子来报："吴侯船只离寨八十五里停泊，只等都督好音。"瑜即差鲁肃遍告各部下官兵将士："俱各收拾船只、军器、帆橹等物。号令一出，时刻休违。倘有违误，即按军法。"众兵将得令，一个个磨拳擦掌，准备厮杀。

是日，看看近夜，天色清明，微风不动。瑜谓鲁肃曰："孔明之言谬矣。隆冬之时，怎得东南风乎？"肃曰："吾料孔明必不谬谈。"将近三更时分，忽听风声响，旗幡转动。瑜出帐看时，旗脚竟飘西北。霎时间东南风大起。

> 据《资治通鉴》卷六十五：时东南风急，……
>
> 据《三国志·吴书·周瑜传》注引《江表传》：至战日……东南风急，……
>
> 据《三国志·吴书·周瑜传》：时风盛猛，……
>
> 按：《演义》称周瑜火攻乌林所需要的"东南风"，是诸葛亮"借"来的，不见于史。张靖龙先生在《赤壁之战研究》一书中认为，作为总攻决策依靠因素的东南风，最大可能是湖泊地区因水域和陆地之间的温度与气压差异而长年流行、经常会出现的地域性湖陆风。从《三国志》"时风盛猛"与《江表传》"东南风急"两语看，似乎当时的风力还不小，很有可能是遇到了与陆风（东南风）方向一致的系统风（大气象环境出现的风，非局部地域性风）的支持。

瑜骇然曰："此人有夺天地造化之法、鬼神不测之术！若留此人，乃东吴祸根也。及早杀却，免生他日之忧。"急唤帐前护军校尉丁奉、徐盛二将："各带一百人。徐盛从江内去，丁奉从旱路去，都到南屏山七星坛前，休问长短，拿住诸葛亮便行斩首，将首级来请功。"二将领命。徐盛下船，一百刀斧手荡开棹桨；丁奉上马，一百弓弩手各跨征驹：往南屏山来。于路正迎着东南风起。后人有诗曰：

　　　　七星坛上卧龙登，一夜东风江水腾。不是孔明施妙计，周郎安得逞才能？

丁奉马军先到，见坛上执旗将士，当风而立。丁奉下马提剑上坛，不见孔明，慌问守坛将士。答曰："恰才下坛去了。"丁奉忙下坛寻时，徐盛船已到。二人聚于江边。小卒报曰："昨晚一只快船停在前面滩口。适间却见孔明披发下船，那船望上水去了。"丁奉、徐盛便分水陆两路追袭。徐盛教拽起满帆，抢风而使。遥望前船不远，徐盛在船头上高声大叫："军师休去！都督有请！"只见孔明立于船尾大笑曰："上覆都督：好好用兵；诸葛亮暂回夏口，异日再容相见。"徐盛曰："请暂少住，有紧话说。"孔明曰："吾已料定都督不能容我，必来加害，预先教赵子龙来相接。将军不必追赶。"徐盛见前船无篷，只顾赶来。看看至近，赵云拈弓搭箭，立于船尾大叫曰："吾乃常山赵子龙也！奉令特来接军师。你如何来追赶？本待一箭射死你来，显得两家失了和气。——教你知我手段！"言讫，箭到处，射断徐盛船上篷索。那篷堕落下水，其船便横。赵云却教自己船上拽起满帆，乘顺风而去。其船如飞，追之不及。岸上丁奉唤徐盛船近岸，言曰："诸葛亮神机妙算，人不可及。更兼赵云有万夫不当之勇，汝知他当阳长坂时否？吾等只索回报便了。"于是二人回见周瑜，言孔明预先约赵云迎接去了。周瑜大惊曰："此人如此多谋，使我晓夜不安矣！"鲁肃曰："且待破曹之后，却再图之。"瑜从其言，唤集诸将听令。先教甘宁："带了蔡中并降卒沿南岸而走，只打北军旗号，直取乌林地面，

　　　　据《三国志·吴书·甘宁传》：随周瑜拒破曹公于乌林，攻曹仁于南郡。

正当曹操屯粮之所，深入军中，举火为号。只留下蔡和一人在帐下，我有用处。"第二唤太史慈分付："你可领三千兵，直奔黄州地界，断曹操合淝接应之兵，就逼曹兵，放火为号；只看红旗，便是吴侯接应兵到。"

　　　　按：太史慈未参加赤壁之战，他死于建安十一年（206），即赤壁之战前两年。

这两队兵最远，先发。第三唤吕蒙领三千兵去乌林接应甘宁，焚烧曹操寨栅。

　　　　据《三国志·吴书·吕蒙传》：与周瑜、程普等西破曹公于乌林，围曹仁于南郡。

第四唤凌统领三千兵，直截彝陵界首，只看乌林火起，以兵应之。

　　　　据《三国志·吴书·凌统传》：权以统为承烈都尉，与周瑜等拒破曹公于乌林，遂攻曹仁，迁为校尉。

第五唤董袭领三千兵，直取汉阳，从汉川杀奔曹操寨中，看白旗接应。第六唤潘璋领三千兵，尽打白旗，往汉阳接应董袭。六队船只各自分路去了。却令黄盖安排火船，使小卒驰书约曹操，今夜来降。

　　　　据《三国志·吴书·周瑜传》：乃取蒙冲斗舰数十艘，实以薪草，膏油灌其中，裹以帷幕，上建牙旗，先书报曹公，欺以欲降。又豫备走舸，各系大船后，因引次俱前。

一面拨战船四只，随于黄盖船后接应。第一队领兵军官韩当，

　　　　据《三国志·吴书·韩当传》：以中郎将与周瑜等拒破曹公，又与吕蒙袭取南郡，迁偏将军。

第二队领兵军官周泰，

第四十九回　七星坛诸葛祭风　三江口周瑜纵火

> 据《三国志·吴书·周泰传》：与周瑜、程普拒曹公于赤壁，攻曹仁于南郡。

第三队领兵军官蒋钦，第四队领兵军官陈武：四队各引战船三百只，前面各摆列火船二十只。周瑜自与程普在大艨艟上督战，徐盛、丁奉为左右护卫，只留鲁肃共阚泽及众谋士守寨。程普见周瑜调军有法，甚相敬服。

> 据《三国志·吴书·周瑜传》注引《江表传》：普颇以年长，数陵侮瑜。瑜折节容下，终不与校。普后自敬服而亲重之，乃告人曰："与周公瑾交，若饮醇醪，不觉自醉。"时人以其谦让服人如此。（参见《资治通鉴》卷六十六）

却说孙权差使命持兵符至，说已差陆逊为先锋，直抵蕲黄地面进兵，吴侯自为后应。瑜又差人西山放火炮，南屏山举号旗。各各准备停当，只等黄昏举动。

> 按：《演义》中的赤壁之战，基本上是以湖北黄冈赤壁作为赤壁古战场来描写的。据史书记载和出土文物考证，赤壁古战场在今湖北赤壁市西北。

话分两头。且说刘玄德在夏口专候孔明回来，忽见一队船到，乃是公子刘琦自来探听消息。玄德请上敌楼坐定，说："东南风起多时，子龙去接孔明，至今不见到，吾心甚忧。"小校遥指樊口港上："一帆风送扁舟来到，必军师也。"玄德与刘琦下楼迎接。须臾船到，孔明、子龙登岸。玄德大喜。问候毕，孔明曰："且无暇告诉别事。前者所约军马战船，皆已办否？"玄德曰："收拾久矣，只候军师调用。"孔明便与玄德、刘琦升帐坐定，谓赵云曰："子龙可带三千军马，渡江径取乌林小路，拣树木芦苇密处埋伏。今夜四更已后，曹操必然从那条路奔走。等他军马过，就半中间放起火来。虽然不杀他尽绝，也杀一半。"云曰："乌林有两条路：一条通南郡，一条取荆州。不知向那条路来？"孔明曰："南郡势迫，曹操不敢往；必来荆州，然后大军投许昌而去。"云领计去了。又唤张飞曰："翼德可领三千兵渡江，截断彝陵这条路，去葫芦谷口埋伏。曹操不敢走南彝陵，必望北彝陵去。来日雨过，必然来埋锅造饭。只看烟起，便就山边放起火来。虽然不捉得曹操，翼德这场功料也不小。"飞领计去了。又唤糜竺、糜芳、刘封三人各驾船只，绕江剿擒败军，夺取器械。三人领计去了。孔明起身，谓公子刘琦曰："武昌一望之地，最为紧要。公子便请回，率领所部之兵，陈于岸口。操一败必有逃来者，就而擒之，却不可轻离城郭。"刘琦便辞玄德、孔明去了。孔明谓玄德曰："主公可于樊口屯兵，凭高而望，坐看今夜周郎成大功也。"

时云长在侧，孔明全然不睬。云长忍耐不住，乃高声曰："关某自随兄长征战，许多年来，未尝落后。今日逢大敌，军师却不委用，此是何意？"孔明笑曰："云长勿怪！某本欲烦足下把一个最紧要的隘口，怎奈有些违碍，不敢教去。"云长曰："有何违碍？愿即见谕。"孔明曰："昔日曹操待足下甚厚，足下当有以报之。今日操兵败，必走华容道；若令足下去时，必然放他过去。因此不敢教去。"云长曰："军师好心多！当日曹操果是重待某，某已斩颜良，诛文丑，解白马之围，报过他了。今日撞见，岂肯放过！"孔明曰："倘若放了时，却如何？"云长曰："愿依军法！"孔明曰："如此，立下文书。"云长便与了军令状。云长曰："若曹操不从那条路上来，如何？"孔明曰："我亦与你军令状。"云长大喜。孔明曰："云长可于华容小路高山之处，堆积柴草，放起一把火烟，引曹操来。"云长曰："曹操望见烟，知有埋伏，如何肯来？"孔明笑曰："岂不闻兵法'虚虚实实'之论？操虽能用兵，只此可以瞒过他也。他见烟起，将谓虚张声势，必然投这条路来。将军休得容情。"云长领了将令，引关平、周仓并五百校刀手，投华容道埋伏去了。玄德曰："吾弟义气深重，若曹操果然投华容道去时，只恐端的放了。"孔明曰："亮夜观乾象，操贼未合身亡。留这人情，教云长做了，亦是美事。"玄德曰："先生神算，世所罕及！"孔明遂与玄德往樊口，看周瑜用兵，留孙乾、简雍守城。

　　据《资治通鉴》卷六十五：操引军从华容道步走，……刘备、周瑜水陆并进，追操至南郡。（参见《三国志·吴书·周瑜传》）

　　据《资治通鉴》卷六十七：（鲁）肃因责数羽以不返三郡，（关）羽曰："乌林之役，左将军身在行间，戮力破敌，岂得徒劳，无一块土，而足下来欲收地邪！"（参见《三国志·吴书·鲁肃传》注引《吴书》）

　　按：《演义》称，赤壁之战中，刘备仅派赵云、张飞、关羽等人截杀曹操的败兵，刘备本人则置身于战场之外，坐镇樊口，等候东吴一方的胜利消息。这些情节与史不合。据史书，刘备本人不但参加了赤壁之战，而且和周瑜、程普等一起追击曹操至南郡。

　　却说曹操在大寨中，与众将商议，只等黄盖消息。当日东南风起甚紧。程昱入告曹操曰："今日东南风起，宜预提防。"操笑曰："冬至一阳生，来复之时，安得无东南风？何足为怪！"军士忽报江东一只小船来到，说有黄盖密书。操急唤入。其人呈上书，书中诉说："周瑜关防得紧，因此无计脱身。今有鄱阳湖新运到粮，周瑜差盖巡哨，已有方便。好歹杀江东名将，献首来降。只在今晚二更，船上插青龙牙旗者，即粮船也。"操大喜，遂与众将来水寨中大船上，观望黄盖船到。

　　且说江东，天色向晚，周瑜唤出蔡和，令军士缚倒。和叫："无罪！"瑜曰："汝是何等人，敢来诈降！吾今缺少福物祭旗，愿借你首级。"和抵赖不过，大叫曰："汝家阚泽、甘宁亦曾与谋！"瑜曰："此乃吾之所使也。"蔡和悔之无及。瑜令捉至江边皂纛旗下，奠酒烧纸，一刀斩了蔡和，用血祭旗毕，便令开船。黄盖在第三只火船上，独披掩心，手提利刃，旗上大书"先锋黄盖"。盖乘一天顺风，望赤壁进发。是时东风大作，波浪汹涌。

　　据《资治通鉴》卷六十五：先以书遗操，诈云欲降。时东南风急，盖以十舰最著前，中江举帆，余船以次俱进。

　　据《三国志·吴书·周瑜传》注引《江表传》：至战日，盖先取轻利舰十舫，载燥荻枯柴积其中，灌以鱼膏，赤幔覆之，建旌旗龙幡于舰上。时东南风急，因以十舰最著前。

　　据《三国志·吴书·周瑜传》：乃取蒙冲斗舰数十艘，实以薪草，膏油灌其中，裹以帷幕，上建牙旗，先书报曹公，欺以欲降。又豫备走舸，各系大船后，因引次俱前。

　　操在中军遥望隔江，看看月上，照耀江水，如万道金蛇，翻波戏浪。操迎风大笑，自以为得志。忽一军指说："江南隐隐一簇帆幔，使风而来。"操凭高望之。报称："皆插青龙牙旗。内中有大旗，上书先锋黄盖名字。"操笑曰："公覆来降，此天助我也！"来船渐近。程昱观望良久，谓操曰："来船必诈。且休教近寨。"操曰："何以知之？"程昱曰："粮在船中，船必稳重；今观来船，轻而且浮。更兼今夜东南风甚紧，倘有诈谋，何以当之？"操省悟，便问："谁去止之？"文聘曰："某在水上颇熟，愿请一往。"言毕，跳下小船，用手一指，十数只巡船，随文聘船出。聘立于船头，大叫："丞相钧旨：南船且休近寨，就江心抛住。"众军齐喝："快下了篷！"言未绝，弓弦响处，文聘被箭射中左臂，倒在船中。船上大乱，各自奔回。南船距操寨止隔二里水面。黄盖用刀一招，前船一齐发火。火趁风威，风助火势，船如箭发，烟焰涨天。二十只火船，撞入水寨，曹寨中船只一时尽着；又被铁环锁住，无处逃避。隔江炮响，四下火船齐到，但见三江面上，火逐风飞，一派通红，漫天彻地。

　　据《资治通鉴》卷六十五：操军吏士皆出营立观，指言盖降。去北军二里余，同时发火，火烈风猛，船往如箭，烧尽北船，延及岸上营落。顷之，烟炎张天，人马烧溺死

第四十九回　七星坛诸葛祭风　三江口周瑜纵火　317

者甚众。瑜等率轻锐继其后，雷鼓大进，北军大坏。

据《三国志·吴书·周瑜传》注引《江表传》：中江举帆，盖举火白诸校，使众兵齐声大叫曰："降焉！"操军人皆出营立观。去北军二里余，同时发火，火烈风猛，往船如箭，飞埃绝烂，烧尽北船，延及岸边营柴。瑜等率轻锐寻继其后，雷鼓大进，北军大坏，曹公退走。

据《三国志·吴书·周瑜传》：曹公军吏士皆延颈观望，指言盖降。盖放诸船，同时发火。时风盛猛，悉延烧岸上营落。顷之，烟炎张天，人马烧溺死者甚众，军遂败退，还保南郡。

曹操回观岸上营寨，几处烟火。黄盖跳在小船上，背后数人驾舟，冒烟突火，来寻曹操。操见势急，方欲跳上岸，忽张辽驾一小脚船，扶操下得船时，那只大船，已自着了。张辽与十数人保护曹操，飞奔岸口。黄盖望见穿绛红袍者下船，料是曹操，乃催船速进，手提利刃，高声大叫："曹贼休走！黄盖在此！"操叫苦连声。张辽拈弓搭箭，觑着黄盖较近，一箭射去。此时风声正大，黄盖在火光中，那里听得弓弦响？正中肩窝，翻身落水。正是：火厄盛时遭水厄，棒疮愈后患金疮。未知黄盖性命如何，且看下文分解。

第五十回　诸葛亮智算华容　关云长义释曹操

却说当夜张辽一箭射黄盖下水，救得曹操登岸，寻着马匹走时，军已大乱。韩当冒烟突火来攻水寨，忽听得士卒报道："后梢舵上一人，高叫将军表字。"韩当细听，但闻高叫"义公救我！"当曰："此黄公覆也！"急教救起。见黄盖负箭着伤，咬出箭杆，箭头陷在肉内。韩当急为脱去湿衣，用刀剜出箭头，扯旗束之，脱自己战袍与黄盖穿了，先令别船送回大寨医治。原来黄盖深知水性，故大寒之时，和甲堕江，也逃得性命。

　　据《三国志·吴书·黄盖传》注引《吴书》：赤壁之役，盖为流矢所中，时寒堕水，为吴军人所得，不知其盖也，置厕床中。盖自强以一声呼韩当，当闻之，曰："此公覆声也。"向之垂涕，解易其衣，遂以得生。

　　按：章义和、唐燮军在《细说曹操》一书中认为，赤壁之战时，黄盖的"火攻船队"在距离曹军战船群大约二里处，点火烧着了十艘"蒙冲斗舰"，黄盖则跳上"走舸"，暂时返航。韦曜的《吴书》说，就在黄盖返航之时，被曹军的乱箭射中，因而坠入江中。所幸的是，他刚好被韩当手下的孙军士兵（他们并不认识黄盖）救起，这才保住了性命。但是，《吴书》的这种说法极不可信，因为假如黄盖真的中箭坠江的话，与他同船返回的士卒不可能不出手救援。

却说当日满江火滚，喊声震地。左边是韩当、蒋钦两军从赤壁西边杀来；右边是周泰、陈武两军从赤壁东边杀来；正中是周瑜、程普、徐盛、丁奉大队船只都到。火须兵应，兵仗火威。此正是：三江水战，赤壁鏖兵。曹军着枪中箭、火焚水溺者，不计其数。

　　据《三国志·蜀书·先主传》：先主遣诸葛亮自结于孙权，权遣周瑜、程普等水军数万，与先主并力，与曹公战于赤壁，大破之，焚其舟船。

　　据《三国志·吴书·吴主传》：瑜、普为左右督，各领万人，与备俱进，遇于赤壁，大破曹公军。公烧其余船引退，士卒饥疫，死者大半。

　　据《三国志·魏书·武帝纪》：（建安十三年十二月，）公至赤壁，与备战，不利。于是大疫，吏士多死者，乃引军还。

后人有诗曰：

　　魏吴争斗决雌雄，赤壁楼船一扫空。烈火初张照云海，周郎曾此破曹公。

又有一绝云：

　　山高月小水茫茫，追叹前朝割据忙。南士无心迎魏武，东风有意便周郎。

不说江中鏖兵。且说甘宁令蔡中引入曹寨深处，宁将蔡中一刀砍于马下，就草上放起火来。吕蒙遥望中军火起，也放十数处火，接应甘宁。潘璋、董袭分头放火呐喊，四下里鼓声大震。曹操与张辽引百余骑，在火林内走，看前面无一处不着。正走之间，毛玠救得文聘，引十数骑到。操令军寻路。张辽指道："只有乌林地面，空阔可走。"操径奔乌林。正走间，背后一军赶到，大叫："曹贼休走！"火光中现出吕蒙旗号。

　　据《三国志·吴书·吕蒙传》：与周瑜、程普等西破曹公于乌林。

操催军马向前,留张辽断后,抵敌吕蒙。却见前面火把又起,从山谷中拥出一军,大叫:"凌统在此!"

  据《三国志·吴书·凌统传》:与周瑜等拒破曹公于乌林。

曹操肝胆皆裂。忽刺斜里一彪军到,大叫:"丞相休慌!徐晃在此!"彼此混战一场,夺路望北而走。忽见一队军马,屯在山坡前。徐晃出问,乃是袁绍手下降将马延、张颛,有三千北地军马,列寨在彼;当夜见满天火起,未敢转动,恰好接着曹操。操教二将引一千军马开路,其余留着护身。操得这枝生力军马,心中稍安。马延、张颛二将飞骑前行。不到十里,喊声起处,一彪军出。为首一将,大呼曰:"吾乃东吴甘兴霸也!"

  据《三国志·吴书·甘宁传》:随周瑜拒破曹公于乌林。

马延正欲交锋,早被甘宁一刀斩于马下;张颛挺枪来迎,宁大喝一声,颛措手不及,被宁手起一刀,翻身落马。后军飞报曹操。操此时指望合淝有兵救应;不想孙权在合淝路口,望见江中火光,知是我军得胜,便教陆逊举火为号,太史慈见了,与陆逊合兵一处,冲杀将来。操只得望彝陵而走。路上撞见张郃,操令断后。

  纵马加鞭,走至五更,回望火光渐远,操心方定,问曰:"此是何处?"左右曰:"此是乌林之西,宜都之北。"操见树木丛杂,山川险峻,乃于马上仰面大笑不止。诸将问曰:"丞相何故大笑?"操曰:"吾不笑别人,单笑周瑜无谋,诸葛亮少智。若是吾用兵之时,预先在这里伏下一军,如之奈何?"说犹未了,两边鼓声震响,火光竟天而起,惊得曹操几乎坠马。刺斜里一彪军杀出,大叫:"我赵子龙奉军师将令,在此等候多时了!"操教徐晃、张郃双敌赵云,自己冒烟突火而去。子龙不来追赶,只顾抢夺旗帜。曹操得脱。

  天色微明,黑云罩地,东南风尚不息。忽然大雨倾盆,湿透衣甲。操与军士冒雨而行,诸军皆有饥色。操令军士往村落中劫掠粮食,寻觅火种。方欲造饭,后面一军赶到。操心甚慌。原来却是李典、许褚保护着众谋士来到,操大喜,令军马且行,问:"前面是那里地面?"人报:"一边是南彝陵大路,一边是北彝陵山路。"操问:"那里投南郡江陵去近?"军士禀曰:"取北彝陵过葫芦口去最便。"操教走北彝陵。行至葫芦口,军皆饥馁,行走不上,马亦困乏,多有倒于路者。操教前面暂歇。马上有带得锣锅的,也有村中掠得粮米的,便就山边拣干处埋锅造饭,割马肉烧吃。尽皆脱去湿衣,于风头吹晒;马皆摘鞍野放,咽咬草根。操坐于疏林之下,仰面大笑。众官问曰:"适来丞相笑周瑜、诸葛亮,引惹出赵子龙来,又折了许多人马。如今为何又笑?"操曰:"吾笑诸葛亮、周瑜毕竟智谋不足。若是我用兵时,就这个去处,也埋伏一彪军马,以逸待劳;我等纵然脱得性命,也不免重伤矣。彼见不到此,我是以笑之。"正说间,前军后军一齐发喊,操大惊,弃甲上马。众军多有不及收马者。早见四下火烟布合,山口一军摆开,为首乃燕人张翼德,横矛立马,大叫:"操贼走那里去!"诸军众将见了张飞,尽皆胆寒。许褚骑无鞍马来战张飞;张辽、徐晃二将,纵马也来夹攻。两边军马混战做一团。操先拨马走脱,诸将各自脱身。张飞从后赶来。操迤逦奔逃,追兵渐远,回顾众将多已带伤。

  正行间,军士禀曰:"前面有两条路,请问丞相从那条路去?"操问:"那条路近?"军士曰:"大路稍平,却远五十余里。小路投华容道,却近五十余里;只是地窄路险,坑坎难行。"操令人上山观望,回报:"小路山边有数处烟起;大路并无动静。"操教前军便走华容道小路。诸将曰:"烽烟起处,必有军马,何故反走这条路?"操曰:"岂不闻兵书有云:'虚则实之,实则虚之。'诸葛亮多谋,故使人于山僻烧烟,使我军不敢从这条山路走,他却伏兵于大路等着。吾料已定,偏不教中他计!"诸将皆曰:"丞相妙算,人不可及。"遂勒兵走华容道。此时人皆饥倒,马尽困乏。焦头烂额者扶策而行,中箭着枪者勉强而走。衣甲湿透,个个不全;军器旗幡,纷纷不整:大半皆是彝陵道上被赶得慌,只骑得秃马,鞍辔衣服,尽皆抛弃。正值隆冬严寒之时,其苦何可胜言。

操见前军停马不进,问是何故。回报曰:"前面山僻路小,因早晨下雨,坑堑内积水不流,泥陷马蹄,不能前进。"操大怒,叱曰:"军旅逢山开路,遇水叠桥,岂有泥泞不堪行之理!"传下号令,教老弱中伤军士在后慢行,强壮者担土束柴,搬草运芦,填塞道路。务要即时行动,如违令者斩。众军只得都下马,就路旁砍伐竹木,填塞山路。操恐后军来赶,令张辽、许褚、徐晃引百骑执刀在手,但迟慢者便斩之。此时军已饿乏,众皆倒地,操喝令人马践踏而行,死者不可胜数。号哭之声,于路不绝。操怒曰:"生死有命,何哭之有!如再哭者立斩!"三停人马:一停落后,一停填了沟壑,一停跟随曹操。过了险峻,路稍平坦,操回顾止有三百余骑随后,并无衣甲袍铠整齐者。操催速行。众将曰:"马尽乏矣,只好少歇。"操曰:"赶到荆州将息未迟。"

又行不到数里,操在马上扬鞭大笑。众将问:"丞相何又大笑?"操曰:"人皆言周瑜、诸葛亮足智多谋,以吾观之,到底是无能之辈。若使此处伏一旅之师,吾等皆束手受缚矣。"言未毕,一声炮响,两边五百校刀手摆开,为首大将关云长,提青龙刀,跨赤兔马,截住去路。操军见了,亡魂丧胆,面面相觑。操曰:"既到此处,只得决一死战!"众将曰:"人纵然不怯,马力已乏,安能复战?"程昱曰:"某素知云长傲上而不忍下,欺强而不凌弱;恩怨分明,信义素著。丞相旧日有恩于彼,今只亲自告之,可脱此难。"操从其说,即纵马向前,欠身谓云长曰:"将军别来无恙!"云长亦欠身答曰:"关某奉军师将令,等候丞相多时。"操曰:"曹操兵败势危,到此无路,望将军以昔日之情为重。"云长曰:"昔日关某虽蒙丞相厚恩,然已斩颜良,诛文丑,解白马之围,以奉报矣。今日之事,岂敢以私废公?"操曰:"五关斩将之时,还能记否?大丈夫以信义为重。将军深明《春秋》,

据《三国志·蜀书·关羽传》注引《江表传》:羽好《左氏传》,讽诵略皆上口。

岂不知庾公之斯追子濯孺子之事乎?"云长是个义重如山之人,想起当日曹操许多恩义,与后来五关斩将之事,如何不动心?又见曹军惶惶,皆欲垂泪,一发心中不忍。于是把马头勒回,谓众军曰:"四散摆开。"这个分明是放曹操的意思。操见云长回马,便和众将一齐冲将过去。云长回身时,曹操已与众将过去了。云长大喝一声,众军皆下马,哭拜于地。云长愈加不忍。正犹豫间,张辽纵马而至。云长见了,又动故旧之情,长叹一声,并皆放去。

据《三国志·魏书·武帝纪》注引《山阳公载记》:公船舰为备所烧,引军从华容道步归,遇泥泞,道不通,天又大风,悉使羸兵负草填之,骑乃得过。羸兵为人马所蹈藉,陷泥中,死者甚众。军既得出,公大喜,诸将问之,公曰:"刘备,吾俦也。但得计少晚;向使早放火,吾徒无类矣。"备寻亦放火而无所及。

据《资治通鉴》卷六十五:操引军从华容道步走,遇泥泞,道不通,天又大风,悉使羸兵负草填之,骑乃得过。羸兵为人马所蹈藉,陷泥中,死者甚众。刘备、周瑜水陆并进,追操至南郡。时操军兼以饥疫,死者太半。

按:《演义》称关羽在华容道放走曹操,不见于史。

后人有诗曰:

曹瞒兵败走华容,正与关公狭路逢。只为当初恩义重,放开金锁走蛟龙。

曹操既脱华容之难,行至谷口,回顾所随军兵,止有二十七骑。比及天晚,已近南郡,火把齐明,一簇人马拦路。操大惊曰:"吾命休矣!"只见一群哨马冲到,方认得是曹仁军马。

操才心安。曹仁接着，言："虽知兵败，不敢远离，只得在附近迎接。"操曰："几与汝不相见也！"于是引众入南郡安歇。随后张辽也到，说云长之德。操点将校，中伤者极多，操皆令将息。曹仁置酒与操解闷。众谋士俱在座。操忽仰天大恸。众谋士曰："丞相于虎窟中逃难之时，全无惧怯；今到城中，人已得食，马已得料，正须整顿军马复仇，何反痛哭？"操曰："吾哭郭奉孝耳！若奉孝在，决不使吾有此大失也！"遂捶胸大哭曰："哀哉，奉孝！痛哉，奉孝！惜哉，奉孝！"众谋士皆默然自惭。

> 据《三国志·魏书·郭嘉传》：后太祖征荆州还，于巴丘遇疾疫，烧船，叹曰："郭奉孝在，不使孤至此。"
>
> 据《三国志·魏书·郭嘉传》注引《傅子》：太祖又云："哀哉奉孝！痛哉奉孝！惜哉奉孝！"

次日，操唤曹仁曰："吾今暂回许都，收拾军马，必来报仇。汝可保全南郡。吾有一计，密留在此，非急休开，急则开之。依计而行，使东吴不敢正视南郡。"仁曰："合淝、襄阳，谁可保守？"操曰："荆州托汝管领；襄阳吾已拨夏侯惇守把；

> 据《资治通鉴》卷六十五：操乃留征南将军曹仁、横野将军徐晃守江陵，折冲将军乐进守襄阳，引军北还。（参见《三国志·吴书·吴主传》《周瑜传》）

合淝最为紧要之地，吾令张辽为主将，乐进、李典为副将，保守此地。

> 据《资治通鉴》卷六十六：（建安十四年冬十二月，）庐江人陈兰、梅成据灊、六叛，操遣荡寇将军张辽讨斩之；因使辽与乐进、李典等将七千余人屯合肥。（参见《三国志·魏书·张辽传》）

但有缓急，飞报将来。"操分拨已定，遂上马引众奔回许昌。

> 据《三国志·蜀书·先主传》：先主与吴军水陆并进，追到南郡，时又疾疫，北军多死，曹公引归。
>
> 据《三国志·魏书·武帝纪》：公至赤壁，与备战，不利。于是大疫，吏士多死者，乃引军还。

荆州原降文武各官，依旧带回许昌调用。曹仁自遣曹洪据守彝陵、南郡，以防周瑜。

却说关云长放了曹操，引军自回。此时诸路军马，皆得马匹、器械、钱粮，已回夏口；独云长不获一人一骑，空身回见玄德。孔明正与玄德作贺，忽报云长至。孔明忙离坐席，执杯相迎曰："且喜将军立此盖世之功，与普天下除大害。合宜远接庆贺！"云长默然。孔明曰："将军莫非因吾等不曾远接，故尔不乐？"回顾左右曰："汝等缘何不先报？"云长曰："关某特来请死。"孔明曰："莫非曹操不曾投华容道上来？"云长曰："是从那里来。关某无能，因此被他走脱。"孔明曰："拿得甚将士来？"云长曰："皆不曾拿。"孔明曰："此是云长想曹操昔日之恩，故意放了。但既有军令状在此，不得不按军法。"遂叱武士推出斩之。正是：拼将一死酬知己，致令千秋仰义名。未知云长性命如何，且看下文分解。

第五十一回　曹仁大战东吴兵　孔明一气周公瑾

却说孔明欲斩云长，玄德曰："昔吾三人结义时，誓同生死。今云长虽犯法，不忍违却前盟。望权记过，容将功赎罪。"孔明方才饶了。

且说周瑜收军点将，各各叙功，申报吴侯。所得降卒，尽行发付渡江，大犒三军，遂进兵攻取南郡。前队临江下寨，前后分五营。周瑜居中。瑜正与众商议征进之策，忽报："刘玄德使孙乾来与都督作贺。"瑜命请入。乾施礼毕，言："主公特命乾拜谢都督大德，有薄礼上献。"瑜问曰："玄德在何处？"乾答曰："现移兵屯油江口。"

据《资治通鉴》卷六十六：（建安十四年冬十二月，）备立营于油口，改名公安。
据《三国志·蜀书·先主传》注引《江表传》：备别立营于油江口，改名为公安。

瑜惊曰："孔明亦在油江否？"乾曰："孔明与主公同在油江。"瑜曰："足下先回，某亲来相谢也。"瑜收了礼物，发付孙乾先回。肃曰："却才都督为何失惊？"瑜曰："刘备屯兵油江，必有取南郡之意。我等费了许多军马，用了许多钱粮，目下南郡反手可得；彼等心怀不仁，要就现成，须放着周瑜不死！"肃曰："当用何策退之？"瑜曰："吾自去和他说话。好便好；不好时，不等他取南郡，先结果了刘备！"肃曰："某愿同往。"于是瑜与鲁肃引三千轻骑，径投油江口来。

先说孙乾回见玄德，言周瑜将亲来相谢。玄德乃问孔明曰："来意若何？"孔明笑曰："那里为这些薄礼肯来相谢。止为南郡而来。"玄德曰："他若提兵来，何以待之？"孔明曰："他来便可如此如此应答。"遂于油江口摆开战船，岸上列着军马。人报："周瑜、鲁肃引兵到来。"孔明使赵云领数骑来接。瑜见军势雄壮，心甚不安。行至营门外，玄德、孔明迎入帐中。各叙礼毕，设宴相待。玄德举酒致谢鏖兵之事。酒至数巡，瑜曰："豫州移兵在此，莫非有取南郡之意否？"玄德曰："闻都督欲取南郡，故来相助。若都督不取，备必取之。"瑜笑曰："吾东吴久欲吞并汉江，今南郡已在掌中，如何不取？"玄德曰："胜负不可预定。曹操临归，令曹仁守南郡等处，必有奇计；更兼曹仁勇不可当：但恐都督不能取耳。"瑜曰："吾若取不得，那时任从公取。"玄德曰："子敬、孔明在此为证，都督休悔。"鲁肃踌躇未对。瑜曰："大丈夫一言既出，何悔之有！"孔明曰："都督此言，甚是公论。先让东吴去取；若不下，主公取之，有何不可！"瑜与肃辞别玄德、孔明，上马而去。

玄德问孔明曰："却才先生教备如此回答，虽一时说了，展转寻思，于理未然。我今孤穷一身，无置足之地，欲得南郡，权且容身；若先教周瑜取了，城池已属东吴矣，却如何得住？"孔明大笑曰："当初亮劝主公取荆州，主公不听，今日却想耶？"玄德曰："前为景升之地，故不忍取；今为曹操之地，理合取之。"孔明曰："不须主公忧虑。尽着周瑜去厮杀，早晚教主公在南郡城中高坐。"玄德曰："计将安出？"孔明曰："只须如此如此。"玄德大喜，只在江口屯扎，按兵不动。

却说周瑜、鲁肃回寨。肃曰："都督如何亦许玄德取南郡？"瑜曰："吾弹指可得南郡，落得虚做人情。"随问帐下将士："谁敢先取南郡？"一人应声而出，乃蒋钦也。瑜曰："汝为先锋，徐盛、丁奉为副将，拨五千精锐军马，先渡江。吾随后引兵接应。"

且说曹仁在南郡，分付曹洪守彝陵，以为掎角之势。人报："吴兵已渡汉江。"仁曰："坚守勿战为上。"骁将牛金奋然进曰："兵临城下而不出战，是怯也。况吾兵新败，正当重振锐气。某愿借精兵五百，决一死战。"仁从之，令牛金引五百军出战。丁奉纵马来迎。约战四五合，奉诈败，牛金引军追赶入阵。奉指挥众军一裹，围牛金于阵中。金左右冲突，不能得出。曹仁在城上望见牛金困在垓心，遂披甲上马，引麾下壮士数百骑出城，奋力挥刀，杀入吴阵。徐盛迎战，不能抵挡。曹仁杀到垓心，救出牛金。回顾尚有数十骑在阵，不能得出，遂复翻身杀入，救出重围。正遇蒋钦拦路，曹仁与牛金奋力冲散。仁弟曹纯，亦引兵接应，混杀一阵，吴军败走，曹仁得胜而回。

据《三国志·魏书·曹仁传》：从平荆州，以仁行征南将军，留屯江陵，拒吴将周瑜。瑜将数万众来攻，前锋数千人始至，仁登城望之，乃募得三百人，遣部曲将牛金逆与挑战。贼多，金众少，遂为所围。长史陈矫俱在城上，望见金等垂没，左右皆失色。仁意气奋怒甚，谓左右取马来，矫等共援持之。谓仁曰："贼众盛，不可当也。假使弃数百人何苦，而将军以身赴之！"仁不应，遂被甲上马，将其麾下壮士数十骑出城。去贼百余步，迫沟，矫等以为仁当住沟上，为金形势也，仁径渡沟直前，冲入贼围，金等乃得解。余众未尽出，仁复直还突之，拔出金兵，亡其数人，贼众乃退。矫等初见仁出，皆惧，及见仁还，乃叹曰："将军真天人也！"三军服其勇。太祖益壮之，转封安平亭侯。

据《三国志·吴书·周瑜传》：瑜与程普又进南郡，与仁相对，各隔大江，兵未交锋。

按：章义和、唐燮军在《细说曹操》一书中认为，《三国志·周瑜传》和《三国志·曹仁传》这两种相互矛盾的记载，显然都不是实录。我们认为，周瑜既然带兵北伐曹仁，就不可能不马上与曹仁交战，大概因为这次战役失利而归，被迫退守长江南岸，所以《三国志·周瑜传》避讳说是"兵未交锋"（《三国志·周瑜传》是以东吴史官的记载为底稿撰就的）；至于曹仁，虽然取得了这次江陵攻防战的胜利，但绝不至于像《三国志·曹仁传》所说的那样辉煌（《三国志·曹仁传》是以曹魏史官的记载为底稿撰就的，片面夸大曹仁的战绩，也在情理之中）。

蒋钦兵败，回见周瑜，瑜怒欲斩之，众将告免。瑜即点兵，要亲与曹仁决战。甘宁曰："都督未可造次。今曹仁令曹洪据守彝陵，为掎角之势；某愿以精兵三千，径取彝陵，都督然后可取南郡。"瑜服其论，先教甘宁领三千兵攻打彝陵，早有细作报知曹仁，仁与陈矫商议。矫曰："彝陵有失，南郡亦不可守矣。宜速救之。"仁遂令曹纯与牛金暗地引兵救曹洪。曹纯先使人报知曹洪，令洪出城诱敌。甘宁引兵至彝陵，洪出与甘宁交锋。战有二十余合，洪败走。宁夺了彝陵。至黄昏时，曹纯、牛金兵到，两下相合，围了彝陵。探马飞报周瑜，说甘宁困于彝陵城中，瑜大惊。程普曰："可急分兵救之。"瑜曰："此地正当冲要之处，若分兵去救，倘曹仁引兵来袭，奈何？"吕蒙曰："甘兴霸乃江东大将，岂可不救？"瑜曰："吾欲自往救之；但留何人在此，代当吾任？"蒙曰："留凌公绩当之。"

按：凌公绩，应作凌公绩。据《三国志·吴书·凌统传》，凌统字公绩。

蒙为前驱，都督断后；不须十日，必奏凯歌。"瑜曰："未知凌公绩肯暂代吾任否？"凌统曰："若十日为期，可当之；十日之外，不胜其任矣。"瑜大喜，遂留兵万余，付与凌统；即日起大兵投彝陵来。蒙谓瑜曰："彝陵南僻小路，取南郡极便。可差五百军去砍倒树木，以断其路。彼军若败，必走此路；马不能行，必弃马而走，吾可得其马也。"瑜从之，差军去讫。大兵将至彝陵，瑜问："谁可突围而入，以救甘宁？"周泰愿往，即时绰刀纵马，直杀入曹军之中，径到城下。甘宁望见周泰至，自出城迎之。泰言："都督自提兵至。"宁传令教军士严装饱食,准备内应。

却说曹洪、曹纯、牛金闻周瑜兵将至,先使人往南郡报知曹仁,一面分兵拒敌。及吴兵至,曹兵迎之。比及交锋,甘宁、周泰分两路杀出,曹兵大乱,吴兵四下掩杀。曹洪、曹纯、牛金果然投小路而走;却被乱柴塞道,马不能行,尽皆弃马而走。吴兵得马五百余匹。周瑜驱兵星夜赶到南郡,正遇曹仁军来救彝陵。两军接着,混战一场。天色已晚,各自收兵。

  据《资治通鉴》卷六十五:周瑜、程普将数万众,与曹仁隔江未战。甘宁请先径进取夷陵,往,即得其城,因入守之。……曹仁遣兵围甘宁,宁因急,求救于周瑜,诸将以为兵少不足分,吕蒙谓周瑜、程普曰:"留凌公绩于江陵,蒙与君行,解围释急,势亦不久。蒙保公绩能十日守也。"瑜从之,大破仁兵于夷陵,获马三百匹而还。于是将士形势自倍。瑜乃渡江,屯北岸,与仁相距。(参见《三国志·吴书·周瑜传》《吴主传》)

  据《三国志·吴书·吕蒙传》:瑜使甘宁前据夷陵,曹仁分众攻宁,宁因急,使使请救。诸将以兵少不足分,蒙谓瑜、普曰:"留凌公绩,蒙与君行,解围释急,势亦不久,蒙保公绩能十日守也。"又说瑜分遣三百人柴断险道,贼走可得其马。瑜从之。军到夷陵,即日交战,所杀过半。敌夜遁去,行遇柴道,骑皆舍马步走。兵追蹙击,获马三百匹,方船载还。于是将士形势自倍,乃渡江立屯,与相攻击,曹仁退走,遂据南郡,抚定荆州。

  据《三国志·吴书·甘宁传》:攻曹仁于南郡,未拔,宁建计先径进取夷陵,往即得其城,因入守之。时手下有数百兵,并所新得,仅满千人。曹仁乃令五六千人围宁。宁受攻累日,敌设高楼,雨射城中,士众皆惧,惟宁谈笑自若。遣使报瑜,瑜用吕蒙计,帅诸将解围。

  曹仁回城中,与众商议。曹洪曰:"目今失了彝陵,势已危急,何不拆丞相遗计观之,以解此危?"曹仁曰:"汝言正合吾意。"遂拆书观之,大喜,便传令教五更造饭;平明,大小军马,尽皆弃城;城上遍插旌旗,虚张声势。军分三门而出。

  却说周瑜救出甘宁,陈兵于南郡城外。见曹兵分三门而出,瑜上将台观看。只见女墙边虚捆旌旗,无人守护;又见军士腰下各束缚包裹。瑜暗忖曹仁必先准备走路,遂下将台号令,分布两军为左右翼;如前军得胜,只顾向前追赶,直待鸣金,方许退步。命程普督后军,瑜亲自引军取城。对阵鼓声响处,曹洪出马搦战,瑜自至门旗下,使韩当出马,与曹洪交锋;战到三十余合,洪败走。曹仁自出接战,周泰纵马相迎;斗十余合,仁败走,阵势错乱。周瑜麾两翼军杀出,曹军大败。瑜自引军马追至南郡城下,曹军皆不入城,望西北而走。韩当、周泰引前部尽力追赶。瑜见城门大开,城上又无人,遂令众军抢城。数十骑当先而入。瑜在背后纵马加鞭,直入瓮城。陈矫在敌楼上,望见周瑜亲自入城来,暗暗喝采道:"丞相妙策如神!"一声梆子响,两边弓弩齐发,势如骤雨。争先入城的,都颠入陷坑内。周瑜急勒马回时,被一弩箭,正射中左肋,翻身落马。牛金从城中杀出,来捉周瑜;徐盛、丁奉二人舍命救去。城中曹兵突出,吴兵自相践踏,落堑坑者无数。程普急收军时,曹仁、曹洪分兵两路杀回,吴兵大败。幸得凌统引一军从刺斜里杀来,敌住曹兵。曹仁引得胜兵进城,程普收败军回寨。丁、徐二将救得周瑜到帐中,唤行军医者用铁钳子拔出箭头,将金疮药敷掩疮口,疼不可当,饮食俱废。医者曰:"此箭头上有毒,急切不能痊可。若怒气冲激,其疮复发。"程普令三军紧守各寨,不许轻出。三日后,牛金引军来搦战,程普按兵不动。牛金骂至日暮方回,次日又来骂战。程普恐瑜生气,不敢报知。第三日,牛金直至寨门外叫骂,声声只道要捉周瑜。程普与众商议,欲暂且退兵,回见吴侯,却再理会。

  却说周瑜虽患疮痛,心中自有主张;已知曹兵常来寨前叫骂,却不见众将来禀。一日,曹仁自引大军，擂鼓呐喊，前来搦战。程普拒住不出。周瑜唤众将入帐问曰："何处鼓噪呐喊？"众将曰："军中教演士卒。"瑜怒曰："何欺我也！吾已知曹兵常来寨前辱骂。程德谋既同掌兵权，何故坐视？"遂命人请程普入帐问之。普曰："吾见公瑾病疮，医者言勿触怒，故曹兵搦战，不敢报知。"瑜曰："公等不战，主意若何？"普曰："众将皆欲收兵暂回江东。待公箭疮平复，再作区处。"瑜听罢，于床上奋然跃起曰："大丈夫既食君禄，当死于战场，以马革裹尸还，幸也！岂可为我一人而废国家大事乎？"言讫，即披甲上马。诸军众将，无不骇然。遂引数百骑出营前。望见曹兵已布成阵势，曹仁自立马于门旗下，扬鞭大骂曰："周瑜孺子，料必横夭，再不敢正觑我兵！"骂犹未绝，瑜从群骑内突然出曰："曹仁匹夫！见周郎否！"曹军看见，尽皆惊骇。曹仁回顾众将曰："可大骂之！"众军厉声大骂。周瑜大怒，使潘璋出战。未及交锋，周瑜忽大叫一声，口中喷血，坠于马下。曹兵冲来，众将向前抵住，混战一场，救起周瑜，回到帐中。程普问曰："都督贵体若何？"瑜密谓普曰："此吾之计也。"普曰："计将安出？"瑜曰："吾身本无甚痛楚；吾所以为此者，欲令曹兵知我病危，必然欺敌。可使心腹军士去城中诈降，说吾已死。今夜曹仁必来劫寨。吾却于四下埋伏以应之，则曹仁可一鼓而擒也。"程普曰："此计大妙！"随就帐下举起哀声。众军大惊，尽传言都督箭疮大发而死，各寨尽皆挂孝。

却说曹仁在城中与众商议，言周瑜怒气冲发，金疮崩裂，以致口中喷血，坠于马下，不久必亡。正论间，忽报："吴寨内有十数个军士来降。中间亦有二人，原是曹兵被掳过去的。"曹仁忙唤入问之。军士曰："今日周瑜阵前金疮碎裂，归寨即死。今众将皆已挂孝举哀。我等皆受程普之辱，故特归降，便报此事。"曹仁大喜，随即商议今晚便去劫寨，夺周瑜之尸，斩其首级，送赴许都。陈矫曰："此计速行，不可迟误。"曹仁遂令牛金为先锋，自为中军，曹洪、曹纯为合后，只留陈矫领些少军士守城，其余军兵尽起。初更后出城，径投周瑜大寨。来到寨门，不见一人，但见虚插旗枪而已。情知中计，急忙退军。四下炮声齐发：东边韩当、蒋钦杀来，西边周泰、潘璋杀来，南边徐盛、丁奉杀来，北边陈武、吕蒙杀来。曹兵大败，三路军皆被冲散，首尾不能相救。曹仁引十数骑杀出重围，正遇曹洪，遂引败残军马一同奔走。杀到五更，离南郡不远，一声鼓响，凌统又引一军拦住去路，截杀一阵。曹仁引军刺斜而走，又遇甘宁大杀一阵。曹仁不敢回南郡，径投襄阳大路而行，吴军赶了一程，自回。

<small>据《三国志·吴书·周瑜传》：瑜与程普又进南郡，与仁相对，各隔大江。……宁国既解，乃渡屯北岸，克期大战。瑜亲跨马擽阵，会流矢中右肋，疮甚，便还。后仁闻瑜卧未起，勒兵就陈。瑜乃自舆案行军营，激扬吏士，仁由是遂退。

据《资治通鉴》卷六十六：（建安十四年十二月，）周瑜攻曹仁岁余，所杀伤甚众，仁委城走。权以瑜领南郡太守，屯据江陵；程普领江夏太守，治沙羡。（参见《三国志·吴书·吴主传》）

按：据史书记载，赤壁战后，周瑜率军攻打江陵，与曹仁激战一年之久，终于迫使曹仁从江陵撤退；周瑜攻占了以江陵为中心的南郡南部。但《演义》所写周瑜以诈死引诱曹仁来攻从而击败曹仁的情节，不见于史。</small>

周瑜、程普收住众军，径到南郡城下，见旌旗布满，敌楼上一将叫曰："都督少罪！吾奉军师将令，已取城了。吾乃常山赵子龙也。"周瑜大怒，便命攻城。城上乱箭射下。瑜命且回军商议，使甘宁引数千军马，径取荆州；凌统引数千军马，径取襄阳；然后却再取南郡未迟。正分拨间，忽然探马急来报说："诸葛亮自得了南郡，遂用兵符，星夜诈调荆州守城军马来救，却教张飞袭了荆州。"又一探马飞来报说："夏侯惇在襄阳，被诸葛亮差人赍兵符，诈称曹仁求救，诱惇引兵出，却教云长袭取了襄阳。"二处城池，全不费力，皆属刘玄德矣。

周瑜曰:"诸葛亮怎得兵符?"程普曰:"他拿住陈矫,兵符自然尽属之矣。"周瑜大叫一声,金疮迸裂。

> 按:《演义》所写诸葛亮抓住周瑜打败曹仁的机会,乘虚而入,派赵云、张飞和关羽分别占领了南郡、荆州和襄阳的情节,不见于史。东汉时代,南郡属于荆州范围内的七郡之一,曹仁从江陵北撤后,包括江陵在内的南郡南部地区一直由周瑜驻守,直到他于建安十五年(210)十二月去世。周瑜去世后,刘备向孙权提出要求,方才获得南郡南部的土地。而包括襄阳在内的南郡北部的土地,从建安十三年(208)起,一直在曹操的管辖之下,并未被关羽占领。南郡和荆州的治所都是江陵,罗贯中理解成了两座城池。

正是:几郡城池无我分,一场辛苦为谁忙!未知性命如何,且看下文分解。

第五十二回　诸葛亮智辞鲁肃　赵子龙计取桂阳

却说周瑜见孔明袭了南郡，又闻他袭了荆襄，如何不气？气伤箭疮，半晌方苏，众将再三劝解。瑜曰："若不杀诸葛村夫，怎息我心中怨气！程德谋可助我攻打南郡，定要夺还东吴。"正议间，鲁肃至。瑜谓之曰："吾欲起兵与刘备、诸葛亮共决雌雄，复夺城池。子敬幸助我。"鲁肃曰："不可。方今与曹操相持，尚未分成败；主公现攻合淝不下。不争自家互相吞并，倘曹兵乘虚而来，其势危矣。况刘玄德旧曾与曹操相厚，若逼得紧急，献了城池，一同攻打东吴，如之奈何？"瑜曰："吾等用计策，损兵马，费钱粮，他去图现成，岂不可恨！"肃曰："公瑾且耐，容某亲见玄德，将理来说他。若说不通，那时动兵未迟。"诸将曰："子敬之言甚善。"

于是鲁肃引从者径投南郡来，到城下叫门。赵云出问，肃曰："我要见刘玄德有话说。"云答曰："吾主与军师在荆州城中。"肃遂不入南郡，径奔荆州。见旌旗整列，军容甚盛，肃暗羡曰："孔明真非常人也！"军士报入城中，说鲁子敬要见。孔明令大开城门，接肃入衙。讲礼毕，分宾主而坐。茶罢，肃曰："吾主吴侯，与都督公瑾，教某再三申意皇叔，前者，操引百万之众，名下江南，实欲来图皇叔；幸得东吴杀退曹兵，救了皇叔。所有荆州九郡，合当归于东吴。今皇叔用诡计，夺占荆襄，使江东空费钱粮军马，而皇叔安受其利，恐于理未顺。"孔明曰："子敬乃高明之士，何故亦出此言？常言道：物必归主。荆襄九郡，非东吴之地，乃刘景升之基业。吾主固景升之弟也。景升虽亡，其子尚在；以叔辅侄，而取荆州，有何不可？"肃曰："若果系公子刘琦占据，尚有可解；今公子在江夏，须不在这里！"孔明曰："子敬欲见公子乎？"便命左右："请公子出来。"只见两从者从屏风后扶出刘琦。琦谓肃曰："病躯不能施礼，子敬勿罪。"鲁肃吃了一惊，默然无语，良久，言曰："公子若不在，便如何？"孔明曰："公子在一日，守一日；若不在，别有商议。"肃曰："若公子不在，须将城池还我东吴。"孔明曰："子敬之言是也。"遂设宴相待。

宴罢，肃辞出城，连夜归寨，具言前事。瑜曰："刘琦正青春年少，如何便得他死？这荆州何日得还？"肃曰："都督放心。只在鲁肃身上，务要讨荆襄还东吴。"瑜曰："子敬有何高见？"肃曰："吾观刘琦过于酒色，病入膏肓，现今面色羸瘦，气喘呕血，不过半年，其人必死。那时往取荆州，刘备须无得推故。"周瑜犹自忿气未消。忽孙权遣使至，瑜令请入。使曰："主公围合淝，累战不捷。特令都督收回大军，且拨兵赴合淝相助。"周瑜只得班师回柴桑养病，令程普部领战船士卒，来合淝听孙权调用。

却说刘玄德自得荆州、南郡、襄阳，心中大喜，商议久远之计。忽见一人上厅献策，视之，乃伊籍也。玄德感其旧日之恩，十分相敬，坐而问之。籍曰："要知荆州久远之计，何不求贤士以问之？"玄德曰："贤士安在？"籍曰："荆襄马氏，兄弟五人并有才名：幼者名谡，字幼常；其最贤者，眉间有白毛，名良，字季常。乡里为之谚曰：'马氏五常，白眉最良。'

> 据《三国志·蜀书·马良传》：马良字季常，襄阳宜城人也。兄弟五人，并有才名，乡里为之谚曰："马氏五常，白眉最良。"良眉中有白毛，故以称之。先主领荆州，辟为从事。

公何不求此人而与之谋？"玄德遂命请之。马良至，玄德优礼相待，请问保守荆襄之策。良曰:"荆襄四面受敌之地,恐不可久守;可令公子刘琦于此养病,招谕旧人以守之,就表奏公子为荆州刺史,以安民心。"

> 据《资治通鉴》卷六十五:(建安十三年十二月,)刘备表刘琦为荆州刺史。(参见《三国志·蜀书·先主传》《后汉书·刘表传附子琮传》)

然后南征武陵、长沙、桂阳、零陵四郡,积收钱粮,以为根本。此久远之计也。"玄德大喜,遂问:"四郡当先取何郡?"良曰:"湘江之西,零陵最近,可先取之;次取武陵。然后湘江之东取桂阳;长沙为后。"玄德遂用马良为从事,伊籍副之。请孔明商议送刘琦回襄阳,替云长回荆州。便调兵取零陵,差张飞为先锋,

> 据《三国志·蜀书·张飞传》:先主既定江南,以飞为宜都太守、征虏将军,封新亭侯,后转在南郡。
>
> 按:由这条史料可看出,赤壁战后,刘备收武陵、长沙、桂阳、零陵四郡时,张飞主要活动在长江以南、江陵以西地区。史书中没有他参与收零陵和武陵的记载。

赵云合后,孔明、玄德为中军,人马一万五千;留云长守荆州;糜竺、刘封守江陵。

却说零陵太守刘度,闻玄德军马到来,乃与其子刘贤商议。贤曰:"父亲放心。他虽有张飞、赵云之勇,我本州上将邢道荣,力敌万人,可以抵对。"刘度遂命刘贤与邢道荣引兵万余,离城三十里,依山靠水下寨。探马报说:"孔明自引一军到来。"道荣便引军出战。两阵对圆,道荣出马,手使开山大斧,厉声高叫:"反贼安敢侵我境界!"只见对阵中,一簇黄旗出。旗开处,推出一辆四轮车,车中端坐一人,头戴纶巾,身披鹤氅,手执羽扇,用扇招邢道荣曰:"吾乃南阳诸葛孔明也。曹操引百万之众,被吾聊施小计,杀得片甲不回。汝等岂堪与我对敌?我今来招安汝等,何不早降?"道荣大笑曰:"赤壁鏖兵,乃周郎之谋也,干汝何事,敢来诳语!"轮大斧竟奔孔明。孔明便回车,望阵中走,阵门复闭。道荣直冲杀过来,阵势急分两下而走。道荣遥望中央一簇黄旗,料是孔明,乃只望黄旗而赶。抹过山脚,黄旗扎住,忽地中央分开,不见四轮车,只见一将挺矛跃马,大喝一声,直取道荣,乃张翼德也。道荣轮大斧来迎,战不数合,气力不加,拨马便走。翼德随后赶来,喊声大震,两下伏兵齐出。道荣舍死冲过,前面一员大将,拦住去路,大叫:"认得常山赵子龙否!"道荣料敌不过,又无处奔走,只得下马请降。子龙缚来寨中见玄德、孔明。玄德喝教斩首。孔明急止之,问道荣曰:"汝若与我捉了刘贤,便准你投降。"道荣连声愿往。孔明曰:"你用何法捉他?"道荣曰:"军师若肯放某回去,某自有巧说。今晚军师调兵劫寨,某为内应,活捉刘贤,献与军师。刘贤既擒,刘度自降矣。"玄德不信其言。孔明曰:"邢将军非谬言也。"遂放道荣归。道荣得放回寨,将前事实诉刘贤。贤曰:"如之奈何?"道荣曰:"可将计就计。今夜将兵伏于寨外,寨中虚立旗幡,待孔明来劫寨,就而擒之。"刘贤依计。

当夜二更,果然有一彪军到寨口,每人各带草把,一齐放火。刘贤、道荣两下杀来,放火军便退。刘贤、道荣两军乘势追赶,赶了十余里,军皆不见。刘贤、道荣大惊,急回本寨,只见火光未灭,寨中突出一将,乃张翼德也。刘贤叫道荣:"不可入寨,却去劫孔明寨便了。"于是复回军。走不十里,赵云引一军刺斜里杀出,一枪刺道荣于马下。刘贤急拨马奔走,背后张飞赶来,活捉过马,绑缚见孔明。贤告曰:"邢道荣教某如此,实非本心也。"孔明令释其缚,与衣穿了,赐酒压惊,教人送入城说父投降;如其不降,打破城池,满门尽诛。刘贤回零陵见父刘度,备述孔明之德,劝父投降。度从之,遂于城上竖起降旗,大开城门,赍捧印绶出城,竟投玄德大寨纳降。孔明教刘度仍为郡守,其子刘贤赴荆州随军办事。零陵一郡居民,尽皆喜悦。

第五十二回　诸葛亮智辞鲁肃　赵子龙计取桂阳　329

　　玄德入城安抚已毕，赏劳三军。乃问众将曰："零陵已取了，桂阳郡何人敢取？"赵云应曰："某愿往。"张飞奋然出曰："飞亦愿往！"二人相争。孔明曰："终是子龙先应，只教子龙去。"张飞不服，定要去取。孔明教拈阄，拈着的便去。又是子龙拈着。张飞怒曰："我并不要人相帮，只独领三千军去，稳取城池。"赵云曰："某也只领三千军去。如不得城，愿受军令。"孔明大喜，责了军令状，选三千精兵付赵云去。张飞不服，玄德喝退。
　　赵云领了三千人马，径往桂阳进发。早有探马报知桂阳太守赵范。范急聚众商议。管军校尉陈应、鲍隆愿领兵出战。原来二人都是桂阳岭山乡猎户出身，陈应会使飞叉，鲍隆曾射杀双虎。二人自恃勇力，乃对赵范曰："刘备若来，某二人愿为前部。"赵范曰："我闻刘玄德乃大汉皇叔；更兼孔明多谋，关、张极勇；今领兵来的赵子龙，在当阳长坂百万军中，如入无人之境。我桂阳能有多少人马？不可迎敌，只可投降。"应曰："某请出战。若擒不得赵云，那时任太守投降不迟。"赵范拗不过，只得应允。
　　陈应领三千人马出城迎敌，早望见赵云领军来到。陈应列成阵势，飞马绰叉而出。赵云挺枪出马，责骂陈应曰："吾主刘玄德，乃刘景升之弟，今辅公子刘琦同领荆州，特来抚民。汝何敢迎敌！"陈应骂曰："我等只服曹丞相，岂顺刘备！"赵云大怒，挺枪骤马，直取陈应。应捻叉来迎，两马相交，战到四五合，陈应料敌不过，拨马便走。赵云追赶。陈应回顾赵云马来相近，用飞叉掷去，被赵云接住。回掷陈应。应急躲过，云马早到，将陈应活捉过马，掷于地下，喝军士绑缚回寨。败军四散奔走。云入寨叱陈应曰："量汝安敢敌我！我今不杀汝，放汝回去；说与赵范，早来投降。"陈应谢罪，抱头鼠窜，回到城中，对赵范尽言其事。范曰："我本欲降，汝强要战，以致如此。"遂叱退陈应，赍捧印绶，引十数骑出城投大寨纳降。
　　云出寨迎接，待以宾礼，置酒共饮，纳了印绶，酒至数巡，范曰："将军姓赵，某亦姓赵，五百年前，合是一家。将军乃真定人，某亦真定人，又是同乡。倘得不弃，结为兄弟，实为万幸。"云大喜，各叙年庚。云与范同年。云长范四个月，范遂拜云为兄。二人同乡，同年，又同姓，十分相得。至晚席散，范辞回城。次日，范请云入城安民。云教军士休动，只带五十骑随入城中。居民执香伏道而接。云安民已毕，赵范邀请入衙饮宴。酒至半酣，范复邀云入后堂深处，洗盏更酌。云饮微醉。范忽请出一妇人，与云把酒。子龙见妇人身穿缟素，有倾国倾城之色，乃问范曰："此何人也？"范曰："家嫂樊氏也。"子龙改容敬之。樊氏把盏毕，范令就坐。云辞谢。樊氏辞归后堂。云曰："贤弟何必烦令嫂举杯耶？"范笑曰："中间有个缘故，乞兄勿阻：先兄弃世已三载，家嫂寡居，终非了局，弟常劝其改嫁。嫂曰：'若得三件事兼全之人，我方嫁之：第一要文武双全，名闻天下；第二要相貌堂堂，威仪出众；第三要与家兄同姓。'你道天下那得有这般凑巧的？今尊兄堂堂仪表，名震四海，又与家兄同姓，正合家嫂所言。若不嫌家嫂貌陋，愿陪嫁资，与将军为妻，结累世之亲，如何？"云闻言大怒而起，厉声曰："吾既与汝结为兄弟，汝嫂即吾嫂也，岂可作此乱人伦之事乎！"赵范羞惭满面，答曰："我好意相待，如何这般无礼！"遂目视左右，有相害之意。云已觉，一拳打倒赵范，径出府门，上马出城去了。
　　范急唤陈应、鲍隆商议。应曰："这人发怒去了，只索与他厮杀。"范曰："但恐赢他不得。"鲍隆曰："我两个诈降在他军中，太守却引兵来搦战，我二人就阵上擒之。"陈应曰："必须带些人马。"隆曰："五百骑足矣。"当夜二人引五百军径奔赵云寨来投降。云已心知其诈，遂教唤入。二将到帐下，说："赵范欲用美人计赚将军，只等将军醉了，扶入后堂谋杀，将头去曹丞相处献功：如此不仁。某二人见将军怒出，必连累于某，因此投降。"赵云佯喜，置酒与二人痛饮。二人大醉，云乃缚于帐中，擒其手下人问之，果是诈降。云唤五百军入，各赐酒食，传令曰："要害我者，陈应、鲍隆也；不干众人之事。汝等听吾行计，皆有重赏。"

众军拜谢。将降将陈、鲍二人当时斩了；却教五百军引路，云引一千军在后，连夜到桂阳城下叫门。城上听时，说陈、鲍二将军杀了赵云回军，请太守商议事务。城上将火照看，果是自家军马。赵范急忙出城。云喝左右捉下，遂入城，安抚百姓已定，飞报玄德。玄德与孔明亲赴桂阳。云迎接入城，推赵范于阶下。孔明问之，范备言以嫂许嫁之事。孔明谓云曰："此亦美事，公何如此？"云曰："赵范既与某结为兄弟，今若娶其嫂，惹人唾骂，一也；其妇再嫁，使失大节，二也；赵范初降，其心难测，三也。主公新定江汉，枕席未安，云安敢以一妇人而废主公之大事？"玄德曰："今日大事已定，与汝娶之，若何？"云曰："天下女子不少，但恐名誉不立，何患无妻子乎？"玄德曰："子龙真丈夫也！"遂释赵范，仍令为桂阳太守，重赏赵云。

据《三国志·蜀书·赵云传》注引《云别传》：从平江南，以为偏将军，领桂阳太守，代赵范。范寡嫂曰樊氏，有国色，范欲以配云。云辞曰："相与同姓，卿兄犹我兄。"固辞不许。时有人劝云纳之，云曰："范迫降耳，心未可测；天下女不少。"遂不取。范果逃走，云无纤介。

按：《演义》所述赵云拒婚的理由，其中"其妇再嫁，使失大节"一条，不见于史书，乃罗贯中所加。寡妇再嫁，三国时为风气；以寡妇再嫁为失节是宋代以后的观念。

张飞大叫曰："偏子龙干得功！偏我是无用之人！只拨三千军与我去取武陵郡，活捉太守金旋来献！"孔明大喜曰："翼德要去不妨，但要依一件事。"正是：军师决胜多奇策，将士争先立战功。未知孔明说出那一件事来，且看下文分解。

第五十三回　关云长义释黄汉升　孙仲谋大战张文远

却说孔明谓张飞曰："前者子龙取桂阳郡时，责下军令状而去。今日翼德要取武陵，必须也责下军令状，方可领兵去。"张飞遂立军令状，欣然领三千军，星夜投武陵界上来。金旋听得张飞引兵到，乃集将校，整点精兵器械，出城迎敌。从事巩志谏曰："刘玄德乃大汉皇叔，仁义布于天下；加之张翼德骁勇非常。不可迎敌，不如纳降为上。"金旋大怒曰："汝欲与贼通连为内变耶？"喝令武士推出斩之。众官皆告曰："先斩家人，于军不利。"金旋乃喝退巩志，自率兵出。离城二十里，正迎张飞。飞挺矛立马，大喝金旋。旋问部将："谁敢出战？"众皆畏惧，莫敢向前。旋自骤马舞刀迎之。张飞大喝一声，浑如巨雷，金旋失色，不敢交锋，拨马便走。飞引众军随后掩杀。金旋走至城边，城上乱箭射下。旋惊视之，见巩志立于城上曰："汝不顺天时，自取败亡，吾与百姓自降刘矣。"言未毕，一箭射中金旋面门，坠于马下，军士割头献张飞。

> 据《三国志·蜀书·先主传》注引《三辅决录注》：金旋字元机，京兆人，历位黄门郎、汉阳太守，征拜议郎，迁中郎将，领武陵太守，为备所攻劫死。

巩志出城纳降，飞就令巩志赍印绶，往桂阳见玄德。玄德大喜，遂令巩志代金旋之职。

玄德亲至武陵安民毕，驰书报云长，言翼德、子龙各得一郡。云长乃回书上请曰："闻长沙尚未取，如兄长不以弟为不才，教关某干这件功劳甚好。"玄德大喜，遂教张飞星夜去替云长守荆州，令云长来取长沙。

> 据《三国志·魏书·李通传》：刘备与周瑜围曹仁于江陵，别遣关羽绝北道。
>
> 据《三国志·蜀书·关羽传》：先主收江南诸郡，乃封拜元勋，以羽为襄阳太守、荡寇将军，驻江北。
>
> 按：由这两条史料可看出，赤壁战后，刘备收武陵、长沙、桂阳、零陵四郡时，关羽正在江陵以北作战，未到江南和长沙郡。史书中没有他攻取长沙的记载。

云长既至，入见玄德、孔明。孔明曰："子龙取桂阳，翼德取武陵，都是三千军去。今长沙太守韩玄，固不足道。只是他有一员大将，乃南阳人，姓黄，名忠，字汉升，是刘表帐下中郎将，与刘表之侄刘磐共守长沙，后事韩玄。

> 据《三国志·蜀书·黄忠传》：黄忠字汉升，南阳人也。荆州牧刘表以为中郎将，与表从子磐共守长沙攸县。及曹公克荆州，假行裨将军，仍就故任，统属长沙太守韩玄。

虽今年近六旬，却有万夫不当之勇，不可轻敌。云长去，必须多带军马。"云长曰："军师何故长别人锐气，灭自己威风？量一老卒，何足道哉！关某不须用三千军，只消本部下五百名校刀手，决定斩黄忠、韩玄之首，献来麾下。"玄德苦挡。云长不依，只领五百校刀手而去。孔明谓玄德曰："云长轻敌黄忠，只恐有失。主公当往接应。"玄德从之，随后引兵望长沙进发。

却说长沙太守韩玄，平生性急，轻于杀戮，众皆恶之。是时听知云长军到，便唤老将黄忠商议。忠曰："不须主公忧虑。凭某这口刀，这张弓，一千个来，一千个死！"原来黄忠能开二石力之弓，百发百中。言未毕，阶下一人应声而出曰："不须老将军出战，只就某手中定活捉关某。"韩玄视之,乃管军校尉杨龄。韩玄大喜,遂令杨龄引军一千,飞奔出城。约行五十里,望见尘头起处,云长军马早到。杨龄挺枪出马,立于阵前骂战。云长大怒,更不打话,飞马舞刀,直取杨龄。龄挺枪来迎。不三合,云长手起刀落,砍杨龄于马下。追杀败兵,直至城下。韩玄闻之大惊,便教黄忠出马。玄自来城上观看。忠提刀纵马,引五百骑兵飞过吊桥。云长见一老将出马,知是黄忠,把五百校刀手一字摆开,横刀立马而问曰:"来将莫非黄忠否?"忠曰:"既知我名,焉敢犯我境!"云长曰:"特来取汝首级!"言罢,两马交锋。斗一百余合,不分胜负。韩玄恐黄忠有失,鸣金收军。黄忠收军入城。云长也退军,离城十里下寨,心中暗忖:"老将黄忠,名不虚传,斗一百合,全无破绽。来日必用拖刀计,背砍赢之。"

次日早饭毕,又来城下搦战。韩玄坐在城上,教黄忠出马。忠引数百骑杀过吊桥,再与云长交马。又斗五六十合,胜负不分,两军齐声喝采。鼓声正急时,云长拨马便走。黄忠赶来。云长方欲用刀砍去,忽听得脑后一声响;急回头看时,见黄忠被战马前失,掀在地下。云长急回马,双手举刀猛喝曰:"我且饶你性命!快换马来厮杀!"黄忠急提起马蹄,飞身上马,奔入城中。玄惊问之。忠曰:"此马久不上阵,故有此失。"玄曰:"汝箭百发百中,何不射之?"忠曰:"来日再战,必然诈败,诱到吊桥边射之。"玄以自己所乘一匹青马与黄忠。忠拜谢而退,寻思:"难得云长如此义气!他不忍杀害我,我又安忍射他?若不射,又恐违了将令。"是夜踌躇未定。

次日天晓,人报云长搦战。忠领兵出城。云长两日战黄忠不下,十分焦躁,抖擞威风,与忠交马。战不到三十余合,忠诈败,云长赶来。忠想昨日不杀之恩,不忍便射,带住刀,把弓虚拽弦响,云长急闪,却不见箭;云长又赶,忠又虚拽,云长急闪,又无箭;只道黄忠不会射,放心赶来。将近吊桥,黄忠在桥上搭箭开弓,弦响箭到,正射在云长盔缨根上。前面军齐声喊起。云长吃了一惊,带箭回寨,方知黄忠有百步穿杨之能,今日只射盔缨,正是报昨日不杀之恩也。云长领兵而退。

黄忠回到城上来见韩玄,玄便喝左右捉下黄忠。忠叫曰:"无罪!"玄大怒曰:"我看了三日,汝敢欺我!汝前日不力战,必有私心;昨日马失,他不杀汝,必有关通;今日两番虚拽弓弦,第三箭却止射他盔缨,如何不是外通内连?若不斩汝,必为后患!"喝令刀斧手推下城门外斩之。众将欲告,玄曰:"但告免黄忠者,便是同情!"刚推到门外,恰欲举刀,忽然一将挥刀杀入,砍死刀手,救起黄忠,大叫曰:"黄汉升乃长沙之保障,今杀汉升,是杀长沙百姓也!韩玄残暴不仁,轻贤慢士,当众共殛之,愿随我者便来!"众视其人,面如重枣,目若朗星,乃义阳人魏延也。

> 据《三国志·蜀书·魏延传》:魏延字文长,义阳人也。以部曲随先主入蜀,数有战功,迁牙门将军。

自襄阳赶刘玄德不着,来投韩玄;玄怪其傲慢少礼,不肯重用,故屈沉于此。当日救下黄忠,教百姓同杀韩玄,袒臂一呼,相从者数百余人。黄忠拦当不住。魏延直杀上城头,一刀砍韩玄为两段,提头上马,引百姓出城,投拜云长。

> 按:《演义》称关羽攻打长沙与黄忠交战,魏延为救黄忠杀死长沙太守韩玄然后归降刘备,均不见于史。据史书记载,刘备南征荆州四郡时,韩玄投降并未被杀,黄忠在攸县也随之投降,他与关羽并未交战。魏延是以部曲身份跟随刘备的,并不是降将。

云长大喜,遂入城。安抚已毕,请黄忠相见;忠托病不出。云长即使人去请玄德、孔明。却说玄德自云长来取长沙,与孔明随后催促人马接应。正行间,青旗倒卷,一鸦自北南飞,连叫三声而去。玄德曰:"此应何祸福?"孔明就马上袖占一课,曰:"长沙郡已得,又主得大将。午时后定见分晓。"少顷,见一小校飞报前来,说:"关将军已得长沙郡,降将黄忠、魏延。专等主公到彼。"玄德大喜,遂入长沙。云长接入厅上,具言黄忠之事。玄德乃亲往黄忠家相请,忠方出降,

> 据《三国志·蜀书·黄忠传》:黄忠字汉升,南阳人也。荆州牧刘表以为中郎将,与表从子磐共守长沙攸县。及曹公克荆州,假行裨将军,仍就故任,统属长沙太守韩玄。先主南定诸郡,忠遂委质。

求葬韩玄尸首于长沙之东。后人有诗赞黄忠曰:

> 将军气概与天参,白发犹然困汉南。至死甘心无怨望,临降低首尚怀惭。
> 宝刀灿雪彰神勇,铁骑临风忆战酣。千古高名应不泯,长随孤月照湘潭。

玄德待黄忠甚厚。云长引魏延来见,孔明喝令刀斧手推下斩之。玄德惊问孔明曰:"魏延乃有功无罪之人,军师何故欲杀之?"孔明曰:"食其禄而杀其主,是不忠也;居其土而献其地,是不义也。吾观魏延脑后有反骨,久后必反,故先斩之,以绝祸根。"玄德曰:"若斩此人,恐降者人人自危。望军师恕之。"孔明指魏延曰:"吾今饶汝性命。汝可尽忠报主,勿生异心;若生异心,我好歹取汝首级。"魏延喏喏连声而退。黄忠荐刘表侄刘磐——现在攸县闲居,玄德取回,教掌长沙郡。四郡已平,

> 据《资治通鉴》卷六十五:(建安十三年十二月,)刘备表刘琦为荆州刺史,引兵南徇四郡,武陵太守金旋、长沙太守韩玄、桂阳太守赵范、零陵太守刘度皆降。庐江营帅雷绪率部曲数万口归备。备以诸葛亮为军师中郎将,使督零陵、桂阳、长沙三郡,调其赋税以充军实;以偏将军赵云领桂阳太守。(参见《三国志·蜀书·先主传》《诸葛亮传》)

玄德班师回荆州,改油江口为公安。

> 据《资治通鉴》卷六十六:(建安十四年十二月,)刘备表权行车骑将军,领徐州牧。会刘琦卒,权以备领荆州牧,周瑜分南岸地以给备。备立营于油口,改名公安。(参见《三国志·吴书·吴主传》)
>
> 据《三国志·蜀书·先主传》注引《江表传》:周瑜为南郡太守,分南岸地以给备。备别立营于油江口,改名为公安。
>
> 按:赤壁之战后,孙权占据了刘琦的江夏郡,刘备则攻取了江陵对岸的油江口(即公安,属武陵郡)。周瑜并未占领油江口;吴人所著《江表传》称周瑜"分南岸地以给备",不过是承认刘备占据油江口一带的事实而已。

自此钱粮广盛,贤士归之;将军马四散屯于隘口。

却说周瑜自回柴桑养病,令甘宁守巴陵郡,令凌统守汉阳郡,二处分布战船,听候调遣。程普引其余将士投合淝县来。原来孙权自从赤壁鏖兵之后,久在合淝,与曹兵交锋,大小十余战,未决胜负,

> 据《三国志·魏书·武帝纪》:(建安十三年)十二月,孙权为备攻合肥。公自江陵征备,至巴丘,遣张熹救合肥。权闻熹至,乃走。公至赤壁,与备战,不利。
>
> 据《资治通鉴》卷六十五:(建安十三年)十二月,孙权自将围合肥,使张昭攻九江之当涂,不克。
>
> 按:孙权攻合肥的时间,据《三国志·魏书·武帝纪》记载,是在建安十三年(208)

十二月，赤壁之战之前。孙刘两家结盟之后，孙权即命周瑜和程普率军逆流而上会合刘备迎击曹军；同时，为诱使曹操分兵以减轻联军的压力，他亲自率军北上进攻合肥，故史称"孙权为备攻合肥"。

不敢逼城下寨，离城五十里屯兵。闻程普兵到，孙权大喜，亲自出营劳军。人报鲁子敬先至，权乃下马立待之。肃慌忙滚鞍下马施礼。众将见权如此待肃，皆大惊异。权请肃上马，并辔而行，密谓曰："孤下马相迎，足显公否？"肃曰："未也。"权曰："然则何如而后为显耶？"肃曰："愿明公威德加于四海，总括九州，克成帝业，使肃名书竹帛，始为显矣。"权抚掌大笑。

　　据《三国志·吴书·鲁肃传》：曹公破走，肃即先还，权大请诸将迎肃。肃将入阁拜，权起礼之，因谓曰："子敬，孤持鞍下马相迎，足以显卿未？"肃趋进曰："未也。"众人闻之，无不愕然。就坐，徐举鞭言曰："愿至尊威德加乎四海，总括九州，克成帝业，更以安车软轮征肃，始当显耳。"权抚掌欢笑。

同至帐中，大设饮宴，犒劳鏖兵将士，商议破合淝之策。

　　忽报张辽差人来下战书。权拆书观毕，大怒曰："张辽欺吾太甚！汝闻程普军来，故意使人搦战！来日吾不用新军赴敌，看我大战一场！"传令当夜五更，三军出寨，望合淝进发。辰时左右，军马行至半途，曹兵已到。两边布成阵势。孙权金盔金甲，披挂出马；左宋谦，右贾华，二将使方天画戟，两边护卫。三通鼓罢，曹军阵中，门旗两开，三员将全装惯带，立于阵前：中央张辽，左边李典，右边乐进。张辽纵马当先，专搦孙权决战。权绰枪欲自战，阵门中一将挺枪骤马早出，乃太史慈也。张辽挥刀来迎。两将战有七八十合，不分胜负。曹阵上李典谓乐进曰："对面金盔者，孙权也。若捉得孙权，足可与八十三万大军报仇。"说犹未了，乐进一骑马，一口刀，从刺斜里径取孙权，如一道电光，飞至面前，手起刀落。宋谦、贾华急将画戟遮架。刀到处，两枝戟齐断，只将戟杆望马头上打。乐进回马，宋谦绰军士手中枪赶来。李典搭上箭，望宋谦心窝里便射，应弦落马。

　　按：《演义》称宋谦死于建安十三年（208）的合肥之战，与史不合。据《三国志·吴书·吴主传》，宋谦参加了吴黄武元年（222）的夷陵之战，是击破刘备的吴军主要将领。

太史慈见背后有人堕马，弃却张辽，望本阵便回。张辽乘势掩杀过来，吴兵大乱，四散奔走。张辽望见孙权，骤马赶来。看看赶上，刺斜里撞出一军，为首大将，乃程普也；截杀一阵，救了孙权。张辽收军自回合淝。

程普保孙权归大寨，败军陆续回营。孙权因见折了宋谦，放声大哭。长史张纮曰："主公恃盛壮之气，轻视大敌，三军之众，莫不寒心。即使斩将搴旗，威振疆场，亦偏将之任，非主公所宜也。愿抑贲、育之勇，怀王霸之计。且今日宋谦死于锋镝之下，皆主公轻敌之故。今后切宜保重。"权曰："是孤之过也。从今当改之。"

　　据《资治通鉴》卷六十六：孙权围合肥，久不下。权率轻骑欲身往突敌，长史张纮谏曰："夫兵者凶器，战者危事也。今麾下恃盛壮之气，忽强暴之虏，三军之众，莫不寒心。虽斩将搴旗，威震敌场，此乃偏将之任，非主将之宜也。愿抑贲、育之勇，怀霸王之计。"权乃止。（参见《三国志·吴书·张纮传》）

少顷，太史慈入帐，言："某手下有一人，姓戈，名定，与张辽手下养马后槽是弟兄，后槽被责怀怨，今晚使人报来，举火为号，刺杀张辽，以报宋谦之仇。某请引兵为外应。"权曰："戈定何在？"太史慈曰："已混入合淝城中去了。某愿乞五千兵去。"诸葛瑾曰："张辽多谋，恐有准备，不可造次。"太史慈坚执要行。权因伤感宋谦之死，急要报仇，遂令太史慈引兵五千，去为外应。

却说戈定乃太史慈乡人，当日杂在军中，随入合淝城，寻见养马后槽，两个商议。戈定曰："我已使人报太史慈将军去了，今夜必来接应。你如何用事？"后槽曰："此间离中军较远，夜间急不能进，只就草堆上放起一把火，你去前面叫反，城中兵乱，就里刺杀张辽，余军自走也。"戈定曰："此计大妙！"是夜张辽得胜回城，赏劳三军，传令不许解甲宿睡。左右曰："今日全胜，吴兵远遁，将军何不卸甲安息？"辽曰："非也。为将之道：勿以胜为喜，勿以败为忧。倘吴兵度我无备，乘虚攻击，何以应之？今夜防备，当比每夜更加谨慎。"说犹未了，后寨火起，一片声叫反，报者如麻。张辽出帐上马，唤亲从将校十数人，当道而立。左右曰："喊声甚急，可往观之。"辽曰："岂有一城皆反者？此是造反之人，故惊军士耳。如乱者先斩！"无移时，李典擒戈定并后槽至。辽询得其情，立斩于马前。

  据《资治通鉴》卷六十五：（建安十三年夏六月，）操使张辽屯长社，临发，军中有谋反者，夜，惊乱起火，一军尽扰。辽谓左右曰："勿动！是不一营尽反，必有造变者，欲以惊动人耳。"乃令军中："其不反者安坐！"辽将亲兵数十人中陈而立，有顷，皆定，即得首谋者，杀之。（参见《三国志·魏书·张辽传》）

  按：据史书记载，张辽平息军中哗变，发生在赤壁之战之前，当时孙权尚未攻合肥，而且此事与太史慈无关。

只听得城门外鸣锣击鼓，喊声大震。辽曰："此是吴兵外应，可就计破之。"便令人于城门内放起一把火，众皆叫反，大开城门，放下吊桥。太史慈见城门大开，只道内变，挺枪纵马先入。城上一声炮响，乱箭射下，太史慈急退，身中数箭。背后李典、乐进杀出，吴兵折其大半，乘势直赶到寨前。陆逊、董袭杀出，救了太史慈。曹兵自回。孙权见太史慈身带重伤，愈加伤感。张昭请权罢兵。权从之，遂收兵下船，回南徐润州。

  据《三国志·魏书·蒋济传》：建安十三年，孙权率众围合肥。时大军征荆州，遇疾疫，唯遣将军张喜单将千骑，过领汝南兵以解围，颇复疾疫。济乃密白刺史，伪喜书，云步骑四万已到雩娄，遣主簿迎喜。三部使赍书语城中守将，一部得入城，二部为贼所得。权信之，遽烧围走，城用得全。（参见《资治通鉴》卷六十六）

  据《三国志·魏书·武帝纪》：（建安十三年）十二月，孙权为备攻合肥。公自江陵征备，至巴丘，遣张憙救合肥。权闻憙至，乃走。

  据《三国志·吴书·吴主传》：权自率众围合肥，使张昭攻九江之当涂。昭兵不利，权攻城逾月不能下。曹公自荆州还，遣张喜将骑赴合肥。未至，权退。

  按：此次合肥之战孙权撤兵的原因，《演义》称：太史慈受重伤后，孙权采纳了张昭的建议而决定撤军。这与史实不合。据史书记载，魏谋臣蒋济以虚张声势之计，欺骗了孙权，使孙权误以为魏援军即将到达，于是下令撤兵。

比及屯住军马，太史慈病重；权使张昭等问安，太史慈大叫曰："大丈夫生于乱世，当带三尺剑立不世之功；今所志未遂，奈何死乎！"

  据《三国志·吴书·太史慈传》注引《吴书》：慈临亡，叹息曰："丈夫生世，当带七尺之剑，以升天子之阶。今所志未从，奈何而死乎！"权甚悼惜之。

言讫而亡，年四十一岁。

据《三国志·吴书·太史慈传》：孙权统事，以慈能制（刘）磐，遂委南方之事。年四十一，建安十一年卒。

按：据《三国志·吴书·太史慈传》，太史慈死于建安十一年（206）。《演义》称太史慈死于建安十三年（208）的合肥之战，与史不合。

后人有诗赞曰：
矢志全忠孝，东莱太史慈。姓名昭远塞，弓马震雄师。
北海酬恩日，神亭酣战时。临终言壮志，千古共嗟咨。

孙权闻慈死，伤悼不已，命厚葬于南徐北固山下，养其子太史亨于府中。

据《三国志·吴书·太史慈传》：子亨，官至越骑校尉。

却说玄德在荆州整顿军马，闻孙权合淝兵败，已回南徐，与孔明商议。孔明曰："亮夜观星象，见西北有星坠地，必应折一皇族。"正言间，忽报公子刘琦病亡。

据《后汉书·刘表传附子琮传》：操后败于赤壁，刘备表琦为荆州刺史。明年卒。
据《三国志·蜀书·先主传》：琦病死，群下推先主为荆州牧，治公安。

玄德闻之，痛哭不已。孔明劝曰："生死分定，主公勿忧，恐伤贵体。且理大事：可急差人到彼守御城池，并料理葬事。"玄德曰："谁可去？"孔明曰："非云长不可。"即时便教云长前去襄阳保守。

据《三国志·蜀书·关羽传》：先主收江南诸郡，乃封拜元勋，以羽为襄阳太守、荡寇将军，驻江北。

玄德曰："今日刘琦已死，东吴必来讨荆州，如何对答？"孔明曰："若有人来，亮自有言对答。"过了半月，人报东吴鲁肃特来吊丧。正是：先将计策安排定，只等东吴使命来。未知孔明如何对答，且看下文分解。

第五十四回　吴国太佛寺看新郎　刘皇叔洞房续佳偶

　　却说孔明闻鲁肃到，与玄德出城迎接，接到公廨，相见毕。肃曰："主公闻令侄弃世，特具薄礼，遣某前来致祭。周都督再三致意刘皇叔、诸葛先生。"玄德、孔明起身称谢，收了礼物，置酒相待。肃曰："前者皇叔有言：'公子不在，即还荆州。'今公子已去世，必然见还。不识几时可以交割？"玄德曰："公且饮酒，有一个商议。"肃强饮数杯，又开言相问。玄德未及回答，孔明变色曰："子敬好不通理，直须待人开口！自我高皇帝斩蛇起义，开基立业，传至于今；不幸奸雄并起，各据一方；少不得天道好还，复归正统。我主人乃中山靖王之后，孝景皇帝玄孙，今皇上之叔，岂不可分茅裂土？况刘景升乃我主之兄也，弟承兄业，有何不顺？汝主乃钱塘小吏之子，素无功德于朝廷；今倚势力，占据六郡八十一州，尚自贪心不足，而欲并吞汉土。刘氏天下，我主姓刘倒无分，汝主姓孙反要强争？且赤壁之战，我主多负勤劳，众将并皆用命，岂独是汝东吴之力？若非我借东南风，周郎安能展半筹之功？江南一破，休说二乔置于铜雀宫，虽公等家小，亦不能保。适来我主人不即答应者，以子敬乃高明之士，不待细说。何公不察之甚也！"

　　一席话，说得鲁子敬缄口无言；半晌乃曰："孔明之言，怕不有理；争奈鲁肃身上甚是不便。"孔明曰："有何不便处？"肃曰："昔日皇叔当阳受难时，是肃引孔明渡江，见我主公；后来周公瑾要兴兵取荆州，又是肃挡住；至说待公子去世还荆州，又是肃担承：今却不应前言，教鲁肃如何回覆？我主与周公瑾必然见罪。肃死不恨，只恐惹恼东吴，兴动干戈，皇叔亦不能安坐荆州，空为天下耻笑耳。"孔明曰："曹操统百万之众，动以天子为名，吾亦不以为意，岂惧周郎一小儿乎！若恐先生面上不好看，我劝主人立纸文书，暂借荆州为本；待我主别图得城池之时，便交付还东吴。此论如何？"肃曰："孔明待夺得何处，还我荆州？"孔明曰："中原急未可图；西川刘璋暗弱，我主将图之。若图得西川，那时便还。"肃无奈，只得听从。玄德亲笔写成文书一纸，押了字。保人诸葛孔明也押了字。孔明曰："亮是皇叔这里人，难道自家作保？烦子敬先生也押个字，回见吴侯也好看。"肃曰："某知皇叔乃仁义之人，必不相负。"遂押了字，收了文书。

　　据《资治通鉴》卷六十六：会刘琦卒，权以备领荆州牧，周瑜分南岸地以给备。备立营于油口，改名公安。……刘表故吏士多归刘备，备以周瑜所给地少，不足以容其众，乃自诣京见孙权，求都督荆州。……权以鲁肃为奋武校尉，代瑜领兵，令程普领南郡太守。鲁肃劝权以荆州借刘备，与共拒曹操，权从之。乃分豫章为鄱阳郡，分长沙为汉昌郡；复以程普领江夏太守，鲁肃为汉昌太守，屯陆口。

　　据《三国志·蜀书·先主传》注引《江表传》：周瑜为南郡太守，分南岸地以给备。备别立营于油江口，改名为公安。刘表吏士见从北军，多叛来投备。备以瑜所给地少，不足以安民，复从权借荆州数郡。

　　据《三国志·吴书·鲁肃传》：后备诣京见权，求都督荆州，惟肃劝权借之，共拒曹公。

　　按：东汉时代，荆州有七郡。据史书记载，赤壁战后，刘备夺取了江南四郡，周瑜攻占了以江陵为中心的南郡南部地区。所谓"借荆州"，是建安十五年（210）周瑜死后，在鲁肃建议下，孙权把南郡南部交给刘备驻守。

  至此，刘备占有荆州七郡中的四个半郡，曹操占有南阳郡和南郡、江夏郡之北部，孙权占有江夏郡大部。

宴罢辞回。玄德与孔明，送到船边。孔明嘱曰："子敬回见吴侯，善言伸意，休生妄想。若不准我文书，我翻了面皮，连八十一州都夺了。今只要两家和气，休教曹贼笑话。"

  肃作别下船而回，先到柴桑郡见周瑜。瑜问曰："子敬讨荆州如何？"肃曰："有文书在此。"呈与周瑜，瑜顿足曰："子敬中诸葛之谋也！名为借地，实是混赖。他说取了西川便还，知他几时取西川？假如十年不得西川，十年不还？这等文书，如何中用，你却与他做保！他若不还时，必须连累足下，主公见罪奈何？"肃闻言，呆了半晌，曰："恐玄德不负我。"瑜曰："子敬乃诚实人也。刘备枭雄之辈，诸葛亮奸猾之徒，恐不似先生心地。"肃曰："若此，如之奈何？"瑜曰："子敬是我恩人，想昔日指囷相赠之情，如何不救你？你且宽心住数日，待江北探细的回，别有区处。"鲁肃踌躇不安。

  过了数日，细作回报："荆州城中扬起布幡做好事，城外别建新坟，军士各挂孝。"瑜惊问曰："没了甚人？"细作曰："刘玄德没了甘夫人，即日安排殡葬。"瑜谓鲁肃曰："吾计成矣：使刘备束手就缚，荆州反掌可得！"肃曰："计将安出？"瑜曰："刘备丧妻，必将续娶。主公有一妹，极其刚勇，侍婢数百，居常带刀，房中军器摆列遍满，虽男子不及。

  据《资治通鉴》卷六十六：（建安十四年十二月，）权以妹妻备。妹才捷刚猛，有诸兄风，侍婢百余人，皆执刀侍立，备每入，心常凛凛。（参见《三国志·蜀书·法正传》）

我今上书主公，教人去荆州为媒，说刘备来入赘。赚到南徐，妻子不能勾得，幽囚在狱中，却使人去讨荆州换刘备。等他交割了荆州城池，我别有主意。于子敬身上，须无事也。"

  据《三国志·蜀书·先主传》：琦病死，群下推先主为荆州牧，治公安。权稍畏之，进妹固好。

  按：据史书，建安十四年（209），孙权把妹妹嫁给刘备，是为了巩固孙、刘联盟，此事系孙权主动策划，并非如《演义》所说，是周瑜设美人计，为了骗刘备到南徐，软禁起来，以便讨回荆州。历史上，周瑜去世前，刘备还没有从东吴手中借得南郡，自然也没有东吴"讨荆州"的问题。

鲁肃拜谢。周瑜写了书呈，选快船送鲁肃投南徐见孙权，先说借荆州一事，呈上文书。权曰："你却如此糊涂！这样文书，要他何用！"肃曰："周都督有书呈在此，说用此计，可得荆州。"权看毕，点头暗喜，寻思谁人可去。猛然省曰："非吕范不可。"遂召吕范至，谓曰："近闻刘玄德丧妇。吾有一妹，欲招赘玄德为婿，永结姻亲，同心破曹，以扶汉室。非子衡不可为媒，望即往荆州一言。"范领命，即日收拾船只，带数个从人，望荆州来。

  按：核诸史书，孙权嫁妹给刘备时，甘夫人未死。据《三国志·甘皇后传》，"后卒，葬于南郡"，而刘备进入借得的南郡，是在建安十五年（210）十二月，甘夫人当死于此后不久。孙权嫁妹给刘备是在建安十四年（209），时刘备驻公安，甘夫人尚在。但她的名分是妾（她在生前始终未立为正妻，刘备的正妻已于当阳长坂之战被曹军掳去），故孙权可以嫁妹给刘备做妻子。《演义》却说，因甘夫人死，孙权、周瑜才搞美人计，与史不合。

  却说玄德自没了甘夫人，昼夜烦恼。一日，正与孔明闲叙，人报东吴差吕范到来。孔明

第五十四回　吴国太佛寺看新郎　刘皇叔洞房续佳偶

笑曰："此乃周瑜之计，必为荆州之故。亮只在屏风后潜听。但有甚说话，主公都应承了。留来人在馆驿中安歇，别作商议。"玄德教请吕范入。礼毕坐定，茶罢，玄德问曰："子衡来，必有所谕？"范曰："范近闻皇叔失偶，有一门好亲，故不避嫌，特来作媒。未知尊意若何？"玄德曰："中年丧妻，大不幸也。骨肉未寒，安忍便议亲？"范曰："人若无妻，如屋无梁，岂可中道而废人伦？吾主吴侯有一妹，美而贤，堪奉箕帚。若两家共结秦晋之好，则曹贼不敢正视东南也。此事家国两便，请皇叔勿疑。但我国太吴夫人甚爱幼女，不肯远嫁，必求皇叔到东吴就婚。"玄德曰："此事吴侯知否？"范曰："不先禀吴侯，如何敢造次来说！"玄德曰："吾年已半百，鬓发斑白；吴侯之妹，正当妙龄：恐非配偶。"范曰："吴侯之妹，身虽女子，志胜男儿。常言：'若非天下英雄，吾不事之。'今皇叔名闻四海，正所谓淑女配君子，岂以年齿上下相嫌乎！"玄德曰："公且少留，来日回报。"是日设宴相待，留于馆舍。至晚，与孔明商议。孔明曰："来意亮已知道了。适间卜《易》，得一大吉大利之兆。主公便可应允。先教孙乾和吕范回见吴侯，面许已定，择日便去就亲。"玄德曰："周瑜定计欲害刘备，岂可以身轻入危险之地？"孔明大笑曰："周瑜虽能用计，岂能出诸葛亮之料乎！略用小谋，使周瑜半筹不展；吴侯之妹，又属主公；荆州万无一失。"玄德怀疑未决。孔明竟教孙乾往江南说合亲事。

　　据《资治通鉴》卷六十六：（建安十四年冬十二月，）权以妹妻备。

　　据《资治通鉴》卷六十六：（建安十五年冬十二月，）刘表故吏士多归刘备，备以周瑜所给地少，不足以容其众，乃自诣京见孙权，求都督荆州。瑜上疏于权曰："刘备以枭雄之姿，而有关羽、张飞熊虎之将，必非久屈为人用者。愚谓大计宜徙备置吴，盛为筑宫室，多其美女玩好，以娱其耳目；分此二人各置一方，使如瑜者得挟与攻战，大事可定也。今猥割土地以资业之，聚此三人俱在疆场，恐蛟龙得云雨，终非池中物也。"吕范亦劝留之。权以曹操在北，方当广揽英雄，不从。备还公安，久乃闻之，叹曰："天下智谋之士，所见略同。时孔明谏孤莫行，其意亦虑此也。孤方危急，不得不往，此诚险涂，殆不免周瑜之手！"

　　据《三国志·蜀书·庞统传》注引《江表传》：先主与统从容宴语，问曰："卿为周公瑾功曹，孤到吴，闻此人密有白事，劝仲谋相留，有之乎？在君为君，卿其无隐。"统对曰："有之。"备叹息曰："孤时危急，当有所求，故不得不往，殆不免周瑜之手！天下智谋之士，所见略同耳。时孔明谏孤莫行，其意独笃，亦虑此也。孤以仲谋所防在北，当赖孤为援，故决意不疑。此诚出于险涂，非万全之计也。"

孙乾领了言语，与吕范同到江南，来见孙权。权曰："吾愿将小妹招赘玄德，并无异心。"孙乾拜谢，回荆州见玄德，言："吴侯专候主公去结亲。"玄德怀疑不敢往。孔明曰："吾已定下三条计策，非子龙不可行也。"遂唤赵云近前，附耳言曰："汝保主公入吴，当领此三个锦囊。囊中有三条妙计，依次而行。"即将三个锦囊，与云贴肉收藏，孔明先使人往东吴纳了聘，一切完备。

时建安十四年冬十月。玄德与赵云、孙乾取快船十只，随行五百余人，离了荆州，前往南徐进发。

　　按：《演义》称刘备赴东吴招亲，于史无据。据《三国志·蜀书·先主传》，孙权嫁妹给刘备，是"进妹固好"——主动把妹妹送到荆州公安嫁给刘备的，事在建安十四年（209）十二月。而刘备到京口见孙权，是在建安十五年（210）十二月，即孙权嫁妹一年以后；刘备此行并不是去招亲，而是向孙权求借南郡。

荆州之事，皆听孔明裁处。玄德心中怏怏不安。到南徐州，船已傍岸，云曰："军师分付三条妙计，依次而行。今已到此，当先开第一个锦囊来看。"于是开囊看了计策。便唤五百随行军士，一一分付如此如此，众军领命而去，又教玄德先往见乔国老。那乔国老乃二乔之父，居于南徐。玄德牵羊担酒，先往拜见，说吕范为媒、娶夫人之事。随行五百军士，都披红挂彩，入南郡买办物件，

> 按："入南郡买办物件"，与上文"离了荆州，前往南徐进发"不合。

传说玄德入赘东吴，城中人尽知其事。孙权知玄德已到，教吕范相待，且就馆舍安歇。

却说乔国老既见玄德，便入见吴国太贺喜。

> 按：吴国太是《演义》虚构的人物。参见第七回按语。

国太曰："有何喜事？"乔国老曰："令爱已许刘玄德为夫人，今玄德已到，何故相瞒？"国太惊曰："老身不知此事！"便使人请吴侯问虚实，一面先使人于城中探听。人皆回报："果有此事。女婿已在馆驿安歇，五百随行军士都在城中买猪羊果品，准备成亲。做媒的女家是吕范，男家是孙乾，俱在馆驿中相待。"国太吃了一惊。少顷，孙权入后堂见母亲。国太捶胸大哭。权曰："母亲何故烦恼？"国太曰："你直如此将我看承得如无物！我姐姐临危之时，分付你甚么话来！"孙权失惊曰："母亲有话明说，何苦如此？"国太曰："男大须婚，女大须嫁，古今常理。我为你母亲，事当禀命于我。你招刘玄德为婿，如何瞒我？女儿须是我的！"权吃了一惊，问曰："那里得这话来？"国太曰："若要不知，除非莫为。满城百姓，那一个不知？你倒瞒我！"乔国老曰："老夫已知多日了，今特来贺喜。"权曰："非也。此是周瑜之计，因要取荆州，故将此为名，赚刘备来拘囚在此，要他把荆州来换；若其不从，先斩刘备。此是计策，非实意也。"国太大怒，骂周瑜曰："汝做六郡八十一州大都督，直恁无条计策去取荆州，却将我女儿为名，使美人计！杀了刘备，我女便是望门寡，明日再怎的说亲？须误了我女儿一世！你们好做作！"乔国老曰："若用此计，便得荆州，也被天下人耻笑。此事如何行得！"说得孙权默然无语。

国太不住口的骂周瑜。乔国老劝曰："事已如此，刘皇叔乃汉室宗亲，不如真个招他为婿，免得出丑。"权曰："年纪恐不相当。"国老曰："刘皇叔乃当世豪杰，若招得这个女婿，也不辱了令妹。"国太曰："我不曾认得刘皇叔。明日约在甘露寺相见：如不中我意，任从你们行事；若中我的意，我自把女儿嫁他！"孙权乃大孝之人，见母亲如此言语，随即应承，出外唤吕范，分付来日甘露寺方丈设宴，国太要见刘备。吕范曰："何不令贾华部领三百刀斧手，伏于两廊；若国太不喜时，一声号举，两边齐出，将他拿下。"权遂唤贾华，分付预先准备，只看国太举动。

却说乔国老辞吴国太归，使人去报玄德，言："来日吴侯、国太亲自要见，好生在意！"玄德与孙乾、赵云商议。云曰："来日此会，多凶少吉，云自引五百军保护。"次日，吴国太、乔国老先在甘露寺方丈里坐定。孙权引一班谋士，随后都到，却教吕范来馆驿中请玄德。玄德内披细铠，外穿锦袍，从人背剑紧随，上马投甘露寺来。赵云全装惯带，引五百军随行。来到寺前下马，先见孙权。权观玄德仪表非凡，心中有畏惧之意。

> 据《三国志·蜀书·先主传》：琦病死，群下推先主为荆州牧，治公安。权稍畏之，进妹固好。先主至京见权，绸缪恩纪。

二人叙礼毕，遂入方丈见国太。国太见了玄德，大喜，谓乔国老曰："真吾婿也！"国老曰："玄德有龙凤之姿，天日之表；更兼仁德布于天下：国太得此佳婿，真可庆也！"玄德拜谢，

第五十四回　吴国太佛寺看新郎　刘皇叔洞房续佳偶

共宴于方丈之中。

少刻，子龙带剑而入，立于玄德之侧。国太问曰："此是何人？"玄德答曰："常山赵子龙也。"国太曰："莫非当阳长坂抱阿斗者乎？"玄德曰："然。"国太曰："真将军也！"遂赐以酒。赵云谓玄德曰："却才某于廊下巡视，见房内有刀斧手埋伏，必无好意。可告知国太。"玄德乃跪于国太席前，泣而告曰："若杀刘备，就此请诛。"国太曰："何出此言？"玄德曰："廊下暗伏刀斧手，非杀备而何？"国太大怒，责骂孙权："今日玄德既为我婿，即我之儿女也。何故伏刀斧手于廊下！"权推不知，唤吕范问之；范推贾华；国太唤贾华责骂，华默然无言。国太喝令斩之。玄德告曰："若斩大将，于亲不利，备难久居膝下矣。"乔国老也相劝。国太方叱退贾华。刀斧手皆抱头鼠窜而去。

玄德更衣出殿前，见庭下有一石块。玄德拔从者所佩之剑，仰天祝曰："若刘备能勾回荆州，成王霸之业，一剑挥石为两段。如死于此地，剑剁石不开。"言讫，手起剑落，火光迸溅，砍石为两段。孙权在后面看见，问曰："玄德公如何恨此石？"玄德曰："备年近五旬，不能为国家剿除贼党，心常自恨。今蒙国太招为女婿，此平生之际遇也。恰才问天买卦，如破曹兴汉，砍断此石。今果然如此。"权暗思："刘备莫非用此言瞒我？"亦掣剑谓玄德曰："吾亦问天买卦。若破得曹贼，亦断此石。"却暗暗祝告曰："若再取得荆州，兴旺东吴，砍石为两半！"手起剑落，巨石亦开。至今有十字纹"恨石"尚存。后人观此胜迹，作诗赞曰：

宝剑落时山石断，金环响处火光生。两朝旺气皆天数，从此乾坤鼎足成。

二人弃剑，相携入席。又饮数巡，孙乾目视玄德，玄德辞曰："备不胜酒力，告退。"孙权送出寺前，二人并立，观江山之景。玄德曰："此乃天下第一江山也！"至今甘露寺牌上云："天下第一江山"。后人有诗赞曰：

江山雨霁拥青螺，境界无忧乐最多。昔日英雄凝目处，岩崖依旧抵风波。

二人共览之次，江风浩荡，洪波滚雪，白浪掀天。忽见波上一叶小舟，行于江面上，如行平地。玄德叹曰："'南人驾船，北人乘马'，信有之也。"孙权闻言自思曰："刘备此言，戏我不惯乘马耳。"乃令左右牵过马来，飞身上马，驰骤下山，复加鞭上岭，笑谓玄德曰："南人不能乘马乎？"玄德闻言，撩衣一跃，跃上马背，飞走下山，复驰骋而上。二人立马于山坡之上，扬鞭大笑。至今此处名为"驻马坡"。后人有诗曰：

驰骤龙驹气概多，二人并辔望山河。东吴西蜀成王霸，千古犹存驻马坡。

当日二人并辔而回。南徐之民，无不称贺。

玄德自回馆驿，与孙乾商议。乾曰："主公只是哀求乔国老，早早毕姻，免生别事。"次日，玄德复至乔国老宅前下马。国老接入，礼毕，茶罢，玄德告曰："江左之人，多有要害刘备者，恐不能久居。"国老曰："玄德宽心。吾为公告国太，令作护持。"玄德拜谢自回。乔国老入见国太，言玄德恐人谋害，急急要回。国太大怒曰："我的女婿，谁敢害他！"即时便教搬入书院暂住，择日毕姻。玄德自入告国太曰："只恐赵云在外不便，军士无人约束。"国太教尽搬入府中安歇，休留在馆驿中，免得生事。玄德暗喜。

数日之内，大排筵会，孙夫人与玄德结亲。至晚客散，两行红炬，接引玄德入房。灯光之下，但见枪刀簇满；侍婢皆佩剑悬刀，立于两傍。唬得玄德魂不附体。正是：惊看侍女横刀立，疑是东吴设伏兵。毕竟是何缘故，且看下文分解。

第五十五回　玄德智激孙夫人　孔明二气周公瑾

却说玄德见孙夫人房中两边枪刀森列，侍婢皆佩剑，不觉失色。管家婆进曰："贵人休得惊惧：夫人自幼好观武事，居常令侍婢击剑为乐，故尔如此。"玄德曰："非夫人所观之事，吾甚心寒，可命暂去。"

　　据《资治通鉴》卷六十六：权以妹妻备。妹才捷刚猛，有诸兄风，侍婢百余人，皆执刀侍立，备每入，心常凛凛。（参见《三国志·蜀书·法正传》《华阳国志·刘先主志》）

管家婆禀覆孙夫人曰："房中摆列兵器，娇客不安，今且去之。"孙夫人笑曰："厮杀半生，尚惧兵器乎！"命尽撤去，令侍婢解剑伏侍。当夜玄德与孙夫人成亲，两情欢洽。玄德又将金帛散给侍婢，以买其心，先教孙乾回荆州报喜。自此连日饮酒。国太十分爱敬。

　　却说孙权差人来柴桑郡报周瑜，说："我母亲力主，已将吾妹嫁刘备。不想弄假成真。此事还复如何？"瑜闻大惊，行坐不安，乃思一计，修密书付来人持回见孙权。权拆书视之。书略曰：

　　瑜所谋之事，不想反覆如此。既已弄假成真，又当就此用计。刘备以枭雄之姿，有关、张、赵云之将，更兼诸葛用谋，必非久屈人下者。愚意莫如软困之于吴中：盛为筑宫室，以丧其心志；多送美色玩好，以娱其耳目；使分开关、张之情，隔远诸葛之契，各置一方，然后以兵击之，大事可定矣。今若纵之，恐蛟龙得云雨，终非池中物也。愿明公熟思之。

孙权看毕，以书示张昭。昭曰："公瑾之谋，正合愚意。刘备起身微末，奔走天下，未尝受享富贵。今若以华堂大厦、子女金帛令彼享用，自然疏远孔明、关、张等，使彼各生怨望，然后荆州可图也。主公可依公瑾之计而速行之。"权大喜，即日修整东府，广栽花木，盛设器用，请玄德与妹居住；又增女乐数十余人，并金玉锦绮玩好之物。

　　据《资治通鉴》卷六十六：（建安十五年冬十二月，）刘表故吏士多归刘备，备以周瑜所给地少，不足以容其众，乃自诣京见孙权，求都督荆州。瑜上疏于权曰："刘备以枭雄之姿，而有关羽、张飞熊虎之将，必非久屈为人用者。愚谓大计宜徙备置吴，盛为筑宫室，多其美女玩好，以娱其耳目；分此二人各置一方，使如瑜者得挟与攻战，大事可定也。今猥割土地以资业之，聚此三人俱在疆场，恐蛟龙得云雨，终非池中物也。"吕范亦劝留之。权以曹操在北，方当广揽英雄，不从。（参见《三国志·吴书·周瑜传》）

　　据《三国志·吴书·鲁肃传》注引《汉晋春秋》：吕范劝留备，肃曰："不可。将军虽神武命世，然曹公威力实重，初临荆州，恩信未洽，宜以借备，使抚安之。多操之敌，而自为树党，计之上也。"权即从之。

　　按：据史书记载，建安十五年（210）刘备赴京口见孙权时，周瑜曾上书孙权，建议扣留刘备并以声色软化他，但孙权未采纳；《演义》却说孙权采纳了周瑜的建议并付诸实施。又，史书中周瑜说："刘备以枭雄之姿，而有关羽、张飞熊虎之将，必非久屈为人用者。"而在《演义》中，罗贯中改写成："刘备以枭雄之姿，有关、张、赵云之将，更兼诸葛用谋，必非久屈人下者。"强调了诸葛亮善于用谋，并将赵云与关羽、张飞并列。

国太只道孙权好意，喜不自胜。玄德果然被声色所迷，全不想回荆州。

却说赵云与五百军在东府前住，终日无事，只去城外射箭走马。看看年终，云猛省："孔明分付三个锦囊与我，教我一到南徐，开第一个；住到年终，开第二个；临到危急无路之时，开第三个：于内有神出鬼没之计，可保主公回家。此时岁已将终，主公贪恋女色，并不见面，何不拆开第二个锦囊，看计而行？"遂拆开视之，原来如此神策。即日径到府堂，要见玄德。侍婢报曰："赵子龙有紧急事来报贵人。"玄德唤入问之。云佯作失惊之状曰："主公深居画堂，不想荆州耶？"玄德曰："有甚事如此惊怪？"云曰："今早孔明使人来报，说曹操要报赤壁鏖兵之恨，起精兵五十万，杀奔荆州，甚是危急，请主公便回。"玄德曰："必须与夫人商议。"云曰："若和夫人商议，必不肯教主公回。不如休说，今晚便好起程。迟则误事！"玄德曰："你且暂退，我自有道理。"云故意催逼数番而出。玄德入见孙夫人，暗暗垂泪。孙夫人曰："丈夫何故烦恼？"玄德曰："念备一身飘荡异乡，生不能侍奉二亲，又不能祭祀宗祖，乃大逆不孝也。今岁且在迩，使备悒怏不已。"孙夫人曰："你休瞒我，我已听知了也！方才赵子龙报说荆州危急，你欲还乡，故推此意。"玄德跪而告曰："夫人既知，备安敢相瞒。备欲不去，使荆州有失，被天下人耻笑；欲去，又舍不得夫人：因此烦恼。"夫人曰："妾已事君，任君所之，妾当相随。"玄德曰："夫人之心，虽则如此，争奈国太与吴侯安肯容夫人去？夫人若可怜刘备，暂时辞别。"言毕，泪如雨下。孙夫人劝曰："丈夫休得烦恼。妾当苦告母亲，必放妾与君同去。"玄德曰："纵然国太肯时，吴侯必然阻挡。"孙夫人沉吟良久，乃曰："妾与君正旦拜贺时，推称江边祭祖，不告而去，若何？"玄德又跪而谢曰："若如此，生死难忘！切勿漏泄。"两个商议已定。玄德密唤赵云分付："正旦日，你先引军士出城，于官道等候。吾推祭祖，与夫人同走。"云领诺。

建安十五年春正月元旦，吴侯大会文武于堂上。玄德与孙夫人入拜国太。孙夫人曰："夫主想父母宗祖坟墓，俱在涿郡，昼夜伤感不已。今日欲往江边，望北遥祭，须告母亲得知。"国太曰："此孝道也，岂有不从？汝虽不识舅姑，可同汝夫前去祭拜，亦见为妇之礼。"孙夫人同玄德拜谢而出。

此时只瞒着孙权。夫人乘车，止带随身一应细软。玄德上马，引数骑跟随出城，与赵云相会。五百军士前遮后拥，离了南徐，趱程而行。当日，孙权大醉，左右近侍扶入后堂，文武皆散。比及众官探得玄德、夫人逃遁之时，天色已晚。要报孙权，权醉不醒。及至睡觉，已是五更。

> 据《三国志·蜀书·周瑜传》注引《江表传》：刘备之自京还也，权乘飞云大船，与张昭、秦松、鲁肃等十余人共追送之，大宴会叙别。

次日，孙权闻知走了玄德，急唤文武商议。张昭曰："今日走了此人，早晚必生祸乱。可急追之。"孙权令陈武、潘璋选五百精兵，无分昼夜，务要赶上拿回。二将领命去了。孙权深恨玄德，将案上玉砚摔为粉碎。程普曰："主公空有冲天之怒，某料陈武、潘璋必擒此人不得。"权曰："焉敢违我令！"普曰："郡主自幼好观武事，严毅刚正，诸将皆惧。既然肯顺刘备，必同心而去。所追之将，若见郡主，岂肯下手？"权大怒，掣所佩之剑，唤蒋钦、周泰听令，曰："汝二人将这口剑去取吾妹并刘备头来！违令者立斩！"蒋钦、周泰领命，随后引一千军赶来。

却说玄德加鞭纵辔，趱程而行；当夜于路暂歇两个更次，慌忙起行。看看来到柴桑界首，望见后面尘头大起，人报："追兵至矣！"玄德慌问赵云曰："追兵既至，如之奈何？"赵云曰："主公先行，某愿当后。"转过前面山脚，一彪军马拦住去路。当先两员大将，厉声高叫曰："刘备早早下马受缚！吾奉周都督将令，守候多时！"原来周瑜恐玄德走脱，先使徐盛、丁奉引三千军马于冲要之处扎营等候，时常令人登高遥望，料得玄德若投旱路，必经此道而过。当日徐盛、丁奉瞭望得玄德一行人到，各绰兵器截住去路。玄德惊慌勒回马问赵云曰："前有拦截之兵，后有追赶之兵；前后无路，如之奈何？"云曰："主公休慌。军师有三条妙计，多在锦囊之中。已拆了两个，并皆应验。今尚有第三个在此，分付遇危难之时，方可拆看。今日危急，当拆观之。"便将锦囊拆开，献与玄德。玄德看了，急来车前泣告孙夫人曰："备有心腹之言，至此尽当实诉。"夫人曰："丈夫有何言语，实对我说。"玄德曰："昔日吴侯与周瑜同谋，将夫人招嫁刘备，实非为夫人计，乃欲幽困刘备而夺荆州耳。夺了荆州，必将杀备，是以夫人为香饵而钓备也。备不惧万死而来，盖知夫人有男子之胸襟，必能怜备。昨闻吴侯将欲加害，故托荆州有难，以图归计。幸得夫人不弃，同至于此。今吴侯又令人在后追赶，周瑜又使人于前截住，非夫人莫解此祸。如夫人不允，备请死于车前，以报夫人之德。"夫人怒曰："吾兄既不以我为亲骨肉，我有何面目重相见乎！今日之危，我当自解。"于是叱从人推车直出，卷起车帘，亲喝徐盛、丁奉曰："你二人欲造反耶？"徐、丁二将慌忙下马，弃了兵器，声喏于车前曰："安敢造反。为奉周都督将令，屯兵在此专候刘备。"孙夫人大怒曰："周瑜逆贼！我东吴不曾亏负你！玄德乃大汉皇叔，是我丈夫。我已对母亲、哥哥说知回荆州去。今你两个于山脚去处，引着军马拦截道路，意欲劫掠我夫妻财物耶？"徐盛、丁奉喏喏连声，口称："不敢。请夫人息怒。这不干我等之事，乃是周都督的将令。"孙夫人叱曰："你只怕周瑜，独不怕我？周瑜杀得你，我岂杀不得周瑜？"把周瑜大骂一场，喝令推车前进。徐盛、丁奉自思："我等是下人。安敢与夫人违拗？"又见赵云十分怒气，只得把军喝住，放条大路教过去。

恰才行不到五六里，背后陈武、潘璋赶到。徐盛、丁奉备言其事。陈、潘二将曰："你放他过去差了也。我二人奉吴侯旨意，特来追捉他回去。"于是四将合兵一处，趱程赶来。玄德正行间，忽听得背后喊声大起。玄德又告孙夫人曰："后面追兵又到，如之奈何？"夫人曰："丈夫先行，我与子龙当后。"玄德先引三百军，望江岸去了。子龙勒马于车傍，将士卒摆开，专候来将。四员将见了孙夫人，只得下马，叉手而立。夫人曰："陈武、潘璋，来此何干？"二将答曰："奉主公之命，请夫人、玄德回。"夫人正色叱曰："都是你这伙匹夫，离间我兄妹不睦！我已嫁他人，今日归去，须不是与人私奔。我奉母亲慈旨，令我夫妇回荆州。便是我哥哥来，也须依礼而行。你二人倚仗兵威，欲待杀害我耶？"骂得四人面面相觑，各自寻思："他一万年也只是兄妹。更兼国太作主；吴侯乃大孝之人，怎敢违逆母言？明日翻过脸来，只是我等不是。不如做个人情。"军中又不见玄德；但见赵云怒目睁眉，只待厮杀。因此四将喏喏连声而退。孙夫人令推车便行。徐盛曰："我四人同去见周都督，告禀此事。"四人犹豫未定。忽见一军如旋风而来，视之，乃蒋钦、周泰。二将问曰："你等曾见刘备否？"四人曰："早晨过去，已半日矣。"蒋钦曰："何不拿下？"四人各言孙夫人发话之事。蒋钦曰："便是吴侯怕道如此，封一口剑在此，教先杀他妹，后斩刘备。违者立斩！"四将曰："去之已远，怎生奈何？"蒋钦曰："他终是些步军，急行不上。徐、丁二将军可飞报都督，教水路棹快船追赶；我四人在岸上追赶：无问水旱之路，赶上杀了，休听他言语。"于是徐盛、丁奉飞报周瑜；蒋钦、周泰、陈武、潘璋四个领兵沿江赶来。

却说玄德一行人马，离柴桑较远，来到刘郎浦，心才稍宽。沿着江岸寻渡，一望江水弥漫，并无船只。玄德俯首沉吟。赵云曰："主公在虎口中逃出，今已近本界，吾料军师必有调度，何用犹疑？"玄德听罢，蓦然想起在吴繁华之事，不觉凄然泪下。后人有诗叹曰：

吴蜀成婚此水浔，明珠步障屋黄金。谁知一女轻天下，欲易刘郎鼎峙心。

玄德令赵云望前哨探船只，忽报后面尘土冲天而起。玄德登高望之，但见军马盖地而来，

第五十五回　玄德智激孙夫人　孔明二气周公瑾

叹曰："连日奔走，人困马乏，追兵又到，死无地矣！"看看喊声渐近。正慌急间，忽见江岸边一字儿抛着拖篷船二十余只。赵云曰："今幸有船在此！何不速下，棹过对岸，再作区处！"玄德与孙夫人便奔上船。子龙引五百军亦都上船。只见船舱中一人纶巾道服，大笑而出，曰："主公且喜！诸葛亮在此等候多时。"船中扮作客人的，皆是荆州水军。玄德大喜。不移时，四将赶到。孔明笑指岸上人言曰："吾已算定多时矣。汝等回去传示周郎，教休再使美人局手段。"岸上乱箭射来，船已开的远了。蒋钦等四将，只好呆看。

玄德与孔明正行间，忽然江声大震。回头视之，只见战船无数。帅字旗下，周瑜自领惯战水军，左有黄盖，右有韩当，势如飞马，疾似流星。看看赶上。孔明教棹船投北岸，弃了船，尽皆上岸而走，车马登程。周瑜赶到江边，亦皆上岸追袭。大小水军，尽是步行；止有为首官军骑马。周瑜当先，黄盖、韩当、徐盛、丁奉紧随。周瑜曰："此处是那里？"军士答曰："前面是黄州界首。"望见玄德车马不远，瑜令并力追袭。正赶之间，一声鼓响，山崦内一彪刀手拥出，为首一员大将，乃关云长也。周瑜举止失措，急拨马便走；云长赶来，周瑜纵马逃命。正奔走间，左边黄忠，右边魏延，两军杀出。吴兵大败。周瑜急急下得船时，岸上军士齐声大叫曰："周郎妙计安天下，陪了夫人又折兵！"瑜怒曰："可再登岸决一死战！"黄盖、韩当力阻。瑜自思曰："吾计不成，有何面目去见吴侯！"大叫一声，金疮迸裂，倒于船上。众将急救，却早不省人事。

按：《演义》所写刘备回荆州，东吴兵拦截、追赶，诸葛亮二气周瑜的故事，于史无据。

正是：两番弄巧翻成拙，此日含嗔却带羞。未知周郎性命如何，且看下文分解。

第五十六回　曹操大宴铜雀台　孔明三气周公瑾

却说周瑜被诸葛亮预先埋伏关公、黄忠、魏延三枝军马，一击大败。黄盖、韩当急救下船，折却水军无数。遥观玄德、孙夫人车马仆从，都停住于山顶之上，瑜如何不气？箭疮未愈，因怒气冲激，疮口迸裂，昏绝于地。众将救醒，开船逃去。孔明教休追赶，自和玄德归荆州庆喜，赏赐众将。

周瑜自回柴桑。蒋钦等一行人马自归南徐报孙权。权不胜忿怒，欲拜程普为都督，起兵取荆州。周瑜又上书，请兴兵雪恨。张昭谏曰："不可。曹操日夜思报赤壁之恨，因恐孙刘同心，故未敢兴兵。今主公若以一时之忿，自相吞并，操必乘虚来攻，国势危矣。"顾雍曰："许都岂无细作在此？若知孙刘不睦，操必使人勾结刘备。备惧东吴，必投曹操。若是，则江南何日得安？为今之计，莫若使人赴许都，表刘备为荆州牧。

　　据《资治通鉴》卷六十六：（建安十四年十二月，）刘备表权行车骑将军，领徐州牧。会刘琦卒，权以备领荆州牧。（参见《三国志·吴书·吴主传》）

　　按：据史书记载，刘备此时已收江南四郡，他自领荆州牧，表奏孙权行车骑将军，领徐州牧。孙刘联合与曹操抗衡。

曹操知之，则惧而不敢加兵于东南。且使刘备不恨于主公。然后使心腹用反间之计，令曹、刘相攻，吾乘隙而图之，斯为得耳。"权曰："元叹之言甚善。但谁可为使？"雍曰："此间有一人，乃曹操敬慕者，可以为使。"权问何人。雍曰："华歆在此，何不遣之？"权大喜。即遣歆赍表赴许都。歆领命起程，径到许都来见曹操。

　　据《三国志·魏书·华歆传》：华歆字子鱼，平原高唐人也。……会天子使太傅马日磾安集关东，日磾辟歆为掾。东至徐州，诏即拜歆豫章太守，以为政清静不烦，吏民感而爱之。孙策略地江东，歆知策善用兵，乃幅巾奉迎。策以其长者，待以上宾之礼。后策死，太祖在官渡，表天子征歆。孙权欲不遣，歆谓权曰："将军奉王命，始交好曹公，分义未固，使仆得为将军效心，岂不有益乎？今空留仆，是为养无用之物，非将军之良计也。"权悦，乃遣歆。

　　按：据《三国志·魏书·华歆传》，华歆是建安五年（200）被曹操以天子名义征召到许都的；并非如《演义》所说，于赤壁战后为孙权出使赴许都。

闻操会群臣于邺郡，庆赏铜雀台，歆乃赴邺郡候见。

　　操自赤壁败后，常思报仇；只疑孙刘并力，因此不敢轻进，时建安十五年春，造铜雀台成。

　　据《三国志·魏书·武帝纪》：（建安十五年）冬，作铜雀台。
　　据《资治通鉴》卷六十六：（建安十五年）冬，曹操作铜爵台于邺。

操乃大会文武于邺郡，设宴庆贺。其台正临漳河，中央乃铜雀台，左边一座名玉龙台，右边一座名金凤台，各高十丈，上横二桥相通，千门万户，金碧交辉。是日，曹操头戴嵌宝金冠，身穿绿锦罗袍，玉带珠履，凭高而坐。文武侍立台下。

第五十六回　曹操大宴铜雀台　孔明三气周公瑾

操欲观武官比试弓箭，乃使近侍将西川红锦战袍一领，挂于垂杨枝上，下设一箭垛，以百步为界。分武官为两队：曹氏宗族俱穿红，其余将士俱穿绿：各带雕弓长箭，跨鞍勒马，听候指挥。操传令曰："有能射中箭垛红心者，即以锦袍赐之；如射不中，罚水一杯。"号令方下，红袍队中，一个少年将军骤马而出，众视之，乃曹休也。休飞马往来，奔驰三次，扣上箭，拽满弓，一箭射去，正中红心。金鼓齐鸣，众皆喝采。曹操于台上望见大喜，曰："此吾家千里驹也！"

> 据《三国志·魏书·曹休传》：曹休字文烈，太祖族子也。……以太祖举义兵，易姓名转至荆州，间行北归，见太祖。太祖谓左右曰："此吾家千里驹也。"使与文帝同止，见待如子。常从征伐，使领虎豹骑宿卫。

方欲使人取锦袍与曹休，只见绿袍队中，一骑飞出，叫曰："丞相锦袍，合让俺外姓先取，宗族中不宜搀越。"操视其人，乃文聘也。众官曰："且看文仲业射法。"文聘拈弓纵马一箭，亦中红心。众皆喝采，金鼓乱鸣。聘大呼曰："快取袍来！"只见红袍队中，又一将飞马而出，厉声曰："文烈先射，汝何得争夺？看我与你两个解箭！"拽满弓，一箭射去，也中红心。众人齐声喝采。视其人，乃曹洪也。洪方欲取袍，只见绿袍队里又一将出，扬弓叫曰："你三人射法，何足为奇！看我射来！"众视之，乃张郃也。郃飞马翻身，背射一箭，也中红心。四枝箭齐齐的攒在红心里。众人都道："好射法！"郃曰："锦袍须该是我的！"言未毕，红袍队中一将飞马而出，大叫曰："汝翻身背射，何足称异！看我夺射红心！"众视之，乃夏侯渊也，渊骤马至界口，纽回身一箭射去，正在四箭当中，金鼓齐鸣。渊勒马按弓大叫曰："此箭可夺得锦袍么？"只见绿袍队里，一将应声而出，大叫："且留下锦袍与我徐晃！"渊曰："汝更有何射法，可夺我袍？"晃曰："汝夺射红心，不足为异。看我单取锦袍！"拈弓搭箭，遥望柳条射去，恰好射断柳条，锦袍坠地。徐晃飞取锦袍，披于身上，骤马至台前声喏曰："谢丞相袍！"曹操与众官无不称羡。晃才勒马要回，猛然台边跃出一个绿袍将军，大呼曰："你将锦袍那里去？早早留下与我！"众视之，乃许褚也。晃曰："袍已在此，汝何敢强夺！"褚更不回答，竟飞马来夺袍。两马相近，徐晃便把弓打许褚。褚一手按住弓，把徐晃拖离鞍鞒。晃急弃了弓，翻身下马，褚亦下马，两个揪住厮打。操急使人解开。那领锦袍已是扯得粉碎。操令二人都上台。徐晃睁眉怒目，许褚切齿咬牙，各有相斗之意。操笑曰："孤特视公等之勇耳。岂惜一锦袍哉？"便教诸将尽都上台，各赐蜀锦一匹，诸将各各称谢。操命各依位次而坐。乐声竞奏，水陆并陈。文官武将轮次把盏，献酬交错。

操顾谓众文官曰："武将既以骑射为乐，足显威勇矣。公等皆饱学之士，登此高台，可不进佳章以纪一时之胜事乎？"众官皆躬身而言曰："愿从钧命。"时有王朗、钟繇、王粲、陈琳一班文官，进献诗章。诗中多有称颂曹操功德巍巍、合当受命之意。曹操逐一览毕，笑曰："诸公佳作，过誉甚矣。孤本愚陋，始举孝廉。后值天下大乱，筑精舍于谯东五十里，欲春夏读书，秋冬射猎，以待天下清平，方出仕耳。不意朝廷征孤为典军校尉，遂更其意，专欲为国家讨贼立功，图死后得题墓道曰：'汉故征西将军曹侯之墓'，平生愿足矣。念自讨董卓、剿黄巾以来，除袁术，破吕布，灭袁绍，定刘表，遂平天下。身为宰相，人臣之贵已极，又复何望哉？如国家无孤一人，正不知几人称帝，几人称王。或见孤权重，妄相忖度，疑孤有异心，此大谬也。孤常念孔子称文王之至德，此言耿耿在心。但欲孤委捐兵众，归就所封武平侯之国，实不可耳：诚恐一解兵柄，为人所害；孤败则国家倾危；是以不得慕虚名而处实祸也。诸公必无知孤意者。"

> 据《资治通鉴》卷六十六：（建安十五年冬）十二月己亥，操下令曰："孤始举孝廉，自以本非岩穴知名之士，恐为世人之所凡愚，欲好作政教以立名誉，故在济南，除残去

秽，平心选举。以是为强豪所忿，恐致家祸，故以病还乡里。时年纪尚少，乃于谯东五十里筑精舍，欲秋夏读书，冬春射猎，为二十年规，待天下清乃出仕耳。然不能得如意，征为典军校尉，意遂更欲为国家讨贼立功，使题墓道言'汉故征西将军曹侯之墓'，此其志也。而遭值董卓之难，兴举义兵。后领兖州，破降黄巾三十万众；又讨击袁术，使穷沮而死；摧破袁绍，枭其二子；复定刘表，遂平天下。身为宰相，人臣之贵已极，意望已过矣。设使国家无有孤，不知当几人称帝，几人称王！或者人见孤强盛，又性不信天命，恐妄相忖度，言有不逊之志，每用耿耿，故为诸君陈道此言，皆肝鬲之要也。然欲孤便尔委捐所典兵众以还执事，归就武平侯国，实不可也。何者？诚恐已离兵为人所祸，既为子孙计，又已败则国家倾危，是以不得慕虚名而处实祸也！然兼封四县，食户三万，何德堪之！江湖未静，不可让位；至于邑土，可得而辞。今上还阳夏、柘、苦三县，户二万，但食武平万户，且以分损谤议，少减孤之责也！"

据《三国志·魏书·武帝纪》注引《魏武故事》载公十二月己亥令："孤始举孝廉，年少，自以本非岩穴知名之士，恐为海内人之所见凡愚，欲为一郡守，好作政教，以建立名誉，使世士明知之；故在济南，始除残去秽，平心选举，违迕诸常侍。以为强豪所忿，恐致家祸，故以病还。去官之后，年纪尚少，顾视同岁中，年有五十，未名为老，内自图之，从此却去二十年，待天下清，乃与同岁中始举者等耳。故以四时归乡里，于谯东五十里筑精舍，欲秋夏读书，冬春射猎，求底下之地，欲以泥水自蔽，绝宾客往来之望，然不能得如意。后征为都尉，迁典军校尉，意遂更欲为国家讨贼立功，欲望封侯作征西将军，然后题墓道言'汉故征西将军曹侯之墓'，此其志也。而遭值董卓之难，兴举义兵。是时合兵能多得耳，然常自损，不欲多之；所以然者，多兵意盛，与强敌争，倘更为祸始。故汴水之战数千，后还到扬州更募，亦复不过三千人，此其本志有限也。后领兖州，破降黄巾三十万众。又袁术僭号于九江，下皆称臣，名门曰建号门，衣被皆为天子之制，两妇预争为皇后。志计已定，人有劝术使遂即帝位，露布天下，答言'曹公尚在，未可也'。后孤讨禽其四将，获其人众，遂使术穷亡解沮，发病而死。及至袁绍据河北，兵势强盛，孤自度势，实不敌之，但计投死为国，以义灭身，足垂于后。幸而破绍，枭其二子。又刘表自以为宗室，包藏奸心，乍前乍却，以观世事，据有当州，孤复定之，遂平天下。身为宰相，人臣之贵已极，意望已过矣。今孤言此，若为自大，欲人言尽，故无讳耳。设使国家无有孤，不知当几人称帝，几人称王。或者人见孤强盛，又性不信天命之事，恐私心相评，言有不逊之志，妄相忖度，每用耿耿。齐桓、晋文所以垂称至今日者，以其兵势广大，犹能奉事周室也。论语云'三分天下有其二，以服事殷，周之德可谓至德矣'，夫能以大事小也。昔乐毅走赵，赵王欲与之图燕，乐毅伏而垂泣，对曰：'臣事昭王，犹事大王；臣若获戾，放在他国，没世然后已，不忍谋赵之徒隶，况燕后嗣乎！'胡亥之杀蒙恬也，恬曰：'自吾先人及至子孙，积信于秦三世矣；今臣将兵三十余万，其势足以背叛，然自知必死而守义者，不敢辱先人之教以忘先王也。'孤每读此二人书，未尝不怆然流涕也。孤祖父以至孤身，皆当亲重之任，可谓见信者矣，以及子桓兄弟，过于三世矣。孤非徒对诸君说此也，常以语妻妾，皆令深知此意。孤谓之言：'顾我万年之后，汝曹皆当出嫁，欲令传道我心，使他人皆知之。'孤此言皆肝鬲之要也。所以勤勤恳恳叙心腹者，见周公有金縢之书以自明，恐人不信之故。然欲孤便尔委捐所典兵众以还执事，归就武平侯国，实不可也。何者？诚恐已离兵为人所祸也。既为子孙计，又已败则国家倾危，是以不得慕虚名而处实祸，此所不得为也。前朝恩封三子为侯，固辞不受，今更欲受之，非欲复以为荣，欲以为外援，为万安计。孤闻介推之避晋封，申胥之逃楚赏，未尝不舍书而叹，有以自省也。奉国威灵，仗钺征伐，推弱以克强，处小而禽大，意之所图，动无违事，心之所虑，何向不济，遂荡平天下，不辱主命，可谓天助汉室，非人力也。然封兼四县，食户三万，何德堪之！江湖未静，不可让位；至于邑土，可得而辞。今上还阳夏、柘、苦三县户二万，但食武平万户，且以分损谤议，少减孤之责也。"

众皆起拜曰："虽伊尹、周公，不及丞相矣。"后人有诗曰：

　　　　周公恐惧流言日，王莽谦恭下士时。假使当年身便死，一生真伪有谁知！

　　曹操连饮数杯，不觉沉醉，唤左右捧过笔砚，亦欲作《铜雀台诗》。刚才下笔，忽报："东吴使华歆表奏刘备为荆州牧，孙权以妹嫁刘备，汉上九郡大半已属备矣。"操闻之，手脚慌乱，投笔于地。

　　　　据《三国志·吴书·鲁肃传》：后备诣京见权，求都督荆州，惟肃劝权借之，共拒曹公。曹公闻权以土地业备，方作书，落笔于地。

　　　　据《资治通鉴考异》：《肃传》曰："曹公闻权以土地业备，方作书，落笔于地。"恐操不至于是，今不取。

程昱曰："丞相在万军之中，矢石交攻之际，未尝动心；今闻刘备得了荆州，何故如此失惊？"操曰："刘备，人中之龙也，生平未尝得水。今得荆州，是困龙入大海矣。孤安得不动心哉！"程昱曰："丞相知华歆来意否？"操曰："未知。"昱曰："孙权本忌刘备，欲以兵攻之；但恐丞相乘虚而击，故令华歆为使，表荐刘备，乃安备之心，以塞丞相之望耳。"操点头曰："是也。"昱曰："某有一计，使孙刘自相吞并，丞相乘间图之，一鼓而二敌俱破。"操大喜，遂问其计。程昱曰："东吴所倚者，周瑜也。丞相今表奏周瑜为南郡太守，程普为江夏太守，留华歆在朝重用之；瑜必自与刘备为仇敌矣。我乘其相并而图之，不亦善乎？"操曰："仲德之言，正合孤意。"遂召华歆上台，重加赏赐。当日筵散，操即引文武回许昌，表奏周瑜为总领南郡太守、程普为江夏太守。

　　　　据《资治通鉴》卷六十六：（建安十四年十二月，）周瑜攻曹仁岁余，所杀伤甚众，仁委城走。权以瑜领南郡太守，屯据江陵；程普领江夏太守，治沙羡。（参见《三国志·吴书·吴主传》《周瑜传》《程普传》）

　　　　按：据史书记载，早在建安十四年（209）十二月，周瑜攻下江陵后，孙权就已委任周瑜为南郡太守、程普为江夏太守。他们出任与曹操无关。

封华歆为大理少卿，留在许都。

　　　　据《三国志·魏书·华歆传》：歆至，拜议郎，参司空军事，入为尚书，转侍中，代荀彧为尚书令。

使命至东吴，周瑜、程普各受职讫。

　　周瑜既领南郡，愈思报仇，遂上书吴侯，乞令鲁肃去讨还荆州。孙权乃命肃曰："汝昔保借荆州与刘备，今备迁延不还，等待何时？"肃曰："文书上明白写着，得了西川便还。"权叱曰："只说取西川，到今又不动兵，不等老了人！"肃曰："某愿往言之。"遂乘船投荆州而来。

　　却说玄德与孔明在荆州广聚粮草，调练军马，远近之士多归之。忽报鲁肃到。玄德问孔明曰："子敬此来何意？"孔明曰："昨者孙权表主公为荆州牧，此是惧曹操之计。操封周瑜为南郡太守，此欲令我两家自相吞并，他好于中取事也。今鲁肃此来，又是周瑜既受太守之职，要来索荆州之意。"玄德曰："何以答之？"孔明曰："若肃提起荆州之事，主公便放声大哭。哭到悲切之处，亮自出来解劝。"计会已定，接鲁肃入府，礼毕，叙坐。肃曰："今日皇叔做了东吴女婿，便是鲁肃主人，如何敢坐？"玄德笑曰："子敬与我旧交，何必太谦？"肃乃就坐。茶罢，肃曰："今奉吴侯钧命，专为荆州一事而来。皇叔已借住多时，未蒙见还。今既两家结亲，当看亲情面上，早早交付。"玄德闻言，掩面大哭。肃惊曰："皇叔何故如此？"玄德哭声不绝。

> 按：方北辰、谭良啸主编的《三国故事真与假100例》一书说，在《三国演义》中，刘备曾经因十九件事情而哭泣数十次，种类包括饮泣、垂泪、痛哭、放声大哭、号哭至昏厥。但是历史上的真相，却与此迥然不同。《三国志·先主传》中描绘的刘备，青年时代就是"少言语，喜怒不形于色"。据统计，在整部《三国志》以及裴注当中，魏蜀吴三个政权的创业之主，因为各种原因而哭泣流涕的次数，最多的是曹操，有十四次之多；其次是孙权，有十三次；次数最少的反而是刘备，仅有六次，还不到前面两人的一半。以上的大数据，证明了一点：真实的历史中，动辄就爱哭，绝对不是刘备的特色。作为一个从艰难逆境中成长起来的创业君主，他很少哭，甚至不哭，这才是他的英雄本色。

孔明从屏后出曰："亮听之久矣。子敬知吾主人哭的缘故么？"肃曰："某实不知。"孔明曰："有何难见？当初我主人借荆州时，许下取得西川便还。仔细想来，益州刘璋是我主人之弟，一般都是汉朝骨肉，若要兴兵去取他城池时，恐被外人唾骂；若要不取，还了荆州，何处安身？若不还时，于尊舅面上又不好看。事实两难，因此泪出痛肠。"孔明说罢，触动玄德衷肠，真个捶胸顿足，放声大哭。鲁肃劝曰："皇叔且休烦恼，与孔明从长计议。"孔明曰："有烦子敬，回见吴侯，勿惜一言之劳，将此烦恼情节，恳告吴侯，再容几时。"肃曰："倘吴侯不从，如之奈何？"孔明曰："吴侯既以亲妹聘嫁皇叔，安得不从乎？望子敬善言回覆。"鲁肃是个宽仁长者，见玄德如此哀痛，只得应允。玄德、孔明拜谢。

宴毕，送鲁肃下船。径到柴桑，见了周瑜，具言其事。周瑜顿足曰："子敬又中诸葛亮之计也！当初刘备依刘表时，常有吞并之意，何况西川刘璋乎？似此推调，未免累及老兄矣。吾有一计，使诸葛亮不能出吾算中。子敬便当一行。"肃曰："愿闻妙策。"瑜曰："子敬不必去见吴侯，再去荆州对刘备说：孙刘两家，既结为亲，便是一家；若刘氏不忍去取西川，我东吴起兵去取，取得西川时，以作嫁资，却把荆州交还东吴。"肃曰："西川迢递，取之非易。都督此计，莫非不可？"瑜笑曰："子敬真长者也。你道我真个去取西川与他？我只以此为名，实欲去取荆州，且教他不做准备。东吴军马收川，路过荆州，就问他索要钱粮，刘备必然出城劳军。那时乘势杀之，夺取荆州，雪吾之恨，解足下之祸。"鲁肃大喜，便再往荆州来。

玄德与孔明商议，孔明曰："鲁肃必不曾见吴侯，只到柴桑和周瑜商量了甚计策，来诱我耳。但说的话，主公只看我点头，便满口应承。"计会已定。鲁肃入见。礼毕，曰："吴侯甚是称赞皇叔盛德，遂与诸将商议，起兵替皇叔收川。取了西川，却换荆州，以西川权当嫁资。但军马经过，却望应些钱粮。"孔明听了，忙点头曰："难得吴侯好心！"玄德拱手称谢曰："此皆子敬善言之力。"孔明曰："如雄师到日，即当远接犒劳。"鲁肃暗喜，宴罢辞回。玄德问孔明曰："此是何意？"孔明大笑曰："周瑜死日近矣！这等计策，小儿也瞒不过！"玄德又问如何，孔明曰："此乃'假途灭虢'之计也。虚名收川，实取荆州。等主公出城劳军，乘势拿下，杀入城来，'攻其不备，出其不意'也。"玄德曰："如之奈何？"孔明曰："主公宽心，只顾'准备窝弓以擒猛虎，安排香饵以钓鳌鱼'。等周瑜到来，他便不死，也九分无气。"便唤赵云听计："如此如此，其余我自有摆布。"玄德大喜。后人有诗叹云：

> 周瑜决策取荆州，诸葛先知第一筹。指望长江香饵稳，不知暗里钓鱼钩。

却说鲁肃回见周瑜，说玄德、孔明欢喜一节，准备出城劳军。周瑜大笑曰："原来今番也中了吾计！"便教鲁肃禀报吴侯，并遣程普引军接应。周瑜此时箭疮已渐平愈，身躯无事，使甘宁为先锋，自与徐盛、丁奉为第二，凌统、吕蒙为后队，水陆大兵五万，望荆州而来。周瑜在船中，时复欢笑，以为孔明中计。前军至夏口，周瑜问："荆州有人在前面接否！"人报："刘皇叔使糜竺来见都督。"瑜唤至，问劳军如何。糜竺曰："主公皆准备安排下了。"瑜曰："皇叔何在？"竺曰："在荆州城门外相等，与都督把盏。"瑜曰："今为汝家之事，出兵远征；劳军之礼，休得轻易。"糜竺领了言语先回。战船密密排在江上，依次而进，看看至公安，并无一只军船，又无一人远接。周瑜催船速行。离荆州十余里，只见江面上静荡荡的。哨探的回报："荆州城上，插两面白旗，并不见一人之影。"瑜心疑，教把船傍岸，亲自上岸乘马，带了甘宁、徐盛、丁奉一班军官，引亲随精兵三千人，径望荆州来。既至城下，并不见动静。瑜勒住马，令军士叫门。城上问是谁人。吴军答曰："是东吴周都督亲自在此。"言未毕，忽一声梆子响，城上军一齐都竖起枪刀。敌楼上赵云出曰："都督此行，端的为何？"瑜曰："吾替汝主取西川，汝岂犹未知耶？"云曰："孔明军师已知都督'假途灭虢'之计，故留赵云在此。吾主公有言：'孤与刘璋，皆汉室宗亲，安忍背义而取西川？若汝东吴端的取蜀，吾当披发入山，不失信于天下也。'"周瑜闻之，勒马便回。只见一人打着令字旗，于马前报说："探得四路军马，一齐杀到：关某从江陵杀来，张飞从秭归杀来，黄忠从公安杀来，魏延从彝陵小路杀来，四路正不知多少军马。喊声远近震动百余里，皆言要捉周瑜。"

据《资治通鉴》卷六十六：周瑜诣京见权曰："今曹操新败，忧在腹心，未能与将军连兵相事也。乞与奋威俱进，取蜀而并张鲁，因留奋威固守其地，与马超结援，瑜还与将军据襄阳以蹙操，北方可图也。"权许之。奋威者，孙坚弟子奋威将军、丹杨太守瑜也。（参见《三国志·吴书·周瑜传》）

据《资治通鉴》卷六十七：初，刘备在荆州，周瑜、甘宁等数劝孙权取蜀，权遣使谓备曰……备报曰……权不听，遣孙瑜率水军住夏口。备不听军过，谓瑜曰："汝欲取蜀，吾当被发入山，不失信于天下也。"使关羽屯江陵，张飞屯秭归，诸葛亮据南郡，备自住彝陵。权不得已，召瑜还。（参见《三国志·蜀书·先主传》注引《献帝春秋》）

据《三国志·蜀书·先主传》：权遣使云欲共取蜀，或以为宜报听许，吴终不能越荆有蜀，蜀地可为己有。荆州主簿殷观进曰："若为吴先驱，进未能克蜀，退为吴所乘，即事去矣。今但可然赞其伐蜀，而自说新据诸郡，未可兴动，吴必不敢越我而独取蜀。如此进退之计，可以收吴、蜀之利。"先主从之，权果辍计。

按：据《三国志·吴书·周瑜传》记载，周瑜生前，曾向孙权提出取蜀的计划，但未及实行就病死了。当时周瑜据江陵，如西攻巴蜀无须向刘备借道。据《三国志·蜀书·先主传》记载，周瑜死后，孙权曾约刘备共同取蜀，但刘备不肯出兵，孙权就放弃了取蜀计划。但《资治通鉴》所依据的《献帝春秋》却说，孙权不听刘备劝阻，仍派孙瑜率水军进驻夏口，但由于当时江陵已由刘备驻守，刘备不让孙瑜的水军通过公安城之北的长江。《演义》本回故事系据《资治通鉴》改写，将孙瑜率水军西上取蜀为刘备所阻，改为周瑜行"假途灭虢"之计，以取蜀为名袭取荆州，但此计为诸葛亮识破。

瑜马上大叫一声，箭疮复裂，坠于马下。正是：一着棋高难对敌，几番算定总成空。未知性命如何，且看下文分解。

第五十七回　柴桑口卧龙吊丧　耒阳县凤雏理事

却说周瑜怒气填胸，坠于马下，左右急救归船。军士传说："玄德、孔明在前山顶上饮酒取乐。"瑜大怒，咬牙切齿曰："你道我取不得西川，吾誓取之！"正恨间，人报吴侯遣弟孙瑜到。

　　据《资治通鉴》卷六十七：初，刘备在荆州，周瑜、甘宁等数劝孙权取蜀。……权……遣孙瑜率水军住夏口。（参见《三国志·蜀书·先主传》注引《献帝春秋》）

周瑜接人。具言其事。孙瑜曰："吾奉兄命来助都督。"遂令催军前行。行至巴丘，人报上流有刘封、关平二人领军截住水路。周瑜愈怒。忽又报孔明遣人送书至。周瑜拆封视之。书曰：

　　汉军师中郎将诸葛亮，致书于东吴大都督公瑾先生麾下：亮自柴桑一别，至今恋恋不忘。闻足下欲取西川，亮窃以为不可。益州民强地险，刘璋虽暗弱，足以自守。今劳师远征，转运万里，欲收全功，虽吴起不能定其规，孙武不能善其后也。曹操失利于赤壁，志岂须臾忘报仇哉？今足下兴兵远征，倘操乘虚而至，江南齑粉矣！亮不忍坐视，特此告知。幸垂照鉴。

　　据《资治通鉴》卷六十七：初，刘备在荆州，周瑜、甘宁等数劝孙权取蜀。权遣使谓备曰："刘璋不武，不能自守，若使曹操得蜀，则荆州危矣。今欲先攻取璋，次取张鲁，一统南方，虽有十操，无所忧也。"备报曰："益州民富地险，刘璋虽弱，足以自守。今暴师于蜀汉，转运于万里，欲使战克攻取，举不失利，此孙吴所难也。议者见曹操失利于赤壁，谓其力屈，无复远念。今操三分天下已有其二，将欲饮马于沧海，观兵于吴会，何肯守此坐须老乎！而同盟无故自相攻伐，借枢于操，使敌承其隙，非长计也。且备与璋托为宗室，冀凭英灵以匡汉朝。今璋得罪于左右，备独悚惧，非所敢闻，愿加宽贷。"（参见《三国志·蜀书·先主传》注引《献帝春秋》）

　　按：《演义》中的诸葛亮致周瑜书，系移植于史书中的刘备答孙权书。

周瑜览毕，长叹一声，唤左右取纸笔作书上吴侯。乃聚众将曰："吾非不欲尽忠报国，奈天命已绝矣。汝等善事吴侯，共成大业。"言讫，昏绝。徐徐又醒，仰天长叹曰："既生瑜，何生亮！"连叫数声而亡。寿三十六岁。

　　据《三国志·吴书·周瑜传》：是时刘璋为益州牧，外有张鲁寇侵，瑜乃诣京见权曰："今曹操新折衄，方忧在腹心，未能与将军连兵相事也。乞与奋威俱进取蜀，得蜀而并张鲁，因留奋威固守其地，好与马超结援。瑜还与将军据襄阳以蹙操，北方可图也。"权许之。瑜还江陵，为行装，而道于巴丘病卒，时年三十六。

　　按：据《三国志·吴书·周瑜传》，周瑜是建安十五年（210）因病去世的。《演义》中诸葛亮三气周瑜的情节，于史无据。

后人有诗叹曰：

　　赤壁遗雄烈，青年有俊声。弦歌知雅意，杯酒谢良朋。
　　曾谒三千斛，常驱十万兵。巴丘终命处，凭吊欲伤情。

第五十七回 柴桑口卧龙吊丧 耒阳县凤雏理事

周瑜停丧于巴丘。众将将所遗书缄，遣人飞报孙权。权闻瑜死，放声大哭。拆视其书，乃荐鲁肃以自代也。书略曰：

瑜以凡才，荷蒙殊遇，委任腹心，统御兵马，敢不竭股肱之力，以图报效。奈死生不测，修短有命；愚志未展，微躯已殒，遗恨何极！方今曹操在北，疆场未静；刘备寄寓，有似养虎；天下之事，尚未可知。此正朝士旰食之秋，至尊垂虑之日也。鲁肃忠烈，临事不苟，可以代瑜之任。人之将死，其言也善。倘蒙垂鉴，瑜死不朽矣。

据《三国志·吴书·鲁肃传》注引《江表传》：瑜疾困，与权笺曰："瑜以凡才，昔受讨逆殊特之遇，委以腹心，遂荷荣任，统御兵马，志执鞭弭，自效戎行。规定巴蜀，次取襄阳，凭赖威灵，谓若在握。至以不谨，道遇暴疾，昨自医疗，日加无损。人生有死，修短命矣，诚不足惜，但恨微志未展，不复奉教命耳。方今曹公在北，疆场未静，刘备寄寓，有似养虎，天下之事，未知终始，此朝士旰食之秋，至尊垂虑之日也。鲁肃忠烈，临事不苟，可以代瑜。人之将死，其言也善，傥或可采，瑜死不朽矣。"（参见《资治通鉴》卷六十六）

据《三国志·吴书·鲁肃传》：周瑜病困，上疏曰："当今天下，方有事役，是瑜乃心夙夜所忧，愿至尊先虑未然，然后康乐。今既与曹操为敌，刘备近在公安，边境密迩，百姓未附，宜得良将以镇抚之。鲁肃智略足任，乞以代瑜。瑜陨踣之日，所怀尽矣。"

孙权览毕，哭曰："公瑾有王佐之才，今忽短命而死，孤何赖哉？

据《资治通鉴》卷六十六：权闻之哀恸，曰："公瑾有王佐之资，今忽短命，孤何赖哉！"（参见《三国志·吴书·周瑜传》注引《江表传》）

既遗书特荐子敬，孤敢不从之。"即日便命鲁肃为都督，总统兵马；

据《资治通鉴》卷六十六：权以鲁肃为奋武校尉，代瑜领兵，令程普领南郡太守。（参见《三国志·吴书·鲁肃传》）

一面教发周瑜灵柩回葬。

据《三国志·吴书·周瑜传》：权素服举哀，感动左右。丧当还吴，又迎之芜湖，众事费度，一为供给。（参见《资治通鉴》卷六十六）

却说孔明在荆州，夜观天文，见将星坠地，乃笑曰："周瑜死矣。"至晓，告于玄德。玄德使人探之，果然死了。玄德问孔明曰："周瑜既死，还当如何？"孔明曰："代瑜领兵者，必鲁肃也。亮观天象，将星聚于东方。亮当以吊丧为由，往江东走一遭，就寻贤士佐助主公。"玄德曰："只恐吴中将士加害于先生。"孔明曰："瑜在之日，亮犹不惧；今瑜已死，又何患乎？"乃与赵云引五百军，具祭礼，下船赴巴丘吊丧。于路探听得孙权已令鲁肃为都督，周瑜灵柩已回柴桑。

孔明径至柴桑，鲁肃以礼迎接。周瑜部将皆欲杀孔明，因见赵云带剑相随，不敢下手。孔明教设祭物于灵前，亲自奠酒，跪于地下，读祭文曰：

呜呼公瑾，不幸夭亡！修短故天，人岂不伤？我心实痛，酹酒一觞；君其有灵，享我烝尝！吊君幼学，以交伯符；仗义疏财，让舍以居。吊君弱冠，万里鹏抟；定建霸业，割据江南。吊君壮力，远镇巴丘；景升怀虑，讨逆无忧。吊君丰度，佳配小乔；汉臣之婿，不愧当朝。吊君气概，谏阻纳质；始不垂翅，终能奋翼。吊君鄱阳，蒋干来说；挥洒自如，雅量高志。吊君弘才，文武筹略；火攻破敌，挽强为弱。想君当年，雄姿英发；哭君早逝，俯地流血。忠义之心，英灵之气；命终三纪，名垂百世，哀君情切，愁肠千结；惟我肝胆，悲无断绝。昊天昏暗，三军怆然；主为哀泣，友为泪涟。亮也不才，丐计求谋；助吴拒曹，辅汉安刘；掎角之援，首尾相傍，若存若亡，何虑何忧？呜呼公瑾！生死永别！朴守其贞，冥冥灭灭，魂如有灵，以鉴我心：从此天下，更无知音！呜呼痛哉！伏惟尚飨。"

孔明祭毕，伏地大哭，泪如涌泉，哀恸不已。众将相谓曰："人尽道公瑾与孔明不睦，今观其祭奠之情，人皆虚言也。"鲁肃见孔明如此悲切，亦为感伤，自思曰："孔明自是多情，乃公瑾量窄，自取死耳。"后人有诗叹曰：

卧龙南阳睡未醒，又添列曜下舒城。苍天既已生公瑾，尘世何须出孔明！

鲁肃设宴款待孔明。宴罢，孔明辞回。方欲下船，只见江边一人道袍竹冠，皂绦素履，一手揪住孔明大笑曰："汝气死周郎，却又来吊孝，明欺东吴无人耶！"孔明急视其人，乃凤雏先生庞统也。孔明亦大笑。两人携手登舟，各诉心事。孔明乃留书一封与统，嘱曰："吾料孙仲谋必不能重用足下。稍有不如意，可来荆州共扶玄德。此人宽仁厚德，必不负公平生之所学。"统允诺而别，孔明自回荆州。

却说鲁肃送周瑜灵柩至芜湖，

> 据《三国志·蜀书·庞统传》：庞统字士元，襄阳人也。……后郡命为功曹。……吴将周瑜助先主取荆州，因领南郡太守。瑜卒，统送丧至吴。
>
> 按：《演义》称周瑜灵柩由鲁肃护送至芜湖，不见于史。据史书，护送周瑜遗体的是庞统。周瑜时任南郡太守，而庞统为郡功曹，办理周瑜丧葬事宜属于他的职责。

孙权接着，哭祭于前，命厚葬于本乡。瑜有两男一女，长男循，次男胤，权皆厚恤之。

> 据《三国志·吴书·周瑜传》：瑜两男一女。女配太子登。男循尚公主，拜骑都尉，有瑜风，早卒。循弟胤，初拜兴业都尉，妻以宗女，授兵千人，屯公安。黄龙元年，封都乡侯，后以罪徙庐陵郡。

鲁肃曰："肃碌碌庸才，误蒙公瑾重荐，其实不称所职，愿举一人以助主公。此人上通天文，下晓地理；谋略不减于管、乐，枢机可并于孙、吴。往日周公瑾多用其言，孔明亦深服其智，现在江南，何不重用！"权闻言大喜，便问此人姓名。肃曰："此人乃襄阳人，姓庞，名统，字士元，道号凤雏先生。"权曰："孤亦闻其名久矣。今既在此，可即请来相见。"于是鲁肃邀请庞统入见孙权。施礼毕。权见其人浓眉掀鼻，黑面短髯，形容古怪，心中不喜。

> 按：《演义》称庞统相貌丑陋，于史无据。

乃问曰："公平生所学，以何为主？"统曰："不必拘执，随机应变。"权曰："公之才学，比公瑾如何？"统笑曰："某之所学，与公瑾大不相同。"权平生最喜周瑜，见统轻之，心中愈不乐，乃谓统曰："公且退。待有用公之时，却来相请。"统长叹一声而出。鲁肃曰："主公何不用庞士元？"权曰："狂士也，用之何益！"肃曰："赤壁鏖兵之时，此人曾献连环策，成第一功。主公想必知之。"权曰："此时乃曹操自欲钉船，未必此人之功也，吾誓不用之。"鲁肃出谓庞统曰："非肃不荐足下，奈吴侯不肯用公。公且耐心。"统低头长叹不语。肃曰："公莫非无意于吴中乎？"统不答。肃曰："公抱匡济之才，何往不利？可实对肃言，将欲何往？"统曰："吾欲投曹操去也。"肃曰："此明珠暗投矣，可往荆州投刘皇叔，必然重用。"统曰："统意实欲如此，前言戏耳。"肃曰："某当作书奉荐，公辅玄德，必令孙刘两家，无相攻击，同力破曹。"统曰："此某平生之素志也。"乃求肃书。径往荆州来见玄德。

此时孔明按察四郡未回，门吏传报："江南名士庞统，特来相投。"玄德久闻统名，便教请入相见。统见玄德,长揖不拜。玄德见统貌陋,心中亦不悦,乃问统曰:"足下远来不易?"统不拿出鲁肃、孔明书投呈,但答曰:"闻皇叔招贤纳士,特来相投。"玄德曰:"荆楚稍定,苦无闲职。此去东北一百三十里,有一县名耒阳县,缺一县宰,屈公任之,如后有缺,却当重用。"统思:"玄德待我何薄!"欲以才学动之,见孔明不在,只得勉强相辞而去。统到耒阳县,不理政事,终日饮酒为乐;一应钱粮词讼,并不理会。有人报知玄德,言庞统将耒阳县事尽废。玄德怒曰:"竖儒焉敢乱吾法度!"遂唤张飞分付,引从人去荆南诸县巡视:"如有不公不法者,就便究问。恐于事有不明处,可与孙乾同去。"

张飞领了言语,与孙乾前至耒阳县。军民官吏,皆出郭迎接,独不见县令。飞问曰:"县令何在?"同僚覆曰:"庞县令自到任及今,将百余日,县中之事,并不理问。每日饮酒,自旦及夜,只在醉乡。今日宿酒未醒,犹卧不起。"张飞大怒,欲擒之。孙乾曰:"庞士元乃高明之人,未可轻忽。且到县问之。如果于理不当,治罪未晚。"飞乃入县,正厅上坐定,教县令来见。统衣冠不整,扶醉而出。飞怒曰:"吾兄以汝为人,令作县宰,汝焉敢尽废县事!"统笑曰:"将军以吾废了县中何事?"飞曰:"汝到任百余日,终日在醉乡,安得不废政事?"统曰:"量百里小县,些小公事,何难决断!将军少坐,待我发落。"随即唤公吏,将百余日所积公务,都取来剖断。吏皆纷然赍抱案卷上厅,诉词被告人等,环跪阶下。统手中批判,口中发落,耳内听词,曲直分明,并无分毫差错。民皆叩首拜伏。不到半日,将百余日之事,尽断毕了,投笔于地而对张飞曰:"所废之事何在!曹操、孙权,吾视之若掌上观文,量此小县,何足介意!"飞大惊,下席谢曰:"先生大才,小子失敬。吾当于兄长处极力举荐。"统乃将出鲁肃荐书。飞曰:"先生初见吾兄,何不将出?"统曰:"若便将出,似乎专藉荐书来干谒矣。"飞顾谓孙乾曰:"非公则失一大贤也。"遂辞统回荆州,见玄德,具说庞统之才。玄德大惊曰:"屈待大贤,吾之过也!"飞将鲁肃荐书呈上。玄德拆视之。书略曰:

  庞士元非百里之才,使处治中、别驾之任,始当展其骥足。如以貌取之,恐负所学,终为他人所用,实可惜也。

玄德看毕,正在嗟叹,忽报孔明回。玄德接入,礼毕,孔明先问曰:"庞军师近日无恙否?"玄德曰:"近治耒阳县,好酒废事。"孔明笑曰:"士元非百里之才,胸中之学,胜亮十倍。亮曾有荐书在士元处,曾达主公否?"玄德曰:"今日方得子敬书,却未见先生之书。"孔明曰:"大贤若处小任,往往以酒糊涂,倦于视事。"玄德曰:"若非吾弟所言,险失大贤。"随即令张飞往耒阳县敬请庞统到荆州。玄德下阶请罪。统方将出孔明所荐之书。玄德看书中之意,言凤雏到日,宜即重用。玄德喜曰:"昔司马德操言:'伏龙、凤雏,两人得一,可安天下。'今吾二人皆得,汉室可兴矣。"遂拜庞统为副军师中郎将,与孔明共赞方略,教练军士,听候征伐。

  据《资治通鉴》卷六十六:刘备以从事庞统守耒阳令,在县不治,免官。鲁肃遗备书曰:"庞士元非百里才也。使处治中、别驾之任,始当展其骥足耳!"诸葛亮亦言之。备见统,与善谭,大器之,遂用统为治中,亲待亚于诸葛亮,与亮并为军师中郎将。(参见《三国志·蜀书·庞统传》)

  按:《演义》称,庞统在耒阳县酗酒荒废政事,刘备派张飞查办,庞统迅速办完积案,这些情节均不见于史。史书记载是:庞统"在县不治,免官"。鲁肃和诸葛亮向刘备推荐庞统,都是在庞统被免官之后,并非如《演义》所说事先有荐书。

早有人报到许昌,言刘备有诸葛亮、庞统为谋士,招军买马,积草屯粮,连结东吴,早晚必兴兵北伐。曹操闻之,遂聚众谋士商议南征。荀攸进曰:"周瑜新死,可先取孙权,次攻刘备。"操曰:"我若远征,恐马腾来袭许都。前在赤壁之时,军中有讹言,亦传西凉入寇之事，今不可不防也。"荀攸曰："以愚所见，不若降诏加马腾为征南将军，使讨孙权，诱入京师，先除此人，则南征无患矣。"操大喜，即日遣人赍诏至西凉召马腾。

却说腾字寿成，汉伏波将军马援之后，父名肃，字子硕，桓帝时为天水兰干县尉；后失官，流落陇西，与羌人杂处，遂娶羌女生腾。腾身长八尺。体貌雄异，禀性温良，人多敬之。灵帝末年，羌人多叛，腾招募民兵破之。初平中年，因讨贼有功，拜征西将军，与镇西将军韩遂为弟兄。

　　据《三国志·蜀书·马超传》注引《典略》：腾字寿成，马援后也。桓帝时，其父字子硕，尝为天水兰干尉。后失官，因留陇西，与羌错居。家贫无妻，遂娶羌女，生腾。腾少贫无产业，常从彰山中斫材木，负贩诣城市，以自供给。腾为人长八尺余，身体洪大，面鼻雄异，而性贤厚，人多敬之。灵帝末，凉州刺史耿鄙任信奸吏，民王国等及氐、羌反叛。州郡募发民中有勇力者，欲讨之，腾在募中。州郡异之，署为军从事，典领部众。讨贼有功，拜军司马，后以功迁偏将军，又迁征西将军，常屯汧、陇之间。初平中，拜征东将军。是时，西州少谷，腾自表军人多乏，求就谷于池阳，遂移屯长平岸头。而将王承等恐腾为己害，乃攻腾营。时腾近出无备，遂破走，西上。会三辅乱，不复来东，而与镇西将军韩遂结为异姓兄弟，始甚相亲，后转以部曲相侵入，更为仇敌。腾攻遂，遂走，合众还攻腾，杀腾妻子，连兵不解。建安之初，国家纲纪殆弛，乃使司隶校尉锺繇、凉州牧韦端和解之。征腾还屯槐里，转拜为前将军，假节，封槐里侯。北备胡寇，东备白骑，待士进贤，矜救民命，三辅甚安爱之。

　　据《资治通鉴》卷六十五：前将军马腾与镇西将军韩遂结为异姓兄弟，后以部曲相侵，更为仇敌。朝廷使司隶校尉锺繇、凉州刺史韦端和解之，征腾入屯槐里。

当日奉诏，乃与长子马超商议曰："吾自与董承受衣带诏以来，与刘玄德约共讨贼，不幸董承已死，玄德屡败。我又僻处西凉，未能协助玄德。今闻玄德已得荆州，我正欲展昔日之志，而曹操反来召我，当是如何？"马超曰："操奉天子之命以召父亲。今若不往，彼必以逆命责我矣。当乘其来召，竟往京师，于中取事，则昔日之志可展也。"马腾兄子马岱谏曰："曹操心怀叵测，叔父若往，恐遭其害。"超曰："儿愿尽起西凉之兵，随父亲杀入许昌，为天下除害，有何不可？"腾曰："汝自统羌兵保守西凉，只教次子马休、马铁并侄马岱随我同往。曹操见有汝在西凉，又有韩遂相助，谅不敢加害于我也。"超曰："父亲欲往，切不可轻入京师。当随机应变，观其动静。"腾曰："吾自有处，不必多虑。"于是马腾乃引西凉兵五千，先教马休、马铁为前部，留马岱在后接应，迤逦望许昌而来。离许昌二十里屯住军马。

　　据《资治通鉴》卷六十五：（建安十三年夏六月，）曹操将征荆州，使张既说腾，令释部曲还朝，腾许之。已而更犹豫，既恐其为变，乃移诸县促储偫，二千石郊迎，腾不得已，发东。操表腾为卫尉，以其子超为偏将军，统其众，悉徙其家属诣邺。

　　据《三国志·蜀书·马超传》注引《典略》：十三年，征为卫尉，腾自见年老，遂入宿卫。初，曹公为丞相，辟腾长子超，不就。超后为司隶校尉督军从事，讨郭援，为飞矢所中，乃以囊囊其足而战，破斩援首。诏拜徐州刺史，后拜谏议大夫。及腾之入，因诏拜为偏将军，使领腾营。又拜超弟休奉车都尉，休弟铁骑都尉，徙其家属皆诣邺，惟超独留。

　　据《三国志·蜀书·马超传》：后腾与韩遂不和，求还京畿。于是征为卫尉，以超为偏将军，封都亭侯，领腾部曲。

　　按：据史书记载，马腾与其子马休、马铁早已于建安十三年（208）入朝任职，《演义》称，曹操于建安十五年（210）征调马腾入朝，准备寻机杀害，于史无据。

第五十七回 柴桑口卧龙吊丧 耒阳县凤雏理事

曹操听知马腾已到，唤门下侍郎黄奎分付曰："目今马腾南征，吾命汝为行军参谋，先至马腾寨中劳军，可对马腾说：西凉路远，运粮甚难，不能多带人马。我当更遣大兵，协同前进。来日教他入城面君，吾就应付粮草与之。"奎领命，来见马腾。腾置酒相待。奎酒半酣而言曰："吾父黄琬死于李傕、郭汜之难，尝怀痛恨。不想今日又遇欺君之贼！"腾曰："谁为欺君之贼？"奎曰："欺君者操贼也。公岂不知之，而问我耶？"腾恐是操使来相探，急止之曰："耳目较近，休得乱言。"奎叱曰："公竟忘却衣带诏乎！"腾见他说出心事，乃密以实情告之。奎曰："操欲公入城面君，必非好意。公不可轻入。来日当勒兵城下，待曹操出城点军，就点军处杀之，大事济矣。"二人商议已定。

按：《演义》称马腾与黄奎合谋欲杀曹操，于史无据。黄奎，史无其人。

黄奎回家，恨气未息。其妻再三问之，奎不肯言。不料其妾李春香、与奎妻弟苗泽私通。泽欲得春香，正无计可施。妾见黄奎愤恨，遂对泽曰："黄侍郎今日商议军情回，意甚愤恨，不知为谁？"泽曰："汝可以言挑之曰：'人皆说刘皇叔仁德，曹操奸雄，何也？'看他说甚言语。"是夜黄奎果到春香房中。妾以言挑之。奎乘醉言曰："汝乃妇人，尚知邪正，何况我乎？吾所恨者，欲杀曹操也！"妾曰："若欲杀之，如何下手？"奎曰："吾已约定马将军，明日在城外点兵时杀之。"妾告于苗泽，泽报知曹操。操便密唤曹洪、许褚分付如此如此；又唤夏侯渊、徐晃分付如此如此。各人领命去了，一面先将黄奎一家老小拿下。

次日，马腾领着西凉兵马，将次近城，只见前面一簇红旗，打着丞相旗号。马腾只道曹操自来点军，拍马向前。忽听得一声炮响，红旗开处，弓弩齐发。一将当先，乃曹洪也。马腾急拨马回时，两下喊声又起：左边许褚杀来，右边夏侯渊杀来，后面又是徐晃领兵杀至，截断西凉军马，将马腾父子三人困在垓心。马腾见不是头，奋力冲杀。马铁早被乱箭射死。马休随着马腾，左冲右突，不能得出。二人身带重伤，坐下马又被箭射倒。父子二人俱被执。曹操教将黄奎与马腾父子，一齐绑至。黄奎大叫："无罪！"操教苗泽对证。马腾大骂曰："竖儒误我大事！我不能为国杀贼，是乃天也！"操命牵出。马腾骂不绝口，与其子马休，及黄奎，一同遇害。

据《后汉书·献帝纪》：（建安）十六年秋九月庚戌，曹操与韩遂、马超战于渭南，遂等大败，关西平。……十七年夏五月癸未，诛卫尉马腾，夷三族。（参见《资治通鉴》卷六十六）

后人有诗叹马腾曰：

父子齐芳烈，忠贞著一门。捐生图国难，誓死答君恩。

嚼血盟言在，诛奸义状存。西凉推世胄，不愧伏波孙！

苗泽告操曰："不愿加赏，只求李春香为妻。"操笑曰："你为了一妇人，害了你姐夫一家，留此不义之人何用！"便教将苗泽、李春香与黄奎一家老小并斩于市。观者无不叹息。后人有诗叹曰：

苗泽因私害荩臣，春香未得反伤身。奸雄亦不相容恕，枉自图谋作小人。

曹操教招安西凉兵马，谕之曰："马腾父子谋反，不干众人之事。"一面使人分付把住关隘，休教走了马岱。

且说马岱自引一千兵在后。早有许昌城外逃回军士，报知马岱。岱大惊，只得弃了兵马，扮作客商，连夜逃遁去了。曹操杀了马腾等，便决意南征。忽人报曰："刘备调练军马，收拾器械，将欲取川。"操惊曰："若刘备收川，则羽翼成矣。将何以图之？"言未毕，阶下一人进言曰："某有一计，使刘备、孙权不能相顾，江南、西川皆归丞相。"正是：西州豪杰方遭戮，南国英雄又受殃。未知献计者是谁，且看下文分解。

第五十八回　马孟起兴兵雪恨　曹阿瞒割须弃袍

却说献策之人，乃治书侍御史陈群，字长文。

> 据《三国志·魏书·陈群传》：陈群字长文，颍川许昌人也。

操问曰："陈长文有何良策？"群曰："今刘备、孙权结为唇齿，若刘备欲取西川，丞相可命上将提兵，会合淝之众，径取江南，则孙权必求救于刘备；备意在西川，必无心救权；权无救则力乏兵衰，江东之地，必为丞相所得。若得江东，则荆州一鼓可平也；荆州既平，然后徐图西川：天下定矣。"操曰："长文之言，正合吾意。"即时起大兵三十万，径下江南；令合淝张辽，准备粮草，以为供给。

早有细作报知孙权。权聚众将商议。张昭曰："可差人往鲁子敬处，教急发书到荆州，使玄德同力拒曹。子敬有恩于玄德，其言必从；且玄德既为东吴之婿，亦义不容辞。若玄德来相助。江南可无患矣。"权从其言，即遣人谕鲁肃，使求救于玄德。肃领命，随即修书使人送玄德，玄德看了书中之意，留使者于馆舍，差人往南郡请孔明。孔明到荆州，玄德将鲁肃书与孔明看毕，孔明曰："也不消动江南之兵，也不必动荆州之兵，自使曹操不敢正觑东南。"便回书与鲁肃，教高枕无忧，若但有北兵侵犯，皇叔自有退兵之策。使者去了。玄德问曰："今操起三十万大军，会合淝之众，一拥而来，先生有何妙计，可以退之？"孔明曰："操平生所虑者，乃西凉之兵也。今操杀马腾，其子马超，现统西凉之众，必切齿操贼。主公可作一书，往结马超，使超兴兵入关，则操又何暇下江南乎？"玄德大喜，即时作书，遣一心腹人，径往西凉州投下。

却说马超在西凉州，夜感一梦：梦见身卧雪地，群虎来咬。惊惧而觉，心中疑惑，聚帐下将佐，告说梦中之事。帐下一人应声曰："此梦乃不祥之兆也。"众视其人，乃帐前心腹校尉，姓庞，名德，字令明。

> 据《三国志·魏书·庞德传》：庞德字令明，南安狟道人也。少为郡吏州从事。初平中，从马腾击反羌叛氐。数有功，稍迁至校尉。

超问："令明所见若何？"德曰："雪地遇虎，梦兆殊恶。莫非老将军在许昌有事否？"言未毕，一人踉跄而入，哭拜于地曰："叔父与弟皆死矣！"超视之，乃马岱也。超惊问何为。岱曰："叔父与侍郎黄奎同谋杀操，不幸事泄，皆被斩于市，二弟亦遇害。惟岱扮作客商，星夜走脱。超闻言，哭倒于地。众将救起。超咬牙切齿，痛恨操贼。忽报荆州刘皇叔遣人赍书至。超拆视之。书略曰：

> 伏念汉室不幸，操贼专权，欺君罔上，黎民凋残。备昔与令先君同受密诏，誓诛此贼。今令先君被操所害，此将军不共天地、不同日月之仇也。若能率西凉之兵，以攻操之右，备当举荆襄之众，以遏操之前：则逆操可擒，奸党可灭，仇辱可报，汉室可兴矣。书不尽言，立待回音。

马超看毕，即时挥涕回书，发使者先回，随后便起西凉军马，正欲进发，忽西凉太守韩遂使人请马超往见。超至遂府，遂将出曹操书示之。内云："若将马超擒赴许都，即封汝为西凉侯。"超拜伏于地曰："请叔父就缚俺兄弟二人，解赴许昌，免叔父戈戟之劳。"韩遂扶起曰："吾与汝父结为兄弟，安忍害汝？汝若兴兵，吾当相助。"马超拜谢。

第五十八回　马孟起兴兵雪恨　曹阿瞒割须弃袍

韩遂便将操使者推出斩之，乃点手下八部军马，一同进发。那八部？乃侯选、程银、李堪、张横、梁兴、成宜、马玩、杨秋也。八将随着韩遂，合马超手下庞德、马岱，共起二十万大兵，杀奔长安来。

> 据《三国志·魏书·卫觊传》注引《魏书》：是时关西诸将，外虽怀附，内未可信。司隶校尉钟繇求以三千兵入关，外托讨张鲁，内以胁取质任。太祖使荀彧问觊，觊以为"西方诸将，皆竖夫屈起，无雄天下意，苟安乐目前而已。今国家厚加爵号，得其所志，非有大故，不忧为变也。宜为后图。若以兵入关中，当讨张鲁，鲁在深山，道径不通，彼必疑之；一相惊动，地险众强，殆难为虑！"或以觊议呈太祖。太祖初善之，而以繇自典其任，遂从繇议。

> 据《资治通鉴》卷六十六：（建安十六年春）三月，操遣司隶校尉钟繇讨张鲁，使征西护军夏侯渊等将兵出河东，与繇会。仓曹属高柔谏曰："大兵西出，韩遂、马超疑为袭已，必相扇动。宜先招集三辅，三辅苟平，汉中可传檄而定也。"操不从。关中诸将果疑之，马超、韩遂、侯选、程银、杨秋、李堪、张横、梁兴、成宜、马玩等十部皆反，其众十万，屯据潼关；操遣安西将军曹仁督诸将拒之，敕令坚壁勿与战。命五官将丕留守邺，以奋武将军程昱参丕军事，门下督广陵徐宣为左护军，留统诸军，乐安国渊为居府长史，统留事。秋七月，操自将击超等。（参见《三国志·魏书·武帝纪》《高柔传》，《三国志·蜀书·马超传》注引《典略》。）

> 按：据史书，曹操于建安十六年（211）三月派司隶校尉钟繇率军讨伐汉中张鲁，致使马超、韩遂等关中诸将疑惧而起兵反叛。《演义》称马超起兵是为报父仇，与史相悖。马腾及其三族被诛杀，是在建安十七年（212）五月，即马超起兵一年零两个月之后。

长安郡守钟繇，飞报曹操；一面引军拒敌，布阵于野。西凉州前部先锋马岱，引军一万五千，浩浩荡荡，漫山遍野而来。钟繇出马答话。岱使宝刀一口，与繇交战。不一合，繇大败奔走。

> 按：《演义》称钟繇为长安郡守，曾与马岱单挑，不见于史。据史书，钟繇当时任司隶校尉，后来魏建国时任相国，史书中看不出他会武艺。

岱提刀赶来。马超、韩遂引大军都到，围住长安。钟繇上城守护。长安乃西汉建都之处，城郭坚固，壕堑险深，急切攻打不下。一连围了十日，不能攻破。庞德进计曰："长安城中土硬水碱，甚不堪食，更兼无柴。今围十日，军民饥荒。不如暂且收军，只须如此如此，长安唾手可得。"马超曰："此计大妙！"即时差"令"字旗传与各部，尽教退军，马超亲自断后。各部军马渐渐退去。钟繇次日登城看时，军皆退了，只恐有计；令人哨探，果然远去，方才放心。纵令军民出城打柴取水，大开城门，放人出入。至第五日，人报马超兵又到，军民竞奔入城，钟繇仍复闭城坚守。

却说钟繇弟钟进，守把西门，约近三更，城门里一把火起。钟进急来救时，城边转过一人，举刀纵马大喝曰："庞德在此！"钟进措手不及，被庞德一刀斩于马下，杀散军校，斩关断锁，放马超、韩遂军马入城。钟繇从东门弃城而走。马超、韩遂得了城池，赏劳三军。

钟繇退守潼关，飞报曹操。操知失了长安，不敢复议南征，遂唤曹洪、徐晃分付："先带一万人马，替钟繇紧守潼关。如十日内失了关隘，皆斩；十日外，不干汝二人之事。我统大军随后便至。"二人领了将令，星夜便行。曹仁谏曰："洪性躁，诚恐误事。"操曰："你与我押送粮草，便随后接应。"

却说曹洪、徐晃到潼关，替钟繇坚守关隘，并不出战。马超领军来关下，把曹操三代毁骂。曹洪大怒，要提兵下关厮杀。徐晃谏曰："此是马超要激将军厮杀，切不可与战。待丞相大军来，必有主画。"马超军日夜轮流来骂。曹洪只要厮杀，徐晃苦苦挡住。至第九日，在关上看时，西凉军都弃马在于关前草地上坐；多半困乏，就于地上睡卧。曹洪便教备马，点起三千兵杀下关来。西凉兵弃马抛戈而走。洪迤逦追赶。时徐晃正在关上点视粮车，闻曹洪下关厮杀，大惊，急引兵随后赶来，大叫曹洪回马。忽然背后喊声大震，马岱引军杀至。曹洪、徐晃急回走时，一棒鼓响，山背后两军截出：左是马超、右是庞德，混杀一阵。曹洪抵挡不住，折军大半，撞出重围，奔到关上。西凉兵随后赶来，洪等弃关而走。庞德直追过潼关，撞见曹仁军马，救了曹洪等一军。马超接应庞德上关。曹洪失了潼关，奔见曹操。

    按：《演义》所述马超攻取长安和潼关的战斗，均于史无据。当时整个关中地区，包括长安和潼关，均为马超、韩遂等关西诸将所占据。

操曰："与你十日限，如何九日失了潼关？"洪曰："西凉军兵，百般辱骂，因见彼军懈怠，乘势赶去，不想中贼奸计。"操曰："洪年幼躁暴，徐晃你须晓事！"晃曰："累谏不从。当日晃在关上点粮车，比及知道，小将军已下关了。"

    按：核诸史书，曹洪时年已四十开外，并非"年幼"的"小将军"。

晃恐有失，连忙赶去，已中贼奸计矣。"操大怒，喝斩曹洪。众官告免。曹洪服罪而退。
  操进兵直叩潼关。曹仁曰："可先下定寨栅，然后打关未迟。"操令砍伐树木，起立排栅，分作三寨：左寨曹仁，右寨夏侯渊，操自居中寨。次日，操引三寨大小将校，杀奔关隘前去，正遇西凉军马。两边各布阵势。操出马于门旗下，看马超之兵，人人勇健，个个英雄。又见马超生得面如傅粉，唇若抹朱，腰细膀宽，声雄力猛，白袍银铠，手执长枪，立马阵前；上首庞德，下首马岱。操暗暗称奇，自纵马谓超曰："汝乃汉朝名将子孙，何故背反耶？"超咬牙切齿，大骂："操贼！欺君罔上，罪不容诛！害我父弟，不共戴天之仇！吾当活捉生啖汝肉！"说罢，挺枪直杀过来。曹操背后于禁出迎。两马交战，斗得八九合，于禁败走。张郃出迎，战二十合亦败走。李通出迎，超奋威交战，数合之中，一枪刺李通于马下。

    据《三国志·魏书·李通传》：（建安十四年，）刘备与周瑜围曹仁于江陵，别遣关羽绝北道。通率众击之，……道得病薨，时年四十二。

超把枪望后一招，西凉兵一齐冲杀过来。操兵大败。西凉兵来得势猛，左右将佐，皆抵当不住。马超、庞德、马岱引百余骑，直入中军来捉曹操。操在乱军中，只听得西凉军大叫："穿红袍的是曹操！"操就马上急脱下红袍。又听得大叫："长髯者是曹操！"操惊慌，掣所佩刀断其髯。军中有人将曹操割髯之事，告知马超，超遂令人叫拿："短髯者是曹操！"操闻知，即扯旗角包颈而逃。后人有诗曰：
    潼关战败望风逃，孟德仓惶脱锦袍。剑割髭髯应丧胆，马超声价盖天高。
  曹操正走之间，背后一骑赶来，回头视之，正是马超。操大惊。左右将校见超赶来，各自逃命，只撇下曹操。超厉声大叫曰："曹操休走！"操惊得马鞭坠地。看看赶上，马超从后使枪搠来。操绕树而走，超一枪搠在树上；急拔下时，操已走远。超纵马赶来，山坡边转过一将，大叫："勿伤吾主！曹洪在此！"轮刀纵马，拦住马超。操得命走脱。洪与马超战到四五十合，渐渐刀法散乱，气力不加。夏侯渊引数十骑随到。马超独自一人，恐被所算，乃拨马而回，夏侯渊也不来赶。

    按：据史书记载，曹操于建安十六年（211）三月派锺繇率军讨伐汉中张鲁，马超等关西诸将怀疑锺繇借机袭取关中，故东进屯据于潼关；曹操则于七月亲率大军西征，与马超等军隔关扎营相持，两军并未交战。《演义》所述马超于潼关大败曹军，曹操割须弃袍的情节，不见于史。

曹操回寨，却得曹仁死据定了寨栅，因此不曾多折军马。操入帐叹曰："吾若杀了曹洪，今日必死于马超之手也！"遂唤曹洪，重加赏赐。收拾败军，坚守寨栅，深沟高垒，不许出战。超每日引兵来寨前辱骂搦战。操传令教军士坚守，如乱动者斩。诸将曰："西凉之兵，尽使长枪，当选弓弩迎之。"操曰："战与不战，皆在于我，非在贼也。贼虽有长枪，安能便刺？诸公但坚壁观之，贼自退矣。"诸将皆私相议曰："丞相自来征战，一身当先；今败于马超，何如此之弱也？"过了几日，细作报来："马超又添二万生力兵来助战，乃是羌人部落。"操闻知大喜。诸将曰："马超添兵，丞相反喜。何也？"操曰："待吾胜了，却对汝等说。"三日后又报关上又添军马。操又大喜，就于帐中设宴作贺。诸将皆暗笑。操曰："诸公笑我无破马超之谋，公等有何良策？"徐晃进曰："今丞相盛兵在此，贼亦全部现屯关上，此去河西，必无准备；若得一军暗渡蒲阪津，先截贼归路，丞相径发河北击之，贼两不相应，势必危矣。"操曰："公明之言，正合吾意。"便教徐晃引精兵四千，和朱灵同去径袭河西，伏于山谷之中，"待我渡河北，同时击之"。徐晃、朱灵领命、先引四千军暗暗去了。

据《三国志·魏书·徐晃传》：韩遂、马超等反关右，遣晃屯汾阴以抚河东，赐牛酒，令上先人墓。太祖至潼关，恐不得渡，召问晃。晃曰："公盛兵于此，而贼不复别守蒲阪，知其无谋也。今假臣精兵渡蒲坂津，为军先置，以截其里，贼可擒也。"太祖曰："善。"使晃以步骑四千人渡津。作堑栅未成，贼梁兴夜将步骑五千余人攻晃，晃击走之，太祖军得渡。遂破超等。

据《资治通鉴》卷六十六：（建安十六年）秋七月，操自将击超等。八月，操至潼关，与超等夹关而军。操急持之，而潜遣徐晃、朱灵以步骑四千人渡浦阪津，据河西为营。

据《三国志·魏书·武帝纪》：（建安十六年）秋七月，公西征，与超等夹关而军。公急持之，而潜遣徐晃、朱灵等夜渡蒲阪津，据河西为营。

据《资治通鉴考异》：按《武帝纪》，潜遣二将渡蒲阪，皆太祖之谋，而《（徐）晃传》云皆晃之策。盖陈氏各欲称其功业，不相顾耳。

操下令，先教曹洪于蒲阪津安排船筏。留曹仁守寨，操自领兵渡渭河。

早有细作报知马超。超曰："今操不攻潼关，而使人准备船筏，欲渡河北，必将遏吾之后。吾当引一军循河拒住岸北。操兵不得渡，不消二十日，河东粮尽，操兵必乱，却循河南而击之，操可擒矣。"韩遂曰："不必如此。岂不闻兵法有云'兵半渡可击'，待操兵渡至一半，汝却于南岸击之，操兵皆死于河内矣。"超曰："叔父之言甚善。"即使人探听曹操几时渡河。

据《三国志·蜀书·马超传》注引《山阳公载记》：初，曹公军在蒲阪，欲西渡，超谓韩遂曰："宜于渭北拒之，不过二十日，河东谷尽，彼必走矣。"遂曰："可听令渡，蹙于河中，顾不快耶！"超计不得施。曹公闻之曰："马儿不死，吾无葬地也。"

却说曹操整兵已毕，分三停军，前渡渭河，

按：据史书，曹操所渡为黄河；《演义》称曹操渡渭河，与史不合。

比及人马到河口时，日光初起。操先发精兵渡过北岸，开创营寨。操自引亲随护卫军将百人，按剑坐于南岸，看军渡河。忽然人报："后边白袍将军到了！"众皆认得是马超，一拥下船。河边军争上船者，声喧不止。操犹坐而不动，按剑指约休闹。只听得人喊马嘶，蜂拥而来，船上一将跃身上岸，呼曰："贼至矣！请丞相下船！"操视之，乃许褚也。操口内犹言："贼至何妨？"回头视之，马超已离不得百余步，许褚拖操下船时，船已离岸一丈有余，褚负操一跃上船。随行将士尽皆下水，扳住船边，争欲上船逃命。船小将翻，褚掣刀乱砍，傍船手尽折，倒于水中。急将船望下水棹去。许褚立于梢上，忙用木篙撑之。操伏在许褚脚边。马超赶到河岸，见船已流在半河，遂拈弓搭箭，喝令骁将绕河射之。矢如雨急。褚恐伤曹操，以左手举马鞍遮之。马超箭不虚发，船上驾舟之人，应弦落水；船中数十人皆被射倒。其船反撑不定，于急水中旋转。许褚独奋神威，将两腿夹舵摇撼，一手使篙撑船，一手举鞍遮护曹操。

时有渭南县令丁斐，在南山之上，见马超追操甚急，恐伤操命，遂将寨内牛只马匹，尽驱于外，漫山遍野，皆是牛马。西凉兵见之，都回身争取牛马，无心追赶，曹操因此得脱。方到北岸，便把船筏凿沉。诸将听得曹操在河中逃难，急来救时，操已登岸。许褚身被重铠，箭皆嵌在甲上。众将保操至野寨中，皆拜于地而问安。操大笑曰："我今日几为小贼所困！"褚曰："若非有人纵马放牛以诱贼，贼必努力渡河矣。"操问曰："诱贼者谁也？"有知者答曰："渭南县令丁斐也。"少顷，斐入见。操谢曰："若非公之良谋，则吾被贼所擒矣。"遂命为典军校尉。

据《资治通鉴》卷六十六：（建安十六年秋八月）闰月，操自潼关北渡河。兵众先渡，操独与虎士百余人留南岸断后。马超将步骑万余人攻之，矢下如雨，操犹据胡床不动。许褚扶操上船，船工中流矢死，褚左手举马鞍以蔽操，右手刺船。校尉丁斐，放牛马以饵贼，贼乱，取牛马，操乃得渡；遂自蒲阪渡西河，循河为甬道而南。（参见《三国志·魏书·武帝纪》）

据《三国志·魏书·许褚传》：从讨韩遂、马超于潼关。太祖将北渡，临济河，先渡兵，独与褚及虎士百余人留南岸断后。超将步骑万余人，来奔太祖军，矢下如雨。褚白太祖，贼来多，今兵渡已尽，宜去，乃扶太祖上船。贼战急，军争济，船重欲没。褚斩攀船者，左手举马鞍蔽太祖。船工为流矢所中死，褚右手并溯船，仅乃得渡。是日，微褚几危。

据《三国志·魏书·武帝纪》注引《曹瞒传》：公将过河，前队适渡，超等奄至，公犹坐胡床不起。张郃等见事急，共引公入船。河水急，比渡，流四五里，超等骑追射之，矢下如雨。诸将见军败，不知公所在，皆惶惧，至见，乃悲喜，或流涕。公大笑曰："今日几为小贼所困乎！"

斐曰："贼虽暂去，明日必复来，须以良策拒之。"操曰："吾已准备了也。"遂唤诸将各分头循河筑起甬道，暂为寨脚，贼若来时，陈兵于甬道外。内虚立旌旗，以为疑兵；更沿河掘下壕堑，虚土棚盖，河内以兵诱之："贼急来必陷，贼陷便可击矣。"

却说马超回见韩遂，说："几乎捉住曹操！有一将奋勇负操下船去了，不知何人。"遂曰："吾闻曹操选极精壮之人，为帐前侍卫，名曰虎卫军，以骁将典韦、许褚领之。典韦已死，今救曹操者，必许褚也。此人勇力过人，人皆称为'虎痴'，

据《三国志·魏书·许褚传》：军中以褚力如虎而痴，故号曰虎痴。

如遇之，不可轻敌。"超曰："吾亦闻其名久矣。"遂曰："今操渡河，将袭我后。可速攻之。不可令他创立营寨。若立营寨，急难剿除。"超曰："以侄愚意，还只拒住北岸，使彼不得渡河，乃为上策。"遂曰："贤侄守寨，吾引军循河战操，若何？"超曰："令庞德为先锋，跟叔父前去。"于是韩遂与庞德将兵五万，直抵渭南。操令众将于甬道两旁诱之。庞德先引铁骑千余，冲突而来。喊声起处，人马俱落于陷马坑内。庞德踊身一跳，跃出土坑，立于平地，立杀数人，步行砍出重围。韩遂已被困在垓心，庞德步行救之。正遇着曹仁部将曹永，被庞德一刀砍于马下，夺其马，杀开一条血路，救出韩遂，投东南而走。背后曹兵赶来，马超引军接应，杀败曹兵，复救出大半军马。战至日暮方回。计点人马，折了将佐程银、

据《资治通鉴》卷六十七：程银、侯选、庞德皆随鲁降，魏公操复银、选官爵，拜

德立义将军。

  据《三国志·魏书·张鲁传》注引《魏略》：时又有程银、侯选、李堪，皆河东人也，兴平之乱，各有众千余家。建安十六年，并与马超合。超破走，堪临陈死。银、选南入汉中，汉中破，诣太祖降，皆复官爵。

  张横，陷坑中死者二百余人。超与韩遂商议："若迁延日久，操于河北立了营寨，难以退敌；不若乘今夜引轻骑去劫野营。"遂曰："须分兵前后相救。"于是超自为前部，令庞德、马岱为后应，当夜便行。

  却说曹操收兵屯渭北，唤诸将曰："贼欺我未立寨栅，必来劫野营。可四散伏兵，虚其中军。号炮响时，伏兵尽起，一鼓可擒也。"众将依令，伏兵已毕。当夜，马超却先使成宜引三十骑往前哨探，成宜见无人马，径入中军。操军见西凉兵到，遂放号炮。四面伏兵皆出，只围得三十骑。成宜被夏侯渊所杀。

  据《资治通鉴》卷六十六：操乃与克日会战，先以轻兵挑之，战良久，乃纵虎骑夹击，大破之，斩成宜、李堪等。（参见《三国志·魏书·武帝纪》）

  马超却自从背后与庞德、马岱兵分三路蜂拥杀来。正是：纵有伏兵能候敌，怎当健将共争先？未知胜负若何，且看下文分解。

第五十九回　许褚裸衣斗马超　曹操抹书间韩遂

却说当夜两兵混战，直到天明，各自收兵。马超屯兵渭口，日夜分兵，前后攻击。曹操在渭河内将船筏锁链作浮桥三条，接连南岸。曹仁引军夹河立寨，将粮草车辆穿连，以为屏障。马超闻之，教军士各挟草一束，带着火种，与韩遂引军并力杀到寨前，堆积草把，放起烈火。操兵抵敌不住，弃寨而走。车乘、浮桥，尽被烧毁。西凉兵大胜，截住渭河。

　　据《资治通鉴》卷六十六：超等退拒渭口，操乃多设疑兵，潜以舟载兵入渭，为浮桥，夜，分兵结营于渭南。超等夜攻营，伏兵击破之。（参见《三国志·魏书·武帝纪》）

曹操立不起营寨，心中忧惧。荀攸曰："可取渭河沙土筑起土城，可以坚守。"操拨三万军担土筑城。马超又差庞德、马岱各引五百马军，往来冲突；更兼沙土不实，筑起便倒，操无计可施。

时当九月尽，天气暴冷，彤云密布，连日不开。曹操在寨中纳闷。忽人报曰："有一老人来见丞相，欲陈说方略。"操请入。见其人鹤骨松姿，形貌苍古。问之，乃京兆人也，隐居终南山，姓娄，名子伯，道号"梦梅居士"。

　　据《三国志·魏书·崔琰传附娄圭传》注引《魏略》：娄圭字子伯，少与太祖有旧。初平中在荆州北界合众，后诣太祖。太祖以为大将，不使典兵，常在坐席言议。及河北平定，随在冀州。其后太祖从诸子出游，子伯时亦随从。子伯顾谓左右曰："此家父子，如今日为乐也。"人有白者，太祖以为有腹诽意，遂收治之。

　　按：据史书，娄圭是曹操的部下，追随曹操已久。《演义》将他写成一位终南山隐士，还将他的字——子伯——改作他的名。

操以客礼待之。子伯曰："丞相欲跨渭安营久矣，今何不乘时筑之？"操曰："沙土之地，筑垒不成。隐士有何良策赐教？"子伯曰："丞相用兵如神，岂不知天时乎？连日阴云布合，朔风一起，必大冻矣。风起之后，驱兵士运土泼水，比及天明，土城已就。"操大悟，厚赏子伯。子伯不受而去。是夜北风大作。操尽驱军士担土泼水；为无盛水之具，作缣囊盛水浇之，随筑随冻。比及天明，沙水冻紧，土城已筑完。

　　据《三国志·魏书·武帝纪》注引《曹瞒传》：时公军每渡渭，辄为超骑所冲突，营不得立，地又多沙，不可筑垒。娄子伯说公曰："今天寒，可起沙为城，以水灌之，可一夜而成。"公从之，乃多作缣囊以运水，夜渡兵作城，比明，城立，由是公军尽得渡渭。　　或疑于时九月，水未应冻。臣松之按《魏书》：公军八月至潼关，闰月北渡河，则其年闰八月也，至此容可大寒邪！

细作报知马超。超领兵观之，大惊，疑有神助。次日，集大军鸣鼓而进。操自乘马出营，止有许褚一人随后。操扬鞭大呼曰："孟德单骑至此，请马超出来答话。"超乘马挺枪而出。操曰："汝欺我营寨不成，今一夜天已筑就，汝何不早降！"马超大怒，意欲突前擒之，见操背后一人，睁圆怪眼，手提钢刀，勒马而立。超疑是许褚，乃扬鞭问曰："闻汝军中有虎侯，安在哉？"许褚提刀大叫曰："吾即谯郡许褚也！"目射神光，威风抖擞。超不敢动，乃勒马回。操亦引许褚回寨。两军观之，无不骇然。操谓诸将曰："贼亦知仲康乃虎侯也！"自此军中皆称褚为虎侯。

第五十九回 许褚裸衣斗马超 曹操抹书间韩遂

据《三国志·魏书·许褚传》：其后太祖与遂、超等单马会语，左右皆不得从，唯将褚。超负其力，阴欲前突太祖，素闻褚勇，疑从骑是褚。乃问太祖曰："公有虎侯者安在？"太祖顾指褚，褚瞋目盼之。超不敢动，乃各罢。……军中以褚力如虎而痴，故号曰虎痴；是以超问虎侯，至今天下称焉，皆谓其姓名也。（参见《三国志·蜀书·马超传》）《资治通鉴考异》认为：按时超不与遂同在彼，故疑此说妄也。

许褚曰："某来日必擒马超。"操曰："马超英勇，不可轻敌。"褚曰："某誓与死战！"即使人下战书，说虎侯单搦马超来日决战。超接书大怒曰："何敢如此相欺耶！"即批："次日誓杀虎痴。"

次日，两军出营布成阵势。超分庞德为左翼，马岱为右翼，韩遂押中军。超挺枪纵马，立于阵前，高叫："虎痴快出！"曹操在门旗下回顾众将曰："马超不减吕布之勇！"言未绝，许褚拍马舞刀而出。马超挺枪接战。斗了一百余合，胜负不分。马匹困乏，各回军中，换了马匹，又出阵前。又斗一百余合，不分胜负。许褚性起，飞回阵中，卸了盔甲，浑身筋突，赤体提刀，翻身上马，来与马超决战。两军大骇。两个又斗到三十余合，褚奋威举刀便砍马超。超闪过，一枪望褚心窝刺来。褚弃刀将枪挟住。两个在马上夺枪。许褚力大，一声响，拗断枪杆，各拿半节在马上乱打。操恐褚有失，遂令夏侯渊、曹洪两将齐出夹攻。庞德、马岱见操将齐出，麾两翼铁骑，横冲直撞，混杀将来。操兵大乱。许褚臂中两箭。诸将慌退入寨。马超直杀到壕边，操兵折伤大半。操令坚闭休出。马超回至渭口，谓韩遂曰："吾见恶战者莫如许褚，真'虎痴'也！"

按：《演义》所述马超与许褚单挑的情节，不见于史。

却说曹操料马超可以计破，乃密令徐晃、朱灵尽渡河西结营，前后夹攻。一日，操于城上见马超引数百骑，直临寨前，往来如飞。操观良久，掷兜鍪于地曰："马儿不死，吾无葬地矣！"

据《三国志·蜀书·马超传》注引《山阳公载记》：初，曹公军在蒲阪，欲西渡，超谓韩遂曰："宜于渭北拒之，不过二十日，河东谷尽，彼必走矣。"遂曰："可听令渡，蹙于河中，顾不快耶！"超计不得施。曹公闻之曰："马儿不死，吾无葬地也。"

夏侯渊听了，心中气忿，厉声曰："吾宁死于此地，誓灭马贼！"遂引本部千余人，大开寨门，直赶去。操急止不住，恐其有失，慌自上马前来接应。马超见曹兵至，乃将前军作后队，后队作先锋，一字儿摆开。夏侯渊到，马超接往厮杀。超于乱军中遥见曹操，就撇了夏侯渊，直取曹操。操大惊，拨马而走。曹兵大乱。

正追之际，忽报操有一军，已在河西下了营寨，超大惊，无心追赶，急收军回寨，与韩遂商议，言："操兵乘虚已渡河西，吾军前后受敌，如之奈何？"部将李堪曰："不如割地请和，两家且各罢兵，捱过冬天，到春暖别作计议。"韩遂曰："李堪之言最善，可从之。"超犹豫未决。杨秋、侯选皆劝求和，于是韩遂遣杨秋为使，直往操寨下书，言割地请和之事。操曰："汝且回寨，吾来日使人回报。"杨秋辞去。贾诩入见操曰："丞相主意若何？"操曰："公所见若何？"诩曰："兵不厌诈，可伪许之；然后用反间计，令韩、马相疑，则一鼓可破也。"操抚掌大喜曰："天下高见，多有相合。文和之谋，正吾心中之事也。"于是遣人回书，言："待我徐徐退兵，还汝河西之地。"一面教搭起浮桥，作退军之意。

据《资治通鉴》卷六十六：超等屯渭南，遣信求割河以西请和，操不许。（建安十六年秋）九月，操进军，悉渡渭。超等数挑战，又不许；固请割地，求送任子。贾诩以为可伪许之。操复问计策，诩曰："离之而已。"操曰："解！"（参见《三国志·魏书·武

帝纪》《贾诩传》)

马超得书，谓韩遂曰："曹操虽然许和，奸雄难测。倘不准备，反受其制。超与叔父轮流调兵，今日叔向操，超向徐晃；明日超向操，叔向徐晃：分头提备，以防其诈。"韩遂依计而行。

早有人报知曹操。操顾贾诩曰："吾事济矣！"问："来日是谁合向我这边？"人报曰："韩遂。"次日，操引众将出营，左右围绕，操独显一骑于中央。韩遂部卒多有不识操者，出阵观看。操高叫曰："汝诸军欲观曹公耶？吾亦犹人也，非有四目两口，但多智谋耳。"诸军皆有惧色。操使人过阵谓韩遂曰："丞相谨请韩将军会话。"韩遂即出阵；见操并无甲仗，亦弃衣甲，轻服匹马而出。二人马头相交，各按辔对语。操曰："吾与将军之父，同举孝廉，吾尝以叔事之。吾亦与公同登仕路，不觉有年矣。将军今年妙龄几何？"韩遂答曰："四十岁矣。"

> 按：《演义》说韩遂自称"四十岁矣"，与史不合。沈伯俊先生在《沈伯俊评点〈三国演义〉》(东方出版中心2018年版)一书中指出，据《三国志·魏书·武帝纪》注引《典略》，韩遂死于建安二十年（215），年七十余，则此时已近七十岁。罗贯中信笔而写，误差太大。

操曰："往日在京师，皆青春年少，何期又中旬矣！安得天下清平共乐耶！"只把旧事细说，并不提起军情。说罢大笑，相谈有一个时辰，方回马而别，各自归寨。早有人将此事报知马超。超忙来问韩遂曰："今日曹操阵前所言何事？"遂曰："只诉京师旧事耳。"超曰："安得不言军务乎？"遂曰："曹操不言，吾何独言之？"超心甚疑，不言而退。

却说曹操回寨，谓贾诩曰："公知吾阵前对语之意否？"诩曰："此意虽妙，尚未足间二人。某有一策，令韩、马自相仇杀。"操问其计。贾诩曰："马超乃一勇之夫，不识机密。丞相亲笔作一书，单与韩遂，中间朦胧字样，于要害处，自行涂抹改易，然后封送与韩遂，故意使马超知之。超必索书来看。若看见上面要紧去处，尽皆改抹，只猜是韩遂恐超知其机密事，自行改抹，正合着单骑会语之疑；疑则必生乱。我更暗结韩遂部下诸将，使互相离间，超可图矣。"操曰："此计甚妙。"随写书一封，将紧要处尽皆改抹，然后实封，故意多遣从人送过寨去，下了书自回。果然有人报知马超。超心愈疑，径来韩遂处索书看。韩遂将书与超。超见上面有改抹字样，问遂曰："书上如何都改抹糊涂？"遂曰："原书如此，不知何故。"超曰："岂有以草稿送与人耶？必是叔父怕我知了详细，先改抹了。"遂曰："莫非曹操错将草稿误封来了。"超曰："吾又不信。曹操是精细之人，岂有差错？吾与叔父并力杀贼，奈何忽生异心？"

> 据《资治通鉴》卷六十六：韩遂请与操相见，操与遂有旧，于是交马语移时，不及军事，但说京都旧故，拊手欢笑。时秦、胡观者，前后重沓，操笑谓之曰："尔欲观曹公邪！亦犹人也，非有四目两口，但多智耳！"既罢，超等问遂："公何言？"遂曰："无所言也。"超等疑之。他日，操又与遂书，多所点窜，如遂改定者；超等愈疑遂。(参见《三国志·魏书·武帝纪》及注引《魏书》)

遂曰："汝若不信吾心，来日吾在阵前赚操说话，汝从阵内突出，一枪刺杀便了。"超曰："若如此，方见叔父真心。"两人约定。

次日，韩遂引侯选、李堪、梁兴、马玩、杨秋五将出阵。马超藏在门影里。韩遂使人到操寨前，高叫："韩将军请丞相攀话。"操乃令曹洪引数十骑径出阵前与韩遂相见。马离数步，洪马上欠身言曰："夜来丞相拜意将军之言，切莫有误。"言讫便回马。超听得大怒，挺枪骤马，便刺韩遂。五将拦住，劝解回寨。遂曰："贤侄休疑，我无歹心。"马超那里肯信，恨怨而去。韩遂与五将商议曰："这事如何解释？"杨秋曰："马超倚仗武勇，常有欺凌主公之心，便胜得曹操，怎肯相让？以某愚见，不如暗投曹公，他日不失封侯之位。"遂曰："吾与马腾

第五十九回　许褚裸衣斗马超　曹操抹书间韩遂　367

结为兄弟，安忍背之？"杨秋曰："事已至此，不得不然。"遂曰："谁可以通消息？"杨秋曰："某愿往。"遂乃写密书，遣杨秋径来操寨，说投降之事。操大喜，许封韩遂为西凉侯、杨秋为西凉太守。其余皆有官爵。约定放火为号，共谋马超。杨秋拜辞，回见韩遂，备言其事："约定今夜放火，里应外合。"遂大喜，就令军士于中军帐后堆积干柴，五将各悬刀剑听候。韩遂商议，欲设宴赚请马超，就席图之，犹豫未去。

不想马超早已探知备细，便带亲随数人，仗剑先行，令庞德、马岱为后应。超潜步入韩遂帐中，只见五将与韩遂密语，只听得杨秋口中说道："事不宜迟，可速行之！"超大怒，挥剑直入，大喝曰："群贼焉敢谋害我！"众皆大惊。超一剑望韩遂面门剁去，遂慌以手迎之，左手早被砍落。

　　按：《演义》夸大了马超与韩遂的裂痕。《演义》写韩遂暗地投降曹操，马超发觉后砍断韩遂左手，均不见于史。

五将挥刀齐出。超纵步出帐外，五将围绕混杀。超独挥宝剑，力敌五将。剑光明处，鲜血溅飞：砍翻马玩，剁倒梁兴，

　　据《三国志·魏书·武帝纪》：马超余众梁兴等屯蓝田，使夏侯渊击平之。（参见《资治通鉴》卷六十六，《三国志·魏书·郑浑传》《夏侯渊传》）

三将各自逃生。超复入帐中来杀韩遂时，已被左右救去。帐后一把火起，各寨兵皆动。超连忙上马，庞德、马岱亦至，互相混战。超领军杀出时，操兵四至：前有许褚，后有徐晃，左有夏侯渊，右有曹洪。西凉之兵，自相并杀。超不见了庞德、马岱，乃引百余骑，截于渭桥之上。天色微明，只见李堪领一军从桥下过，超挺枪纵马逐之。李堪拖枪而走。恰好于禁从马超背后赶来。禁开弓射马超。超听得背后弦响，急闪过，却射中前面李堪，落马而死。

　　据《资治通鉴》卷六十六：操乃与克日会战，先以轻兵挑之，战良久，乃纵虎骑夹击，大破之，斩成宜、李堪等。（参见《三国志·魏书·武帝纪》）

　　据《三国志·魏书·张鲁传》注引《魏略》：时又有程银、侯选、李堪，皆河东人也，兴平之乱，各有众千余家。建安十六年，并与马超合。超破走，堪临陈死。银、选南入汉中，汉中破，诣太祖降，皆复官爵。

超回马来杀于禁，禁拍马走了。超回桥上住扎。操兵前后大至，虎卫军当先，乱箭夹射马超。超以枪拨之，矢皆纷纷落地。超令从骑往来突杀。争奈曹兵围裹坚厚，不能冲出。超于桥上大喝一声，杀入河北，从骑皆被截断。超独在阵中冲突，却被暗弩射倒坐下马，马超堕于地上，操军逼合。正在危急，忽西北角上一彪军杀来，乃庞德、马岱也。二人救了马超，将军中战马与马超骑了，翻身杀条血路，望西北而走。曹操闻马超走脱，传令诸将："无分晓夜，务要赶到马儿。如得首级者千金，赏万户侯；生获者封大将军。"众将得令，各要争功，迤逦追袭。马超顾不得人马困乏，只顾奔走。从骑渐渐皆散。步兵走不上者，多被擒去。止剩得三十余骑，与庞德、马岱望陇西临洮而去。

　　据《三国志·魏书·武帝纪》：遂、超等走凉州，杨秋奔安定，关中平。（参见《资治通鉴》卷六十六）

　　据《后汉书·献帝纪》：（建安）十六年秋九月庚戌，曹操与韩遂、马超战于渭南，遂等大败，关西平。……十七年夏五月癸未，诛卫尉马腾，夷三族。

曹操亲自追至安定，知马超去远，方收兵回长安。众将毕集。韩遂已无左手，做了残疾之人，操教就于长安歇马，授西凉侯之职。

据《资治通鉴》卷六十六：遂、超奔凉州，杨秋奔安定。

据《资治通鉴》卷六十七：（建安二十年夏五月，）西平、金城诸将麹演、蒋石等共斩送韩遂首。（参见《三国志·魏书·武帝纪》及注引《典略》）

按：据史书记载，韩遂因与马超相疑，被曹操击破，两人均逃往凉州。《演义》却说，韩遂暗投曹操，与曹操共谋马超，被马超砍断左手，最后投降了曹操，这些情节与史实相悖。

杨秋、侯选皆封列侯，令守渭口。

据《资治通鉴》卷六十六：（建安十六年）冬十月，操自长安北征杨秋，围安定。秋降，复其爵位，使留抚其民。（参见《三国志·魏书·武帝纪》及注引《魏略》，《三国志·魏书·夏侯渊传》）

据《三国志·魏书·张鲁传》注引《魏略》：时又有程银、侯选、李堪，皆河东人也，兴平之乱，各有众千余家。建安十六年，并与马超合。超破走，堪临陈死。银、选南入汉中，汉中破，诣太祖降，皆复官爵。

下令班师回许都。凉州参军杨阜，字义山，

据《三国志·魏书·杨阜传》：杨阜字义山，天水冀人也。

径来长安见操。操问之，杨阜曰："马超有吕布之勇，深得羌人之心。今丞相若不乘势剿绝，他日养成气力，陇上诸郡，非复国家之有也。望丞相且休回兵。"操曰："吾本欲留兵征之，奈中原多事，南方未定，不可久留。君当为孤保之。"阜领诺，又保荐韦康为凉州刺史，同领兵屯冀城，以防马超。阜临行，请于操曰："长安必留重兵以为后援。"操曰："吾已定下，汝但放心。"阜辞而去。

据《资治通鉴》卷六十六：初，魏公操追马超至安定，闻田银、苏伯反，引军还。参凉州军事杨阜言于操曰："超有信、布之勇，甚得羌胡心；若大军还，不设备，陇上诸郡非国家之有也。"操还，超果率羌胡击陇上郡县，郡县皆应之，惟冀城奉州郡以固守。（参见《三国志·魏书·杨阜传》《三国志·蜀书·马超传》）

众将皆问曰："初贼据潼关，渭北道缺，丞相不从河东击冯翊，而反守潼关，迁延日久，而后北渡，立营固守，何也？"操曰："初贼守潼关，若吾初到，便取河东，贼必以各寨分守诸渡口，则河西不可渡矣。吾故盛兵皆聚于潼关前，使贼尽南守，而河西不准备，故徐晃、朱灵得渡也。吾然后引兵北渡，连车树栅为甬道，筑冰城，欲贼知吾弱，以骄其心，使不准备。吾乃巧用反间，畜士卒之力，一旦击破之。正所谓'疾雷不及掩耳'。兵之变化，固非一道也。"众将又请问曰："丞相每闻贼加兵添众，则有喜色，何也？"操曰："关中边远，若群贼各依险阻，征之非一二年不可平复；今皆来聚一处，其众虽多，人心不一，易于离间，一举可灭：吾故喜也。"

据《资治通鉴》卷六十六：诸将问操曰："初，贼守潼关，渭北道缺，不从河东击冯翊而反守潼关，引日而后北渡，何也？"操曰："贼守潼关，若吾入河东，贼必引守诸津，则西河未可渡，吾故盛兵向潼关；贼悉众南守，西河之备虚，故二将得擅取西河；然后引军北渡。贼不能与吾争西河者，以二将之军也。连车树栅，为甬道而南，既为不可胜，且以示弱。渡渭为坚垒，虏至不出，所以骄之也；故贼不为营垒而求割地。吾顺言许之，所以从其意，使自安而不为备，因畜士卒之力，一旦击之，所谓'疾雷不及掩耳'。兵之变化，固非一道也。"始，关中诸将每一部到，操辄有喜色。诸将问其故，操曰："关中长远，若贼各依险阻，征之，不一二年不可定也。今皆来集，其众虽多，莫相归服，军无适主，一举可灭，为功差易，吾是以喜。"（参见《三国志·魏书·武帝纪》）众将拜曰："丞相神谋，众不及也！"操曰："亦赖汝众文武之力。"遂重赏诸军。留夏侯渊屯兵长安，

> 据《资治通鉴》卷六十六：（建安十六年冬）十二月，操自安定还，留夏侯渊屯长安。（参见《三国志·魏书·武帝纪》）

所得降兵，分拨各部。夏侯渊保举冯翊高陵人，姓张，名既，字德容，

> 据《三国志·魏书·张既传》：张既字德容，冯翊高陵人也。

为京兆尹，与渊同守长安。

> 据《资治通鉴》卷六十六：（建安十六年冬）十二月，操自安定还，留夏侯渊屯长安。以议郎张既为京兆尹。既招怀流民，兴复县邑，百姓怀之。（参见《三国志·魏书·张既传》）

操班师回都。献帝排銮驾出郭迎接。诏操"赞拜不名，入朝不趋，剑履上殿"，如汉相萧何故事。自此威震中外。

> 据《资治通鉴》卷六十六：建安十七年春正月，曹操还邺。诏操赞拜不名，入朝不趋，剑履上殿，如萧何故事。（参见《三国志·魏书·武帝纪》）

这消息播入汉中，早惊动了汉宁太守张鲁。原来张鲁乃沛国丰人，其祖张陵在西川鹄鸣山中造作道书以惑人，人皆敬之。陵死之后，其子张衡行之。百姓但有学道者，助米五斗，世号"米贼"。张衡死，张鲁行之。鲁在汉中自号为"师君"，其来学道者皆号为"鬼卒"，为首者号为"祭酒"，领众多者号为"治头大祭酒"。务以诚信为主，不许欺诈。如有病者，即设坛使病人居于静室之中，自思己过，当面陈首，然后为之祈祷。主祈祷之事者，号为"奸令祭酒"。祈祷之法，书病人姓名，说服罪之意，作文三通，名为"三官手书"：一通放于山顶以奏天，一通埋于地以奏地，一通沉于水以申水官。如此之后，但病痊可，将米五斗为谢。又盖义舍：舍内饭米、柴火、肉食齐备，许过往人量食多少，自取而食；多取者受天诛。境内有犯法者，必恕三次；不改者，然后施刑。所在并无官长，尽属祭酒所管。如此雄据汉中之地已三十年。国家以为地远不能征伐，就命鲁为镇南中郎将，领汉宁太守，通进贡而已。

> 据《三国志·魏书·张鲁传》：张鲁字公祺，沛国丰人也。祖父陵，客蜀，学道鹄鸣山中，造作道书以惑百姓，从受道者出五斗米，故世号米贼。陵死，子衡行其道。衡死，鲁复行之。益州牧刘焉以鲁为督义司马，与别部司马张修将兵击汉中太守苏固，鲁遂袭修杀之，夺其众。焉死，子璋代立，以鲁不顺，尽杀鲁母家室。鲁遂据汉中，以鬼道教民，自号"师君"。其来学道者，初皆名"鬼卒"。受本道已信，号"祭酒"。各领部众，多者为治头大祭酒。皆教以诚信不欺诈，有病自首其过，大都与黄巾相似。诸祭酒皆作义舍，如今之亭传。又置义米肉，县于义舍，行路者量腹取足；若过多，鬼道辄病之。犯法者，三原，然后乃行刑。不置长吏，皆以祭酒为治，民夷便乐之。雄据巴汉垂三十年。汉末，力不能征，遂就宠鲁为镇民中郎将，领汉宁太守，通贡献而已。（参见《后汉书·张鲁传》《资治通鉴》卷六十四）

当年闻操破西凉之众，威震天下，乃聚众商议曰："西凉马腾遭戮，马超新败，曹操必将侵我

汉中。我欲自称汉宁王，督兵拒曹操，诸君以为何如？"阎圃曰："汉川之民，户出十万余众，财富粮足，四面险固；今马超新败，西凉之民，从子午谷奔入汉中者，不下数万。愚意益州刘璋昏弱，不如先取西川四十一州为本，然后称王未迟。"张鲁大喜，遂与弟张卫商议起兵。

> 据《三国志·魏书·张鲁传》：民有地中得玉印者，群下欲尊鲁为汉宁王。鲁功曹巴西阎圃谏鲁曰："汉川之民，户出十万，财富土沃，四面险固；上匡天子，则为桓、文，次及窦融，不失富贵。今承制署置，势足斩断，不烦于王。愿且不称，勿为祸先。"鲁从之。韩遂、马超之乱，关西民从子午谷奔之者数万家。（参见《后汉书·张鲁传》《资治通鉴》卷六十四）

早有细作报入川中。

却说益州刘璋，字季玉，即刘焉之子，

> 据《三国志·蜀书·刘璋传》：璋，字季玉。

汉鲁恭王之后。章帝元和中，徙封竟陵，支庶因居于此。

> 据《三国志·蜀书·刘焉传》：刘焉字君郎，江夏竟陵人也，汉鲁恭王之后裔。（参见《后汉书·刘焉传》）

后焉官至益州牧，

> 据《资治通鉴》卷五十九：太常江夏刘焉见王室多故，建议以为："四方兵寇，由刺史威轻，既不能禁，且用非其人，以致离叛。宜改置牧伯，选清名重臣以居其任。"焉内欲求交趾牧。侍中广汉董扶私谓焉曰："京师将乱，益州分野有天子气。"焉乃更求益州。会益州刺史郤俭赋敛烦扰，谣言远闻，而耿鄙、张懿皆为盗所杀，朝廷遂从焉议，选列卿、尚书为州牧，各以本秩居任。以焉为益州牧，太仆黄琬为豫州牧，宗正东海刘虞为幽州牧。州任之重，自此而始。焉，鲁恭王之后；虞，东海恭王之五世孙也。虞尝为幽州刺史，民夷怀其恩信，故用之。

兴平元年患病疽而死，州大吏赵韪等，共保璋为益州牧。

> 据《资治通鉴》卷六十一：马腾之攻李傕也，刘焉二子范、诞皆死。议郎河南庞羲，素与焉善，乃募将焉诸孙入蜀。会天火烧城，焉徙治成都，疽发背而卒。州大吏赵韪等贪焉子璋温仁，共上璋为益州刺史，诏拜颍川扈瑁为刺史。璋将沈弥、娄发、甘宁反，击璋，不胜，走入荆州；诏乃以璋为益州牧。（参见《三国志·蜀书·刘焉传》《后汉书·刘焉传》）

璋曾杀张鲁母及弟，因此有仇。璋使庞羲为巴西太守，以拒张鲁。

> 据《三国志·蜀书·刘璋传》：璋，字季玉，既袭焉位，而张鲁稍骄恣，不承顺璋，璋杀鲁母及弟，遂为仇敌。璋累遣庞羲等攻鲁，数为所破。鲁部曲多在巴西，故以羲为巴西太守，领兵御鲁。（参见《后汉书·刘焉传附刘璋传》《资治通鉴》卷六十三）

时庞羲探知张鲁欲兴兵取川，急报知刘璋。

璋平生懦弱，闻得此信，心中大忧，急聚众官商议。忽一人昂然而出曰："主公放心。某虽不才，凭三寸不烂之舌，使张鲁不敢正眼来觑西川。"正是：只因蜀地谋臣进，致引荆州豪杰来。未知此人是谁，且看下文分解。

第六十回　张永年反难杨修　庞士元议取西蜀

却说那进计于刘璋者，乃益州别驾，姓张，名松，字永年。

据《华阳国志·序志》：安南将军张表，字伯达，成都人也。伯父肃，广汉太守。父松，字子乔，州牧刘璋别驾从事。

按：据此条史料，张松字子乔，《演义》误作永年。永年是蜀中另一名臣彭羕的字。

其人生得额镢头尖，鼻偃齿露，身短不满五尺，言语有若铜钟。

据《资治通鉴》卷六十五：松为人短小放荡，然识达精果。

据《三国志·蜀书·先主传》注引《益部耆旧杂记》：松为人短小，放荡不治节操，然识达精果，有才干。

刘璋问曰："别驾有何高见，可解张鲁之危？"松曰："某闻许都曹操，扫荡中原，吕布、二袁皆为所灭，近又破马超，天下无敌矣。主公可备进献之物，松亲往许都，说曹操兴兵取汉中，以图张鲁。则鲁拒敌不暇，何敢复窥蜀中耶？"刘璋大喜，收拾金珠锦绮，为进献之物，遣张松为使。松乃暗画西川地理图本藏之，带从人数骑，取路赴许都。早有人报入荆州，孔明便使人入许都打探消息。

却说张松到了许都馆驿中住定，每日去相府伺候，求见曹操。原来曹操自破马超回，傲睨得志，每日饮宴，无事少出，国政皆在相府商议。张松候了三日，方得通姓名。

据《资治通鉴》卷六十五：（建安十三年，）益州牧刘璋闻曹操克荆州，遣别驾张松致敬于操。……操时已定荆州，走刘备，不复存录松。

据《三国志·蜀书·刘璋传》：璋闻曹公征荆州，已定汉中，遣河内阴溥致敬于曹公。加璋振威将军，兄瑁平寇将军。瑁狂疾物故。璋复遣别驾从事蜀郡张肃送叟兵三百人并杂御物于曹公，曹公拜肃为广汉太守。璋复遣别驾张松诣曹公，曹公时已定荆州，走先主，不复存录松。

据《后汉书·刘焉传附刘璋传》：（建安）十三年，曹操自将征荆州，璋乃遣使致敬。操加璋振威将军，兄瑁平寇将军。璋因遣别驾从事张松诣操，而操不相接礼。

按：据史书记载，张松见曹操，是在建安十三年（208）赤壁之战之前，而不是如《演义》所说在建安十六年（211）；曹操的骄傲，是因为平定荆州、赶走刘备，而不是如《演义》所说因为打败马超，平定关中。

左右近侍先要贿赂，却才引入。操坐于堂上，松拜毕，操问曰："汝主刘璋连年不进贡，何也？"松曰："为路途艰难，贼寇窃发，不能通进。"操叱曰："吾扫清中原，有何盗贼？"松曰："南有孙权，北有张鲁，西有刘备，至少者亦带甲十余万，岂得为太平耶？"操先见张松人物猥琐，五分不喜；又闻语言冲撞，遂拂袖而起，转入后堂。左右责松曰："汝为使命，何不知礼，一味冲撞？幸得丞相看汝远来之面，不见罪责。汝可急急回去！"松笑曰："吾川中无谄佞之人也。"

忽然阶下一人大喝曰："汝川中不会谄佞，吾中原岂有谄佞者乎？"松观其人，单眉细眼，貌白神清。问其姓名，乃太尉杨彪之子杨修，字德祖，现为丞相门下掌库主簿。此人博学能言，智识过人。

  据《三国志·魏书·陈思王植传》注引《典略》：杨修字德祖，太尉彪子也。谦恭才博。建安中，举孝廉，除郎中，丞相请署仓曹属主簿。是时，军国多事，修总知外内，事皆称意。自魏太子已下，并争与交好。

  据《后汉书·杨震传附杨修传》：修字德祖，好学，有俊才，为丞相曹操主簿，用事曹氏。

松知修是个舌辩之士，有心难之。修亦自恃其才，小觑天下之士。当时见张松言语讥讽，遂邀出外面书院中，分宾主而坐，谓松曰："蜀道崎岖，远来劳苦。"松曰："奉主之命，虽赴汤蹈火，弗敢辞也。"修问："蜀中风土何如？"松曰："蜀为西郡，古号益州。路有锦江之险，地连剑阁之雄。回还二百八程，纵横三万余里。鸡鸣犬吠相闻，市井间阎不断。田肥地茂，岁无水旱之忧；国富民丰，时有管弦之乐。所产之物，阜如山积。天下莫可及也！"修又问曰："蜀中人物如何？"松曰："文有相如之赋，武有伏波之才；医有仲景之能，卜有君平之隐。九流三教，出乎其类，拔乎其萃者，不可胜记，岂能尽数！"修又问曰："方今刘季玉手下，如公者还有几人？"松曰："文武全才，智勇足备，忠义慷慨之士，动以百数。如松不才之辈，车载斗量，不可胜记。"修曰："公近居何职？"松曰："滥充别驾之任，甚不称职。敢问公为朝廷何官？"修曰："现为丞相府主簿。"松曰："久闻公世代簪缨，何不立于庙堂，辅佐天子，乃区区作相府门下一吏乎？"杨修闻言，满面羞惭，强颜而答曰："某虽居下寮，丞相委以军政钱粮之重，早晚多蒙丞相教诲，极有开发，故就此职耳。"松笑曰："松闻曹丞相文不明孔孟之道，武不达孙吴之机，专务强霸而居大位，安能有所教诲，以开发明公耶？"修曰："公居边隅，安知丞相大才乎？吾试令公观之。"呼左右于箧中取书一卷，以示张松。松观其题曰"孟德新书"。从头至尾，看了一遍，共一十三篇，皆用兵之要法。松看毕，问曰："公以此为何书耶？"修曰："此是丞相酌古准今，仿《孙子十三篇》而作。公欺丞相无才，此堪以传后世否？"

  据《三国志·魏书·武帝纪》注引孙盛《异同杂语》：太祖……博览群书，特好兵法，抄集诸家兵法，名曰《接要》，又注《孙武》十三篇，皆传于世。

松大笑曰："此书吾蜀中三尺小童，亦能暗诵，何为'新书'？此是战国时无名氏所作，曹丞相盗窃以为己能，止好瞒足下耳！"修曰："丞相秘藏之书，虽已成帙，未传于世。公言蜀中小儿暗诵如流，何相欺乎？"松曰："公如不信，吾试诵之。"遂将《孟德新书》，从头至尾，朗诵一遍，并无一字差错。修大惊曰："公过目不忘，真天下奇才也！"

  据《三国志·蜀书·先主传》注引《益部耆旧杂记》：松为人短小，放荡不治节操，然识达精果，有才干。刘璋遣诣曹公，曹公不甚礼；公主簿杨修深器之，白公辟松，公不纳。修以公所撰兵书示松，松宴饮之间一看便暗诵。修以此益异之。

后人有诗赞曰：
  古怪形容异，清高体貌疏。语倾三峡水，目视十行书。
  胆量魁西蜀，文章贯太虚。百家并诸子，一览更无余。

当下张松欲辞回。修曰："公且暂居馆舍，容某再禀丞相，令公面君。"松谢而退。修入见操曰："适来丞相何慢张松乎？"操曰："言语不逊，吾故慢之。"修曰："丞相尚容一祢衡，何不纳张松？"操曰："祢衡文章，播于当今，吾故不忍杀之。松有何能？"修曰："且无论其口似悬河，辩才无碍。适修以丞相所撰《孟德新书》示之，彼观一遍，即能暗诵，如此博闻强记，世所罕有。松言此书乃战国时无名氏所作，蜀中小儿，皆能熟记。"操曰："莫非古人与我暗合否？"令扯碎其书烧之。修曰："此人可使面君，教见天朝气象。"

操曰："来日我于西教场点军，汝可先引他来，使见我军容之盛，教他回去传说：吾即日下了江南，便来收川。"修领命。

至次日，与张松同至西教场。操点虎卫雄兵五万，布于教场中。果然盔甲鲜明，衣袍灿烂；金鼓震天，戈矛耀日；四方八面，各分队伍；旌旗扬彩，人马腾空。松斜目视之。良久，操唤松指而示曰："汝川中曾见此英雄人物否？"松曰："吾蜀中不曾见此兵革，但以仁义治人。"操变色视之。松全无惧意。杨修频以目视松。操谓松曰："吾视天下鼠辈犹草芥耳。大军到处，战无不胜，攻无不取，顺吾者生，逆吾者死。汝知之乎？"松曰："丞相驱兵到处，战必胜，攻必取，松亦素知。昔日濮阳攻吕布之时，宛城战张绣之日；赤壁遇周郎，华容逢关羽；割须弃袍于潼关，夺船避箭于渭水：此皆无敌于天下也！"操大怒曰："竖儒怎敢揭吾短处！"喝令左右推出斩之。杨修谏曰："松虽可斩，奈从蜀道而来入贡，若斩之，恐失远人之意。"操怒气未息。荀彧亦谏，操方免其死，令乱棒打出。

据《资治通鉴》卷六十五：益州牧刘璋闻曹操克荆州，遣别驾张松致敬于操。松为人短小放荡，然识达精果。操时已定荆州，走刘备，不复存录松。主簿杨修白操辟松，操不纳；松以此怨，归，劝刘璋绝操，与刘备相结，璋从之。

据《三国志·蜀书·刘璋传》注引《汉晋春秋》：张松见曹公，曹公方自矜伐，不存录松。松归，乃劝璋自绝。　　习凿齿曰：昔齐桓一矜其功而叛者九国，曹操暂自骄伐而天下三分，皆勤之于数十年之内而弃之于俯仰之项，岂不惜乎！

松归馆舍，连夜出城，收拾回川。松自思曰："吾本欲献西川州郡与曹操，谁想如此慢人！我来时于刘璋之前，开了大口；今日怏怏空回，须被蜀中人所笑。吾闻荆州刘玄德仁义远播久矣，不如径由那条路回。试看此人如何，我自有主见。"于是乘马引仆从望荆州界上而来。前至郢州界口，忽见一队军马，约有五百余骑，为首一员大将，轻妆软扮，勒马前问曰："来者莫非张别驾乎？"松曰："然也。"那将慌忙下马，声喏曰："赵云等候多时。"松下马答礼曰："莫非常山赵子龙乎？"云曰："然也，某奉主公刘玄德之命，为大夫远涉路途，鞍马驱驰，特命赵云聊奉酒食。"言罢，军士跪奉酒食，云敬进之。松自思曰："人言刘玄德宽仁爱客，今果如此。"遂与赵云饮了数杯，上马同行。来到荆州界首，是日天晚，前到馆驿，见驿门外百余人侍立，击鼓相接。一将于马前施礼曰："奉兄长将令，为大夫远涉风尘，令关某洒扫驿庭，以待歇宿。"松下马，与云长、赵云同入馆舍。讲礼叙坐。须臾，排上酒筵，二人殷勤相劝。饮至更阑，方始罢席，宿了一宵。

次日早膳毕，上马行不到三五里，只见一簇人马到。乃是玄德引着伏龙、凤雏，亲自来接。遥见张松，早先下马等候。松亦慌忙下马相见。玄德曰："久闻大夫高名，如雷灌耳。恨云山遥远，不得听教。今闻回都，专此相接。倘蒙不弃，到荒州暂歇片时，以叙渴仰之思，实为万幸！"松大喜，遂上马并辔入城。至府堂上各各叙礼，分宾主依次而坐，设宴款待。饮酒间，玄德只说闲话，并不提起西川之事。松以言挑之曰："今皇叔守荆州，还有几郡？"孔明答曰："荆州乃暂借东吴的，每每使人取讨。今我主因是东吴女婿，故权且在此安身。"松曰："东吴据六郡八十一州，民强国富，犹且不知足耶？"庞统曰："吾主汉朝皇叔，反不能占据州郡；其他皆汉之蠹贼，却都恃强侵占地土：惟智者不平焉。"玄德曰："二公休言。吾有何德，敢多望乎？"松曰："不然。明公乃汉室宗亲，仁义充塞乎四海。休道占据州郡，便代正统而居帝位，亦非分外。"玄德拱手谢曰："公言太过，备何敢当！"

自此一连留张松饮宴三日，并不提起川中之事。松辞去，玄德于十里长亭设宴送行。玄德举酒酌松曰："甚荷大夫不外，留叙三日；今日相别，不知何时再得听教。"言罢，潸然泪下。张松自思："玄德如此宽仁爱士，安可舍之？不如说之，令取西川。"乃言曰："松亦思朝暮趋侍，恨未有便耳。松观荆州，东有孙权，常怀虎踞；北有曹操，每欲鲸吞：亦非可久恋之地也。"玄德曰："故知如此，但未有安迹之所。"松曰："益州险塞，沃野千里，民殷国富；智能之士，久慕皇叔之德。若起荆襄之众，长驱西指，霸业可成，汉室可兴矣。"玄德曰："备安敢当此？刘益州亦帝室宗亲，恩泽布蜀中久矣。他人岂可得而动摇乎？"松曰："某非卖主求荣；今遇明公，不敢不披沥肝胆：刘季玉虽有益州之地，禀性暗弱，不能任贤用能；加之张鲁在北，时思侵犯；人心离散，思得明主。松此一行，专欲纳款于操；何期逆贼恣逞奸雄，傲贤慢士，故特来见明公。明公先取西川为基，然后北图汉中，收取中原，匡正天朝，名垂青史，功莫大焉。明公果有取西川之意，松愿施犬马之劳，以为内应。未知钧意若何？"玄德曰："深感君之厚意。奈刘季玉与备同宗，若攻之，恐天下人唾骂。"松曰："大丈夫处世，当努力建功立业，著鞭在先。今若不取，为他人所取，悔之晚矣。"玄德曰："备闻蜀道崎岖，千山万水，车不能方轨，马不能联辔；虽欲取之，用何良策？"松于袖中取出一图，递与玄德曰："松感明公盛德，敢献此图。但看此图，便知蜀中道路矣。"玄德略展视之，上面尽写着地理行程，远近阔狭，山川险要，府库钱粮，一一俱载明白。

> 据《三国志·蜀书·先主传》注引《吴书》：备前见张松，后得法正，皆厚以恩意接纳，尽其殷勤之欢。因问蜀中阔狭，兵器府库人马众寡，及诸要害道里远近，松等具言之，又画地图山川处所，由是尽知益州虚实也。 《资治通鉴考异》认为：按《刘璋（传）》《刘备传》，松未尝先见备，《吴书》误也。

> 按：《演义》称，张松于建安十六年出使许都受到曹操冷遇，就取道荆州向刘备进献益州地图，此情节不见于史。据《资治通鉴》卷六十五及《三国志·蜀书·刘璋传》记载，张松赴许都是在建安十三年（208），他受到曹操冷遇后即返回益州并未赴荆州；建安十六年（211）他向刘璋建议请刘备入蜀，受刘璋派遣去荆州见刘备的是法正；建安十七年（212），张松给刘备写密信被其兄张肃告发而被刘璋处死，他和刘备很可能没有见过面。

松曰："明公可速图之。松有心腹契友二人：法正、孟达。"

> 据《三国志·蜀书·法正传》：益州别驾张松与正相善，忖璋不足与有为，常窃叹息。（参见《资治通鉴》卷六十六）

此二人必能相助。如二人到荆州时，可以心事共议。"玄德拱手谢曰："青山不老，绿水长存。他日事成，必当厚报。"松曰："松遇明主，不得不尽情相告，岂敢望报乎？"说罢作别。孔明命云长等护送数十里方回。

张松回益州，先见友人法正。正字孝直，右扶风郿人也，贤士法真之子。

> 据《三国志·蜀书·法正传》：法正字孝直，扶风郿人也。祖父真，有清节高名。

松见正，备说曹操轻贤傲士，只可同忧，不可同乐，"吾已将益州许刘皇叔矣，专欲与兄共议"。法正曰："吾料刘璋无能，已有心见刘皇叔久矣。此心相同，又何疑焉？"少顷，孟达至。达字子庆，与法正同乡。

> 据《三国志·蜀书·法正传》：建安初，天下饥荒，正与同郡孟达俱入蜀依刘璋，久之为新都令，后召署军议校尉。既不任用，又为其州邑俱侨客者所谤无行，志意不得。

达入，见正与松密语。达曰："吾已知二公之意。将欲献益州耶？"松曰："是欲如此。兄试猜之，合献与谁？"达曰："非刘玄德不可。"三人抚掌大笑。法正谓松曰："兄明日见刘璋，当若何？"松曰："吾荐二公为使，可往荆州。"二人应允。

次日，张松见刘璋。璋问："干事若何？"松曰："操乃汉贼，欲篡天下，不可为言。彼已有取川之心。"璋曰："似此如之奈何？"松曰："松有一谋，使张鲁、曹操必不敢轻犯西川。"璋曰："何计？"松曰："荆州刘皇叔，与主公同宗，仁慈宽厚，有长者风。赤壁鏖兵之后，操闻之而胆裂，何况张鲁乎？主公何不遣使结好，使为外援，可以拒曹操、张鲁矣。"璋曰："吾亦有此心久矣。谁可为使？"松曰："非法正、孟达，不可往也。"璋即召二人入，修书一封，令法正为使，先通情好；

> 据《资治通鉴》卷六十六：松劝璋结刘备，璋曰："谁可使者？"松乃举正。璋使正往，正辞谢，佯为不得已而行。还，为松说备有雄略，密谋奉戴以为州主。会曹操遣钟繇向汉中，璋闻之，内怀恐惧。松因说璋曰："曹公兵无敌于天下，若因张鲁之资以取蜀土，谁能御之！刘豫州，使君之宗室而曹公之深仇也，善用兵。若使之讨鲁，鲁必破矣。鲁破，则益州强，曹公虽来，无能为也。……"璋然之，遣法正将四千人迎备。（参见《三国志·蜀书·先主传》《刘璋传》，《后汉书·刘焉传附刘璋传》）

> 据《三国志·蜀书·法正传》：松于荆州见曹公还，劝璋绝曹公而自结先主。璋曰："谁可使者？"松乃举正，正辞让，不得已而往。正既还，为松称说先主有雄略，密谋协规，愿共戴奉，而未有缘。后因璋闻曹公欲遣将征张鲁之有惧心也，松遂说璋宜迎先主，使之讨鲁，复令正衔命。

> 据《华阳国志·公孙述刘二牧志》：松举正可使交好刘主，璋从之，使正将命。正佯为不得已，行。

次遣孟达领精兵五千，迎玄德入川为援。

> 据《三国志·蜀书·刘璋传》：遣法正连好先主，寻又令正及孟达送兵数千助先主守御，正遂还。

正商议间，一人自外突入，汗流满面，大叫曰："主公若听张松之言，则四十一州郡，已属他人矣！"松大惊；视其人，乃西阆中巴人，姓黄，名权，字公衡，现为刘璋府下主簿。璋问曰："玄德与我同宗，吾故结之为援；汝何出此言？"权曰："某素知刘备宽以待人，柔能克刚，英雄莫敌；远得人心，近得民望；兼有诸葛亮、庞统之智谋，关、张、赵云、黄忠、魏延为羽翼。若召到蜀中，以部曲待之，刘备安肯伏低做小？若以客礼待之，又一国不容二主。今听臣言，则西蜀有泰山之安；不听臣言，则主公有累卵之危矣。张松昨从荆州过，必与刘备同谋。可先斩张松，后绝刘备，则西川万幸也。"璋曰："曹操、张鲁到来，何以拒之？"权曰："不如闭境绝塞，深沟高垒，以待时清。"璋曰："贼兵犯界，有烧眉之急；若待时清，则是慢计也。"遂不从其言，遣法正行。

> 据《三国志·蜀书·黄权传》：黄权字公衡，巴西阆中人也。少为郡吏，州牧刘璋召为主簿。时别驾张松建议，宜迎先主，使伐张鲁。权谏曰："左将军有骁名，今请到，欲以部曲遇之，则不满其心，欲以宾客礼待，则一国不容二君。若客有泰山之安，则主有累卵之危。可但闭境，以待河清。"璋不听，竟遣使迎先主，出权为广汉长。（参见《资治通鉴》卷六十六，《后汉书·刘焉传附刘璋传》）

又一人阻曰："不可！不可！"璋视之，乃帐前从事官王累也。累顿首言："主公今听张松之说，自取其祸。"璋曰："不然。吾结好刘玄德，实欲拒张鲁也。"累曰："张鲁犯界，乃癣疥之疾；刘备入川，乃心腹之大患。况刘备世之枭雄，先事曹操，便思谋害；后从孙权，便夺荆州。心术如此，安可同处乎？今若召来，西川休矣！"璋叱曰："再休乱道！玄德是我同宗，他安肯夺我基业？"便教扶二人出。遂命法正便行。

法正离益州，径取荆州，来见玄德。参拜已毕，呈上书信。玄德拆封视之。书曰：

族弟刘璋，再拜致书于玄德宗兄将军麾下：久伏电天，蜀道崎岖，未及赍贡，甚切惶愧。璋闻吉凶相救，患难相扶，朋友尚然，况宗族乎？今张鲁在北，旦夕兴兵，侵犯璋界，甚不自安。专人谨奉尺书，上乞钧听。倘念同宗之情，全手足之义，即日兴师剿灭狂寇，永为唇齿，自有重酬。书不尽言，专候车骑。

玄德看毕大喜，设宴相待法正。酒过数巡，玄德屏退左右，密谓正曰："久仰孝直英名，张别驾多谈盛德。今获听教，甚慰平生。"法正谢曰："蜀中小吏，何足道哉！盖闻马逢伯乐而嘶，人遇知己而死。张别驾昔日之言，将军复有意乎？"玄德曰："备一身寄客，未尝不伤感而叹息。尝思鹪鹩尚存一枝，狡兔犹藏三窟，何况人乎？蜀中丰余之地，非不欲取；奈刘季玉系备同宗，不忍相图。"法正曰："益州天府之国，非治乱之主，不可居也，今刘季玉不能用贤，此业不久必属他人。今日自付与将军，不可错失。岂不闻逐兔先得之语乎？将军欲取，某当效死。"玄德拱手谢曰："尚容商议。"

当日席散，孔明亲送法正归馆舍。玄德独坐沉吟。庞统进曰："事当决而不决者，愚人也。主公高明，何多疑耶？"玄德问曰："以公之意，当复何如？"统曰："荆州东有孙权，北有曹操，难以得志。益州户口百万，土广财富，可资大业。今幸张松、法正为内助，此天赐也。何必疑哉？"玄德曰："今与吾水火相敌者，曹操也。操以急，吾以宽；操以暴，吾以仁；操以谲，吾以忠：每与操相反，事乃可成。若以小利而失信义于天下，吾不忍也。"庞统笑曰："主公之言，虽合天理，奈离乱之时，用兵争强，固非一道；若拘执常理，寸步不可行矣，宜从权变。且兼弱攻昧、逆取顺守，汤、武之道也。若事定之后，报之以义，封为大国，何负于信？今日不取，终被他人取耳。主公幸熟思焉。"玄德乃恍然曰："金石之言，当铭肺腑。"

　　据《资治通鉴》卷六十六：法正至荆州，阴献策于刘备曰："以明将军之英才，乘刘牧之懦弱；张松，州之股肱，响应于内：以取益州，犹反掌也。"备疑未决。庞统言于备曰："荆州荒残，人物殚尽，东有孙车骑，北有曹操，难以得志。今益州户口百万，土沃财富，诚得以为资，大业可成也！"备曰："今指与吾为水火者，曹操也。操以急，吾以宽；操以暴，吾以仁；操以谲，吾以忠。每与操反，事乃可成耳。今以小利而失信义于天下，奈何？"统曰："乱离之时，固非一道所能定也。且兼弱攻昧，逆取顺守，古人所贵。若事定之后，封以大国，何负于信！今日不取，终为人利耳。"备以为然。（参见《三国志·蜀书·法正传》，《三国志·蜀书·庞统传》注引《九州春秋》）

于是遂请孔明，同议起兵西行。孔明曰："荆州重地，必须分兵守之。"玄德曰："吾与庞士元、黄忠、魏延前往西川；军师可与关云长、张翼德、赵子龙守荆州。"孔明应允。于是孔明总守荆州；关公拒襄阳要路，当青泥隘口；张飞领四郡巡江；赵云屯江陵，镇公安。玄德令黄忠为前部，魏延为后军，玄德自与刘封、关平在中军，庞统为军师，马步兵五万，起程西行。

　　据《资治通鉴》卷六十六：乃留诸葛亮、关羽等守荆州，以赵云领留营司马，备将步卒数万人入益州。（参见《三国志·蜀书·先主传》《诸葛亮传》）

　　据《三国志·蜀书·赵云传》注引《云别传》：先主入益州，云领留营司马。此时先主孙夫人以权妹骄豪，多将吴吏兵，纵横不法。先主以云严重，必能整齐，特任掌内事。

临行时，忽廖化引一军来降。玄德便教廖化辅佐云长以拒曹操。

是年冬月，引兵望西川进发。行不数程，孟达接着，拜见玄德，说刘益州令某领兵五千远来迎接。玄德使人入益州，先报刘璋。璋便发书告报沿途州郡，供给钱粮。璋欲自出涪城亲接玄德,即下令准备车乘帐幔,旌旗铠甲,务要鲜明。主簿黄权人谏曰:"主公此去,必被刘备之害,某食禄多年,不忍主公中他人奸计。望三思之!"张松曰:"黄权此言,疏间宗族之义,滋长寇盗之威,实无益于主公。"璋乃叱权曰:"吾意已决,汝何逆吾!"权叩首流血,近前口衔璋衣而谏。璋大怒,扯衣而起。权不放,顿落门牙两个。璋喝左右,推出黄权。权大哭而归。

璋欲行,一人叫曰:"主公不纳黄公衡忠言,乃欲自就死地耶!"伏于阶前而谏。璋视之,乃建宁愈元人也,姓李,名恢。

> 据《三国志·蜀书·李恢传》:李恢字德昂,建宁俞元人也。

> 按:愈元,应作俞元。据《三国志·蜀书·李恢传》,李恢系建宁俞元人。

叩首谏曰:"窃闻君有诤臣,父有诤子。黄公衡忠义之言,必当听从。若容刘备入川,是犹迎虎于门也。"璋曰:"玄德是吾宗兄,安肯害吾?再言者必斩!"叱左右推出李恢。

> 按:查《三国志·蜀书·李恢传》,李恢未有谏刘璋事。

张松曰:"今蜀中文官各顾妻子,不复为主公效力;诸将恃功骄傲,各有外意。不得刘皇叔,则敌攻于外,民攻于内,必败之道也。"璋曰:"公所谋,深于吾有益。"

> 据《三国志·蜀书·刘璋传》:后松复说璋曰:"今州中诸将庞羲、李异等皆恃功骄豪,欲有外意,不得豫州,则敌攻其外,民攻其内,必败之道也。"璋又从之,遣法正请先主。(参见《资治通鉴》卷六十六)

次日,上马出榆桥门。人报从事王累,自用绳索倒吊于城门之上,一手执谏章,一手仗剑,口称如谏不从,自割断其绳索,撞死于此地。刘璋教取所执谏章观之。其略曰:

> 益州从事臣王累,泣血恳告:窃闻良药苦口利于病,忠言逆耳利于行。昔楚怀王不听屈原之言,会盟于武关,为秦所困。今主公轻离大郡,欲迎刘备于涪城,恐有去路而无回路矣。倘能斩张松于市,绝刘备之约,则蜀中老幼幸甚,主公之基业亦幸甚!

刘璋观毕,大怒曰:"吾与仁人相会,如亲芝兰,汝何数侮于吾耶!"王累大叫一声,自割断其索,撞死于地。

> 据《三国志·蜀书·刘璋传》:遣法正请先主。璋主簿黄权陈其利害,从事广汉王累自倒县于州门以谏,璋一无所纳。(参见《资治通鉴》卷六十六,《后汉书·刘焉传附刘璋传》)

> 据《华阳国志·广汉士女》:王累,新都人也。州牧璋从别驾张松计,遣法正迎先主,主簿黄权谏,不纳。累为从事,以谏不入,乃自刎州门,以明不可。

后人有诗叹曰:

> 倒挂城门捧谏章,拚将一死报刘璋。黄权折齿终降备,矢节何如王累刚!

刘璋将三万人马往涪城来。后军装载资粮钱帛一千余辆,来接玄德。

却说玄德前军已到垫江。所到之处,一者是西川供给;二者是玄德号令严明,如有妄取百姓一物者斩:于是所到之处,秋毫无犯。百姓扶老携幼,满路瞻观,焚香礼拜。玄德皆用好言抚慰。

> 据《资治通鉴》卷六十六:刘璋敕在所供奉备,备入境如归,前后赠遗以巨亿计。……备自江州北由垫江水诣涪。璋率步骑三万余人,车乘帐幔,精光耀日,往会之。(参见《三国志·蜀书·刘璋传》及注引《吴书》,《三国志·蜀书·先主传》)

却说法正密谓庞统曰:"近张松有密书到此,言于涪城相会刘璋,便可图之。机会切不可失。"统曰:"此意且勿言。待二刘相见,乘便图之。若走泄,于中有变。"法正乃秘而不言。涪城离成都三百六十里。璋已到，使人迎接玄德。两军皆屯于涪江之上。玄德入城，与刘璋相见，各叙兄弟之情。礼毕，挥泪诉告衷情。饮宴毕，各回寨中安歇。

璋谓众官曰："可笑黄权、王累等辈，不知宗兄之心，妄相猜疑。吾今日见之，真仁义之人也。吾得他为外援，又何虑曹操、张鲁耶？非张松则失之矣。"乃脱所穿绿袍，并黄金五百两，令人往成都赐与张松。时部下将佐刘璝、冷苞、张任、邓贤等一班文武官曰："主公且休欢喜。刘备柔中有刚，其心未可测，还宜防之。"璋笑曰："汝等皆多虑。吾兄岂有二心哉！"众皆嗟叹而退。

却说玄德归到寨中。庞统入见曰："主公今日席上见刘季玉动静乎？"玄德曰："季玉真诚实人也。"统曰："季玉虽善，其臣刘璝、张任等皆有不平之色，其间吉凶未可保也。以统之计，莫若来日设宴，请季玉赴席；于壁衣中埋伏刀斧手一百人，主公掷杯为号，就筵上杀之；一拥入成都，刀不出鞘，弓不上弦，可坐而定也。"玄德曰："季玉是吾同宗，诚心待吾；更兼吾初到蜀中，恩信未立；若行此事，上天不容，下民亦怨。公此谋，虽霸者亦不为也。"统曰："此非统之谋，是法孝直得张松密书，言事不宜迟，只在早晚当图之。"言未已，法正入见，曰："某等非为自己，乃顺天命也。"玄德曰："刘季玉与吾同宗，不忍取之。"正曰："明公差矣。若不如此，张鲁与蜀有杀母之仇，必来取城。明公远涉山川，驱驰士马，既到此地，进则有功，退则无益。若执狐疑之心，迁延日久，大为失计。且恐机谋一泄，反为他人所算。不若乘此天与人归之时，出其不意，早立基业，实为上策。"庞统亦再三相劝。正是：人主几番存厚道，才臣一意进权谋。未知玄德心下如何，且看下文分解。

第六十一回　赵云截江夺阿斗　孙权遗书退老瞒

却说庞统、法正二人，劝玄德就席间杀刘璋，西川唾手可得。玄德曰："吾初入蜀中，恩信未立，此事决不可行。"二人再三说之，玄德只是不从。

> 据《资治通鉴》卷六十六：张松令法正白备，便于会袭璋。备曰："此事不可仓卒！"庞统曰："今因会执之，则将军无用兵之劳而坐定一州也。"备曰："初入他国，恩信未著，此不可也。"（参见《三国志·蜀书·先主传》《庞统传》）
>
> 据《后汉书·刘焉传附刘璋传》：备自江陵驰至涪城，璋率步骑数万与备会。张松劝备于会袭璋，备不忍。

次日，复与刘璋宴于城中，彼此细叙衷曲，情好甚密。酒至半酣，庞统与法正商议曰："事已至此，由不得主公了。"便教魏延登堂舞剑，乘势杀刘璋。延遂拔剑进曰："筵间无以为乐，愿舞剑为戏。"庞统便唤众武士入，列于堂下，只待魏延下手。刘璋手下诸将，见魏延舞剑筵前，又见阶下武士手按刀靶，直视堂上，从事张任亦掣剑舞曰："舞剑必须有对，某愿与魏将军同舞。"二人对舞于筵前。魏延目视刘封，封亦拔剑助舞。于是刘璝、冷苞、邓贤各掣剑出曰："我等当群舞，以助一笑。"玄德大惊，急掣左右所佩之剑，立于席上曰："吾兄弟相逢痛饮，并无疑忌。又非鸿门会上，何用舞剑？不弃剑者立斩！"刘璋亦叱曰："兄弟相聚，何必带刀？"命侍卫者尽去佩剑。众皆纷然下堂。玄德唤诸将士上堂，以酒赐之，曰："吾弟兄同宗骨血，共议大事，并无二心。汝等勿疑。"诸将皆拜谢。刘璋执玄德之手而泣曰："吾兄之恩，誓不敢忘！"二人欢饮至晚而散。玄德归寨，责庞统曰："公等奈何欲陷备于不义耶？今后断勿为此。"统嗟叹而退。

却说刘璋归寨，刘璝等曰："主公见今日席上光景乎？不如早回，免生后患。"刘璋曰："吾兄刘玄德，非比他人。"众将曰："虽玄德无此心，他手下人皆欲吞并西川，以图富贵。"璋曰："汝等无间吾兄弟之情。"遂不听，日与玄德欢叙。忽报张鲁整顿兵马，将犯葭萌关。刘璋便请玄德往拒之。玄德慨然领诺，即日引本部兵望葭萌关去了。众将劝刘璋令大将紧守各处关隘，以防玄德兵变。璋初时不从，后因众人苦劝，乃令白水都督杨怀、高沛二人，守把涪水关。刘璋自回成都。玄德到葭萌关，严禁军士，广施恩惠，以收民心。

> 据《资治通鉴》卷六十六：璋推备行大司马，领司隶校尉；备亦推璋行镇西大将军，领益州牧。所将将士，更相之适，欢饮百余日。璋增备兵，厚加资给，使击张鲁，又令督白水军。备并军三万余人，车甲、器械、资货甚盛。璋还成都，备北到葭萌，未即讨鲁，厚树恩德以收众心。（参见《三国志·蜀书·先主传》）

早有细作报入东吴，吴侯孙权会文武商议。顾雍进曰："刘备分兵远涉山险而去，未易往还。何不差一军先截川口，断其归路，后尽起东吴之兵，一鼓而下荆襄？此不可失之机会也。"权曰："此计大妙！"正商议间，忽屏风后一人大喝而出曰："进此计者可斩之！欲害吾女之命耶！"众惊视之，乃吴国太也。国太怒曰："吾一生惟有一女，嫁与刘备。今若动兵，吾女性命如何！"因叱孙权曰："汝掌父兄之业，坐领八十一州，尚自不足，乃顾小利而不念骨肉！"孙权喏喏连声，答曰："老母之训，岂敢有违！"遂叱退众官。国太恨恨而入。孙权立于轩下，自思："此机会一失，荆襄何日可得？"正沉吟间，只见张昭入问曰："主公有何忧疑？"孙权曰："正思适间之事。"张昭曰："此极易也：今差心腹将一人，只带五百军。潜入荆州，下一封密书与郡主，只说国太病危，欲见亲女，取郡主星夜回东吴。玄德平生只有一子，就教带来。那时玄德定把荆州来换阿斗。如其不然，一任动兵，更有何碍？"权曰："此计大妙！吾有一人，姓周，名善，最有胆量。自幼穿房入户，多随吾兄。今可差他去。"昭曰："切勿漏泄。只此便令起行。"

　　　　　　按：吴国太本是《演义》虚构的人物，故不存在孙夫人回吴探病的问题。张昭献计，也属虚构。孙权接妹妹回吴，是因为赤壁之战后，他曾建议刘备共同进兵益州但遭刘备婉拒，而如今刘备竟然单独进兵益州，和他不打招呼，这使他极为不满，故决定与刘备中止这段婚姻关系。

　　于是密遣周善，将五百人，扮为商人，分作五船；更诈修国书，以备盘诘；船内暗藏兵器。周善领命，取荆州水路而来。船泊江边，善自入荆州，令门吏报孙夫人。夫人命周善入。善呈上密书。夫人见说国太病危，洒泪动问。周善拜诉曰："国太好生病重，旦夕只是思念夫人。倘去得迟，恐不能相见。就教夫人带阿斗去见一面。"夫人曰："皇叔引兵远出，我今欲回，须使人知会军师，方可以行。"周善曰："若军师回言道：须报知皇叔，候了回命，方可下船，如之奈何？"夫人曰："若不辞而去，恐有阻当。"周善曰："大江之中，已准备下船只。只今便请夫人上车出城。"孙夫人听知母病危急，如何不慌？便将七岁孩子阿斗，载在车中；随行带三十余人，各跨刀剑，上马离荆州城，便来江边上船。府中人欲报时，孙夫人已到沙头镇，下在船中了。

　　周善方欲开船，只听得岸上有人大叫："且休开船，容与夫人饯行！"视之，乃赵云也。原来赵云巡哨方回，听得这个消息，吃了一惊，只带四五骑，旋风般沿江赶来。周善手执长戈，大喝曰："汝何人，敢当主母！"叱令军士一齐开船，各将军器出来，摆列在船上。风顺水急，船皆随流而去。赵云沿江赶叫："任从夫人去，只有一句话拜禀。"周善不睬，只催船速进。赵云沿江赶到十余里，忽见江滩斜缆一只渔船在那里。赵云弃马执枪，跳上渔船。只两人驾船前来，望着夫人所坐大船追赶。周善教军士放箭。赵云以枪拨之，箭皆纷纷落水。离大船悬隔丈余，吴兵用枪乱刺。赵云弃枪在小船上，掣所佩青釭剑在手，分开枪搠，望吴船涌身一跳，早登大船。吴兵尽皆惊倒。赵云入舱中，见夫人抱阿斗于怀中，喝赵云曰："何故无礼！"云插剑声喏曰："主母欲何往？何故不令军师知会？"夫人曰："我母亲病在危笃，无暇报知。"云曰："主母探病，何故带小主人去？"夫人曰："阿斗是吾子，留在荆州，无人看觑。"云曰："主母差矣。主人一生，只有这点骨血，小将在当阳长坂坡百万军中救出，今日夫人却欲抱将去，是何道理？"夫人怒曰："量汝只是帐下一武夫，安敢管我家事！"

　　　　据《三国志·蜀书·赵云传》注引《云别传》：先主入益州，云领留营司马。此时先主孙夫人以权妹骄豪，多将吴吏兵，纵横不法。先主以云严重，必能整齐，特任掌内事。

云曰："夫人要去便去，只留下小主人。"夫人喝曰："汝半路辄入船中，必有反意！"云曰："若不留下小主人，纵然万死，亦不敢放夫人去。"夫人喝侍婢向前揪掙，被赵云推倒，就怀中夺了阿斗，抱出船头上。欲要傍岸，又无帮手；欲要行凶，又恐碍于道理：进退不得。夫人喝侍婢夺阿斗，赵云一手抱定阿斗，一手仗剑，人不敢近。周善在后梢挟住舵，只顾放船下水。风顺水急，望中流而去。赵云孤掌难鸣，只护得阿斗，安能移舟傍岸？

　　正在危急，忽见下流头港内一字儿使出十余只船来，船上磨旗擂鼓。赵云自思："今番中了东吴之计！"只见当头船上一员大将，手执长矛，高声大叫："嫂嫂留下侄儿去！"原来张飞巡哨,听得这个消息,急来油江夹口,正撞着吴船,急忙截住。当下张飞提剑跳上吴船。周善见张飞上船,提刀来迎,被张飞手起一剑砍倒,提头掷于孙夫人前。夫人大惊曰:"叔叔何故无礼?"张飞曰:"嫂嫂不以俺哥哥为重,私自归家,这便无礼!"夫人曰:"吾母病重,甚是危急,若等你哥哥回报,须误了我事。若你不放我回去,我情愿投江而死!"

张飞与赵云商议:"若逼死夫人,非为臣下之道。只护着阿斗过船去罢。"乃谓夫人曰:"俺哥哥大汉皇叔,也不辱没嫂嫂。今日相别,若思哥哥恩义,早早回来。"说罢,抱了阿斗,自与赵云回船,放孙夫人五只船去了。

> 据《资治通鉴》卷六十六:孙权闻备西上,遣舟船迎妹,而夫人欲将备子禅还吴,张飞、赵云勒兵截江,乃得禅还。(参见《三国志·蜀书·赵云传》注引《云别传》)
>
> 据《三国志·蜀书·先主穆皇后传》注引《汉晋春秋》:先主入益州,吴遣迎孙夫人。夫人欲将太子归吴,诸葛亮使赵云勒兵断江留太子,乃得止。
>
> 据《华阳国志·刘先主志》:亮曰:"主公之在公安也,北畏曹操之强,东惮孙权之逼,内虑孙夫人兴变于肘腋之下。孝直为辅翼,遂翻飞翱翔,不可复制。如何禁正使不得行其志也?"孙夫人才捷刚猛,有诸兄风,侍婢百人,皆仗剑侍立。先主每下车,心常凛凛。正劝先主还之。
>
> 按:孙权接孙夫人回吴,标志着孙刘两家蜜月的终结。《华阳国志》则称,是刘备主动送孙夫人回吴的。

后人有诗赞子龙曰:
　　昔年救主在当阳,今日飞身向大江。船上吴兵皆胆裂,子龙英勇世无双!
又有诗赞翼德曰:
　　长坂桥边怒气腾,一声虎啸退曹兵。今朝江上扶危主,青史应传万载名。

二人欢喜回船。行不数里,孔明引大队船只接来,见阿斗已夺回,大喜。三人并马而归。孔明自申文书往葭萌关,报知玄德。

却说孙夫人回吴,具说张飞、赵云杀了周善,截江夺了阿斗。孙权大怒曰:"今吾妹已归,与彼不亲,杀周善之仇,如何不报!"唤集文武,商议起军攻取荆州。正商议调兵,忽报曹操起军四十万来报赤壁之仇。孙权大惊,且按下荆州,商议拒敌曹操。人报长史张纮辞疾回家,今已病故,有哀书上呈。权拆视之,书中劝孙权迁居秣陵,言秣陵山川有帝王之气,可速迁于此,以为万世之业。

> 据《资治通鉴》卷七十一:(魏明帝太和三年秋九月,)张纮还吴迎家,道病卒。临困,授子靖留笺曰:"自古有国有家者,咸欲修德政以比隆盛世,至于其治,多不馨香,非无忠臣贤佐也,由主不胜其情,弗能用耳。夫人情惮难而趋易,好同而恶异,与治道相反。《传》曰'从善如登,从恶如崩',言善之难也。人君承奕世之基,据自然之势,操八柄之威,甘易同之欢,无假取于人,而忠臣挟难进之术,吐逆耳之言,其不合也,不亦宜乎!离则有衅,巧辩缘间,眩于小忠,恋于恩爱,贤愚杂错,黜陟失叙,其所由来,情乱之也。故明君寤之,求贤如饥渴,受谏而不厌,抑情损欲,以义割恩,则上无偏谬之授,下无希冀之望矣!"吴主省书,为之流涕。(参见《三国志·吴书·张纮传》)

孙权览书大哭,谓众官曰:"张子纲劝吾迁居秣陵,吾如何不从!"即命迁治建业,筑石头城。

> 据《三国志·吴书·张纮传》注引《江表传》:纮谓权曰:"秣陵,楚武王所置,名为金陵。地势冈阜连石头,访问故老,云昔秦始皇东巡会稽经此县,望气者云金陵地形

有王者都邑之气，故掘断连冈，改名秣陵。今处所具存，地有其气，天之所命，宜为都邑。"权善其议，未能从也。后刘备之东，宿于秣陵，周观地形，亦劝权都之。权曰："智者意同。"遂都焉。

据《资治通鉴》卷六十六：初，张纮以秣陵山川形胜，劝孙权以为治所；及刘备东过秣陵，亦劝权居之。权于是作石头城，徙治秣陵，改秣陵为建业。

据《三国志·吴书·吴主传》：（建安）十六年，权徙治秣陵。明年，城石头，改秣陵为建业。

按：《演义》称，张纮临终时留给孙权一封信，劝他迁都秣陵，孙权立即付诸实行。这一情节与史不合。据史书，张纮任长史时，曾建议孙权建都秣陵，孙权表示同意但并未实行。后来刘备经过秣陵，仔细观察了当地的山川形势，也劝孙权于此建都，孙权才将治所迁往此地。

吕蒙进曰："曹操兵来，可于濡须水口筑坞以拒之。"诸将皆曰："上岸击贼，跣足入船，何用筑城？"蒙曰："兵有利钝，战无必胜。如猝然遇敌，步骑相促，人尚不暇及水，何能入船乎？"权曰："人无远虑，必有近忧。子明之见甚远。"便差军数万筑濡须坞。晓夜并工，刻期告竣。

据《资治通鉴》卷六十六：吕蒙闻曹操欲东兵，说孙权夹濡须水口立坞。诸将皆曰："上岸击贼，洗足入船，何用坞为！"蒙曰："兵有利钝，战无百胜，如有邂逅，敌步骑蹙人，不暇及水，其得入船乎？"权曰："善！"遂作濡须坞。（参见《三国志·吴书·吕蒙传》及注引《吴录》）

却说曹操在许都，威福日甚。长史董昭进曰："自古以来，人臣未有如丞相之功者，虽周公、吕望，莫可及也。栉风沐雨，三十余年，扫荡群凶，与百姓除害，使汉室复存。岂可与诸臣宰同列乎？合受魏公之位，加'九锡'以彰功德。"

据《资治通鉴》卷六十六：（建安十七年）冬十月，曹操东击孙权。董昭言于曹操曰："自古以来，人臣匡世，未有今日之功；有今日之功，未有久处人臣之势者也。今明公耻有惭德，乐保名节。然处大臣之势，使人以大事疑己，诚不可不重虑也。"乃与列侯诸将议，以丞相宜进爵国公，九锡备物，以彰殊勋。

据《三国志·魏书·董昭传》注引《献帝春秋》：昭与列侯诸将议，以丞相宜进爵国公，九锡备物，以彰殊勋；书与荀彧曰："昔周旦、吕望，当姬氏之盛，因二圣之业，辅翼成王之幼，功勋若彼，犹受上爵，锡土开宇。末世田单，驱强齐之众，报弱燕之怨，收城七十，迎复襄王；襄王加赏于单，使东有掖邑之封，西有菑上之虞。前世录功，浓厚如此。今曹公遭海内倾覆，宗庙焚灭，躬擐甲胄，周旋征伐，栉风沐雨，且三十年，芟夷群凶，为百姓除害，使汉室复存，刘氏奉祀。方之曩者数公，若太山之与丘垤，岂同日而论乎？今徒与列将功臣，并侯一县，此岂天下所望哉！"

你道那九锡？

一，车马。大辂、戎辂各一。大辂，金车也。戎辂，兵车也。玄牡二驷，黄马八匹。二，衣服。衮冕之服，赤舄副焉。衮冕，王者之服。赤舄，朱履也。三，乐悬。乐悬，王者之乐也。四，朱户。居以朱户，红门也。五，纳陛。纳陛以登。陛，阶也。六，虎贲。虎贲三百人，守门之军也。七，铁钺。铁钺各一。铁，即斧也。钺，斧属也。八，弓矢。彤弓一，彤矢百。彤，赤色也。玈弓十，玈矢千。玈，黑色也。九，秬鬯圭瓒。秬鬯一卣，圭瓒副焉。秬，黑黍也。鬯，香酒，灌地以求神于阴。卣，中樽也。圭瓒，宗庙祭器，以祀先王也。

据《资治通鉴》卷六十六：（建安十八年夏）五月丙申，以冀州十郡封曹操为魏公，以丞相领冀州牧如故。又加九锡：大辂、戎辂各一，玄牡二驷；衮冕之服，赤舄副焉；轩县之乐，六佾之舞；朱户以居；纳陛以登；虎贲之士三百人；铁钺各一；彤弓一，彤矢百，玈弓十，玈矢千；秬鬯一卣，珪瓒副焉。

侍中荀彧曰："不可。丞相本兴义兵，匡扶汉室，当秉忠贞之志，守谦退之节。君子爱人以德，不宜如此。"曹操闻言，勃然变色。

据《三国志·魏书·荀彧传》：（建安）十七年，董昭等谓太祖宜进爵国公，九锡备物，以彰殊勋，密以谘彧。彧以为："太祖本兴义兵以匡朝宁国，秉忠贞之诚，守退让之实；君子爱人以德，不宜如此。"太祖由是心不能平。（参见《资治通鉴》卷六十六）

据《后汉书·荀彧传》：（建安）十七年，董昭等欲共进操爵国公，九锡备物，密以访彧。彧曰："曹公本兴义兵，以匡振汉朝，虽勋庸崇著，犹秉忠贞之节。君子爱人以德，不宜如此。"事遂寝。操心不能平。

董昭曰："岂可以一人而阻众望？"遂上表请尊操为魏公，加九锡。荀彧叹曰："吾不想今日见此事！"操闻，深恨之，以为不助己也。建安十七年冬十月，曹操兴兵下江南，就命荀彧同行。彧已知操有杀己之心，托病止于寿春。忽曹操使人送饮食一盒至。盒上有操亲笔封记。开盒视之，并无一物。彧会其意，遂服毒而亡。年五十岁。

据《后汉书·荀彧传》：（建安）十七年，……会南征孙权，表请彧劳军于谯，因表留彧曰："臣闻古之遣将，上设监督之重，下建副贰之任，所以尊严国命，谋而鲜过者也。臣今当济江，奉辞伐罪，宜有大使肃将王命。文武并用，自古有之。使持节、侍中、守尚书令、万岁亭侯彧，国之重臣，德洽华夏，既停军所次，便宜与臣俱进，宣示国命，威怀丑虏。军礼尚速，不及先请，臣辄留彧，依以为重。"书奏，帝从之，遂以彧为侍中、光禄大夫持节，参丞相军事。至濡须，彧病留寿春，操馈之食，发视，乃空器也，于是饮药而卒。时年五十。帝哀惜之，祖日为之废宴乐。谥曰敬侯。明年，操遂称魏公云。

据《三国志·魏书·荀彧传》注引《魏氏春秋》：太祖馈彧食，发之乃空器也，于是饮药而卒。

据《三国志·魏书·荀彧传》：（建安）十七年，……会征孙权，表请彧劳军于谯，因辄留彧，以侍中、光禄大夫持节，参丞相军事。太祖军至濡须，彧疾留寿春，以忧薨，时年五十。谥曰敬侯。明年，太祖遂为魏公矣。

据《资治通鉴》卷六十六：（建安十七年）冬十月，曹操东击孙权，……表请彧劳军于谯，因辄留彧，以侍中、光禄大夫持节，参丞相军事。操军向濡须，彧以疾留寿春饮药而卒。

据《资治通鉴考异》：《陈志·彧传》曰："以忧薨。"《范书·彧传》曰："操馈之食，发视，乃空器也，于是饮药而卒。"孙盛《魏氏春秋》亦同。按彧之死，操隐其诛。陈寿云以忧卒，盖阙疑也。今不正言其饮药，恐后世为人上者，谓隐诛可得而行也。

据《后汉书·献帝纪》：（建安十八年）夏五月丙申，曹操自立为魏公，加九锡。

据《三国志·魏书·武帝纪》：（建安十八年夏）五月丙申，天子使御史大夫郗虑持节策命公为魏公。

据《三国志·魏书·董昭传》：后太祖遂受魏公、魏王之号，皆昭所创。

后人有诗叹曰：

文若才华天下闻，可怜失足在权门。后人休把留侯比，临没无颜见汉君。
其子荀恽，发哀书报曹操。操甚懊悔，命厚葬之，谥曰敬侯。

且说曹操大军至濡须，先差曹洪领三万铁甲马军，哨至江边。回报云："遥望沿江一带，旗幡无数，不知兵聚何处。"操放心不下，自领兵前进，就濡须口排开军阵。操领百余人上山坡，遥望战船，各分队伍，依次摆列。旗分五色，兵器鲜明。当中大船上青罗伞下，坐着孙权。左右文武，侍立两边。操以鞭指曰："生子当如孙仲谋！若刘景升儿子，豚犬耳！"

据《资治通鉴》卷六十六：建安十八年春正月，曹操进军濡须口，号步骑四十万，攻破孙权江西营，获其都督公孙阳。权率众七万御之，相守月余。操见其舟船器仗军伍整肃，叹曰："生子当如孙仲谋；如刘景升儿子，豚犬耳！"

据《三国志·吴书·吴主传》注引《吴历》：曹公出濡须，作油船，夜渡洲上。权以水军围取，得三千余人，其没溺者亦数千人。权数挑战，公坚守不出。权乃自来，乘轻船，从濡须口入公军。诸将皆以为是挑战者，欲击之。公曰："此必孙权欲身见吾军部伍也。"敕军中皆精严，弓弩不得妄发。权行五六里，回还作鼓吹。公见舟船器仗军伍整肃，喟然叹曰："生子当如孙仲谋，刘景升儿子若豚犬耳！"

忽一声响动，南船一齐飞奔过来。濡须坞内又一军出，冲动曹兵。曹操军马退后便走，止喝不住。忽有千百骑赶到山边，为首马上一人，碧眼紫髯，众人认得正是孙权。权自引一队马军来击曹操。操大惊，急回马时，东吴大将韩当、周泰，两骑马直冲将上来。操背后许褚纵马舞刀，敌住二将，曹操得脱归寨。许褚与二将战三十合方回。操回寨，重赏许褚，责骂众将："临敌先退，挫吾锐气！后若如此，尽皆斩首。"是夜二更时分，忽寨外喊声大震。操急上马，见四下里火起，却被吴兵劫入大寨。杀至天明，曹兵退五十余里下寨。操心中郁闷，闲看兵书。程昱曰："丞相既知兵法，岂不知'兵贵神速'乎？丞相起兵，迁延日久，故孙权得以准备，夹濡须水口为坞，难于攻击。不若且退兵还许都，别作良图。"操不应。

程昱出。操伏几而卧，忽闻潮声汹涌，如万马争奔之状。操急视之，见大江中推出一轮红日，光华射目；仰望天上，又有两轮太阳对照。忽见江心那轮红日，直飞起来，坠于寨前山中，其声如雷。猛然惊觉，原来在帐中做了一梦。帐前军报道午时。曹操教备马，引五十余骑，径奔出寨，至梦中所见落日山边。正看之间，忽见一簇人马，当先一人，金盔金甲。操视之，乃孙权也。权见操至，也不慌忙，在山上勒住马，以鞭指操曰："丞相坐镇中原，富贵已极，何故贪心不足，又来侵我江南？"操答曰："汝为臣下，不尊王室。吾奉天子诏，特来讨汝！"孙权笑曰："此言岂不羞乎？天下岂不知你挟天子令诸侯？吾非不尊汉朝，正欲讨汝以正国家耳。"操大怒，叱诸将上山捉孙权。忽一声鼓响，山背后两彪军出，右边韩当、周泰，左边陈武、潘璋。四员将带三千弓弩手乱射，矢如雨发。操急引众将回走。背后四将赶来甚急。赶到半路，许褚引众虎卫军敌住，救回曹操。吴兵齐奏凯歌，回濡须去了。操还营自思："孙权非等闲人物。红日之应，久后必为帝王。"于是心中有退兵之意，又恐东吴耻笑，进退未决。两边又相拒了月余，战了数场，互相胜负。直至来年正月，春雨连绵，水港皆满，军士多在泥水之中，困苦异常。操心甚忧。当日正在寨中，与众谋士商议。或劝操收兵，或云目今春暖，正好相持，不可退归。操犹豫未定。

忽报东吴有使赍书到。操启视之。书略曰：

孤与丞相，彼此皆汉朝臣宰。丞相不思报国安民，乃妄动干戈，残虐生灵，岂仁人之所为哉？即日春水方生，公当速去。如其不然，复有赤壁之祸矣。公宜自思焉。

书背后又批两行云："足下不死，孤不得安。"

曹操看毕,大笑曰:"孙仲谋不欺我也。"重赏来使,遂下令班师,命庐江太守朱光镇守皖城,自引大军回许昌。

　　据《三国志·吴书·吴主传》:(建安)十八年正月,曹公攻濡须,权与相拒月余。曹公望权军,叹其齐肃,乃退。

　　据《资治通鉴》卷六十六:权为笺与操,说:"春水方生,公宜速去。"别纸言:"足下不死,孤不得安。"操语诸将曰:"孙权不欺孤。"乃彻军还。(参见《三国志·吴书·吴主传》注引《吴历》)

　　孙权亦收军回秣陵。权与众将商议:"曹操虽然北去,刘备尚在葭萌关未还。何不引拒曹操之兵,以取荆州?"张昭献计曰:"且未可动兵。某有一计,使刘备不能再还荆州。"正是:孟德雄兵方退北,仲谋壮志又图南。不知张昭说出甚计来,且看下文分解。

第六十二回　取涪关杨高授首　攻雒城黄魏争功

却说张昭献计曰："且休要动兵。若一兴师，曹操必复至。不如修书二封：一封与刘璋，言刘备结连东吴，共取西川，使刘璋心疑而攻刘备；一封与张鲁，教进兵向荆州来。着刘备首尾不能救应。我然后起兵取之，事可谐矣。"权从之，即发使二处去讫。

且说玄德在葭萌关日久，甚得民心。忽接得孔明文书。知孙夫人已回东吴。又闻曹操兴兵犯濡须，乃与庞统议曰："曹操击孙权，操胜必将取荆州，权胜亦必取荆州矣。为之奈何？"庞统曰："主公勿忧。有孔明在彼，料想东吴不敢犯荆州。主公可驰书去刘璋处，只推：'曹操攻击孙权，权求救于荆州。吾与孙权唇齿之邦，不容不相援。张鲁自守之贼，决不敢来犯界。吾今欲勒兵回荆州，与孙权会同破曹操，奈兵少粮缺。望推同宗之谊，速发精兵三、四万，行粮十万斛相助。请勿有误。'若得军马钱粮，却另作商议。"

玄德从之，遣人往成都。来到关前，杨怀、高沛闻知此事，遂教高沛守关，杨怀同使者入成都，见刘璋呈上书信。刘璋看毕，问杨怀为何亦同来。杨怀曰："专为此书而来。刘备自从入川，广布恩德，以收民心，其意甚是不善。今求军马钱粮，切不可与。如若相助，是把薪助火也。"刘璋曰："吾与玄德有兄弟之情，岂可不助？"一人出曰："刘备枭雄，久留于蜀而不遣，是纵虎入室矣。今更助之以军马钱粮，何异与虎添翼乎？"

> 据《资治通鉴》卷六十七：璋迎备，巴谏曰："备，雄人也，入必为害。"既入，巴复谏曰："若使备讨张鲁，是放虎于山林也。"璋不听，巴闭门称疾。（参见《三国志·蜀书·刘巴传》注引《零陵先贤传》）

众视其人，乃零陵烝阳人，姓刘，名巴，字子初。

> 据《三国志·蜀书·刘巴传》：刘巴字子初，零陵烝阳人也。……曹公征荆州，先主奔江南，荆楚群士从之如云，而巴北诣曹公。曹公辟为掾，使招纳长沙、零陵、桂阳。会先主略有三郡，巴不得反使，遂远适交阯，先主深以为恨。巴复从交阯至蜀。（参见《资治通鉴》卷六十七）

刘璋闻刘巴之言，犹豫未决。黄权又复苦谏。璋乃量拨老弱军四千，米一万斛，发书遣使报玄德，仍令杨怀、高沛紧守关隘。刘璋使者到葭萌关见玄德，呈上回书。玄德大怒曰："吾为汝御敌，费力劳心。汝今积财吝赏，何以使士卒效命乎？"遂扯毁回书，大骂而起。

> 据《资治通鉴》卷六十六：及曹操攻孙权，权呼备自救。备贻璋书曰："孙氏与孤本为唇齿，而关羽兵弱，今不往救，则曹操必取荆州，转侵州界，其忧甚于张鲁。鲁自守之贼，不足虑也。"因求益万兵及资粮，璋但许兵四千，其余皆给半。备因激怒其众曰："吾为益州征强敌，师徒勤瘁，而积财吝赏，何以使士大夫死战乎！"（参见《三国志·蜀书·先主传》及注引《魏书》）

使者逃回成都。庞统曰："主公只以仁义为重，今日毁书发怒，前情尽弃矣。"玄德曰："如此，当若何？"庞统曰："某有三条计策，请主公自择而行。"玄德问："那三条计？"统曰："只今便选精兵，昼夜兼道径袭成都：此为上计。杨怀、高沛乃蜀中名将，各仗强兵拒守关隘；今主公佯以回荆州为名,二将闻知,必来相送;就送行处,擒而杀之,夺了关隘,先取涪城,然后却向成都:此中计也。退还白帝,连夜回荆州,徐图进取:此为下计。若沉吟不去,将至大困,不可救矣。"玄德曰:"军师上计太促,下计太缓;中计不迟不疾,可以行之。"

  据《资治通鉴》卷六十六:刘备在葭萌,庞统言于备曰:"今阴选精兵,昼夜兼道,径袭成都,刘璋既不武,又素无豫备,大军卒至,一举便定,此上计也。杨怀、高沛,璋之名将,各杖强兵,据守关头,闻数有笺谏璋,使发遣将军还荆州。将军遣与相闻,说荆州有急,欲还救之,并使装束,外作归形,此二子既服将军英名,又喜将军之去,计必乘轻骑来见将军,因此执之,进取其兵,乃向成都,此中计也。退还白帝,连引荆州,徐还图之,此下计也。若沉吟下去,将致大困,不可久矣。"备然其中计。(参见《三国志·蜀书·庞统传》)

于是发书致刘璋,只说"曹操令部将乐进引兵至青泥镇,众将抵敌不住,吾当亲往拒之,不及面会,特书相辞"。

书至成都,张松听得说刘玄德欲回荆州,只道是真心,乃修书一封,欲令人送与玄德,却值亲兄广汉太守张肃到,松急藏书于袖中,与肃相陪说话。肃见松神情恍惚,心中疑惑。松取酒与肃共饮。献酬之间,忽落此书于地,被肃从人拾得。席散后,从人以书呈肃。肃开视之。书略曰:

  松昨进言于皇叔,并无虚谬,何乃迟迟不发?逆取顺守,古人所贵。今大事已在掌握之中,何故欲弃此而回荆州乎?使松闻之,如有所失。书呈到日,疾速进兵。松当为内应,万勿自误!

张肃见了,大惊曰:"吾弟作灭门之事,不可不首。"连夜将书见刘璋,具言弟张松与刘备同谋,欲献西川。刘璋大怒曰:"吾平日未尝薄待他,何故欲谋反!"遂下令捉张松全家,尽斩于市。

  据《三国志·蜀书·先主传》:张松书与先主及法正曰:"今大事垂可立,如何释此去乎!"松兄广汉太守肃,惧祸逮己,白璋发其谋。于是璋收斩松,嫌隙始构矣。(参见《后汉书·刘焉传附刘璋传》《资治通鉴》卷六十六)

后人有诗叹曰:

  一览无遗世所稀,谁知书信泄天机。未观玄德兴王业,先向成都血染衣。

刘璋既斩张松,聚集文武商议曰:"刘备欲夺吾基业,当如之何?"黄权曰:"事不宜迟。即便差人告报各处关隘,添兵把守,不许放荆州一人一骑入关。"璋从其言,星夜驰檄各关去讫。

  却说玄德提兵回涪城,先令人报上涪水关,请杨怀、高沛出关相别。杨高二将闻报,商议曰:"玄德此回若何?"高沛曰:"玄德合死。我等各藏利刃在身,就送行处刺之,以绝吾主之患。"杨怀曰:"此计大妙。"二人只带随行二百人,出关送行,其余并留在关上。玄德大军尽发。前至涪水之上,庞统在马上谓玄德曰:"杨怀、高沛若欣然而来,可提防之;若彼不来,便起兵径取其关,不可迟缓。"正说间,忽起一阵旋风,把马前"帅"字旗吹倒。玄德问庞统曰:"此何兆也?"统曰:"此警报也,杨怀、高沛二人必有行刺之意,宜善防之。"玄德乃身披重铠,自佩宝剑防备。人报杨高二将前来送行。玄德令军马歇定。庞统分付魏延、黄忠:"但关上来的军士,不问多少,马步军兵,一个也休放回。"二将得令而去。

  却说杨怀、高沛二人身边各藏利刃,带二百军兵,牵羊送酒,直至军前。见并无准备,心中暗喜,以为中计。入至帐下、见玄德正与庞统坐于帐中。二将声喏曰:"闻皇叔远回,特具薄礼相送。"遂进酒劝玄德。玄德曰:"二将军守关不易,当先饮此杯。"二将饮酒毕,玄德曰："吾有密事与二将军商议，闲人退避。"遂将带来二百人尽赶出中军。玄德叱曰："左右与吾捉下二贼！"帐后刘封、关平应声而出。杨高二人急待争斗，刘封、关平各捉住一人。玄德喝曰："吾与汝主是同宗兄弟，汝二人何故同谋，离间亲情？"庞统叱左右搜其身畔，果然各搜出利刃一口。统便喝斩二人，玄德还犹未决。统曰："二人本意欲杀吾主，罪不容诛。"遂叱刀斧手斩杨怀、高沛于帐前。黄忠、魏延早将二百从人，先自捉下，不曾走了一个。玄德唤人，各赐酒压惊。玄德曰："杨怀、高沛离间吾兄弟，又藏利刃行刺，故行诛戮。尔等无罪，不必惊疑。"众各拜谢。庞统曰："吾今即用汝等引路，带吾军取关。各有重赏。"众皆应允。是夜二百人先行，大军随后。前军至关下叫曰："二将军有急事回，可速开关。"城上听得是自家军，即时开关。大军一拥而入，兵不血刃，得了涪关。蜀兵皆降。玄德各加重赏，遂即分兵前后守把。

  据《资治通鉴》卷六十六：璋收斩松，敕关戍诸将文书皆勿复得与备关通。备大怒，召璋白水军督杨怀、高沛，责以无礼，斩之；勒兵径至关头，并其兵，进据涪城。（参见《三国志·蜀书·先主传》《后汉书·刘焉传附刘璋传》）

次日劳军，设宴于公厅。玄德酒酣，顾庞统曰："今日之会，可为乐乎？"庞统曰："伐人之国而以为乐，非仁者之兵也。"玄德曰："吾闻昔日武王伐纣，作乐象功，此亦非仁者之兵欤？汝言何不合道理？可速退！"庞统大笑而起。左右亦扶玄德入后堂。睡至半夜，酒醒。左右以逐庞统之言，告知玄德。玄德大悔，次早穿衣升堂，请庞统谢罪曰："昨日酒醉，言语触忤，幸勿挂怀。"庞统谈笑自若。玄德曰："昨日之言，惟吾有失。"庞统曰："君臣俱失，何独主公？"玄德亦大笑，其乐如初。

  据《三国志·蜀书·庞统传》：于涪大会，置酒作乐，谓统曰："今日之会，可谓乐矣。"统曰："伐人之国而以为欢，非仁者之兵也。"先主醉，怒曰："武王伐纣，前歌后舞，非仁者邪？卿言不当，宜速起出！"于是统逡巡引退。先主寻悔，请还。统复故位，初不顾谢，饮食自若。先主谓曰："向者之论，阿谁为失？"统对曰："君臣俱失。"先主大笑，宴乐如初。

却说刘璋闻玄德杀了杨高二将，袭了涪水关，大惊曰："不料今日果有此事！"遂聚文武，问退兵之策。黄权曰："可连夜遣兵屯雒县，塞住咽喉之路。刘备虽有精兵猛将，不能过也。"璋遂令刘璝、冷苞、张任、邓贤点五万大军，星夜往守雒县，以拒刘备。

  据《三国志·蜀书·先主传》：璋遣刘璝、冷苞、张任、邓贤等拒先主于涪，皆破败，退保绵竹。（参见《资治通鉴》卷六十六）

四将行兵之次，刘璝曰："吾闻锦屏山中有一异人，道号'紫虚上人'，知人生死贵贱。吾辈今日行军，正从锦屏山过。何不试往问之？"张任曰："大丈夫行兵拒敌，岂可问于山野之人乎？"璝曰："不然。圣人云：'至诚之道，可以前知。'吾等问于高明之人，当趋吉避凶。"于是四人引五六十骑至山下，问径樵夫。樵夫指高山绝顶上，便是上人所居。四人上山至庵前，见一道童出迎。问了姓名，引入庵中。只见紫虚上人，坐于蒲墩之上。四人下拜，求问前程之事。紫虚上人曰："贫道乃山野废人，岂知休咎？"刘璝再三拜问，紫虚遂命道童取纸笔，写下八句言语，付与刘璝。其文曰：

    左龙右凤，飞入西川。雏凤坠地，卧龙升天。一得一失，天数当然。见机而作，勿丧九泉。

刘璝又问曰："我四人气数如何？"紫虚上人曰："定数难逃，何必再问！"璝又请问时，上

第六十二回 取涪关杨高授首 攻雒城黄魏争功

人眉垂目合，恰似睡着的一般，并不答应。四人下山。刘璝曰："仙人之言，不可不信。"张任曰："此狂叟也，听之何益。"遂上马前行。既至雒县，分调人马，守把各处隘口。刘璝曰："雒城乃成都之保障，失此则成都难保。吾四人公议，着二人守城，二人去雒县前面，依山傍险，扎下两个寨子，勿使敌兵临城。"冷苞、邓贤曰："某愿往结寨。"刘璝大喜，分兵二万，与冷、邓二人，离城六十里下寨。刘璝、张任守护雒城。

却说玄德既得涪水关，与庞统商议进取雒城。人报刘璋拨四将前来，即日冷苞、邓贤领二万军离城六十里，扎下两个大寨。玄德聚众将问曰："谁敢建头功，去取二将寨栅？"老将黄忠应声出曰："老夫愿往。"玄德曰："老将军率本部人马，前至雒城，如取得冷苞、邓贤营寨，必当重赏。"

黄忠大喜，即领本部兵马，谢了要行。忽帐下一人出曰："老将军年纪高大，如何去得？小将不才愿往。"玄德视之，乃是魏延。黄忠曰："我已领下将令，你如何敢搀越？"魏延曰："老者不以筋骨为能。吾闻冷苞、邓贤乃蜀中名将，血气方刚。恐老将军近他不得，岂不误了主公大事？因此愿相替，本是好意。"黄忠大怒曰："汝说吾老，敢与我比试武艺么？"魏延曰："就主公之前，当面比试。赢得的便去，何如？"黄忠遂趋步下阶，便叫小校"将刀来"！玄德急止之曰："不可！吾今提兵取川，全仗汝二人之力。今两虎相斗，必有一伤。须误了我大事。吾与你二人劝解，休得争论。"庞统曰："汝二人不必相争。即今冷苞、邓贤下了两个营寨。今汝二人自领本部军马，各打一寨。如先夺得者，便为头功。"于是分定黄忠打冷苞寨，魏延打邓贤寨。二人各领命去了。庞统曰："此二人去，恐于路上相争，主公可自引军为后应。"玄德留庞统守城，自与刘封、关平引五千军随后进发。

却说黄忠归寨，传令来日四更造饭，五更结束，平明进兵，取左边山谷而进。魏延却暗使人探听黄忠甚时起兵。探事人回报："来日四更造饭，五更起兵。"魏延暗喜，分付众军士二更造饭，三更起兵，平明要到邓贤寨边。军士得令，都饱餐一顿，马摘铃，人衔枚，卷旗束甲，暗地去劫寨。三更前后，离寨前进。到半路，魏延马上寻思："只去打邓贤寨，不显能处，不如先去打冷苞寨，却将得胜兵打邓贤寨。两处功劳，都是我的。"就马上传令，教军士都投左边山路里去。天色微明，离冷苞寨不远，教军士少歇，排搠金鼓旗幡、枪刀器械。

早有伏路小军飞报入寨，冷苞已有准备了。一声炮响，三军上马，杀将出来。魏延纵马提刀，与冷苞接战。二将交马，战到三十合，川兵分两路来袭汉军。汉军走了半夜，人马力乏，抵当不住，退后便走。魏延听得背后阵脚乱，撇了冷苞，拨马回走。川兵随后赶来，汉军大败。走不到五里，山背后鼓声震地，邓贤引一彪军从山谷里截出来，大叫："魏延快下马受降！"魏延策马飞奔，那马忽失前蹄，双足跪地，将魏延掀将下来。邓贤马奔到，挺枪来刺魏延。枪未到处，弓弦响，邓贤倒撞下马。后面冷苞方欲来救，一员大将，从山坡上跃马而来，厉声大叫："老将黄忠在此！"舞刀直取冷苞。冷苞抵敌不住，望后便走。黄忠乘势追赶，川兵大乱。

黄忠一枝军救了魏延，杀了邓贤，直赶到寨前。冷苞回马与黄忠再战。不到十余合，后面军马拥将上来，冷苞只得弃了左寨，引败军来投右寨。只见寨中旗帜全别，冷苞大惊。兜住马看时，当头一员大将，金甲锦袍，乃是刘玄德，左边刘封，右边关平，大喝道："寨子吾已夺下，汝欲何往？"原来玄德引兵从后接应，便乘势夺了邓贤寨子。冷苞两头无路，取山僻小径，要回雒城。行不到十里，狭路伏兵忽起，搭钩齐举，把冷苞活捉了。原来却是魏延自知罪犯，无可解释，收拾后军，令蜀兵引路，伏在这里，等个正着。用索缚了冷苞，解投玄德寨来。

却说玄德立起免死旗，但川兵倒戈卸甲者，并不许杀害，如伤者偿命；又谕众降兵曰："汝川人皆有父母妻子，愿降者充军，不愿降者放回。"于是欢声动地。黄忠安下寨脚，径来见玄德，说魏延违了军令，可斩之。玄德急召魏延，魏延解冷苞至。玄德曰："延虽有罪，此功可赎。"令魏延谢黄忠救命之恩，今后毋得相争。魏延顿首伏罪。玄德重赏黄忠。

> 按：魏延与黄忠争功的故事，不见于史。

使人押冷苞到帐下，玄德去其缚，赐酒压惊，问曰："汝肯降否？"冷苞曰："既蒙免死，如何不降？刘璝、张任与某为生死之交；若肯放某回去，当即招二人来降，就献雒城。"玄德大喜，便赐衣服鞍马，令回雒城。魏延曰："此人不可放回。若脱身一去，不复来矣。"玄德曰："吾以仁义待人，人不负我。"

却说冷苞得回雒城，见刘璝、张任，不说捉去放回，只说："被我杀了十余人，夺得马匹逃回。"刘璝忙遣人往成都求救。刘璋听知折了邓贤，大惊，慌忙聚众商议。长子刘循进曰："儿愿领兵前去守雒城。"璋曰："既吾儿肯去，当遣谁人为辅？"一人出曰："某愿往。"璋视之，乃舅氏吴懿也。

> 据《三国志·蜀书·杨戏传》附《季汉辅臣赞》：子远名壹，陈留人也。随刘焉入蜀。刘璋时，为中郎将，将兵拒先主于涪，诣降。（参见《资治通鉴》卷六十六）

璋曰："得尊舅去最好。谁可为副将？"吴懿保吴兰、雷同二人为副将，点二万军马来到雒城。刘璝、张任接着，具言前事。吴懿曰："兵临城下，难以拒敌，汝等有何高见？"冷苞曰："此间一带，正靠涪江，江水大急；前面寨占山脚，其形最低。某乞五千军，各带锹锄前去，决涪江之水，可尽渰死刘备之兵也。"吴懿从其计，即令冷苞前往决水，吴兰、雷同引兵接应。冷苞领命，自去准备决水器械。

却说玄德令黄忠、魏延各守一寨，自回涪城，与军师庞统商议。细作报说："东吴孙权遣人结好东川张鲁，将欲来攻葭萌关。"玄德惊曰："若葭萌关有失，截断后路，吾进退不得，当如之何？"庞统谓孟达曰："公乃蜀中人，多知地理，去守葭萌关如何？"达曰："某保一人与某同去守关，万无一失。"玄德问何人。达曰："此人曾在荆州刘表部下为中郎将，乃南郡枝江人，姓霍，名峻，字仲邈。"

> 据《三国志·蜀书·霍峻传》：霍峻字仲邈，南郡枝江人也。兄笃，于乡里合部曲数百人。笃卒，荆州牧刘表令峻摄其众。表卒，峻率众归先主，先主以峻为中郎将。

玄德大喜，即时遣孟达、霍峻守葭萌关去了。

> 按：据《三国志·蜀书·霍峻传》和《刘封传》记载，刘备派守葭萌的将领是霍峻，没有孟达。孟达与法正于建安十六年（211）奉刘璋之命去荆州迎接刘备入蜀，刘备留孟达屯江陵，他以后一直未入蜀。霍峻是刘备的嫡系将领，《演义》让投归刘备不久的孟达举荐霍峻，不合情理。

庞统退归馆舍，门吏忽报："有客特来相访。"统出迎接，见其人身长八尺，形貌甚伟；头发截短，披于颈上；衣服不甚齐整。统问曰："先生何人也？"其人不答，径登堂仰卧床上。统甚疑之。再三请问。其人曰："且消停，吾当与汝说知天下大事。"统闻之愈疑，命左右进酒食。其人起而便食，并无谦逊；饮食甚多，食罢又睡。统疑惑不定，使人请法正视之，恐是细作。法正慌忙到来，统出迎接，谓正曰："有一人如此如此。"法正曰："莫非彭永言乎？"升阶视之。其人跃起曰："孝直别来无恙！"正是：只为川人逢旧识，遂令涪水息洪流。毕竟此人是谁，且看下文分解。

第六十三回　诸葛亮痛哭庞统　张翼德义释严颜

却说法正与那人相见，各抚掌而笑。庞统问之。正曰："此公乃广汉人，姓彭，名羕，字永言，蜀中豪杰也。因直言触忤刘璋，被璋髡钳为徒隶，因此短发。"

据《三国志·蜀书·彭羕传》：彭羕字永年，广汉人。身长八尺，容貌甚伟。姿性骄傲，多所轻忽，……羕仕州，不过书佐，后又为众人所谤毁于州牧刘璋，璋髡钳羕为徒隶。会先主入蜀，溯流北行。羕欲纳说先主，乃往见庞统。统与羕非故人，又适有宾客，羕径上统床卧，谓统曰："须客罢当与卿善谈。"统客既罢，往就羕坐，羕又先责统食，然后共语，因留信宿，至于经日。统大善之，而法正宿自知羕，遂并致之先主。先主亦以为奇，数令羕宣传军事，指授诸将，奉使称意，识遇日加。

统乃以宾礼待之，问羕从何而来。羕曰："吾特来救汝数万人性命，见刘将军方可说。"法正忙报玄德。玄德亲自谒见，请问其故。羕曰："将军有多少军马在前寨？"玄德实告："有魏延、黄忠在彼。"羕曰："为将之道，岂可不知地理乎？前寨紧靠涪江，若决动江水，前后以兵塞之，一人无可逃也。"玄德大悟。彭羕曰："罡星在西方，太白临于此地，当有不吉之事，切宜慎之。"玄德即拜彭羕为幕宾，使人密报魏延、黄忠，教朝暮用心巡警，以防决水。黄忠、魏延商议：二人各轮一日，如遇敌军到来，互相通报。

却说冷苞见当夜风雨大作，引了五千军，径循江边而进，安排决江。只听得后面喊声乱起，冷苞知有准备，急急回军。前面魏延引军赶来，川兵自相践踏。冷苞正奔走间，撞着魏延。交马不数合，被魏延活捉去了。比及吴兰、雷同来接应时，又被黄忠一军杀退。魏延解冷苞到涪关。玄德责之曰："吾以仁义相待，放汝回去，何敢背我！今次难饶！"将冷苞推出斩之，重赏魏延。玄德设宴管待彭羕，

忽报：荆州诸葛亮军师特遣马良奉书至此。玄德召入问之。马良礼毕，曰："荆州平安，不劳主公忧念。"遂呈上军师书信。玄德拆书观之，略云：

　　亮夜算太乙数，今年岁次癸巳，罡星在西方；又观乾象，太白临于雒城之分：主将帅身上多凶少吉。切宜谨慎。

玄德看了书，便教马良先回。玄德曰："吾将回荆州，去论此事。"庞统暗思："孔明怕我取了西川，成了功，故意将此书相阻耳。"乃对玄德曰："统亦算太乙数，已知罡星在西，应主公合得西川，别不主凶事。统亦占天文，见太白临于雒城，先斩蜀将冷苞，已应凶兆矣。主公不可疑心，可急进兵。"

玄德见庞统再三催促，乃引军前进。黄忠同魏延接入寨去。庞统问法正曰："前至雒城，有多少路？"法正画地作图。玄德取张松所遗图本对之，并无差错。法正言："山北有条大路，正取雒城东门；山南有条小路，却取雒城西门：两条路皆可进兵。"庞统谓玄德曰："统令魏延为先锋，取南小路而进；主公令黄忠作先锋，从山北大路而进：并到雒城取齐。"玄德曰："吾自幼熟于弓马，多行小路。军师可从大路去取东门，吾取西门。"庞统曰："大路必有军邀拦，主公引兵当之。统取小路。"玄德曰："军师不可。吾夜梦一神人，手执铁棒击吾右臂，觉来犹自臂疼。此行莫非不佳？"庞统曰："壮士临阵，不死带伤，理之自然也。何故以梦寐之事疑心乎？"玄德曰："吾所疑者，孔明之书也。军师还守涪关，如何？"庞

统大笑曰："主公被孔明所惑矣：彼不欲令统独成大功，故作此言以疑主公之心。心疑则致梦，何凶之有？统肝脑涂地，方称本心。主公再勿多言，来早准行。"

　　　　按：《演义》称庞统心疑诸葛亮不欲己独成大功，于史无据。

当日传下号令，军士五更造饭，平明上马。黄忠、魏延领军先行。玄德再与庞统约会，忽坐下马眼生前失，把庞统掀将下来。玄德跳下马，自来笼住那马。玄德曰："军师何故乘此劣马？"庞统曰："此马乘久，不曾如此。"玄德曰："临阵眼生，误人性命。吾所骑白马，性极驯熟，军师可骑，万无一失。劣马吾自乘之。"遂与庞统更换所骑之马。庞统谢曰："深感主公厚恩，虽万死亦不能报也。"遂各上马取路而进。玄德见庞统去了，心中甚觉不快，怏怏而行。

　　却说雒城中吴懿、刘璝听知折了冷苞，遂与众商议。张任曰："城东南山僻有一条小路，最为要紧，某自引一军守之。诸公紧守雒城，勿得有失。"忽报汉兵分两路前来攻城。张任急引三千军，先来抄小路埋伏。见魏延兵过，张任教尽放过去，休得惊动。后见庞统军来，张任军士遥指军中大将："骑白马者必是刘备。"张任大喜，传令教如此如此。

　　却说庞统迤逦前进，抬头见两山逼窄，树木丛杂；又值夏末秋初，枝叶茂盛。庞统心下甚疑，勒住马问："此处是何地？"数内有新降军士，指道："此处地名落凤坡。"庞统惊曰："吾道号凤雏，此处名落凤坡，不利于吾。"令后军疾退。只听山坡前一声炮响，箭如飞蝗，只望骑白马者射来。可怜庞统竟死于乱箭之下，时年止三十六岁。

　　　　据《三国志·蜀书·庞统传》：进围雒县，统率众攻城，为流矢所中，卒，时年三十六。先主痛惜，言则流涕。

　　　　据《资治通鉴》卷六十六、卷六十七：（建安十八年夏五月，）刘璝、张任与璋子循退守雒城，备进军之。任勒兵出战于雁桥，军败，任死。……（建安十九年闰五月，）诸葛亮留关羽守荆州，与张飞、赵云将兵溯流克巴东。……刘备围雒城且一年，庞统为流矢所中，卒。

　　　　按：据史书记载，庞统是在建安十九年（214）攻雒城时中箭身死的，并非如《演义》所说死于落凤坡。张任也不可能射死庞统，据史书记载，他在庞统死前一年就已被刘备、庞统军擒杀了。

后人有诗叹曰：
　　　　古岘相连紫翠堆，士元有宅傍山隈。儿童惯识呼鸠曲，闾巷曾闻展骥才。
　　　　预计三分平刻削，长驱万里独徘徊。谁知天狗流星坠，不使将军衣锦回。
先是东南有童谣云：
　　　　一凤并一龙，相将到蜀中。才到半路里，凤死落坡东。风送雨，雨随风，隆汉兴时蜀道通，蜀道通时只有龙。

当日张任射死庞统，汉军拥塞，进退不得，死者大半。前军飞报魏延。魏延忙勒兵欲回，奈山路逼窄，厮杀不得。又被张任截断归路，在高阜处用强弓硬弩射来。魏延心慌。有新降蜀兵曰："不如杀奔雒城下，取大路而进。"延从其言，当先开路，杀奔雒城来。尘埃起处，前面一军杀至，乃雒城守将吴兰、雷同也；后面张任引兵追来：前后夹攻，把魏延围在垓心。魏延死战不能得脱。但见吴兰、雷同后军自乱，二将急回马去救。魏延乘势赶去，当先一将，舞刀拍马，大叫："文长，吾特来救汝！"视之，乃老将黄忠也。两下夹攻，杀败吴、雷二将，直冲至雒城之下。刘璝引兵杀出，却得玄德在后当住接应。黄忠、魏延翻身便回。玄德军马比及奔到寨中，张任军马又从小路里截出。刘璝、吴兰、雷同当先赶来。玄德守不住二寨，且战且走，奔回涪关。蜀兵得胜，迤逦追赶。玄德人困马乏，那里有心厮杀，且只顾奔走。

第六十三回 诸葛亮痛哭庞统 张翼德义释严颜

将近涪关，张任一军追赶至紧。幸得左边刘封，右边关平，二将领三万生力军截出，杀退张任；还赶二十里，夺回战马极多。

玄德一行军马，再入涪关，问庞统消息。有落凤坡逃得性命的军士，报说："军师连人带马，被乱箭射死于坡前。"玄德闻言，望西痛哭不已，遥为招魂设祭。诸将皆哭。黄忠曰："今番折了庞统军师，张任必然来攻打涪关，如之奈何？不若差人往荆州，请诸葛军师来商议收川之计。"正说之间，人报张任引军直临城下搦战。黄忠、魏延皆要出战。玄德曰："锐气新挫，宜坚守以待军师来到。"黄忠、魏延领命，只谨守城池。玄德写一封书，教关平分付："你与我往荆州请军师去。"关平领了书，星夜往荆州来。玄德自守涪关，并不出战。

却说孔明在荆州，时当七夕佳节，大会众官夜宴，共说收川之事。只见正西上一星，其大如斗，从天坠下，流光四散。孔明失惊，掷杯于地，掩面哭曰："哀哉！痛哉！"众官慌问其故。孔明曰："吾前者算今年罡星在西方，不利于军师；天狗犯于吾军，太白临于雒城，已拜书主公，教谨防之。谁想今夕西方星坠，庞士元命必休矣！"言罢，大哭曰："今吾主丧一臂矣！"众官皆惊，未信其言。孔明曰："数日之内，必有消息。"是夕酒不尽欢而散。

数日之后，孔明与云长等正坐间，人报关平到，众官皆惊。关平入，呈上玄德书信。孔明视之，内言："本年七月初七日，庞军师被张任在落凤坡前箭射身故。"孔明大哭，众官无不垂泪。孔明曰："既主公在涪关进退两难之际，亮不得不去。"

> 据《资治通鉴》卷六十七：（建安十九年闰五月，）诸葛亮留关羽守荆州，与张飞、赵云将兵溯流克巴东。……刘备围雒城且一年，庞统为流矢所中，卒。（参见《三国志·蜀书·先主传》《赵云传》）
>
> 按：《演义》称，因为庞统阵亡，刘备只得急召诸葛亮入蜀辅佐，此说与史不合。据史书记载，庞统生前，刘备就已召诸葛亮入蜀增援了。

云长曰："军师去，谁人保守荆州？荆州乃重地，干系非轻。"孔明曰："主公书中虽不明言其人，吾已知其意了。"乃将玄德书与众官看曰："主公书中，把荆州托在吾身上，教我自量才委用。虽然如此，今教关平赍书前来，其意欲云长公当此重任。云长想桃园结义之情，可竭力保守此地，责任非轻，公宜勉之。"云长更不推辞，慨然领诺。孔明设宴，交割印绶。云长双手来接。孔明擎着印曰："这干系都在将军身上。"云长曰："大丈夫既领重任，除死方休。"孔明见云长说个"死"字，心中不悦；欲待不与，其言已出。孔明曰："倘曹操引兵来到，当如之何？"云长曰："以力拒之。"孔明又曰："倘曹操、孙权，齐起兵来，如之奈何？"云长曰："分兵拒之。"孔明曰："若如此，荆州危矣。吾有八个字，将军牢记，可保守荆州。"云长问："那八个字？"孔明曰："北拒曹操，东和孙权。"云长曰："军师之言，当铭肺腑。"孔明遂与了印绶，令文官马良、伊籍、向朗、糜竺，武将糜芳、廖化、关平、周仓，一班儿辅佐云长，同守荆州。

> 按：据史书记载，伊籍、向朗、糜竺并未随关羽守荆州，他们均已随刘备入蜀。

一面亲自统兵入川。先拨精兵一万，教张飞部领，取大路杀奔巴州、雒城之西，先到者为头功。又拨一枝兵，教赵云为先锋，溯江而上，会于雒城。

> 据《资治通鉴》卷六十七：（建安十九年闰五月，）诸葛亮留关羽守荆州，与张飞、赵云将兵溯流克巴东。（参见《三国志·蜀书·先主传》《赵云传》）
>
> 据《三国志·蜀书·诸葛亮传》：先主自葭萌还攻璋，亮与张飞、赵云等率众溯江，分定郡县，与先主共围成都。

孔明随后引简雍、蒋琬等起行。

> 按：据《三国志·蜀书·蒋琬传》，蒋琬是随刘备入蜀的。《演义》改为随诸葛亮入蜀。

那蒋琬字公琰，零陵湘乡人也，乃荆襄名士，现为书记。

> 据《三国志·蜀书·蒋琬传》：蒋琬字公琰，零陵湘乡人也。弱冠与外弟泉陵刘敏俱知名。琬以州书佐随先主入蜀，除广都长。

当日孔明引兵一万五千，与张飞同日起行。张飞临行时，孔明嘱付曰："西川豪杰甚多，不可轻敌。于路戒约三军，勿得掳掠百姓，以失民心。所到之处，并宜存恤，勿得恣逞鞭挞士卒。望将军早会雒城，不可有误。"

张飞欣然领诺，上马而去。迤逦前行，所到之处，但降者秋毫无犯。径取汉川路，前至巴郡。细作回报："巴郡太守严颜，乃蜀中名将，年纪虽高，精力未衰，善开硬弓，使大刀，有万夫不当之勇。据住城郭，不竖降旗。"张飞教离城十里下寨，差人入城去："说与老匹夫，早早来降，饶你满城百姓性命；若不归顺，即踏平城郭，老幼不留！"

却说严颜在巴郡，闻刘璋差法正请玄德入川，拊心而叹曰："此所谓独坐穷山，引虎自卫者也！"

> 据《资治通鉴》卷六十六：备至巴郡，巴郡太守严颜拊心叹曰："此所谓'独坐穷山，放虎自卫'者也。"（参见《三国志·蜀书·张飞传》注引《华阳国志·公孙述刘二牧志》）

后闻玄德据住涪关，大怒，屡欲提兵往战，又恐这条路上有兵来。当日闻知张飞兵到，便点起本部五六千人马，准备迎敌。或献计曰："张飞在当阳长坂，一声喝退曹兵百万之众。曹操亦闻风而避之，不可轻敌。今只宜深沟高垒，坚守不出。彼军无粮，不过一月，自然退去。更兼张飞性如烈火，专要鞭挞士卒；如不与战，必怒；怒则必以暴厉之气，待其军士：军心一变，乘势击之，张飞可擒也。"严颜从其言，教军士尽数上城守护。忽见一个军士，大叫："开门！"严颜教放入问之。那军士告说是张将军差来的，把张飞言语依直便说。严颜大怒，骂："匹夫怎敢无礼！吾严将军岂降贼者乎！借你口说与张飞！"唤武士把军人割下耳鼻，却放回寨。

军人回见张飞，哭告严颜如此毁骂。张飞大怒，咬牙睁目，披挂上马，引数百骑来巴郡城下搦战。城上众军百般痛骂。张飞性急，几番杀到吊桥，要过护城河，又被乱箭射回。到晚全无一个人出，张飞忍一肚气还寨。次日早晨，又引军去搦战。那严颜在城敌楼上，一箭射中张飞头盔。飞指而恨曰："若拿住你这老匹夫，我亲自食你肉！"到晚又空回。第三日，张飞引了军，沿城去骂。原来那座城子是个山城，周围都是乱山，张飞自乘马登山，下视城中。见军士尽皆披挂，分列队伍，伏在城中，只是不出；又见民夫来来往往，搬砖运石，相助守城。张飞教马军下马，步军皆坐，引他出敌，并无动静。又骂了一日，依旧空回。张飞在寨中，自思："终日叫骂，彼只不出，如之奈何？"猛然思得一计，教众军不要前去搦战，都结束了在寨中等候；却只教三五十个军士，直去城下叫骂。引严颜军出来，便与厮杀。张飞磨拳擦掌，只等敌军来。小军连骂了三日，全然不出。张飞眉头一纵，又生一计，传令教军士四散砍打柴草，寻觅路径，不来搦战。严颜在城中，连日不见张飞动静，心中疑惑，着十数个小军，扮作张飞砍柴的军，潜地出城，杂在军内，入山中探听。

当日诸军回寨。张飞坐在寨中，顿足大骂："严颜老匹夫！枉气杀我！"只见帐前三四个人说道："将军不须心焦：这几日打探得一条小路，可以偷过巴郡。"张飞故意大叫曰："既有这个去处，何不早来说？"众应曰："这几日却才哨探得出。"张飞曰："事不宜迟，只今二更造饭，趁三更明月，拔寨都起，人衔枚，马去铃，悄悄而行。我自前面开路，汝等依次而行。"传了令便满寨告报。

探细的军听得这个消息，尽回城中来，报与严颜。颜大喜曰："我算定这匹夫忍耐不得。你偷小路过去，须是粮草辎重在后；我截住后路，你如何得过？好无谋匹夫，中我之计！"即时传令，教军士准备赴敌："今夜二更也造饭，三更出城，伏于树木丛杂去处。只等张飞过咽喉小路去了，车仗来时，只听鼓响，一齐杀出。"传了号令，看看近夜，严颜全军尽皆饱食，披挂停当，悄悄出城，四散伏住，只听鼓响；严颜自引十数裨将，下马伏于林中。约三更后，遥望见张飞亲自在前，横矛纵马，悄悄引军前进。去不得三四里，背后车仗人马、陆续进发。严颜看得分晓，一齐擂鼓，四下伏兵尽起。正来抢夺车仗，背后一声锣响，一彪军掩到，大喝："老贼休走！我等的你恰好！"严颜猛回头看时，为首一员大将，豹头环眼，燕颔虎须，使丈八矛，骑深乌马：乃是张飞。四下里锣声大震，众军杀来。严颜见了张飞，举手无措，交马战不十合，张飞卖个破绽，严颜一刀砍来，张飞闪过，撞将入去，扯住严颜勒甲绦，生擒过来，掷于地下；众军向前，用索绑缚住了。原来先过去的是假张飞。料道严颜击鼓为号，张飞却教鸣金为号，金响诸军齐到。川兵大半弃甲倒戈而降。

张飞杀到巴郡城下，后军已自入城。张飞叫休杀百姓，出榜安民。群刀手把严颜推至。飞坐于厅上，严颜不肯下跪。飞怒目咬牙大叱曰："大将到此，何为不降，而敢拒敌？"严颜全无惧色，回叱飞曰："汝等无义，侵我州郡！但有断头将军，无降将军！"飞大怒，喝左右斩来。严颜喝曰："贼匹夫！砍头便砍，何怒也？"张飞见严颜声音雄壮，面不改色，乃回嗔作喜，下阶喝退左右，亲解其缚，取衣衣之，扶在正中高坐，低头便拜曰："适来言语冒渎，幸勿见责。吾素知老将军乃豪杰之士也。"严颜感其恩义，乃降。

据《资治通鉴》卷六十七：诸葛亮留关羽守荆州，与张飞、赵云将兵溯流克巴东。至江州，破巴郡太守严颜，生获之。飞呵颜曰："大军既至，何以不降，而敢拒战！"颜曰："卿等无状，侵夺我州，我州但有断头将军，无降将军也！"飞怒，令左右牵去斫头。颜容止不变，曰："斫头便斫头，何为怒邪！"飞壮而释之，引为宾客。分遣赵云从外水定江阳、犍为，飞定巴西、德阳。（参见《三国志·蜀书·张飞传》）

据《华阳国志·公孙述刘二牧志》：诸葛亮、张飞、赵云等溯江，降下巴东，入巴郡。巴郡太守巴西赵筰拒守，飞攻破之，获将军严颜，谓曰："大军至，何以不降，而敢逆战？"颜对曰："卿等无状，侵夺我州。我州但有断头将军，无降将军也！"飞怒曰："牵去斫头！"颜正色曰："斫头便斫，何为怒也！"飞义之，引为宾客。

按：《演义》称，诸葛亮从荆州出发时即与张飞兵分两路，张飞一路在江州生擒严颜。据史书，至江州生擒严颜时，诸葛亮与张飞、赵云尚在一起，攻克江州后才兵分两路。又，《演义》与《资治通鉴》《三国志·张飞传》均以严颜为巴郡太守，而据《华阳国志》记载，当时的巴郡太守是赵筰，严颜只是赵筰手下的"将军"。

后人有诗赞严颜曰：

　　白发居西蜀，清名震大邦。忠心如皎月，浩气卷长江。
　　宁可断头死，安能屈膝降？巴州年老将，天下更无双。

又有赞张飞诗曰：

　　生获严颜勇绝伦，惟凭义气服军民。至今庙貌留巴蜀，社酒鸡豚日日春。

张飞请问入川之计。严颜曰："败军之将，荷蒙厚恩，无可以报，愿施犬马之劳，不须张弓只箭，径取成都。"正是：只因一将倾心后，致使连城唾手降。未知其计如何，且看下文分解。

第六十四回　孔明定计捉张任　杨阜借兵破马超

却说张飞问计于严颜，颜曰："从此取雒城，凡守御关隘，都是老夫所管，官军皆出于掌握之中。今感将军之恩，无可以报，老夫当为前部，所到之处，尽皆唤出拜降。"张飞称谢不已。于是严颜为前部，张飞领军随后。凡到之处，尽是严颜所管，都唤出投降。有迟疑未决者，颜曰："我尚且投降，何况汝乎？"自是望风归顺，并不曾厮杀一场。

> 据《三国志·蜀书·张飞传》：飞所过战克，与先主会于成都。

却说孔明已将起程日期申报玄德，教都会聚雒城。玄德与众官商议："今孔明、翼德分两路取川，会于雒城，同入成都。水陆舟车，已于七月二十日起程，此时将及待到。今我等便可进兵。"黄忠曰："张任每日来搦战，见城中不出，彼军懈怠，不做准备，今日夜间分兵劫寨，胜如白昼厮杀。"玄德从之，教黄忠引兵取左，魏延引兵取右，玄德取中路。当夜二更，三路军马齐发。张任果然不做准备。汉军拥入大寨，放起火来，烈焰腾空。蜀兵奔走，连夜直赶到雒城，城中兵接应入去。玄德还中路下寨；次日，引兵直到雒城，围住攻打。张任按兵不出。攻到第四日，玄德自提一军攻打西门，令黄忠、魏延在东门攻打，留南门北门放军行走。原来南门一带都是山路，北门有涪水：因此不围。张任望见玄德在西门，骑马往来，指挥打城，从辰至未，人马渐渐力乏。张任教吴兰、雷同二将引兵出北门，转东门，敌黄忠、魏延；自己却引军出南门，转西门，单迎玄德。城内尽拨民兵上城，擂鼓助喊。

却说玄德见红日平西，教后军先退。军士方回身，城上一片声喊起，南门内军马突出。张任径来军中捉玄德，玄德军中大乱。黄忠、魏延又被吴兰、雷同敌住。两下不能相顾。玄德敌不住张任，拨马往山僻小路而走。张任从背后追来，看看赶上。玄德独自一人一马，张任引数骑赶来。玄德正望前尽力加鞭而行，忽山路一军冲来。玄德马上叫苦曰："前有伏兵，后有追兵，天亡我也！"只见来军当头一员大将，乃是张飞。原来张飞与严颜正从那条路上来，望见尘埃起，知与川兵交战。张飞当先而来，正撞着张任，便就交马。战到十余合，背后严颜引兵大进。张任火速回身。张飞直赶到城下。张任退入城，拽起吊桥。

张飞回见玄德曰："军师溯江而来，尚且未到，反被我夺了头功。"玄德曰："山路险阻，如何无军阻当，长驱大进，先到于此？"张飞曰："于路关隘四十五处，皆出老将严颜之功，因此于路并不曾费分毫之力。"遂把义释严颜之事，从头说了一遍，引严颜见玄德。玄德谢曰："若非老将军，吾弟安能到此？"即脱身上黄金锁子甲以赐之。严颜拜谢。正待安排宴饮，忽闻哨马回报："黄忠、魏延和川将吴兰、雷同交锋，城中吴懿、刘璝又引兵助战，两下夹攻，我军抵敌不住，魏、黄二将败阵投东去了。"张飞听得，便请玄德分兵两路，杀去救援。于是张飞在左，玄德在右，杀奔前来。吴懿、刘璝见后面喊声起，慌退入城中。吴兰、雷同只顾引兵追赶黄忠、魏延，却被玄德、张飞截住归路。黄忠、魏延又回马转攻。吴兰、雷同料敌不住，只得将本部军马前来投降。玄德准其降，收兵近城下寨。

却说张任失了二将，心中忧虑。吴懿、刘璝曰："兵势甚危，不决一死战，如何得兵退？一面差人去成都见主公告急，一面用计敌之。"张任曰："吾来日领一军搦战，诈败，引转城北；城内再以一军冲出，截断其中：可获胜也。"吴懿曰："刘将军相辅公子守城，我引兵冲出助战。"约会已定。次日，张任引数千人马，摇旗呐喊，出城搦战。张飞上马出迎，更不打话，与张任交锋。战不十余合，张任诈败，绕城而走。张飞尽力追之。吴懿一军截住，张任引军复回，把张飞围在垓心，进退不得。正没奈何，只见一队军从江边杀出。当先一员大将，挺枪跃马，与吴懿交锋；只一合，生擒吴懿，战退敌军，救出张飞。视之，乃赵云也。飞问："军师何在？"云曰："军师已至，想此时已与主公相见了也。"二人擒吴懿回寨。张任自退入东门去了。

张飞、赵云回寨中，见孔明、简雍、蒋琬已在帐中。飞下马来参军师。

    据《资治通鉴》卷六十七：雒城溃，备进围成都。诸葛亮、张飞、赵云引兵来会。
    据《三国志·蜀书·诸葛亮传》：先主自葭萌还攻璋，亮与张飞、赵云等率众溯江，
  分定郡县，与先主共围成都。（参见《三国志·蜀书·张飞传》《赵云传》）
    按：据史书记载，诸葛亮、张飞、赵云均与刘备在成都会师，并非如《演义》所说
  会师于雒城。

孔明惊问曰："如何得先到？"玄德具述义释严颜之事。孔明贺曰："张将军能用谋，皆主公之洪福也。"赵云解吴懿见玄德。玄德曰："汝降否？"吴懿曰："我既被捉，如何不降？"玄德大喜，亲解其缚。

    据《三国志·蜀书·杨戏传》附《季汉辅臣赞》：子远名壹，陈留人也。随刘焉入
  蜀。刘璋时，为中郎将，将兵拒先主于涪，诣降。
    据《华阳国志·公孙述刘二牧志》：（建安）十八年，璋遣将刘璝、冷苞、张任、邓
  贤、吴懿等拒刘主于涪，皆破败，还保绵竹。懿诣军降，拜讨逆将军。（参见《资治通
  鉴》卷六十六）
    按：《演义》称，吴懿是在雒城外被俘投降的，与史不合。据史书，他是在绵竹主
  动投降的，刘备拜他为讨逆将军。盛巽昌先生在《三国演义补证本》一书中指出，吴懿
  是主动献降的，此与被俘为保命乞降自然不同，所以为刘备赞赏。

孔明问："城中有几人守城？"吴懿曰："有刘季玉之子刘循，辅将刘璝、张任。刘璝不打紧；张任乃蜀郡人，极有胆略，不可轻敌。"孔明曰："先捉张任，然后取雒城。"问："城东这座桥名为何桥？"吴懿曰："金雁桥。"孔明遂乘马至桥边，绕河看了一遍，回到寨中，唤黄忠、魏延听令曰："离金雁桥南五六里，两岸都是芦苇兼葭，可以埋伏。魏延引一千枪手伏于左，单戳马上将；黄忠引一千刀手伏于右，单砍坐下马。杀散彼军，张任必投山东小路而来。张翼德引一千军伏在那里，就彼处擒之。"又唤赵云伏于金雁桥北："待我引张任过桥，你便将桥拆断，却勒兵于桥北，遥为之势，使张任不敢望北走，退投南去，却好中计。"调遣已定，军师自去诱敌。

却说刘璋差卓膺、张翼二将，前至雒城助战。张任教张翼与刘璝守城，自与卓膺为前后二队，任为前队，膺为后队，出城退敌。孔明引一队不整不齐军，过金雁桥来，与张任对阵。孔明乘四轮车，纶巾羽扇而出，两边百余骑簇捧，遥指张任曰："曹操以百万之众，闻吾之名，望风而走；今汝何人，敢不投降？"张任看见孔明军伍不齐，在马上冷笑曰："人说诸葛亮用兵如神，原来有名无实！"把枪一招，大小军校齐杀过来。孔明弃了四轮车，上马退走过桥。张任从背后赶来。过了金雁桥，见玄德军在左，严颜军在右，冲杀将来。张任知是计，急回军时，桥已拆断了；欲投北去，只见赵云一军隔岸摆开，遂不敢投北，径往南绕河而走。走不到五七里，早到芦苇丛杂处。魏延一军从芦中忽起，都用长枪乱戳。黄忠一军伏在芦苇里，用长刀只剁马蹄。马军尽倒，皆被执缚，步军那里敢来？张任引数十骑望山路而走，正撞着张飞。张任方欲退走，张飞大喝一声，众军齐上，将张任活捉了。原来卓膺见张

任中计,已投赵云军前降了,一发都到大寨。玄德赏了卓膺。张飞解张任至。孔明亦坐于帐中。玄德谓张任曰:"蜀中诸将,望风而降,汝何不早投降?"张任睁目怒叫曰:"忠臣岂肯事二主乎?"玄德曰:"汝不识天时耳。降即免死。"任曰:"今日便降,久后也不降!可速杀我!"玄德不忍杀之。张任厉声高骂。孔明命斩之以全其名。

  据《三国志·蜀书·先主传》注引《益部耆旧杂记》:刘璋遣张任、刘璝率精兵拒捍先主于涪,为先主所破,退与璋子循守雒城。任勒兵出于雁桥,战复败。禽任。先主闻任之忠勇,令军降之,任厉声曰:"老臣终不复事二主矣。"乃杀之。先主叹惜焉。

  据《资治通鉴》卷六十六:刘璝、张任与璋子循退守雒城,备进军围之。任勒兵出战于雁桥,军败,任死。

  据《资治通鉴》卷六十六、卷六十七:(建安十八年夏五月,)刘璝、张任与璋子循退守雒城,备进军围之。任勒兵出战于雁桥,军败,任死。……(建安十九年闰五月,)诸葛亮留关羽守荆州,与张飞、赵云将兵溯流克巴东。

  按:《演义》称张任是被诸葛亮设计擒获的,与史不合。据史书记载,张任是在建安十八年(213)五月被刘备军擒杀的,而诸葛亮直到一年后的建安十九年(214)闰五月方才入蜀。

后人有诗赞曰:
  烈士岂甘从二主,张君忠勇死犹生。高明正似天边月,夜夜流光照雒城。
玄德感叹不已,令收其尸首,葬于金雁桥侧,以表其忠。

  次日,令严颜、吴懿等一班蜀中降将为前部,直至雒城,大叫:"早开门受降,免一城生灵受苦!"刘璝在城上大骂。严颜方待取箭射之,忽见城上一将,拔剑砍翻刘璝,开门投降。玄德军马入雒城,刘循开西门走脱,投成都去了。玄德出榜安民。杀刘璝者,乃武阳人张翼也。

  据《三国志·蜀书·张翼传》:张翼字伯恭,犍为武阳人也。

玄德得了雒城,重赏诸将。孔明曰:"雒城已破,成都只在目前;惟恐外州郡不宁,可令张翼、吴懿引赵云抚外水江阳、犍为等处所属州郡,令严颜、卓膺引张飞抚巴西德阳所属州郡,就委官按治平靖,即勒兵回成都取齐。"张飞、赵云领命,各自引兵去了。

  据《资治通鉴》卷六十七:诸葛亮留关羽守荆州,与张飞、赵云将兵溯流克巴东。至江州,……分遣赵云从外水定江阳、犍为,飞定巴西、德阳。(参见《三国志·蜀书 赵云传》《诸葛亮传》《张飞传》)

孔明问:"前去有何处关隘?"蜀中降将曰:"止绵竹有重兵守御;若得绵竹,成都唾手可得。"孔明便商议进兵。法正曰:"雒城既破,蜀中危矣。主公欲以仁义服众,且勿进兵。某作一书上刘璋,陈说利害,璋自然降矣。"孔明曰:"孝直之言最善。"便令写书遣人径往成都。

  却说刘循逃回见父,说雒城已陷,刘璋慌聚众官商议。从事郑度献策曰:"今刘备虽攻城夺地,然兵不甚多,士众未附,野谷是资,军无辎重。不如尽驱巴西、梓潼民,过涪水以西。其仓廪野谷,尽皆烧除,深沟高垒,静以待之。彼至请战,勿许。久无所资,不过百日,彼兵自走。我乘虚击之,备可擒也。"刘璋曰:"不然。吾闻拒敌以安民,未闻动民以备敌也。此言非保全之计。"

  据《资治通鉴》卷六十六:益州从事广汉郑度闻刘备举兵,谓刘璋曰:"左将军悬军袭我,兵不满万,士众未附,军无辎重,野谷是资。其计莫若尽驱巴西、梓潼民内、涪水以西，其仓廪野谷，一皆烧除，高垒深沟，静以待之。彼至，请战勿许。久无所资，不过百日，必将自走，走而击之，此必禽耳。"刘备闻而恶之，以问法正。正曰："璋终不能用，无忧也。"璋果谓其群下曰："吾闻拒敌以安民，未闻动民以避敌也。"不用度计。（参见《三国志·蜀书·法正传》）

正议间，人报法正有书至。刘璋唤人。呈上书。璋拆开视之。其略曰：

> 昨蒙遣差结好荆州，不意主公左右不得其人，以致如此。今荆州眷念旧情，不忘族谊。主公若得幡然归顺，量不薄待。望三思裁示。

刘璋大怒，扯毁其书，大骂："法正卖主求荣，忘恩背义之贼！"逐其使者出城。

据《资治通鉴》卷六十七：法正笺与刘璋，为陈形势强弱，且曰："左将军从举兵以来，旧心依依，实无薄意。愚以为可图变化，以保尊门。"璋不答。

据《三国志·蜀书·法正传》：及军围雒城，正笺与璋曰："正受性无术，盟好违损，惧左右不明本末，必并归咎，蒙耻没身，辱及执事，是以捐身于外，不敢反命。恐圣听秽恶其声，故中间不有笺敬，顾念宿遇，瞻望悢悢。然惟前后披露腹心，自从始初以至于终，实不藏情，有所不尽，但愚暗策薄，精诚不感，以致于此耳。今国事已危，祸害在速，虽捐放于外，言足憎尤，犹贪极所怀，以尽余忠。明将军本心，正之所知也，实为区区不欲失左将军之意，而卒至于是者，左右不达英雄从事之道，谓可违信黩誓，而以意气相致，日月相迁，趋求顺耳悦目，随阿遂指，不图远虑为国深计故也。事变既成，又不量强弱之势，以为左将军县远之众，粮谷无储，欲得以多击少，旷日相持。而从关至此，所历辄破，离宫别屯，日自零落。雒下虽有万兵，皆坏陈之卒，破军之将，若欲争一旦之战，则兵将势力，实不相当。若欲远期计粮者，今此营守已固，谷米已积，而明将军土地日削，百姓日困，敌对遂多，所供远旷。愚意计之，谓必先竭，将不复以持久也。空尔相守，犹不相堪，今张益德数万之众，已定巴东，入犍为界，分平资中、德阳，三道并侵，将何以御之？本为明将军计者，必谓此军县远无粮，馈运不及，兵少无继。今荆州道通，众数十倍，加孙车骑遣弟及李异、甘宁等为其后继。若争客主之势，以土地相胜者，今此全有巴东，广汉、犍为，过半已定，巴西一郡，复非明将军之有也。计益州所仰惟蜀，蜀亦破坏；三分亡二，吏民疲困，思为乱者十户而八；若敌远则百姓不能堪役，敌近则一旦易主矣。广汉诸县，是明比也。又鱼复与关头实为益州福祸之门，今二门悉开，坚城皆下，诸军并破，兵将俱尽，而敌家数道并进，已入心腹，坐守都、雒，存亡之势，昭然可见。斯乃大略，其外较耳，其余屈曲，难以辞极也。以正下愚，犹知此事不可复成，况明将军左右明智用谋之士，岂当不见此数哉？旦夕偷幸，求容取媚，不虑远图，莫肯尽心献良计耳。若事穷势迫，将各索生，求济门户，展转反覆，与今计异，不为明将军尽死难也。而尊门犹当受其忧。正虽获不忠之谤，然心自谓不负圣德，顾惟分义，实窃痛心。左将军从本举来，旧心依依，实无薄意。愚以为可图变化，以保尊门。"

即时遣妻弟费观，提兵前去守把绵竹。

据《三国志·蜀书·杨戏传》附《季汉辅臣赞》：宾伯名观，江夏鄳人也。刘璋母，观之族姑，璋又以女妻观。观建安十八年参李严军，拒先主于绵竹，与严俱降。

费观举保南阳人姓李，名严，字正方，

据《三国志·蜀书·李严传》：李严字正方，南阳人也。

一同领兵。当下费观、李严点三万军来守绵竹。

> 据《资治通鉴》卷六十六：璋复遣护军南阳李严、江夏费观督绵竹诸军。（参见《三国志·蜀书·李严传》《先主传》）

益州太守董和，字幼宰，南郡枝江人也，

> 据《三国志·蜀书·董和传》：董和字幼宰，南郡枝江人也，其先本巴郡江州人。汉末，和率宗族西迁，益州牧刘璋以为牛鞞、江原长、成都令。……璋转和为巴东属国都尉。……还迁益州太守。

上书与刘璋，请往汉中借兵。璋曰："张鲁与吾世仇，安肯相救？"和曰："虽然与我有仇，刘备军在雒城，势在危急，唇亡则齿寒，若以利害说之，必然肯从。"璋乃修书遣使前赴汉中。

却说马超自兵败入羌，二载有余，结好羌兵，攻拔陇西州郡。所到之处，尽皆归降；惟冀城攻打不下。刺史韦康，累遣人求救于夏侯渊。渊不得曹操言语，未敢动兵。韦康见救兵不来，与众商议："不如投降马超。"参军杨阜哭谏曰："超等叛君之徒，岂可降之？"康曰："事势至此，不降何待？"阜苦谏不从。韦康大开城门，投拜马超。超大怒曰："汝今事急请降，非真心也！"将韦康四十余口尽斩之，不留一人。有人言："杨阜劝韦康休降，可斩之。"超曰："此人守义，不可斩也。"复用杨阜为参军。阜荐梁宽、赵衢二人，超尽用为军官。

> 据《资治通鉴》卷六十六：初，魏公操追马超至安定，闻田银、苏伯反，引军还。参凉州军事杨阜言于操曰："超有信、布之勇，甚得羌胡心；若大军还，不设备，陇上诸郡非国家之有也。"操还，超果率羌胡击陇上诸县，郡县皆应之，惟冀城奉州郡以固守。超尽兼陇右之众，张鲁复遣大将杨昂助之，凡万余人，攻冀城，自（建安十八年）正月至八月，救兵不至。刺史韦康遣别驾阎温出，告急于夏侯渊，外围数重，温夜从水中潜出。明日，超兵见其迹，遣追获之。超载温诣城下，使告城中云："东方无救。"温向城大呼曰："大军不过三日至，勉之！"城中皆泣，称万岁。超虽怒，犹以攻城久不下，徐徐更诱温，冀其改意。温曰："事君有死无二，而卿乃欲令长者出不义之言乎！"超遂杀之。已而外救不至，韦康太守欲降。杨阜号哭谏曰："阜等率父兄子弟以义相励，有死无二，以为使君守此城。今奈何弃垂成之功，陷不义之名乎！"刺史、太守不听，开城门迎超。超入，遂杀刺史、太守，自称征西将军，领并州牧，督凉州军事。（参见《三国志·魏书·杨阜传》《武帝纪》，《三国志·蜀书·马超传》）

杨阜告马超曰：阜妻死于临洮，乞告两个月假，归葬其妻便回。马超从之。

杨阜过历城，来见抚彝将军姜叙。叙与阜是姑表兄弟：叙之母是阜之姑，时年已八十二。当日，杨阜入姜叙内宅，拜见其姑，哭告曰："阜守城不能保，主亡不能死，愧无面目见姑。马超叛君，妄杀郡守，一州士民，无不恨之。今吾兄坐据历城，竟无讨贼之心，此岂人臣之理乎？"言罢，泪流出血。叙母闻言，唤姜叙入，责之曰："韦使君遇害，亦尔之罪也。"又谓阜曰："汝既降人，且食其禄，何故又兴心讨之？"阜曰："吾从贼者，欲留残生，与主报冤也。"叙曰："马超英勇，急难图之。"阜曰："有勇无谋，易图也。吾已暗约下梁宽、赵衢。兄若肯兴兵，二人必为内应。"叙母曰："汝不早图，更待何时，谁不有死，死于忠义，死得其所也。勿以我为念。汝若不听义山之言，吾当先死，以绝汝念。"

叙乃与统兵校尉尹奉、赵昂商议。原来赵昂之子赵月，现随马超为裨将。赵昂当日应允，归见其妻王氏曰："吾今日与姜叙、杨阜、尹奉一处商议，欲报韦康之仇。吾想子赵月现随马超，今若兴兵，超必先杀吾子，奈何？"其妻厉声曰："雪君父之大耻，虽丧身亦不惜，何况一子乎！君若顾子而不行，吾当先死矣！"赵昂乃决。

第六十四回　孔明定计捉张任　杨阜借兵破马超　401

据《资治通鉴》卷六十六：会杨阜丧妻，就超求假以葬之。阜外兄天水姜叙为抚夷将军，拥兵屯历城。阜见叙及其母，歔欷悲甚。叙曰："何为乃尔？"阜曰："守城不能完，君亡不能死，亦何面目以视息于天下！马超背父叛君，虐杀州将，岂独阜之忧责，一州士大夫皆蒙其耻。君拥兵专制而无讨贼心，此赵盾所以书弑君也。超强而无义，多衅，易图耳。"叙母慨然曰："咄！伯奕，韦伯君遇难，亦汝之负，岂独义山哉！人谁不死，死于忠义，得其所也。但当速发，勿复顾我；我自为汝当之，不以余年累汝也。"叙乃与同郡赵昂、尹奉、武都李俊等合谋讨超，又使人至冀，结安定梁宽、南安赵衢使为内应。超取赵昂子月为质，昂谓妻异曰："吾谋如是，事必万全，当奈何？"异厉声应曰："雪君父之大耻，丧元不足为重，况一子哉！"（参见《三国志·魏书·杨阜传》及注引皇甫谧《列女传》）

次日一同起兵。姜叙、杨阜屯历城，尹奉、赵昂屯祁山。王氏乃尽将首饰资帛，亲自往祁山军中，赏劳军士，以励其众。

马超闻姜叙、杨阜会合尹奉、赵昂举事，大怒，即将赵月斩之；令庞德、马岱尽起军马，杀奔历城来。姜叙、杨阜引兵出。两阵圆处，杨阜、姜叙衣白袍而出，大骂曰："叛君无义之贼！"马超大怒，冲将过来，两军混战。姜叙、杨阜如何抵得马超，大败而走。马超驱兵赶来。背后喊声起处，尹奉、赵昂杀来。超急回时，两下夹攻，首尾不能相顾。正斗间，刺斜里大队军马杀来。原来是夏侯渊得了曹操军令，正领军来破马超。超如何当得三路军马，大败奔回。走了一夜，比及平明，到得冀城叫门时，城上乱箭射下。梁宽、赵衢立在城上，大骂马超；将马超妻杨氏从城上一刀砍了，撇下尸首来；又将马超幼子三人，并至亲十余口，都从城上一刀一个，剁将下来。超气噎塞胸，几乎坠下马来。

据《资治通鉴》卷六十六：（建安十八年）九月，阜与叙进兵，入卤城，昂、奉据祁山，以讨超。超闻之，大怒，赵衢因谲说超，使自出击之。超出，衢与梁宽闭冀城门，尽杀超妻子。（参见《三国志·魏书·杨阜传》及注引皇甫谧《列女传》，《三国志·魏书·夏侯渊传》，《三国志·蜀书·马超传》）

背后夏侯渊引兵追赶。超见势大，不敢恋战，与庞德、马岱杀开一条路走。前面又撞见姜叙、杨阜，杀了一阵；冲得过去，又撞着尹奉、赵昂，杀了一阵；零零落落，剩得五六十骑，连夜奔走，四更前后，走到历城下，守门者只道姜叙兵回，大开门接入。超从城南门边杀起，尽洗城中百姓。至姜叙宅，拿出老母。母全无惧色，指马超而大骂。超大怒，自取剑杀之。尹奉、赵昂全家老幼，亦尽被马超所杀。昂妻王氏因在军中，得免于难。

据《资治通鉴》卷六十六：超进退失据，乃袭历城，得叙母。叙母骂之曰："汝背父之逆子，杀君之桀贼，天地岂久容汝！而不早死，敢以面目视人乎！"超杀之，又杀赵昂之子月。（参见《三国志·魏书·杨阜传》及注引皇甫谧《列女传》，《三国志·蜀书·马超传》）

次日，夏侯渊大军至，马超弃城杀出，望西而逃。

据《资治通鉴》卷六十六：魏公操使夏侯渊救冀，未到而冀败。渊去冀二百余里，超来逆战，渊军不利。氐王千万反应超，屯兴国，渊引军还。（参见《三国志·魏书·武帝纪》《夏侯渊传》）

行不得二十里，前面一军摆开，为首的是杨阜。超切齿而恨，拍马挺枪刺之。阜宗弟七人，一齐来助战。马岱、庞德敌住后军。宗弟七人，皆被马超杀死。阜身中五枪，犹然死战。后面夏侯渊大军赶来,马超遂走。只有庞德、马岱五七骑后随而去。夏侯渊自行安抚陇西诸州人民,令姜叙等各各分守,用车载杨阜赴许都,见曹操。操封阜为关内侯。阜辞曰:"阜无捍难之功,又无死难之节,于法当诛,何颜受职?"操嘉之,卒与之爵。

  据《资治通鉴》卷六十六:杨阜与超战,身被五创。……操封讨超之功,侯者十一人,赐杨阜爵关内侯。(参见《三国志·魏书·杨阜传》)

  却说马超与庞德、马岱商议,径往汉中投张鲁。张鲁大喜,以为得马超,则西可以吞益州,东可以拒曹操,乃商议欲以女招超为婿。大将杨柏谏曰:"马超妻子遭惨祸,皆超之贻害也。主公岂可以女与之?"鲁从其言,遂罢招婿之议。

  据《资治通鉴》卷六十六:超兵败,遂南奔张鲁。鲁以超为都讲祭酒,欲妻之以女。或谓鲁曰:"有人若此,不爱其亲,焉能爱人!"鲁乃止。

  据《三国志·蜀书·马超传》注引《典略》:超复败于陇上。后奔汉中,张鲁以为都讲祭酒,欲妻之以女,或谏鲁曰:"有人若此不爱其亲,焉能爱人?"鲁乃止。……后数从鲁求兵,欲北取凉州,鲁遣往,无利。又鲁将杨白等欲害其能,超遂从武都逃入氐中,转奔往蜀。是岁建安十九年也。

  按:杨柏,史书中为杨白。"柏"乃"白"之音讹。

或以杨柏之言,告知马超。超大怒,有杀杨柏之意。杨柏知之,与兄杨松商议,

  按:杨松其人,不见于史。

亦有图马超之心。正值刘璋遣使求救于张鲁,鲁不从。忽报刘璋又遣黄权到。权先来见杨松,说:"东西两川,实为唇齿;西川若破,东川亦难保矣。今若肯相救,当以二十州相酬。"松大喜,即引黄权来见张鲁,说唇齿利害,更以二十州相谢。鲁喜其利,从之。巴西阎圃谏曰:"刘璋与主公世仇,今事急求救,诈许割地,不可从也。"忽阶下一人进曰:"某虽不才,愿乞一旅之师,生擒刘备。务要割地以还。"正是:方看真主来西蜀,又见精兵出汉中。未知其人是谁,且看下文分解。

第六十五回　马超大战葭萌关　刘备自领益州牧

却说阎圃正劝张鲁勿助刘璋，只见马超挺身出曰："超感主公之恩，无可上报，愿领一军攻取葭萌关，生擒刘备，务要刘璋割二十州奉还主公。"张鲁大喜，先遣黄权从小路而回，随即点兵二万与马超。

> 按：《演义》称，张鲁应刘璋请求，派马超攻打葭萌关，于史无据。

此时庞德卧病不能行，留于汉中。张鲁令杨柏监军，超与弟马岱选日起程。

却说玄德军马在雒城，法正所差下书人回报说："郑度劝刘璋尽烧野谷，并各处仓廪，率巴西之民，避于涪水西，深沟高垒而不战。"玄德、孔明闻之，皆大惊曰："若用此言，吾势危矣！"法正笑曰："主公勿忧。此计虽毒，刘璋必不能用也。"不一日，人传刘璋不肯迁动百姓，不从郑度之言。玄德闻之，方始宽心。

孔明曰："可速进兵取绵竹。如得此处，成都易取矣。"遂遣黄忠、魏延领兵前进。费观听知玄德兵来，差李严出迎。严领三千兵出，各布阵完。黄忠出马，与李严战四五十合，不分胜败。孔明在阵中教鸣金收军。黄忠回阵，问曰："正待要擒李严，军师何故收兵？"孔明曰："吾已见李严武艺，不可力取。来日再战，汝可诈败，引入山峪，出奇兵以胜之。"黄忠领计。次日，李严再引兵来，黄忠又出战，不十合诈败，引兵便走。李严赶来，迤逦赶入山峪，猛然省悟。急待回来，前面魏延引兵摆开。孔明自在山头，唤曰："公如不降，两下已伏强弩，欲与吾庞士元报仇矣。"李严慌下马卸甲投降。军士不曾伤害一人。孔明引李严见玄德。玄德待之甚厚。严曰："费观虽是刘益州亲戚，与某甚密，当往说之。"玄德即命李严回城招降费观。严入绵竹城，对费观赞玄德如此仁德；今若不降，必有大祸。观从其言，开门投降。

> 据《资治通鉴》卷六十六：璋复遣护军南阳李严、江夏费观督绵竹诸军，严、观亦率其众降于备。（参见《三国志・蜀书・李严传》《先主传》）

玄德遂入绵竹，商议分兵取成都。

> 按：刘备攻刘璋路线，据史书，应是先攻绵竹，后取雒城。《演义》为使诸葛亮提前入蜀，将庞统阵亡作为诸葛亮入蜀的原因，于是有意颠倒时空，写成攻雒城在先（庞统阵亡），取绵竹在后，庞统之死也因此被提早了一年。

忽流星马急报，言："孟达、霍峻守葭萌关，今被东川张鲁遣马超与杨柏、马岱领兵攻打甚急，救迟则关隘休矣。"

> 据《三国志・蜀书・霍峻传》：先主自葭萌南还袭刘璋，留峻守葭萌城。张鲁遣将杨帛诱峻，求共守城，峻曰："小人头可得，城不可得。"帛乃退去。

玄德大惊。孔明曰："须是张、赵二将，方可与敌。"玄德曰："子龙引兵在外未回。翼德已在此，可急遣之。"孔明曰："主公且勿言，容亮激之。"

却说张飞闻马超攻关,大叫而入曰:"辞了哥哥,便去战马超也!"孔明佯作不闻,对玄德曰:"今马超侵犯关隘,无人可敌;除非往荆州取关云长来,方可与敌。"张飞曰:"军师何故小觑吾!吾曾独拒曹操百万之兵,岂愁马超一匹夫乎!"孔明曰:"翼德拒水断桥,此因曹操不知虚实耳;若知虚实,将军岂得无事?今马超之勇,天下皆知,渭桥六战,杀得曹操割须弃袍,几乎丧命,非等闲之比。云长且未必可胜。"飞曰:"我只今便去;如胜不得马超,甘当军令!"孔明曰:"既尔肯写文书,便为先锋。请主公亲自去一遭,留亮守绵竹。待子龙来,却作商议。"魏延曰:"某亦愿往。"孔明令魏延带五百哨马先行,张飞第二,玄德后队,望葭萌关进发。

魏延哨马先到关下,正遇杨柏。魏延与杨柏交战,不十合,杨柏败走。魏延要夺张飞头功,乘势赶去。前面一军摆开,为首乃是马岱。魏延只道是马超,舞刀跃马迎之。与岱战不十合,岱败走。延赶去,被岱回身一箭,中了魏延左臂。延急回马走。马岱赶到关前,只见一将喊声如雷,从关上飞奔至面前。原来是张飞初到关上,听得关前厮杀,便来看时,正见魏延中箭,因骤马下关,救了魏延。飞喝马岱曰:"汝是何人?先通姓名,然后厮杀!"马岱曰:"吾乃西凉马岱是也。"张飞曰:"你原来不是马超,快回去!非吾对手!只令马超那厮自来,说道燕人张飞在此!"马岱大怒曰:"汝焉敢小觑我!"挺枪跃马,直取张飞。战不十合,马岱败走。张飞欲待追赶,关上一骑马到来,叫:"兄弟且休去!"飞回视之,原来是玄德到来。飞遂不赶,一同上关。玄德曰:"恐怕你性躁,故我随后赶来到此。既然胜了马岱,且歇一宵,来日战马超。"

次日天明,关下鼓声大震,马超兵到。玄德在关上看时,门旗影里,马超纵骑持枪而出,狮盔兽带,银甲白袍:一来结束非凡,二者人才出众。玄德叹曰:"人言'锦马超',名不虚传!"张飞便要下关。玄德急止之曰:"且休出战。先当避其锐气。"关下马超单搦张飞出马,关上张飞恨不得平吞马超,三五番皆被玄德当住。看看午后,玄德望见马超阵上人马皆倦,遂选五百骑,跟着张飞,冲下关来。马超见张飞军到,把枪望后一招,约退军有一箭之地。张飞军马一齐扎住;关上军马,陆续下来。张飞挺枪出马,大呼:"认得燕人张翼德么!"马超曰:"吾家屡世公侯,岂识村野匹夫!"张飞大怒。两马齐出,二枪并举。约战百余合,不分胜负。玄德观之,叹曰:"真虎将也!"恐张飞有失,急鸣金收军。两将各回。张飞回到阵中,略歇马片时,不用头盔,只裹包巾上马,又出阵前搦马超厮杀。超又出,两个再战。玄德恐张飞有失,自披挂下关,直至阵前;看张飞与马超又斗百余合,两个精神倍加。玄德教鸣金收军。二将分开,各回本阵。是日天色已晚,玄德谓张飞曰:"马超英勇,不可轻敌,且退上关,来日再战。"张飞杀得性起,那里肯休?大叫曰:"誓死不回!"玄德曰:"今日天晚,不可战矣。"飞曰:"多点火把,安排夜战!"马超亦换了马,再出阵前,大叫曰:"张飞!敢夜战么?"张飞性起,问玄德换了坐下马,抢出阵来,叫曰:"我捉你不得,誓不上关!"超曰:"我胜你不得,誓不回寨!"两军呐喊,点起千百火把,照耀如同白日。两将又向阵前鏖战。到二十余合,马超拨回马便走。张飞大叫曰:"走那里去!"原来马超见赢不得张飞,心生一计:诈败佯输,赚张飞赶来,暗掣铜锤在手,扭回身觑着张飞便打将来。张飞见马超走,心中也提防;比及铜锤打来时,张飞一闪,从耳朵边过去。张飞便勒回马走时,马超却又赶来。张飞带住马,拈弓搭箭,回射马超;超却闪过。二将各自回阵。玄德自于阵前叫曰:"吾以仁义待人,不施谲诈。马孟起,你收兵歇息,我不乘势赶你。"马超闻言,亲自断后,诸军渐退。玄德亦收军上关。

次日,张飞又欲下关战马超。人报军师来到,玄德接着孔明。孔明曰:"亮闻孟起世之虎将,若与翼德死战,必有一伤;故令子龙、汉升守住绵竹,我星夜来此。可用条小计,令马超归降主公。"玄德曰:"吾见马超英勇,甚爱之。如何可得?"孔明曰:"亮闻东川张鲁,

第六十五回　马超大战葭萌关　刘备自领益州牧　405

欲自立为'汉宁王'。手下谋士杨松，极贪贿赂。主公可差人从小路径投汉中，先用金银结好杨松，后进书与张鲁云：'吾与刘璋争西川，是与汝报仇。不可听信离间之语。事定之后，保汝为汉宁王。'令其撤回马超兵。待其来撤时，便可用计招降马超矣。"

按：《演义》称，马超在葭萌关大战张飞，后被诸葛亮设计收降，不见于史。

玄德大喜，即时修书，差孙乾赍金珠从小路径至汉中，先来见杨松，说知此事，送了金珠。松大喜，先引孙乾见张鲁，陈言方便。鲁曰："玄德只是左将军，如何保得我为汉宁王？"杨松曰："他是大汉皇叔，正合保奏。"张鲁大喜，便差人教马超罢兵。孙乾只在杨松家听回信。

不一日，使者回报："马超言：未成功，不可退兵。"张鲁又遣人去唤，又不肯回。一连三次不至。杨松曰："此人素无信行，不肯罢兵，其意必反。"遂使人流言云："马超意欲夺西川，自为蜀主，与父报仇，不肯臣于汉中。"张鲁闻之，问计于杨松。松曰："一面差人去说与马超：'汝既欲成功，与汝一月限，要依我三件事。若依得，便有赏；否则必诛：一要取西川，二要刘璋首级，三要退荆州兵。三件事不成，可献头来。'一面教张卫点军守把关隘，防马超兵变。"鲁从之，差人到马超寨中，说这三件事。超大惊曰："如何变得恁的！"乃与马岱商议："不如罢兵。"杨松又流言曰："马超回兵，必怀异心。"于是张卫分七路军，坚守隘口，不放马超兵入。超进退不得，无计可施。孔明谓玄德曰："今马超正在进退两难之际，亮凭三寸不烂之舌，亲往超寨，说马超来降。"玄德曰："先生乃吾之股肱心腹，倘有疏虞，如之奈何？"孔明坚意要去，玄德再三不肯放去。

正踌躇间，忽报赵云有书荐西川一人来降。玄德召入问之。其人乃建宁俞元人也，姓李，名恢，字德昂。玄德曰："向日闻公苦谏刘璋，今何故归我？"恢曰："吾闻'良禽相木而栖，贤臣择主而事'，前谏刘益州者，以尽人臣之心；既不能用，知必败矣。今将军仁德布于蜀中，知事必成，故来归耳。"玄德曰："先生此来，必有益于刘备。"恢曰："今闻马超在进退两难之际。恢昔在陇西，与彼有一面之交，愿往说马超归降，若何？"孔明曰："正欲得一人替吾一往。愿闻公之说词。"李恢于孔明耳畔陈说如此如此。孔明大喜，即时遣行。

据《三国志·蜀书·李恢传》：李恢字德昂，建宁俞元人也。……闻先主自葭萌还攻刘璋。恢知璋之必败，先主必成，乃托名郡使，北诣先主，遇于绵竹。先主嘉之，从至雒城，遣恢至汉中交好马超，超遂从命。

恢行至超寨，先使人通姓名。马超曰："吾知李恢乃辩士，今必来说我。"先唤二十刀斧手伏于帐下，嘱曰："令汝砍，即砍为肉酱！"须臾，李恢昂然而入。马超端坐帐中不动，叱李恢曰："汝来为何？"恢曰："特来作说客。"超曰："吾匣中宝剑新磨。汝试言之，其言不通，便请试剑！"恢笑曰："将军之祸不远矣！但恐新磨之剑，不能试吾之头，将欲自试也！"超曰："吾有何祸？"恢曰："吾闻越之西子，善毁者不能闭其美；齐之无盐，善美者不能掩其丑。'日中则昃，月满则亏'：此天下之常理也。今将军与曹操有杀父之仇，而陇西又有切齿之恨。前不能救刘璋而退荆州之兵，后不能制杨松而见张鲁之面，目下四海难容，一身无主；若复有渭桥之败，冀城之失，何面目见天下之人乎？"超顿首谢曰："公言极善，但超无路可行。"恢曰："公既听吾言，帐下何故伏刀斧手？"超大惭，尽叱退。恢曰："刘皇叔礼贤下士，吾知其必成，故舍刘璋而归之。公之尊人，昔年曾与皇叔约共讨贼，公何不背暗投明，以图上报父仇，下立功名乎？"马超大喜，即唤杨柏入，一剑斩之，将首级共恢一同上关来降玄德。玄德亲自接入，待以上宾之礼。超顿首谢曰："今遇明主，如拨云雾而见青天！"时孙乾已回。玄德复命霍峻、孟达守关，便撤兵来取成都。赵云、黄忠接入绵竹。人报蜀将刘晙、马汉引军到。赵云曰："某愿往擒此二人！"言讫，上马引军出。玄德在城上管待马超吃酒。未曾安席，子龙已斩二人之头，献于筵前。马超亦惊，倍加敬重。超曰："不须主公军马厮杀，超自唤出刘璋来降。如不肯降，超自与弟马岱取成都，双手奉献。"玄德大喜。是日尽欢。

却说败兵回到益州，报刘璋。璋大惊，闭门不出。人报城北马超救兵到，刘璋方敢登城望之。见马超、马岱立于城下，大叫："请刘季玉答话。"刘璋在城上问之。超在马上以鞭指曰："吾本领张鲁兵来救益州，谁想张鲁听信杨松谗言，反欲害我。今已归降刘皇叔。公可纳土拜降，免致生灵受苦。如或执迷，吾先攻城矣！"刘璋惊得面如土色，气倒于城上。

> 据《资治通鉴》卷六十七：马超知张鲁不足与计事，又鲁将杨昂等数害其能，超内怀于邑。备使建宁督邮李恢往说之，超遂从武都逃入氐中，密书请降于备。备使人止超，而潜以兵资之。超到，令引军屯城北，城中震怖。（参见《三国志·蜀书·马超传》）

> 据《三国志·蜀书·马超传》注引《典略》：超……后数从鲁求兵，欲北取凉州，鲁遣往，无利。又鲁将杨白等欲害其能，超遂从武都逃入氐中，转奔往蜀。是岁建安十九年也。

众官救醒。璋曰："吾之不明，悔之何及！不若开门投降，以救满城百姓。"董和曰："城中尚有兵三万余人；钱帛粮草，可支一年；奈何便降？"刘璋曰："吾父子在蜀二十余年，无恩德以加百姓；攻战三年，血肉捐于草野，皆我罪也。我心何安？不如投降以安百姓。"众人闻之，皆堕泪。忽一人进曰："主公之言，正合天意。"视之，乃巴西西充国人也，姓谯，名周，字允南。此人素晓天文。

> 据《三国志·蜀书·谯周传》：谯周字允南，巴西西充国人也。……颇晓天文，而不以留意；诸子文章非心所存，不悉遍视也。

璋问之，周曰："某夜观乾象，见群星聚于蜀郡；其大星光如皓月，乃帝王之象也。况一载之前，小儿谣云：若要吃新饭，须待先主来。此乃预兆。不可逆天道。"

> 按：谯周此时年仅十四岁，《演义》称他劝刘璋出降，不见于史。据史书记载，谯周在十年之后的蜀汉建兴元年（223）被诸葛亮任命为劝学从事，始进入仕途。

黄权、刘巴闻言皆大怒，欲斩之。刘璋挡住。忽报："蜀郡太守许靖，逾城出降矣。"

> 据《三国志·蜀书·法正传》：（建安）十九年，进围成都，璋蜀郡太守许靖将逾城降，事觉，不果。璋以危亡在近，故不诛靖。

刘璋大哭归府。

次日，人报刘皇叔遣幕宾简雍在城下唤门，璋令开门接人。

> 据《三国志·蜀书·简雍传》：先主入益州，刘璋见雍，甚爱之。后先主围成都，遣雍往说璋，璋遂与雍同舆而载，出城归命。

雍坐车中，傲睨自若。忽一人掣剑大喝曰："小辈得志，傍若无人！汝敢藐视吾蜀中人物耶！"雍慌下车迎之。此人乃广汉绵竹人也，姓秦，名宓，字子敕。

> 据《三国志·蜀书·秦宓传》：秦宓字子敕，广汉绵竹人也。

雍笑曰："不识贤兄，幸勿见责。"遂同入见刘璋，具说玄德宽洪大度，并无相害之意。于是刘璋决计投降，厚待简雍。次日，亲赍印绶文籍，与简雍同车出城投降。

> 据《资治通鉴》卷六十七：（建安十九年夏，）备围城数十日，使从事中郎涿郡简雍入说刘璋。时城中尚有精兵三万人，谷帛支一年，吏民咸欲死战。璋言："父子在州二十余年，无恩德以加百姓。百姓攻战三年，肌膏草野者，以璋故也，何心能安！"遂开城，与简雍同舆出降，群下莫不流涕。（参见《三国志·蜀书·刘璋传》《先主传》，《后汉书·刘焉传附刘璋传》）

玄德出寨迎接，握手流涕曰："非吾不行仁义，奈势不得已也！"共入寨，交割印绶文籍，并马入城。

玄德入成都，百姓香花灯烛，迎门而接。玄德到公厅，升堂坐定。郡内诸官，皆拜于堂下，惟黄权、刘巴，闭门不出。众将忿怒，欲往杀之。玄德慌忙传令曰："如有害此二人者，灭其三族！"玄德亲自登门，请二人出仕。二人感玄德恩礼，乃出。

> 据《资治通鉴》卷六十七：备攻成都，令军中曰："有害巴者，诛及三族。"及得巴，甚喜。是时益州郡县皆望风景附，独黄权闭城坚守，须璋稽服，乃降。（参见《三国志·蜀书·刘巴传》注引《零陵先贤传》，《三国志·蜀书·黄权传》）

孔明请曰："今西川平定，难容二主，可将刘璋送去荆州。"玄德曰："吾方得蜀郡，未可令季玉远去。"孔明曰："刘璋失基业者，皆因太弱耳。主公若以妇人之仁，临事不决，恐此土难以长久。"玄德从之，设一大宴，请刘璋收拾财物，佩领振威将军印绶，令将妻子良贱，尽赴南郡公安住歇，即日起行。

> 据《资治通鉴》卷六十七：备迁璋于公安，尽归其财物，佩振威将军印绶。（参见《三国志·蜀书·刘璋传》《后汉书·刘焉传附刘璋传》）

玄德自领益州牧。其所降文武，尽皆重赏，定拟名爵：严颜为前将军，

> 按：严颜为前将军，不见于史。此时刘备尚为左将军，严颜不可能与之同列。

法正为蜀郡太守，

> 据《三国志·蜀书·法正传》：以正为蜀郡太守、扬武将军，外统都畿，内为谋主。

董和为掌军中郎将，

> 据《三国志·蜀书·董和传》：先主定蜀，征和为掌军中郎将，与军师将军诸葛亮并署左将军大司马府事。

许靖为左将军长史，

> 据《三国志·蜀书·许靖传》：许靖字文休，汝南平舆人。少与从弟劭俱知名，并有人伦臧否之称，……后刘璋遂使使招靖，靖来入蜀。璋以靖为巴郡、广汉太守。……（建安）十九年，先主克蜀，以靖为左将军长史。

> 据《资治通鉴》卷六十七：初，刘璋以许靖为蜀郡太守。成都将溃，靖谋逾城降备，备以此薄靖，不用也。法正曰："天下有获虚誉而无其实者，许靖是也。然今主公始创大业，天下之人，不可户说，宜加敬重，以慰远近之望。"备乃礼而用之。（参见《三国志·蜀书·法正传》）

庞义为营中司马，

> 据《三国志·蜀书·刘璋传》：先主定蜀，（庞）羲为左将军司马。

按：庞义，史书中作庞羲，《演义》因"义"之繁体"義"与"羲"形近而误。

刘巴为左将军，

据《三国志·蜀书·刘巴传》：刘巴字子初，零陵烝阳人也。……先主定益州，……诸葛孔明数称荐之，先主辟为左将军西曹掾。

按：左将军是刘备当时的官职。据史书，先主辟刘巴为左将军西曹掾。

黄权为右将军。

据《三国志·蜀书·黄权传》：先主假权偏将军。

其余吴懿、

据《三国志·蜀书·杨戏传》附《季汉辅臣赞》：先主定益州，以壹为护军讨逆将军，纳壹妹为夫人。

费观、

据《三国志·蜀书·杨戏传》附《季汉辅臣赞》：宾伯名观，江夏鄳人也。刘璋母，观之族姑，璋又以女妻观。观建安十八年参李严军，拒先主于绵竹，与严俱降，先主既定益州，拜为裨将军，后为巴郡太守、江州都督，建兴元年封都亭侯，加振威将军。

彭羕、

据《三国志·蜀书·彭羕传》：成都既定，先主领益州牧，拔羕为治中从事。

卓膺、李严、

据《三国志·蜀书·李严传》：成都既定，为犍为太守、兴业将军。

吴兰、雷同、李恢、

据《三国志·蜀书·李恢传》：成都既定，先主领益州牧，以恢为功曹书佐主簿。

张翼、

据《三国志·蜀书·张翼传》：张翼字伯恭，犍为武阳人也。……先主定益州，领牧，翼为书佐。

秦宓、

据《三国志·蜀书·秦宓传》：秦宓字子敕，广汉绵竹人也。……先主既定益州，广汉太守夏侯纂请宓为师友祭酒，领五官掾，称曰仲父。……益州辟宓为从事祭酒。

谯周、吕义、

据《三国志·蜀书·吕乂传》：吕乂字季阳，南阳人也。……初，先主定益州，置盐府校尉，较盐铁之利，后校尉王连请乂及南阳杜祺、南乡刘干等并为典曹都尉。乂迁新都、绵竹令，……迁巴西太守。

按：吕义，史书中作吕乂，《演义》因"乂""义"形近而误。

霍峻、

据《三国志·蜀书·霍峻传》：先主定蜀，嘉峻之功，乃分广汉为梓潼郡，以峻为梓潼太守、裨将军。

邓芝、

据《三国志·蜀书·邓芝传》：邓芝字伯苗，义阳新野人，……先主定益州，芝为郫邸阁督。先主出至郫，与语，大奇之，擢为郫令，迁广汉太守。所在清严有治绩，入为尚书。

杨洪、

据《三国志·蜀书·杨洪传》：杨洪字季休，犍为武阳人也。刘璋时历部诸郡。先主定蜀，太守李严命为功曹。

周群、

据《三国志·蜀书·周群传》：周群字仲直，巴西阆中人也。……先主定蜀，署儒林校尉。

费祎、费诗，

据《三国志·蜀书·费诗传》：费诗字公举，犍为南安人也。刘璋时为绵竹令，先主攻绵竹时，诗先举城降。成都既定，先主领益州牧，以诗为督军从事，出为牂牁太守，还为州前部司马。

孟达，

据《三国志·蜀书·刘封传附孟达传》：蜀平后，以达为宜都太守。

文武投降官员，共六十余人，并皆擢用。诸葛亮为军师，

据《三国志·蜀书·诸葛亮传》：成都平，以亮为军师将军，署左将军府事。先主外出，亮常镇守成都，足食足兵。

关云长为荡寇将军、汉寿亭侯，

据《三国志·蜀书·关羽传》：先主收江南诸郡，乃封拜元勋，以羽为襄阳太守、荡寇将军，驻江北。先主西定益州，拜羽董督荆州事。

张飞为征虏将军、新亭侯，

据《三国志·蜀书·张飞传》：先主既定江南，以飞为宜都太守、征虏将军，封新亭侯，后转在南郡。……益州既平，……以飞领巴西太守。

赵云为镇远将军，

据《三国志·蜀书·赵云传》：成都既定，以云为翊军将军。

黄忠为征西将军，

据《三国志·蜀书·黄忠传》：益州既定，拜为讨虏将军。

魏延为扬武将军，

据《三国志·蜀书·魏延传》：魏延字文长，义阳人也。以部曲随先主入蜀，数有

战功，迁牙门将军。

马超为平西将军。

> 据《三国志·蜀书·马超传》：以超为平西将军，督临沮，因为前都亭侯。

孙乾、

> 据《三国志·蜀书·孙乾传》：先主定益州，乾自从事中郎为秉忠将军，见礼次麋竺，与简雍同等。

简雍、

> 据《三国志·蜀书·简雍传》：先主拜雍为昭德将军。

糜竺、

> 据《三国志·蜀书·麋竺传》：益州既平，拜为安汉将军，班在军师将军之右。

糜芳、

> 据《三国志·蜀书·杨戏传》附《季汉辅臣赞》：麋芳字子方，东海人也，为南郡太守。

刘封、

> 据《三国志·蜀书·刘封传》：及先主入蜀，自葭萌还攻刘璋，时封年二十余，有武艺，气力过人，将兵俱与诸葛亮、张飞等溯流西上，所在战克。益州既定，以封为副军中郎将。

吴班、

> 据《三国志·蜀书·杨戏传》附《季汉辅臣赞》：壹族弟班，字元雄，大将军何进官属吴匡之子也。以豪侠称，官位常与壹相亚。先主时，为领军。后主世，稍迁至骠骑将军，假节，封绵竹侯。

关平、周仓、廖化、马良、

> 据《三国志·蜀书·马良传》：先主辟良为左将军掾。

马谡、

> 据《三国志·蜀书·马良传附弟谡传》：良弟谡，字幼常，以荆州从事随先主入蜀，除绵竹成都令、越嶲太守。

蒋琬、

> 据《三国志·蜀书·蒋琬传》：蒋琬字公琰，零陵湘乡人也。……琬以州书佐随先主入蜀，除广都长。……顷之，为什邡令。

伊籍，

> 据《三国志·蜀书·伊籍传》：伊籍字机伯，山阳人。少依邑人镇南将军刘表。先主之在荆州，籍常往来自托。表卒，遂随先主南渡江，从入益州。益州既定，以籍为左将军从事中郎，见待亚于简雍、孙乾等。

及旧日荆襄一班文武官员，尽皆升赏。遣使赍黄金五百斤、白银一千斤、钱五千万、蜀锦一千匹，赐与云长。其余官将，给赏有差。

> 据《三国志·蜀书·张飞传》：益州既平，赐诸葛亮、法正、飞及关羽金各五百斤，银千斤，钱五千万，锦千匹，其余颁赐各有差。

杀牛宰马，大犒士卒，开仓赈济百姓，军民大悦。

> 据《资治通鉴》卷六十七：备入成都，置酒，大飨士卒。取蜀城中金银，分赐将士，还其谷帛。备领益州牧，以军师中郎将诸葛亮为军师将军，益州太守南郡董和为掌军中郎将，并署左将军府事，偏将军马超为平西将军，军议校尉法正为蜀郡太守、扬武将军，裨将军南阳黄忠为讨虏将军，从事中郎麋竺为安汉将军，简雍为昭德将军，北海孙乾为秉忠将军，广汉长黄权为偏将军，汝南许靖为左将军长史，庞羲为司马，李严为犍为太守，费观为巴郡太守，山阳伊籍为从事中郎，零陵刘巴为西曹掾，广汉彭羕为益州治中从事。初，董和在郡，清俭公直，为民夷所爱信，蜀中推为循吏，故备举而用之。……于是董和、黄权、李严等，本璋之所授用也；吴懿、费观等，璋之婚亲也；彭羕，璋之所摈弃也；刘巴，宿昔之所忌恨也；备皆处之显任，尽其器能，有志之士，无不竞劝，益州之民，是以大和。

> 据《三国志·蜀书·先主传》：蜀中殷盛丰乐，先主置酒大飨士卒，取蜀城中金银分赐将士，还其谷帛。先主复领益州牧，诸葛亮为股肱，法正为谋主，关羽、张飞、马超为爪牙，许靖、麋竺、简雍为宾友。及董和、黄权、李严等本璋之所授用也，吴壹、费观等又璋之婚亲也，彭羕又璋之所排摈也，刘巴者宿昔之所忌恨也，皆处之显任，尽其器能。有志之士，无不竞劝。

益州既定，玄德欲将成都有名田宅，分赐诸官。赵云谏曰："益州人民，屡遭兵火，田宅皆空；今当归还百姓，令安居复业，民心方服；不宜夺之为私赏也。"玄德大喜，从其言。

> 据《资治通鉴》卷六十七：时议者欲以成都名田宅分赐诸将。赵云曰："霍去病以匈奴未灭，无用家为。今国贼非但匈奴，未可求安也。须天下都定，各反桑梓，归耕本土，乃其宜耳。益州人民，初罹兵革，田宅皆可归还，令安居复业，然后可役调，得其欢心，不宜夺之以私所爱也。"备从之。（参见《三国志·蜀书·赵云传》注引《云别传》）

使诸葛军师定拟治国条例，刑法颇重。法正曰："昔高祖约法三章，黎民皆感其德。愿军师宽刑省法。以慰民望。"孔明曰："君知其一、未知其二：秦用法暴虐，万民皆怨，故高祖以宽仁得之。今刘璋暗弱，德政不举，威刑不肃；君臣之道，渐以陵替。宠之以位，位极则残；

> 按："位极则残"，史书作"位极则贱"。《演义》因"贱""残"形近致误。

顺之以恩，恩竭则慢。所以致弊，实由于此。吾今威之以法，法行则知恩；限之以爵，爵加则知荣。恩荣并济，上下有节。为治之道，于斯著矣。"法正拜服。

> 据《资治通鉴》卷六十七：诸葛亮佐备治蜀，颇尚严峻，人多怨叹者。法正谓亮曰："昔高祖入关，约法三章，秦民知德。今君假借威力，跨据一州，初有其国，未垂惠抚；且客主之义，宜相降下，愿缓刑弛禁以慰其望。"亮曰："君知其一，未知其二。秦以无道，政苛民怨，匹夫大呼，天下土崩；高祖因之，可以弘济。刘璋暗弱，自焉已来有累世之恩，文法羁縻，互相承奉，德政不举，威刑不肃。蜀土人士，专权自恣，君臣之道，渐以陵替。宠之以位，位极则贱；顺之以恩，恩竭则慢。所以致敝，实由于此。吾今威

之以法，法行则知恩；限之以爵，爵加则知荣。荣恩并济，上下有节，为治之要，于斯而著矣。"

　　据《三国志·蜀书·诸葛亮传》注引《蜀记》：晋初扶风王骏镇关中，司马高平刘宝、长史荥阳桓隰诸官属士大夫共论诸葛亮，于时谭者多讥亮托身非所，劳困蜀民，力小谋大，不能度德量力。金城郭冲以为亮权智英略，有逾管、晏，功业未济，论者惑焉，条亮五事隐没不闻于世者，宝等亦不能复难。扶风王慨然善冲之言。　　臣松之以为亮之异美，诚所愿闻，然冲之所说，实皆可疑，谨随事难之如左：其一事曰：亮刑法峻急，刻剥百姓，自君子小人咸怀怨叹，法正谏曰："昔高祖入关，约法三章，秦民知德，今君假借威力，跨据一州，初有其国，未垂惠抚；且客主之义，宜相降下，愿缓刑弛禁，以慰其望。"亮答曰："君知其一，未知其二。秦以无道，政苛民怨，匹夫大呼，天下土崩，高祖因之，可以弘济。刘璋暗弱，自焉已来有累世之恩，文法羁縻，互相承奉，德政不举，威刑不肃。蜀土人士，专权自恣，君臣之道，渐以陵替；宠之以位，位极则贱，顺之以恩，恩竭则慢。所以致弊，实由于此。吾今威之以法，法行则知恩，限之以爵，爵加则知荣；荣恩并济，上下有节，为治之要，于斯而著。"难曰：案法正在刘主前死，今称法正谏，则刘主在也。诸葛职为股肱，事归元首，刘主之世，亮又未领益州，庆赏刑政，不出于己。寻冲所述亮答，专自有其能，有违人臣自处之宜。以亮谦顺之体，殆必不然。又云亮刑法峻急，刻剥百姓，未闻善政以刻剥为称。

　　自此军民安堵。四十一州地面，分兵镇抚，并皆平定。

　　法正为蜀郡太守，凡平日一餐之德，睚眦之怨，无不报复。或告孔明曰："孝直太横，宜稍斥之。"孔明曰："昔主公困守荆州，北畏曹操，东惮孙权，赖孝直为之辅翼，遂翻然翱翔，不可复制。今奈何禁止孝直，使不得少行其意耶？"因竟不问。法正闻之，亦自敛戢。

　　据《资治通鉴》卷六十七：法正外统都畿，内为谋主，一飧之德、睚眦之怨，无不报复，擅杀毁伤己者数人。或谓诸葛亮曰："法正太纵横，将军宜启主公，抑其威福。"亮曰："主公之在公安也，北畏曹操之强，东惮孙权之逼，近则惧孙夫人生变于肘腋。法孝直为之辅翼，令翻然翱翔，不可复制。如何禁止孝直，使不得少行其意邪！"（参见《三国志·蜀书·法正传》《华阳国志·刘先主志》）

　　一日，玄德正与孔明闲叙，忽报云长遣关平来谢所赐金帛。玄德召入。平拜罢，呈上书信曰："父亲知马超武艺过人，要入川来与之比试高低。教就禀伯父此事。"玄德大惊曰："若云长入蜀，与孟起比试，势不两立。"孔明曰："无妨。亮自作书回之。"玄德只恐云长性急，便教孔明写了书，发付关平星夜回荆州。平回至荆州，云长问曰："我欲与马孟起比试，汝曾说否？"平答曰："军师有书在此。"云长拆开视之。其书曰：

　　　　亮闻将军欲与孟起分别高下。以亮度之：孟起虽雄烈过人，亦乃黥布、彭越之徒耳；当与翼德并驱争先，犹未及美髯公之绝伦超群也。今公受任守荆州，不为不重；倘一入川，若荆州有失，罪莫大焉。惟冀明照。

云长看毕，自绰其髯笑曰："孔明知我心也。"将书遍示宾客，遂无入川之意。

　　据《三国志·蜀书·关羽传》：羽闻马超来降，旧非故人，羽书与诸葛亮，问超人才可谁比类。亮知羽护前，乃答之曰："孟起兼资文武，雄烈过人，一世之杰，黥、彭之徒，当与益德并驱争先，犹未及髯之绝伦逸群也。"羽美须髯，故亮谓之髯。羽省书大悦，以示宾客。

却说东吴孙权,知玄德并吞西川,将刘璋逐于公安,遂召张昭、顾雍商议曰:"当初刘备借我荆州时,说取了西川,便还荆州。今已得巴蜀四十一州,须用取索汉上诸郡。如其不还,即动干戈。"张昭曰:"吴中方宁,不可动兵。昭有一计,使刘备将荆州双手奉还主公。"正是:西蜀方开新日月,东吴又索旧山川。未知其计如何,且看下文分解。

第六十六回　关云长单刀赴会　伏皇后为国捐生

却说孙权要索荆州。张昭献计曰："刘备所倚仗者，诸葛亮耳。其兄诸葛瑾今仕于吴，何不将瑾老小执下，使瑾入川告其弟，令劝刘备交割荆州：'如其不还，必累及我老小。'亮念同胞之情，必然应允。"权曰："诸葛瑾乃诚实君子，安忍拘其老小？"昭曰："明教知是计策，自然放心。"权从之，召诸葛瑾老小，虚监在府；一面修书，打发诸葛瑾往西川去。不数日，早到成都，先使人报知玄德。玄德问孔明曰："令兄此来为何？"孔明曰："来索荆州耳。"玄德曰："何以答之？"孔明曰："只须如此如此。"

计会已定，孔明出郭接瑾。不到私宅，径入宾馆。参拜毕，瑾放声大哭。亮曰："兄长有事但说。何故发哀？"瑾曰："吾一家老小休矣！"亮曰："莫非为不还荆州乎？因弟之故，执下兄长老小，弟心何安？兄休忧虑，弟自有计还荆州便了。"瑾大喜，即同孔明入见玄德，呈上孙权书。玄德看了，怒曰："孙权既以妹嫁我，却乘我不在荆州，竟将妹子潜地取去，情理难容！我正要大起川兵，杀下江南，报我之恨，却还想来索荆州乎！"孔明哭拜于地，曰："吴侯执下亮兄长老小，倘若不还，吾兄将全家被戮。兄死，亮岂能独生？望主公看亮之面，将荆州还了东吴，全亮兄弟之情！"玄德再三不肯，孔明只是哭求。玄德徐徐曰："既如此，看军师面，分荆州一半还之：将长沙、零陵、桂阳三郡与他。"亮曰："既蒙见允，便可写书与云长令交割三郡。"玄德曰："子瑜到彼，须用善言求吾弟。吾弟性如烈火，吾尚惧之。切宜仔细。"

瑾求了书，辞了玄德，别了孔明，登途径到荆州。云长请入中堂，宾主相叙。瑾出玄德书曰："皇叔许先以三郡还东吴，望将军即日交割，令瑾好回见吾主。"云长变色曰："吾与吾兄桃园结义，誓共匡扶汉室。荆州本大汉疆土，岂得妄以尺寸与人？'将在外，君命有所不受'。虽吾兄有书来，我却只不还。"瑾曰："今吴侯执下瑾老小，若不得荆州，必将被诛。望将军怜之！"云长曰："此是吴侯谲计，如何瞒得我过！"瑾曰："将军何太无面目？"云长执剑在手曰："休再言！此剑上并无面目！"关平告曰："军师面上不好看，望父亲息怒。"云长曰："不看军师面上，教你回不得东吴！"

瑾满面羞惭，急辞下船，再往西川见孔明。孔明已自出巡去了。瑾只得再见玄德，哭告云长欲杀之事。玄德曰："吾弟性急，极难与言。子瑜可暂回，容吾取了东川、汉中诸郡，调云长往守之，那时方得交付荆州。"

据《资治通鉴》卷六十七：备已得益州，权令中司马诸葛瑾从备求荆州诸郡。备不许，曰："吾方图凉州，凉州定，乃尽以荆州相与耳。"（参见《三国志·吴书·吴主传》）

据《三国志·吴书·鲁肃传》：备既定益州，权求长沙、零、桂，备不承旨。

瑾不得已，只得回东吴见孙权，具言前事。孙权大怒曰："子瑜此去，反覆奔走，莫非皆是诸葛亮之计？"瑾曰："非也。吾弟亦哭告玄德，方许将三郡先还，又无奈云长恃顽不肯。"孙权曰："既刘备有先还三郡之言，便可差官前去长沙、零陵、桂阳三郡赴任，且看如何。"瑾曰："主公所言极善。"权乃令瑾取回老小，一面差官往三郡赴任。不一日，三郡差去官吏，尽被逐回，告孙权曰："关云长不肯相容，连夜被逐回吴。迟后者便要杀。"

据《三国志·吴书·鲁肃传》：权遣吕蒙率众进取。备闻，自还公安，遣羽争三郡。

据《资治通鉴》卷六十七：权曰："此假而不反，乃欲以虚辞引岁也。"遂置长沙、零陵、桂阳三郡长吏。关羽尽逐之。权大怒，遣吕蒙督兵二万以取三郡。蒙移书长沙、桂阳，皆望风归服，惟零陵太守郝普城守不降。刘备闻之，自蜀亲至公安，遣关羽争三郡。孙权进住陆口，为诸军节度；使鲁肃将万人屯益阳以拒羽；飞书召吕蒙，使舍零陵急还助肃。蒙得书，秘之，夜，召诸将授以方略；晨，当攻零陵，顾谓郝普故人南阳邓玄之曰："郝子太闻世间有忠义事，亦欲为之，而不知时也。今左将军在汉中为夏侯渊所围；关羽在南郡，至尊身自临之。彼方首尾倒县，救死不给，岂有余力复营此哉！今吾计力度虑而以攻此，曾不移日而城必破，城破之后，身死，何益于事，而令百岁老母戴白受诛，岂不痛哉！度此家不得外问，谓援可恃，故至于此耳。君可见之，为陈祸福。"玄之见普，具宣蒙意，普惧而出降。蒙迎，执其手与俱下船，语毕，出书示之，因拊手大笑。普见书，知备在公安而羽在益阳，惭恨入地。蒙留孙河，委以后事，即日引军赴益阳。(参见《三国志·吴书·吕蒙传》《吴主传》)

孙权大怒，差人召鲁肃责之曰："子敬昔为刘备作保，借吾荆州；今刘备已得西川，不肯归还，子敬岂得坐视？"肃曰："肃已思得一计，正欲告主公。"权问："何计？"肃曰："今屯兵于陆口，使人请关云长赴会。若云长肯来，以善言说之；如其不从，伏下刀斧手杀之。如彼不肯来，随即进兵，与决胜负，夺取荆州便了。"

按：《演义》称，孙权因向刘备索取荆州未成，责怪鲁肃，鲁肃无奈，遂定计约关羽会谈，欲借机杀害关羽夺取荆州。此说与史不合。据史书记载，此时孙权已派吕蒙夺取了长沙、零陵和桂阳三郡，并亲自进住陆口指挥；刘备也率军五万由成都赶到公安，双方剑拔弩张。鲁肃此时在益阳约关羽会谈，是为了阻止关羽夺回三郡；通过会谈，鲁肃防止了关羽向东吴开战。由于曹操西征张鲁，刘备获悉后担心益州有失，遂向孙权求和，以湘水为界中分荆州。

孙权曰："正合吾意。可即行之。"阐泽进曰："不可，关云长乃世之虎将，非等闲可及。恐事不谐，反遭其害。"孙权怒曰："若如此，荆州何日可得！"便命鲁肃速行此计。肃乃辞孙权，至陆口，召吕蒙、甘宁商议，设宴于陆口寨外临江亭上，修下请书，选帐下能言快语一人为使，登舟渡江。江口关平问了，遂引使人入荆州，叩见云长，具道鲁肃相邀赴会之意，呈上请书。

据《资治通鉴》卷六十七：鲁肃欲与关羽会语，诸将疑恐有变，议不可往。肃曰："今日之事，宜相开譬。刘备负国，是非未决，羽亦何敢重欲干命！"乃邀羽相见，各驻兵马百步上，但诸将军单刀俱会。(参见《三国志·吴书·鲁肃传》注引《吴书》)

据《三国志·吴书·鲁肃传》：肃住益阳，与羽相拒。肃邀羽相见，各驻兵马百步上，但请将军单刀俱会。

云长看书毕，谓来人曰："既子敬相请，我明日便来赴宴。汝可先回。"使者辞去。

关平曰："鲁肃相邀，必无好意；父亲何故许之？"云长笑曰："吾岂不知耶？此是诸葛瑾回报孙权，说吾不肯还三郡，故令鲁肃屯兵陆口，邀我赴会，便索荆州。吾若不往，道吾怯矣。吾来日独驾小舟，只用亲随十余人，单刀赴会，看鲁肃如何近我！"平谏曰："父亲奈何以万金之躯，亲蹈虎狼之穴？恐非所以重伯父之寄托也。"云长曰："吾于千枪万刃之中，矢石交攻之际，匹马纵横，如入无人之境；岂忧江东群鼠乎！"马良亦谏曰："鲁肃虽有长者之风，但今事急，不容不生异心。将军不可轻往。"云长曰："昔战国时赵人蔺相如，无缚鸡之力，于渑池会上，觑秦国君臣如无物；况吾曾学万人敌者乎！既已许诺，不可失信。"良曰："纵将军去，亦当有准备。"云长曰："只教吾儿选快船十只，藏善水军五百，于江上等候。看吾认旗起处，便过江来。"平领命自去准备。

却说使者回报鲁肃，说云长慨然应允，来日准到。肃与吕蒙商议："此来若何？"蒙曰："彼带军马来，某与甘宁各人领一军伏于岸侧，放炮为号，准备厮杀；如无军来，只于庭后伏刀斧手五十人，就筵间杀之。"计会已定。次日，肃令人于岸口遥望。辰时后，见江面上一只船来，梢公水手只数人，一面红旗，风中招飐，显出一个大"关"字来。船渐近岸，见云长青巾绿袍，坐于船上；傍边周仓捧着大刀；八九个关西大汉，各跨腰刀一口。

> 按：《演义》称，鲁肃在陆口临江亭设下伏兵等待关羽，关羽乘船过江前来会见鲁肃，此情节与史不合。据史书记载，双方在益阳相拒，是鲁肃主动前往关羽的驻地与关羽会谈。会谈的地点，是在双方军队对峙的中间地带。所谓的"单刀"，是指双方将领所带的随身佩刀，并非关羽一人所持的长柄大刀。

鲁肃惊疑，接入庭内。叙礼毕，入席饮酒，举杯相劝，不敢仰视。云长谈笑自若。

酒至半酣，肃曰："有一言诉与君侯，幸垂听焉：昔日令兄皇叔，使肃于吾主之前，保借荆州暂住，约于取川之后归还。今西川已得，而荆州未还，得毋失信乎？"云长曰："此国家之事，筵间不必论之。"肃曰："吾主只区区江东之地，而肯以荆州相借者，为念君侯等兵败远来，无以为资故也。今已得益州，则荆州自应见还；乃皇叔但肯先割三郡，而君侯又不从，恐于理上说不去。"

> 据《三国志·吴书·鲁肃传》：肃因责数羽曰："国家区区本以土地借卿家者，卿家军败远来，无以为资故也。今已得益州，既无奉还之意，但求三郡，又不从命。"

云长曰："乌林之役，左将军亲冒矢石，戮力破敌，岂得徒劳而无尺土相资？今足下复来索地耶？"肃曰："不然。君侯始与皇叔同败于长坂，计穷力竭，将欲远窜，吾主矜念皇叔身无处所，不爱土地，使有所托足，以图后功；而皇叔愆德隳好，已得西川，又占荆州，贪而背义，恐为天下所耻笑。惟君侯察之。"云长曰："此皆吾兄之事，非某所宜与也。"肃曰："某闻君侯与皇叔桃园结义，誓同生死。皇叔即君侯也，何得推托乎？"

> 据《资治通鉴》卷六十七：肃因责数羽以不返三郡，羽曰："乌林之役，左将军身在行间，戮力破敌，岂得徒劳，无一块土，而足下来欲收地邪！"肃曰："不然。始与豫州觐于长阪，豫州之众不当一校，计穷虑极，志势摧弱，图欲远窜，望不及此。主上矜愍豫州之身无有处所，不爱土地士民之力，使有所庇荫以济其患；而豫州私独饰情，愆德堕好。今已藉手于西州矣，又欲翦并荆州之土，斯盖凡夫所不忍行，而况整领人物之主乎！"羽无以答。（参见《三国志·吴书·鲁肃传》注引《吴书》）

云长未及回答，周仓在阶下厉声言曰："天下土地，惟有德者居之。岂独是汝东吴当有耶！"云长变色而起，夺周仓所捧大刀，立于庭中，目视周仓而叱曰："此国家之事，汝何敢多言！可速去！"

> 据《三国志·吴书·鲁肃传》：语未究竟，坐有一人曰："夫土地者，惟德所在耳，何常之有！"肃厉声呵之，辞色甚切。羽操刀起谓曰："此自国家事，是人何知！"目使之去。

仓会意，先到岸口，把红旗一招。关平船如箭发，奔过江东来。云长右手提刀，左手挽住鲁肃手，佯推醉曰："公今请吾赴宴，莫提起荆州之事。吾今已醉，恐伤故旧之情。他日令人请公到荆州赴会，另作商议。"鲁肃魂不附体，被云长扯至江边。吕蒙、甘宁各引本部军欲出，见云长手提大刀，亲握鲁肃，恐肃被伤，遂不敢动。云长到船边，却才放手，早立于船首，与鲁肃作别。肃如痴似呆，看关公船已乘风而去。后人有诗赞关公曰：

> 藐视吴臣若小儿，单刀赴会敢平欺。当年一段英雄气，尤胜相如在渑池。

云长自回荆州。

> 据《资治通鉴》卷六十七：会闻魏公操将攻汉中，刘备惧失益州，使使求和于权。权令诸葛瑾报命，更寻盟好。遂分荆州，以湘水为界：长沙、江夏、桂阳以东属权，南郡、零陵、武陵以西属备。（参见《三国志·吴书·吴主传》《鲁肃传》）

鲁肃与吕蒙共议："此计又不成，如之奈何？"蒙曰："可即申报主公，起兵与云长决战。"肃即时使人申报孙权。权闻之大怒，商议起倾国之兵，来取荆州。忽报："曹操又起三十万大军来也！"权大惊，且教鲁肃休惹荆州之兵，移兵向合淝、濡须，以拒曹操。

却说操将欲起程南征，参军傅干，字彦材，

> 据《三国志·魏书·武帝纪》注引《九州春秋》：干字彦材，北地人，终于丞相仓曹属。

上书谏操。书略曰：

> 干闻用武则先威，用文则先德；威德相济，而后王业成。往者天下大乱，明公用武攘之，十平其九；今未承王命者，吴与蜀耳。吴有长江之险，蜀有崇山之阻，难以威胜。愚以为：且宜增修文德，按甲寝兵，息军养士，待时而动。今若举数十万之众，顿长江之滨，倘贼凭险深藏，使我士马不得逞其能，奇变无所用其权，则天威屈矣。惟明公详察焉。

曹操览之，遂罢南征，

> 据《三国志·魏书·武帝纪》注引《九州春秋》：参军傅干谏曰："治天下之大具有二，文与武也；用武则先威，用文则先德，威德足以相济，而后王道备矣。往者天下大乱，上下失序，明公用武攘之，十平其九。今未承王命者，吴与蜀也，吴有长江之险，蜀有崇山之阻，难以威服，易以德怀。愚以为可且按甲寝兵，息军养士，分土定封，论功行赏，若此则内外之心固，有功者劝，而天下知制矣。然后渐兴学校，以导其善性而长其义节。公神武震于四海，若修文以济之，则普天之下，无思不服矣。今举十万之众，顿之长江之滨，若贼负固深藏，则士马不能逞其能，奇变无所用其权，则大威有屈而敌心未能服矣。唯明公思虞舜舞干戚之义，全威养德，以道制胜。"公不从，军遂无功。

兴设学校，延礼文士。于是侍中王粲、杜袭、卫凯、和洽四人，议欲尊曹操为魏王。中书令荀攸曰："不可。丞相官至魏公，荣加九锡，位已极矣。今又进升王位，于理不可。"曹操闻之，怒曰："此人欲效荀彧耶！"荀攸知之，忧愤成疾，卧病十数日而卒，

> 据《三国志·魏书·荀攸传》：攸从征孙权，道薨。太祖言则流涕。
>
> 据《资治通鉴》卷六十七：魏尚书令荀攸卒。攸深密有智防，自从魏公操攻讨，常谋谟帷幄，时人及子弟莫知其所言。操尝称："荀文若之进善，不进不休；荀公达之去恶，不去不止。"又称："二荀令之论人，久而益信，吾没世不忘。"（参见《三国志·魏书·荀攸传》及注引《傅子》）
>
> 按：《演义》称，荀攸反对曹操进位为魏王，受曹操谴责而忧死，于史无据。

亡年五十八岁。

> 据《三国志·魏书·荀攸传》注引《魏书》：时建安十九年，攸年五十八。

操厚葬之，遂罢魏王事。

一日，曹操带剑入宫，献帝正与伏后共坐。伏后见操来，慌忙起身。帝见曹操，战栗不已。操曰："孙权、刘备各霸一方，不尊朝廷，当如之何？"帝曰："尽在魏公裁处。"操怒曰："陛下出此言，外人闻之，只道吾欺君也。"帝曰："君若肯相辅，则幸甚；不尔，愿垂恩相舍。"操闻言，怒目视帝，恨恨而出。

> 据《资治通鉴》卷六十七：帝自都许以来，守位而已，左右侍卫莫非曹氏之人者。议郎赵彦尝为帝陈言时策，魏公操恶而杀之。操后以事入见殿中，帝不任其惧，因曰："君若能相辅，则厚；不尔，幸垂恩相舍。"操失色，俛仰求出。（参见《后汉书·献帝伏皇后纪》）

左右或奏帝曰："近闻魏公欲自立为王，不久必将篡位。"帝与伏后大哭。后曰："妾父伏完常有杀操之心，妾今当修书一封，密与父图之。"帝曰："昔董承为事不密，反遭大祸；今恐又泄漏，朕与汝皆休矣！"后曰："旦夕如坐针毡，似此为人，不如早亡！妾看宦官中之忠义可托者，莫如穆顺，当令寄此书。"乃即召穆顺入屏后，退去左右近侍。帝后大哭告顺曰："操贼欲为魏王，早晚必行篡夺之事。朕欲令后父伏完密图此贼，而左右之人，俱贼心腹，无可托者。欲汝将皇后密书，寄与伏完。量汝忠义，必不负朕。"顺泣曰："臣感陛下大恩，敢不以死报！臣即请行。"后乃修书付顺。顺藏书于发中，潜出禁宫，径至伏完宅，将书呈上。完见是伏后亲笔，乃谓穆顺曰："操贼心腹甚众，不可遽图。除非江东孙权、西川刘备，二处起兵于外，操必自往。此时却求在朝忠义之臣，一同谋之。内外夹攻，庶可有济。"顺曰："皇丈可作书覆帝后，求密诏，暗遣人往吴、蜀二处，令约会起兵，讨贼救主。"伏完即取纸写书付顺。顺乃藏于头髻内，辞完回宫。

原来早有人报知曹操。操先于宫门等候。穆顺回遇曹操，操问："那里去来？"顺答曰："皇后有病，命求医去。"操曰："召得医人何在？"顺曰："还未召至。"操喝左右，遍搜身上，并无夹带，放行。忽然风吹落其帽。操又唤回，取帽视之，遍观无物，还帽令戴。穆顺双手倒戴其帽。操心疑，令左右搜其头发中，搜出伏完书来。操看时，书中言欲结连孙刘为外应。操大怒，执下穆顺于密室问之，顺不肯招。操连夜点起甲兵三千，围住伏完私宅，老幼并皆拿下；搜出伏后亲笔之书，随将伏氏三族尽皆下狱。平明，使御林将军郗虑持节入宫，先收皇后玺绶。

> 据《资治通鉴》卷六十七：（建安十九年冬）十一月，使御史大夫郗虑持节策收皇后玺绶，以尚书令华歆为副，勒兵入宫，收后。
>
> 按：郗虑非御林将军。据史书，郗虑时为汉御史大夫，其阶位仅次于丞相。

是日，帝在外殿，见郗虑引三百甲兵直入。帝问曰："有何事？"虑曰："奉魏公命收皇后玺。"帝知事泄，心胆皆碎。虑至后宫，伏后方起。虑便唤管玺绶人索取玉玺而出。伏后情知事发，便于殿后椒房内夹壁中藏躲。少顷，尚书令华歆引五百甲兵入到后殿，问宫人："伏后何在？"宫人皆推不知。歆教甲兵打开朱户，寻觅不见；料在壁中，便喝甲士破壁搜寻。歆亲自动手揪后头髻拖出。后曰："望免我一命！"歆叱曰："汝自见魏公诉去！"后披发跣足，二甲士推拥而出。

原来华歆素有才名，向与邴原、管宁相友善。时人称三人为一龙：华歆为龙头，邴原为龙腹，管宁为龙尾。

> 据《三国志·魏书·华歆传》注引《魏略》：歆与北海邴原、管宁俱游学，三人相善，时人号三人为"一龙"，歆为龙头，原为龙腹，宁为龙尾。

一日，宁与歆共种园蔬，锄地见金。宁挥锄不顾；歆拾而视之，然后掷下。又一日，宁与歆同坐观书，闻户外传呼之声，有贵人乘轩而过。宁端坐不动，歆弃书往观。宁自此鄙歆之为人，遂割席分坐，不复与之为友。

> 据《世说新语·德行》：管宁、华歆共园中锄菜，见地有片金，管挥锄与瓦石不异，华捉而掷去之。又尝同席读书，有乘轩冕过门者，宁读如故，歆废书出看。宁割席分坐，曰："子非吾友也！"

> 据《资治通鉴》卷六十：宁少时与华歆为友，尝与歆共锄菜，见地有金，宁挥锄不顾，与瓦石无异，歆捉而掷之，人以是知其优劣。

后来管宁避居辽东，常戴白帽，坐卧一楼，足不履地，终身不肯仕魏；而歆乃先事孙权，后归曹操，至此乃有收捕伏皇后一事。后人有诗叹华歆曰：

华歆当日逞凶谋，破壁生将母后收。助虐一朝添虎翼，骂名千载笑龙头。

又有诗赞管宁曰：

辽东传有管宁楼，人去楼空名独留。笑杀子鱼贪富贵，岂如白帽自风流。

且说华歆将伏后拥至外殿。帝望见后，乃下殿抱后而哭。歆曰："魏公有命，可速行！"后哭谓帝曰："不能复相活耶？"帝曰："我命亦不知在何时也！"甲士拥后而去，帝搥胸大恸。见郗虑在侧，帝曰："郗公！天下宁有是事乎！"哭倒在地。郗虑令左右扶帝入宫。华歆拿伏后见操。操骂曰："吾以诚心待汝等，汝等反欲害我耶！吾不杀汝，汝必杀我！"喝左右乱棒打死。随即入宫，将伏后所生二子，皆酖杀之。当晚将伏完、穆顺等宗族二百余口，皆斩于市。朝野之人，无不惊骇。时建安十九年十一月也。

> 据《资治通鉴》卷六十七：董承女为贵人，操诛承，求贵人杀之。帝以贵人有妊，累为请，不能得。伏皇后由是怀惧，乃与父完书，言曹操残逼之状，令密图之，完不敢发。至是，事乃泄，操大怒，（建安十九年冬）十一月，使御史大夫郗虑持节策收皇后玺绶，以尚书令华歆为副，勒兵入宫，收后。后闭户，藏壁中。歆坏户发壁，就牵后出。时帝在外殿，引虑于坐，后被发，徒跣，行泣，过诀曰："不能复相活邪？"帝曰："我亦不知命在何时！"顾谓虑曰："郗公，天下宁有是邪！"遂将后下暴室，以幽死；所生二皇子，皆酖杀之，兄弟及宗族死者百余人。（参见《后汉书·献帝伏皇后纪》，《三国志·魏书·武帝纪》及注引《曹瞒传》）

> 据《后汉书·献帝伏皇后纪》：献帝伏皇后讳寿，琅邪东武人，……父完，沉深有大度，袭爵不其侯，尚桓帝女阳安公主，为侍中。初平元年，从大驾西迁长安，后时入掖庭为贵人。兴平二年，立为皇后，完迁执金吾。……建安元年，拜完辅国将军，仪比三司。完以政在曹操，自嫌尊戚，乃上印绶，拜中散大夫，寻迁屯骑校尉。十四年卒。

> 按：据史书，建安十九年（214），曹操杀死伏皇后，而伏完已于五年前，即建安十四年（209）病死。《演义》称伏完与伏皇后同时被杀，与史不合。

后人有诗叹曰：

曹瞒凶残世所无，伏完忠义欲何如。可怜帝后分离处，不及民间妇与夫！

献帝自从坏了伏后，连日不食。操入曰："陛下无忧，臣无异心。臣女已与陛下为贵人，大贤大孝，宜居正宫。"献帝安敢不从。于建安二十年正月朔，就庆贺正旦之节，册立曹操女曹贵人为正宫皇后。群下莫敢有言。

> 据《后汉书·献帝纪》：（建安十九年冬）十一月丁卯，曹操杀皇后伏氏，灭其族及二皇子。二十年春正月甲子，立贵人曹氏为皇后。

> 据《后汉书·献穆曹皇后纪》：献穆曹皇后讳节，魏公曹操之中女也。建安十八年，操进三女宪、节、华为夫人，聘以束帛玄纁五万匹，小者待年于国。十九年，并拜为贵

人。及伏皇后被弑，明年，立节为皇后。（参见《三国志·魏书·武帝纪》）

此时曹操威势日甚。会大臣商议收吴灭蜀之事。贾诩曰："须召夏侯惇、曹仁二人回，商议此事。"操即时发使，星夜唤回。夏侯惇未至，曹仁先到，连夜便入府中见操。操方被酒而卧，许褚仗剑立于堂门之内，曹仁欲入，被许褚当住。曹仁大怒曰："吾乃曹氏宗族，汝何敢阻当耶？"许褚曰："将军虽亲，乃外藩镇守之官；许褚虽疏，现充内侍。主公醉卧堂上，不敢放人。"仁乃不敢入。曹操闻之，叹曰："许褚真忠臣也！"

据《三国志·魏书·许褚传》：褚性谨慎奉法，质重少言。曹仁自荆州来朝谒，太祖未出，入与褚相见于殿外。仁呼褚入便坐语，褚曰："王将出。"便还入殿，仁意恨之。或以责褚曰："征南宗室重臣，降意呼君，君何故辞？"褚曰："彼虽亲重，外藩也。褚备内臣，众谈足矣，入室何私乎？"太祖闻，愈爱待之，迁中坚将军。

不数日，夏侯惇亦至，共议征伐。惇曰："吴、蜀急未可攻，宜先取汉中张鲁，以得胜之兵取蜀，可一鼓而下也。"曹操曰："正合吾意。"遂起兵西征。正是：方逞凶谋欺弱主，又驱劲卒扫偏邦。未知后事如何，且看下文分解。

第六十七回　曹操平定汉中地　张辽威震逍遥津

却说曹操兴师西征，分兵三队：前部先锋夏侯渊、张郃，操自领诸将居中，后部曹仁、夏侯惇，押运粮草。早有细作报入汉中来。张鲁与弟张卫商议退敌之策。卫曰："汉中最险无如阳平关；可于关之左右，依山傍林，下十余个寨栅，迎敌曹兵。兄在汉宁，多拨粮草应付。"张鲁依言，遣大将杨昂、杨任，与其弟即日起程。军马到阳平关，下寨已定。夏侯渊、张郃前军随到，闻阳平关已有准备，离关一十五里下寨。是夜，军士疲困，各自歇息。忽寨后一把火起，杨昂、杨任两路兵杀来劫寨。夏侯渊、张郃急上得马，四下里大兵拥入，曹兵大败，退见曹操。操怒曰："汝二人行军许多年，岂不知'兵若远行疲困，可防劫寨'？如何不作准备？"欲斩二人，以明军法。众官告免。

操次日自引兵为前队，见山势险恶，林木丛杂，不知路径，恐有伏兵，即引军回寨，谓许褚、徐晃二将曰："吾若知此处如此险恶，必不起兵来。"许褚曰："兵已至此，主公不可惮劳。"次日，操上马，只带许褚、徐晃二人，来看张卫寨栅。三匹马转过山坡，早望见张卫寨栅。操扬鞭遥指，谓二将曰："如此坚固，急切难下！"言未已，背后一声喊起，箭如雨发。杨昂、杨任分两路杀来。操大惊。许褚大呼曰："吾当敌贼！徐公明善保主公。"说罢，提刀纵马向前，力敌二将。杨昂、杨任不能当许褚之勇，回马退去，其余不敢向前。徐晃保着曹操奔过山坡，前面又一军到；看时，却是夏侯渊、张郃二将，听得喊声，故引军杀来接应。于是杀退杨昂、杨任，救得曹操回寨。操重赏四将。

据《资治通鉴》卷六十七：（建安二十年）秋七月，魏公操至阳平。张鲁欲举汉中降，其弟卫不肯，率众数万人拒关坚守，横山筑城十余里。（参见《三国志·魏书·武帝纪》《后汉书·张鲁传》）

按：据史书，建安二十年（215）七月，曹军进攻阳平关，张鲁军凭险据守，并未出战。《演义》说，张鲁的军队曾两次主动出击，这一情节与史不合。

自此两边相拒五十余日，只不交战。曹操传令退军。贾诩曰："贼势未见强弱，主公何故自退耶？"操曰："吾料贼兵每日提备，急难取胜。吾以退军为名，使贼懈而无备，然后分轻骑抄袭其后，必胜贼矣。"贾诩曰："丞相神机，不可测也。"于是令夏侯渊、张郃分兵两路，各引轻骑三千，取小路抄阳平关后。曹操一面引大军拔寨尽起。杨昂听得曹兵退，请杨任商议，欲乘势击之。杨任曰："操诡计极多，未知真实，不可追赶。"杨昂曰："公不往，吾当自去。"杨任苦谏不从。杨昂尽提五寨军马前进，只留些少军士守寨。是日，大雾迷漫，对面不相见。杨昂军至半路，不能行，且权扎住。

却说夏侯渊一军抄过山后，见重雾垂空，又闻人语马嘶，恐有伏兵，急催人马行动，大雾中误走到杨昂寨前。守寨军士，听得马蹄响，只道是杨昂兵回，开门纳之。曹军一拥而入，见是空寨，便就寨中放起火来。五寨军士，尽皆弃寨而走。比及雾散，杨任领兵来救，与夏侯渊战不数合，背后张郃兵到。杨任杀条大路，奔回南郑。杨昂待要回时，已被夏侯渊、张郃两个占了寨栅。背后曹操大队军马赶来。两下夹攻，四边无路。杨昂欲突阵而出，正撞着张郃。两个交手，被张郃杀死。败兵回投阳平关，来见张卫。原来卫知二将败走，诸营已失，半夜弃关，奔回去了。曹操遂得阳平关并诸寨。

据《三国志·魏书·武帝纪》：（建安二十年）秋七月，公至阳平。张鲁使弟卫与将杨昂等据阳平关，横山筑城十余里，攻之不能拔，乃引军还。贼见大军退，其守备解散。公乃密遣解慉、高祚等乘险夜袭，大破之，斩其将杨任，进攻卫，卫等夜遁，鲁溃奔巴中。

据《资治通鉴》卷六十七：（建安二十年）秋七月，魏公操至阳平。张鲁欲举汉中降，其弟卫不肯，率众数万人拒关坚守，横山筑城十余里。初，操承凉州从事及武都降人之辞，说"张鲁易攻，阳平城下南北山相远，不可守也"，信以为然。及往临履，不如所闻，乃叹曰："他人商度，少如人意。"攻阳平山上诸屯，山峻难登，既不时拔，士卒伤夷者多，军食且尽，操意沮，便欲拔军截山而还，遣大将军夏侯惇、将军许褚呼山上兵还。会前军夜迷惑，误入张卫别营，营中大惊退散。侍中辛毗、主簿刘晔等在兵后，语惇、褚，言"官兵已据得贼要屯，贼已散走"，犹不信之。惇前自见，乃还白操，进兵攻卫，卫等夜遁。

据《资治通鉴考异》：《武帝纪》曰："公至阳平，张鲁使弟卫等据关，攻之不拔，乃引还。贼守备解散，公乃密遣解慉等乘险夜袭，大破之。"《刘晔传》曰："太祖欲还，令晔督后诸军。晔策鲁可克，驰白太祖：'不如致攻。'遂进兵，鲁乃奔走。"郭颁《世语》："鲁遣五官掾降，弟卫拒，王师不得进。鲁走巴中。军粮尽，太祖将还。西曹掾郭谌曰：'鲁已降，留使既未反，卫虽不同，偏携可攻。悬军深入以进必克，退必不免。'太祖疑之。夜有野麋数千，突坏卫营，军大惊，高祚等误与卫众遇，卫以为大军见掩，遂降。"《魏名臣奏》载杨暨表曰："武皇帝征张鲁，以十万之众，身亲临履。张卫之守，盖不足言。地险守易，虽有精兵虎将，势不能施。对兵三日，欲抽军还。天祚大魏，鲁守自坏，因以定之。"又载董昭表。其"承凉州"以下，皆昭表所述，必得实，今从之。

据《三国志·魏书·张鲁传》注引《魏名臣奏》载董昭表："武皇帝承凉州从事及武都降人之辞，说张鲁易攻，阳平城下南北山相远，不可守也，信以为然。及往临履，不如所闻，乃叹曰：'他人商度，少如人意。'攻阳平山上诸屯，既不时拔，士卒伤夷者多。武皇帝意沮，便欲拔军截山而还，遣故大将军夏侯惇、将军许褚呼山上兵还。会前军未还，夜迷惑，误入贼营，贼便退散。侍中辛毗、刘晔等在兵后，语惇、褚，言'官兵已据得贼要屯，贼已散走'。犹不信之。惇前自见，乃还白武皇帝，进兵定之，幸而克获。此近事，吏士所知。"又杨暨表曰："武皇帝始征张鲁，以十万之众，身亲临履，指授方略，因就民麦以为军粮。张卫之守，盖不足言。地险守易，虽有精兵虎将，势不能施。对兵三日，欲抽军还，言'作军三十年，一朝持与人，如何'。此计已定，天祚大魏，鲁守自坏，因以定之。"

据《三国志·魏书·张鲁传》注引《世语》：鲁遣五官掾降，弟卫横山筑阳平城以拒，王师不得进。鲁走巴中。军粮尽，太祖将还。西曹掾东郡郭谌曰："不可。鲁已降，留使既未反，卫虽不同，偏携可攻。悬军深入，以进必克，退必不免。"太祖疑之。夜有野麋数千突坏卫营，军大惊。夜，高祚等误与卫众遇，祚等多鸣鼓角会众。卫惧，以为大军见掩，遂降。

据《后汉书·张鲁传》：鲁自在汉川垂三十年，闻曹操征之，至阳平，欲举汉中降。其弟卫不听，率众数万，拒关固守。操破卫，斩之。

据《三国志·魏书·刘晔传》：太祖征张鲁，转晔为主簿。既至汉中，山峻难登，军食颇乏。太祖曰："此妖妄之国耳，何能为有无？吾军少食，不如速还。"便自引归，令晔督后诸军，使以次出。晔策鲁可克，加粮道不继，虽出，军犹不能皆全，驰白太祖："不如致攻。"遂进兵，多出弩以射其营。鲁奔走，汉中遂平。

按：曹操取得汉中的经过，分别见于《三国志·魏书·武帝纪》《刘晔传》，《三国志·魏书·张鲁传》注引《魏名臣奏》中的董昭奏章，郭颁的《魏晋世语》和《资治通鉴》。各书记载有差异。《演义》采《三国志·魏书·武帝纪》之说，称曹操见攻阳平关不下，于是故意下令撤军，张鲁军见曹操大军已退，守备松懈，曹操乘机进军抄袭，攻占了阳平关。章义和、唐燮军在《细说曹操》一书中认为，《武帝纪》的说法，极有可能是曲笔。据郭颁的《魏晋世语》，曹操取得汉中完全是两个偶然因素所致。一是夜里突然有数千头野麋鹿闯进张卫军营，造成军队惊乱。一是夜里曹将高祚等误与张卫军相遇，高祚就擂鼓吹号集合队伍，张卫误以为曹军主力已经攻入，于是缴械投降。《魏晋世语》的这一记载，与董昭奏章所记颇相吻合。

张卫、杨任回见张鲁。卫言二将失了隘口，因此守关不住。张鲁大怒，欲斩杨任。任曰："某曾谏杨昂，休追操兵。他不肯听信，故有此败。任再乞一军前去挑战，必斩曹操。如不胜，甘当军令。"张鲁取了军令状。杨任上马，引二万军离南郑下寨。

却说曹操提军将进，先令夏侯渊领五千军，往南郑路上哨探，正迎着杨任军马，两军摆开。任遣部将昌奇出马，与渊交锋；战不三合，被渊一刀斩于马下。杨任自挺枪出马，与渊战三十余合，不分胜负。渊佯败而走，任从后追赶；被渊用拖刀计，斩于马下。军士大败而回。曹操知夏侯渊斩了杨任，即时进兵，直抵南郑下寨。张鲁慌聚文武商议。阎圃曰："某保一人，可敌曹操手下诸将。"鲁问是谁。圃曰："南安庞德，前随马超投主公；后马超往西川，庞德卧病不曾行。现今蒙主公恩养，何不令此人去？"

张鲁大喜，即召庞德至，厚加赏劳；点一万军马，令庞德出。离城十余里，与曹兵相对，庞德出马搦战。曹操在渭桥时，深知庞德之勇，乃嘱诸将曰："庞德乃西凉勇将，原属马超；今虽依张鲁，未称其心。吾欲得此人。汝等须皆与缓斗，使其力乏，然后擒之。"张郃先出，战了数合便退。夏侯渊也战数合退了。徐晃又战三五合也退了。临后许褚战五十余合亦退。庞德力战四将，并无惧怯。各将皆于操前夸庞德好武艺。曹操心中大喜，与众将商议："如何得此人投降？"贾诩曰："某知张鲁手下，有一谋士杨松。其人极贪贿赂。今可暗以金帛送之，使潜庞德于张鲁，便可图矣。"操曰："何由得人入南郑？"诩曰："来日交锋，诈败佯输，弃寨而走，使庞德据我寨。我却于贪夜引兵劫寨，庞德必退入城。却选一能言军士，扮作彼军，杂在阵中，便得入城。"操听其计，选一精细军校，重加赏赐，付于金掩心甲一副，令披在贴肉，外穿汉中军士号衣，先于半路上等候。次日，先拨夏侯渊、张郃两枝军，远去埋伏；却教徐晃挑战，不数合败走。庞德招军掩杀，曹兵尽退。庞德却夺了曹操寨栅。见寨中粮草极多，大喜，即时申报张鲁；一面在寨中设宴庆贺。当夜二更之后，忽然三路火起：正中是徐晃、许褚，左张郃，右夏侯渊。三路军马，齐来劫寨。庞德不及提备，只得上马冲杀出来，望城而走。背后三路兵追来。庞德急唤开城门，领兵一拥而入。

此时细作已杂到城中，径投杨松府下谒见，具说："魏公曹丞相久闻盛德，特使某送金甲为信。更有密书呈上。"松大喜，看了密书中言语，谓细作曰："上覆魏公，但请放心。某自有良策奉报。"打发来人先回，便连夜入见张鲁，说庞德受了曹操贿赂，卖此一阵。张鲁大怒，唤庞德责骂，欲斩之。阎圃苦谏。张鲁曰："你来日出战，不胜必斩！"庞德抱恨而退。

次日，曹兵攻城，庞德引兵冲出。操令许褚交战。褚诈败，庞德赶来。操自乘马于山坡上唤曰："庞令明何不早降？"庞德寻思："拿住曹操，抵一千员上将！"遂飞马上坡。一声喊起，天崩地塌，连人和马，跌入陷坑内去；四壁钩索一齐上前，活捉了庞德，押上坡来。曹操下马，叱退军士，亲释其缚，问庞德肯降否。庞德寻思张鲁不仁，情愿拜降。

据《三国志·魏书·庞德传》：太祖破超于渭南，德随超亡入汉阳，保冀城。后复随超奔汉中，从张鲁。太祖定汉中，德随众降。太祖素闻其骁勇，拜立义将军，封关门亭侯，邑三百户。

据《资治通鉴》卷六十七：程银、侯选、庞德皆随鲁降，魏公操复银、选官爵，拜德立义将军。

按：《演义》称，庞德奉张鲁之命保卫南郑并与曹军作战，不见于史。

曹操亲扶上马，共回大寨，故意教城上望见。人报张鲁，德与操并马而行。鲁益信杨松之言为实。

次日，曹操三面竖立云梯，飞炮攻打。张鲁见其势已极，与弟张卫商议。卫曰："放火尽烧仓廪府库，出奔南山，去守巴中可也。"杨松曰："不如开门投降。"张鲁犹豫不定。卫曰："只是烧了便行。"张鲁曰："我向本欲归命国家，而意未得达；今不得已而出奔，仓廪府库，国家之有，不可废也。"遂尽封锁。是夜二更，张鲁引全家老小，开南门杀出。曹操教休追赶；提兵入南郑，见鲁封闭库藏，心甚怜之。遂差人往巴中，劝使投降。张鲁欲降，张卫不肯。杨松以密书报操，便教进兵，松为内应。操得书，亲自引兵往巴中。张鲁使弟卫领兵出敌，与许褚交锋；被褚斩于马下。败军回报张鲁，鲁欲坚守。杨松曰："今若不出，坐而待毙矣。某守城，主公当亲与决一死战。"鲁从之。阎圃谏鲁休出。鲁不听，遂引军出迎。未及交锋，后军已走。张鲁急退，背后曹兵赶来。鲁到城下，杨松闭门不开。张鲁无路可走，操从后追至，大叫："何不早降！"鲁乃下马投拜。操大喜；念其封仓库之心，优礼相待，封鲁为镇南将军。阎圃等皆封列侯。于是汉中皆平。

据《资治通鉴》卷六十七：（建安二十年秋七月，）张鲁闻阳平已陷，欲降，阎圃曰："今以迫往，功必轻；不如依杜濩赴朴胡，与相拒，然后委质，功必多。"乃奔南山入巴中。左右欲悉烧宝货仓库，鲁曰："本欲归命国家，而意未得达。今之走避锐锋，非有恶意。宝货仓库，国家之有。"遂封藏而去。操入南郑，甚嘉之。又以鲁本有善意，遣人慰喻之。……十一月，张鲁将家属出降。魏公操逆拜鲁镇南将军，待以客礼，封阆中侯，邑万户。封五子及阎圃等皆为列侯。程银、侯选、庞德皆随鲁降，魏公操复银、选官爵，拜德立义将军。

据《后汉书·张鲁传》：鲁闻阳平已陷，将稽颡归降。阎圃说曰："今以急往，其功为轻，不如且依巴中，然后委质，功必多也。"于是乃奔南山。左右欲悉焚宝货仓库。鲁曰："本欲归命国家，其意未遂。今日之走，以避锋锐，非有恶意。"遂封藏而去。操入南郑，甚嘉之。又以鲁本有善意，遣人尉安之。鲁即与家属出逆，拜镇南将军，封阆中侯，邑万户，将还中国，待以客礼。封鲁五子及阎圃等皆为列侯。（参见《三国志·魏书·张鲁传》）

据《三国志·魏书·武帝纪》：（建安二十年秋七月，）鲁溃奔巴中，公军入南郑，尽得鲁府库珍宝。巴、汉皆降。……十一月，鲁自巴中将其余众降。封鲁及五子皆为列侯。

据《华阳国志·汉中志》：（建安）二十年，魏武帝西征鲁，鲁走巴中。先主将迎之，而鲁功曹巴西阎圃说鲁北降归魏武："赞以大事，宜附讬；不然，西结刘备以归之。"鲁勃然曰："宁为曹公作奴，不为刘备上客！"遂委质魏武。武帝拜鲁镇南将军，封襄平侯，又封其五子皆列侯。

据《资治通鉴》卷六十七：张鲁之走巴中也，黄权言于刘备曰："若失汉中，则三巴不振，此为割蜀之股臂也。"备乃以权为护军，率诸将迎鲁；鲁已降，权遂击朴胡、杜濩、任约，破之。（参见《三国志·蜀书·黄权传》《先主传》）

> 按：《演义》称张鲁于建安二十年七月从汉中退入巴中，随后就投降了，与史不合。据史书，张鲁到十一月才率部出降。

曹操传令各郡分设太守，置都尉，大赏士卒。惟有杨松卖主求荣，即命斩之于市曹示众。后人有诗叹曰：

> 妨贤卖主逞奇功，积得金银总是空。家未荣华身受戮，令人千载笑杨松！

曹操已得东川，主簿司马懿进曰："刘备以诈力取刘璋，蜀人尚未归心。今主公已得汉中，益州震动。可速进兵攻之，势必瓦解。智者贵于乘时，时不可失也。"曹操叹曰："'人苦不知足，既得陇，复望蜀'耶？"刘晔曰："司马仲达之言是也。若少迟缓，诸葛亮明于治国而为相，关、张等勇冠三军而为将，蜀民既定，据守关隘，不可犯矣。"操曰："士卒远涉劳苦，且宜存恤。"遂按兵不动。

> 据《资治通鉴》卷六十七：丞相主簿司马懿言于操曰："刘备以诈力虏刘璋，蜀人未附，而远争江陵，此机不可失也。今克汉中，益州震动，进兵临之，势必瓦解。圣人不能违时，亦不可失时也。"操曰："'人苦无足，既得陇，复望蜀'邪！"刘晔曰："刘备，人杰也，有度而迟；得蜀日浅，蜀人未恃也。今破汉中，蜀人震恐，其势自倾。以公之神明，因其倾而压之，无不克也。若小缓之，诸葛亮明于治国而为相，关羽、张飞勇冠三军而为将，蜀民既定，据险守要，则不可犯矣。今不取，必为后忧。"操不从。（参见《晋书·宣帝纪》《三国志·魏书·刘晔传》）

却说西川百姓，听知曹操已取东川，料必来取西川，一日之间，数遍惊恐。玄德请军师商议。孔明曰："亮有一计，曹操自退。"玄德问何计。孔明曰："曹操分军屯合淝，惧孙权也。今我若分江夏、长沙、桂阳三郡还吴，遣舌辩之士，陈说利害，令吴起兵袭合淝，牵动其势，操必勒兵南向矣。"玄德问："谁可为使？"伊籍曰："某愿往。"玄德大喜，遂作书具礼，令伊籍先到荆州，知会云长，然后入吴。到秣陵，来见孙权，先通了姓名。权召籍入。籍见权礼毕，权问曰："汝到此何为？"籍曰："昨承诸葛子瑜取长沙等三郡，为军师不在，有失交割，今传书送还。所有荆州南郡、零陵，本欲送还；被曹操袭取东川，使关将军无容身之地。今合淝空虚，望君侯起兵攻之，使曹操撤兵回南。吾主若取了东川，即还荆州全土。"权曰："汝且归馆舍，容吾商议。"伊籍退出，权问计于众谋士。张昭曰："此是刘备恐曹操取西川，故为此谋。虽然如此，可因操在汉中，乘势取合淝，亦是上计。"权从之，发付伊籍回蜀去讫，便议起兵攻操：令鲁肃收取长沙、江夏、桂阳三郡，

> 据《三国志·蜀书·先主传》：（建安）二十年，孙权以先主已得益州，使使报欲得荆州。先主言："须得凉州，当以荆州相与。"权忿之，乃遣吕蒙袭夺长沙、零陵、桂阳三郡。先主引兵五万下公安，令关羽入益阳。是岁，曹公定汉中，张鲁遁走巴西。先主闻之，与权连和，分荆州、江夏、长沙、桂阳东属，南郡、零陵、武陵西属，引军还江州。（参见《资治通鉴》卷六十七，《三国志·吴书·吴主传》《吕蒙传》）

> 据《资治通鉴考异》：《备传》云"曹公定汉中"，《孙权传》云"入汉中"，按操以七月入汉中，备未应即闻之，而八月权已攻合肥，盖闻曹公兵始欲向汉中，即引兵还耳。

> 按：《演义》称，为避免曹操攻益州，诸葛亮向刘备献计，将荆州的江夏、长沙、桂阳三郡还给东吴，派伊籍出使东吴说孙权起兵袭合肥。这一情节不见于史。据史书记载，建安二十年（215），孙权向刘备索取荆州未成，遂派吕蒙以武力夺取了长沙、桂阳和零陵三郡，并亲自进住陆口指挥；刘备也由成都赶到公安与孙权争三郡。后因曹操攻汉中，刘备恐益州有失，遂向孙权求和，以湘水为界中分荆州。

屯兵于陆口，取吕蒙、甘宁回；又去余杭取凌统回。

不一日，吕蒙、甘宁先到。蒙献策曰："现今曹操令庐江太守朱光，屯兵于皖城，大开稻田，纳谷于合淝，以充军实。今可先取皖城，然后攻合淝。"权曰："此计甚合吾意。"遂教吕蒙、甘宁为先锋，蒋钦、潘璋为合后，权自引周泰、陈武、董袭、徐盛为中军。时程普、黄盖、韩当在各处镇守，都未随征。

却说军马渡江，取和州，径到皖城。皖城太守朱光，使人往合淝求救；一面固守城池，坚壁不出。权自到城下看时，城上箭如雨发，射中孙权麾盖。权回寨，问众将曰："如何取得皖城？"董袭曰："可差军士筑起土山攻之。"徐盛曰："可竖云梯，造虹桥，下观城中而攻之。"吕蒙曰："此法皆费日月而成，合淝救军一至，不可图矣。今我军初到，士气方锐，正可乘此锐气，奋力攻击。来日平明进兵，午未时便当破城。"权从之。次日五更饭毕，三军大进。城上矢石齐下。甘宁手执铁链，冒矢石而上。朱光令弓弩手齐射，甘宁拨开箭林，一链打倒朱光。吕蒙亲自擂鼓，士卒皆一拥而上，乱刀砍死朱光，余众多降。得了皖城，方才辰时。张辽引军至半路，哨马回报皖城已失，辽即回兵归合淝。

　　据《资治通鉴》卷六十七：初，魏公操遣庐江太守朱光屯皖，大开稻田。吕蒙言于孙权曰："皖田肥美，若一收孰，彼众必增，宜早除之。"（建安十九年五月）闰月，权亲攻皖城。诸将欲作土山，添攻具，吕蒙曰："治攻具及土山，必历日乃成；城备既修，外救必至，不可图也。且吾乘雨水以入，若留经日，水必向尽，还道艰难，蒙窃危之。今观此城，不能甚固，以三军锐气，四面并攻，不移时可拔；及水以归，全胜之道也。"权从之。蒙荐甘宁为升城督，宁手持练，身缘城，为士卒先；蒙以精锐继之，手执枹鼓，士卒皆腾踊。侵晨进攻，食时破之，获朱光及男女数万口。既而张辽至夹石，闻城已拔，乃退。权拜吕蒙为庐江太守，还屯寻阳。（参见《三国志·吴书·吕蒙传》及注引《吴书》，《三国志·吴书·甘宁传》）

　　据《资治通鉴》卷六十八：（建安二十四年冬十二月，）权遣校尉梁寓入贡，又遣朱光等归。（参见《三国志·吴书·吴主传》）

　　按：据史书记载，朱光于此役被东吴俘获，并未战死；他于数年后被遣返。

孙权入皖城，凌统亦引军到。权慰劳毕，大犒三军，重赏吕蒙、甘宁诸将，设宴庆功。吕蒙逊甘宁上坐，盛称其功劳。酒至半酣，凌统想起甘宁杀父之仇，又见吕蒙夸美之，心中大怒，瞪目直视良久，忽拔左右所佩之剑，立于筵上曰："筵前无乐，看吾舞剑。"甘宁知其意，推开果桌起身，两手取两枝戟挟定，纵步出曰："看我筵前使戟。"吕蒙见二人各无好意，便一手挽牌，一手提刀，立于其中曰："二公虽能，皆不如我巧也。"说罢，舞起刀牌，将二人分于两下。早有人报知孙权。权慌跨马，直至筵前。众见权至，方各放下军器。权曰："吾常言二人休念旧仇，今日又何如此？"凌统哭拜于地，孙权再三劝止。

　　据《三国志·吴书·甘宁传》注引《吴书》：凌统怨宁杀其父操，宁常备统，不与相见。权亦命统不得仇之。尝于吕蒙舍会，酒酣，统乃以刀舞。宁起曰："宁能双戟舞。"蒙曰："宁虽能，未若蒙之巧也。"因操刀持楯，以身分之。后权知统意，因令宁将兵，遂徙屯于半州。

　　据《资治通鉴》卷六十五：凌统怨宁杀其父操，常欲杀宁，权命统不得仇之，令宁将兵屯于它所。

至次日，起兵进取合淝，三军尽发。

张辽为失了皖城，回到合淝，

> 按：孙权攻占皖城事在建安十九年夏，与下文孙权攻合肥之役相隔一年有余。

心中愁闷。忽曹操差薛悌送木匣一个，上有操封，傍书云："贼来乃发。"是日报说孙权自引十万大军，来攻合淝。张辽便开匣观之。内书云："若孙权至，张、李二将军出战，乐将军守城。"

> 据《资治通鉴》卷六十七：（建安二十年秋）八月，孙权率众十万围合肥。时张辽、李典、乐进将七千余人屯合肥。魏公操之征张鲁也，为教与合肥护军薛悌，署函边曰："贼至，乃发。"及权至，发教，教曰："若孙权至者，张、李将军出战，乐将军守，护军勿得与战。"（参见《三国志·魏书·张辽传》）

> 按：据史书，薛悌是合肥的重要官员，《演义》却将他写成送木匣的一个使者。史书中曹操给他的《教》的全文是："若孙权至者，张、李将军出战，乐将军守，护军勿得与战。"薛悌须履行护军职责，所以《教》中要他"勿得与战"。罗贯中在《三国志通俗演义》（嘉靖本）中，将曹操的《教》写成："若孙权至，张、李二将军出战，乐将军守护，勿得与战。"他将史书中"护军勿得与战"的"护"字与前面的文字相连，将"军"字略去，于是曹操对薛悌的具体指示不见了；毛宗岗仅将"守护"改成"守城"，并未恢复薛悌的身份和曹操要他"勿得与战"的指示。

张辽将教帖与李典、乐进观之。乐进曰："将军之意若何？"张辽曰："主公远征在外，吴兵以为破我必矣。今可发兵出迎，奋力与战，折其锋锐，以安众心，然后可守也。"李典素与张辽不睦，闻辽此言，默然不答。乐进见李典不语，便道："贼众我寡，难以迎敌，不如坚守。"张辽曰："公等皆是私意，不顾公事。吾今自出迎敌，决一死战。"便教左右备马。李典慨然而起曰："将军如此，典岂敢以私憾而忘公事乎？愿听指挥。"张辽大喜曰："既曼成肯相助，来日引一军于逍遥津北埋伏：待吴兵杀过来，可先断小师桥，吾与乐文谦击之。"李典领命，自去点军埋伏。

却说孙权令吕蒙、甘宁为前队，自与凌统居中，其余诸将陆续进发，望合淝杀来。吕蒙、甘宁前队兵进，正与乐进相迎。甘宁出马与乐进交锋，战不数合，乐进诈败而走。甘宁招呼吕蒙一齐引军赶去。孙权在第二队，听得前军得胜，催兵行至逍遥津北，忽闻连珠炮响，左边张辽一军杀来，右边李典一军杀来。孙权大惊，急令人唤吕蒙、甘宁回救时，张辽兵已到。凌统手下，止有三百余骑，当不得曹军势如山倒。凌统大呼曰："主公何不速渡小师桥！"言未毕，张辽引二千余骑，当先杀至。凌统翻身死战。孙权纵马上桥，桥南已折丈余，并无一片板。孙权惊得手足无措。牙将谷利大呼曰："主公可约马退后，再放马向前，跳过桥去。"孙权收回马来有三丈余远，然后纵辔加鞭，那马一跳飞过桥南。后人有诗曰：

的卢当日跳檀溪，又见吴侯败合淝。退后着鞭驰骏骑，逍遥津上玉龙飞。

孙权跳过桥南，徐盛、董袭驾舟相迎。凌统、谷利抵住张辽。甘宁、吕蒙引军回救，却被乐进从后追来，李典又截住厮杀，吴兵折了大半。凌统所领三百余人，尽被杀死。统身中数枪，杀到桥边，桥已折断，绕河而逃。孙权在舟中望见，急令董袭棹舟接之，乃得渡回。吕蒙、甘宁皆死命逃过河南。

> 据《资治通鉴》卷六十七：（建安二十年秋）八月，孙权率众十万围合肥。时张辽、李典、乐进将七千余人屯合肥。魏公操之征张鲁也，为教与合肥护军薛悌，署函边曰："贼至，乃发。"及权至，发教，教曰："若孙权至者，张、李将军出战，乐将军守，护军勿得与战。"诸将以众寡不敌，疑之。张辽曰："公远征在外，比救至，彼破我必矣。是以教指及其未合逆击之，折其盛势，以安众心，然后可守也。"进等莫对。辽怒曰："成

败之机,在此一战。诸君若疑,辽将独决之。"李典素与辽不睦,慨然曰:"此国家大事,顾君计何如耳,吾可以私憾而忘公义乎!请从君而出。"于是辽夜募敢从之士,得八百人,椎牛犒飨。明旦,辽被甲持戟,先登陷阵,杀数十人,斩二大将,大呼自名,冲垒入至权麾下。权大惊,不知所为,走登高冢,以长戟自守。辽叱权下战,权不敢动,望见辽所将众少,乃聚围辽数重。辽急击围开,将麾下数十人得出。余众号呼曰:"将军弃我乎?"辽复还突围,拔出余众,权人马皆披靡,无敢当者。自旦战至日中,吴人夺气。乃还修守备,众心遂安。

权守合肥十余日,城不可拔,彻军还。兵皆就路,权与诸将在逍遥津北,张辽觇望知之,即将步骑奄至。甘宁与吕蒙等力战捍敌,凌统率亲近扶权出围,复还与辽战,左右尽死,身亦被创,度权已免,乃还。权乘骏马上津桥,桥面已彻,丈余无板;亲近监谷利在马后,使权持鞍缓控,利于后著鞭以助马势,遂得超度。贺齐率三千人在津南迎权,权由是得免。

权入大船宴饮,贺齐下席涕泣曰:"至尊人主,常当持重,今日之事,几致祸败。群下震怖,若无天地,愿以此为终身之诫!"权自前收其泪曰:"大惭谨已刻心,非但书绅也。"(参见《三国志·魏书·张辽传》《李典传》,《三国志·吴书·吴主传》及注引《江表传》,《三国志·吴书·凌统传》《甘宁传》《吕蒙传》,《三国志·吴书·贺齐传》注引《江表传》)

据《三国志·魏书·张辽传》:权守合肥十余日,城不可拔,乃引退。辽率诸军追击,几复获权。

据《三国志·吴书·凌统传》:时权彻军,前部已发,魏将张辽等奄至津北。权使追还前兵,兵去已远,势不相及,统率亲近三百人陷围,扶捍权出。

据《三国志·吴书·潘璋传》:合肥之役,张辽奄至,诸将不备,陈武斗死,宋谦、徐盛皆披走。璋身次在后,便驰进,横马斩谦、盛兵走者二人,兵皆还战。

据《三国志·吴书·甘宁传》:建安二十年,从攻合肥,会疫疾,军旅皆已引出,唯车下虎士千余人。并吕蒙、蒋钦、凌统及宁,从权逍遥津北。

按:据史书记载,此次合肥之战其实是分两次战斗:张辽奇袭孙权先头部队的首战和孙权围城不下退兵时张辽的追击战。首战,张辽遵照曹操部署趁孙权军队尚未集结完毕即以八百敢死队奇袭孙权大本营,而孙权军当时只有孙权本队及陈武、宋谦、徐盛等人的部队,潘璋是获悉张辽奇袭、孙权军溃散之后才赶到的。由于孙权军尚未集结完毕,张辽奇袭成功达到了"吴人夺气"的效果,随即"还修守备"。追击战则是在孙权围城不下撤军之时,当时孙权和凌统、甘宁、吕蒙、蒋钦等人仅有千余人断后,张辽知晓之后即率军追击,结果在逍遥津北造成孙权的大溃败。《演义》则是把这两次战斗合成一场来进行描写,因此与史书有较大差异:史书中张辽在首战中趁孙权立脚未稳即率八百敢死队成功奇袭了孙权大本营,这场战斗在《演义》中全不见了;乐进本应奉曹操之《教》守城,《演义》却安排他出战诱敌;据史书,逍遥津之战发生在孙权撤军之时,当时吴军大部队已经开拔,孙权仅率少数人马断后,被张辽追击以致溃败,《演义》却写成孙权率第二队人马在进军途中被张辽、李典两军夹击,因前军来不及回援以致大败。

这一阵杀得江南人人害怕;闻张辽大名,小儿也不敢夜啼。

据杭世骏《三国志补注·卷三》引《魏略》:张辽为孙权所围,辽溃围出,复入,权众破走,由是威震江东。儿啼不肯止者,其父母以辽恐之。

第六十七回 曹操平定汉中地 张辽威震逍遥津

众将保护孙权回营。权乃重赏凌统、谷利,收军回濡须,整顿船只,商议水陆并进;一面差人回江南,再起人马来助战。

却说张辽闻孙权在濡须将欲兴兵进取,恐合淝兵少难以抵敌,急令薛悌星夜往汉中,报知曹操,求请救兵。操同众官议曰:"此时可收西川否?"刘晔曰:"今蜀中稍定,已有提备,不可击也。不如撤兵去救合淝之急,就下江南。"操乃留夏侯渊守汉中定军山隘口,留张郃守蒙头岩等隘口。

> 据《资治通鉴》卷六十七:居七日,蜀降者说"蜀中一日数十惊,守将虽斩之而不能安也"。操问晔曰:"今尚可击不?"晔曰:"今已小定,未可击也。"乃还。以夏侯渊为都护将军,督张郃、徐晃等守汉中;以丞相长史杜袭为驸马都尉,留督汉中事。
>
> 据《三国志·魏书·刘晔传》注引《傅子》:居七日,蜀降者说:"蜀中一日数十惊,备虽斩之而不能安也。"太祖延问晔曰:"今尚可击不?"晔曰:"今已小定,未可击也。"
>
> 据《资治通鉴考异》:《刘晔传》云"备虽斩之",按《备传》云"备下公安,闻曹公定汉中,乃还",如此,则备时犹在公安也。

其余军兵拔寨都起,杀奔濡须坞来。正是:铁骑甫能平陇右,旌旄又复指江南。未知胜负如何,且看下文分解。

第六十八回　甘宁百骑劫魏营　左慈掷杯戏曹操

却说孙权在濡须口收拾军马，忽报曹操自汉中领兵四十万前来救合淝。孙权与谋士计议，先拨董袭、徐盛二人领五十只大船，在濡须口埋伏；令陈武带领人马，往来江岸巡哨。张昭曰："今曹操远来，必须先挫其锐气。"权乃问帐下曰："曹操远来，谁敢当先破敌，以挫其锐气？"凌统出曰："某愿往。"权曰："带多少军去？"统曰："三千人足矣。"甘宁曰："只须百骑，便可破敌，何必三千！"凌统大怒。两个就在孙权面前争竞起来。权曰："曹军势大，不可轻敌。"乃命凌统带三千军出濡须口去哨探，遇曹兵，便与交战。凌统领命，引着三千人马，离濡须坞。尘头起处，曹兵早到。先锋张辽与凌统交锋，斗五十合，不分胜败。孙权恐凌统有失，令吕蒙接应回营。

甘宁见凌统回，即告权曰："宁今夜只带一百人马去劫曹营；若折了一人一骑，也不算功。"孙权壮之，乃调拨帐下一百精锐马兵付宁；又以酒五十瓶，羊肉五十斤，赏赐军士。甘宁回到营中，教一百人皆列坐，先将银碗斟酒，自吃两碗，乃语百人曰："今夜奉命劫寨，请诸公各满饮一觞，努力向前。"众人闻言，面面相觑。甘宁见众人有难色，乃拔剑在手，怒叱曰："我为上将，且不惜命；汝等何得迟疑！"众人见甘宁作色，皆起拜曰："愿效死力。"甘宁将酒肉与百人共饮食尽，约至二更时候，取白鹅翎一百根，插于盔上为号；都披甲上马，飞奔曹操寨边，拔开鹿角，大喊一声，杀入寨中，径奔中军来杀曹操。原来中军人马，以车仗伏路穿连，围得铁桶相似，不能得进。甘宁只将百骑，左冲右突。曹兵惊慌，正不知敌兵多少，自相扰乱。那甘宁百骑，在营内纵横驰骤，逢着便杀。各营鼓噪，举火如星，喊声大震。甘宁从寨之南门杀出，无人敢当。孙权令周泰引一枝兵来接应。甘宁将百骑回到濡须。操兵恐有埋伏，不敢追袭。后人有诗赞曰：

　　　　鼙鼓声喧震地来，吴师到处鬼神哀。百翎直贯曹家寨，尽说甘宁虎将才。

甘宁引百骑到寨，不折一人一骑；至营门，令百人皆击鼓吹笛，口称"万岁"，欢声大震。孙权自来迎接。甘宁下马拜伏。权扶起，携宁手曰："将军此去，足使老贼惊骇。非孤相舍，正欲观卿胆耳！"即赐绢千匹，利刀百口。宁拜受讫，遂分赏百人。权语诸将曰："孟德有张辽，孤有甘兴霸，足以相敌也。"

　　　据《三国志·吴书·甘宁传》：后曹公出濡须，宁为前部督，受敕出斫敌前营。权特赐米酒众肴，宁乃料赐手下百余人食。食毕，宁先以银碗酌酒，自饮两碗，乃酌与其都督。都督伏，不肯时持。宁引白削置膝上，呵谓之曰："卿见知于至尊，孰与甘宁？甘宁尚不惜死，卿何以独惜死乎？"都督见宁色厉，即起拜持酒，通酌兵各一银碗。至二更时，衔枚出斫敌。敌惊动，遂退。宁益贵重，增兵二千人。

　　　据《三国志·吴书·甘宁传》注引《江表传》：曹公出濡须，号步骑四十万，临江饮马。权率众七万应之，使宁领三千人为前部督。权密敕宁，使夜入魏军。宁乃选手下健儿百余人，径诣曹公营下，使拔鹿角，逾垒入营，斩得数十级。北军惊骇鼓噪，举火如星，宁已还入营，作鼓吹，称万岁。因夜见权，权喜曰："足以惊骇老子否？聊以观卿胆耳。"即赐绢千匹，刀百口。权曰："孟德有张辽，孤有兴霸，足相敌也。"停住月余，北军便退。

次日，张辽引兵搦战。凌统见甘宁有功，奋然曰："统愿敌张辽。"权许之。统遂领兵五千，离濡须。权自引甘宁临阵观战。对阵圆处，张辽出马，左有李典，右有乐进。凌统纵马提刀，出至阵前。张辽使乐进出迎。两个斗到五十合，未分胜败。曹操闻知，亲自策马到门旗下来看，见二将酣斗，乃令曹休暗放冷箭。曹休便闪在张辽背后，开弓一箭，正中凌统坐下马，那马直立起来，把凌统掀翻在地。乐进连忙持枪来刺。枪还未到，只听得弓弦响处，一箭射中乐进面门，翻身落马。两军齐出，各救一将回营，鸣金罢战。凌统回寨中拜谢孙权。权曰："放箭救你者，甘宁也。"凌统乃顿首拜宁曰："不想公能如此垂恩！"自此与甘宁结为生死之交，再不为恶。

  按：凌统与甘宁结为生死之交，不见于史。

  且说曹操见乐进中箭，令自到帐中调治。次日，分兵五路来袭濡须：操自领中路；左一路张辽，二路李典；右一路徐晃，二路庞德。每路各带一万人马，杀奔江边来。时董袭、徐盛二将，在楼船上见五路军马来到，诸军各有惧色。徐盛曰："食君之禄，忠君之事，何惧哉！"遂引猛士数百人，用小船渡过江边，杀入李典军中去了。董袭在船上，令众军擂鼓呐喊助威。忽然江上猛风大作，白浪掀天，波涛汹涌。军士见大船将覆，争下脚舰逃命。董袭仗剑大喝曰："将受君命，在此防贼，怎敢弃船而去！"立斩下船军士十余人。须臾，风急船覆，董袭竟死于江口水中。

  据《三国志·吴书·董袭传》：曹公出濡须，袭从权赴之，使袭督五楼船住濡须口。夜卒暴风，五楼船倾覆，左右散走舸，乞使袭出。袭怒曰："受将军任，在此备贼，何等委去也！敢复言此者斩。"于是莫敢干。其夜船败，袭死。

徐盛在李典军中，往来冲突。

  却说陈武听得江边厮杀，引一军来，正与庞德相遇，两军混战。孙权在濡须坞中，听得曹兵杀到江边，亲自与周泰引军前来助战。正见徐盛在李典军中搅做一团厮杀，便麾军杀入接应。却被张辽、徐晃两枝军，把孙权困在垓心。曹操上高阜处看见孙权被围，急令许褚纵马持刀杀入军中，把孙权军冲作两段，彼此不能相救。

  却说周泰从军中杀出，到江边，不见了孙权，勒回马，从外又杀入阵中，问本部军："主公何在？"军人以手指兵马厚处，曰："主公被围甚急！"周泰挺身杀入，寻见孙权。泰曰："主公可随泰杀出。"于是泰在前，权在后，奋力冲突。泰到江边，回头又不见孙权，乃复翻身杀入围中，又寻见孙权。权曰："弓弩齐发，不能得出，如何？"泰曰："主公在前，某在后，可以出围。"孙权乃纵马前行。周泰左右遮护，身被数枪，箭透重铠，救得孙权。到江边，吕蒙引一枝水军前来接应下船。权曰："吾亏周泰三番冲杀，得脱重围。但徐盛在垓心，如何得脱？"周泰曰："吾再救去。"遂轮枪复翻身杀入重围之中，救出徐盛。二将各带重伤。吕蒙教军士乱箭射住岸上兵，救二将下船。

  却说陈武与庞德大战，后面又无应兵，被庞德赶到峪口，树林丛密。陈武再欲回身交战，被树株抓往袍袖，不能迎敌，为庞德所杀。

  据《三国志·吴书·陈武传》：建安二十年，从击合肥，奋命战死。权哀之，自临其葬。
  据《三国志·吴书·潘璋传》：合肥之役，张辽奄至，诸将不备，陈武斗死，宋谦、徐盛皆披走。
  按：《演义》称陈武为庞德所杀，与史不合。据史书，陈武是在建安二十年（215）八月合肥之役张辽突袭孙权先头部队时战死的，而庞德归降曹操是在同年十一月。次年十月曹操才南征孙权，其时陈武已战死一年多，他不可能与庞德照面交锋。

曹操见孙权走脱了，自策马驱兵，赶到江边对射。吕蒙箭尽，正慌间，忽对江一宗船到，为首一员大将，乃是孙策女婿陆逊，自引十万兵到；一阵射退曹兵，乘势登岸追杀曹兵，复夺战马数千匹，曹兵伤者，不计其数，大败而回。于乱军中寻见陈武尸首。

孙权知陈武已亡，董袭又沉江而死，哀痛至切，令人入水中寻见董袭尸首，与陈武尸一齐厚葬之。

  据《三国志·吴书·董袭传》：权改服临殡，供给甚厚。

又感周泰救护之功，设宴款之。权亲自把盏，抚其背，泪流满面，曰："卿两番相救，不惜性命，被枪数十，肤如刻画，孤亦何心不待卿以骨肉之恩、委卿以兵马之重乎！卿乃孤之功臣，孤当与卿共荣辱、同休戚也。"言罢，令周泰解衣与众将观之：皮肉肌肤，如同刀剜，盘根遍体。孙权手指其痕，一一问之。周泰具言战斗被伤之状。一处伤，令吃一觥酒。是日，周泰大醉。权以青罗伞赐之，令出入张盖，以为显耀。

  据《资治通鉴》卷六十八：权留平虏将军周泰督濡须；朱然、徐盛等皆在所部，以泰寒门，不服。权会诸将，大为酣乐，命泰解衣，权手自指其创痕，问以所起，泰辄记昔战斗处以对。毕，使复服；权把其臂流涕曰："幼平，卿为孤兄弟，战如熊虎，不惜躯命，被创数十，肤如刻画，孤亦何心不待卿以骨肉之恩，委卿以兵马之重乎！"坐罢，住驾，使泰以兵马道从，鸣鼓角作鼓吹而出。于是盛等乃服。

  据《三国志·吴书·周泰传》注引《江表传》：权把其臂，因流涕交连，字之曰："幼平，卿为孤兄弟战如熊虎，不惜躯命，被创数十，肤如刻画，孤亦何心不待卿以骨肉之恩，委卿以兵马之重乎！卿吴之功臣，孤当与卿同荣辱，等休戚。幼平意快为之，勿以寒门自退也。"即敕以己常所用御帻青缣盖赐之。坐罢，住驾，使泰以兵马导从出，鸣鼓角作鼓吹。

权在濡须，与操相拒月余，不能取胜。张昭、顾雍上言："曹操势大，不可力取；若与久战，大损士卒：不若求和安民为上。"孙权从其言，令步骘往曹营求和，许年纳岁贡。操见江南急未可下，乃从之，令："孙权先撤人马，吾然后班师。"步骘回覆，权只留蒋钦、周泰守濡须口，

  据《资治通鉴》卷六十八：权留平虏将军周泰督濡须。
  据《三国志·吴书·周泰传》：曹公出濡须，泰复赴击，曹公退，留督濡须，拜平虏将军。
  据《三国志·吴书·蒋钦传》：从征合肥，魏将张辽袭权于津北，钦力战有功，迁荡寇将军，领濡须督。

尽发大兵上船回秣陵。

操留曹仁、张辽屯合淝，班师回许昌。文武众官皆议立曹操为魏王。尚书崔琰力言不可。众官曰："汝独不见荀文若乎？"琰大怒曰："时乎，时乎！会当有变，任自为之！"有与琰不和者，告知操。操大怒，收琰下狱问之。琰虎目虬髯，只是大骂曹操欺君奸贼。廷尉白操，操令杖杀崔琰在狱中。

  据《资治通鉴》卷六十七：初，中尉崔琰荐巨鹿杨训于操，操礼辟之。及操进爵，训发表称颂功德。或笑训希世浮伪，谓琰为失所举。琰从训取表草视之，与训书曰："省表，事佳耳。时乎，时乎！会当有变时。"琰本意讥论者好谴呵而不寻情理也，时有与琰宿不平者，白琰"傲世怨谤，意指不逊"，操怒，收琰付狱，髡为徒隶。前白琰者复

白之云："琰为徒，对宾客虬须直视，若有所瞋。"遂赐琰死。（参见《三国志·魏书·崔琰传》及注引《魏略》）

后人有赞曰：

> 清河崔琰，天性坚刚。虬髯虎目，铁石心肠。奸邪辟易，声节显昂。忠于汉主，千古名扬。

建安二十一年夏五月，群臣表奏献帝，颂魏公曹操功德，"极天际地，伊、周莫及，宜进爵为王"。献帝即令钟繇草诏，册立曹操为魏王。

> 据《后汉书·献帝纪》：（建安）二十一年夏四月甲午，曹操自进号魏王。
> 据《三国志·魏书·武帝纪》：（建安二十一年）夏五月，天子进公爵为魏王。
> 据《资治通鉴》卷六十七：（建安二十一年）夏五月，进魏公操爵为王。

曹操假意上书三辞。诏三报不许，操乃拜命，受魏王之爵，冕十二旒，乘金根车，驾六马，用天子车服銮仪，出警入跸。

> 据《资治通鉴》卷六十八：（建安二十二年）夏四月，诏魏王操设天子旌旗，出入称警跸。……冬十月，命魏王操冕十有二旒，乘金根车，驾六马，设五时副车。（参见《三国志·魏书·武帝纪》）

于邺郡盖魏王宫，议立世子。操大妻丁夫人无出。妾刘氏生子曹昂，因征张绣时死于宛城。卞氏所生四子：长曰丕，次曰彰，三曰植，四曰熊。于是黜丁夫人，而立卞氏为魏王后。第三子曹植，字子建，极聪明，举笔成章，操欲立之为后嗣。长子曹丕，恐不得立，乃问计于中大夫贾诩。诩教如此如此。自是但凡操出征，诸子送行，曹植乃称述功德，发言成章；惟曹丕辞父，只是流涕而拜，左右皆感伤。于是操疑植乖巧，诚心不及丕也。丕又使人买嘱近侍，皆言丕之德。操欲立后嗣，踌躇不定，乃问贾诩曰："孤欲立后嗣，当立谁？"贾诩不答，操问其故，诩曰："正有所思，故不能即答耳。"操曰："何所思？"诩对曰："思袁本初、刘景升父子也。"操大笑，遂立长子曹丕为王世子。

> 据《资治通鉴》卷六十八：（建安二十二年冬十月，）魏以五官中郎将丕为太子。初，魏王操娶丁夫人，无子；妾刘氏，生子昂；卞氏生四子：丕、彰、植、熊。王使丁夫人母养昂。昂死于穰，丁夫人哭泣无节，操怒而出之，以卞氏为继室。植性机警，多艺能，才藻敏赡，操爱之。操欲以女妻丁仪，丕以仪目眇，谏止之。仪由是怨丕，与弟黄门侍郎廙及丞相主簿杨修，数称临菑侯植之才，劝操立以为嗣。修，彪之子也。操以函密访于外，尚书崔琰露板答曰："《春秋》之义，立子以长。加五官将仁孝聪明，宜承正统，琰以死守之。"植，琰之兄女婿也。尚书仆射毛玠曰："近者袁绍以嫡庶不分，覆宗灭国。废立大事，非所宜闻。"东曹掾邢颙曰："以庶代宗，先世之戒也，愿殿下深察之。"丕使人问太中大夫贾诩以自固之术。诩曰："愿将军恢崇德度，躬素士之业，朝夕孜孜，不违子道，如此而已。"丕从之，深自砥砺。它日，操屏人问诩，诩嘿然不对。操曰："与卿言，而不答，何也？"诩曰："属有所思，故不即对耳。"操曰："何思？"诩曰："思袁本初、刘景升父子也。"操大笑。操尝出征，丕、植并送路侧，植称述功德，发言有章，左右属目，操亦悦焉。丕怅然自失，济阴吴质耳语曰："王当行，流涕可也。"及辞，丕涕泣而拜，操及左右咸歔欷，于是皆以植多华辞而诚心不及也。植既任性而行，不自雕饰，五官将御之以术，矫情自饰，宫人左右并为之称说，故遂定为太子。（参见《三国志·魏书·武宣卞皇后传》及注引《魏略》，《三国志·魏书·王粲传附吴质传》注引

《世语》,《三国志·魏书·贾诩传》)

冬十月,魏王宫成,差人往各处收取奇花异果,栽植后苑。有使者到吴地,见了孙权,传魏王令旨,再往温州取柑子。时孙权正尊让魏王,便令人于本城选了大柑子四十余担,星夜送往邺郡。至中途,挑担役夫疲困,歇于山脚下,见一先生,眇一目,跛一足,头戴白藤冠,身穿青懒衣,来与脚夫作礼,言曰:"你等挑担劳苦,贫道都替你挑一肩何如?"众人大喜。于是先生每担各挑五里。但是先生挑过的担儿都轻了。众皆惊疑。先生临去,与领柑子官说:"贫道乃魏王乡中故人,姓左,名慈,字元放,道号乌角先生。

据《后汉书·方术传·左慈传》:左慈字元放,庐江人也。少有神道。

如你到邺郡,可说左慈申意。"遂拂袖而去。

取柑人至邺郡见操,呈上柑子。操亲剖之,但只空壳,内并无肉。操大惊,问取柑人。取柑人以左慈之事对。操未肯信,门吏忽报:"有一先生,自称左慈,求见大王。"操召入。取柑人曰:"此正途中所见之人。"操叱之曰:"汝以何妖术,摄吾佳果?"慈笑曰:"岂有此事!"取柑剖之,内皆有肉,其味甚甜。但操自剖者,皆空壳。操愈惊,乃赐左慈坐而问之。慈索酒肉,操令与之,饮酒五斗不醉,肉食全羊不饱。操问曰:"汝有何术,以至于此?"慈曰:"贫道于西川嘉陵峨嵋山中,学道三十年,忽闻石壁中有声,呼我之名,及视不见。如此者数日。忽有天雷震碎石壁,得天书三卷,名曰《遁甲天书》。上卷名《天遁》,中卷名《地遁》,下卷名《人遁》。《天遁》能腾云跨风,飞升太虚;《地遁》能穿山透石;《人遁》能云游四海,藏形变身,飞剑掷刀,取人首级。大王位极人臣,何不退步,跟贫道往峨嵋山中修行?当以三卷天书相授。"操曰:"我亦久思急流勇退,奈朝廷未得其人耳。"慈笑曰:"益州刘玄德乃帝室之胄,何不让此位与之?不然,贫道当飞剑取汝之头也。"操大怒曰:"此正是刘备细作!"喝左右拿下。慈大笑不止。操令十数狱卒,捉下拷之。狱卒着力痛打,看左慈时,却鼾鼾熟睡,全无痛楚。操怒,命取大枷,铁钉钉了,铁锁锁了,送入牢中监收,令人看守。只见枷锁尽落,左慈卧于地上,并无伤损。连监禁七日,不与饮食。及看时,慈端坐于地上,面皮转红。狱卒报知曹操,操取出问之。慈曰:"我数十年不食,亦不妨;日食千羊,亦能尽。"操无可奈何。

是日,诸官皆至王宫大宴。正行酒间,左慈足穿木履,立于筵前。众官惊怪。左慈曰:"大王今日水陆俱备,大宴群臣,四方异物极多,内中欠少何物,贫道愿取之。"操曰:"我要龙肝作羹,汝能取否?"慈曰:"有何难哉!"取墨笔于粉墙上画一条龙,以袍袖一拂,龙腹自开。左慈于龙腹中提出龙肝一副,鲜血尚流。操不信,叱之曰:"汝先藏于袖中耳!"慈曰:"即今天寒,草木枯死;大王要甚好花,随意所欲。"操曰:"吾只要牡丹花。"慈曰:"易耳。"令取大花盆放筵前,以水喂之。顷刻发出牡丹一株,开放双花。众官大惊,邀慈同坐而食。少刻,庖人进鱼脍。慈曰:"脍必松江鲈鱼者方美。"操曰:"千里之隔,安能取之?"慈曰:"此亦何难取!"教把钓竿来,于堂下鱼池中钓之。顷刻钓出数十尾大鲈鱼,放在殿上。操曰:"吾池中原有此鱼。"慈曰:"大王何相欺耶?天下鲈鱼只两腮,惟松江鲈鱼有四腮:此可辨也。"众官视之,果是四腮。慈曰:"烹松江鲈鱼,须紫芽姜方可。"操曰:"汝亦能取之否?"慈曰:"易耳。"令取金盆一个,慈以衣覆之。须臾,得紫芽姜满盆,进上操前。

据《后汉书·方术传·左慈传》:左慈字元放,庐江人也。少有神道。尝在司空曹操坐,操从容顾众宾曰:"今日高会,珍羞略备,所少吴松江鲈鱼耳。"放于下坐应曰:"此可得也。"因求铜盘贮水,以竹竿饵钓于盘中,须臾引一鲈鱼出。操大拊掌笑,会者皆惊。操曰:"一鱼不周坐席,可更得乎?"放乃更饵钩沉之,须臾复引出,皆长三尺余，生鲜可爱。操使目前鲙之，周浃会者。操又谓曰："既已得鱼，恨无蜀中生姜耳。"放曰："亦可得也。"操恐其近即所取，因曰："吾前遣人到蜀买锦，可过敕使者，增市二端。"语顷，即得姜还，并获操使报命。后操使蜀反，验问增锦之状及时日早晚，若符契焉。

操以手取之，忽盆内有书一本，题曰《孟德新书》。操取视之，一字不差。操大疑，慈取桌上玉杯，满斟佳酿进操曰："大王可饮此酒，寿有千年。"操曰："汝可先饮。"慈遂拔冠上玉簪，于杯中一画，将酒分为两半；自饮一半，将一半奉操。操叱之。慈掷杯于空中，化成一白鸠，绕殿而飞。众官仰面视之，左慈不知所往。左右忽报："左慈出宫门去了。"操曰："如此妖人，必当除之！否则必将为害。"遂命许褚引三百铁甲军追擒。褚上马引军赶至城门，望见左慈穿木履在前，慢步而行。褚飞马追之，却只追不上。直赶到一山中，有牧羊小童，赶着一群羊而来，慈走入羊群内。褚取箭射之，慈即不见。褚尽杀群羊而回。牧羊小童守羊而哭，忽见羊头在地上作人言，唤小童曰："汝可将羊头都凑在死羊腔子上。"小童大惊，掩面而走。忽闻有人在后呼曰："不须惊走，还汝活羊。"小童回顾，见左慈已将地上死羊凑活，赶将来了。小童急欲问时，左慈已拂袖而去。其行如飞，倏忽不见。

小童归告主人，主人不敢隐讳，报知曹操。操画影图形，各处捉拿左慈。三日之内，城里城外，所捉眇一目、跛一足、白藤冠、青懒衣、穿木履先生，都一般模样者，有三四百个，哄动街市。

据《后汉书·方术传·左慈传》：后操出近郊，士大夫从者百许人，慈乃为赍酒一升，脯一斤，手自斟酌，百官莫不醉饱。操怪之，使寻其故，行视诸垆，悉亡其酒脯矣。操怀不喜，因坐上收，欲杀之，慈乃却入壁中，霍然不知所在。或见于市者，又捕之，而市人皆变形与慈同，莫知谁是。后人逢慈于阳城山头，因复逐之，遂入走羊群。操知不可得，乃令就羊中告之曰："不复相杀，本试君术耳。"忽有一老羝屈前两膝，人立而言曰："遽如许。"即竞往赴之，而群羊数百皆变为羝，并屈前膝人立，云"遽如许"，遂莫知所取焉。

操令众将，将猪羊血泼之，押送城南教场。曹操亲自引甲兵五百人围住，尽皆斩之。人人颈腔内各起一道青气，到上天聚成一处，化成一个左慈，向空招白鹤一只骑坐，拍手大笑曰："土鼠随金虎，奸雄一旦休！"操令众将以弓箭射之。忽然狂风大作，走石扬沙；所斩之尸，皆跳起来，手提其头，奔上演武厅来打曹操。文官武将，掩面惊倒，各不相顾。正是：奸雄权势能倾国，道士仙机更异人。未知曹操性命如何，且看下文分解。

第六十九回　卜周易管辂知机　讨汉贼五臣死节

却说当日曹操见黑风中群尸皆起，惊倒于地。须臾风定，群尸皆不见。左右扶操回宫，惊而成疾。后人有诗赞左慈曰：

飞步凌云遍九州，独凭遁甲自遨游。等闲施设神仙术，点悟曹瞒不转头。

曹操染病，服药无愈。适太史丞许芝，自许昌来见操。操令芝卜易。芝曰："大王曾闻神卜管辂否？"操曰："颇闻其名，未知其术。汝可详言之。"芝曰："管辂字公明，平原人也。容貌粗丑，好酒疏狂。

据《三国志·魏书·方技传·管辂传》：管辂字公明，平原人也。容貌粗丑，无威仪而嗜酒，饮食言戏，不择非类，故人多爱之而不敬也。

其父曾为琅琊即丘长。辂自幼便喜仰视星辰，夜不肯寐，父母不能禁止。常云：'家鸡野鹄，尚自知时，何况为人在世乎？'与邻儿共戏，辄画地为天文，分布日月星辰。及稍长，即深明《周易》，仰观风角，数学通神，兼善相术。琅琊太守单子春闻其名，召辂相见。时有坐客百余人，皆能言之士。辂谓子春曰：'辂年少胆气未坚，先请美酒三升，饮而后言。'子春奇之，遂与酒三升。饮毕，辂问子春：'今欲与辂为对者，若府君四座之士耶？'子春曰：'吾自与卿旗鼓相当。'于是与辂讲论《易》理。辂亹亹而谈，言言精奥。子春反覆辩难，辂对答如流。从晓至暮，酒食不行。子春及众宾客，无不叹服。于是天下号为神童。

据《三国志·魏书·方技传·管辂传》注引《辂别传》：辂年八九岁，便喜仰视星辰，得人辄问其名，夜不肯寐。父母常禁之，犹不可止。自言："我年虽小，然眼中喜视天文。"常云："家鸡野鹄，犹尚知时，况于人乎？"与邻比儿共戏土壤中，辄画地作天文及日月星辰。每答言说事，语皆不常，宿学者人不能折之，皆知其当有大异之才。及成人，果明《周易》，仰观、风角、占、相之道，无不精微。体性宽大，多所含受；憎己不仇，爱己不褒，每欲以德报怨。常谓："忠孝信义，人之根本，不可不厚；廉介细直，士之浮饰，不足为务也。"自言："知我者稀，则我贵矣，安能断江、汉之流，为激石之清？乐与季主论道，不欲与渔父同舟，此吾志也。"其事父母孝，笃兄弟，顺爱士友，皆仁和发中，终无所阙。臧否之士，晓亦服焉。父为琅邪即丘长，时年十五，来至官舍读书。始读《诗》《论语》及《易本》，便开渊布笔，辞义斐然。于时黉上有远方及国内诸生四百余人，皆服其才。琅邪太守单子春雅有材度，闻辂一黉之俊，欲得见，辂父即遣辂造之。大会宾客百余人，坐上有能言之士，辂问子春："府君名士，加有雄贵之姿，辂既年少，胆未坚刚，若欲相观，惧失精神，请先饮三升清酒，然后言之。"子春大喜，便酌三升清酒，独使饮之。酒尽之后，问子春："今欲与辂为对者，若府君四坐之士邪？"子春曰："吾欲自与卿旗鼓相当。"辂言："始读《诗》《论》《易本》，学问微浅，未能上引圣人之道，陈秦、汉之事，但欲论金木水火土鬼神之情耳。"子春言："此最难者，而卿以为易邪？"于是唱大论之端，遂经于阴阳，文采葩流，枝叶横生，少引圣籍，多发天然。子春及众士互共攻劫，论难锋起，而辂人人答对，言皆有余。至日向暮，酒食不行。子春语众人曰："此年少盛有才器，听其言论，正似司马犬子游猎之赋，何其磊落雄壮，英神以茂，必能明天文地理变化之数，不徒有言也。"于是发声徐州，号之神童。

后有居民郭恩者，兄弟三人，皆得躄疾，请辂卜之。辂曰：'卦中有君家本墓中女鬼，非君伯母即叔母也。昔饥荒之年，谋数升米之利，推之落井，以大石压破其头，孤魂痛苦，自诉于天，故君兄弟有此报。不可禳也。'郭恩等涕泣伏罪。

> 据《三国志·魏书·方技传·管辂传》：父为利漕，利漕民郭恩兄弟三人，皆得躄疾，使辂筮其所由。辂曰："卦中有君本墓，墓中有女鬼，非君伯母，当叔母也。昔饥荒之世，当有利其数升米者，排著井中，啧啧有声，推一大石，下破其头，孤魂冤痛，自诉于天。"于是恩涕泣服罪。

安平太守王基，知辂神卜，延辂至家。适信都令妻常患头风，其子又患心痛，因请辂卜之。辂曰：'此堂之西角有二死尸：一男持矛，一男持弓箭。头在壁内，脚在壁外。持矛者主刺头，故头痛；持弓箭者主刺胸腹，故心痛。'乃掘之。入地八尺，果有二棺。一棺中有矛，一棺中有角弓及箭，木俱已朽烂。辂令徙骸骨去城外十里埋之，妻与子遂无恙。

> 据《三国志·魏书·方技传·管辂传》：辂往见安平太守王基……时信都令家妇女惊恐，更互疾病，使辂筮之。辂曰："君北堂西头，有两死男子，一男持矛，一男持弓箭，头在壁内，脚在壁外。持矛者主刺头，故头重痛不得举也。持弓箭者主射胸腹，故心中县痛不得饮食也。昼则浮游，夜来病人，故使惊恐也。"于是掘徙骸骨，家中皆愈。
>
> 据《三国志·魏书·方技传·管辂传》注引《辂别传》：王基即遣信都令迁掘其室中，入地八尺，果得二棺，一棺中有矛，一棺中有角弓及箭，箭久远，木皆消烂，但有铁及角完耳。及徙骸骨，去城一十里埋之，无复疾病。

馆陶令诸葛原，迁新兴太守，辂往送行。客言辂能覆射。诸葛原不信，暗取燕卵、蜂窠、蜘蛛三物，分置三盒之中，令辂卜之。卦成，各写四句于盒上。其一曰：'含气须变，依乎宇堂；雌雄以形，羽翼舒张：此燕卵也。'其二曰：'家室倒悬，门户众多；藏精育毒，得秋乃化：此蜂窠也。'其三曰：'觳觫长足，吐丝成罗；寻网求食，利在昏夜：此蜘蛛也。'满座惊骇。

> 据《三国志·魏书·方技传·管辂传》：馆陶令诸葛原迁新兴太守，辂往祖饯之，宾客并会。原自起取燕卵、蜂窠、蜘蛛著器中，使射覆。卦成，辂曰："第一物，含气须变，依乎宇堂，雄雌以形，翅翼舒张，此燕卵也。第二物，家室倒县，门户众多，藏精育毒，得秋乃化，此蜂窠也。第三物，觳觫长足，吐丝成罗，寻网求食，利在昏夜，此蜘蛛也。"举坐惊喜。

乡中有老妇失牛，求卜之。辂判曰：'北溪之滨，七人宰烹；急往追寻，皮肉尚存。'老妇果往寻之：七人于茅舍后煮食，皮肉犹存。妇告本郡太守刘邠，捕七人罪之。因问老妇曰：'汝何以知之？'妇告以管辂之神卜。刘邠不信，请辂至府，取印囊及山鸡毛藏于盒中，令卜之。辂卜其一曰：'内方外圆，五色成文；含宝守信，出则有章：此印囊也。'其二曰：'岩岩有鸟，锦体朱衣；羽翼玄黄，鸣不失晨：此山鸡毛也。'刘邠大惊，遂待为上宾。

> 据《三国志·魏书·方技传·管辂传》：平原太守刘邠取印囊及山鸡毛著器中，使筮。辂曰："内方外圆，五色成文，含宝守信，出则有章，此印囊也。高岳岩岩，有鸟朱身，羽翼玄黄，鸣不失晨，此山鸡毛也。"

一日，出郊闲行，见一少年耕于田中，辂立道傍，观之良久，问曰：'少年高姓、贵庚？'

答曰：'姓赵，名颜，年十九岁矣。敢问先生为谁？'辂曰：'吾管辂也。吾见汝眉间有死气，三日内必死。汝貌美，可惜无寿。'赵颜回家，急告其父。父闻之，赶上管辂，哭拜于地曰：'请归救吾子！'辂曰：'此乃天命也，安可禳乎？'父告曰：'老夫止有此子，望乞垂救！'赵颜亦哭求。辂见其父子情切，乃谓赵颜曰：'汝可备净酒一瓶，鹿脯一块，来日赍往南山之中，大树之下，看盘石上有二人弈棋：一人向南坐，穿白袍，其貌甚恶；一人向北坐，穿红袍，其貌甚美。汝可乘其弈兴浓时，将酒及鹿脯跪进之。待其饮食毕，汝乃哭拜求寿，必得益算矣。但切勿言是吾所教。'老人留辂在家。次日，赵颜携酒脯杯盘入南山之中。约行五六里，果有二人于大松树下盘石上着棋，全然不顾。赵颜跪进酒脯。二人贪着棋，不觉饮酒已尽。赵颜哭拜于地而求寿，二人大惊。穿红袍者曰：'此必管子之言也。吾二人既受其私，必须怜之。'穿白袍者乃于身边取出簿籍检看，谓赵颜曰：'汝今年十九岁，当死。吾今于十字上添一九字，汝寿可至九十九。回见管辂，教再休泄漏天机；不然，必致天谴。'穿红者出笔添讫，一阵香风过处，二人化作二白鹤，冲天而去。赵颜归问管辂。辂曰：'穿红者，南斗也；穿白者，北斗也。'颜曰：'吾闻北斗九星，何止一人？'辂曰：'散而为九，合而为一也。北斗注死，南斗注生。今已添注寿算，子复何忧？'父子拜谢。自此管辂恐泄天机，更不轻为人卜。此人现在平原，大王欲知休咎，何不召之？"

操大喜，即差人往平原召辂。辂至，参拜讫，操令卜之。辂答曰："此幻术耳，何必为忧？"操心安，病乃渐可。操令卜天下之事。辂卜曰："三八纵横，黄猪遇虎；定军之南，伤折一股。"又令卜传祚修短之数。辂卜曰："狮子宫中，以安神位；王道鼎新，子孙极贵。"操问其详。辂曰："茫茫天数，不可预知。待后自验。"操欲封辂为太史。辂曰："命薄相穷，不称此职，不敢受也。"操问其故，答曰："辂额无主骨，眼无守睛；鼻无梁柱，脚无天根；背无三甲，腹无三壬：只可泰山治鬼，不能治生人也。"

> 据《三国志·魏书·方技传·管辂传》：正元二年，弟辰谓辂曰："大将军待君意厚，冀当富贵乎？"辂长叹曰："吾自知有分直耳，然天与我才明，不与我年寿，恐四十七八间，不见女嫁儿娶妇也。若得免此，欲作洛阳令，可使路不拾遗，枹鼓不鸣。但恐至太山治鬼，不得治生人，如何！"辰问其故，辂曰："吾额上无生骨，眼中无守精，鼻无梁柱，脚无天根，背无三甲，腹无三壬，此皆不寿之验。又吾本命在寅，加月食夜生。天有常数，不可得讳，但人不知耳。吾前后相当死者过百人，略无错也。"是岁八月，为少府丞。明年二月卒，年四十八。

操曰："汝相吾若何？"辂曰："位极人臣，又何必相？"再三问之，辂但笑而不答。操令辂遍相文武官僚。辂曰："皆治世之臣也。"操问休咎，皆不肯尽言。

> 按：盛巽昌在《三国演义补证本》中指出：管辂与曹操两人其实不在同个时空坐标上。管辂是15岁时才为琅邪太守发现，并被视为徐州神童的，从此他成为占卜作卦的最佳专业户。《演义》称曹操曾向管辂问卜，其实这年（218）他只有十一岁，显然这是《演义》移植。

后人有诗赞曰：
平原神卜管公明，能算南辰北斗星。八卦幽微通鬼窍，六爻玄奥究天庭。
预知相法应无寿，自觉心源极有灵。可惜当年奇异术，后人无复授遗经。

操令卜东吴、西蜀二处。辂设卦云："东吴主亡一大将，西蜀有兵犯界。"操不信。忽合淝报来："东吴陆口守将鲁肃身故。"

> 据《三国志·吴书·鲁肃传》：肃年四十六，建安二十二年卒。权为举哀，又临其

葬。诸葛亮亦为发哀。

操大惊，便差人往汉中探听消息。不数日，飞报刘玄德遣张飞、马超兵屯下辨取关。

> 据《资治通鉴》卷六十八：（刘）备……乃率诸将进兵汉中，遣张飞、马超、吴兰等屯下辨。魏王操遣都护将军曹洪拒之。（参见《三国志·魏书·武帝纪》）

操大怒，便欲自领大兵再入汉中，令管辂卜之。辂曰："大王未可妄动，来春许都必有火灾。"操见辂言累验，故不敢轻动，留居邺郡。使曹洪领兵五万，往助夏侯渊、张郃同守东川；又差夏侯惇兵三万，于许都来往巡警，以备不虞；又教长史王必总督御林军马。

> 据《资治通鉴》卷六十八：魏王操使丞相长史王必典兵督许中事。
> 据《三国志·魏书·武帝纪》注引《三辅决录注》：时关羽强盛，而王在邺，留必典兵督许中事。

主簿司马懿曰："王必嗜酒性宽，恐不堪任此职。"操曰："王必是孤披荆棘历艰难时相随之人，忠而且勤，心如铁石，最足相当。"遂委王必领御林军马屯于许都东华门外。

时有一人，姓耿，名纪，字季行，洛阳人也；旧为丞相府掾，后迁侍中、少府，与司直韦晃甚厚；见曹操进封王爵，出入用天子车服，心甚不平。时建安二十三年春正月，耿纪与韦晃密议曰："操贼奸恶日甚，将来必为篡逆之事。吾等为汉臣，岂可同恶相济？"韦晃曰："吾有心腹人，姓金，名祎，乃汉相金日磾之后，素有讨操之心；更兼与王必甚厚。若得同谋，大事济矣。"耿纪曰："他既与王必交厚，岂肯与我等同谋乎？"韦晃曰："且往说之，看是如何。"于是二人同至金祎宅中。祎接入后堂，坐定。晃曰："德伟

> 按：据史书，金祎字德祎，《演义》误作"德伟"，是形讹。

与王长史甚厚，吾二人特来告求。"祎曰："所求何事？"晃曰："吾闻魏王早晚受禅，将登大宝，公与王长史必高迁。望不相弃，曲赐提携，感德非浅！"祎拂袖而起。适从者奉茶至，便将茶泼于地上。晃佯惊曰："德伟故人，何薄情也？"祎曰："吾与汝交厚，为汝等是汉朝臣宰之后；今不思报本，欲辅造反之人，吾有何面目与汝为友！"耿纪曰："奈天数如此，不得不为耳！"祎大怒。耿纪、韦晃见祎果有忠义之心，乃以实情相告曰："吾等本欲讨贼，来求足下。前言特相试耳。"祎曰："吾累世汉臣，安能从贼！公等欲扶汉室，有何高见？"晃曰："虽有报国之心，未有讨贼之计。"祎曰："吾欲里应外合，杀了王必，夺其兵权，扶助銮舆。更结刘皇叔为外援，操贼可灭矣。"二人闻之，抚掌称善。

祎曰："我有心腹二人，与操贼有杀父之仇，现居城外，可用为羽翼。"耿纪问是何人。祎曰："太医吉平之子：长名吉邈，字文然；次名吉穆，字思然。操昔日为董承衣带诏事，曾杀其父；二子逃窜远乡，得免于难。今已潜归许都，若使相助讨贼，无有不从。"耿纪、韦晃大喜。金祎即使人密唤二吉。须臾，二人至。祎具言其事。二人感愤流泪，怨气冲天，誓杀国贼。金祎曰："正月十五日夜间，城中大张灯火，庆赏元宵。耿少府、韦司直，你二人各领家僮，杀到王必营前，只看营中火起，分两路杀入。杀了王必，径跟我入内，请天子登五凤楼，召百官面谕讨贼。吉文然兄弟于城外杀入，放火为号，各要扬声，叫百姓诛杀国贼，截住城内救军。待天子降诏，招安已定，便进兵杀投邺郡擒曹操，即发使赍诏召刘皇叔。今日约定，至期二更举事，勿似董承自取其祸。"五人对天说誓，歃血为盟，各自归家，整顿军马器械，临期而行。

> 据《三国志·魏书·武帝纪》注引《三辅决录注》：时有京兆金祎字德祎，自以世为汉臣，自日磾讨莽何罗，忠诚显著，名节累叶。睹汉祚将移，谓可季兴，乃喟然发愤，

遂与耿纪、韦晃、吉本、本子邈、邈弟穆等结谋。纪字季行，少有美名，为丞相掾，王甚敬异之，迁侍中，守少府。邈字文然，穆字思然，以祎慷慨有日䃅之风，又与王必善，因以间之，若杀必，欲挟天子以攻魏，南援刘备。(参见《后汉书·耿弇传附曾孙纪传》)

据《资治通鉴》卷六十八：时关羽强盛，京兆金祎睹汉祚将移，乃与少府耿纪、司直韦晃、太医令吉本、本子邈、邈弟穆等谋杀必，挟天子以攻魏，南引关羽为援。(参见《三国志·魏书·武帝纪》)

按：据史书记载，太医令吉本(《演义》误作吉平)及其两子都参加了建安二十三年(218)的耿纪、韦晃反曹集团。《演义》则将吉本移植为参加建安五年(200)董承为首的反曹活动，见本书第二十三回。

且说耿纪、韦晃二人，各有家僮三四百，预备器械。吉邈兄弟，亦聚三百人口，只推围猎，安排已定。金祎先期来见王必，言："方今海宇稍安，魏王威震天下；今值元宵令节，不可不放灯火以示太平气象。"王必然其言，告谕城内居民，尽张灯结彩，庆赏佳节。至正月十五夜，天色晴霁，星月交辉，六街三市，竞放花灯。真个金吾不禁，玉漏无催！王必与御林诸将，在营中饮宴。二更以后，忽闻营中呐喊，人报营后火起。王必慌忙出帐看时，只见火光乱滚；又闻喊杀连天，知是营中有变，急上马出南门，正遇耿纪，一箭射中肩膊，几乎坠马，遂望西门而走。背后有军赶来。王必着忙，弃马步行。至金祎门首，慌叩其门。原来金祎一面使人于营中放火，一面亲领家僮随后助战，只留妇女在家。时家中闻王必叩门之声，只道金祎归来。祎妻从隔门便问曰："王必那厮杀了么？"王必大惊，方悟金祎同谋，径投曹休家，报知金祎、耿纪等同谋反。休急披挂上马，引千余人在城中拒敌。城内四下火起，烧着五凤楼，帝避于深宫。曹氏心腹爪牙，死据宫门。城中但闻人叫："杀尽曹贼，以扶汉室！"

原来夏侯惇奉曹操命，巡警许昌，领三万军，离城五里屯扎。是夜，遥望见城中火起，便领大军前来，围住许都，使一枝军入城接应曹休，直混杀至天明。耿纪、韦晃等无人相助。人报金祎、二吉皆被杀死。耿纪、韦晃夺路杀出城门，正遇夏侯惇大军围住，活捉去了。手下百余人皆被杀。

据《三国志·魏书·武帝纪》注引《三辅决录注》：时关羽强盛，而王在邺，留必典兵督许中事。文然等率杂人及家僮千余人夜烧门攻必，祎遣人为内应，射必中肩。必不知攻者为谁，以素与祎善，走投祎，夜唤德祎，祎家不知是必，谓为文然等，错应曰："王长史已死乎？卿曹事立矣！"必乃更他路奔。一曰：必欲投祎，其帐下督谓必曰："今日事竟知谁门而投入乎？"扶必奔南城。会天明，必犹在，文然等众散，故败。(参见《后汉书·耿弇传附曾孙纪传》)

据《资治通鉴》卷六十八：建安二十三年春正月，吉邈等率其党千余人，夜攻王必，烧其门，射必中肩，帐下督扶必奔南城。会天明，邈等众溃，必与颍川典农中郎将严匡共讨斩之。(参见《三国志·魏书·武帝纪》)

按：据史书记载，建安二十年(215)十一月，张飞在宕渠大破张郃。这场战争结束两年之后，耿纪、韦晃在许都发动政变，迅速失败。《演义》将两事前后倒置，有悖于史。

夏侯惇入城，救灭遗火，尽收五人老小宗族，使人飞报曹操。操传令教将耿韦二人，及五家宗族老小，皆斩于市，并将在朝大小百官，尽行拿解邺郡，听候发落。夏侯惇押耿韦二人至市曹。耿纪厉声大叫曰："曹阿瞒！吾生不能杀汝，死当作厉鬼以击贼！"刽子以刀搠其口，流血满地，大骂不绝而死。韦晃以面频顿地曰："可恨！可恨！"咬牙皆碎而死。

> 据《三国志·魏书·武帝纪》注引《献帝春秋》：收纪、晃等，将斩之，纪呼魏王名曰："恨吾不自生意，竟为群儿所误耳！"晃顿首搏频，以至于死。

后人有诗赞曰：

耿纪精忠韦晃贤，各持空手欲扶天。谁知汉祚相将尽，恨满心胸丧九泉。

夏侯惇尽杀五家老小宗族，将百官解赴邺郡。曹操于教场立红旗于左、白旗于右，下令曰："耿纪、韦晃等造反，放火焚许都，汝等亦有出救火者，亦有闭门不出者。如曾救火者，可立于红旗下；如不曾救火者，可立于白旗下。"众官自思救火者必无罪，于是多奔红旗之下。三停内只有一停立于白旗下。操教尽拿立于红旗下者。众官各言无罪。操曰："汝当时之心，非是救火，实欲助贼耳。"尽命牵出漳河边斩之，死者三百余员。其立于白旗下者，尽皆赏赐，仍令还许都。

> 据《三国志·魏书·武帝纪》注引《山阳公载记》：王闻王必死，盛怒，召汉百官诣邺，令救火者左，不救火者右。众人以为救火者必无罪，皆附左；王以为"不救火者非助乱，救火乃实贼也"。皆杀之。

按：《演义》上面的片断，取材于《山阳公载记》。周兆新先生在《三国演义考评》一书中认为，《山阳公载记》中的这个故事，如果作为史料来看，完全经不住推敲，故《资治通鉴》摒弃不用。故事中所描述的曹操，暴戾恣睢，滥杀官员，与官渡之战时下令尽焚军中暗通袁绍书信的作风截然相反。裴松之早已指出，《山阳公载记》一书"秽杂虚谬"，难以取信于人。

时王必已被箭疮发而死，操命厚葬之。

> 据《三国志·魏书·武帝纪》注引《三辅决录注》：后十余日，必竟以创死。

令曹休总督御林军马，锺繇为相国，

> 据《三国志·魏书·锺繇传》：魏国初建，为大理，迁相国。

华歆为御史大夫。

> 据《三国志·魏书·华歆传》：魏国既建，为御史大夫。

遂定侯爵六等十八级，关中侯爵十七级，皆金印紫绶；又置关内外侯十六级，银印龟纽墨绶；五大夫十五级，铜印环纽墨绶。定爵封官，朝廷又换一班人物。曹操方悟管辂火灾之说，遂重赏辂。辂不受。

却说曹洪领兵到汉中，令张郃、夏侯渊各据险要。曹洪亲自进兵拒敌。时张飞自与雷同守把巴西。马超兵至下辨，令吴兰为先锋，领军哨出，正与曹洪军相遇。吴兰欲退，牙将任夔曰："贼兵初至，若不先挫其锐气，何颜见孟起乎？"于是骤马挺枪搦曹洪战。洪自提刀跃马而出。交锋三合，斩夔于马下，乘势掩杀。吴兰大败，

> 据《三国志·魏书·武帝纪》：曹洪破吴兰，斩其将任夔等。（建安二十三年春）三月，张飞、马超走汉中，阴平氐强端斩吴兰，传其首。
>
> 据《资治通鉴》卷六十八：曹洪将击吴兰，张飞屯固山，声言欲断军后，众议狐疑。骑都尉曹休曰："贼实断道者，当伏兵潜行；今乃先张声势，此其不能，明矣。宜及其

未集，促击兰。兰破，飞自走矣。"洪从之，进，击破兰，斩之。（建安二十三年春）三月，张飞、马超走。休，魏王族子也。（参见《三国志·魏书·曹休传》）

回见马超。超责之曰："汝不得吾令，何故轻敌致败？"吴兰曰："任夔不听吾言，故有此败。"马超曰："可紧守隘口，勿与交锋。"一面申报成都，听候行止。曹洪见马超连日不出，恐有诈谋，引军退回南郑。张郃来见曹洪，问曰："将军既已斩将，如何退兵？"洪曰："吾见马超不出，恐有别谋。且我在邺都，闻神卜管辂有言：当于此地折一员大将。吾疑此言，故不敢轻进。"张郃大笑曰："将军行兵半生，今奈何信卜者之言而惑其心哉！郃虽不才，愿以本部兵取巴西。若得巴西，蜀郡易耳。"洪曰："巴西守将张飞，非比等闲，不可轻敌。"张郃曰："人皆怕张飞，吾视之如小儿耳！此去必擒之！"洪曰："倘有疏失，若何？"郃曰："甘当军令。"洪勒了文状，张郃进兵。正是：自古骄兵多致败，从来轻敌少成功。未知胜负如何，且看下文分解。

第七十回　猛张飞智取瓦口隘　老黄忠计夺天荡山

却说张郃部兵三万，分为三寨，各傍山险：一名宕渠寨，一名蒙头寨，一名荡石寨。当日张郃于三寨中，各分军一半，去取巴西，留一半守寨。早有探马报到巴西，说张郃引兵来了。张飞急唤雷同商议。同曰："阆中地恶山险，可以埋伏。将军引兵出战，我出奇兵相助，郃可擒矣。"张飞拨精兵五千与雷同去讫。飞自引兵一万，离阆中三十里，与张郃兵相遇。两军摆开，张飞出马，单搦张郃。郃挺枪纵马而出。战到二十余合，郃后军忽然喊起：原来望见山背后有蜀兵旗幡，故此扰乱。张郃不敢恋战，拨马回走。张飞从后掩杀，前面雷同又引兵杀出。两下夹攻，郃兵大败。张飞、雷同连夜追袭，直赶到宕渠山。张郃仍旧分兵守住三寨，多置擂木炮石，坚守不战。张飞离宕渠十里下寨，次日引兵搦战。郃在山上大吹大擂饮酒，并不下山。张飞令军士大骂，郃只不出。飞只得还营。次日，雷同又去山下搦战，郃又不出。雷同驱军士上山，山上擂木炮石打将下来。雷同急退。荡石、蒙头两寨兵出，杀败雷同。次日，张飞又去搦战，张郃又不出。飞使军人百般秽骂，郃在山上亦骂。张飞寻思，无计可施。相拒五十余日，飞就在山前扎住大寨，每日饮酒；饮至大醉，坐于山前辱骂。

玄德差人犒军，见张飞终日饮酒，使者回报玄德。玄德大惊，忙来问孔明。孔明笑曰："原来如此！军前恐无好酒；成都佳酿极多，可将五十瓮作三车装，送到军前与张将军饮。"玄德曰："吾弟自来饮酒失事，军师何故反送酒与他？"孔明笑曰："主公与翼德做了许多年兄弟，还不知其为人耶？翼德自来刚强，然前于收川之时，义释严颜，此非勇夫所为也。今与张郃相拒五十余日，酒醉之后，便坐山前辱骂，傍若无人：此非贪杯，乃败张郃之计耳。"玄德曰："虽然如此，未可托大。可使魏延助之。"孔明令魏延解酒赴军前，车上各插黄旗，大书"军前公用美酒"。魏延领命，解酒到寨中，见张飞，传说主公赐酒。飞拜受讫，分付魏延、雷同各引一枝人马，为左右翼；只看军中红旗起，便各进兵；教将酒摆列帐下，令军士大开旗鼓而饮。

有细作报上山来，张郃自来山顶观望，见张飞坐于帐下饮酒，令二小卒于面前相扑为戏。郃曰："张飞欺我太甚！"传令今夜下山劫飞寨，令蒙头、荡石二寨，皆出为左右援。当夜张郃乘着月色微明，引军从山侧而下，径到寨前。遥望张飞大明灯烛，正在帐中饮酒。张郃当先大喊一声，山头擂鼓为助，直杀入中军。但见张飞端坐不动。张郃骤马到面前，一枪刺倒，却是一个草人。急勒马回时，帐后连珠炮起。一将当先，拦住去路，睁圆环眼，声如巨雷：乃张飞也。挺矛跃马，直取张郃。两将在火光中，战到三五十合。张郃只盼两寨来救，谁知两寨救兵，已被魏延、雷同两将杀退，就势夺了二寨。张郃不见救兵至，正没奈何，又见山上火起，已被张飞后军夺了寨栅。张郃三寨俱失，只得奔瓦口关去了。张飞大获胜捷，报入成都。玄德大喜，方知翼德饮酒是计，只要诱张郃下山。

却说张郃退守瓦口关，三万军已折了二万，遣人问曹洪救。洪大怒曰："汝不听吾言，强要进兵，失了紧要隘口，却又来求救！"遂不肯发兵，使人催督张郃出战。郃心慌，只得定计，分两军去关口前山僻埋伏，分付曰："我诈败，张飞必然赶来，汝等就截其归路。"当日张郃引军前进，正遇雷同。战不数合，张郃败走，雷同赶来。两军齐出，截断回路。张郃复回，刺雷同于马下。败军回报张飞，飞自来与张郃挑战。郃又诈败，张飞不赶。郃又回战，不数合，又败走。张飞知是计，收军回寨，与魏延商议曰："张郃用埋伏计，杀了雷同，又要赚吾，何不将计就计？"延问曰："如何？"飞曰："我明日先引一军前往，汝却引精兵于后，待伏兵出，汝可分兵击之。用车十余乘，各藏柴草，塞住小路，放火烧之。吾乘势擒张郃，与雷同报仇。"魏延领计。次日，张飞引兵前进。张郃兵又至，与张飞交锋。战到十合，郃又诈败。张飞引马步军赶来，郃且战且走。引张飞过山峪口，郃将后军为前，复扎住营，与飞又战，指望两彪伏兵出，要围困张飞。不想伏兵却被魏延精兵到，赶入峪口，将车辆截住山路，放火烧车，山谷草木皆着，烟迷其径，兵不得出。张飞只顾引军冲突，张郃大败，死命杀开条路，走上瓦口关，收聚败兵，坚守不出。

张飞和魏延连日攻打关隘不下。飞见不济事，把军退二十里，却和魏延引数十骑，自来两边哨探小路。忽见男女数人，各背小包，于山僻路攀藤附葛而走。飞于马上用鞭指与魏延曰："夺瓦口关，只在这几个百姓身上。"便唤军士分付："休要惊恐他，好生唤那几个百姓来。"军士连忙唤到马前。飞用好言以安其心，问其何来。百姓告曰："某等皆汉中居民，今欲还乡。听知大军厮杀，塞闭阆中官道；今过苍溪，从梓潼山桧钎川入汉中，还家去。"飞曰："这条路取瓦口关远近若何？"百姓曰："从梓潼山小路，却是瓦口关背后。"飞大喜，带百姓入寨中，与了酒食；分付魏延："引兵扣关攻打，我亲自引轻骑出梓潼山攻关后。"便令百姓引路，选轻骑五百，从小路而进。

却说张郃为救军不到，心中正闷。人报魏延在关下攻打。张郃披挂上马，却待下山，忽报："关后四五路火起，不知何处兵来。"郃自领兵来迎。旗开处，早见张飞。郃大惊，急往小路而走。马不堪行。后面张飞追赶甚急，郃弃马上山，寻径而逃，方得走脱，随行只有十余人，步行入南郑，见曹洪。

据《三国志·蜀书·张飞传》：曹公破张鲁，留夏侯渊、张郃守汉川。郃别督诸军下巴西，欲徙其民于汉中，进军宕渠蒙头、荡石，与飞相拒五十余日。飞率精卒万余人，从他道邀郃军交战，山道迮狭，前后不得相救，飞遂破郃。郃弃马缘山，独与麾下十余人从间道退，引军还南郑，巴土获安。

据《资治通鉴》卷六十七：（建安二十年十一月，）魏公操使张郃督诸军徇三巴，欲徙其民于汉中，进军宕渠。刘备使巴西太守张飞与郃相拒，五十余日，飞袭击郃，大破之。郃走还南郑，备亦还成都。

据《三国志·蜀书·先主传》：（建安二十年，）曹公使夏侯渊、张郃屯汉中，数数犯暴巴界。先主令张飞进兵宕渠，与郃等战于瓦口，破郃等，郃收兵还南郑。先主亦还成都。

按：方北辰先生在《三国故事真与假100例》一书中认为，将《演义》与史书对比可知两点：一是作战的地点，是在当时宕渠县下属的蒙头、荡石；而宕渠是一个县的城池，在今四川省渠县的东北，并非一个建在山上的营寨。二是作战的经过，先是双方对峙僵持了五十多天，然后张飞从另外一条路发动奇袭，一战即告成功，并非多次反复。

《演义》将蒙头荡石写成两个地名，将宕渠、蒙头、荡石写成三个营寨，均与史不合。李思孟先生在《三国古战场》（华艺出版社1992年版）一书中指出："蒙头荡石"是一个地名，在宕渠县境内，《中国历史地图集》就是这样标的。《演义》写张郃丢失上述三寨以后，退守瓦口关，好像瓦口关与蒙头荡石不在一处。核诸史书，历史上这场战斗，《三国志·张飞传》中说是在宕渠蒙头荡石，《先主传》中说是在宕渠瓦口，可见瓦口关与蒙头荡石是在一处。

洪见张郃只剩下十余人，大怒曰："吾教汝休去，汝取下文状要去；今日折尽大兵，尚不自死，还来做甚！"喝令左右推出斩之。行军司马郭淮据《三国志·魏书·郭淮传》：郭淮字伯济，太原阳曲人也。……从征汉中。太祖还，留征西将军夏侯渊拒刘备，以淮为渊司马。

谏曰："三军易得，一将难求。张郃虽然有罪，乃魏王所深爱者也，不可便诛。可再与五千兵径取葭萌关，牵动其各处之兵，汉中自安矣。如不成功，二罪俱罚。"曹洪从之，又与兵五千，教张郃取葭萌关。郃领命而去。

却说葭萌关守将孟达、霍峻，知张郃兵来。霍峻只要坚守；孟达定要迎敌，引军下关与张郃交锋，大败而回。霍峻急申文书到成都。玄德闻知，请军师商议。孔明聚众将于堂上，问曰："今葭萌关紧急，必须阆中取翼德，方可退张郃也。"法正曰："今翼德兵屯瓦口，镇守阆中，亦是紧要之地，不可取回。帐中诸将内选一人去破张郃。"孔明笑曰："张郃乃魏之名将，非等闲可及。除非翼德，无人可当。"忽一人厉声而出曰："军师何轻视众人耶！吾虽不才，愿斩张郃首级，献于麾下。"众视之，乃老将黄忠也。孔明曰："汉升虽勇，争奈年老，恐非张郃对手。"忠听了，白发倒竖而言曰："某虽老，两臂尚开三石之弓，浑身还有千斤之力：岂不足敌张郃匹夫耶！"孔明曰："将军年近七十，如何不老？"忠趋步下堂，取架上大刀，轮动如飞；壁上硬弓，连拽折两张。孔明曰："将军要去，谁为副将？"忠曰："老将严颜，可同我去。但有疏虞，先纳下这白头。"玄德大喜，即时令严颜、黄忠去与张郃交战。赵云谏曰："今张郃亲犯葭萌关，军师休为儿戏。若葭萌一失，益州危矣。何故以二老将当此大敌乎？"孔明曰："汝以二人老迈，不能成事，吾料汉中必于此二人手内可得。"赵云等各各哂笑而退。

却说黄忠、严颜到关上，孟达、霍峻见了，心中亦笑孔明欠调度："是这般紧要去处，如何只教两个老的来！"黄忠谓严颜曰："你可见诸人动静？他笑我二人年老，今可建奇功，以服众心。"严颜曰："愿听将军之令。"两个商议定了。黄忠引军下关，与张郃对阵。张郃出马，见了黄忠，笑曰："你许大年纪，犹不识羞，尚欲出战耶！"忠怒曰："竖子欺吾年老！吾手中宝刀却不老！"遂拍马向前与郃决战。二马相交，约战二十余合，忽然背后喊声起：原来是严颜从小路抄在张郃军后。两军夹攻，张郃大败。连夜赶去，张郃兵退八九十里。黄忠、严颜收兵入寨，俱各按兵不动。

曹洪听知张郃输了一阵，又欲见罪。郭淮曰："张郃被迫，必投西蜀；今可遣将助之，就如监临，使不生外心。"曹洪从之，即遣夏侯惇之侄夏侯尚并降将韩玄之弟韩浩，二人引五千兵，前来助战。二将即时起行。到张郃寨中，问及军情，郃言："老将黄忠，甚是英雄，更有严颜相助，不可轻敌。"韩浩曰："我在长沙知此老贼利害。他和魏延献了城池，害吾亲兄，今既相遇，必当报仇！"遂与夏侯尚引新军离寨前进。原来黄忠连日哨探，已知路径。严颜曰："此去有山，名天荡山，山中乃是曹操屯粮积草之地。若取得那个去处，断其粮草，汉中可得也。"忠曰："将军之言，正合吾意。可与吾如此如此。"严颜依计，自领一枝军去了。

却说黄忠听知夏侯尚、韩浩来，遂引军马出营。韩浩在阵前，大骂黄忠："无义老贼！"拍马挺枪，来取黄忠。夏侯尚便出夹攻。黄忠力战二将，各斗十余合，黄忠败走。二将赶二十余里，夺了黄忠寨。忠又草创一营。次日，夏侯尚、韩浩赶来，忠又出阵，战数合，又败走。二将又赶二十余里，夺了黄忠营寨，唤张郃守后寨。郃来前寨谏曰："黄忠连退二日，于中必有诡计。"夏侯尚叱张郃曰："你如此胆怯，可知屡次战败！今再休多言，看吾二人建功！"张郃羞赧而退。次日，二将又战，黄忠又败退二十里；二将迤逦赶上。次日，二将兵出，黄忠望风而走，连败数阵，直退在关上。二将扣关下寨，黄忠坚守不出。孟达暗暗发书，申报玄德，说："黄忠连输数阵，现今退在关上。"玄德慌问孔明。孔明曰："此乃老将骄兵之计也。"赵云等不信。

玄德差刘封来关上接应黄忠。忠与封相见，问刘封曰："小将军来助战何意？"封曰："父亲得知将军数败，故差某来。"忠笑曰："此老夫骄兵之计也。看今夜一阵，可尽复诸营，夺其粮食马匹。此是借寨与彼屯辎重耳。今夜留霍峻守关，孟将军可与我搬粮草夺马匹，小将军看我破敌！"

是夜二更，忠引五千军开关直下。原来夏侯尚、韩浩二将连日见关上不出，尽皆懈怠；被黄忠破寨直入，人不及甲，马不及鞍，二将各自逃命而走，军马自相践踏，死者无数。比及天明，连夺三寨。寨中丢下军器鞍马无数，尽教孟达搬运入关。黄忠催军马随后而进，刘封曰："军士力困，可以暂歇。"忠曰："不入虎穴，焉得虎子？"策马先进。士卒皆努力向前。张郃军兵，反被自家败兵冲动，都屯扎不住，望后而走；尽弃了许多寨栅，直奔至汉水傍。

张郃寻见夏侯尚、韩浩议曰："此天荡山，乃粮草之所；更接米仓山，亦屯粮之地：是汉中军士养命之源。倘若疏失，是无汉中也。当思所以保之。"夏侯尚曰："米仓山有吾叔夏侯渊分兵守护，那里正接定军山，不必忧虑。天荡山有吾兄夏侯德镇守，我等宜往投之，就保此山。"

于是张郃与二将连夜投天荡山来，见夏侯德，具言前事。夏侯德曰："吾此处屯十万兵，你可引去，复取原寨。"郃曰："只宜坚守、不可妄动。"忽听山前金鼓大震，人报黄忠兵到。夏侯德大笑曰："老贼不谙兵法，只恃勇耳！"郃曰："黄忠有谋，非止勇也。"德曰："川兵远涉而来，连日疲困，更兼深入战境，此无谋也！"郃曰："亦不可轻敌，且宜坚守。"韩浩曰："愿借精兵三千击之，当无不克。"德遂分兵与浩下山。

黄忠整兵来迎。刘封谏曰："日已西沉矣，军皆远来劳困，且宜暂息。"忠笑曰："不然。此天赐奇功，不取是逆天也。"言毕，鼓噪大进。韩浩引兵来战。黄忠挥刀直取浩，只一合，斩浩于马下。蜀兵大喊，杀上山来。张郃、夏侯尚急引军来迎。忽听山后大喊，火光冲天而起，上下通红。夏侯德提兵来救火时，正遇老将严颜，手起刀落，斩夏侯德于马下。原来黄忠预先使严颜引军埋伏于山僻去处，只等黄忠军到，却来放火，柴草堆上，一齐点着，烈焰飞腾，照耀山峪。严颜既斩夏侯德，从山后杀来。张郃、夏侯尚前后不能相顾，只得弃天荡山，望定军山投奔夏侯渊去了。

黄忠、严颜守住天荡山，捷音飞报成都。玄德闻之，聚众将庆喜。法正曰："昔曹操降张鲁，定汉中，不因此势以图巴、蜀，乃留夏侯渊、张郃二将屯守，而自引大军北还：此失计也。今张郃新败，天荡失守，主公若乘此时，举大兵亲往征之，汉中可定也。既定汉中，然后练兵积粟，观衅伺隙，进可讨贼，退可自守。此天与之时，不可失也。"玄德、孔明皆深然之。遂传令赵云、张飞为先锋，玄德与孔明亲自引兵十万，择日图汉中；

据《资治通鉴》卷六十八：法正说刘备曰："曹操一举而降张鲁，定汉中，不因此势以图巴、蜀，而留夏侯渊、张郃屯守，身遽北还，此非其智不逮而力不足也，必将内有忧逼故耳。今策渊、郃才略，不胜国之将帅，举众往讨，必可克之。克之之日，广农积谷，观衅伺隙，上可以倾覆寇敌，尊奖王室；中可以蚕食雍、凉，广拓境土；下可以固守要害，为持久之计。此盖天以与我，时不可失也。"备善其策，乃率诸将进兵汉中，遣张飞、马超、吴兰等屯下辨。魏王操遣都护将军曹洪拒之。

据《三国志·蜀书·法正传》：（建安）二十二年，正说先主曰："曹操一举而降张鲁，定汉中，不因此势以图巴、蜀，而留夏侯渊、张郃屯守，身遽北还，此非其智不逮而力不足也，必将内有忧逼故耳。今策渊、郃才略，不胜国之将帅，举众往讨，则必可克。克之之日，广农积谷，观衅伺隙，上可以倾覆寇敌，尊奖王室，中可以蚕食雍、凉，广拓境土，下可以固守要害，为持久之计。此盖天以与我，时不可失也。"先主善其策，乃率诸将进兵汉中，正亦从行。

据《三国志·蜀书·黄权传》：及曹公破张鲁，鲁走入巴中，权进曰："若失汉中，

则三巴不振,此为割蜀之股臂也。"……杀夏侯渊,据汉中,皆权本谋也。(参见《资治通鉴》卷六十七)

据《三国志·蜀书·先主传》:(建安)二十三年,先主率诸将进兵汉中。分遣将军吴兰、雷同等入武都,皆为曹公军所没。先主次于阳平关,与渊、郃等相拒。

按:据史书记载,刘备征汉中,法正随行;诸葛亮留守成都,并未参与此役。

传檄各处,严加提备。

时建安二十三年秋七月吉日。玄德大军出葭萌关下营,召黄忠、严颜到寨,厚赏之。玄德曰:"人皆言将军老矣,惟军师独知将军之能。今果立奇功。但今汉中定军山,乃南郑保障,粮草积聚之所;若得定军山,阳平一路,无足忧矣。将军还敢取定军山否?"黄忠慨然应诺,便要领兵前去。孔明急止之曰:"老将军虽然英勇,然夏侯渊非张郃之比也。渊深通韬略,善晓兵机,曹操倚之为西凉藩蔽:先曾屯兵长安,拒马孟起;今又屯兵汉中。操不托他人,而独托渊者,以渊有将才也。今将军虽胜张郃,未卜能胜夏侯渊。吾欲酌量着一人去荆州,替回关将军来,方可敌之。"忠奋然答曰:"昔廉颇年八十,尚食斗米、肉十斤,诸侯畏其勇,不敢侵犯赵界,何况黄忠未及七十乎?军师言吾老,吾今并不用副将,只将本部兵三千人去,立斩夏侯渊首级,纳于麾下。"孔明再三不容。黄忠只是要去。孔明曰:"既将军要去,吾使一人为监军同去,若何?"正是:请将须行激将法,少年不若老年人。未知其人是谁,且看下文分解。

第七十一回　占对山黄忠逸待劳　据汉水赵云寡胜众

却说孔明分付黄忠："你既要去，吾教法正助你。凡事计议而行。吾随后拨人马来接应。"黄忠应允，和法正领本部兵去了。孔明告玄德曰："此老将不着言语激他，虽去不能成功。他今既去，须拨人马前去接应。"乃唤赵云："将一枝人马，从小路出奇兵接应黄忠：若忠胜，不必出战；倘忠有失，即去救应。"又遣刘封、孟达："领三千兵于山中险要去处，多立旌旗，以壮我兵之声势，令敌人惊疑。"三人各自领兵去了。又差人往下辨，授计与马超，令他如此而行。又差严颜往巴西阆中守隘，替张飞、魏延来同取汉中。

却说张郃与夏侯尚来见夏侯渊，说："天荡山已失，折了夏侯德、韩浩。今闻刘备亲自领兵来取汉中，可速奏魏王，早发精兵猛将，前来策应。"夏侯渊便差人报知曹洪。洪星夜前到许昌，禀知曹操。操大惊，急聚文武，商议发兵救汉中。长史刘晔进曰："汉中若失，中原震动。大王休辞劳苦，必须亲自征讨。"操自悔曰："恨时不用卿言，以致如此！"忙传令旨，起兵四十万亲征。时建安二十三年秋七月也。

　　据《资治通鉴》卷六十八：（建安二十三年）秋七月，魏王操自将击刘备；九月，至长安。（参见《三国志·魏书·武帝纪》）

曹操兵分三路而进：前部先锋夏侯惇，操自领中军，使曹休押后，三军陆续起行。操骑白马金鞍，玉带锦衣；武士手执大红罗销金伞盖，左右金瓜银钺，镫棒戈矛，打日月龙凤旌旗；护驾龙虎官军二万五千，分为五队，每队五千，按青、黄、赤、白、黑五色，旗幡甲马，并依本色：光辉灿烂，极其雄壮。

兵出潼关，操在马上望见一簇林木，极其茂盛，问近侍曰："此何处也？"答曰："此名蓝田。林木之间，乃蔡邕庄也。今邕女蔡琰，与其夫董祀居此。"原来操素与蔡邕相善。先时其女蔡琰，乃卫仲道之妻；后被北方掳去，于北地生二子，作《胡笳十八拍》，流入中原。操深怜之，使人持千金入北方赎之。左贤王惧操之势，送蔡琰还汉。操乃以琰配与董祀为妻。

　　据《后汉书·列女传·董祀妻传》：陈留董祀妻者，同郡蔡邕之女也，名琰，字文姬。博学有才辩，又妙于音律。适河东卫仲道。夫亡无子，归宁于家。兴平中，天下丧乱，文姬为胡骑所获，没于南匈奴左贤王，在胡中十二年，生二子。曹操素与邕善，痛其无嗣，乃遣使者以金璧赎之，而重嫁于祀。

当日到庄前，因想起蔡邕之事，令军马先行，操引近侍百余骑，到庄门下马。时董祀出仕于外，止有蔡琰在家，琰闻操至，忙出迎接。操至堂，琰起居毕，侍立于侧。操偶见壁间悬一碑文图轴，起身观之。问于蔡琰，琰答曰："此乃曹娥之碑也。昔和帝时，上虞有一巫者，名曹旴，能婆娑乐神；五月五日，醉舞舟中，堕江而死。其女年十四岁，绕江啼哭七昼夜，跳入波中；后五日，负父之尸浮于江面；里人葬之江边。上虞令度尚奏闻朝廷，表为孝女。

　　据《后汉书·列女传·曹娥传》：孝女曹娥者，会稽上虞人也。父旴，能弦歌，为巫祝。汉安二年五月五日，于县江溯涛婆娑迎神，溺死，不得尸骸。娥年十四，乃沿江号哭，昼夜不绝声，旬有七日，遂投江而死。至元嘉元年，县长度尚改葬娥于江南道傍，为立碑焉。

度尚令邯郸淳作文镌碑以记其事。时邯郸淳年方十三岁,文不加点,一挥而就,立石墓侧,时人奇之。妾父蔡邕闻而往观,时日已暮,乃于暗中以手摸碑文而读之,索笔大书八字于其背。后人镌石,并镌此八字。"操读八字云:"黄绢幼妇,外孙齑臼。"操问琰曰:"汝解此意否?"琰曰:"虽先人遗笔,妾实不解其意。"操回顾众谋士曰:"汝等解否?"众皆不能答。于内一人出曰:"某已解其意。"操视之,乃主簿杨修也。操曰:"卿且勿言,容吾思之。"遂辞了蔡琰,引众出庄。上马行三里,忽省悟,笑谓修曰:"卿试言之。"修曰:"此隐语耳。'黄绢'乃颜色之丝也:色傍加丝,是'绝'字。'幼妇'者,少女也:女傍少字,是'妙'字。外孙乃女之子也:女傍子字,是'好'字。齑臼乃受五辛之器也:受傍辛字,是'辤'字。总而言之,是'绝妙好辤'四字。"操大惊曰:"正合孤意!"众皆叹羡杨修才识之敏。

  据《世说新语·捷悟》:魏武尝过曹娥碑下,杨修从。碑背上见题作"黄绢幼妇,外孙齑臼"八字,魏武谓修曰:"解不?"答曰:"解。"魏武曰:"卿未可言,待我思之。"行三十里,魏武乃曰:"吾已得。"令修别记所知。修曰:"黄绢,色丝也,于字为'绝';幼妇,少女也,于字为'妙';外孙,女子也,于字为'好';齑臼,受辛也,于字为'辤';所谓'绝妙好辤'也。"魏武亦记之,与修同,乃叹曰:"我才不及卿,乃觉三十里。"

  按:周兆新先生在《三国演义考评》一书中指出,《世说新语》中的这个故事乃是传说,因为曹娥碑坐落在会稽(今浙江绍兴),曹操从来没到过会稽。《演义》将这一故事略加改动,说曹操在蓝田县蔡琰家中看到曹娥碑的拓片,上有蔡邕所题的"黄绢幼妇,外孙齑臼"八个字。这样,《演义》就弥补了《世说新语》的破绽。

  不一日,军至南郑。曹洪接着,备言张郃之事。操曰:"非郃之罪,胜负乃兵家常事耳。"洪曰:"目今刘备使黄忠攻打定军山,夏侯渊知大王兵至,固守未曾出战。"操曰:"若不出战,是示懦也。"便差人持节到定军山,教夏侯渊进兵。刘晔谏曰:"渊性太刚,恐中奸计。"操乃作手书与之。使命持节到渊营,渊接入。使者出书,渊拆视之。略曰:

  凡为将者,当以刚柔相济,不可徒恃其勇。若但任勇,则是一夫之敌耳。吾今屯大军于南郑,欲观卿之"妙才",勿辱二字可也。

  据《资治通鉴》卷六十八:初,夏侯渊战虽数胜,魏王操常戒之曰:"为将当有怯弱时,不可但恃勇也。将当以勇为本,行之以智计;但知任勇,一匹夫敌耳。"(参见《三国志·魏书·夏侯渊传》)

夏侯渊览毕大喜。打发使命回讫,乃与张郃商议曰:"今魏王率大兵屯于南郑,以讨刘备。吾与汝久守此地,岂能建立功业?来日吾出战,务要生擒黄忠。"张郃曰:"黄忠谋勇兼备,况有法正相助,不可轻敌。此间山路险峻,只宜坚守。"渊曰:"若他人建了功劳,吾与汝有何面目见魏王耶?汝只守山,吾去出战。"遂下令曰:"谁敢出哨诱敌?"夏侯尚曰:"吾愿往。"渊曰:"汝去出哨,与黄忠交战,只宜输,不宜赢。吾有妙计,如此如此。"尚受令,引三千军离定军山大寨前行。

  却说黄忠与法正引兵屯于定军山口,累次挑战,夏侯渊坚守不出;欲要进攻,又恐山路危险,难以料敌,只得据守。是日,忽报山上曹兵下来搦战。黄忠恰待引军出迎,牙将陈式曰:"将军休动,某愿当之。"忠大喜,遂令陈式引军一千,出山口列阵。夏侯尚兵至,遂与交锋。不数合,尚诈败而走。式赶去,行到半路,被两山上擂木炮石,打将下来,不能前进。正欲回时,背后夏侯渊引兵突出,陈式不能抵当,被夏侯渊生擒回寨,部卒多降。有败军逃得性命,回报黄忠,说陈式被擒。忠慌与法正商议,正曰:"渊为人轻躁,恃勇少谋。可激劝士卒,拔寨前进,步步为营,诱渊来战而擒之:此乃'反客为主'之法。"忠用其谋,将应有之物，尽赏三军，欢声满谷，愿效死战。黄忠即日拔寨而进，步步为营；每营住数日，又进。渊闻之，欲出战。张郃曰："此乃'反客为主'之计，不可出战，战则有失。"渊不从，令夏侯尚引数千兵出战，直到黄忠寨前。忠上马提刀出迎，与夏侯尚交马，只一合，生擒夏侯尚归寨。余皆败走，回报夏侯渊。渊急使人到黄忠寨，言愿将陈式来换夏侯尚。忠约定来日阵前相换。次日，两军皆到山谷阔处，布成阵势。黄忠、夏侯渊各立马于本阵门旗之下。黄忠带着夏侯尚，夏侯渊带着陈式，各不与袍铠，只穿蔽体薄衣。一声鼓响，陈式、夏侯尚各望本阵奔回。夏侯尚比及到阵门时，被黄忠一箭，射中后心。尚带箭而回。渊大怒，骤马径取黄忠。忠正要激渊厮杀。两将交马，战到二十余合，曹营内忽然鸣金收兵。渊慌拨马而回，被忠乘势杀了一阵。渊回阵问押阵官："为何鸣金？"答曰："某见山凹中有蜀兵旗幡数处，恐是伏兵，故急招将军回。"渊信其说，遂坚守不出。

黄忠逼到定军山下，与法正商议。正以手指曰："定军山西，巍然有一座高山，四下皆是险道。此山上足可下视定军山之虚实。将军若取得此山，定军山只在掌中也。"忠仰见山头稍平，山上有些少人马。是夜二更，忠引军士鸣金击鼓，直杀上山顶。此山有夏侯渊部将杜袭

> 据《三国志·魏书·杜袭传》：杜袭字子绪，颍川定陵人也。……太祖以为丞相军祭酒。魏国既建，为侍中，……后袭领丞相长史，随太祖到汉中讨张鲁。太祖还，拜袭驸马都尉，留督汉中军事。

守把，止有数百余人。当时见黄忠大队拥上，只得弃山而走。忠得了山顶，正与定军山相对。法正曰："将军可守在半山，某居山顶。待夏侯渊兵至，吾举白旗为号，将军却按兵勿动；待他倦怠无备，吾却举起红旗，将军便下山击之：以逸待劳，必当取胜。"忠大喜，从其计。

却说杜袭引军逃回，见夏侯渊，说黄忠夺了对山。渊大怒曰："黄忠占了对山，不容我不出战。"张郃谏曰："此乃法正之谋也。将军不可出战，只宜坚守。"渊曰："占了吾对山，观吾虚实，如何不出战？"郃苦谏不听。渊分兵围住对山，大骂挑战。法正在山上举起白旗；任从夏侯渊百般辱骂，黄忠只不出战。午时以后，法正见曹兵倦怠，锐气已堕，多下马坐息，乃将红旗招展，鼓角齐鸣，喊声大震，黄忠一马当先，驰下山来，犹如天崩地塌之势。夏侯渊措手不及，被黄忠赶到麾盖之下，大喝一声，犹如雷吼。渊未及相迎，黄忠宝刀已落，连头带肩，砍为两段。

> 据《资治通鉴》卷六十八：渊与刘备相拒逾年，备自阳平南渡沔水，缘山稍前，营于定军山。渊引兵争之。法正曰："可击矣。"备使讨虏将军黄忠乘高鼓噪攻之，渊军大败，斩渊及益州刺史赵颙。张郃引兵还阳平。

> 据《三国志·蜀书·先主传》：（建安）二十四年春，自阳平南渡沔水，缘山稍前，于定军山势作营。渊将兵来争其地。先主命黄忠乘高鼓噪攻之，大破渊军，斩渊及曹公所署益州刺史赵颙等。

> 据《三国志·蜀书·法正传》：（建安）二十四年，先主自阳平南渡沔水，缘山稍前，于定军、兴势作营。渊将兵来争其地。正曰："可击矣。"先主命黄忠乘高鼓噪攻之，大破渊军，渊等授首。

> 据《三国志·蜀书·黄忠传》：建安二十四年，于汉中定军山击夏侯渊。渊众甚精，忠推锋必进，劝率士卒，金鼓振天，欢声动谷，一战斩渊，渊军大败。

> 据《三国志·魏书·夏侯渊传》：（建安）二十四年正月，备夜烧围鹿角。渊使张郃护东围，自将轻兵护南围。备挑郃战，郃军不利。渊分所将兵半助郃，为备所袭，渊遂战死。

> 据《三国志·魏书·张郃传》：备于走马谷烧都围，渊救火，从他道与备相遇，交战，短兵接刃。渊遂没，郃还阳平。

第七十一回　占对山黄忠逸待劳　据汉水赵云寡胜众　451

据《太平御览》三百三十七：夏侯渊今月贼烧却鹿角。鹿角去本营十五里，渊将四百兵行鹿角，因使士补之。贼山上望见，从谷中卒出，渊使兵与斗，贼遂绕出其后，兵退而渊未至，甚可伤。渊本非能用兵也，军中呼为"白地将军"，为督帅尚不当亲战，况补鹿角乎？

据《资治通鉴》卷七十五：初，右将军夏侯霸为曹爽所厚，以其父渊死于蜀，常切齿有报仇之志，为讨蜀护军，屯于陇西，统属征西。征西将军夏侯玄，霸之从子，爽之外弟也。爽既诛，司马懿召玄诣京师，以雍州刺史郭淮代之。霸素与淮不叶，以为祸必相及，大惧，遂奔汉。汉主谓曰："卿父自遇害于行间耳，非我先人之手刃也。"遇之甚厚。

据《三国志·魏书·夏侯渊传》注引《魏略》：霸字仲权。渊为蜀所害，故霸常切齿，欲有报蜀意。黄初中为偏将军。……后为右将军，屯陇西……至正始中，代夏侯儒为征蜀护军，统属征西。时征西将军夏侯玄，于霸为从子，而玄于曹爽为外弟。及司马宣王诛曹爽，遂召玄，玄来东。霸闻曹爽被诛而玄又征，以为祸必转相及，心既内恐；又霸先与雍州刺史郭淮不和，而淮代玄为征西，霸尤不安，故遂奔蜀。南趋阴平而失道，入穷谷中，粮尽，杀马步行，足破，卧岩石下，使人求道，未知何之。蜀闻之，乃使人迎霸。初，建安五年，时霸从妹年十三四，在本郡，出行樵采，为张飞所得。飞知其良家女，遂以为妻，产息女，为刘禅皇后。故渊之初亡，飞妻请而葬之。及霸入蜀，禅与相见，释之曰："卿父自遇害于行间耳，非我先人之手刃也。"指其儿子以示之曰："此夏侯氏之甥也。"厚加爵宠。

按：夏侯渊战死，史书未明确说是黄忠手刃，当是死于乱军之中。其战斗经过，《三国志·蜀书》与《三国志·魏书》所记不同。《演义》采用《蜀书》的记载，并写成是黄忠亲手斩杀夏侯渊。

后人有诗赞黄忠曰：

苍头临大敌，皓首逞神威。力趁雕弓发，风迎雪刃挥。

雄声如虎吼，骏马似龙飞。献馘功勋重，开疆展帝畿。

黄忠斩了夏侯渊，曹兵大溃，各自逃生。黄忠乘势去夺定军山，张郃领兵来迎。忠与陈式两下夹攻，混杀一阵，张郃败走。忽然山傍闪出一彪人马，当住去路；为首一员大将，大叫："常山赵子龙在此！"张郃大惊，引败军夺路望定军山而走。只见前面一枝兵来迎，乃杜袭也。袭曰："今定军山已被刘封、孟达夺了。"郃大惊，遂与杜袭引败兵到汉水扎营；一面令人飞报曹操。

据《资治通鉴》卷六十八：是时新失元帅，军中扰扰，不知所为。督军杜袭与渊司马太原郭淮收敛散卒，号令诸军曰："张将军国家名将，刘备所惮。今日事急，非张将军不能安也。"遂权宜推郃为军主。郃出，勒兵按陈，诸将皆受郃节度，众心乃定。明日，备欲渡汉水来攻；诸将以众寡不敌，欲依水为陈以拒之。郭淮曰："此示弱而不足挫敌，非算也。不如远水为陈，引而致之，半济而后击之，备可破也。"既陈，备疑，不渡。淮遂坚守，示无还心。以状闻于魏王操，操善之，遣使假郃节，复以淮为司马。（参见《三国志·魏书·张郃传》《杜袭传》《郭淮传》）

操闻渊死，放声大哭，方悟管辂所言："三八纵横"，乃建安二十四年也，"黄猪遇虎"，乃岁在己亥正月也；"定军之南"，乃定军山之南也；"伤折一股"，乃渊与操有兄弟之亲情也。操令人寻管辂时，不知何处去了。操深恨黄忠，遂亲统大军，来定军山与夏侯渊报仇，令徐晃作先锋。行到汉水，张郃、杜袭接着曹操。二将曰："今定军山已失，可将米仓山粮草移于北山寨中屯积，然后进兵。"曹操依允。

却说黄忠斩了夏侯渊首级,来葭萌关上见玄德献功。玄德大喜,加忠为征西大将军,设宴庆贺。忽牙将张著来报说:"曹操自领大军二十万,来与夏侯渊报仇。目今张郃在米仓山搬运粮草,移于汉水北山脚下。"孔明曰:"今操引大兵至此,恐粮草不敷,故勒兵不进;若得一人深入其境,烧其粮草,夺其辎重,则操之锐气挫矣。"黄忠曰:"老夫愿当此任。"孔明曰:"操非夏侯渊之比,不可轻敌。"玄德曰:"夏侯渊虽是总帅,乃一勇夫耳,安及张郃?若斩得张郃,胜斩夏侯渊十倍也。"

    据《三国志·魏书·张郃传》注引《魏略》:渊虽为都督,刘备惮郃而易渊。及杀渊,备曰:"当得其魁,用此何为邪!"

忠奋然曰:"吾愿往斩之。"孔明曰:"你可与赵子龙同领一枝兵去;凡事计议而行,看谁立功。"忠应允便行。孔明就令张著为副将同去。云谓忠曰:"今操引二十万众,分屯十营,将军在主公前要去夺粮,非小可之事。将军当用何策?"忠曰:"看我先去,如何?"云曰:"等我先去。"忠曰:"我是主将,你是副将,如何先争?"云曰:"我与你都一般为主公出力,何必计较?我二人拈阄,拈着的先去。"忠依允。当时黄忠拈着先去。云曰:"既将军先去,某当相助。可约定时刻。如将军依时而还,某按兵不动;若将军过时而不还,某即引军来接应。"忠曰:"公言是也。"于是二人约定午时为期。云回本寨,谓部将张翼曰:"黄汉升约定明日去夺粮草,若午时不回,我当往助。吾营前临汉水,地势危险;我若去时,汝可谨守寨栅,不可轻动。"张翼应诺。

  却说黄忠回到寨中,谓副将张著曰:"我斩了夏侯渊,张郃丧胆;吾明日领命去劫粮草,只留五百军守营。你可助吾。今夜三更,尽皆饱食;四更离营,杀到北山脚下,先捉张郃,后劫粮草。"张著依令。当夜黄忠领人马在前,张著在后,偷过汉水,直到北山之下。东方日出,见粮积如山。有些少军士看守,见蜀兵到,尽弃而走。黄忠教马军一齐下马,取柴堆于米粮之上。正欲放火,张郃兵到,与忠混战一处。曹操闻知,急令徐晃接应。晃领兵前进,将黄忠困于垓心。张著引三百军走脱,正要回寨,忽一枝兵撞出,拦住去路;为首大将,乃是文聘;后面曹兵又至,把张著围住。

  却说赵云在营中,看看等到午时,不见忠回,急忙披挂上马,引三千军向前接应;临行,谓张翼曰:"汝可坚守营寨。两壁厢多设弓弩,以为准备。"翼连声应诺。云挺枪骤马直杀往前去。迎头一将拦路,乃文聘部将慕容烈也,拍马舞刀来迎赵云;被云手起一枪刺死。曹兵败走。云直杀入重围,又一枝兵截住;为首乃魏将焦炳。云喝问曰:"蜀兵何在?"炳曰:"已杀尽矣!"云大怒,骤马一枪,又刺死焦炳。杀散余兵,直至北山之下,见张郃、徐晃两人围住黄忠,军士被困多时。云大喝一声,挺枪骤马,杀入重围,左冲右突,如入无人之境。那枪浑身上下,若舞梨花;遍体纷纷,如飘瑞雪。张郃、徐晃心惊胆战,不敢迎敌。云救出黄忠,且战且走;所到之处,无人敢阻。操于高处望见,惊问众将曰:"此将何人也?"有识者告曰:"此乃常山赵子龙也。"操曰:"昔日当阳长坂英雄尚在!"急传令曰:"所到之处,不许轻敌。"赵云救了黄忠,杀透重围,有军士指曰:"东南上围的,必是副将张著。"云不回本寨,遂望东南杀来。所到之处,但见"常山赵云"四字旗号,曾在当阳长坂知其勇者,互相传说,尽皆逃窜。云又救了张著。

  曹操见云东冲西突,所向无前,莫敢迎敌,救了黄忠,又救了张著,奋然大怒,自领左右将士来赶赵云。云已杀回本寨。部将张翼接着,望见后面尘起,知是曹兵追来,即谓云曰:"追兵渐近,可令军士闭上寨门,上敌楼防护。"云喝曰:"休闭寨门!汝岂不知吾昔在当阳长坂时,单枪匹马,觑曹兵八十三万如草芥!今有军有将,又何惧哉!"遂拨弓弩手于寨外壕中埋伏;将营内旗枪,尽皆倒偃,金鼓不鸣。云匹马单枪,立于营门之外。

第七十一回　占对山黄忠逸待劳　据汉水赵云寡胜众　453

却说张郃、徐晃领兵追至蜀寨，天色已暮；见寨中偃旗息鼓，又见赵云匹马单枪，立于营外，寨门大开，二将不敢前进。正疑之间，曹操亲到，急催督众军向前。众军听令，大喊一声，杀奔营前；见赵云全然不动，曹兵翻身就回。赵云把枪一招，壕中弓弩齐发。时天色昏黑，正不知蜀兵多少。操先拨回马走。只听得后面喊声大震，鼓角齐鸣，蜀兵赶来。曹兵自相践踏，拥到汉水河边，落水死者，不知其数。赵云、黄忠、张著各引兵一枝，追杀甚急。操正奔走间，忽刘封、孟达率二枝兵，从米仓山路杀来，放火烧粮草。操弃了北山粮草，忙回南郑。徐晃、张郃扎脚不住，亦弃本寨而走。赵云占了曹寨，黄忠夺了粮草，汉水所得军器无数，大获胜捷，差人去报玄德。玄德遂同孔明前至汉水，问赵云之部卒曰："子龙如何厮杀？"军士将子龙救黄忠、拒汉水之事，细述一遍。玄德大喜，看了山前山后险峻之路，欣然谓孔明曰："子龙一身都是胆也！"后人有诗赞曰：

　　昔日战长坂，威风犹未减。突阵显英雄，被围施勇敢。
　　鬼哭与神号，天惊并地惨。常山赵子龙，一身都是胆！

于是玄德号子龙为"虎威将军"，大劳将士，欢宴至晚。

　　据《三国志·蜀书·赵云传》注引《云别传》：夏侯渊败，曹公争汉中地，运米北山下，数千万囊。黄忠以为可取，云兵随忠取米。忠过期不还，云将数十骑轻行出围，迎视忠等。值曹公扬兵大出，云为公前锋所击，方战，其大众至，势逼，遂前突其陈，且斗且却。公军败，已复合，云陷敌，还趣围。将张著被创，云复驰马还营迎著。公军追至围，此时沔阳长张翼在云围内，翼欲闭门拒守，而云入营，更大开门，偃旗息鼓。公军疑云有伏兵，引去。云雷鼓震天，惟以戎弩于后射公军，公军惊骇，自相蹂践，堕汉水中死者甚多。先主明旦自来至云营围视昨战处，曰："子龙一身都是胆也。"作乐饮宴至暝，军中号云为虎威将军。

　　据《资治通鉴》卷六十八：（建安二十四年春）三月，魏王操自长安出斜谷，军遮要以临汉中。……操运米北山下，黄忠引兵欲取之，过期不还。翊军将军赵云将数十骑出营视之，值操扬兵大出，云猝与相遇，遂前突其陈，且斗且却。魏兵散而复合，追至营下，云入营，更大开门，偃旗息鼓。魏兵疑云有伏，引去；云雷鼓震天，惟以劲弩于后射魏兵。魏兵惊骇，自相蹂践，堕汉水中死者甚多。备明旦自来，至云营，视昨战处，曰："子龙一身都为胆也！"

忽报曹操复遣大军从斜谷小路而进，来取汉水。玄德笑曰："操此来无能为也。我料必得汉水矣。"乃率兵于汉水之西以迎之。

　　据《资治通鉴》卷六十八：（建安二十四年春）三月，魏王操自长安出斜谷，军遮要以临汉中。刘备曰："曹公虽来，无能为也，我必有汉川矣。"乃敛众拒险，终不交锋。（参见《三国志·蜀书·先主传》）
　　按：《演义》称刘备说"我料必得汉水"，与史不合。据史书，刘备说的是："我必有汉川"，汉川即汉中。

曹操命徐晃为先锋，前来决战。帐前一人出曰："某深知地理，愿助徐将军同去破蜀。"操视之，乃巴西宕渠人也，姓王，名平，字子均；现充牙门将军。操大喜，遂命王平为副先锋，相助徐晃。

　　据《三国志·蜀书·王平传》：王平字子均，巴西宕渠人也。本养外家何氏，后复姓王。

操屯兵于定军山北。徐晃、王平引军至汉水，晃令前军渡水列阵。平曰："军若渡水，倘要急退，如之奈何？"晃曰："昔韩信背水为阵，所谓'致之死地而后生'也。"平曰："不然。昔者韩信料敌人无谋而用此计；今将军能料赵云、黄忠之意否？"晃曰："汝可引步军拒敌，看我引马军破之。"遂令搭起浮桥，随即过河来战蜀兵。正是：魏人妄意宗韩信，蜀相那知是子房。未知胜负如何，且看下文分解。

第七十二回　诸葛亮智取汉中　曹阿瞒兵退斜谷

却说徐晃引军渡汉水，王平苦谏不听，渡过汉水扎营。黄忠、赵云告玄德曰："某等各引本部兵去迎曹兵。"玄德应允。二人引兵而行。忠谓云曰："今徐晃恃勇而来，且休与敌；待日暮兵疲，你我分兵两路击之可也。"云然之，各引一军据住寨栅。徐晃引兵从辰时搦战，直至申时，蜀兵不动。晃尽教弓弩手向前，望蜀营射去。黄忠谓赵云曰："徐晃令弓弩射者，其军必将退也，可乘时击之。"言未已，忽报曹兵后队果然退动。于是蜀营鼓声大震，黄忠领兵左出，赵云领兵右出。两下夹攻，徐晃大败，军士逼入汉水，死者无数。晃死战得脱，回营责王平曰："汝见吾军势将危，如何不救？"平曰："我若来救，此寨亦不能保。我曾谏公休去，公不肯听，以致此败。"晃大怒，欲杀王平。平当夜引本部军就营中放起火来，曹兵大乱，徐晃弃营而走。王平渡汉水来投赵云，云引见玄德。王平尽言汉水地理。玄德大喜曰："孤得王子均，取汉中无疑矣。"遂命王平为偏将军，领向导使。

据《三国志·蜀书·王平传》：从曹公征汉中，因降先主，拜牙门将、裨将军。

却说徐晃逃回见操，说："王平反去降刘备矣！"操大怒，亲统大军来夺汉水寨栅。赵云恐孤军难立，遂退于汉水之西。两军隔水相拒，玄德与孔明来观形势。孔明见汉水上流头，有一带土山，可伏千余人；乃回到营中，唤赵云分付："汝可引五百人，皆带鼓角，伏于土山之下；或半夜，或黄昏，只听我营中炮响：炮响一番，擂鼓一番。只不要出战。"子龙受计去了。孔明却在高山上暗窥。次日，曹兵到来搦战，蜀营中一人不出，弓弩亦都不发。曹兵自回。当夜更深，孔明见曹营灯火方息，军士歇定，遂放号炮。子龙听得，令鼓角齐鸣。曹兵惊慌，只疑劫寨。及至出营，不见一军。方才回营欲歇，号炮又响，鼓角又鸣，呐喊震地，山谷应声。曹兵彻夜不安。一连三夜，如此惊疑，操心怯，拔寨退三十里，就空阔处扎营。孔明笑曰："曹操虽知兵法，不知诡计。"遂请玄德亲渡汉水，背水结营。玄德问计，孔明曰："可如此如此。"

曹操见玄德背水下寨，心中疑惑，使人来下战书。孔明批来日决战。次日，两军会于中路五界山前，列成阵势。操出马立于门旗下，两行布列龙凤旌旗，擂鼓三通，唤玄德答话。玄德引刘封、孟达并川中诸将而出。操扬鞭大骂曰："刘备忘恩失义，反叛朝廷之贼！"玄德曰："吾乃大汉宗亲，奉诏讨贼。汝上弑母后，自立为王，僭用天子銮舆，非反何为？"操怒，命徐晃出马来战，刘封出迎。交战之时，玄德先走入阵。封敌晃不住，拨马便走。操下令："捉得刘备，便为西川之主。"大军齐呐喊杀过阵来。蜀兵望汉水而逃，尽弃营寨；马匹军器，丢满道上。曹军皆争取。操急鸣金收军。众将曰："某等正待捉刘备，大王何故收军？"操曰："吾见蜀兵背汉水安营，其可疑一也；多弃马匹军器，其可疑二也。可急退军，休取衣物。"遂下令曰："妄取一物者立斩。火速退兵。"曹兵方回头时，孔明号旗举起：玄德中军领兵便出，黄忠左边杀来，赵云右边杀来。曹兵大溃而逃，孔明连夜追赶。操传令军回南郑，只见五路火起，原来魏延、张飞得严颜代守阆中，分兵杀来，先得了南郑。操心惊，望阳平关而走。玄德大兵追至南郑褒州。安民已毕，玄德问孔明曰："曹操此来，何败之速也？"孔明曰："操平生为人多疑，虽能用兵，疑则多败。吾以疑兵胜之。"

按：《演义》称，诸葛亮以疑兵之计惊扰曹军，蜀军背水破敌，均不见于史。据史书记载，刘备自胜夏侯渊后，并未与曹操直接交锋。曹操亲征汉中，刘备敛众拒险，坚守不出。双方相持了一个月,曹军久攻不下,曹操无计可施,因消耗严重,只好下令撤军。

玄德曰:"今操退守阳平关,其势已孤,先生将何策以退之?"孔明曰:"亮已算定了。"便差张飞、魏延分兵两路去截曹操粮道,令黄忠、赵云分兵两路去放火烧山。四路军将,各引向导官军去了。

却说曹操退守阳平关,令军哨探。回报曰:"今蜀兵将远近小路,尽皆塞断;砍柴去处,尽放火烧绝。不知兵在何处。"操正疑惑间,又报张飞、魏延分兵劫粮。操问曰:"谁敢敌张飞?"许褚曰:"某愿往!"操令许褚引一千精兵,去阳平关路上护接粮草。解粮官接着,喜曰:"若非将军到此,粮不得到阳平矣。"遂将车上的酒肉,献与许褚。褚痛饮,不觉大醉,便乘酒兴,催粮车行。解粮官曰:"日已暮矣,前褒州之地,山势险恶,未可过去。"褚曰:"吾有万夫之勇,岂惧他人哉!今夜乘着月色,正好使粮车行走。"许褚当先,横刀纵马,引军前进。二更已后,往褒州路上而来。行至半路,忽山凹里鼓角震天,一枝军当住。为首大将,乃张飞也,挺矛纵马,直取许褚。褚舞刀来迎,却因酒醉,敌不住张飞;战不数合,被飞一矛刺中肩膀,翻身落马;军士急忙救起,退后便走。张飞尽夺粮草车辆而回。

却说众将保着许褚,回见曹操。操令医士疗治金疮,一面亲自提兵来与蜀兵决战。玄德引军出迎。两阵对圆,玄德令刘封出马。操骂曰:"卖履小儿,常使假子拒敌!吾若唤黄须儿来,汝假子为肉泥矣!"

据《三国志·魏书·任城威王彰传》注引《魏略》:太祖在汉中,而刘备栖于山头,使刘封下挑战。太祖骂曰:"卖履舍儿,长使假子拒汝公乎!待呼我黄须来,令击之。"乃召彰。彰晨夜进道,西到长安而太祖已还,从汉中而归。彰须黄,故以呼之。

刘封大怒,挺枪骤马,径取曹操。操令徐晃来迎,封诈败而走。操引兵追赶。蜀兵营中,四下炮响,鼓角齐鸣。操恐有伏兵,急教退军。曹兵自相践踏,死者极多,奔回阳平关。方才歇定,蜀兵赶到城下,东门放火,西门呐喊,南门放火,北门擂鼓。操大惧,弃关而走。蜀兵从后追袭。操正走之间,前面张飞引一枝兵截住,赵云引一枝兵从背后杀来,黄忠又引兵从褒州杀来。操大败。诸将保护曹操,夺路而走。方逃至斜谷界口,前面尘头忽起,一枝兵到。操曰:"此军若是伏兵,吾休矣!"及兵将近,乃操次子曹彰也。

彰字子文,少善骑射,膂力过人,能手格猛兽。操尝戒之曰:"汝不读书而好弓马,此匹夫之勇,何足贵乎?"彰曰:"大丈夫当学卫青、霍去病,立功沙漠,长驱数十万众,纵横天下,何能作博士耶?"操尝问诸子之志。彰曰:"好为将。"操问:"为将何如?"彰曰:"披坚执锐,临难不顾,身先士卒;赏必行,罚必信。"操大笑。

据《三国志·魏书·任城威王彰传》:任城威王彰,字子文。少善射御,膂力过人,手格猛兽,不避险阻。数从征伐,志意慷慨。太祖尝抑之曰:"汝不念读书慕圣道,而好乘汗马击剑,此一夫之用,何足贵也!"课彰读诗、书,彰谓左右曰:"丈夫一为卫、霍,将十万骑驰沙漠,驱戎狄,立功建号耳,何能作博士邪?"太祖尝问诸子所好,使各言其志。彰曰:"好为将。"太祖曰:"为将奈何?"对曰:"被坚执锐,临难不顾,为士卒先;赏必行,罚必信。"太祖大笑。

建安二十三年,代郡乌桓反,操令彰引兵五万讨之;临行戒之曰:"居家为父子,受事为君臣。法不徇情,尔宜深戒。"彰到代北,身先战阵,直杀至桑干,北方皆平;

据《资治通鉴》卷六十八:(建安二十三年)夏四月,代郡、上谷乌桓无臣氏等反。……操以其子鄢陵侯彰行骁骑将军,使讨之。彰少善射御,膂力过人。操戒彰曰:"居家为父子，受事为君臣，动以王法从事，尔其戒之！"……曹彰击代郡乌桓，身自搏战，铠中数箭，意气益厉；乘胜逐北，至桑干之北，大破之，斩首、获生以千数。时鲜卑大人轲比能将数万骑观望强弱，见彰力战，所向皆破，乃请服，北方悉平。

据《三国志·魏书·任城威王彰传》：(建安)二十三年，代郡乌丸反，以彰为北中郎将，行骁骑将军。临发，太祖戒彰曰："居家为父子，受事为君臣，动以王法从事，尔其戒之！"彰北征，入涿郡界，叛胡数千骑卒至。时兵马未集，唯有步卒千人，骑数百匹。用田豫计，固守要隙，虏乃退散。彰追之，身自搏战，射胡骑，应弦而倒者前后相属。战过半日，彰铠中数箭，意气益厉，乘胜逐北，至于桑干，去代二百余里。长史诸将皆以为新涉远，士马疲顿，又受节度，不得过代，不可深进，违令轻敌。彰曰："率师而行，唯利所在，何节度乎？胡走未远，追之必破。从令纵敌，非良将也。"遂上马，令军中："后出者斩。"一日一夜与虏相及，击，大破之，斩首获生以千数。彰乃倍常科大赐将士，将士无不悦喜。时鲜卑大人轲比能将数万骑观望强弱，见彰力战，所向皆破，乃请服。北方悉平。

因闻操在阳平败阵，故来助战。操见彰至，大喜曰："我黄须儿来，破刘备必矣！"遂勒兵复回，于斜谷界口安营。

据《三国志·魏书·任城威王彰传》注引《魏略》：太祖在汉中，……召彰。彰晨夜进道，西到长安而太祖已还，从汉中而归。

按：据《魏略》记载，曹彰未与刘备军交锋。他千里迢迢赶到长安时，曹操已放弃汉中，返回长安了。

有人报玄德，言曹彰到。玄德问曰："谁敢去战曹彰？"刘封曰："某愿往。"孟达又说要去。玄德曰："汝二人同去，看谁成功。"各引兵五千来迎：刘封在先，孟达在后。曹彰出马与封交战，只三合，封大败而回。孟达引兵前进，方欲交锋，只见曹兵大乱。原来马超、吴兰两军杀来，曹兵惊动。孟达引兵夹攻。马超士卒，蓄锐日久，到此耀武扬威，势不可当。曹兵败走。曹彰正遇吴兰，两个交锋，不数合，曹彰一戟刺吴兰于马下。

据《三国志·魏书·武帝纪》：曹洪破吴兰，斩其将任夔等。(建安二十三年春)三月，张飞、马超走汉中，阴平氐强端斩吴兰，传其首。

三军混战。操收兵于斜谷界口扎住。

操屯兵日久，欲要进兵，又被马超拒守；欲收兵回，又恐被蜀兵耻笑，心中犹豫不决。适庖官进鸡汤。操见碗中有鸡肋，因而有感于怀。正沉吟间，夏侯惇入帐，禀请夜间口号。操随口曰："鸡肋！鸡肋！"惇传令众官，都称"鸡肋"。行军主簿杨修，见传"鸡肋"二字，便教随行军士，各收拾行装，准备归程。有人报知夏侯惇。惇大惊，遂请杨修至帐中问曰："公何收拾行装？"修曰："以今夜号令，便知魏王不日将退兵归也。鸡肋者，食之无肉，弃之有味。今进不能胜，退恐人笑，在此无益，不如早归。来日魏王必班师矣。故先收拾行装，免得临行慌乱。"夏侯惇曰："公真知魏王肺腑也！"遂亦收拾行装。于是寨中诸将，无不准备归计。当夜曹操心乱，不能稳睡，遂手提钢斧，绕寨私行。只见夏侯惇寨内军士，各准备行装。操大惊，急回帐召惇问其故。惇曰："主簿杨德祖先知大王欲归之意。"操唤杨修问之，修以鸡肋之意对。

据《三国志·魏书·武帝纪》注引《九州春秋》：时王欲还，出令曰"鸡肋"，官属不知所谓。主簿杨修便自严装，人惊问修："何以知之？"修曰："夫鸡肋，弃之如可惜，食之无所得，以比汉中，知王欲还也。"

> 据《后汉书·杨震传附杨修传》：操自平汉中，欲因讨刘备而不得进，欲守之又难为功，护军不知进止何依。操于是出教，唯曰"鸡肋"而已。外曹莫能晓，修独曰："夫鸡肋，食之则无所得，弃之则如可惜，公归计决矣。"乃令外白稍严，操于此回师。

操大怒曰："汝怎敢造言，乱我军心！"喝刀斧手推出斩之，将首级号令于辕门外。

原来杨修为人恃才放旷，数犯曹操之忌：操尝造花园一所；造成，操往观之，不置褒贬，只取笔于门上书一"活"字而去。人皆不晓其意。修曰："'门'内添'活'字，乃阔字也。丞相嫌园门阔耳。"于是再筑墙围，改造停当，又请操观之。操大喜，问曰："谁知吾意？"左右曰："杨修也。"操虽称美，心甚忌之。

> 据《世说新语·捷悟》：杨德祖为魏公主簿，时作相国门，始构榱桷，魏武自出看，使人题门作"活"字，便去。杨见，即令坏之。既竟，曰："'门'中'活'，'阔'字，王正嫌门大也。"

又一日，塞北送酥一盒至。操自写"一合酥"三字于盒上，置之案头。修入见之，竟取匙与众分食讫。操问其故，修答曰："盒上明书'一人一口酥'，岂敢违丞相之命乎？"操虽喜笑，而心恶之。

> 据《世说新语·捷悟》：人饷魏武一杯酪，魏武啖少许，盖头上提"合"字以示众，众莫能解。次至杨修，修便啖，曰："公教人啖一口也，复何疑？"

操恐人暗中谋害己身，常分付左右："吾梦中好杀人；凡吾睡着，汝等切勿近前。"一日，昼寝帐中，落被于地，一近侍慌取覆盖。操跃起拔剑斩之，复上床睡；半晌而起，佯惊问："何人杀吾近侍？"众以实对。操痛哭，命厚葬之。人皆以为操果梦中杀人；惟修知其意，临葬时指而叹曰："丞相非在梦中，君乃在梦中耳！"操闻而愈恶之。

> 据《世说新语·假谲》：魏武常云："我眠中不可妄近，近便斫人，亦不自觉。左右宜深慎此！"后阳眠，所幸一人，窃以被覆之，因便斫杀。自尔每眠，左右莫敢近者。

> 按：《世说新语·假谲》中的"阳眠"，是假装睡觉的意思。阳，意为表面上，假装。罗贯中没有读懂，误以为"阳眠"是大白天有太阳时睡觉。按：周兆新先生在《三国演义考评》一书中认为，《世说新语》的这个故事，从情理上推测，只能是传说，不会是史实。

操第三子曹植，爱修之才，常邀修谈论，终夜不息。操与众商议，欲立植为世子，曹丕知之，密请朝歌长吴质入内府商议；因恐有人知觉，乃用大簏藏吴质于中，只说是绢匹在内，载入府中。修知其事，径来告操。操令人于丕府门伺察之。丕慌告吴质，质曰："无忧也，明日用大簏装绢再入以惑之。"丕如其言，以大簏载绢入。使者搜看簏中，果绢也，回报曹操。操因疑修谮害曹丕，愈恶之。操欲试曹丕、曹植之才干。一日，令各出邺城门；却密使人分付门吏，令勿放出。曹丕先至，门吏阻之，丕只得退回。植闻之，问于修。修曰："君奉王命而出，如有阻当者，竟斩之可也。"植然其言。及至门，门吏阻住。植叱曰："吾奉王命，谁敢阻当！"立斩之。于是曹操以植为能。后有人告操曰："此乃杨修之所教也。"操大怒，因此亦不喜植。修又尝为曹植作答教十余条，但操有问，植即依条答之。操每以军国之事问植，植对答如流。操心中甚疑。后曹丕暗买植左右，偷答教来告操。操见了大怒曰："匹夫安敢欺我耶！"此时已有杀修之心；今乃借惑乱军心之罪杀之。修死年三十四岁。

> 据《三国志·魏书·陈思王植传》注引《世语》：修年二十五，以名公子有才能，

为太祖所器,与丁仪兄弟,皆欲以植为嗣。太子患之,以车载废簏,内朝歌长吴质与谋。修以白太祖,未及推验。太子惧,告质,质曰:"何患?明日复以簏受绢车内以惑之,修必复重白,重白必推,而无验,则彼受罪矣。"世子从之,修果白,而无人,太祖由是疑焉。修与贾逵、王凌并为主簿,而为植所友。每当就植,虑事有阙,忖度太祖意,豫作答教十余条,敕门下,教出以次答。教裁出,答已入,太祖怪其捷,推问始泄。太祖遣太子及植各出邺城一门,密敕门不得出,以观其所为。太子至门,不得出而还。修先戒植:"若门不出侯,侯受王命,可斩守者。"植从之。故修遂以交构赐死。

据《资治通鉴》卷六十八:临菑侯植乘车行驰道中,开司马门出。操大怒,公车令坐死。由是重诸侯科禁,而植宠日衰。……初,丞相主簿杨修与丁仪兄弟谋立曹植为魏嗣,五官将丕患之,以车载废簏内朝歌长吴质,与之谋。修以白魏王操,操未及推验。丕惧,告质,质曰:"无害也。"明日,复以簏载绢以入,修复白之,推验,无人;操由是疑焉。其后植以骄纵见疏,而植故连缀修不止,修亦不敢自绝。每当就植,虑事有阙,忖度操意,豫作答教十余条,敕门下,"教出,随所问答之",于是教裁出,答已入;操怪其捷,推问,始泄。操亦以修袁术之甥,恶之,乃发修前后漏泄言教,交关诸侯,收杀之。

据《三国志·魏书·陈思王植传》:植尝乘车行驰道中,开司马门出。太祖大怒,公车令坐死。由是重诸侯科禁,而植宠日衰。太祖既虑终始之变,以杨修颇有才策,而又袁氏之甥也,于是以罪诛修。植益内不自安。

据《三国志·魏书·陈思王植传》注引《典略》:是时临菑侯植以才捷爱幸,来意投修,数与修书,……植后以骄纵见疏,而植故连缀不止,修亦不敢自绝。至二十四年秋,公以修前后漏泄言教,交关诸侯,乃收杀之。修临死,谓故人曰:"我固自以死之晚也。"其意以为坐曹植也。

据《后汉书·杨震传附杨修传》:修又尝出行,筹操有问外事,乃逆为答记,敕守舍儿:"若有令出,依次通之。"既而果然。如是者三,操怪其速,使廉之,知状,于此忌修。且以袁术之甥,虑为后患,遂因事杀之。

按:《演义》称杨修死年三十四岁,与史不合;据史书,杨修死年为四十五岁。又,史书记载,曹操于建安二十四年(219)五月从汉中撤军,而杨修被杀是在这年秋天,故杨修被杀地点并不在汉中,而是在曹操回转洛阳途中。《演义》称,曹操杀杨修的主要原因,是他"恃才放旷",多次猜透曹操的心思,引起了曹操的嫉妒;而据史书,"漏泄言教,交关诸侯",才是杨修被杀的真正原因。刘运好先生在《曹操集》一书的"导读"中指出,"诸侯"专指曹操已被封侯的诸子,"交关"就是交结封侯的诸子。"漏泄言教"实质上是"交关诸侯"的一个组成部分,而并非指泄漏"鸡肋"之类的教令。杨修预先揣度曹操意图,然后协助曹植制定对策,这才是"漏泄言教"的本质。由于杨修卷入"太子之争"的事件太深,又是"袁氏之甥",曹操既怀疑杨修对曹魏的忠贞,又因为他谋略过人,有可能在事有仓猝之时,使太子之位发生反转,即"虑终始之变",所以曹操不得不考虑为太子的顺利即位扫清障碍,杀杨修也就事有必然了。

后人有诗曰:
    聪明杨德祖,世代继簪缨。笔下龙蛇走,胸中锦绣成。
    开谈惊四座,捷对冠群英。身死因才误,非关欲退兵。

曹操既杀杨修,佯怒夏侯惇,亦欲斩之。众官告免。操乃叱退夏侯惇,下令来日进兵。次日,兵出斜谷界口,前面一军相迎,为首大将乃魏延也。操招魏延归降,延大骂。操令庞德出战。二将正斗间，曹寨内火起。人报马超劫了中后二寨。操拔剑在手曰："诸将退后者斩！"众将努力向前，魏延诈败而走。操方麾军回战马超，自立马于高阜处，看两军争战。忽一彪军撞至面前，大叫："魏延在此！"拈弓搭箭，射中曹操。操翻身落马。延弃弓绰刀，骤马上山坡来杀曹操。刺斜里闪出一将，大叫："休伤吾主！"视之，乃庞德也。德奋力向前，战退魏延，保操前行。

按：庞德此时屯兵樊城与关羽相持，不可能在汉中救曹操。

马超已退。操带伤归寨：原来被魏延射中人中，折却门牙两个，急令医士调治。方忆杨修之言，随将修尸收回厚葬，就令班师；却教庞德断后。操卧于毡车之中，左右虎贲军护卫而行。忽报斜谷山上两边火起，伏兵赶来。曹兵人人惊恐。正是：依稀昔日潼关厄，仿佛当年赤壁危。未知曹操性命如何，且看下文分解。

第七十三回　玄德进位汉中王　云长攻拔襄阳郡

却说曹操退兵至斜谷，孔明料他必弃汉中而走，故差马超等诸将，分兵十数路，不时攻劫。因此操不能久住；又被魏延射了一箭，急急班师。三军锐气堕尽。前队才行，两下火起，乃是马超伏兵追赶。曹兵人人丧胆。操令军士急行，晓夜奔走无停；直至京兆，方始安心。

> 据《资治通鉴》卷六十八：操与备相守积月，魏军士多亡。（建安二十四年）夏五月，操悉引出汉中诸军还长安，刘备遂有汉中。（参见《三国志·魏书·武帝纪》）
>
> 据《三国志·蜀书·先主传》：（建安二十四年春，）曹公自长安举众南征。先主遥策之曰："曹公虽来，无能为也，我必有汉川矣。"及曹公至，先主敛众拒险，终不交锋，积月不拔，亡者日多。夏，曹公果引军还，先主遂有汉中。

且说玄德命刘封、孟达、王平等，攻取上庸诸郡，

> 按：此处"王平"乃"李平"之误，核诸《三国志·蜀书·先主传》："遣刘封、孟达、李平等攻申耽于上庸。"可知。李平，原名李严。

申耽等闻操已弃汉中而走，遂皆投降。

> 据《资治通鉴》卷六十八：刘备遣宜都太守扶风孟达从秭归北攻房陵，杀房陵太守蒯祺。又遣养子副军中郎将刘封自汉中乘沔水下，统达军，与达会攻上庸，上庸太守申耽举郡降。备加耽征北将军，领上庸太守，以耽弟仪为建信将军、西城太守。
>
> 据《三国志·蜀书·刘封传》：初，刘璋遣扶风孟达副法正，各将兵二千人，使迎先主，先主因令达并领其众，留屯江陵。蜀平后，以达为宜都太守。建安二十四年，命达从秭归北攻房陵，房陵太守蒯祺为达兵所害。达将进攻上庸，先主阴恐达难独任，乃遣封自汉中乘沔水下统达军，与达会上庸。上庸太守申耽举众降，遣妻子及宗族诣成都。先主加耽征北将军，领上庸太守、员乡侯如故，以耽弟仪为建信将军、西城太守，迁封为副军将军。

玄德安民已定，大赏三军，人心大悦。于是众将皆有推尊玄德为帝之心；未敢径启，却来禀告诸葛军师，孔明曰："吾意已有定夺了。"随引法正等入见玄德，曰："今曹操专权，百姓无主；主公仁义著于天下，今已抚有两川之地，可以应天顺人，即皇帝位，名正言顺，以讨国贼。事不宜迟，便请择吉。"玄德大惊曰："军师之言差矣。刘备虽然汉之宗室，乃臣子也；若为此事，是反汉矣。"孔明曰："非也。方今天下分崩，英雄并起，各霸一方，四海才德之士，舍死亡生而事其上者，皆欲攀龙附凤，建立功名也。今主公避嫌守义，恐失众人之望。愿主公熟思之。"

> 据《三国志·蜀书·诸葛亮传》：（建安）二十六年，群下劝先主称尊号，先主未许，亮说曰："昔吴汉、耿弇等初劝世祖即帝位，世祖辞让，前后数四，耿纯进言曰：'天下英雄喁喁，冀有所望。如不从议者，士大夫各归求主，无为从公也。'世祖感纯言深至，遂然诺之。今曹氏篡汉，天下无主，大王刘氏苗族，绍世而起，今即帝位，乃其宜也。士大夫随大王久勤苦者，亦欲望尺寸之功如纯言耳。"

> 按：《演义》此处诸葛亮劝刘备进位之语，系《三国志·蜀书·诸葛亮传》建安二十六年（221）诸葛亮劝刘备即帝位之语，其语句有小异。

玄德曰："要吾僭居尊位，吾必不敢。可再商议长策。"诸将齐言曰："主公若只推却，众心解矣。"孔明曰："主公平生以义为本，未肯便称尊号。今有荆襄、两川之地，可暂为汉中王。"玄德曰："汝等虽欲尊吾为王，不得天子明诏，是僭也。"孔明曰："今宜从权，不可拘执常理。"张飞大叫曰："异姓之人皆欲为君，何况哥哥乃汉朝宗派！莫说汉中王，就称皇帝，有何不可！"玄德叱曰："汝勿多言！"孔明曰："主公宜从权变，先进位汉中王，然后表奏天子，未为迟也。"玄德再三推辞不过，只得依允。

建安二十四年秋七月，筑坛于沔阳，方圆九里，分布五方，各设旌旗仪仗。群臣皆依次序排列。许靖、法正请玄德登坛，进冠冕玺绶讫，面南而坐，受文武官员拜贺为汉中王。

> 据《三国志·蜀书·先主传》：（建安二十四年）秋，群下上先主为汉中王，表于汉帝曰："平西将军、都亭侯臣马超，左将军长史、领镇军将军臣许靖，营司马臣庞羲，议曹从事中郎、军议中郎将臣射援，军师将军臣诸葛亮，荡寇将军、汉寿亭侯臣关羽，征虏将军、新亭侯臣张飞，征西将军臣黄忠，镇远将军臣赖恭，扬武将军臣法正，兴业将军臣李严等一百二十人上言曰：昔唐尧至圣而四凶在朝，周成仁贤而四国作难，高后称制而诸吕窃命，孝昭幼冲而上官逆谋，皆冯世宠，藉履国权，穷凶极乱，社稷几危。非大舜、周公、朱虚、博陆，则不能流放禽讨，安危定倾。伏惟陛下诞姿圣德，统理万邦，而遭厄运不造之艰。董卓首难，荡覆京畿，曹操阶祸，窃执天衡；皇后太子，鸩杀见害，剥乱天下，残毁民物。久令陛下蒙尘忧厄，幽处虚邑。人神无主，遏绝王命，厌昧皇极，欲盗神器。左将军、领司隶校尉、豫、荆、益三州牧、宜城亭侯备，受朝爵秩，念在输力，以殉国难。睹其机兆，赫然愤发，与车骑将军董承同谋诛操，将安国家，克宁旧都。会承机事不密，令操游魂得遂长恶，残泯海内。臣等每惧王室大有阎乐之祸，小有定安之变，夙夜惴惴，战栗累息。昔在虞书，敦序九族，周监二代，封建同姓，诗著其义，历载长久。汉兴之初，割裂疆土，尊王子弟，是以卒折诸吕之难，而成太宗之基。臣等以备肺腑枝叶，宗子藩翰，心存国家，念在弭乱。自操破于汉中，海内英雄望风蚁附，而爵号不显，九锡未加，非所以镇卫社稷，光昭万世也。奉辞在外，礼命断绝。昔河西太守梁统等值汉中兴，限于山河，位同权均，不能相率，咸推窦融以为元帅，卒立效绩，摧破隗嚣。今社稷之难，急于陇、蜀。操外吞天下，内残群寮，朝廷有萧墙之危，而御侮未建，可为寒心。臣等辄依旧典，封备汉中王，拜大司马，董齐六军，纠合同盟，扫灭凶逆。以汉中、巴、蜀、广汉、犍为为国，所署置依汉初诸侯王故典。夫权宜之制，苟利社稷，专之可也。然后功成事立，臣等退伏矫罪，虽死无恨。"遂于沔阳设坛场，陈兵列众，群臣陪位，读奏讫，御王冠于先主。

> 据《后汉书·献帝纪》：（建安二十四年）夏五月，刘备取汉中。秋七月庚子，刘备自称汉中王。

子刘禅，立为王世子。

> 据《三国志·蜀书·后主传》：后主讳禅，字公嗣，先主子也。建安二十四年，先主为汉中王，立为王太子。

封许靖为太傅，

> 据《三国志·蜀书·许靖传》：先主为汉中王，靖为太傅。

法正为尚书令；

> 据《三国志·蜀书·法正传》：先主立为汉中王，以正为尚书令、护军将军。

诸葛亮为军师，总理军国重事。

> 据《三国志·蜀书·诸葛亮传》：成都平，以亮为军师将军，署左将军府事。

> 按：据史书记载，刘备称汉中王时，诸葛亮的官职是"军师将军，署左将军府事"；并非如《演义》所说"为军师，总理军国重事"。他的官阶在关羽、张飞之下。

封关羽、

> 据《三国志·蜀书·关羽传》：（建安）二十四年，先主为汉中王，拜羽为前将军，假节钺。

张飞、

> 据《三国志·蜀书·张飞传》：先主为汉中王，拜飞为右将军，假节。

赵云、马超、

> 据《三国志·蜀书·马超传》：先主为汉中王，拜超为左将军，假节。

黄忠

> 据《三国志·蜀书·黄忠传》：是岁，先主为汉中王，欲用忠为后将军，诸葛亮说先主曰："忠之名望，素非关、马之伦也，而今便令同列。马、张在近，亲见其功，尚可喻指；关遥闻之，恐必不悦，得无不可乎！"先主曰："吾自当解之。"遂与羽等齐位，赐爵关内侯。

为"五虎大将"，

> 按："五虎大将"非爵位，不见于史。《三国志》将五人合为一传，排序为"关张马黄赵"，赵云居末。刘备进位汉中王时，拜关、马、张、黄为前左右后四将军（三品），而赵云只是翊军将军（五品）。赵云的官爵，一直低于其他四人。

魏延为汉中太守。

> 据《三国志·蜀书·魏延传》：先主为汉中王，迁治成都，当得重将以镇汉川，众论以为必在张飞，飞亦以心自许。先主乃拔延为督汉中镇远将军，领汉中太守，一军尽惊。先主大会群臣，问延曰："今委卿以重任，卿居之欲云何？"延对曰："若曹操举天下而来，请为大王拒之；偏将十万之众至，请为大王吞之。"先主称善，众咸壮其言。

其余各拟功勋定爵。

> 据《资治通鉴》卷六十八：（建安二十四年）秋七月，刘备自称汉中王，设坛场于沔阳，陈兵列众，群臣陪位，读奏讫，乃拜受玺绶，御王冠。因驿拜章，上还所假左将军、宜城亭侯印绶。立子禅为王太子。拔牙门将军义阳魏延为镇远将军，领汉中太守，以镇汉川。备还治成都，以许靖为太傅，法正为尚书令，关羽为前将军，张飞为右将军，马超为左将军，黄忠为后将军，余皆进位有差。

玄德既为汉中王，遂修表一道，差人赍赴许都。表曰：

备以具臣之才，荷上将之任，总督三军，奉辞于外，不能扫除寇难，靖匡王室，久使陛下圣教陵迟，六合之内，否而未泰，惟忧反侧，疢如疾首。曩者董卓伪为乱阶，自是之后，群凶纵横，残剥海内。赖陛下圣德威临，人臣同应，或忠义奋讨，或上天降罚，暴逆并殪，以渐冰消。惟独曹操，久未枭除，侵擅国权，恣心极乱。臣昔与车骑将军董承，图谋讨操，机事不密，承见陷害。臣播越失据，忠义不果，遂得使操穷凶极逆，主后戮杀，皇子鸩害。虽纠合同盟，念在奋力，懦弱不武，历年未效。常恐殒没，辜负国恩，寤寐永叹，夕惕若厉。今臣群僚以为，在昔《虞书》，敦叙九族，庶明励翼，帝王相传，此道不废。周监二代，并建诸姬，实赖晋、郑夹辅之力。高祖龙兴，尊王子弟，大启九国，卒斩诸吕，以安大宗。今操恶直丑正，实繁有徒，包藏祸心，篡盗已显。既宗室微弱，帝族无位，斟酌古式，依假权宜，上臣为大司马、汉中王。臣伏自三省，受国厚恩，荷任一方，陈力未效，所获已过，不宜复忝高位，以重罪谤。群僚见逼，迫臣以义。臣退惟寇贼不枭，国难未已，宗庙倾危，社稷将坠，诚臣忧心碎首之日。若应权通变，以宁静圣朝，虽赴水火，所不得辞。辄顺众议，拜受印玺，以崇国威。仰惟爵号，位高宠厚，俯思报效，忧深责重，惊怖惕息，如临于谷。敢不尽力输诚，奖励六师，率齐群义，应天顺时，以宁社稷。谨拜表以闻。

据《三国志·蜀书·先主传》：先主上言汉帝曰："臣以具臣之才，荷上将之任，董督三军，奉辞于外，不得扫除寇难，靖匡王室，久使陛下圣教陵迟，六合之内，否而未泰，惟忧反侧，疢如疾首。曩者董卓造为乱阶，自是之后，群凶纵横，残剥海内。赖陛下圣德威灵，人神同应，或忠义奋讨，或上天降罚，暴逆并殪，以渐冰消。惟独曹操，久未枭除，侵擅国权，恣心极乱。臣昔与车骑将军董承图谋讨操，机事不密，承见陷害。臣播越失据，忠义不果，遂得使操穷凶极逆，主后戮杀，皇子鸩害。虽纠合同盟，念在奋力，懦弱不武，历年未效。常恐殒没，孤负国恩，寤寐永叹，夕惕若厉。今臣群寮以为，在昔《虞书》，敦叙九族，庶明励翼，五帝损益，此道不废。周监二代，并建诸姬，实赖晋、郑夹辅之福。高祖龙兴，尊王子弟，大启九国，卒斩诸吕，以安大宗。今操恶直丑正，寔繁有徒，包藏祸心，篡盗已显。既宗室微弱，帝族无位，斟酌古式，依假权宜，上臣大司马、汉中王。臣伏自三省，受国厚恩，荷任一方，陈力未效，所获已过，不宜复忝高位，以重罪谤。群寮见逼，迫臣以义。臣退惟寇贼不枭，国难未已，宗庙倾危，社稷将坠，成臣忧责碎首之负。若应权通变，以宁靖圣朝，虽赴水火，所不得辞，敢虑常宜，以防后悔。辄顺众议，拜受印玺，以崇国威。仰惟爵号，位高宠厚，俯思报效，忧深责重，惊怖累息，如临于谷。尽力输诚，奖厉六师，率齐群义，应天顺时，扑讨凶逆，以宁社稷，以报万分。谨拜章因驿上还所假左将军、宜城亭侯印绶。"

表到许都，曹操在邺郡闻知玄德自立汉中王，大怒曰："织席小儿，安敢如此！吾誓灭之！"即时传令，尽起倾国之兵，赴两川与汉中王决雌雄。一人出班谏曰："大王不可因一时之怒，亲劳车驾远征。臣有一计，不须张弓只箭，令刘备在蜀自受其祸；待其兵衰力尽，只须一将往征之，便可成功。"操视其人，乃司马懿也。操喜问曰："仲达有何高见？"懿曰："江东孙权，以妹嫁刘备，而又乘间窃取回去；刘备又据占荆州不还；彼此俱有切齿之恨。今可差一舌辩之士，赍书往说孙权，使兴兵取荆州；刘备必发两川之兵以救荆州。那时大王兴兵去取汉川，令刘备首尾不能相救，势必危矣。"

操大喜，即修书令满宠为使，星夜投江东来见孙权。权知满宠到，遂与谋士商议。张昭进曰："魏与吴本无仇；前因听诸葛之说词，致两家连年征战不息，生灵遭其涂炭。今满伯宁来，必有讲和之意，可以礼接之。"权依其言，令众谋士接满宠入城相见。礼毕，权以宾

第七十三回　玄德进位汉中王　云长攻拔襄阳郡　465

礼待宠。宠呈上操书，曰：“吴、魏自来无仇，皆因刘备之故，致生衅隙。魏王差某到此，约将军攻取荆州，魏王以兵临汉川，首尾夹击。破刘之后，共分疆土，誓不相侵。”孙权览书毕，设筵相待满宠，送归馆舍安歇。

权与众谋士商议。顾雍曰："虽是说词，其中有理。今可一面送满宠回，约会曹操，首尾相击；一面使人过江探云长动静，方可行事。"诸葛瑾曰："某闻云长自到荆州，刘备娶与妻室，先生一子，次生一女。其女尚幼，未许字人。某愿往与主公世子求婚。若云长肯许，即与云长计议共破曹操；若云长不肯，然后助曹取荆州。"孙权用其谋，先送满宠回许都；却遣诸葛瑾为使，投荆州来。入城见云长，礼毕。云长曰："子瑜此来何意？"瑾曰："特来求结两家之好：吾主吴侯有一子，甚聪明；闻将军有一女，特来求亲。两家结好，并力破曹。此诚美事，请君侯思之。"云长勃然大怒曰："吾虎女安肯嫁犬子乎！不看汝弟之面，立斩汝首！再休多言！"遂唤左右逐出。瑾抱头鼠窜，回见吴侯；不敢隐匿，遂以实告。权大怒曰："何太无礼耶！"便唤张昭等文武官员，商议取荆州之策。

　　据《资治通鉴》卷六十八：权尝为其子求昏于羽，羽骂其使，不许昏；权由是怒。
　　据《三国志·蜀书·关羽传》：权遣使为子索羽女，羽骂辱其使，不许婚，权大怒。

步骘曰："曹操久欲篡汉，所惧者刘备也；今遣使来令吴兴兵吞蜀，此嫁祸于吴也。"权曰："孤亦欲取荆州久矣。"骘曰："今曹仁现屯兵于襄阳、樊城，又无长江之险，旱路可取荆州；如何不取，却令主公动兵？只此便见其心。主公可遣使去许都见操，令曹仁旱路先起兵取荆州，云长必掣荆州之兵而取樊城。若云长一动，主公可遣一将，暗取荆州，一举可得矣。"权从其议，即时遣使过江，上书曹操，陈说此事。操大喜，发付使者先回，随遣满宠往樊城助曹仁，为参谋官，商议动兵；一面驰檄东吴，令领兵水路接应，以取荆州。

却说汉中王令魏延总督军马，守御东川。遂引百官回成都。

　　据《资治通鉴》卷六十八：（建安二十四年）秋七月，刘备自称汉中王……拔牙门将军义阳魏延为镇远将军，领汉中太守，以镇汉川。备还治成都。
　　据《三国志·蜀书·先主传》：于是还治成都。拔魏延为都督，镇汉中。

差官起造宫庭，又置馆舍，自成都至白水，共建四百余处馆舍亭邮。

　　据《三国志·蜀书·先主传》注引《典略》：备于是起馆舍，筑亭障，从成都至白水关，四百余区。

广积粮草。多造军器，以图进取中原。细作人探听得曹操结连东吴，欲取荆州，即飞报入蜀。汉中王忙请孔明商议。孔明曰："某已料曹操必有此谋；然吴中谋士极多，必教操令曹仁先兴兵矣。"汉中王曰："似此如之奈何？"孔明曰："可差使命就送官诰与云长，令先起兵取樊城，使敌军胆寒，自然瓦解矣。"

　　按：《演义》称关羽进攻襄樊是诸葛亮的主意，不见于史。

汉中王大喜，即差前部司马费诗为使，赍捧诰命投荆州来。云长出郭，迎接入城。至公廨礼毕，云长问曰："汉中王封我何爵？"诗曰："五虎大将之首。"

　　按："五虎大将"非爵位，而是虚构的官称。据史书，刘备称汉中王时，拜关羽为前将军，假节钺。

云长问："那五虎将？"诗曰："关、张、赵、马、黄是也。"云长怒曰："翼德吾弟也；孟起世代名家；子龙久随吾兄，即吾弟也：位与吾相并，可也。黄忠何等人，敢与吾同列？大丈夫终不与老卒为伍！"遂不肯受印。诗笑曰："将军差矣。昔萧何、曹参与高祖同举大事，最为亲近，而韩信乃楚之亡将也；然信位为王，居萧、曹之上，未闻萧、曹以此为怨。今汉中王虽有五虎将之封，而与将军有兄弟之义，视同一体。将军即汉中王，汉中王即将军也。岂与诸人等哉？将军受汉中王厚恩，当与同休戚、共祸福，不宜计较官号之高下。愿将军熟思之。"云长大悟，乃再拜曰："某之不明，非足下见教，几误大事。"即拜受印绶。

> 据《资治通鉴》卷六十八：（建安二十四年）秋七月，刘备自称汉中王……以许靖为太傅，法正为尚书令，关羽为前将军，张飞为右将军，马超为左将军，黄忠为后将军，余皆进位有差。遣益州前部司马费诗即授关羽印授，羽闻黄忠位与己并，怒曰："大丈夫终不与老兵同列！"不肯受拜。诗谓羽曰："夫立王业者，所用非一。昔萧、曹与高祖少小亲旧，而陈、韩亡命后至；论其班列，韩最居上，未闻萧、曹以此为怨。今汉中王以一时之功隆崇汉室；然意之轻重，宁当与君侯齐乎！且王与君侯譬犹一体，同休等戚，祸福共之。愚谓君侯不宜计官号之高下、爵禄之多少为意也。仆一介之使，衔命之人，君侯不受拜，如是便还，但相为惜此举动，恐有后悔耳。"羽大感悟，遽即受拜。（参见《三国志·蜀书·费诗传》）

> 据《三国志·蜀书·关羽传》：（建安）二十四年，先主为汉中王，拜羽为前将军，假节钺。

费诗方出王旨，令云长领兵取樊城。云长领命，

> 据《三国志·蜀书·关羽传》：（建安二十四年，）羽率众攻曹仁于樊。（参见《资治通鉴》卷六十八，《三国志·蜀书·先主传》）

> 按：《演义》称关羽进攻襄樊是刘备的命令，不见于史。

即时便差傅士仁、

> 据《三国志·蜀书·杨戏传》附《季汉辅臣赞》：士仁字君义，广阳人也，为将军，住公安。

> 据《资治通鉴》卷六十八：关羽……使……将军傅士仁守公安。

> 按：蜀将士仁，《三国志》各传中均作士仁，而《资治通鉴》误衍"傅"字，《演义》据此取其名为傅士仁，疑是罗氏有意为之。士仁叛迎孙权，使关羽退无所据，终致覆败；罗氏鄙其为人，故使其名谐音"不是人"。

糜芳

> 据《三国志·蜀书·杨戏传》附《季汉辅臣赞》：糜芳字子方，东海人也，为南郡太守。

二人为先锋，先引一军于荆州城外屯扎；一面设宴城中，款待费诗。饮至二更，忽报城外寨中火起。云长急披挂上马，出城看时，乃是傅士仁、糜芳饮酒，帐后遗火，烧着火炮，满营撼动，把军器粮草，尽皆烧毁。云长引兵救扑，至四更方才火灭。云长入城，召傅士仁、糜芳责之曰："吾令汝二人作先锋，不曾出师，先将许多军器粮草烧毁，火炮打死本部军人。如此误事，要你二人何用？"叱令斩之。费诗告曰："未曾出师，先斩大将，于军不利。可暂免其罪。"云长怒气不息，叱二人曰："吾不看费司马之面，必斩汝二人之首！"乃唤武士各杖四十，摘去先锋印绶，罚糜芳守南郡，傅士仁守公安；且曰："若吾得胜回来之日，稍有差池，二罪俱罚！"二人满面羞惭，喏喏而去。

> 据《资治通鉴》卷六十八：(建安二十四年秋七月,)关羽……使南郡太守糜芳守江陵,将军傅士仁守公安,羽自率众攻曹仁于樊。
>
> 据《三国志·吴书·吕蒙传》注引《吴录》：南郡城中失火,颇焚烧军器。羽以责芳,芳内畏惧。
>
> 据《三国志·蜀书·关羽传》：南郡太守糜芳在江陵,将军士仁屯公安,素皆嫌羽轻己。自羽之出军,芳、仁供给军资,不悉相救。羽言"还当治之",芳、仁咸怀惧不安。(参见《资治通鉴》卷六十八)
>
> 按：史书上说,有一次"南郡城中失火,颇焚烧军器",关羽为此事责备糜芳。《演义》则称,建安二十四年(219)七月,关羽北攻襄樊之前,荆州城外失火,烧毁军器粮草,关羽为此事责备糜芳和傅士仁,不但责打他们,还摘去他们的先锋印绶,罚糜芳守江陵,傅士仁守公安。

云长便令廖化为先锋,关平为副将,自总中军,马良、伊籍为参谋,一同征进。先是,有胡华之子胡班,到荆州来投降关公；公念其旧日相救之情,甚爱之；令随费诗入川,见汉中王受爵。费诗辞别关公,带了胡班,自回蜀中去了。

且说关公是日祭了"帅"字大旗,假寐于帐中。忽见一猪,其大如牛,浑身黑色,奔入帐中,径咬云长之足。云长大怒,急拔剑斩之,声如裂帛。霎然惊觉,乃是一梦。便觉左足阴阴疼痛,心中大疑。唤关平至,以梦告之。平对曰："猪亦有龙象。龙附足,乃升腾之意,不必疑忌。"云长聚多官于帐下,告以梦兆。或言吉祥者,或言不祥者,众论不一。云长曰："吾大丈夫,年近六旬,即死何憾!"

> 据《三国志·蜀书·关羽传》注引《蜀记》：羽初出军围樊,梦猪啮其足,语子平曰："吾今年衰矣,然不得还!"

正言间,蜀使至,传汉中王旨,拜云长为前将军,假节钺,都督荆襄九郡事。

> 据《三国志·蜀书·关羽传》：(建安)二十四年,先主为汉中王,拜羽为前将军,假节钺。

云长受命讫,众官拜贺曰："此足见猪龙之瑞也。"于是云长坦然不疑,遂起兵奔襄阳大路而来。

曹仁正在城中,忽报云长自领兵来。仁大惊,欲坚守不出,副将翟元曰："今魏王令将军约会东吴取荆州；今彼自来,是送死也,何故避之！"参谋满宠谏曰："吾素知云长勇而有谋,未可轻敌。不如坚守,乃为上策。"骁将夏侯存曰："此书生之言耳。岂不闻'水来土掩,将至兵迎'？我军以逸待劳,自可取胜。"曹仁从其言,令满宠守樊城,自领兵来迎云长。云长知曹兵来,唤关平、廖化二将,受计而往。与曹兵两阵对圆,廖化出马搦战。翟元出迎。二将战不多时,化诈败,拨马便走,翟元从后追杀,荆州兵退二十里。次日,又来搦战。夏侯存、翟元一齐出迎,荆州兵又败,又追杀二十余里。忽听得背后喊声大震,鼓角齐鸣。曹仁急命前军速回,背后关平、廖化杀来,曹兵大乱。曹仁知是中计,先掣一军飞奔襄阳；离城数里,前面绣旗招颭,云长勒马横刀,拦住去路。曹仁胆战心惊,不敢交锋,望襄阳斜路而走。云长不赶。须臾,夏侯存军至,见了云长,大怒,便与云长交锋,只一合,被云长砍死。翟元便走,被关平赶上,一刀斩之。乘势追杀,曹兵大半死于襄江之中。曹仁退守樊城。

云长得了襄阳,赏军抚民。

> 按：《演义》称关羽攻占襄阳,与史不合。据史书记载,关羽于水淹七军之后,率

军包围了樊城和襄阳,但均未攻克。

随军司马王甫曰:"将军一鼓而下襄阳,曹兵虽然丧胆,然以愚意论之:今东吴吕蒙屯兵陆口,常有吞并荆州之意;倘率兵径取荆州,如之奈何?"云长曰:"吾亦念及此。汝便可提调此事:去沿江上下,或二十里,或三十里,选高阜处置一烽火台,每台用五十军守之;倘吴兵渡江,夜则明火,昼则举烟为号。吾当亲往击之。"王甫曰:"糜芳、傅士仁守二隘口,恐不竭力;必须再得一人以总督荆州。"云长曰:"吾已差治中潘濬守之,

  据《三国志·吴书·潘濬传》:潘濬字承明,武陵汉寿人也。……刘备领荆州,以濬为治中从事。备入蜀,留典州事。

  据《三国志·蜀书·杨戏传》附《季汉辅臣赞》:潘濬字承明,武陵人也。先主入蜀,以为荆州治中,典留州事,亦与关羽不穆。孙权袭羽,遂入吴。

有何虑焉?"甫曰:"潘濬平生多忌而好利,不可任用。可差军前都督粮料官赵累代之。赵累为人忠诚廉直。若用此人,万无一失。"云长曰:"吾素知潘濬为人。今既差定,不必更改。赵累现掌粮料,亦是重事。汝勿多疑,只与我筑烽火台去。"王甫怏怏拜辞而行。云长令关平准备船只渡襄江,攻打樊城。

却说曹仁折了二将,退守樊城,谓满宠曰:"不听公言,兵败将亡,失却襄阳,如之奈何?"宠曰:"云长虎将,足智多谋,不可轻敌,只宜坚守。"正言间,人报云长渡江而来,攻打樊城。仁大惊,宠曰:"只宜坚守。"部将吕常奋然曰:"某乞兵数千,愿当来军于襄江之内。"宠谏曰:"不可。"吕常怒曰:"据汝等文官之言,只宜坚守,何能退敌?岂不闻兵法云:军半渡可击。今云长军半渡襄江,何不击之?若兵临城下,将至壕边,急难抵当矣。"仁即与兵二千,令吕常出樊城迎战。吕常来至江口,只见前面绣旗开处,云长横刀出马。吕常却欲来迎,后面众军见云长神威凛凛,不战先走,吕常喝止不住。云长混杀过来,曹兵大败,马步军折其大半,残败军奔入樊城。曹仁急差人求救,使命星夜至长安,将书呈上曹操,言:"云长破了襄阳,现围樊城甚急。望拨大将前来救援。"曹操指班部内一人而言曰:"汝可去解樊城之围。"其人应声而出。众视之,乃于禁也。

  据《三国志·蜀书·关羽传》:(建安二十四年,)羽率众攻曹仁于樊。曹公遣于禁助仁。

  据《三国志·魏书·武帝纪》:(建安二十四年秋七月,)遣于禁助曹仁击关羽。

禁曰:"某求一将作先锋,领兵同去。"操又问众人曰:"谁敢作先锋?"一人奋然出曰:"某愿施犬马之劳,生擒关某,献于麾下。"操观之大喜。正是:未见东吴来伺隙,先看北魏又添兵。未知此人是谁,且看下文分解。

第七十四回　庞令明抬榇决死战　关云长放水渰七军

却说曹操欲使于禁赴樊城救援，问众将谁敢作先锋。一人应声愿往。操视之，乃庞德也。操大喜曰："关某威震华夏，未逢对手；今遇令明，真劲敌也。"遂加于禁为征南将军，加庞德为征西都先锋，大起七军，前往樊城。

> 据《三国志·魏书·庞德传》：侯音、卫开等以宛叛，德将所领与曹仁共攻拔宛，斩音、开，遂南屯樊，讨关羽。……仁使德屯樊北十里。

> 按：据史书记载，庞德和于禁救援樊城，两人各率一军，互不相属。并非如《演义》所说，两人是同路人马，于禁是主将，庞德为先锋。

这七军，皆北方强壮之士。两员领军将校：一名董衡，一名董超；当日引各头目参拜于禁。董衡曰："今将军提七枝重兵，去解樊城之厄，期在必胜，乃用庞德为先锋，岂不误事？"禁惊问其故。衡曰："庞德原系马超手下副将，不得已而降魏；今其故主在蜀，职居'五虎上将'；况其亲兄庞柔亦在西川为官，今使他为先锋，是泼油救火也。将军何不启知魏王，别换一人去？"

> 据《三国志·魏书·庞德传》：德将所领……南屯樊，讨关羽。樊下诸将以德兄在汉中，颇疑之。

> 据《三国志·魏书·庞德传》注引《魏略》：德从兄名柔，时在蜀。

禁闻此语，遂连夜入府启知曹操。操省悟，即唤庞德至阶下，令纳下先锋印。德大惊曰："某正欲与大王出力，何故不肯见用？"操曰："孤本无猜疑；但今马超现在西川，汝兄庞柔亦在西川，俱佐刘备。孤纵不疑，奈众口何？"庞德闻之，免冠顿首，流血满面而告曰："某自汉中投降大王，每感厚恩，虽肝脑涂地，不能补报；大王何疑于德也？德昔在故乡时，与兄同居，嫂甚不贤，德乘醉杀之；兄恨德入骨髓，誓不相见，恩已断矣。故主马超，有勇无谋，兵败地亡，孤身入川，今与德各事其主，旧义已绝。德感大王恩遇，安敢萌异志？惟大王察之。"操乃扶起庞德，抚慰曰："孤素知卿忠义，前言特以安众人之心耳。卿可努力建功。卿不负孤，孤亦必不负卿也。"

德拜谢回家，令匠人造一木榇。次日，请诸友赴席，列榇于堂。众亲友见之，皆惊问曰："将军出师，何用此不祥之物？"德举杯谓亲友曰："吾受魏王厚恩，誓以死报。今去樊城与关某决战，我若不能杀彼，必为彼所杀；即不为彼所杀，我亦当自杀。故先备此榇，以示无空回之理。"

> 据《三国志·魏书·庞德传》：德常曰："我受国恩，义在效死。我欲身自击羽。今年我不杀羽，羽当杀我。"

众皆嗟叹。德唤其妻李氏与其子庞会出，谓其妻曰："吾今为先锋，义当效死疆场。我若死，汝好生看养吾儿；吾儿有异相，长大必当与吾报仇也。"妻子痛哭送别，德令扶榇而行。临行，谓部将曰："吾今去与关某死战，我若被关某所杀，汝等即取吾尸置此榇中；我若杀了关某，吾亦即取其首，置此榇内，回献魏王。"部将五百人皆曰："将军如此忠勇，某等敢不竭力相助！"于是引军前进。有人将此言报知曹操。操喜曰："庞德忠勇如此，孤何忧焉！"贾诩曰："庞德恃血气之勇，欲与关某决死战，臣窃虑之。"操然其言，急令人传旨戒庞德曰："关某智勇双全，切不可轻敌。可取则取，不可取则宜谨守。"庞德闻命，谓众将曰："大王何重视关某也？吾料此去，当挫关某三十年之声价。"禁曰："魏王之言，不可不从。"德奋然趱军前至樊城，耀武扬威，鸣锣击鼓。

却说关公正坐帐中，忽探马飞报："曹操差于禁为将，领七枝精壮兵到来。前部先锋庞德，军前抬一木椟，口出不逊之言，誓欲与将军决一死战。兵离城止三十里矣。"关公闻言，勃然变色，美髯飘动，大怒曰："天下英雄，闻吾之名，无不畏服；庞德竖子，何敢藐视吾耶！"唤关平："一面攻打樊城，吾自去斩此匹夫，以雪吾恨！"平曰："父亲不可以泰山之重，与顽石争高下。辱子愿代父去战庞德。"关公曰："汝试一往，吾随后便来接应。"关平出帐，提刀上马，领兵来迎庞德。两阵对圆，魏营一面皂旗上大书"南安庞德"四个白字。庞德青袍银铠，钢刀白马，立于阵前；背后五百军兵紧随，步卒数人肩抬木椟而出。

> 按：庞德抬棺出战，不见于史。

关平大骂庞德："背主之贼！"庞德问部卒曰："此何人也？"或答曰："此关公义子关平也。"德叫曰："吾奉魏王旨，来取汝父之首！汝乃疥癞小儿，吾不杀汝！快唤汝父来！"平大怒，纵马舞刀，来取庞德。德横刀来迎。战三十合，不分胜负，两家各歇。

早有人报知关公。公大怒，令廖化去攻樊城，自己亲来迎敌庞德。关平接着，言与庞德交战，不分胜负。关公随即横刀出马，大叫曰："关云长在此，庞德何不早来受死！"鼓声响处，庞德出马曰："吾奉魏王旨，特来取汝首！恐汝不信，备椟在此。汝若怕死，早下马受降！"关公大骂曰："量汝一匹夫，亦何能为！可惜我青龙刀斩汝鼠贼！"纵马舞刀，来取庞德。德轮刀来迎。二将战有百余合，精神倍长。两军各看得痴呆了。魏军恐庞德有失，急令鸣金收军。关平恐父年老，亦急鸣金。二将各退。庞德归寨，对众曰："人言关公英雄，今日方信也。"正言间，于禁至。相见毕，禁曰："闻将军战关公，百合之上，未得便宜，何不且退军避之？"德奋然曰："魏王命将军为大将，何太弱也？吾来日与关某共决一死，誓不退避！"禁不敢阻而回。

却说关公回寨，谓关平曰："庞德刀法惯熟，真吾敌手。"平曰："俗云：'初生之犊不惧虎，'父亲纵然斩了此人，只是西羌一小卒耳；倘有疏虞，非所以重伯父之托也。"关公曰："吾不杀此人，何以雪恨？吾意已决，再勿多言！"次日，上马引兵前进。庞德亦引兵来迎。两阵对圆，二将齐出，更不打话，出马交锋。斗至五十余合，庞德拨回马，拖刀而走。关公随后追赶。关平恐有疏失，亦随后赶去。关公口中大骂："庞贼！欲使拖刀计，吾岂惧汝？"原来庞德虚作拖刀势，却把刀就鞍鞒挂住，偷拽雕弓，搭上箭，射将来。关平眼快，见庞德拽弓，大叫："贼将休放冷箭！"关公急睁眼看时，弓弦响处，箭早到来；躲闪不及，正中左臂。

> 据《三国志·魏书·庞德传》：后亲与羽交战，射羽中额。时德常乘白马，羽军谓之白马将军，皆惮之。

关平马到，救父回营。庞德勒回马轮刀赶来，忽听得本营锣声大震。德恐后军有失，急勒马回。原来于禁见庞德射中关公，恐他成了大功，灭禁威风，故鸣金收军。庞德回马，问："何故鸣金？"于禁曰："魏王有戒：关公智勇双全。他虽中箭，只恐有诈，故鸣金收军。"德曰："若不收军，吾已斩了此人也。"禁曰："紧行无好步，当缓图之。"庞德不知于禁之意，只懊悔不已。

却说关公回营，拔了箭头。幸得箭射不深，用金疮药敷之。关公痛恨庞德，谓众将曰：

第七十四回 庞令明抬榇决死战 关云长放水渰七军

"吾誓报此一箭之仇！"众将对曰："将军且暂安息几日，然后与战未迟。"次日，人报庞德引军搦战。关公就要出战，众将劝住。庞德令小军毁骂。关平把住隘口，分付众将休报知关公。庞德搦战十余日，无人出迎，乃与于禁商议曰："眼见关公箭疮举发，不能动止；不若乘此机会，统七军一拥杀入寨中，可救樊城之围。"于禁恐庞德成功，只把魏王戒旨相推，不肯动兵。庞德累欲动兵，于禁只不允，乃移七军转过山口，离樊城北十里，依山下寨，禁自领兵截断大路，令庞德屯兵于谷后，使德不能进兵成功。

却说关平见关公箭疮已合，甚是喜悦。忽听得于禁移七军于樊城之北下寨，未知其谋，即报知关公。公遂上马，引数骑上高阜处望之，见樊城城上旗号不整，军士慌乱；城北十里山谷之内，屯着军马；又见襄江水势甚急。看了半晌，唤向导官问曰："樊城北十里山谷，是何地名？"对曰："罾口川也。"关公喜曰："于禁必为我擒矣。"将士问曰："将军何以知之？"关公曰："'鱼'入'罾口'，岂能久乎？"诸将未信。公回本寨。时值八月秋天，骤雨数日。公令人预备船筏，收拾水具。关平问曰："陆地相持，何用水具？"公曰："非汝所知也。于禁七军不屯于广易之地，而聚于罾口川险隘之处。方今秋雨连绵，襄江之水必然泛涨。吾已差人堰住各处水口，待水发时，乘高就船，放水一渰，樊城、罾口川之兵皆为鱼鳖矣。"关平拜服。

> 按：水淹七军，据史书记载，是因大霖雨导致汉水暴溢，是一场天灾，并非关羽事先谋划。但关羽熟悉江汉一带的地理、气候和水文情况，故能因势利导而取胜。

却说魏军屯于罾口川，连日大雨不止。督将成何来见于禁曰："大军屯于川口，地势甚低；虽有土山，离营稍远。即今秋雨连绵，军士艰辛。近有人报说荆州兵移于高阜处，又于汉水口预备战筏；倘江水泛涨，我军危矣，宜早为计。"于禁叱曰："匹夫惑吾军心耶！再有多言者斩之！"成何羞惭而退，却来见庞德，说此事。德曰："汝所见甚当。于将军不肯移兵，吾明日自移军屯于他处。"

计议方定，是夜风雨大作。庞德坐于帐中，只听得万马争奔，征鼙震地。德大惊，急出帐上马看时，四面八方，大水骤至；七军乱窜，随波逐浪者，不计其数。平地水深丈余，于禁、庞德与诸将各登小山避水。比及平明，关公及众将皆摇旗鼓噪，乘大船而来。于禁见四下无路，左右止有五六十人，料不能逃，口称"愿降"。

> 据《资治通鉴》卷六十八：（建安二十四年秋）八月，大霖雨，汉水溢，平地数丈，于禁等七军皆没。禁与诸将登高避水，羽乘大船就攻之，禁等穷迫，遂降。（参见《三国志·魏书·于禁传》《武帝纪》，《三国志·蜀书·关羽传》）
>
> 据《三国志·吴书·吴主传》：（建安）二十四年，关羽围曹仁于襄阳，曹公遣左将军于禁救之。会汉水暴起，羽以舟兵尽虏禁等步骑三万送江陵，惟城未拔。

关公令尽去衣甲，拘收入船，然后来擒庞德。时庞德并二董及成何，与步卒五百人，

> 按：此处"五百人"系罗贯中误解了史书"五伯"一词的含义而致误。史书中"五伯"即伍伯。古代军中五人为一伍，伍伯为五人之首，即伍长。其职司多为舆卫前导及执杖行刑。

皆无衣甲，立在堤上。见关公来，庞德全无惧怯，奋然前来接战。关公将船四面围定，军士一齐放箭，射死魏兵大半。董衡、董超见势已危，乃告庞德曰："军士折伤大半，四下无路，不如投降。"庞德大怒曰："吾受魏王厚恩，岂肯屈节于人！"遂亲斩董衡、董超于前，厉声曰："再说降者，以此二人为例！"于是众皆奋力御敌。自平明战至日中，勇力倍增。关公催四面急攻，矢石如雨。德令军士用短兵接战。德回顾成何曰："吾闻'勇将不怯死以苟免，

壮士不毁节而求生'。今日乃我死日也。汝可努力死战。"成何依令向前，被关公一箭射落水中。众军皆降，止有庞德一人力战。正遇荆州数十人，驾小船近堤来，德提刀飞身一跃，早上小船，立杀十余人，余皆弃船赴水逃命。庞德一手提刀，一手使短棹，欲向樊城而走。只见上流头，一将撑大筏而至，将小船撞翻，庞德落于水中。船上那将跳下水去，生擒庞德上船。众视之，擒庞德者，乃周仓也。仓素知水性，又在荆州住了数年，愈加惯熟；更兼力大，因此擒了庞德。于禁所领七军，皆死于水中。其会水者料无去路，亦皆投降。后人有诗曰：

夜半征鼙响震天，襄樊平地作深渊。关公神算谁能及，华夏威名万古传。

关公回到高阜去处，升帐而坐。群刀手押过于禁来。禁拜伏于地，乞哀请命。关公曰："汝怎敢抗吾？"禁曰："上命差遣，身不由己。望君侯怜悯，誓以死报。"公绰髯笑曰："吾杀汝，犹杀狗彘耳，空污刀斧！"令人缚送荆州大牢内监候："待吾回，别作区处。"发落去讫。关公又令押过庞德。德睁眉怒目，立而不跪，关公曰："汝兄现在汉中；汝故主马超，亦在蜀中为大将。汝如何不早降？"德大怒曰："吾宁死于刀下，岂降汝耶！"骂不绝口。公大怒，喝令刀斧手推出斩之。德引颈受刑。关公怜而葬之。

据《三国志·魏书·庞德传》：会天霖雨十余日，汉水暴溢，樊下平地五六丈，德与诸将避水上堤。羽乘船攻之，以大船四面射堤上。德被甲持弓，箭不虚发。将军董衡、部曲将董超等欲降，德皆收斩之。自平旦力战至日过中，羽攻益急，矢尽，短兵接战。德谓督将成何曰："吾闻良将不怯死以苟免，烈士不毁节以求生，今日，我死日也。"战益怒，气愈壮，而水浸盛，吏士皆降。德与麾下将一人，五伯二人，弯弓傅矢，乘小船欲还仁营。水盛船覆，失弓矢，独抱船覆水中，为羽所得，立而不跪。羽谓曰："卿兄在汉中，我欲以卿为将，不早降何为？"德骂羽曰："竖子，何谓降也！魏王带甲百万，威振天下。汝刘备庸才耳，岂能敌邪！我宁为国家鬼，不为贼将也。"遂为羽所杀。（参见《资治通鉴》卷六十八）

于是乘水势未退，复上战船，引大小将校来攻樊城。

却说樊城周围，白浪滔天，水势益甚，城垣渐渐浸塌，男女担土搬砖，填塞不住。曹军众将，无不丧胆，慌忙来告曹仁曰："今日之危，非力可救；可趁敌军未至，乘舟夜走，虽然失城，尚可全身。"仁从其言。方欲备船出走，满宠谏曰："不可。山水骤至，岂能长存？不旬日即当自退。关公虽未攻城，已遣别将在郏下。其所以不敢轻进者，虑吾军袭其后也。今若弃城而去，黄河以南，非国家之有矣。愿将军固守此城，以为保障。"仁拱手称谢曰："非伯宁之教，几误大事。"乃骑白马上城，聚众将发誓曰："吾受魏王命，保守此城；但有言弃城而去者斩！"诸将皆曰："某等愿以死据守！"仁大喜，就城上设弓弩数百，军士昼夜防护，不敢懈怠。老幼居民，担土石填塞城垣。旬日之内，水势渐退。

据《资治通鉴》卷六十八：羽急攻樊城，城得水，往往崩坏，众皆汹惧。或谓曹仁曰："今日之危，非力所支，可及羽围未合，乘轻船夜走。"汝南太守满宠曰："山水速疾，冀其不久。闻羽遣别将已在郏下，自许以南，百姓扰扰，羽所以不敢遂进者，恐吾军掎其后耳。今若遁去，洪河以南，非复国家有也，君宜待之。"仁曰："善！"乃沉白马与军人盟誓，同心固守。城中人马才数千人，城不没者数板。羽乘船临城，立围数重，外内断绝。羽又遣别将围将军吕常于襄阳。荆州刺史胡修、南乡太守傅方皆降于羽。（参见《三国志·魏书·满宠传》）

据《三国志·魏书·曹仁传》：关羽攻樊，时汉水暴溢，于禁等七军皆没，禁降羽。仁人马数千人守城，城不没者数板。羽乘船临城，围数重，外内断绝，粮食欲尽，救兵

第七十四回　庞令明抬榇决死战　关云长放水淹七军

不至。仁激厉将士，示以必死，将士感之皆无二。

关公自擒魏将于禁等，威震天下，无不惊骇。忽次子关兴来寨内省亲。公就令兴赍诸官立功文书去成都见汉中王，各求升迁。兴拜辞父亲，径投成都去讫。

却说关公分兵一半，直抵郏下。公自领兵四面攻打樊城。当日关公到北门，立马扬鞭，指而问曰："汝等鼠辈，不早来降，更待何时？"正言间，曹仁在敌楼上，见关公身上止披掩心甲，斜袒着绿袍，乃急招五百弓弩手，一齐放箭。公急勒马回时，右臂上中一弩箭，翻身落马。正是：水里七军方丧胆，城中一箭忽伤身。未知关公性命如何，且看下文分解。

第七十五回　关云长刮骨疗毒　吕子明白衣渡江

却说曹仁见关公落马，即引兵冲出城来，被关平一阵杀回，救关公归寨，拔出臂箭。原来箭头有药，毒已入骨，右臂青肿，不能运动。关平慌与众将商议曰："父亲若损此臂，安能出敌？不如暂回荆州调理。"于是与众将入帐见关公。公问曰："汝等来有何事？"众对曰："某等因见君侯右臂损伤，恐临敌致怒，冲突不便。众议可暂班师回荆州调理。"公怒曰："吾取樊城，只在目前；取了樊城，即当长驱大进，径到许都，剿灭操贼，以安汉室。岂可因小疮而误大事？汝等敢慢吾军心耶！"平等默然而退。

众将见公不肯退兵，疮又不痊，只得四方访问名医。忽一日，有人从江东驾小舟而来，直至寨前。小校引见关平。平视其人：方巾阔服，臂挽青囊；自言姓名，乃沛国谯郡人，姓华，名佗，字元化。

> 据《三国志·魏书·方技传·华佗传》《后汉书·方术传·华佗传》：华佗字元化，沛国谯人也，一名旉。

因闻关将军乃天下英雄，今中毒箭，特来医治。平曰："莫非昔日医东吴周泰者乎？"佗曰："然。"平大喜，即与众将同引华佗入帐见关公。时关公本是臂疼，恐慢军心，无可消遣，正与马良弈棋；闻有医者至，即召入。礼毕，赐坐。茶罢，佗请臂视之。公袒下衣袍，伸臂令佗看视。佗曰："此乃弩箭所伤，其中有乌头之药，直透入骨；若不早治，此臂无用矣。"公曰："用何物治之？"佗曰："某自有治法，但恐君侯惧耳。"公笑曰："吾视死如归，有何惧哉？"佗曰："当于静处立一标柱，上钉大环，请君侯将臂穿于环中，以绳系之，然后以被蒙其首。吾用尖刀割开皮肉，直至于骨，刮去骨上箭毒，用药敷之，以线缝其口，方可无事。但恐君侯惧耳。"公笑曰："如此，容易！何用柱环？"令设酒席相待。

公饮数杯酒毕，一面仍与马良弈棋，伸臂令佗割之。佗取尖刀在手，令一小校捧一大盆于臂下接血。佗曰："某便下手，君侯勿惊。"公曰："任汝医治，吾岂比世间俗子惧痛者耶！"佗乃下刀，割开皮肉，直至于骨，骨上已青；佗用刀刮骨，悉悉有声。帐上帐下见者，皆掩面失色。公饮酒食肉，谈笑弈棋，全无痛苦之色。

须臾，血流盈盆。佗刮尽其毒，敷上药，以线缝之。公大笑而起，谓众将曰："此臂伸舒如故，并无痛矣。先生真神医也！"佗曰："某为医一生，未尝见此。君侯真天神也！"

> 据《三国志·蜀书·关羽传》：羽尝为流矢所中，贯其左臂，后创虽愈，每至阴雨，骨常疼痛，医曰："矢镞有毒，毒入于骨，当破臂作创，刮骨去毒，然后此患乃除耳。"羽便伸臂令医劈之。时羽适请诸将饮食相对，臂血流离，盈于盘器，而羽割炙引酒，言笑自若。

> 按：关羽刮骨疗毒，于史有据，但医生并非华佗。华佗死于建安十三年（208）之前，关羽刮骨疗毒时，华佗已死多年了。史书记载关羽为左臂中箭，《演义》却说是右臂。刮骨疗毒的时间，是在水淹七军之前，《演义》移植到水淹七军之后。

后人有诗曰：

　　治病须分内外科，世间妙艺苦无多。神威罕及惟关将，圣手能医说华佗。

第七十五回 关云长刮骨疗毒 吕子明白衣渡江

关公箭疮既愈,设席款谢华佗。佗曰:"君侯箭疮虽治,然须爱护,切勿怒气伤触。过百日后,平复如旧矣。"关公以金百两酬之。佗曰:"某闻君侯高义,特来医治,岂望报乎!"坚辞不受,留药一帖,以敷疮口,辞别而去。

却说关公擒了于禁,斩了庞德,威名大震,华夏皆惊。探马报到许都,曹操大惊,聚文武商议曰:"某素知云长智勇盖世,今据荆襄,如虎生翼。于禁被擒,庞德被斩,魏兵挫锐;倘彼率兵直至许都,如之奈何?孤欲迁都以避之。"司马懿谏曰:"不可。于禁等被水所淹,非战之故;于国家大计,本无所损。今孙刘失好,云长得志,孙权必不喜;大王可遣使去东吴陈说利害,令孙权暗暗起兵蹑云长之后,许事平之日,割江南之地以封孙权,则樊城之危自解矣。"主簿蒋济曰:"仲达之言是也。今可即发使往东吴,不必迁都动众。"操依允,遂不迁都;

> 据《资治通鉴》卷六十八:陆浑民孙狼等作乱,杀县主簿,南附关羽。羽授狼印,给兵,还为寇贼,自许以南,往往遥应羽,羽威震华夏。魏王操议徙许都以避其锐,丞相军司马司马懿、西曹属蒋济言于操曰:"于禁等为水所没,非战攻之失,于国家大计未足有损。刘备、孙权,外亲内疏,关羽得志,权必不愿也。可遣人劝权蹑其后,许割江南以封权,则樊围自解。"操从之。(参见《三国志·蜀书·关羽传》《三国志·魏书·蒋济传》)

因叹谓诸将曰:"于禁从孤三十年,何期临危反不如庞德也!

> 据《资治通鉴》卷六十八:(建安二十四年秋)八月,大霖雨,汉水溢,平地数丈,于禁等七军皆没。禁……遂降。庞德……为羽所得,立而不跪。……羽杀之。魏王操闻之流涕曰:"吾知于禁三十年,何意临危处难,反不及庞德邪!"封德二子为列侯。(参见《三国志·魏书·于禁传》《庞德传》)

今一面遣使致书东吴,一面必得一大将以当云长之锐。"言未毕,阶下一将应声而出曰:"某愿往。"操视之,乃徐晃也。操大喜,遂拨精兵五万,令徐晃为将,吕建副之,克日起兵,前到阳陵坡驻扎;看东南有应,然后征进。

> 据《资治通鉴》卷六十八:魏王操之出汉中也,使平寇将军徐晃屯宛以助曹仁;及于禁陷没,晃前至阳陵陂。
> 据《三国志·魏书·徐晃传》:复遣晃助曹仁讨关羽,屯宛。会汉水暴隘,于禁等没。羽围仁于樊,又围将军吕常于襄阳。晃所将多新卒,以羽难与争锋,遂前至阳陵陂屯。太祖复还,遣将军徐商、吕建等诣晃,令曰:"须兵马集至,乃俱前。"

却说孙权接得曹操书信,览毕,欣然应允,即修书发付使者先回,乃聚文武商议。张昭曰:"近闻云长擒于禁,斩庞德,威震华夏,操欲迁都以避其锋。今樊城危急,遣使求救,事定之后,恐有反覆。"权未及发言,忽报:"吕蒙乘小舟自陆口来,有事面禀。"权召入问之,蒙曰:"今云长提兵围樊城,可乘其远出,袭取荆州。"权曰:"孤欲北取徐州,如何?"蒙曰:"今操远在河北,未暇东顾,徐州守兵无多,往自可克;然其地势利于陆战,不利水战,纵然得之,亦难保守。不如先取荆州,全据长江,别作良图。"权曰:"孤本欲取荆州,前言特以试卿耳。卿可速为孤图之。孤当随后便起兵也。"

> 据《资治通鉴》卷六十八:初,鲁肃尝劝孙权以曹操尚存,宜且抚辑关羽,与之同仇,不可失也。及吕蒙代肃屯陆口,以为羽素骁雄,有兼并之心,且居国上流,其势难久,密言于权曰:"今令征虏守南郡,潘璋住白帝,蒋钦将游兵万人循江上下,应敌所在,蒙为国家前据襄阳,如此,何忧于操,何赖于羽!且羽君臣矜其诈力,所在反覆,

不可以腹心待也。今羽所以未便东向者，以至尊圣明，蒙等尚存也。今不于强壮时图之，一旦僵仆，欲复陈力，其可得邪！"权曰："今欲先取徐州，然后取羽，何如？"对曰："今操远在河北，抚集幽、冀，未暇东顾，徐土守兵，闻不足言，往自可克。然地势陆通，骁骑所骋，至尊今日取徐州，操后旬必来争，虽以七八万人守之，犹当怀忧。不如取羽，全据长江，形势益张，易为守也。"权善之。（参见《三国志·吴书·吕蒙传》）

吕蒙辞了孙权，回至陆口，早有哨马报说："沿江上下，或二十里，或三十里，高阜处各有烽火台。"又闻荆州军马整肃，预有准备，蒙大惊曰："若如此，急难图也。我一时在吴侯面前劝取荆州，今却如何处置？"寻思无计，乃托病不出，使人回报孙权。权闻吕蒙患病，心甚怏怏。陆逊进言曰："吕子明之病，乃诈耳，非真病也。"权曰："伯言既知其诈，可往视之。"陆逊领命，星夜至陆口寨中，来见吕蒙，果然面无病色。逊曰："某奉吴侯命，敬探子明贵恙。"蒙曰："贱躯偶病，何劳探问。"逊曰："吴侯以重任付公，公不乘时而动，空怀郁结，何也？"蒙目视陆逊，良久不语。逊又曰："愚有小方，能治将军之疾，未审可用否？"蒙乃屏退左右而问曰："伯言良方，乞早赐教。"逊笑曰："子明之疾，不过因荆州兵马整肃，沿江有烽火台之备耳。予有一计，令沿江守吏，不能举火；荆州之兵，束手归降，可乎？"蒙惊谢曰："伯言之语，如见我肺腑。愿闻良策。"陆逊曰："云长倚恃英雄，自料无敌，所虑者惟将军耳。将军乘此机会，托疾辞职，以陆口之任让之他人，使他人卑辞赞美关公，以骄其心，彼必尽撤荆州之兵，以向樊城。若荆州无备，用一旅之师，别出奇计以袭之，则荆州在掌握之中矣。"蒙大喜曰："真良策也！"

由是吕蒙托病不起，上书辞职。陆逊回见孙权，具言前计。孙权乃召吕蒙还建业养病。蒙至，入见权，权问曰："陆口之任，昔周公瑾荐鲁子敬以自代，后子敬又荐卿自代，今卿亦须荐一才望兼隆者，代卿为妙。"蒙曰："若用望重之人，云长必然提备。陆逊意思深长，而未有远名，非云长所忌；若即用以代臣之任，必有所济。"权大喜，即日拜陆逊为偏将军、右都督，代蒙守陆口。

据《资治通鉴》卷六十八：及羽攻樊，吕蒙上疏曰："羽讨樊而多留备兵，必恐蒙图其后故也。蒙常有病，乞分士众还建业，以治疾为名，羽闻之，必撤备兵，尽赴襄阳。大军浮江昼夜驰上，袭其空虚，则南郡可下而羽可禽也。"遂称病笃。权乃露檄召蒙还，阴与图计。蒙下至芜湖，定威校尉陆逊谓蒙曰："关羽接境，如何远下，后不当可忧也？"蒙曰："诚如来言，然我病笃。"逊曰："羽矜其骁气，陵轹于人，始有大功，意骄志逸，但务北进，未嫌于我；有相闻病，必益无备。今出其不意，自可禽制。下见至尊，宜好为计。"蒙曰："羽素勇猛，既难为敌，且已据荆州，恩信大行，兼始有功，胆势益盛，未易图也。"蒙至都，权问："谁可代卿者？"蒙对曰："陆逊意思深长，才堪负重，观其规虑，终可大任；而未有远名，非羽所忌，无复是过也。若用之，当令外自韬隐，内察形便，然后可克。"权乃召逊，拜偏将军、右部督，以代蒙。（参见《三国志·吴书·吕蒙传》《陆逊传》）

按：据史书记载，偷袭荆州，计出吕蒙；《演义》说是陆逊献计，与史相悖。

逊谢曰："某年幼无学，恐不堪重任。"

按：据《三国志·吴书·陆逊传》推算，此时陆逊已三十七岁（虚岁），不应自称"年幼"。

权曰："子明保卿，必不差错。卿毋得推辞。"逊乃拜受印绶，连夜往陆口；交割马步水三军已毕，即修书一封，具名马、异锦、酒礼等物，遣使赍赴樊城见关公。

时公正将息箭疮，按兵不动。忽报："江东陆口守将吕蒙病危，孙权取回调理，近拜陆逊为将，代吕蒙守陆口。今逊差人赍书具礼，特来拜见。"关公召入，指来使而言曰："仲谋见识短浅，用此孺子为将！"来使伏地告曰："陆将军呈书备礼：一来与君侯作贺，二来求两家和好。幸乞笑留。"公拆书视之，书词极其卑谨。关公览毕，仰面大笑，

> 据《三国志·吴书·陆逊传》：逊至陆口，书与羽曰："前承观衅而动，以律行师，小举大克，一何巍巍！敌国败绩，利在同盟，闻庆抃节，想遂席卷，共奖王纲。近以不敏，受任来西，延慕光尘，思禀良规。"又曰："于禁等见获，遐迩欣叹，以为将军之勋足以长世，虽昔晋文城濮之师，淮阴拔赵之略，蔑以尚兹。闻徐晃等少骑驻逜，窥望麾葆。操猾虏也，忿不思难，恐潜增众，以逞其心。虽云师老，犹有骁悍。且战捷之后，常苦轻敌，古人杖术，军胜弥警，愿将军广为方计，以全独克。仆书生疏迟，忝所不堪，喜邻威德，乐自倾尽，虽未合策，犹可怀也。傥明注仰，有以察之。"羽览逊书，有谦下自托之意，意大安，无复所嫌。

令左右收了礼物，发付使者回去。

使者回见陆逊曰："关公欣喜，无复有忧江东之意。"逊大喜，密遣人探得关公果然撤荆州大半兵赴樊城听调，只待箭疮痊可，便欲进兵。逊察知备细，即差人星夜报知孙权。

> 据《资治通鉴》卷六十八：逊至陆口，为书与羽，称其功美，深自谦抑，为尽忠自托之意。羽意大安，无复所嫌，稍撤兵以赴樊。逊具启形状，陈其可禽之要。

孙权召吕蒙商议曰："今云长果撤荆州之兵，攻取樊城，便可设计袭取荆州。卿与吾弟孙皎同引大军前去，何如？"孙皎字叔明，乃孙权叔父孙静之次子也。

> 据《三国志·吴书·孙皎传》：孙皎字叔朗。

> 按：据史书，孙皎字叔朗，《演义》误作"叔明"，是形讹。

蒙曰："主公若以蒙可用则独用蒙；若以叔明可用则独用叔明。岂不闻昔日周瑜、程普为左右都督，事虽决于瑜，然普自以旧臣而居瑜下，颇不相睦；后因见瑜之才，方始敬服？今蒙之才不及瑜，而叔明之亲胜于普，恐未必能相济也。"权大悟，遂拜吕蒙为大都督，总制江东诸路军马；令孙皎在后接应粮草。

> 据《资治通鉴》卷六十八：羽得于禁等人马数万，粮食乏绝，擅取权湘关米；权闻之，遂发兵袭羽。权欲令征虏将军孙皎与吕蒙为左右部大督，蒙曰："若至尊以征虏能，宜用之；以蒙能，宜用蒙。昔周瑜、程普为左右部督，督兵攻江陵，虽事决于瑜，普自恃久将，且俱是督，遂共不睦，几败国事，此目前之戒也。"权寤，谢蒙曰："以卿为大督，命皎为后继可也。"（参见《三国志·吴书·孙静传附子皎传》《吕蒙传》）

蒙拜谢，点兵三万，快船八十余只，选会水者扮作商人，皆穿白衣，在船上摇橹，却将精兵伏于䑠䑛船中。次调韩当、蒋钦、朱然、潘璋、周泰、徐盛、丁奉等七员大将，相继而进。其余皆随吴侯为合后救应。一面遣使致书曹操，令进兵以袭云长之后；一面先传报陆逊，然后发白衣人，驾快船往浔阳江去，昼夜趱行，直抵北岸。江边烽火台上守台军盘问时，吴人答曰："我等皆是客商，因江中阻风，到此一避。"随将财物送与守台军士。军士信之，遂任其停泊江边。约至二更，䑠䑛中精兵齐出，将烽火台上官军缚倒，暗号一声，八十余船精兵俱起，将紧要去处墩台之军，尽行捉入船中，不曾走了一个。于是长驱大进，径取荆州，

无人知觉。

> 据《资治通鉴》卷六十八：吕蒙至寻阳，尽伏其精兵艨艟中，使白衣摇橹，作商贾人服，昼夜兼行，羽所置江边屯候，尽收缚之，是故羽不闻知。（参见《三国志·吴书·吕蒙传》）

> 按：《演义》称吕蒙让士兵"皆穿白衣"，是对史书中"白衣"一词的误解。史书中的"白衣"，是"更衣"的意思，意即脱去公服换上便装。"使白衣摇橹，作商贾人服"，是让士兵脱掉军装穿上商人的服装。

将至荆州，吕蒙将沿江墩台所获官军，用好言抚慰，各各重赏，令赚开城门，纵火为号。众军领命，吕蒙便教前导。比及半夜，到城下叫门。门吏认得是荆州之兵，开了城门。众军一声喊起，就城门里放起号火。吴兵齐入，袭了荆州。吕蒙便传令军中："如有妄杀一人，妄取民间一物者，定按军法。"原任官吏，并依旧职。将关公家属另养别宅，不许闲人搅扰。一面遣人申报孙权。

> 据《资治通鉴》卷六十八：蒙入江陵，释于禁之囚，得关羽及将士家属，皆抚慰之，约令军中："不得干历人家，有所求取。"……蒙旦暮使亲近存恤耆老，问所不足，疾病者给医药，饥寒者赐衣粮。羽府藏财宝，皆封闭以待权至。（参见《三国志·吴书·吕蒙传》）

一日大雨，蒙上马引数骑点看四门。忽见一人取民间箬笠以盖铠甲，蒙喝左右执下问之，乃蒙之乡人也。蒙曰："汝虽系我同乡，但吾号令已出，汝故犯之，当按军法。"其人泣告曰："其恐雨湿官铠，故取遮盖，非为私用。乞将军念同乡之情！"蒙曰："吾固知汝为覆官铠，然终是不应取民间之物。"叱左右推下斩之。枭首传示毕，然后收其尸首，泣而葬之。自是三军震肃。

> 据《资治通鉴》卷六十八：蒙麾下士，与蒙同郡人，取民家一笠以覆官铠；官铠虽公，蒙犹以为犯军令，不可以乡里故而废法，遂垂涕斩之。于是军中震栗，道不拾遗。（参见《三国志·吴书·吕蒙传》）

不一日，孙权领众至。吕蒙出郭迎接入衙。权慰劳毕，仍命潘濬为治中，掌荆州事；

> 据《资治通鉴》卷六十八：会权至江陵，荆州将吏悉皆归附；独治中从事武陵潘濬称疾不见。权遣人以床就家舆致之，濬伏面著床席不起，涕泣交横，哀哽不能自胜。权呼其字与语，慰谕恳恻，使亲近以手巾拭其面。濬起，下地拜谢。即以为治中，荆州军事一以谘之。（参见《三国志·吴书·潘濬传》注引《江表传》）

监内放出于禁，遣归曹操；

> 据《资治通鉴》卷六十八：蒙入江陵，释于禁之囚。（参见《三国志·吴书·吴主传》）

安民赏军，设宴庆贺。权谓吕蒙曰："今荆州已得，但公安傅士仁、南郡糜芳，此二处如何收复？"言未毕，忽一人出曰："不须张弓只箭，某凭三寸不烂之舌，说公安傅士仁来降，可乎？"众视之，乃虞翻也。权曰："仲翔有何良策，可使傅士仁归降？"翻曰："某自幼与士仁交厚；今若以利害说之，彼必归矣。"权大喜，遂令虞翻领五百军，径奔公安来。

却说傅士仁听知荆州有失，急令闭城坚守。虞翻至，见城门紧闭，遂写书拴于箭上，射入城中。军士拾得，献与傅士仁。士仁拆书视之，乃招降之意。览毕，想起关公去日恨吾之意，不如早降，即令大开城门，请虞翻入城。二人礼毕，各诉旧情。翻说吴侯宽洪大度，礼贤下士；士仁大喜，即同虞翻赍印绶来荆州投降。孙权大悦，仍令去守公安。吕蒙密谓权曰："今云长未获，留士仁于公安，久必有变；不若使往南郡招糜芳归降。"权乃召傅士仁谓曰："糜芳与卿交厚，卿可招来归降，孤自当有重赏。"傅士仁慨然领诺，遂引十余骑，径投南郡招安糜芳。正是：今日公安无守志，从前王甫是良言。未知此去如何，且看下文分解。

第七十六回　徐公明大战沔水　关云长败走麦城

却说糜芳闻荆州有失，正无计可施。忽报公安守将傅士仁至，芳忙接入城，问其事故。士仁曰："吾非不忠，势危力困，不能支持，我今已降东吴。将军亦不如早降。"芳曰："吾等受汉中王厚恩，安忍背之？"士仁曰："关公去日，痛恨吾二人；倘一日得胜而回，必无轻恕。公细察之。"芳曰："吾兄弟久事汉中王，岂可一朝相背？"正犹豫间，忽报关公遣使至，接入厅上。使者曰："关公军中缺粮，特来南郡、公安二处取白米十万石，令二将军星夜解去军前交割。如迟立斩。"芳大惊，顾谓傅士仁曰："今荆州已被东吴所取，此粮怎得过去？"士仁厉声曰："不必多疑！"遂拔剑斩来使于堂上。芳惊曰："公如何斩之？"士仁曰："关公此意，正要斩我二人。我等安可束手受死？公今不早降东吴，必被关公所杀。"正说间，忽报吕蒙引兵杀至城下。芳大惊，乃同傅士仁出城投降。蒙大喜，引见孙权。权重赏二人。安民已毕，大犒三军。

　　据《资治通鉴》卷六十八：糜芳、傅士仁素皆嫌羽轻己，羽之出军，芳、仁供给军资不悉相及，羽言："还，当治之！"芳、仁咸惧。于是蒙令故骑都尉虞翻为书说仁，为陈成败，仁得书即降。翻谓蒙曰："此谲兵也，当将仁行，留兵备城。"遂将仁至南郡。糜芳城守，蒙以仁示之，芳遂开门出降。（参见《三国志·蜀书·关羽传》《杨戏传》附《季汉辅臣赞》《糜竺传附弟芳传》）

　　据《三国志·吴书·吕蒙传》注引《吴书》：将军士仁在公安拒守，蒙令虞翻说之。翻至城门，谓守者曰："吾欲与汝将军语。"仁不肯相见。乃为书曰："明者防祸于未萌，智者图患于将来，知得知失，可与为人，知存知亡，足别吉凶。大军之行，斥候不及施，烽火不及举，此非天命，必有内应。将军不先见时，时至又不应之，独守萦带之城而不降，死战则毁宗灭祀，为天下讥笑。吕虎威欲径到南郡，断绝陆道，生路一塞，案其地形，将军为在箕舌上耳，奔走不得免，降则失义，窃为将军不安，幸熟思焉。"仁得书，流涕而降。翻谓蒙曰："此谲兵也，当将仁行，留兵备城。"遂将仁至南郡。南郡太守糜芳城守，蒙以仁示之，遂降。

　　据《三国志·吴书·吕蒙传》注引《吴录》：南郡城中失火，颇焚烧军器。羽以责芳，芳内畏惧，权闻而诱之，芳潜相和。及蒙攻之，乃以牛酒出降。

　　据《三国志·吴书·吴主传》：（建安二十四年）闰月，权征羽，先遣吕蒙袭公安，获将军士仁。蒙到南郡，南郡太守糜芳以城降。蒙据江陵，抚其老弱，释于禁之囚。陆逊别取宜都，获秭归、枝江、夷道，还屯夷陵，守峡口以备蜀。

时曹操在许都，正与众谋士议荆州之事，忽报东吴遣使奉书至。操召入，使者呈上书信。操拆视之，书中具言吴兵将袭荆州，求操夹攻云长；且嘱："勿泄漏，使云长有备也。"操与众谋士商议，主簿董昭曰："今樊城被困，引颈望救，不如令人将书射入樊城，以宽军心；且使关公知东吴将袭荆州。彼恐荆州有失，必速退兵，却令徐晃乘势掩杀，可获全功。"操从其谋，

　　据《资治通鉴》卷六十八：孙权为笺与魏王操，请以讨羽自效，及乞不漏，令羽有

备。操问群臣,群臣咸言宜密之。董昭曰:"军事尚权,期于合宜。宜应权以密,而内露之。羽闻权上,若还自护,围则速解,便获其利。可使两贼相对衔持,坐待其敝。秘而不露,使权得志,非计之上。又,围中将吏不知有救,计粮怖惧。傥有他意,为难不小。露之为便。且羽为人强梁,自恃二城守固,必不速退。"操曰:"善!"即敕徐晃以权书射著围里及羽屯中,围里闻之,志气百倍;羽果犹豫不能去。(参见《三国志·魏书·董昭传》《三国志·吴书·吴主传》)

一面差人催徐晃急战;一面亲统大兵,径往洛阳之南阳陵坡驻扎,以救曹仁。

据《资治通鉴》卷六十八:魏王操自雒阳南救曹仁,群下皆谓:"王不亟行,今败矣。"侍中桓阶独曰:"大王以仁等为足以料事势不也?"曰:"能。""大王恐二人遗力邪?"曰:"不然。""然则何为自往?"曰:"吾恐虏众多,而徐晃等势不便耳。"阶曰:"今仁等处重围之中而守死无贰者,诚以大王远为之势也。夫居万死之地,必有死争之心。内怀死争,外有强救,大王案六军以示余力,何忧于败而欲自往?"操善其言,乃驻军摩陂,前后遣殷署、朱盖等凡十二营诣晃。(参见《三国志·魏书·桓阶传》)

却说徐晃正坐帐中,忽报魏王使至。晃接入问之,使曰:"今魏王引兵,已过洛阳;令将军急战关公,以解樊城之困。"正说间,探马报说:"关平屯兵在偃城,廖化屯兵在四冢:前后一十二个寨栅,连络不绝。"晃即差副将徐商、吕建假着徐晃旗号,前赴偃城与关平交战。晃却自引精兵五百,循沔水去袭偃城之后。

且说关平闻徐晃自引兵至,遂提本部兵迎敌。两阵对圆,关平出马,与徐商交锋,只三合,商大败而走;吕建出战,五六合亦败走。平乘胜追杀二十余里,忽报城中火起。平知中计,急勒兵回救偃城。正遇一彪军摆开,徐晃立马在门旗下,高叫曰:"关平贤侄,好不知死!汝荆州已被东吴夺了,犹然在此狂为!"平大怒,纵马轮刀,直取徐晃;不三四合,三军喊叫,偃城中火光大起。平不敢恋战,杀条大路,径奔四冢寨来。廖化接着。化曰:"人言荆州已被吕蒙袭了,军心惊慌,如之奈何?"平曰:"此必讹言也。军士再言者斩之。"忽流星马到,报说正北第一屯被徐晃领兵攻打。平曰:"若第一屯有失,诸营岂得安宁?此间皆靠沔水,贼兵不敢到此。吾与汝同去救第一屯。"廖化唤部将分付曰:"汝等坚守营寨,如有贼到,即便举火。"部将曰:"四冢寨鹿角十重,虽飞鸟亦不能入,何虑贼兵!"于是关平、廖化尽起四冢寨精兵,奔至第一屯住扎。关平看见魏兵屯于浅山之上,谓廖化曰:"徐晃屯兵,不得地利,今夜可引兵劫寨。"化曰:"将军可分兵一半前去,某当谨守本寨。"

是夜,关平引一枝兵杀入魏寨,不见一人。平知是计,火速退时,左边徐商,右边吕建,两下夹攻。平大败回营,魏兵乘势追杀前来,四面围住。关平、廖化支持不住,弃了第一屯,径投四冢寨来。早望见寨中火起。急到寨前,只见皆是魏兵旗号。关平等退兵,忙奔樊城大路而走。前面一军拦住,为首大将,乃是徐晃也。平、化二人奋力死战,夺路而走,回到大寨,来见关公曰:"今徐晃夺了偃城等处;又兼曹操自引大军,分三路来救樊城;多有人言荆州已被吕蒙袭了。"关公喝曰:"此敌人讹言,以乱我军心耳!东吴吕蒙病危,孺子陆逊代之,不足为虑!"言未毕,忽报徐晃兵至。公令备马。平谏曰:"父体未痊,不可与敌。"公曰:"徐晃与吾有旧,深知其能;若彼不退,吾先斩之,以警魏将。"遂披挂提刀上马,奋然而出。魏军见之,无不惊惧。公勒马问曰:"徐公明安在?"魏营门旗开处,徐晃出马,欠身而言曰:"自别君侯,倏忽数载,不想君侯须发已苍白矣!忆昔壮年相从,多蒙教诲,感谢不忘。今君侯英风震于华夏,使故人闻之,不胜叹羡!兹幸得一见,深慰渴怀。"公曰:"吾与公明交契深厚,非比他人;今何故数穷吾儿耶?"晃回顾众将,厉声大叫曰:"若取得云长首级者,重赏千金!"公惊曰:"公明何出此言?"晃曰:"今日乃国家之事,某不敢以私废公。"

据《三国志·蜀书·关羽传》注引《蜀记》：羽与晃宿相爱，遥共语，但说平生，不及军事。须臾，晃下马宣令："得关云长头，赏金千斤。"羽惊怖，谓晃曰："大兄，是何言邪！"晃曰："此国之事耳。"

言讫，挥大斧直取关公。公大怒，亦挥刀迎之。战八十余合，公虽武艺绝伦，终是右臂少力。关平恐公有失，火急鸣金，公拨马回寨。

据《资治通鉴》卷六十八：晃前至阳陵陂。关羽遣兵屯偃城，晃既到，诡道作都堑，示欲截其后，羽兵烧屯走。晃得偃城，连营稍前。……关羽围头有屯，又别屯四冢，晃乃扬声当攻围头屯而密攻四冢。羽见四冢欲坏，自将步骑五千出战；晃击之，退走。羽围堑鹿角十重，晃追羽，与俱入围中，破之，傅方、胡修皆死，羽遂撤围退，然舟船犹据沔水，襄阳隔绝不通。（参见《三国志·魏书·徐晃传》）

忽闻四下里喊声大震。原来是樊城曹仁闻曹操救兵至，引军杀出城来，与徐晃会合，两下夹攻，荆州兵大乱。

据《三国志·魏书·曹仁传》：徐晃救至，水亦稍减，晃从外击羽，仁得溃围出，羽退走。（参见《三国志·魏书·武帝纪》）

关公上马，引众将急奔襄江上流头。背后魏兵追至。关公急渡过襄江，望襄阳而奔。忽流星马到，报说："荆州已被吕蒙所夺，家眷被陷。"关公大惊。不敢奔襄阳，提兵投公安来。探马又报："公安傅士仁已降东吴了。"关公大怒。忽催粮人到，报说："公安傅士仁往南郡，杀了使命，招糜芳都降东吴去了。"关公闻言，怒气冲塞，疮口迸裂，昏绝于地。众将救醒，公顾谓司马王甫曰："悔不听足下之言，今日果有此事！"因问："沿江上下，何不举火？"探马答曰："吕蒙使水手尽穿白衣，扮作客商渡江，将精兵伏于艣䑦之中，先擒了守台士卒，因此不得举火。"公跌足叹曰："吾中奸贼之谋矣！有何面目见兄长耶！"管粮都督赵累曰："今事急矣，可一面差人往成都求救，一面从旱路去取荆州。"关公依言，差马良、伊籍赍文三道，星夜赴成都求救；一面引兵来取荆州，自领前队先行，留廖化、关平断后。

却说樊城围解，

据《资治通鉴》卷六十八：关羽闻南郡破，即走南还。曹仁会诸将议，咸曰："今因羽危惧，可追禽也。"赵俨曰："权邀羽连兵之难，欲掩制其后，顾羽还救，恐我承其两疲，故顺辞求效，乘衅因变以观利钝耳。今羽已孤迸，更宜存之以为权害。若深入追北，权则改虞于彼，将生患于我矣，王必以此为深虑。"仁乃解严。魏王操闻羽走，恐诸将追之，果疾敕仁，如俨所策。（参见《三国志·魏书·赵俨传》）

曹仁引众将来见曹操，泣拜请罪。操曰："此乃天数，非汝等之罪也。"操重赏三军，亲至四冢寨周围阅视，顾谓众将曰："荆州兵围堑鹿角数重，徐公明深入其中，竟获全功。孤用兵三十余年，未敢长驱径入敌围。公明真胆识兼优者也！"众皆叹服。操班师还于摩陂驻扎。徐晃兵至，操亲出寨迎之，见晃军皆按队伍而行，并无差乱。操大喜曰："徐将军真有周亚夫之风矣！"

据《三国志·魏书·徐晃传》：太祖令曰："贼围堑鹿角十重，将军致战全胜，遂陷贼围，多斩首虏。吾用兵三十余年，及所闻古之善用兵者，未有长驱径入敌围者也。且樊、襄阳之在围，过于莒、即墨，将军之功，逾孙武、穰苴。"晃振旅还摩陂，太祖迎晃七里，置酒大会。太祖举卮酒劝晃，且劳之曰："全樊、襄阳，将军之功也。"时诸军皆集，太祖案行诸营，士卒咸离陈观，而晃军营整齐，将士驻陈不动。太祖叹曰："徐将军可谓有周亚夫之风矣。"（参见《资治通鉴》卷六十八）

遂封徐晃为平南将军，同夏侯尚守襄阳，以遏关公之师。操因荆州未定，就屯兵于摩陂，以候消息。

> 据《三国志·魏书·武帝纪》：（建安二十四年）冬十月，军还洛阳。孙权遣使上书，以讨关羽自效。王自洛阳南征羽，未至，晃攻羽，破之，羽走，仁围解。王军摩陂。

却说关公在荆州路上，进退无路，谓赵累曰："目今前有吴兵，后有魏兵，吾在其中，救兵不至，如之奈何？"累曰："昔吕蒙在陆口时，尝致书君侯，两家约好，共诛操贼，今却助操而袭我，是背盟也。君侯暂驻军于此，可差人遗书吕蒙责之，看彼如何对答。"关公从其言，遂修书遣使赴荆州来。

却说吕蒙在荆州，传下号令：凡荆州诸郡，有随关公出征将士之家，不许吴兵搅扰，按月给与粮米；有患病者，遣医治疗。将士之家，感其恩惠，安堵不动。忽报关公使至，吕蒙出郭迎接入城，以宾礼相待。使者呈书与蒙。蒙看毕，谓来使曰："蒙昔日与关将军结好，乃一己之私见；今日之事，乃上命差遣，不得自主。烦使者回报将军，善言致意。"遂设宴款待，送归馆驿安歇。于是随征将士之家，皆来问信；有附家书者，有口传音信者，皆言家门无恙，衣食不缺。

使者辞别吕蒙，蒙亲送出城。使者回见关公，具道吕蒙之语，并说："荆州城中，君侯宝眷并诸将家属，俱各无恙，供给不缺。"公大怒曰："此奸贼之计也！我生不能杀此贼，死必杀之，以雪吾恨！"喝退使者。使者出寨，众将皆来探问家中之事；使者具言各家安好，吕蒙极其恩恤，并将书信传送各将。各将欣喜，皆无战心。

> 据《资治通鉴》卷六十八：关羽数使人与吕蒙相闻，蒙辄厚遇其使，周游城中，家家致问，或手书示信。羽人还，私相参讯，咸知家门无恙，见待过于平时，故羽吏士无斗心。（参见《三国志·吴书·吕蒙传》）

关公率兵取荆州，军行之次，将士多有逃回荆州者。关公愈加恨怒，遂催军前进。忽然喊声大震，一彪军拦住，为首大将，乃蒋钦也，勒马挺枪大叫曰："云长何不早降！"关公骂曰："吾乃汉将，岂降贼乎！"拍马舞刀，直取蒋钦。不三合，钦败走。关公提刀追杀二十余里，喊声忽起，左边山谷中韩当领军冲出，右边山谷中周泰引军冲出，蒋钦回马复战，三路夹攻。关公急撤军回走。行无数里，只见南山冈上人烟聚集，一面白旗招飐，上写"荆州土人"四字，众人都叫本处人速速投降。关公大怒，欲上冈杀之。山崦内又有两军撞出：左边丁奉，右边徐盛；并合蒋钦等三路军马，喊声震地，鼓角喧天，将关公困在垓心。手下将士，渐渐消疏。比及杀到黄昏，关公遥望四山之上，皆是荆州土兵，呼兄唤弟，觅子寻爷，喊声不住。军心尽变，皆应声而去。关公止喝不住，部从止有三百余人。

> 据《三国志·蜀书·关羽传》：曹公遣徐晃救曹仁，羽不能克，引军退还。权已据江陵，尽虏羽士众妻子，羽军遂散。

杀至三更，正东上喊声连天，乃是关平、廖化分两路兵杀入重围，救出关公。关平告曰："军心乱矣，必得城池暂屯，以待援兵。麦城虽小，足可屯扎。"关公从之，催促残军前至麦城，

> 据《资治通鉴》卷六十八：关羽自知孤穷，乃西保麦城。（参见《三国志·吴书·吴主传》《吕蒙传》）

分兵紧守四门，聚将士商议。赵累曰："此处相近上庸，现有刘封、孟达在彼把守，可速差人往求救兵。若得这枝军马接济，以待川兵大至，军心自安矣。"
　　正议间，忽报吴兵已至，将城四面围定。公问曰："谁敢突围而出，往上庸求救？"廖化曰："某愿往。"关平曰："我护送汝出重围。"关公即修书付廖化藏于身畔。饱食上马，开门出城。正遇吴将丁奉截往。被关平奋力冲杀，奉败走，廖化乘势杀出重围。投上庸去了。关平入城，坚守不出。
　　且说刘封、孟达自取上庸，太守申耽率众归降，因此汉中王加刘封为副将军，与孟达同守上庸。

　　　　据《三国志・蜀书・刘封传》：初，刘璋遣扶风孟达副法正，各将兵二千人，使迎先主，先主因令达并领其众，留屯江陵。蜀平后，以达为宜都太守。建安二十四年，命达从秭归北攻房陵，房陵太守蒯祺为达兵所害。达将进攻上庸，先主阴恐达难独任，乃遣封自汉中乘沔水下统达军，与达会上庸。上庸太守申耽举众降，遣妻子及宗族诣成都。先主加耽征北将军，领上庸太守、员乡侯如故，以耽弟仪为建信将军、西城太守，迁封为副军将军。

当日探知关公兵败，二人正议间，忽报廖化至。封令请入问之。化曰："关公兵败，现困于麦城，被围至急。蜀中援兵，不能旦夕即至。特命某突围而出，来此求救。望二将军速起上庸之兵，以救此危。倘稍迟延，公必陷矣。"封曰："将军且歇，容某计议。"
　　化乃至馆驿安歇，专候发兵。刘封谓孟达曰："叔父被困，如之奈何？"达曰："东吴兵精将勇；且荆州九郡，俱已属彼，止有麦城，乃弹丸之地；又闻曹操亲督大军四五十万，屯于摩陂。量我等山城之众，安能敌得两家之强兵？不可轻敌。"封曰："吾亦知之。奈关公是吾叔父，安忍坐视而不救乎？"达笑曰："将军以关公为叔，恐关公未必以将军为侄也。某闻汉中王初嗣将军之时，关公即不悦。后汉中王登位之后，欲立后嗣，问于孔明，孔明曰：'此家事也，问关、张可矣。'汉中王遂遣人至荆州问关公，关公以将军乃螟蛉之子，不可僭立，劝汉中王远置将军于上庸山城之地，以杜后患。此事人人知之，将军岂反不知耶？何今日犹沾沾以叔侄之义，而欲冒险轻动乎？"封曰："君言虽是，但以何词却之？"达曰："但言山城初附，民心未定，不敢造次兴兵，恐失所守。"封从其言。次日，请廖化至，言："此山城初附之所，未能分兵相救。"化大惊，以头叩地曰："若如此，则关公休矣！"达曰："我今即往，一杯之水，安能救一车薪之火乎？将军速回，静候蜀兵至可也。"化大恸告求，刘封、孟达皆拂袖而入。

　　　　据《三国志・蜀书・刘封传》：自关羽围樊城、襄阳，连呼封、达，令发兵自助。封、达辞以山郡初附，未可动摇，不承羽命。

　　　　按：《演义》称，廖化到上庸求救时，刘封本想出兵，但孟达向他提起刘备立太子时，关羽曾以刘封是义子为由反对，刘封遂不救关羽，这一情节不见于史。盛巽昌先生在《三国演义补证本》中指出：关羽求助于刘封、孟达的时间，各史书记载有差异。据《三国志・蜀书・刘封传》，是关羽在北伐凯歌行进中，多次招呼刘封、孟达，非关羽麦城被围时事也。但刘备处置刘封，"责封之侵陵达，又不救羽"，似当又是关羽败退南还时，因两人内讧，未主动出援者。

廖化知事不谐，寻思须告汉中王求救，遂上马大骂出城，望成都而去。

　　　　据《三国志・蜀书・廖化传》：廖化字元俭，本名淳，襄阳人也。为前将军关羽主簿,羽败,属吴。思归先主,乃诈死,时人谓为信然,因携持老母昼夜西行。会先主东征,遇于秭归。先主大悦,以化为宜都太守。

却说关公在麦城盼望上庸兵到,却不见动静;手下止有五六百人,多半带伤;城中无粮,甚是苦楚。忽报城下一人教休放箭,有话来见君侯。公令放人,问之,乃诸葛瑾也。礼毕茶罢,瑾曰:"今奉吴侯命,特来劝谕将军。自古道识时务者为俊杰,今将军所统汉上九郡,皆已属他人矣;止有孤城一区,内无粮草,外无救兵,危在旦夕。将军何不从瑾之言,归顺吴侯,复镇荆襄,可以保全家眷。幸君侯熟思之。"关公正色而言曰:"吾乃解良一武夫,蒙吾主以手足相待,安肯背义投敌国乎?城若破,有死而已。玉可碎而不可改其白,竹可焚而不可毁其节,身虽殒,名可垂于竹帛也。汝勿多言,速请出城,吾欲与孙权决一死战!"瑾曰:"吴侯欲与君侯结秦晋之好,同力破曹,共扶汉室,别无他意。君侯何执迷如是?"言未毕,关平拔剑而前,欲斩诸葛瑾。公止之曰:"彼弟孔明在蜀,佐汝伯父,今若杀彼,伤其兄弟之情也。"遂令左右逐出诸葛瑾。

据《资治通鉴》卷六十八:关羽自知孤穷,乃西保麦城。孙权使诱之,羽伪降,立幡旗为象人于城上,因遁走。(参见《三国志·吴书·吴主传》)

按:《演义》写诸葛瑾劝降,不见于史。

瑾满面羞惭,上马出城,回见吴侯曰:"关公心如铁石,不可说也。"孙权曰:"真忠臣也!似此如之奈何?'吕范曰:"某请卜其休咎。"权即令卜之。范揲蓍成象,乃"地水师卦",更有玄武临应,主敌人远奔。权问吕蒙曰:"卦主敌人远奔,卿以何策擒之?"蒙笑曰:"卦象正合某之机也。关公虽有冲天之翼,飞不出吾罗网矣!"正是:龙游沟壑遭虾戏,凤入牢笼被鸟欺。毕竟吕蒙之计若何,且看下文分解。

第七十七回　玉泉山关公显圣　洛阳城曹操感神

却说孙权求计于吕蒙。蒙曰："吾料关某兵少，必不从大路而逃，麦城正北有险峻小路，必从此路而去。可令朱然引精兵五千，伏于麦城之北二十里；彼军至，不可与敌，只可随后掩杀。彼军定无战心，必奔临沮。却令潘璋引精兵五百，伏于临沮山僻小路，关某可擒矣。今遣将士各门攻打，只空北门，待其出走。"权闻计，令吕范再卜之。卦成，范告曰："此卦主敌人投西北而走，今夜亥时必然就擒。"

据《三国志·吴书·吴范传》：权与吕蒙谋袭关羽，议之近臣，多日不可。权以问范，范曰："得之。"后羽在麦城，使使请降。权问范曰："竟当降否？"范曰："彼有走气，言降诈耳。"权使潘璋邀其径路，觇候者还，白羽已去。范曰："虽去不免。"问其期，曰："明日日中。"权立表下漏以待之。及中不至，权问其故，范曰："时尚未正中也。"顷之，有风动帷，范拊手曰："羽至矣。"须臾，外称万岁，传言得羽。

据《三国志·吴书·虞翻传》：关羽既败走，权使翻筮之，得《兑》下《坎》上，《节》，五爻变之《临》，翻曰："不出二日，必当断头。"果如翻言。权曰："卿不及伏羲，可与东方朔为比矣。"

权大喜，遂令朱然、潘璋领两枝精兵，各依军令埋伏去讫。

且说关公在麦城，计点马步军兵，止剩三百余人；粮草又尽。是夜，城外吴兵招唤各军姓名，越城而去者甚多。救兵又不见到。心中无计，谓王甫曰："吾悔昔日不用公言！今日危急，将复何如？"甫哭告曰："今日之事，虽子牙复生，亦无计可施也。"赵累曰："上庸救兵不至，乃刘封、孟达按兵不动之故。何不弃此孤城，奔入西川，再整兵来，以图恢复？"公曰："吾亦欲如此。"遂上城观之。见北门外敌军不多，因问本城居民："此去往北，地势若何？"答曰："此去皆是山僻小路，可通西川。"公曰："今夜可走此路。"王甫谏曰："小路有埋伏，可走大路。"公曰："虽有埋伏，吾何惧哉！"即下令马步官军，严整装束，准备出城。甫哭曰："君侯于路，小心保重！某与部卒百余人，死据此城，城虽破，身不降也！专望君侯速来救援！"

公亦与泣别。遂留周仓与王甫同守麦城，关公自与关平、赵累引残卒二百余人，突出北门。关公横刀前进，行至初更以后，约走二十余里，只见山凹处，金鼓齐鸣，喊声大震，一彪军到，为首大将朱然，

据《三国志·吴书·朱然传》：朱然字义封，（朱）治姊子也，本姓施氏。

骤马挺枪叫曰："云长休走！趁早投降，免得一死！"公大怒，拍马轮刀来战。朱然便走，公乘势追杀。一棒鼓响，四下伏兵皆起。公不敢战，望临沮小路而走，朱然率兵掩杀。关公所随之兵，渐渐稀少。走不得四五里，前面喊声又震，火光大起，潘璋骤马舞刀杀来。公大怒，轮刀相迎，只三合，潘璋败走。公不敢恋战，急望山路而走。背后关平赶来，报说赵累已死于乱军中。关公不胜悲惶，遂令关平断后，公自在前开路，随行止剩得十余人。行至决石，两下是山，山边皆芦苇败草，树木丛杂。时已五更将尽，正走之间，一声喊起，两下伏兵尽出，长钩套索，一齐并举，先把关公坐下马绊倒。关公翻身落马，被潘璋部将马忠所获。关平知父被擒，火速

来救；背后潘璋、朱然率兵齐至，把关平四下围住。平孤身独战，力尽亦被执。

> 据《三国志·吴书·吴主传》：关羽还当阳，西保麦城。权使诱之。羽伪降，立幡旗为象人于城上，因遁走，兵皆解散，尚十余骑。权先使朱然、潘璋断其径路。（建安二十四年）十二月，璋司马马忠获羽及其子平、都督赵累等于章乡，遂定荆州。

> 据《三国志·吴书·潘璋传》：权征关羽，璋与朱然断羽走道，到临沮，住夹石。璋部下司马马忠禽羽，并羽子平、都督赵累等。（参见《三国志·吴书·朱然传》《吕蒙传》，《三国志·蜀书·关羽传》，《资治通鉴》卷六十八）

至天明，孙权闻关公父子已被擒获，大喜，聚众将于帐中。

少时，马忠簇拥关公至前。权曰："孤久慕将军盛德，欲结秦晋之好，何相弃耶？公平昔自以为天下无敌，今日何由被吾所擒？将军今日还服孙权否？"关公厉声骂曰："碧眼小儿，紫髯鼠辈！吾与刘皇叔桃园结义，誓扶汉室，岂与汝叛汉之贼为伍耶！我今误中奸计，有死而已，何必多言！"权回顾众官曰："云长世之豪杰，孤深爱之。今欲以礼相待，劝使归降，何如？"主簿左咸曰："不可。昔曹操得此人时，封侯赐爵，三日一小宴，五日一大宴，上马一提金，下马一提银，如此恩礼，毕竟留之不住，听其斩关杀将而去，致使今日反为所逼，几欲迁都以避其锋。今主公既已擒之，若不即除，恐贻后患。"孙权沉吟半晌，曰："斯言是也。"遂命推出。于是关公父子皆遇害。

> 据《三国志·蜀书·关羽传》注引《蜀记》：权遣将军击羽，获羽及子平。权欲活羽以敌刘、曹，左右曰："狼子不可养，后必为害。曹公不即除之，自取大患，乃议徙都。今岂可生！"乃斩之。　臣松之按《吴书》：孙权遣将潘璋逆断羽走路，羽至即斩，且临沮去江陵二三百里，岂容不时杀羽，方议其生死乎？又云"权欲活羽以敌刘、曹"，此之不然，可以绝智者之口。

> 按：据《三国志·吴书》记载，关羽于临沮被擒，当即被杀；《演义》称，关羽被押送至江陵，孙权当面劝降，于史无据。

时建安二十四年冬十二月也。关公亡年五十八岁。

> 按：关羽生年，不见于史。《演义》称关羽亡年五十八岁，于史无据。

后人有诗叹曰：
汉末才无敌，云长独出群。神威能奋武，儒雅更知文。
天日心如镜，《春秋》义薄云。昭然垂万古，不止冠三分。

又有诗曰：
人杰惟追古解良，士民争拜汉云长。桃园一日兄和弟，俎豆千秋帝与王。
气挟风雷无匹敌，志垂日月有光芒。至今庙貌盈天下，古木寒鸦几夕阳。

关公既殁，坐下赤兔马被马忠所获，献与孙权。权即赐马忠骑坐。其马数日不食草料而死。

却说王甫在麦城中，骨颤肉惊，乃问周仓曰："昨夜梦见主公浑身血污，立于前；急问之，忽然惊觉。不知主何吉凶？"正说间，忽报吴兵在城下，将关公父子首级招安。王甫、周仓大惊，急登城视之，果关公父子首级也。王甫大叫一声，堕城而死。

> 据《三国志·蜀书·杨戏传》附《季汉辅臣赞》：国山名甫，广汉郪人也。好人流言议。刘璋时，为州书佐。先主定蜀后，为绵竹令，还为荆州议曹从事。随先主征吴，军败于秭归，遇害。

周仓自刎而亡。于是麦城亦属东吴。

却说关公一魂不散，荡荡悠悠，直至一处，乃荆门州当阳县一座山，名为玉泉山。山上有一老僧，法名普静，原是汜水关镇国寺中长老；后因云游天下，来到此处，见山明水秀，就此结草为庵，每日坐禅参道，身边只有一小行者，化饭度日。是夜月白风清，三更已后，普静正在庵中默坐，忽闻空中有人大呼曰："还我头来！"普静仰面谛视，只见空中一人，骑赤兔马，提青龙刀，左有一白面将军、右有一黑脸虬髯之人相随，一齐按落云头，至玉泉山顶。普静认得是关公，遂以手中麈尾击其户曰："云长安在？"关公英魂顿悟，即下马乘风落于庵前，叉手问曰："吾师何人？愿求法号。"普静曰："老僧普静，昔日汜水关前镇国寺中，曾与君侯相会，今日岂遂忘之耶？"公曰："向蒙相救，铭感不忘。今某已遇祸而死，愿求清诲，指点迷途。"普静曰："昔非今是，一切休论；后果前因，彼此不爽。今将军为吕蒙所害，大呼'还我头来'，然则颜良、文丑，五关六将等众人之头，又将向谁索耶？"于是关公恍然大悟，稽首皈依而去。后往往于玉泉山显圣护民，乡人感其德，就于山顶上建庙，四时致祭。后人题一联于其庙云：

赤面秉赤心，骑赤兔追风，驰驱时无忘赤帝；

青灯观青史，仗青龙偃月，隐微处不愧青天。

却说孙权既害了关公，遂尽收荆襄之地，赏犒三军，设宴大会诸将庆功。置吕蒙于上位，顾谓众将曰："孤久不得荆州，今唾手而得，皆子明之功也。"蒙再三逊谢。权曰："昔周郎雄略过人，破曹操于赤壁，不幸早夭，鲁子敬代之。子敬初见孤时，便及帝王大略，此一快也；曹操东下，诸人皆劝孤降，子敬独劝孤召公瑾逆而击之，此二快也；惟劝吾借荆州与刘备，是其一短。今子明设计定谋，立取荆州，胜子敬、周郎多矣！"

据《资治通鉴》卷六十八：权后与陆逊论周瑜、鲁肃及蒙曰："公瑾雄烈，胆略兼人，遂破孟德，开拓荆州，邈焉寡俦。子敬因公瑾致达于孤，孤与宴语，便及大略帝王之业，此一快也。后孟德因获刘琮之势，张言方率数十万众水步俱下，孤普请诸将，咨问所宜，无适先对；至张子布、秦文表俱言宜遣使修檄迎之，子敬即驳言不可，劝孤急呼公瑾，付任以众，逆而击之，此二快也。后虽劝吾借玄德地，是其一短，不足以损其二长也。周公不求备于一人，故孤忘其短而贵其长，常以比方邓禹也。子明少时，孤谓不辞剧易，果敢有胆而已；及身长大，学问开益，筹略奇至，可以次于公瑾，但言议英发不及之耳。图取关羽，胜于子敬。子敬答孤书云：'帝王之起，皆有驱除，羽不足忌。'此子敬内不能办，外为大言耳，孤亦恕之，不苟责也。然其作军屯营，不失令行禁止，部界无废负，路无拾遗，其法亦美矣。"（参见《三国志·吴书·周瑜鲁肃吕蒙传》）

于是亲酌酒赐吕蒙。吕蒙接酒欲饮，忽然掷杯于地，一手揪住孙权，厉声大骂曰："碧眼小儿！紫髯鼠辈！还识我否？"众将大惊，急救时，蒙推倒孙权，大步前进，坐于孙权位上，两眉倒竖，双眼圆睁，大喝曰："我自破黄巾以来，纵横天下三十余年，今被汝一旦以奸计图我，我生不能啖汝之肉，死当追吕贼之魂！我乃汉寿亭侯关云长也。"权大惊，慌忙率大小将士，皆下拜。只见吕蒙倒于地上，七窍流血而死。众将见之，无不恐惧。权将吕蒙尸首，具棺安葬，赠南郡太守、潺陵侯；命其子吕霸袭爵。

据《资治通鉴》卷六十八：权以吕蒙为南郡太守，封孱陵侯，赐钱一亿，黄金五百斤；以陆逊领宜都太守。……吕蒙未及受封而疾发，权迎置于所馆之侧，所以治护者万方。时有加针，权为之惨戚。欲数见其颜色，又恐劳动，常穿壁瞻之，见小能下食，则喜顾左右言笑，不然则咄唶，夜不能寐。病中瘳，为下赦令，群臣毕贺，已而竟卒，年四十二。权

哀痛殊甚，为置守冢三百家。（参见《三国志·吴书·吕蒙传》及注引《江表传》）

孙权自此感关公之事，惊讶不已。

忽报张昭自建业而来。权召入问之。昭曰："今主公损了关公父子，江东祸不远矣！此人与刘备桃园结义之时，誓同生死。今刘备已有两川之兵；更兼诸葛亮之谋，张、黄、马、赵之勇。备若知云长父子遇害，必起倾国之兵，奋力报仇，恐东吴难与敌也。"权闻之大惊，跌足曰："孤失计较也！似此如之奈何？"昭曰："主公勿忧。某有一计，令西蜀之兵不犯东吴，荆州如磐石之安。"权问何计。昭曰："今曹操拥百万之众，虎视华夏，刘备急欲报仇，必与操约和。若二处连兵而来，东吴危矣。不如先遣人将关公首级，转送与曹操，明教刘备知是操之所使，必痛恨于操，西蜀之兵，不向吴而向魏矣。吾乃观其胜负，于中取事。此为上策。"权从其言，随遣使者以木匣盛关公首级，星夜送与曹操。

  据《三国志·蜀书·关羽传》注引《吴历》：权送羽首于曹公，以诸侯礼葬其尸骸。

时操从摩陂班师回洛阳，闻东吴送关公首级至，喜曰："云长已死，吾夜眠贴席矣。"

  据《三国志·魏书·武帝纪》：（建安）二十五年春正月，至洛阳。权击斩羽，传其首。

阶下一人出曰："此乃东吴移祸之计也。"操视之，乃主簿司马懿也。操问其故，懿曰："昔刘、关、张三人桃园结义之时，誓同生死。今东吴害了关公，惧其复仇，故将首级献与大王，使刘备迁怒大王，不攻吴而攻魏，他却于中乘便而图事耳。"操曰："仲达之言是也。孤以何策解之？"懿曰："此事极易。大王可将关公首级，刻一香木之躯以配之，葬以大臣之礼；刘备知之，必深恨孙权，尽力南征。我却观其胜负：蜀胜则击吴，吴胜则击蜀。二处若得一处，那一处亦不久也。"操大喜，从其计，遂召吴使人。呈上木匣，操开匣视之，见关公面如平日。操笑曰："云长公别来无恙！"言未讫，只见关公口开目动，须发皆张，操惊倒。众官急救，良久方醒，顾谓众官曰："关将军真天神也！"吴使又将关公显圣附体、骂孙权追吕蒙之事告操。操愈加恐惧，遂设牲醴祭祀，刻沉香木为躯，以王侯之礼，葬于洛阳南门外，令大小官员送殡，操自拜祭，赠为荆王，差官守墓；即遣吴使回江东去讫。

却说汉中王自东川回成都，法正奏曰："王上先夫人去世；孙夫人又南归，未必再来。人伦之道，不可废也，必纳王妃，以襄内政。"汉中王从之，法正复奏曰："吴懿有一妹，美而且贤。尝闻有相者，相此女后必大贵。先曾许刘焉之子刘瑁，瑁早夭。其女至今寡居，大王可纳之为妃。"汉中王曰："刘瑁与我同宗，于理不可。"法正曰："论其亲疏，何异晋文之与怀嬴乎？"汉中王乃依允，遂纳吴氏为王妃。

  据《三国志·蜀书·先主穆皇后传》：先主穆皇后，陈留人也。兄吴壹，少孤，壹父素与刘焉有旧，是以举家随焉入蜀。焉有异志，而闻善相者相后当大贵。焉时将子瑁自随，遂为瑁纳后。瑁死，后寡居。先主既定益州，而孙夫人还吴，群下劝先主聘后，先主疑与瑁同族，法正进曰："论其亲疏，何与晋文之于子圉乎？"于是纳后为夫人。

  据《三国志·蜀书·杨戏传》附《季汉辅臣赞》：先主定益州，以壹为护军讨逆将军，纳壹妹为夫人。

后生二子：长刘永，字公寿；

  据《三国志·蜀书·刘永传》：刘永字公寿，先主子，后主庶弟也。

次刘理，字奉孝。

据《三国志·蜀书·刘理传》：刘理字奉孝，亦后主庶弟也，与永异母。

且说东西两川，民安国富，田禾大成。忽有人自荆州来，言东吴求婚于关公，关公力拒之。孔明曰："荆州危矣！可使人替关公回。"正商议间，荆州捷报使命，络绎而至。不一日，关兴到，具言水淹七军之事。忽又报马到来，报说关公于江边多设墩台，提防甚密，万无一失。因此玄德放心。

忽一日，玄德自觉浑身肉颤，行坐不安；至夜，不能宁睡，起坐内室，秉烛看书，觉神思昏迷，伏几而卧；就室中起一阵冷风，灯灭复明，抬头见一人立于灯下。玄德问曰："汝何人，黉夜至吾内室？"其人不答。玄德疑怪，自起视之，乃是关公，于灯影下往来躲避。玄德曰："贤弟别来无恙！夜深至此，必有大故。吾与汝情同骨肉，因何回避？"关公泣告曰："愿兄起兵，以雪弟恨！"言讫，冷风骤起，关公不见。玄德忽然惊觉，乃是一梦。时正三鼓。玄德大疑，急出前殿，使人请孔明来。孔明入见，玄德细言梦警。孔明曰："此乃王上心思关公，故有此梦。何必多疑？"玄德再三疑虑，孔明以善言解之。

孔明辞出，至中门外，迎见许靖。靖曰："某才赴军师府下报一机密，听知军师入宫，特来至此。"孔明曰："有何机密？"靖曰："某适闻外人传说，东吴吕蒙已袭荆州，关公已遇害！故特来密报军师。"孔明曰："吾夜观天象，见将星落于荆楚之地，已知云长必然被祸，但恐王上忧虑，故未敢言。"二人正说之间，忽然殿内转出一人，扯住孔明衣袖而言曰："如此凶信，公何瞒我！"孔明视之，乃玄德也。孔明、许靖奏曰："适来所言，皆传闻之事，未足深信。愿王上宽怀，勿生忧虑。"玄德曰："孤与云长，誓同生死；彼若有失，孤岂能独生耶！"

孔明、许靖正劝解之间，忽近侍奏曰："马良、伊籍至。"玄德急召入问之。二人具说荆州已失，关公兵败求救，呈上表章。未及拆观，侍臣又奏荆州廖化至。玄德急召入。化哭拜于地，细奏刘封、孟达不发救兵之事。玄德大惊曰："若如此，吾弟休矣！"孔明曰："刘封、孟达如此无礼，罪不容诛！王上宽心，亮亲提一旅之师，去救荆襄之急。"玄德泣曰："云长有失，孤断不独生！孤来日自提一军去救云长！"遂一面差人赴阆中报知翼德，一面差人会集人马。未及天明，一连数次，报说关公夜走临沮，为吴将所获，义不屈节，父子归神。玄德听罢，大叫一声，昏绝于地。正是：为念当年同誓死，忍教今日独捐生！未知玄德性命如何，且看下文分解。

第七十八回　治风疾神医身死　传遗命奸雄数终

　　却说汉中王闻关公父子遇害，哭倒于地；众文武急救，半晌方醒，扶入内殿。孔明劝曰："王上少忧。自古道'死生有命'；关公平日刚而自矜，故今日有此祸。

　　　　按：诸葛亮称关羽"刚而自矜"之语，移植于《三国志·蜀书·关张马黄赵传》陈寿评："羽刚而自矜，飞暴而无恩，以短取败，理数之常也。"

王上且宜保养尊体，徐图报仇。"玄德曰："孤与关、张二弟桃园结义时，誓同生死。今云长已亡，孤岂能独享富贵乎！"言未已，只见关兴号恸而来。玄德见了，大叫一声，又哭绝于地。众官救醒。一日哭绝三五次，三日水浆不进，只是痛哭；泪湿衣襟，斑斑成血。孔明与众官再三劝解。玄德曰："孤与东吴，誓不同日月也！"孔明曰："闻东吴将关公首级献与曹操，操以王侯礼祭葬之。"玄德曰："此何意也？"孔明曰："此是东吴欲移祸于曹操，操知其谋，故以厚礼葬关公，令王上归怨于吴也。"玄德曰："吾今即提兵问罪于吴，以雪吾恨！"孔明谏曰："不可。方今吴欲令我伐魏，魏亦欲令我伐吴，各怀谲计，伺隙而乘。王上只宜按兵不动，且与关公发丧。待吴、魏不和，乘时而伐之，可也。"众官又再三劝谏，玄德方才进膳，传旨川中大小将士，尽皆挂孝。汉中王亲出南门招魂祭奠，号哭终日。

　　却说曹操在洛阳，自葬关公后，每夜合眼便见关公。操甚惊惧，问于众官。众官曰："洛阳行宫旧殿多妖，可造新殿居之。"操曰："吾欲起一殿，名建始殿。恨无良工。"贾诩曰："洛阳良工有苏越者，最有巧思。"操召入，令画图像。苏越画成九间大殿，前后廊庑楼阁，呈与操。操视之曰："汝画甚合孤意，但恐无栋梁之材。"苏越曰："此去离城三十里，有一潭，名跃龙潭；前有一祠，名跃龙祠。祠傍有一株大梨树，高十余丈，堪作建始殿之梁。"操大喜，即令人工到彼砍伐。次日，回报此树锯解不开，斧砍不入，不能斩伐。操不信，自领数百骑，直至跃龙祠前下马，仰观那树，亭亭如华盖，直侵云汉，并无曲节。操命砍之，乡老数人前来谏曰："此树已数百年矣，常有神人居其上，恐未可伐。"操大怒曰："吾平生游历，普天之下，四十余年，上至天子，下及庶人，无不惧孤；是何妖神，敢违孤意！"言讫，拔所佩剑亲自砍之，铮然有声，血溅满身。操愕然大惊，掷剑上马，回至宫内。是夜二更，操睡卧不安，坐于殿中，隐几而寐。忽见一人披发仗剑，身穿皂衣，直至面前，指操喝曰："吾乃梨树之神也。汝盖建始殿，意欲篡逆，却来伐吾神木！吾知汝数尽，特来杀汝！"操大惊，急呼："武士安在？"皂衣人仗剑砍操。操大叫一声，忽然惊觉，头脑疼痛不可忍。

　　　　据《三国志·魏书·武帝纪》注引《曹瞒传》：王使工苏越徙美梨，掘之，根伤尽出血。越白状，王躬自视而恶之，以为不祥，还遂寝疾。
　　　　据《三国志·魏书·武帝纪》注引《世语》：太祖自汉中至洛阳，起建始殿，伐濯龙祠而树血出。

急传旨遍求良医治疗，不能痊可。众官皆忧。
　　华歆入奏曰："大王知有神医华佗否？"操曰："即江东医周泰者乎？"歆曰："是也。"操曰："虽闻其名，未知其术。"歆曰："华佗字元化，沛国谯郡人也。

>据《三国志·魏书·方技传·华佗传》：华佗字元化，沛国谯人也，一名旉。游学徐土，兼通数经。沛相陈珪举孝廉，太尉黄琬辟，皆不就。（参见《后汉书·方术传·华佗传》）

其医术之妙，世所罕有。但有患者，或用药，或用针，或用灸，随手而愈。若患五脏六腑之疾，药不能效者，以麻肺汤饮之，令病者如醉死，却用尖刀剖开其腹，以药汤洗其脏腑，病人略无疼痛。洗毕，然后以药线缝口，用药敷之；或一月，或二十日，即平复矣：其神妙如此！

>据《三国志·魏书·方技传·华佗传》：晓养性之术，时人以为年且百岁而貌有壮容。又精方药，其疗疾，合汤不过数种，心解分剂，不复称量，煮熟便饮，语其节度，舍去辄愈。若当灸，不过一两处，每处不过七八壮，病亦应除。若当针，亦不过一两处，下针言"当引某许，若至，语人"。病者言"已到"，应便拔针，病亦行差。若病结积在内，针药所不能及，当须割割者，便饮其麻沸散，须臾便如醉死无所知，因破取。病若在肠中，便断肠湔洗，缝腹膏摩，四五日差，不痛，人亦不自寤，一月之间，即平复矣。（参见《后汉书·方术传·华佗传》）

一日，佗行于道上，闻一人呻吟之声。佗曰：'此饮食不下之病。'问之果然。佗令取蒜齑汁三升饮之，吐蛇一条，长二三尺，饮食即下。

>据《三国志·魏书·方技传·华佗传》：佗行道，见一人病咽塞，嗜食而不得下，家人车载欲往就医。佗闻其呻吟，驻车往视，语之曰："向来道边有卖饼家蒜齑大酢，从取三升饮之，病自当去。"即如佗言，立吐蛇一枚，县车边，欲造佗。佗尚未还，小儿戏门前，逆见，自相谓曰："似逢我公，车边病是也。"疾者前入坐，见佗北壁县此蛇辈约以十数。（参见《后汉书·方术传·华佗传》）

广陵太守陈登，心中烦懑，面赤，不能饮食，求佗医治。佗以药饮之，吐虫三升，皆赤头，首尾动摇。登问其故，佗曰：'此因多食鱼腥，故有此毒。今日虽可，三年之后，必将复发，不可救也。'后陈登果三年而死。

>据《三国志·魏书·方技传·华佗传》：广陵太守陈登得病，胸中烦懑，面赤不食。佗脉之曰："府君胃中有虫数升，欲成内疽，食腥物所为也。"即作汤二升，先服一升，斯须尽服之。食顷，吐出三升许虫，赤头皆动，半身是生鱼脍也，所苦便愈。佗曰："此病后三期当发，遇良医乃可济救。"依期果发动，时佗不在，如言而死。（参见《后汉书·方术传·华佗传》）

又有一人眉间生一瘤，痒不可当，令佗视之。佗曰：'内有飞物。'人皆笑之。佗以刀割开，一黄雀飞去，病者即愈。有一人被犬咬足指，随长肉二块，一痛一痒，俱不可忍。佗曰：'痛者内有针十个，痒者内有黑白棋子二枚。'人皆不信。佗以刀割开，果应其言。此人真扁鹊、仓公之流也！现居金城，离此不远，大王何不召之？"

操即差人星夜请华佗入内，令诊脉视疾。佗曰："大王头脑疼痛，因患风而起。病根在脑袋中，风涎不能出，枉服汤药，不可治疗。某有一法：先饮麻肺汤，然后用利斧砍开脑袋，取出风涎，方可除根。"操大怒曰："汝要杀孤耶！"佗曰："大王曾闻关公中毒箭，伤其右臂，某刮骨疗毒，关公略无惧色；今大王小可之疾，何多疑焉？"操曰："臂痛可刮，脑袋安可砍开？汝必与关公情熟，乘此机会，欲报仇耳！"呼左右拿下狱中，拷问其情。贾诩谏曰："似此良医，世罕其匹，未可废也。"操叱曰："此人欲乘机害我，正与吉平无异！"急令追拷。

>据《三国志·魏书·方技传·华佗传》：太祖闻而召佗，佗常在左右。太祖苦头风，每发，心乱目眩，佗针鬲，随手而差。……然本作士人，以医见业，意常自悔，后太祖亲理，

得病笃重，使佗专视。佗曰："此近难济，恒事攻治，可延岁月。"佗久远家思归，因曰："当得家书，方欲暂还耳。"到家，辞以妻病，数乞期不反。太祖累书呼，又敕郡县发遣。佗恃能厌食事，犹不上道。太祖大怒，使人往检。若妻信病，赐小豆四十斛，宽假限日；若其虚诈，便收送之。于是传付许狱，考验首服。荀彧请曰："佗术实工，人命所县，宜含宥之。"太祖曰："不忧，天下当无此鼠辈耶？"遂考竟佗。（参见《后汉书·方术传·华佗传》）

按：《演义》称，华佗要给曹操做开颅手术，引起曹操怀疑，因而被杀。这一情节不见于史。由史书记载可知，华佗被杀，其主要责任在于他自己。按理，凭华佗医术，是可以根除曹操的偏头风的，但华佗"本作士人，以医见业，意常自悔"，因自己就医未能入宦而对曹操不满。他对曹操说，曹操的病"此近难济，恒事攻治，可延岁月"，即无法治愈，只能带病延年。后来华佗请假回家，托辞妻子有病，迟迟不归，并一再拒绝征召，曹操派人查证，知道华佗的妻子是装病，于是将他逮捕下狱。可见华佗被杀的原因，一是欺骗，二是不从征召。

华佗在狱，有一狱卒，姓吴，人皆称为"吴押狱"。此人每日以酒食供奉华佗。佗感其恩，乃告曰："我今将死，恨有《青囊书》未传于世。感公厚意，无可为报；我修一书，公可遣人送与我家，取《青囊书》来赠公，以继吾术。"吴押狱大喜曰："我若得此书，弃了此役，医治天下病人，以传先生之德。"佗即修书付吴押狱。吴押狱直至金城，问佗之妻取了《青囊书》；回至狱中，付与华佗检看毕，佗即将书赠与吴押狱。吴押狱持回家中藏之。旬日之后，华佗竟死于狱中。吴押狱买棺殡殓讫，脱了差役回家，欲取《青囊书》看习，只见其妻正将书在那里焚烧。吴押狱大惊，连忙抢夺，全卷已被烧毁，只剩得一两叶。吴押狱怒骂其妻。妻曰："纵然学得与华佗一般神妙，只落得死于牢中，要他何用！"吴押狱嗟叹而止。因此《青囊书》不曾传于世，所传者止阉鸡猪等小法，乃烧剩一两叶中所载也。

据《三国志·魏书·方技传·华佗传》：佗临死，出一卷书与狱吏，曰："此可以活人。"吏畏法不受，佗亦不强，索火烧之。佗死后，太祖头风未除。太祖曰："佗能愈此。小人养吾病，欲以自重，然吾不杀此子，亦终当不为我断此根原耳。"及后爱子仓舒病困，太祖叹曰："吾悔杀华佗，令此儿强死也。"（参见《后汉书·方术传·华佗传》）

据《三国志·魏书·邓哀王冲传》：邓哀王冲字仓舒。少聪察岐嶷，生五六岁，智意所及，有若成人之智。时孙权曾致巨象，太祖欲知其斤重，访之群下，咸莫能出其理。冲曰："置象大船之上，而刻其水痕所至，称物以载之，则校可知矣。"太祖大悦，即施行焉。……太祖数对群臣称述，有欲传后意。年十三，建安十三年疾病，太祖亲为请命。及亡，哀甚。

按：华佗卒年，史无明文。据《三国志·魏书·邓哀王冲传》，曹冲死于建安十三年（208），而曹冲病危时华佗已死，故华佗卒年不迟于建安十三年。《演义》将华佗之死移植于建安二十五年（220）。

后人有诗叹曰：
华佗仙术比长桑，神识如窥垣一方。惆怅人亡书亦绝，后人无复见《青囊》！

却说曹操自杀华佗之后，病势愈重，又忧吴、蜀之事。正虑间，近臣忽奏东吴遣使上书。操取书拆视之，略曰：

臣孙权　久知天命已归王上，伏望早正大位，遣将剿灭刘备，扫平两川，臣即率群下纳土归降矣。

操观毕大笑，出示群臣曰："是儿欲使吾居炉火上耶！"侍中陈群等奏曰："汉室久已衰微，殿下功德巍巍，生灵仰望。今孙权称臣归命，此天人之应，异气齐声。殿下宜应天顺人，早正大位。"操笑曰："吾事汉多年，虽有功德及民，然位至于王，名爵已极，何敢更有他望？苟天命在孤，孤为周文王矣。"

> 据《资治通鉴》卷六十八：孙权……上书称臣于操，称说天命。操以权书示外曰："是儿欲踞吾著炉火上邪！"侍中陈群等皆曰："汉祚已终，非适今日。殿下功德巍巍，群生注望，故孙权在远称臣。此天人之应，异气齐声，殿下宜正大位，复何疑哉！"操曰："若天命在吾，吾为周文王矣。"（参见《三国志·魏书·武帝纪》注引《魏略》及《魏氏春秋》）

司马懿曰："今孙权既称臣归附，王上可封官赐爵，令拒刘备。"操从之，表封孙权为骠骑将军、南昌侯，领荆州牧。

> 据《资治通鉴》卷六十八：魏王操表孙权为票骑将军，假节，领荆州牧，封南昌侯。（参见《三国志·吴书·吴主传》）

即日遣使赍诰敕赴东吴去讫。

操病势转加。忽一夜梦三马同槽而食，及晓，问贾诩曰："孤向日曾梦三马同槽，疑是马腾父子为祸；今腾已死，昨宵复梦三马同槽。主何吉凶？"诩曰："禄马，吉兆也。禄马归于曹，王上何必疑乎？"操因此不疑。后人有诗曰：

　　三马同槽事可疑，不知已植晋根基。曹瞒空有奸雄略，岂识朝中司马师？

是夜，操卧寝室，至三更，觉头目昏眩，乃起，伏几而卧。忽闻殿中声如裂帛，操惊视之，忽见伏皇后、董贵人、二皇子，并伏完、董承等二十余人，浑身血污，立于愁云之内，隐隐闻索命之声。操急拔剑望空砍去，忽然一声响亮，震塌殿宇西南一角。操惊倒于地，近侍救出，迁于别宫养病。次夜，又闻殿外男女哭声不绝。至晓，操召群臣入曰："孤在戎马之中，三十余年，未尝信怪异之事。今日为何如此？"群臣奏曰："大王当命道士设醮修禳。"操叹曰："圣人云：'获罪于天，无所祷也。'孤天命已尽，安可救乎？"遂不允设醮。

次日，觉气冲上焦，目不见物，急召夏侯惇商议。惇至殿前，忽见伏皇后、董贵人、二皇子、伏完、董承等，立在阴云之中。惇大惊昏倒，左右扶出，自此得病。操召曹洪、陈群、贾诩、司马懿等，同至卧榻前，嘱以后事。曹洪等顿首曰："大王善保玉体，不日定当霍然。"操曰："孤纵横天下三十余年，群雄皆灭，止有江东孙权，西蜀刘备，未曾剿除。孤今病危，不能再与卿等相叙，特以家事相托。孤长子曹昂，刘氏所生，不幸早年殁于宛城；今卞氏生四子：丕、彰、植、熊。孤平生所爱第三子植，为人虚华少诚实，嗜酒放纵，因此不立。次子曹彰，勇而无谋；四子曹熊，多病难保。惟长子曹丕，笃厚恭谨，可继我业。卿等宜辅佐之。"

曹洪等涕泣领命而出。操令近侍取平日所藏名香，分赐诸侍妾，且嘱曰："吾死之后，汝等须勤习女工，多造丝履，卖之可以得钱自给。"又命诸妾多居于铜雀台中，每日设祭，必令女伎奏乐上食。

> 据《曹操集·文集·遗令》引《三国志·魏书·武帝纪》《宋书·礼志》《世说新语·言语》《太平御览》等书：吾夜半觉小不佳，至明日，饮粥汗出，服当归汤。吾在军中持法是也。至于小忿怒，大过失，不当效也。天下尚未安定，未得遵古也。吾有头病，自先著帻。吾死之后，持大服如存时，勿遗。百官当临殿中者，十五举音，葬毕便除服。其将兵屯戍者，皆不得离屯部，有司各率乃职。敛以时服，葬于邺之西冈上，与西门豹祠相近，无藏金玉珍宝。吾婢妾与伎人皆勤苦，使著铜雀台，善待之。于台堂上安六尺床，施繐帐，朝晡上脯糒之属。月旦、十五日，自朝至午，辄向帐中作伎乐。汝等时时

登铜雀台，望吾西陵墓田。余香可分与诸夫人，不命祭。诸舍中无所为，可学作组履卖也。吾历官所得绶，皆著藏中。吾余衣裘，可别为一藏，不能者，兄弟可共分之。

据《三国志·魏书·武帝纪》：遗令曰："天下尚未安定，未得遵古也。葬毕，皆除服。其将兵屯戍者，皆不得离屯部。有司各率乃职。敛以时服，无藏金玉珍宝。"

据《三国志·魏书·武帝纪》：（建安二十三年夏）六月，令曰："古之葬者，必居瘠薄之地。其规西门豹祠西原上为寿陵，因高为基，不封不树。周礼冢人掌公墓之地，凡诸侯居左右以前，卿大夫居后，汉制亦谓之陪陵。其公卿大臣列将有功者，宜陪寿陵，其广为兆域，使足相容。"

又遗命于彰德府讲武城外，设立疑冢七十二："勿令后人知吾葬处，恐为人所发掘故也。"

按：《演义》称曹操遗命设立七十二疑冢，不见于史。

嘱毕，长叹一声，泪如雨下。须臾，气绝而死。寿六十六岁。时建安二十五年春正月也。

据《三国志·魏书·武帝纪》：（建安二十五年春正月）庚子，王崩于洛阳，年六十六。

后人有《邺中歌》一篇，叹曹操云：

邺则邺城水漳水，定有异人从此起。雄谋韵事与文心，君臣兄弟而父子。
英雄未有俗胸中，出没岂随人眼底？功首罪魁非两人，遗臭流芳本一身。
文章有神霸有气，岂能苟尔化为群？横流筑台距太行，气与理势相低昂。
安有斯人不作逆，小不为霸大不王？霸王降作儿女鸣，无可奈何中不平。
向帐明知非有益，分香未可谓无情。呜呼！古人作事无巨细，寂寞豪华皆有意。
书生轻议冢中人，冢中笑尔书生气！

却说曹操身亡，文武百官尽皆举哀；一面遣人赴世子曹丕、鄢陵侯曹彰、临淄侯曹植、萧怀侯曹熊处报丧。众官用金棺银椁将操入殓，星夜举灵榇赴邺郡来。

据《资治通鉴》卷六十九：是时太子在邺，军中骚动。群僚欲秘不发丧，谏议大夫贾逵以为事不可秘，乃发丧。……青州兵擅击鼓相引去，众人以为宜禁止之，不从者讨之。贾逵曰："不可。"为作长檄，令所在给其廪食。（参见《三国志·魏书·贾逵传》注引《魏略》）

曹丕闻知父丧，放声痛哭，率大小官员出城十里，伏道迎榇入城，停于偏殿。官僚挂孝，聚哭于殿上。忽一人挺身而出曰："请世子息哀，且议大事。"众视之，乃中庶子司马孚也。孚曰："魏王既薨，天下震动；当早立嗣王，以安众心。何但哭泣耶？"群臣曰："世子宜嗣位，但未得天子诏命，岂可造次而行？"兵部尚书陈矫曰："王薨于外，爱子私立，彼此生变，则社稷危矣。"遂拔剑割下袍袖，厉声曰："即今日便请世子嗣位。众官有异议者，以此袍为例！"百官悚惧。忽报华歆自许昌飞马而至，众皆大惊。须臾华歆入，众问其来意，歆曰："今魏王薨逝，天下震动，何不早请世子嗣位？"众官曰："正因不及候诏命，方议欲以王后卞氏慈旨立世子为王。"歆曰："吾已于汉帝处索得诏命在此。"众皆踊跃称贺。歆于怀中取出诏命开读。原来华歆谄事魏，故草此诏，威逼献帝降之；帝只得听从，故下诏即封曹丕为魏王、丞相、冀州牧。丕即日登位，受大小官僚拜舞起居。

据《资治通鉴》卷六十九：凶问至邺，太子号哭不已。中庶子司马孚谏曰："君王晏驾，天下恃殿下为命。当上为宗庙，下为万国，奈何效匹夫孝也！"太子良久乃止，曰："卿言是也。"时群臣初闻王薨，相聚哭，无复行列。孚厉声于朝曰："今君王违世，天下震动，当早拜嗣君，以镇万国，而但哭邪！"乃罢群臣，备禁卫，治丧事。孚，懿之弟也。群臣以为太子即位，当须诏命。尚书陈矫曰："王薨于外，天下惶惧。太子宜割哀即位，以系远近之望。且又爱子在侧，彼此生变，则社稷危也。"即具官备礼，一日皆办。明旦，以王后令，策太子即王位，大赦。汉帝寻遣御史大夫华歆奉策诏，授太子丞相印、绶，魏王玺、绶，领冀州牧。于是尊王后曰王太后。改元延康。（参见《三国志·魏书·陈矫传》《文帝纪》，《三国志·吴书·吴主传》）

据《三国志·魏书·文帝纪》注引袁宏《汉纪》载汉帝诏："魏太子丕：昔皇天授乃显考以翼我皇家，遂攘除群凶，拓定九州，弘功茂绩，光于宇宙，朕用垂拱负扆二十有余载。天不愁遗一老，永保余一人，早世潜神，哀悼伤切。丕奕世宣明，宜秉文武，绍熙前绪。今使使持节、御史大夫华歆奉策诏授丕丞相印、绶，魏王玺、绶，领冀州牧。方今外有遗虏，遐夷未宾，旗鼓犹在边境，干戈不得韬刃，斯乃播扬洪烈，立功垂名之秋也。岂得修谅暗之礼，究曾、闵之志哉？其敬服朕命，抑弭忧怀，旁祗厥绪，时亮庶功，以称朕意。於戏，可不勉与！"

正宴会庆贺间，忽报鄢陵侯曹彰，自长安领十万大军来到。丕大惊，遂问群臣曰："黄须小弟，平日性刚，深通武艺。今提兵远来，必与孤争王位也。如之奈何？"忽阶下一人应声出曰："臣请往见鄢陵侯，以片言折之。"众皆曰："非大夫莫能解此祸也。"正是：试看曹氏丕彰事，几作袁家谭尚争。未知此人是谁，且看下文分解。

第七十九回　兄逼弟曹植赋诗　侄陷叔刘封伏法

却说曹丕闻曹彰提兵而来，惊问众官；一人挺身而出，愿往折服之。众视其人，乃谏议大夫贾逵也。曹丕大喜，即命贾逵前往。逵领命出城，迎见曹彰。彰问曰："先王玺绶安在？"逵正色而言曰："家有长子，国有储君。先王玺绶，非君侯之所宜问也。"彰默然无语，

> 据《资治通鉴》卷六十九：鄢陵侯彰从长安来赴，问逵先王玺绶所在，逵正色曰："国有储副，先王玺绶非君侯所宜问也。"（参见《三国志·魏书·贾逵传》）

乃与贾逵同入城。至宫门前，逵问曰："君侯此来，欲奔丧耶？欲争位耶？"彰曰："吾来奔丧，别无异心。"逵曰："既无异心，何故带兵入城？"彰即时叱退左右将士，只身入内，拜见曹丕。兄弟二人，相抱大哭。曹彰将本部军马尽交与曹丕。丕令彰回鄢陵自守，彰拜辞而去。

> 据《三国志·魏书·任城威王彰传》：太祖至洛阳，得疾，驿召彰，未至，太祖崩。文帝即王位，彰与诸侯就国。（参见《资治通鉴》卷六十九）

> 据《三国志·魏书·任城威王彰传》注引《魏氏春秋》：初，彰问玺绶，将有异志，故来朝不即得见。彰忿怒暴薨。

> 据《世说新语·尤悔》：魏文帝忌弟任城王骁壮。因在卞太后阁共围棋，并啖枣，文帝以毒置诸枣蒂中。自选可食者而进，王弗悟，遂杂进之。既中毒，太后索水救之。帝预敕左右毁瓶罐，太后徒跣趋井，无以汲。须臾，遂卒。

于是曹丕安居王位，改建安二十五年为延康元年；封贾诩为太尉，华歆为相国，王朗为御史大夫；大小官僚，尽皆升赏。

> 据《资治通鉴》卷六十九：改元延康。二月……壬戌，以太中大夫贾诩为太尉，御史大夫华歆为相国，大理王朗为御史大夫。（参见《三国志·魏书·文帝纪》）

谥曹操曰武王，葬于邺郡高陵。

> 据《三国志·魏书·武帝纪》：谥曰武王。（建安二十五年春）二月丁卯，葬高陵。

令于禁董治陵事。禁奉命到彼，只见陵屋中白粉壁上，图画关云长水淹七军、擒获于禁之事：画云长俨然上坐，庞德愤怒不屈，于禁拜伏于地，哀求乞命之状。原来曹丕以于禁兵败被擒，不能死节，既降敌而复归，心鄙其为人，故先令人图画陵屋粉壁，故意使之往见以愧之。当下于禁见此画像，又羞又恼，气愤成病，不久而死。

> 据《资治通鉴》卷六十九：（黄初二年秋）八月，孙权遣使称臣，卑辞奉章，并送于禁等还。……于禁须发皓白，形容憔悴，见帝，泣涕顿首。帝慰喻以荀林父、孟明视故事，拜安远将军，令北诣邺谒高陵。帝使豫于陵屋画关羽战克、庞德愤怒、禁降伏之状。禁见，惭恚发病死。（参见《三国志·魏书·于禁传》）

后人有诗叹曰：

三十年来说旧交，可怜临难不忠曹。知人未向心中识，画虎今从骨里描。

却说华歆奏曹丕曰："鄢陵侯已交割军马，赴本国去了；临淄侯植、萧怀侯熊，二人竟

不来奔丧，理当问罪，丕从之，即分遣二使往二处问罪。不一日，萧怀使者回报："萧怀侯曹熊惧罪，自缢身死。"丕令厚葬之，追赠萧怀王。

　　据《三国志·魏书·萧怀王熊传》：萧怀王熊，早薨。黄初二年追封谥萧怀公。太和三年，又追封爵为王。

　　按：据此条史料，曹熊早死，非被逼自尽。

又过了一日，临淄使者回报，说："临淄侯日与丁仪、丁廙兄弟二人酣饮，悖慢无礼，闻使命至，临淄侯端坐不动；丁仪骂曰：'昔者先王本欲立吾主为世子，被谗臣所阻；今王丧未远，便问罪于骨肉，何也？'丁廙又曰：'据吾主聪明冠世，自当承嗣大位，今反不得立。汝那庙堂之臣，何不识人才若此！'临淄侯因怒，叱武士将臣乱棒打出。"丕闻之，大怒，即令许褚领虎卫军三千，火速至临淄擒曹植等一干人来。

褚奉命，引军至临淄城。守将拦阻，褚立斩之，直入城中，无一人敢当锋锐，径到府堂。只见曹植与丁仪、丁廙等尽皆醉倒。褚皆缚之，载于车上，并将府下大小属官，尽行拿解邺郡，听候曹丕发落。

　　按：《演义》称曹植打跑曹丕的使者，曹丕派许褚擒拿曹植，均不见于史。

丕下令，先将丁仪、丁廙等尽行诛戮。

　　据《资治通鉴》卷六十九：（黄初元年，）王贬植为安乡侯，诛右刺奸掾沛国丁仪及弟黄门侍郎廙并其男口，皆植之党也。（参见《三国志·魏书·陈思王植传》及注引《魏略》）

丁仪字正礼，丁廙字敬礼，沛郡人，乃一时文士；及其被杀，人多惜之。

　　据《三国志·魏书·陈思王植传》注引《魏略》：丁仪字正礼，沛郡人也。……廙字敬礼，仪之弟也。

却说曹丕之母卞氏，听得曹熊缢死，心甚悲伤；忽又闻曹植被擒，其党丁仪等已杀，大惊。急出殿，召曹丕相见。丕见母出殿，慌来拜谒。卞氏哭谓丕曰："汝弟植平生嗜酒疏狂，盖因自恃胸中之才，故尔放纵。汝可念同胞之情，存其性命。吾至九泉亦瞑目也。"丕曰："儿亦深爱其才，安肯害他？今正欲戒其性耳。母亲勿忧。"卞氏洒泪而入。

丕出偏殿，召曹植入见。华歆问曰："适来莫非太后劝殿下勿杀子建乎？"丕曰："然。"歆曰："子建怀才抱智，终非池中物；若不早除，必为后患。"丕曰："母命不可违。"歆曰："人皆言子建出口成章，臣未深信。主上可召入，以才试之。若不能，即杀之；若果能，则贬之，以绝天下文人之口。"丕从之。

　　按：《演义》称华歆献计逼迫曹植，不见于史。

须臾，曹植入见，惶恐伏拜请罪。丕曰："吾与汝情虽兄弟，义属君臣，汝安敢恃才蔑礼？昔先君在日，汝常以文章夸示于人，吾深疑汝必用他人代笔。吾今限汝行七步吟诗一首。若果能，则免一死；若不能，则从重治罪，决不姑恕！"植曰："愿乞题目。"时殿上悬一水墨画，画着两只牛，斗于土墙之下，一牛坠井而亡。丕指画曰："即以此画为题。诗中不许犯着'二牛斗墙下，一牛坠井死'字样。"植行七步，其诗已成。诗曰：

　　　　两肉齐道行，头上带凹骨。相遇由山下，欻起相搪突。
　　　　二敌不俱刚，一肉卧土窟。非是力不如，盛气不泄毕。

曹丕及群臣皆惊。丕又曰："七步成章，吾犹以为迟。汝能应声而作诗一首否？"植曰：

"愿即命题。"丕曰:"吾与汝乃兄弟也。以此为题。亦不许犯着'兄弟'字样。"植略不思索,即口占一首曰:

煮豆燃豆萁,豆在釜中泣。本是同根生,相煎何太急!

曹丕闻之,潸然泪下。

> 据《太平广记》卷一百七十三《俊辩一》"曹植"条:魏文帝尝与陈思王植同辇出游,逢见两牛在墙间斗,一牛不如,坠井而死。诏令赋死牛诗,不得道是牛,亦不得云是井,不得言其斗,不得言其死,走马百步,令成四十言,步尽不成,加斩刑。子建策马而驰,既揽笔赋曰:"两肉齐道行,头上戴横骨。行至凶土头,峚起相唐突。二敌不俱刚,一肉卧土窟。非是力不如,盛意不得泄。"赋成,步犹未竟,重作三十言自愍诗云:"煮豆持作羹,漉豉取作汁。萁在釜下然,豆向釜中泣。本自同根生,相煎何太急?"出《世说》

> 据《世说新语·文学》:文帝尝令东阿王七步作诗,不成者行大法。应声便为诗曰:"煮豆持作羹,漉菽以为汁。萁在釜下然,豆在釜中泣。本是同根生,相煎何太急?"帝深有惭色。

其母卞氏从殿后出曰:"兄何逼弟之甚耶?"丕慌忙离坐告曰:"国法不可废耳。"于是贬曹植为安乡侯。植拜辞上马而去。

> 据《三国志·魏书·陈思王植传》:植与诸侯并就国。黄初二年,监国谒者灌均希指,奏"植醉酒悖慢,劫胁使者"。有司请治罪,帝以太后故,贬爵安乡侯。(参见《资治通鉴》卷六十九)

曹丕自继位之后,法令一新,威逼汉帝,甚于其父。早有细作报入成都。汉中王闻之,大惊,即与文武商议曰:"曹操已死,曹丕继位,威逼天子,更甚于操。东吴孙权,拱手称臣。孤欲先伐东吴,以报云长之仇;次讨中原,以除乱贼。"言未毕,廖化出班,哭拜于地曰:"关公父子遇害,实刘封、孟达之罪。乞诛此二贼。"玄德便欲遣人擒之。

> 据《三国志·蜀书·刘封传》:自关羽围樊城、襄阳,连呼封、达,令发兵自助。封、达辞以山郡初附,未可动摇,不承羽命。会羽覆败,先主恨之。

> 据《三国志·蜀书·廖化传》:廖化字元俭,本名淳,襄阳人也。为前将军关羽主簿,羽败,属吴。思归先主,乃诈死,时人谓为信然,因携持老母昼夜西行。会先主东征,遇于秭归。先主大悦,以化为宜都太守。

> 按:《演义》称廖化参劾刘封和孟达,与史不合。据史书,廖化是关羽主簿,关羽死后,廖化被迫降吴。夷陵之战前,他还滞留在荆州,故不可能到成都参劾刘封和孟达。

孔明谏曰:"不可。且宜缓图之,急则生变矣。可升此二人为郡守,分调开去,然后可擒。"玄德从之,遂遣使升刘封去守绵竹。

> 按:《演义》称,诸葛亮建议将刘封、孟达二人调开,刘备将刘封从上庸调往绵竹,均不见于史。又,诸葛亮说"升此二人为郡守","升"字不当,因前文第七十六回已述及"汉中王加刘封为副将军"(副将军,据史书,应作"副军将军"),可知刘封地位已高于郡守;孟达已为郡守。

原来彭羕与孟达甚厚,听知此事,急回家作书,遣心腹人驰报孟达。使者方出南门外,被马超巡视军捉获,解见马超。超审知此事,即往见彭羕。羕接入,置酒相待。酒至数巡,超以言挑之曰："昔汉中王待公甚厚，今何渐薄也？"羡因酒醉，恨骂曰："老革荒悖，吾必有以报之！"超又探曰："某亦怀怨心久矣。"羡曰："公起本部军，结连孟达为外合，某领川兵为内应，大事可图也。"超曰："先生之言甚当。来日再议。"超辞了彭羕，即将人与书解见汉中王，细言其事。玄德大怒，即令擒彭羕下狱，拷问其情。羕在狱中，悔之无及。玄德问孔明曰："彭羕有谋反之意，当何以治之？"孔明曰："羕虽狂士，然留之久必生祸。"于是玄德赐彭羕死于狱。

据《三国志·蜀书·彭羕传》：先主领益州牧，拔羕为治中从事。羕起徒步，一朝处州人之上，形色嚣然，自矜得遇滋甚。诸葛亮虽外接待羕，而内不能善。屡密言先主，羕心大志广，难可保安。先主既敬信亮，加察羕行事，意以稍疏，左迁羕为江阳太守。羕闻当远出，私情不悦，往诣马超。超问羕曰："卿才具秀拔，主公相待至重，谓卿当与孔明、孝直诸人齐足并驱，宁当外授小郡，失人本望乎？"羕曰："老革荒悖，可复道邪！"又谓超曰："卿为其外，我为其内，天下不足定也。"超羁旅归国，常怀危惧，闻羕言大惊，默然不答。羕退，具表羕辞，于是收羕付有司。羕于狱中与诸葛亮书曰："仆昔有事于诸侯，以为曹操暴虐，孙权无道，振威暗弱，其惟主公有霸王之器，可与兴业致治，故乃翻然有轻举之志。会公来西，仆因法孝直自炫鬻，庞统斟酌其间，遂得诣公于葭萌，指掌而谭，论治世之务，讲霸王之义，建取益州之策，公亦宿虑明定，即相然赞，遂举事焉。仆于故州不免凡庸，忧于罪罔，得遭风云激矢之中，求君得君，志行名显，从布衣之中擢为国士，盗窃茂才。分子之厚，谁复过此。羕一朝狂悖，自求菹醢，为不忠不义之鬼乎！先民有言，左手据天下之图，右手刎咽喉，愚夫不为也。况仆颇别菽麦者哉！所以有怨望意者，不自度量，苟以为首兴事业，而有投江阳之论，不解主公之意，意卒感激，颇以被酒，侻失'老'语。此仆之下愚薄虑所致，主公实未老也。且夫立业，岂在老少，西伯九十，宁有衰志，负我慈父，罪有百死。至于内外之言，欲使孟起立功北州，戮力主公，共讨曹操耳，宁敢有他志邪？孟起说之是也，但不分别其间，痛人心耳。昔每与庞统共相誓约，庶托足下末踪，尽心于主公之业，追名古人，载勋竹帛。统不幸而死，仆败以取祸。自我堕之，将复谁怨！足下，当世伊、吕也，宜善与主公计事，济其大猷。天明地察，神祇有灵，复何言哉！貴使足下明仆本心耳。行矣努力，自爱，自爱！"羕竟诛死，时年三十七。

羕既死，有人报知孟达。达大惊，举止失措。忽使命至，调刘封回守绵竹去讫。孟达慌请上庸、房陵都尉申耽、申仪弟兄二人商议曰："我与法孝直同有功于汉中王；今孝直已死，而汉中王忘我前功，乃欲见害，为之奈何？"耽曰："某有一计，使汉中王不能加害于公。"达大喜，急问何计。耽曰："吾弟兄欲投魏久矣，公可作一表，辞了汉中王，投魏王曹丕，丕必重用。吾二人亦随后来降也。"达猛然省悟，即写表一通，付与来使；当晚引五十余骑投魏去了。

据《三国志·蜀书·刘封传》：封与达忿争不和，封寻夺达鼓吹。达既惧罪，又忿恚封，遂表辞先主，率所领降魏。（参见《资治通鉴》卷六十九）

使命持表回成都，奏汉中王，言孟达投魏之事。先主大怒。览其表曰：

臣达伏惟殿下将建伊、吕之业，追桓、文之功，大事草创，假势吴、楚，是以有为之士，望风归顺。臣委质以来，愆戾山积，臣犹自知，况于君乎？今王朝英俊鳞集，臣内无辅佐之器，外无将领之才，列次功臣，诚足自愧！臣闻范蠡识微，浮于五湖；舅犯谢罪，逡巡河上。夫际会之间，请命乞身，何哉？欲洁去就之分也。况臣卑鄙，无元功巨勋,自系于时,窃慕前贤,早思远耻。昔申生至孝见疑于亲,子胥至忠见诛于君,蒙恬拓境而被大刑,乐毅破齐而遭谗佞,臣每读其书,未尝不感慨流涕,而亲当其事,益用伤悼。迩者荆州覆败,大臣失节,百无一还;惟臣寻事,自致房陵、上庸,而复乞身,自放于外。伏想殿下圣恩感悟,愍臣之心,悼臣之举。臣诚小人,不能始终。知而为之,敢谓非罪?臣每闻"交绝无恶声,去臣无怨辞"。臣过奉教于君子,愿君王勉之,臣不胜惶恐之至!

据《三国志·蜀书·刘封传》注引《魏略》载达辞先主表:"伏惟殿下将建伊、吕之业,追桓、文之功,大事草创,假势吴、楚,是以有为之士深睹归趣。臣委质已来,愆戾山积,臣犹自知,况于君乎!今王朝以兴,英俊鳞集,臣内无辅佐之器,外无将领之才,列次功臣,诚自愧也。臣闻范蠡识微,浮于五湖;咎犯谢罪,逡巡于河上。夫际会之间,请命乞身。何则?欲洁去就之分也。况臣卑鄙,无元功巨勋,自系于时,窃慕前贤,早思远耻。昔申生至孝见疑于亲,子胥至忠见诛于君,蒙恬拓境而被大刑,乐毅破齐而遭谗佞,臣每读其书,未尝不慷慨流涕,而亲当其事,益以伤绝。何者?荆州覆败,大臣失节,百无一还。惟臣寻事,自致房陵、上庸,而复乞身,自放于外。伏想殿下圣恩感悟,愍臣之心,悼臣之举。臣诚小人,不能始终,知而为之,敢谓非罪!臣每闻交绝无恶声,去臣无怨辞,臣过奉教于君子,愿君王勉之也。"

玄德看毕,大怒曰:"匹夫叛吾,安敢以文辞相戏耶!"即欲起兵擒之。孔明曰:"可就遣刘封进兵,令二虎相并;刘封或有功,或败绩,必归成都,就而除之,可绝两害。"玄德从之,遂遣使到绵竹,传谕刘封。封受命,率兵来擒孟达。

却说曹丕正聚文武议事,忽近臣奏曰:"蜀将孟达来降。"丕召入问曰:"汝此来,莫非诈降乎?"达曰:"臣为不救关公之危,汉中王欲杀臣,因此惧罪来降,别无他意。"曹丕尚未准信,忽报刘封引五万兵来取襄阳,单搦孟达厮杀。丕曰:"汝既是真心,便可去襄阳取刘封首级来,孤方准信。"达曰:"臣以利害说之,不必动兵,令刘封亦来降也。"丕大喜,遂加孟达为散骑常侍、建武将军、平阳亭侯,领新城太守,去守襄阳、樊城。

据《资治通鉴》卷六十九:蜀将军孟达屯上庸,与副军中郎将刘封不协;封侵陵之,达率部曲四千余家来降。达有容止才观,王甚器爱之,引与同辇,以达为散骑常侍、建武将军,封平阳亭侯。合房陵、上庸、西城三郡为新城,以达领新城太守,委以西南之任。行军长史刘晔曰:"达有苟得之心,而恃才好术,必不能感恩怀义。新城与孙刘接连,若有变态,为国生患。"王不听。(参见《三国志·魏书·刘晔传》及注引《傅子》,《三国志·魏书·明帝纪》注引《魏略》,《三国志·蜀书·刘封传》)

原来夏侯尚、徐晃已先在襄阳,正将收取上庸诸部。孟达到了襄阳,与二将礼毕,探得刘封离城五十里下寨。达即修书一封,使人赍赴蜀寨招降刘封。刘封览书大怒曰:"此贼误吾叔侄之义,又间吾父子之亲,使吾为不忠不孝之人也!"遂扯碎来书,斩其使,

据《三国志·蜀书·刘封传》:遣征南将军夏侯尚、右将军徐晃与达共袭封。达与封书曰:"古人有言:'疏不间亲,新不加旧。'此谓上明下直,谗愿不行也。若乃权君谲主,贤父慈亲,犹有忠臣蹈功以陨祸,孝子抱仁以陷难,种、商、白起、孝己、伯奇,皆其类也。其所以然,非骨肉好离,亲亲乐患也。或有恩移爱易,亦有谗间其间,虽忠臣不能移之于君,孝子不能变之于父者也。势利所加,改亲为仇,况非亲亲乎!故申生、卫伋、御寇、楚建禀受形之气,当嗣立之正,而犹如此。今足下与汉中王,道路之人耳,亲非骨血而据势权,义非君臣而处上位,征则有偏任之威,居则有副军之号,远近所闻

也。自立阿斗为太子已来，有识之人相为寒心。如使申生从子舆之言，必为太伯；卫伋听其弟之谋，无彰父之讥也。且小白出奔，入而为霸；重耳逾垣，卒以克复。自古有之，非独今也。夫智贵免祸，明尚凤达，仆揆汉中王虑定于内，疑生于外矣；虑定则心固，疑生则心惧，乱祸之兴作，未曾不由废立之间也。私怨人情，不能不见，恐左右必有以间于汉中王矣。然则疑成怨闻，其发若践机耳。今足下在远，尚可假息一时；若大军遂进，足下失据而还，窃相为危之。昔微子去殷，智果别族，违难背祸，犹皆如斯。今足下弃父母而为人后，非礼也；知祸将至而留之，非智也；见正不从而疑之，非义也。自号为丈夫，为此三者，何所贵乎？以足下之才，弃身来东，继嗣罗侯，不为背亲也；北面事君，以正纲纪，不为弃旧也；怒不致乱，以免危亡，不为徒行也。加陛下新受禅命，虚心侧席，以德怀远，若足下翻然内向，非但与仆为伦，受三百户封，继统罗国而已，当更剖符大邦，为始封之君。陛下大军，金鼓以震，当转都宛、邓；若二敌不平，军无还期。足下宜因此时早定良计。《易》有'利见大人'，《诗》有'自求多福'，行矣。今足下勉之，无使狐突闭门不出。"封不从达言。

次日，引军前来搦战。

孟达知刘封扯书斩使，勃然大怒，亦领兵出迎。两阵对圆，封立马于门旗下。以刀指骂曰："背国反贼，安敢乱言！"孟达曰："汝死已临头上，还自执迷不省！"封大怒，拍马轮刀，直奔孟达。战不三合，达败走，封乘虚追杀二十余里，一声喊起，伏兵尽出，左边夏侯尚杀来，右边徐晃杀来，孟达回身复战。三军夹攻，刘封大败而走，连夜奔回上庸，背后魏兵赶来。刘封到城下叫门，城上乱箭射下。申耽在敌楼上叫曰："吾已降了魏也！"封大怒，欲要攻城，背后追军将至，封立脚不住，只得望房陵而奔，见城上已尽插魏旗。申仪在敌楼上将旗一飐，城后一彪军出，旗上大书"右将军徐晃"。封抵敌不住，急望西川而走。晃乘势追杀。刘封部下只剩得百余骑，到了成都，入见汉中王，哭拜于地，细奏前事。玄德怒曰："辱子有何面目复来见吾！"封曰："叔父之难，非儿不救，因孟达谏阻故耳。"玄德转怒曰："汝须食人食，穿人衣，非土木偶人！安可听逸贼所阻！"命左右推出斩之。汉中王既斩刘封，后闻孟达招之，毁书斩使之事，心中颇悔；

> 据《三国志·蜀书·刘封传》：申仪叛封，封破走还成都。……封既至，先主责封之侵陵达，又不救羽。诸葛亮虑封刚猛，易世之后终难制御，劝先主因此除之。于是赐封死，使自裁。封叹曰："恨不用孟子度之言！"先主为之流涕。达本字子敬，避先主叔父敬，改之。

> 据《资治通鉴》卷六十九：遣征南将军夏侯尚、右将军徐晃与达共袭刘封。上庸太守申耽叛封来降，封破，走还成都。初，封本罗侯寇氏之子，汉中王初至荆州，以未有继嗣，养之为子。诸葛亮虑封刚猛，易世之后，终难制御，劝汉中王因此际除之；遂赐封死。

又哀痛关公，以致染病。因此按兵不动。

且说魏王曹丕，自即王位，将文武官僚，尽皆升赏；遂统甲兵三十万，南巡沛国谯县，大飨先莹。乡中父老，扬尘遮道，奉觞进酒，效汉高祖还沛之事。

> 据《三国志·魏书·文帝纪》：（延康元年秋七月）甲午，军次于谯，大飨六军及谯父老百姓于邑东。

> 据《三国志·魏书·文帝纪》注引《魏书》：设伎乐百戏，令曰："先王皆乐其所生，

礼不忘其本。谯，霸王之邦，真人本出，其复谯租税二年。"三老吏民上寿，日夕而罢。丙申，亲祠谯陵。

人报大将军夏侯惇病危，不即还邺郡。时惇已卒，丕为挂孝，以厚礼殡葬。

> 据《三国志·魏书·夏侯惇传》：文帝即王位，拜惇大将军，数月薨。（参见《三国志·魏书·文帝纪》）

> 据《三国志·魏书·文帝纪》注引《魏书》：王素服幸邺东城门发哀。

是岁八月间，报称石邑县凤凰来仪，

> 据《三国志·魏书·文帝纪》：（延康元年秋）八月，石邑县言凤皇集。

临淄城麒麟出现，黄龙现于邺郡。于是中郎将李伏、太史丞许芝商议："种种瑞征，乃魏当代汉之兆，可安排受禅之礼，令汉帝将天下让于魏王。"遂同华歆、王朗、辛毗、贾诩、刘廙、刘晔、陈矫、陈群、桓阶等一班文武官僚，四十余人，直入内殿，来奏汉献帝，请禅位于魏王曹丕。正是：魏家社稷今将建，汉代江山忽已移。未知献帝如何回答，且看下文分解。

第八十回　曹丕废帝篡炎刘　汉王正位续大统

却说华歆等一班文武，入见献帝。歆奏曰："伏睹魏王，自登位以来，德布四方，仁及万物，越古超今，虽唐、虞无以过此。群臣会议，言汉祚已终，望陛下效尧舜之道，以山川社稷禅与魏王，上合天心，下合民意，则陛下安享清闲之福，祖宗幸甚！生灵幸甚！臣等议定，特来奏请。"帝闻奏大惊，半晌无言，觑百官而哭曰："朕想高祖提三尺剑斩蛇起义，平秦灭楚，创造基业，世统相传，四百年矣。朕虽不才，初无过恶，安忍将祖宗大业，等闲弃了？汝百官再从公计议。"

> 据《三国志·魏书·文帝纪》注引《献帝传》载禅代众事：魏王侍中刘廙、辛毗、刘晔，尚书令桓阶，尚书陈矫、陈群，给事黄门侍郎王毖、董遇等言："臣伏读左中郎将李伏上事，考图纬之言，以效神明之应，稽之古代，未有不然者也。故尧称历数在躬，璇玑以明天道；周武未战而赤乌衔书；汉祖未兆而神母告符；孝宣仄微，字成木叶；光武布衣，名已勒谶。是天之所命以著圣哲，非有言语之声，芬芳之臭，可得而知也，徒县象以示人，微物以效意耳。自汉德之衰，渐染数世，桓、灵之末，皇极不建，暨于大乱，二十余年。天之不泯，诞生明圣，以济其难，是以符谶先著，以彰至德。殿下践阼未期，而灵象变于上，群瑞应于下，四方不羁之民，归心向义，唯惧在后，虽典籍所传，未若今之盛也。臣妾远近，莫不免藻。"王令曰："犁牛之驳似虎，莠之幼似禾，事有似是而非者，今日是已。睹斯言事，良重吾不德。"于是尚书仆射宣告官察，咸使闻知。

华歆引李伏、许芝近前奏曰："陛下若不信，可问此二人。"李伏奏曰："自魏王即位以来，麒麟降生，凤凰来仪，黄龙出现，嘉禾蔚生，甘露下降。此是上天示瑞，魏当代汉之象也。"许芝又奏曰："臣等职掌司天，夜观乾象，见炎汉气数已终，陛下帝星隐匿不明；魏国乾象，极天察地，

> 按："极天察地"，应作"极天际地"，《演义》因"际"之繁体"際"与"察"形近致误。

言之难尽。更兼上应图谶，其谶曰：鬼在边，委相连；当代汉，无可言。言在东，午在西；两日并光上下移。以此论之，陛下可早禅位。'鬼在边，委相连'，是'魏'字也；'言在东，午在西'，乃'许'字也；两日并光上下移，乃'昌'字也：此是魏在许昌应受汉禅也。愿陛下察之。"

> 据《三国志·魏书·文帝纪》注引《献帝传》载禅代众事：……辛亥，太史丞许芝条魏代汉见谶纬于魏王曰："《易运期谶》曰：'言居东，西有午，两日并光日居下。其为主，反为辅。五八四十，黄气受，真人出。'言午，许字。两日，昌字。汉当以许亡，魏当以许昌。今际会之期在许，是其大效也。"

帝曰："祥瑞图谶，皆虚妄之事；奈何以虚妄之事，而遽欲朕舍祖宗之基业乎？"王朗奏曰："自古以来，有兴必有废，有盛必有衰，岂有不亡之国、不败之家乎？汉室相传四十余年，

> 按："相传四十余年"显误，应作"相传四百余年"。

第八十回　曹丕废帝篡炎刘　汉王正位续大统

延至陛下，气数已尽，宜早退避，不可迟疑；迟则生变矣。"帝大哭，入后殿去了。百官哂笑而退。

次日，官僚又集于大殿，令宦官入请献帝。帝忧惧不敢出。曹后曰："百官请陛下设朝，陛下何故推阻？"帝泣曰："汝兄欲篡位，令百官相逼，朕故不出。"曹后大怒曰："吾兄奈何为此乱逆之事耶！"言未已，只见曹洪、曹休带剑而入，请帝出殿。曹后大骂曰："俱是汝等乱贼，希图富贵，共造逆谋！吾父功盖寰区，威震天下，然且不敢篡窃神器。今吾兄嗣位未几，辄思篡汉，皇天必不祚尔！"言罢，痛哭入宫。左右侍者皆歔欷流涕。

> 据《后汉书·献穆曹皇后纪》：魏受禅，遣使求玺绶，后怒不与。如此数辈，后乃呼使者入，亲数让之，以玺抵轩下，因涕泣横流曰："天不祚尔！"左右皆莫能仰视。

曹洪、曹休力请献帝出殿。帝被逼不过，只得更衣出前殿。华歆奏曰："陛下可依臣等昨日之议，免遭大祸。"帝痛哭曰："卿等皆食汉禄久矣；中间多有汉朝功臣子孙，何忍作此不臣之事？"歆曰："陛下若不从众议，恐旦夕萧墙祸起。非臣等不忠于陛下也。"帝曰："谁敢弑朕耶？"歆厉声曰："天下之人，皆知陛下无人君之福，以致四方大乱！若非魏王在朝，弑陛下者，何止一人？陛下尚不知恩报德，直欲令天下人共伐陛下耶？"帝大惊，拂袖而起，王朗以目视华歆。歆纵步向前，扯住龙袍，变色而言曰："许与不许，早发一言！"帝战栗不能答，曹洪、曹休拔剑大呼曰："符宝郎何在？"祖弼应声出曰："符宝郎在此！"曹洪索要玉玺。祖弼叱曰："玉玺乃天子之宝，安得擅索！"洪喝令武士推出斩之。祖弼大骂不绝口而死。

> 按：《演义》所述符宝郎祖弼事，不见于史。据《后汉书·献穆曹皇后纪》，汉皇帝玺在曹皇后处。

后人有诗赞曰：

> 奸宄专权汉室亡，诈称禅位效虞唐。满朝百辟皆尊魏，仅见忠臣符宝郎。

帝颤栗不已。只见阶下披甲持戈数百余人，皆是魏兵。帝泣谓群臣曰："朕愿将天下禅于魏王，幸留残喘，以终天年。"贾诩曰："魏王必不负陛下。陛下可急降诏，以安众心。"帝只得令陈群草禅国之诏，令华歆赍捧诏玺，引百官直至魏王宫献纳。曹丕大喜。开读诏曰：

> 朕在位三十二年，遭天下荡覆，幸赖祖宗之灵，危而复存。然今仰瞻天象，俯察民心，炎精之数既终，行运在乎曹氏。是以前王既树神武之绩，今王又光耀明德，以应其期。历数昭明，信可知矣。夫大道之行，天下为公；唐尧不私于厥子，而名播于无穷，朕窃慕焉。今其追踵尧典，禅位于丞相魏王。王其毋辞！

> 据《三国志·魏书·文帝纪》注引袁宏《汉纪》载汉帝诏："朕在位三十有二载，遭天下荡覆，幸赖祖宗之灵，危而复存。然仰瞻天文，俯察民心，炎精之数既终，行运在乎曹氏。是以前王既树神武之绩，今王又光曜明德以应其期，是历数昭明，信可知矣。夫大道之行，天下为公，选贤与能，故唐尧不私于厥子，而名播于无穷，朕美而慕焉。今其追踵尧典，禅位于魏王。"

曹丕听毕，便欲受诏。司马懿谏曰："不可。虽然诏玺已至，殿下宜且上表谦辞，以绝天下之谤。"丕从之，令王朗作表，自称德薄，请别求大贤以嗣天位。帝览表，心甚惊疑，谓群臣曰："魏王谦逊，如之奈何？"华歆曰："昔魏武王受王爵之时，三辞而诏不许，然后受之，今陛下可再降诏，魏王自当允从。"

帝不得已，又令桓楷草诏，遣高庙使张音，持节奉玺至魏王宫。曹丕开读诏曰：

> 咨尔魏王，上书谦让。朕窃为汉道陵迟，为日已久；幸赖武王操，德膺符运，奋扬

神武，芟除凶暴，清定区夏。今王丕缵承前绪，至德光昭，声教被四海，仁风扇八区；天之历数，实在尔躬。昔虞舜有大功二十，而放勋禅以天下；大禹有疏导之绩，而重华禅以帝位。汉承尧运，有传圣之义，加顺灵祇，绍天明命，使行御史大夫张音，持节奉皇帝玺绶。王其受之！

曹丕接诏欣喜，谓贾诩曰："虽二次有诏，然终恐天下后世，不免篡窃之名也。"诩曰："此事极易，可再命张音赍回玺绶，却教华歆令汉帝筑一台，名'受禅台'；择吉日良辰，集大小公卿，尽到台下，令天子亲奉玺绶，禅天下与王，便可以释群疑而绝众议矣。"

丕大喜，即令张音赍回玺绶，仍作表谦辞。音回奏献帝。帝问群臣曰："魏王又让，其意若何？"华歆奏曰："陛下可筑一台，名曰'受禅台'，集公卿庶民，明白禅位；则陛下子子孙孙，必蒙魏恩矣。"帝从之，乃遣太常院官，卜地于繁阳，筑起三层高台，择于十月庚午日寅时禅让。

  据《资治通鉴》卷六十九：左中郎将李伏、太史丞许芝表言："魏当代汉，见于图纬，其事众甚。"群臣因上表劝王顺天人之望，王不许。（黄初元年）冬十月乙卯，汉帝告祠高庙，使行御史大夫张音持节奉玺绶诏册，禅位于魏。王三上书辞让，乃为坛于繁阳。

至期，献帝请魏王曹丕登台受禅，台下集大小官僚四百余员，御林虎贲禁军三十余万，帝亲捧玉玺奉曹丕，丕受之。台下群臣跪听册曰：

  咨尔魏王：昔者唐尧禅位于虞舜，舜亦以命禹：天命不于常，惟归有德。汉道陵迟，世失其序；降及朕躬，大乱兹昏，群凶恣逆，宇内颠覆。赖武王神武，拯兹难于四方，惟清区夏，以保绥我宗庙；岂予一人获乂，俾九服实受其赐。今王钦承前绪，光于乃德；恢文武之大业，昭尔考之弘烈。皇灵降瑞，人神告征；诞惟亮采，师锡朕命。佥曰：尔度克协于虞舜，用率我唐典，敬逊尔位。於戏！天之历数在尔躬，君其祗顺大礼，飨万国以肃承天命。

  据《三国志·魏书·文帝纪》：汉帝以众望在魏，乃召群公卿士，告祠高庙。使兼御史大夫张音持节奉玺绶禅位，册曰："咨尔魏王：昔者帝尧禅位于虞舜，舜亦以命禹，天命不于常，惟归有德。汉道陵迟，世失其序，降及朕躬，大乱兹昏，群凶肆逆，宇内颠覆。赖武王神武，拯兹难于四方，惟清区夏，以保绥我宗庙，岂予一人获乂，俾九服实受其赐。今王钦承前绪，光于乃德，恢文武之大业，昭尔考之弘烈。皇灵降瑞，人神告征，诞惟亮采，师锡朕命，佥曰：尔度克协于虞舜，用率我唐典，敬逊尔位。於戏！天之历数在尔躬，允执其中，天禄永终；君其祗顺大礼，飨兹万国，以肃承天命。"乃为坛于繁阳。

读册已毕，魏王曹丕即受八般大礼，登了帝位。贾诩引大小官僚朝于台下。改延康元年为黄初元年。国号大魏。丕即传旨，大赦天下。谥父曹操为太祖武皇帝。华歆奏曰："'天无二日，民无二主'。汉帝既禅天下，理宜退就藩服。乞降明旨，安置刘氏于何地？"言讫，扶献帝跪于台下听旨。丕降旨封帝为山阳公，即日便行。

  据《资治通鉴》卷六十九：（黄初元年冬十月）辛未，升坛受玺绶，即皇帝位，燎祭天地、岳渎，改元，大赦。十一月，癸酉，奉汉帝为山阳公，行汉正朔，用天子礼乐；封公四子为列侯。追尊太王曰太皇帝；武王曰武皇帝，庙号太祖；尊王太后曰皇太后。以汉诸侯王为崇德侯，列侯为关中侯。群臣封爵、增位各有差。改相国为司徒，御史大夫为司空。山阳公奉二女以嫔于魏。（参见《三国志·魏书·文帝纪》）

  据《后汉书·献帝纪》：（建安二十五年）冬十月乙卯，皇帝逊位，魏王丕称天子。

奉帝为山阳公，邑一万户，位在诸侯王上，奏事不称臣，受诏不拜，以天子车服郊祀天地，宗庙、祖、腊皆如汉制，都山阳之浊鹿城。四皇子封王者，皆降为列侯。明年，刘备称帝于蜀，孙权亦自王于吴，于是天下遂三分矣。

华歆按剑指帝，厉声而言曰："立一帝，废一帝，古之常道！今上仁慈，不忍加害，封汝为山阳公。今日便行，非宣召不许入朝！"

> 据《三国志·魏书·华歆传》注引《魏书》：文帝受禅，歆登坛相仪，奉皇帝玺绶，以成受命之礼。

献帝含泪拜谢，上马而去。台下军民人等见之，伤感不已。丕谓群臣曰："舜、禹之事，朕知之矣！"

> 据《三国志·魏书·文帝纪》注引《魏氏春秋》：帝升坛礼毕，顾谓群臣曰："舜、禹之事，吾知之矣。"

群臣皆呼"万岁"。后人观此受禅台，有诗叹曰：

> 两汉经营事颇难，一朝失却旧江山。黄初欲学唐虞事，司马将来作样看。

百官请曹丕答谢天地。丕方下拜，忽然台前卷起一阵怪风，飞砂走石，急如骤雨，对面不见；台上火烛，尽皆吹灭。丕惊倒于台上，百官急救下台，半晌方醒。侍臣扶入宫中，数日不能设朝。后病稍可，方出殿受群臣朝贺。封华歆为司徒，王朗为司空；大小官僚，一一升赏。丕疾未痊，疑许昌宫室多妖，乃自许昌幸洛阳，大建宫室。

早有人到成都，报说曹丕自立为大魏皇帝，于洛阳盖造宫殿；且传言汉帝已遇害。汉中王闻知，痛哭终日，下令百官挂孝，遥望设祭，上尊谥曰"孝愍皇帝"。

> 据《资治通鉴》卷六十九：蜀中传言汉帝已遇害，于是汉中王发丧制服，谥曰孝愍皇帝。（参见《三国志·蜀书·先主传》）

玄德因此忧虑，致染成疾，不能理事，政务皆托与孔明。孔明与太傅许靖、光禄大夫谯周商议，言天下不可一日无君，欲尊汉中王为帝。谯周曰："近有祥风庆云之瑞；成都西北角有黄气数十丈，冲霄而起；帝星见于毕、胃、昴之分，煌煌如月。此正应汉中王当即帝位，以继汉统，更复何疑？"

> 据《三国志·蜀书·先主传》：是后在所并言众瑞，日月相属，故议郎阳泉侯刘豹，青衣侯向举，偏将军张裔、黄权，大司马属殷纯，益州别驾从事赵莋，治中从事杨洪，从事祭酒何宗，议曹从事杜琼，劝学从事张爽、尹默、谯周等上言："臣闻《河图》《洛书》，五经谶、纬，孔子所甄，验应自远。谨案《洛书甄曜度》曰：'赤三日德昌，九世会备，合为帝际。'《洛书宝号命》曰：'天度帝道备称皇，以统握契，百成不败。'《洛书录运期》曰：'九侯七杰争命民炊骸，道路籍籍履人头，谁使主者玄且来。'《孝经钩命决录》曰：'帝三建九会备。'臣父群未亡时，言西南数有黄气，直立数丈，见来积年，时时有景云祥风，从璿玑下来应之，此为异瑞。又二十二年中，数有气如旗，从西竟东，中天而行，《图》《书》曰'必有天子出其方'。加是年太白、荧惑、填星，常从岁星相追。近汉初兴，五星从岁星谋；岁星主义，汉位在西，义之上方，故汉法常以岁星候人主。当有圣主起于此州，以致中兴。时许帝尚存，故群下不敢漏言。顷者荧惑复追岁星，见在胃昴毕；昴毕为天纲，《经》曰'帝星处之，众邪消亡'。圣讳豫睹，推揆期验，符合数至，若此非一。臣闻圣王先天而天不违，后天而奉天时，故应际而生，与神合契。

愿大王应天顺民，速即洪业，以宁海内。"

于是孔明与许靖引大小官僚上表，请汉中王即皇帝位。汉中王览表，大惊曰："卿等欲陷孤为不忠不义之人耶？"孔明奏曰："非也。曹丕篡汉自立，王上乃汉室苗裔，理合继统以延汉祀。"汉中王勃然变色曰："孤岂效逆贼所为！"拂袖而起，入于后宫。众官皆散。三日后，孔明又引众官入朝，请汉中王出。众皆拜伏于前。许靖奏曰："今汉天子已被曹丕所弑，王上不即帝位，兴师讨逆，不得为忠义也。今天下无不欲王上为君，为孝愍皇帝雪恨。若不从臣等所议，是失民望矣。"汉中王曰："孤虽是景帝之孙，并未有德泽以布于民；今一旦自立为帝，与篡窃何异！"孔明苦劝数次，汉中王坚执不从。孔明乃设一计，谓众官曰如此如此。于是孔明托病不出。

汉中王闻孔明病笃，亲到府中，直入卧榻边，问曰："军师所感何疾？"孔明答曰："忧心如焚，命不久矣！"汉中王曰："军师所忧何事？"连问数次，孔明只推病重，瞑目不答。汉中王再三请问。孔明喟然叹曰："臣自出茅庐，得遇大王，相随至今，言听计从；今幸大王有两川之地，不负臣夙昔之言。目今曹丕篡位，汉祀将斩，文武官僚，咸欲奉大王为帝，灭魏兴刘，共图功名；不想大王坚执不肯，众官皆有怨心，不久必尽散矣。若文武皆散，吴、魏来攻，两川难保。臣安得不忧乎？"汉中王曰："吾非推阻，恐天下人议论耳。"孔明曰："圣人云：名不正则言不顺，今大王名正言顺，有何可议？岂不闻天与弗取，反受其咎？"汉中王曰："待军师病可，行之未迟。"孔明听罢，从榻上跃然而起，将屏风一击，外面文武众官皆入，拜伏于地曰："王上既允，便请择日以行大礼。"

  据《三国志·蜀书·诸葛亮传》：（建安）二十六年，群下劝先主称尊号，先主未许，亮说曰："昔吴汉、耿弇等初劝世祖即帝位，世祖辞让，前后数四，耿纯进言曰：'天下英雄喁喁，冀有所望。如不从议者，士大夫各归求主，无为从公也。'世祖感纯言深至，遂然诺之。今曹氏篡汉，天下无主，大王刘氏苗族，绍世而起，今即帝位，乃其宜也。士大夫随大王久勤苦者，亦欲望尺寸之功如纯言耳。"先主于是即帝位。

汉中王视之，乃是太傅许靖、安汉将军糜竺、青衣侯向举、阳泉侯刘豹、别驾赵祚、

  据《三国志·蜀书·先主传》：故议郎阳泉侯刘豹、……益州别驾从事赵莋、……谯周等上言：……

  按：赵祚，史书中作赵莋。

治中杨洪、议曹杜琼、

  据《三国志·蜀书·杜琼传》：杜琼字伯瑜，蜀郡成都人也。……先主定益州，领牧，以琼为议曹从事。

从事张爽、太常卿赖恭、光禄卿黄权、祭酒何宗、学士尹默、

  据《三国志·蜀书·尹默传》：尹默字思潜，梓潼涪人也。益部多贵今文而不崇章句，默知其不博，乃远游荆州，从司马德操、宋仲子等受古学。皆通诸经史，又专精于《左氏春秋》，自刘歆条例，郑众、贾逵父子、陈元、服虔注说，咸略诵述，不复按本。先主定益州，领牧，以为劝学从事。

司业谯周、大司马殷纯、偏将军张裔、少府王谋、昭文博士伊籍、从事郎秦宓等众也。

  据《三国志·蜀书·先主传》：太傅许靖、安汉将军糜竺、军师将军诸葛亮、太常

赖恭、光禄勋黄柱、少府王谋等上言：“曹丕篡弑，湮灭汉室，窃据神器，劫迫忠良，酷烈无道。人鬼忿毒，咸思刘氏。今上无天子，海内惶惶，靡所式仰。群下前后上书者八百余人，咸称述符瑞，图、谶明征。间黄龙见武阳赤水，九日乃去。《孝经援神契》曰'德至渊泉则黄龙见'，龙者，君之象也。《易》乾九五'飞龙在天'，大王当龙升，登帝位也。又前关羽围樊、襄阳，襄阳男子张嘉、王休献玉玺，玺潜汉水，伏于渊泉，晖景烛耀，灵光彻天。夫汉者，高祖本所起定天下之国号也，大王袭先帝轨迹，亦兴于汉中也。今天子玉玺神光先见，玺出襄阳汉水之末，明大王承其下流，授与大王以天子之位，瑞命符应，非人力所致。昔周有乌鱼之瑞，咸曰休哉。二祖受命，《图》《书》先著，以为征验。今上天告祥，群儒英俊，并进《河》《洛》，孔子谶、记，咸悉具至。伏惟大王出自孝景皇帝中山靖王之胄，本支百世，乾祇降祚，圣姿硕茂，神武在躬，仁覆积德，爱人好士，是以四方归心焉。考省《灵图》，启发谶、纬，神明之表，名讳昭著。宜即帝位，以篡二祖，绍嗣昭穆，天下幸甚。臣等谨与博士许慈、议郎孟光，建立礼仪，择令辰，上尊号。"

汉中王惊曰：“陷孤于不义，皆卿等也！”孔明曰：“王上既允所请，便可筑台择吉，恭行大礼。"即时送汉中王还宫，一面令博士许慈、

> 据《三国志·蜀书·许慈传》：许慈字仁笃，南阳人也。师事刘熙，善郑氏学，治《易》《尚书》《三礼》《毛诗》《论语》。建安中，与许靖等俱自交州入蜀。时又有魏郡胡潜，字公兴，……先主定蜀，承丧乱历纪，学业衰废，乃鸠合典籍，沙汰众学，慈、潜并为学士，与孟光、来敏等典掌旧文。

谏议郎孟光

> 据《三国志·蜀书·孟光传》：孟光字孝裕，河南洛阳人，……博物识古，无书不览，尤锐意三史，长于汉家旧典。……先主定益州，拜为议郎，与许慈等并掌制度。

掌礼，筑台于成都武担之南。

> 据《三国志·蜀书·先主传》：太傅许靖、安汉将军麋竺、军师将军诸葛亮、太常赖恭、光禄勋黄柱、少府王谋等上言：“……臣等谨与博士许慈、议郎孟光，建立礼仪，择令辰，上尊号。"

诸事齐备，多官整设銮驾，迎请汉中王登坛致祭。谯周在坛上，高声朗读祭文曰：

惟建安二十六年四月丙午朔，越十二日丁巳，皇帝备，敢昭告于皇天后土：汉有天下，历数无疆。曩者，王莽篡盗，光武皇帝震怒致诛，社稷复存。今曹操阻兵残忍，戮杀主后，罪恶滔天；操子丕，载肆凶逆，窃据神器。群下将士，以为汉祀堕废，备宜延之，嗣武二祖，躬行天罚。备惧无德忝帝位，询于庶民，外及遐荒君长，佥曰：天命不可以不答，祖业不可以久替，四海不可以无主。率土式望，在备一人。备畏天明命，又惧高、光之业，将坠于地，谨择吉日，登坛祭告，受皇帝玺绶，抚临四方。惟神飨祚汉家，永绥历服！

> 据《三国志·蜀书·先主传》：即皇帝位于成都武担之南。为文曰：“惟建安二十六年四月丙午，皇帝备敢用玄牡，昭告皇天上帝后土神祇：汉有天下，历数无疆。曩者王莽篡盗，光武皇帝震怒致诛，社稷复存。今曹操阻兵安忍，戮杀主后，滔天泯夏，罔顾天显。操子丕，载其凶逆，窃居神器。群臣将士以为社稷堕废，备宜修之，嗣武二祖，

龔行天罚。备惟否德,惧忝帝位。询于庶民,外及蛮夷君长,佥曰'天命不可以不答,祖业不可以久替,四海不可以无主'。率土式望,在备一人。备畏天明命,又惧汉阼将湮于地,谨择元日,与百寮登坛,受皇帝玺绶。修燔瘗,告类于天神,惟神飨祚于汉家,永绥四海!"

读罢祭文,孔明率众官恭上玉玺。汉中王受了,捧于坛上,再三推辞曰:"备无才德,请择有才德者受之。"孔明奏曰:"王上平定四海,功德昭于天下,况是大汉宗派,宜即正位。已祭告天神,复何让焉!"文武各官,皆呼"万岁"。拜舞礼毕,改元章武元年。立妃吴氏为皇后,

> 据《三国志·蜀书·先主穆皇后传》:先主穆皇后,陈留人也。……章武元年夏五月,策曰:"朕承天命,奉至尊,临万国。今以后为皇后,遣使持节、丞相亮授玺绶,承宗庙,母天下,皇后其敬之哉!"

长子刘禅为太子;

> 据《三国志·蜀书·后主传》:后主讳禅,字公嗣,先主子也。建安二十四年,先主为汉中王,立为王太子。及即尊号,册曰:"惟章武元年五月辛巳,皇帝若曰:太子禅,朕遭汉运艰难,贼臣篡盗,社稷无主,格人群正,以天明命,朕继大统。今以禅为皇太子,以承宗庙,祗肃社稷。使使持节、丞相亮授印绶,敬听师傅,行一物而三善皆得焉,可不勉与!"

封次子刘永为鲁王,

> 据《三国志·蜀书·刘永传》:刘永字公寿,先主子,后主庶弟也。章武元年六月,使司徒靖立永为鲁王。

三子刘理为梁王;

> 据《三国志·蜀书·刘理传》:刘理字奉孝,亦后主庶弟也,与永异母。章武元年六月,使司徒靖立理为梁王。

封诸葛亮为丞相,

> 据《三国志·蜀书·诸葛亮传》:亮以丞相录尚书事,假节。

许靖为司徒;

> 据《三国志·蜀书·许靖传》:及即尊号,策靖曰:"朕获奉洪业,君临万国,夙宵惶惶,惧不能绥。百姓不亲,五品不逊,汝作司徒,其敬敷五教,在宽。君其勖哉!秉德无怠,称朕意焉。"

大小官僚,一一升赏。大赦天下。

> 据《资治通鉴》卷六十九:(黄初二年)夏四月丙午,汉中王即皇帝位于武担之南,大赦,改元章武。以诸葛亮为丞相,许靖为司徒。……五月辛巳,汉主立夫人吴氏为皇后。后,偏将军懿之妹,故刘瑁兄瑁之妻也。立子禅为皇太子。娶车骑将军张飞女为太子妃。……汉主立其子永为鲁王,理为梁王。

> 据《三国志·蜀书·先主传》:章武元年夏四月,大赦,改年。以诸葛亮为丞相,许靖为司徒。置百官,立宗庙,祫祭高皇帝以下。五月,立皇后吴氏,子禅为皇太子。六月,以子永为鲁王,理为梁王。

据《三国志·蜀书·费诗传》：后群臣议欲推汉中王称尊号，诗上疏曰："殿下以曹操父子逼主篡位，故乃羁旅万里，纠合士众，将以讨贼。今大敌未克，而先自立，恐人心疑惑。昔高祖与楚约，先破秦者王。及屠咸阳，获子婴，犹怀推让，况今殿下未出门庭，便欲自立邪！愚臣诚不为殿下取也。"由是忤指，左迁部永昌从事。（参见《资治通鉴》卷六十九）

　　据《三国志·蜀书·刘巴传》注引《零陵先贤传》：是时中夏人情未一，闻备在蜀，四方延颈。而备锐意欲即真，巴以为如此示天下不广，且欲缓之。与主簿雍茂谏备，备以他事杀茂，由是远人不复至矣。

　　按：据史书，益州前部司马费诗因反对刘备称帝而遭到贬谪，尚书令刘巴和主簿雍茂劝刘备缓称帝，刘备便找了一个别的理由把雍茂处死，这些史实《演义》没有采用。

两川军民，无不欣跃。

次日设朝，文武官僚拜毕，列为两班。先主降诏曰："朕自桃园与关、张结义，誓同生死。不幸二弟云长，被东吴孙权所害；若不报仇，是负盟也。朕欲起倾国之兵，剪伐东吴，生擒逆贼，以雪此恨！"

　　据《三国志·蜀书·法正传》：先主既即尊号，将东征孙权以复关羽之耻。（参见《资治通鉴》卷六十九，《三国志·蜀书·先主传》，《三国志·蜀书·赵云传》注引《云别传》）

　　按：《演义》以一系列章节渲染了刘备东征的复仇色彩，将夷陵之战写成了一场纯粹的复仇之战。其实刘备伐吴，是为了夺回关羽失去的荆州之地，报关羽被杀之仇并非核心因素。"复关羽之耻"是复关羽丢失荆州之耻。

言未毕，班内一人，拜伏于阶下，谏曰："不可。"先主视之，乃虎威将军赵云也。

　　据《三国志·蜀书·赵云传》注引《云别传》：先主明旦自来至云营围视昨战处，曰："子龙一身都是胆也。"作乐饮宴至暝，军中号云为虎威将军。

　　按：建安十九年（214），刘备取得成都后，封赵云为翊军将军。虎威将军非刘备所封，乃是将士对他的赞誉。

正是：君王未及行天讨，臣下曾闻进直言。未知子龙所谏若何，且看下文分解。

第八十一回　急兄仇张飞遇害　雪弟恨先主兴兵

却说先主欲起兵东征，赵云谏曰："国贼乃曹操，非孙权也。今曹丕篡汉，神人共怒。陛下可早图关中，屯兵渭河上流，以讨凶逆，则关东义士，必裹粮策马以迎王师；若舍魏以伐吴，兵势一交，岂能骤解。愿陛下察之。"先主曰："孙权害了朕弟；又兼傅士仁、糜芳、潘璋、马忠皆有切齿之仇；啖其肉而灭其族，方雪朕恨！卿何阻耶？"云曰："汉贼之仇，公也；兄弟之仇，私也。愿以天下为重。"先主答曰："朕不为弟报仇，虽有万里江山，何足为贵？"遂不听赵云之谏，下令起兵伐吴。

> 据《资治通鉴》卷六十九：汉主耻关羽之没，将击孙权。翊军将军赵云曰："国贼，曹操，非孙权也。若先灭魏，则权自服。今操身虽毙，子丕篡盗，当因众心，早图关中，居河、渭上流以讨凶逆，关东义士必裹粮策马以迎王师。不应置魏，先与吴战。兵势一交，不得卒解，非策之上也。"群臣谏者甚众，汉主皆不听。（参见《三国志·蜀书·赵云传》注引《云别传》）

且发使往五溪，借番兵五万，共相策应。一面差使往阆中，迁张飞为车骑将军，领司隶校尉，封西乡侯，兼阆中牧。

> 据《三国志·蜀书·张飞传》：章武元年，迁车骑将军，领司隶校尉，进封西乡侯。

使命赍诏而去。

却说张飞在阆中，闻知关公被东吴所害，旦夕号泣，血湿衣襟。诸将以酒解劝，酒醉，怒气愈加。帐上帐下，但有犯者即鞭挞之；多有鞭死者。每日望南切齿睁目怒恨，放声痛哭不已。忽报使至，慌忙接入，开读诏旨。飞受爵望北拜毕，设酒款待来使。飞曰："吾兄被害，仇深似海；庙堂之臣，何不早奏兴兵？"使者曰："多有劝先灭魏而后伐吴者。"飞怒曰："是何言也！昔我三人桃园结义，誓同生死；今不幸二兄半途而逝，吾安得独享富贵耶！吾当面见天子，愿为前部先锋，挂孝伐吴，生擒逆贼，祭告二兄，以践前盟！"言讫，就同使命望成都而来。

却说先主每日自下教场操演军马，克日兴师，御驾亲征。于是公卿都至丞相府中见孔明，曰："今天子初临大位，亲统军伍，非所以重社稷也。丞相秉钧衡之职，何不规谏？"孔明曰："吾苦谏数次，只是不听。今日公等随我入教场谏去。"当下孔明引百官来奏先主曰："陛下初登宝位，若欲北讨汉贼，以伸大义于天下，方可亲统六师；若只欲伐吴，命一上将统军伐之可也，何必亲劳圣驾？"先主见孔明苦谏，心中稍回。

> 按：《演义》称诸葛亮曾谏刘备伐吴，不见于史。诸葛亮对伐吴的态度，史书中没有记述。

忽报张飞到来，先主急召入。飞至演武厅拜伏于地，抱先主足而哭。先主亦哭。飞曰："陛下今日为君，早忘了桃园之誓！二兄之仇，如何不报？"先主曰："多官谏阻，未敢轻举。"飞曰："他人岂知昔日之盟？若陛下不去，臣舍此躯与二兄报仇！若不能报时，臣宁死不见陛下也！"先主曰："朕与卿同往：卿提本部兵自阆州而出，朕统精兵会于江州，共伐东吴，以雪此恨！"飞临行，先主嘱曰："朕素知卿酒后暴怒，鞭挞健儿，而复令在左右：此取祸之道也。今后务宜宽容，不可如前。"飞拜辞而去。

> 据《资治通鉴》卷六十九：车骑将军张飞，雄壮威猛亚于关羽；羽善待卒伍而骄于士大夫，飞爱礼君子而不恤军人。汉主常戒飞曰："卿刑杀既过差，又日鞭挝健儿而令在左右，此取祸之道也。"飞犹不悛。（参见《三国志·蜀书·张飞传》）

> 按：《演义》称张飞亲自到成都催促刘备兴兵伐吴，不见于史。

次日，先主整兵要行。学士秦宓奏曰："陛下舍万乘之躯，而徇小义，古人所不取也。愿陛下思之。"先主曰："云长与朕，犹一体也。大义尚在，岂可忘耶？"宓伏地不起曰："陛下不从臣言，诚恐有失。"先主大怒曰："朕欲兴兵，尔何出此不利之言！"叱武士推出斩之，宓面不改色，回顾先主而笑曰："臣死无恨，但可惜新创之业，又将颠覆耳！"众官皆为秦宓告免。先主曰："暂且囚下，待朕报仇回时发落。"

> 据《资治通鉴》卷六十九：汉主耻关羽之没，将击孙权。……群臣谏者甚众，汉主皆不听。广汉处士秦宓陈天时必无利，坐下狱幽闭，然后贷出。（参见《三国志·蜀书·秦宓传》《法正传》）

孔明闻知，即上表救秦宓。其略曰：

> 臣亮等切以吴贼逞奸诡之计，致荆州有覆亡之祸；陨将星于斗牛，折天柱于楚地：此情哀痛，诚不可忘。但念迁汉鼎者，罪由曹操；移刘祚者，过非孙权。窃谓魏贼若除，则吴自宾服。愿陛下纳秦宓金石之言，以养士卒之力，别作良图，则社稷幸甚！天下幸甚！

先主看毕，掷表于地曰："朕意已决，无得再谏！"遂命丞相诸葛亮保太子守两川；骠骑将军马超

> 据《三国志·蜀书·马超传》：先主为汉中王，拜超为左将军，假节。章武元年，迁骠骑将军，领凉州牧，进封蒝乡侯。

并弟马岱，助镇北将军魏延守汉中，以当魏兵；虎威将军赵云为后应，兼督粮草；

> 据《三国志·蜀书·赵云传》注引《云别传》：孙权袭荆州，先主大怒，欲讨权。云谏，……先主不听，遂东征，留云督江州。

黄权、程畿为参谋；马良、陈震掌理文书；黄忠为前部先锋，冯习、张南为副将；傅彤、张翼为中军护尉；赵融、廖淳为合后。

> 据《三国志·吴书·陆逊传》：使将军冯习为大督，张南为前部，辅匡、赵融、廖淳、傅彤等各为别督。（参见《资治通鉴》卷六十九）

> 据《三国志·蜀书·廖化传》：廖化字元俭，本名淳，襄阳人也。

川将数百员，并五溪番将等，共兵七十五万，择定章武元年七月丙寅日出师。

> 按：《演义》称刘备亲率七十五万大军伐吴，显系虚夸之辞。王前程先生在《夷陵之战研究》（中州古籍出版社2013年版）一书中认为，刘备于221年7月先派吴班、冯习等率四万人攻占巫县和秭归县，222年1月，吴班、陈式等率蜀汉水军主力攻占夷陵城及周边地带，并夹江东西岸驻营。222年2月刘备率主力由秭归南渡长江，刘备所率主力应多于四万。《三国志·刘晔传》注引《傅子》说："权将陆议大败刘备，杀其兵八万人。"综合上述史料，蜀汉参加夷陵之战的总兵力应在十万至十二万上下。

却说张飞回到阆中，下令军中：限三日内制办白旗白甲，三军挂孝伐吴。

按：《演义》称张飞下令挂孝伐吴，不见于史。

次日，帐下两员末将范疆、

按：范疆，史书中作范强或范彊。

张达，入帐告曰："白旗白甲，一时无措，须宽限方可。"飞大怒曰："吾急欲报仇，恨不明日便到逆贼之境，汝安敢违我将令！"叱武士缚于树上，各鞭背五十。鞭毕，以手指之曰："来日俱要完备！若违了限，即杀汝二人示众！"打得二人满口出血。回到营中商议，范疆曰："今日受了刑责，着我等如何办得？其人性暴如火，倘来日不完，你我皆被杀矣！"张达曰："比如他杀我，不如我杀他。"疆曰："怎奈不得近前。"达曰："我两个若不当死，则他醉于床上；若是当死，则他不醉。"二人商议停当。

却说张飞在帐中，神思昏乱，动止恍惚，乃问部将曰："吾今心惊肉颤，坐卧不安，此何意也？"部将答曰："此是君侯思念关公，以致如此。"飞令人将酒来，与部将同饮，不觉大醉，卧于帐中。范、张二贼，探知消息，初更时分，各藏短刀，密入帐中，诈言欲禀机密重事，直至床前。原来张飞每睡不合眼；当夜寝于帐中，二贼见他须竖目张，本不敢动手。因闻鼻息如雷，方敢近前，以短刀刺入飞腹。飞大叫一声而亡。时年五十五岁。

按：张飞生年，不见于史。《演义》称张飞亡年五十五岁，于史无据。

后人有诗叹曰：

安喜曾闻鞭督邮，黄巾扫尽佐炎刘。虎牢关上声先震，长坂桥边水逆流。
义释严颜安蜀境，智欺张郃定中州。伐吴未克身先死，秋草长遗阆地愁。

却说二贼当夜割了张飞首级，便引数十人连夜投东吴去了。

据《资治通鉴》卷六十九：汉主将伐孙权，飞当率兵万人自阆中会江州。临发，其帐下将张达、范强杀飞，以其首顺流奔孙权。（参见《三国志·蜀书·张飞传》）

次日，军中闻知，起兵追之不及。时有张飞部将吴班，

据《三国志·蜀书·杨戏传》附《季汉辅臣赞》：壹族弟班，字元雄，大将军何进官属吴匡之子也。以豪侠称，官位常与壹相亚。先主时，为领军。

向自荆州来见先主，先主用为牙门将，使佐张飞守阆中。当下吴班先发表章，奏知天子，然后令长子张苞具棺椁盛贮。令弟张绍

据《三国志·蜀书·张飞传》：追谥飞曰桓侯。长子苞，早夭。次子绍嗣，官至侍中尚书仆射。

按：张飞死后继承爵位的是次子张绍，足见张苞死于张飞生前。

守阆中，苞自来报先主。时先主已择期出师，

据《三国志·蜀书·先主传》：先主忿孙权之袭关羽，将东征，（章武元年）秋七月，遂帅诸军伐吴。

大小官僚，皆随孔明送十里方回。孔明回至成都，怏怏不乐，顾谓众官曰："法孝直若在，必能制主上东行也。"

据《资治通鉴》卷六十九：诸葛亮与尚书令法正好尚不同，而以公义相取，亮每奇正智术。及汉主伐吴而败，时正已卒，亮叹曰："孝直若在，必能制主上东行；就使东行，必不倾危矣。"（参见《三国志·蜀书·法正传》）

按：对刘备伐吴失败后史书所载诸葛亮叹息的话，王前程先生在《夷陵之战研究》一书中认为，这表明诸葛亮对刘备伐吴是默许和支持的。诸葛亮认为，刘备东征如果有法正同行为之出谋划策，是可以打胜的；即使遭到失败，也不致于如此一败涂地。又，在史书中，诸葛亮是在刘备兵败之后发出感叹的，《演义》将诸葛亮的前半句话移植于诸葛亮送刘备出师之后了。

却说先主是夜心惊肉颤，寝卧不安。出帐仰观天文，见西北一星，其大如斗，忽然坠地。先主大疑，连夜令人求问孔明。孔明回奏曰："合损一上将。三日之内，必有惊报。"先主因此按兵不动。忽侍臣奏曰："阆中张车骑部将吴班，差人赍表至。"先主顿足曰："噫！三弟休矣！"

据《资治通鉴》卷六十九：汉主闻飞营都督有表，曰："噫，飞死矣！"（参见《三国志·蜀书·张飞传》）

及至览表，果报张飞凶信。先主放声大哭，昏绝于地。众官救醒。次日，人报一队军马骤风而至。先主出营观之。良久，见一员小将，白袍银铠，滚鞍下马，伏地而哭，乃张苞也。

据《三国志·蜀书·张飞传》：长子苞，早夭。

苞曰："范疆、张达杀了臣父，将首级投吴去了！"先主哀痛至甚，饮食不进。群臣苦谏曰："陛下方欲为二弟报仇，何可先自摧残龙体？"先主方才进膳，遂谓张苞曰："卿与吴班，敢引本部军作先锋，为卿父报仇否？"苞曰："为国为父，万死不辞！"先主正欲遣苞起兵，又报一彪军风拥而至。先主令侍臣探之。须臾，侍臣引一小将军，白袍银铠，入营伏地而哭。先主视之，乃关兴也。

据《三国志·蜀书·关羽传附子兴传》：兴字安国，少有令问，丞相诸葛亮深器异之。弱冠为侍中、中监军，数岁卒。

先主见了关兴，想起关公，又放声大哭。众官苦劝。先主曰："朕想布衣时，与关、张结义，誓同生死；今朕为天子，正欲与两弟同享富贵，不幸俱死于非命！见此二侄，能不断肠！"言讫又哭。众官曰："二小将军且退。容圣上将息龙体。"侍臣奏曰："陛下年过六旬，不宜过于哀痛。"先主曰："二弟俱亡，朕安忍独生！"言讫，以头顿地而哭。

多官商议曰："今天子如此烦恼，将何解劝？"马良曰："主上亲统大兵伐吴，终日号泣，于军不利。"陈震曰："吾闻成都青城山之西，有一隐者，姓李，名意。世人传说此老已三百余岁，能知人之生死吉凶，乃当世之神仙也。何不奏知天子，召此老来，问他吉凶，胜如吾等之言。"遂入奏先主。先主从之，即遣陈震赍诏，往青城山宣召。震星夜到了青城，令乡人引入山谷深处，遥望仙庄，清云隐隐，瑞气非凡。忽见一小童来迎曰："来者莫非陈孝起乎？"震大惊曰："仙童如何知我姓字！"童子曰："吾师昨者有言：今日必有皇帝诏命至；使者必是陈孝起。"震曰："真神仙也！人言信不诬矣！"遂与小童同入仙庄，拜见李意，宣天子诏命。李意推老不行。震曰："天子急欲见仙翁一面，幸勿吝鹤驾。"再三敦请，李意方行。

即至御营，入见先主。先主见李意鹤发童颜，碧眼方瞳，灼灼有光，身如古柏之状，知是异人，优礼相待。李意曰："老夫乃荒山村叟，无学无识。辱陛下宣召，不知有何见谕？"先主曰："朕与关、张二弟结生死之交，三十余年矣。今二弟被害，亲统大军报仇，未知休咎如何。久闻仙翁通晓玄机，望乞赐教。"李意曰："此乃天数，非老夫所知也。"先主再三求问，意乃索纸笔画兵马器械四十余张，画毕便一一扯碎。又画一大人仰卧于地上，傍边一人掘土埋之，上写一大"白"字，遂稽首而去。先主不悦，谓群臣曰："此狂叟也！不足为信。"即以火焚之，便催军前进。

　　据《三国志·蜀书·先主传》注引葛洪《神仙传》：仙人李意其，蜀人也。传世见之，云是汉文帝时人。先主欲伐吴，遣人迎意其。意其到，先主礼敬之，问以吉凶。意其不答而求纸笔，画作兵马器仗数十纸已，便一一以手裂坏之，又画作一大人，掘地埋之，便径去。先主大不喜。而自出军征吴，大败还，忿耻发病死，众人乃知其意。其画作大人而埋之者，即是言先主死意。

　　张苞入奏曰："吴班军马已至。小臣乞为先锋。"先主壮其志，即取先锋印赐张苞。苞方欲挂印，又一少年将奋然出曰："留下印与我！"视之，乃关兴也。苞曰："我已奉诏矣。"兴曰："汝有何能，敢当此任？"苞曰："我自幼习学武艺，箭无虚发。"先主曰："朕正要观贤侄武艺，以定优劣。"苞令军士于百步之外，立一面旗，旗上画一红心。苞拈弓取箭，连射三箭，皆中红心。众皆称善。关兴挽弓在手曰："射中红心何足为奇？"正言间，忽值头上一行雁过。兴指曰："吾射这飞雁第三只。"一箭射去，那只雁应弦而落。文武官僚，齐声喝采。苞大怒，飞身上马，手挺父所使丈八点钢矛，大叫曰："你敢与我比试武艺否？"兴亦上马，绰家传大砍刀纵马而出曰："偏你能使矛！吾岂不能使刀！"

　　二将方欲交锋，先主喝曰："二子休得无礼！"兴、苞二人慌忙下马，各弃兵器，拜伏请罪。先主曰："朕自涿郡与卿等之父结异姓之交，亲如骨肉；今汝二人亦是昆仲之分，正当同心协力，共报父仇；奈何自相争竞，失其大义！父丧未远而犹如此，况日后乎？"二人再拜伏罪。先主问曰："卿二人谁年长？"苞曰："臣长关兴一岁。"先主即命兴拜苞为兄。二人就帐前折箭为誓，永相救护。先主下诏使吴班为先锋，令张苞、关兴护驾。水陆并进，船骑双行，浩浩荡荡，杀奔吴国来。

　　却说范疆、张达将张飞首级，投献吴侯，细告前事。孙权听罢，收了二人，乃谓百官曰："今刘玄德即了帝位，统精兵七十余万，御驾亲征，其势甚大，如之奈何？"百官尽皆失色，面面相觑。诸葛瑾出曰："某食君侯之禄久矣，无可报效，愿舍残生，去见蜀主，以利害说之，使两国相和，共讨曹丕之罪。"权大喜，即遣诸葛瑾为使，来说先主罢兵。正是：两国相争通使命，一言解难赖行人。未知诸葛瑾此去如何，且看下文分解。

第八十二回　孙权降魏受九锡　先主征吴赏六军

却说章武元年秋八月，先主起大军至夔关，驾屯白帝城。前队军马已出川口。近臣奏曰："吴使诸葛瑾至。"先主传旨教休放入。黄权奏曰："瑾弟在蜀为相，必有事而来。陛下何故绝之？当召入，看他言语。可从则从；如不可，则就借彼口说与孙权，令知问罪有名也。"先主从之，召瑾入城。瑾拜伏于地。先主问曰："子瑜远来，有何事故？"瑾曰："臣弟久事陛下，臣故不避斧钺，特来奏荆州之事。前者，关公在荆州时，吴侯数次求亲，关公不允。后关公取襄阳，曹操屡次致书吴侯，使袭荆州；吴侯本不肯许，因吕蒙与关公不睦，故擅自兴兵，误成大事，今吴侯悔之不及。此乃吕蒙之罪，非吴侯之过也。今吕蒙已死，冤仇已息。孙夫人一向思归。今吴侯令臣为使，愿送归夫人，缚还降将，并将荆州仍旧交还，永结盟好，共灭曹丕，以正篡逆之罪。"先主怒曰："汝东吴害了朕弟，今日敢以巧言来说乎！"瑾曰："臣请以轻重大小之事，与陛下论之：陛下乃汉朝皇叔，今汉帝已被曹丕篡夺，不思剿除；却为异姓之亲，而屈万乘之尊：是舍大义而就小义也。中原乃海内之地，两都皆大汉创业之方，陛下不取，而但争荆州：是弃重而取轻也。天下皆知陛下即位，必兴汉室，恢复山河；今陛下置魏不问，反欲伐吴：窃为陛下不取。"先主大怒曰："杀吾弟之仇，不共戴天！欲朕罢兵，除死方休！不看丞相之面，先斩汝首！今且放汝回去，说与孙权：洗颈就戮！"诸葛瑾见先主不听，只得自回江南。

　　据《资治通鉴》卷六十九：（黄初二年）秋七月，汉主自率诸军击孙权，权遣使求和于汉。南郡太守诸葛瑾遗汉主笺曰："陛下以关羽之亲，何如先帝？荆州大小，孰与海内？俱应仇疾，谁当先后？若审此数，易于反掌矣。"汉主不听。（参见《三国志·吴书·诸葛瑾传》及注引《江表传》）

　　据《三国志·蜀书·先主传》：先主忿孙权之袭关羽，将东征，（章武元年）秋七月，遂帅诸军伐吴。孙权遣书请和，先主盛怒不许。

　　按：刘备东征，孙权求和，《三国志·蜀书·先主传》作"遣书请和"，《资治通鉴》作"遣使求和"。据史书记载，诸葛瑾曾致书刘备劝其退兵，但未如《演义》所说出使向刘备求和。

　　却说张昭见孙权曰："诸葛子瑜知蜀兵势大，故假以请和为辞，欲背吴入蜀。此去必不回矣。"权曰："孤与子瑜，有生死不易之盟；孤不负子瑜，子瑜亦不负孤。昔子瑜在柴桑时，孔明来吴，孤欲使子瑜留之。子瑜曰：'弟已事玄德，义无二心；弟之不留，犹瑾之不往。'其言足贯神明。今日岂肯降蜀乎？孤与子瑜可谓神交，非外言所得间也。"正言间，忽报诸葛瑾回。权曰："孤言若何？"张昭满面羞惭而退。

　　据《资治通鉴》卷六十九：时或言瑾别遣亲人与汉主相闻者，权曰："孤与子瑜，有死生不易之誓，子瑜之不负孤，犹孤之不负子瑜也。"然谤言流闻于外，陆逊表明瑾必无此，宜有以散其意。权报曰："子瑜与孤从事积年，恩如骨肉，深相明究。其为人，非道不行，非义不言。玄德昔遣孔明至吴，孤尝语子瑜曰：'卿与孔明同产，且弟随兄，于义为顺，何以不留孔明？孔明若留从卿者，孤当以书解玄德，意自随人耳。'子瑜答孤言：'弟亮已失身于人。委质定分，义无二心。弟之不留，犹瑾之不往也。'其言足贯神明，今岂当有此乎！前得妄语文疏，即封示子瑜，并手笔与之。孤与子瑜可谓神交，非外言所间，知卿意至，辄封来表以示子瑜，使知卿意。"（参见《三国志·吴书·诸葛瑾传》及注引《江表传》）

瑾见孙权，言先主不肯通和之意。权大惊曰："若如此，则江南危矣！"阶下一人进曰："某有一计，可解此危。"视之，乃中大夫赵咨也。

据《三国志·吴书·吴主传》注引《吴书》：咨字德度，南阳人，博闻多识，应对辩捷。权为吴王，擢中大夫。

权曰："德度有何良策？"咨曰："主公可作一表，某愿为使，往见魏帝曹丕，陈说利害，使袭汉中，则蜀兵自危矣。"权曰："此计最善。但卿此去，休失了东吴气象。"咨曰："若有些小差失，即投江而死，安有面目见江南人物乎！"

权大喜，即写表称臣，令赵咨为使。

据《资治通鉴》卷六十九：（黄初二年秋）八月，孙权遣使称臣，卑辞奉章，并送于禁等还。（参见《三国志·魏书·文帝纪》《三国志·吴书·吴主传》）

星夜到了许都，先见太尉贾诩等，并大小官僚。次日早朝，贾诩出班奏曰："东吴遣中大夫赵咨上表。"曹丕笑曰："此欲退蜀兵故也。"即令召入。咨拜伏于丹墀。丕览表毕，遂问咨曰："吴侯乃何如主也？"咨曰："聪明、仁智、雄略之主也。"丕笑曰："卿褒奖毋乃太甚？"咨曰："臣非过誉也。吴侯纳鲁肃于凡品，是其聪也；拔吕蒙于行阵，是其明也；获于禁而不害，是其仁也；取荆州兵不血刃，是其智也；据三江虎视天下，是其雄也；屈身于陛下，是其略也：以此论之，岂不为聪明、仁智、雄略之主乎？"丕又问曰："吴主颇知学乎？"咨曰："吴主浮江万艘，带甲百万，任贤使能，志存经略；少有余闲，博览书传，历观史籍，采其大旨，不效书生寻章摘句而已。"丕曰："朕欲伐吴，可乎？"咨曰："大国有征伐之兵，小国有御备之策。"丕曰："吴畏魏乎？"咨曰："带甲百万，江汉为池，何畏之有？"丕曰："东吴如大夫者几人？"咨曰："聪明特达者八九十人；如臣之辈，车载斗量，不可胜数。"丕叹曰："使于四方，不辱君命，卿可以当之矣。"

据《资治通鉴》卷六十九：吴王遣中大夫南阳赵咨入谢。帝问曰："吴王何等主也？"对曰："聪明、仁智、雄略之主也。"帝问其状，对曰："纳鲁肃于凡品，是其聪也；拔吕蒙于行陈，是其明也；获于禁而不害，是其仁也；取荆州兵不血刃，是其智也；据三州虎视于天下，是其雄也；屈身于陛下，是其略也。"帝曰："吴王颇知学乎？"咨曰："吴王浮江万艘，带甲百万，任贤使能，志存经略，虽有余闲，博览书传，历史籍，采奇异，不效书生寻章摘句而已。"帝曰："吴可征否？"对曰："大国有征伐之兵，小国有备御之固。"帝曰："吴难魏乎？"对曰："带甲百万，江、汉为池，何难之有！"帝曰："吴如大夫者几人？"对曰："聪明特达者八九十人；如臣之比，车载斗量，不可胜数。"（参见《三国志·吴书·吴主传》及注引《吴书》）

据《三国志·吴书·吴主传》：刘备帅军来伐，……权以陆逊为督，督朱然、潘璋等以拒之。遣都尉赵咨使魏。

于是即降诏，命太常卿邢贞赍册封孙权为吴王，加九锡。赵咨谢恩出城。

据《三国志·魏书·文帝纪》：（黄初二年）秋八月，孙权遣使奉章，并遣于禁等还。丁巳，使太常邢贞持节拜权为大将军，封吴王，加九锡。

大夫刘晔谏曰:"今孙权惧蜀兵之势,故来请降。以臣愚见:蜀、吴交兵,乃天亡之也;今若遣上将提数万之兵,渡江袭之,蜀攻其外,魏攻其内,吴国之亡,不出旬日。吴亡则蜀孤矣。陛下何不早图之?"丕曰:"孙权既以礼服朕,朕若攻之,是沮天下欲降者之心;不若纳之为是。"刘晔又曰:"孙权虽有雄才,乃残汉骠骑将军、南昌侯之职。官轻则势微,尚有畏中原之心;若加以王位,则去陛下一阶耳。今陛下信其诈降,崇其位号以封殖之,是与虎添翼也。"丕曰:"不然。朕不助吴,亦不助蜀。待看吴、蜀交兵,若灭一国,止存一国,那时除之,有何难哉?朕意已决,卿勿复言。"遂命太常卿邢贞同赵咨捧执册锡,径至东吴。

据《资治通鉴》卷六十九:(黄初二年秋)八月,孙权遣使称臣,卑辞奉章,并送于禁等还。朝臣皆贺,刘晔独曰:"权无故求降,必内有急。权前袭杀关羽,刘备必大兴师伐之。外有强寇,众心不安,又恐中国往乘其衅,故委地求降,一以却中国之兵,二假中国之援,以强其众而疑敌人耳。天下三分,中国十有其八。吴、蜀各保一州,阻山依水,有急相救,此小国之利也。今还自相攻,天亡之也,宜大兴师,径渡江袭之。蜀攻其外,我袭其内,吴之亡不出旬月矣。吴亡则蜀孤,若割吴之半以与蜀,蜀固不能久存,况蜀得其外,我得其内乎!"帝曰:"人称臣降而伐之,疑天下欲来者心,不若且受吴降而袭蜀之后也。"对曰:"蜀远吴近,又闻中国伐之,便还军,不能止也。今备已怒,兴兵击吴,闻我伐吴,知吴必亡,将喜而进与我争割吴地,必不改计抑怒救吴也。"帝不听,遂受吴降。……丁巳,遣太常邢贞奉策即拜孙权为吴王,加九锡。刘晔曰:"不可。先帝征伐天下,十兼其八,威震海内;陛下受禅即真,德合天地,声暨四远。权虽有雄才,故汉骠骑将军、南昌侯耳,官轻势卑。士民有畏中国心,不可强迫与成所谋也。不得已受其降,可进其将军号,封十万户侯,不可即以为王也。夫王位去天子一阶耳,其礼秩服御相乱也。彼直为侯,江南士民未有君臣之分。我信其伪降,就封殖之,崇其位号,定其君臣,是为虎傅翼也。权既受王位,却蜀兵之后,外尽礼以事中国,使其国内皆闻,内为无礼以怒陛下;陛下赫然发怒,兴兵讨之,乃徐告其民曰:'我委身事中国,不爱珍货重宝,随时贡献,不敢失臣礼,而无故伐我,必欲残我国家,俘我人民以为仆妾。'吴民无缘不信其言也。信其言而感怒,上下同心,战加十倍矣。"又不听。(参见《三国志·魏书·刘晔传》注引《傅子》)

据《三国志·魏书·刘晔传》:备果出兵击吴。吴悉国应之,而遣使称藩。朝臣皆贺,独晔曰:"吴绝在江、汉之表,无内臣之心久矣。陛下虽齐德有虞,然丑虏之性,未有所感。因难求臣,必难信也。彼必外迫内困,然后发此使耳,可因其穷,袭而取之。夫一日纵敌,数世之患,不可不察也。"备军败退,吴礼敬转废。

按:据史书记载,魏黄初二年(221)十一月,曹丕命邢贞为使来武昌,封孙权为吴王;然后孙权才命赵咨出使魏国。《演义》将两事前后倒置,有悖于史。

却说孙权聚集百官,商议御蜀兵之策。忽报魏帝封主公为王,礼当远接,顾雍谏曰:"主公宜自称上将军、九州伯之位,不当受魏帝封爵。"权曰:"当日沛公受项羽之封,盖因时也;何故却之?"遂率百官出城迎接。邢贞自恃上国天使,入门不下车。张昭大怒,厉声曰:"礼无不敬,法无不肃,而君敢自尊大,岂以江南无方寸之刃耶?"邢贞慌忙下车,与孙权相见,并车入城。忽车后一人放声哭曰:"吾等不能奋身舍命,为主并魏吞蜀,乃令主公受人封爵,不亦辱乎!"众视之,乃徐盛也。邢贞闻之,叹曰:"江东将相如此,终非久在人下者也!"

据《资治通鉴》卷六十九:邢贞至吴,吴人以为宜称上将军、九州伯,不当受魏封。吴王曰:"九州伯,于古未闻也。昔沛公亦受项羽封为汉王,盖时宜耳,复何损邪!"遂受之。吴王出都亭候邢贞,贞入门,不下车。张昭谓贞曰:"夫礼无不敬,法无不行。而君敢自尊大,岂以江南寡弱,无方寸之刃故乎!"贞即遽下车。中郎将琅邪徐盛忿愤,顾谓同列曰:"盛等不能奋身出命,为国家并许、洛,吞巴、蜀,而令吾君与贞盟,不亦辱乎!"因涕泣横流。贞闻之,谓其徒曰:"江东将相如此,非久下人者也。"(参见《三国志·吴书·吴主传》注引《江表传》,《三国志·吴书·张昭传》《徐盛传》)

却说孙权受了封爵,众文武官僚拜贺已毕,命收拾美玉明珠等物,遣人赍进谢恩。

据《资治通鉴》卷六十九:帝遣使求雀头香、大贝、明珠、象牙、犀角、玳瑁、孔雀、翡翠、斗鸭、长鸣鸡于吴。吴群臣曰:"荆、扬二州,贡有常典。魏所求珍玩之物,非礼也,宜勿与。"吴王曰:"方有事于西北,江表元元,恃主为命。彼所求者,于我瓦石耳,孤何惜焉!且彼在谅暗之中,而所求若此,宁可与言礼哉!"皆具以与之。(参见《三国志·吴书·吴主传》注引《江表传》)

早有细作报说蜀主引本国大兵,及蛮王沙摩柯番兵数万,又有洞溪汉将杜路、刘宁二枝兵,水陆并进,声势震天。水路军已出巫口,旱路军已到秭归。时孙权虽登王位,奈魏主不肯接应,乃问文武曰:"蜀兵势大,当复如何?"众皆默然。权叹曰:"周郎之后有鲁肃,鲁肃之后有吕蒙,今吕蒙已亡,无人与孤分忧也!"言未毕,忽班部中一少年将,奋然而出,伏地奏曰:"臣虽年幼,颇习兵书。愿乞数万之兵,以破蜀兵。"权视之,乃孙桓也。桓字叔武,其父名河,本姓俞氏,孙策爱之,赐姓孙,因此亦系吴王宗族。河生四子,桓居其长,弓马熟娴,常从吴王征讨,累立奇功,官授武卫都尉,时年二十五岁。

据《三国志·吴书·孙桓传》:孙桓字叔武,河之子也。年二十五,拜安东中郎将,与陆逊共拒刘备。

据《三国志·吴书·孙桓传》注引《吴书》:河有四子。长助,曲阿长。次谊,海盐长。并早卒。次桓,仪容端正,器怀聪朗,博学强记,能论议应对,权常称为宗室颜渊,擢为武卫都尉。从讨关羽于华容,诱羽余党,得五千人,牛马器械甚众。

权曰:"汝有何策胜之?"桓曰:"臣有大将二员:一名李异,一名谢旌,俱有万夫不当之勇。乞数万之众,往擒刘备。"权曰:"侄虽英勇,争奈年幼;必得一人相助,方可。"虎威将军朱然出曰:"臣愿与小将军同擒刘备。"权许之,遂点水陆军五万,封孙桓为左都督,朱然为右都督,即日起兵。

据《资治通鉴》卷六十九:汉主遣将军吴班、冯习攻破权将李异、刘阿等于巫,进军秭归,兵四万余人,武陵蛮夷皆遣使往请兵。权以镇西将军陆逊为大都督,假节,督将军朱然、潘璋、宋谦、韩当、徐盛、鲜于丹、孙桓等五万人拒之。(参见《三国志·吴书·陆逊传》《吴主传》)

按:据史书,刘备东征,孙权求和不成,即以陆逊为大都督主持西线抗蜀战事。《演义》则将东吴的迎战分解为三次:第一次,孙权命孙桓、朱然率兵五万拒敌,结果朱然损兵折将,孙桓被围于夷陵。第二次,孙权派韩当、周泰、潘璋、凌统、甘宁等人起兵十万拒敌,结果在猇亭又被蜀军打得大败。孙权在求和不成的情况下,才不得不起用陆逊为大都督,第三次出兵拒敌。

哨马探得蜀兵已至宜都下寨,孙桓引二万五千军马,屯于宜都界口,前后分作三营,以拒蜀兵。却说蜀将吴班领先锋之印,自出川以来,所到之处,望风而降,兵不血刃,直到宜都;

第八十二回　孙权降魏受九锡　先主征吴赏六军　521

探知孙桓在彼下寨，飞奏先主。时先主已到秭归，闻奏怒曰："量此小儿，安敢与朕抗耶！"关兴奏曰："既孙权令此子为将，不劳陛下遣大将，臣愿往擒之。"先主曰："朕正欲观汝壮气。"即命关兴前往。兴拜辞欲行，张苞出曰："既关兴前去讨贼，臣愿同行。"先主曰："二侄同行甚妙，但须谨慎，不可造次。"

二人拜辞先主，会合先锋，一同进兵，列成阵势。孙桓听知蜀兵大至，合寨多起。两阵对圆，桓领李异、谢旌立马于门旗之下，见蜀营中，拥出二员大将，皆银盔银铠，白马白旗：上首张苞挺丈八点钢矛，下首关兴横着大砍刀。苞大骂曰："孙桓竖子！死在临时，尚敢抗拒天兵乎！"桓亦骂曰："汝父已作无头之鬼；今汝又来讨死，好生不智！"张苞大怒，挺枪直取孙桓。桓背后谢旌，骤马来迎。两将战有三十余合，旌败走，苞乘胜赶来。李异见谢旌败了，慌忙拍马轮蘸金斧接战。张苞与战二十余合，不分胜负。吴军中裨将谭雄，见张苞英勇，李异不能胜，却放一冷箭，正射中张苞所骑之马。那马负痛奔回本阵，未到门旗边，扑地便倒，将张苞掀在地上。李异急向前轮起大斧，望张苞脑袋便砍。忽一道红光闪处，李异头早落地，原来关兴见张苞马回，正待接应，忽见张苞马倒，李异赶来，兴大喝一声，劈李异于马下，救了张苞。乘势掩杀，孙桓大败。各自鸣金收军。

次日，孙桓又引军来。张苞、关兴齐出。关兴立马于阵前，单搦孙桓交锋。桓大怒，拍马轮刀，与关兴战三十余合，气力不加，大败回阵。二小将追杀入营，吴班引着张南、冯习驱兵掩杀。张苞奋勇当先，杀入吴军，正遇谢旌，被苞一矛刺死。吴军四散奔走。蜀将得胜收兵，只不见了关兴。张苞大惊曰："安国有失，吾不独生！"言讫，绰枪上马。寻不数里，只见关兴左手提刀，右手活挟一将。苞问曰："此是何人？"兴笑答曰："吾在乱军中，正遇仇人，故生擒来。"苞视之，乃昨日放冷箭的谭雄也。苞大喜，同回本营，斩首沥血，祭了死马。遂写表差人赴先主处报捷。

　　按：《演义》称，关兴、张苞随刘备参加夷陵之战，一路上斩将立功，处死仇人，这些情节均不见于史。据史书记载，张苞早夭；关兴二十岁时做侍中、中监军，并未出征。而李异、谢旌均随陆逊参加了夷陵之战，不可能为关兴、张苞所杀。

孙桓折了李异、谢旌、谭雄等许多将士，力穷势孤，不能抵敌，即差人回吴求救。

　　据《资治通鉴》卷六十九：汉主遣将军吴班、冯习攻破权将李异、刘阿等于巫，进军秭归，兵四万余人，武陵蛮夷皆遣使往请兵。（参见《三国志·蜀书·先主传》）

蜀将张南、冯习谓吴班曰："目今吴兵势败，正好乘虚劫寨。"班曰："孙桓虽然折了许多将士，朱然水军现今结营江上，未曾损折。今日若去劫寨，倘水军上岸，断我归路，如之奈何？"南曰："此事至易：可教关、张二将军，各引五千军伏于山谷中；如朱然来救，左右两军齐出夹攻，必然取胜。"班曰："不如先使小卒诈作降兵，却将劫寨事告与朱然；然见火起，必来救应，却令伏兵击之，则大事济矣。"冯习等大喜，遂依计而行。

却说朱然听知孙桓损兵折将，正欲来救，忽伏路军引几个小卒上船投降。然问之，小卒曰："我等是冯习帐下士卒，因赏罚不明，特来投降，就报机密。"然曰："所报何事？"小卒曰："今晚冯习乘虚要劫孙将军营寨，约定举火为号。"朱然听毕，即使人报知孙桓。报事人行至半途，被关兴杀了。朱然一面商议，欲引兵去救应孙桓。部将崔禹曰："小卒之言，未可深信。倘有疏虞，水陆二军尽皆休矣。将军只宜稳守水寨，某愿替将军一行。"然从之，遂令崔禹引一万军前去。是夜，冯习、张南、吴班分兵三路，直杀入孙桓寨中，四面火起，吴兵大乱，寻路奔走。

且说崔禹正行之间，忽见火起，急催兵前进。刚才转过山来，忽山谷中鼓声大震：左边关兴，右边张苞，两路夹攻。崔禹大惊，方欲奔走，正遇张苞；交马只一合，被苞生擒而回。朱然听知危急，将船往下水退五六十里去了。孙桓引败军逃走，问部将曰："前去何处城坚粮广？"部将曰："此去正北彝陵城，可以屯兵。"桓引败军急望彝陵而走。方进得城，吴班等追至，将城四面围定。

  据《三国志·吴书·陆逊传》：孙桓别讨备前锋于夷道，为备所围，求救于逊。

  按：据史书，孙桓被蜀军包围的地方是江南清江流域的夷道城，《演义》误作江北的夷陵城。

关兴、张苞等解崔禹到秭归来。先主大喜，传旨将崔禹斩却，大赏三军。自此威风震动，江南诸将无不胆寒。

  却说孙桓令人求救于吴王，吴王大惊，即召文武商议曰："今孙桓受困于彝陵，朱然大败于江中，蜀兵势大，如之奈何？"张昭奏曰："今诸将虽多物故，然尚有十余人，何虑于刘备？可命韩当为正将，周泰为副将，

  按：据《三国志·吴书·周泰传》，周泰未参加夷陵之战。

潘璋为先锋，凌统为合后，

  按：据《三国志·吴书·凌统传》，凌统已于建安二十二年（217）病死。

甘宁为救应，起兵十万拒之。"权依所奏，即命诸将速行。此时甘宁已患痢疾，带病从征。

  按：《演义》称，在夷陵之战中，东吴集团前后两次发兵总计十五万，与史实不合。据王前程先生在《夷陵之战研究》一书中考证，《三国志·陆逊传》云："刘备率大众来向西界，权命逊为大都督、假节，督朱然、潘璋、宋谦、韩当、徐盛、鲜于丹、孙桓等五万人拒之。"《三国志·步骘传》云："骘将交州义士万人出长沙。会刘备东下，武陵蛮夷蠢动，权遂命骘上益阳。"可见东吴参加夷陵之战的总兵力为六万。

  却说先主从巫峡建平起，直接彝陵界分，七百余里，连结四十余寨；见关兴、张苞屡立大功，叹曰："昔日从朕诸将，皆老迈无用矣；复有二侄如此英雄，朕何虑孙权乎！"正言间，忽报韩当、周泰领兵来到。先主方欲遣将迎敌，近臣奏曰："老将黄忠，引五六人投东吴去了。"先主笑曰："黄汉升非反叛之人也；因朕失口误言老者无用，彼必不服老，故奋力去相持矣。"即召关兴、张苞曰："黄汉升此去必然有失。贤侄休辞劳苦，可去相助。略有微功，便可令回，勿使有失。"二小将拜辞先主，引本部军来助黄忠。正是：老臣素矢忠君志，年少能成报国功。未知黄忠此去如何，且看下文分解。

第八十三回　战猇亭先主得仇人　守江口书生拜大将

却说章武二年春正月，武威后将军黄忠随先主伐吴，忽闻先主言老将无用，即提刀上马，引亲随五六人，径到彝陵营中。吴班与张南、冯习接入，问曰："老将军此来，有何事故？"忠曰："吾自长沙跟天子到今，多负勤劳。今虽七旬有余，尚食肉十斤，臂开二石之弓，能乘千里之马，未足为老。昨日主上言吾等老迈无用，故来此与东吴交锋，看吾斩将，老也不老！"

正言间，忽报吴兵前部已到，哨马临营。忠奋然而起，出帐上马。冯习等劝曰："老将军且休轻进。"忠不听，纵马而去。吴班令冯习引兵助战。忠在吴军阵前，勒马横刀，单搦先锋潘璋交战。璋引部将史迹出马。迹欺忠年老，挺枪出战；斗不三合，被忠一刀斩于马下。潘璋大怒，挥关公使的青龙刀，来战黄忠。交马数合，不分胜负。忠奋力恶战，璋料敌不过，拨马便走。忠乘势追杀，全胜而回。路逢关兴、张苞，兴曰："我等奉圣旨来助老将军；既已立了功，速请回营。"忠不听。

次日，潘璋又来搦战。黄忠奋然上马。兴、苞二人要助战，忠不从；吴班要助战，忠亦不从；只自引五千军出迎。战不数合，璋拖刀便走。忠纵马追之，厉声大叫曰："贼将休走！吾今为关公报仇！"追至三十余里，四面喊声大震，伏兵齐出：右边周泰，左边韩当，前有潘璋，后有凌统，把黄忠困在垓心。忽然狂风大起，忠急退时，山坡上马忠引一军出，一箭射中黄忠肩窝，险些儿落马。吴兵见忠中箭，一齐来攻，忽后面喊声大起，两路军杀来，吴兵溃散，救出黄忠，乃关兴、张苞也。二小将保送黄忠径到御前营中。忠年老血衰，箭疮痛裂，病甚沉重。先主御驾自来看视，抚其背曰："令老将军中伤，朕之过也！"忠曰："臣乃一武夫耳，幸遇陛下。臣今年七十有五，寿亦足矣。望陛下善保龙体，以图中原！"言讫，不省人事。是夜殒于御营。

　　据《三国志·蜀书·黄忠传》：（建安二十四年秋七月，）遂与羽等齐位，赐爵关内侯。明年卒，追谥刚侯。

　　按：据《三国志·蜀书·黄忠传》，黄忠死于建安二十五年（220），即在刘备称帝和东征前夕。《演义》称他享年七十五岁，不见于史。

后人有诗叹曰：
　　老将说黄忠，收川立大功。重披金锁甲，双挽铁胎弓。
　　胆气惊河北，威名镇蜀中。临亡头似雪，犹自显英雄。

先主见黄忠气绝，哀伤不已，敕具棺椁，葬于成都。先主叹曰："五虎大将，已亡三人。朕尚不能复仇，深可痛哉！"乃引御林军直至猇亭，大会诸将，分军八路，水陆俱进。水路令黄权领兵，先主自率大军于旱路进发。时章武二年二月中旬也。

　　据《三国志·蜀书·先主传》：（章武）二年春正月，先主军还秭归，将军吴班、陈式水军屯夷陵，夹江东西岸。二月，先主自秭归率诸将进军，缘山截岭，于夷道猇亭驻营，自佷山通武陵，遣侍中马良安慰五溪蛮夷，咸相率响应。镇北将军黄权督江北诸军，与吴军相拒于夷陵道。

　　据《资治通鉴》卷六十九：汉主自秭归将进击吴，治中从事黄权谏曰："吴人悍战，而水军沿流,进易退难。臣请为先驱以当寇,陛下宜为后镇。"汉主不从,以权为镇北将军,使督江北诸军;自率诸将,自江南缘山截岭,军于夷道猇亭。(参见《三国志·蜀书·黄权传》《华阳国志·刘先主志》)

按:《演义》在夷陵之战地理的描写中,不但混淆了江南的夷道县与江北的夷陵城的位置,还将猇亭火攻之战写成在江南和江北同时进行,而始终没有指出猇亭古战场的具体位置。综合上述两条史料,王前程先生在《夷陵之战研究》一书中指出,刘备是从秭归(今秭归县归州镇)南渡长江,然后走江南山谷盐道进至夷道猇亭驻营的。北宋史学家司马光担心后人混淆,特别作了明确的交代:"(刘备)自江南缘山截岭,军于夷道猇亭。"也就是说,刘备树栅立营与吴军对峙的猇亭隶属于夷道县。"夷道猇亭"中的"夷道"与"猇亭"不是并列关系,而是上下隶属关系。因此可以明确,猇亭古战场是在江南而非江北。

韩当、周泰听知先主御驾来征,引兵出迎。两阵对圆,韩当、周泰出马,只见蜀营门旗开处,先主自出,黄罗销金伞盖,左右白旄黄钺,金银旌节,前后围绕。当大叫曰:"陛下今为蜀主,何自轻出?倘有疏虞,悔之何及!"先主遥指骂曰:"汝等吴狗,伤朕手足,誓不与立于天地之间!"当回顾众将曰:"谁敢冲突蜀兵?"部将夏恂,挺枪出马。先主背后张苞挺丈八矛,纵马而出,大喝一声,直取夏恂。恂见苞声若巨雷,心中惊惧;恰待要走,周泰弟周平见恂抵敌不住,挥刀纵马而来。关兴见了,跃马提刀来迎。张苞大喝一声,一矛刺中夏恂,倒撞下马。周平大惊,措手不及,被关兴一刀斩了。二小将便取韩当、周泰。韩周二人,慌退入阵。先主视之,叹曰:"虎父无犬子也!"用御鞭一指,蜀兵一齐掩杀过去,吴兵大败。那八路兵,势如泉涌,杀的那吴军尸横遍野,血流成河。

却说甘宁正在船中养病,听知蜀兵大至,火急上马,正遇一彪蛮兵,人皆披发跣足,皆使弓弩长枪,搪牌刀斧;为首乃是番王沙摩柯,生得面如噀血,碧眼突出,使一个铁蒺藜骨朵,腰带两张弓,威风抖擞。甘宁见其势大,不敢交锋,拨马而走;被沙摩柯一箭射中头颅。宁带箭而走,到于富池口,坐于大树之下而死。树上群鸦数百,围绕其尸。吴王闻之,哀痛不已,具礼厚葬,立庙祭祀。

按:甘宁已于夷陵之战前去世,其卒年,《三国志》甘宁本传未明载;据《三国志·吴书·潘璋传》,可推断甘宁死于建安二十五年(220),即夷陵之战前两年。吕蒙袭取荆州战役与夷陵之战,他均未参加。

后人有诗叹曰:
吴郡甘兴霸,长江锦幔舟。酬君重知己,报友化仇雠。
劫寨将轻骑,驱兵饮巨瓯。神鸦能显圣,香火永千秋。

却说先主乘势追杀,遂得猇亭。吴兵四散逃走。先主收兵,只不见关兴。先主慌令张苞等四面跟寻。原来关兴杀入吴阵,正遇仇人潘璋,骤马追之。璋大惊,奔入山谷内,不知所往。兴寻思只在山里,往来寻觅不见。看看天晚,迷踪失路。幸得星月有光,追至山僻之间,时已二更,到一庄上,下马叩门。一老者出问何人。兴曰:"吾是战将,迷路到此,求一饭充饥。"老人引入,兴见堂内点着明烛,中堂绘画关公神像。兴大哭而拜。老人问曰:"将军何故哭拜?"兴曰:"此吾父也。"老人闻言,即便下拜。兴曰:"何故供养吾父?"老人答曰:"此间皆是尊神地方。在生之日,家家侍奉,何况今日为神乎?老夫只望蜀兵早早报仇。今将军到此,百姓有福矣。"遂置酒食待之,卸鞍喂马。

三更已后,忽门外又一人击户。老人出而问之,乃吴将潘璋亦来投宿。恰入草堂,关兴见了，按剑大喝曰："反贼休走！"璋回身便出。忽门外一人，面如重枣，丹凤眼，卧蚕眉，飘三缕美髯，绿袍金铠，按剑而入。璋见是关公显圣，大叫一声，神魂惊散；欲待转身，早被关兴手起剑落，斩于地上，取心沥血，就关公神像前祭祀。

> 据《三国志·吴书·潘璋传》：刘备出夷陵，璋与陆逊并力拒之，璋部下斩备护军冯习等，所杀伤甚众，拜平北将军、襄阳太守。……嘉禾三年卒。
>
> 按：《演义》称潘璋为关兴所杀，与史相悖。核诸史书，关兴并未随刘备伐吴。潘璋在夷陵之战立了大功，直到吴嘉禾三年（234）才病死。

兴得了父亲的青龙偃月刀，却将潘璋首级，摆于马项之下，辞了老人，就骑了潘璋的马，望本营而来。老人自将潘璋之尸拖出烧化。

且说关兴行无数里，忽听得人言马嘶，一彪军来到，为首一将，乃潘璋部将马忠也。忠见兴杀了主将潘璋，将首级摆于马项之下，青龙刀又被兴得了，勃然大怒，纵马来取关兴。兴见马忠是害父仇人，气冲牛斗，举青龙刀望忠便砍。忠部下三百军并力上前，一声喊起，将关兴围在垓心。兴力孤势危。忽见西北上一彪军杀来，乃是张苞。马忠见救兵到来，慌忙引军自退。关兴、张苞一处赶来。赶不数里，前面糜芳、傅士仁引兵来寻马忠。两军相合，混战一处。苞、兴二人兵少，慌忙撤退，回至猇亭，来见先主，献上首级，具言此事。先主惊异，赏犒三军。

却说马忠回见韩当、周泰，收聚败军，各分头守把。军士中伤者不计其数。马忠引傅士仁、糜芳于江渚屯扎。当夜三更，军士皆哭声不止。糜芳暗听之，有一伙军言曰："我等皆是荆州之兵，被吕蒙诡计送了主公性命，今刘皇叔御驾亲征，东吴早晚休矣。所恨者，糜芳、傅士仁也。我等何不杀此二贼，去蜀营投降？功劳不小。"又一伙军言曰："不要性急，等个空儿，便就下手。"糜芳听毕，大惊，遂与傅士仁商议曰："军心变动，我二人性命难保。今蜀主所恨者马忠耳；何不杀了他，将首级去献蜀主，告称：'我等不得已而降吴，今知御驾前来，特地诣营请罪。'"仁曰："不可。去必有祸。"芳曰："蜀主宽仁厚德；目今阿斗太子是我外甥，彼但念我国戚之情，必不肯加害。"二人计较已定，先备了马。三更时分，入帐刺杀马忠，将首级割了，二人带数十骑，径投猇亭而来。伏路军人先引见张南、冯习，具说其事。次日，到御营中来见先主，献上马忠首级，哭告于前曰："臣等实无反心；被吕蒙诡计，称言关公已亡，赚开城门，臣等不得已而降。今闻圣驾前来，特杀此贼，以雪陛下之恨。伏乞陛下恕臣等之罪。"先主大怒曰："朕自离成都许多时，你两个如何不来请罪？今日势危，故来巧言，欲全性命！朕若饶你，至九泉之下，有何面目见关公乎！"言讫，令关兴在御营中，设关公灵位。先主亲捧马忠首级，诣前祭祀。又令关兴将糜芳、傅士仁剥去衣服，跪于灵前，亲自用刀剐之，以祭关公。

> 据《三国志·吴书·吴主传》：（黄武二年夏）六月，权令将军贺齐督糜芳、刘邵等袭蕲春。
>
> 按：《演义》称糜芳、傅士仁杀马忠反投降刘备而被活剐祭奠关羽而死，与史相悖。据史书记载，糜芳在吴黄武二年（223）六月还随吴将贺齐出征，而刘备早在该年四月就已经去世。

忽张苞上帐哭拜于前曰："二伯父仇人皆已诛戮；臣父冤仇，何日可报？"先主曰："贤侄勿忧。朕当削平江南，杀尽吴狗，务擒二贼，与汝亲自醢之，以祭汝父。"苞泣谢而退。

此时先主威声大震，江南之人尽皆胆裂，日夜号哭。韩当、周泰大惊，急奏吴王，具言糜芳、傅士仁杀了马忠，去归蜀帝，亦被蜀帝杀了。孙权心怯，遂聚文武商议。步骘奏曰："蜀主所恨者，乃吕蒙、潘璋、马忠、糜芳、傅士仁也。今此数人皆亡，独有范疆、张达二人，现在东吴。何不擒此二人，并张飞首级，遣使送还，交与荆州，送归夫人，上表求和，再会前情，共图灭魏，则蜀兵自退矣。"权从其言，遂具沉香木匣，盛贮飞首，绑缚范疆、张达，囚于槛车之内，令程秉为使，赍国书，望猇亭而来。

却说先主欲发兵前进。忽近臣奏曰："东吴遣使送张车骑之首，并囚范疆、张达二贼至。"先主两手加额曰："此天之所赐，亦由三弟之灵也！"即令张苞设飞灵位。先主见张飞首级在匣中面不改色，放声大哭。张苞自仗利刀，将范疆、张达万剐凌迟，祭父之灵。

祭毕，先主怒气不息，定要灭吴。马良奏曰："仇人尽戮，其恨可雪矣。吴大夫程秉到此，欲还荆州，送回夫人，永结盟好，共图灭魏，伏候圣旨。"先主怒曰："朕切齿仇人，乃孙权也。今若与之连和，是负二弟当日之盟矣。今先灭吴，次灭魏。"便欲斩来使，以绝吴情。多官苦告方免。程秉抱头鼠窜，回奏吴主曰："蜀不从讲和，誓欲先灭东吴，然后伐魏。众臣苦谏不听，如之奈何？"

权大惊，举止失措。阚泽出班奏曰："现有擎天之柱，如何不用耶？"权急问何人。泽曰："昔日东吴大事，全任周郎；后鲁子敬代之；子敬亡后，决于吕子明；今子明虽丧，现有陆伯言在荆州。此人名虽儒生，实有雄才大略，以臣论之，不在周郎之下。前破关公，其谋皆出于伯言。主上若能用之，破蜀必矣。如或有失，臣愿与同罪。"权曰："非德润之言，孤几误大事。"张昭曰："陆逊乃一书生耳，非刘备敌手，恐不可用。"顾雍亦曰："陆逊年幼望轻，恐诸公不服；若不服则生祸乱，必误大事。"步骘亦曰："逊才堪治郡耳；若托以大事，非其宜也。"阚泽大呼曰："若不用陆伯言，则东吴休矣！臣愿以全家保之！"权曰："孤亦素知陆伯言乃奇才也！孤意已决，卿等勿言。"

于是命召陆逊。逊本名陆议，后改名逊，字伯言，乃吴郡吴人也；

> 据《三国志·吴书·陆逊传》：陆逊字伯言，吴郡吴人也。本名议，世江东大族。

汉城门校尉陆纡之孙，九江都尉陆骏之子；

> 据《三国志·吴书·陆逊传》注引《陆氏世颂》：逊祖纡，字叔盘，敏淑有思学，守城门校尉。父骏，字季才，淳懿信厚，为邦族所怀，官至九江都尉。

身长八尺，面如美玉；官领镇西将军。当下奉召而至，参拜毕，权曰："今蜀兵临境，孤特命卿总督军马，以破刘备。"逊曰："江东文武，皆大王故旧之臣；臣年幼无才，安能制之？"

> 按：据《三国志·吴书·陆逊传》推算，夷陵之战时，陆逊已三十九岁（虚岁），不应自称"年幼"。

权曰："阚德润以全家保卿，孤亦素知卿才。今拜卿为大都督，卿勿推辞。"逊曰："倘文武不服，何如？"权取所佩剑与之曰："如有不听号令者，先斩后奏。"逊曰："荷蒙重托，敢不拜命；但乞大王于来日会聚众官，然后赐臣。"阚泽曰："古之命将，必筑台会众，赐白旄黄钺、印绶兵符，然后威行令肃。今大王宜遵此礼，择日筑坛，拜伯言为大都督，假节钺，则众人自无不服矣。"权从之，命人连夜筑坛完备，大会百官，请陆逊登坛，拜为大都督、右护军、镇西将军，进封娄侯，赐以宝剑印绶，令掌六郡八十一州兼荆楚诸路军马。吴王嘱之曰："阃以内，孤主之；阃以外，将军制之。"

> 据《资治通鉴》卷六十九：汉主遣将军吴班、冯习攻破权将李异、刘阿等于巫，进

军秭归，兵四万余人，武陵蛮夷皆遣使往请兵。权以镇西将军陆逊为大都督，假节，督将军朱然、潘璋、宋谦、韩当、徐盛、鲜于丹、孙桓等五万人拒之。（参见《三国志·吴书·陆逊传》《吴主传》）

按：《演义》写阚泽力荐陆逊挂帅，孙权连夜筑坛拜将，均不见于史。王前程先生在《夷陵之战研究》一书中认为，陆逊此时已是从军二十年的军中宿将，他在袭取荆州之战和夺取宜都之战中已显露了卓越的军事才智，为孙权所器重，先后被封为抚边将军、镇西将军兼宜都太守等职。夷陵之战刘备首先进攻的目标正是陆逊镇守的宜都郡。故当刘备发起夷陵之战后，陆逊很自然地被提拔为大都督而领兵拒敌。

逊领命下坛，令徐盛、丁奉为护卫，即日出师；一面调诸路军马，水陆并进。文书到猇亭，韩当、周泰大惊曰："主上如何以一书生总兵耶？"比及逊至，众皆不服。逊升帐议事，众人勉强参贺。逊曰："主上命吾为大将，督军破蜀。军有常法，公等各宜遵守。违者王法无亲，勿致后悔。"众皆默然。周泰曰："目今安东将军孙桓，乃主上之侄，现困于彝陵城中，内无粮草，外无救兵；请都督早施良策，救出孙桓，以安主上之心。"逊曰："吾素知孙安东深得军心，必能坚守，不必救之。待吾破蜀后，彼自出矣。"众皆暗笑而退。

据《资治通鉴》卷六十九：初，吴安东中郎将孙桓别击汉前锋于夷道，为汉所围，求救于陆逊，逊曰："未可。"诸将曰："孙安东，公族，见围已困，奈何不救！"逊曰："安东得士众心，城牢粮足，无可忧也。待吾计展，欲不救安东，安东自解。"及方略大施，汉果奔溃。桓后见逊曰："前实怨不见救；定至今日，乃知调度自有方耳！"（参见《三国志·吴书·陆逊传》）

韩当谓周泰曰："命此孺子为将，东吴休矣！公见彼所行乎？"泰曰："吾聊以言试之，早无一计，安能破蜀也！"

次日，陆逊传下号令，教诸将各处关防，牢守隘口，不许轻敌。众皆笑其懦，不肯坚守。次日，陆逊升帐唤诸将曰："吾钦承王命，总督诸军，昨已三令五申，令汝等各处坚守；俱不遵吾令，何也？"韩当曰："吾自从孙将军平定江南，经数百战；其余诸将，或从讨逆将军，或从当今大王，皆披坚执锐，出生入死之士。今主上命公为大都督，令退蜀兵，宜早定计，调拨军马，分头征进，以图大事；乃只令坚守勿战，岂欲待天自杀贼耶？吾非贪生怕死之人，奈何使吾等堕其锐气？"于是帐下诸将，皆应声而言曰："韩将军之言是也。吾等情愿决一死战！"陆逊听毕，掣剑在手，厉声曰："仆虽一介书生，今蒙主上托以重任者，以吾有尺寸可取，能忍辱负重故也。汝等只各守隘口，牢把险要，不许妄动，如违令者皆斩！"众皆愤愤而退。

据《资治通鉴》卷六十九：初，逊为大都督，诸将或讨逆时旧将，或公室贵戚，各自矜恃，不相听从。逊按剑曰："刘备天下知名，曹操所惮，今在境界，此强对也。诸君并荷国恩，当相辑睦，共翦此虏，上报所受，而不相顺，何也？仆虽书生，受命主上，国家所以屈诸君使相承望者，以仆尺寸可称，能忍辱负重故也。各在其事，岂复得辞！军令有常，不可犯也！"及至破备，计多出逊，诸将乃服。（参见《三国志·吴书·陆逊传》）

却说先主自猇亭布列军马，直至川口，接连七百里，前后四十营寨，昼则旌旗蔽日，夜则火光耀天。

按：《演义》称刘备连营七百里，与史实不合。连营七百里之说，仅见于《三国志·魏书·文帝纪》："帝闻备兵东下，与权交战，树栅连营七百余里。"而刘备、陆逊等传均未见文字。王前程先生在《夷陵之战研究》一书中认为，曹丕所谓"七百里连营"，其意是指刘备兵分三路（黄权在江北；刘备率主力在江南；吴班、陈式水军屯夷陵，夹江东西岸）布设长蛇阵横跨大江七百里，其实刘备只是在沿途关隘多处设置军营哨卡，并非将其十余万人马分散在七百里战线上。

忽细作报说："东吴用陆逊为大都督，总制军马。逊令诸将各守险要不出。"先主问曰："陆逊何如人也？"马良奏曰："逊虽东吴一书生，

> 按：《演义》屡称陆逊为"书生"，与史不合。据史书记载，陆逊曾指挥多次军事战役，立有战功；在袭取荆州战役中，陆逊配合吕蒙，直捣至秭归三峡地区，斩获收降蜀兵数万人。

然年幼多才，深有谋略；前袭荆州，皆系此人之诡计。"先主大怒曰："竖子诡计，损朕二弟，今当擒之！"便传令进兵。马良谏曰："陆逊之才，不亚周郎，未可轻敌。"先主曰："朕用兵老矣，岂反不如一黄口孺子耶！"遂亲领前军，攻打诸处关津隘口。

韩当见先主兵来，差人报知陆逊。逊恐韩当妄动，急飞马自来观看，正见韩当立马于山上；远望蜀兵，漫山遍野而来，军中隐隐有黄罗盖伞。韩当接着陆逊，并马而观。当指曰："军中必有刘备，吾欲击之。"逊曰："刘备举兵东下，连胜十余阵，锐气正盛；今只乘高守险，不可轻出，出则不利。但宜奖励将士，广布守御之策，以观其变。今彼驰骋于平原广野之间，正自得志；我坚守不出，彼求战不得，必移屯于山林树木间。吾当以奇计胜之。"韩当口虽应诺，心中只是不服。

> 据《资治通鉴》卷六十九：汉主自秭归将进击吴，……自率诸将，自江南缘山截岭，军于夷道猇亭。吴将皆欲迎击之。陆逊曰："备举军东下，锐气始盛；且乘高守险，难可卒攻。攻之纵下，犹难尽克，若有不利，损我大势，非小故也。今但且奖厉将士，广施方略，以观其变。若此间是平原旷野，当恐有颠沛交逐之忧；今缘山行军，势不得展，自当罢于木石之间，徐制其敝耳。"诸将不解，以为逊畏之，各怀愤恨。（参见《三国志·吴书·陆逊传》注引《吴书》）

先主使前队搦战，辱骂百端。逊令塞耳休听，不许出迎，亲自遍历诸关隘口，抚慰将士，皆令坚守。先主见吴军不出，心中焦躁。马良曰："陆逊深有谋略。今陛下远来攻战，自春历夏；彼之不出，欲待我军之变也。愿陛下察之。"先主曰："彼有何谋？但怯敌耳。向者数败，今安敢再出！"先锋冯习奏曰："即今天气炎热，军屯于赤火之中，取水深为不便。"先主遂命各营，皆移于山林茂盛之地，近溪傍涧；待过夏到秋，并力进兵。冯习遂奉旨，将诸寨皆移于林木阴密之处。马良奏曰："我军若动，倘吴兵骤至，如之奈何？"先主曰："朕令吴班引万余弱兵，近吴寨平地屯住；朕亲选八千精兵，伏于山谷之中。若陆逊知朕移营，必乘势来击，却令吴班诈败；逊若追来，朕引兵突出，断其归路，小子可擒矣。"文武皆贺曰："陛下神机妙算，诸臣不及也！"马良曰："近闻诸葛丞相在东川点看各处隘口，恐魏兵入寇。陛下何不将各营移居之地，画成图本，问于丞相？"先主曰："朕亦颇知兵法，何必又问丞相？"良曰："古云：'兼听则明，偏听则蔽。'望陛下察之。"先主曰："卿可自去各营，画成四至八道图本，亲到东川去向丞相。如有不便，可急来报知。"马良领命而去。

> 据《资治通鉴》卷六十九：汉人自佷山通武陵，使侍中襄阳马良以金锦赐五溪诸蛮夷，授以官爵。……汉主既败走，……马良亦死于五溪。
>
> 据《三国志·蜀书·马良传》：及东征吴，遣良入武陵招纳五溪蛮夷，蛮夷渠帅皆

受印号，咸如意指。会先主败绩于夷陵，良亦遇害。

于是先主移兵于林木阴密处避暑。

早有细作报知韩当、周泰。二人听得此事，大喜，来见陆逊曰："目今蜀兵四十余营，皆移于山林密处，依溪傍涧，就水歇凉。都督可乘虚击之。"正是：蜀主有谋能设伏，吴兵好勇定遭擒。未知陆逊可听其言否，且看下文分解。

第八十四回　陆逊营烧七百里　孔明巧布八阵图

　　却说韩当、周泰探知先主移营就凉，急来报知陆逊。逊大喜，遂引兵自来观看动静；只见平地一屯，不满万余人，大半皆是老弱之众，大书"先锋吴班"旗号。周泰曰："吾视此等兵如儿戏耳。愿同韩将军分两路击之。如其不胜，甘当军令。"陆逊看了良久，以鞭指曰："前面山谷中，隐隐有杀气起，其下必有伏兵，故于平地设此弱兵，以诱我耳。诸公切不可出。"众将听了，皆以为懦。

　　次日，吴班引兵到关前搦战，耀武扬威，辱骂不绝；多有解衣卸甲，赤身裸体，或睡或坐。徐盛、丁奉入帐禀陆逊曰："蜀兵欺我太甚！某等愿出击之！"逊笑曰："公等但恃血气之勇，未知孙吴妙法，此彼诱敌之计也；三日后必见其诈矣。"徐盛曰："三日后，彼移营已定，安能击之乎？"逊曰："吾正欲令彼移营也。"诸将哂笑而退。过三日后，会诸将于关上观望，见吴班兵已退去。逊指曰："杀气起矣，刘备必从山谷中出也。"言未毕，只见蜀兵皆全装惯束，拥先主而过。吴兵见了，尽皆胆裂。逊曰："吾之不听诸公击班者，正为此也。今伏兵已出，旬日之内，必破蜀矣。"诸将皆曰："破蜀当在初时，今连营五六百里，相守经七八月，其诸要害，皆已固守，安能破乎？"逊曰："诸公不知兵法。备乃世之枭雄，更多智谋，其兵始集，法度精专；今守之久矣，不得我便，兵疲意阻，取之正在今日。"诸将方才叹服。

　　　　据《资治通鉴》卷六十九：汉人自巫峡建平连营至夷陵界，立数十屯，以冯习为大督，张南为前部督，自正月与吴相拒，至六月不决。汉主遣吴班将数千人于平地立营，吴将帅皆欲击之，陆逊曰："此必有谲，且观之。"汉主知其计不行，乃引伏兵八千从谷中出。逊曰："所以不听诸君击班者，揣之必有巧故也。"……闰月，逊将进攻汉军，诸将并曰："攻备当在初，今乃令入五六百里，相守经七八月，其诸要害皆已固守，击之必无利矣。"逊曰："备是猾虏，更尝事多，其军始集，思虑精专，未可干也。今住已久，不得我便，兵疲意沮，计不复生。掎角此寇，正在今日。"（参见《三国志·吴书·陆逊传》）

后人有诗赞曰：
　　　　虎帐谈兵按《六韬》，安排香饵钓鲸鳌。三分自是多英俊，又显江南陆逊高。
　　却说陆逊已定了破蜀之策，遂修笺遣使奏闻孙权，言指日可以破蜀之意。

　　　　据《三国志·吴书·陆逊传》：逊上疏曰："夷陵要害，国之关限，虽为易得，亦复易失。失之非徒损一郡之地，荆州可忧。今日争之，当令必谐。备干天常，不守窟穴，而敢自送。臣虽不材，凭奉威灵，以顺讨逆，破坏在近。寻备前后行军，多败少成，推此论之，不足为戚。臣初嫌之，水陆俱进，今反舍船就步，处处结营，察其布置，必无他变。伏愿至尊高枕，不以为念也。"（参见《资治通鉴》卷六十九）

权览毕，大喜曰："江东复有此异人，孤何忧哉！诸将皆上书言其懦，孤独不信，今观其言，果非懦也。"于是大起吴兵来接应。

　　却说先主于猇亭尽驱水军，顺流而下，沿江屯扎水寨，深入吴境。黄权谏曰："水军沿江而下，进则易，退则难。臣愿为前驱，陛下宜在后阵，庶万无一失。"先主曰："吴贼胆落，朕长驱大进，有何碍乎？"众官苦谏，先主不从。遂分兵两路：命黄权督江北之兵，以防魏寇；先主自督江南诸军，夹江分立营寨，以图进取。

　　据《资治通鉴》卷六十九：汉主自秭归将进击吴，治中从事黄权谏曰："吴人悍战，而水军沿流，进易退难。臣请为先驱以当寇，陛下宜为后镇。"汉主不从，以权为镇北将军，使督江北诸军；自率诸将，自江南缘山截岭，军于夷道猇亭。（参见《三国志·蜀书·黄权传》）

细作探知，连夜报知魏主，言"蜀兵伐吴，树栅连营，纵横七百余里，分四十余屯，皆傍山林下寨；今黄权督兵在江北岸，每日出哨百余里，不知何意"。

魏主闻之，仰面笑曰："刘备将败矣！"群臣请问其故。魏主曰："刘玄德不晓兵法：岂有连营七百里而可以拒敌者乎？包原隰险阻屯兵者，此兵法之大忌也。玄德必败于东吴陆逊之手，旬日之内，消息必至矣。"

　　据《资治通鉴》卷六十九：初，帝闻汉兵树栅连营七百余里，谓群臣曰："备不晓兵，岂有七百里营可以拒敌者乎！'苞原隰险阻而为军者为敌所禽'，此兵忌也。孙权上事今至矣。"后七日，吴破汉书到。（参见《三国志·魏书·文帝纪》）

群臣犹未信，皆请拨兵备之。魏主曰："陆逊若胜，必尽举吴兵去取西川；吴兵远去，国中空虚，朕虚托以兵助战，令三路一齐进兵，东吴唾手可取也。"众皆拜服。魏主下令，使曹仁督一军出濡须，曹休督一军出洞口，曹真督一军出南郡："三路军马会合日期，暗袭东吴。朕随后自来接应。"调遣已定。

　　据《资治通鉴》卷六十九：（黄初三年秋）九月，命征东大将军曹休、前将军张辽、镇东将军臧霸出洞口，大将军曹仁出濡须，上军大将军曹真、征南大将军夏侯尚、左将军张郃、右将军徐晃围南郡。

　　据《三国志·吴书·吴主传》：初，权外托事魏，而诚心不款。魏欲遣侍中辛毗、尚书桓阶往与盟誓，并征任子，权辞让不受。（黄武元年）秋九月，魏乃命曹休、张辽、臧霸出洞口，曹仁出濡须，曹真、夏侯尚、张郃、徐晃围南郡。

　　据《三国志·魏书·刘晔传》：备军败退，吴礼敬转废，帝欲兴众伐之，晔以为"彼新得志，上下齐心，而阻带江湖，必难仓卒。"帝不听。

　　按：夷陵之战是魏黄初三年闰六月结束的，曹丕于九月才部署三路大军攻吴。《演义》则将曹丕部署三路大军攻吴提前到猇亭火攻大战之前。

不说魏兵袭吴。且说马良至川，入见孔明，呈上图本而言曰："今移营夹江，横占七百里，下四十余屯，皆依溪傍涧，林木茂盛之处。皇上令良将图本来与丞相观之。"孔明看讫，拍案叫苦曰："是何人教主上如此下寨？可斩此人！"马良曰："皆主上自为，非他人之谋。"孔明叹曰："汉朝气数休矣！"良问其故。孔明曰："包原隰险阻而结营，此兵家之大忌。倘彼用火攻，何以解救？又，岂有连营七百里而可拒敌乎？祸不远矣！陆逊拒守不出，正为此也。汝当速去见天子，改屯诸营，不可如此。"良曰："倘今吴兵已胜，如之奈何？"孔明曰："陆逊不敢来追，成都可保无虞。"良曰："逊何故不追？"孔明曰："恐魏兵袭其后也。主上若有失，当投白帝城避之。吾入川时，已伏下十万兵在鱼腹浦矣。"良大惊曰："某于鱼腹浦往来数次，未尝见一卒，丞相何作此诈语？"孔明曰："后来必见，不劳多问。"马良求了表章，火速投御营来。孔明自回成都，调拨军马救应。

　　按：《演义》称马良于猇亭之战前赴东川向诸葛亮呈送蜀军立营图本，不见于史。

据史书，夷陵之战中，诸葛亮奉命留守成都并未赴东川巡察，马良则被刘备派遣至湘西联络五溪蛮夷。

　　却说陆逊见蜀兵懈怠，不复提防，升帐聚大小将士听令曰："吾自受命以来，未尝出战。今观蜀兵，足知动静，故欲先取江南岸一营。谁敢去取？"言未毕，韩当、周泰、凌统等应声而出曰："某等愿往。"逊教皆退不用，独唤阶下末将淳于丹曰："吾与汝五千军，去取江南第四营：蜀将傅彤所守。今晚就要成功。吾自提兵接应。"淳于丹引兵去了，又唤徐盛、丁奉曰："汝等各领兵三千，屯于寨外五里，如淳于丹败回，有兵赶来，当出救之，却不可追去。"二将自引军去了。

　　却说淳于丹于黄昏时分，领兵前进，到蜀寨时，已三更之后。丹令众军鼓噪而入。蜀营内傅彤引军杀出，挺枪直取淳于丹；丹敌不住，拨马便回。忽然喊声大震，一彪军拦住去路：为首大将赵融。丹夺路而走，折兵大半，正走之间，山后一彪蛮兵拦住：为首番将沙摩柯。丹死战得脱，背后三路军赶来。比及离营五里，吴军徐盛、丁奉二人两下杀来，蜀兵退去，救了淳于丹回营。

　　丹带箭入见陆逊请罪。逊曰："非汝之过也。吾欲试敌人之虚实耳。破蜀之计，吾已定矣。"徐盛、丁奉曰："蜀兵势大，难以破之，空自损兵折将耳。"逊笑曰："吾这条计，但瞒不过诸葛亮耳。天幸此人不在，使我成大功也。"

　　　　据《资治通鉴》卷六十九：（黄初三年夏六月）闰月，逊将进攻汉军，……乃先攻一营，不利，诸将皆曰："空杀兵耳！"逊曰："吾已晓破之之术。"（参见《三国志·吴书·陆逊传》）

遂集大小将士听令：使朱然于水路进兵，来日午后东南风大作，用船装载茅草，依计而行；韩当引一军攻江北岸，周泰引一军攻江南岸，每人手执茅草一把，内藏硫黄焰硝，各带火种，各执枪刀，一齐而上，但到蜀营，顺风举火；蜀兵四十屯，只烧二十屯，每间一屯烧一屯。各军预带干粮，不许暂退，昼夜追袭，只擒刘备方止。众将听了军令，各受计而去。

　　却说先主正在御营寻思破吴之计，忽见帐前中军旗幡，无风自倒。乃问程畿曰："此为何兆？"畿曰："今夜莫非吴兵来劫营？"先主曰："昨夜杀尽，安敢再来？"畿曰："倘是陆逊试敌，奈何？"正言间，人报山上远远望见吴兵尽沿山望东去了。先主曰："此是疑兵。"令众休动，命关兴、张苞各引五百骑出巡。

　　黄昏时分，关兴回奏曰："江北营中火起。"先主急令关兴往江北，张苞往江南，探看虚实："倘吴兵到时，可急回报。"二将领命去了。初更时分，东南风骤起。只见御营左屯火发。方欲救时，御营右屯又火起。风紧火急，树木皆着，喊声大震。两屯军马齐出，奔离御营中，御营军自相践踏，死者不知其数。后面吴兵杀到，又不知多少军马。先主急上马，奔冯习营时，习营中火光连天而起。江南、江北，照耀如同白日。冯习慌上马引数十骑而走，正逢吴将徐盛军到，敌住厮杀。先主见了，拨马投西便走。徐盛舍了冯习，引兵追来。先主正慌，前面又一军拦住，乃是吴将丁奉，两下夹攻。先主大惊，四面无路。忽然喊声大震，一彪军杀入重围，乃是张苞，救了先主，引御林军奔走。正行之间，前面一军又到，乃蜀将傅彤也，合兵一处而行。背后吴兵追至。

　　　　据《资治通鉴》卷六十九：（黄初三年夏六月）闰月，逊将进攻汉军，……乃敕各持一把茅，以火攻拔之；一尔势成，通率诸军同时俱攻，斩张南、冯习及胡王沙摩柯等首，破其四十余营。汉将杜路、刘宁等穷逼请降。（参见《三国志·吴书·陆逊传》《吴主传》，《三国志·蜀书·先主传》）

第八十四回　陆逊营烧七百里　孔明巧布八阵图

先主前到一山，名马鞍山。张苞、傅彤请先主上的山时，山下喊声又起：陆逊大队人马，将马鞍山围住。张苞、傅彤死据山口。先主遥望遍野火光不绝，死尸重叠，塞江而下。

次日，吴兵又四下放火烧山，军士乱窜，先主惊慌。忽然火光中一将引数骑杀上山来，视之，乃关兴也。兴伏地请曰："四下火光逼近，不可久停。陛下速奔白帝城，再收军马可也。"先主曰："谁敢断后？"傅彤奏曰："臣愿以死当之！"当日黄昏，关兴在前，张苞在中，留傅彤断后，保着先主，杀下山来。吴兵见先主奔走，皆要争功，各引大军，遮天盖地，往西追赶，先主令军士尽脱袍铠，塞道而焚，以断后军。

> 据《资治通鉴》卷六十九：汉主升马鞍山，陈兵自绕，逊督促诸军，四面蹙之，土崩瓦解，死者万数。汉主夜遁，驿人自担烧铙铠断后，仅得入白帝城，其舟船、器械，水、步军资，一时略尽，尸骸塞江而下。汉主大惭恚曰："吾乃为陆逊所折辱，岂非天耶！"（参见《三国志·吴书·陆逊传》《吴主传》，《三国志·蜀书·先主传》）

正奔走间，喊声大震，吴将朱然引一军从江岸边杀来，截住去路。

> 据《三国志·吴书·朱然传》：黄武元年，刘备举兵攻宜都，然督五千人与陆逊并力拒备。然别攻破备前锋，断其后道，备遂破走。

先主叫曰："朕死于此矣！"关兴、张苞纵马冲突，被乱箭射回，各带重伤，不能杀出。背后喊声又起，陆逊引大军从山谷中杀来。

先主正慌急之间，此时天色已微明，只见前面喊声震天，朱然军纷纷落涧，滚滚投岩：一彪军杀人，前来救驾。先主大喜，视之，乃常山赵子龙也。时赵云在川中江州，闻吴、蜀交兵，遂引军出；忽见东南一带火光冲天，云心惊，远远探视，不想先主被困，云奋勇冲杀而来。陆逊闻是赵云，急令军退。

> 据《三国志·蜀书·赵云传》注引《云别传》：先主失利于秭归，云进兵至永安，吴军已退。

云正杀之间，忽遇朱然，便与交锋；不一合，一枪刺朱然于马下。

> 据《资治通鉴》卷七十五：（嘉平元年春）三月，吴左大司马朱然卒。

> 据《三国志·吴书·朱然传》：年六十八，赤乌十二年卒。

杀散吴兵，救出先主，望白帝城而走。先主曰："朕虽得脱，诸将士将奈何？"云曰："敌军在后，不可久迟。陛下且入白帝城歇息，臣再引兵去救应诸将。"此时先主仅存百余人入白帝城。后人有诗赞陆逊曰：

持矛举火破连营，玄德穷奔白帝城。一旦威名惊蜀魏，吴王宁不敬书生。

却说傅彤断后，被吴军八面围住。丁奉大叫曰："川兵死者无数，降者极多，汝主刘备已被擒获，今汝力穷势孤，何不早降！"傅彤叱曰："吾乃汉将，安肯降吴狗乎！"挺枪纵马，率蜀军奋力死战，不下百余合，往来冲突，不能得脱。彤长叹曰："吾今休矣！"言讫，口中吐血，死于吴军之中。

> 据《资治通鉴》卷六十九：将军义阳傅肜为后殿，兵众尽死，肜气益烈。吴人谕之使降，肜骂曰："吴狗，安有汉将军而降者！"遂死之。（参见《三国志·蜀书·杨戏传》附《季汉辅臣赞》）

按：傅彤，史书中作傅肜，《演义》因"肜""彤"形近而误。

后人赞傅彤诗曰：

彝陵吴蜀大交兵，陆逊施谋用火焚。至死犹然骂吴狗，傅彤不愧汉将军。

蜀祭酒程畿，

> 据《三国志·蜀书·杨戏传》附《季汉辅臣赞》：季然名畿，巴西阆中人也。……先主领益州牧，辟为从事祭酒。

匹马奔至江边，招呼水军赴敌，吴兵随后追来，水军四散奔逃。畿部将叫曰："吴兵至矣！程祭酒快走罢！"畿怒曰："吾自从主上出军，未尝赴敌而逃！"言未毕，吴兵骤至，四下无路，畿拔剑自刎。

> 据《资治通鉴》卷六十九：从事祭酒程畿溯江而退，众曰："后追将至，宜解舫轻行。"畿曰："吾在军，未习为敌之走也。"亦死之。

> 据《三国志·蜀书·杨戏传》附《季汉辅臣赞》：后随先主征吴，遇大军败绩，溯江而还，或告之曰："后追已至，解船轻去，乃可以免。"畿曰："吾在军，未曾为敌走，况从天子而见危哉！"追人遂及畿船，畿身执戟战，敌船有覆者。众大至，共击之，乃死。

后人有诗赞曰：

慷慨蜀中程祭酒，身留一剑答君王。临危不改平生志，博得声名万古香。

时吴班、张南久围彝陵城，忽冯习到，言蜀兵败，遂引军来救先主，孙桓方才得脱。张冯二将正行之间，前面吴兵杀来，背后孙桓从彝陵城杀出，两下夹攻。

> 据《三国志·吴书·孙桓传》：孙桓字叔武，河之子也。年二十五，拜安东中郎将，与陆逊共拒刘备。备军众甚盛，弥山盈谷，桓投刀奋命，与逊戮力，备遂败走。桓斩上夔道，截其径要。备逾山越险，仅乃得免，忿恚叹曰："吾昔初至京城，桓尚小儿，而今迫孤乃至此也！"

张南、冯习奋力冲突，不能得脱，死于乱军之中。

> 据《三国志·蜀书·杨戏传》附《季汉辅臣赞》：休元名习，南郡人。随先主入蜀。先主东征吴，习为领军，统诸军，大败于猇亭。文进名南，亦自荆州随先主入蜀，领兵从先主征吴，与习俱死。

> 据《三国志·吴书·潘璋传》：刘备出夷陵，璋与陆逊并力拒之，璋部下斩备护军冯习等，所杀伤甚众。

后人有诗赞曰：

冯习忠无二，张南义少双。沙场甘战死，史册共流芳。

吴班杀出重围，又遇吴兵追赶；幸得赵云接着，救回白帝城去了。时有蛮王沙摩柯，匹马奔走，正逢周泰，战二十余合，被泰所杀。蜀将杜路、刘宁尽皆降吴。

> 据《资治通鉴》卷六十九：（黄初三年夏六月）闰月，逊将进攻汉军，……乃敕各持一把茅，以火攻拔之；一尔势成，通率诸军同时俱攻，斩张南、冯习及胡王沙摩柯等首，破其四十余营。汉将杜路、刘宁等穷逼请降。（参见《三国志·吴书·陆逊传》《吴主传》，《三国志·蜀书·先主传》）

蜀营一应粮草器仗，尺寸不存。

据《资治通鉴》卷六十九：其舟船、器械，水、步军资，一时略尽，尸骸塞江而下。（参见《三国志·吴书·陆逊传》）

蜀将川兵，降者无数。

时孙夫人在吴，闻猇亭兵败，讹传先主死于军中，遂驱车至江边，望西遥哭，投江而死。

按：孙夫人自建安十七年（212）背刘备返吴后，下落不明。《演义》称孙夫人为刘备殉节，不见于史。

后人立庙江滨，号曰枭姬祠。尚论者作诗叹之曰：

先主兵归白帝城，夫人闻难独捐生。至今江畔遗碑在，犹著千秋烈女名。

却说陆逊大获全功，引得胜之兵，往西追袭。前离夔关不远，逊在马上看见前面临山傍江，一阵杀气，冲天而起；遂勒马回顾众将曰："前面必有埋伏，三军不可轻进。"即倒退十余里，于地势空阔处，排成阵势，以御敌军；即差哨马前去探视。回报并无军屯在此，逊不信，下马登高望之，杀气复起。逊再令人仔细探视，哨马回报，前面并无一人一骑。逊见日将西沉，杀气越加，心中犹豫，令心腹人再往探看。回报江边止有乱石八九十堆，并无人马。逊大疑，令寻土人问之。须臾，有数人到。逊问曰："何人将乱石作堆？如何乱石堆中有杀气冲起？"土人曰："此处地名鱼腹浦。诸葛亮入川之时，驱兵到此，取石排成阵势于沙滩之上。自此常常有气如云，从内而起。"

陆逊听罢，上马引数十骑来看石阵，立马于山坡之上，但见四面八方，皆有门有户。逊笑曰："此乃惑人之术耳，有何益焉！"遂引数骑下山坡来，直入石阵观看。部将曰："日暮矣，请都督早回。"逊方欲出阵，忽然狂风大作，一霎时，飞沙走石，遮天盖地。但见怪石嵯峨，槎枒似剑；横沙立土，重叠如山；江声浪涌，有如剑鼓之声。逊大惊曰："吾中诸葛之计也！"急欲回时，无路可出。正惊疑间，忽见一老人立于马前，笑曰："将军欲出此阵乎？"逊曰："愿长者引出。"老人策杖徐徐而行，径出石阵，并无所碍，送至山坡之上。逊问曰："长者何人？"老人答曰："老夫乃诸葛孔明之岳父黄承彦也。昔小婿入川之时，于此布下石阵，名'八阵图'。反复八门，按遁甲休、生、伤、杜、景、死、惊、开。每日每时，化无端，可比十万精兵。临去之时，曾分付老夫道：后有东吴大将迷于阵中，莫要引他出来。老夫适于山岩之上，见将军从'死门'而入，料想不识此阵，必为所迷。老夫平生好善，不忍将军陷没于此，故特自'生门'引出也。"逊曰："公曾学此阵法否？"黄承彦曰："变化无穷，不能学也。"逊慌忙下马拜谢而回。

据《三国志·蜀书·诸葛亮传》：亮性长于巧思，损益连弩，木牛流马，皆出其意；推演兵法，作八陈图，咸得其要云。

据《三国志·蜀书·先主传》：先主自猇亭还秭归，收合离散兵，遂弃船舫，由步道还鱼复，改鱼复县曰永安。吴遣将军李异、刘阿等踵蹑先主军，屯驻南山。（章武二年）秋八月，收兵还巫。

按：《演义》称陆逊在夷陵之战中曾追击刘备至夔关，结果受困于八阵图，此情节不见于史。据史书，陆逊只派李异、刘阿二将追击刘备至白帝城附近，他本人则因担心曹丕偷袭而率大军迅速退回。

后杜工部有诗曰：

功盖三分国，名成八阵图。江流石不转，遗恨失吞吴。

陆逊回寨，叹曰："孔明真'卧龙'也！吾不能及！"于是下令班师。左右曰："刘备兵败势穷，困守一城，正好乘势击之；今见石阵而退，何也？"逊曰："吾非惧石阵而退；吾料魏主曹丕，其奸诈与父无异，今知吾追赶蜀兵，必乘虚来袭。吾若深入西川，急难退矣。"遂令一将断后，逊率大军而回。退兵未及二日，三处人来飞报："魏兵曹仁出濡须，曹休出洞口，曹真出南郡：三路兵马数十万，星夜至境，未知何意。"逊笑曰："不出吾之所料。吾已令兵拒之矣。"

　　　　据《资治通鉴》卷六十九：汉主在白帝，徐盛、潘璋、宋谦等各竞表言"备必可禽，乞复攻之"。吴王以问陆逊。逊与朱然、骆统上言曰："曹丕大合士众，外托助国讨备，内实有奸心，谨决计辄还。"（参见《三国志·吴书·陆逊传》）

　　　　据《资治通鉴》卷六十九：（黄初三年秋）九月，命征东大将军曹休、前将军张辽、镇东将军臧霸出洞口，大将军曹仁出濡须，上军大将军曹真、征南大将军夏侯尚、左将军张郃、右将军徐晃围南郡。吴建威将军吕范督五军，以舟军拒休等，左将军诸葛瑾、平北将军潘璋、将军杨粲救南郡，裨将军朱桓以濡须督拒曹仁。（参见《三国志·吴书·吴主传》）

正是：雄心方欲吞西蜀，胜算还须御北朝。未知如何退兵，且看下文分解。

第八十五回　刘先主遗诏托孤儿　诸葛亮安居平五路

却说章武二年夏六月，东吴陆逊大破蜀兵于猇亭、彝陵之地；先主奔回白帝城，赵云引兵据守。忽马良至，见大军已败，懊悔不及，将孔明之言，奏知先主。先主叹曰："朕早听丞相之言，不致今日之败！今有何面目复回成都见群臣乎！"遂传旨就白帝城住扎，将馆驿改为永安宫。

　　据《三国志·蜀书·先主传》：先主自猇亭还秭归，收合离散兵，遂弃船舫，由步道还鱼复，改鱼复县曰永安。

人报冯习、张南、傅彤、程畿、沙摩柯等皆殁于王事，先主伤感不已。又近臣奏称："黄权引江北之兵，降魏去了。陛下可将彼家属送有司问罪。"先主曰："黄权被吴兵隔断在江北岸，欲归无路，不得已而降魏：是朕负权，非权负朕也，何必罪其家属？"仍给禄米以养之。

却说黄权降魏，诸将引见曹丕，丕曰："卿今降朕，欲追慕于陈、韩耶？"权泣而奏曰："臣受蜀帝之恩，殊遇甚厚，令臣督诸军于江北，被陆逊绝断。臣归蜀无路，降吴不可，故来投陛下。败军之将，免死为幸，安敢追慕于古人耶！"丕大喜，遂拜黄权为镇南将军。权坚辞不受。忽近臣奏曰："有细作人自蜀中来，说蜀主将黄权家属尽皆诛戮。"权曰："臣与蜀主，推诚相信，知臣本心，必不肯杀臣之家小也。"

　　据《资治通鉴》卷六十九：汉主既败走，黄权在江北，道绝，不得还，（黄初三年秋）八月，率其众来降。汉有司请收权妻子，汉主曰："孤负黄权，权不负孤也。"待之如初。帝谓权曰："君舍逆效顺，欲追踪陈、韩邪？"对曰："臣过受刘主殊遇，降吴不可，还蜀无路，是以归命。且败军之将，免死为幸，何古人之可慕也！"帝善之，拜为镇南将军，封育阳侯，加侍中，使陪乘。蜀降人或云汉诛权妻子，帝诏权发丧。权曰："臣与刘、葛推诚相信，明臣本志。窃疑未实，请须。"后得审问，果如所言。（参见《三国志·蜀书·黄权传》及注引《汉魏春秋》，《三国志·魏书·文帝纪》及注引《魏书》）

丕然之。后人有诗责黄权曰：

　　降吴不可却降曹，忠义安能事两朝？堪叹黄权惜一死，紫阳书法不轻饶。

曹丕问贾诩曰："朕欲一统天下，先取蜀乎？先取吴乎？"诩曰："刘备雄才，更兼诸葛亮善能治国；东吴孙权，能识虚实，陆逊现屯兵于险要，隔江泛湖，皆难卒谋。以臣观之，诸将之中，皆无孙权、刘备敌手。虽以陛下天威临之，亦未见万全之势也。只可持守，以待二国之变。"

　　据《资治通鉴》卷七十：初，帝问贾诩曰："吾欲伐不从命，以一天下，吴、蜀何先？"对曰："攻取者先兵权，建本者尚德化。陛下应期受禅，抚临率土，若绥之以文德而俟其变，则平之不难矣。吴、蜀虽蕞尔小国，依山阻水。刘备有雄才，诸葛亮善治国；孙权识虚实，陆逊见兵势。据险守要，泛舟江湖，皆难卒谋也。用兵之道，先胜后战，量敌论将；故举无遗策。臣窃料群臣无备、权对，虽以天威临之，未见万全之势也。昔舜舞干戚而有苗服，臣以为当今宜先文后武。"帝不纳，军竟无功。（参见《三国志·魏书·贾诩传》）

丕曰："朕已遣三路大兵伐吴，安有不胜之理？"尚书刘晔曰："近东吴陆逊，新破蜀兵七十万，上下齐心，更有江湖之阻，不可卒制，陆逊多谋，必有准备。"丕曰："卿前劝朕伐吴，今又谏阻，何也？"晔曰："时有不同也。昔东吴累败于蜀，其势顿挫，故可击耳；今既获全胜，锐气百倍，未可攻也。"丕曰："朕意已决，卿勿复言。"遂引御林军亲往接应三路兵马。早有哨马报说东吴已有准备：令吕范引兵拒住曹休，诸葛瑾引兵在南郡拒住曹真，朱桓引兵当住濡须以拒曹仁。刘晔曰："既有准备，去恐无益。"丕不从，引兵而去。

　　据《资治通鉴》卷六十九：帝欲遣侍中辛毗、尚书桓阶往与盟誓，并责任子，吴王辞让不受。帝怒，欲伐之，刘晔曰："彼新得志，上下齐心，而阻带江湖，不可仓卒制也。"帝不从。（黄初三年秋）九月，命征东大将军曹休、前将军张辽、镇东将军臧霸出洞口，大将军曹仁出濡须，上军大将军曹真、征南大将军夏侯尚、左将军张郃、右将军徐晃围南郡。吴建威将军吕范督五军，以舟军拒休等，左将军诸葛瑾、平北将军潘璋、将军杨粲救南郡，裨将军朱桓以濡须督拒曹仁。……吴王改元黄武，临江拒守。帝自许昌南征，……（黄初三年冬）十一月辛丑，帝如宛。（参见《三国志·魏书·刘晔传》，《三国志·吴书·吴主传》《吕范传》）

　　却说吴将朱桓，年方二十七岁，

　　　　按：据《三国志·吴书·朱桓传》推算，朱桓时年四十六岁。

极有胆略，孙权甚爱之；时督军于濡须，闻曹仁引大军去取羡溪，桓遂尽拨军守把羡溪去了，止留五千骑守城。忽报曹仁令大将常雕同诸葛虔、王双，引五万精兵飞奔濡须城来。众军皆有惧色。桓按剑而言曰："胜负在将，不在兵之多寡。兵法云：'客兵倍而主兵半者，主兵尚能胜于客兵。'今曹仁千里跋涉，人马疲困。吾与汝等，共据高城，南临大江，北背山险，以逸待劳，以主制客：此乃百战百胜之势。虽曹丕自来，尚不足忧，况仁等耶！"于是传令，教众军偃旗息鼓，只作无人守把之状。

　　且说魏将先锋常雕，领精兵来取濡须城，遥望城上并无军马。雕催军急进，离城不远，一声炮响，旌旗齐竖。朱桓横刀飞马而出，直取常雕。战不三合，被桓一刀斩常雕于马下。吴兵乘势冲杀一阵，魏兵大败，死者无数。朱桓大胜，得了无数旌旗军器战马。曹仁领兵随后到来，却被吴兵从羡溪杀出。曹仁大败而退，

　　据《资治通鉴》卷七十：曹仁以步骑数万向濡须，先扬声欲东攻羡溪，朱桓分兵赴之；既行，仁以大军径进，桓闻之，追还羡溪兵，兵未到而仁奄至。时桓手下及所部兵在者才五千人，诸将业各有惧心，桓喻之曰："凡两军交对，胜负在将，不在众寡。诸君闻曹仁用兵行师，孰与桓邪？兵法所以称'客倍而主人半'者，谓俱在平原无城隍之守，又谓士卒勇怯齐等故耳。今仁既非智勇，加其士卒甚怯，又千里步涉，人马罢困。桓与诸君共据高城，南临大江，北背山陵，以逸待劳，为主制客，此百战百胜之势，虽曹丕自来，尚不足忧，况仁等邪！"桓乃偃旗鼓，外示虚弱以诱致仁。仁遣其子泰攻濡须城，分遣将军常雕、王双等乘油船别袭中洲。中洲者，桓部曲妻子所在也。蒋济曰："贼据西岸，列船上流，而兵入洲中，是为自内地狱，危亡之道也。"仁不从，自将万人留橐皋，为泰等后援。桓遣别将击雕等而身自拒泰，泰烧营退；桓遂斩常雕，生虏王双，临陈杀溺死者千余人。（参见《三国志·吴书·朱桓传》）

回见魏主，细奏大败之事。丕大惊。正议之间，忽探马报："曹真、夏侯尚围了南郡，被陆逊伏兵于内，诸葛瑾伏兵于外，内外夹攻，因此大败。"

> 据《资治通鉴》卷七十：朱然者，九真太守朱治姊子也。……蒙卒，吴王假然节，镇江陵。及曹真等围江陵，破孙盛，吴王遣诸葛瑾等将兵往解围，夏侯尚击却之。江陵中外断绝，城中兵多肿病，堪战者裁五千人。真等起土山，凿地道，立楼橹临城，弓矢雨注，将士皆失色；然晏如无恐意，方厉吏士，伺间隙，攻破魏两屯。魏兵围然凡六月，……帝即诏尚等促出，吴人两头并前，魏兵一道引去，不时得泄，仅而获济。（参见《三国志·吴书·朱然传》）

言未毕，忽探马又报："曹休亦被吕范杀败。"

> 据《资治通鉴》卷六十九：曹休在洞口，……会暴风吹吴吕范等船，缆缆悉断，直诣休等营下，斩首获生以千数，吴兵迸散。帝闻之，敕诸军促渡。军未时进，吴救船遂至，收军还江南。曹休使臧霸追之，不利，将军尹卢战死。（参见《三国志·吴书·吴主传》）

丕听知三路兵败，乃喟然叹曰："朕不听贾诩、刘晔之言，果有此败！"时值夏天，大疫流行，马步军十死六七，遂引军回洛阳。

> 据《资治通鉴》卷七十：会天大疫，帝悉召诸军还。

吴、魏自此不和。

却说先主在永安宫，染病不起，渐渐沉重，至章武三年夏四月，先主自知病入四肢，又哭关、张二弟，其病愈深，两目昏花，厌见侍从之人，乃叱退左右，独卧于龙榻之上。忽然阴风骤起，将灯吹摇，灭而复明，只见灯影之下，二人侍立。先主怒曰："朕心绪不宁，教汝等且退，何故又来！"叱之不退。先主起而视之，上首乃云长，下首乃翼德也。先主大惊曰："二弟原来尚在？"云长曰："臣等非人，乃鬼也。上帝以臣二人平生不失信义，皆敕命为神。哥哥与兄弟聚会不远矣。"先主扯定大哭。忽然惊觉，二弟不见。即唤从人问之，时正三更。先主叹曰："朕不久于人世矣！"遂遣使往成都，请丞相诸葛亮、尚书令李严等，星夜来永安宫，听受遗命。孔明等与先主次子鲁王刘永、梁王刘理，来永安宫见帝，留太子刘禅守成都。

> 据《三国志·蜀书·李严传》：章武二年，先主征严诣永安宫，拜尚书令。
> 据《三国志·蜀书·先主传》：（章武）三年春二月，丞相亮自成都到永安。

且说孔明到永安宫，见先主病危，慌忙拜伏于龙榻之下。先主传旨，请孔明坐于龙榻之侧。抚其背曰："朕自得丞相，幸成帝业；何期智识浅陋，不纳丞相之言，自取其败。悔恨成疾，死在旦夕。嗣子孱弱，不得不以大事相托。"言讫，泪流满面。孔明亦涕泣曰："愿陛下善保龙体，以副天下之望！"先主以目遍视，只见马良之弟马谡在傍，先主令且退。谡退出，先主谓孔明曰："丞相观马谡之才何如？"孔明曰："此人亦当世之英才也。"先主曰："不然。朕观此人，言过其实，不可大用。丞相宜深察之。"

> 据《资治通鉴》卷七十一：越巂太守马谡才器过人，好论军计，诸葛亮深加器异。汉昭烈临终谓亮曰："马谡言过其实，不可大用，君其察之！"亮犹谓不然，以谡为参军，每引见谈论，自昼达夜。（参见《三国志·蜀书·马良传附弟谡传》）

分付毕，传旨召诸臣入殿，取纸笔写了遗诏，递与孔明而叹曰："朕不读书，粗知大略。圣人云：'鸟之将死，其鸣也哀；人之将死，其言也善。'朕本待与卿等同灭曹贼，共扶汉室；

不幸中道而别。烦丞相将诏付与太子禅,令勿以为常言。凡事更望丞相教之!"孔明等泣拜于地曰:"愿陛下将息龙体!臣等尽施犬马之劳,以报陛下知遇之恩也。"先主命内侍扶起孔明,一手掩泪,一手执其手,曰:"朕今死矣,有心腹之言相告!"孔明曰:"有何圣谕?"先主泣曰:"君才十倍曹丕,必能安邦定国,终定大事。若嗣子可辅,则辅之;如其不才,君可自为成都之主。"孔明听毕,汗流遍体,手足失措,泣拜于地曰:"臣安敢不竭股肱之力,尽忠贞之节,继之以死乎!"

  据《资治通鉴》卷七十:汉主病笃,命丞相亮辅太子,以尚书令李严为副。汉主谓亮曰:"君才十倍曹丕,必能安国,终定大事。若嗣子可辅,辅之;如其不才,君可自取。"亮涕泣曰:"臣敢不竭股肱之力,效忠贞之节,继之以死!"(参见《三国志·蜀书 诸葛亮传》)

  按:方北辰、谭良啸主编的《三国故事真与假100例》一书认为,刘备对诸葛亮说的"君可自取",绝不能像《演义》中说的那样,解释成"如其不才,君可自为成都之主",即诸葛亮自己当皇帝。而应当解释为:"如果他不成才,您可以自行选取处置他的办法。"至于处置的办法,包括委婉劝谏,到直言告诫,最顶格的,就是废黜刘禅,在刘备的其他皇子中,另立合适的新君。

言讫,叩头流血。先主又请孔明坐于榻上,唤鲁王刘永、梁王刘理近前,分付曰:"尔等皆记朕言:朕亡之后,尔兄弟三人,皆以父事丞相,不可怠慢。"

  据《三国志·蜀书·先主传》注引《诸葛亮集》:临终时,呼鲁王与语:"吾亡之后,汝兄弟父事丞相,令卿与丞相共事而已。"

  据《三国志·蜀书·诸葛亮传》:先主又为诏敕后主曰:"汝与丞相从事,事之如父。"

言罢,遂命二王同拜孔明。二王拜毕,孔明曰:"臣虽肝脑涂地,安能报知遇之恩也!"先主谓众官曰:"朕已托孤于丞相,令嗣子以父事之。卿等俱不可怠慢,以负朕望。"又嘱赵云曰:"朕与卿于患难之中,相从到今,不想于此地分别。卿可想朕故交,早晚看觑吾子,勿负朕言。"云泣拜曰:"臣敢不效犬马之劳!"先主又谓众官曰:"卿等众官,朕不能一一分嘱,愿皆自爱。"言毕,驾崩,寿六十三岁。时章武三年夏四月二十四日也。

  据《三国志·蜀书·先主传》:先主病笃,托孤于丞相亮,尚书令李严为副。(章武三年)夏四月癸巳,先主殂于永安宫,时年六十三。

  据《资治通鉴》卷七十:(黄初四年)夏四月癸巳,汉主殂于永安,谥曰昭烈。

后杜工部有诗叹曰:

  蜀主窥吴向三峡,崩年亦在永安宫。翠华想像空山外,玉殿虚无野寺中。

  古庙杉松巢水鹤,岁时伏腊走村翁。武侯祠屋长邻近,一体君臣祭祀同。

先主驾崩,文武官僚无不哀痛。孔明率众官奉梓宫还成都。太子刘禅出城迎接灵柩,安于正殿之内。举哀行礼毕,开读遗诏。诏曰:

朕初得疾,但下痢耳;后转生杂病,殆不自济。朕闻"人年五十,不称夭寿"。今朕年六十有余,死复何恨?但以卿兄弟为念耳。勉之!勉之!勿以恶小而为之,勿以善小而不为。惟贤惟德,可以服人;卿父德薄,不足效也。卿与丞相从事,事之如父,勿怠!勿忘!卿兄弟更求闻达。至嘱!至嘱!

  据《资治通鉴》卷七十:汉主又为诏敕太子曰:"人五十不称夭,吾年已六十有余,何所复恨,但以卿兄弟为念耳。勉之,勉之!勿以恶小而为之,勿以善小而不为!惟贤

第八十五回　刘先主遗诏托孤儿　诸葛亮安居平五路

惟德，可以服人。汝父德薄，不足效也。汝与丞相从事，事之如父。"

> 据《三国志·蜀书·先主传》注引《诸葛亮集》载先主遗诏敕后主："朕初疾但下痢耳，后转杂他病，殆不自济。人五十不称夭，年已六十有余，何所复恨，不复自伤，但以卿兄弟为念。射君到，说丞相叹卿智量，甚大增修，过于所望，审能如此，吾复何忧！勉之，勉之！勿以恶小而为之，勿以善小而不为。惟贤惟德，能服于人。汝父德薄，勿效之。可读《汉书》《礼记》，间暇历观诸子及《六韬》《商君书》，益人意智。闻丞相为写《申》《韩》《管子》《六韬》一通已毕，未送，道亡，可自更求闻达。"

群臣读诏已毕。孔明曰："国不可一日无君，请立嗣君，以承汉统。"乃立太子禅即皇帝位，改元建兴。加诸葛亮为武乡侯，领益州牧。葬先主于惠陵，谥曰昭烈皇帝。尊皇后吴氏为皇太后；谥甘夫人为昭烈皇后，糜夫人亦追谥为皇后。升赏群臣，大赦天下。

> 据《资治通鉴》卷七十：（黄初四年）夏四月癸巳，汉主殂于永安，谥曰昭烈。丞相亮奉丧还成都，以李严为中都护，留镇永安。五月，太子禅即位，时年十七。尊皇后曰皇太后，大赦，改元建兴。封丞相亮为武乡侯，领益州牧，政事无巨细，咸决于亮。（参见《三国志·蜀书·后主传》《先主穆皇后传》《诸葛亮传》）

> 据《三国志·蜀书·先主传》：（章武三年夏）五月，梓宫自永安还成都，谥曰昭烈皇帝。秋八月，葬惠陵。

早有魏军探知此事，报入中原。近臣奏知魏主。曹丕大喜曰："刘备已亡，朕无忧矣。何不乘其国中无主，起兵伐之？"贾诩谏曰："刘备虽亡，必托孤于诸葛亮。亮感备知遇之恩，必倾心竭力，扶持嗣主。陛下不可仓卒伐之。"正言间，忽一人从班部中奋然而出曰："不乘此时进兵，更待何时？"众视之，乃司马懿也。丕大喜，遂问计于懿。懿曰："若只起中国之兵，急难取胜。须用五路大兵，四面夹攻，令诸葛亮首尾不能救应，然后可图。"丕问何五路，懿曰："可修书一封，差使往辽东鲜卑国，见国王轲比能，赂以金帛，令起辽西羌兵十万，先从旱路取西平关，此一路也。

> 据《资治通鉴》卷六十九：初，太祖既克蹋顿，而乌桓浸衰，鲜卑大人步度根、轲比能、素利、弥加、厥机等因阎柔上贡献，求通市，太祖皆表宠以为王。轲比能本小种鲜卑，以勇健廉平为众所服，由是能威制余部，最为强盛。自云中、五原以东抵辽水，皆为鲜卑庭，轲比能与素利、弥加割地统御，各有分界。轲比能部落近塞，中国人多亡叛归之；素利等在辽西、右北平、渔阳塞外，道远，故不为边患。（参见《三国志·魏书·鲜卑传》）

再修书遣使赍官诰赏赐，直入南蛮，见蛮王孟获，令起兵十万，攻打益州、永昌、牂柯、越巂四郡，以击西川之南，此二路也。

> 据《资治通鉴》卷七十：初，益州郡耆帅雍闿杀太守正昂，因士燮以求附于吴，又执太守成都张裔以与吴，吴以闿为永昌太守。永昌功曹吕凯、府丞王伉率吏士闭境拒守，闿不能进，使郡人孟获诱扇诸夷，诸夷皆从之。牂柯太守朱褒、越巂夷王高定皆叛应闿。（参见《三国志·蜀书·后主传》《李恢传》《张裔传》，《华阳国志·南中志》）

再遣使入吴修好，许以割地，令孙权起兵十万，攻两川峡口，径取涪城，此三路也。

> 据《资治通鉴》卷六十九：（黄初三年秋）九月，命征东大将军曹休、前将军张辽、镇东将军臧霸出洞口，大将军曹仁出濡须，上军大将军曹真、征南大将军夏侯尚、左将

军张郃、右将军徐晃围南郡。吴建威将军吕范督五军,以舟军拒休等,左将军诸葛瑾、平北将军潘璋、将军杨粲救南郡,裨将军朱桓以濡须督拒曹仁。(参见《三国志·吴书·吴主传》)

又可差使至降将孟达处,起上庸兵十万,西攻汉中,此四路也。然后命大将军曹真为大都督,提兵十万,由京兆径出阳平关取西川,此五路也。

> 据《三国志·魏书·曹真传》:黄初三年……以真为上军大将军,都督中外诸军事,假节钺。与夏侯尚等征孙权。

共大兵五十万,五路并进,诸葛亮便有吕望之才,安能当此乎?"丕大喜,随即密遣能言官四员为使前去;又命曹真为大都督,领兵十万,径取阳平关。

> 按:《演义》称,刘备死后,曹丕发动五路大军进攻蜀汉,纯属虚构。魏文帝时期,鲜卑族(并非《演义》所称羌兵)轲比能部屡为边患,不可能听从魏主调遣从辽西远徙数千里攻取西平关。益州郡雍闿之叛是求附于吴,与曹魏没有关系。夷陵之战吴军获胜后,曹魏即出动三路大军攻吴,双方处于交战状态,孙权自不可能听从魏主调遣攻蜀。曹真当时正与曹休、曹仁兵分三路南征孙权。孟达降魏后,史书并无他攻蜀的记载。所以曹魏当时并没有也不可能同时调动五路大军犯蜀。

此时张辽等一班旧将,皆封列侯,俱在冀、徐、青及合淝等处,据守关津隘口,故不复调用。

却说蜀汉后主刘禅,自即位以来,旧臣多有病亡者,不能细说。凡一应朝廷选法、钱粮、词讼等事,皆听诸葛丞相裁处。

> 据《三国志·蜀书·诸葛亮传》《资治通鉴》卷七十:政事无巨细,咸决于亮。

> 据《三国志·蜀书·诸葛亮传》引《上诸葛亮集表》:及备殂没,嗣子幼弱,事无巨细,亮皆专之。

时后主未立皇后,孔明与群臣上言曰:"故车骑将军张飞之女甚贤,年十七岁,可纳为正宫皇后。"后主即纳之。

> 据《三国志·蜀书·后主敬哀张皇后传》:后主敬哀皇后,车骑将军张飞长女也。章武元年,纳为太子妃。建兴元年,立为皇后。(参见《资治通鉴》卷七十,《三国志·蜀书·后主传》)

建兴元年秋八月,忽有边报说:"魏调五路大兵,来取西川;第一路,曹真为大都督,起兵十万,取阳平关;第二路,乃反将孟达,起上庸兵十万,犯汉中;第三路,乃东吴孙权,起精兵十万,取峡口入川;第四路,乃蛮王孟获,起蛮兵十万,犯益州四郡;第五路,乃番王轲比能,起羌兵十万,犯西平关。此五路军马,甚是利害。已先报知丞相,丞相不知为何,数日不出视事。"后主听罢大惊,即差近侍赍旨,宣召孔明入朝。使命去了半日,回报:"丞相府下人言,丞相染病不出。"后主转慌。次日,又命黄门侍郎董允、

> 据《三国志·蜀书·董允传》:董允字休昭,掌军中郎将和之子也。先主立太子,允以选为舍人,徙洗马。后主袭位,迁黄门侍郎。

谏议大夫杜琼,

> 据《三国志·蜀书·杜琼传》:后主践阼,拜谏议大夫。

第八十五回 刘先主遗诏托孤儿 诸葛亮安居平五路

去丞相卧榻前,告此大事。董、杜二人到丞相府前,皆不得入。杜琼曰:"先帝托孤于丞相,今主上初登宝位,被曹丕五路兵犯境,军情至急,丞相何故推病不出?"良久,门吏传丞相令,言:"病体稍可,明早出都堂议事。"董、杜二人叹息而回。次日,多官又来丞相府前伺候。从早至晚,又不见出。多官惶惶,只得散去。杜琼入奏后主曰:"请陛下圣驾,亲往丞相府问计。"后主即引多官入宫,启奏皇太后。太后大惊,曰:"丞相何故如此?有负先帝委托之意也!我当自往。"董允奏曰:"娘娘未可轻往。臣料丞相必有高明之见,且待主上先往。如果怠慢,请娘娘于太庙中,召丞相问之未迟。"太后依奏。

次日,后主车驾亲至相府。门吏见驾到,慌忙拜伏于地而迎。后主问曰:"丞相在何处?"门吏曰:"不知在何处。只有丞相钧旨,教挡住百官,勿得辄入。"后主乃下车步行,独进第三重门,见孔明独倚竹杖,在小池边观鱼。后主在后立久,乃徐徐而言曰:"丞相安乐否?"孔明回顾,见是后主,慌忙弃杖,拜伏于地曰:"臣该万死!"后主扶起,问曰:"今曹丕分兵五路,犯境甚急,相父缘何不肯出府视事?"孔明大笑,扶后主入内室坐定,奏曰:"五路兵至,臣安得不知,臣非观鱼,有所思也。"后主曰:"如之奈何?"孔明曰:"羌王轲比能、蛮王孟获、反将孟达、魏将曹真,此四路兵,臣已皆退去了也。止有孙权这一路兵,臣已有退之之计,但须一能言之人为使。因未得其人,故熟思之。陛下何必忧乎?"后主听罢,又惊又喜,曰:"相父果有鬼神不测之机也!愿闻退兵之策。"孔明曰:"先帝以陛下付托与臣,臣安敢旦夕怠慢。成都众官,皆不晓兵法之妙,贵在使人不测,岂可泄漏于人?老臣先知西番国王轲比能,引兵犯西平关;臣料马超积祖西川人氏,素得羌人之心,羌人以超为神威天将军,臣已先遣一人,星夜驰檄,令马超紧守西平关,

> 按:据《三国志·蜀书·马超传》,马超已于一年前——蜀汉章武二年(222)病故。

伏四路奇兵,每日交换,以兵拒之:此一路不必忧矣。又南蛮孟获,兵犯四郡,臣亦飞檄遣魏延领一军左出右入,右出左入,为疑兵之计:蛮兵惟凭勇力,其心多疑,若见疑兵,必不敢进:此一路又不足忧矣。又知孟达引兵出汉中;达与李严曾结生死之交;臣回成都时,留李严守永安宫;臣已作一书、只做李严亲笔,令人送与孟达;达必然推病不出,以慢军心:此一路又不足忧矣。又知曹真引兵犯阳平关;此地险峻,可以保守,臣已调赵云引一军守把关隘,并不出战;曹真若见我军不出,不久自退矣。此四路兵俱不足忧。臣尚恐不能全保,又密调关兴、张苞二将,各引兵三万,屯于紧要之处,为各路救应。此数处调遣之事,皆不曾经由成都,故无人知觉。只有东吴这一路兵,未必便动:如见四路兵胜,川中危急,必来相攻;若四路不济,安肯动乎?臣料孙权想曹丕三路侵吴之怨,必不肯从其言。虽然如此,须用一舌辩之士,径往东吴,以利害说之,则先退东吴;其四路之兵,何足忧乎?但未得说吴之人,臣故踌躇。何劳陛下圣驾来临?"后主曰:"太后亦欲来见相父。今朕闻相父之言,如梦初觉。复何忧哉!"

孔明与后主共饮数杯,送后主出府。众官皆环立于门外,见后主面有喜色。后主别了孔明,上御车回朝。众皆疑惑不定。孔明见众官中,一人仰天而笑,面亦有喜色。孔明视之,乃义阳新野人,姓邓,名芝,字伯苗,现为户部尚书;汉司马邓禹之后。

> 据《三国志·蜀书·邓芝传》:邓芝字伯苗,义阳新野人,汉司徒禹之后也。……先主定益州,芝为郫邸阁督。先主出至郫,与语,大奇之,擢为郫令,迁广汉太守。所在清严有治绩,入为尚书。

孔明暗令人留住邓芝。多官皆散,孔明请芝到书院中,问芝曰:"今蜀、魏、吴鼎分三国,欲讨二国,一统中兴,当先伐何国?"芝曰:"以愚意论之:魏虽汉贼,其势甚大,急难摇

动,当徐徐缓图;今主上初登宝位,民心未安,当与东吴连合,结为唇齿,一洗先帝旧怨,此乃长久之计也。未审丞相钧意若何?"孔明大笑曰:"吾思之久矣,奈未得其人,今日方得也!"芝曰:"丞相欲其人何为?"孔明曰:"吾欲使人往结东吴。公既能明此意,必能不辱君命。使乎之任,非公不可。"芝曰:"愚才疏智浅,恐不堪当此任。"孔明曰:"吾来日奏知天子,便请伯苗一行,切勿推辞。"芝应允而退。至次日,孔明奏准后主,差邓芝往说东吴。芝拜辞,望东吴而来。

　　据《资治通鉴》卷七十:汉尚书义阳邓芝言于诸葛亮曰:"今主上幼弱,初即尊位,宜遣大使重申吴好。"亮曰:"吾思之久矣,未得其人耳,今日始得之。"芝问:"其人为谁?"亮曰:"即使君也。"乃遣芝以中郎将修好于吴。

　　据《三国志·蜀书·邓芝传》:先主薨于永安。先是,吴王孙权请和,先主累遣宋玮、费祎等与相报答。丞相诸葛亮深虑权闻先主殂陨,恐有异计,未知所如。芝见亮曰:"今主上幼弱,初在位,宜遣大使重申吴好。"亮答之曰:"吾思之久矣,未得其人耳,今日始得之。"芝问:"其人为谁?"亮曰:"即使君也。"乃遣芝修好于权。

正是:吴人方见干戈息,蜀使还将玉帛通。未知邓芝此去若何,且看下文分解。

第八十六回　难张温秦宓逞天辩　破曹丕徐盛用火攻

却说东吴陆逊，自退魏兵之后，吴王拜逊为辅国将军、江陵侯，领荆州牧，自此军权皆归于逊。张昭、顾雍启奏吴王，请自改元。权从之，遂改为黄武元年。忽报魏主遣使至，权召入。使命陈说："蜀前使人求救于魏，魏一时不明，故发兵应之；今已大悔，欲起四路兵取川，东吴可来接应。若得蜀土，各分一半。"权闻言，不能决，乃问于张昭、顾雍等。昭曰："陆伯言极有高见，可问之。"权即召陆逊至。逊奏曰："曹丕坐镇中原，急不可图；今若不从，必为仇矣。臣料魏与吴皆无诸葛亮之敌手。今且勉强应允，整军预备，只探听四路如何。若四路兵胜，川中危急，诸葛亮首尾不能救，主上则发兵以应之，先取成都，深为上策；如四路兵败，别作商议。"权从之，乃谓魏使曰："军需未办，择日便当起程。"使者拜辞而去。

权令人探得西番兵出西平关，见了马超，不战自退；南蛮孟获起兵攻四郡，皆被魏延用疑兵计杀退回洞去了；上庸孟达兵至半路，忽然染病不能行；曹真兵出阳平关，赵子龙拒住各处险道，果然"一将守关，万夫莫开"，曹真屯兵于斜谷道，不能取胜而回。孙权知了此信，乃谓文武曰："陆伯言真神算也。孤若妄动，又结怨于西蜀矣。"

忽报西蜀遣邓芝到。张昭曰："此又是诸葛亮退兵之计，遣邓芝为说客也。"权曰："当何以答之？"昭曰："先于殿前立一大鼎，贮油数百斤，下用炭烧。待其油沸，可选身长面大武士一千人，各执刀在手，从宫门前直摆至殿上，却唤芝入见。休等此人开言下说词，责以郦食其说齐故事，效此例烹之，看其人如何对答。"权从其言，遂立油鼎，命武士立于左右，各执军器，召邓芝入。

芝整衣冠而入。行至宫门前，只见两行武士，威风凛凛，各持钢刀、大斧、长戟、短剑，直列至殿上。芝晓其意，并无惧色，昂然而行。至殿前，又见鼎镬内热油正沸。左右武士以目视之，芝但微微而笑。近臣引至帘前，邓芝长揖不拜。权令卷起珠帘，大喝曰："何不拜！"芝昂然而答曰："上国天使，不拜小邦之主。"权大怒曰："汝不自料，欲掉三寸之舌，效郦生说齐乎！可速入油鼎。"芝大笑曰："人皆言东吴多贤，谁想惧一儒生！"权转怒曰："孤何惧尔一匹夫耶？"芝曰："既不惧邓伯苗，何愁来说汝等也？"权曰："尔欲为诸葛亮作说客，来说孤绝魏向蜀，是否？"芝曰："吾乃蜀中一儒生，特为吴国利害而来。乃设兵陈鼎，以拒一使，何其局量之不能容物耶！"

权闻言惶愧，即叱退武士，命芝上殿，赐坐而问曰："吴、魏之利害若何？愿先生教我。"芝曰："大王欲与蜀和，还是欲与魏和？"权曰："孤正欲与蜀主讲和；但恐蜀主年轻识浅，不能全始全终耳。"芝曰："大王乃命世之英豪，诸葛亮亦一时之俊杰；蜀有山川之险，吴有三江之固。若二国连和，共为唇齿，进则可以兼吞天下，退则可以鼎足而立。今大王若委质称臣于魏，魏必望大王朝觐，求太子以为内侍；如其不从，则兴兵来攻，蜀亦顺流而进取；如此则江南之地，不复为大王有矣。若大王以愚言为不然，愚将就死于大王之前，以绝说客之名也。"言讫，撩衣下殿，望油鼎中便跳。权急命止之，请入后殿，以上宾之礼相待。权曰："先生之言，正合孤意。孤今欲与蜀主连和，先生肯为我介绍乎？"芝曰："适欲烹小臣者，乃大王也；今欲使小臣者，亦大王也。大王犹自狐疑未定，安能取信于人？"权曰："孤意已决，先生勿疑。"

　　据《资治通鉴》卷七十：（黄初四年）冬十月，芝至吴。时吴王犹未与魏绝，狐疑，不时见芝。芝乃自表请见曰:"臣今来,亦欲为吴,非但为蜀也。"吴王见之,曰:"孤诚愿与蜀和亲,然恐蜀主幼弱,国小势逼,为魏所乘,不自保全耳。"芝对曰:"吴、蜀二国,四州之地。大王命世之英,诸葛亮亦一时之杰也;蜀有重险之固,吴有三江之阻。合此二长,共为唇齿,进可并兼天下,退可鼎足而立,此理之自然也。大王今若委质于魏,魏必上望大王之入朝,下求太子之内侍,若不从命,则奉辞伐叛,蜀亦顺流见可而进。如此,江南之地非复大王之有也。"吴王默然良久曰:"君言是也。"遂绝魏,专与汉连和。(参见《三国志·蜀书·邓芝传》)

按:孙权设油鼎威胁邓芝,不见于史。盛巽昌在《三国演义补证本》中指出:当此之时,吴与蜀汉因刘备在白帝城已与吴媾和,双方已宣布结束战争状态,并有互不侵犯之约,故邓芝来吴,不可能再以酷刑威胁。

于是吴王留住邓芝,集多官问曰:"孤掌江南八十一州,更有荆楚之地,反不如西蜀偏僻之处也。蜀有邓芝,不辱其主;吴并无一人入蜀,以达孤意。"忽一人出班奏曰:"臣愿为使。"众视之,乃吴郡吴人,姓张,名温,字惠恕,现为中郎将。权曰:"恐卿到蜀见诸葛亮,不能达孤之情。"温曰:"孔明亦人耳,臣何畏彼哉?"权大喜,重赏张温,使同邓芝入川通好。

据《资治通鉴》卷七十:吴王使辅义中郎将吴郡张温聘于汉,自是吴、蜀信使不绝。

据《三国志·吴书·张温传》:张温字惠恕,吴郡吴人也。……时年三十二,以辅义中郎将使蜀。权谓温曰:"卿不宜远出,恐诸葛孔明不知吾所以与曹氏通意,故屈卿行。若山越都除,便欲大构于丕。行人之义,受命不受辞也。"温对曰:"臣入无腹心之规,出无专对之用,惧无张老延誉之功,又无子产陈事之效。然诸葛亮达见计数,必知神虑屈申之宜,加受朝廷天覆之惠,推亮之心,必无疑贰。"……蜀甚贵其才。

却说孔明自邓芝去后,奏后主曰:"邓芝此去,其事必成。吴地多贤,定有人来答礼。陛下当礼貌之,令彼回吴,以通盟好。吴若通和,魏必不敢加兵于蜀矣。吴、魏宁靖,臣当征南,平定蛮方,然后图魏。魏削则东吴亦不能久存,可以复一统之基业也。"后主然之。忽报东吴遣张温与邓芝入川答礼。后主聚文武于丹墀,令邓芝、张温入。温自以为得志,昂然上殿,见后主施礼。后主赐锦墩,坐于殿左,设御宴待之。后主但敬礼而已。宴罢,百官送张温到馆舍。次日,孔明设宴相待。孔明谓张温曰:"先帝在日,与吴不睦,今已晏驾。当今主上,深慕吴王,欲捐旧忿,永结盟好,并力破魏。望大夫善言回奏。"张温领诺。酒至半酣,张温喜笑自若,颇有傲慢之意。

次日,后主将金帛赐与张温,设宴于城南邮亭之上,命众官相送。孔明殷勤劝酒。正饮酒间,忽一人乘醉而入,昂然长揖,入席就坐。温怪之,乃问孔明曰:"此何人也?"孔明答曰:"姓秦,名宓,字子敕,现为益州学士。"温笑曰:"名称学士,未知胸中曾学事否?"宓正色而言曰:"蜀中三尺小童,尚皆就学,何况于我?"温曰:"且说公何所学?"宓对曰:"上至天文,下至地理,三教九流,诸子百家,无所不通;古今兴废,圣贤经传,无所不览。"温笑曰:"公既出大言,请即以天为问:天有头乎?"宓曰:"有头。"温曰:"头在何方?"宓曰:"在西方。《诗》云:'乃眷西顾。'以此推之,头在西方也。"温又问:"天有耳乎?"宓答曰:"天处高而听卑。《诗》云:'鹤鸣九皋,声闻于天。'无耳何能听?"温又问:"天有足乎?"宓曰:"有足。《诗》云:'天步艰难。'无足何能步?"温又问:"天有姓乎?"宓曰:"岂得无姓!"温曰:"何姓?"宓答曰:"姓刘。"温曰:"何以知之?"宓曰:"天子姓刘,以故知之。"温又问曰:"日生于东乎?"宓对曰:"虽生于东,而没于西。"此时秦宓语言清朗,答问如流,满座皆惊。张温无语,宓乃问曰:"先生东吴名士,既以天事下问,

第八十六回　难张温秦宓逞天辩　破曹丕徐盛用火攻

必能深明天之理。昔混沌既分，阴阳剖判；轻清者上浮而为天，重浊者下凝而为地。至共工氏战败，头触不周山，天柱折，地维缺，天倾西北，地陷东南。天既轻清而上浮，何以倾其西北乎？又未知轻清之外，还是何物？愿先生教我。"张温无言可对，乃避席而谢曰："不意蜀中多出俊杰！恰闻讲论，使仆顿开茅塞。"孔明恐温羞愧，故以善言解之曰："席间问难，皆戏谈耳。足下深知安邦定国之道，何在唇齿之戏哉！"温拜谢。

> 据《三国志·蜀书·秦宓传》：秦宓字子敕，广汉绵竹人也。……吴遣使张温来聘，百官皆往饯焉。众人皆集而宓未往，亮累遣使促之，温曰："彼何人也？"亮曰："益州学士也。"及至，温问曰："君学乎？"宓曰："五尺童子皆学，何必小人！"温复问曰："天有头乎？"宓曰："有之。"温曰："在何方也？"宓曰："在西方。《诗》曰：'乃眷西顾。'以此推之，头在西方。"温曰："天有耳乎？"宓曰："天处高而听卑，《诗》云：'鹤鸣于九皋，声闻于天。'若其无耳，何以听之？"温曰："天有足乎？"宓曰："有。《诗》云：'天步艰难，之子不犹。'若其无足，何以步之？"温曰："天有姓乎？"宓曰："有。"温曰："何姓？"宓曰："姓刘。"温曰："何以知之？"答曰："天子姓刘，故以此知之。"温曰："日生于东乎？"宓曰："虽生于东而没于西。"答问如响，应声而出，于是温大敬服。宓之文辩，皆此类也。

孔明又令邓芝入吴答礼，就与张温同行。张、邓二人拜辞孔明，望东吴而来。

却说吴王见张温入蜀未还，乃聚文武商议。忽近臣奏曰："蜀遣邓芝同张温入国答礼。"权召入。张温拜于殿前，备称后主、孔明之德，愿求永结盟好，特遣邓尚书又来答礼。权大喜，乃设宴待之。权问邓芝曰："若吴、蜀二国同心灭魏，得天下太平，二主分治，岂不乐乎？"芝答曰："'天无二日，民无二王。'如灭魏之后，未识天命所归何人。但为君者各修其德，为臣者各尽其忠，则战争方息耳。"权大笑曰："君之诚款，乃如是耶！"

> 据《资治通鉴》卷七十：汉复遣邓芝聘于吴，吴主谓之曰："若天下太平，二主分治，不亦乐乎？"芝对曰："天无二日，土无二王。如并魏之后，大王未深识天命，君各茂其德，臣各尽其忠，将提枹鼓，则战争方始耳。"吴王大笑曰："君之诚款，乃当尔邪！"
> （参见《三国志·蜀书·邓芝传》）

遂厚赠邓芝还蜀。自此吴、蜀通好。

却说魏国细作人探知此事，火速报入中原。魏主曹丕听知，大怒曰："吴、蜀连和，必有图中原之意也。不若朕先伐之。"于是大集文武，商议起兵伐吴。此时大司马曹仁、

> 据《三国志·魏书·文帝纪》：（黄初二年冬十月）己卯，以大将军曹仁为大司马。

太尉贾诩已亡。侍中辛毗出班奏曰："中原之地，土阔民稀，而欲用兵，未见其利。今日之计，莫若养兵屯田十年，足食足兵，然后用之，则吴、蜀方可破也。"丕怒曰："此迂儒之论也！今吴、蜀连和，早晚必来侵境，何暇等待十年！"即传旨起兵伐吴。

> 据《三国志·魏书·辛毗传》：帝欲大兴军征吴，毗谏曰："吴、楚之民，险而难御，道隆后服，道洿先叛，自古患之，非徒今也。今陛下祚有海内，夫不宾者，其能久乎？昔尉佗称帝，子阳僭号，历年未几，或臣或诛。何则，违逆之道不久全，而大德无所不服也。方今天下新定，土广民稀。夫庙算而后出军，犹临事而惧，况今庙算有阙而欲用之，臣诚未见其利也。先帝屡起锐师，临江而旋。今六军不增于故，而复循之，此未易也。今日之计，莫若修范蠡之养民，法管仲之寄政，则充国之屯田，明仲尼之怀远；十

年之中，强壮未老，童龀胜战，兆民知义，将士思奋，然后用之，则役不再举矣。"帝曰："如卿意，更当以虏遗子孙邪？"毗对曰："昔周文王以纣遗武王，唯知时也。苟时未可，容得已乎！"帝竟伐吴，至江而还。

司马懿奏曰："吴有长江之险，非船莫渡。陛下必御驾亲征，可选大小战船，从蔡、颍而入淮，取寿春，至广陵，渡江口，径取南徐：此为上策。"丕从之。于是日夜并工，造龙舟十只，长二十余丈，可容二千余人，收拾战船三千余只。魏黄初五年秋八月，会聚大小将士，令曹真为前部，张辽、张郃、文聘、徐晃等为大将先行，许褚、吕虔为中军护卫，曹休为合后，刘晔、蒋济为参谋官。前后水陆军马三十余万，克日起兵。封司马懿为尚书仆射，留在许昌，凡国政大事，并皆听懿决断。

不说魏兵起程。却说东吴细作探知此事，报入吴国。近臣慌奏吴王曰："今魏王曹丕，亲自乘驾龙舟，提水陆大军三十余万，从蔡、颍出淮，必取广陵渡江，来下江南。甚为利害。"孙权大惊，即聚文武商议。顾雍曰："今主上既与西蜀连和，可修书与诸葛孔明，令起兵出汉中，以分其势；一面遣一大将，屯兵南徐以拒之。"权曰："非陆伯言不可当此大任。"雍曰："陆伯言镇守荆州，不可轻动。"权曰："孤非不知，奈眼前无替力之人。"言未尽，一人从班部内应声而出曰："臣虽不才，愿统一军以当魏兵。若曹丕亲渡大江，臣必生擒，以献殿下；若不渡江，亦杀魏兵大半，今魏兵不敢正视东吴。"权视之，乃徐盛也。权大喜曰："如得卿守江南一带，孤何忧哉！"遂封徐盛为安东将军，总镇都督建业、南徐军马。

盛谢恩，领命而退；即传令教众官军多置器械，多设旌旗，以为守护江岸之计。忽一人挺身出曰："今日大王以重任委托将军，欲破魏兵以擒曹丕，将军何不早发军马渡江，于淮南之地迎敌？直待曹丕兵至，恐无及矣。"盛视之，乃吴王侄孙韶也。韶字公礼，官授扬威将军，曾在广陵守御；年幼负气，极有胆勇。

> 据《三国志·吴书·孙韶传》：孙韶字公礼。伯父河，字伯海，本姓俞氏，亦吴人也。孙策爱之，赐姓为孙，列之属籍。后为将军，屯京城。……韶年十七，收河余众，缮治京城，起楼橹，修器备以御敌。权闻乱，从椒丘还，过定丹杨，引军归吴。夜至京城下营，试攻惊之，兵皆乘城传檄备警，讙声动地，颇射外人，权使晓喻乃止。明日见韶，甚器之，即拜承烈校尉，统河部曲，食曲阿、丹徒二县，自置长吏，一如河旧。后为广陵太守、偏将军。（参见《资治通鉴》卷六十四）

> 按：据《三国志·吴书·孙韶传》推算，孙韶时年三十七岁，并非"年幼"。

盛曰："曹丕势大；更有名将为先锋，不可渡江迎敌。待彼船皆集于北岸，吾自有计破之。"韶曰："吾手下自有三千军马，更兼深知广陵路势，吾愿自去江北，与曹丕决一死战。如不胜，甘当军令。"盛不从。韶坚执要去，盛只是不肯，韶再三要行。盛怒曰："汝如此不听号令，吾安能制诸将乎？"叱武士推出斩之。刀斧手拥孙韶出辕门之外，立起皂旗。韶部将飞报孙权。权听知，急上马来救。武士恰待行刑，孙权早到，喝散刀斧手，救了孙韶。韶哭奏曰："臣往年在广陵，深知地利；不就那里与曹丕厮杀，直待他下了长江，东吴指日休矣！"权径入营来。徐盛迎接入帐，奏曰："大王命臣为都督，提兵拒魏；今扬威将军孙韶，不遵军法，违令当斩，大王何故赦之？"权曰："韶倚血气之壮，误犯军法，万希宽恕。"盛曰："法非臣所立，亦非大王所立，乃国家之典刑也。若以亲而免之，何以令众乎？"权曰："韶犯法，本应任将军处治；奈此子虽本姓俞氏，然孤兄甚爱之，赐姓孙；于孤颇有劳绩。今若杀之，负兄义矣。"盛曰："且看大王之面，寄下死罪。"权令孙韶拜谢。韶不肯拜，厉声而言曰："据吾之见，只是引军去破曹丕！便死也不服你的见识！"徐盛变色。权叱退孙韶，谓

第八十六回 难张温秦宓逞天辩 破曹丕徐盛用火攻

徐盛曰:"便无此子,何损于兵?今后勿再用之。"言讫自回。

按:《演义》称徐盛执法欲斩孙韶,不见于史。

是夜,人报徐盛说:"孙韶引本部三千精兵,潜地过江去了。"盛恐有失,于吴王面上不好看,乃唤丁奉授以密计,引三千兵渡江接应。

却说魏主驾龙舟至广陵,前部曹真已领兵列于大江之岸。曹丕问曰:"江岸有多少兵?"真曰:"隔岸远望,并不见一人,亦无旌旗营寨。"丕曰:"此必诡计也。朕自往观其虚实。"于是大开江道,放龙舟直至大江,泊于江岸。船上建龙凤日月五色旌旗,仪銮簇拥,光耀射目。曹丕端坐舟中,遥望江南,不见一人,回顾刘晔、蒋济曰:"可渡江否?"晔曰:"兵法实实虚虚。彼见大军至,如何不作整备?陛下未可造次。且待三五日,看其动静,然后发先锋渡江以探之。"丕曰:"卿言正合朕意。"

是日天晚,宿于江中。当夜月黑,军士皆执灯火,明耀天地,恰如白昼。遥望江南,并不见半点儿火光。丕问左右曰:"此何故也?"近臣奏曰:"想闻陛下天兵来到,故望风逃窜耳。"丕暗笑。及至天晓,大雾迷漫,对面不见。须臾风起,雾散云收,望见江南一带皆是连城:城楼上枪刀耀日,遍城尽插旌旗号带。顷刻数次人来报:"南徐沿江一带,直至石头城,一连数百里,城郭舟车,连绵不绝,一夜成就。"曹丕大惊。原来徐盛束缚芦苇为人,尽穿青衣,执旌旗,立于假城疑楼之上。魏兵见城上许多人马,如何不胆寒?丕叹曰:"魏虽有武士千群,无所用之。江南人物如此,未可图也!"

正惊讶间,忽然狂风大作,白浪滔天,江水溅湿龙袍,大船将覆。曹真慌令文聘撑小舟急来救驾。龙舟上人立站不住。文聘跳上龙舟,负丕下得小舟,奔入河港。忽流星马报道:"赵云引兵出阳平关,径取长安。"丕听得,大惊失色,便教回军。

据《资治通鉴》卷七十:(黄初五年秋)九月,(曹丕)至广陵。吴安东将军徐盛建计,植木衣苇,为疑城假楼,自石头至于江乘,联绵相接数百里,一夕而成;又大浮舟舰于江。时江水盛长,帝临望,叹曰:"魏虽有武骑千群,无所用之,未可图也。"帝御龙舟,会暴风漂荡,几至覆没。帝问群臣:"权当自来否?"咸曰:"陛下亲征,权恐怖,必举国而应。又不敢以大众委之臣下,必当自来。"刘晔曰:"彼谓陛下欲以万乘之重牵己,而超越江湖者在于别将,必勒兵待事,未有进退也。"大驾停住积日,吴王不至,帝乃旋师。(参见《三国志·吴书·徐盛传》及注引《魏氏春秋》,《三国志·吴书·吴主传》及注引干宝《晋纪》,《三国志·魏书·刘晔传》)

众军各自奔走。背后吴兵追至。丕传旨教尽弃御用之物而走。龙舟将次入淮,忽然鼓角齐鸣,喊声大震,刺斜里一彪军杀到:为首大将,乃孙韶也。魏兵不能抵当,折其大半,溺死者无数。诸将奋力救出魏主。魏主渡淮河,行不三十里,淮河中一带芦苇,预灌鱼油,尽皆火着;顺风而下,风势甚急,火焰漫空,绝住龙舟。丕大惊,急下小船傍岸时,龙舟上早已火着。丕慌忙上马。岸上一彪军杀来,为首一将,乃丁奉也。张辽急拍马来迎,被奉一箭射中其腰,却得徐晃救了,同保魏主而走,折军无数。背后孙韶、丁奉夺得马匹、车仗、船只、器械,不计其数。魏兵大败而回。

据《资治通鉴》卷七十:(黄初六年秋)八月,帝以舟师自谯循涡入淮。尚书蒋济表言水道难通,帝不从。冬十月,如广陵故城,临江观兵,戎卒十余万,旌旗数百里,有渡江之志。吴人严兵固守。时大寒,冰,舟不得入江。帝见波涛汹涌,叹曰:"嗟乎,固天所以限南北也!"遂归。孙韶遣将高寿等率敢死之士五百人,于径路夜要帝,帝大惊。寿等获副车、羽盖以还。(参见《三国志·吴书·吴主传》注引《吴录》)

吴将徐盛全获大功,吴王重加赏赐。

　　　　按:曹丕于221年、224年和225年三次伐吴,《演义》将其合为一次。《演义》写徐盛用火攻,不见于史。

张辽回到许昌,箭疮迸裂而亡。曹丕厚葬之,不在话下。

　　　　据《三国志·魏书·张辽传》:孙权复叛,帝遣辽乘舟,与曹休至海陵,临江。权甚惮焉,敕诸将:"张辽虽病,不可当也,慎之!"是岁,辽与诸将破权将吕范。辽病笃,遂薨于江都。

　　　　按:张辽非中箭死。他是魏黄初三年(222)病死的。

却说赵云引兵杀出阳平关之次,忽报丞相有文书到,说益州耆帅雍闿结连蛮王孟获,起十万蛮兵,侵掠四郡;因此宣云回军,令马超坚守阳平关,

　　　　按:据《三国志·蜀书·马超传》,马超已于三年前——蜀汉章武二年(222)病故。

丞相欲自南征。赵云乃急收兵而回。此时孔明在成都整饬军马,亲自南征。正是:方见东吴敌北魏,又看西蜀战南蛮。未知胜负如何,且看下文分解。

第八十七回　征南寇丞相大兴师　抗天兵蛮王初受执

　　却说诸葛丞相在于成都，事无大小，皆亲自从公决断。

　　　　据《三国志·蜀书·诸葛亮传》《资治通鉴》卷七十：政事无巨细，咸决于亮。
　　　　据《三国志·蜀书·诸葛亮传》引《上诸葛亮集表》：及备殂没，嗣子幼弱，事无巨细，亮皆专之。

两川之民，忻乐太平，夜不闭户，路不拾遗。又幸连年大熟，老幼鼓腹讴歌，凡遇差徭，争先早办。因此军需器械应用之物，无不完备；米满仓廒，财盈府库。

建兴三年，益州飞报：蛮王孟获，大起蛮兵十万，犯境侵掠。建宁太守雍闿，乃汉朝什方侯雍齿之后，今结连孟获造反。牂牁郡太守朱褒、越嶲郡太守高定，二人献了城。止有永昌太守王伉不肯反。现今雍闿、朱褒、高定三人部下人马，皆与孟获为向导官，攻打永昌郡。

　　　　据《资治通鉴》卷七十：初，益州郡耆帅雍闿杀太守正昂，因士燮以求附于吴，又执太守成都张裔以与吴，吴以闿为永昌太守。永昌功曹吕凯、府丞王伉率吏士闭境拒守，闿不能进，使郡人孟获诱扇诸夷，诸夷皆从之。牂牁太守朱褒、越嶲夷王高定皆叛应闿。（参见《三国志·蜀书·后主传》《李恢传》《张裔传》，《华阳国志·南中志》）

今王伉与功曹吕凯，会集百姓，死守此城，其势甚急。

　　　　据《三国志·蜀书·吕凯传》：吕凯字季平，永昌不韦人也。仕郡五官掾功曹。时雍闿等闻先主薨于永安，骄黠滋甚。都护李严与闿书六纸，解喻利害，闿但答一纸曰："盖闻天无二日，土无二王，今天下鼎立，正朔有三，是以远人惶惑，不知所归也。"其桀慢如此。闿又降于吴，吴遥署闿为永昌太守。永昌既在益州郡之西，道路壅塞，与蜀隔绝，而郡太守改易，凯与府丞蜀郡王伉帅厉吏民，闭境拒闿。闿数移檄永昌，称说云云。凯答檄曰："天降丧乱，奸雄乘衅，天下切齿，万国悲悼，臣妾大小，莫不思竭筋力，肝脑涂地，以除国难。伏惟将军世受汉恩，以为当躬聚党众，率先启行，上以报国家，下不负先人，书功竹帛，遗名千载。何期臣仆吴越，背本就末乎？昔舜勤民事，陨于苍梧，书籍嘉之，流声无穷。崩于江浦，何足可悲！文、武受命，成王乃平。先帝龙兴，海内望风，宰臣聪睿，自天降康。而将军不睹盛衰之纪，成败之符，譬如野火在原，蹈履河冰，火灭冰泮，将何所依附？曩者将军先君雍侯，造怨而封，窦融知兴，归志世祖，皆流名后叶，世歌其美。今诸葛丞相英才挺出，深睹未萌，受遗托孤，翊赞季兴，与众无忌，录功忘瑕。将军若能翻然改图，易迹更步，古人不难追，鄙土何足宰哉！盖闻楚国不恭，齐桓是责，夫差僭号，晋人不长，况臣于非主，谁肯归之邪？窃惟古义，臣无越境之交，是以前后有来无往。重承告示，发愤忘食，故略陈所怀，惟将军察焉。"凯威恩内著，为郡中所信，故能全其节。

孔明乃入朝奏后主曰："臣观南蛮不服，实国家之大患也。臣当自领大军，前去征讨。"

　　　　据《三国志·蜀书·诸葛亮传》：（建兴元年，）南中诸郡，并皆叛乱，亮以新遭大丧，故未便加兵，且遣使聘吴，因结和亲，遂为与国。

> 据《资治通鉴》卷七十：诸葛亮以新遭大丧，皆抚而不讨，务农殖谷，闭关息民，民安食足而后用之。（参见《华阳国志·南中志》）

后主曰："东有孙权，北有曹丕，今相父弃朕而去，倘吴、魏来攻，如之奈何？"孔明曰："东吴方与我国讲和，料无异心；若有异心，李严在白帝城，此人可当陆逊也。曹丕新败，锐气已丧，未能远图；且有马超守把汉中诸处关口，不必忧也。臣又留关兴、张苞等分两军为救应，保陛下万无一失。今臣先去扫荡蛮方，然后北伐，以图中原，报先帝三顾之恩，托孤之重。"后主曰："朕年幼无知，惟相父斟酌行之。"言未毕，班部内一人出曰："不可！不可！"众视之，乃南阳人也，姓王，名连，字文仪，现为谏议大夫。连谏曰："南方不毛之地，瘴疫之乡；丞相秉钧衡之重任，而自远征，非所宜也。且雍闿等乃疥癣之疾，丞相只须遣一大将讨之，必然成功。"孔明曰："南蛮之地，离国甚远，人多不习王化，收伏甚难，吾当亲去征之。可刚可柔，别有斟酌，非可容易托人。"王连再三苦劝，孔明不从。

> 据《三国志·蜀书·王连传》：王连字文仪，南阳人也。……建兴元年，拜屯骑校尉，领丞相长史，封平阳亭侯。时南方诸郡不宾，诸葛亮将自征之，连谏以为"此不毛之地，疫疠之乡，不宜以一国之望，冒险而行"。亮虑诸将才不及己，意欲必往，而连言辄恳至，故停留者久之。

> 按：据史书记载，蜀汉建兴元年（223）南中叛乱之初，诸葛亮即欲亲自南征，丞相长史王连劝谏，诸葛亮采纳了他的建议，"抚而不讨，务农殖谷，闭关息民"，延至建兴三年（225）三月始南征。《演义》将王连劝谏的时间移植于建兴三年诸葛亮南征之前，且称诸葛亮不听王连苦劝。

是日，孔明辞了后主，令蒋琬为参军，费祎为长史，董厥、樊建二人为掾史；

> 据《三国志·蜀书·诸葛亮传附董厥传》：董厥者，丞相亮时为府令史，亮称之曰："董令史，良士也。吾每与之言，思慎宜适。"徙为主簿。亮卒后，稍迁至尚书仆射，代陈祗为尚书令，迁大将军，平台事，而义阳樊建代焉。

赵云、魏延为大将，总督军马；

> 按：核诸史书，魏延镇守汉中，未参加南征。

王平、张翼为副将；并川将数十员：共起川兵五十万，前望益州进发。忽有关公第三子关索，

> 按：关索其人，不见于史。据《三国志·蜀书·关羽传》，关羽只有关平、关兴二子，无关索之名。

入军来见孔明曰："自荆州失陷，逃难在鲍家庄养病。每要赴川见先帝报仇，疮痕未合，不能起行。近已安痊，打探得东吴仇人已皆诛戮，径来西川见帝，恰在途中遇见征南之兵，特来投见。"孔明闻之，嗟讶不已；一面遣人申报朝廷，就令关索为前部先锋，一同征南。大队人马，各依队伍而行。饥餐渴饮，夜住晓行；所经之处，秋毫无犯。

却说雍闿听知孔明自统大军而来，即与高定、朱褒商议，分兵三路：高定取中路，雍闿在左，朱褒在右；三路各引兵五六万迎敌。于是高定令鄂焕为前部先锋。焕身长九尺，面貌丑恶，使一枝方天戟，有万夫不当之勇。领本部兵，离了大寨，来迎蜀兵。

却说孔明统大军已到益州界分。前部先锋魏延，副将张翼、王平，才入界口，正遇鄂焕军马。两阵对圆，魏延出马大骂曰："反贼早早受降！"鄂焕拍马与魏延交锋。战不数合，延

诈败走，焕随后赶来。走不数里，喊声大震。张翼、王平两路军杀来，绝其后路。延复回，三员将并力拒战，生擒鄂焕。解到大寨，入见孔明。孔明令去其缚，以酒食待之。问曰："汝是何人部将？"焕曰："某是高定部将。"孔明曰："吾知高定乃忠义之士，今为雍闿所惑，以致如此。吾今放汝回去，令高太守早早归降，免遭大祸。"鄂焕拜谢而去，回见高定，说孔明之德。定亦感激不已。

次日，雍闿至寨。礼毕，闿曰："如何得鄂焕回也？"定曰："诸葛亮以义放之。"闿曰："此乃诸葛亮反间之计，欲令我两人不和，故施此谋也。"定半信不信，心中犹豫。忽报蜀将搦战，闿自引三万兵出迎。战不数合，闿拨马便走。延率兵大进，追杀二十余里。次日，雍闿又起兵来迎。孔明一连三日不出。至第四日，雍闿、高定分兵两路，来取蜀寨。

却说孔明令魏延两路伺候；果然雍闿、高定两路兵来，被伏兵杀伤大半，生擒者无数，都解到大寨来。雍闿的人，囚在一边；高定的人，囚在一边。却令军士谣说："但是高定的人免死，雍闿的人尽杀。"众军皆闻此言。少时，孔明令取雍闿的人到帐前，问曰："汝等皆是何人部从？"众伪曰："高定部下人也。"孔明教皆免其死，与酒食赏劳，令人送出界首，纵放回寨。孔明又唤高定的人问之。众皆告曰："吾等实是高定部下军士。"孔明亦皆免其死，赐以酒食；却扬言曰："雍闿今日使人投降，要献汝主并朱褒首级以为功劳，吾甚不忍。汝等既是高定部下军，吾放汝等回去，再不可背反。若再擒来，决不轻恕。"

众皆拜谢而去；回到本寨，入见高定，说知此事。定乃密遣人去雍闿寨中探听，却有一般放回的人，言说孔明之德；因此雍闿部军，多有归顺高定之心。虽然如此，高定心中不稳，又令一人来孔明寨中探听虚实。被伏路军捉来见孔明。孔明故意认做雍闿的人，唤入帐中问曰："汝元帅既约下献高定、朱褒二人首级，因何误了日期？汝这厮不精细，如何做得细作！"军士含糊答应。孔明以酒食赐之，修密书一封，付军士曰："汝持此书付雍闿，教他早早下手，休得误事。"细作拜谢而去，回见高定，呈上孔明之书，说雍闿如此如此。定看书毕，大怒曰："吾以真心待之，彼反欲害吾，情理难容！"便唤鄂焕商议。焕曰："孔明乃仁人，背之不祥。我等谋反作恶，皆雍闿之故；不如杀闿以投孔明。"定曰："如何下手？"焕曰："可设一席，令人去请雍闿。彼若无异心，必坦然而来；若其不来，必有异心。我主可攻其前，某伏于寨后小路候之；闿可擒矣。"高定从其言，设席请雍闿。闿果疑前日放回军士之言，惧而不来。

是夜，高定引兵杀投雍闿寨中。原来有孔明放回免死的人，皆想高定之德，乘时助战。雍闿军不战自乱。闿上马望山路而走。行不二里，鼓声响处，一彪军出，乃鄂焕也，挺方天戟，骤马当先。雍闿措手不及，被焕一戟刺于马下，就枭其首级。闿部下军士皆降高定。

据《三国志·蜀书·吕凯传》：及丞相亮南征讨闿，既发在道，而闿已为高定部曲所杀。

定引两部军来降孔明，献雍闿首级于帐下。孔明高坐于帐上，喝令左右推转高定，斩首报来。定曰："某感丞相大恩，今将雍闿首级来降，何故斩也？"孔明大笑曰："汝来诈降。敢瞒吾耶！"定曰："丞相何以知吾诈降？"孔明于匣中取出一缄，与高定曰："朱褒已使人密献降书，说你与雍闿结生死之交，岂肯一旦便杀此人？吾故知汝诈也。"定叫屈曰："朱褒乃反间之计也。丞相切不可信！"孔明曰："吾亦难凭一面之词。汝若捉得朱褒，方表真心。"定曰："丞相休疑。某去擒朱褒来见丞相，若何？"孔明曰："若如此，吾疑心方息也。"

高定即引部将鄂焕并本部兵，杀奔朱褒营来。比及离寨约有十里，山后一彪军到，乃朱褒也。褒见高定军来，慌忙与高定答话。定大骂曰："汝如何写书与诸葛丞相处，使反间之计害吾耶？"褒目瞪口呆，不能回答。忽然鄂焕于马后转过，一戟刺朱褒于马下。定厉声而言曰:"如不顺者皆戮之!"于是众军一齐拜降。定引两部军来见孔明,献朱褒首级于帐下。孔明大笑曰:"吾故使汝杀此二贼,以表忠心。"遂命高定为益州太守,总摄三郡;令鄂焕为牙将。三路军马已平。

  据《资治通鉴》卷七十:汉诸葛亮至南中,所在战捷,亮由越嶲入,斩雍闿及高定。使庲降督益州李恢由益州入,门下督巴西马忠由牂柯入,击破诸县,复与亮合。(参见《华阳国志·南中志》)

  据《三国志·蜀书·李恢传》:先主薨,高定恣睢于越嶲,雍闿跋扈于建宁,朱褒反叛于牂柯。丞相亮南征,先由越嶲,而恢案道向建宁。诸县大相纠合,围恢军于昆明。时恢众少敌倍,又未得亮声息,绐谓南人曰:"官军粮尽,欲规退还,吾中间久斥乡里,乃今得旋,不能复北,欲还与汝等同计谋,故以诚相告。"南人信之,故围守怠缓。于是恢出击,大破之,追奔逐北,南至槃江,东接牂柯,与亮声势相连。南土平定,恢军功居多,封汉兴亭侯,加安汉将军。

  按:据史书记载,对越嶲郡夷王高定、益州郡大姓雍闿和牂柯郡太守朱褒三路反叛,诸葛亮南征,分三路进军:诸葛亮所率西路军为主力,由成都至安上,由水路进入越嶲郡;东路军由门下督马忠率领,由川南僰道直趋牂柯郡;中路军为庲降都督李恢,由平夷向益州郡前进。诸葛亮南征途中,雍闿为高定部曲所杀,孟获代雍闿为主。诸葛亮斩杀高定,马忠破牂柯,杀死朱褒,三路人马在滇池会师。三路反叛,诸葛亮仅与高定对仗,与其他两路并未照面。又,《演义》称,诸葛亮南征,几乎动员了当时蜀汉的主要将领,如赵云、魏延、马谡、王平、张嶷、张翼、马岱等,而据史书,诸葛亮南征,就是上述三路人马。

于是永昌太守王伉出城迎接孔明。孔明入城已毕,问曰:"谁与公守此城,以保无虞?"伉曰:"某今日得此郡无危者,皆赖永昌不韦人,姓吕,名凯,字季平。皆此人之力。"

  据《三国志·蜀书·吕凯传》:吕凯字季平,永昌不韦人也。……亮至南,上表曰:"永昌郡吏吕凯、府丞王伉等,执忠绝域,十有余年,雍闿、高定逼其东北,而凯等守义不与交通。臣不意永昌风俗敦直乃尔!"以凯为云南太守,封阳迁亭侯。会为叛夷所害,子祥嗣。而王伉亦封亭侯,为永昌太守。

孔明遂请吕凯至。凯入见,礼毕。孔明曰:"久闻公乃永昌高士,多亏公保守此城。今欲平蛮方,公有何高见?"吕凯遂取一图,呈与孔明曰:"某自历仕以来,知南人欲反久矣,故密遣人入其境,察看可屯兵交战之处,画成一图,名曰《平蛮指掌图》。今敢献与明公。明公试观之,可为征蛮之一助也。"孔明大喜,就用吕凯为行军教授,兼向导官。于是孔明提兵大进,深入南蛮之境。

正行军之次,忽报天子差使命至。孔明请入中军,但见一人素袍白衣而进,乃马谡也。——为兄马良新亡,

  据《三国志·蜀书·马良传》:及东征吴,遣良入武陵招纳五溪蛮夷,蛮夷渠帅皆受印号,咸如意指。会先主败绩于夷陵,良亦遇害。

  按:《演义》称马良新亡,与史不合。据史书,马良死于蜀汉章武二年(222)夷陵之战。诸葛亮南征系蜀汉建兴三年(225),马良已死去三年了。

因此挂孝。——谡曰:"奉主上敕命,赐众军酒帛。"孔明接诏已毕,依命一一给散,遂留马谡在帐叙话。孔明问曰:"吾奉天子诏,削平蛮方;久闻幼常高见,望乞赐教。"谡曰:"愚

有片言，望丞相察之：南蛮恃其地远山险，不服久矣。虽今日破之，明日复叛。丞相大军到彼，必然平服；但班师之日，必用北伐曹丕；蛮兵若知内虚，其反必速。夫用兵之道：攻心为上，攻城为下；心战为上，兵战为下。愿丞相但服其心足矣。"孔明叹曰："幼常足知吾肺腑也！"

　　据《资治通鉴》卷七十：汉诸葛亮率众讨雍闿等，参军马谡送之数十里。亮曰："虽共谋之历年，今可更惠良规。"谡曰："南中恃其险远，不服久矣。虽今日破之，明日复反耳。今公方倾国北伐以事强贼，彼知官势内虚，其叛亦速。若殄尽遗类以除后患，既非仁者之情，且又不可仓卒也。夫用兵之道，攻心为上，攻城为下，心战为上，兵战为下，愿公服其心而已。"亮纳其言。（参见《三国志·蜀书·马良传附弟谡传》注引《襄阳记》）

于是孔明遂令马谡为参军，即统大兵前进。

　　却说蛮王孟获，听知孔明智破雍闿等，遂聚三洞元帅商议。第一洞乃金环三结元帅，第二洞乃董荼那元帅，第三洞乃阿会喃元帅。三洞元帅入见孟获。获曰："今诸葛丞相领大军来侵我境界，不得不并力敌之。汝三人可分兵三路而进。如得胜者，便为洞主。"于是分金环三结取中路，董荼那取左路，阿会喃取右路：各引五万蛮兵，依令而行。

　　却说孔明正在寨中议事，忽哨马飞报，说三洞元帅分兵三路到来。孔明听毕，即唤赵云、魏延至，却都不分付；更唤王平、马忠至，嘱之曰："今蛮兵三路而来，吾欲令子龙、文长去；此二人不识地理，未敢用之。王平可往左路迎敌，马忠可往右路迎敌。吾却使子龙、文长随后接应。今日整顿军马，来日平明进发。"二人听令而去。又唤张嶷、张翼分付曰："汝二人同领一军，往中路迎敌。今日整点军马，来日与王平、马忠约会而进。吾欲令子龙、文长去取，奈二人不识地理，故未敢用之。"张嶷、张翼听令去了。

　　赵云、魏延见孔明不用，各有愠色。孔明曰："吾非不用汝二人，但恐以中年涉险，为蛮人所算，失其锐气耳。"赵云曰："倘我等识地理，若何？"孔明曰："汝二人只宜小心，休得妄动。"二人怏怏而退。赵云请魏延到自己寨内商议曰："吾二人为先锋，却说不识地理而不肯用。今用此后辈，吾等岂不羞乎？"延曰："吾二人只今就上马，亲去探之；捉住土人，便教引进，以敌蛮兵，大事可成。"云从之，遂上马径取中路而来。方行不数里，远远望见尘头大起。二人上山坡看时，果见数十骑蛮兵，纵马而来。二人两路冲出。蛮兵见了，大惊而走。赵云、魏延各生擒几人，回到本寨，以酒食待之，却细问其故。蛮兵告曰："前面是金环三结元帅大寨，正在山口。寨边东西两路，却通五溪洞并董荼那、阿会喃各寨之后。"

　　赵云、魏延听知此话，遂点精兵五千，教擒来蛮兵引路。比及起军时，已是二更天气；月明星朗，趁着月色而行。刚到金环三结大寨之时，约有四更，蛮兵方起造饭，准备天明厮杀。忽然赵云、魏延两路杀入，蛮兵大乱。赵云直杀入中军，正逢金环三结元帅；交马只一合，被云一枪刺落马下，就枭其首级。余军溃散。魏延便分兵一半，望东路抄董荼那寨来。赵云分兵一半，望西路抄阿会喃寨来。比及杀到蛮兵大寨之时，天已平明。

　　先说魏延杀奔董荼那寨来。董荼那听知寨后有军杀至，便引兵出寨拒敌。忽然寨前门一声喊起，蛮兵大乱。原来王平军马早已到了。两下夹攻，蛮兵大败。董荼那夺路走脱，魏延追赶不上。

　　却说赵云引兵杀到阿会喃寨后之时，马忠已杀至寨前。两下夹攻，蛮兵大败，阿会喃乘乱走脱。各自收军，回见孔明。孔明问曰："三洞蛮兵，走了两洞之主；金环三结元帅首级安在？"赵云将首级献功。众皆言曰："董荼那、阿会喃皆弃马越岭而去，因此赶他不上。"

孔明大笑曰："二人吾已擒下了。"赵、魏二人并诸将皆不信。少顷，张嶷解董荼那到，张翼解阿会喃到。众皆惊讶。孔明曰："吾观吕凯图本，已知他各人下的寨子，故以言激子龙、文长之锐气，故教深入重地，先破金环三结，随即分兵左右寨后抄出，以王平、马忠应之。非子龙、文长不可当此任也。吾料董荼那、阿会喃必从便径往山路而走，故遣张嶷、张翼以伏兵待之，令关索以兵接应，擒此二人。"诸将皆拜伏曰："丞相机算，神鬼莫测！"

孔明令押过董荼那、阿会喃至帐下，尽去其缚，以酒食衣服赐之，令各自归洞，勿得助恶。二人泣拜，各投小路而去。孔明谓诸将曰："来日孟获必然亲自引兵厮杀，便可就此擒之。"乃唤赵云、魏延至，付与计策，各引五千兵去了。又唤王平、关索同引一军，授计而去。孔明分拨已毕，坐于帐上待之。

却说蛮王孟获在帐中正坐，忽哨马报来，说三洞元帅，俱被孔明捉将去了；部下之兵，各自溃散。获大怒，遂起蛮兵迤逦进发，正遇王平军马。两阵对圆，王平出马横刀望之：只见门旗开处，数百南蛮骑将，两势摆开。中间孟获出马：头顶嵌宝紫金冠，身披缨络红锦袍，腰系碾玉狮子带，脚穿鹰嘴抹绿靴，骑一匹卷毛赤兔马，悬两口松纹镶宝剑，昂然观望，回顾左右蛮将曰："人每说诸葛亮善能用兵；今观此阵，旌旗杂乱，队伍交错，刀枪器械，无一可能胜吾者：始知前日之言谬也。早知如此，吾反多时矣。谁敢去擒蜀将，以振军威？"言未尽，一将应声而出，名唤忙牙长，使一口截头大刀，骑一匹黄骠马，来取王平。二将交锋，战不数合，王平便走。孟获驱兵大进，迤逦追赶。关索略战又走，约退二十余里。孟获正追杀之间，忽然喊声大起，左有张嶷，右有张翼，两路兵杀出，截断归路。王平、关索复兵杀回。前后夹攻，蛮兵大败。孟获引部将死战得脱，望锦带山而逃。背后三路兵追杀将来。获正奔走之间，前面喊声大起，一彪军拦住：为首大将乃常山赵子龙也。获见了大惊，慌忙奔锦带山小路而走。子龙冲杀一阵，蛮兵大败，生擒者无数。孟获止与数十骑奔入山谷之中，背后追兵至近，前面路狭，马不能行，乃弃了马匹，爬山越岭而逃。忽然山谷中一声鼓响，乃是魏延受了孔明计策，引五百步军，伏于此处，孟获抵敌不住，被魏延生擒活捉了。从骑皆降。

魏延解孟获到大寨来见孔明。孔明早已杀牛宰羊，设宴在寨；却教帐中排开七重围子手，刀枪剑戟，灿若霜雪；又执御赐黄金钺斧，曲柄伞盖，前后羽葆鼓吹，左右排开御林军，布列得十分严整。孔明端坐于帐上，只见蛮兵纷纷穰穰，解到无数。孔明唤到帐中，尽去其缚，抚谕曰："汝等皆是好百姓，不幸被孟获所拘，今受惊唬。吾想汝等父母、兄弟、妻子必倚门而望；若听知阵败，定然割肚牵肠，眼中流血。吾今尽放汝等回去，以安各人父母、兄弟、妻子之心。"言讫，各赐酒食米粮而遣之。蛮兵深感其恩，泣拜而去。孔明教唤武士押过孟获来。不移时，前推后拥，缚至帐前。获跪于帐下。孔明曰："先帝待汝不薄，汝何敢背反？"获曰："两川之地，皆是他人所占土地，汝主倚强夺之，自称为帝。吾世居此处，汝等无礼，侵我土地，何为反耶？"孔明曰："吾今擒汝，汝心服否？"获曰："山僻路狭，误遭汝手，如何肯服！"孔明曰："汝既不服，吾放汝去，若何？"获曰："汝放我回去，再整军马，共决雌雄；若能再擒吾，吾方服也。"孔明即令去其缚。与衣服穿了，赐以酒食，给与鞍马，差人送出路，径望本寨而去。正是：寇入掌中还放去，人居化外未能降。未知再来交战若何，且看下文分解。

第八十八回　渡泸水再缚番王　识诈降三擒孟获

却说孔明放了孟获，众将上帐问曰："孟获乃南蛮渠魁，今幸被擒，南方便定；丞相何故放之？"孔明笑曰："吾擒此人，如囊中取物耳。直须降伏其心，自然平矣。"诸将闻言，皆未肯信。

当日孟获行至泸水，正遇手下败残的蛮兵，皆来寻探。众兵见了孟获，且惊且喜，拜问曰："大王如何能勾回来？"获曰："蜀人监我在帐中，被我杀死十余人，乘夜黑而走；正行间，逢着一哨马军，亦被我杀之，夺了此马：因此得脱。"众皆大喜，拥孟获渡了泸水，下住寨栅，会集各洞酋长，陆续招聚原放回的蛮兵，约有十余万骑。此时董荼那、阿会喃已在洞中。孟获使人去请，二人惧怕，只得也引洞兵来。获传令曰："吾已知诸葛亮之计矣，不可与战，战则中他诡计。彼川兵远来劳苦，况即日天炎，彼兵岂能久住？吾等有此泸水之险，将船筏尽拘在南岸，一带皆筑土城，深沟高垒，看诸葛亮如何施谋！"众酋长从其计，尽拘船筏于南岸，一带筑起土城：有依山傍崖之地，高竖敌楼；楼上多设弓弩炮石，准备久处之计。粮草皆是各洞供运。孟获以为万全之策，坦然不忧。

却说孔明提兵大进，前军已至泸水，哨马飞报说："泸水之内，并无船筏；又兼水势甚急，隔岸一带筑起土城，皆有蛮兵守把。"时值五月，天气炎热，南方之地，分外炎酷，军马衣甲，皆穿不得。孔明自至泸水边观毕，回到本寨，聚诸将至帐中，传令曰："今孟获兵屯泸水之南，深沟高垒，以拒我兵；吾既提兵至此，如何空回？汝等各各引兵，依山傍树，拣林木茂盛之处，与我将息人马。"乃遣吕凯离泸水百里，拣阴凉之地，分作四个寨子；使王平、张嶷、张翼、关索各守一寨，内外皆搭草棚，遮盖马匹，将士乘凉，以避暑气。参军蒋琬看了，入问孔明曰："某看吕凯所造之寨甚不好，正犯昔日先帝败于东吴时之地势矣，倘蛮兵偷渡泸水，前来劫寨，若用火攻，如何解救？"孔明笑曰："公勿多疑，吾自有妙算。"蒋琬等皆不晓其意。

忽报蜀中差马岱解暑药并粮米到。孔明令入。岱参拜毕，一面将米药分派四寨。孔明问曰："汝将带多少军来？"马岱曰："有三千军。"孔明曰："吾军累战疲困，欲用汝军，未知肯向前否？"岱曰："皆是朝廷军马，何分彼我？丞相要用，虽死不辞。"孔明曰："今孟获拒住泸水，无路可渡。吾欲先断其粮道，令彼军自乱。"岱曰："如何断得？"孔明曰："离此一百五十里，泸水下流沙口，此处水慢，可以扎筏而渡。汝提本部三千军渡水，直入蛮洞，先断其粮，然后会合董荼那、阿会喃两个洞主，便为内应。不可有误。"

马岱欣然去了，领兵前到沙口，驱兵渡水；因见水浅，大半不下筏，只裸衣而过，半渡皆倒；急救傍岸，口鼻出血而死。马岱大惊，连夜回告孔明。孔明随唤向导土人问之。土人曰："目今炎天，毒聚泸水，日间甚热，毒气正发，有人渡水，必中其毒；或饮此水，其人必死。若要渡时，须待夜静水冷，毒气不起，饱食渡之，方可无事。"孔明遂令土人引路，又选精壮军五六百，随着马岱，来到泸水沙口，扎起木筏，半夜渡水，果然无事，岱领着二千壮军，令土人引路，径取蛮洞运粮总路口夹山峪而来。那夹山峪，两下是山，中间一条路，止容一人一马而过。马岱占了夹山峪，分拨军士，立起寨栅。洞蛮不知，正解粮到，被岱前后截住，夺粮百余车，蛮人报入孟获大寨中。

此时孟获在寨中，终日饮酒取乐，不理军务，谓众酋长曰："吾若与诸葛亮对敌，必中奸计。今靠此泸水之险，深沟高垒以待之；蜀人受不过酷热，必然退走。那时吾与汝等随后击之，便可擒诸葛亮也。"言讫，呵呵大笑。忽然班内一酋长曰："沙口水浅，倘蜀兵透漏过来，深为利害；当分军守把。"获笑曰："汝是本处土人，如何不知？吾正要蜀兵来渡此水，渡则必死于水中矣。"酋长又曰："倘有土人说与夜渡之法，当复何如？"获曰："不必多疑。吾境内之人，安肯助敌人耶？"正言之间，忽报蜀兵不知多少，暗渡泸水，绝断了夹山粮道，打着"平北将军马岱"旗号。

> 据《三国志·蜀书·马超传附从弟岱传》：岱位至平北将军，进爵陈仓侯。

获笑曰："量此小辈，何足道哉！"即遣副将忙牙长，引三千兵投夹山峪来。

却说马岱望见蛮兵已到，遂将二千军摆在山前。两阵对圆，忙牙长出马，与马岱交锋，只一合，被岱一刀，斩于马下。蛮兵大败走回，来见孟获，细言其事。获唤诸将问曰："谁敢去敌马岱？"言未毕，董荼那出曰："某愿往。"孟获大喜，遂与三千兵而去。获又恐有人再渡泸水，即遣阿会喃，引三千兵，去守把沙口。

却说董荼那引蛮兵到了夹山峪下寨，马岱引兵来迎。部内军有认得是董荼那，说与马岱如此如此。岱纵马向前大骂曰："无义背恩之徒！吾丞相饶汝性命，今又背反，岂不自羞！"董荼那满面惭愧，无言可答，不战而退。马岱掩杀一阵而回。董荼那回见孟获曰："马岱英雄，抵敌不住。"获大怒曰："吾知汝原受诸葛亮之恩，今故不战而退，正是卖阵之计！"喝教推出斩了。众酋长再三哀告，方才免死，叱武士将董荼那打了一百大棍，放归本寨。诸多酋长皆来告董荼那曰："我等虽居蛮方，未尝敢犯中国；中国亦不曾侵我。今因孟获势力相逼，不得已而造反。想孔明神机莫测，曹操、孙权尚自惧之，何况我等蛮方乎？况我等皆受其活命之恩，无可为报。今欲舍一死命，杀孟获去投孔明，以免洞中百姓涂炭之苦。"董荼那曰："未知汝等心下若何？"内有原蒙孔明放回的人，一齐同声应曰："愿往！"于是董荼那手执钢刀，引百余人，直奔大寨而来，时孟获大醉于帐中。董荼那引众人持刀而入，帐下有两将侍立。董荼那以刀指曰："汝等亦受诸葛丞相活命之恩，宜当报效。"二将曰："不须将军下手，某当生擒孟获，去献丞相。"于是一齐入帐，将孟获执缚已定，押到泸水边，驾船直过北岸，先使人报知孔明。

却说孔明已有细作探知此事，于是密传号令，教各寨将士，整顿军器，方教为首酋长解孟获入来，其余皆回本寨听候。董荼那先入中军见孔明，细说其事。孔明重加赏劳，用好言抚慰，遣董荼那引众酋长去了，然后令刀斧手推孟获入。孔明笑曰："汝前者有言：但再擒得，便肯降服。今日如何？"获曰："此非汝之能也；乃吾手下之人自相残害，以致如此。如何肯服！"孔明曰："吾今再放汝去，若何？"孟获曰："吾虽蛮人，颇知兵法；若丞相端的肯放吾回洞中，吾当率兵再决胜负。若丞相这番再擒得我，那时倾心吐胆归降，并不敢改移也。"孔明曰："这番生擒，如又不服，必无轻恕。"令左右去其绳索，仍前赐以酒食，列坐于帐上。孔明曰："吾自出茅庐，战无不胜，攻无不取。汝蛮邦之人，何为不服？"获默然不答。

孔明酒后，唤孟获同上马出寨，观看诸营寨栅所屯粮草，所积军器。孔明指谓孟获曰："汝不降吾，真愚人也。吾有如此之精兵猛将，粮草兵器，汝安能胜吾哉？汝若早降，吾当奏闻天子，令汝不失王位，子子孙孙，永镇蛮邦。意下若何？"获曰："某虽肯降，怎奈洞中之人未肯心服。若丞相肯放回去，就当招安本部人马，同心合胆，方可归顺。"孔明忻然，又与孟获回到大寨。饮酒至晚，获辞去；孔明亲自送至泸水边，以船送获归寨。

> 据《资治通鉴》卷七十：孟获收闿余众以拒亮。获素为夷、汉所服，亮募生致之，既得，使观于营陈之间，问曰："此军何如？"获曰："向者不知虚实，故败。今蒙赐观

营陈,若只如此,即定易胜耳。"亮笑,纵使更战。(参见《三国志·蜀书·诸葛亮传》注引《汉晋春秋》,《华阳国志·南中志》)

孟获来到本寨,先伏刀斧手于帐下,差心腹人到董荼那、阿会喃寨中,只推孔明有使命至,将二人赚到大寨帐下,尽皆杀之,弃尸于涧。孟获随即遣亲信之人,守把隘口,自引军出了夹山峪,要与马岱交战,却并不见一人;及问土人,皆言昨夜尽搬粮草,复渡泸水,归大寨去了。获再回洞中,与亲弟孟优商议曰:"如今诸葛亮之虚实,吾已尽知,汝可去如此如此。"

孟优领了兄计,引百余蛮兵,搬载金珠、宝贝、象牙、犀角之类,渡了泸水,径投孔明大寨而来;方才过了河时,前面鼓角齐鸣,一彪军摆开,为首大将乃马岱也。孟优大惊。岱问了来情,令在外厢,差人来报孔明。孔明正在帐中与马谡、吕凯、蒋琬、费祎等共议平蛮之事,

按:据《三国志》记载,马谡、蒋琬、费祎均未随诸葛亮南征。

忽帐下一人,报称孟获差弟孟优来进宝贝。孔明回顾马谡曰:"汝知其来意否?"谡曰:"不敢明言。容某暗写于纸上,呈与丞相,看合钧意否?"孔明从之。马谡写讫,呈与孔明。孔明看毕,抚掌大笑曰:"擒孟获之计,吾已差下人也。汝之所见,正与吾同。"遂唤赵云入,向耳畔分付如此如此;又唤魏延入,亦低言分付;又唤王平、马忠、关索人,亦密密地分付。

各人受了计策,皆依令而去,方召孟优入帐,优再拜于帐下曰:"家兄孟获,感丞相活命之恩,无可奉献,辄具金珠宝贝若干,权为赏军之资。续后别有进贡天子礼物。"孔明曰:"汝兄今在何处?"优曰:"为感丞相天恩,径往银坑山中收拾宝物去了,少时便回来也。"孔明曰:"汝带多少人来?"优曰:"不敢多带。只是随行百余人,皆运货物者。"孔明尽教入帐看时,皆是青眼黑面,黄发紫须,耳带金环,蓬头跣足,身长力大之士。孔明就令随席而坐,教诸将劝酒,殷勤相待。

却说孟获在帐中专望回音,忽报有二人回了;唤入问之,具说:"诸葛亮受了礼物大喜,将随行之人,皆唤入帐中,杀牛宰羊,设宴相待。二大王令某密报大王:今夜二更,里应外合,以成大事。"

孟获听知甚喜,即点起三万蛮兵,分为三队。获唤各洞酋长分付曰:"各军尽带火具。今晚到了蜀寨时,放火为号。吾当自取中军,以擒诸葛亮。"诸多蛮将,受了计策,黄昏左侧,各渡泸水而来。孟获带领心腹蛮将百余人,径投孔明大寨,于路并无一军阻当。前至寨门,获率众将骤马而入,乃是空寨,并不见一人。获撞入中军,只见帐中灯烛荧煌,孟优并番兵尽皆醉倒。原来孟优被孔明教马谡、吕凯二人管待,令乐人搬做杂剧,殷勤劝酒,酒内下药,尽皆昏倒,浑如醉死之人。孟获入帐问之,内有醒者,但指口而已。获知中计,急救了孟优等一干人;却待奔回中队,前面喊声大震,火光骤起,蛮兵各自逃窜。一彪军杀到,乃是蜀将王平。获大惊,急奔左队时,火光冲天,一彪军杀到,为首蜀将乃是魏延。获慌忙望右队而来,只见火光又起,又一彪军杀到,为首蜀将乃是赵云。三路军夹攻将来,四下无路。孟获弃了军士,匹马望泸水而逃。正见泸水上数十个蛮兵,驾一小舟,获慌令近岸。人马方才下船,一声号起,将孟获缚住。原来马岱受了计策,引本部兵扮作蛮兵,撑船在此,诱擒孟获。

于是孔明招安蛮兵,降者无数。孔明一一抚慰,并不加害。就教救灭了余火。须臾,马岱擒孟获至;赵云擒孟优至;魏延、马忠、王平、关索擒诸洞酋长至。孔明指孟获而笑曰:"汝先令汝弟以礼诈降,如何瞒得过吾!今番又被我擒,汝可服否?"获曰:"此乃吾弟贪

口腹之故，误中汝毒，因此失了大事。吾若自来，弟以兵应之，必然成功。此乃天败，非吾之不能也，如何肯服！"孔明曰："今已三次，如何不服？"孟获低头无语。孔明笑曰："吾再放汝回去。"孟获曰："丞相若肯放吾兄弟回去，收拾家下亲丁，和丞相大战一场。那时擒得，方才死心塌地而降。"孔明曰："再若擒住，必不轻恕。汝可小心在意，勤攻韬略之书，再整亲信之士，早用良策，勿生后悔。"遂令武士去其绳索，放起孟获，并孟优及各洞酋长，一齐都放。孟获等拜谢去了。此时蜀兵已渡泸水。孟获等过了泸水，只见岸口陈兵列将，旗帜纷纷。获到营前，马岱高坐，以剑指之曰："这番拿住，必无轻放！"孟获到了自己寨时，赵云早已袭了此寨，布列兵马。云坐于大旗下，按剑而言曰："丞相如此相待，休忘大恩！"获喏喏连声而去。将出界口山坡，魏延引一千精兵，摆在坡上，勒马厉声而言曰："吾今已深入巢穴，夺汝险要；汝尚自愚迷，抗拒大军！这回拿住，碎尸万段，决不轻饶！"孟获等抱头鼠窜，望本洞而去。后人有诗赞曰：

　　五月驱兵入不毛，月明泸水瘴烟高。誓将雄略酬三顾，岂惮征蛮七纵劳。

　　却说孔明渡了泸水，下寨已毕，大赏三军，聚众将于帐下曰："孟获第二番擒来，吾令遍观各营虚实，正欲令其来劫营也。吾知孟获颇晓兵法，吾以兵马粮草炫耀，实令孟获看吾破绽，必用火攻。彼令其弟诈降，欲为内应耳。吾三番擒之而不杀，诚欲服其心，不欲灭其类也。吾今明告汝等，勿得辞劳，可用心报国。"众将拜伏曰："丞相智、仁、勇三者足备，虽子牙、张良不能及也。"孔明曰："吾今安敢望古人耶？皆赖汝等之力，共成功业耳。"帐下诸将听得孔明之言，尽皆喜悦。

　　却说孟获受了三擒之气，忿忿归到银坑洞中，即差心腹人赍金珠宝贝，往八番九十三甸等处，并蛮方部落，借使牌刀獠丁军健数十万，克日齐备，各队人马，云推雾拥，俱听孟获调用。伏路军探知其事，来报孔明，孔明笑曰："吾正欲令蛮兵皆至，见吾之能也。"遂上小车而行。正是：若非洞主威风猛，怎显军师手段高！未知胜负如何，且看下文分解。

第八十九回　武乡侯四番用计　南蛮王五次遭擒

却说孔明自驾小车，引数百骑前来探路。前有一河，名曰西洱河，水势虽慢，并无一只船筏。孔明令伐木为筏而渡，其木到水皆沉。孔明遂问吕凯，凯曰："闻西洱河上流有一山，其山多竹，大者数围。可令人伐之，于河上搭起竹桥，以渡军马。"孔明即调三万人入山，伐竹数十万根，顺水放下，于河面狭处，搭起竹桥，阔十余丈。乃调大军于河北岸一字儿下寨，便以河为壕堑，以浮桥为门，垒土为城；过桥南岸，一字下三个大营，以待蛮兵。

却说孟获引数十万蛮兵，恨怒而来。将近西洱河，孟获引前部一万刀牌獠丁，直扣前寨搦战。孔明头戴纶巾，身披鹤氅，手执羽扇，乘驷马车，左右众将簇拥而出。孔明见孟获身穿犀皮甲，头顶朱红盔，左手挽牌，右手执刀，骑赤毛牛，口中辱骂；手下万余洞丁，各舞刀牌，往来冲突。孔明急令退回本寨，四面紧闭，不许出战。蛮兵皆裸衣赤身，直到寨门前叫骂。诸将大怒，皆来禀孔明曰："某等情愿出寨决一死战！"孔明不许。诸将再三欲战，孔明止曰："蛮方之人，不遵王化，今此一来，狂恶正盛，不可迎也；且宜坚守数日，待其猖獗少懈，吾自有妙计破之。"

于是蜀兵坚守数日。孔明在高阜处探之，窥见蛮兵已多懈怠，乃聚诸将曰："汝等敢出战否？"众将欣然要出。孔明先唤赵云、魏延入帐，向耳畔低言，分付如此如此。二人受了计策先进。却唤王平、马忠入帐，受计去了。又唤马岱分付曰："吾今弃此三寨，退过河北；吾军一退，汝可便拆浮桥，移于下流，却渡赵云、魏延军马过河来接应。"岱受计而去。又唤张翼曰："吾军退去，寨中多设灯火。孟获知之，必来追赶，汝却断其后。"张翼受计而退。孔明只教关索护车。众军退去，寨中多设灯火。蛮兵望见，不敢冲突。

次日平明，孟获引大队蛮兵径到蜀寨之时，只见三个大寨，皆无人马，于内弃下粮草车仗数百余辆。孟优曰："诸葛弃寨而走，莫非有计否？"孟获曰："吾料诸葛亮弃辎重而去，必因国中有紧急之事：若非吴侵，定是魏伐。故虚张灯火以为疑兵，弃车仗而去也。可速追之，不可错过。"于是孟获自驱前部，直到西洱河边。望见河北岸上，寨中旗帜整齐如故，灿若云锦；沿河一带，又设锦城。蛮兵哨见，皆不敢进。获谓优曰："此是诸葛亮惧吾追赶，故就河北岸少住，不二日必走矣。"遂将蛮兵屯于河岸；又使人去山上砍竹为筏，以备渡河；却将敢战之兵，皆移于寨前面。却不知蜀兵早已入自己之境。

是日，狂风大起。四壁厢火明鼓响，蜀兵杀到。蛮兵獠丁，自相冲突，孟获大惊，急引宗族洞丁杀开条路，径奔旧寨。忽一彪军从寨中杀出，乃是赵云。获慌忙回西洱河，望山僻处而走。又一彪军杀出，乃是马岱。孟获只剩得数十个败残兵，望山谷中而逃。见南、北、西三处尘头火光，因此不敢前进，只得望东奔走，方才转过山口，见一大林之前，数十从人，引一辆小车；车上端坐孔明，呵呵大笑曰："蛮王孟获！天败至此，吾已等候多时也！"获大怒，回顾左右曰："吾遭此人诡计！受辱三次；今幸得这里相遇。汝等奋力前去，连人带车砍为粉碎！"数骑蛮兵，猛力向前。孟获当先呐喊，抢到大林之前，跄踏一声，踏了陷坑，一齐塌倒。大林之内，转出魏延，引数百军来，一个个拖出，用索缚定。孔明先到寨中，招安蛮兵，并诸甸酋长洞丁——此时大半皆归本乡去了——除死伤外，其余尽皆归降。孔明以酒肉相待，以好言抚慰，尽令放回。蛮兵皆感叹而去。少顷，张翼解孟优至。孔明诲之曰："汝兄愚迷，汝当谏之。今被吾擒了四番，有何面目再见人耶！"孟优羞惭满面，伏地告求免死。孔明曰："吾杀汝不在今日。吾且饶汝性命，劝谕汝兄。"令武士解其绳索，放起孟优。优泣拜而去。

不一时，魏延解孟获至。孔明大怒曰："你今番又被吾擒了，有何理说！"获曰："吾今误中诡计，死不瞑目！"孔明叱武士推出斩之。获全无惧色，回顾孔明曰："若敢再放吾回去，必然报四番之恨！"孔明大笑，令左右去其缚，赐酒压惊，就坐于帐中。孔明问曰："吾今四次以礼相待，汝尚然不服，何也？"获曰："吾虽是化外之人，不似丞相专施诡计，吾如何肯服？"孔明曰："吾再放汝回去，复能战乎？"获曰："丞相若再拿住吾，吾那时倾心降服，尽献本洞之物犒军，誓不反乱。"孔明即笑而遣之。

获忻然拜谢而去。于是聚得诸洞壮丁数千人，望南迤逦而行。早望见尘头起处，一队兵到，乃是兄弟孟优，重整残兵，来与兄报仇。兄弟二人，抱头相哭，诉说前事。优曰："我兵屡败，蜀兵屡胜，难以抵当。只可就山阴洞中，退避不出。蜀兵受不过暑气，自然退矣。"获问曰："何处可避？"优曰："此去西南有一洞，名曰秃龙洞。洞主朵思大王，与弟甚厚，可投之。"于是孟获先教孟优到秃龙洞，见了朵思大王。朵思慌引洞兵出迎，孟获入洞，礼毕，诉说前事。朵思曰："大王宽心。若蜀兵到来，令他一人一骑不得还乡，与诸葛亮皆死于此处！"获大喜，问计于朵思。朵思曰："此洞中止有两条路：东北上一路，就是大王所来之路，地势平坦，土厚水甜，人马可行；若以木石垒断洞口，虽有百万之众，不能进也。西北上有一条路，山险岭恶，道路窄狭；其中虽有小路，多藏毒蛇恶蝎；黄昏时分，烟瘴大起，直至巳、午时方收，惟未、申、酉三时，可以往来；水不可饮，人马难行。此处更有四个毒泉：一名哑泉，其水颇甜，人若饮之，则不能言，不过旬日必死；二曰灭泉，此水与汤无异，人若沐浴，则皮肉皆烂，见骨必死；三曰黑泉，其水微清，人若溅之在身，则手足皆黑而死；四曰柔泉，其水如冰，人若饮之，咽喉无暖气，身躯软弱如绵而死。此处虫鸟皆无，惟有汉伏波将军曾到；自此以后，更无一人到此。今垒断东北大路，令大王稳居敝洞，若蜀兵见东路截断，必从西路而入；于路无水，若见此四泉，定然饮水，虽百万之众，皆无归矣。何用刀兵耶！"孟获大喜，以手加额曰："今日方有容身之地！"又望北指曰："任诸葛神机妙算，难以施设！四泉之水，足以报败兵之恨也！"自此，孟获、孟优终日与朵思大王筵宴。

却说孔明连日不见孟获兵出，遂传号令教大军离西洱河，望南进发。此时正当六月炎天，其热如火。有后人咏南方苦热诗曰：

　　山泽欲焦枯，火光覆太虚。不知天地外，暑气更何如！

又有诗曰：

　　赤帝施权柄，阴云不敢生。云蒸孤鹤喘，海热巨鳌惊。

　　忍舍溪边坐？慵抛竹里行。如何沙塞客，擐甲复长征！

孔明统领大军，正行之际，忽哨马飞报："孟获退往秃龙洞中不出，将洞口要路垒断，内有兵把守；山恶岭峻，不能前进。"孔明请吕凯问之，凯曰："某曾闻此洞有条路，实不知详细。"蒋琬曰："孟获四次遭擒，既已丧胆，安敢再出？况今天气炎热，军马疲乏，征之无益；不如班师回国。"孔明曰："若如此，正中孟获之计也。吾军一退，彼必乘势追之。今已到此，安有复回之理！"遂令王平领数百军为前部；却教新降蛮兵引路，寻西北小径而入。前到一泉，人马皆渴，争饮此水。王平探有此路，回报孔明。比及到大寨之时，皆不能言，但指口而已。

孔明大惊，知是中毒，遂自驾小车，引数十人前来看时，见一潭清水，深不见底，水气凛凛，军不敢试。孔明下车，登高望之，四壁峰岭，鸟雀不闻，心中大疑。忽望见远远山冈之上，有一古庙。孔明攀藤附葛而到，见一石屋之中，塑一将军端坐，旁有石碑，乃汉伏波

第八十九回　武乡侯四番用计　南蛮王五次遭擒

将军马援之庙：因平蛮到此，土人立庙祀之。孔明再拜曰："亮受先帝托孤之重，今承圣旨，到此平蛮；欲待蛮方既平，然后伐魏吞吴，重安汉室。今军士不识地理，误饮毒水，不能出声。万望尊神，念本朝恩义，通灵显圣，护佑三军！"

祈祷已毕，出庙寻土人问之。隐隐望见对山一老叟扶杖而来，形容甚异。孔明请老叟入庙，礼毕，对坐于石上。孔明问曰："丈者高姓？"老叟曰："老夫久闻大国丞相隆名，幸得拜见。蛮方之人，多蒙丞相活命，皆感恩不浅。"孔明问泉水之故，老叟答曰："军所饮水，乃哑泉之水也，饮之难言，数日而死。此泉之外，又有三泉：东南有一泉，其水至冷，人若饮之，咽喉无暖气，身躯软弱而死，名曰柔泉；正南有一泉，人若溅之在身，手足皆黑而死，名曰黑泉；西南有一泉，沸如热汤，人若浴之，皮肉尽脱而死，名曰灭泉。敝处有此四泉，毒气所聚，无药可治，又烟瘴甚起，惟未、申、酉三个时辰可往来；余者时辰，皆瘴气密布，触之即死。"

孔明曰："如此则蛮方不可平矣。蛮方不平，安能并吞吴、魏，再兴汉室？有负先帝托孤之重，生不如死也！"老叟曰："丞相勿忧。老夫指引一处，可以解之。"孔明曰："老丈有何高见，望乞指教。"老叟曰："此去正西数里，有一山谷，入内行二十里，有一溪名曰万安溪。上有一高士，号为万安隐者；此人不出溪有数十余年矣。其草庵后有一泉，名安乐泉。人若中毒，汲其水饮之即愈。有人或生疥癞，或感瘴气，于万安溪内浴之，自然无事，更兼庵前有一等草，名曰薤叶芸香。人若口含一叶，则瘴气不染。丞相可速往求之。"孔明拜谢，问曰："承丈者如此活命之德，感刻不胜。愿闻高姓。"老叟入庙曰："吾乃本处山神，奉伏波将军之命，特来指引。"言讫，喝开庙后石壁而入。孔明惊讶不已，再拜庙神，寻旧路上车；回到大寨。

次日，孔明备信香、礼物，引王平及众哑军，连夜望山神所言去处，迤逦而进。入山谷小径，约行二十余里，但见长松大柏，茂竹奇花，环绕一庄；篱落之中，有数间茅屋，闻得馨香喷鼻。孔明大喜，到庄前扣户，有一小童出。孔明方欲通姓名，早有一人，竹冠草履，白袍皂绦，碧眼黄发，忻然出曰："来者莫非汉丞相否？"孔明笑曰："高士何以知之？"隐者曰："久闻丞相大纛南征，安得不知！"遂邀孔明入草堂。礼毕，分宾主坐定。孔明告曰："亮受昭烈皇帝托孤之重，今承嗣君圣旨，领大军至此，欲服蛮邦，使归王化。不期孟获潜入洞中，军士误饮哑泉之水。夜来蒙伏波将军显圣，言高士有药泉，可以治之。望乞矜念，赐神水以救众兵残生。"隐者曰："量老夫山野废人，何劳丞相枉驾。此泉就在庵后。"教取来饮。

于是童子引王平等一起哑军，来到溪边，汲水饮之；随即吐出恶涎，便能言语。童子又引众军到万安溪中沐浴。隐者于庵中进柏子茶、松花菜，以待孔明。隐者告曰："此间蛮洞多毒蛇恶蝎，柳花飘入溪泉之间，水不可饮；但掘地为泉，汲水饮之方可。"孔明求"薤叶芸香"，隐者令众军尽意采取："各人口含一叶，自然瘴气不侵。"孔明拜求隐者姓名，隐者笑曰："某乃孟获之兄孟节是也。"孔明愕然。隐者又曰："丞相休疑，容伸片言：某一父母所生三人：长即老夫孟节，次孟获，又次孟优。父母皆亡。二弟强恶，不归王化。某屡谏不从，故更名改姓，隐居于此。今辱弟造反，又劳丞相深入不毛之地，如此生受，孟节合该万死，故先于丞相之前请罪。"孔明叹曰："方信盗跖、下惠之事，今亦有之。"遂与孟节曰："吾申奏天子，立公为王，可乎？"节曰："为嫌功名而逃于此，岂复有贪富贵之意！"孔明乃具金帛赠之。孟节坚辞不受。孔明嗟叹不已，拜别而回。后人有诗曰：

　　高士幽栖独闭关，武侯曾此破诸蛮。至今古木无人境，犹有寒烟锁旧山。

孔明回到大寨之中，令军士掘地取水。掘下二十余丈，并无滴水；凡掘十余处，皆是如此。军心惊慌。孔明夜半焚香告天曰："臣亮不才，仰承大汉之福，受命平蛮。今途中乏水，军马枯渴。倘上天不绝大汉，即赐甘泉！若气运已终，臣亮等愿死于此处！"是夜祝罢，平明视之，皆得满井甘泉。后人有诗曰：

    为国平蛮统大兵，心存正道合神明。耿恭拜井甘泉出，诸葛虔诚水夜生。

孔明军马既得甘泉，遂安然由小径直入秃龙洞前下寨。

  蛮兵探知，来报孟获曰："蜀兵不染瘴疫之气，又无枯渴之患，诸泉皆不应。"朵思大王闻知不信，自与孟获来高山望之。只见蜀兵安然无事，大桶小担，搬运水浆，饮马造饭。朵思见之，毛发耸然，回顾孟获曰："此乃神兵也！"获曰："吾兄弟二人与蜀兵决一死战，就殒于军前，安肯束手受缚！"朵思曰："若大王兵败，吾妻子亦休矣。当杀牛宰马，大赏洞丁，不避水火，直冲蜀寨，方可得胜。"于是大赏蛮兵。

  正欲起程，忽报洞后迤西银冶洞二十一洞主杨锋引三万兵来助战。孟获大喜曰："邻兵助我，我必胜矣！"即与朵思大王出洞迎接。杨锋引兵入曰："吾有精兵三万，皆披铁甲，能飞山越岭，足以敌蜀兵百万；我有五子，皆武艺足备。愿助大王。"锋令五子入拜，皆彪躯虎体，威风抖擞。孟获大喜，遂设席相待杨锋父子。酒至半酣，锋曰："军中少乐，吾随军有蛮姑，善舞刀牌，以助一笑。"获忻然从之。须臾，数十蛮姑，皆披发跣足，从帐外舞跳而入，群蛮拍手以歌和之。杨锋令二子把盏。二子举杯诣孟获、孟优前。二人接杯，方欲饮酒，锋大喝一声，二子早将孟获、孟优执下座来。朵思大王却待要走，已被杨锋擒了。蛮姑横截于帐上，谁敢近前。获曰："'兔死狐悲，物伤其类。'吾与汝皆是各洞之主，往日无冤，何故害我？"锋曰："吾兄弟子侄皆感诸葛丞相活命之恩，无可以报。今汝反叛，何不擒献！"于是各洞蛮兵，皆走回本乡。

  杨锋将孟获、孟优、朵思等解赴孔明寨来。孔明令入，杨锋等拜于帐下曰："某等子侄皆感丞相恩德，故擒孟获、孟优等呈献。"孔明重赏之，令驱孟获入。孔明笑曰："汝今番心服乎？"获曰："非汝之能，乃吾洞中之人，自相残害，以致如此。要杀便杀，只是不服！"孔明曰："汝赚吾入无水之地，更以哑泉、灭泉、黑泉、柔泉如此之毒，吾军无恙，岂非天意乎？汝何如此执迷？"获又曰："吾祖居银坑山中，有三江之险，重关之固。汝若就彼擒之，吾当子子孙孙，倾心服事。"孔明曰："吾再放汝回去，重整兵马，与吾共决胜负；如那时擒住，汝再不服，当灭九族。"叱左右去其缚，放起孟获。获再拜而去。孔明又将孟优并朵思大王皆释其缚，赐酒食压惊。二人悚惧，不敢正视。孔明令鞍马送回。正是：深临险地非容易，更展奇谋岂偶然！未知孟获整兵再来，胜负如何，且看下文分解。

第九十回　驱巨兽六破蛮兵　烧藤甲七擒孟获

却说孔明放了孟获等一干人，杨锋父子皆封官爵，重赏洞兵。杨锋等拜谢而去。孟获等连夜奔回银坑洞。那洞外有三江，乃是泸水、甘南水、西城水。三路水会合，故为三江。其洞北近平坦三百余里，多产万物。洞西二百里，有盐井。西南二百里，直抵泸、甘。正南三百里，乃是梁都洞，洞中有山，环抱其洞；山上出银矿，故名为银坑山。山中置宫殿楼台，以为蛮王巢穴。其中建一祖庙，名曰"家鬼"。四时杀牛宰马享祭，名为"卜鬼"。每年常以蜀人并外乡之人祭之。若人患病，不肯服药，只祷师巫，名为"药鬼"。其处无刑法，但犯罪即斩。有女长成，却于溪中沐浴，男女自相混淆，任其自配，父母不禁，名为"学艺"。年岁雨水均调，则种稻谷；倘若不熟，杀蛇为羹，煮象为饭。每方隅之中，上户号曰"洞主"，次曰"酋长"。每月初一、十五两日，皆在三江城中买卖，转易货物。其风俗如此。

却说孟获在洞中，聚集宗党千余人，谓之曰："吾屡受辱于蜀兵，立誓欲报之。汝等有何高见？"言未毕，一人应曰："吾举一人，可破诸葛亮。"众视之，乃孟获妻弟，现为八番部长，名曰'带来洞主'。获大喜，急问何人。带来洞主曰："此去西南八纳洞，洞主木鹿大王，深通法术：出则骑象，能呼风唤雨，常有虎豹豺狼、毒蛇恶蝎跟随。手下更有三万神兵，甚是英勇。大王可修书具礼，某亲往求之。此人若允，何惧蜀兵哉！"获忻然，令国舅赍书而去。却令朵思大王守把三江城，以为前面屏障。

却说孔明提兵直至三江城，遥望见此城三面傍江，一面通旱；即遣魏延、赵云同领一军，于旱路打城。军到城下时，城上弓弩齐发：原来洞中之人，多习弓弩，一弩齐发十矢，箭头上皆用毒药；但有中箭者，皮肉皆烂，见五脏而死。赵云、魏延不能取胜，回见孔明，言药箭之事。孔明自乘小车，到军前看了虚实，回到寨中，令军退数里下寨。蛮兵望见蜀兵远退，皆大笑作贺，只疑蜀兵惧怯而退，因此夜间安心稳睡，不去哨探。

却说孔明约军退后，即闭寨不出。一连五日，并无号令。黄昏左侧，忽起微风。孔明传令曰："每军要衣襟一幅，限一更时分应点。无者立斩。"诸将皆不知其意，众军依令预备。初更时分，又传令曰："每军衣襟一幅，包土一包。无者立斩。"众军亦不知其意，只得依令预备。孔明又传令曰："诸军包土，俱在三江城下交割。先到者有赏。"众军闻令，皆包净土，飞奔城下。孔明令积土为蹬道，先上城者为头功。于是蜀兵十余万，并降兵万余，将所包之土，一齐弃于城下。一霎时，积土成山，接连城上。一声暗号，蜀兵皆上城。蛮兵急放弩时，大半早被执下，余者弃城而走。朵思大王死于乱军之中。蜀将督军分路剿杀。孔明取了三江城，所得珍宝，皆赏三军。

败残蛮兵逃回见孟获说："朵思大王身死，失了三江城。"获大惊。正虑之间，人报蜀兵已渡江，现在本洞前下寨。孟获甚是慌张。忽然屏风后一人大笑而出曰："既为男子，何无智也？我虽是一妇人，愿与你出战。"获视之，乃妻祝融夫人也。夫人世居南蛮，乃祝融氏之后；善使飞刀，百发百中。孟获起身称谢。夫人忻然上马，引宗党猛将数百员、生力洞兵五万，出银坑宫阙，来与蜀兵对敌。方才转过洞口，一彪军拦住，为首蜀将，乃是张嶷。蛮兵见之，却早两路摆开。祝融夫人背插五口飞刀，手挺丈八长标，坐下卷毛赤兔马。张嶷见之，暗暗称奇。二人骤马交锋。战不数合，夫人拨马便走。张嶷赶去，空中一把飞刀落下。嶷急用手隔，正中左臂，翻身落马。蛮兵发一声喊，将张嶷执缚去了。马忠听得张嶷被执，急出救时，早被蛮兵捆住。望见祝融夫人挺标勒马而立，忠忿怒向前去战，坐下马绊倒，亦被擒了。都解入洞中来见孟获。获设席庆贺。夫人叱刀斧手推出张嶷、马忠要斩。获止曰："诸葛亮放吾五次，今番若杀彼将，是不义也。且囚在洞中，待擒住诸葛亮，杀之未迟。"夫人从其言，笑饮作乐。

却说败残兵来见孔明，告知其事。孔明即唤马岱、赵云、魏延三人受计，各自领军前去。次日，蛮兵报入洞中，说赵云搦战。祝融夫人即上马出迎。二人战不数合，云拨马便走。夫人恐有埋伏，勒兵而回。魏延又引军来搦战，夫人纵马相迎。正交锋紧急，延诈败而逃，夫人只不赶。次日，赵云又引军来搦战，夫人领洞兵出迎。二人战不数合，云诈败而走，夫人按标不赶。欲收兵回洞时，魏延引军齐声辱骂，夫人急挺标来取魏延。延拨马便走。夫人忿怒赶来，延骤马奔入山僻小路。忽然背后一声响亮，延回头视之，夫人仰鞍落马：原来马岱埋伏在此，用绊马索绊倒。就里擒缚，解投大寨而来。蛮将洞兵皆来救时，赵云一阵杀散。孔明端坐于帐上，马岱解祝融夫人到，孔明急令武士去其缚，请在别帐赐酒压惊，遣使往告孟获，欲送夫人换张嶷、马忠二将。

孟获允诺，即放出张嶷、马忠，还了孔明。孔明遂送夫人入洞。孟获接入，又喜又恼。忽报八纳洞主到。孟获出洞迎接，见其人骑着白象，身穿金珠缨络，腰悬两口大刀，领着一班喂养虎豹豺狼之士，簇拥而入。获再拜哀告，诉说前事。木鹿大王许以报仇。获大喜，设宴相待。次日，木鹿大王引本洞兵带猛兽而出。赵云、魏延听知蛮兵出，遂将军马布成阵势。二将并辔立于阵前视之，只见蛮兵旗帜器械皆别：人多不穿衣甲，尽裸身赤体，面目丑陋；身带四把尖刀；军中不鸣鼓角，但筛金为号；木鹿大王腰挂两把宝刀，手执蒂钟，身骑白象，从大旗中而出。赵云见了，谓魏延曰："我等上阵一生，未尝见如此人物。"二人正沉吟之际，只见木鹿大王口中不知念甚咒语，手摇蒂钟。忽然狂风大作，飞砂走石，如同骤雨；一声画角响，虎豹豺狼，毒蛇猛兽，乘风而出，张牙舞爪，冲将过来。蜀兵如何抵当，往后便退。蛮兵随后追杀，直赶到三江界路方回。

赵云、魏延收聚败兵，来孔明帐前请罪，细说此事。孔明笑曰："非汝二人之罪。吾未出茅庐之时，先知南蛮有驱虎豹之法。吾在蜀中已办下破此阵之物也：随军有二十辆车，俱封记在此。今日且用一半；留下一半，后有别用。"遂令左右取了十辆红油柜车到帐下，留十辆黑油柜车在后。众皆不知其意。孔明将柜打开，皆是木刻彩画巨兽，俱用五色绒线为毛衣，钢铁为牙爪，一个可骑坐十人。孔明选了精壮军士一千余人，领了一百口，内装烟火之物，藏在军中。次日，孔明驱兵大进，布于洞口。蛮兵探知，入洞报与蛮王。木鹿大王自谓无敌，即与孟获引洞兵而出。孔明纶巾羽扇，身衣道袍，端坐于车上。孟获指曰："车上坐的便是诸葛亮！若擒住此人，大事定矣！"木鹿大王口中念咒，手摇蒂钟。顷刻之间，狂风大作，猛兽突出。孔明将羽扇一摇，其风便回吹彼阵中去了，蜀阵中假兽拥出。蛮洞真兽见蜀阵巨兽口吐火焰，鼻出黑烟，身摇铜铃，张牙舞爪而来，诸恶兽不敢前进，皆奔回蛮洞，反将蛮兵冲倒无数。孔明驱兵大进，鼓角齐鸣，望前追杀。木鹿大王死于乱军之中。洞内孟获宗党，皆弃宫阙，扒山越岭而走。孔明大军占了银坑洞。

次日，孔明正要分兵缉擒孟获，忽报："蛮王孟获妻弟带来洞主，因劝孟获归降，获不从，今将孟获并祝融夫人及宗党数百余人尽皆擒来，献与丞相。"孔明听知，即唤张嶷、马忠，分付如此如此。二将受了计，引二千精壮兵，伏于两廊。孔明即令守门将，俱放进来。带来洞主引刀斧手解孟获等数百人，拜于殿下。孔明大喝曰："与吾擒下！"两廊壮兵齐出，二人捉一人，尽被执缚。孔明大笑曰："量汝些小诡计，如何瞒得过我！汝见二次俱是本洞人擒汝来降，吾不加害；汝只道吾深信，故来诈降，欲就洞中杀吾！"喝令武士搜其身畔，果然各带利刀。孔明问孟获曰："汝原说在汝家擒住，方始心服；今日如何？"获曰："此是我等自来送死，非汝之能也。吾心未服。"孔明曰："吾擒住六番，尚然不服，欲待何时耶？"获曰："汝第七次擒住，吾方倾心归服，誓不反矣。"孔明曰："巢穴已破，吾何虑哉！"令武士尽去其缚，叱之曰："这番擒住，再若支吾，必不轻恕！"孟获等抱头鼠窜而去。

却说败残蛮兵有千余人，大半中伤而逃，正遇蛮王孟获。获收了败兵，心中稍喜，却与带来洞主商议曰："吾今洞府已被蜀兵所占，今投何地安身？"带来洞主曰："止有一国可以破蜀。"获喜曰："何处可去？"带来洞主曰："此去东南七百里，有一国，名乌戈国。国主兀突骨，身长丈二，不食五谷，以生蛇恶兽为饭；身有鳞甲，刀箭不能侵。其手下军士，俱穿藤甲；其藤生于山涧之中，盘于石壁之上；国人采取，浸于油中，半年方取出晒之；晒干复浸，凡十余遍，却才造成铠甲；穿在身上，渡江不沉，经水不湿，刀箭皆不能入：因此号为'藤甲军'。今大王可往求之。若得彼相助，擒诸葛亮如利刀破竹也。"孟获大喜，遂投乌戈国，来见兀突骨。其洞无宇舍，皆居土穴之内。孟获入洞，再拜哀告前事。兀突骨曰："吾起本洞之兵，与汝报仇。"获欣然拜谢。于是兀突骨唤两个领兵俘长：一名土安，一名奚泥，起三万兵，皆穿藤甲，离乌戈国望东北而来。行至一江，名桃花水，两岸有桃树，历年落叶于水中，若别国人饮之尽死，惟乌戈国人饮之，倍添精神。兀突骨兵至桃花渡口下寨，以待蜀兵。

却说孔明令蛮人哨探孟获消息，回报曰："孟获请乌戈国主，引三万藤甲军，现屯于桃花渡口。孟获又在各番聚集蛮兵，并力拒战。"孔明听说，提兵大进，直至桃花渡口。隔岸望见蛮兵，不类人形，甚是丑恶；又问土人，言说即日桃叶正落，水不可饮。孔明退五里下寨，留魏延守寨。

次日，乌戈国主引一彪藤甲军过河来，金鼓大震。魏延引兵出迎。蛮兵卷地而至。蜀兵以弩箭射到藤甲之上，皆不能透，俱落于地；刀砍枪刺，亦不能入。蛮兵皆使利刀钢叉，蜀兵如何抵当，尽皆败走。蛮兵不赶而回。魏延复回，赶到桃花渡口，只见蛮兵带甲渡水而去；内有困乏者，将甲脱下，放在水面，以身坐其上而渡。魏延急回大寨，来禀孔明，细言其事。孔明请吕凯并土人问之。凯曰："某素闻南蛮中有一乌戈国，无人伦者也。更有藤甲护身，急切难伤。又有桃叶恶水，本国人饮之，反添精神；别国人饮之即死。如此蛮方，纵使全胜，有何益焉？不如班师早回。"孔明笑曰："吾非容易到此，岂可便去！吾明日自有平蛮之策。"于是令赵云助魏延守寨，且休轻出。

次日，孔明令土人引路，自乘小车到桃花渡口北岸山僻去处，遍观地理。山险岭峻之处，车不能行，孔明弃车步行。忽到一山，望见一谷，形如长蛇，皆光峭石壁，并无树木，中间一条大路。孔明问土人曰："此谷何名？"土人答曰："此处名为盘蛇谷。出谷则三江城大路，谷前名塔郎甸。"孔明大喜曰："此乃天赐吾成功于此也！"遂回旧路，上车归寨，唤马岱分付曰："与汝黑油柜车十辆，须用竹竿千条，柜内之物，如此如此。可将本部兵去把住盘蛇谷两头，依法而行。与汝半月限，一切完备。至期如此施设。倘有走漏，定按军法。"马岱受计而去。又唤赵云分付曰："汝去盘蛇谷后，三江大路口如此守把。所用之物，克日完备。"赵云受计而去。又唤魏延分付曰："汝可引本部兵去桃花渡口下寨。如蛮兵渡水来敌，汝便弃了寨，望白旗处而走。限半个月内，须要连输十五阵，弃七个寨栅。若输十四阵，也休来见我。"魏延领命，心中不乐，怏怏而去。孔明又唤张翼另引一军，依所指之处，筑立寨栅去了；却令张嶷、马忠引本洞所降千人，如此行之。各人都依计而行。

却说孟获与乌戈国主兀突骨曰："诸葛亮多有巧计，只是埋伏。今后交战，分付三军：但见山谷之中，林木多处，不可轻进。"兀突骨曰："大王说的有理。吾已知道中国人多行诡计。今后依此言行之。吾在前面厮杀；汝在背后教道。"两人商议已定。忽报蜀兵在桃花渡口北岸立起营寨。兀突骨即差二俘长引藤甲军渡了河，来与蜀兵交战。不数合，魏延败走。蛮兵恐有埋伏，不赶自回。次日，魏延又去立了营寨。蛮兵哨得，又引众军渡过河来战。延出迎之。不数合，延败走。蛮兵追杀十余里，见四下并无动静，便在蜀寨中屯住。次日，二俘长请兀突骨到寨，说知此事。兀突骨即引兵大进，将魏延追一阵。蜀兵皆弃甲抛戈而走，只见前有白旗。延引败兵，急奔到白旗处，早有一寨，就寨中屯住。兀突骨驱兵追至，魏延引兵弃寨而走。蛮兵得了蜀寨。次日，又望前追杀。魏延回兵交战，不三合又败，只看白旗处而走，又有一寨，延就寨屯住。次日，蛮兵又至。延略战又走。蛮兵占了蜀寨。

　　话休絮烦，魏延且战且走，已败十五阵，连弃七个营寨。蛮兵大进追杀。兀突骨自在军前破敌，于路但见林木茂盛之处，便不敢进；却使人远望，果见树阴之中，旌旗招飐。兀突骨谓孟获曰："果不出大王所料。"孟获大笑曰："诸葛亮今番被吾识破！大王连日胜了他十五阵，夺了七个营寨。蜀兵望风而走，诸葛亮已是计穷。只此一进，大事定矣！"兀突骨大喜，遂不以蜀兵为念。至第十六日，魏延引败残兵，来与藤甲军对敌，兀突骨骑象当先，头戴日月狼须帽，身披金珠缨络，两胁下露出生鳞甲，眼目中微有光芒，手指魏延大骂。延拨马便走。后面蛮兵大进。魏延引兵转过了盘蛇谷，望白旗而走。兀突骨统引兵众，随后追杀。兀突骨望见山上并无草木，料无埋伏，放心追杀。赶到谷中，见数十辆黑油柜车在当路。蛮兵报曰："此是蜀兵运粮道路，因大王兵至，撇下粮车而走。"兀突骨大喜，催兵追赶。将出谷口，不见蜀兵，只见横木乱石滚下，垒断谷口。兀突骨令兵开路而进，忽见前面大小车辆，装载干柴，尽皆火起。兀突骨忙教退兵，只闻后军发喊，报说谷中已被干柴垒断，车中原来皆是火药，一齐烧着。兀突骨见无草木，心尚不慌，令寻路而走。只见山上两边乱丢火把，火把到处，地中药线皆着，就地飞起铁炮。满谷中火光乱舞，但逢藤甲，无有不着。将兀突骨并三万藤甲军，烧得互相拥抱，死于盘蛇谷中。孔明在山上往下看时，只见蛮兵被火烧的伸拳舒腿，大半被铁炮打的头脸粉碎，皆死于谷中，臭不可闻。孔明垂泪而叹曰："吾虽有功于社稷，必损寿矣！"左右将士，无不感叹。

　　却说孟获在寨中，正望蛮兵回报。忽然千余人笑拜于寨前，言说："乌戈国兵与蜀兵大战，将诸葛亮围在盘蛇谷中了。特请大王前去接应。我等皆是本洞之人，不得已而降蜀；今知大王前到，特来助战。"孟获大喜，即引宗党并所聚番人，连夜上马；就令蛮兵引路。方到盘蛇谷时，只见火光甚起，臭气难闻。获知中计，急退兵时，左边张嶷，右边马忠，两路军杀出。获方欲抵敌，一声喊起，蛮兵中大半皆是蜀兵，将蛮王宗党并聚集的番人，尽皆擒了。孟获匹马杀出重围，望山径而走。

　　正走之间，见山凹里一簇人马，拥出一辆小车；车中端坐一人，纶巾羽扇，身衣道袍，乃孔明也。孔明大喝曰："反贼孟获！今番如何？"获急回马走。旁边闪过一将，拦住去路，乃是马岱。孟获措手不及，被马岱生擒活捉了。此时王平、张翼已引一军赶到蛮寨中，将祝融夫人并一应老小皆活捉而来。

　　孔明归到寨中，升帐而坐，谓众将曰："吾今此计，不得已而用之，大损阴德。我料敌人必算吾于林木多处埋伏，吾却空设旌旗，实无兵马，疑其心也。吾令魏文长连输十五阵者，坚其心也。吾见盘蛇谷止一条路，两壁厢皆是光石，并无树木，下面都是沙土，因令马岱将黑油柜安排于谷中，车中油柜内，皆是预先造下的火炮，名曰'地雷'，一炮中藏九炮，三十步埋之，中用竹竿通节，以引药线；才一发动，山损石裂。吾又令赵子龙预备草车，安排于谷中。又于山上准备大木乱石。却令魏延赚兀突骨并藤甲军入谷，放出魏延，即断其路，随后焚之。吾闻：'利于水者必不利于火。'藤甲虽刀箭不能入，乃油浸之物，见火必着。蛮兵如此顽皮，非火攻安能取胜？使乌戈国之人不留种类者，是吾之大罪也！"众将拜伏曰："丞相天机，鬼神莫测也！"孔明令押过孟获来。孟获跪于帐下。孔明令去其缚，教且在别帐与酒食压惊。孔明唤管酒食官至坐榻前,如此如此,分付而去。

却说孟获与祝融夫人并孟优、带来洞主、一切宗党在别帐饮酒。忽一人入帐谓孟获曰:"丞相面羞,不欲与公相见。特令我来放公回去,再招人马来决胜负。公今可速去。"孟获垂泪言曰:"七擒七纵,自古未尝有也。吾虽化外之人,颇知礼义,直如此无羞耻乎?"遂同兄弟妻子宗党人等,皆匍匐跪于帐下,肉袒谢罪曰:"丞相天威,南人不复反矣!"

> 据《资治通鉴》卷七十:七纵七禽而亮犹遣获,获止不去,曰:"公,天威也,南人不复反矣!"亮遂至滇池。(参见《三国志·蜀书·诸葛亮传》注引《汉晋春秋》,《华阳国志·南中志》)

孔明曰:"公今服乎?"获泣谢曰:"某子子孙孙皆感覆载生成之恩,安得不服!"孔明乃请孟获上帐,设宴庆贺,就令永为洞主。所夺之地,尽皆退还。孟获宗党及诸蛮兵,无不感戴,皆欣然跳跃而去。
后人有诗赞孔明曰:

羽扇纶巾拥碧幢,七擒妙策制蛮王。至今溪洞传威德,为选高原立庙堂。

长史费祎入谏曰:"今丞相亲提士卒,深入不毛,收服蛮方;目今蛮王既已归服,何不置官吏,与孟获一同守之?"孔明曰:"如此有三不易:留外人则当留兵,兵无所食,一不易也;蛮人伤破,父兄死亡,留外人而不留兵,必成祸患,二不易也;蛮人累有废杀之罪,自有嫌疑,留外人终不相信,三不易也。今吾不留人,不运粮,与相安于无事而已。"众人尽服。于是蛮方皆感孔明恩德,乃为孔明立生祠,四时享祭,皆呼之为"慈父";各送珍珠金宝、丹漆药材、耕牛战马,以资军用,誓不再反。南方已定。

> 据《资治通鉴》卷七十:益州、永昌、牂柯、越巂四郡皆平,亮即其渠率而用之。或以谏亮,亮曰:"若留外人,则当留兵,兵留则无所食,一不易也;加夷新伤破,父兄死丧,留外人而无兵者,必成祸患,二不易也;又,夷累有废杀之罪,自嫌衅重,若留外人,终不相信,三不易也。今吾欲使不留兵,不运粮,而纲纪粗定,夷、汉粗安故耳。"亮于是悉收其俊杰孟获等以为官属,出其金、银、丹、漆、耕牛、战马以给军国之用。自是终亮之世,夷不复反。(参见《三国志·蜀书·诸葛亮传》注引《汉晋春秋》,《三国志·蜀书·马良传附弟谡传》注引《襄阳记》)

> 按:据《华阳国志·序志》"益梁宁三州先汉以来士女目录",孟获后来在蜀汉中央政权做御史中丞。

却说孔明犒军已毕,班师回蜀,令魏延引本部兵为前锋。延引兵方至泸水,忽然阴云四合,水面上一阵狂风骤起,飞沙走石,军不能进。延退兵回报孔明。孔明遂请孟获问之。正是:塞外蛮人方帖服,水边鬼卒又猖狂。未知孟获所言若何,且看下文分解。

第九十一回　祭泸水汉相班师　伐中原武侯上表

却说孔明班师回国，孟获率引大小洞主酋长，及诸部落，罗拜相送。前军至泸水，时值九月秋天，忽然阴云布合，狂风骤起；兵不能渡，回报孔明。孔明遂问孟获，获曰："此水原有猖神作祸，往来者必须祭之。"孔明曰："用何物祭享？"获曰："旧时国中因猖神作祸，用七七四十九颗人头并黑牛白羊祭之，自然风恬浪静，更兼连年丰稔。"孔明曰："吾今事已平定，安可妄杀一人？"遂自到泸水岸边观看。果见阴风大起，波涛汹涌，人马皆惊。孔明甚疑，即寻土人问之。土人告说："自丞相经过之后，夜夜只闻得水边鬼哭神号。自黄昏直至天晓，哭声不绝。瘴烟之内，阴鬼无数。因此作祸，无人敢渡。"孔明曰："此乃我之罪愆也。前者马岱引蜀兵千余，皆死于水中；更兼杀死南人，尽弃此处。狂魂怨鬼，不能解释，以致如此。吾今晚当亲自往祭。"土人曰："须依旧例，杀四十九颗人头为祭，则怨鬼自散也。"孔明曰："本为人死而成怨鬼，岂可又杀生人耶？吾自有主意。"唤行厨宰杀牛马；和面为剂，塑成人头，内以牛羊等肉代之，名曰"馒头"。当夜于泸水岸上，设香案，铺祭物，列灯四十九盏，扬幡招魂；将馒头等物，陈设于地。三更时分，孔明金冠鹤氅，亲自临祭，令董厥读祭文。其文曰：

　　维大汉建兴三年秋九月一日，武乡侯、领益州牧、丞相诸葛亮，谨陈祭仪，享于故殁王事蜀中将校及南人亡者阴魂曰：

　　我大汉皇帝，威胜五霸，明继三王。昨自远方侵境，异俗起兵；纵蛮尾以兴妖，盗狼心而逞乱。我奉王命，问罪遐荒；大举貔貅，悉除蝼蚁。雄军云集，狂寇冰消；才闻破竹之声，便是失猿之势。但士卒儿郎，尽是九州豪杰；官僚将校，皆为四海英雄。习武从戎，投明事主，莫不同申三令，共展七擒；齐坚奉国之诚，并效忠君之志。何期汝等偶失兵机，缘落奸计：或为流矢所中，魂掩泉台；或为刀剑所伤，魄归长夜。生则有勇，死则成名。今凯歌欲还，献俘将及。汝等英灵尚在，祈祷必闻：随我旌旗，逐我部曲，同回上国，各认本乡，受骨肉之蒸尝，领家人之祭祀；莫作他乡之鬼，徒为异域之魂。我当奏之天子，使汝等各家尽沾恩露，年给衣粮，月赐廪禄。用兹酬答，以慰汝心。至于本境土神，南方亡鬼，血食有常，凭依不远。生者既禀天威，死者亦归王化。想宜宁帖，毋致号啕。聊表丹诚，敬陈祭祀。呜呼哀哉！伏惟尚飨！

读毕祭文，孔明放声大哭，极其痛切，情动三军，无不下泪。孟获等众，尽皆哭泣。只见愁云怨雾之中，隐隐有数千鬼魂，皆随风而散。于是孔明令左右将祭物尽弃于泸水之中。

　　按：《演义》中诸葛亮祭泸水的故事，不见于史。谭良啸先生在《三国故事真与假100例》一书中认为，罗贯中很可能受到下面记载的启发，演绎成故事。宋代高承《事物记原》卷九，曾引用《小说》一书的记载："昔诸葛武侯之征孟获也，因杂用羊、豕之肉，包之以面，后人由此为馒头。至晋卢谌《祭法》'春祠用馒头'，始列于祭祀之品；而束皙《饼赋》亦有其说。则馒头疑自武侯始也。"

　　次日，孔明引大军俱到泸水南岸，但见云收雾散，风静浪平。蜀兵安然尽渡泸水，果然"鞭敲金镫响，人唱凯歌还"。行到永昌，孔明留王伉、吕凯守四郡；发付孟获领众自回，嘱其勤政驭下，善抚居民，勿失农务。孟获涕泣拜别而去。孔明自引大军回成都。

据《三国志·蜀书·后主传》：（建兴）三年春三月，丞相亮南征四郡，四郡皆平。改益州郡为建宁郡，分建宁、永昌郡为云南郡，又分建宁、牂牁为兴古郡。十二月，亮还成都。（参见《华阳国志·南中志》）

据《三国志·蜀书·诸葛亮传》：（建兴）三年春，亮率众南征，其秋悉平。军资所出，国以富饶，乃治戎讲武，以俟大举。

后主排銮驾出郭三十里迎接，下辇立于道傍，以候孔明。孔明慌下车伏道而言曰："臣不能速平南方，使主上怀忧，臣之罪也。"后主扶起孔明，并车而回，设太平筵会，重赏三军。自此远邦进贡来朝者二百余处。孔明奏准后主，将殁于王事者之家，一一优恤。人心欢悦，朝野清平。

却说魏主曹丕，在位七年，即蜀汉建兴四年也。丕先纳夫人甄氏，即袁绍次子袁熙之妇，前破邺城时所得。后生一子，名叡，字元仲，自幼聪明，丕甚爱之。

据《资治通鉴》卷六十九：太祖之入邺也，帝为五官中郎将，见袁熙妻中山甄氏美而悦之，太祖为之聘焉，生子叡。

据《三国志·魏书·文昭甄皇后传》：文昭甄皇后，中山无极人，明帝母，汉太保甄邯后也，世吏二千石。父逸，上蔡令。后三岁失父。……建安中，袁绍为中子熙纳之。熙出为幽州，后留养姑。及冀州平，文帝纳后于邺，有宠，生明帝及东乡公主。

后丕又纳安平广宗人郭永之女为贵妃，甚有颜色；其父尝曰："吾女乃女中之王也。"故号为"女王"。

据《三国志·魏书·文德郭皇后传》：文德郭皇后，安平广宗人也。祖世长吏。后少而父永奇之曰："此乃吾女中王也。"遂以女王为字。

自丕纳为贵妃，因甄夫人失宠，郭贵妃欲谋为后，却与幸臣张韬商议。时丕有疾，韬乃诈称于甄夫人宫中掘得桐木偶人，上书天子年月日时，为魇镇之事。丕大怒，遂将甄夫人赐死，

据《资治通鉴》卷六十九：及即皇帝位，安平郭贵嫔有宠，甄夫人留邺不得见。失意，有怨言。郭贵嫔谮之，帝大怒。（黄初二年夏）六月丁卯，遣使赐夫人死。

据《三国志·魏书·文德郭皇后传》：文帝定为嗣，后有谋焉。太子即王位，后为夫人，及践阼，为贵嫔。甄后之死，由后之宠也。

据《三国志·魏书·文昭甄皇后传》：黄初元年十月，帝践阼。践阼之后，山阳公奉二女以嫔于魏，郭后、李、阴贵人并爱幸，后愈失意，有怨言。帝大怒，二年六月，遣使赐死，葬于邺。

立郭贵妃为后。

据《三国志·魏书·文帝纪》：（黄初二年夏六月）丁卯，夫人甄氏卒。……（黄初三年秋九月）庚子，立皇后郭氏。

因无出，养曹叡为己子。虽甚爱之，不立为嗣。

据《资治通鉴》卷七十：初，郭后无子，帝使母养平原王叡；以叡母甄夫人被诛，故未建为嗣。叡事后甚谨，后亦爱之。

据《三国志·魏书·明帝纪》注引《魏略》：文帝以郭后无子，诏使子养帝。帝以母不以道终，意甚不平。后不获已，乃敬事郭后，旦夕因长御问起居，郭后亦自以无子，

遂加慈爱。文帝始以帝不悦,有意欲以他姬子京兆王为嗣,故久不拜太子。

  据《三国志·魏书·明帝纪》:明皇帝讳叡,字元仲,文帝太子也。生而太祖爱之,常令在左右。年十五,封武德侯,黄初二年为齐公,三年为平原王。以其母诛,故未建为嗣。

叡年至十五岁,弓马熟娴。当年春二月,丕带叡出猎。行于山坞之间,赶出子母二鹿,丕一箭射倒母鹿,回观小鹿驰于曹叡马前。丕大呼曰:"吾儿何不射之?"叡在马上泣告曰:"陛下已杀其母,臣安忍复杀其子也?"丕闻之,掷弓于地曰:"吾儿真仁德之主也!"于是遂封叡为平原王。

  据《三国志·魏书·明帝纪》注引《魏末传》:帝常从文帝猎,见子母鹿。文帝射杀鹿母,使帝射鹿子,帝不从,曰:"陛下已杀其母,臣不忍复杀其子。"因涕泣。文帝即放弓箭,以此深奇之,而树立之意定。

  据《资治通鉴》卷七十:帝与叡猎,见子母鹿,帝亲射杀其母,命叡射其子。叡泣曰:"陛下已杀其母,臣不忍复杀其子。"帝即放弓矢,为之恻然。

夏五月,丕感寒疾,医治不痊,乃召中军大将军曹真、镇军大将军陈群、抚军大将军司马懿三人入寝宫。丕唤曹叡至,指谓曹真等曰:"今朕病已沉重,不能复生。此子年幼,卿等三人可善辅之,勿负朕心。"三人皆告曰:"陛下何出此言?臣等愿竭力以事陛下,至千秋万岁。"丕曰:"今年许昌城门无故自崩,乃不祥之兆,朕故自知必死也。"正言间,内侍奏征东大将军曹休入宫问安。丕召入谓曰:"卿等皆国家柱石之臣也,若能同心辅朕之子,朕死亦瞑目矣!"言讫,堕泪而薨。时年四十岁,在位七年。

  据《三国志·魏书·文帝纪》:(黄初七年)夏五月丙辰,帝疾笃,召中军大将军曹真、镇军大将军陈群、征东大将军曹休、抚军大将军司马宣王,并受遗诏辅嗣主。遣后宫淑媛、昭仪已下归其家。丁巳,帝崩于嘉福殿,时年四十。

  据《资治通鉴》卷七十:(黄初七年)夏五月,帝疾笃,乃立叡为太子。丙辰,召中军大将军曹真、镇军大将军陈群、抚军大将军司马懿,并受遗诏辅政。丁巳,帝殂。

于是曹真、陈群、司马懿、曹休等,一面举哀,一面拥立曹叡为大魏皇帝。谥父丕为文皇帝,谥母甄氏为文昭皇后。

  据《三国志·魏书·明帝纪》:(黄初)七年夏五月,帝病笃,乃立为皇太子。丁巳,即皇帝位,大赦。尊皇太后曰太皇太后,皇后曰皇太后。诸臣封爵各有差。癸未,追谥母甄夫人曰文昭皇后。

封锺繇为太傅,曹真为大将军,曹休为大司马,华歆为太尉,王朗为司徒,陈群为司空,司马懿为骠骑大将军。

  据《资治通鉴》卷七十:(黄初七年冬)十二月,以锺繇为太傅、曹休为大司马,都督扬州如故;曹真为大将军,华歆为太尉,王朗为司徒,陈群为司空,司马懿为票骑大将军。(参见《三国志·魏书·明帝纪》)

其余文武官僚,各各封赠。大赦天下。时雍、凉二州缺人守把,司马懿上表乞守西凉等处。曹叡从之,遂封懿提督雍、凉等处兵马。领诏去讫。

  据《资治通鉴》卷七十:(太和元年夏)六月,以司马懿都督荆、豫州诸军事,率所领镇宛。

第九十一回　祭泸水汉相班师　伐中原武侯上表

早有细作飞报入川。孔明大惊曰："曹丕已死，孺子曹叡即位，余皆不足虑；司马懿深有谋略，今督雍、凉兵马，倘训练成时，必为蜀中之大患。不如先起兵伐之。"参军马谡曰："今丞相平南方回，军马疲敝，只宜存恤，岂可复远征？某有一计，使司马懿自死于曹叡之手，未知丞相钧意允否？"孔明问是何计，马谡曰："司马懿虽是魏国大臣，曹叡素怀疑忌。何不密遣人往洛阳、邺郡等处，布散流言，道此人欲反；更作司马懿告示天下榜文，遍贴诸处。使曹叡心疑，必然杀此人也。"孔明从之，即遣人密行此计去了。

却说邺城门上。忽一日见贴下告示一道。守门者揭了，来奏曹叡。叡观之，其文曰：

骠骑大将军总领雍、凉等处兵马事司马懿，谨以信义布告天下：昔太祖武皇帝，创立基业，本欲立陈思王子建为社稷主；不幸奸谗交集，岁久潜龙。皇孙曹叡，素无德行，妄自居尊，有负太祖之遗意。今吾应天顺人，克日兴师，以慰万民之望。告示到日，各宜归命新君。如不顺者，当灭九族！先此告闻，想宜知悉。

曹叡览毕，大惊失色，急问群臣。太尉华歆奏曰："司马懿上表乞守雍、凉，正为此也。先时太祖武皇帝尝谓臣曰：'司马懿鹰视狼顾，不可付以兵权；久必为国家大祸。'今日反情已萌，可速诛之。"王朗奏曰："司马懿深明韬略，善晓兵机，素有大志；若不早除，久必为祸。"叡乃降旨，欲兴兵御驾亲征。忽班部中闪出大将军曹真，奏曰："不可。文皇帝托孤于臣等数人，是知司马仲达无异志也。今事未知真假，遽尔加兵，乃逼之反耳。或者蜀、吴奸细行反间之计，使我君臣自乱，彼却乘虚而击，未可知也。陛下幸察之。"叡曰："司马懿若果谋反，将奈何？"真曰："如陛下心疑，可仿汉高伪游云梦之计。御驾幸安邑，司马懿必然来迎；观其动静，就车前擒之，可也。"叡从之，遂命曹真监国，亲自领御林军十万，径到安邑。

司马懿不知其故，欲令天子知其威严，乃整兵马，率甲士数万来迎。近臣奏曰："司马懿果率兵十余万，前来抗拒，实有反心矣。"叡慌命曹休先领兵迎之。司马懿见兵马前来，只疑车驾亲至，伏道而迎。曹休出曰："仲达受先帝托孤之重，何故反耶？"懿大惊失色，汗流遍体，乃问其故。休备言前事。懿曰："此吴、蜀奸细反间之计，欲使我君臣自相残害，彼却乘虚而袭。某当自见天子辨之。"遂急退了军马，至叡车前俯伏泣奏曰："臣受先帝托孤之重，安敢有异心？必是吴、蜀之奸计。臣请提一旅之师，先破蜀，后伐吴，报先帝与陛下，以明臣心。"叡疑虑未决。华歆奏曰："不可付之兵权。可即罢归田里。"叡依言，将司马懿削职回乡，命曹休总督雍、凉军马。

　　按：《演义》称诸葛亮用离间计使司马懿遭贬，不见于史。

曹叡驾回洛阳。

却说细作探知此事，报入川中。孔明闻之大喜曰："吾欲伐魏久矣，奈有司马懿总雍、凉之兵。今既中计遭贬，吾有何忧！"次日，后主早朝，大会官僚，孔明出班，上《出师表》一道。表曰：

臣亮言：先帝创业未半，而中道崩殂；今天下三分，益州罢敝，此诚危急存亡之秋也。然侍卫之臣不懈于内，忠志之士忘身于外者，盖追先帝之殊遇，欲报之于陛下也。诚宜开张圣听，以光先帝遗德，恢弘志士之气；不宜妄自菲薄，引喻失义，以塞忠谏之路也。宫中府中，俱为一体；陟罚臧否，不宜异同。若有作奸犯科，及为忠善者，宜付有司，论其刑赏，以昭陛下平明之治；不宜偏私，使内外异法也。侍中、侍郎郭攸之、费祎、董允等，此皆良实，志虑忠纯，是以先帝简拔以遗陛下。愚以为宫中之事，事无大小，悉以咨之，然后施行，必得裨补阙漏，有所广益。将军向宠，性行淑均，晓畅军事，试用于昔日，先帝称之曰"能"，是以众议举宠以为督。愚以为营中之事，事无大小，悉以咨之，必能使行阵和穆，优劣得所也。亲贤臣，远小人，此先汉所以兴隆也；亲小人，远贤臣，此后汉所以倾颓也。先帝在时，每与臣论此事，未尝不叹息痛恨于桓、灵也。侍中、尚书、长史、参军，此悉贞亮死节之臣也，愿陛下亲之、信之，则汉室之隆，可计日而待也。

臣本布衣，躬耕南阳，苟全性命于乱世，不求闻达于诸侯。先帝不以臣卑鄙，猥自枉屈，三顾臣于草庐之中，谘臣以当世之事，由是感激，遂许先帝以驱驰。后值倾覆，受任于败军之际，奉命于危难之间，尔来二十有一年矣。先帝知臣谨慎，故临崩寄臣以大事也。受命以来，夙夜忧虑，恐付托不效，以伤先帝之明，故五月渡泸，深入不毛。今南方已定，甲兵已足，当奖帅三军，北定中原，庶竭驽钝，攘除奸凶，兴复汉室，还于旧都。此臣所以报先帝而忠陛下之职分也。至于斟酌损益，进尽忠言，则攸之、祎、允之任也。愿陛下托臣以讨贼兴复之效，不效则治臣之罪，以告先帝之灵；若无兴复之言，则责攸之、祎、允等之咎，以彰其慢。陛下亦宜自谋，以谘诹善道，察纳雅言，深追先帝遗诏。臣不胜受恩感激！今当远离，临表涕泣，不知所云。

据《三国志·蜀书·诸葛亮传》：（建兴）五年，率诸军北驻汉中，临发，上疏曰："先帝创业未半而中道崩殂，今天下三分，益州疲弊，此诚危急存亡之秋也。然侍卫之臣不懈于内，忠志之士忘身于外者，盖追先帝之殊遇，欲报之于陛下也。诚宜开张圣听，以光先帝遗德，恢弘志士之气，不宜妄自菲薄，引喻失义，以塞忠谏之路也。宫中府中俱为一体，陟罚臧否，不宜异同。若有作奸犯科及为忠善者，宜付有司论其刑赏，以昭陛下平明之理，不宜偏私，使内外异法也。侍中、侍郎郭攸之、费祎、董允等，此皆良实，志虑忠纯，是以先帝简拔以遗陛下。愚以为宫中之事，事无大小，悉以咨之，然后施行，必能裨补阙漏，有所广益。将军向宠，性行淑均，晓畅军事，试用于昔日，先帝称之曰能，是以众议举宠为督。愚以为营中之事，悉以咨之，必能使行陈和睦，优劣得所。亲贤臣，远小人，此先汉所以兴隆也；亲小人，远贤臣，此后汉所以倾颓也。先帝在时，每与臣论此事，未尝不叹息痛恨于桓、灵也。侍中、尚书、长史、参军，此悉贞良死节之臣，愿陛下亲之信之，则汉室之隆，可计日而待也。臣本布衣，躬耕于南阳，苟全性命于乱世，不求闻达于诸侯。先帝不以臣卑鄙，猥自枉屈，三顾臣于草庐之中，谘臣以当世之事，由是感激，遂许先帝以驱驰。后值倾覆，受任于败军之际，奉命于危难之间，尔来二十有一年矣。先帝知臣谨慎，故临崩寄臣以大事也。受命以来，夙夜忧叹，恐托付不效，以伤先帝之明，故五月渡泸，深入不毛。今南方已定，兵甲已足，当奖率三军，北定中原，庶竭驽钝，攘除奸凶，兴复汉室，还于旧都。此臣所以报先帝，而忠陛下之职分也。至于斟酌损益，进尽忠言，则攸之、祎、允之任也。愿陛下托臣以讨贼兴复之效；不效，则治臣之罪，以告先帝之灵。若无兴德之言，则责攸之、祎、允等之慢，以彰其咎。陛下亦宜自谋，以谘诹善道，察纳雅言，深追先帝遗诏。臣不胜受恩感激，今当远离，临表涕零，不知所言。"（参见《资治通鉴》卷七十）

后主览表曰："相父南征，远涉艰难；方始回都，坐未安席；今又欲北征，恐劳神思。"孔明曰："臣受先帝托孤之重，夙夜未尝有息。今南方已平，可无内顾之忧；不就此时讨贼，恢复中原，更待何日？"忽班部中太史谯周出奏曰："臣夜观天象，北方旺气正盛，星曜倍明，未可图也。"乃顾孔明曰："丞相深明天文，何故强为？"孔明曰："天道变易不常，岂可拘执？吾今且驻军马于汉中，观其动静而后行。"谯周苦谏不从。

第九十一回 祭泸水汉相班师 伐中原武侯上表

> 按：谯周劝阻诸葛亮出师，不见于史。

于是孔明乃留郭攸之、

> 据《三国志·蜀书·董允传》注引《楚国先贤传》：攸之，南阳人，以器业知名于时。

董允、

> 据《三国志·蜀书·董允传》：丞相亮将北征，住汉中，虑后主富于春秋，朱紫难别，以允秉心公亮，欲任以宫省之事。……亮寻请祎为参军，允迁为侍中，领虎贲中郎将，统宿卫亲兵。攸之性素和顺，备员而已。献纳之任，允皆专之矣。

费祎等为侍中，总摄宫中之事；

> 据《三国志·蜀书·费祎传》：亮北住汉中，请祎为参军。

又留向宠为大将，总督御林军马；

> 据《三国志·蜀书·向朗传附兄子宠传》：先主时为牙门将。秭归之败，宠营特完。建兴元年封都亭侯，后为中部督，典宿卫兵。诸葛亮当北行，表与后主曰："将军向宠，性行淑均，晓畅军事，试用于昔，先帝称之曰能，是以众论举宠为督。愚以为营中之事，悉以咨之，必能使行陈和睦，优劣得所也。"迁中领军。

蒋琬为参军，张裔为长史，掌丞相府事；

> 据《三国志·蜀书·蒋琬传》：（建兴）五年，亮住汉中，琬与长史张裔统留府事。
> 据《三国志·蜀书·张裔传》：丞相亮以为参军，署府事，又领益州治中从事。亮出驻汉中，裔以射声校尉领留府长史。

杜琼为谏议大夫；

> 据《三国志·蜀书·杜琼传》：后主践阼，拜谏议大夫。

杜微、杨洪为尚书；孟光、来敏为祭酒；

> 据《三国志·蜀书·来敏传》：来敏字敬达，义阳新野人，……丞相亮住汉中，请为军祭酒、辅军将军，坐事去职。

尹默、

> 据《三国志·蜀书·尹默传》：尹默字思潜，梓潼涪人也。……后主践阼，拜谏议大夫。丞相亮住汉中，请为军祭酒。

李譔为博士；

> 据《三国志·蜀书·李譔传》：李譔字钦仲，梓潼涪人也。父仁，字德贤，与同县尹默俱游荆州，从司马徽、宋忠等学。譔具传其业，又从默讲论义理，五经、诸子，无不该览，加博好技艺，算术、卜数、医药、弓弩、机械之巧，皆致思焉。

郤正、费诗为秘书；谯周为太史。内外文武官僚一百余员，同理蜀中之事。
孔明受诏归府，唤诸将听令：前督部、镇北将军、领丞相司马、凉州刺史、都亭侯魏延；

> 据《三国志·蜀书·魏延传》：先主践尊号，进拜镇北将军。建兴元年，封都亭侯。

五年，诸葛亮驻汉中，更以延为督前部、领丞相司马、凉州刺史。

前军都督、领扶风太守张翼；

> 据《三国志·蜀书·张翼传》：张翼字伯恭，犍为武阳人也。……亮出武功，以翼为前军都督、领扶风太守。

牙门将、裨将军王平；

> 据《三国志·蜀书·王平传》：王平字子均，巴西宕渠人也。……从曹公征汉中，因降先主，拜牙门将、裨将军。

后军领兵使、安汉将军、领建宁太守李恢，

> 据《三国志·蜀书·李恢传》：南土平定，恢军功居多，封汉兴亭侯，加安汉将军。……建兴七年，……更领建宁太守，以还居本郡。

副将、定远将军、领汉中太守吕义；

> 据《三国志·蜀书·吕乂传》：吕乂字季阳，南阳人也。……丞相诸葛亮连年出军，调发诸郡，多不相救，乂募取兵五千人诣亮，慰喻检制，无逃窜者。徙为汉中太守，兼领督农，供继军粮。
>
> 按：吕乂，史书中作吕乂，《演义》因"乂""义"形近而误。

兼管运粮左军领兵使、平北将军、陈仓侯马岱，

> 据《三国志·蜀书·马超传附从弟岱传》：岱位至平北将军，进爵陈仓侯。

副将、飞卫将军廖化；右军领兵使——奋威将军、博阳亭侯马忠，

> 据《三国志·蜀书·马忠传》：（建兴）八年，召为丞相参军，副长史蒋琬署留府事。又领州治中从事。明年，亮出祁山，忠诣亮所，经营戎事。……十一年，……加忠监军、奋威将军，封博阳亭侯。

抚戎将军、关内侯张嶷；

> 据《三国志·蜀书·张嶷传》：除嶷为越巂太守，……嶷以功赐爵关内侯。

行中军师、车骑大将军、都乡侯刘琰；

> 据《三国志·蜀书·刘琰传》：后主立，封都乡侯，班位每亚李严，为卫尉中军师后将军，迁车骑将军。

中监军、扬武将军邓芝；

> 据《三国志·蜀书·邓芝传》：及亮北住汉中，以芝为中监军、扬武将军。

中参军、安远将军马谡；前将军、都亭侯袁綝；左将军、高阳侯吴懿；

> 据《三国志·蜀书·杨戏传》附《季汉辅臣赞》：子远名綝，陈留人也。……章武元年，为关中都督。建兴八年，与魏延入南安界，破魏将费瑶，徙亭侯，进封高阳乡侯，迁左将军。

右将军、玄都侯高翔；后将军、安乐侯吴班；

> 据《三国志·蜀书·杨戏传》附《季汉辅臣赞》：壹族弟班，字元雄，大将军何进官属吴匡之子也。以豪侠称，官位常与壹相亚。先主时，为领军。后主世，稍迁至骠骑将军，假节，封绵竹侯。

领长史、绥军将军杨仪；

> 据《三国志·蜀书·杨仪传》：建兴三年，丞相亮以为参军，署府事，将南行。五年，随亮汉中。八年，迁长史，加绥军将军。

前将军、征南将军刘巴；

> 据《三国志·蜀书·刘巴传》：章武二年卒。

前护军、偏将军、汉城亭侯许允；左护军、笃信中郎将丁咸；右护军、偏将军刘敏；

> 据《三国志·蜀书·蒋琬传附刘敏传》：刘敏，左护军、扬威将军，与镇北大将军王平俱镇汉中。

后护军、典军中郎将官雝；行参军、昭武中郎将胡济；行参军、谏议将军阎晏；行参军、偏将军爨习；行参军——裨将军杜义，武略中郎将杜祺，绥戎都尉盛勃；从事、武略中郎将樊岐；

> 据《三国志·蜀书·李严传》注：亮公文上尚书曰："辄与行中军师、车骑将军、都乡侯臣刘琰，使持节、前军师、征西大将军、领凉州刺史、南郑侯臣魏延，前将军、都亭侯臣袁綝，左将军、领荆州刺史、高阳乡侯臣吴壹，督前部、右将军、玄乡侯臣高翔，督后部、后将军、安乐亭侯臣吴班，领长史、绥军将军臣杨仪，督左部、行中监军、扬武将军臣邓芝，行前监军、征南将军臣刘巴，行中护军、偏将军臣费祎，行前护军、偏将军、汉成亭侯臣许允，行左护军、笃信中郎将臣丁咸，行右护军、偏将军臣刘敏，行护军、征南将军、当阳亭侯臣姜维，行中典军、讨虏将军臣上官雝，行中参军、昭武中郎将臣胡济，行参军、建义将军臣阎晏，行参军、偏将军臣爨习，行参军、裨将军臣杜义，行参军、武略中郎将臣杜祺，行参军、绥戎都尉盛勃，领从事中郎、武略中郎将臣樊岐等议，……"

典军书记、樊建；丞相令史、董厥；

> 据《三国志·蜀书·诸葛亮传附董厥传》：董厥者，丞相亮时为府令史，亮称之曰："董令史，良士也。吾每与之言，思慎宜适。"

帐前左护卫使、龙骧将军关兴；右护卫使、虎翼将军张苞。以上一应官员，都随着平北大都督、丞相、武乡侯、领益州牧、知内外事诸葛亮。分拨已定，又檄李严等守川口以拒东吴。

> 据《三国志·蜀书·李严传》：以诸葛亮欲出军汉中，严当知后事，移屯江州，留护军陈到驻永安，皆统属严。

选定建兴五年春三月丙寅日，出师伐魏。

> 按：据史书记载，诸葛亮第一次伐魏是在蜀汉建兴六年（228）春；在前一年，诸葛亮屯兵汉中，并未进兵。《演义》将诸葛亮出师时间提前了一年。

忽帐下一老将，厉声而进曰："我虽年迈，尚有廉颇之勇，马援之雄。此二古人皆不服老，何故不用我耶？"众视之，乃赵云也。孔明曰："吾自平南回都，马孟起病故，

> 据《三国志·蜀书·马超传》：（章武）二年卒，时年四十七。

吾甚惜之，以为折一臂也。今将军年纪已高，倘稍有参差，动摇一世英名，减却蜀中锐气。"云厉声曰："吾自随先帝以来，临阵不退，遇敌则先。大丈夫得死于疆场者，幸也，吾何恨焉？愿为前部先锋！"孔明再三苦劝不住。云曰："如不教我为先锋，就撞死于阶下！"孔明曰："将军既要为先锋，须得一人同去。"言未尽，一人应曰："某虽不才，愿助老将军先引一军前去破敌。"孔明视之，乃邓芝也。孔明大喜，即拨精兵五千。副将十员，随赵云、邓芝去讫。

> 据《资治通鉴》卷七十一：亮扬声由斜谷道取郿。使镇东将军赵云，扬武将军邓芝为疑军，据箕谷。……亮身率大军攻祁山。（参见《三国志·蜀书·诸葛亮传》）

> 按：据史书记载，蜀汉建兴六年（228）春诸葛亮第一次伐魏，分两路出兵：他亲率主力攻祁山，使赵云、邓芝率偏师据箕谷，为疑兵，吸引魏军主力。《演义》却说蜀军全师均出祁山，以赵云、邓芝为先锋。

孔明出师，后主引百官送于北门外十里。孔明辞了后主，旌旗蔽野，戈戟如林，率军望汉中迤逦进发。

> 据《三国志·蜀书·诸葛亮传》：遂行，屯于沔阳。（参见《资治通鉴》卷七十）

却说边庭探知此事，报入洛阳。是日曹叡设朝，近臣奏曰："边官报称：诸葛亮率领大兵三十余万，出屯汉中，令赵云、邓芝为前部先锋，引兵入境。"

> 按：诸葛亮首次北伐总兵力，《三国志》没有明文记载。习凿齿《襄阳记》称，马谡死时"十万之众为之垂涕"。现代史家多认为诸葛亮首次北伐总兵力为十万左右。

叡大惊，问群臣曰："谁可为将，以退蜀兵？"忽一人应声而出曰："臣父死于汉中，切齿之恨，未尝得报。今蜀兵犯境，臣愿引本部猛将，更乞陛下赐关西之兵，前往破蜀，上为国家效力，下报父仇，臣万死不恨！"众视之，乃夏侯渊之子夏侯楙也。楙字子休，其性最急，又最吝，自幼嗣与夏侯惇为子。

> 据《三国志·魏书·夏侯惇传附子楙传》注引《魏略》：楙字子林，惇中子也。文帝少与楙亲，及即位，以为安西将军、持节，承夏侯渊处都督关中。

> 据《资治通鉴》卷七十一：征西将军夏侯渊之子楙尚太祖女清河公主，文帝少与之亲善，及即位，以为安西将军，都督关中，镇长安，使承渊处。

> 按：据《三国志·魏书·夏侯惇传》及《魏略》记载，夏侯楙是夏侯惇次子，《演义》及《资治通鉴》称其为夏侯渊之子，均系误植。

后夏侯渊为黄忠所斩，曹操怜之，以女清河公主招为驸马，

> 据《三国志·魏书·夏侯惇传》：惇弟廉及子楙素自封列侯。初，太祖以女妻楙，即清河公主也。楙历位侍中、尚书、安西镇东将军，假节。

因此朝中钦敬。虽掌兵权，未尝临阵。当时自请出征，曹叡即命为大都督，调关西诸路军马前去迎敌。

> 按：《演义》称夏侯楙在一线直接指挥作战，不见于史。据史书记载，夏侯楙只是镇守长安，并未奔赴祁山前线。

司徒王朗谏曰："不可。夏侯驸马素不曾经战，今付以大任，非其所宜。更兼诸葛亮足智多谋，深通韬略，不可轻敌。"夏侯楙叱曰："司徒莫非结连诸葛亮，欲为内应耶？吾自幼从父学习韬略，深通兵法。汝何欺我年幼？

  按：据史书推算，夏侯楙此时年龄当在四十左右，不应自称"年幼"。

吾若不生擒诸葛亮，誓不回见天子！"王朗等皆不敢言。夏侯楙辞了魏主，星夜到长安，调关西诸路军马二十余万，来敌孔明。正是：欲秉白旄麾将士，却教黄吻掌兵权。未知胜负如何，且看下文分解。

第九十二回　赵子龙力斩五将　诸葛亮智取三城

却说孔明率兵前至沔阳，

　　据《三国志·蜀书·后主传》：(建兴)五年春，丞相亮出屯汉中，营沔北阳平石马。（参见《资治通鉴》卷七十）

经过马超坟墓，乃令其弟马岱挂孝，孔明亲自祭之。祭毕，回到寨中，商议进兵。忽哨马报道："魏主曹叡遣驸马夏侯楙，调关中诸路军马，前来拒敌。"魏延上帐献策曰："夏侯楙乃膏粱子弟，懦弱无谋。延愿得精兵五千，取路出褒中，循秦岭以东，当子午谷而投北，不过十日，可到长安。夏侯楙若闻某骤至，必然弃城望横门邸阁而走。某却从东方而来，丞相可大驱士马，自斜谷而进。如此行之，则咸阳以西，一举可定也。"孔明笑曰："此非万全之计也。汝欺中原无好人物，倘有人进言，于山僻中以兵截杀，非惟五千人受害，亦大伤锐气。决不可用。"魏延又曰："丞相兵从大路进发，彼必尽起关中之兵，于路迎敌，则旷日持久，何时而得中原？"孔明曰："吾从陇右取平坦大路，依法进兵，何忧不胜！"遂不用魏延之计。魏延怏怏不悦。

　　据《三国志·蜀书·魏延传》注引《魏略》：夏侯楙为安西将军，镇长安，亮于南郑与群下计议，延曰："闻夏侯楙，先主婿也，怯而无谋。今假延精兵五千，负粮五千，直从褒中出，循秦岭而东，当子午而北，不过十日可到长安。楙闻延奄至，必乘船逃走。长安中惟有御史、京兆太守耳。横门邸阁与散民之谷足周食也。比东方相合聚，尚二十许日，而公从斜谷来，必足以达。如此，则一举而咸阳以西可定矣。"亮以为此县危，不如安从坦道，可以平取陇右，十全必克而无虞，故不用延计。（参见《资治通鉴》卷七十一）

　　据《资治通鉴》卷七十二：汉前军师魏延，勇猛过人，善养士卒。每随亮出，辄欲请兵万人，与亮异道会于潼关，如韩信故事，亮制而不许。延常谓亮为怯，叹恨己才用之不尽。（参见《三国志·蜀书·魏延传》）

　　按：魏延子午谷之谋，罗贯中复述史书有误。史书中魏延说"横门邸阁与散民之谷足周食"，其中横门是长安西北之门，邸阁是粮库，《演义》却将横门邸阁说成是夏侯楙放弃长安以后逃跑的去向。史书中魏延所说在"东方相合聚"的是曹魏军队，《演义》却说是魏延所统率的蜀汉军队。

孔明差人令赵云进兵。

　　却说夏侯楙在长安聚集诸路军马。时有西凉大将韩德，善使开山大斧，有万夫不当之勇，引西羌诸路兵八万到来；见了夏侯楙，楙重赏之，就遣为先锋。德有四子，皆精通武艺，弓马过人：长子韩瑛，次子韩瑶，三子韩琼，四子韩琪。韩德带四子并西羌兵八万，取路至凤鸣山，正遇蜀兵。两阵对圆。韩德出马，四子列于两边。德厉声大骂曰："反国之贼，安敢犯吾境界！"赵云大怒，挺枪纵马，单搦韩德交战。长子韩瑛，跃马来迎；战不三合，被赵云一枪刺死于马下。次子韩瑶见之，纵马挥刀来战。赵云施逞旧日虎威，抖擞精神迎战。瑶

第九十二回 赵子龙力斩五将 诸葛亮智取三城

抵敌不住。三子韩琼，急挺方天戟骤马前来夹攻。云全然不惧，枪法不乱。四子韩琪，见二兄战云不下，也纵马抡两口日月刀而来，围住赵云。云在中央独战三将。少时，韩琪中枪落马，韩阵中偏将急出救去。云拖枪便走。韩琼按戟，急取弓箭射之，连放三箭，皆被云用枪拨落。琼大怒，仍绰方天戟纵马赶来；却被云一箭射中面门，落马而死，韩瑶纵马举宝刀便砍赵云。云弃枪于地，闪过宝刀，生擒韩瑶归阵，复纵马取枪杀过阵来。韩德见四子皆丧于赵云之手，肝胆皆裂，先走入阵去。西凉兵素知赵云之名，今见其英勇如昔，谁敢交锋？赵云马到处，阵阵倒退。赵云匹马单枪，往来冲突，如入无人之境。后人有诗赞曰：

忆昔常山赵子龙，年登七十建奇功。独诛四将来冲阵，犹似当阳救主雄。

邓芝见赵云大胜，率蜀兵掩杀，西凉兵大败而走。韩德险被赵云擒住，弃甲步行而逃。云与邓芝收军回寨。芝贺曰："将军寿已七旬，

> 按：据《三国志·蜀书·赵云传》注引《云别传》推算，赵云此时年约六十。《演义》称他寿已七旬，是夸张。

英勇如昨。今日阵前力斩四将，世所罕有！"云曰："丞相以吾年迈，不肯见用，吾故聊以自表耳。"遂差人解韩瑶，申报捷书，以达孔明。

却说韩德引败军回见夏侯楙，哭告其事。楙自统兵来迎赵云。探马报入蜀寨，说夏侯楙引兵到。云上马绰枪，引千余军，就凤鸣山前摆成阵势。当日，夏侯楙戴金盔，坐白马，手提大砍刀，立在门旗之下。见赵云跃马挺枪，往来驰骋，楙欲自战。韩德曰："杀吾四子之仇，如何不报！"纵马轮开山大斧，直取赵云。云奋怒挺枪来迎；战不三合，枪起处，刺死韩德于马下，急拨马直取夏侯楙。楙慌忙闪入本阵。邓芝驱兵掩杀，魏兵又折一阵，退十余里下寨。楙连夜与众将商议曰："吾久闻赵云之名，未尝见面；今日年老，英雄尚在，方信当阳长坂之事。似此无人可敌，如之奈何？"参军程武——乃程昱之子也——进言曰："某料赵云有勇无谋，不足为虑。来日都督再引兵出，先伏两军于左右；都督临阵先退，诱赵云到伏兵处；都督却登山指挥四面军马，重叠围住，云可擒矣。"楙从其言，遂遣董禧引三万军伏于左，薛则引三万军伏于右。二人埋伏已定。

次日，夏侯楙复整金鼓旗幡，率兵而进。赵云、邓芝出迎。芝在马上谓赵云曰："昨夜魏兵大败而走，今日复来，必有诈也。老将军防之。"子龙曰："量此乳臭小儿，何足道哉！吾今日必当擒之！"便跃马而出。魏将潘遂出迎，战不三合，拨马便走。赵云赶去，魏阵中八员将一齐来迎。放过夏侯楙先走，八将陆续奔走。赵云乘势追杀，邓芝引兵继进。赵云深入重地，只听得四面喊声大震。邓芝急收军退回，左有董禧，右有薛则，两路兵杀到。邓芝兵少，不能解救。赵云被困在垓心，东冲西突，魏兵越厚。时云手下止有千余人，杀到山坡之下，只见夏侯楙在山上指挥三军。赵云投东则望东指，投西则望西指，因此赵云不能突围，乃引兵杀上山来。半山中擂木炮石打将下来，不能上山。赵云从辰时杀至酉时，不得脱走，只得下马少歇，且待月明再战。却才卸甲而坐，月光方出，忽四下火光冲天，鼓声大震，矢石如雨，魏兵杀到，皆叫曰："赵云早降！"云急上马迎敌。四面军马渐渐逼近，八方弩箭交射甚急，人马皆不能向前。云仰天叹曰："吾不服老，死于此地矣！"忽东北角上喊声大起，魏兵纷纷乱窜，一彪军杀到，为首大将持丈八点钢矛，马项下挂一颗人头。云视之，乃张苞也。苞见了赵云，言曰："丞相恐老将军有失，特遣某引五千兵接应。闻老将军被困，故杀透重围。正遇魏将薛则拦路，被某杀之。"云大喜，即与张苞杀出西北角来。只见魏兵弃戈奔走：一彪军从外呐喊杀入，为首大将提偃月青龙刀，手挽人头。云视之，乃关兴也。兴曰："奉丞相之命，恐老将军有失，特引五千兵前来接应。却才阵上逢着魏将董禧，被吾一刀斩之，枭首在此。丞相随后便到也。"云曰："二将军已建奇功，何不趁今日擒住夏侯楙，以定

大事？"张苞闻言，遂引兵去了。兴曰："我也干功去。"遂亦引兵去了。云回顾左右曰："他两个是吾子侄辈，尚且争先干功；吾乃国家上将，朝廷旧臣，反不如此小儿耶？吾当舍老命以报先帝之恩！"于是引兵来捉夏侯楙。当夜三路兵夹攻，大破魏军一阵。邓芝引兵接应，杀得尸横遍野，血流成河。夏侯楙乃无谋之人，更兼年幼，不曾经战，见军大乱，遂引帐下骁将百余人，望南安郡而走。众军因见无主，尽皆逃窜。兴、苞二将闻夏侯楙望南安郡去了，连夜赶来。楙走入城中，令紧闭城门，驱兵守御。兴、苞二人赶到，将城围住；赵云随后也到：三面攻打。少时，邓芝亦引兵到。一连围了十日，攻打不下。忽报丞相留后军住沔阳，左军屯阳平，右军屯石城，自引中军来到。赵云、邓芝、关兴、张苞皆来拜问孔明，说连日攻城不下。

孔明遂乘小车亲到城边周围看了一遍，回寨升帐而坐。众将环立听令。孔明曰："此郡壕深城峻，不易攻也。吾正事不在此城，汝等如只久攻，倘魏兵分道而出，以取汉中，吾军危矣。"邓芝曰："夏侯楙乃魏之驸马，若擒此人，胜斩百将。今困于此，岂可弃之而去？"孔明曰："吾自有计。此处西连天水郡，北抵安定郡，二处太守，不知何人？"探卒答曰："天水太守马遵，安定太守崔谅。"孔明大喜，乃唤魏延受计，如此如此；又唤关兴、张苞受计，如此如此；又唤心腹军士二人受计，如此行之。各将领命，引兵而去。孔明却在南安城外，令军运柴草堆于城下，口称烧城。魏兵闻知，皆大笑不惧。

却说安定太守崔谅，在城中闻蜀兵围了南安，困住夏侯楙，十分慌惧，即点军马约共四千，守住城池。忽见一人自正南而来，口称有机密事。崔谅唤入问之，答曰："某是夏侯都督帐下心腹将裴绪。今奉都督将令，特来求救于天水、安定二郡。南安甚急，每日城上纵火为号，专望二郡救兵，并不见到；因复差某杀出重围，来此告急。可星夜起兵为外应。都督若见二郡兵到，却开城门接应也。"谅曰："有都督文书否？"绪贴肉取出，汗已湿透；略教一视，急令手下换了乏马，便出城望天水而去。不二日，又有报马到，告天水太守已起兵救援南安去了，教安定早早接应。崔谅与府官商议。多官曰："若不去救，失了南安，送了夏侯驸马，皆我两郡之罪也，只得救之。"谅即点起人马，离城而去，只留文官守城。崔谅提兵向南安大路进发，遥望见火光冲天，催兵星夜前进，离南安尚有五十余里，忽闻前后喊声大震，哨马报道："前面关兴截住去路，背后张苞杀来！"安定之兵，四下逃窜。谅大惊，乃领手下百余人，往小路死战得脱，奔回安定。方到城壕边，城上乱箭射下来。蜀将魏延在城上叫曰："吾已取了城也！何不早降？"原来魏延扮作安定军，黄昏赚开城门，蜀兵尽入，因此得了安定。

崔谅慌投天水郡来。行不到一程，前面一彪军摆开。大旗之下，一人纶巾羽扇，道袍鹤氅，端坐于车上。谅视之，乃孔明也，急拨回马走。关兴、张苞两路兵追到，只叫："早降！"崔谅见四面皆是蜀兵，不得已遂降，同归大寨。孔明以上宾相待。孔明曰："南安太守与足下交厚否？"谅曰："此人乃杨阜之族弟杨陵也；与某邻郡，交契甚厚。"孔明曰："今欲烦足下入城，说杨陵擒夏侯楙，可乎？"谅曰："丞相若令某去，可暂退军马，容某入城说之。"孔明从其言，即时传令，教四面军马各退二十里下寨。崔谅匹马到城边叫开城门，入到府中，与杨陵礼毕，细言其事。陵曰："我等受魏主大恩，安忍背之？可将计就计而行。"遂引崔谅到夏侯楙处，备细说知。楙曰："当用何计？"杨陵曰："只推某献城门，赚蜀兵入，却就城中杀之。"

崔谅依计而行，出城见孔明，说："杨陵献城门，放大军入城，以擒夏侯楙。杨陵本欲自捉，因手下勇士不多，未敢轻动。"孔明曰："此事至易：今有足下原降兵百余人，于内暗藏蜀将扮作安定军马，带入城去、先伏于夏侯楙府下；却暗约杨陵，待半夜之时，献开城门，里应外合。"崔谅暗思:"若不带蜀将去,恐孔明生疑。且带人去,就内先斩之,举火为号,赚孔明入来,杀之可也。"因此应允。孔明嘱曰:"吾遣亲信将关兴、张苞随足下先去,只推救军杀入城中,以安夏侯楙之心;但举火,吾当亲入城去擒之。"

时值黄昏,关兴、张苞受了孔明密计,披挂上马,各执兵器,杂在安定军中,随崔谅来到南安城下。杨陵在城上撑起悬空板,倚定护心栏,问曰:"何处军马?"崔谅曰:"安定救军来到。"谅先射一号箭上城,箭上带着密书曰:"今诸葛亮先遣二将,伏于城中,要里应外合;且不可惊动,恐泄漏计策。待入府中图之。"杨陵将书见了夏侯楙,细言其事。楙曰:"既然诸葛亮中计,可教刀斧手百余人,伏于府中。如二将随崔太守到府下马,闭门斩之;却于城上举火,赚诸葛亮入城。伏兵齐出,亮可擒矣。"安排已毕,杨陵回到城上言曰:"既是安定军马,可放入城。"关兴跟崔谅先行,张苞在后。杨陵下城,在门边迎接。兴手起刀落,斩杨陵于马下。崔谅大惊,急拨马奔到吊桥边,张苞大喝曰:"贼子休走!汝等诡计,如何瞒得丞相耶!"手起一枪,刺崔谅于马下。关兴早到城上,放起火来。四面蜀兵齐入。夏侯楙措手不及,开南门并力杀出。一彪军拦住,为首大将,乃是王平;交马只一合,生擒夏侯楙于马上,余皆杀死。

> 按:《演义》称夏侯楙被蜀军俘获,不见于史。

孔明入南安,招谕军民,秋毫无犯。众将各各献功。孔明将夏侯楙囚于车中。邓芝问曰:"丞相何故知崔谅诈也?"孔明曰:"吾已知此人无降心,故意使入城。彼必尽情告与夏侯楙,欲将计就计而行。吾见来情,足知其诈,复使二将同去,以稳其心。此人若有真心,必然阻当;彼忻然同去者,恐吾疑也。他意中度二将同去,赚入城内杀之未迟;又令吾军有托,放心而进。吾已暗嘱二将,就城门下图之。城内必无准备,吾军随后便到。此出其不意也。"众将拜服。孔明曰:"赚崔谅者,吾使心腹人诈作魏将裴绪也。吾又去赚天水郡,至今未到,不知何故。今可乘势取之。"乃留吴懿守南安,刘琰守安定,替出魏延军马去取天水郡。

却说天水郡太守马遵,听知夏侯楙困在南安城中,乃聚文武官商议。功曹梁绪、主簿尹赏、主记梁虔等曰:"夏侯驸马乃金枝玉叶,倘有疏虞,难逃坐视之罪。太守何不尽起本部兵以救之?"马遵正疑虑间,忽报夏侯驸马差心腹将裴绪到。绪入府,取公文付马遵,说:"都督求安定、天水两郡之兵,星夜救应。"言讫,匆匆而去。次日又有报马到,称说:"安定兵已先去了,教太守火急前来会合。"马遵正欲起兵,忽一人自外而入曰:"太守中诸葛亮之计矣!"众视之,乃天水冀人也,姓姜名维,字伯约。父名冏,昔日曾为天水郡功曹,因羌人乱,没于王事。维自幼博览群书,兵法武艺,无所不通;奉母至孝,郡人敬之;后为中郎将,就参本郡军事。

> 据《三国志·蜀书·姜维传》:姜维字伯约,天水冀人也。少孤,与母居。好郑氏学。仕郡上计掾,州辟为从事。以父同昔为郡功曹,值羌、戎叛乱,身卫郡将,没于战场,赐维官中郎,参本郡军事。

当日姜维谓马遵曰:"近闻诸葛亮杀败夏侯楙,困于南安,水泄不通,安得有人自重围之中而出?又且裴绪乃无名下将,从不曾见;况安定报马,又无公文,以此察之,此人乃蜀将诈称魏将。赚得太守出城,料城中无备,必然暗伏一军于左近,乘虚而取天水也。"马遵大悟曰:"非伯约之言,则误中奸计矣!"维笑曰:"太守放心。某有一计,可擒诸葛亮,解南安之危。"正是:运筹又遇强中手,斗智还逢意外人。未知其计如何,且看下文分解。

第九十三回　姜伯约归降孔明　武乡侯骂死王朗

却说姜维献计于马遵曰："诸葛亮必伏兵于郡后，赚我兵出城，乘虚袭我。某愿请精兵三千，伏于要路。太守随后发兵出城，不可远去，止行三十里便回；但看火起为号，前后夹攻，可获大胜。如诸葛亮自来，必为某所擒矣。"遵用其计，付精兵与姜维去讫，然后自与梁虔引兵出城等候；只留梁绪、尹赏守城。原来孔明果遣赵云引一军埋伏于山僻之中，只待天水人马离城，便乘虚袭之。当日细作回报赵云，说天水太守马遵，起兵出城，只留文官守城。赵云大喜，又令人报与张翼、高翔，教于要路截杀马遵。此二处兵亦是孔明预先埋伏。

却说赵云引五千兵，径投天水郡城下，高叫曰："吾乃常山赵子龙也！汝知中计，早献城池，免遭诛戮！"城上梁绪大笑曰："汝中吾姜伯约之计，尚然不知耶？"云恰待攻城，忽然喊声大震，四面火光冲天。当先一员少年将军，挺枪跃马而言曰："汝见天水姜伯约乎！"云挺枪直取姜维。战不数合，维精神倍长。云大惊，暗忖曰："谁想此处有这般人物！"正战时，两路军夹攻来，乃是马遵、梁虔引军杀回。赵云首尾不能相顾，冲开条路，引败兵奔走，姜维赶来。亏得张翼、高翔两路军杀出，接应回去。赵云归见孔明，说中了敌人之计。孔明惊问曰："此是何人，识吾玄机？"有南安人告曰："此人姓姜，名维，字伯约，天水冀人也；事母至孝，文武双全，智勇足备，真当世之英杰也。"赵云又夸奖姜维枪法，与他人大不同。孔明曰："吾今欲取天水，不想有此人。"遂起大军前来。

却说姜维回见马遵曰："赵云败去，孔明必然自来。彼料我军必在城中。今可将本部军马，分为四枝：某引一军伏于城东，如彼兵到则截之。太守与梁虔、尹赏各引一军城外埋伏。梁绪率百姓在城上守御。"分拨已定。

却说孔明因虑姜维，自为前部，望天水郡进发。将到城边，孔明传令曰："凡攻城池，以初到之日，激励三军，鼓噪直上。若迟延日久，锐气尽隳，急难破矣。"于是大军径到城下。因见城上旗帜整齐，未敢轻攻。候至半夜，忽然四下火光冲天，喊声震地，正不知何处兵来。只见城上亦鼓噪呐喊相应，蜀兵乱窜。孔明急上马，有关兴、张苞二将保护，杀出重围。回头看时，正东上军马，一带火光，势若长蛇。孔明令关兴探视，回报曰："此姜维兵也。"孔明叹曰："兵不在多，在人之调遣耳。此人真将才也！"收兵归寨，思之良久，乃唤安定人问曰："姜维之母，现在何处？"答曰："维母今居冀县。"孔明唤魏延分付曰："汝可引一军，虚张声势，诈取冀县。若姜维到，可放入城。"又问："此地何处紧要？"安定人曰："天水钱粮，皆在上邽；若打破上邽，则粮道自绝矣。"孔明大喜，教赵云引一军去攻上邽。孔明离城三十里下寨。早有人报入天水郡，说蜀兵分为三路：一军守此郡，一军取上邽，一军取冀城。姜维闻之，哀告马遵曰："维母现在冀城，恐母有失。维乞一军往救此城，兼保老母。"马遵从之，遂令姜维引三千军去保冀城；梁虔引三千军去保上邽。

却说姜维引兵至冀城，前面一彪军摆开，为首蜀将，乃是魏延。二将交锋数合，延诈败奔走。维入城闭门，率兵守护，拜见老母，并不出战。赵云亦放过梁虔入上邽城去了。孔明乃令人去南安郡，取夏侯楙至帐下。孔明曰："汝惧死乎？"楙慌拜伏乞命。孔明曰："目今天水姜维现守冀城，使人持书来说：'但得驸马在，我愿归降。'吾今饶汝性命，汝肯招安姜维否？"楙曰："情愿招安。"孔明乃与衣服鞍马，不令人跟随，放之自去。

楙得脱出寨，欲寻路而走，奈不知路径。正行之间，逢数人奔走。楙问之，答曰："我

第九十三回　姜伯约归降孔明　武乡侯骂死王朗

等是冀县百姓；今被姜维献了城池，归降诸葛亮，蜀将魏延纵火劫财，我等因此弃家奔走，投上邽去也。"楸又问曰："今守天水城是谁？"土人曰："天水城中乃马太守也。"楸闻之，纵马望天水而行。又见百姓携男抱女远来，所说皆同。楸至天水城下叫门，城上人认得是夏侯楸，慌忙开门迎接。马遵惊拜问之。楸细言姜维之事；又将百姓所言说了。遵叹曰："不想姜维反投蜀矣！"梁绪曰："彼意欲救都督，故以此言虚降。"楸曰："今维已降，何为虚也？"正踌躇间，时已初更，蜀兵又来攻城。火光中见姜维在城下挺枪勒马，大叫曰："请夏侯都督答话！"夏侯楸与马遵等皆到城上，见姜维耀武扬威大叫曰："我为都督而降，都督何背前言？"楸曰："汝受魏恩，何故降蜀？有何前言耶？"维应曰："汝写书教我降蜀，何出此言？汝要脱身，却将我陷了！我今降蜀，加为上将，安有还魏之理？"言讫，驱兵打城，至晓方退。原来夜间妆姜维者，乃孔明之计，令部卒形貌相似者，假扮姜维攻城，因火光之中，不辨真伪。

孔明却引兵来攻冀城。城中粮少，军食不敷。姜维在城上，见蜀军大车小辆，搬运粮草，入魏延寨中去了。维引三千兵出城，径来劫粮。蜀兵尽弃了粮车，寻路而走。姜维夺得粮车，欲要入城，忽然一彪军拦住，为首蜀将张翼也。二将交锋，战不数合，王平引一军又到，两下夹攻。维力穷抵敌不住，夺路归城；城上早插蜀兵旗号：原来已被魏延袭了。维杀条路奔天水城，手下尚有十余骑；又遇张苞杀了一阵，维止剩得匹马单枪，来到天水城下叫门。城上军见是姜维，慌报马遵。遵曰："此是姜维来赚我城门也。"令城上乱箭射下。姜维回顾蜀兵至近，遂飞奔上邽城来。城上梁虔见了姜维，大骂曰："反国之贼，安敢来赚我城池！吾已知汝降蜀矣！"遂乱箭射下。姜维不能分说，仰天长叹，两眼泪流，拨马望长安而走。行不数里，前至一派大树茂林之处，一声喊起，数千兵拥出：为首蜀将关兴，截住去路。维人困马乏，不能抵当，勒回马便走。忽然一辆小车从山坡中转出。其人头戴纶巾，身披鹤氅，手摇羽扇，乃孔明也。孔明唤姜维曰："伯约此时何尚不降？"维寻思良久，前有孔明，后有关兴，又无去路，只得下马投降。孔明慌忙下车而迎，执维手曰："吾自出茅庐以来，遍求贤者，欲传授平生之学，恨未得其人。今遇伯约，吾愿足矣。"维大喜拜谢。

据《三国志·蜀书·姜维传》：建兴六年，丞相诸葛亮军向祁山，时天水太守适出案行，维及功曹梁绪、主簿尹赏、主记梁虔等从行。太守闻蜀军垂至，而诸县响应，疑维等皆有异心，于是夜亡保上邽。维等觉太守去，追迟，至城门，城门已闭，不纳。维等相率还冀，冀亦不入维。维等乃俱诣诸葛亮。会马谡败于街亭，亮拔将西县千余家及维等还，故维遂与母相失。亮辟维为仓曹掾，加奉义将军，封当阳亭侯，时年二十七。

据《三国志·蜀书·姜维传》注引《魏略》：天水太守马遵将维及诸官属随雍州刺史郭淮偶自西至洛门案行，会闻亮已到祁山，淮顾遵曰："是欲不善！"遂驱东还上邽。遵念所治冀县界在西偏，又恐吏民乐乱，遂亦随淮去。时维谓遵曰："明府当还冀。"遵谓维等曰："卿诸人巨复信，皆贼也。各自行。"维亦无如遵何，而家在冀，遂与郡吏上官子修等还冀。冀中吏民见维等，大喜，便推令见亮。二人不获已，乃共诣亮。亮见，大悦。未及遣迎冀中人，会亮前锋为张郃、费繇等所破，遂将维等却缩。维不得还，遂入蜀。诸军攻冀，皆得维母妻子，亦以维本无去意，故不没其家，但系保官以延之。　此语与本传不同。

据《资治通鉴》卷七十一：亮之出祁山也，天水参军姜维诣亮降。亮美维胆智，辟为仓曹掾，使典军事。

按：《演义》称，诸葛亮用反间计收降姜维，与史相悖。据史书记载，诸葛亮这次北伐，在天水并没有和魏军发生战斗，姜维也没有为天水太守马遵出谋划策击败过蜀军。

姜维是在受到上司的猜忌无处可归并在蜀军的军事压力下主动归降蜀汉的。

孔明遂同姜维回寨，升帐商议取天水、上邽之计。维曰："天水城中尹赏、梁绪，与某至厚；当写密书二封，射入城中，使其内乱，城可得矣。"孔明从之。姜维写了二封密书，拴在箭上，纵马直至城下，射入城中。小校拾得，呈与马遵。遵大疑，与夏侯楙商议曰："梁绪、尹赏与姜维结连，欲为内应，都督宜早决之。"楙曰："可杀二人。"尹赏知此消息，乃谓梁绪曰："不如纳城降蜀，以图进用。"是夜，夏侯楙数次使人请梁、尹二人说话。二人料知事急，遂披挂上马，各执兵器，引本部军大开城门，放蜀兵入。夏侯楙、马遵惊慌，引数百人出西门，弃城投羌城而去。

梁绪、尹赏迎接孔明入城。安民已毕，孔明问取上邽之计。梁绪曰："此城乃某亲弟梁虔守之，愿招来降。"孔明大喜。绪当日到上邽唤梁虔出城来降孔明。孔明重加赏劳，就令梁绪为天水太守，尹赏为冀城令，梁虔为上邽令。

> 据《三国志·蜀书·姜维传》：维昔所俱至蜀，梁绪官至大鸿胪，尹赏执金吾，梁虔大长秋，皆先蜀亡没。

孔明分拨已毕，整兵进发。诸将问曰："丞相何不去擒夏侯楙？"孔明曰："吾放夏侯楙，如放一鸭耳。今得伯约，得一凤也！"

孔明自得三城之后，威声大震，远近州郡，望风归降。孔明整顿军马，尽提汉中之兵，前出祁山，兵临渭水之西。

> 据《三国志·蜀书·诸葛亮传》：（建兴）六年春，……亮身率诸军攻祁山，戎陈整齐，赏罚肃而号令明。南安、天水、安定三郡叛魏应亮，关中响震。（参见《资治通鉴》卷七十一）

> 按：据史书，诸葛亮首次北伐，南安、天水、安定三郡均系自动叛魏降蜀，并非蜀汉军队攻占的。

细作报入洛阳。

时魏主曹叡太和元年，升殿设朝。近臣奏曰："夏侯驸马已失三郡，逃窜羌中去了。今蜀兵已到祁山，前军临渭水之西，乞早发兵破敌。"叡大惊，乃问群臣曰："谁可为朕退蜀兵耶？"司徒王朗出班奏曰："臣观先帝每用大将军曹真，所到必克；今陛下何不拜为大都督，以退蜀兵？"叡准奏，乃宣曹真曰："先帝托孤与卿，今蜀兵入寇中原，卿安忍坐视乎？"真奏曰："臣才疏智浅，不称其职。"王朗曰："将军乃社稷之臣，不可固辞。老臣虽驽钝，愿随将军一往。"真又奏曰："臣受大恩，安敢推辞？但乞一人为副将。"叡曰："卿自举之。"真乃保太原阳曲人，姓郭，名淮，字伯济，官封射亭侯，领雍州刺史。

> 据《三国志·魏书·郭淮传》：郭淮字伯济，太原阳曲人也。……黄初元年，……擢领雍州刺史，封射阳亭侯。

叡从之，遂拜曹真为大都督，赐节钺；

> 据《资治通鉴》卷七十一：亮扬声由斜谷道取郿，使镇东将军赵云、扬武将军邓芝为疑军，据箕谷。帝遣曹真都督关右诸军军郿。（参见《三国志·蜀书·诸葛亮传》及注引《魏略》）

命郭淮为副都督，王朗为军师。朗时年已七十六岁矣。选拨东西二京军马二十万与曹真。真

第九十三回　姜伯约归降孔明　武乡侯骂死王朗

命宗弟曹遵为先锋，又命荡寇将军朱赞为副先锋。

　　据《三国志·魏书·曹真传》：真少与宗人曹遵、乡人朱赞并事太祖。遵、赞早亡，真愍之，乞分所食邑封遵、赞子。

当年十一月出师，魏主曹叡亲自送出西门之外方回。

　　曹真领大军来到长安，过渭河之西下寨。真与王朗、郭淮共议退兵之策。朗曰："来日可严整队伍，大展旌旗。老夫自出，只用一席话，管教诸葛亮拱手而降，蜀兵不战自退。"真大喜，是夜传令：来日四更造饭，平明务要队伍整齐，人马威仪，旌旗鼓角，各按次序。当时使人先下战书。次日，两军相迎，列成阵势于祁山之前。蜀军见魏兵甚是雄壮，与夏侯楙大不相同。

　　三军鼓角已罢，司徒王朗乘马而出。上首乃都督曹真，下首乃副都督郭淮；两个先锋压住阵角。探子马出军前，大叫曰："请对阵主将答话！"只见蜀兵门旗开处，关兴、张苞分左右而出，立马于两边；次后一队队骁将分列；门旗影下，中央一辆四轮车，孔明端坐车中，纶巾羽扇，素衣皂绦，飘然而出。孔明举目见魏阵前三个麾盖，旗上大书姓名：中央白髯老者，乃军师、司徒王朗。孔明暗忖曰："王朗必下说词，吾当随机应之。"遂教推车出阵外，令护军小校传曰："汉丞相与司徒会话。"王朗纵马而出。孔明于车上拱手，朗在马上欠身答礼。朗曰："久闻公之大名，今幸一会。公既知天命，识时务，何故兴无名之兵？"孔明曰："吾奉诏讨贼，何谓无名？"朗曰："天数有变，神器更易，而归有德之人，此自然之理也。曩自桓、灵以来，黄巾倡乱，天下争横。降至初平、建安之岁，董卓造逆，傕、汜继虐；袁术僭号于寿春，袁绍称雄于邺土，刘表占据荆州，吕布虎吞徐郡：盗贼蜂起，奸雄鹰扬，社稷有累卵之危，生灵有倒悬之急。我太祖武皇帝，扫清六合席卷八荒；万姓倾心，四方仰德。非以权势取之，实天命所归也。世祖文帝，神文圣武，以膺大统，应天合人，法尧禅舜，处中国以临万邦，岂非天心人意乎？今公蕴大才，抱大器，自欲比于管、乐，何乃强欲逆天理，背人情而行事耶？岂不闻古人曰：'顺天者昌，逆天者亡。'今我大魏带甲百万，良将千员。谅腐草之萤光，怎及天心之皓月？公可倒戈卸甲，以礼来降，不失封侯之位。国安民乐，岂不美哉！"

　　孔明在车上大笑曰："吾以为汉朝大老元臣，必有高论，岂期出此鄙言！吾有一言，诸军静听：昔日桓、灵之世，汉统陵替；宦官酿祸；国乱岁凶，四方扰攘。黄巾之后，董卓、傕、汜等接踵而起，迁劫汉帝，残暴生灵。因庙堂之上，朽木为官；殿陛之间，禽兽食禄。狼心狗行之辈，滚滚当道；奴颜婢膝之徒，纷纷秉政。以致社稷丘墟，苍生涂炭。吾素知汝所行：世居东海之滨，初举孝廉入仕；理合匡君辅国，安汉兴刘，何期反助逆贼，同谋篡位！罪恶深重，天地不容！天下之人，愿食汝肉！今幸天意不绝炎汉，昭烈皇帝继统西川。吾今奉嗣君之旨，兴师讨贼。汝既为谄谀之臣，只可潜身缩首，苟图衣食；安敢在行伍之前，妄称天数耶！皓首匹夫！苍髯老贼！汝即日将归于九泉之下，何面目见二十四帝乎！老贼速退！可教反臣与吾共决胜负！"王朗听罢，气满胸膛，大叫一声，撞死于马下。

　　据《资治通鉴》卷七十一：（太和二年）冬十一月，兰陵成侯王朗卒。

　　据《三国志·魏书·明帝纪》：（太和二年冬）十一月，司徒王朗薨。

　　按：诸葛亮骂死王朗，不见于史。王朗是魏太和二年（228）在洛阳病死的。

后人有诗赞孔明曰：

　　兵马出西秦，雄才敌万人。轻摇三寸舌，骂死老奸臣。

孔明以扇指曹真曰："吾不逼汝。汝可整顿军马，来日决战。"言讫回车。于是两军皆退。曹真将王朗尸首，用棺木盛贮，送回长安去了。

副都督郭淮曰："诸葛亮料吾军中治丧，今夜必来劫寨。可分兵四路：两路兵从山僻小路，乘虚去劫蜀寨；两路兵伏于本寨外，左右击之。"曹真大喜曰："此计与吾相合。"遂传令唤曹遵、朱赞两个先锋分付曰："汝二人各引一万军，抄出祁山之后。但见蜀兵望吾寨而来，汝可进兵去劫蜀寨。如蜀兵不动，便撤兵回，不可轻进。"二人受计，引兵而去。真谓淮曰："我两个各引一枝军，伏于寨外，寨中虚堆柴草，只留数人。如蜀兵到，放火为号。"诸将皆分左右，各自准备去了。

却说孔明归帐，先唤赵云、魏延听令。孔明曰："汝二人各引本部军去劫魏寨。"魏延进曰："曹真深明兵法，必料我乘丧劫寨。他岂不提防？"孔明笑曰："吾正欲曹真知吾去劫寨也。彼必伏兵在祁山之后，待我兵过去，却来袭我寨；吾故令汝二人，引兵前去，过山脚后路，远下营寨，任魏兵来劫吾寨。汝看火起为号，分兵两路：文长拒住山口；子龙引兵杀回，必遇魏兵，却放彼走回，汝乘势攻之，彼必自相掩杀。可获全胜。"二将引兵受计而去。又唤关兴、张苞分付曰："汝二人各引一军，伏于祁山要路；放过魏兵，却从魏兵来路，杀奔魏寨而去。"二人引兵受计去了。又令马岱、王平、张翼、张嶷四将，伏于寨外，四面迎击魏兵。孔明乃虚立寨栅，居中堆起柴草，以备火号；自引诸将退于寨后，以观动静。

却说魏先锋曹遵、朱赞黄昏离寨，迤逦前进。二更左侧，遥望山前隐隐有军行动。曹遵自思曰："郭都督真神机妙算！"遂催兵急进。到蜀寨时，将及三更。曹遵先杀入寨，却是空寨，并无一人。料知中计，急撤军回。寨中火起。朱赞兵到，自相掩杀，人马大乱。曹遵与朱赞交马，方知自相践踏。急合兵时，忽四面喊声大震，王平、马岱、张嶷、张翼杀到。曹、朱二人引心腹军百余骑，望大路奔走。忽然鼓角齐鸣，一彪军截住去路，为首大将乃常山赵子龙也，大叫曰："贼将那里去？早早受死！"曹、朱二人夺路而走。忽喊声又起，魏延又引一彪军杀到。曹、朱二人大败，夺路奔回本寨。守寨军士，只道蜀兵来劫寨，慌忙放起号火。左边曹真杀至，右边郭淮杀至，自相掩杀。背后三路蜀兵杀到：中央魏延，左边关兴，右边张苞，大杀一阵。魏兵败走十余里，魏将死者极多。孔明全获大胜，方始收兵。曹真、郭淮收拾败军回寨，商议曰："今魏兵势孤，蜀兵势大，将何策以退之？"淮曰："胜负乃兵家常事，不足为忧。某有一计，使蜀兵首尾不能相顾，定然自走矣。"正是：可怜魏将难成事，欲向西方索救兵。未知其计如何，且看下文分解。

第九十四回　诸葛亮乘雪破羌兵　司马懿克日擒孟达

却说郭淮谓曹真曰："西羌之人，自太祖时连年入贡，文皇帝亦有恩惠加之；我等今可据住险阻，遣人从小路直入羌中求救，许以和亲，羌人必起兵袭蜀兵之后。吾却以大兵击之，首尾夹攻，岂不大胜？"真从之，即遣人星夜驰书赴羌。

　　按：《演义》称曹真联合西羌与蜀汉交战，不见于史。

却说西羌国王彻里吉，自曹操时年年入贡；手下有一文一武：文乃雅丹丞相，武乃越吉元帅。时魏使赍金珠并书到国，先来见雅丹丞相，送了礼物，具言求救之意。雅丹引见国王，呈上书礼。彻里吉览了书，与众商议。雅丹曰："我与魏国素相往来，今曹都督求救，且许和亲，理合依允。"彻里吉从其言，即命雅丹与越吉元帅起羌兵二十五万，皆惯使弓弩、枪刀、蒺藜、飞锤等器；又有战车，用铁叶裹钉，装载粮食军器什物，或用骆驼驾车，或用骡马驾车，号为"铁车兵"。二人辞了国王，领兵直扣西平关。守关蜀将韩祯，急差人赍文报知孔明。

孔明闻报，问众将曰："谁敢去退羌兵？"张苞、关兴应曰："某等愿往。"孔明曰："汝二人要去，奈路途不熟。"遂唤马岱曰："汝素知羌人之性，久居彼处，可作向导。"便起精兵五万，与兴、苞二人同往。

兴、苞等引兵而去。行有数日，早遇羌兵。关兴先引百余骑登山坡看时，只见羌兵把铁车首尾相连，随处结寨；车上遍排兵器，就似城池一般。兴睹之良久，无破敌之策，回寨与张苞、马岱商议。岱曰："且待来日见阵，观看虚实，另作计议。"次早，分兵三路：关兴在中，张苞在左，马岱在右，三路兵齐进。羌兵阵里，越吉元帅手挽铁锤，腰悬宝雕弓，跃马奋勇而出。关兴招三路兵径进。忽见羌兵分在两边，中央放出铁车，如潮涌一般，弓弩一齐骤发。蜀兵大败，马岱、张苞两军先退；关兴一军，被羌兵一裹，直围入西北角上去了。

兴在垓心，左冲右突，不能得脱；铁车密围，就如城池。蜀兵你我不能相顾。兴望山谷中寻路而走。看看天晚，但见一簇皂旗，蜂拥而来，一员羌将，手提铁锤大叫曰："小将休走！吾乃越吉元帅也！"关兴急走到前面，尽力纵马加鞭，正遇断涧，只得回马来战越吉。兴终是胆寒，抵敌不住，望涧中而逃；被越吉赶到，一铁锤打来，兴急闪过，正中马胯。那马望涧中便倒，兴落于水中。忽听得一声响处，背后越吉连人带马，平白地倒下水来。兴就水中挣起看时，只见岸上一员大将，杀退羌兵。兴提刀待砍越吉，吉跃水而走。关兴得了越吉马，牵到岸上，整顿鞍辔，绰刀上马。只见那员将，尚在前面追杀羌兵。兴自思此人救我性命，当与相见，遂拍马赶来。看看至近，只见云雾之中，隐隐有一大将，面如重枣，眉若卧蚕，绿袍金铠，提青龙刀，骑赤兔马，手绰美髯，分明认得是父亲关公。兴大惊。忽见关公以手望东南指曰："吾儿可速望此路去。吾当护汝归寨。"言讫不见。关兴望东南急走。至半夜，忽一彪军到，乃张苞也，问兴曰："你曾见二伯父否？"兴曰："你何由知之？"苞曰："我被铁车军追急，忽见伯父自空而下，惊退羌兵，指曰：'汝从这条路去救吾儿。'因此引军径来寻你。"关兴亦说前事，共相嗟异。二人同归寨内。马岱接着，对二人说："此军无计可退。我守住寨栅，你二人去禀丞相，用计破之。"于是兴、苞二人，星夜来见孔明，备说此事。

孔明随命赵云、魏延各引一军埋伏去讫；然后点三万军，带了姜维、张翼、关兴、张苞，亲自来到马岱寨中歇定。次日上高阜处观看，见铁车连络不绝，人马纵横，往来驰骤。孔明曰："此不难破也。"唤马岱、张翼分付如此如此。二人去了，乃唤姜维曰："伯约知破车之法否？"维曰："羌人惟恃一勇力，岂知妙计乎？"孔明笑曰："汝知吾心也。今彤云密布，朔风紧急，天将降雪，吾计可施矣。"便令关兴、张苞二人引兵埋伏去讫；令姜维领兵出战：但有铁车兵来，退后便走；寨口虚立旌旗，不设军马。准备已定。

是时十二月终，果然天降大雪。姜维引军出，越吉引铁车兵来。姜维即退走。羌兵赶到寨前，姜维从寨后而去。羌兵直到寨外观看，听得寨内鼓琴之声，四壁皆空竖旌旗，急回报越吉。越吉心疑，未敢轻进。雅丹丞相曰："此诸葛亮诡计，虚设疑兵耳。可以攻之。"越吉引兵至寨前，但见孔明携琴上车，引数骑入寨，望后而走。羌兵抢入寨栅，直赶过山口，见小车隐隐转入林中去了。雅丹谓越吉曰："这等兵虽有埋伏，不足为惧。"遂引大兵追赶。又见姜维兵俱在雪地之中奔走。越吉大怒，催兵急追。山路被雪漫盖，一望平坦。正赶之间，忽报蜀兵自山后而出。雅丹曰："纵有些小伏兵，何足惧哉！"只顾催趱兵马，往前进发。忽然一声响，如山崩地陷，羌兵俱落于坑堑之中；背后铁车正行得紧溜，急难收止，并拥而来，自相践踏。后兵急要回时，左边关兴、右边张苞，两军冲出，万弩齐发；背后姜维、马岱、张翼三路兵又杀到。铁车兵大乱。越吉元帅望后面山谷中而逃，正逢关兴；交马只一合，被兴举刀大喝一声，砍死于马下。雅丹丞相早被马岱活捉，解投大寨来。羌兵四散逃窜。

孔明升帐，马岱押过雅丹来。孔明叱武士去其缚，赐酒压惊，用好言抚慰。雅丹深感其德。孔明曰："吾主乃大汉皇帝，今命吾讨贼，尔如何反助逆？吾今放汝回去，说与汝主：吾国与尔乃邻邦，永结盟好，勿听反贼之言。"遂将所获羌兵及车马器械，尽给还雅丹，俱放回国。众皆拜谢而去。孔明引三军连夜投祁山大寨而来，命关兴、张苞引军先行；一面差人赍表奏报捷音。

却说曹真连日望羌人消息，忽有伏路军来报说："蜀兵拔寨收拾起程。"郭淮大喜曰："此因羌兵攻击，故尔退去。"遂分两路追赶。前面蜀兵乱走，魏兵随后追袭。先锋曹遵正赶之间，忽然鼓声大震，一彪军闪出，为首大将乃魏延也，大叫曰："反贼休走！"曹遵大惊，拍马交锋；不三合，被魏延一刀斩于马下。副先锋朱赞引兵追赶，忽然一彪军闪出，为首大将乃赵云也。朱赞措手不及，被云一枪刺死。

　　　据《三国志·魏书·曹真传》：真少与宗人曹遵、乡人朱赞并事太祖。遵、赞早亡，真愍之，乞分所食邑封遵、赞子。

曹真、郭淮见两路先锋有失，欲收兵回，背后喊声大震，鼓角齐鸣，关兴、张苞两路兵杀出，围了曹真、郭淮，痛杀一阵。曹、郭二人，引败兵冲路走脱。蜀兵全胜，直追到渭水，夺了魏寨。曹真折了两个先锋，哀伤不已，只得写本申朝，乞拨援兵。

　　　按：核诸史书，诸葛亮首次北伐未有破曹真战事。

　　　却说魏主曹叡设朝，近臣奏曰："大都督曹真，数败于蜀，折了两个先锋，羌兵又折了无数，其势甚急，今上表求救，请陛下裁处。"叡大惊，急问退军之策。华歆奏曰："须是陛下御驾亲征，大会诸侯，人皆用命，方可退也。不然，长安有失，关中危矣！"太傅钟繇奏曰："凡为将者，智过于人，则能制人。孙子云：'知彼知己，百战百胜。'臣量曹真虽久用兵，非诸葛亮对手。臣以全家良贱，保举一人，可退蜀兵。未知圣意准否？"叡曰："卿乃大老元臣，有何贤士，可退蜀兵，早召来与朕分忧。"钟繇奏曰："向者，诸葛亮欲兴师犯境，但惧此人，故散流言，使陛下疑而去之，方敢长驱大进。今若复用之，则亮自退矣。"叡问何人。繇曰："骠骑大将军司马懿也。"叡叹曰："此事朕亦悔之。今仲达现在何地？"繇曰："近闻仲达在宛城闲住。"叡即降诏，遣使持节，复司马懿官职，加为平西都督，就起南阳诸路军马，前赴长安。

> 据《资治通鉴》卷七十：（太和元年春）六月，以司马懿都督荆、豫州诸军事，率所领镇宛。

叡御驾亲征，

> 据《资治通鉴》卷七十一：（太和二年春正月）丁未，帝行如长安。

令司马懿克日到彼聚会。使命星夜望宛城去了。

却说孔明自出师以来，累获全胜，心中甚喜。正在祁山寨中，会聚议事，忽报镇守永安宫李严令子李丰来见。孔明只道东吴犯境，心甚惊疑，唤入帐中问之。丰曰："特来报喜。"孔明曰："有何喜？"丰曰："昔日孟达降魏，乃不得已也。彼时曹丕爱其才，时以骏马金珠赐之，曾同辇出入，封为散骑常侍，领新城太守，镇守上庸、金城等处，委以西南之任。

> 据《资治通鉴》卷六十九：蜀将军孟达屯上庸，与副军中郎将刘封不协；封侵陵之，达率部曲四千余家来降。达有容止才观，王甚器爱之，引与同辇，以达为散骑常侍、建武将军，封平阳亭侯。合房陵、上庸、西城三郡为新城，以达领新城太守，委以西南之任。（参见《三国志·蜀书·刘封传》，《三国志·魏书·明帝纪》注引《魏略》）

自丕死后，曹叡即位，朝中多人嫉妒，孟达日夜不安，常谓诸将曰：'我本蜀将，势逼于此。'今累差心腹人，持书来见家父，教早晚代禀丞相：前者五路下川之时，曾有此意；今在新城，听知丞相伐魏，欲起金城、新城、上庸三处军马，就彼举事，径取洛阳；丞相取长安，两京大定矣。今某引来人并累次书信呈上。"

> 据《三国志·魏书·明帝纪》注引《魏略》：达既为文帝所宠，又与桓阶、夏侯尚亲善，及文帝崩，时桓、尚皆卒，达自以羁旅久在疆场，心不自安。诸葛亮闻之，阴欲诱达，数书招之，达与相报答。魏兴太守申仪与达有隙，密表达与蜀潜通，帝未之信也。司马宣王遣参军梁几察之，又劝其入朝。达惊惧，遂反。

> 据《三国志·蜀书·李严传》：严与孟达书曰："吾与孔明俱受寄托，忧深责重，思得良伴。"亮亦与达书曰："部分如流，趋舍罔滞，正方性也。"其见贵重如此。

> 据《三国志·蜀书·费诗传》：亮欲诱达以为外援，竟与达书曰："往年南征，岁末乃还，适与李鸿会于汉阳，承知消息，慨然永叹，以存足下平素之志，岂徒空托名荣，贵为乖离乎！呜呼孟子，斯实刘封侵陵足下，以伤先主待士之义。又鸿道王冲造作虚语，云足下量度吾心，不受冲说。寻表明之言，追平生之好，依依东望，故遣有书。"达得亮书，数相交通，辞欲叛魏。

孔明大喜，厚赏李丰等。忽细作人报说："魏主曹叡，一面驾幸长安；一面诏司马懿复职，加为平西都督，起本处之兵，于长安聚会。"孔明大惊。参军马谡曰："量曹叡何足道！若来长安，可就而擒之。丞相何故惊讶？"孔明曰："吾岂惧曹叡耶？所患者惟司马懿一人而已。今孟达欲举大事，若遇司马懿，事必败矣。达非司马懿对手，必被所擒。孟达若死，中原不易得也。"马谡曰："何不急修书，令孟达提防？"孔明从之，即修书令来人星夜回报孟达。

却说孟达在新城，专望心腹人回报。一日，心腹人到来，将孔明回书呈上。孟达拆封视之。书略曰：

近得书，足知公忠义之心，不忘故旧，吾甚喜慰。若成大事，则公汉朝中兴第一功臣也。然极宜谨密，不可轻易托人。慎之！戒之！近闻曹叡复诏司马懿起宛、洛之兵，若闻公举事，必先至矣。须万全提备，勿视为等闲也。

孟达览毕，笑曰："人言孔明心多，今观此事可知矣。"乃具回书，令心腹人来答孔明。孔明唤人帐中。其人呈上回书。孔明拆封视之。书曰：

适承钧教，安敢少怠。窃谓司马懿之事，不必惧也：宛城离洛阳约八百里，至新城一千二百里。若司马懿闻达举事，须表奏魏主。往复一月间事，达城池已固，诸将与三军皆在深险之地。司马懿即来，达何惧哉？丞相宽怀，惟听捷报！

孔明看毕，掷书于地而顿足曰："孟达必死于司马懿之手矣！"马谡问曰："丞相何谓也？"孔明曰："兵法云：'攻其不备，出其不意。'岂容料在一月之期？曹叡既委任司马懿，逢寇即除，何待奏闻？若知孟达反，不须十日，兵必到矣，安能措手耶？"众将皆服。孔明急令来人回报曰："若未举事，切莫教同事者知之；知则必败。"其人拜辞，归新城去了。

却说司马懿在宛城闲住，闻知魏兵累败于蜀，乃仰天长叹。懿长子司马师，字子元；次子司马昭，字子尚。二人素有大志，通晓兵书。当日侍立于侧，见懿长叹，乃问曰："父亲何为长叹？"懿曰："汝辈岂知大事耶？"司马师曰："莫非叹魏主不用乎？"司马昭笑曰："早晚必来宣召父亲也。"言未已，忽报天使持节至。懿听诏毕，遂调宛城诸路军马。忽又报金城太守申仪家人，有机密事求见。懿唤入密室问之，其人细说孟达欲反之事。

据《三国志·蜀书·刘封传》注引《魏略》：太和中，仪与孟达不和，数上言达有贰心于蜀。

更有孟达心腹人李辅并达外甥邓贤，随状出首。司马懿听毕，以手加额曰："此乃皇上齐天之洪福也！诸葛亮兵在祁山，杀得内外人皆胆落；今天子不得已而幸长安，若旦夕不用吾时，孟达一举，两京休矣！此贼必通谋诸葛亮。吾先擒之，诸葛亮定然心寒，自退兵也。"长子司马师曰："父亲可急写表申奏天子。"懿曰："若等圣旨，往复一月之间，事无及矣。"即传令教人马起程，一日要行二日之路，如迟立斩；一面令参军梁畿赍檄星夜去新城，教孟达等准备征进，使其不疑。梁畿先行，懿随后发兵。

行了二日，山坡下转出一军，乃是右将军徐晃。晃下马见懿，说："天子驾到长安，亲拒蜀兵，今都督何往？"懿低言曰："今孟达造反，吾去擒之耳。"晃曰："某愿为先锋。"懿大喜，合兵一处。徐晃为前部，懿在中军，二子押后。又行了二日，前军哨马捉住孟达心腹人，搜出孔明回书，来见司马懿。懿曰："吾不杀汝，汝从头细说。"其人只得将孔明、孟达往复之事，一一告说。懿看了孔明回书，大惊曰："世间能者所见皆同。吾机先被孔明识破。幸得天子有福，获此消息。孟达今无能为矣！"遂星夜催军前行。

却说孟达在新城，约下金城太守申仪、上庸太守申耽，克日举事。耽、仪二人佯许之，每日调练军马，只待魏兵到，便为内应；却报孟达言：军器粮草，俱未完备，不敢约期起事。达信之不疑。忽报参军梁畿来到，孟达迎入城中。畿传司马懿将令曰："司马都督今奉天子诏，起诸路军以退蜀兵。太守可集本部军马听候调遣。"达问曰："都督何日起程？"畿曰："此时约离宛城，望长安去了。"达暗喜曰："吾大事成矣！"遂设宴待了梁畿，送出城外，即报申耽、申仪知道，明日举事，换上大汉旗号，发诸路军马，径取洛阳。忽报："城外尘土冲天，不知何处兵来。"孟达登城视之，只见一彪军，打着"右将军徐晃"旗号，飞奔城下。达大惊，急扯起吊桥。徐晃坐下马收拾不住，直来到壕边，高叫曰："反贼孟达，早早受降！"达大怒，急开弓射之，正中徐晃头额，魏将救去。城上乱箭射下，魏兵方退。孟达恰待开门追赶，四面旌旗蔽日，司马懿兵到。达仰天长叹曰："果不出孔明所料也！"于是闭门坚守。

据《资治通鉴》卷七十：初，孟达既为文帝所宠，又与桓阶、夏侯尚亲善；及文帝殂，阶、尚皆卒，达心不自安。诸葛亮闻而诱之，达数与通书，阴许归蜀。达与魏兴太守申仪有隙，仪密表告之。达闻之，惶惧，欲举兵叛。司马懿以书慰解之，达犹豫未决，懿乃潜军进讨。诸将言："达与吴、汉交通，宜观望而后动。"懿曰："达无信义，此其相疑之时也。当及其未定促决之。"乃倍道兼行，八日到其城下。吴、汉各遣偏将向西城安桥、木阑塞以救达，懿分诸将以距之。初，达与亮书曰："宛去洛八百里，去吾一千二百里。闻吾举事，当表上天子，比相反复，一月间也，则吾城已固，诸军足办。吾所在深险，司马公必不自来；诸将来，吾无患矣。"及兵到，达又告亮曰："吾举事八日而兵至城下，何其神速也！"（参见《三国志·魏书·明帝纪》注引《魏略》）

据《晋书·宣帝纪》：太和元年六月，天子诏帝屯于宛，加督荆、豫二州诸军事。初，蜀将孟达之降也，魏朝遇之甚厚。帝以达言行倾巧，不可任，骤谏，不见听，乃以达领新城太守，封侯，假节。达于是连吴固蜀，潜图中国。蜀相诸葛亮恶其反覆，又虑其为患。达与魏兴太守申仪有隙，亮欲促其事，乃遣郭模诈降，过仪，因漏泄其谋。达闻其谋漏泄，将举兵。帝恐达速发，以书喻之曰："将军昔弃刘备，托身国家，国家委将军以疆场之任，任将军以图蜀之事，可谓心贯白日。蜀人愚智，莫不切齿于将军。诸葛亮欲相破，惟苦无路耳。模之所言，非小事也，亮岂轻之而令宣露，此殆易知耳。"达得书大喜，犹与不决。帝乃潜军进讨。诸将言达与二贼交构，宜观望而后动。帝曰："达无信义，此其相疑之时也，当及其未定促决之。"乃倍道兼行，八日到其城下。吴蜀各遣其将向西城安桥、木阑塞以救达，帝分诸将距之。初，达与亮书曰："宛去洛八百里，去吾一千二百里，闻吾举事，当表上天子，比相反覆，一月间也，则吾城已固，诸军足办。则吾所在深险，司马公必不自来；诸将来，吾无患矣。"及兵到，达又告亮曰："吾举事，八日而兵至城下，何其神速也！"

按：孟达叛魏被擒杀，发生在诸葛亮北伐之前；《演义》将这一事件移植于诸葛亮首次北伐取得陇右三郡之后。《晋书·宣帝纪》称，诸葛亮为促使孟达尽早举事，故意向魏方泄漏孟达之谋；这一史实，《三国志》与《资治通鉴》均未记载。

却说徐晃被孟达射中头额，众军救到寨中，取了箭头，令医调治；当晚身死，时年五十九岁。

据《三国志·魏书·徐晃传》：病笃，遗令敛以时服。……太和元年薨，谥曰壮侯。

按：徐晃非孟达所杀。他是魏太和元年（227）病死的。

司马懿令人扶柩还洛阳安葬。

次日，孟达登城遍视，只见魏兵四面围得铁桶相似。达行坐不安，惊疑未定，忽见两路兵自外杀来，旗上大书"申耽""申仪"。孟达只道是救军到，忙引本部兵大开城门杀出。耽、仪大叫曰："反贼休走！早早受死！"

据《三国志·蜀书·刘封传》注引《魏略》：申仪兄名耽，字义举。初在西平、上庸间聚众数千家，后与张鲁通，又遣使诣曹公，曹公加其号为将军，因使领上庸都尉。至建安末，为蜀所攻，以其郡西属。黄初中，仪复来还，诏即以兄故号加仪，因拜魏兴太守，封列侯。太和中，仪与孟达不和，数上言达有贰心于蜀，及达反，仪绝蜀道，使救不到。

按：据此条史料，孟达反魏时，申耽已死多年；而申仪也未直接参与攻打孟达。

达见事变，拨马望城中便走，城上乱箭射下。李辅、邓贤二人在城上大骂曰："吾等已献了城也！"达夺路而走，申耽赶来。达人困马乏，措手不及，被申耽一枪刺于马下，枭其首级。余军皆降。李辅、邓贤大开城门，迎接司马懿入城。抚民劳军已毕，遂遣人奏知魏主曹叡。叡大喜，教将孟达首级去洛阳城市示众；

　　据《资治通鉴》卷七十一：太和二年春正月，司马懿攻新城，旬有六日，拔之，斩孟达。（参见《三国志·魏书·明帝纪》）

　　据《三国志·蜀书·费诗传》：达得亮书，数相交通，辞欲叛魏。魏遣司马宣王征之，即斩灭达。亮亦以达无款诚之心，故不救助也。

　　据《三国志·魏书·明帝纪》注引《魏略》：宣王诱达将李辅及达甥邓贤，贤等开门纳军。达被围旬有六日而败，焚其首于洛阳四达之衢。

加申耽、申仪官职，就随司马懿征进；

　　据《资治通鉴》卷七十一：申仪久在魏兴，擅承制刻印，多所假授；懿召而执之，归于洛阳。

　　据《三国志·蜀书·刘封传》注引《魏略》：达死后，仪诣宛见司马宣王，宣王劝使来朝。仪至京师，诏转拜仪楼船将军，在礼请中。

命李辅、邓贤守新城、上庸。

　　却说司马懿引兵到长安城外下寨。懿入城来见魏主。叡大喜曰："朕一时不明，误中反间之计，悔之无及。今达造反，非卿等制之，两京休矣！"懿奏曰："臣闻申仪密告反情，意欲表奏陛下，恐往复迟滞，故不待圣旨，星夜而去。若待奏闻，则中诸葛亮之计也。"言罢，将孔明回孟达密书奉上。叡看毕，大喜曰："卿之学识，过于孙吴矣！"赐金钺斧一对，后遇机密重事，不必奏闻，便宜行事。就令司马懿出关破蜀。

　　据《晋书·宣帝纪》：斩达，传首京师。……天子……复命屯于宛。

懿奏曰："臣举一大将，可为先锋。"叡曰："卿举何人？"懿曰："右将军张郃，可当此任。"叡笑曰："朕正欲用之。"遂命张郃为前部先锋，随司马懿离长安来破蜀兵。

　　据《三国志·魏书·张郃传》：张郃字俊乂，河间鄚人也。……文帝即王位，以郃为左将军，进爵都乡侯。……诸葛亮出祁山。加郃位特进，遣督诸军，拒亮将马谡于街亭。（参见《资治通鉴》卷七十一）

　　据《三国志·魏书·曹真传》：诸葛亮围祁山，南安、天水、安定三郡反应亮。帝遣真督诸军军郿，遣张郃击亮将马谡。

　　据《三国志·蜀书·诸葛亮传》：魏明帝西镇长安，命张郃拒亮。

　　按：据史书记载，司马懿破斩孟达后，奉命仍还屯宛，未赴西线和蜀军作战。228年诸葛亮第一次伐魏时，魏军总司令是大将军曹真，在祁山前线的前敌总指挥是左将军张郃。

正是：既有谋臣能用智，又求猛将助施威。未知胜负如何，且看下文分解。

第九十五回　马谡拒谏失街亭　武侯弹琴退仲达

却说魏主曹叡令张郃为先锋，与司马懿一同征进；一面令辛毗、孙礼二人领兵五万，往助曹真。二人奉诏而去。且说司马懿引二十万军，出关下寨，请先锋张郃至帐下曰："诸葛亮平生谨慎，未敢造次行事。若是吾用兵，先从子午谷径取长安，早得多时矣。他非无谋，但怕有失，不肯弄险。今必出军斜谷，来取郿城。若取郿城，必分兵两路，一军取箕谷矣。吾已发檄文，令子丹拒守郿城，若兵来不可出战；令孙礼、辛毗截住箕谷道口，若兵来则出奇兵击之。"郃曰："今将军当于何处进兵？"懿曰："吾素知秦岭之西，有一条路，地名街亭；傍有一城，名列柳城：此二处皆是汉中咽喉。诸葛亮欺子丹无备，定从此进。吾与汝径取街亭，望阳平关不远矣。亮若知吾断其街亭要路，绝其粮道，则陇西一境，不能安守，必然连夜奔回汉中去也。彼若回动，吾提兵于小路击之，可得全胜；若不归时，吾却将诸处小路，尽皆垒断，俱以兵守之。一月无粮，蜀兵皆饿死，亮必被吾擒矣。"张郃大悟，拜伏于地曰："都督神算也！"懿曰："虽然如此，诸葛亮不比孟达。将军为先锋，不可轻进。当传与诸将：循山西路，

> 按："循山西路"，嘉靖本作"循山四路"，毛本因"四""西"形近致误。

远远哨探。如无伏兵，方可前进。若是急忽，必中诸葛亮之计。"张郃受计引军而行。

却说孔明在祁山寨中，忽报新城探细人来到。孔明急唤入问之，细作告曰："司马懿倍道而行，八日已到新城，孟达措手不及；又被申耽、申仪、李辅、邓贤为内应，孟达被乱军所杀。今司马懿撤兵到长安，见了魏主，同张郃引兵出关，来拒我师也。"孔明大惊曰："孟达做事不密，死固当然。今司马懿出关，必取街亭，断吾咽喉之路。"便问："谁敢引兵去守街亭？"言未毕，参军马谡曰："某愿往。"孔明曰："街亭虽小，干系甚重：倘街亭有失，吾大军皆休矣。汝虽深通谋略，此地奈无城郭，又无险阻，守之极难。"谡曰："某自幼熟读兵书，颇知兵法。岂一街亭不能守耶？"孔明曰："司马懿非等闲之辈；更有先锋张郃，乃魏之名将：恐汝不能敌之。"谡曰："休道司马懿、张郃，便是曹叡亲来，有何惧哉！若有差失，乞斩全家。"孔明曰："军中无戏言。"谡曰："愿立军令状。"孔明从之，谡遂写了军令状呈上。孔明曰："吾与汝二万五千精兵，再拨一员上将，相助你去。"

> 据《三国志·蜀书·马良传附弟谡传》：建兴六年，亮出军向祁山，时有宿将魏延、吴壹等，论者皆言以为宜令为先锋，而亮违众拔谡，统大众在前，与魏将张郃战于街亭。
> （参见《资治通鉴》卷七十一）

即唤王平分付曰："吾素知汝平生谨慎，故特以此重任相托。汝可小心谨守此地：下寨必当要道之处，使贼兵急切不能偷过。安营既毕，便画四至八道地理形状图本来我看。凡事商议停当而行，不可轻易。如所守无危，则是取长安第一功也。戒之！戒之！"二人拜辞引兵而去。

孔明寻思，恐二人有失，又唤高翔曰："街亭东北上有一城，名列柳城，乃山僻小路，此可以屯兵扎寨。与汝一万兵，去此城屯扎。但街亭危，可引兵救之。"高翔引兵而去。孔明又思：高翔非张郃对手，必得一员大将，屯兵于街亭之右，方可防之，遂唤魏延引本部兵

去街亭之后屯扎。延曰:"某为前部,理合当先破敌,何故置某于安闲之地?"孔明曰:"前锋破敌,乃偏裨之事耳。今令汝接应街亭,当阳平关冲要道路,总守汉中咽喉。此乃大任也,何为安闲乎?汝勿以等闲视之,失吾大事。切宜小心在意!"魏延大喜,引兵而去。孔明恰才心安,乃唤赵云、邓芝分付曰:"今司马懿出兵,与旧日不同。汝二人各引一军出箕谷,以为疑兵。如逢魏兵,或战、或不战,以惊其心。吾自统大军,由斜谷径取郿城;若得郿城,长安可破矣。"二人受命而去。孔明令姜维作先锋,兵出斜谷。

　　据《三国志·蜀书·诸葛亮传》:(建兴)六年春,扬声由斜谷道取郿,使赵云、邓芝为疑军,据箕谷,魏大将军曹真举众拒之。亮身率诸军攻祁山,戎陈整齐,赏罚肃而号令明。(参见《资治通鉴》卷七十一,《三国志·蜀书·赵云传》)

　　按:据史书记载,蜀汉建兴六年(228)春诸葛亮第一次伐魏,兵分两路:他亲率主力部队攻祁山;派赵云、邓芝据箕谷,为疑兵,吸引魏军主力。《演义》却说,诸葛亮全军均出祁山,以赵云、邓芝为先锋,取得天水、南安、安定三郡,又打败了曹真,在魏明帝派司马懿出师后,诸葛亮才派赵云、邓芝作为疑兵出箕谷。

　　却说马谡、王平二人兵到街亭,看了地势。马谡笑曰:"丞相何故多心也?量此山僻之处,魏兵如何敢来!"王平曰:"虽然魏兵不敢来,可就此五路总口下寨;却令军士伐木为栅,以图久计。"谡曰:"当道岂是下寨之地?此处侧边一山,四面皆不相连,且树木极广,此乃天赐之险也:可就山上屯军。"平曰:"参军差矣。若屯兵当道,筑起城垣,贼兵总有十万,不能偷过;今若弃此要路,屯兵于山上,倘魏兵骤至,四面围定,将何策保之?"谡大笑曰:"汝真女子之见!兵法云:'凭高视下,势如劈竹。'若魏兵到来,吾教他片甲不回!"平曰:"吾累随丞相经阵,每到之处,丞相尽意指教。今观此山,乃绝地也:若魏兵断我汲水之道,军士不战自乱矣。"谡曰:"汝莫乱道!孙子云:'置之死地而后生。'若魏兵绝我汲水之道,蜀兵岂不死战?以一可当百也。吾素读兵书,丞相诸事尚问于我,汝奈何相阻耶!"平曰:"若参军欲在山上下寨,可分兵与我,自于山西下一小寨,为掎角之势。倘魏兵至,可以相应。"马谡不从。

　　据《三国志·蜀书·王平传》:建兴六年,属参军马谡先锋。谡舍水上山,举措烦扰,平连规谏谡,谡不能用,大败于街亭。(参见《资治通鉴》卷七十一)

　　忽然山中居民,成群结队,飞奔而来,报说魏兵已到。王平欲辞去。马谡曰:"汝既不听吾令,与汝五千兵自去下寨。待吾破了魏兵,到丞相面前须分不得功!"王平引兵离山十里下寨,画成图本,星夜差人去禀孔明,具说马谡自于山上下寨。

　　却说司马懿在城中,令次子司马昭去探前路,若街亭有兵守御,即当按兵不行。司马昭奉令探了一遍,回见父曰:"街亭有兵守把。"懿叹曰:"诸葛亮真乃神人,吾不如也!"昭笑曰:"父亲何故自堕志气耶?男料街亭易取。"懿问曰:"汝安敢出此大言?"昭曰:"男亲自哨见,当道并无寨栅,军皆屯于山上,故知可破也。"懿大喜曰:"若兵果在山上,乃天使吾成功矣!"遂更换衣服,引百余骑亲自来看。是夜天晴月朗,直至山下,周围巡哨了一遍,方回。马谡在山上见之,大笑曰:"彼若有命,不来围山!"传令与诸将:"倘兵来,只见山顶上红旗招动,即四面皆下。"

　　却说司马懿回到寨中,使人打听是何将引兵守街亭。回报曰:"乃马良之弟马谡也。"懿笑曰:"徒有虚名,乃庸才耳!孔明用如此人物,如何不误事!"又问:"街亭左右别有军否?"探马报曰:"离山十里有王平安营。"懿乃命张郃引一军,当住王平来路。又令申耽、申仪引两路兵围山，先断了汲水道路；待蜀兵自乱，然后乘势击之。当夜调度已定。

次日天明，张郃引兵先往背后去了。司马懿大驱军马，一拥而进，把山四面围定。马谡在山上看时，只见魏兵漫山遍野，旌旗队伍，甚是严整。蜀兵见之，尽皆丧胆，不敢下山。马谡将红旗招动，军将你我相推，无一人敢动。谡大怒，自杀二将。众军惊惧，只得努力下山来冲魏兵。魏兵端然不动。蜀兵又退上山去。马谡见事不谐，教军紧守寨门，只等外应。

却说王平见魏兵到，引军杀来，正遇张郃；战有数十余合，平力穷势孤，只得退去。魏兵自辰时困至戌时，山上无水，军不得食，寨中大乱。嚷到半夜时分，山南蜀兵大开寨门，下山降魏。马谡禁止不住。司马懿又令人于沿山放火，山上蜀兵愈乱。马谡料守不住，只得驱残兵杀下山西逃奔。

> 据《资治通鉴》卷七十一：以谡督诸军在前，与张郃战于街亭。谡违亮节度，举措烦扰，舍水上山，不下据城。张郃绝其汲道，击，大破之，士卒离散。（参见《三国志·蜀书·诸葛亮传》《马良传附弟谡传》，《三国志·魏书·张郃传》）

司马懿放条大路，让过马谡。背后张郃引兵追来。赶到三十余里，前面鼓角齐鸣，一彪军出，放过马谡，拦住张郃，视之，乃魏延也。延挥刀纵马，直取张郃。郃回军便走。延驱兵赶来，复夺街亭。赶到五十余里，一声喊起，两边伏兵齐出：左边司马懿，右边司马昭，却抄在魏延背后，把延困在垓心。张郃复来，三路兵合在一处。魏延左冲右突，不得脱身，折兵大半。正危急间，忽一彪军杀入，乃王平也。延大喜曰："吾得生矣！"二将合兵一处，大杀一阵，魏兵方退。二将慌忙奔回寨时，营中皆是魏兵旌旗。申耽、申仪从营中杀出。王平、魏延径奔列柳城，来投高翔。此时高翔闻知街亭有失，尽起列柳城之兵，前来救应，正遇延、平二人，诉说前事。高翔曰："不如今晚去劫魏寨，再复街亭。"当时三人在山坡下商议已定。待天色将晚，兵分三路。魏延引兵先进，径到街亭，不见一人，心中大疑，未敢轻进，且伏在路口等候，忽见高翔兵到，二人共说魏兵不知在何处。正没理会，又不见王平兵到。忽然一声炮响，火光冲天，鼓声震地，魏兵齐出，把魏延、高翔围在垓心。二人往来冲突，不得脱身。忽听得山坡后喊声若雷，一彪军杀入，乃是王平，救了高、魏二人，径奔列柳城来。

> 据《资治通鉴》卷七十一：及败，众尽星散，惟平所领千人鸣鼓自守，张郃疑其有伏兵，不往逼也，于是平徐徐收合诸营遗迸，率将士而还。（参见《三国志·蜀书·王平传》）

比及奔到城下时，城边早有一军杀到，旗上大书"魏都督郭淮"字样。原来郭淮与曹真商议，恐司马懿得了全功，乃分淮来取街亭；闻知司马懿、张郃成了此功，遂引兵径袭列柳城。正遇三将，大杀一阵。蜀兵伤者极多。魏延恐阳平关有失，慌与王平、高翔望阳平关来。

却说郭淮收了军马，乃谓左右曰："吾虽不得街亭，却取了列柳城，亦是大功。"引兵径到城下叫门，只见城上一声炮响，旗帜皆竖，当头一面大旗，上书"平西都督司马懿"。懿撑起悬空板，倚定护心木栏干，大笑曰："郭伯济来何迟也？"淮大惊曰："仲达神机，吾不及也！"遂入城。

> 据《三国志·魏书·郭淮传》：太和二年，蜀相诸葛亮出祁山，遣将军马谡至街亭，高详屯列柳城。张郃击谡，淮攻详营，皆破之。
>
> 按：据此条史料，列柳城为郭淮攻占，并非司马懿所取。

相见已毕，懿曰："今街亭已失，诸葛亮必走。公可速与子丹星夜追之。"郭淮从其言，出城而去。懿唤张郃曰："子丹、伯济，恐吾全获大功，故来取此城池。吾非独欲成功，乃侥幸而已。吾料魏延、王平、马谡、高翔等辈，必先去据阳平关。吾若去取此关，诸葛亮必随后掩杀，中其计矣。兵法云：'归师勿掩，穷寇莫追。'汝可从小路抄箕谷退兵。吾自引兵当斜谷之兵。若彼败走，不可相拒，只宜中途截住；蜀兵辎重，可尽得也。"张郃受计，引兵一半去了。懿下令："竟取斜谷，由西城而进。西城虽山僻小县，乃蜀兵屯粮之所，又南安、天水、安定三郡总路。若得此城，三郡可复矣。"于是司马懿留申耽、申仪守列柳城，自领大军望斜谷进发。

却说孔明自令马谡等守街亭去后，犹豫不定。忽报王平使人送图本至。孔明唤入，左右呈上图本。孔明就文几上拆开视之，拍案大惊曰："马谡无知，坑陷吾军矣！"左右问曰："丞相何故失惊？"孔明曰："吾观此图本，失却要路，占山为寨。倘魏兵大至，四面围合，断汲水道路，不须二日，军自乱矣。若街亭有失，吾等安归？"长史杨仪进曰："某虽不才，愿替马幼常回。"孔明将安营之法，一一分付与杨仪。正待要行，忽报马到来，说："街亭、列柳城，尽皆失了！"孔明跌足长叹曰："大事去矣！此吾之过也！"急唤关兴、张苞分付曰："汝二人各引三千精兵，投武功山小路而行。如遇魏兵，不可大击，只鼓噪呐喊，为疑兵惊之。彼当自走，亦不可追。待军退尽，便投阳平关去。"又令张翼先引军去修理剑阁，以备归路。又密传号令，教大军暗暗收拾行装，以备起程。又令马岱、姜维断后，先伏于山谷中，待诸军退尽，方始收兵。又差心腹人，分路报与天水、南安、安定三郡官吏军民，皆入汉中。又遣心腹人到冀县搬取姜维老母，送入汉中。

　　据《三国志·蜀书·姜维传》：会马谡败于街亭，亮拔将西县千余家及维等还，故维遂与母相失。

　　据《三国志·蜀书·姜维传》注引《魏略》：未及遣迎冀中人，会亮前锋为张郃、费曜等所破，遂将维等却缩。维不得还，遂入蜀。诸军攻冀，皆得维母妻子，亦以维本无去意，故不没其家，但系保官以延之。

　　据《晋书·五行志中》：魏明帝太和中，姜维归蜀，失其母。魏人使其母手书呼维令反，并送当归以譬之。维报书曰："良田百顷，不计一亩，但见远志，无有当归。"维卒不免。

孔明分拨已定，先引五千兵退去西城县搬运粮草。忽然十余次飞马报到，说："司马懿引大军十五万，望西城蜂拥而来！"时孔明身边别无大将，只有一班文官，所引五千军，已分一半先运粮草去了，只剩二千五百军在城中。众官听得这个消息，尽皆失色。孔明登城望之，果然尘土冲天，魏兵分两路望西城县杀来。孔明传令，教"将旌旗尽皆隐匿；诸军各守城铺，如有妄行出入，及高言大语者，斩之！大开四门，每一门用二十军士，扮作百姓，洒扫街道。如魏兵到时，不可擅动，吾自有计"。孔明乃披鹤氅，戴纶巾，引二小童携琴一张，于城上敌楼前，凭栏而坐，焚香操琴。

却说司马懿前军哨到城下，见了如此模样，皆不敢进，急报与司马懿。懿笑而不信，遂止住三军，自飞马远远望之。果见孔明坐于城楼之上，笑容可掬，焚香操琴。左有一童子，手捧宝剑；右有一童子，手执麈尾。城门内外，有二十余百姓，低头洒扫，傍若无人。懿看毕大疑，便到中军，教后军作前军，前军作后军，望北山路而退。次子司马昭曰："莫非诸葛亮无军，故作此态？父亲何故便退兵？"懿曰："亮平生谨慎，不曾弄险。今大开城门，必有埋伏。我兵若进，中其计也。汝辈岂知？宜速退。"于是两路兵尽皆退去。孔明见魏军远去，抚掌而笑。众官无不骇然，乃问孔明曰："司马懿乃魏之名将，今统十五万精兵到此，见了丞相，便速退去，何也？"孔明曰："此人料吾生平谨慎，必不弄险；见如此模样，疑有伏兵，所以退去。吾非行险，盖因不得已而用之。此人必引军投山北小路去也。吾已令兴、苞二人在彼等候。"众皆惊服曰："丞相之机，神鬼莫测。若某等之见，必弃城而走矣。"孔明曰："吾兵止有二千五百，若弃城而走，必不能远遁。得不为司马懿所擒乎？"后人有诗赞曰：

瑶琴三尺胜雄师，诸葛西城退敌时。十五万人回马处，土人指点到今疑。

言讫，拍手大笑，曰："吾若为司马懿，必不便退也。"遂下令，教西城百姓，随军入汉中；司马懿必将复来。于是孔明离西城望汉中而走。

据《三国志·蜀书·诸葛亮传》注引《蜀记》：郭冲三事曰：亮屯于阳平，遣魏延诸军并兵东下，亮惟留万人守城。晋宣帝率二十万众拒亮，而与延军错道，径至前，当亮六十里所，侦候白宣帝说亮在城中兵少力弱。亮亦知宣帝垂至，已与相逼，欲前赴延军，相去又远，回迹反追，势不相及，将士失色，莫知其计。亮意气自若，敕军中皆卧旗息鼓，不得妄出庵幔，又令大开四城门，扫地却洒。宣帝常谓亮持重，而猥见势弱，疑其有伏兵，于是引军北趣山。明日食时，亮谓参佐拊手大笑曰："司马懿必谓吾怯，将有强伏，循山走矣。"候逻还白，如亮所言。宣帝后知，深以为恨。难曰：案阳平在汉中。亮初屯阳平，宣帝尚为荆州都督，镇宛城，至曹真死后，始与亮于关中相抗御耳。魏尝遣宣帝自宛由西城伐蜀，值霖雨，不果。此之前后，无复有于阳平交兵事。就如冲言，宣帝既举二十万众，已知亮兵少力弱，若疑其有伏兵，正可设防持重，何至便走乎？案《魏延传》云："延每随亮出，辄欲请精兵万人，与亮异道会于潼关，亮制而不许；延常谓亮为怯，叹己才用之不尽也。"亮尚不以延为万人别统，岂得如冲言，顿使将重兵在前，而以轻弱自守乎？且冲与扶风王言，显彰宣帝之短，对子毁父，理所不容，而云"扶风王慨然善冲之言"，故知此书举引皆虚。

据《三国志·蜀书·诸葛亮传》：魏明帝西镇长安，命张郃拒亮，亮使马谡督诸军在前，与郃战于街亭。谡违亮节度，举动失宜，大为郃所破。亮拔西县千余家，还于汉中。（参见《资治通鉴》卷七十一）

按：据史书记载，马谡兵败后，诸葛亮即拔西县千余家退回汉中，赵云也从箕谷退兵，首次北伐即告结束，期间并无所谓空城计。《演义》中的空城计故事，源自《蜀记》中的郭冲五事。当时司马懿屯驻在南阳郡治宛县，并没有到西线与诸葛亮交锋。

天水、安定、南安三郡官吏军民，陆续而来。

却说司马懿望武功山小路而走。忽然山坡后喊杀连天，鼓声震地。懿回顾二子曰："吾若不走，必中诸葛亮之计矣。"只见大路上一军杀来，旗上大书"右护卫使虎翼将军张苞"。魏兵皆弃甲抛戈而走。行不到一程，山谷中喊声震地，鼓角喧天，前面一杆大旗，上书"左护卫使龙骧将军关兴"。山谷应声，不知蜀兵多少；更兼魏军心疑，不敢久停，只得尽弃辎重而去。兴、苞二人皆遵将令，不敢追袭，多得军器粮草而归。司马懿见山谷中皆有蜀兵，不敢出大路，遂回街亭。

此时曹真听知孔明退兵，急引兵追赶。山背后一声炮响，蜀兵漫山遍野而来，为首大将，乃是姜维、马岱。真大惊，急退军时，先锋陈造已被马岱所斩。真引兵鼠窜而还。蜀兵连夜皆奔回汉中。

却说赵云、邓芝伏兵于箕谷道中。闻孔明传令回军，云谓芝曰："魏军知吾兵退，必然来追。吾先引一军伏于其后，公却引兵打吾旗号，徐徐而退。吾一步步自有护送也。"

却说郭淮提兵再回箕谷道中，唤先锋苏颙分付曰："蜀将赵云，英勇无敌。汝可小心提防，彼军若退，必有计也。"苏颙欣然曰："都督若肯接应，某当生擒赵云。"遂引前部三千兵，奔入箕谷。看看赶上蜀兵，只见山坡后闪出红旗白字，上书"赵云"。苏颙急收兵退走。行不到数里，喊声大震，一彪军撞出，为首大将，挺枪跃马，大喝曰："汝识赵子龙否！"苏颙大惊曰："如何这里又有赵云？"措手不及，被云一枪刺死于马下。余军溃散。云迤逦前进，背后又一军到，乃郭淮部将万政也。云见魏兵追急，乃勒马挺枪，立于路口，待来将交锋。蜀兵已去三十余里。万政认得是赵云，不敢前进，云等得天色黄昏，方才拨回马缓缓而进。郭淮兵到，万政言赵云英勇如旧，因此不敢近前。淮传令教军急赶，政令数百骑壮士赶来。行至一大林，忽听得背后大喝一声曰："赵子龙在此！"惊得魏兵落马者百余人，余者皆越岭而去。万政勉强来敌，被云一箭射中盔缨，惊跌于涧中。云以枪指之曰："吾饶汝性命回去！快教郭淮赶来！"万政脱命而回。云护送车仗人马，望汉中而去，沿途并无遗失。曹真、郭淮复夺三郡，以为己功。

　　据《资治通鉴》卷七十一：曹真讨安定等三郡，皆平。

　　据《三国志·魏书·曹真传》：诸葛亮围祁山，南安、天水、安定三郡反应亮。帝遣真督诸军军郿，遣张郃击亮将马谡，大破之。安定民杨条等略吏民保月支城，真进军围之。条谓其众曰："大将军自来，吾愿早降耳。"遂自缚出。三郡皆平。（参见《三国志·魏书·明帝纪》）

　　却说司马懿分兵而进。此时蜀兵尽回汉中去了，懿引一军复到西城，因问遗下居民及山僻隐者，皆言孔明止有二千五百军在城中，又无武将，只有几个文官，别无埋伏。武功山小民告曰："关兴、张苞，只各有三千军，转山呐喊，鼓噪惊追，又无别军，并不敢厮杀。"懿悔之不及，仰天叹曰："吾不如孔明也！"遂安抚了诸处官民，引兵径还长安，朝见魏主。叡曰："今日复得陇西诸郡，皆卿之功也。"懿奏曰："今蜀兵皆在汉中，未尽剿灭。臣乞大兵并力收川，以报陛下。"叡大喜，令懿即便兴兵。忽班内一人出奏曰："臣有一计，足可定蜀降吴。"正是：蜀中将相方归国，魏地君臣又逞谋。未知献计者是谁，且看下文分解。

第九十六回　孔明挥泪斩马谡　周鲂断发赚曹休

却说献计者，乃尚书孙资也。曹叡问曰："卿有何妙计？"资奏曰："昔太祖武皇帝收张鲁时，危而后济；常对群臣曰：'南郑之地，真为天狱。'中斜谷道为五百里石穴，非用武之地。今若尽起天下之兵伐蜀，则东吴又将入寇。不如以现在之兵，分命大将据守险要，养精蓄锐。不过数年，中国日盛，吴、蜀二国必自相残害，那时图之，岂非胜算？乞陛下裁之。"叡乃问司马懿曰："此论若何？"懿奏曰："孙尚书所言极当。"叡从之，

据《资治通鉴》卷七十：帝闻诸葛亮在汉中，欲大发兵就攻之，以问散骑常侍孙资，资曰："昔武皇帝征南郑，取张鲁，阳平之役，危而后济，又自往拔出夏侯渊军，数言'南郑直为天狱，中斜谷道为五百里石穴耳'，言其深险，喜出渊军之辞也。又，武皇帝圣于用兵，察蜀贼栖于山岩，视吴虏窜于江湖，皆桡而避之，不责将士之力，不争一朝之忿，诚所谓见胜而战，知难而退也。今若进军就南郑讨亮，道既险阻，计用精兵及转运、镇守南方四州，遏御水贼，凡用十五六万人，必当复更有所发兴。天下骚动，费力广大，此诚陛下所宜深虑。夫守战之力，力役参倍。但以今日见兵命大将据诸要险，威足以震摄强寇，镇静疆场，将士虎睡，百姓无事。数年之间，中国日盛，吴、蜀二虏必自罢敝。"帝乃止。（参见《三国志·魏书·孙资传》注引《资别传》）

命懿分拨诸将守把险要，留郭淮、张郃守长安。大赏三军，驾回洛阳。

却说孔明回到汉中，计点军士，只少赵云、邓芝，心中甚忧；乃令关兴、张苞，各引一军接应。二人正欲起身，忽报赵云、邓芝到来，并不曾折一人一骑；辎重等器，亦无遗失。孔明大喜，亲引诸将出迎。赵云慌忙下马伏地曰："败军之将，何劳丞相远接？"孔明急扶起，执手而言曰："是吾不识贤愚，以致如此！各处兵将败损，惟子龙不折一人一骑，何也？"邓芝告曰："某引兵先行，子龙独自断后，斩将立功，敌人惊怕，因此军资什物，不曾遗弃。"孔明曰："真将军也！"遂取金五十斤以赠赵云，又取绢一万匹赏云部卒。云辞曰："三军无尺寸之功，某等俱各有罪；若反受赏，乃丞相赏罚不明也。且请寄库，候今冬赐与诸军未迟。"孔明叹曰："先帝在日，常称子龙之德，今果如此！"乃倍加钦敬。

据《资治通鉴》卷七十一：是时赵云、邓芝兵亦败于箕谷，云敛众固守，故不大伤，云亦坐贬为镇军将军。亮问邓芝曰："街亭军退，兵将不复相录；箕谷军退，兵将初不相失。何故？"芝曰："赵云身自断后，军资什物，略无所弃，兵将无缘相失。"云有军资余绢，亮使分赐将士，云曰："军事无利，何为有赐！其物请悉入赤岸库，须十月为冬赐。"亮大善之。（参见《三国志·蜀书·赵云传》及注引《云别传》）

忽报马谡、王平、魏延、高翔至。孔明先唤王平入帐，责之曰："吾令汝同马谡守街亭，汝何不谏之，致使失事？"平曰："某再三相劝，要在当道筑土城，安营守把。参军大怒不从，某因此自引五千军离山十里下寨。魏兵骤至，把山四面围合，某引兵冲杀十余次，皆不能入。次日土崩瓦解，降者无数。某孤军难立，故投魏文长求救。半途又被魏兵困在山谷之中，某奋死杀出。比及归寨，早被魏兵占了。及投列柳城时，路逢高翔，遂分兵三路去劫魏寨，指望克复街亭。因见街亭并无伏路军，以此心疑。登高望之，只见魏延、高翔被魏兵围

住,某即杀入重围,救出二将,就同参军并在一处。某恐失却阳平关,因此急来回守。非某之不谏也。丞相不信,可问各部将校。"孔明喝退,

> 据《三国志·蜀书·王平传》:丞相亮既诛马谡及将军张休、李盛,夺将军黄袭等兵,平特见崇显,加拜参军,统五部兼当营事,进位讨寇将军,封亭侯。(参见《资治通鉴》卷七十一)

又唤马谡入帐。谡自缚跪于帐前。孔明变色曰:"汝自幼饱读兵书,熟谙战法。吾累次丁宁告戒:街亭是吾根本。汝以全家之命,领此重任。汝若早听王平之言,岂有此祸?今败军折将,失地陷城,皆汝之过也!若不明正军律,何以服众?汝今犯法,休得怨吾。汝死之后,汝之家小,吾按月给与禄粮,汝不必挂心。"叱左右推出斩之。谡泣曰:"丞相视某如子,某以丞相为父。某之死罪,实已难逃;愿丞相思舜帝殛鲧用禹之义,某虽死亦无恨于九泉!"

> 据《三国志·蜀书·马良传附弟谡传》注引《襄阳记》:谡临终与亮书曰:"明公视谡犹子,谡视明公犹父,愿深惟殛鲧兴禹之义,使平生之交不亏于此,谡虽死无恨于黄壤也。"

言讫大哭。孔明挥泪曰:"吾与汝义同兄弟,汝之子即吾之子也,不必多嘱。"左右推出马谡于辕门之外,将斩。参军蒋琬自成都至,见武士欲斩马谡,大惊,高叫:"留人!"入见孔明曰:"昔楚杀得臣而文公喜。今天下未定,而戮智谋之臣,岂不可惜乎?"孔明流涕而答曰:"昔孙武所以能制胜于天下者,用法明也。今四方分争,兵戈方始,若复废法,何以讨贼耶?合当斩之。"

> 据《三国志·蜀书·马良传附弟谡传》注引《襄阳记》:蒋琬后诣汉中,谓亮曰:"昔楚杀得臣,然后文公喜可知也。天下未定而戮智计之士,岂不惜乎!"亮流涕曰:"孙武所以能制胜于天下者,用法明也。是以杨干乱法,魏绛戮其仆。四海分裂,兵交方始,若复废法,何用讨贼邪!"(参见《资治通鉴》卷七十一)

须臾,武士献马谡首级于阶下。

> 据《三国志·蜀书·诸葛亮传》:戮谡以谢众。
>
> 据《资治通鉴》卷七十一:收谡下狱,杀之。
>
> 据《三国志·蜀书·马良传附弟谡传》:谡下狱物故。
>
> 据《三国志·蜀书·向朗传》:五年,随亮汉中。朗素与马谡善,谡逃亡,朗知情不举,亮恨之,免官还成都。
>
> 按:马谡之死,史书有两种说法:一是被处死,一是死于狱中。周寿昌《三国志注证遗》认为:"谡下狱物故",街亭之败,戮谡谢众。已见于诸葛本传矣。即此注引《襄阳记》谡引殛鲧之语,蒋琬述楚杀得臣之言,习凿齿为杀有益之人之论,是谡被诛无可疑者。此传忽称"谡下狱物故",似是狱中瘐死者然。疑物故是诛之二字之误。据《三国志·蜀书·向朗传》,街亭失守后,马谡并未主动向诸葛亮请罪,而是逃亡。

孔明大哭不已。蒋琬问曰:"今幼常得罪,既正军法,丞相何故哭耶?"孔明曰:"吾非为马谡而哭。吾想先帝在白帝城临危之时,曾嘱吾曰:'马谡言过其实,不可大用。'今果应此言。乃深恨己之不明,追思先帝之言,因此痛哭耳!"大小将士,无不流涕。马谡亡年三十九岁,时建兴六年夏五月也。

> 据《三国志·蜀书·马良传附弟谡传》:谡下狱物故,亮为之流涕。……谡年三十九。

> 据《三国志·蜀书·马良传附弟谡传》注引《襄阳记》：于时十万之众为之垂涕。亮自临祭，待其遗孤若平生。

后人有诗曰：

　　失守街亭罪不轻，堪嗟马谡枉谈兵。辕门斩首严军法，拭泪犹思先帝明。

却说孔明斩了马谡，将首级遍示各营已毕，用线缝在尸上，具棺葬之，自修祭文享祀；将谡家小加意抚恤，按月给与禄米。

> 据《资治通鉴》卷七十一：收谡下狱，杀之。亮自临祭，为之流涕，抚其遗孤，恩若平生。

于是孔明自作表文，令蒋琬申奏后主，请自贬丞相之职。琬回成都，入见后主，进上孔明表章。后主拆视之。表曰：

　　臣本庸才，叨窃非据，亲秉旄钺，以励三军。不能训章明法，临事而惧，至有街亭违命之阙，箕谷不戒之失，咎皆在臣授任无方。臣明不知人，恤事多暗，《春秋》责帅，臣职是当。请自贬三等，以督厥咎。臣不胜惭愧，俯伏待命！

后主览毕曰："胜负兵家常事，丞相何出此言？"侍中费祎奏曰："臣闻治国者，必以奉法为重。法若不行，何以服人？丞相败绩，自行贬降，正其宜也。"后主从之，乃诏贬孔明为右将军，行丞相事，照旧总督军马，就命费祎赍诏到汉中。

> 据《三国志·蜀书·诸葛亮传》：上疏曰："臣以弱才，叨窃非据，亲秉旄钺，以厉三军，不能训章明法，临事而惧，至有街亭违命之阙，箕谷不戒之失，咎皆在臣授任无方。臣明不知人，恤事多暗，《春秋》责帅，臣职是当。请自贬三等，以督厥咎。"于是以亮为右将军，行丞相事，所总统如前。（参见《资治通鉴》卷七十一）

孔明受诏贬降讫，祎恐孔明羞赧，乃贺曰："蜀中之民，知丞相初拔四县，深以为喜。"孔明变色曰："是何言也！得而复失，与不得同。公以此贺我，实足使我愧赧耳。"祎又曰："近闻丞相得姜维，天子甚喜。"孔明怒曰："兵败师还，不曾夺得寸土，此吾之大罪也。量得一姜维，于魏何损？"

> 据《三国志·蜀书·诸葛亮传》注引《蜀记》：郭冲四事曰：亮出祁山，陇西、南安二郡应时降，围天水，拔冀城，虏姜维，驱略士女数千人还蜀。人皆贺亮，亮颜色愀然有戚容，谢曰："普天之下，莫非汉民，国家威力未举，使百姓困于豺狼之吻。一夫有死，皆亮之罪，以此相贺，能不为愧。"于是蜀人咸知亮有吞魏之志，非惟拓境而已。难曰：亮有吞魏之志久矣，不始于此众人方知也，且于时师出无成，伤缺而反者众，三郡归降而不能有。姜维，天水之匹夫耳，获之则于魏何损？拔西县千家，不补街亭所丧，以何为功，而蜀人相贺乎？

祎又曰："丞相现统雄师数十万，可再伐魏乎？"孔明曰："昔大军屯于祁山、箕谷之时，我兵多于贼兵，而不能破贼，反为贼所破：此病不在兵之多寡，在主将耳。今欲减兵省将，明罚思过，较变通之道于将来；如其不然，虽兵多何用？自今以后，诸人有远虑于国者，但勤攻吾之阙，责吾之短，则事可定，贼可灭，功可翘足而待矣。"费祎诸将皆服其论。

> 据《资治通鉴》卷七十一：或劝亮更发兵者，亮曰："大军在祁山、箕谷，皆多于贼，而不破贼，乃为贼所破，此病不在兵少也，在一人耳。今欲减兵省将，明罚思过，校变通之道于将来；若不能然者，虽兵多何益！自今已后，诸有忠虑于国，但勤攻吾之

阙，则事可定，贼可死，功可跷足而待矣。"于是考微劳，甄壮烈，引咎责躬，布所失于境内，厉兵讲武，以为后图，戎士简练，民忘其败矣。（参见《三国志·蜀书·诸葛亮传》注引《汉晋春秋》）

费祎自回成都。

孔明在汉中，惜军爱民，励兵讲武，置造攻城渡水之器，聚积粮草，预备战筏，以为后图。细作探知，报入洛阳。

魏主曹叡闻知，即召司马懿商议收川之策。懿曰："蜀未可攻也。方今天道亢炎，蜀兵必不出；若我军深入其地，彼守其险要，急切难下。"叡曰："倘蜀兵再来入寇，如之奈何？"懿曰："臣已算定今番诸葛亮必效韩信暗度陈仓之计。臣举一人往陈仓道口，筑城守御，万无一失。此人身长九尺，猿臂善射，深有谋略。若诸葛亮入寇，此人足可当之。"叡大喜，问曰："此何人也？"懿奏曰："乃太原人，姓郝，名昭，字伯道，现为杂号将军，镇守河西。"

> 据《三国志·魏书·明帝纪》注引《魏略》：昭字伯道，太原人，为人雄壮，少入军为部曲督，数有战功，为杂号将军，遂镇守河西十余年，民夷畏服。

叡从之，加郝昭为镇西将军，命守把陈仓道口，遣使持诏去讫。

> 据《资治通鉴》卷七十一：曹真讨安定等三郡，皆平。真以诸葛亮惩于祁山，后必出从陈仓，乃使将军郝昭等守陈仓，治其城。（参见《三国志·魏书·曹真传》）

忽报扬州司马大都督曹休上表，说东吴鄱阳太守周鲂，

> 据《三国志·吴书·周鲂传》：周鲂字子鱼，吴郡阳羡人也。……黄武中，……以鲂为鄱阳太守。

愿以郡来降，密遣人陈言七事，说东吴可破，乞早发兵取之。

> 据《三国志·吴书·周鲂传》：被命密求山中旧族名帅为北敌所闻知者，令谲挑魏大司马扬州牧曹休。鲂答，恐民帅小丑不足仗任，事或漏泄，不能致休，乞遣亲人赍笺七条以诱休……被报施行。

叡就御床上展开，与司马懿同观。懿奏曰："此言极有理，吴当灭矣！臣愿引一军往助曹休。"忽班中一人进曰："吴人之言，反覆不一，未可深信。周鲂智谋之士，必不肯降，此特诱兵之诡计也。"众视之，乃建威将军贾逵也。懿曰："此言亦不可不听，机会亦不可错失。"魏主曰："仲达可与贾逵同助曹休。"二人领命去讫。于是曹休引大军径取皖城；贾逵引前将军满宠、东莞太守胡质，径取阳城，直向东关；司马懿引本部军径取江陵。

> 据《三国志·吴书·周鲂传》：休果信鲂，帅步骑十万，辎重满道，径来入皖。

> 据《资治通鉴》卷七十一：（曹休）率步骑十万向皖以应鲂；帝又使司马懿向江陵，贾逵向东关，三道俱进。

却说吴主孙权在武昌东关，会多官商议曰："今有鄱阳太守周鲂密表，奏称魏扬州都督曹休，有入寇之意。今鲂诈施诡计，暗陈七事，引诱魏兵深入重地，可设伏兵擒之。今魏兵分三路而来，诸卿有何高见？"顾雍进曰："此大任非陆伯言不敢当也。"权大喜，乃召陆逊，封为辅国大将军、平北都元帅，统御林大兵，摄行王事，授以白旄黄钺，文武百官，皆听约束。权亲自与逊执鞭。逊领命谢恩毕，乃保二人为左右都督，分兵以迎三道。权问何人。逊

曰："奋威将军朱桓，绥南将军全琮，二人可为辅佐。"权从之，即命朱桓为左都督，全琮为右都督，于是陆逊总率江南八十一州并荆湖之众七十余万，令朱桓在左，全琮在右。逊自居中，三路进兵。

> 据《资治通鉴》卷七十一：（太和二年）秋八月，吴王至皖，以陆逊为大都督，假黄钺，亲执鞭以见之；以朱桓、全琮为左右督，各督三万人以击休。（参见《三国志·吴书·陆逊传》）
>
> 按：《演义》称陆逊率军七十余万，显系夸张。据《三国志·吴书·孙皓传》注引《晋阳秋》，吴国降晋时共有二十三万军队，这是孙吴后期军队有所发展增加之后的数据。就以此数据来计算，《演义》所称陆逊率军七十余万，军队数量也被夸大了三倍之多。

朱桓献策曰："曹休以亲见任，非智勇之将也。今听周鲂诱言，深入重地，元帅以兵击之，曹休必败。败后必走两条路：左乃夹石，右乃挂车。此二条路，皆山僻小径，最为险峻。某愿与全子璜各引一军，伏于山险，先以柴木大石塞断其路，曹休可擒矣。若擒了曹休，便长驱直进，唾手而得寿春，以窥许、洛，此万世一时也。"逊曰："此非善策，吾自有妙用。"于是朱桓怀不平而退。

> 据《资治通鉴》卷七十一：朱桓言于吴王曰："休本以亲戚见任，非智勇名将也。今战必败，败必走，走当由夹石、挂车。此两道皆险厄，若以万兵柴路，则彼众可尽，休可生虏。臣请将所部以断之，若蒙天威，得以休自效，便可乘胜长驱，进取寿春，割有淮南，以规许、洛，此万世一时，不可失时！"权以问陆逊，逊以为不可，乃止。（参见《三国志·吴书·朱桓传》）

逊令诸葛瑾等拒守江陵，以敌司马懿。诸路俱各调拨停当。

却说曹休兵临皖城，周鲂来迎，径到曹休帐下。休问曰："近得足下之书，所陈七事，深为有理，奏闻天子，故起大军三路进发。若得江东之地，足下之功不小。有人言足下多谋，诚恐所言不实。吾料足下必不欺我。"周鲂大哭，急掣从人所佩剑欲自刎。休急止之。鲂仗剑而言曰："吾所陈七事，恨不能吐出心肝。今反生疑，必有吴人使反间之计也。若听其言，吾必死矣。吾之忠心，惟天可表！"言讫，又欲自刎。曹休大惊，慌忙抱住曰："吾戏言耳，足下何故如此！"鲂乃用剑割发掷于地曰："吾以忠心待公，公以吾为戏，吾割父母所遗之发，以表此心！"曹休乃深信之，设宴相待。

> 据《资治通鉴》卷七十一：吴王使鄱阳太守周鲂密求山中旧族名帅为北方所闻知者，令谲挑扬州牧曹休。鲂曰："民帅小丑，不足杖任，事或漏泄，不能致休。乞遣亲人赍笺以诱休，言被谴惧诛，欲以郡降北，求兵应接。"吴王许之。时频有郎官诣鲂诘问诸事，鲂因诣郡门下，下发谢。休闻之，率步骑十万向皖以应鲂。
>
> 据《三国志·吴书·周鲂传》：鲂初建密计时，频有郎官奉诏诘问诸事，鲂乃诣部郡门下，因下发谢，故休闻之，不复疑虑。
>
> 按：《演义》称，周鲂为骗取信任，亲自去见曹休并在其面前割下头发，与史相悖。据史书记载，周鲂是在孙权多次派人责问之后，去部郡门下断发谢罪的；他仅仅是派人给曹休送去书信，并没有去面见。

席罢，周鲂辞去。忽报建威将军贾逵来见，休令入，问曰："汝此来何为？"逵曰："某料东吴之兵，必尽屯于皖城。都督不可轻进，待某两下夹攻，贼兵可破矣。"休怒曰："汝欲夺吾功耶?"逵曰:"又闻周鲂截发为誓,此乃诈也。昔要离断臂,刺杀庆忌,未可深信。"休大怒曰:"吾正欲进兵,汝何出此言以慢军心!"叱左右推出斩之。众将告曰:"未及进兵,先斩大将,于军不利。且乞暂免。"休从之,将贾逵兵留在寨中调用,自引一军来取东关。时周鲂听知贾逵削去兵权,暗喜曰:"曹休若用贾逵之言,则东吴败矣!今天使我成功也!"即遣人密到皖城,报知陆逊。逊唤诸将听令曰:"前面石亭,虽是山路,足可埋伏。早先去占石亭阔处,布成阵势,以待魏军。"遂令徐盛为先锋,

> 按:核诸《三国志·吴书·徐盛传》,徐盛未参加石亭之战,他大约死于石亭之战前三四年。

引兵前进。

却说曹休命周鲂引兵而进,正行间,休问曰:"前至何处?"鲂曰:"前面石亭也,堪以屯兵。"休从之,遂率大军并车仗等器,尽赴石亭驻扎。次日,哨马报道:"前面吴兵不知多少,据住山口。"休大惊曰:"周鲂言无兵,为何有准备?"急寻鲂问之。人报周鲂引数十人,不知何处去了。休大悔曰:"吾中贼之计矣!虽然如此,亦不足惧!"遂令大将张普为先锋,引数千兵来与吴兵交战。

> 据《资治通鉴》卷七十一:(太和二年)秋八月,吴王至皖,以陆逊为大都督,假黄钺,亲执鞭以见之;以朱桓、全琮为左右督,各督三万人以击休。休知见欺,而恃其众,欲遂与吴战。(参见《三国志·吴书·陆逊传》)

两阵对圆,张普出马骂曰:"贼将早降!"徐盛出马相迎。战无数合,普抵敌不住,勒马收兵,回见曹休,言徐盛勇不可当。休曰:"吾当以奇兵胜之。"就令张普引二万军伏于石亭之南,又令薛乔引二万军伏于石亭之北。"明日吾自引一千兵搦战,却佯输诈败,诱到北山之前,放炮为号,三面夹攻,必获大胜。"二将受计,各引二万军到晚埋伏去了。

却说陆逊唤朱桓、全琮分付曰:"汝二人各引三万军,从石亭山路抄到曹休寨后,放火为号;吾亲率大军从中路而进:可擒曹休也。"当日黄昏,二将受计引兵而进。二更时分,朱桓引一军正抄到魏寨后,迎着张普伏兵。普不知是吴兵,径来问时,被朱桓一刀斩于马下。魏兵便走。桓令后军放火。全琮引一军抄到魏寨后,正撞在薛乔阵里,就那里大杀一阵。薛乔败走,魏兵大损,奔回本寨。后面朱桓、全琮两路杀来。曹休寨中大乱,自相冲击。休慌上马,望夹石道奔走。徐盛引大队军马,从正路杀来。魏兵死者不可胜数,逃命者尽弃衣甲。曹休大惊,在夹石道中,奋力奔走。

> 据《资治通鉴》卷七十一:休与陆逊战于石亭。逊自为中部,令朱桓、全琮为左右翼,三道俱进,冲休伏兵,因驱走之,追亡逐北,径至夹石,斩获万余,牛马骡驴车乘万两,军资器械略尽。(参见《三国志·吴书·陆逊传》)

忽见一彪军从小路冲出,为首大将,乃贾逵也。休惊慌少息,自愧曰:"吾不用公言,果遭此败!"逵曰:"都督可速出此道,若被吴兵以木石塞断,吾等皆危矣!"于是曹休骤马而行,贾逵断后。逵于林木盛茂处,及险峻小径,多设旌旗以为疑兵。及至徐盛赶到,见山坡下闪出旗角,疑有埋伏,不敢追赶,收兵而回。因此救了曹休。

> 据《资治通鉴》卷七十一:初,休表求深入以应周鲂,帝命贾逵引兵东与休合。逵曰:"贼无东关之备,必并军于皖,休深入与贼战,必败。"乃部署诸将,水陆并进,行二百里,获吴人,言休战败,吴遣兵断夹石。诸将不知所出,或欲待后军,逵曰:"休兵败于外,路绝于内,进不能战,退不得还,安危之机,不及终日。贼以军无后继,故

至此，今疾进，出其不意，此所谓先人以夺其心也，贼见吾兵必走。若待后军，贼已断险，兵虽多何益！"乃兼道进军，多设旗鼓为疑兵。吴人望见逵军，惊走，休乃得还。逵据夹石，以兵粮给休，休军乃振。初，逵与休不善，及休败，赖逵以免。（参见《三国志·魏书·贾逵传》及注引《魏略》、注引《魏书》）

司马懿听知休败，亦引兵退去。

却说陆逊正望捷音，须臾，徐盛、朱桓、全琮皆到。所得车仗、牛马驴骡、军资器械不计其数，降兵数万余人。

据《资治通鉴》卷七十一：（陆逊）斩获万余，牛马骡驴车乘万两，军资器械略尽。（参见《三国志·吴书·陆逊传》）

逊大喜，即同太守周鲂并诸将班师还吴。吴主孙权，领文武官僚出武昌城迎接，以御盖覆逊而入。

据《三国志·吴书·陆逊传》：诸军振旅过武昌，权令左右以御盖覆逊，入出殿门，凡所赐逊，皆御物上珍，于时莫与为比。

诸将尽皆升赏。权见周鲂无发，慰劳曰："卿断发成此大事，功名当书于竹帛也。"即封周鲂为关内侯；

据《三国志·吴书·周鲂传》：事捷军旋，权大会诸将欢宴，酒酣，谓鲂曰："君下发载义，成孤大事，君之功名，当书之竹帛。"加裨将军，赐爵关内侯。

大设筵会，劳军庆贺。陆逊奏曰："今曹休大败，魏已丧胆；可修国书，遣使入川，教诸葛亮进兵攻之。"权从其言，遂遣使赍书入川去。正是：只因东国能施计，致令西川又动兵。未知孔明再来伐魏，胜负如何，且看下文分解。

第九十七回　讨魏国武侯再上表　破曹兵姜维诈献书

却说蜀汉建兴六年秋九月，魏都督曹休被东吴陆逊大破于石亭，车仗马匹，军资器械，并皆罄尽，休惶恐之甚，气忧成病，到洛阳，疽发背而死。魏主曹叡敕令厚葬。

据《资治通鉴》卷七十一：长平壮侯曹休上书谢罪，帝以宗室不问。休惭愤，疽发于背，（太和二年秋九月）庚子，卒。帝以满宠都督扬州以代之。

据《三国志·魏书·曹休传》：休上书谢罪，帝遣屯骑校尉杨暨慰谕，礼赐益隆。休因此痛发背薨，谥曰壮侯。

司马懿引兵还、众将接人问曰："曹都督兵败，即元帅之干系，何故急回耶？"懿曰："吾料诸葛亮知吾兵败，必乘虚来取长安。倘陇西紧急，何人救之？吾故回耳。"众皆以为惧怯，哂笑而退。

却说东吴遣使致书蜀中，请兵伐魏，并言大破曹休之事：一者显自己威风，二者通和会之好。后主大喜，令人持书至汉中，报知孔明。时孔明兵强马壮，粮草丰足，所用之物，一切完备，正要出师。听知此信，即设宴大会诸将，计议出师。忽一阵大风，自东北角上而起，把庭前松树吹折。众皆大惊。孔明就占一课，曰："此风主损一大将！"诸将未信。正饮酒间，忽报镇南将军赵云长子赵统、次子赵广，来见丞相。孔明大惊，掷杯于地曰："子龙休矣！"二子入见，拜哭曰："某父昨夜三更病重而死。"孔明跌足而哭曰："子龙身故，国家损一栋梁，吾去一臂也！"众将无不挥涕。孔明令二子入成都面君报丧。后主闻云死，放声大哭曰："朕昔年幼，非子龙则死于乱军之中矣！"即下诏追赠大将军，谥封顺平侯，

据《三国志·蜀书·赵云传》：（建兴）七年卒，追谥顺平侯。

按：赵云从未被赠大将军，他在死后三十二年才被追谥为顺平侯，那时已是蜀汉景耀四年（261），再过两年蜀汉就灭亡了。

敕葬于成都锦屏山之东；建立庙堂，四时享祭。后人有诗曰：

常山有虎将，智勇匹关张。汉水功勋在，当阳姓字彰。
两番扶幼主，一念答先皇。青史书忠烈，应流百世芳。

却说后主思念赵云昔日之功，祭葬甚厚；封赵统为虎贲中郎，赵广为牙门将，

据《三国志·蜀书·赵云传》：云子统嗣，官至虎贲中郎督，行领军。次子广，牙门将，随姜维沓中，临陈战死。

就令守坟。二人辞谢而去。

忽近臣奏曰："诸葛丞相将军马分拨已定，即日将出师伐魏。"后主问在朝诸臣，诸臣多言未可轻动。后主疑虑未决。忽奏丞相令杨仪赍出师表至。后主宣入，仪呈上表章。后主就御案上拆视，其表曰：

先帝虑汉贼不两立，王业不偏安，故托臣以讨贼也。以先帝之明，量臣之才，故知臣伐贼，才弱敌强也。然不伐贼，王业亦亡。惟坐而待亡，孰与伐之？是故托臣而弗疑也。臣受命之日，寝不安席，食不甘味；思惟北征，宜先入南，故五月渡泸，深入不毛，

并日而食。臣非不自惜也，顾王业不可偏安于蜀都，故冒危难以奉先帝之遗意。而议者谓为非计。今贼适疲于西，又务于东，兵法乘劳，此进趋之时也。谨陈其事如左：

　　高帝明并日月，谋臣渊深，然涉险被创，危然后安；今陛下未及高帝，谋臣不如良、平，而欲以长策取胜，坐定天下，此臣之未解一也。刘繇、王朗，各据州郡，论安言计，动引圣人，群疑满腹，众难塞胸；今岁不战，明年不征，使孙权坐大，遂并江东，此臣之未解二也。曹操智计，殊绝于人，其用兵也，仿佛孙吴，然困于南阳，险于乌巢，危于祁连，逼于黎阳，几败北山，殆死潼关，然后伪定一时耳；况臣才弱，而欲以不危而定之，此臣之未解三也。曹操五攻昌霸不下，四越巢湖不成，任用李服而李服图之，委任夏侯而夏侯败亡，先帝每称操为能，犹有此失；况臣驽下，何能必胜，此臣之未解四也。自臣到汉中，中间期年耳，然丧赵云、阳群、马玉、阎芝、丁立、白寿、刘郃、邓铜等及曲长屯将七十余人，突将、无前、賨、叟、青羌、散骑、武骑一千余人，此皆数十年之内，所纠合四方之精锐，非一州之所有；若复数年，则损三分之二也。当何以图敌？此臣之未解五也。今民穷兵疲，而事不可息，事不可息，则住与行劳费正等；而不及早图之，欲以一州之地与贼持久，此臣之未解六也。

　　夫难平者，事也。昔先帝败军于楚，当此之时，曹操拊手，谓天下已定。然后先帝东连吴越，西取巴蜀，举兵北征，夏侯授首，此操之失计而汉事将成也。然后吴更违盟，关羽毁败，秭归蹉跌，曹丕称帝，凡事如是，难可逆见。臣鞠躬尽瘁，死而后已；至于成败利钝，非臣之明所能逆睹也。

　　据《三国志·蜀书·诸葛亮传》注引《汉晋春秋》：亮闻孙权破曹休，魏兵东下，关中虚弱。十一月，上言曰："先帝虑汉贼不两立，王业不偏安，故托臣以讨贼也。以先帝之明，量臣之才，故知臣伐贼才弱敌强也；然不伐贼，王业亦亡，惟坐待亡，孰与伐之？是故托臣而弗疑也。臣受命之日，寝不安席，食不甘味，思惟北征，宜先入南，故五月渡泸，深入不毛，并日而食。臣非不自惜也，顾王业不得偏全于蜀都，故冒危难以奉先帝之遗意也，而议者谓为非计。今贼适疲于西，又务于东，兵法乘劳，此进趋之时也。谨陈其事如左：高帝明并日月，谋臣渊深，然涉险被创，危然后安。今陛下未及高帝，谋臣不如良、平，而欲以长计取胜，坐定天下，此臣之未解一也。刘繇、王朗各据州郡，论安言计，动引圣人，群疑满腹，众难塞胸，今岁不战，明年不征，使孙策坐大，遂并江东，此臣之未解二也。曹操智计殊绝于人，其用兵也，仿佛孙吴，然困于南阳，险于乌巢，危于祁连，逼于黎阳，几败北山，殆死潼关，然后伪定一时耳，况臣才弱，而欲以不危而定之，此臣之未解三也。曹操五攻昌霸不下，四越巢湖不成，任用李服而李服图之，委夏侯而夏侯败亡，先帝每称操为能，犹有此失，况臣驽下，何能必胜？此臣之未解四也。自臣到汉中，中间期年耳，然丧赵云、阳群、马玉、阎芝、丁立、白寿、刘郃、邓铜等及曲长屯将七十余人，突将、无前、賨、叟、青羌、散骑、武骑一千余人，此皆数十年之内所纠合四方之精锐，非一州之所有；若复数年，则损三分之二也，当何以图敌？此臣之未解五也。今民穷兵疲，而事不可息，事不可息，则住与行，劳费正等，而不及今图之，欲以一州之地与贼持久，此臣之未解六也。夫难平者，事也。昔先帝败军于楚，当此时，曹操拊手，谓天下以定。然后先帝东连吴越，西取巴蜀，举兵北征，夏侯授首，此操之失计而汉事将成也。然后吴更违盟，关羽毁败，秭归蹉跌，曹丕称帝。凡事如是，难可逆见。臣鞠躬尽力，死而后已，至于成败利钝，非臣之明所能逆睹也。"于是有散关之役。　　此表，《亮集》所无，出张俨《默记》。（参见《资治通鉴》卷七十一）

按：《后出师表》疑点颇多，今人多认为是伪作。理由是：它不见于《三国志·诸葛亮传》，也不见于陈寿所编纂的《诸葛亮集》。此表心态悲观，信心丧失，不符合诸葛亮当时的心态。表中多有涣散人心的文句，且颇有与史不合处，如表中称赵云已死，《汉晋春秋》称此表上于建兴六年（228）十一月，而据《三国志·赵云传》记载，赵云到建兴七年（229）才病死；表中提到的阳群、马玉、阎芝、丁立、白寿、刘郃、邓铜等人均不见于史书记载；表中所述的"六不解"多有不符蜀国当时国情之处。因而有学者认为此表系张俨伪作，也有认为是诸葛恪为了使自己的伐魏主张得到认同而伪作的。

后主览表甚喜，即敕令孔明出师。孔明受命，起三十万精兵，令魏延总督前部先锋，径奔陈仓道口而来。

早有细作报入洛阳。司马懿奏知魏主，大会文武商议。大将军曹真出班奏曰："臣昨守陇西，功微罪大，不胜惶恐。今乞引大军往擒诸葛亮。臣近得一员大将，使六十斤大刀，骑千里征骕马，开两石铁胎弓，暗藏三个流星锤，百发百中，有万夫不当之勇，乃陇西狄道人，姓王，名双，字子全。臣保此人为先锋。"叡大喜，便召王双上殿。视之，身长九尺，面黑睛黄，熊腰虎背。叡笑曰："朕得此大将，有何虑哉！"遂赐锦袍金甲，封为虎威将军、前部大先锋。曹真为大都督。真谢恩出朝，遂引十五万精兵，会合郭淮、张郃，分道守把隘口。

却说蜀兵前队哨至陈仓，回报孔明，说："陈仓口已筑起一城，内有大将郝昭守把，深沟高垒，遍排鹿角，十分谨严；不如弃了此城，从太白岭鸟道出祁山甚便。"孔明曰："陈仓正北是街亭；必得此城，方可进兵。"命魏延引兵到城下，四面攻之。连日不能破。

据《资治通鉴》卷七十一：（太和二年冬）十二月，亮引兵出散关，围陈仓，陈仓已有备，亮不能克。

魏延复来告孔明，说城难打。孔明大怒，欲斩魏延。忽帐下一人告曰："某虽无才，随丞相多年，未尝报效。愿去陈仓城中，说郝昭来降，不用张弓只箭。"众视之，乃部曲靳祥也。孔明曰："汝用何言以说之？"祥曰："郝昭与某，同是陇西人氏，自幼交契。某今到彼，以利害说之，必来降矣。"孔明即令前去。靳祥骤马径到城下，叫曰："郝伯道故人靳祥来见。"城上人报知郝昭。昭令开门放人，登城相见。昭问曰："故人因何到此？"祥曰："吾在西蜀孔明帐下，参赞军机，待以上宾之礼。特令某来见公，有言相告。"昭勃然变色曰："诸葛亮乃我国仇敌也！吾事魏，汝事蜀，各事其主，昔时为昆仲，今时为仇敌！汝再不必多言，便请出城！"靳祥又欲开言，郝昭已出敌楼上了。魏军急催上马，赶出城外。祥回头视之，见昭倚定护心木栏杆。祥勒马以鞭指之曰："伯道贤弟，何太情薄耶？"昭曰："魏国法度，兄所知也。吾受国恩，但有死而已，兄不必下说词。早回见诸葛亮，教快来攻城，吾不惧也！"祥回告孔明曰："郝昭未等某开言，便先阻却。"孔明曰："汝可再去见他，以利害说之。"祥又到城下，请郝昭相见。昭出到敌楼上。祥勒马高叫曰："伯道贤弟，听吾忠言：汝据守一孤城，怎拒数十万之众？今不早降，后悔无及！且不顺大汉而事奸魏，抑何不知天命、不辨清浊乎？愿伯道思之。"郝昭大怒，拈弓搭箭，指靳祥而喝曰："吾前言已定，汝不必再言！可速退！吾不射汝！"

靳祥回见孔明，具言郝昭如此光景。

据《资治通鉴》卷七十一：亮使郝昭乡人靳详于城外遥说昭，昭于楼上应之曰："魏家科法，卿所练也；我之为人，卿所知也。我受国恩多而门户重，卿无可言者，但有必死耳。卿还谢诸葛，便可攻也。"详以昭语告亮，亮又使详重说昭，言"人兵不敌，无

第九十七回　讨魏国武侯再上表　破曹兵姜维诈献书　611

为空自破灭。"昭谓详曰："前言已定矣，我识卿耳，箭不识也。"详乃去。

孔明大怒曰："匹夫无礼太甚！岂欺吾无攻城之具耶？"随叫土人问曰："陈仓城中，有多少人马？"土人告曰："虽不知的数，约有三千人。"孔明笑曰："量此小城，安能御我！休等他救兵到，火速攻之！"于是军中起百乘云梯，一乘上可立十数人，周围用木板遮护。军士各把短梯软索，听军中擂鼓，一齐上城。郝昭在敌楼上，望见蜀兵装起云梯，四面而来，即令三千军各执火箭，分布四面；待云梯近城，一齐射之。孔明只道城中无备，故大造云梯，令三军鼓噪呐喊而进；不期城上火箭齐发，云梯尽着，梯上军士多被烧死，城上矢石如雨，蜀兵皆退。孔明大怒曰："汝烧吾云梯，吾却用'冲车'之法！"于是连夜安排下冲车。次日，又四面鼓噪呐喊而进。郝昭急命运石凿眼，用葛绳穿定飞打，冲车皆被打折。孔明又令人运土填城壕，教廖化引三千锹镢军，从夜间掘地道，暗入城去。郝昭又于城中掘重壕横截之。如此昼夜相攻，二十余日，无计可破。

　　据《资治通鉴》卷七十一：亮自以有众数万，而昭兵才千余人，又度东救未能便到，乃进兵攻昭，起云梯冲车以临城。昭于是以火箭逆射其梯，梯然，梯上人皆烧死；昭又以绳连石磨压其冲车，冲车折。亮乃更为井阑百尺以射城中，以土丸填堑，欲直攀城，昭又于内筑重墙。亮又为地突，欲踊出于城里，昭又于城内穿地横截之。昼夜相攻拒二十余日。（参见《三国志·魏书·明帝纪》注引《魏略》）

孔明正在营中忧闷，忽报："东边救兵到了，旗上书：'魏先锋大将王双'。"孔明问曰："谁可迎之？"魏延出曰："某愿往。"孔明曰："汝乃先锋大将，未可轻出。"又问："谁敢迎之？"裨将谢雄应声而出。孔明与三千军去了。孔明又问曰："谁敢再去？"裨将龚起应声要去。孔明亦与三千兵去了。孔明恐城内郝昭引兵冲出，乃把人马退二十里下寨。

却说谢雄引军前行，正遇王双；战不三合，被双一刀劈死。蜀兵败走，双随后赶来。龚起接着，交马只三合，亦被双所斩。败兵回报孔明。孔明大惊，忙令廖化、王平、张嶷三人出迎。两阵对圆，张嶷出马，王平、廖化压住阵角。王双纵马来与张嶷交马，数合不分胜负。双诈败便走，嶷随后赶去。王平见张嶷中计，忙叫曰："休赶！"嶷急回马时，王双流星锤早到，正中其背。魏伏鞍而走，双回马赶来。王平、廖化截住，救得张嶷回阵。王双驱兵大杀一阵，蜀兵折伤甚多。嶷吐血数口，回见孔明，说："王双英雄无敌；如今将二万兵就陈仓城外下寨，四围立起排栅，筑起重城，深挖壕堑，守御甚严。"孔明见折二将，张嶷又被打伤，即唤姜维曰："陈仓道口这条路不可行。别求何策？"维曰："陈仓城池坚固，郝昭守御甚密，又得王双相助，实不可取。不若令一大将，依山傍水，下寨固守；再令良将守把要道，以防街亭之攻；却统大军去袭祁山，某却如此如此用计，可捉曹真也。"孔明从其言，即令王平、李恢，引二枝兵守街亭小路；魏延引一军守陈仓口。马岱为先锋，关兴、张苞为前后救应使，从小径出斜谷望祁山进发。

却说曹真因思前番被司马懿夺了功劳，因此到洛阳分调郭淮、孙礼东西守把；又听的陈仓告急，已令王双去救。闻知王双斩将立功，大喜，乃令中护军大将费耀，权摄前部总督，诸将各自守把隘口。

　　据《资治通鉴》卷七十一：（太和二年冬）十二月，亮引兵出散关，围陈仓，陈仓已有备，亮不能克。……昼夜相攻拒二十余日。曹真遣将军费耀等救之。（参见《三国志·魏书·明帝纪》）

忽报山谷中捉得细作来见。曹真令押入，跪于帐前。其人告曰："小人不是奸细，有机密来见都督，误被伏路军捉来，乞退左右。"真乃教去其缚，左右暂退。其人曰："小人乃姜伯约心腹人也。蒙本官遣送密书。"真曰："书安在？"其人于贴肉衣内取出呈上。真拆视曰：

罪将姜维百拜，书呈大都督曹麾下：维念世食魏禄，忝守边城；叨窃厚恩，无门补报。昨日误遭诸葛亮之计，陷身于巅崖之中。思念旧国，何日忘之！今幸蜀兵西出，诸葛亮甚不相疑。赖都督亲提大兵而来，如遇敌人，可以诈败；维当在后，以举火为号，先烧蜀人粮草，却以大兵翻身掩之，则诸葛亮可擒也。非敢立功报国，实欲自赎前罪。倘蒙照察，速赐来命。

曹真看毕，大喜曰："天使吾成功也！"遂重赏来人，便令回报，依期会合。

真唤费耀商议曰："今姜维暗献密书，令吾如此如此。"耀曰："诸葛亮多谋，姜维智广，或者是诸葛亮所使，恐其中有诈。"真曰："他原是魏人，不得已而降蜀，又何疑乎？"耀曰："都督不可轻去，只守定本寨。某愿引一军接应姜维。如成功，尽归都督；倘有奸计，某自支当。"真大喜，遂令费耀引五万兵，望斜谷而进。行了两三程，屯下军马，令人哨探。当日申时分，回报："斜谷道中，有蜀兵来也。"耀忙催兵进。蜀兵未及交战先退。耀引兵追之，蜀兵又来。方欲对阵，蜀兵又退。如此者三次，俄延至次日申时分。魏军一日一夜，不曾敢歇，只恐蜀兵攻击。方欲屯军造饭，忽然四面喊声大震，鼓角齐鸣，蜀兵漫山遍野而来。门旗开处，闪出一辆四轮车，孔明端坐其中，令人请魏军主将答话。耀纵马而出，遥见孔明，心中暗喜，回顾左右曰："如蜀兵掩至，便退后走。若见山后火起，却回身杀去，自有兵来相应。"分付毕，跃马出呼曰："前者败将，今何敢又来！"孔明曰："唤汝曹真来答话！"耀骂曰："曹都督乃金枝玉叶，安肯与反贼相见耶！"孔明大怒，把羽扇一招，左有马岱，右有张嶷，两路兵冲出。魏兵便退。行不到三十里，望见蜀兵背后火起，喊声不绝。费耀只道号火，便回身杀来。蜀兵齐退。耀提刀在前，只望喊处追赶。将次近火，山路中鼓角喧天、喊声震地，两军杀出：左有关兴，右有张苞。山上矢石如雨，往下射来。魏兵大败。费耀知是中计，急退军望山谷中而走，人马困乏。背后关兴引生力军赶来，魏兵自相践踏及落涧身死者，不知其数。耀逃命而走，正遇山坡口一彪军，乃是姜维。耀大骂曰："反贼无信！吾不幸误中汝奸计也！"维笑曰："吾欲擒曹真，误赚汝矣！速下马受降！"耀骤马夺路，望山谷中而走。忽见谷口火光冲天，背后追兵又至。耀自刎身死，余众尽降。孔明连夜驱兵，直出祁山前下寨，收住军马，重赏姜维。维曰："某恨不得杀曹真也！"孔明亦曰："可惜大计小用矣。"

却说曹真听知折了费耀，悔之不及，遂与郭淮商议退兵之策。于是孙礼、辛毗星夜具表申奏魏主，言蜀兵又出祁山，曹真损兵折将，势甚危急。叡大惊，即召司马懿入内曰："曹真损兵折将，蜀兵又出祁山。卿有何策，可以退之？"懿曰："臣已有退诸葛亮之计。不用魏军扬武耀威，蜀兵自然走矣。"正是：已见子丹无胜术，全凭仲达有良谋。未知其计如何，且看下文分解。

第九十八回　追汉军王双受诛　袭陈仓武侯取胜

却说司马懿奏曰："臣尝奏陛下，言孔明必出陈仓，故以郝昭守之，今果然矣。彼若从陈仓入寇，运粮甚便。今幸有郝昭、王双守把，不敢从此路运粮。其余小道，搬运艰难。臣算蜀兵行粮止有一月，利在急战。我军只宜久守。陛下可降诏，令曹真坚守诸路关隘，不要出战。不须一月，蜀兵自走。那时乘虚而击之，诸葛亮可擒也。"叡欣然曰："卿既有先见之明，何不自引一军以袭之？"懿曰："臣非惜身重命，实欲存下此兵，以防东吴陆逊耳。孙权不久必将僭号称尊；如称尊号，恐陛下伐之，定先入寇也；臣故欲以兵待之。"正言间，忽近臣奏曰："曹都督奏报军情。"懿曰："陛下可即令人告戒曹真：凡追赶蜀兵，必须观其虚实，不可深入重地，以中诸葛亮之计。"叡即时下诏，遣太常卿韩暨持节告戒曹真："切不可战，务在谨守；只待蜀兵退去，方才击之。"司马懿送韩暨于城外，嘱之曰："吾以此功让与子丹；公见子丹，休言是吾所陈之意，只道天子降诏，教保守为上。追赶之人，大要仔细，勿遣性急气躁者追之。"暨辞去。

却说曹真正升帐议事，忽报天子遣太常卿韩暨持节至。真出寨接入，受诏已毕，退与郭淮、孙礼计议。淮笑曰："此乃司马仲达之见也。"真曰："此见若何？"淮曰："此言深识诸葛亮用兵之法。久后能御蜀兵者，必仲达也。"真曰："倘蜀兵不退，又将如何？"淮曰："可密令人去教王双，引兵于小路巡哨，彼自不敢运粮。待其粮尽兵退，乘势追击，可获全胜。"孙礼曰："某去祁山虚妆做运粮兵，车上尽装干柴茅草，以硫黄焰硝灌之，却教人虚报陇西运粮到。若蜀人无粮，必然来抢。待入其中，放火烧车，外以伏兵应之，可胜矣。"真喜曰："此计大妙！"即令孙礼引兵依计而行。又遣人教王双引兵于小路上巡哨，郭淮引兵提调箕谷、街亭，令诸路军马守把险要。真又令张辽子张虎为先锋，乐进子乐綝为副先锋，同守头营，不许出战。

却说孔明在祁山寨中，每日令人挑战，魏兵坚守不出。孔明唤姜维等商议曰："魏兵坚守不出，是料吾军中无粮也。今陈仓转运不通，其余小路盘涉艰难，吾算随军粮草，不敷一月用度，如之奈何？"正踌躇间，忽报："陇西魏军运粮数千车于祁山之西，运粮官乃孙礼也。"孔明曰："其人如何？"有魏人告曰："此人曾随魏主出猎于大石山，忽惊起一猛虎，直奔御前，孙礼下马拔剑斩之。

> 据《三国志·魏书·孙礼传》：帝猎于大石山，虎趋乘舆，礼便投鞭下马，欲奋剑斫虎，诏令礼上马。

从此封为上将军。乃曹真心腹人也。"孔明笑曰："此是魏将料吾乏粮，故用此计：车上装载者，必是茅草引火之物。吾平生专用火攻，彼乃欲以此计诱我耶？彼若知吾军去劫粮车，必来劫吾寨矣。可将计就计而行。"遂唤马岱分付曰："汝引三千军径到魏兵屯粮之所，不可入营，但于上风头放火。若烧着车仗，魏兵必来围吾寨。"又差马忠、张嶷各引五千兵在外围住，内外夹攻。三人受计去了。又唤关兴、张苞分付曰："魏兵头营接连四通之路。今晚若西山火起，魏兵必来劫吾营。汝二人却伏于魏寨左右，只等他兵出寨，汝二人便可劫之。"又唤吴班、吴懿分付曰："汝二人各引一军伏于营外。如魏兵到，可截其归路。"孔明分拨已毕，自在祁山上凭高而坐。魏兵探知蜀兵要来劫粮，慌忙报与孙礼。礼令人飞报曹真。真遣人去头营分付张虎、乐綝："看今夜山西火起，蜀兵必来救应。可以出军，如此如此。"二将受计,令人登楼专看号火。

却说孙礼把军伏于山西,只待蜀兵到。是夜二更,马岱引三千兵来,人皆衔枚,马尽勒口,径到山西。见许多车仗,重重叠叠,攒绕成营,车仗虚插旌旗。正值西南风起,岱令军士径去营南放火,车仗尽着,火光冲天。孙礼只道蜀兵到魏寨内放号火,急引兵一齐掩至。背后鼓角喧天,两路兵杀来:乃是马忠、张嶷,把魏军围在垓心。孙礼大惊。又听的魏军中喊声起,一彪军从火光边杀来,乃是马岱。内外夹攻,魏兵大败。火紧风急,人马乱窜,死者无数。孙礼引中伤军,突烟冒火而走。

却说张虎在营中,望见火光,大开寨门,与乐綝尽引人马,杀奔蜀寨来,寨中却不见一人。急收军回时,吴班、吴懿两路兵杀出,断其归路。张、乐二将急冲出重围,奔回本寨,只见土城之上,箭如飞蝗,原来却被关兴、张苞袭了营寨。魏兵大败,皆投曹真寨来。方欲入寨,只见一彪败军飞奔而来,乃是孙礼;遂同入寨见真,各言中计之事。真听知,谨守大寨,更不出战。

蜀兵得胜,回见孔明。孔明令人密授计与魏延,一面教拔寨齐起。杨仪曰:"今已大胜,挫尽魏兵锐气,何故反欲收军?"孔明曰:"吾兵无粮,利在急战。今彼坚守不出,吾受其病矣。彼今虽暂时兵败,中原必有添益;若以轻骑袭吾粮道,那时要归不能。今乘魏兵新败,不敢正视蜀兵,便可出其不意,乘机退去。所忧者但魏延一军,在陈仓道口拒住王双,急不能脱身;吾已令人授以密计,教斩王双,使魏人不敢来追。只今后队先行。"当夜,孔明只留金鼓守在寨中打更。一夜兵已尽退,只落空营。

却说曹真正在寨中忧闷,忽报左将军张郃领军到。郃下马入帐,谓真曰:"某奉圣旨,特来听调。"真曰:"曾别仲达否?"郃曰:"仲达分付云:'吾军胜,蜀兵必不便去;若吾军败,蜀兵必即去矣。'今吾军失利之后,都督曾往哨探蜀兵消息否?"真曰:"未也。"于是即令人往探之,果是虚营,只插着数十面旌旗,兵已去了二日也。曹真懊悔无及。

据《资治通鉴》卷七十一:帝召张郃于方城,使击亮。帝自幸河南城,置酒送郃,问郃曰:"迟将军到,亮得无已得陈仓乎?"郃知亮深入无谷,屈指计曰:"比臣到,亮已走矣。"郃晨夜进道,未至,亮粮尽,引去。(参见《三国志·魏书·张郃传》)

且说魏延受了密计,当夜二更拔寨,急回汉中。早有细作报知王双。双大驱军马,并力追赶。追到二十余里,看看赶上,见魏延旗号在前,双大叫曰:"魏延休走!"蜀兵更不回头。双拍马赶来。背后魏兵叫曰:"城外寨中火起,恐中敌人奸计。"双急勒马回时,只见一片火光冲天,慌令退军。行到山坡左侧,忽一骑马从林中骤出,大喝曰:"魏延在此!"王双大惊,措手不及,被延一刀砍于马下。魏兵疑有埋伏,四散逃走。延手下止有三十骑人马,望汉中缓缓而行。

据《三国志·蜀书·诸葛亮传》:(建兴六年)冬,亮复出散关,围陈仓,曹真拒之,亮粮尽而还。魏将王双率骑追亮,亮与战,破之,斩双。(参见《三国志·蜀书·后主传》《资治通鉴》卷七十一)

按:王双为何人所斩,史无明文。

后人有诗赞曰:

孔明妙算胜孙庞,耿若长星照一方。进退行兵神莫测,陈仓道口斩王双。

原来魏延受了孔明密计:先教存下三十骑,伏于王双营边;只待王双起兵赶时,却去他营中放火;待他回寨,出其不意,突出斩之。魏延斩了王双,引兵回到汉中见孔明,交割了人马。孔明设宴大会,不在话下。

> 按：据史书记载，蜀汉建兴六年（228）冬诸葛亮第二次伐魏，包围了陈仓城，攻打了二十多天，未能攻克，因粮尽而退兵。这次北伐的收获，仅是在退兵过程中斩杀了率军追赶的魏将王双。《演义》称蜀军于陈仓受阻后，诸葛亮即二出祁山，姜维向曹真献诈降书，使其中计兵败，蜀汉军队又打败了曹真部下的孙礼、张虎和乐綝，这些情节均不见于史。

且说张郃追蜀兵不上，回到寨中。忽有陈仓城郝昭差人申报，言王双被斩，曹真闻知，伤感不已，因此忧成疾病，遂回洛阳；命郭淮、孙礼、张郃守长安诸道。

却说吴王孙权设朝，有细作人报说："蜀诸葛丞相出兵两次，魏都督曹真兵损将亡。"于是群臣皆劝吴王兴师伐魏，以图中原。权犹疑未决。张昭奏曰："近闻武昌东山，凤凰来仪；大江之中，黄龙屡现。主公德配唐、虞，明并文、武，可即皇帝位，然后兴兵。"多官皆应曰："子布之言是也。"遂选定夏四月丙寅日，筑坛于武昌南郊。是日，群臣请权登坛即皇帝位，改黄武八年为黄龙元年。谥父孙坚为武烈皇帝，母吴氏为武烈皇后，兄孙策为长沙桓王。立子孙登为皇太子。命诸葛瑾长子诸葛恪为太子左辅，张昭次子张休为太子右弼。

> 据《三国志·吴书·吴主传》：黄龙元年春，公卿百司皆劝权正尊号。夏四月，夏口、武昌并言黄龙、凤凰见。丙申，南郊即皇帝位，是日大赦，改年。追尊父破虏将军坚为武烈皇帝，母吴氏为武烈皇后，兄讨逆将军策为长沙桓王。吴王太子登为皇太子。将吏皆进爵加赏。
>
> 据《资治通鉴》卷七十一：（太和三年）夏四月丙申，吴王即皇帝位，大赦，改元黄龙。……吴主追尊父坚为武烈皇帝，兄策为长沙桓王，立子登为皇太子，封长沙桓王子绍为吴侯。以诸葛恪为太子左辅，张休为右弼，顾谭为辅正、陈表为翼正都尉。（参见《三国志·吴书·孙登传》）

恪字元逊，

> 据《三国志·吴书·诸葛恪传》：诸葛恪字元逊，瑾长子也。少知名。

身长七尺，

> 据《三国志·吴书·诸葛恪传》注引《吴录》：恪长七尺六寸，少须眉，折頞广额，大口高声。

极聪明，善应对。权甚爱之。

> 据《三国志·吴书·诸葛恪传》注引《江表传》：恪少有才名，发藻岐嶷，辩论应机；莫与为对。权见而奇之，谓瑾曰："蓝田生玉，真不虚也。"

年六岁时，值东吴筵会，恪随父在座。权见诸葛瑾面长，乃令人牵一驴来，用粉笔书其面曰："诸葛子瑜。"众皆大笑。恪趋至前，取粉笔添二字于其下曰："诸葛子瑜之驴。"满座之人，无不惊讶。权大喜，遂将驴赐之。

> 据《三国志·吴书·诸葛恪传》：恪父瑾面长似驴，孙权大会群臣，使人牵一驴入，长检其面，题曰诸葛子瑜。恪跪曰："乞请笔益两字。"因听与笔。恪续其下曰"之驴"。举坐欢笑，乃以驴赐恪。
>
> 按：史书中的"长检其面"，意为在驴脸上挂一个长标签，将字写在标签上。罗贯

中没有读懂史书，在《演义》中误作"书其面"，即直接写在驴脸上。

又一日，大宴官僚，权命恪把盏。巡至张昭面前，昭不饮，曰："此非养老之礼也。"权谓恪曰："汝能强子布饮乎？"恪领命，乃谓昭曰："昔姜尚父年九十，秉旄仗钺，未尝言老。今临阵之日，先生在后；饮酒之日，先生在前：何谓不养老也？"昭无言可答，只得强饮。

> 据《三国志·吴书·诸葛恪传》：命恪行酒，至张昭前，昭先有酒色，不肯饮，曰："此非养老之礼也。"权曰："卿其能令张公辞屈，乃当饮之耳。"恪难昭曰："昔师尚父九十，秉旄仗钺，犹未告老也。今军旅之事，将军在后，酒食之事，将军在先，何谓不养老也？"昭卒无辞，遂为尽爵。

权因此爱之，故命辅太子。张昭佐吴王，位列三公之上，故以其子张休为太子右弼。又以顾雍为丞相，

> 据《资治通鉴》卷七十：吴丞相北海孙劭卒。初，吴当置丞相，众议归张昭，吴王曰："方今多事，职大事责重，非所以优之也。"及劭卒，百僚复举昭，吴王曰："孤岂为子布有爱乎！领丞相事烦，而此公性刚，所言不从，怨咎将兴，非所以益之也。"（黄初六年夏）六月，以太常顾雍为丞相，平尚书事。（参见《三国志·吴书·顾雍传》）

陆逊为上将军，辅太子守武昌。权复还建业。

> 据《三国志·吴书·吴主传》：（黄龙元年）秋九月，权迁都建业，因故府不改馆，征上大将军陆逊辅太子登，掌武昌留事。（参见《三国志·吴书·孙登传》《陆逊传》，《资治通鉴》卷七十一）

群臣共议伐魏之策。张昭奏曰："陛下初登宝位，未可动兵。只宜修文偃武，增设学校，以安民心；遣使入川，与蜀同盟，共分天下，缓缓图之。"

权从其言，即令使命星夜入川，来见后主。礼毕，细奏其事。后主闻知，遂与群臣商议。众议皆谓孙权僭逆，宜绝其盟好。蒋琬曰："可令人问于丞相。"后主即遣使到汉中问孔明。孔明曰："可令人赍礼物入吴作贺，乞遣陆逊兴师伐魏。魏必命司马懿拒之。懿若南拒东吴，我再出祁山，长安可图也。"后主依言，遂令太尉陈震，将名马、玉带、金珠、宝贝，入吴作贺。震至东吴，见了孙权，呈上国书。权大喜，设宴相待，打发回蜀。

> 据《资治通鉴》卷七十一：吴主使以并尊二帝之议往告于汉。汉人以为交之无益而名体弗顺，宜显明正义，绝其盟好。丞相亮曰："权有僭逆之心久矣，国家所以略其衅情者，求掎角之援也。今若加显绝，仇我必深，更当移兵东戍，与之角力，须并其土，乃议中原。彼贤才尚多，将相辑穆，未可一朝定也。顿兵相守，坐而须老，使北贼得计，非算之上者。昔孝文卑辞匈奴，先帝优与吴盟，皆应权通变，深思远益，非若匹夫之忿者也。今议者咸以权利在鼎足，不能并力，且志望已满，无上岸之情，推此，皆似是而非也。何者？其智力不侔，故限江自保。权之不能越江，犹魏贼之不能渡汉，非力有余，而利不取也。若大军致讨，彼高当分裂其地以为后规，下当略民广境，示武于内，非端坐者也。若就其不动而睦于我，我之北伐，无东顾忧，河南之众不得尽西，此之为利，亦已深矣。权僭逆之罪，未宜明也。"乃遣卫尉陈震使于吴，贺称尊号。吴主与汉人盟，约中分天下，以豫、青、徐、幽属吴，兖、冀、并、凉属汉，其司州之土，以函谷关为界。（参见《三国志·蜀书·诸葛亮传》注引《汉晋春秋》，《三国志·蜀书·陈震传》，《三国志·吴书·吴主传》）

第九十八回　追汉军王双受诛　袭陈仓武侯取胜

> 按：孙权称帝并要求蜀汉并尊二帝，这是对蜀汉正统地位的挑战，引起蜀汉群臣的议论和不满，甚至主张断绝与东吴的联盟关系并予声讨。诸葛亮则面对现实，主张承认孙权称帝，以此换取东吴对北伐事业的声援与策应。史书中记载了诸葛亮对这一问题的论述，但《演义》没有采用。

权召陆逊入，告以西蜀约会兴兵伐魏之事。逊曰："此乃孔明惧司马懿之谋也。既与同盟，不得不从。今却虚作起兵之势，遥与西蜀为应。待孔明攻魏急，吾可乘虚取中原也。"即时下令，教荆襄各处都要训练人马，择日兴师。

却说陈震回到汉中，报知孔明。孔明尚忧陈仓不可轻进，先令人去哨探。回报说："陈仓城中郝昭病重。"孔明曰："大事成矣。"遂唤魏延、姜维分付曰："汝二人领五千兵，星夜直奔陈仓城下；如见火起，并力攻城。"二人俱未深信，又来告曰："何日可行？"孔明曰："三日都要完备；不须辞我，即便起行。"二人受计去了。又唤关兴、张苞至，附耳低言，如此如此。二人各受密计而去。

且说郭淮闻郝昭病重，乃与张郃商议曰："郝昭病重，你可速去替他。我自写表申奏朝廷，别行定夺。"张郃引着三千兵，急来替郝昭。时郝昭病危，当夜正呻吟之间，忽报蜀军到城下了。昭急令人上城守把。时各门上火起，城中大乱。昭听知惊死。蜀兵一拥入城。

> 据《三国志·魏书·明帝纪》注引《魏略》：亮围陈仓，……昼夜相攻拒二十余日，亮无计，救至，引退。诏嘉昭善守，赐爵列侯。及还，帝引见慰劳之，……仍欲大用之，会病亡。

> 按：《演义》称诸葛亮趁郝昭病重之机成功袭取陈仓，郝昭于陈仓惊死，均不见于史。据史书，诸葛亮未曾再出陈仓；郝昭病死于洛阳，与陈仓无关。

却说魏延、姜维领兵到陈仓城下看时，并不见一面旗号，又无打更之人。二人惊疑，不敢攻城。忽听得城上一声炮响，四面旗帜齐竖。只见一人纶巾羽扇，鹤氅道袍，大叫曰："汝二人来的迟了！"二人视之，乃孔明也。二人慌忙下马，拜伏于地曰："丞相真神计也！"孔明令放入城，谓二人曰："吾打探得郝昭病重，吾令汝三日内领兵取城，此乃稳众人之心也。吾却令关兴、张苞，只推点军，暗出汉中。吾即藏于军中，星夜倍道径到城下，使彼不能调兵。吾早有细作在城内放火，发喊相助，令魏兵惊疑不定。兵无主将，必自乱矣。吾因而取之，易如反掌。兵法云：'出其不意，攻其无备。'正谓此也。"魏延、姜维拜伏。孔明怜郝昭之死，令彼妻小扶灵柩回魏，以表其忠。孔明谓魏延、姜维曰："汝二人且莫卸甲，可引兵去袭散关。把关之人，若知兵到，必然惊走。若稍迟便有魏兵至关，即难攻矣。"

魏延、姜维受命，引兵径到散关。把关之人，果然尽走。二人上关才要卸甲，遥见关外尘头大起，魏兵到来。二人相谓曰："丞相神算，不可测度！"急登楼视之，乃魏将张郃也。二人乃分兵守住险道。张郃见蜀兵把住要路，遂令退军。魏延随后追杀一阵，魏兵死者无数，张郃大败而去。延回到关上，令人报知孔明。孔明先自领兵，出陈仓斜谷，取了建威。后面蜀兵陆续进发。后主又命大将陈式来助。孔明驱大兵复出祁山。安下营寨。

> 按：据史书记载，蜀汉建兴七年（229）春，诸葛亮第三次伐魏。同年四月，孙权称帝。《演义》将两事前后倒置，有悖于史。

孔明聚众言曰："吾二次出祁山，不得其利，今又到此，吾料魏人必依旧战之地，与吾相敌。彼意疑我取雍、郿二处，必以兵拒守；吾观阴平、武都二郡，与汉连接，若得此城，亦可分魏兵之势。何人敢取之？"姜维曰："某愿往。"王平应曰："某亦愿往。"孔明大喜，遂令姜维引兵一万取武都，王平引兵一万取阴平。二人领兵去了。

再说张郃回到长安，见郭淮、孙礼，说："陈仓已失，郝昭已亡，散关亦被蜀兵夺了。今孔明复出祁山，分道进兵。"淮大惊曰："若如此，必取雍、郿矣！"乃留张郃守长安，令孙礼保雍城。淮自引兵星夜来郿城守御，一面上表入洛阳告急。

却说魏主曹叡设朝，近臣奏曰："陈仓城已失，郝昭已亡，诸葛亮又出祁山，散关亦被蜀兵夺了。"叡大惊。忽又奏满宠等有表，说："东吴孙权僭称帝号，与蜀同盟。今遣陆逊在武昌训练人马，听候调用。只在旦夕，必入寇矣。"叡闻知两处危急，举止失措，甚是惊慌。此时曹真病未痊，即召司马懿商议。懿奏曰："以臣愚意所料，东吴必不举兵。"叡曰："卿何以知之？"懿曰："孔明尝思报猇亭之仇，非不欲吞吴也，只恐中原乘虚击彼，故暂与东吴结盟。陆逊亦知其意，故假作兴兵之势以应之，实是坐观成败耳。陛下不必防吴，只须防蜀。"叡曰："卿真高见！"遂封懿为大都督，总摄陇西诸路军马，令近臣取曹真总兵将印来。懿曰："臣自去取之。"遂辞帝出朝，径到曹真府下，先令人入府报知，懿方进见。问病毕，懿曰："东吴、西蜀会合，兴兵入寇，今孔明又出祁山下寨，明公知之乎？"真惊讶曰："吾家人知我病重，不令我知。似此国家危急，何不拜仲达为都督，以退蜀兵耶？"懿曰："某才薄智浅，不称其职。"真曰："取印与仲达。"懿曰："都督少虑。某愿助一臂之力，只不敢受此印也。"真跃起曰："如仲达不领此任，中国必危矣！吾当抱病见帝以保之！"懿曰："天子已有恩命，但懿不敢受耳。"真大喜曰："仲达今领此任，可退蜀兵。"懿见真再三让印，遂受之，入内辞了魏主，引兵往长安来与孔明决战。正是：旧帅印为新帅取，两路兵惟一路来。未知胜负如何，且看下文分解。

第九十九回　诸葛亮大破魏兵　司马懿入寇西蜀

蜀汉建兴七年夏四月，孔明兵在祁山，分作三寨，专候魏兵。

却说司马懿引兵到长安，张郃接见，备言前事。懿令郃为先锋，戴陵为副将，引十万兵到祁山，于渭水之南下寨。郭淮、孙礼入寨参见。懿问曰："汝等曾与蜀兵对阵否？"二人答曰："未也。"懿曰："蜀兵千里而来，利在速战；今来此不战，必有谋也。陇西诸路，曾有信息否？"淮曰："已有细作探得各郡十分用心，日夜提防，并无他事。只有武都、阴平二处，未曾回报。"懿曰："吾自差人与孔明交战。汝二人急从小路去救二郡，却掩在蜀兵之后，彼必自乱矣。"二人受计，引兵五千，从陇西小路来救武都、阴平，就袭蜀兵之后。郭淮于路谓孙礼曰："仲达比孔明如何？"礼曰："孔明胜仲达多矣。"淮曰："孔明虽胜，此一计足显仲达有过人之智。蜀兵如正攻两郡，我等从后抄到，彼岂不自乱乎？"正言间，忽哨马来报："阴平已被王平打破了，武都已被姜维打破了。前离蜀兵不远。"礼曰："蜀兵既已打破了城池，如何陈兵于外？必有诈也。不如速退。"郭淮从之。方传令教军退时，忽然一声炮响，山背后闪出一枝军马来，旗上大书："汉丞相诸葛亮"，中央一辆四轮车，孔明端坐于上；左有关兴，右有张苞。孙、郭二人见之，大惊。孔明大笑曰："郭淮、孙礼休走！司马懿之计，安能瞒得过吾？他每日令人在前交战，却教汝等袭吾军后。武都、阴平吾已取了。汝二人不早来降，欲驱兵与吾决战耶？"郭淮、孙礼听毕，大慌。忽然背后喊杀连天，王平、姜维引兵从后杀来。兴、苞二将又引军从前面杀来。两下夹攻，魏兵大败。郭、孙二人弃马爬山而走。

据《三国志·蜀书·诸葛亮传》：（建兴）七年，亮遣陈式攻武都、阴平。魏雍州刺史郭淮率众欲击式，亮自出至建威，淮退还，遂平二郡。（参见《资治通鉴》卷七十一，《三国志·蜀书·后主传》）

按：据史书记载，诸葛亮于蜀汉建兴七年（229）春第三次伐魏，派陈式攻占了武都和阴平两郡。魏国的雍州刺史郭淮前来救援，诸葛亮亲自率军抵达建威，郭淮被迫撤回。《演义》据史书描写了诸葛亮此次北伐的胜利，但将攻占武都和阴平的功劳，给了姜维和王平。《演义》说，诸葛亮先夺得陈仓和散关，然后才占领建威，并率大军直达祁山，这些情节与史实不合。据史书记载，陈仓和散关两地，一直在魏军控制之下；蜀军占领武都和阴平两郡不久，诸葛亮即率军返回汉中，并未到祁山。司马懿此时仍屯兵宛城，并未参加此次魏蜀之战。

张苞望见，骤马赶来，不期连人带马，跌入涧内，后军急忙救起，头已跌破。孔明令人送回成都养病。

却说郭、孙二人走脱，回见司马懿曰："武都、阴平二郡已失。孔明伏于要路，前后攻杀，因此大败，弃马步行，方得逃回。"懿曰："非汝等之罪，孔明智在吾先。可再引兵守把雍、郿二城，切勿出战。吾自有破敌之策。"二人拜辞而去。懿又唤张郃、戴陵分付曰："今孔明得了武都、阴平，必然抚百姓以安民心，不在营中矣。汝二人各引一万精兵，今夜起身，抄在蜀兵营后，一齐奋勇杀将过来；吾却引军在前布阵，只待蜀兵势乱，吾大驱士马，攻杀进去：两军并力，可夺蜀寨也。若得此地山势，破敌何难？"二人受计引兵而去。戴陵在左，张郃在右，各取小路进发，深入蜀兵之后。三更时分，来到大路，两军相遇，合兵一处，却从蜀兵背后杀来。行不到三十里，前军不行。张、戴二人自纵马视之，只见数百辆草车横截去路。郃曰："此必有准备。可急取路而回。"才传令退军，只见满山火光齐明，鼓角大震，伏兵四下皆出，把二人围住。孔明在祁山上大叫曰："戴陵、张郃可听吾言：司马懿料吾往武都、阴平抚民，不在营中，故令汝二人来劫吾寨，却中吾之计也。汝二人乃无名下将，吾不杀害，下马早降！"郃大怒，指孔明而骂曰："汝乃山野村夫，侵吾大国境界，如何敢发此言！吾若捉住汝时，碎尸万段！"言讫，纵马挺枪，杀上山来。山上矢石如雨，郃不能上山，乃拍马舞枪，冲出重围，无人敢当。蜀兵困戴陵在垓心。郃杀出旧路，不见戴陵，即奋勇翻身又杀入重围，救出戴陵而回。孔明在山上，见郃在万军之中，往来冲突，英勇倍加，乃谓左右曰："尝闻张翼德大战张郃，人皆惊惧。吾今日见之，方知其勇也。若留下此人，必为蜀中之害。吾当除之。"

> 据《三国志·魏书·张郃传》：郃识变数，善处营陈，料战势地形，无不如计，自诸葛亮皆惮之。

遂收军还营。

却说司马懿引兵布成阵势，只待蜀兵乱动，一齐攻之。忽见张郃、戴陵狼狈而来，告曰："孔明先如此提防，因此大败而归。"懿大惊曰："孔明真神人也！不如且退。"即传令教大军尽回本寨，坚守不出。

且说孔明大胜，所得器械、马匹，不计其数，乃引大军回寨。每日令魏延挑战，魏兵不出。一连半月，不曾交兵。孔明正在帐中思虑，忽报天子遣侍中费祎赍诏至。孔明接入营中，焚香礼毕，开诏读曰：

街亭之役，咎由马谡；而君引愆，深自贬抑。重违君意，听顺所守。前年耀师，馘斩王双；今岁爰征，郭淮遁走；降集氐、羌，复兴二郡：威震凶暴，功勋显然。方今天下骚扰，元恶未枭，君受大任，干国之重，而久自抑损，非所以光扬洪烈矣。今复君丞相，君其勿辞！

> 据《三国志·蜀书·诸葛亮传》：诏策亮曰："街亭之役，咎由马谡，而君引愆，深自贬抑，重违君意，听顺所守。前年耀师，馘斩王双；今岁爰征，郭淮遁走；降集氐、羌，兴复二郡，威镇凶暴，功勋显然。方今天下骚扰，元恶未枭，君受大任，干国之重，而久自抑损，非所以光扬洪烈矣。今复君丞相，君其勿辞。"

孔明听诏毕，谓费祎曰："吾国事未成，安可复丞相之职？"坚辞不受。祎曰："丞相若不受职，拂了天子之意，又冷淡了将士之心。宜且权受。"孔明方才拜受。祎辞去。

孔明见司马懿不出，思得一计，传令教各处皆拔寨而起。当有细作报知司马懿，说孔明退兵了。懿曰："孔明必有大谋，不可轻动。"张郃曰："此必因粮尽而回，如何不追？"懿曰："吾料孔明上年大收，今又麦熟，粮草丰足；虽然转运艰难，亦可支吾半载，安肯便走？彼见吾连日不战，故作此计引诱。可令人远远哨之。"军士探知，回报说："孔明离此三十里下寨。"懿曰："吾料孔明果不走。且坚守寨栅，不可轻进。"住了旬日，绝无音信，并不见蜀将来战。懿再令人哨探，回报说："蜀兵已起营去了。"懿未信，乃更换衣服，杂在军中，亲自来看，果见蜀兵又退三十里下寨。懿回营谓张郃曰："此乃孔明之计也，不可追赶。"又住了旬日，再令人哨探。回报说："蜀兵又退三十里下寨。"郃曰："孔明用缓兵之计，渐退汉中，都督何故怀疑，不早追之？郃愿往决一战！"懿曰："孔明诡计极多，倘有差失，丧我军之锐气。不可轻进。"郃曰："某去若败，甘当军令。"懿曰："既汝要去，可分兵两枝：汝

第九十九回　诸葛亮大破魏兵　司马懿入寇西蜀

引一枝先行,须要奋力死战;吾随后接应,以防伏兵。汝次日先进,到半途驻扎,后日交战,使兵力不乏。"遂分兵已毕。次日,张郃、戴陵引副将数十员、精兵三万,奋勇先进,到半路下寨。司马懿留下许多军马守寨,只引五千精兵,随后进发。

原来孔明密令人哨探,见魏兵半路而歇。是夜,孔明唤众将商议曰:"今魏兵来追,必然死战,汝等须以一当十,吾以伏兵截其后,非智勇之将,不可当此任。"言毕,以目视魏延。延低头不语。王平出曰:"某愿当之。"孔明曰:"若有失,如何?"平曰:"愿当军令。"孔明叹曰:"王平肯舍身亲冒矢石,真忠臣也!虽然如此,奈魏兵分两枝前后而来,断吾伏兵在中;平纵然智勇,只可当一头,岂可分身两处?须再得一将同去为妙。怎奈军中再无舍死当先之人!"言未毕,一将出曰:"某愿往!"孔明视之,乃张翼也。孔明曰:"张郃乃魏之名将,有万夫不当之勇,汝非敌手。"翼曰:"若有失事,愿献首于帐下。"孔明曰:"汝既敢去,可与王平各引一万精兵伏于山谷中;只待魏兵赶上,任他过尽,汝等却引伏兵从后掩杀。若司马懿随后赶来,却分兵两头:张翼引一军当住后队,王平引一军截其前队。两军须要死战。吾自有别计相助。"二人受计引兵而去。孔明又唤姜维、廖化分付曰:"与汝二人一个锦囊,引三千精兵,偃旗息鼓,伏于前山之上。如见魏兵围住王平、张翼,十分危急,不必去救,只开锦囊看视,自有解危之策。"二人受计引兵而去。又令吴班、吴懿、马忠、张嶷四将,附耳分付曰:"如来日魏兵到,锐气正盛,不可便迎,且战且走。只看关兴引兵来掠阵之时,汝等便回军赶杀,吾自有兵接应。"四将受计引兵而去。又唤关兴分付曰:"汝引五千精兵,伏于山谷;只看山上红旗飐动,却引兵杀出。"兴受计引兵而去。

却说张郃、戴陵领兵前来,骤如风雨。马忠、张嶷、吴懿、吴班四将接着,出马交锋。张郃大怒,驱兵追杀。蜀兵且战且走,魏兵追赶约有二十余里,时值六月天气,十分炎热,人马汗如泼水。走到五十里外,魏兵尽皆气喘。孔明在山上把红旗一招,关兴引兵杀出。马忠等四将,一齐引兵掩杀回来。张郃、戴陵死战不退。忽然喊声大震,两路军杀出,乃王平、张翼也。各奋勇追杀,截其后路。郃大叫众将曰:"汝等到此,不决一死战,更待何时!"魏兵奋力冲突,不得脱身。忽然背后鼓角喧天,司马懿自领精兵杀到。懿指挥众将,把王平、张翼围在垓心。翼大呼曰:"丞相真神人也!计已算定,必有良谋。吾等当决一死战!"即分兵两路:平引一军截住张郃、戴陵,翼引一军力当司马懿。两头死战,叫杀连天。姜维、廖化在山上探望,见魏兵势大,蜀兵力危,渐渐抵当不住。维谓化曰:"如此危急,可开锦囊看计。"二人拆开视之,内书云:"若司马懿兵来围王平、张翼至急,汝二人可分兵两枝,竟袭司马懿之营;懿必急退,汝可乘乱攻之。营虽不得,可获全胜。"二人大喜,即分兵两路,径袭司马懿营中而去。

原来司马懿亦恐中孔明之计,沿途不住的令人传报。懿正催战间,忽流星马飞报,言蜀兵两路竟取大寨去了,懿大惊失色,乃谓众将曰:"吾料孔明有计,汝等不信,勉强追来,却误了大事!"即提兵急回。军心惶惶乱走。张翼随后掩杀,魏兵大败。张郃、戴陵见势孤,亦望山僻小路而走,蜀兵大胜。背后关兴引兵接应诸路。司马懿大败一阵,奔入寨时,蜀兵已自回去。懿收聚败军,责骂诸将曰:"汝等不知兵法,只凭血气之勇,强欲出战,致有此败。今后切不许妄动,再有不遵,决正军法!"众皆羞惭而退。这一阵,魏军死者极多,遗弃马匹器械无数。

却说孔明收得胜军马入寨,又欲起兵进取。忽报有人自成都来,说张苞身死。

> 据《三国志·蜀书·张飞传》:长子苞,早夭。

孔明闻知,放声大哭,口中吐血,昏绝于地。众人救醒。孔明自此得病卧床不起。诸将无不感激。后人有诗叹曰:

悍勇张苞欲建功，可怜天不助英雄！武侯泪向西风洒，为念无人佐鞠躬。旬日之后，孔明唤董厥、樊建等入帐分付曰："吾自觉昏沉，不能理事；不如且回汉中养病，再作良图。汝等切勿走泄，司马懿若知，必来攻击。"遂传号令，教当夜暗暗拔寨，皆回汉中。孔明去了五日，懿方得知，乃长叹曰："孔明真有神出鬼没之计，吾不能及也！"于是司马懿留诸将在寨中，分兵守把各处隘口；懿自班师回。

却说孔明将大军屯于汉中，自回成都养病；文武官僚出城迎接，送入丞相府中，后主御驾自来问病，命御医调治，日渐痊可。

建兴八年秋七月，魏都督曹真病可，乃上表说："蜀兵数次侵界，屡犯中原，若不剿除，必为后患。今时值秋凉，人马安闲，正当征伐。臣愿与司马懿同领大军，径入汉中，殄灭奸党，以清边境。"魏主大喜，问侍中刘晔曰："子丹劝朕伐蜀，若何？"晔奏曰："大将军之言是也。今若不剿除，后必为大患。陛下便可行之。"叡点头。晔出内回家，有众大臣相探，问曰："闻天子与公计议兴兵伐蜀，此事如何？"晔应曰："无此事也。蜀有山川之险，非可易图；空费军马之劳，于国无益。"众官皆默然而出。杨暨入内奏曰："昨闻刘晔劝陛下伐蜀；今日与众臣议，又言不可伐：是欺陛下也。陛下何不召而问之？"叡即召刘晔入内问曰："卿劝朕伐蜀，今又言不可，何也？"晔曰："臣细详之，蜀不可伐。"叡大笑。少时，杨暨出内。晔奏曰："臣昨日劝陛下伐蜀，乃国之大事，岂可妄泄于人？夫兵者，诡道也，事未发切宜秘之。"叡大悟曰："卿言是也。"自此愈加敬重。

据《资治通鉴》卷七十二：侍中刘晔为帝所亲重。帝将伐蜀，朝臣内外皆曰不可。晔入与帝议，则曰可伐；出与朝臣言，则曰不可。晔有胆智，言之皆有形。中领军杨暨，帝之亲臣，又重晔，执不可伐之议最坚，每从内出，辄过晔，晔讲不可之意。后暨与帝论伐蜀事，暨切谏，帝曰："卿书生，焉知兵事！"暨谢曰："臣言诚不足采，侍中刘晔，先帝谋臣，常曰蜀不可伐。"帝曰："晔与吾言蜀可伐。"暨曰："晔可召质也。"诏召晔至，帝问晔，终不言。后独见，晔责帝曰："伐国，大谋也，臣得与闻大谋，常恐眯梦漏泄以益臣罪，焉敢向人言之！夫兵诡道也，军事未发，不厌其密。陛下显然露之，臣恐敌国已闻之矣。"于是帝谢之。晔见出，责暨曰："夫钓者中大鱼，则纵而随之，须可制而后牵，则无不得也。人主之威，岂徒大鱼而已！子诚直臣，然计不足采，不可不精思也。"暨亦谢之。或谓帝曰："晔不尽忠，善伺上意所趋而合之。陛下试以晔言，皆反意而问之，若皆与所问反者，是晔常与圣意合也。每问皆同者，晔之情必无所逃矣。"帝如言以验之，果得其情，从此疏焉。晔遂发狂，出为大鸿胪，以忧死。（参见《三国志·魏书·刘晔传》注引《傅子》）

旬日内，司马懿入朝，魏主将曹真表奏之事，逐一言之。懿奏曰："臣料东吴未敢动兵，今日正可乘此去伐蜀。"叡即拜曹真为大司马、征西大都督，司马懿为大将军、征西副都督，刘晔为军师。三人拜辞魏主，引四十万大兵，前行至长安，径奔剑阁，来取汉中。其余郭淮、孙礼等，各取路而行。

据《资治通鉴》卷七十一：大司马曹真以"汉人数入寇，请由斜谷伐之。诸将数道并进，可以大克"。帝从之，诏大将军司马懿溯汉水由西城入，与真会汉中，诸将或由子午谷，或由武威入。司空陈群谏曰："太祖昔到阳平攻张鲁，多收豆麦以益军粮，鲁未下而食犹乏。今既无所因，且斜谷阻险，难以进退，转运必见钞截，多留兵守要，则损战士，不可不熟虑也。"帝从群议。真复表从子午道；群又陈其不便，并言军事用度之计。诏以群议下真，真据之遂行。（参见《三国志·魏书·曹真传》《陈群传》）

汉中人报入成都。此时孔明病好多时，每日操练人马，习学八阵之法，尽皆精熟，欲取中原，听得这个消息，遂唤张嶷、王平分付曰："汝二人先引一千兵去守陈仓古道，以当魏兵；吾却提大兵便来接应。"二人告曰："人报魏军四十万，诈称八十万，声势甚大，如何只与一千兵去守隘口？倘魏兵大至，何以拒之？"孔明曰："吾欲多与，恐士卒辛苦耳。"嶷与平面面相觑，皆不敢去。孔明曰："若有疏失，非汝等之罪。不必多言，可疾去。"二人又哀告曰："丞相欲杀某二人，就此请杀，只不敢去。"孔明笑曰："何其愚也！吾令汝等去，自有主见：吾昨夜仰观天文，见毕星躔于太阴之分，此月内必有大雨淋漓；魏兵虽有四十万，安敢深入山险之地？因此不用多军，决不受害。吾将大军皆在汉中安居一月，待魏兵退，那时以大兵掩之，以逸待劳，吾十万之众可胜魏兵四十万也。"二人听毕，方大喜，拜辞而去。孔明随统大军出汉中，传令教各处隘口，预备干柴草料细粮，俱够一月人马支用，以防秋雨；将大军宽限一月，先给衣食，伺候出征。

据《资治通鉴》卷七十一：汉丞相亮闻魏兵至，次于成固赤坂以待之。召李严使将二万人赴汉中，表严子丰为江州都督，督军典严后事。（参见《三国志·蜀书·李严传》）

却说曹真、司马懿同领大军，径到陈仓城内，不见一间房屋；寻土人问之，皆言孔明回时放火烧毁。曹真便要从陈仓道进发。懿曰："不可轻进。我夜观天文，见毕星躔于太阴之分，此月内必有大雨。若深入重地，常胜则可；倘有疏虞，人马受苦，要退则难。且宜在城中搭起窝铺住扎，以防阴雨。"真从其言。未及半月，天雨大降，淋漓不止。陈仓城外，平地水深三尺，军器尽湿，人不得睡，昼夜不安。大雨连降三十日，马无草料，死者无数，军士怨声不绝。传入洛阳，魏主设坛，求晴不得。黄门侍郎王肃上疏曰：

前志有之："千里馈粮，士有饥色；樵苏后爨，师不宿饱。"此谓平途之行军者也。又况于深入险阻，凿路而前，则其为劳，必相百也。今又加之以霖雨，山坡峻滑，众逼而不展，粮远而难继，实行军之大忌也。闻曹真发已逾月，而行方半谷，治道功大，战士悉作。是彼偏得以逸待劳，乃兵家之所惮也。言之前代，则武王伐纣，出关而复还；论之近事，则武、文征权，临江而不济。岂非顺天知时，通于权变者哉！愿陛下念水雨艰剧之故，休息士卒；后日有衅，乘时用之。所谓"悦以犯难，民忘其死"者也。

魏主览表，正在犹豫，杨阜、华歆亦上疏谏。魏主即下诏，遣使诏曹真、司马懿还朝。

据《资治通鉴》卷七十一：会天大雨三十余日，栈道断绝，太尉华歆上疏曰："陛下以圣德当成、康之隆，愿先留心于治道，以征伐为后事。为国者以民为基，民以衣食为本。使中国无饥寒之患，百姓无离上之心，则二贼之衅可坐而待也！"帝报曰："贼凭恃山川，二祖劳于前世，犹不克平，朕岂敢自多，谓必灭之哉！诸将以为不一探取，无由自敝，是以观兵以窥其衅。若天时未至，周武还师，乃前事之鉴，朕敬不忘所戒。"

少府杨阜上疏曰："昔武王白鱼入舟，君臣变色，动得吉瑞，犹尚忧惧，况有灾异而不战竦者哉！今吴、蜀未平，而天屡降变，诸军始进，便有天雨之患，稽阂山险，已积日矣。转运之劳，担负之苦，所费已多，若有不继，必违本图。《传》曰：'见可而进，知难而退，军之善政也。'徒使六军困于山谷之间，进无所略，退又不得，非王兵之道也。"

散骑常侍王肃上疏曰："前志有之：'千里馈粮，士有饥色，樵苏后爨，师不宿饱。'此谓平涂之行军者也；又况于深入阻险，凿路而前，则其为劳必相百也。今又加之以霖雨，山坂峻滑，众迫而不展，粮远而难继，实行军者之大忌也。闻曹真发已逾月而行裁半谷，治道功夫，战士悉作。是贼偏得以逸待劳，乃兵家之所惮也。言之前代，则武王伐纣，出关而复还；论之近事，则武、文征权，临江而不济。岂非所谓顺天知时，通于权变者哉！兆民知上圣以水雨艰剧之故，休而息之，后日有衅，乘而用之，则所谓悦以犯难，民忘其死者矣。"肃，朗之子也。

（太和四年秋）九月，诏曹真等班师。（参见《三国志·魏书·华歆传》《杨阜传》《王朗传附子肃传》《陈群传》《曹真传》）

却说曹真与司马懿商议曰："今连阴三十日，军无战心，各有思归之意，如何禁止？"懿曰："不如且回。"真曰："倘孔明追来，怎生退之？"懿曰："先伏两军断后，方可回兵。"正议间，忽使命来召。二人遂将大军前队作后队，后队作前队，徐徐而退。

却说孔明计算一月秋雨将尽，天尚未晴，自提一军屯于城固，又传令教大军会于赤坡驻扎。

据《三国志·蜀书·后主传》：（建兴）八年秋，魏使司马懿由西城，张郃由子午，曹真由斜谷，欲攻汉中。丞相亮待之于城固、赤阪，大雨道绝，真等皆还。（参见《三国志·魏书·明帝纪》）

孔明升帐唤众将言曰："吾料魏兵必走，魏主必下诏来取曹真、司马懿兵回。吾若追之，必有准备；不如任他且去，再作良图。"忽王平令人报来，说魏兵已回。孔明分付来人，传与王平："不可追袭。吾自有破魏兵之策。"正是：魏兵纵使能埋伏，汉相原来不肯追。未知孔明怎生破魏，且看下文分解。

第一百回　汉兵劫寨破曹真　武侯斗阵辱仲达

却说众将闻孔明不追魏兵，俱入帐告曰："魏兵苦雨，不能屯扎，因此回去，正好乘势追之。丞相如何不追？"孔明曰："司马懿善能用兵，今军退必有埋伏。吾若追之，正中其计。不如纵他远去，吾却分兵径出斜谷而取祁山，使魏人不提防也。"众将曰："取长安之地，别有路途；丞相只取祁山，何也？"孔明曰："祁山乃长安之首也：陇西诸郡，倘有兵来，必经由此地；更兼前临渭滨，后靠斜谷，左出右入。可以伏兵，乃用武之地。吾故欲先取此，得地利也。"众将皆拜服。孔明令魏延、张嶷、杜琼、陈式出箕谷；马岱、王平、张翼、马忠出斜谷：俱会于祁山。调拨已定，孔明自提大军，令关兴、廖化为先锋，随后进发。

却说曹真、司马懿二人，在后监督人马，令一军入陈仓古道探视，回报说蜀兵不来。又行旬日，后面埋伏众将皆回，说蜀兵全无音耗。真曰："连绵秋雨，栈道断绝，蜀人岂知吾等退军耶？"懿曰："蜀兵随后出矣。"真曰："何以知之？"懿曰："连日晴明，蜀兵不赶，料吾有伏兵也，故纵我兵远去；待我兵过尽，他却夺祁山矣。"曹真不信。懿曰："子丹如何不信？吾料孔明必从两谷而来。吾与子丹各守一谷口，十日为期。若无蜀兵来，我面涂红粉，身穿女衣，来营中伏罪。"真曰："若有蜀兵来，我愿将天子所赐玉带一条、御马一匹与你。"即分兵两路：真引兵屯于祁山之西，斜谷口；懿引军屯于祁山之东，箕谷口。各下寨已毕。懿先引一枝兵伏于山谷中；其余军马，各于要路安营。懿更换衣装，杂在全军之内，遍观各营。忽到一营，有一偏将仰天而怨曰："大雨淋了许多时，不肯回去；今又在这里顿住，强要赌赛，却不苦了官军！"懿闻言，归寨升帐，聚众将皆到帐下，挨出那将来。懿叱之曰："朝廷养军千日，用在一时。汝安敢出怨言，以慢军心！"其人不招。懿叫出同伴之人对证，那将不能抵赖。懿曰："吾非赌赛。欲胜蜀兵，令汝各人有功回朝，汝乃妄出怨言，自取罪戾！"喝令武士推出斩之。须臾，献首帐下。众将悚然。懿曰："汝等诸将皆要尽心以防蜀兵。听吾中军炮响，四面皆进。"众将受令而退。

却说魏延、张嶷、陈式、杜琼四将，引二万兵，取箕谷而进。正行之间，忽报参谋邓芝到来。四将问其故，芝曰："丞相有令：如出箕谷，提防魏兵埋伏，不可轻进。"陈式曰："丞相用兵何多疑耶？吾料魏兵连遭大雨，衣甲皆毁，必然急归；安得又有埋伏？今吾兵倍道而进，可获大胜，如何又教休进？"芝曰："丞相计无不中，谋无不成，汝安敢违令？"式笑曰："丞相若果多谋，不致街亭之失！"魏延想起孔明向日不听其计，亦笑曰："丞相若听吾言，径出子午谷，此时休说长安，连洛阳皆得矣！今执定要出祁山。有何益耶？既令进兵，今又教休进。何其号令不明！"式曰："吾自有五千兵，径出箕谷，先到祁山下寨，看丞相羞也不羞！"芝再三阻当，式只不听，径自引五千兵出箕谷去了。邓芝只得飞报孔明。

却说陈式引兵行不数里，忽听的一声炮响，四面伏兵皆出。式急退时，魏兵塞满谷口，围得铁桶相似。式左冲右突，不能得脱。忽闻喊声大震，一彪军杀入，乃是魏延。救了陈式，回到谷中，五千兵只剩得四五百带伤人马。背后魏兵赶来，却得杜琼、张嶷引兵接应，魏兵方退。陈、魏二人方信孔明先见如神，懊悔不及。

且说邓芝回见孔明，言魏延、陈式如此无礼。孔明笑曰："魏延素有反相，吾知彼常有不平之意，因怜其勇而用之。久后必生患害。"正言间，忽流星马报到，说陈式折了四千余人，止有四五百带伤人马，屯在谷中。孔明令邓芝再来箕谷抚慰陈式，防其生变；一面唤马岱、王平分付曰："斜谷若有魏兵守把，汝二人引本部军越山岭，夜行昼伏，速出祁山之左，举火为号。"又唤马忠、张翼分付曰："汝等亦从山僻小路，昼伏夜行，径出祁山之右，举火为号，与马岱、王平会合，共劫曹真营寨。吾自从谷中三面攻之，魏兵可破也。"四人领命分头引兵去了。孔明又唤关兴、廖化分付曰如此如此。二人受了密计，引兵而去。孔明自领精兵倍道而行。正行间，又唤吴班、吴懿授与密计，亦引兵先行。

却说曹真心中不信蜀兵来，以此怠慢，纵令军士歇息；只等十日无事，要羞司马懿，不觉守了七日，忽有人报谷中有些小蜀兵出来。真令副将秦良引五千兵哨探，不许纵令蜀兵近界。秦良领命，引兵刚到谷口，哨见蜀兵退去。良急引兵赶来，行到五六十里，不见蜀兵，心下疑惑，教军士下马歇息。忽哨马报说："前面有蜀兵埋伏。"良上马看时，只见山中尘土大起，急令军士提防。不一时，四壁厢喊声大震，前面吴班、吴懿引兵杀出，背后关兴、廖化引兵杀来。左右是山，皆无走路。山上蜀兵大叫："下马投降者免死！"魏兵大半多降。秦良死战，被廖化一刀斩于马下。孔明把降兵拘于后军，却将魏兵衣甲与蜀兵五千人穿了，扮作魏兵，令关兴、廖化、吴班、吴懿四将引着，径奔曹真寨来；先令报马入寨说："只有些小蜀兵，尽赶去了。"真大喜。忽报司马都督差心腹人至。真唤入问之。其人告曰："今都督用埋伏计，杀蜀兵四千余人。司马都督致意将军，教休将赌赛为念，务要用心提备。"真曰："吾这里并无一个蜀兵。"遂打发来人回去。忽又报秦良引兵回来了。真自出帐迎之。比及到寨，人报前后两把火起。真急回寨后看时，关兴、廖化、吴班、吴懿四将，指麾蜀军，就营前杀将进来；马岱、王平从后面杀来；马忠、张翼亦引兵杀到。魏军措手不及，各自逃生。众将保曹真望东而走，背后蜀兵赶来。曹真正奔走，忽然喊声大震，一彪军杀到。真胆战心惊，视之，乃司马懿也。懿大战一场，蜀兵方退。真得脱，羞惭无地。懿曰："诸葛亮夺了祁山地势，吾等不可久居此处；宜去渭滨安营，再作良图。"真曰："仲达何以知吾遭此大败也？"懿曰："见来人报称子丹说并无一个蜀兵，吾料孔明暗来劫寨，因此知之，故相接应。今果中计。切莫言赌赛之事，只同心报国。"曹真甚是惶恐，气成疾病，卧床不起。兵屯渭滨，懿恐军心有乱，不敢教真引兵。

却说孔明大驱士马，复出祁山。劳军已毕，魏延、陈式、杜琼、张嶷入帐拜伏请罪。孔明曰："是谁失陷了军来？"延曰："陈式不听号令，潜入谷口，以此大败。"式曰："此事魏延教我行来。"孔明曰："他倒救你，你反攀他！将令已违，不必巧说！"即叱武士推出陈式斩之。须臾，悬首于帐前，以示诸将。此时孔明不杀魏延，欲留之以为后用也。

孔明既斩了陈式，正议进兵，忽有细作报说曹真卧病不起，现在营中治疗。孔明大喜，谓诸将曰："若曹真病轻，必便回长安。今魏兵不退，必为病重，故留于军中，以安众人之心。吾写下一书，教秦良的降兵持与曹真，真若见之，必然死矣！"遂唤降兵至帐下，问曰："汝等皆是魏军，父母妻子多在中原，不宜久居蜀中。今放汝等回家，若何？"众军泣泪拜谢。孔明曰："曹子丹与吾有约，吾有一书，汝等带回，送与子丹，必有重赏。"魏军领了书，奔回本寨，将孔明书呈与曹真。真扶病而起，拆封视之。其书曰：

汉丞相、武乡侯诸葛亮，致书于大司马曹子丹之前：窃谓夫为将者，能去能就，能柔能刚；能进能退，能弱能强。不动如山岳，难测如阴阳；无穷如天地，充实如太仓；浩渺如四海，眩曜如三光。预知天文之旱涝，先识地理之平康；察阵势之期会，揣敌人之短长。嗟尔无学后辈，上逆穹苍；助篡国之反贼，称帝号于洛阳；走残兵于斜谷，遭霖雨于陈仓；水陆困乏，人马猖狂；抛盈郊之戈甲，弃满地之刀枪；都督心崩而胆裂，将军鼠窜而狼忙！无面见关中之父老，何颜入相府之厅堂！史官秉笔而记录，百姓众口而传扬：仲达闻阵而惕惕，子丹望风而遑遑！吾军兵强而马壮，大将虎奋以龙骧；扫秦川为平壤，荡魏国作丘荒！

曹真看毕，恨气填胸；至晚，死于军中。司马懿用兵车装载，差人送赴洛阳安葬。

> 据《资治通鉴》卷七十二：（太和五年春二月，）大司马曹真有疾，帝命司马懿西屯长安，……三月，邵陵元侯曹真卒。

> 据《三国志·魏书·曹真传》：真病还洛阳，帝自幸其第省疾。真薨，谥曰元侯。

> 按：《演义》称曹真被诸葛亮气死，与史不合。据史书，曹真于魏太和四年（230）八月与司马懿、张郃等数道并进伐蜀；九月，因大霖雨持续三十余日，只得回师。翌年三月，曹真病死于洛阳。

魏主闻知曹真已死，即下诏催司马懿出战。懿提大军来与孔明交锋，隔日先下战书。

孔明谓诸将曰："曹真必死矣。"遂批回"来日交锋"，使者去了。孔明当夜教姜维受了密计：如此而行；又唤关兴分付：如此如此。次日，孔明尽起祁山之兵前到渭滨：一边是河，一边是山，中央平川旷野，好片战场！两军相迎，以弓箭射住阵角。三通鼓罢，魏阵中门旗开处，司马懿出马，众将随后而出。只见孔明端坐于四轮车上，手摇羽扇。懿曰："吾主上法尧禅舜，相传二帝，坐镇中原，容汝蜀、吴二国者，乃吾主宽慈仁厚，恐伤百姓也。汝乃南阳一耕夫，不识天数，强要相侵，理宜殄灭！如省心改过，宜即早回，各守疆界，以成鼎足之势，免致生灵涂炭，汝等皆得全生！"孔明笑曰："吾受先帝托孤之重，安肯不倾心竭力以讨贼乎！汝曹氏不久为汉所灭。汝祖父皆为汉臣，世食汉禄，不思报效，反助篡逆，岂不自耻？"懿羞惭满面曰："吾与汝决一雌雄！汝若能胜，吾誓不为大将！汝若败时，早归故里，吾并不加害。"

孔明曰："汝欲斗将？斗兵？斗阵法？"懿曰："先斗阵法。"孔明曰："先布阵我看。"懿入中军帐下，手执黄旗招飐，左右军动，排成一阵。复上马出阵，问曰："汝识吾阵否？"孔明笑曰："吾军中末将，亦能布之。此乃'混元一气阵'也。"懿曰："汝布阵我看。"孔明入阵，把羽扇一摇，复出阵前，问曰："汝识我阵否？"懿曰："量此'八卦阵'，如何不识！"孔明曰："识便识了，敢打我阵否？"懿曰："既识之，如何不敢打！"孔明曰："汝只管打来。"司马懿回到本阵中，唤戴陵、张虎、乐綝三将，分付曰："今孔明所布之阵，按休、生、伤、杜、景、死、惊、开八门。汝三人可从正东'生门'打入，往西南'休门'杀出，复从正北'开门'杀入：此阵可破。汝等小心在意！"于是戴陵在中，张虎在前，乐綝在后，各引三十骑，从生门打入。两军呐喊相助。三人杀入蜀阵，只见阵如连城，冲突不出。三人慌引骑转过阵脚，往西南冲去，却被蜀兵射住，冲突不出。阵中重重叠叠，都有门户，那里分东西南北？

> 据《三国志·蜀书·诸葛亮传》：亮性长于巧思，损益连弩，木牛流马，皆出其意；推演兵法，作八陈图，咸得其要云。

三将不能相顾，只管乱撞，但见愁云漠漠，惨雾蒙蒙。喊声起处，魏军一个个皆被缚了，送到中军。孔明坐于帐中，左右将张虎、戴陵、乐綝并九十个军，皆缚在帐下。孔明笑曰："吾纵然捉得汝等，何足为奇！吾放汝等回见司马懿，教他再读兵书，重观战策，那时来决雌雄，未为迟也。汝等性命既饶，当留下军器战马。"遂将众人衣服脱了，以墨涂面，步行出阵。

司马懿见之大怒，回顾诸将曰："如此挫败锐气，有何面目回见中原大臣耶！"即指挥三军，奋死掠阵，懿自拔剑在手，引百余骁将，催督冲杀。两军恰才相会，忽然阵后鼓角齐鸣，喊声大震，一彪军从西南上杀来，乃关兴也。懿分后军当之，复催军向前厮杀。忽然魏兵大乱,原来姜维引一彪军悄地杀来,蜀兵三路夹攻。懿大惊,急忙退军。蜀兵周围杀到,懿引三军望南死命冲击。魏兵十伤六七。司马懿退在渭滨南岸下寨,坚守不出。

> 按:《演义》所写诸葛亮四出祁山与司马懿斗阵法,不见于史。据史书记载,230年魏将曹真、司马懿攻蜀,因遇大霖雨而退兵,双方并未交战。

孔明收得胜之兵,回到祁山时,永安城李严遣都尉苟安解送粮米,至军中交割。苟安好酒,于路怠慢,违限十日。孔明大怒曰:"吾军中专以粮为大事,误了三日,便该处斩!汝今误了十日,有何理说?"喝令推出斩之。长史杨仪曰:"苟安乃李严用人,又兼钱粮多出于西川,若杀此人,后无人敢送粮也。"孔明乃叱武士去其缚,杖八十放之。苟安被责,心中怀恨,连夜引亲随五六骑,径奔魏寨投降。懿唤入,苟安拜告前事。懿曰:"虽然如此,孔明多谋,汝言难信。汝能为我干一件大功,吾那时奏准天子,保汝为上将。"安曰:"但有甚事,即当效力。"懿曰:"汝可回成都布散流言,说孔明有怨上之意,早晚欲称为帝,使汝主召回孔明,即是汝之功矣。"

> 按:核诸史书,司马懿没有在刘禅和诸葛亮之间搞过离间计。

苟安允诺,径回成都,见了宦官,布散流言,说孔明自倚大功,早晚必将篡国。宦官闻知大惊,即入内奏帝,细言前事。后主惊讶曰:"似此如之奈何?"宦官曰:"可诏还成都,削其兵权,免生叛逆。"后主下诏,宣孔明班师回朝。蒋琬出班奏曰:"丞相自出师以来,累建大功,何故宣回?"后主曰:"朕有机密事,必须与丞相面议。"即遣使赍诏星夜宣孔明回。

> 按:《演义》称刘禅信谗召回诸葛亮,于史无据。盛巽昌先生在《三国演义补证本》一书中认为,据史传,刘禅十七岁做皇帝,非常信任诸葛亮。他说,"政由葛氏,祭则寡人",放手由诸葛亮总理国家军政事宜。在他与诸葛亮君臣相处十四年里,其信任度远远超过了乃父刘备。诸葛亮生前,在刘备父子处从未有人对他进谗中伤;只在他死后,有个丞相参军李邈上疏,"亮身杖强兵,狼顾虎视,五大不在边,臣常危之。今亮殒没,盖宗族得全,西戎静息,大小为庆"(《华阳国志》)。刘禅读了,勃然大怒,下诏把他处死,由此也足证刘禅对诸葛亮的态度。

使命径到祁山大寨,孔明接人,受诏已毕,仰天叹曰:"主上年幼,必有佞臣在侧!吾正欲建功,何故取回?我如不回,是欺主矣。若奉命而退,日后再难得此机会也。"姜维问曰:"若大军退,司马懿乘势掩杀,当复如何?"孔明曰:"吾今退军,可分五路而退。今日先退此营,假如营内一千兵,却掘二千灶,明日掘三千灶,后日掘四千灶:每日退军,添灶而行。"杨仪曰:"昔孙膑擒庞涓,用添兵减灶之法而取胜;今丞相退兵,何故增灶?"孔明曰:"司马懿善能用兵,知吾兵退,必然追赶;心中疑吾有伏兵,定于旧营内数灶;见每日增灶,兵又不知退与不退,则疑而不敢追。吾徐徐而退,自无损兵之患。"遂传令退军。

却说司马懿料苟安行计停当,只待蜀兵退时,一齐掩杀。正踌躇间,忽报蜀寨空虚,人马皆去。懿因孔明多谋,不敢轻追,自引百余骑前来蜀营内踏看,教军士数灶,仍回本寨;次日,又教军士赶到那个营内,查点灶数。回报说:"这营内之灶,比前又增一分。"司马懿谓诸将曰:"吾料孔明多谋,今果添兵增灶,吾若追之,必中其计;不如且退,再作良图。"于是回军不追。孔明不折一人,望成都而去。次后,川口土人来报司马懿,说孔明退兵之时,未见添兵,只见增灶。懿仰天长叹曰:"孔明效虞诩之法,瞒过吾也!其谋略吾不如之!"遂引大军还洛阳。正是:棋逢敌手难相胜,将遇良才不敢骄。未知孔明退回成都,竟是如何,且看下文分解。

第一百一回　出陇上诸葛妆神　奔剑阁张郃中计

却说孔明用减兵添灶之法，退兵到汉中；司马懿恐有埋伏，不敢追赶，亦收兵回长安去了，因此蜀兵不曾折了一人。孔明大赏三军已毕，回到成都，入见后主，奏曰："老臣出了祁山，欲取长安，忽承陛下降诏召回，不知有何大事？"后主无言可对，良久，乃曰："朕久不见丞相之面，心甚思慕，故特诏回，一无他事。"孔明曰："此非陛下本心，必有奸臣谮谗，言臣有异志也。"后主闻言，默然无语。孔明曰："老臣受先帝厚恩，誓以死报。今若内有奸邪，臣安能讨贼乎？"后主曰："朕因过听宦官之言，一时召回丞相。今日茅塞方开，悔之不及矣！"孔明遂唤众宦官究问，方知是苟安流言；急令人捕之，已投魏国去了。孔明将妄奏的宦官诛戮，余皆废出宫外；又深责蒋琬、费祎等不能觉察奸邪，规谏天子。二人唯唯服罪。

孔明拜辞后主，复到汉中，一面发檄令李严应付粮草，仍运赴军前；一面再议出师。杨仪曰："前数兴兵，军力罢敝，粮又不继；今不如分兵两班，以三个月为期：且如二十万之兵，只领十万出祁山，住了三个月，却教这十万替回，循环相转。若此则兵力不乏，然后徐徐而进，中原可图矣。"孔明曰："此言正合我意。吾伐中原，非一朝一夕之事，正当为此长久之计。"遂下令，分兵两班，限一百日为期，循环相转，违限者按军法处治。

　　据《三国志·蜀书·诸葛亮传》注引《蜀记》：郭冲五事曰：……亮时在祁山，旌旗利器，守在险要，十二更下，在者八万。

建兴九年春二月，孔明复出师伐魏。时魏太和五年也。魏主曹叡知孔明又伐中原，急召司马懿商议。懿曰："今子丹已亡，臣愿竭一人之力，剿除寇贼，以报陛下。"叡大喜，设宴待之。次日，人报蜀兵寇急。叡即命司马懿出师御敌，亲排銮驾送出城外。

　　据《资治通鉴》卷七十二：（太和五年春二月，）亮帅诸军入寇，围祁山，以木牛运。于是大司马曹真有疾，帝命司马懿西屯长安，督将军张郃、费曜、戴陵、郭淮等以御之。

　　据《三国志·蜀书·诸葛亮传》注引《汉晋春秋》：亮围祁山，招鲜卑轲比能，比能等至故北地石城以应亮。于是魏大司马曹真有疾，司马宣王自荆州入朝，魏明帝曰："西方事重，非君莫可付者。"乃使西屯长安，督张郃、费曜、戴陵、郭淮等。

　　据《三国志·蜀书·后主传》：（建兴）九年春二月，亮复出军围祁山，始以木牛运。魏司马懿、张郃救祁山。

　　据《三国志·魏书·明帝纪》：（太和五年春）三月，大司马曹真薨。诸葛亮寇天水，诏大将军司马宣王拒之。

　　按：蜀汉建兴九年（231）诸葛亮第四次伐魏，《演义》称之为五出祁山；据史书记载，这是诸葛亮第二次出祁山，也是最后一次出祁山，这次魏军统帅为司马懿，他与诸葛亮对垒只有两次，这是第一次。

懿辞了魏主，径到长安，大会诸路人马，计议破蜀兵之策。张郃曰："吾愿引一军去守雍、郿，以拒蜀兵。"懿曰："吾前军不能独当孔明之众，而又分兵为前后，非胜算也。不如留兵守上邽，余众悉往祁山。

　　据《资治通鉴》卷七十二：司马懿使费曜、戴陵留精兵四千守上邽，余众悉出，西救祁山。张郃欲分兵驻雍、郿,懿曰:"料前军能独当之者,将军言是也。若不能当而分为前后,此楚之三军所以为黥布禽也。"遂进。(参见《三国志·蜀书·诸葛亮传》注引《汉晋春秋》)

公肯为先锋否?"郃大喜曰:"吾素怀忠义,欲尽心报国,惜未遇知己;今都督肯委重任,虽万死不辞!"于是司马懿令张郃为先锋,总督大军。又令郭淮守陇西诸郡,其余众将各分道而进。前军哨马报说:"孔明率大军望祁山进发,前部先锋王平、张嶷,径出陈仓,过剑阁,由散关望斜谷而来。"司马懿谓张郃曰:"今孔明长驱大进,必将割陇西小麦,以资军粮。汝可结营守祁山,吾与郭淮巡略天水诸郡,以防蜀兵割麦。"郃领诺,遂引四万兵守祁山。懿引大军望陇西而去。

却说孔明兵至祁山,安营已毕,见渭滨有魏军提备,乃谓诸将曰:"此必是司马懿也。即今营中乏粮,屡遣人催并李严运米应付,却只是不到。吾料陇上麦熟,可密引兵割之。"于是留王平、张嶷、吴班、吴懿四将守祁山营,孔明自引姜维、魏延等诸将,前到卤城。卤城太守素知孔明,慌忙开城出降。孔明抚慰毕,问曰:"此时何处麦熟?"太守告曰:"陇上麦已熟。"孔明乃留张翼、马忠守卤城,自引诸将并三军望陇上而来。前军回报说:"司马懿引兵在此。"孔明惊曰:"此人预知吾来割麦也!"即沐浴更衣,推过一般三辆四轮车来,车上皆要一样妆饰。此车乃孔明在蜀中预先造下的。当下令姜维引一千军护车,五百军擂鼓,伏在上邽之后;马岱在左,魏延在右,亦各引一千军护车,五百军擂鼓。每一辆车,用二十四人,皂衣跣足,披发仗剑,手执七星皂幡,在左右推车。三人各受计,引兵推车而去。孔明又令三万军皆执镰刀、驮绳,伺候割麦。却选二十四个精壮之士,各穿皂衣,披发跣足,仗剑簇拥四轮车,为推车使者。令关兴结束做天蓬模样,手执七星皂幡,步行于车前。孔明端坐于上,望魏营而来。

哨探军见之大惊,不知是人是鬼,火速报知司马懿。懿自出营视之,只见孔明簪冠鹤氅,手摇羽扇,端坐于四轮车上;左右二十四人,披发仗剑;前面一人,手执皂幡,隐隐似天神一般。懿曰:"这个又是孔明作怪也!"遂拨二千人马分付曰:"汝等疾去,连车带人,尽情都捉来!"魏兵领命,一齐追赶。孔明见魏兵赶来,便教回车,遥望蜀营缓缓而行。魏兵皆骤马追赶,但见阴风习习,冷雾漫漫。尽力赶了一程,追之不上。各人大惊,都勒住马言曰:"奇怪!我等急急赶了三十里,只见在前,追之不上,如之奈何?"孔明见兵不来,又令推车过来,朝着魏兵歇下。魏兵犹豫良久,又放马赶来。孔明复回车慢慢而行。魏兵又赶了二十里,只见在前,不曾赶上,尽皆痴呆。孔明教回过车,朝着魏军,推车倒行。魏兵又欲追赶。后面司马懿自引一军到,传令曰:"孔明善会八门遁甲,能驱六丁六甲之神。此乃六甲天书内'缩地'之法也。众军不可追之。"众军方勒马回时,左势下战鼓大震,一彪军杀来。懿急令兵拒之,只见蜀兵队里二十四人,披发仗剑,皂衣跣足,拥出一辆四轮车;车上端坐孔明,簪冠鹤氅,手摇羽扇。懿大惊曰:"方才那个车上坐着孔明,赶了五十里,追之不上;如何这里又有孔明?怪哉!怪哉!"言未毕,右势下战鼓又鸣,一彪军杀来,四轮车上亦坐着一个孔明,左右亦有二十四人,皂衣跣足,披发仗剑,拥车而来。懿心中大疑,回顾诸将曰:"此必神兵也!"众军心下大乱,不敢交战,各自奔走。正行之际,忽然鼓声大震,又一彪军杀来:当先一辆四轮车,孔明端坐于上,左右前后推车使者,同前一般。魏兵无不骇然。司马懿不知是人是鬼,又不知多少蜀兵,十分惊惧,急急引兵奔入上邽,闭门不出。此时孔明早令三万精兵将陇上小麦割尽,运赴卤城打晒去了。

据《资治通鉴》卷七十二:司马懿使费曜、戴陵留精兵四千守上邽,余众悉出,西救祁山。……亮分兵留攻祁山,自逆懿于上邽。郭淮、费曜等徼亮,亮破之,因大芟刈其麦,与懿遇于上邽之东。懿敛军依险,兵不得交,亮引还。(参见《三国志·蜀书·诸

葛亮传》注引《汉晋春秋》)

司马懿在上邽城中，三日不敢出城。后见蜀兵退去，方敢令军出哨；于路捉得一蜀兵，来见司马懿。懿问之，其人告曰："某乃割麦之人，因走失马匹，被捉前来。"懿曰："前者是何神兵？答曰："三路伏兵，皆不是孔明，乃姜维、马岱、魏延也。每一路只有一千军护车，五百军擂鼓。只是先来诱阵的车上乃孔明也。"懿仰天长叹曰："孔明有神出鬼没之机！"忽报副都督郭淮入见。懿接入，礼毕，淮曰："吾闻蜀兵不多，现在卤城打麦，可以击之。"懿细言前事。淮笑曰："只瞒过一时，今已识破，何足道哉！吾引一军攻其后，公引一军攻其前，卤城可破，孔明可擒也。"懿从之，遂分兵两路而来。

却说孔明引军在卤城打晒小麦，忽唤诸将听令曰："今夜敌人必来攻城。吾料卤城东西麦田之内，足可伏兵；谁敢为我一往？"姜维、魏延、马忠、马岱四将出曰："某等愿往。"孔明大喜，乃命姜维、魏延各引二千兵，伏在东南、西北两处；马岱、马忠各引二千兵，伏在西南、东北两处："只听炮响，四角一齐杀来。"四将受计，引兵去了。孔明自引百余人，各带火炮出城，伏在麦田之内等候。

却说司马懿引兵径到卤城下，日已昏黑，乃谓诸将曰："若白日进兵，城中必有准备；今可乘夜晚攻之。此处城低壕浅，可便打破。"遂屯兵城外。一更时分，郭淮亦引兵到。两下合兵，一声鼓响，把卤城围得铁桶相似。城上万弩齐发，矢石如雨，魏兵不敢前进。忽然魏军中信炮连声，三军大惊，又不知何处兵来。淮令人去麦田搜时，四角上火光冲天，喊声大震，四路蜀兵，一齐杀至；卤城四门大开，城内兵杀出：里应外合，大杀了一阵，魏兵死者无数。司马懿引败兵奋死突出重围，占住了山头；郭淮亦引败兵奔到山后扎住。

据《三国志·蜀书·诸葛亮传》注引《汉晋春秋》：宣王寻亮至于卤城。张郃曰："彼远来逆我，请战不得，谓我利在不战，欲以长计制之也。且祁山知大军以在近，人情自固，可止屯于此，分为奇兵，示出其后，不宜进前而不敢逼，坐失民望也。今亮县军食少，亦行去矣。"宣王不从，故寻亮。既至，又登山掘营，不肯战。贾栩、魏平数请战，因曰："公畏蜀如虎，奈天下笑何！"宣王病之。诸将咸请战。五月辛巳，乃使张郃攻无当监何平于南围，自案中道向亮。亮使魏延、高翔、吴班赴拒，大破之，获甲首三千级，玄铠五千领，角弩三千一百张，宣王还保营。（参见《资治通鉴》卷七十二）

孔明入城，令四将于四角下安营。郭淮告司马懿曰："今与蜀兵相持许久，无策可退；目下又被杀了一阵，折伤三千余人；若不早图，日后难退矣。"懿曰："当复如何？"淮曰："可发檄文调雍、凉人马并力剿杀。吾愿引军袭剑阁，截其归路，使彼粮草不通，三军慌乱，那时乘势击之，敌可灭矣。"懿从之，即发檄文星夜往雍、凉调拨人马，不一日，大将孙礼引雍、凉诸郡人马到。懿即令孙礼约会郭淮去袭剑阁。

却说孔明在卤城相拒日久，不见魏兵出战，乃唤姜维、马岱入城听令曰："今魏兵守住山险，不与我战：一者料吾麦尽无粮；二者令兵去袭剑阁，断吾粮道也。汝二人各引一万军先去守住险要，魏兵见有准备，自然退去。"二人引兵去了。长史杨仪入帐告曰："向者丞相令大兵一百日一换，今已限足，汉中兵已出川口，前路公文已到，只待会兵交换：现存八万军，内四万该与换班。"孔明曰："既有令，便教速行。"众军闻知，各各收拾起程。忽报孙礼引雍、凉人马二十万来助战，去袭剑阁，司马懿自引兵来攻卤城了。蜀兵无不惊骇。杨仪入告孔明曰："魏兵来得甚急，丞相可将换班军且留下退敌，待新来兵到，然后换之。"孔明曰："不可。吾用兵命将，以信为本；既有令在先，岂可失信？且蜀兵应去者，皆准备归计，其父母妻子倚扉而望；吾今便有大难，决不留他。"即传令教应去之兵，当日便行。众军闻之,皆大呼曰:"丞相如此施恩于众,我等愿且不回,各舍一命,大杀魏兵,以报丞相!"孔明曰:"尔等该还家,岂可复留于此?"众军皆要出战,不愿回家。孔明曰:"汝等既要与我出战,可出城安营,待魏兵到,莫待他息喘,便急攻之,此以逸待劳之法也。"众兵领命,各执兵器,欢喜出城,列阵而待。

却说西凉人马倍道而来,走的人马困乏;方欲下营歇息,被蜀兵一拥而进,人人奋勇,将锐兵骁,雍、凉兵抵敌不住,望后便退。蜀兵奋力追杀,杀得那雍、凉兵尸横遍野,血流成渠。孔明出城,收聚得胜之兵,入城赏劳。

> 据《三国志·蜀书·诸葛亮传》注引《蜀记》:郭冲五事曰:魏明帝自征蜀,幸长安,遣宣王督张郃诸军,雍、凉劲卒三十余万,潜军密进,规向剑阁。亮时在祁山,旌旗利器,守在险要,十二更下,在者八万。时魏军始陈,幡兵适交,参佐咸以贼众强盛,非力不制,宜权停下兵一月,以并声势。亮曰:"吾统武行师,以大信为本,得原失信,古人所惜;去者束装以待期,妻子鹤望而计日,虽临征难,义所不废。"皆催遣令去。于是去者感悦,愿留一战,住者愤踊,思致死命。相谓曰:"诸葛公之恩,死犹不报也。"临战之日,莫不拔刃争先,以一当十,杀张郃,却宣王,一战大克,此信之由也。难曰:臣松之案:亮前出祁山,魏明帝身至长安耳,此年不复自来。且亮大军在关、陇,魏人何由得越亮径向剑阁?亮既在战场,本无久住之规,而方休兵还蜀,皆非经通之言。孙盛、习凿齿搜求异同,周有所遗,而并不载冲言,知其乖剌多矣。

忽报永安李严有书告急。孔明大惊,拆封视之。书云:

近闻东吴令人入洛阳,与魏连和;魏令吴取蜀,幸吴尚未起兵。今严探知消息,伏望丞相,早作良图。

> 据《三国志·蜀书·李严传》:(建兴)九年春,亮军祁山,平催督运事。秋夏之际,值天霖雨,运粮不继,平遣参军狐忠、督军成藩喻指,呼亮来还;亮承以退军。(参见《资治通鉴》卷七十二)

> 按:《演义》说李严致书诸葛亮称东吴将入寇,不见于史。据史书记载,此次诸葛亮退军,系因李严谎称运粮不继。

孔明览毕,甚是惊疑,乃聚诸将曰:"若东吴兴兵寇蜀,吾须索速回也。"即传令,教祁山大寨人马,且退回西川:"司马懿知吾屯军在此,必不敢追赶。"于是王平、张嶷、吴班、吴懿,分兵两路,徐徐退入西川去了。

张郃见蜀兵退去,恐有计策,不敢来追,乃引兵往见司马懿曰:"今蜀兵退去,不知何意?"懿曰:"孔明诡计极多,不可轻动。不如坚守,待他粮尽,自然退去。"大将魏平出曰:"蜀兵拔祁山之营而退,正可乘势追之,都督按兵不动,畏蜀如虎,奈天下笑何?"懿坚执不从。

却说孔明知祁山兵已回,遂令杨仪、马忠入帐,授以密计,令先引一万弓弩手,去剑阁木门道,两下埋伏;若魏兵追到,听吾炮响,急滚下木石,先截其去路,两头一齐射之。二人引兵去了。又唤魏延、关兴引兵断后,城上四面遍插旌旗,城内乱堆柴草,虚放烟火。大兵尽望木门道而去。

魏营巡哨军来报司马懿曰:"蜀兵大队已退,但不知城中还有多少兵。"懿自往视之,见城上插旗,城中烟起,笑曰:"此乃空城也。"令人探之,果是空城,懿大喜曰:"孔明已退,谁敢追之?"先锋张郃曰:"吾愿往。"懿阻曰:"公性急躁,不可去。"郃曰:"都督出关之时,命吾为先锋;今日正是立功之际,却不用吾,何也?"懿曰:"蜀兵退去,险阻处必有埋伏，须十分仔细，方可追之。"郃曰："吾已知得，不必挂虑。"懿曰："公自欲去，莫要追悔。"郃曰："大丈夫舍身报国，虽万死无恨。"懿曰："公既坚执要去，可引五千兵先行；却教魏平引二万马步兵后行，以防埋伏。吾却引三千兵随后策应。"

张郃领命，引兵火速望前追赶。行到三十余里，忽然背后一声喊起，树林内闪出一彪军，为首大将，横刀勒马大叫曰："贼将引兵那里去！"郃回头视之，乃魏延也。郃大怒，回马交锋。不十合，延诈败而走。郃又追赶三十余里，勒马回顾，全无伏兵，又策马前追。方转过山坡，忽喊声大起，一彪军闪出，为首大将，乃关兴也，横刀勒马大叫曰："张郃休赶！有吾在此！"郃就拍马交锋。不十合，兴拨马便走。郃随后追之。赶到一密林内，郃心疑，令人四下哨探，并无伏兵；于是放心又赶。不想魏延却抄在前面；郃又与战十余合，延又败走。郃奋怒追来，又被关兴抄在前面，截住去路。郃大怒，拍马交锋，战有十合，蜀兵尽弃衣甲什物等件，塞满道路，魏军皆下马争取。延、兴二将，轮流交战，张郃奋勇追赶。看看天晚，赶到木门道口，魏延拨回马，高声大骂曰："张郃逆贼！吾不与汝相拒，汝只顾赶来，吾今与汝决一死战！"郃十分忿怒，挺枪骤马，直取魏延。延挥刀来迎。战不十合，延大败，尽弃衣甲、头盔，匹马引败兵望木门道中而走。张郃杀得性起，又见魏延大败而逃，乃骤马赶来。此时天色昏黑，一声炮响，山上火光冲天，大石乱柴滚将下来，阻截去路。郃大惊曰："我中计矣！"急回马时，背后已被木石塞满了归路，中间只有一段空地，两边皆是峭壁，郃进退无路。忽一声梆子响，两下万弩齐发，将张郃并百余个部将，皆射死于木门道中。

据《资治通鉴》卷七十二：（太和五年夏）六月，亮以粮尽退军，司马懿遣张郃追之。郃进至木门，与亮战，蜀人乘高布伏，弓弩乱发，飞矢中郃右膝而卒。（参见《三国志·魏书·张郃传》《三国志·蜀书·诸葛亮传》）

据《三国志·魏书·张郃传》注引《魏略》：亮军退，司马宣王使郃追之，郃曰："军法，围城必开出路，归军勿追。"宣王不听。郃不得已，遂进。蜀军乘高布伏，弓弩乱发，矢中郃髀。

据《三国志·蜀书·后主传》：（建兴九年）夏六月，亮粮尽退军，郃追至青封，与亮交战，被箭死。

按：《演义》称，得知蜀军退兵，张郃自告奋勇，执意要追击，司马懿劝阻无效。这一情节与史相悖。据《魏略》记载，是司马懿令张郃追赶，张郃反对追赶，他说："军法，围城必开出路，归军勿追。"但司马懿不听。张郃迫不得已，只好服从军令，结果中伏身死。徐日辉先生在《街亭丛考》（甘肃人民出版社2000年版）一书中认为，张郃之死，表面上看是中了诸葛亮的埋伏，但实质上则是死于司马懿之手。张郃为曹魏之上将，位置十分显要，尤其在曹魏后期的明帝时期，张郃的存在对维护日渐衰落的曹氏集团有着相当重要的作用。而此时的司马懿已有代魏之心，所以在暗中有计划地翦除效命于曹魏的忠臣。张郃之死就充分地证明了这一点。

后人有诗曰：
伏弩齐飞万点星，木门道上射雄兵。至今剑阁行人过，犹说军师旧日名。

却说张郃已死，随后魏兵追到，见塞了道路，已知张郃中计。众军勒回马急退。忽听得山头上大叫曰："诸葛丞相在此！"众军仰视，只见孔明立于火光之中，指ցЯ军而言曰："吾今日围猎，欲射一'马'，误中一'獐'。汝各人安心而去；上覆仲达：早晚必为吾所擒矣。"魏兵回见司马懿，细告前事。懿悲伤不已，仰天叹曰："张隽义身死，吾之过也！"

按：张隽义，应作"张俊乂"。据《三国志·魏书·张郃传》，张郃字俊乂。

乃收兵回洛阳。魏主闻张郃死，挥泪叹息，令人收其尸，厚葬之。

　　据《三国志·魏书·辛毗传》注引《魏略》：诸葛亮围祁山，不克，引退。张郃追之，为流矢所中死。帝惜郃，临朝而叹曰："蜀未平而郃死，将若之何！"

　　却说孔明入汉中，欲归成都见后主。都护李严妄奏后主曰："臣已办备军粮，行将运赴丞相军前，不知丞相何故忽然班师。"后主闻奏，即命尚书费祎入汉中见孔明，问班师之故。祎至汉中，宣后主之意。孔明大惊曰："李严发书告急，说东吴将兴兵寇川，因此回师。"费祎曰："李严奏称军粮已办，丞相无故回师，天子因此命某来问耳。"孔明大怒，令人访察，乃是李严因军粮不济，怕丞相见罪，故发书取回；却又妄奏天子，遮饰已过。孔明大怒曰："匹夫为一己之故，废国家大事！"令人召至，欲斩之。费祎劝曰："丞相念先帝托孤之意，姑且宽恕。"孔明从之。费祎即具表启奏后主。后主览表，勃然大怒，叱武士推李严出斩之。参军蒋琬出班奏曰："李严乃先帝托孤之臣，乞望恩宽恕。"后主从之，即谪为庶人，徙于梓潼郡闲住。

　　据《三国志·蜀书·李严传》：平闻军退，乃更阳惊，说"军粮饶足，何以便归"！欲杀督运岑述以解己不办之责，显亮不进之愆也。又表后主，说"军伪退，欲以诱贼与战"。亮具出其前后手笔书疏本末，平违错章灼。平辞穷情竭，首谢罪负。于是亮表平曰："自先帝崩后，平所在治家，尚为小惠，安身求名，无忧国之事。臣当北出，欲得平兵以镇汉中，平穷难纵横，无有来意，而求以五郡为巴州刺史。去年臣欲西征，欲令平主督汉中，平说司马懿等开府辟召。臣知平鄙情，欲因行之际逼臣取利也，是以表平子丰督主江州，隆崇其遇，以取一时之务。平至之日，都委诸事，群臣上下皆怪臣待平之厚也。正以大事未定，汉室倾危，伐平之短，莫若褒之。然谓平情在于荣利而已，不意平心颠倒乃尔。若事稽留，将致祸败，是臣不敏，言多增咎。"乃废平为民，徙梓潼郡。（参见《资治通鉴》卷七十二）

　　孔明回到成都，用李严子李丰为长史；

　　据《资治通鉴》卷七十二：复以平子丰为中郎将，参军事，出教敕之曰："吾与君父子戮力以奖汉室，表都护典汉中，委君于东关，谓至心感动，终始可保，何图中乖乎！若都护思负一意，君与公琰推心从事，否可复通，逝可复还也。详思斯戒，明吾用心！"

　　据《三国志·蜀书·李严传》注：诸葛亮又与平子丰教曰："吾与君父子戮力以奖汉室，此神明所闻，非但人知之也。表都护典汉中，委君于东关者，不与人议也。谓至心感动，终始可保，何图中乖乎！昔楚卿屡绌，亦乃克复，思道则福，应自然之数也。愿宽慰都护，勤追前阙。今虽解任，形业失故，奴婢宾客百数十人，君以中郎参军居府，方之气类，犹为上家。若都护思负一意，君与公琰推心从事者，否可复通，逝可复还也。详思斯戒，明吾用心，临书长叹，涕泣而已。"

　　据《华阳国志·刘后主志》：夺平子丰兵，以为从事中郎，与长史蒋琬共知居府事。

积草屯粮，讲阵论武，整治军器，存恤将士，三年然后出征。两川人民军士，皆仰其恩德。光阴荏苒，不觉三年，时建兴十二年春二月。孔明入朝奏曰："臣今存恤军士，已经三年。粮草丰足，军器完备，人马雄壮，可以伐魏。今番若不扫清奸党，恢复中原，誓不见陛下也！"后主曰："方今已成鼎足之势，吴、魏不曾入寇，相父何不安享太平？"孔明曰："臣受先帝知遇之恩，梦寐之间，未尝不设伐魏之策。竭力尽忠，为陛下克复中原，重兴汉室，臣之愿也。"言未毕，班部中一人出曰："丞相不可兴兵。"众视之，乃谯周也。正是：武侯尽瘁惟忧国，太史知机又论天。未知谯周有何议论，且看下文分解。

第一百二回　司马懿占北原渭桥　诸葛亮造木牛流马

却说谯周官居太史，颇明天文；见孔明又欲出师，乃奏后主曰："臣今职掌司天台，但有祸福，不可不奏：近有群鸟数万，自南飞来，投于汉水而死，

> 据《三国志·蜀书·后主传》注引《汉晋春秋》：冬十月，江阳至江州有鸟从江南飞渡江北，不能达，堕水死者以千数。

此不祥之兆；臣又观天象，见奎星躔于太白之分，盛气在北，不利伐魏；又成都人民，皆闻柏树夜哭：有此数般灾异，丞相只宜谨守，不可妄动。"孔明曰："吾受先帝托孤之重，当竭力讨贼，岂可以虚妄之灾氛，而废国家大事耶！"遂命有司设太牢祭于昭烈之庙，涕泣拜告曰："臣亮五出祁山，未得寸土，负罪非轻！今臣复统全师，再出祁山，

> 按：据史书记载，公元228年至234年诸葛亮对魏六次用兵，其中五次为进攻，一次为防御（230年曹真与司马懿攻蜀那一次），《演义》称之为六出祁山，其实只有228年春和231年春两次（《演义》中的第一次和第五次）兵出祁山。

誓竭力尽心，剿灭汉贼，恢复中原，鞠躬尽瘁，死而后已！"祭毕，拜辞后主，星夜至汉中，聚集诸将，商议出师。忽报关兴病亡，

> 据《三国志·蜀书·关羽传附子兴传》：兴字安国，少有令问，丞相诸葛亮深器异之。弱冠为侍中、中监军，数岁卒。

孔明放声大哭，昏倒于地，半晌方苏。众将再三劝解，孔明叹曰："可怜忠义之人，天不与以寿！我今番出师，又少一员大将也！"后人有诗叹曰：

生死人常理，蜉蝣一样空。但存忠孝节，何必寿乔松。

孔明引蜀兵三十四万，分五路而进，令姜维、魏延为先锋，皆出祁山取齐；令李恢先运粮草于斜谷道口伺候。

> 据《三国志·蜀书·后主传》：（建兴）十二年春二月，亮由斜谷出，始以流马运。（参见《三国志·蜀书·诸葛亮传》）
>
> 据《资治通鉴》卷七十二：青龙二年春二月，亮悉大众十万由斜谷入寇，遣使约吴同时大举。

却说魏国因旧岁有青龙自摩坡井内而出，改为青龙元年；

> 据《三国志·魏书·明帝纪》：青龙元年春正月甲申，青龙见郏之摩陂井中。二月丁酉，幸摩陂观龙，于是改年。

此时乃青龙二年春二月也。近臣奏曰："边官飞报蜀兵三十余万，分五路复出祁山。"魏主曹叡大惊，急召司马懿至，谓曰："蜀人三年不曾入寇；今诸葛亮又出祁山，如之奈何？"懿奏曰："臣夜观天象，见中原旺气正盛，奎星犯太白，不利于西川。今孔明自负才智，逆天而行，乃自取败亡也。臣托陛下洪福，当往破之。但愿保四人同去。"叡曰："卿保何人？"懿曰："夏侯渊有四子：长名霸，字仲权；次名威，字季权；三名惠，字稚权；四名和，字

义权。霸、威二人，弓马熟娴；惠、和二人，谙知韬略：此四人常欲为父报仇。臣今保夏侯霸、夏侯威为左右先锋，夏侯惠、夏侯和为行军司马，共赞军机，以退蜀兵。"

> 据《三国志·魏书·夏侯渊传》：渊妻，太祖内妹。长子衡，尚太祖弟海阳哀侯女，恩宠特隆。衡袭爵，转封安宁亭侯。黄初中，赐中子霸，太和中，赐霸四弟爵皆关内侯。霸，正始中为讨蜀护军右将军，进封博昌亭侯，素为曹爽所厚。闻爽诛，自疑，亡入蜀。以渊旧勋赦霸子，徙乐浪郡。霸弟威，官至兖州刺史。威弟惠，乐安太守。惠弟和，河南尹。

> 据《三国志·魏书·夏侯渊传》注引《魏略》：霸字仲权。渊为蜀所害，故霸常切齿，欲有报蜀意。黄初中为偏将军。子午之役，霸召为前锋，进至兴势围，安营在曲谷中。蜀人望知其是霸也，指下兵攻之。霸手战鹿角间，赖救至，然后解。后为右将军，屯陇西，其养士和戎，并得其欢心。至正始中，代夏侯儒为征蜀护军，统属征西。

> 据《三国志·魏书·夏侯渊传》注引《世语》：威字季权，任侠。贵历荆、兖二州刺史。

> 据《三国志·魏书·夏侯渊传》注引《文章叙录》：惠字稚权，幼以才学见称，善属奏议。历散骑黄门侍郎，与锺毓数有辩驳，事多见从。迁燕相、乐安太守。年三十七卒。

> 据《三国志·魏书·夏侯渊传》注引《世语》：和字义权，清辩有才论。历河南尹、太常。渊第三子称，第五子荣。

叡曰："向者夏侯楙驸马违误军机，失陷了许多人马，至今羞惭不回。今此四人，亦与楙同否？"懿曰："此四人非夏侯楙所可比也。"叡乃从其请，即命司马懿为大都督，凡将士悉听量才委用，各处兵马皆听调遣。懿受命，辞朝出城。叡又以手诏赐懿曰：

卿到渭滨，宜坚壁固守，勿与交锋。蜀兵不得志，必诈退诱敌，卿慎勿追。待彼粮尽，必将自走，然后乘虚攻之，则取胜不难，亦免军马疲劳之苦，计莫善于此也。

> 据《三国志·魏书·明帝纪》：（青龙二年夏四月，）诸葛亮出斜谷，屯渭南，司马宣王率诸军拒之。诏宣王："但坚壁拒守以挫其锋，彼进不得志，退无与战，久停则粮尽，虏略无所获，则必走矣。走而追之，以逸待劳，全胜之道也。"

司马懿顿首受诏，即日到长安，聚集各处军马共四十万，皆来渭滨下寨；又拨五万军，于渭水上搭起九座浮桥，令先锋夏侯霸、夏侯威过渭水安营；又于大营之后东原，筑起一城，以防不虞。懿正与众将商议间，忽报郭淮、孙礼来见。懿迎入，礼毕，淮曰："今蜀兵现在祁山，倘跨渭登原，接连北山，阻绝陇道，大可虞也。"懿曰："所言甚善。公可就总督陇西军马，据北原下寨，深沟高垒，按兵休动；只待彼兵粮尽，方可攻之。"郭淮、孙礼领命，引兵下寨去了。

却说孔明复出祁山，下五个大寨，按左、右、中、前、后；自斜谷直至剑阁，一连又下十四个大寨，分屯军马，以为久计。每日令人巡哨。忽报郭淮、孙礼领陇西之兵，于北原下寨。孔明谓诸将曰："魏兵于北原安营者，惧吾取此路，阻绝陇道也。吾今虚攻北原，却暗取渭滨。令人扎木筏百余只，上载草把，选惯熟水手五千人驾之。我乘夜只攻北原，司马懿必引兵来救。彼若少败，我把后军先渡过岸去，然后把前军下于筏中。休要上岸，顺水取浮桥放火烧断，以攻其后。吾自引一军去取前营之门。若得渭水之南，则进兵不难矣。"诸将遵令而行。

早有巡哨军飞报司马懿。懿唤诸将议曰："孔明如此设施，其中有计：彼以取北原为名，顺水来烧浮桥，乱吾后，却攻吾前也。"即传令与夏侯霸、夏侯威曰："若听得北原发喊，便提兵于渭水南山之中，待蜀兵至击之。"又令张虎、乐綝，引二千弓弩手伏于渭水浮桥北岸："若蜀兵乘木筏顺水而来，可一齐射之，休令近桥。"又传令郭淮、孙礼曰："孔明来北原暗渡渭水，汝新立之营，人马不多，可尽伏于半路。若蜀兵于午后渡水，黄昏时分，必来攻汝。

汝诈败而走，蜀兵必追。汝等皆以弓弩射之。吾水陆并进。若蜀兵大至，只看吾指挥而击之。"各处下令已毕，又令二子司马师、司马昭，引兵救应前营。懿自引一军救北原。

却说孔明令魏延、马岱引兵渡渭水攻北原；令吴班、吴懿引木筏兵去烧浮桥；令王平、张嶷为前队，姜维、马忠为中队，廖化、张翼为后队：兵分三路，去攻渭水旱营。是日午时，人马离大寨，尽渡渭水，列成阵势，缓缓而行。

却说魏延、马岱将近北原，天色已昏。孙礼哨见，便弃营而走。魏延知有准备，急退军时，四下喊声大震：左有司马懿，右有郭淮，两路兵杀来。魏延、马岱奋力杀出，蜀兵多半落于水中，余众奔逃无路。幸得吴懿兵杀来，救了败兵过岸拒住。吴班分一半兵撑筏顺水来烧浮桥，却被张虎、乐綝在岸上乱箭射住。吴班中箭，落水而死。余军跳水逃命，木筏尽被魏兵夺去。

　　据《资治通鉴》卷七十二：诸葛亮至郿，军于渭水之南。司马懿引军渡渭，背水为垒拒之。……雍州刺史郭淮言于懿曰："亮必争北原，宜先据之。"议者多谓不然，淮曰："若亮跨渭登原，连兵北山，隔绝陇道，摇荡民夷，此非国之利也。"懿乃使淮屯北原。堑垒未成，汉兵大至，淮逆击却之。（参见《三国志·魏书·郭淮传》）

　　按：北原渭桥之战，不见于《三国志·蜀书·诸葛亮传》，仅《三国志·魏书·郭淮传》有记载。又，《演义》称吴班死于此役，与史不合；吴班系病死于蜀汉延熙六年（243）。

此时王平、张嶷，不知北原兵败，直奔到魏营，已有二更天气，只听得喊声四起。王平谓张嶷曰："军马攻打北原，未知胜负。渭南之寨，现在面前，如何不见一个魏兵？莫非司马懿知道了，先作准备也？我等且看浮桥火起，方可进兵。"二人勒住军马，忽背后一骑马来报，说："丞相教军马急回。北原兵、浮桥兵，俱失了。"王平、张嶷大惊，急退军时，却被魏兵抄在背后，一声炮响，一齐杀来，火光冲天。王平、张嶷引兵相迎，两军混战一场。平、嶷二人奋力杀出，蜀兵折伤大半。孔明回到祁山大寨，收聚败兵，约折了万余人，心中忧闷。

忽报费祎自成都来见丞相。孔明请入。费祎礼毕，孔明曰："吾有一书，正欲烦公去东吴投递，不知肯去否？"祎曰："丞相之命，岂敢推辞？"孔明即修书付费祎去了。祎持书径到建业，入见吴主孙权，呈上孔明之书。权拆视之，书略曰：

汉室不幸，王纲失纪，曹贼篡逆，蔓延及今。亮受昭烈皇帝寄托之重，敢不竭力尽忠：今大兵已会于祁山，狂寇将亡于渭水。伏望陛下念同盟之义，命将北征，共取中原，同分天下。书不尽言，万希圣听！

权览毕，大喜，乃谓费祎曰："朕久欲兴兵，未得会合孔明。今既有书到，即日朕自亲征，入居巢门，取魏新城；再令陆逊、诸葛瑾等屯兵于江夏、沔口取襄阳；孙韶、张承等出兵广陵取淮阳等处：

　　按："出兵广陵取淮阳"与史不合。据史书，"淮阳"应作"淮阴"。

三处一齐进军，共三十万，克日兴师。"

　　据《资治通鉴》卷七十二：青龙二年春二月，亮悉大众十万由斜谷入寇，遣使约吴同时大举。……五月，吴主入居巢湖口，向合肥新城，众号十万；又遣陆逊、诸葛瑾将万余人入江夏、沔口，向襄阳；将军孙韶、张承入淮，向广陵、淮阴。

　　据《三国志·吴书·吴主传》：（嘉禾三年）夏五月，权遣陆逊、诸葛瑾等屯江夏、沔口，孙韶、张承等向广陵、淮阳，权率大众围合肥新城。

费祎拜谢曰:"诚如此,则中原不日自破矣!"权设宴款待费祎。饮宴间,权问曰:"丞相军前,用谁当先破敌?"祎曰:"魏延为首。"权笑曰:"此人勇有余而心不正。若一朝无孔明,彼必为祸。孔明岂未知耶?"祎曰:"陛下之言极当!臣今归去,即当以此言告孔明。"

> 据《资治通鉴》卷七十二:费祎使吴,吴主醉,问祎曰:"杨仪、魏延,牧竖小人也,虽尝有鸣吠之益于时务,然既已任之,势不得轻。若一朝无诸葛亮,必为祸乱矣。诸君愤愤,不知防虑于此,岂所谓贻厥孙谋乎!"祎对曰:"仪、延之不协,起于私忿耳,而无黥、韩难御之心也。今方扫除强贼,混一函夏,功以才成,业由才广,若舍此不任,防其后患,是犹备有风波而逆废舟楫,非长计也。"

> 据《三国志·蜀书·董允传》注引《襄阳记》:董恢字休绪,襄阳人。入蜀,以宣信中郎副费祎使吴。孙权尝大醉问祎曰:"杨仪、魏延,牧竖小人也。虽尝有鸣吠之益于时务,然既已任之,势不得轻,若一朝无诸葛亮,必为祸乱矣。诸君愤愤,曾不知防虑于此,岂所谓贻厥孙谋乎?"祎愕然四顾视,不能即答。恢目祎曰:"可速言仪、延之不协起于私忿耳,而无黥、韩难御之心也。今方扫除强贼,混一区夏,功以才成,业由才广,若舍此不任,防其后患,是犹备有风波而逆废舟楫,非长计也。"权大笑乐。诸葛亮闻之,以为知言。还未满三日,辟为丞相府属,迁巴郡太守。 臣松之案:《汉晋春秋》亦载此语,不云董恢所教,辞亦小异,此二书俱出习氏而不同若此。本传云"恢年少官微",若已为丞相府属,出作巴郡,则官不微矣。以此疑习氏之言为不审也。

遂拜辞孙权,回到祁山,见了孔明,具言吴主起大兵三十万,御驾亲征,兵分三路而进。孔明又问曰:"吴主别有所言否?"费祎将论魏延之语告之。孔明叹曰:"真聪明之主也!吾非不知此人。为惜其勇,故用之耳。"

> 据《资治通鉴》卷七十二:初,汉前军师魏延,勇猛过人,善养士卒。……杨仪为人干敏,亮每出军,仪常规画分部,筹度粮谷,不稽思虑,斯须便了,军戎节度,取办于仪。延性矜高,当时皆避下之,唯仪不假借延,延以为至忿,有如水火。亮深惜二人之才,不忍有所偏废也。(参见《三国志·蜀书·魏延传》《杨仪传》)

祎曰:"丞相早宜区处。"孔明曰:"吾自有法。"祎辞别孔明,自回成都。

孔明正与诸将商议征进,忽报有魏将来投降。孔明唤入问之,答曰:"某乃魏国偏将军郑文也。近与秦朗

> 据《三国志·魏书·明帝纪》注引《魏氏春秋》:朗字元明,新兴人。

> 据《三国志·魏书·明帝纪》注引《献帝传》:朗父名宜禄,为吕布使诣袁术,术妻以汉宗室女。其前妻杜氏留下邳。布之被围,关羽屡请于太祖,求以杜氏为妻,太祖疑其有色,及城陷,太祖见之,乃自纳之。宜禄归降,以为铚长。及刘备走小沛,张飞随之,过谓宜禄曰:"人取汝妻,而为之长,乃蚩蚩若是邪!随我去乎?"宜禄从之数里,悔欲还,飞杀之。朗随母氏畜于公宫,太祖甚爱之,每坐席,谓宾客曰:"世有人爱假子如孤者乎?"

同领人马,听司马懿调用。

> 据《资治通鉴》卷七十二:(青龙二年夏六月,)使征蜀护军秦朗督步骑二万助司马懿御诸葛亮。

> 据《三国志·魏书·明帝纪》注引《魏略》:朗游遨诸侯间,历武、文之世而无尤也。及明帝即位,授以内官,为骁骑将军、给事中,每车驾出入,朗常随从。

第一百二回　司马懿占北原渭桥　诸葛亮造木牛流马

不料懿徇私偏向，加秦朗为前将军，而视文如草芥，因此不平，特来投降丞相。愿赐收录。"言未已，人报秦朗引兵在寨外，单搦郑文交战。孔明曰："此人武艺比汝若何？"郑文曰："某当立斩之。"孔明曰："汝若先杀秦朗，吾方不疑。"郑文欣然上马出营，与秦朗交锋。孔明亲自出营视之。只见秦朗挺枪大骂曰："反贼盗我战马来此，可早早还我！"言讫，直取郑文。文拍马舞刀相迎，只一合，斩秦朗于马下。魏军各自逃走。郑文提首级入营。孔明回到帐中坐定，唤郑文至，勃然大怒，叱左右："推出斩之！"郑文曰："小将无罪！"孔明曰："吾向识秦朗；汝今斩者，并非秦朗。安敢欺我！"文拜告曰："此实秦朗之弟秦明也。"孔明笑曰："司马懿令汝来诈降，于中取事，却如何瞒得我过！若不实说，必然斩汝！"郑文只得诉告其实是诈降，泣求免死。孔明曰："汝既求生，可修书一封，教司马懿自来劫营，吾便饶汝性命。若捉住司马懿，便是汝之功，还当重用。"郑文只得写了一书，呈与孔明。孔明令将郑文监下。樊建问曰："丞相何以知此人诈降？"孔明曰："司马懿不轻用人。若加秦朗为前将军，必武艺高强；今与郑文交马只一合，便为文所杀，必不是秦朗也。以故知其诈。"众皆拜服。

孔明选一舌辩军士，附耳分付如此如此。军士领命，持书径来魏寨，求见司马懿。懿唤入，拆书看毕，问曰："汝何人也？"答曰："某乃中原人，流落蜀中，郑文与某同乡。今孔明因郑文有功，用为先锋。郑文特托某来献书，约于明日晚间，举火为号，望乞都督尽提大军前来劫寨，郑文在内为应。"司马懿反覆诘问，又将来书仔细检看，果然是实；即赐军士酒食，分付曰："本日二更为期，我自来劫寨。大事若成，必重用汝。"军士拜别，回到本寨告知孔明。孔明仗剑步罡，祷祝已毕，唤王平、张嶷分付如此如此；又唤马忠、马岱分付如此如此；又唤魏延分付如此如此。孔明自引数十人，坐于高山之上，指挥众军。

却说司马懿见了郑文之书，便欲引二子提大兵来劫蜀寨。长子司马师谏曰："父亲何故据片纸而亲入重地？倘有疏虞，如之奈何？不如令别将先去，父亲为后应可也。"懿从之，遂令秦朗引一万兵，去劫蜀寨，懿自引兵接应。是夜初更，风清月朗；将及二更时分，忽然阴云四合，黑气漫空，对面不见。懿大喜曰："天使我成功也！"于是人尽衔枚，马皆勒口，长驱大进。秦朗当先，引一万兵直杀入蜀寨中，并不见一人。朗知中计，忙叫退兵。四下火把齐明，喊声震地：左有王平、张嶷，右有马岱、马忠，两路兵杀来。秦朗死战，不能得出。背后司马懿见蜀寨火光冲天，喊声不绝，又不知魏兵胜负，只顾催兵接应，望火光中杀来。忽然一声喊起，鼓角喧天，火炮震地：左有魏延，右有姜维，两路杀出。魏兵大败，十伤八九，四散逃奔。此时秦朗所引一万兵，都被蜀兵围住，箭如飞蝗。秦朗死于乱军之中。司马懿引败兵奔入本寨。三更以后，天复清朗。孔明在山头上鸣金收军。原来二更时阴云暗黑，乃孔明用遁甲之法；后收兵已了，天复清朗，乃孔明驱六丁六甲扫荡浮云也。

当下孔明得胜回寨，命将郑文斩了，再议取渭南之策。每日令兵搦战，魏军只不出迎。孔明自乘小车，来祁山前、渭水东西，踏看地理。忽到一谷口，见其形如葫芦之状，内中可容千余人；两山又合一谷，可容四五百人；背后两山环抱，只可通一人一骑。孔明看了，心中大喜，问向导官曰："此处是何地名？"答曰："此名上方谷，又号葫芦谷。"孔明回到帐中，唤裨将杜叡、胡忠二人，附耳授以密计。令唤集随军匠作一千余人，入葫芦谷中，制造"木牛""流马"应用；又令马岱领五百兵守住谷口。孔明嘱马岱曰："匠作人等，不许放出；外人不许放入。吾还不时自来点视。捉司马懿之计，只在此举。切不可走漏消息。"马岱受命而去。杜叡等二人在谷中监督匠作，依法制造。孔明每日往来指示。

忽一日，长史杨仪入告曰："即今粮米皆在剑阁，人夫牛马，搬运不便，如之奈何？"孔明笑曰："吾已运谋多时也。前者所积木料，并西川收买下的大木，教人制造木牛流马，搬运粮米，甚是便利。牛马皆不水食，可以轻运昼夜不绝也。"

> 据《三国志·蜀书·诸葛亮传》：亮性长于巧思，损益连弩，木牛流马，皆出其意；推演兵法，作八陈图，咸得其要云。

众皆惊曰："自古及今，未闻有木牛流马之事。不知丞相有何妙法，造此奇物？"孔明曰："吾已令人依法制造，尚未完备。吾今先将造木牛流马之法，尺寸方圆，长短阔狭，开写明白，汝等视之。"众大喜。孔明即手书一纸，付众观看。众将环绕而视。造木牛之法云：

  方腹曲头，一脚四足，头入领中，舌着于腹。载多而行少，独行者数十里，群行者二十里。曲者为牛头，双者为牛脚，横者为牛领，转者为牛足，覆者为牛背，方者为牛腹，垂者为牛舌，曲者为牛肋，刻者为牛齿，立者为牛角，细者为牛鞦，摄者为牛鞦轴。牛御双辕，人行六尺，牛行四步。人不大劳，牛不饮食。

造流马之法云：

  肋长三尺五寸，广三寸，厚二寸二分，左右同。前轴孔分墨去头四寸，径中二寸。前脚孔分墨去头四寸五分，长一寸五分，广一寸。前杠孔去前脚孔分墨二寸七分，孔长二寸，广一寸。后轴孔去前杠孔分墨一尺五分，大小与前同。后脚孔分墨去后轴孔三寸五分，大小与前同。后杠孔去后脚孔分墨二寸二分，后杠孔分墨四寸五分。前杠长一尺八寸，广二寸，厚一寸五分。后杠与等。板方囊二枚，厚八分，长二尺七寸，高一尺六寸五分，广一尺六寸，每枚受米二斛三斗。从上杠孔去肋下七寸，前后同。上杠孔去下杠孔分墨一尺三寸，孔长一寸五分，广七分，八孔同。前后四脚广二寸，厚一寸五分。形制如象，靬长四寸，径面四寸三分。孔径中三脚杠，长二尺一寸，广一寸五分，厚一寸四分。

> 据《三国志·蜀书·诸葛亮传》注引《诸葛亮集》载作木牛流马法：木牛者，方腹曲头，一脚四足，头入领中，舌著于腹。载多而行少，宜可大用，不可小使；特行者数十里，群行者二十里也。曲者为牛头，双者为牛脚，横者为牛领，转者为牛足，覆者为牛背，方者为牛腹，垂者为牛舌，曲者为牛肋，刻者为牛齿，立者为牛角，细者为牛鞦，摄者为牛轴。勒牛御双辕，人行六尺，牛行四步。载一岁粮，日行二十里，而人不大劳。流马尺寸之数，肋长三尺五寸，广三寸，厚二寸二分，左右同。前轴孔分墨去头四寸，径中二寸。前脚孔分墨二寸，去前轴孔四寸五分，广一寸。前杠孔去前脚孔分墨二寸七分，孔长二寸，广一寸。后轴孔去前杠分墨一尺五分，大小与前同。后脚孔分墨去后轴孔三寸五分，大小与前同。后杠孔去后脚孔分墨二寸七分，后载克去后杠孔分墨四寸五分。前杠长一尺八寸，广二寸，厚一寸五分。后杠与等。版方囊二枚，版厚八分，长二尺七寸，高一尺六寸五分，广一尺六寸，每枚受米二斛三斗。从上杠孔去肋下七寸，前后同。上杠孔去下杠孔分墨一尺三寸，孔长一寸五分，广七分，八孔同。前后四脚，广二寸，厚一寸五分。形制如象，靬长四寸，径面四寸三分。孔径中三脚杠，长二尺一寸，广一寸五分，厚一寸四分，杠同前。

众将看了一遍，皆拜伏曰："丞相真神人也！"过了数日，木牛流马皆造完备，宛然如活者一般；上山下岭，各尽其便。众军见之，无不欣喜。孔明令右将军高翔，引一千兵驾着木牛流马，自剑阁直抵祁山大寨，往来搬运粮草，供给蜀兵之用。

> 据《三国志·后主传》：（建兴）九年春二月，亮复出军围祁山，始以木牛运。……十年，亮休士劝农于黄沙，作流马木牛毕，教兵讲武。……十一年冬，亮使诸军运米，集于斜谷口，治斜谷邸阁。……十二年春二月，亮由斜谷出，始以流马运。（参见《三国志·诸葛亮传》）
>
> 据《资治通鉴》卷七十二：（青龙元年，）诸葛亮劝农讲武，作木牛、流马，运米集

斜谷口，治斜谷邸阁；息民休士，三年而后用之。

按：据史书记载，在蜀汉建兴九年（231）诸葛亮第四次北伐时即已使用木牛运输粮草，到蜀汉建兴十二年（234）诸葛亮第五次北伐时又开始使用流马运输粮草；而《演义》中木牛流马的首次亮相均是在蜀汉建兴十二年（234）诸葛亮六出祁山时。

后人有诗赞曰：
　　剑关险峻驱流马，斜谷崎岖驾木牛。后世若能行此法，输将安得使人愁？

却说司马懿正忧闷间，忽哨马报说："蜀兵用木牛流马转运粮草。人不大劳，牛马不食。"懿大惊曰："吾所以坚守不出者，为彼粮草不能接济，欲待其自毙耳。今用此法，必为久远之计，不思退矣。如之奈何？"急唤张虎、乐𬘩二人分付曰："汝二人各引五百军，从斜谷小路抄出；待蜀兵驱过木牛流马，任他过尽，一齐杀出；不可多抢，只抢三五匹便回。"二人依令，各引五百军，扮作蜀兵，夜间偷过小路，伏在谷中，果见高翔引兵驱木牛流马而来。将次过尽，两边一齐鼓噪杀出。蜀兵措手不及，弃下数匹，张虎、乐𬘩欢喜，驱回本寨。司马懿看了，果然进退如活的一般，乃大喜曰："汝会用此法，难道我不会用！"便令巧匠百余人，当面拆开，分付依其尺寸长短厚薄之法，一样制造木牛流马。不消半月，造成二千余只，与孔明所造者一般法则，亦能奔走。遂令镇远将军岑威，引一千军驱驾木牛流马，去陇西搬运粮草，往来不绝。魏营军将，无不欢喜。

却说高翔回见孔明，说魏兵抢夺木牛流马各五六匹去了。孔明笑曰："吾正要他抢去。我只费了几匹木牛流马，却不久便得军中许多资助也。"诸将问曰："丞相何以知之？"孔明曰："司马懿见了木牛流马，必然仿我法度，一样制造。那时我又有计策。"数日后，人报魏兵也会造木牛流马，往陇西搬运粮草。孔明大喜曰："不出吾之算也。"便唤王平分付曰："汝引一千兵，扮作魏人，星夜偷过北原，只说是巡粮军，径到运粮之所，将护粮之人尽皆杀散；却驱木牛流马而回，径奔过北原来：此处必有魏兵追赶，汝便将木牛流马口内舌头扭转，牛马就不能行动，汝等竟弃之而走，背后魏兵赶到，牵拽不动，扛抬不去。吾再有兵到，汝却回身再将牛马舌扭过来，长驱大行。魏兵必疑为怪也！"王平受计引兵而去。

孔明又唤张嶷分付曰："汝引五百军，都扮作六丁六甲神兵，鬼头兽身，用五彩涂面，妆作种种怪异之状；一手执绣旗，一手仗宝剑；身挂葫芦，内藏烟火之物，伏于山傍。待木牛流马到时，放起烟火，一齐拥出，驱牛马而行。魏人见之，必疑是神鬼，不敢来追赶。"张嶷受计引兵而去。

孔明又唤魏延、姜维分付曰："汝二人同引一万兵，去北原寨口接应木牛流马，以防交战。"又唤廖化、张翼分付曰："汝二人引五千兵，去断司马懿来路。"又唤马忠、马岱分付曰："汝二人引二千兵去渭南搦战。"六人各各遵令而去。

且说魏将岑威引军驱木牛流马，装载粮米，正行之间，忽报前面有兵巡粮。岑威令人哨探，果是魏兵，遂放心前进。两军合在一处。忽然喊声大震，蜀兵就本队里杀起，大呼："蜀中大将王平在此！"魏兵措手不及，被蜀兵杀死大半。岑威引败兵抵敌，被王平一刀斩了，余皆溃散。王平引兵尽驱木牛流马而回。败兵飞奔报入北原寨内。郭淮闻军粮被劫，疾忙引军来救。王平令兵扭转木牛流马舌头，皆弃于道上，且战且走。郭淮教且莫追，只驱回木牛流马。众军一齐驱赶，却那里驱得动？郭淮心中疑惑，正无奈何，忽鼓角喧天，喊声四起，两路兵杀来，乃魏延、姜维也。王平复引兵杀回。三路夹攻，郭淮大败而走。王平令军士将牛马舌头，重复扭转，驱赶而行。郭淮望见，方欲回兵再追，只见山后烟云突起，一队神兵拥出，一个个手执旗剑，怪异之状，驱驾木牛流马如风拥而去。郭淮大惊曰："此必神助也！"众军见了，无不惊畏，不敢追赶。

却说司马懿闻北原兵败，急自引军来救。方到半路，忽一声炮响，两路兵自险峻处杀出，喊声震地。旗上大书："汉将张翼廖化"。司马懿见了大惊。魏军着慌，各自逃窜。正是：路逢神将粮遭劫，身遇奇兵命又危。未知司马懿怎地抵敌，且看下文分解。

第一百三回　上方谷司马受困　五丈原诸葛禳星

却说司马懿被张翼、廖化一阵杀败，匹马单枪，望密林间而走。张翼收住后军，廖化当先追赶。看看赶上，懿着慌，绕树而转。化一刀砍去，正砍在树上；及拔出刀时，懿已走出林外。廖化随后赶出，却不知去向，但见树林之东，落下金盔一个。廖化取盔捎在马上，一直望东追赶。原来司马懿把金盔弃于林东，却反向西走去了。廖化追了一程，不见踪迹，奔出谷口，遇见姜维，同回寨见孔明。张嶷早驱木牛流马到寨，交割已毕，获粮万余石。廖化献上金盔，录为头功。魏延心中不悦，口出怨言。孔明只做不知。

且说司马懿逃回寨中，心甚恼闷。忽使命赍诏至，言东吴三路入寇，朝廷正议命将抵敌，令懿等坚守勿战。懿受命已毕，深沟高垒，坚守不出。

却说曹叡闻孙权分兵三路而来，亦起兵三路迎之：令刘劭引兵救江夏，田豫引兵救襄阳，叡自与满宠率大军救合淝。满宠先引一军至巢湖口，望见东岸战船无数，旌旗整肃。宠入军中奏魏主曰："吴人必轻我远来，未曾提备；今夜可乘虚劫其水寨，必得全胜。"魏主曰："汝言正合朕意。"即令骁将张球领五千兵，各带火具，从湖口攻之；满宠引兵五千，从东岸攻之。是夜二更时分，张球、满宠各引军悄悄望湖口进发；将近水寨，一齐呐喊杀入。吴兵慌乱，不战而走；被魏军四下举火，烧毁战船、粮草、器具不计其数。诸葛瑾率败兵逃走沔口。魏兵大胜而回。次日，哨军报知陆逊。逊集诸将议曰："吾当作表申奏主上，请撤新城之围，以兵断魏军归路，吾率众攻其前，彼首尾不敌，一鼓可破也。"众服其言。陆逊即具表，遣一小校密地赍往新城。小校领命，赍着表文，行至渡口，不期被魏军伏路的捉住，解赴军中见魏主曹叡。叡搜出陆逊表文，览毕，叹曰："东吴陆逊真妙算也！"遂命将吴卒监下，令刘劭谨防孙权后兵。

却说诸葛瑾大败一阵，又值暑天，人马多生疾病；乃修书一封，令人转达陆逊，议欲撤兵还国。逊看书毕，谓来人曰："拜上将军，吾自有主意。"使者回报诸葛瑾。瑾问："陆将军作何举动？"使者曰："但见陆将军催督众人于营外种豆菽，自与诸将在辕门射戏。"瑾大惊，亲自往陆逊营中，与逊相见，问曰："今曹叡亲来，兵势甚盛，都督何以御之？"逊曰："吾前遣人奉表于主上，不料为敌人所获。机谋既泄，彼必知备；与战无益，不如且退。已差人奉表约主上缓缓退兵矣。"瑾曰："都督既有此意，即宜速退，何又迟延？"逊曰："吾军欲退，当徐徐而动。今若便退，魏人必乘势追赶，此取败之道也。足下宜先督船只诈为拒敌之意，吾悉以人马向襄阳而进，为疑敌之计，然后徐徐退归江东，魏兵自不敢近耳。"瑾依其计，辞逊归本营，整顿船只，预备起行。陆逊整肃部伍，张扬声势，望襄阳进发。早有细作报知魏主，说吴兵已动，须用提防。魏将闻之，皆要出战。魏主素知陆逊之才，谕众将曰："陆逊有谋，莫非用诱敌之计？不可轻进。"众将乃止。

据《资治通鉴》卷七十二：（青龙二年）秋七月壬寅，帝御龙舟东征。满宠募壮士焚吴攻具，射杀吴主之弟子泰；又吴吏士多疾病。帝未至数百里，疑兵先至。吴主始谓帝不能出，闻大军至，遂遁，孙韶亦退。陆逊遣亲人韩扁奉表诣吴主，逻者得之。诸葛瑾闻之甚惧，书与逊云："大驾已还，贼得韩扁，具知吾阔狭，且水干，宜当急去。"逊未答，方催人种葑、豆，与诸将奕棋、射戏如常。瑾曰："伯言多智略，其必当有以。"

乃自来见逊。逊曰:"贼知大驾已还,无所复忧,得专力于吾。又已守要害之处,兵将意动,且当自定以安之,施设变术,然后出耳。今便示退,贼当谓吾怖,仍来相蹙,必败之势也。"乃密与瑾立计,令瑾督舟船,逊悉上兵马以向襄阳城。魏人素惮逊名,遽还赴城。瑾便引船出,逊徐整部伍,张拓声势,步趣船,魏人不敢逼。(参见《三国志·吴书·陆逊传》《吴主传》,《三国志·魏书·明帝纪》《满宠传》)

数日后,哨卒报来:"东吴三路兵马皆退矣。"魏主未信,再令人探之,回报果然尽退。魏主曰:"陆逊用兵,不亚孙吴。东南未可平也。"因敕诸将,各守险要,自引大军屯合淝,以伺其变。

却说孔明在祁山,欲为久驻之计,乃令蜀兵与魏民相杂种田:军一分,民二分,并不侵犯,魏民皆安心乐业。

据《三国志·蜀书·诸葛亮传》:(建兴)十二年春,亮悉大众由斜谷出,以流马运,据武功五丈原,与司马宣王对于渭南。亮每患粮不继,使己志不申,是以分兵屯田,为久驻之基。耕者杂于渭滨居民之间,而百姓安堵,军无私焉。(参见《资治通鉴》卷七十二)

司马师入告其父曰:"蜀兵劫去我许多粮米,今又令蜀兵与我民相杂屯田于渭滨,以为久计,似此真为国家大患。父亲何不与孔明约期大战一场,以决雌雄?"懿曰:"吾奉旨坚守,不可轻动。"正议间,忽报魏延将着元帅前日所失金盔,前来骂战。众将忿怒,俱欲出战。懿笑曰:"圣人云:'小不忍则乱大谋。'但坚守为上。"诸将依令不出。魏延辱骂良久方回。

孔明见司马懿不肯出战,乃密令马岱造成木栅,营中掘下深堑,多积干柴引火之物;周围山上,多用柴草虚搭窝铺,内外皆伏地雷。置备停当,孔明附耳嘱之曰:"可将葫芦谷后路塞断,暗伏兵于谷中。若司马懿追到,任他入谷,便将地雷干柴一齐放起火来。"又令军士昼举七星号带于谷口,夜设七盏明灯于山上,以为暗号。马岱受计引兵而去。孔明又唤魏延分付曰:"汝可引五百兵去魏寨讨战,务要诱司马懿出战。不可取胜,只可诈败。懿必追赶,汝却望七星旗处而入;若是夜间,则望七盏灯处而走。只要引得司马懿入葫芦谷内,吾自有擒之之计。"魏延受计,引兵而去。孔明又唤高翔分付曰:"汝将木牛流马或二三十为一群,或四五十为一群,各装米粮,于山路往来行走。如魏兵抢去,便是汝之功。"高翔领计,驱驾木牛流马去了。孔明将祁山兵一一调去,只推屯田;分付:"如别兵来战,只许诈败;若司马懿自来,方并力只攻渭南,断其归路。"孔明分拨已毕,自引一军近上方谷下营。

且说夏侯惠、夏侯和二人入寨告司马懿曰:"今蜀兵四散结营,各处屯田,以为久计;若不趁此时除之,纵令安居日久,深根固蒂,难以摇动。"懿曰:"此必又是孔明之计。"二人曰:"都督若如此疑虑,寇敌何时得灭?我兄弟二人,当奋力决一死战,以报国恩。"懿曰:"既如此,汝二人可分头出战。"遂令夏侯惠、夏侯和各引五千兵去讫。懿坐待回音。

却说夏侯惠、夏侯和二人分兵两路,正行之间,忽见蜀兵驱木牛流马而来。二人一齐杀将过去,蜀兵大败奔走,木牛流马尽被魏兵抢获,解送司马懿营中。次日又劫掳得人马百余。亦解赴大寨。懿将解到蜀兵,诘审虚实。蜀兵告曰:"孔明只料都督坚守不出,尽命我等四散屯田,以为久计。不想却被擒获。"懿即将蜀兵尽皆放回。夏侯和曰:"何不杀之?"懿曰:"量此小卒,杀之无益。放归本寨,令说魏将宽厚仁慈,释彼战心,此吕蒙取荆州之计也。"遂传令:"今后凡有擒到蜀兵,俱当善遣之。仍重赏有功有吏。"诸将皆听令而去。

却说孔明令高翔佯作运粮,驱驾木牛流马,往来于上方谷内;夏侯惠等不时截杀,半月之间,连胜数阵。司马懿见蜀兵屡败,心中欢喜。一日,又擒到蜀兵数十人。懿唤至帐下问曰:"孔明今在何处?"众告曰:"诸葛丞相不在祁山,在上方谷西十里下营安住。今每日运粮屯于上方谷。"懿备细问了,即将众人放去;乃唤诸将分付曰:"孔明今不在祁山,在上方

第一百三回　上方谷司马受困　五丈原诸葛禳星

谷安营。汝等于明日，可一齐并力攻取祁山大寨。吾自引兵来接应。"众将领命，各各准备出战。司马师曰："父亲何故反欲攻其后？"懿曰："祁山乃蜀人之根本，若见我兵攻之，各营必尽来救；我却取上方谷烧其粮草，使彼首尾不接，必大败也。"司马师拜服。懿即发兵起行，令张虎、乐綝各引五千兵，在后救应。

且说孔明正在山上，望见魏兵或三五千一行，或一二千一行，队伍纷纷，前后顾盼，料必来取祁山大寨，乃密传令众将："若司马懿自来，汝等便往劫魏寨，夺了渭南。"众将各各听令。

却说魏兵皆奔祁山寨来，蜀兵四下一齐呐喊奔走，虚作救应之势。司马懿见蜀兵都去救祁山寨，便引二子并中军护卫人马，杀奔上方谷来。魏延在谷口，只盼司马懿到来；忽见一枝魏兵杀到，延纵马向前视之，正是司马懿。延大喝曰："司马懿休走！"舞刀相迎。懿挺枪接战。不上三合，延拨回马便走，懿随后赶来。延只望七星旗处而走。懿见魏延只一人，军马又少，放心追之；令司马师在左，司马昭在右，懿自居中，一齐攻杀将来。魏延引五百兵皆退入谷中去。懿追到谷口，先令人入谷中哨探。回报谷内并无伏兵，山上皆是草房。懿曰："此必是积粮之所也。"遂大驱士马，尽入谷中。懿忽见草房上尽是干柴，前面魏延已不见了。懿心疑，谓二子曰："倘有兵截断谷口，如之奈何？"言未已，只听得喊声大震，山上一齐丢下火把来，烧断谷口。魏兵奔逃无路。山上火箭射下，地雷一齐突出，草房内干柴都着，刮刮杂杂，火势冲天。司马懿惊得手足无措，乃下马抱二子大哭曰："我父子三人皆死于此处矣！"正哭之间，忽然狂风大作，黑气漫空，一声霹雳响处，骤雨倾盆。满谷之火，尽皆浇灭，地雷不震，火器无功。司马懿大喜曰："不就此时杀出，更待何时！"即引兵奋力冲杀。张虎、乐綝亦各引兵杀来接应。马岱军少，不敢追赶。司马懿父子与张虎、乐綝合兵一处，同归渭南大寨，不想寨栅已被蜀兵夺了。郭淮、孙礼正在浮桥上与蜀兵接战。司马懿等引兵杀到，蜀兵退去。懿烧断浮桥，据住北岸。

且说魏兵在祁山攻打蜀寨，听知司马懿大败，失了渭南营寨，军心慌乱；急退时，四面蜀兵冲杀将来，魏兵大败，十伤八九，死者无数，余众奔过渭北逃生。孔明在山上见魏延诱司马懿入谷，一霎时火光大起，心中甚喜，以为司马懿此番必死。不期天降大雨，火不能着，哨马报说司马懿父子俱逃去了。孔明叹曰："谋事在人，成事在天。不可强也！"

按：诸葛亮于上方谷火烧司马懿，不见于史。

后人有诗叹曰：

谷口风狂烈焰飘，何期骤雨降青霄。武侯妙计如能就，安得山河属晋朝！

却说司马懿在渭北寨内传令曰："渭南寨栅，今已失了。诸将如再言出战者斩。"众将听令，据守不出。郭淮入告曰："近日孔明引兵巡哨，必将择地安营。"懿曰："孔明若出武功，依山而东，我等皆危矣；若出渭南，西止五丈原，方无事也。"令人探之，回报果屯五丈原。司马懿以手加额曰："大魏皇帝之洪福也！"遂令诸将："坚守勿出，彼久必自变。"

据《资治通鉴》卷七十二：诸葛亮至郿，军于渭水之南。司马懿引军渡渭，背水为垒拒之，谓诸将曰："亮若出武功，依山而东，诚为可忧；若西上五丈原，诸将无事矣。"亮果屯五丈原。

且说孔明自引一军屯于五丈原，累令人搦战，魏兵只不出。孔明乃取巾帼并妇人缟素之服，盛于大盒之内，修书一封，遣人送至魏寨。诸将不敢隐蔽，引来使人见司马懿。懿对众启盒视之，内有巾帼妇人之衣，并书一封。懿拆视其书，略曰：

仲达既为大将，统领中原之众，不思披坚执锐，以决雌雄，乃甘窟守土巢，谨避刀箭，与妇人又何异哉！今遣人送巾帼素衣至，如不出战，可再拜而受之。倘耻心未泯，犹有男子胸襟，早与批回，依期赴敌。

司马懿看毕，心中大怒，乃佯笑曰："孔明视我为妇人耶！"即受之，令重待来使。

> 据《资治通鉴》卷七十二：司马懿与诸葛亮相守百余日，亮数挑战，懿不出。亮乃遗懿巾帼妇人之服。懿怒，上表请战，帝使卫尉辛毗杖节为军师以制之。（参见《三国志·魏书·明帝纪》注引《魏氏春秋》）

懿问曰："孔明寝食及事之烦简若何？"使者曰："丞相夙兴夜寐，罚二十以上皆亲览焉。所啖之食，日不过数升。"懿顾谓诸将曰："孔明食少事烦，其能久乎？"

> 据《资治通鉴》卷七十二：亮遣使者至懿军，懿问其寝食及事之烦简，不问戎事。使者对曰："诸葛公夙兴夜寐，罚二十已上，皆亲览焉；所啖食不至数升。"懿告人曰："诸葛孔明食少事烦，其能久乎！"（参见《三国志·蜀书·诸葛亮传》注引《魏氏春秋》，《三国志·魏书·明帝纪》注引《魏氏春秋》）

使者辞去，回到五丈原，见了孔明，具说："司马懿受了巾帼女衣，看了书札，并不嗔怒，只问丞相寝食及事之烦简，绝不提起军旅之事。某如此应对，彼言：食少事烦，岂能长久？"孔明叹曰："彼深知我也！"主簿杨颙谏曰："某见丞相常自校簿书，窃以为不必。夫为治有体，上下不可相侵。譬之治家之道，必使仆执耕，婢典爨，私业无旷，所求皆足，其家主从容自在，高枕饮食而已。若皆身亲其事，将形疲神困，终无一成。岂其智之不如婢仆哉？失为家主之道也。是故古人称：坐而论道，谓之三公；作而行之，谓之士大夫。昔丙吉忧牛喘，而不问横道死人；陈平不知钱谷之数，曰'自有主者'。今丞相亲理细事，汗流终日岂不劳乎？司马懿之言，真至言也。"孔明泣曰："吾非不知。但受先帝托孤之重，惟恐他人不似我尽心也！"众皆垂泪。

> 据《资治通鉴》卷七十：亮尝自校簿书，主簿杨颙直入，谏曰："为治有体，上下不可相侵。请为明公以作家譬之。今有人，使奴执耕稼，婢典炊爨，鸡主司晨，犬主吠盗，牛负重载，马涉远路。私业无旷，所求皆足，雍容高枕，饮食而已。忽一旦尽欲以身亲其役，不复付任，劳其体力，为此碎务，形疲神困，终无一成。岂其智之不如奴婢鸡狗哉？失为家主之法也。是故古人称'坐而论道，谓之王公；作而行之，谓之士大夫'。故丙吉不问横道死人而忧牛喘，陈平不肯知钱谷之数，云'自有主者'，彼诚达于位分之体也。今明公为治，乃躬自校簿书，流汗终日，不亦劳乎！"亮谢之。及颙卒，亮垂泣三日。（参见《三国志·蜀书·杨戏传》附《季汉辅臣赞》注引《襄阳记》）

自此孔明自觉神思不宁。诸将因此未敢进兵。

却说魏将皆知孔明以巾帼女衣辱司马懿，懿受之不战。众将不忿，入帐告曰："我等皆大国名将，安忍受蜀人如此之辱！即请出战，以决雌雄。"懿曰："吾非不敢出战而甘心受辱也。奈天子明诏，令坚守勿动。今若轻出，有违君命矣。"众将俱忿怒不平。懿曰："汝等既要出战，待我奏准天子，同力赴敌，何如？"众皆允诺。懿乃写表遣使，直至合淝军前，奏闻魏主曹叡。叡拆表览之。表略曰：

> 臣才薄任重，伏蒙明旨，令臣坚守不战，以待蜀人之自敝；奈今诸葛亮遗臣以巾帼，待臣如妇人，耻辱至甚！臣谨先达圣聪：旦夕将效死一战，以报朝廷之恩，以雪三军之耻。臣不胜激切之至！

叡览讫，乃谓多官曰："司马懿坚守不出，今何故又上表求战？"卫尉辛毗曰："司马懿本无战心，必因诸葛亮耻辱，众将忿怒之故，特上此表，欲更乞明旨，以遏诸将之心耳。"叡然其言，即令辛毗持节至渭北寨传谕，令勿出战。司马懿接诏入帐，辛毗宣谕曰："如再有敢言出战者，即以违旨论。"众将只得奉诏。懿暗谓辛毗曰："公真知我心也！"于是令军中传说：魏主命辛毗持节，传谕司马懿勿得出战。蜀将闻知此事，报与孔明。孔明笑曰："此乃司马懿安三军之法也。"姜维曰："丞相何以知之？"孔明曰："彼本无战心；所以请战者，以示武于众耳。岂不闻'将在外，君命有所不受'，安有千里而请战者乎？此乃司马懿因将士忿怒，故借曹叡之主，以制众人。今又播传此言，欲懈我军心也。"

据《资治通鉴》卷七十二：司马懿与诸葛亮相守百余日，亮数挑战，懿不出。亮乃遗懿巾帼妇人之服。懿怒，上表请战，帝使卫尉辛毗杖节为军师以制之。护军姜维谓亮曰："辛佐治杖节而到，贼不复出矣。"亮曰："彼本无战情，所以固请战者，以示武于其众耳。将在军，君命有所不受，苟能制吾，岂千里而请战邪！"（参见《三国志·蜀书 诸葛亮传》注引《汉晋春秋》，《三国志·魏书·辛毗传》及注引《魏略》）

据《世说新语·方正》：诸葛亮之次渭滨，关中震动。魏明帝深惧晋宣王战，乃遣辛毗为军司马。宣王既与亮对渭而陈，亮设诱谲万方，宣王果大忿，将欲应之以重兵。亮遣间谍觇之，还曰："有一老夫，毅然仗黄钺，当军门立，军不得出。"亮曰："此必辛佐治也。"

据《三国志·魏书·明帝纪》：（青龙二年夏四月，）诸葛亮出斜谷，屯渭南，司马宣王率诸军拒之。诏宣王："但坚壁拒守以挫其锋，彼进不得志，退无与战，久停则粮尽，虏略无所获，则必走矣。走而追之，以逸待劳，全胜之道也。"

正论间，忽报费祎到。孔明请入问之，祎曰："魏主曹叡闻东吴三路进兵，乃自引大军至合淝，令满宠、田豫、刘劭分兵三路迎敌。满宠设计尽烧东吴粮草战具，吴兵多病。陆逊上表于吴王，约会前后夹攻，不意赍表人中途被魏兵所获，因此机关泄漏，吴兵无功而退。"孔明听知此信，长叹一声，不觉昏倒于地；众将急救，半晌方苏。孔明叹曰："吾心昏乱，旧病复发，恐不能生矣！"是夜，孔明扶病出帐，仰观天文，十分惊慌，入帐谓姜维曰："吾命在旦夕矣！"维曰："丞相何出此言？"孔明曰："吾见三台星中，客星倍明，主星幽隐，相辅列曜，其光昏暗，天象如此，吾命可知！"维曰："天象虽则如此，丞相何不用祈禳之法挽回之？"孔明曰："吾素谙祈禳之法，但未知天意若何。汝可引甲士四十九人，各执皂旗，穿皂衣，环绕帐外；我自于帐中祈禳北斗。若七日内主灯不灭，吾寿可增一纪；如灯灭，吾必死矣。闲杂人等，休教放入。凡一应需用之物，只令二小童搬运。"姜维领命，自去准备。

时值八月中秋，是夜银河耿耿，玉露零零，旌旗不动，刁斗无声。姜维在帐外引四十九人守护。孔明自于帐中设香花祭物，地上分布七盏大灯，外布四十九盏小灯，内安本命灯一盏。孔明拜祝曰："亮生于乱世，甘老林泉；承昭烈皇帝三顾之恩，托孤之重，不敢不竭犬马之劳，誓讨国贼。不意将星欲坠，阳寿将终。谨书尺素，上告穹苍：伏望天慈，俯垂鉴听，曲延臣算，使得上报君恩，下救民命，克复旧物，永延汉祀。非敢妄祈，实由情切。"拜祝毕，就帐中俯伏待旦。次日，扶病理事，吐血不止。日则计议军机，夜则步罡踏斗。

却说司马懿在营中坚守，忽一夜仰观天文，大喜，谓夏侯霸曰："吾见将星失位，孔明必然有病，不久便死。你可引一千军去五丈原哨探。若蜀人攘乱，不出接战，孔明必然患病矣。吾当乘势击之。"霸引兵而去。孔明在帐中祈禳已及六夜，见主灯明亮，心中甚喜。姜维入帐，正见孔明披发仗剑，踏罡步斗，压镇将星。忽听得寨外呐喊，方欲令人出问，魏延飞步入告曰："魏兵至矣！"延脚步急，竟将主灯扑灭。孔明弃剑而叹曰："死生有命，不可得而禳也！"魏延惶恐，伏地请罪；姜维忿怒，拔剑欲杀魏延。正是：万事不由人做主，一心难与命争衡。未知魏延性命如何，且看下文分解。

第一百四回　陨大星汉丞相归天　见木像魏都督丧胆

却说姜维见魏延踏灭了灯，心中忿怒，拔剑欲杀之。孔明止之曰："此吾命当绝，非文长之过也。"维乃收剑。孔明吐血数口，卧倒床上，谓魏延曰："此是司马懿料吾有病，故令人来探视虚实。汝可急出迎敌。"魏延领命，出帐上马，引兵杀出寨来。夏侯霸见了魏延，慌忙引军退走。延追赶二十余里方回。孔明令魏延自回本寨把守。

姜维入帐，直至孔明榻前问安。孔明曰："吾本欲竭忠尽力，恢复中原，重兴汉室；奈天意如此，吾旦夕将死。吾平生所学，已著书二十四篇，计十万四千一百一十二字，内有八务、七戒、六恐、五惧之法。吾遍观诸将，无人可授，独汝可传我书。切勿轻忽！"维哭拜而受。孔明又曰："吾有'连弩'之法，不曾用得。其法矢长八寸，一弩可发十矢，皆画成图本。汝可依法造用。"维亦拜受。

　　据《三国志·蜀书·诸葛亮传》引《上诸葛亮集表》：《诸葛氏集》目录：开府作牧第一　权制第二　南征第三　北出第四　计算第五　训厉第六　综核上第七　综核下第八　杂言上第九　杂言下第十　贵和第十一　兵要第十二　传运第十三　与孙权书第十四　与诸葛瑾书第十五　与孟达书第十六　废李平第十七　法检上第十八　法检下第十九　科令上第二十　科令下第二十一　军令上第二十二　军令中第二十三　军令下第二十四　右二十四篇，凡十万四千一百一十二字。

　　臣寿等言：臣前在著作郎，侍中、领中书监、济北侯臣荀勖，中书令、关内侯臣和峤奏，使臣定故蜀丞相诸葛亮故事。亮毗佐危国，负阻不宾，然犹存录其言，耻善有遗，诚是大晋光明至德，泽被无疆，自古以来，未之有伦也。辄删除复重，随类相从，凡为二十四篇，篇名如右。

　　据《三国志·蜀书·诸葛亮传》注引《魏氏春秋》：亮作八务、七戒、六恐、五惧，皆有条章，以训厉臣子。又损益连弩，谓之元戎，以铁为矢，矢长八寸，一弩十矢俱发。

　　据《三国志·蜀书·诸葛亮传》：亮性长于巧思，损益连弩，木牛流马，皆出其意；推演兵法，作八陈图，咸得其要云。

　　　按：据《三国志·蜀书·诸葛亮传》引《上诸葛亮集表》，《三国志》编纂者陈寿奉晋武帝司马炎之命，于晋泰始十年（274）编定了《诸葛氏集》。《演义》移植为诸葛亮生前自编，并传授与姜维。

孔明又曰："蜀中诸道，皆不必多忧；惟阴平之地，切须仔细。此地虽险峻，久必有失。"又唤马岱入帐，附耳低言，授以密计；嘱曰："我死之后，汝可依计行之。"岱领计而出。少顷，杨仪入。孔明唤至榻前，授与一锦囊，密嘱曰："我死，魏延必反；待其反时，汝与临阵，方开此囊。那时自有斩魏延之人也。"孔明一一调度已毕，便昏然而倒，至晚方苏，便连夜表奏后主。后主闻奏大惊，急命尚书李福，

　　据《三国志·蜀书·杨戏传》附《季汉辅臣赞》：孙德名福，梓潼涪人也。先主定益州后，为书佐、西充国长、成都令。建兴元年，徙巴西太守，为江州督、杨威将军，入为尚书仆射，封平阳亭侯。

第一百四回　陨大星汉丞相归天　见木像魏都督丧胆

星夜至军中问安，兼询后事。李福领命，趱程赴五丈原，入见孔明，传后主之命，问安毕。孔明流涕曰："吾不幸中道丧亡，虚废国家大事，得罪于天下。我死后，公等宜竭忠辅主。国家旧制，不可改易；吾所用之人，亦不可轻废。吾兵法皆授与姜维，他自能继吾之志，为国家出力。吾命已在旦夕，当即有遗表上奏天子也。"李福领了言语，匆匆辞去。

孔明强支病体，令左右扶上小车，出寨遍观各营；自觉秋风吹面，彻骨生寒，乃长叹曰："再不能临阵讨贼矣！悠悠苍天，曷此其极！"叹息良久。回到帐中，病转沉重，乃唤杨仪分付曰："王平、廖化、张嶷、张翼、吴懿等，皆忠义之士，久经战阵，多负勤劳，堪可委用。我死之后，凡事俱依旧法而行。缓缓退兵，不可急骤。汝深通谋略，不必多嘱。姜伯约智勇足备，可以断后。"杨仪泣拜受命。孔明令取文房四宝，于卧榻上手书遗表，以达后主。表略曰：

伏闻生死有常，难逃定数；死之将至，愿尽愚忠：臣亮赋性愚拙，遭时艰难，分符拥节，专掌钧衡，兴师北伐，未获成功；何期病入膏肓，命垂旦夕，不及终事陛下，饮恨无穷！伏愿陛下：清心寡欲，约己爱民；达孝道于先皇，布仁恩于宇下；提拔幽隐，以进贤良；屏斥奸邪，以厚风俗。臣家成都有桑八百株，薄田十五顷，子弟衣食，自有余饶。至于臣在外任，别无调度，随身衣食，悉仰于官，不别治生，以长尺寸。臣死之日，不使内有余帛，外有赢财，以负陛下也。

据《三国志·蜀书·诸葛亮传》：初，亮自表后主曰："成都有桑八百株，薄田十五顷，子弟衣食，自有余饶。至于臣在外任，无别调度，随身衣食，悉仰于官，不别治生，以长尺寸。若臣死之日，不使内有余帛，外有赢财，以负陛下。"及卒，如其所言。（参见《资治通鉴》卷七十二）

孔明写毕，又嘱杨仪曰："吾死之后，不可发丧。可作一大龛，将吾尸坐于龛中；以米七粒，放吾口内；脚下用明灯一盏；军中安静如常，切勿举哀：则将星不坠。吾阴魂更自起镇之。司马懿见将星不坠，必然惊疑。吾军可令后寨先行，然后一营一营缓缓而退。若司马懿来追，汝可布成阵势，回旗返鼓。等他来到，却将我先时所雕木像，安于车上，推出军前，令大小将士，分列左右。懿见之必惊走矣。"杨仪一一领诺。

是夜，孔明令人扶出，仰观北斗，遥指一星曰："此吾之将星也。"众视之，见其色昏暗，摇摇欲坠。孔明以剑指之，口中念咒。咒毕急回帐时，不省人事。众将正慌乱间，忽尚书李福又至，见孔明昏绝，口不能言，乃大哭曰："我误国家之大事也！"须臾，孔明复醒，开目遍视，见李福立于榻前。孔明曰："吾已知公复来之意。"福谢曰："福奉天子命，问丞相百年后，谁可任大事者。适因匆遽，失于谘请，故复来耳。"孔明曰："吾死之后，可任大事者，蒋公琰其宜也。"福曰："公琰之后，谁可继之？"孔明曰："费文伟可继之。"福又问："文伟之后，谁当继者？"孔明不答。

据《资治通鉴》卷七十二：亮病笃，汉主使尚书仆射李福省侍，因谘以国家大计。福至，与亮语已，别去，数日复还。亮曰："孤知君还意，近日言语虽弥日，有所不尽，更来亦决耳。公所问者，公琰其宜也。"福谢："前实失不咨请，如公百年后谁可任大事者，故辄还耳。乞复请蒋琬之后，谁可任者？"亮曰："文伟可以继之。"又问其次，亮不答。（参见《三国志·蜀书·杨戏传》附《季汉辅臣赞》注引《益部耆旧杂记》）

据《三国志·蜀书·蒋琬传》：亮数外出，琬常足食足兵以相供给。亮每言："公琰托志忠雅，当与吾共赞王业者也。"密表后主曰："臣若不幸，后事宜以付琬。"

众将近前视之，已薨矣。时建兴十二年秋八月二十三日也，寿五十四岁。

据《三国志·蜀书·诸葛亮传》：相持百余日。其年八月，亮疾病，卒于军，时年五十四。

据《三国志·蜀书·后主传》：（建兴）十二年秋八月，亮卒于渭滨。

后杜工部有诗叹曰：

长星昨夜坠前营，讣报先生此日倾。虎帐不闻施号令，麟台惟显著勋名。
空余门下三千客，辜负胸中十万兵。好看绿阴清昼里，于今无复雅歌声！

白乐天亦有诗曰：

先生晦迹卧山林，三顾那逢圣主寻。鱼到南阳方得水，龙飞天汉便为霖。
托孤既尽殷勤礼，报国还倾忠义心。前后出师遗表在，令人一览泪沾襟。

初，蜀长水校尉廖立，自谓才名宜为孔明之副，尝以职位闲散，怏怏不平，怨谤无已。于是孔明废之为庶人，徙之汶山。及闻孔明亡，乃垂泣曰："吾终为左衽矣！"李严闻之，亦大哭病死，盖严尝望孔明复收已，得自补前过；度孔明死后，人不能用之故也。

据《资治通鉴》卷七十二：初，长水校尉廖立，自谓才名宜为诸葛亮之副，常以职位游散，怏怏怨谤无已，亮废立为民，徙之汶山。及亮卒，立垂泣曰："吾终为左衽矣！"李平闻之，亦发病死。平常冀亮复收已，得自补复，策后人不能故也。

据《三国志·蜀书·廖立传》：廖立字公渊，武陵临沅人。……立本意，自谓才名宜为诸葛亮之贰，而更游散在李严等下，常怀怏怏。……于是废立为民，徙汶山郡。立躬率妻子耕殖自守，闻诸葛亮卒，垂泣叹曰："吾终为左衽矣！"

据《三国志·蜀书·李严传》：（建兴）十二年，平闻亮卒，发病死。平常冀亮当自补复，策后人不能，故以激愤也。

后元微之有赞孔明诗曰：

拨乱扶危主，殷勤受托孤。英才过管乐，妙策胜孙吴。
凛凛《出师表》，堂堂八阵图。如公全盛德，应叹古今无！

是夜，天愁地惨，月色无光，孔明奄然归天。姜维、杨仪遵孔明遗命，不敢举哀，依法成殓，安置龛中，令心腹将卒三百人守护；随传密令，使魏延断后，各处营寨一一退去。

却说司马懿夜观天文，见一大星，赤色，光芒有角，自东北方流于西南方，坠于蜀营内，三投再起，隐隐有声。懿惊喜曰："孔明死矣！"

据《三国志·蜀书·诸葛亮传》注引《晋阳秋》：有星赤而芒角，自东北西南流，投于亮营，三投再还，往大还小。俄而亮卒。

据《晋书·天文志》：蜀后主建兴十三年，诸葛亮帅大众伐魏，屯于渭南。有长星赤而芒角，自东北西南流，投亮营，三投再还，往大还小。占曰："两军相当，有大流星来走军上及坠军中者，皆破败之征也。"九月，亮卒于军，焚营而退，群帅交怨，多相诛残。

即传令起大兵追之。方出寨门，忽又疑虑曰："孔明善会六丁六甲之法，今见我久不出战，故以此术诈死，诱我出耳。今若追之，必中其计。"遂复勒马回寨不出，只令夏侯霸暗引数十骑，往五丈原山僻哨探消息。

却说魏延在本寨中，夜作一梦，梦见头上忽生二角，醒来甚是疑异。次日，行军司马赵直至，延人问曰："久知足下深明《易》理，吾夜梦头生二角，不知主何吉凶？烦足下为我决之。"赵直想了半晌，答曰："此大吉之兆：麒麟头上有角，苍龙头上有角，乃变化飞腾之象也。"延大喜曰:"如应公言,当有重谢!"直辞去,行不数里,正遇尚书费祎。祎问何来。直曰:"适至魏文长营中,文长梦头生角,令我决其吉凶。此本非吉兆,但恐直言见怪,因以麒麟苍龙解之。"祎曰:"足下何以知非吉兆?"直曰:"角之字形,乃'刀'下'用'也。今头上用刀,其凶甚矣!"祎曰:"君且勿泄漏。"直别去。

> 据《三国志·蜀书·魏延传》:(建兴)十二年,亮出北谷口,延为前锋。出亮营十里,延梦头上生角,以问占梦赵直,直诈延曰:"夫麒麟有角而不用,此不战而贼欲自破之象也。"退而告人曰:"角之为字,刀下用也;头上用刀,其凶甚矣。"

费祎至魏延寨中,屏退左右,曰:"昨夜三更,丞相已辞世矣。临终再三嘱付,令将军断后以当司马懿,缓缓而退,不可发丧。今兵符在此,便可起兵。"延曰:"何人代理丞相之大事?"祎曰:"丞相一应大事,尽托与杨仪;用兵密法,皆授与姜伯约。此兵符乃杨仪之令也。"延曰:"丞相虽亡,吾今现在。杨仪不过一长史,安能当此大任?他只宜扶柩入川安葬。我自率大兵攻司马懿,务要成功。岂可因丞相一人而废国家大事耶?"祎曰:"丞相遗令,教且暂退,不可有违。"延怒曰:"丞相当时若依我计,取长安久矣!吾今官任前将军、征西大将军、南郑侯,安肯与长史断后!"祎曰:"将军之言虽是,然不可轻动,令敌人耻笑。待吾往见杨仪,以利害说之,令彼将兵权让与将军,何如?"延依其言。

祎辞延出营,急到大寨见杨仪,具述魏延之语。仪曰:"丞相临终,曾密嘱我曰:魏延必有异志。今我以兵符往,实欲探其心耳。今果应丞相之言。吾自令伯约断后可也。"于是杨仪领兵扶柩先行,令姜维断后;依孔明遗令,徐徐而退。魏延在寨中,不见费祎来回覆,心中疑惑,乃令马岱引十数骑往探消息。回报曰:"后军乃姜维总督,前军大半退入谷中去了。"延大怒曰:"竖儒安敢欺我!我必杀之!"因顾谓岱曰:"公肯相助否?"岱曰:"某亦素恨杨仪,今愿助将军攻之。"延大喜,即拔寨引本部兵望南而行。

> 据《三国志·蜀书·魏延传》:(建兴十二年)秋,亮病困,密与长史杨仪、司马费祎、护军姜维等作身殁之后退军节度,令延断后,姜维次之;若延或不从命,军便自发。亮适卒,秘不发丧,仪令祎往揣延意指。延曰:"丞相虽亡,吾自见在。府亲官属便可将丧还葬,吾自当率诸军击贼,云何以一人死废天下之事邪?且魏延何人,当为杨仪所部勒,作断后将乎!"因与祎共作行留部分,令祎手书与己连名,告下诸将。祎绐延曰:"当为君还解杨长史,长史文吏,稀更军事,必不违命也。"祎出门驰马而去,延寻悔,追之已不及矣。延遣人觇仪等,遂使欲案亮成规,诸营相次引军还。延大怒,搀仪未发,率所领径先南归,所过烧绝阁道。(参见《资治通鉴》卷七十二)

却说夏侯霸引军至五丈原看时,不见一人,急回报司马懿曰:"蜀兵已尽退矣。"懿跌足曰:"孔明真死矣!可速追之!"夏侯霸曰:"都督不可轻追。当令偏将先往。"懿曰:"此番须吾自行。"遂引兵同二子一齐杀奔五丈原来;呐喊摇旗,杀入蜀寨时,果无一人。懿顾二子曰:"汝急催兵赶来,吾先引军前进。"于是司马师、司马昭在后催军;懿自引军当先,追到山脚下,望见蜀兵不远,乃奋力追赶。忽然山后一声炮响,喊声大震,只见蜀兵俱回旗返鼓,树影中飘出中军大旗,上书一行大字曰:"汉丞相武乡侯诸葛亮"。懿大惊失色。定睛看时,只见中军数十员上将,拥出一辆四轮车来;车上端坐孔明:纶巾羽扇,鹤氅皂绦。懿大惊曰:"孔明尚在!吾轻入重地,堕其计矣!"急勒回马便走。背后姜维大叫:"贼将休走!你中了我丞相之计也!"魏兵魂飞魄散,弃甲丢盔,抛戈撇戟,各逃性命,自相践踏,死者无数。司马懿奔走了五十余里,背后两员魏将赶上,扯住马嚼环叫曰:"都督勿惊。"懿用手摸头曰:"我有头否?"二将曰:"都督休怕,蜀兵去远了。"懿喘息半晌,神色方定;睁目视之,乃夏侯霸、夏侯惠也;乃徐徐按辔,与二将寻小路奔归本寨,使众将引兵四散哨探。

过了两日,乡民奔告曰:"蜀兵退入谷中之时,哀声震地,军中扬起白旗:孔明果然死了,止留姜维引一千兵断后。前日车上之孔明,乃木人也。"懿叹曰:"吾能料其生,不能料其死也!"因此蜀中人谚曰:"死诸葛能走生仲达。"

> 据《资治通鉴》卷七十二:是月,亮卒于军中。长史杨仪整军而出。百姓奔告司马懿,懿追之。姜维令仪反旗鸣鼓,若将向懿者,懿敛军退,不敢逼。于是仪结陈而去,入谷然后发丧。百姓为之谚曰:"死诸葛走生仲达。"懿闻之,笑曰:"吾能料生,不能料死故也。"(参见《三国志·蜀书·诸葛亮传》注引《汉晋春秋》)

后人有诗叹曰:

> 长星半夜落天枢,奔走还疑亮未殂。关外至今人冷笑,头颅犹问有和无!

司马懿知孔明死信已确,乃复引兵追赶。行到赤岸坡,见蜀兵已去远,乃引还,顾谓众将曰:"孔明已死,我等皆高枕无忧矣!"遂班师回。一路上见孔明安营下寨之处,前后左右,整整有法,懿叹曰:"此天下奇才也!"

> 据《资治通鉴》卷七十二:懿案行亮之营垒处所,叹曰:"天下奇才也!"追至赤岸,不及而还。(参见《三国志·蜀书·诸葛亮传》)

于是引兵回长安,分调众将,各守隘口,懿自回洛阳面君去了。

却说杨仪、姜维排成阵势,缓缓退入栈阁道口,然后更衣发丧,扬幡举哀。蜀军皆撞跌而哭,至有哭死者。蜀兵前队正回到栈阁道口,忽见前面火光冲天,喊声震地,一彪军拦路。众将大惊,急报杨仪。正是:已见魏营诸将去,不知蜀地甚兵来。未知来者是何处军马,且看下文分解。

第一百五回　武侯预伏锦囊计　魏主拆取承露盘

却说杨仪闻报前路有兵拦截，忙令人哨探。回报说魏延烧绝栈道，引兵拦路。仪大惊曰："丞相在日，料此人久后必反，谁想今日果然如此！今断吾归路，当复何？"费祎曰："此人必先捏奏天子，诬吾等造反，故烧绝栈道，阻遏归路。吾等亦当表奏天子，陈魏延反情，然后图之。"姜维曰："此间有一小径，名槎山，虽崎岖险峻，可以抄出栈道之后。"一面写表奏闻天子，一面将人马望槎山小道进发。

据《资治通鉴》卷七十二：仪等令槎山通道，昼夜兼行，亦继延后。（参见《三国志·蜀书·魏延传》）

按：槎，动词，斜砍。"槎山"即"砍伐山上的树木"。罗贯中将"槎山"理解成了一条道路的专称。

且说后主在成都，寝食不安，动止不宁，夜作一梦，梦见成都锦屏山崩倒，遂惊觉，坐而待旦，聚集文武，入朝圆梦。谯周曰："臣昨夜仰观天文，见一星，赤色，光芒有角，自东北落于西南，主丞相有大凶之事。今陛下梦山崩，正应此兆。"后主愈加惊怖。忽报李福到，后主急召入问之。福顿首泣奏丞相已亡，将丞相临终言语，细述一遍。后主闻言大哭曰："天丧我也！"哭倒于龙床之上。侍臣扶入后宫。吴太后闻之，亦放声大哭不已。多官无不哀恸，百姓人人涕泣。后主连日伤感，不能设朝。忽报魏延表奏杨仪造反，群臣大骇，入宫启奏后主，时吴太后亦在宫中。后主闻奏大惊，命近臣读魏延表。其略曰：

征西大将军、南郑侯臣魏延，诚惶诚恐，顿首上言：杨仪自总兵权，率众造反，劫丞相灵柩，欲引敌人入境。臣先烧绝栈道，以兵守御。谨此奏闻。

读毕，后主曰："魏延乃勇将，足可拒杨仪等众，何故烧绝栈道？"吴太后曰："尝闻先帝有言：孔明识魏延脑后有反骨，每欲斩之；因怜其勇，故姑留用。今彼奏杨仪等造反，未可轻信。杨仪乃文人，丞相委以长史之任，必其人可用。今日若听此一面之词，杨仪等必投魏矣。此事当深虑远议，不可造次。"众官正商议间，忽报长史杨仪有紧急表到。近臣拆表读曰：

长史、绥军将军臣杨仪，诚惶诚恐，顿首谨表：丞相临终，将大事委于臣，照依旧制，不敢变更，使魏延断后，姜维次之。今魏延不遵丞相遗语，自提本部人马，先入汉中，放火烧断栈道，劫丞相灵车，谋为不轨。变起仓卒，谨飞章奏闻。

太后听毕，问："卿等所见若何？"蒋琬奏曰："以臣愚见，杨仪为人虽禀性过急，不能容物，至于筹度粮草，参赞军机，与丞相办事多时，今丞相临终，委以大事，决非背反之人。魏延平日恃功务高，人皆下之；仪独不假借，延心怀恨；今见仪总兵，心中不服，故烧栈道，断其归路，又诬奏而图陷害。臣愿将全家良贱，保杨仪不反。实不敢保魏延。"董允亦奏曰："魏延自恃功高，常有不平之心，口出怨言。向所以不即反者，惧丞相耳。今丞相新亡，乘机为乱，势所必然。若杨仪，才干敏达，为丞相所任用，必不背反。"

据《资治通鉴》卷七十二：延、仪各相表叛逆，一日之中，羽檄交至。汉主以问侍中董允、留府长史蒋琬，琬、允咸保仪而疑延。（参见《三国志·蜀书·魏延传》）

后主曰："若魏延果反，当用何策御之？"蒋琬曰："丞相素疑此人，必有遗计授与杨仪。若仪无恃，安能退入谷口乎？延必中计矣。陛下宽心。"不多时，魏延又表至，告称杨仪背反。正览表之间，杨仪又表到，奏称魏延背反。二人接连具表，各陈是非。忽报费祎到。后主召入，祎细奏魏延反情。后主曰："若如此，且令董允假节释劝，用好言抚慰。"允奉诏而去。

却说魏延烧断栈道，屯兵南谷，把住隘口，自以为得计；不想杨仪、姜维星夜引兵抄到南谷之后。仪恐汉中有失，令先锋何平

> 据《三国志·蜀书·王平传》：王平字子均，巴西宕渠人也。本养外家何氏，后复姓王。……（建兴）十二年，亮卒于武功，军退还，魏延作乱，一战而败，平之功也。

引三千兵先行。仪同姜维等引兵扶柩望汉中而来。

且说何平引兵径到南谷之后，擂鼓呐喊。哨马飞报魏延，说杨仪令先锋何平引兵自槎山小路抄来搦战。延大怒，急披挂上马，提刀引兵来迎。两阵对圆，何平出马大骂曰："反贼魏延安在？"延亦骂曰："汝助杨仪造反，何敢骂我！"平叱曰："丞相新亡，骨肉未寒，汝焉敢造反！"乃扬鞭指川兵曰："汝等军士，皆是西川之人，川中多有父母妻子，兄弟亲朋；丞相在日，不曾薄待汝等，今不可助反贼，宜各回家乡，听候赏赐。"众军闻言，大喊一声，散去大半。

> 据《资治通鉴》卷七十二：延先至，据南谷口，遣兵逆击仪等，仪等令将军何平于前御延。平叱先登曰："公亡，身尚未寒，汝辈何敢乃尔！"延士众知曲在延，莫为用命，皆散。（参见《三国志·蜀书·魏延传》）

延大怒，挥刀纵马，直取何平。平挺枪来迎。战不数合，平诈败而走，延随后赶来。众军弓弩齐发，延拨马而回。见众军纷纷溃散，延转怒，拍马赶上，杀了数人，却止遏不住；只有马岱所领三百人不动，延谓岱曰："公真心助我，事成之后，决不相负。"遂与马岱追杀何平。平引兵飞奔而去。魏延收聚残军，与马岱商议曰："我等投魏，若何？"岱曰："将军之言，不智甚也。大丈夫何不自图霸业，乃轻屈膝于人耶？吾观将军智勇足备，两川之士，谁敢抵敌？吾誓同将军先取汉中，随后进攻西川。"延大喜，遂同马岱引兵直取南郑。

姜维在南郑城上，见魏延、马岱耀武扬威，风拥而来。维急令拽起吊桥。延、岱二人大叫："早降！"姜维令人请杨仪商议曰："魏延勇猛，更兼马岱相助，虽然军少，何计退之？"仪曰："丞相临终，遗一锦囊，嘱曰：若魏延造反，临阵对敌之时，方可开拆，便有斩魏延之计。今当取出一看。"遂出锦囊拆封看时，题曰："待与魏延对敌，马上方许拆开。"维大喜曰："既丞相有戒约，长史可收执。吾先引兵出城，列为阵势，公可便来。"姜维披挂上马，绰枪在手，引三千军，开了城门，一齐冲出，鼓声大震，排成阵势。维挺枪立马于门旗之下，高声大骂曰："反贼魏延！丞相不曾亏你，今日如何背反？"延横刀勒马而言曰："伯约，不干你事。只教杨仪来！"仪在门旗影里，拆开锦囊视之，如此如此。仪大喜，轻骑而出，立马阵前，手指魏延而笑曰："丞相在日，知汝久后必反，教我提备，今果应其言。汝敢在马上连叫三声'谁敢杀我'，便是真大丈夫，吾就献汉中城池与汝。"延大笑曰："杨仪匹夫听着！若孔明在日，吾尚惧他三分；他今已亡，天下谁敢敌我？休道连叫三声，便叫三万声，亦有何难！"遂提刀按辔，于马上大叫曰："谁敢杀我？"一声未毕，脑后一人厉声而应曰："吾敢杀汝！"手起刀落，斩魏延于马下。众皆骇然。斩魏延者，乃马岱也。原来孔明临终之时，授马岱以密计，只待魏延喊叫时，便出其不意斩之；当日，杨仪读罢锦囊计策，已知伏下马岱在彼，故依计而行，果然杀了魏延。后人有诗曰：

> 诸葛先机识魏延，已知日后反西川。锦囊遗计人难料，却见成功在马前。

却说董允未及到南郑，马岱已斩了魏延，与姜维合兵一处。杨仪具表星夜奏闻后主。后

主降旨曰："既已名正其罪，仍念前功，赐棺椁葬之。"

　　据《资治通鉴》卷七十二：延独与其子数人逃亡，奔汉中，仪遣将马岱追斩之，遂夷延三族。蒋琬率宿卫诸营赴难北行，行数十里，延死问至，乃还。始，延欲杀仪等，冀时论以己代诸葛辅政，故不北降魏而南还击仪，实无反意也。

　　据《三国志·蜀书·魏延传》：延独与其子数人逃亡，奔汉中。仪遣马岱追斩之，致首于仪，仪起自踏之，曰："庸奴！复能作恶不？"遂夷延三族。初，蒋琬率宿卫诸营赴难北行，行数十里，延死问至，乃旋。原延意不北降魏而南还者，但欲除杀仪等。平日诸将素不同，冀时论必当以代亮。本指如此，不便背叛。

　　据《三国志·蜀书·后主传》：（建兴十二年）秋八月，亮卒于渭滨。征西大将军魏延与丞相长史杨仪争权不和，举兵相攻，延败走；斩延首，仪率诸军还成都。

　　据《三国志·蜀书·魏延传》注引《魏略》：诸葛亮病，谓延等云："我之死后，但谨自守，慎勿复来也。"令延摄行己事，密持丧去。延遂匿之，行至褒口，乃发丧。亮长史杨仪宿与延不和，见延摄行军事，惧为所害，乃张言延欲举众北附，遂率其众攻延。延本无此心，不战军走，追而杀之。　　臣松之以为此盖敌国传闻之言，不得与本传争审。

　　按：《演义》称，诸葛亮看出"魏延脑后有反骨"，"我死，魏延必反"，并于死前预留锦囊计使马岱斩杀了魏延。这些情节有悖于史。魏延孤高自傲，恃勇矜功，同丞相长史杨仪尤为不协，势同水火。诸葛亮一死两人终于爆发内讧，杨仪指挥蜀军退军，魏延不愿为其断后，竟意气用事，率所部抢先南归，逆击蜀军主力，首先挑起了内讧，结果不但失败被杀，而且授人以柄，被扣上了"反叛"的罪名，铸成了千载悲剧。魏延的"反叛"其实是针对杨仪个人的分裂活动，不是对蜀汉政权的背叛，故《三国志·蜀书·后主传》称是两人"争权不和"，《资治通鉴》也指出魏延"实无反意"。

杨仪等扶孔明灵柩到成都，后主引文武官僚，尽皆挂孝，出城二十里迎接。后主放声大哭。上至公卿大夫，下及山林百姓，男女老幼，无不痛哭，哀声震地。

　　据《三国志·蜀书·诸葛亮传》引《上诸葛亮集表》：青龙二年春，亮帅众出武功，分兵屯田，为久驻之基。其秋病卒，黎庶追思，以为口实。至今梁、益之民，咨述亮者，言犹在耳，虽甘棠之咏召公，郑人之歌子产，无以远譬也。

后主命扶柩入城，停于丞相府中。其子诸葛瞻守孝居丧。

　　后主还朝，杨仪自缚请罪。后主令近臣去其缚曰："若非卿能依丞相遗教，灵柩何日得归，魏延如何得灭。大事保全，皆卿之力也。"遂加杨仪为中军师。

　　据《资治通鉴》卷七十三：汉杨仪既杀魏延，自以为有大功，宜代诸葛亮秉政；而亮平生密指，以仪狷狭，意在蒋琬。仪至成都，拜中军师，无所统领，从容而已。（参见《三国志·蜀书·杨仪传》）

马岱有讨逆之功，即以魏延之爵爵之。仪呈上孔明遗表。后主览毕，大哭，降旨卜地安葬。费祎奏曰："丞相临终，命葬于定军山，不用墙垣砖石，亦不用一切祭物。"后主从之。择本年十月吉日，后主自送灵柩至定军山安葬。后主降诏致祭，谥号忠武侯；

　　据《三国志·蜀书·诸葛亮传》：亮遗命葬汉中定军山，因山为坟，冢足容棺，敛以时服，不须器物。诏策曰："惟君体资文武，明睿笃诚，受遗托孤，匡辅朕躬，继绝兴微，志存靖乱；爰整六师，无岁不征，神武赫然，威镇八荒，将建殊功于季汉，参伊、周之巨勋。如何不吊,事临垂克,遘疾陨丧!朕用伤悼,肝心若裂。夫崇德序功,纪行命谥,所以光昭将来,刊载不朽。今使使持节、左中郎将杜琼,赠君丞相武乡侯印绶,谥君为忠武侯。魂而有灵,嘉兹宠荣。呜呼哀哉!呜呼哀哉!"

> 据《资治通鉴》卷七十二:诸军还成都,大赦,谥诸葛亮曰忠武侯。

令建庙于沔阳,四时享祭。

> 据《三国志·蜀书·诸葛亮传》:景耀六年春,诏为亮立庙于沔阳。

> 据《资治通鉴》卷七十二:蜀人所在求为诸葛亮立庙,汉主不听。百姓遂因时节私祭之于道陌上,步兵校尉习隆等上言:"请近其墓,立一庙于沔阳,断其私祀。"汉主从之。

> 据《三国志·蜀书·诸葛亮传》注引《襄阳记》:亮初亡,所在各求为立庙,朝议以礼秩不听,百姓遂因时节私祭之于道陌上。言事者或以为可听立庙于成都者,后主不从。步兵校尉习隆、中书郎向充等共上表曰:"臣闻周人怀召伯之德,甘棠为之不伐;越王思范蠡之功,铸金以存其像。自汉兴以来,小善小德而图形立庙者多矣。况亮德范遐迩,勋盖季世,王室之不坏,实斯人是赖,而蒸尝止于私门,庙像阙而莫立,使百姓巷祭,戎夷野祀,非所以存德念功,述追在昔者也。今若尽顺民心,则渎而无典,建之京师,又逼宗庙,此圣怀所以惟疑也。臣愚以为宜因近其墓,立之于沔阳,使所亲属以时赐祭,凡其臣故吏欲奉祠者,皆限至庙。断其私祀,以崇正礼。"于是始从之。

后杜工部有诗曰:

> 丞相祠堂何处寻,锦官城外柏森森。映阶碧草自春色,隔叶黄鹂空好音。
> 三顾频烦天下计,两朝开济老臣心。出师未捷身先死,长使英雄泪满襟!

又杜工部诗曰:

> 诸葛大名垂宇宙,宗臣遗像肃清高。三分割据纡筹策,万古云霄一羽毛。
> 伯仲之间见伊吕,指挥若定失萧曹。运移汉祚终难复,志决身歼军务劳。

却说后主回到成都,忽近臣奏曰:"边庭报来,东吴令全综引兵数万,

> 按:全综,史书中作全琮。

屯于巴丘界口,未知何意。"后主惊曰:"丞相新亡,东吴负盟侵界,如之奈何?"蒋琬奏曰:"臣敢保王平、张嶷引兵数万屯于永安,以防不测。陛下再命一人去东吴报丧,以探其动静。"后主曰:"须得一舌辩之士为使。"一人应声而出曰:"微臣愿往。"众视之,乃南阳安众人,姓宗,名预,字德艳,官任参军、右中郎将。

> 据《三国志·蜀书·宗预传》:宗预字德艳,南阳安众人也。建安中,随张飞入蜀。建兴初,丞相亮以为主簿,迁参军、右中郎将。

后主大喜,即命宗预往东吴报丧,兼探虚实。

宗预领命,径到金陵,入见吴主孙权。礼毕,只见左右人皆着素衣。权作色而言曰:"吴、蜀已为一家,卿主何故而增白帝之守也?"预曰:"臣以为东益巴丘之戍,西增白帝之守,皆事势宜然,俱不足以相问也。"权笑曰:"卿不亚于邓芝。"

> 据《资治通鉴》卷七十二:吴人闻诸葛亮卒,恐魏承衰取蜀,增巴丘守兵万人,一欲以为救援,二欲以事分割。汉人闻之,亦增永安之守以防非常。汉主使右中郎将宗预使吴,吴主问曰:"东之与西,譬犹一家,而闻西更增白帝之守,何也?"对曰:"臣以

为东益巴丘之戍,西增白帝之守,皆事势宜然,俱不足以相问也。"吴主大笑,嘉其抗尽,礼之亚于邓芝。(参见《三国志·蜀书·宗预传》)

乃谓宗预曰:"朕闻诸葛丞相归天,每日流涕,令官僚尽皆挂孝。朕恐魏人乘丧取蜀,故增巴丘守兵万人,以为救援,别无他意也。"预顿首拜谢。权曰:"朕既许以同盟,安有背义之理?"预曰:"天子因丞相新亡,特命臣来报丧。"权遂取金鈚箭一枝折之,设誓曰:"朕若负前盟,子孙绝灭!"又命使赍香帛奠仪,入川致祭。

宗预拜辞吴主,同吴使还成都,入见后主,奏曰:"吴主因丞相新亡,亦自流涕,令群臣皆挂孝。其益兵巴丘者,恐魏人乘虚而入,别无异心。今折箭为誓,并不背盟。"后主大喜,重赏宗预,厚待吴使去讫。遂依孔明遗言,加蒋琬为丞相、大将军、录尚书事;加费祎为尚书令,同理丞相事;

> 据《资治通鉴》卷七十二:汉主……以丞相长史蒋琬为尚书令,总统国事,寻加琬行都护,假节,领益州刺史。

> 据《资治通鉴》卷七十三:(青龙三年)夏四月,汉主以蒋琬为大将军、录尚书事;费祎代琬为尚书令。(参见《三国志·蜀书·蒋琬传》《费祎传》《后主传》)

加吴懿为车骑将军,假节,督汉中;

> 据《资治通鉴》卷七十二:汉主以左将军吴懿为车骑将军,假节,督汉中。(参见《三国志·蜀书·后主传》,《杨戏传》附《季汉辅臣赞》)

姜维为辅汉将军、平襄侯,总督诸处人马,同吴懿出屯汉中,以防魏兵。

> 据《三国志·蜀书·姜维传》:(建兴)十二年,亮卒,维还成都,为右监军辅汉将军,统诸军,进封平襄侯。

> 按:诸葛亮死后,蒋琬、费祎相继主政,姜维并未"总督诸处人马"。直到延熙十六年(253),费祎为降人刺杀,姜维才执掌蜀汉大权,那时诸葛亮已死去二十年。

其余将校,各依旧职。

杨仪自以为年宦先于蒋琬,而位出琬下;且自恃功高,未有重赏,口出怨言,谓费祎曰:"昔日丞相初亡,吾若将全师投魏,宁当寂寞如此耶!"费祎乃将此言具表密奏后主。后主大怒,命将杨仪下狱勘问,欲斩之。蒋琬奏曰:"仪虽有罪,但日前随丞相多立功劳,未可斩也,当废为庶人。"后主从之,遂贬杨仪赴汉嘉郡为民。仪羞惭自刎而死。

> 据《资治通鉴》卷七十三:汉杨仪既杀魏延,自以为有大功,宜代诸葛亮秉政;而亮平生密指,以仪狷狭,意在蒋琬。仪至成都,拜中军师,无所统领,从容而已。初,仪事昭烈帝为尚书,琬时为尚书郎。后虽俱为丞相参军、长史,仪每从行,当其劳剧;自谓年宦先琬,才能逾之,于是怨愤形于声色,叹咤之音发于五内,时人畏其言语不节,莫敢从也。惟后军师费祎往慰省之,仪对祎恨望,前后云云。又语祎曰:"往者丞相亡没之际,吾若举军以就魏氏,处世宁当落度如此邪!令人追悔,不可复及!"祎密表其言。汉主废仪为民,徙汉嘉郡。仪至徙所,复上书诽谤,辞指激切。遂下郡收仪,仪自杀。(参见《三国志·蜀书·杨仪传》)

蜀汉建兴十三年,魏主曹叡青龙三年,吴主孙权嘉禾四年,三国各不兴兵,单说魏主封司马懿为太尉,总督军马,安镇诸边。懿拜谢回洛阳去讫。

据《资治通鉴》卷七十三：青龙三年春正月戊子，以大将军司马懿为太尉。

魏主在许昌，大兴土木，建盖宫殿；又于洛阳造朝阳殿、太极殿，筑总章观，俱高十丈；又立崇华殿、青霄阁、凤凰楼、九龙池，命博士马钧监造，极其华丽：雕梁画栋，碧瓦金砖，光辉耀日。选天下巧匠三万余人，民夫三十余万，不分昼夜而造。民力疲困，怨声不绝。

据《资治通鉴》卷七十三：帝好土功，既作许昌宫，又治洛阳宫，起昭阳太极殿，筑总章观，高十余丈。力役不已，农桑失业。……诏复立崇华殿，更名曰九龙。通引穀水过九龙殿前，为玉井绮栏，蟾蜍含受，神龙吐出。使博士扶风马钧作司南车，水转百戏。（参见《三国志·魏书·明帝纪》）

叡又降旨起土木于芳林园，使公卿皆负土树木于其中。司徒董寻上表切谏曰：

伏自建安以来，野战死亡，或门殚户尽；虽有存者，遗孤老弱。若今宫室狭小，欲广大之，犹宜随时，不妨农务，况作无益之物乎？陛下既尊群臣，显以冠冕，被以文绣，载以华舆，所以异于小人也。今又使负木担土，沾体涂足，毁国之光，以崇无益，甚无谓也。孔子云：君使臣以礼，臣事君以忠。无忠无礼，国何以立？臣知言出必死，而自比于牛之一毛，生既无益，死亦何损。秉笔流涕，心与世辞。臣有八子，臣死之后，累陛下矣。不胜战栗待命之至！

叡览表怒曰："董寻不怕死耶！"左右奏请斩之。叡曰："此人素有忠义，今且废为庶人。再有妄言者必斩！"

据《资治通鉴》卷七十三：司徒军议掾董寻上疏谏曰："臣闻古之直士，尽言于国，不避死亡，故周昌比高祖于桀、纣，刘辅譬赵后于人婢。天生忠直，虽白刃沸汤，往而不顾者，诚为时主爱惜天下也。建安以来，野战死亡，或门殚户尽，虽有存者，遗孤老弱。若今宫室狭小，当广大之，犹宜随时，不妨农务，况乃作无益之物！黄龙、凤皇、九龙、承露盘，此皆圣明之所不兴也，其功三倍于殿舍。陛下既尊群臣，显以冠冕，被以文绣，载以华舆，所以异于小人；而使穿方举土，面目垢黑，沾体涂足，衣冠了鸟，毁国之光以崇无益，甚非谓也。孔子曰：'君使臣以礼，臣事君以忠。'无忠无礼，国何以立！臣知言出必死，而臣自比于牛之一毛，生既无益，死亦何损！秉笔流涕，心与世辞。臣有八子，臣死之后，累陛下矣！"将奏，沐浴以待命。帝曰："董寻不畏死邪！"主者奏收寻，有诏勿问。（参见《三国志·魏书·明帝纪》注引《魏略》）

时有太子舍人张茂，字彦材，亦上表切谏，叡命斩之。

据《资治通鉴》卷七十三：时有诏录夺士女前已嫁为吏民妻者，还以配士，听以生口自赎，又简选其有姿首者内之掖庭。太子舍人沛国张茂上书谏曰："陛下，天之子也，百姓吏民，亦陛下子也，今夺彼以与此，亦无以异于夺兄之妻妻弟也，于父母之恩偏矣。又，诏书得以生口年纪、颜色与妻相当者自代，故富者则倾家尽产，贫者举假贷贳，贵买生口以赎其妻；县官以配士为名而实内之掖庭，其丑恶乃出与士。得妇者未必喜，而失妻者必有忧，或穷或愁，皆不得志。夫君有天下而不得万姓之欢心者，鲜不危殆。且军师在外数十万人，一日之费非徒千金，举天下之赋以奉此役，犹将不给，况复有掖庭非员无录之女，椒房母后之家，赏赐横与，内外交引，其费半军。昔汉武帝掘地为海，封土为山，赖是时天下为一，莫敢与争者耳。自衰乱以来，四五十载，马不舍鞍，士不释甲，强寇在疆，图危魏室。陛下不战战业业，念崇节约，而乃奢靡是务，中尚方作玩弄之物，后园建承露之盘，斯诚快耳目之观，然亦足以骋寇仇之心矣！惜乎，舍尧、舜之节俭而为汉武帝之侈事,臣窃为陛下不取也。"帝不听。

即日召马钧问曰:"朕建高台峻阁,欲与神仙往来,以求长生不老之方。"钧奏曰:"汉朝二十四帝,惟武帝享国最久,寿算极高,盖因服天上日精月华之气也。尝于长安宫中,建柏梁台;台上立一铜人,手捧一盘,名曰'承露盘',接三更北斗所降沆瀣之水,其名曰'天浆',又曰'甘露'。取此水用美玉为屑,调和服之,可以反老还童。"叡大喜曰:"汝今可引人夫星夜至长安,拆取铜人,移置芳林园中。"

钧领命,引一万人至长安,令周围搭起木架,上柏梁台去。不移时间,五千人连绳引索,旋环而上。那柏梁台高二十丈,铜柱圆十围。马钧教先拆铜人。多人并力拆下铜人来,只见铜人眼中潸然泪下。众皆大惊。忽然台边一阵狂风起处,飞砂走石,急若骤雨,一声响亮,就如天崩地裂,台倾柱倒,压死千余人。钧取铜人及金盘回洛阳,入见魏主,献上铜人、承露盘。魏主问曰:"铜柱安在?"钧奏曰:"柱重百万斤,不能运至。"叡令将铜柱打碎,运来洛阳,铸成两个铜人,号为翁仲,列于司马门外;又铸铜龙凤两个,龙高四丈,凤高三丈余,立在殿前。又于上林苑中,种奇花异木,蓄养珍禽怪兽。

据《资治通鉴》卷七十三:是岁,徙长安钟虡、橐佗、铜人、承露盘于洛阳。盘折,声闻数十里。铜人重,不可致,留于霸城。大发铜铸铜人二,号曰翁仲,列坐于司马门外。又铸黄龙、凤皇各一,龙高四丈,凤高三丈余,置内殿前。起土山于芳林园西北陬,使公卿群僚皆负土,树松、竹、杂木、善草于其上,捕山禽杂兽致其中。(参见《三国志·魏书·明帝纪》注引《魏略》及《汉晋春秋》)

少傅杨阜上表谏曰:

臣闻尧尚茅茨,而万国安居;禹卑宫室,而天下乐业;及至殷、周,或堂崇三尺,度以九筵耳。古之圣帝明王,未有极宫室之高丽,以凋敝百姓之财力者也。桀作璇室、象廊,纣为倾宫、鹿台,以丧其社稷;楚灵以筑章华而身受其祸;秦始皇作阿房而殃及其子,天下叛之,二世而灭。夫不度万民之力,以从耳目之欲,未有不亡者也。陛下当以尧、舜、禹、汤、文、武为法则,以桀、纣、楚、秦为深诫。而乃自暇自逸,惟宫台是饰,必有危亡之祸矣。君作元首,臣为股肱,存亡一体,得失同之。臣虽驽怯,敢忘诤臣之义?言不切至,不足以感寤陛下。谨叩棺沐浴,伏俟重诛。

表上,叡不省,

据《资治通鉴》卷七十三:少府杨阜上疏曰:"陛下奉武皇帝开拓之大业,守文皇帝克终之元绪,诚宜思齐往古圣贤之善治,总观季世放荡之恶政。曩使桓、灵不废高祖之法度,文、景之恭俭,太祖虽有神武,于何所施,而陛下何由处斯尊哉!今吴、蜀未定,军旅在外,诸所缮治,惟陛下务从约节。"帝优诏答之。

阜复上疏曰:"尧尚茅茨而万国安其居,禹卑宫室而天下乐其业。及至殷、周,或堂崇三尺,度以九筵耳。桀作璇室象廊,纣为倾宫鹿台,以丧其社稷;楚灵以筑章华而身受祸;秦始皇作阿房,二世而灭。夫不度万民之力以从耳目之欲,未有不亡者也。陛下当以尧、舜、禹、汤、文、武为法则,夏桀、殷纣、楚灵、秦皇为深诫,而乃自暇自逸,惟宫台是饰,必有颠覆危亡之祸矣。君作元首,臣为股肱,存亡一体,得失同之。臣虽驽怯,敢忘争臣之义!言不切至,不足以感寤陛下。陛下不察臣言,恐皇祖、烈考之祚坠于地。使臣身死有补万一,则死之日犹生之年也。谨叩棺沐浴,伏俟重诛!"奏御,帝感其忠言,手笔诏答。(参见《三国志·魏书·杨阜传》)

只催督马钧建造高台,安置铜人、承露盘。又降旨广选天下美女,入芳林园中。众官纷纷上表谏诤，叡俱不听。

却说曹叡之后毛氏，乃河内人也；先年叡为平原王时，最相恩爱；及即帝位，立为后；

> 据《三国志·魏书·明悼毛皇后传》：明悼毛皇后，河内人也。黄初中，以选入东宫，明帝时为平原王，进御有宠，出入与同舆辇。及即帝立，以为贵嫔。太和元年，立为皇后。

后叡因宠郭夫人，毛后失宠。郭夫人美而慧，叡甚嬖之，每日取乐，月余不出宫闼。是岁春三月，芳林园中百花争放，叡同郭夫人到园中赏玩饮酒。郭夫人曰："何不请皇后同乐？"叡曰："若彼在，朕涓滴不能下咽也。"遂传谕宫娥，不许令毛后知道。毛后见叡月余不入正宫，是日引十余宫人，来翠花楼上消遣，只听的乐声嘹亮，乃问曰："何处奏乐？"一宫官启曰："乃圣上与郭夫人于御花园中赏花饮酒。"毛后闻之，心中烦恼，回宫安歇。次日，毛皇后乘小车出宫游玩，正迎见叡于曲廊之间，乃笑曰："陛下昨游北园，其乐不浅也！"叡大怒，即命擒昨日侍奉诸人到，叱曰："昨游北园，朕禁左右不许使毛后知道，何得又宣露！"喝令宫官将诸侍奉人尽斩之。毛后大惊，回车至宫，叡即降诏赐毛皇后死，立郭夫人为皇后。

> 据《资治通鉴》卷七十三：西平郭夫人有宠于帝，毛后爱弛。帝游后园，曲宴极乐。郭夫人请延皇后，帝弗许，因敕左右使不得宣。后知之，明日，谓帝曰："昨日游宴北园，乐乎？"帝以左右泄之，所杀十余人。（景初元年秋九月，）庚辰，赐后死，然犹加谥曰悼。（参见《三国志·魏书·明悼毛皇后传》）

朝臣莫敢谏者。

忽一日，幽州刺史毌丘俭

> 据《三国志·魏书·毌丘俭传》：青龙中，帝图讨辽东，以俭有干策，徙为幽州刺史，加度辽将军，使持节，护乌丸校尉。

上表，报称辽东公孙渊造反，自号为燕王，改元绍汉元年，建官殿，立官职，兴兵入寇，摇动北方。叡大惊，即聚文武官僚，商议起兵退渊之策。正是：才将土木劳中国，又见干戈起外方。未知何以御之，且看下文分解。

第一百六回　公孙渊兵败死襄平　司马懿诈病赚曹爽

却说公孙渊乃辽东公孙度之孙，公孙康之子也。建安十二年，曹操追袁尚，未到辽东，康斩尚首级献操，操封康为襄平侯；后康死，有二子：长曰晃，次曰渊，皆幼；康弟公孙恭继职。曹丕时封恭为车骑将军、襄平侯。太和二年，渊长大，文武兼备，性刚好斗，夺其叔公孙恭之位，曹叡封渊为扬烈将军、辽东太守。

> 据《三国志·魏书·公孙度附孙渊传》：（建安）十二年，太祖征三郡乌丸，屠柳城。袁尚等奔辽东，康斩送尚首。……封康襄平侯，拜左将军。康死，子晃、渊等皆小，众立恭为辽东太守。文帝践阼，遣使即拜恭为车骑将军，假节，封平郭侯；追赠康大司马。初，恭病阴消为阉人，劣弱不能治国。太和二年，渊胁夺恭位。明帝即拜渊扬烈将军、辽东太守。（参见《资治通鉴》卷七十一）

后孙权遣张弥、许晏赍金珠珍玉赴辽东，封渊为燕王。渊惧中原，乃斩张、许二人，送首与曹叡。叡封渊为大司马、乐浪公。

> 据《三国志·魏书·公孙度附孙渊传》：渊遣使南通孙权，往来赂遗。权遣使张弥、许晏等，赍金玉珍宝，立渊为燕王。渊亦恐权远不可恃，且贪货物，诱致其使，悉斩送弥、晏等首，明帝于是拜渊大司马，封乐浪公，持节，领郡如故。
>
> 据《资治通鉴》卷七十二：（青龙元年春正月，）公孙渊遣校尉宿舒、郎中令孙综奉表称臣于吴；吴主大悦，为之大赦。三月，吴主遣太常张弥、执金吾许晏、将军贺达将兵万人，金宝珍货，九锡备物，乘海授渊，封渊为燕王。举朝大臣自顾雍以下皆谏，……吴主不听。……公孙渊知吴远难恃，乃斩张弥、许晏等首，传送京师。……冬十二月，诏拜渊大司马，封乐浪公。（参见《三国志·吴书·吴主传》）

渊心不足，与众商议，自号为燕王，改元绍汉元年。

> 据《资治通鉴》卷七十三：（景元初年秋七月，）公孙渊……自立为燕王，改元绍汉，置百官，遣使假鲜卑单于玺，封拜边民，诱呼鲜卑以侵扰北方。（参见《三国志·魏书·明帝纪》《公孙度附孙渊传》）

副将贾范谏曰："中原待主公以上公之爵，不为卑贱；今若背反，实为不顺。更兼司马懿善能用兵，西蜀诸葛武侯且不能取胜，何况主公乎？"渊大怒，叱左右缚贾范，将斩之。参军伦直谏曰："贾范之言是也。圣人云：'国家将亡，必有妖孽。'今国中屡见怪异之事：近有犬戴巾帻，身披红衣，上屋作人行；又城南乡民造饭，饭甑之中，忽有一小儿蒸死于内；襄平北市中，地忽陷一穴，涌出一块肉，周围数尺，头面眼耳口鼻都具，独无手足，刀箭不能伤，不知何物。卜者占之曰：'有形不成，有口无声；国家亡灭，故现其形。'

> 据《三国志·魏书·公孙度附孙渊传》：初，渊家数有怪，犬冠帻绛衣上屋，炊有小儿蒸死甑中。襄平北市生肉，长围各数尺，有头目口喙，无手足而动摇。占曰："有形不成，有体无声，其国灭亡。"

有此三者，皆不祥之兆也。主公宜避凶就吉，不可轻举妄动。"渊勃然大怒，叱武士绑伦直并贾范同斩于市。

> 据《资治通鉴》卷七十四：渊之将反也，将军纶直、贾范等苦谏，渊皆杀之。

令大将军卑衍为元帅，杨祚为先锋，起辽兵十五万，杀奔中原来。

边官报知魏主曹叡。叡大惊，乃召司马懿入朝计议。懿奏曰："臣部下马步官军四万，足可破贼。"叡曰："卿兵少路远，恐难收复。"懿曰："兵不在多，在能设奇用智耳。臣托陛下洪福，必擒公孙渊以献陛下。"叡曰："卿料公孙渊作何举动？"懿曰："渊若弃城预走，是上计也；守辽东拒大军，是中计也；坐守襄平，是为下计，必被臣所擒矣。"叡曰："此去往复几时？"懿曰："四千里之地，往百日，攻百日，还百日，休息六十日，大约一年足矣。"

> 据《资治通鉴》卷七十四：景初二年春正月，帝召司马懿于长安，使将兵四万讨辽东。议臣或以为四万兵多，役费难供。帝曰："四千里征伐，虽云用奇，亦当任力，不当稍计役费也。"帝谓懿曰："公孙渊将何计以待君？"对曰："渊弃城豫走，上计也；据辽东拒大军，其次也；坐守襄平，此成禽耳。"帝曰："然则三者何出？"对曰："唯明智能审量彼我，乃豫有所割弃。此既非渊所及，又谓今往孤远，不能支久，必先拒辽水，后守襄平也。"帝曰："还往几日？"对曰："往百日，攻百日，还百日，以六十日为休息，如此，一年足矣。"（参见《三国志·魏书·明帝纪》注引干宝《晋纪》）

叡曰："倘吴、蜀入寇，如之奈何？"懿曰："臣已定下守御之策，陛下勿忧。"叡大喜，即命司马懿兴师征讨公孙渊。

> 据《三国志·魏书·明帝纪》：（景初）二年春正月，诏太尉司马宣王帅众讨辽东。

懿辞朝出城，令胡遵为先锋，引前部兵先到辽东下寨。哨马飞报公孙渊。渊令卑衍、杨祚分八万兵屯于辽隧，围堑二十余里，环绕鹿角，甚是严密。胡遵令人报知司马懿。懿笑曰："贼不与我战，欲老我兵耳。我料贼众大半在此，其巢穴空虚，不若弃却此处，径奔襄平；贼必往救，却于中途击之，必获全功。"于是勒兵从小路向襄平进发。

却说卑衍与杨祚商议曰："若魏兵来攻，休与交战。彼千里而来，粮草不继，难以持久，粮尽必退；待他退时，然后出奇兵击之，司马懿可擒也。昔司马懿与蜀兵相拒，坚守渭南，孔明竟卒于军中，今日正与此理相同。"二人正商议间，忽报："魏兵往南去了。"卑衍大惊曰："彼知吾襄平军少，去袭老营也。若襄平有失，我等守此处无益矣。"遂拔寨随后而起。早有探马飞报司马懿。懿笑曰："中吾计矣！"乃令夏侯霸、夏侯威，各引一军伏于济水之滨：

> 按："伏于济水之滨"有误，司马懿灭公孙渊之役发生在辽水两岸，该地并无所谓"济水"。《资治通鉴》卷七十四记此事时写作："懿潜济水，出其北，……"，罗贯中复述史书时，错会了"济（渡）水"二字的意义，误认为水名。

"如辽兵到，两下齐出。"二人受计而往。早望见卑衍、杨祚引兵前来。一声炮响，两边鼓噪摇旗：左有夏侯霸、右有夏侯威，一齐杀出。卑、杨二人，无心恋战，夺路而走；奔至首山，正逢公孙渊兵到，合兵一处，回马再与魏兵交战。卑衍出马骂曰："贼将休使诡计！汝敢出战否？"夏侯霸纵马挥刀来迎。战不数合，被夏侯霸一刀斩卑衍于马下，辽兵大乱。霸驱兵掩杀，公孙渊引败兵奔入襄平城去，闭门坚守不出。魏兵四面围合。

> 据《资治通鉴》卷七十四：（景初二年夏）六月，司马懿军至辽东，公孙渊使大将军卑衍、杨祚将步骑数万屯辽隧，围堑二十余里。诸将欲击之，懿曰："贼所以坚壁，欲老吾兵也，今攻之，正堕其计。且贼大众在此，其巢窟空虚。直指襄平，破之必矣。"

第一百六回　公孙渊兵败死襄平　司马懿诈病赚曹爽

乃多张旗帜，欲出其南，衍等尽锐趣之。懿潜济水，出其北，直趣襄平；衍等恐，引兵夜走。诸军进至首山，渊复使衍等逆战，懿击，大破之，遂进围襄平。（参见《三国志·魏书·公孙度附孙渊传》）

时值秋雨连绵，一月不止，平地水深三尺，运粮船自辽河口直至襄平城下。魏兵皆在水中，行坐不安。左都督裴景入帐告曰："雨水不住，营中泥泞，军不可停，请移于前面山上。"懿怒曰："捉公孙渊只在旦夕，安可移营？如有再言移营者斩！"裴景喏喏而退。少顷，右都督仇连又来告曰："军士苦水，乞太尉移营高处。"懿大怒曰："吾军令已发，汝何敢故违！"即命推出斩之，悬首于辕门外。于是军心震慑。

据《资治通鉴》卷七十四：（景初二年）秋七月，大霖雨，辽水暴涨，运船自辽口径至城下。雨月余不止，平地水数尺。三军恐，欲移营，懿令军中："敢有言徙者斩！"都督令史张静犯令，斩之，军中乃定。

懿令南寨人马暂退二十里，纵城内军民出城樵采柴薪，牧放牛马。司马陈群问曰："前太尉攻上庸之时，兵分八路，八日赶至城下，遂生擒孟达而成大功；今带甲四万，数千里而来，不令攻打城池，却使久居泥泞之中，又纵贼众樵牧？某实不知太尉是何主意？"懿笑曰："公不知兵法耶？昔孟达粮多兵少，我粮少兵多，故不可不速战；出其不意，突然攻之，方可取胜。今辽兵多，我兵少，贼饥我饱，何必力攻？正当任彼自走，然后乘机击之。我今放开一条路，不绝彼之樵牧，是容彼自走也。"陈群拜服。于是司马懿遣人赴洛阳催粮。

据《资治通鉴》卷七十四：贼恃水，樵牧自若，诸将欲取之，懿皆不听。司马陈珪曰："昔攻上庸，八部俱进，昼夜不息，故能一旬之半，拔坚城，斩孟达。今者远来而更安缓，愚窃惑焉。"懿曰："孟达众少而食支一年，将士四倍于达而粮不淹月；以一月图一年，安可不速！以四击一，正令失半而克，犹当为之，是以不计死伤，与粮竞也。今贼众我寡，贼饥我饱，水雨乃尔，功力不设，虽当促之，亦何所为！自发京师，不忧贼攻，但恐贼走。今贼粮垂尽而围落未合，掠其牛马，抄其樵采，此故驱之走也。夫兵者诡道，善因事变。贼凭众恃雨，故虽饥困，未肯束手，当示无能以安之。取小利以惊之，非计也。"

魏主曹叡设朝，群臣皆奏曰："近日秋雨连绵，一月不止，人马疲劳，可召回司马懿，权且罢兵。"叡曰："司马太尉善能用兵，临危制变，多有良谋，捉公孙渊计日而待。卿等何必忧也？"遂不听群臣之谏，使人运粮解至司马懿军前。

据《资治通鉴》卷七十四：朝廷闻师遇雨，咸欲罢兵。帝曰："司马懿临危制变，禽渊可计日待也。"

据《三国志·魏书·明帝纪》：帝议遣宣王讨渊，发卒四万人。议臣皆以为四万兵多，役费难供。帝曰："四千里征伐，虽云用奇，亦当任力，不当稍计役费。"遂以四万人行。及宣王至辽东，霖雨不得时攻，群臣或以为渊未可卒破，宜诏宣王还。帝曰："司马懿临危制变，擒渊可计日待也。"卒皆如所策。

懿在寨中，又过数日，雨止天晴。是夜，懿出帐外，仰观天文，忽见一星，其大如斗，流光数丈，自首山东北，坠于襄平东南。各营将士，无不惊骇。懿见之大喜，乃谓众将曰："五日之后，星落处必斩公孙渊矣。来日可并力攻城。"

众将得令，次日侵晨，引兵四面围合，筑土山，掘地道，立炮架，装云梯，日夜攻打不息，箭如急雨，射入城去。公孙渊在城中粮尽，皆宰牛马为食。人人怨恨，各无守心，欲斩渊首，献城归降。渊闻之，甚是惊忧，慌令相国王建、御史大夫柳甫，往魏寨请降。二人自城上系下，来告司马懿曰："请太尉退二十里，我君臣自来投降。"懿大怒曰："公孙渊何不自来？殊为无理！"叱武士推出斩之，将首级付与从人。从人回报，公孙渊大惊，又遣侍中卫演来到魏营。司马懿升帐，聚众将立于两边。演膝行而进，跪于帐下，告曰："愿太尉息雷霆之怒。克日先送世子公孙修为质当，然后君臣自缚来降。"懿曰："军事大要有五：能战当战，不能战当守，不能守当走，不能走当降，不能降当死耳！何必送子为质当？"叱卫演回报公孙渊，演抱头鼠窜而去。归告公孙渊，渊大惊，乃与子公孙修密议停当，选下一千人马，当夜二更时分，开了南门，往东南而走。渊见无人，心中暗喜。行不到十里，忽听得山上一声炮响，鼓角齐鸣：一枝兵拦住，中央乃司马懿也；左有司马师，右有司马昭，二人大叫曰："反贼休走！"渊大惊，急拨马寻路欲走。早有胡遵兵到，左有夏侯霸、夏侯威，右有张虎、乐𬘩，四面围得铁桶相似。公孙渊父子，只得下马纳降。懿在马上顾诸将曰："吾前夜丙寅日，见大星落于此处，今夜壬申日应矣。"众将称贺曰："太尉真神机也！"懿传令斩之。公孙渊父子对面受戮。司马懿遂勒兵来取襄平。未及到城下时，胡遵早引兵入城。城中人民焚香拜迎，魏兵尽皆入城。懿坐于衙上，将公孙渊宗族，并同谋官僚人等，俱杀之，计首级七十余颗。出榜安民。

> 据《资治通鉴》卷七十四：雨霁，懿乃合围，作土山地道，楯橹钩冲，昼夜攻之，矢石如雨。渊窘急，粮尽，人相食，死者甚多，其将杨祚等降。（景初二年）八月，渊使相国王建、御史大夫柳甫请解围却兵，当君臣面缚。懿命斩之，檄告渊曰："楚、郑列国，而郑伯犹肉袒牵羊迎之。孤天子上公，而建等欲孤解围退舍，岂得礼邪！二人老耄，传言失指，已相为斩之。若意有未已，可更遣年少有明决者来！"渊复遣侍中卫演乞克日送任，懿谓演曰："军事大要有五：能战当战，不能战当守，不能守当走；余二事，但有降与死耳。汝不肯面缚，此为决就死也，不须送任！"壬午，襄平溃，渊与子修将数百骑突围东南走，大兵急击之，斩渊父子于梁水之上。懿既入城，诛其公卿以下及兵民七千余人，筑为京观。辽东、带方、乐浪、玄菟四郡皆平。（参见《三国志·魏书·公孙度附孙渊传》）

人告懿曰：贾范、伦直苦谏渊不可反叛，俱被渊所杀。懿遂封其墓而荣其子孙。就将库内财物，赏劳三军，班师回洛阳。

> 据《资治通鉴》卷七十四：渊之将反也，将军纶直、贾范等苦谏，渊皆杀之，懿乃封直等之墓，显其遗嗣，释渊叔父恭之囚。中国人欲还旧乡者，恣听之。遂班师。

却说魏主在宫中，夜至三更，忽然一阵阴风，吹灭灯光，只见毛皇后引数十个宫人哭至座前索命。叡因此得病。病渐沉重，命侍中、光禄大夫刘放、孙资，掌枢密院一切事务；又召文帝子燕王曹宇为大将军，

> 按：《演义》称曹宇为曹丕之子，与史不合。据史书，曹宇为曹丕的同父异母弟。

佐太子曹芳摄政。宇为人恭俭温和，未肯当此大任，坚辞不受。叡召刘放、孙资问曰："宗族之内，何人可任？"二人久得曹真之惠，乃保奏曰："惟曹子丹之子曹爽可也。"叡从之。二人又奏曰："欲用曹爽，当遣燕王归国。"叡然其言。二人遂请叡降诏，赍出谕燕王曰："有天子手诏，命燕王归国，限即日就行；若无诏不许入朝。"燕王涕泣而去。遂封曹爽为大将军，总摄朝政。叡病渐危，急令使持节诏司马懿还朝。懿受命，径到许昌，入见魏主。叡曰："朕惟恐不得见卿，今日得见，死无恨矣。"懿顿首奏曰："臣在途中，闻陛下圣体不安，恨

不肋生两翼，飞至阙下。今日得睹龙颜，臣之幸也。"叡宣太子曹芳，大将军曹爽，侍中刘放、孙资等，皆至御榻之前。叡执司马懿之手曰："昔刘玄德在白帝城病危，以幼子刘禅托孤于诸葛孔明，孔明因此竭尽忠诚，至死方休。偏邦尚然如此，何况大国乎？朕幼子曹芳，年才八岁，不堪掌理社稷。幸太尉及宗兄元勋旧臣，竭力相辅，无负朕心！"又唤芳曰："仲达与朕一体，尔宜敬礼之。"遂命懿携芳近前，芳抱懿颈不放。叡曰："太尉勿忘幼子今日相恋之情！"言讫，潸然泪下。懿顿首流涕。魏主昏沉，口不能言，只以手指太子，须臾而卒；在位十三年，寿三十六岁，时魏景初三年春正月下旬也。

据《资治通鉴》卷七十四：初，太祖为魏公，以赞令刘放、参军事孙资皆为秘书郎。文帝即位，更命秘书曰中书，以放为监，资为令，遂掌机密。帝即位，尤见宠任，皆加侍中、光禄大夫，封本县侯。是时，帝亲览万机，数兴军旅，腹心之任，皆二人管之；每有大事，朝臣会议，常令决其是非，择而行之。中护军蒋济上疏曰："臣闻大臣太重者国危，左右太亲者身蔽，古之至戒也。往者大臣秉事，外内扇动，陛下卓然自览万机，莫不祗肃。夫大臣非不忠也，然威权在下，则众心慢上，势之常也。陛下既已察之于大臣，愿无忘于左右。左右忠正远虑，未必贤于大臣，至于便辟取合，或能工之。今外所言，辄云'中书'。虽使恭慎，不敢外交，但有此名，犹惑世俗。况实握事要，日在目前，倘因疲倦之间，有所割制，众臣见其能推移于事，即亦因时而向之。一有此端，私招朋援，臧否毁誉，必有所兴，功负赏罚，必有所易，直道而上者或壅，曲附左右者反达，因微而入，缘形而出，意所狎信，不复猜觉。此宜圣智所当早闻，外以经意，则形际自见；或恐朝臣畏言不合而受左右之怨，莫适以闻。臣窃亮陛下潜神默思，公听并观，若事有未尽于理而物有未周于用，将改曲易调，远与黄、唐角功，近昭武、文之绩，岂牵近习而已哉！然人君不可悉任天下之事，必当有所付；若委之一臣，自非周公旦之忠，管夷吾之公，则有弄权败官之敝。当今柱石之士虽少，至于行称一州，智效一官，忠信竭命，各奉其职，可并驱策，不使圣明之朝有专吏之名也！"帝不听。

及寝疾，深念后事，乃以武帝子燕王宇为大将军，与领军将军夏侯献、武卫将军曹爽、屯骑校尉曹肇、骁骑将军秦朗等对辅政。爽，真之子；肇，休之子也。帝少与燕王宇善，故以后事属之。

刘放、孙资久典机任，献、肇心内不平；殿中有鸡栖树，二人相谓曰："此亦久矣，其能复几！"放、资惧有后害，阴图间之。燕王性恭良，陈诚固辞。帝引放、资入卧内，问曰："燕王正尔为？"对曰："燕王实自知不堪大任故耳。"帝曰："谁可任者？"时惟曹爽独在帝侧，放、资因荐爽，且言："宜召司马懿与相参。"帝曰："爽堪其事不？"爽流汗不能对。放蹋其足，耳之曰："臣以死奉社稷。"帝从放、资言，欲用爽、懿，既而中变，敕停前命；放、资复入见说帝，帝又从之。放曰："宜为手诏。"帝曰："我困笃，不能。"放即上床，执帝手强作之，遂赍出，大言曰："有诏免燕王宇等官，不得停省中。"皆流涕而出。甲申，以曹爽为大将军。帝嫌爽才弱，复拜尚书孙礼为大将军长史以佐之。

是时，司马懿在汲，帝令给使辟邪赍手诏召之。先是，燕王为帝画计，以为关中事重，宜遣懿便道自轵关西还长安，事已施行。懿斯须得二诏，前后相违，疑京师有变，乃疾驱入朝。景初三年春正月，懿至，入见，帝执其手曰："吾以后事属君，君与曹爽辅少子。死乃可忍，吾忍死待君，得相见，无所复恨矣！"乃召齐、秦二王以示懿，别指齐王芳谓懿曰："此是也，君谛视之，勿误也！"又教齐王令前抱懿颈。懿顿首流涕。是日，立齐王为皇太子。帝寻殂。（参见《三国志·魏书·明帝纪》注引《魏略》《魏氏

春秋》)

据《三国志·魏书·明帝纪》注引《汉晋春秋》：帝以燕王宇为大将军，使与领军将军夏侯献、武卫将军曹爽、屯骑校尉曹肇、骁骑将军秦朗等对辅政。中书监刘放、令孙资久专权宠，为朗等素所不善，惧有后害，阴图间之，而宇常在帝侧，故未得有言。甲申，帝气微，宇下殿呼曹肇有所议，未还，而帝少间，惟曹爽独在。放知之，呼资与谋。资曰："不可动也。"放曰："俱入鼎镬，何不可之有？"乃突前见帝，垂泣曰："陛下气微，若有不讳，将以天下付谁？"帝曰："卿不闻用燕王耶？"放曰："陛下忘先帝诏敕，藩王不得辅政。且陛下方病，而曹肇、秦朗等便与才人侍疾者言戏。燕王拥兵南面，不听臣等入，此即竖刁、赵高也。今皇太子幼弱，未能统政，外有强暴之寇，内有劳怨之民，陛下不远虑存亡，而近系恩旧。委祖宗之业，付二三凡士，寝疾数日，外内壅隔，社稷危殆，而己不知，此臣等所以痛心也。"帝得放言，大怒曰："谁可任者？"放、资乃举爽代宇，又白宜诏司马宣王使相参，帝从之。放、资出，曹肇入，泣涕固谏，帝使肇敕停。肇出户，放、资趋而往，复说止帝，帝又从其言。放曰："宜为手诏。"帝曰："我困笃，不能。"放即上床，执帝手强作之，遂赍出，大言曰："有诏免燕王宇等官，不得停省中。"于是宇、肇、献、朗相与泣而归第。

据《三国志·魏书·刘放传》：其年，帝寝疾，欲以燕王宇为大将军，及领军将军夏侯献、武卫将军曹爽、屯骑校尉曹肇、骁骑将军秦朗共辅政。宇性恭良，陈诚固辞。帝引见放、资，入卧内，问曰："燕王正尔为？"放、资对曰："燕王实自知不堪大任故耳。"帝曰："曹爽可代宇不？"放、资因赞成之。又深陈宜速召太尉司马宣王，以纲维皇室。帝纳其言，即以黄纸授放作诏。放、资既出，帝意复变，诏止宣王勿使来。寻更见放、资曰："我自召太尉，而曹肇等反使吾止之，几败吾事！"命更为诏，帝独召爽与放、资俱受诏命，遂免宇、献、肇、朗官。太尉亦至，登床受诏，然后帝崩。《资治通鉴考异》认为：陈寿当晋世作《魏志》，若言放、资本情，则于时非美，故迁就而为之讳也。今依习凿齿《汉晋春秋》、郭颁《世语》，似得其实。

据《三国志·魏书·刘放传》注引《世语》：放、资久典机任，献、肇心内不平。殿中有鸡栖树，二人相谓："此亦久矣，其能复几？"指谓放、资。放、资惧，乃劝帝召宣王。帝作手诏，令给使辟邪至，以授宣王。宣王在汲，献等先诏令于轵关西还长安，辟邪又至，宣王疑有变，呼辟邪具问，乃乘追锋车驰至京师。帝问放、资："谁可与太尉对者？"放曰："曹爽。"帝曰："堪其事不？"爽在左右，流汗不能对。放蹑其足，耳之曰："臣以死奉社稷。"曹肇弟纂为大将军司马，燕王颇失指。肇出，纂见，惊曰："上不安，云何悉共出？宜还。"已暮，放、资宣诏宫门，不得复内肇等，罢燕王。肇明日至门，不得入，惧，诣延尉，以处事失宜免。帝谓献曰："吾已差，便出。"献流涕而出，亦免。　案《世语》所云树置先后，与本传不同。

当下司马懿、曹爽，扶太子曹芳即皇帝位。芳字兰卿，乃叡乞养之子，秘在宫中，人莫知其所由来。于是曹芳谥叡为明帝，葬于高平陵；尊郭皇后为皇太后；改元正始元年。司马懿与曹爽辅政。

据《资治通鉴》卷七十三：（青龙三年秋）八月庚午，立皇子芳为齐王，询为秦王。帝无子，养二王为子，宫省事秘，莫有知其所由来者。或云：芳，任城王楷之子也。

据《资治通鉴》卷七十四：太子即位，年八岁；大赦。尊皇后曰皇太后，加曹爽、司马懿侍中，假节钺，都督中外诸军，录尚书事。诸所兴作宫室之役，皆以遗诏罢之。

据《三国志·魏书·齐王芳纪》：齐王讳芳，字兰卿。明帝无子，养王及秦王询；

宫省事秘，莫有知其所由来者。青龙三年，立为齐王。景初三年正月丁亥朔，帝甚病，乃立为皇太子。是日，即皇帝位，大赦。尊皇后曰皇太后。大将军曹爽、太尉司马宣王辅政。

  据《三国志·魏书·齐王芳纪》注引《魏氏春秋》：或云任城王楷子。

爽事懿甚谨，一应大事，必先启知。

  据《资治通鉴》卷七十四：爽、懿各领兵三千人更宿殿内，爽以懿年位素高，常父事之，每事咨访，不敢专行。

  据《三国志·魏书·曹真传附子爽传》：初，爽以宣王年德并高，恒父事之，不敢专行。

  据《三国志·魏书·曹真传附子爽传》注：初，宣王以爽魏之肺腑，每推先之，爽以宣王名重，亦引身卑下，当时称焉。

爽字昭伯，自幼出入宫中，明帝见爽谨慎，甚是爱敬。

  据《三国志·魏书·曹真传附子爽传》：爽字昭伯，少以宗室谨重，明帝在东宫，甚亲爱之。及即位，为散骑侍郎，累迁城门校尉，加散骑常侍，转武卫将军，宠待有殊。帝寝疾，乃引爽入卧内，拜大将军，假节钺，都督中外诸军事，录尚书事，与太尉司马宣王并受遗诏辅少主。明帝崩，齐王即位，加爽侍中，改封武安侯，邑万二千户，赐剑履上殿，入朝不趋，赞拜不名。

爽门下有客五百人，内有五人以浮华相尚：一是何晏，字平叔；一是邓飏，字玄茂，乃邓禹之后；一是李胜，字公昭；一是丁谧，字彦靖；一是毕轨，字昭先。又有大司农桓范字元则，颇有智谋，人多称为"智囊"。此数人皆爽所信任。

  据《资治通鉴》卷七十四：初，并州刺史东平毕轨及邓飏、李胜、何晏、丁谧皆有才名而急于富贵，趋时附势，明帝恶其浮华，皆抑而不用。曹爽素与亲善，及辅政，骤加引擢，以为腹心。晏，进之孙；谧，斐之子也。

  据《三国志·魏书·曹真传附子爽传》：南阳何晏、邓飏、李胜，沛国丁谧、东平毕轨咸有声名，进趣于时，明帝以其浮华，皆抑黜之；及爽秉政，乃复进叙，任为腹心。

何晏告爽曰："主公大权，不可委托他人，恐生后患。"爽曰："司马公与我同受先帝托孤之命，安忍背之？"晏曰："昔日先公与仲达破蜀兵之时，累受此人之气，因而致死。主公如何不察也？"爽猛然省悟，遂与多官计议停当，入奏魏主曹芳曰："司马懿功高德重，可加为太傅。"芳从之，自是兵权皆归于爽。

  据《资治通鉴》卷七十四：晏等咸共推戴爽，以为重权不可委于人。丁谧为爽画策，使爽白天子发诏，转司马懿为太傅，外以名号尊之，内欲令尚书奏事，先来由己，得制其轻重也。爽从之。（景初三年）二月丁丑，以司马懿为太傅。（参见《三国志·魏书·曹真传附子爽传》）

爽命弟曹羲为中领军，曹训为武卫将军，曹彦为散骑常侍，各引三千御林军，任其出入禁宫。

  据《资治通鉴》卷七十四：以爽弟羲为中领军，训为武卫将军，彦为散骑常侍、侍讲，其余诸弟皆以列侯侍从，出入禁闼，贵宠莫盛焉。爽事太傅，礼貌虽存，而诸所兴造，希复由之。（参见《三国志·魏书·曹真传附子爽传》）

又用何晏、邓飏、丁谧为尚书,毕轨为司隶校尉,李胜为河南尹:此五人日夜与爽议事。于是曹爽门下宾客日盛。

> 据《资治通鉴》卷七十四:爽徙吏部尚书卢毓为仆射,而以何晏代之,以邓飏、丁谧为尚书,毕轨为司隶校尉。晏等依势用事,附会者升进,违忤者罢退,内外望风,莫敢忤旨。

> 据《三国志·魏书·曹真传附子爽传》:及晏等进用,咸共推戴,说爽以权重不宜委之于人。乃以晏、飏、谧为尚书,晏典选举,轨司隶校尉,胜河南尹,诸事希复由宣王。

司马懿推病不出,二子亦皆退职闲居。

> 据《资治通鉴》卷七十五:大将军爽用何晏、邓飏、丁谧之谋,迁太后于永宁宫;专擅朝政,多树亲党,屡改制度。太傅懿不能禁,与爽有隙。(正始八年)五月,懿始称疾,不与政事。

> 据《三国志·魏书·曹真传附子爽传》:及晏等进用……说爽以权重不宜委之于人。……诸事希复由宣王。宣王遂称疾避爽。

> 据《三国志·魏书·曹真传附子爽传》注:丁谧、毕轨等既进用,数言于爽曰:"宣王有大志而甚得民心,不可以推诚委之。"由是爽恒猜防焉。礼貌虽存,而诸所兴造,皆不复由宣王。宣王力不能争,且惧其祸,故避之。

爽每日与何晏等饮酒作乐,凡用衣服器皿,与朝廷无异。各处进贡玩好珍奇之物,先取上等者入己,然后进宫。佳人美女,充满府院。黄门张当,谄事曹爽,私选先帝侍妾七八人,送入府中。爽又选善歌舞良家子女三四十人,为家乐。又建重楼画阁,造金银器皿,用巧匠数百人,昼夜工作。

> 据《资治通鉴》卷七十五:大将军爽,骄奢无度,饮食衣服,拟于乘舆;尚方珍玩,充牣其家;又私取先帝才人以为伎乐。作窟室,绮疏四周,数与其党何晏等纵酒其中。

> 据《三国志·魏书·曹真传附子爽传》:晏等专政,共分割洛阳、野王典农部桑田数百顷,及坏汤沐地以为产业,承势窃取官物,因缘求欲州郡。有司望风,莫敢忤旨。晏等与廷尉卢毓素有不平,因毓吏微过,深文致毓法,使主者先收毓印绶,然后奏闻。其作威如此。爽饮食车服,拟于乘舆;尚方珍玩,充牣其家;妻妾盈后庭,又私取先帝才人七八人,及将吏、师工、鼓吹、良家子女三十三人,皆以为伎乐。诈作诏书,发才人五十七人送邺台,使先帝倢伃教习为伎。擅取太乐乐器,武库禁兵。作窟室,绮疏四周,数与晏等会其中,饮酒作乐。

却说何晏闻平原管辂明数术,请与论《易》。时邓飏在座,问辂曰:"君自谓善《易》,而语不及《易》中词义,何也?"辂曰:"夫善《易》者,不言《易》也。"晏笑而赞之曰:"可谓要言不烦。"因谓辂曰:"试为我卜一卦,可至三公否?"又问:"连梦青蝇数十,来集鼻上,此是何兆?"辂曰:"元、恺辅舜,周公佐周,皆以和惠谦恭,享有多福。今君侯位尊势重,而怀德者鲜,畏威者众,殆非小心求福之道。且鼻者,山也;山高而不危,所以长守贵也。今青蝇臭恶而集焉。位峻者颠,可不惧乎?愿君侯裒多益寡,非礼勿履,然后三公可至,青蝇可驱也。"邓飏怒曰:"此老生之常谈耳!"辂曰:"老生者见不生,常谈者见不谈。"遂拂袖而去。二人大笑曰:"真狂士也!"辂到家,与舅言之。舅大惊曰:"何、邓二人,威权甚重,汝奈何犯之?"辂曰:"吾与死人语,何所畏耶!"舅问其故。辂曰:"邓飏行步,筋不束骨,脉不制肉,起立倾倚,若无手足,此为'鬼躁'之相。何晏视候,魂不守宅,血不华色，精爽烟浮，容若槁木，此为'鬼幽'之相。二人早晚必有杀身之祸，何足畏也！"其舅大骂辂为狂子而去。

  据《三国志·魏书·方技传·管辂传》：（正始九年）十二月二十八日，吏部尚书何晏请之，邓飏在晏许。晏谓辂曰："闻君蓍爻神妙，试为作一卦，知位当至三公不？"又问："连梦见青蝇数十头，来在鼻上，驱之不肯去，有何意故？"辂曰："夫飞鸮，天下贱鸟，及其在林食椹，则怀我好音，况辂心非草木，敢不尽忠？昔元、凯之弼重华，宣慈惠和，周公之翼成王，坐而待旦，故能流光六合，万国咸宁。此乃履道休应，非卜筮之所明也。今君侯位重山岳，势若雷电，而怀德者鲜，畏威者众，殆非小心翼翼多福之仁。又鼻者艮，此天中之山，高而不危，所以长守贵也。今青蝇臭恶，而集之焉。位峻者颠，轻豪者亡，不可不思害盈之数，盛衰之期。是故山在地中曰谦，雷在天上曰壮；谦则裒多益寡，壮则非礼不履。未有损己而不光大，行非而不伤败。愿君侯上追文王六爻之旨，下思尼父彖象之义，然后三公可决，青蝇可驱也。"飏曰："此老生之常谭。"辂答曰："夫老生者见不生，常谭者见不谭。"晏曰："过岁更当相见。"辂还邑舍，具以此言语舅氏，舅氏责辂言太切至。辂曰："与死人语，何所畏邪？"舅大怒，谓辂狂悖。岁朝，西北大风，尘埃蔽天，十余日，闻晏、飏皆诛，然后舅氏乃服。（参见《资治通鉴》卷七十五）

  却说曹爽尝与何晏、邓飏等畋猎。其弟曹羲谏曰："兄威权太甚，而好出外游猎，倘为人所算，悔之无及。"爽叱曰："兵权在吾手中，何惧之有！"司农桓范亦谏，不听。

  据《资治通鉴》卷七十五：大将军爽，骄奢无度，饮食衣服，拟于乘舆；尚方珍玩，充牣其家；又私取先帝才人以为伎乐。作窟室，绮疏四周，数与其党何晏等纵酒其中。弟羲深以为忧，数涕泣谏止之，爽不听。爽兄弟数俱出游，司农沛国桓范谓曰："总万机，典禁兵，不宜并出。若有闭城门，谁复内入者？"爽曰："谁敢尔邪！"（参见《三国志·魏书·曹真传附子爽传》及注引《世语》）

  时魏主曹芳，改正始十年为嘉平元年。曹爽一向专权，不知仲达虚实，适魏主除李胜为荆州刺史，即令李胜往辞仲达，就探消息。胜径到太傅府中，早有门吏报入。司马懿谓二子曰："此乃曹爽使来探吾病之虚实也。"乃去冠散发，上床拥被而坐，又令二婢扶策，方请李胜入府。胜至床前拜曰："一向不见太傅，谁想如此病重。今天子命某为荆州刺吏，特来拜辞。"懿佯答曰："并州近朔方，好为之备。"胜曰："除荆州刺史，非并州也。"懿笑曰："你方从并州来？"胜曰："汉上荆州耳。"懿大笑曰："你从荆州来也！"胜曰："太傅如何病得这等了？"左右曰："太傅耳聋。"胜曰："乞纸笔一用。"左右取纸笔与胜。胜写毕，呈上，懿看之，笑曰："吾病的耳聋了。此去保重。"言讫，以手指口。侍婢进汤，懿将口就之，汤流满襟，乃作哽噎之声曰："吾今衰老病笃，死在旦夕矣。二子不肖，望君教之。君若见大将军，千万看觑二子！"言讫，倒在床上，声嘶气喘。李胜拜辞仲达，回见曹爽，细言其事。爽大喜曰："此老若死，吾无忧矣！"

  据《资治通鉴》卷七十五：（正始九年）冬，河南尹李胜出为荆州刺史，过辞太傅懿。懿令两婢侍，持衣，衣落；指口言渴，婢进粥，懿不持杯而饮，粥皆流出沾胸。胜曰："众情谓明公旧风发动，何意尊体乃尔！"懿使声气才属，说："年老枕疾，死在旦夕。君当屈并州，并州近胡，好为之备！恐不复相见，以子师、昭兄弟为托。"胜曰："当还忝本州，非并州。"懿乃错乱其辞曰："君方到并州？"胜复曰："当忝荆州。"懿曰：

"年老意荒,不解君言。今还为本州,盛德壮烈,好建功勋!"胜退,告爽曰:"司马公尸居余气,形神已离,不足虑矣。"他日,又向爽等垂泣曰:"太傅病不可复济,令人怆然!"故爽等不复设备。(参见《三国志·魏书·曹真传附子爽传》及注引《魏末传》)

司马懿见李胜去了,遂起身谓二子曰:"李胜此去,回报消息,曹爽必不忌我矣。只待他出城畋猎之时,方可图之。"

据《资治通鉴》卷七十五:太傅懿阴与其子中护军师、散骑常侍昭谋诛曹爽。

不一日,曹爽请魏主曹芳去谒高平陵,祭祀先帝。大小官僚,皆随驾出城。爽引三弟,并心腹人何晏等,及御林军护驾正行,司农桓范叩马谏曰:"主公总典禁兵,不宜兄弟皆出。倘城中有变,如之奈何?"爽以鞭指而叱之曰:"谁敢为变!再勿乱言!"当日,司马懿见爽出城,心中大喜,即起旧日手下破敌之人,并家将数十,引二子上马,径来谋杀曹爽。正是:闭户忽然有起色,驱兵自此逞雄风。未知曹爽性命如何,且看下文分解。

第一百七回　魏主政归司马氏　姜维兵败牛头山

却说司马懿闻曹爽同弟曹羲、曹训、曹彦并心腹何晏、邓飏、丁谧、毕轨、李胜等及御林军，随魏主曹芳，出城谒明帝墓，就去畋猎。懿大喜，即到省中，令司徒高柔，假以节钺行大将军事，先据曹爽营；又令太仆王观行中领军事，据曹羲营。懿引旧官入后宫奏郭太后，言爽背先帝托孤之恩，奸邪乱国，其罪当废。郭太后大惊曰："天子在外，如之奈何？"懿曰："臣有奏天子之表，诛奸臣之计。太后勿忧。"太后惧怕，只得从之。懿急令太尉蒋济、尚书令司马孚，一同写表，遣黄门赍出城外，径至帝前申奏。懿自引大军据武库。

据《资治通鉴》卷七十五：嘉平元年春正月甲午，帝谒高平陵，大将军爽与弟中领军羲、武卫将军训、散骑常侍彦皆从。太傅懿以皇太后令，闭诸城门，勒兵据武库，授兵出屯洛水浮桥，召司徒高柔假节，行大将军事，据爽营，太仆王观行中领军事，据羲营。（参见《三国志·魏书·曹真传附子爽传》《高柔传》《王观传》）

早有人报知曹爽家。其妻刘氏急出厅前，唤守府官问曰："今主公在外，仲达起兵何意？"守门将潘举曰："夫人勿惊，我去问来。"乃引弓弩手数十人，登门楼望之。正见司马懿引兵过府前，举令人乱箭射下，懿不得过。偏将孙谦在后止之曰："太傅为国家大事，休得放箭。"连止三次，举方不射。司马昭护父司马懿而过，引兵出城屯于洛河，守住浮桥。

据《三国志·魏书·曹真传附子爽传》注引《世语》：初，宣王勒兵从阙下趋武库，当爽门，人逼车住。爽妻刘怖，出至厅事，谓帐下守督曰："公在外，今兵起，如何？"督曰："夫人勿忧。"乃上门楼，引弩注箭欲发。将孙谦在后牵止之曰："天下事未可知！"如此者三，宣王遂得过去。

据《晋书·宣帝纪》：帝列阵阙下，经爽门。爽帐下督严世上楼，引弩将射帝，孙谦止之曰："事未可知。"三注三止，皆引其肘不得发。

且说曹爽手下司马鲁芝，见城中事变，来与参军辛敞商议曰："今仲达如此变乱，将如之何？"敞曰："可引本部兵出城去见天子。"芝然其言。敞急入后堂。其姊辛宪英见之，问曰："汝有何事，慌速如此？"敞告曰："天子在外，太傅闭了城门，必将谋逆。"宪英曰："司马公未必谋逆，特欲杀曹将军耳。"敞惊曰："此事未知如何？"宪英曰："曹将军非司马公之对手，必然败矣。"敞曰："今鲁司马教我同去，未知可去否？"宪英曰："职守，人之大义也。凡人在难，犹或恤之；执鞭而弃其事，不祥莫大焉。"敞从其言，乃与鲁芝引数十骑，斩关夺门而出。

据《资治通鉴》卷七十五：鲁芝将出，呼参军辛敞欲与俱去。敞，毗之子也，其姊宪英为太常羊耽妻，敞与之谋曰："天子在外，太傅闭城门，人云将不利国家，于事可得尔乎？"宪英曰："以吾度之，太傅此举，不过以诛曹爽耳。"敞曰："然则事就乎？"宪英曰："得无殆就！爽之才非太傅之偶也。"敞曰："然则敞可以无出乎？"宪英曰："安可以不出！职守，人之大义也。凡人在难，犹或恤之；为人执鞭而弃其事，不祥莫大焉。且为人任，为人死，亲昵之职也，从众而已。"敞遂出。事定之后，敞叹曰："吾不谋于姊，几不获于义。"（参见《三国志·魏书·辛毗传》注引《世语》，《三国志·魏书·曹

真传附子爽传》注引《世语》）

人报知司马懿。懿恐桓范亦走，急令人召之。范与其子商议。其子曰："车驾在外，不如南出。"范从其言，乃上马至平昌门，城门已闭，把门将乃桓范旧吏司蕃也。范袖中取出一竹版曰："太后有诏，可即开门。"司蕃曰："请诏验之。"范叱曰："汝是吾故吏，何敢如此！"蕃只得开门放出。范出的城外，唤司蕃曰："太傅造反，汝可速随我去。"蕃大惊，追之不及。人报知司马懿。懿大惊曰："'智囊'泄矣！如之奈何？"蒋济曰："驽马恋栈豆，必不能用也。"

　　据《资治通鉴》卷七十五：初，爽以桓范乡里老宿，于九卿中特礼之，然不甚亲也。及懿起兵，以太后令召范，欲使行中领军。范欲应命，其子止之曰："车驾在外，不如南出。"范乃出。至平昌城门，城门已闭。门候司蕃，故范举吏也，范举手中版以示之，矫曰："有诏召我，卿促开门！"蕃欲求见诏书，范呵之曰："卿非我故吏邪？何以敢尔！"乃开之。范出城，顾谓蕃曰："太傅图逆，卿从我去！"蕃徒行不能及，遂避侧。懿谓蒋济曰："智囊往矣！"济曰："范则智矣，然驽马恋栈豆，爽必不能用也。"（参见《三国志·魏书·曹真传附子爽传》及注引《魏略》、注引干宝《晋纪》）

懿乃召许允、陈泰曰："汝去见曹爽，说太傅别无他事，只是削汝兄弟兵权而已。"许、陈二人去了。又召殿中校尉尹大目至；令蒋济作书，与目持去见爽。懿分付曰："汝与爽厚，可领此任。汝见爽，说吾与蒋济指洛水为誓，只因兵权之事，别无他意。"尹大目依令而去。

　　据《资治通鉴》卷七十五：懿使侍中高阳许允及尚书陈泰说爽宜早自归罪，又使爽所信殿中校尉尹大目谓爽，唯免官而已，以洛水为誓。泰，群之子也。（参见《三国志·魏书·曹真传附子爽传》注引《世语》）

　　据《资治通鉴》卷七十五：曹爽之在伊南也，昌陵景侯蒋济与之书，言太傅之旨，不过免官而已。爽诛，济进封都乡侯，上疏固辞，不许。济病其言之失，遂发病，（嘉平元年夏四月）丙子，卒。（参见《三国志·魏书·蒋济传》注引《世语》）

却说曹爽正飞鹰走犬之际，忽报城内有变，太傅有表。爽大惊，几乎落马。黄门官捧表跪于天子之前。爽接表拆封，令近臣读之。表略曰：

　　征西大都督、太傅臣司马懿，诚惶诚恐，顿首谨表：臣昔从辽东还，先帝诏陛下与秦王及臣等，升御床，把臣臂，深以后事为念。今大将军曹爽，背弃顾命，败乱国典；内则僭拟，外专威权；以黄门张当为都监，专共交关；看察至尊，候伺神器；离间二宫，伤害骨肉；天下汹汹，人怀危惧：此非先帝诏陛下及嘱臣之本意也。臣虽朽迈，敢忘往言？太尉臣济、尚书令臣孚等，皆以爽为有无君之心，兄弟不宜典兵宿卫。奏永宁宫；皇太后令，敕臣如奏施行。臣辄敕主者及黄门令："罢爽、羲、训吏兵，以侯就第，不得逗留，以稽车驾；敢有稽留，便以军法从事！"臣辄力疾将兵屯于洛水浮桥，伺察非常。谨此上闻，伏于圣听。

　　据《资治通鉴》卷七十五：因奏爽罪恶于帝曰："臣昔从辽东还，先帝诏陛下、秦王及臣升御床，把臣臂，深以后事为念。臣言：'太祖、高祖亦属臣以后事，此自陛下所见，无所忧苦。万一有不如意，臣当以死奉明诏。'今大将军爽，背弃顾命，败乱国典，内则僭拟，外则专权，破坏诸营，尽据禁兵，群官要职，皆置所亲，殿中宿卫，易以私人，根据盘互，纵恣日甚，又以黄门张当为都监，伺察至尊，离间二宫，伤害骨肉，天下汹汹，人怀危惧。陛下便为寄坐，岂得久安！此非先帝诏陛下及臣升御床之本意也。臣虽朽迈，敢忘往言！太尉臣济等皆以爽为有无君之心，兄弟不宜典兵宿卫，奏永宁宫；

皇太后令,敕臣如奏施行。臣辄敕主者及黄门令:'罢爽、羲、训吏兵,以侯就第,不得逗留,以稽车驾;敢有稽留,便以军法从事!'臣辄力疾将兵屯洛水浮桥,伺察非常。"(参见《三国志·魏书·曹真传附子爽传》)

魏主曹芳听毕,乃唤曹爽曰:"太傅之言若此,卿如何裁处?"爽手足失措,回顾二弟曰:"为之奈何?"羲曰:"劣弟亦曾谏兄,兄执迷不听,致有今日。司马懿谲诈无比,孔明尚不能胜,况我兄弟乎?不如自缚见之,以免一死。"

> 据《资治通鉴》卷七十五:爽得懿奏事,不通;迫窘不知所为,留车驾宿伊水南,伐木为鹿角,发屯田兵数千人以为卫。(参见《三国志·魏书·曹真传附子爽传》)

言未毕,参军辛敞、司马鲁芝到。爽问之。二人告曰:"城中把得铁桶相似,太傅引兵屯于洛水浮桥,势将不可复归。宜早定大计。"正言间,司农桓范骤马而至,谓爽曰:"太傅已变,将军何不请天子幸许都,调外兵以讨司马懿耶?"爽曰:"吾等全家皆在城中,岂可投他处求援?"范曰:"匹夫临难,尚欲望活!今主公身随天子,号令天下,谁敢不应?岂可自投死地乎?"爽闻言不决,惟流涕而已。范又曰:"此去许都,不过半宿;城中粮草,足支数载。今主公别营兵马,近在阙南,呼之即至。大司马之印,某将在此。主公可急行,迟则休矣!"爽曰:"多官勿太催逼,待吾细细思之。"

> 据《资治通鉴》卷七十五:(桓)范至,劝爽兄弟以天子诣许昌,发四方兵以自辅。爽疑未决,范谓羲曰:"此事昭然,卿用读书何为邪!于今日卿等门户,求贫贱复可得乎!且匹夫质一人,尚欲望活;卿与天子相随,令于天下,谁敢不应也!"俱不言。范又谓羲曰:"卿别营近在阙南,洛阳典农治在城外,呼召如意。今诣许昌,不过中宿,许昌别库,足相被假;所忧当在谷食,而大司农印章在我身。"羲兄弟默然不从。(参见《三国志·魏书·曹真传附子爽传》及注引《魏略》)

> 按:《演义》称,桓范对曹爽说,"此去许都,不过半宿;城中粮草,足支数载",与史不合。史书中桓范对曹羲说的是,"今诣许昌,不过中宿,许昌别库,足相被假"。周兆新先生在《三国演义考评》一书中指出,这里所说的"中宿",即"第二个夜晚";"许昌别库,足相被假"的意思是:"许昌别库中储存的兵器和甲胄,足以装备我们的军队"。罗贯中似乎没有弄懂"中宿"和"许昌别库,足相被假"的确切涵意。

少顷,侍中许允、尚书陈泰至。二人告曰:"太傅只为将军权重,不过要削去兵权,别无他意。将军可早归城中。"爽默然不语。又只见殿中校尉尹大目到。目曰:"太傅指洛水为誓,并无他意。有蒋太尉书在此。将军可削去兵权,早归相府。"爽信为良言。桓范又告曰:"事急矣,休听外言而就死地!"

是夜,曹爽意不能决,乃拔剑在手,嗟叹寻思;自黄昏直流泪到晓,终是狐疑不定。桓范入帐催之曰:"主公思虑一昼夜,何尚不能决?"爽掷剑而叹曰:"我不起兵,情愿弃官,但为富家翁足矣!"范大哭,出帐曰:"曹子丹以智谋自矜!今兄弟三人,真豚犊耳!"痛哭不已。

> 据《资治通鉴》卷七十五:自甲夜至五鼓,爽乃投刀于地曰:"我亦不失作富家翁!"范哭曰:"曹子丹佳人,生汝兄弟,豚犊耳!何图今日坐汝等族灭也!"爽乃通懿奏事,白帝下诏免己官,奉帝还宫。(参见《三国志·魏书·曹真传附子爽传》及注引《魏略》、注引《魏氏春秋》)

许允、陈泰令爽先纳印绶与司马懿。爽令将印送去，主簿杨综扯住印绶而哭曰："主公今日舍兵权自缚去降，不免东市受戮也！"爽曰："太傅必不失信于我。"于是曹爽将印绶与许、陈二人，先赍与司马懿。

　　据《三国志·魏书·曹真传附子爽传》注引《世语》：及爽解印绶，将出，主簿杨综止之曰："公挟主握权，舍此以至东市乎？"爽不从。

众军见无将印，尽皆四散。爽手下只有数骑官僚。到浮桥时，懿传令，教曹爽兄弟三人，且回私宅；余皆发监，听候敕旨。爽等入城时，并无一人侍从。桓范至浮桥边，懿在马上以鞭指之曰："桓大夫何故如此？"范低头不语，入城而去。于是司马懿请驾拔营入洛阳。

　　据《三国志·魏书·曹真传附子爽传》注引《魏略》：爽等既免，帝还宫，遂令范随从。到洛水浮桥北，望见宣王，下车叩头而无言。宣王呼范姓曰："桓大夫何为尔邪！"车驾入宫，有诏范还复位。范诣阙拜章谢，待报。

曹爽兄弟三人回家之后，懿用大锁锁门，令居民八百人围守其宅。曹爽心中忧闷。羲谓爽曰："今家中乏粮，兄可作书与太傅借粮。如肯以粮借我，必无相害之心。"爽乃作书令人持去。司马懿览毕，遂遣人送粮一百斛，运至曹爽府内。爽大喜曰："司马公本无害我之心也！"遂不以为忧。

　　据《三国志·魏书·曹真传附子爽传》注引《魏末传》：爽兄弟归家，敕洛阳县发民八百人，使尉部围爽第四角，角作高楼，令人在上望视爽兄弟举动。爽计穷愁闷，持弹到后园中，楼上人便唱言："故大将军东南行！"爽还厅事上，与兄弟共议，未知宣王意深浅，作书与宣王曰："贱子爽哀惶恐怖，无状招祸，分受屠灭。前遣家人迎粮，于今未反，数日乏匮，当烦见饷，以继旦夕。"宣王得书大惊，即答书曰："初不知乏粮，甚怀踧踖。令致米一百斛，并肉脯、盐豉、大豆。"寻送。爽兄弟不达变数，即便喜欢，自谓不死。（参见《资治通鉴》卷七十五）

原来司马懿先将黄门张当捉下狱中问罪。当曰："非我一人，更有何晏、邓飏、李胜、毕轨、丁谧等五人，同谋篡逆。"懿取了张当供词，却捉何晏等勘问明白，皆称三月间欲反。懿用长枷钉了。城门守将司蕃告称："桓范矫诏出城，口称太傅谋反。"懿曰："诬人反情，抵罪反坐。"亦将桓范等皆下狱，然后押曹爽兄弟三人并一干人犯，皆斩于市曹，灭其三族；其家产财物，尽抄入库。

　　据《资治通鉴》卷七十五：（嘉平元年春正月）戊戌，有司奏："黄门张当私以所择才人与爽，疑有奸。"收当付廷尉考实，辞云："爽与尚书何晏、邓飏、丁谧、司隶校尉毕轨、荆州刺史李胜等阴谋反逆，须三月中发。"于是收爽、羲、训、晏、飏、谧、轨、胜并桓范皆下狱，劾以大逆不道，与张当俱夷三族。（参见《三国志·魏书·齐王芳纪》）

　　据《三国志·魏书·曹真传附子爽传》：初，张当私以所择才人张、何等与爽。疑其有奸，收当治罪。当陈爽与晏等阴谋反逆，并先习兵，须三月中欲发，于是收晏等下狱。会公卿朝臣廷议，以为"《春秋》之义，'君亲无将，将而必诛'。爽以支属，世蒙殊宠，亲受先帝握手遗诏，托以天下，而包藏祸心，蔑弃顾命，乃与晏、飏及当等谋图神器，范党同罪人，皆为大逆不道"。于是收爽、羲、训、晏、飏、谧、轨、胜、范、当等，皆伏诛，夷三族。

　　据《三国志·魏书·曹真传附子爽传》注引《魏略》：会司蕃诣鸿胪自首，具说范前临出所道。宣王乃忿然曰："诬人以反，于法何应？"主者曰："科律，反受其罪。"

乃收范于阙下。时人持范甚急，范谓部官曰："徐之，我亦义士耳。"遂送廷尉。

　　据《三国志·魏书·曹真传附子爽传》注引《魏氏春秋》：宣王使晏典治爽等狱。晏穷治党与，冀以获宥。宣王曰："凡有八族。"晏疏丁、邓等七姓。宣王曰："未也。"晏穷急，乃曰："岂谓晏乎！"宣王曰："是也。"乃收晏。　　《资治通鉴考异》认为：按宣王方治爽党，安肯使晏典其狱！就令有之，晏岂不自知与爽最亲而冀独免乎！此殆孙盛承说者之妄耳。

　　时有曹爽从弟文叔之妻，乃夏侯令女也，早寡而无子，其父欲改嫁之，女截耳自誓。及爽被诛，其父复将嫁之，女又断去其鼻。其家惊惶，谓之曰："人生世间，如轻尘栖弱草，何至自苦如此？且夫家又被司马氏诛戮已尽，守此欲谁为哉？"女泣曰："吾闻仁者不以盛衰改节，义者不以存亡易心。曹氏盛时，尚欲保终；况今灭亡，何忍弃之？此禽兽之行，吾岂为乎！"懿闻而贤之，听使乞子以养，为曹氏后。

　　据《资治通鉴》卷七十五：爽从弟文叔妻夏侯令女，早寡而无子，其父文宁欲嫁之；令女刀截两耳以自誓，居常依爽。爽诛，其家上书绝昏，强迎以归，复将嫁之；令女窃入寝室，引刀自断其鼻，其家惊惋，谓之曰："人生世间，如轻尘栖弱草耳，何至自苦乃尔！且夫家夷灭已尽，守此欲谁为哉？"令女曰："吾闻仁者不以盛衰改节，义者不以存亡易心。曹氏前盛之时，尚欲保终，况今衰亡，何忍弃之！此禽兽不行，吾岂为乎！"司马懿闻而贤之，听使乞子字养，为曹氏后。

　　据《三国志·魏书·曹真传附子爽传》注引皇甫谧《列女传》：爽从弟文叔，妻谯郡夏侯文宁之女，名令女。文叔早死，服阕，自以年少无子，恐家必嫁已，乃断发以为信。其后，家果欲嫁之，令女闻，即复以刀截两耳，居止常依爽。及爽被诛，曹氏尽死。令女叔父上书与曹氏绝婚，强迎令女归。时文宁为梁相，怜其少，执义，又曹氏无遗类，冀其意沮，乃微使人讽之。令女叹且泣曰："吾亦惟之，许之是也。"家以为信，防之少懈。令女于是窃入寝室，以刀断鼻，蒙被而卧。其母呼与语，不应，发被视之，血流满床席。举家惊惶，奔往视之，莫不酸鼻。或谓之曰："人生世间，如轻尘栖弱草耳，何至辛苦乃尔！且夫家夷灭已尽，守此欲谁为哉？"令女曰："闻仁者不以盛衰改节，义者不以存亡易心，曹氏前盛之时，尚欲保终，况今衰亡，何忍弃之！禽兽之行，吾岂为乎？"司马宣王闻而嘉之，听使乞子字养，为曹氏后，名显于世。

后人有诗曰：
　　弱草微尘尽达观，夏侯有女义如山。丈夫不及裙钗节，自顾须眉亦汗颜。
　　却说司马懿斩了曹爽，太尉蒋济曰："尚有鲁芝、辛敞斩关夺门而出，杨综夺印不与，皆不可纵。"懿曰："彼各为其主，乃义人也。"遂复各人旧职。辛敞叹曰："吾若不问于姊，失大义矣！"

　　据《资治通鉴》卷七十五：初，爽之出也，司马鲁芝留在府，闻有变，将营骑斫津门出赴爽。及爽解印绶，将出，主簿杨综止之曰："公挟主握权，舍此以至东市乎？"有司奏收芝、综治罪，太傅懿曰："彼各为其主也。宥之。"顷之，以芝为御史中丞，综为尚书郎。鲁芝将出，呼参军辛敞欲与俱去。敞，毗之子也，其姊宪英为太常羊耽妻，敞与之谋曰："天子在外，太傅闭城门，人云将不利国家，于事可得尔乎？"宪英曰："以吾度之，太傅此举，不过以诛曹爽耳。"敞曰："然则事就乎？"宪英曰："得无殆就！爽之才非太傅之偶也。"敞曰："然则敞可以无出乎？"宪英曰："安可以不出！职守，人之大义也。凡人在难，犹或恤之；为人执鞭而弃其事，不祥莫大焉。且为人任，为人死，亲昵之职也，从众而已。"敞遂出。事定之后，敞叹曰："吾不谋于姊，几不获于义。"（参见《三国志·魏书·辛毗传》注引《世语》，《三国志·魏书·曹真传附子爽传》注引《世语》）

后人有诗赞辛宪英曰：
　　为臣食禄当思报，事主临危合尽忠。辛氏宪英曾劝弟，故令千载颂高风。

司马懿饶了辛敞等，仍出榜晓谕：但有曹爽门下一应人等，尽皆免死；有官者照旧复职。军民各守家业，内外安堵。何、邓二人死于非命，果应管辂之言。

　　据《资治通鉴》卷七十五：管辂之舅谓辂曰："尔前何以知何、邓之败？"辂曰："邓之行步，筋不束骨，脉不制肉，起立倾倚，若无手足，此为'鬼躁'。何之视候则魂不守宅，血不华色，精爽烟浮，容若槁木，此为'鬼幽'。二者皆非遐福之象也。"（参见《三国志·魏书·方技传·管辂传》注引《辂别传》）

后人有诗赞管辂曰：
　　传得圣贤真妙诀，平原管辂相通神。鬼幽鬼躁分何邓，未丧先知是死人。
　　却说魏主曹芳封司马懿为丞相，加九锡。懿固辞不肯受。芳不准，令父子三人同领国事。

　　据《资治通鉴》卷七十五：（嘉平元年春正月）丁未，以太傅懿为丞相，加九锡，懿固辞不受。

懿忽然想起："曹爽全家虽诛，尚有夏侯玄守备雍州等处，系爽亲族，倘骤然作乱，如何提备？必当处置。"即下诏遣使往雍州，取征西将军夏侯玄赴洛阳议事。玄叔夏侯霸听知大惊，便引本部三千兵造反。有镇守雍州刺史郭淮，听知夏侯霸反，即率本部兵来，与夏侯霸交战。淮出马大骂曰："汝既是大魏皇族，天子又不曾亏汝，何故背反？"霸亦骂曰："吾祖父于国家多建勤劳，今司马懿何等匹夫，灭吾兄曹爽宗族，又来取我，早晚必思篡位。吾仗义讨贼，何反之有？"淮大怒，挺枪骤马，直取夏侯霸。霸挥刀纵马来迎。战不十合，淮败走，霸随后赶来。忽听的后军呐喊，霸急回马时，陈泰引兵杀来。郭淮复回，两路夹攻。霸大败而走，折兵大半；寻思无计，遂投汉中来降后主。

　　据《资治通鉴》卷七十五：初，右将军夏侯霸为曹爽所厚，以其父渊死于蜀，常切齿有报仇之志，为讨蜀护军，屯于陇西，统属征西。征西将军夏侯玄，霸之从子，爽之外弟也。爽既诛，司马懿召玄诣京师，以雍州刺史郭淮代之。霸素与淮不叶，以为祸必相及，大惧，遂奔汉。

　　据《三国志·魏书·夏侯渊传》注引《魏略》：霸字仲权。渊为蜀所害，故霸常切齿，欲有报蜀意。黄初中为偏将军。子午之役，霸召为前锋，进至兴势围，安营在曲谷中。蜀人望知其是霸也，指下兵攻之。霸手战鹿角间，赖救至，然后解。后为右将军，屯陇西，其养士和戎，并得其欢心。至正始中，代夏侯儒为征蜀护军，统属征西。时征西将军夏侯玄，于霸为从子，而玄于曹爽为外弟。及司马宣王诛曹爽，遂召玄，玄来东。霸闻曹爽被诛而玄又征，以为祸必转相及，心既内恐；又霸先与雍州刺史郭淮不和，而淮代玄为征西，霸尤不安，故遂奔蜀。南趋阴平而失道，入穷谷中，粮尽，杀马步行，足破，卧岩石下，使人求道，未知何之。蜀闻之，乃使人迎霸。

　　据《三国志·魏书·夏侯渊传》：霸，正始中为讨蜀护军、右将军，进封博昌亭侯，素为曹爽所厚。闻爽诛，自疑，亡入蜀。以渊旧勋赦霸子，徙乐浪郡。

　　据《三国志·蜀书·后主传》：（延熙）十二年春正月，魏诛大将军曹爽等，右将军夏侯霸来降。

有人报与姜维,维心不信,令人体访得实,方教入城。霸拜见毕,哭告前事。维曰:"昔微子去周,成万古之名,公能匡扶汉室,无愧古人也。"遂设宴相待。维就席问曰:"今司马懿父子掌握重权,有窥我国之志否?"霸曰:"老贼方图谋逆,未暇及外。但魏国新有二人,正在妙龄之际,若使领兵马,实吴、蜀之大患也。"维问:"二人是谁?"霸告曰:"一人现为秘书郎,乃颍川长社人,姓钟,名会,字士季,太傅钟繇之子,幼有胆智。繇尝率二子见文帝,会时年七岁,其兄毓年八岁。毓见帝惶惧,汗流满面。帝问毓曰:'卿何以汗?'毓对曰:'战战惶惶,汗出如浆。'帝问会曰:'卿何以不汗?'会对曰:'战战栗栗,汗不敢出。'帝独奇之。及稍长,喜读兵书,深明韬略;司马懿与蒋济皆奇其才。

> 据《资治通鉴》卷七十五:姜维问于霸曰:"司马懿既得彼政,当复有征伐之志不?"霸曰:"彼方营立家门,未遑外事。有钟士季者,其人虽少,若管朝政,吴、蜀之忧也。"士季者,钟繇之子尚书郎会也。

> 据《三国志·魏书·钟会传》注引《世语》:夏侯霸奔蜀,蜀朝问"司马公如何德"?霸曰:"自当作家门。""京师俊士?"曰:"有钟士季,其人管朝政,吴、蜀之忧也。"

> 据《三国志·魏书·钟会传》注引《汉晋春秋》:初,夏侯霸降蜀,姜维问之曰:"司马懿既得彼政,当复有征伐之志不?"霸曰:"彼方营立家门,未遑外事。有钟士季者,其人虽少,终为吴、蜀之忧,然非非常之人亦不能用也。"后十五年而会果灭蜀。 按习凿齿此言,非出他书,故采用《世语》而附益也。

> 据《三国志·魏书·钟会传》:钟会字士季,颍川长社人,太傅繇小子也。少敏惠夙成。中护军蒋济著论,谓"观其眸子,足以知人"。会年五岁,繇遣见济,济甚异之,曰:"非常人也。"及壮,有才数技艺,而博学精练名理,以夜续昼,由是获声誉。正始中,以为秘书郎,迁尚书、中书侍郎。

> 据《世说新语·言语》:钟毓、钟会少有令誉,年十三,魏文帝闻之,语其父钟繇曰:"可令二子来!"于是敕见。毓面有汗,帝曰:"卿面何以汗?"毓对曰:"战战惶惶,汗出如浆。"复问会:"卿何以不汗?"对曰:"战战栗栗,汗不敢出。"

一人现为掾吏,乃义阳人也,姓邓,名艾,字士载,幼年失父,素有大志,但见高山大泽,辄窥度指画,何处可以屯兵,何处可以积粮,何处可以埋伏。人皆笑之,独司马懿奇其才,遂令参赞军机。

> 据《三国志·魏书·邓艾传》:邓艾字士载,义阳棘阳人也。少孤,太祖破荆州,徙汝南,为农民养犊。年十二,随母至颍川,读故太丘长陈寔碑文,言"文为世范,行为士则",艾遂自名范,字士则。后宗族有与同者,故改焉。为都尉学士,以口吃,不得作干佐。为稻田守丛草吏。同郡吏父怜其家贫,资给甚厚,艾初不称谢。每见高山大泽,辄规度指画军营处所,时人多笑焉。后为典农纲纪,上计吏,因使见太尉司马宣王。宣王奇之,辟之为掾,迁尚书郎。

艾为人口吃,每奏事必称'艾……艾……'。懿戏谓曰:'卿称艾艾,当有几艾?'艾应声曰:'凤兮凤兮,故是一凤。'其资性敏捷,大抵如此。

> 据《世说新语·言语》:邓艾口吃,语称"艾艾"。晋文王戏之曰:"卿云艾艾,定是几艾?"对曰:"凤兮凤兮,故是一凤。"

此二人深可畏也。"维笑曰:"量此孺子,何足道哉!"

按：据史书记载，夏侯霸答姜维语，仅涉及锺会，未提及邓艾。邓艾此时已五十三岁（虚岁），夏侯霸不应称他"正在妙龄之际"，姜维也不应称他为"孺子"。

于是姜维引夏侯霸至成都，入见后主。

　　　据《资治通鉴》卷七十五：（夏侯霸）奔汉。汉主谓曰："卿父自遇害于行间耳，非我先人之手刃也。"遇之甚厚。

　　　据《三国志·魏书·夏侯渊传》注引《魏略》：初，建安五年，时霸从妹年十三四，在本郡，出行樵采，为张飞所得。飞知其良家女，遂以为妻，产息女，为刘禅皇后。故渊之初亡，飞妻请而葬之。及霸入蜀，禅与相见，释之曰："卿父自遇害于行间耳，非我先人之手刃也。"指其儿子以示之曰："此夏侯氏之甥也。"厚加爵宠。

维奏曰："司马懿谋杀曹爽，又来赚夏侯霸，霸因此投降。目今司马懿父子专权，曹芳懦弱，魏国将危。臣在汉中有年，兵精粮足；臣愿领王师，即以霸为乡道官，进取中原，重兴汉室：以报陛下之恩，以终丞相之志。"尚书令费祎谏曰：

　　　据《三国志·蜀书·姜维传》：（延熙）十年，迁卫将军，与大将军费祎共录尚书事。

　　　按：《演义》此处称"费祎谏"姜维，用词不当。据史书，费祎时为大将军；姜维任卫将军，位在费祎之下。

"近者，蒋琬、董允皆相继而亡，

　　　据《三国志·蜀书·蒋琬传》：疾转增剧，至（延熙）九年卒，谥曰恭。

　　　据《三国志·蜀书·董允传》：（延熙）九年卒。

内治无人。伯约只宜待时，不宜轻动。"维曰："不然。人生如白驹过隙，似此迁延岁月，何日恢复中原乎？"祎又曰："孙子云：知彼知己，百战百胜。我等皆不如丞相远甚，丞相尚不能恢复中原，何况我等？"维曰："吾久居陇上，深知羌人之心；今若结羌人为援，虽未能克复中原，自陇而西，可断而有也。"

　　　据《资治通鉴》卷七十六：汉姜维自以练西方风俗，兼负其才武，欲诱诸羌胡以为羽翼，谓自陇以西，可断而有。每欲兴军大举，费祎常裁制不从。与其兵不过万人，曰："吾等不如丞相亦已远矣，丞相犹不能定中夏，况吾等乎！不如且保国治民，谨守社稷，如其功业，以俟能者，无为希冀徼幸，决成败于一举；若不如志，悔之无及。"（参见《三国志·蜀书·姜维传》及注引《汉晋春秋》）

后主曰："卿既欲伐魏，可尽忠竭力，勿堕锐气，以负朕命。"于是姜维领敕辞朝，同夏侯霸径到汉中，计议起兵。维曰："可先遣使去羌人处通盟，然后出西平，近雍州。先筑二城于麴山之下，令兵守之，以为掎角之势。我等尽发粮草于川口，依丞相旧制，次第进兵。"是年秋八月，先差蜀将句安、李歆同引一万五千兵，往麴山前连筑二城：句安守东城，李歆守西城。

早有细作报与雍州刺史郭淮。淮一面申报洛阳，一面遣副将陈泰引兵五万，来与蜀兵交战。句安、李歆各引一军出迎；因兵少不能抵敌，退入城中。泰令兵四面围住攻打，又以兵断其汉中粮道。句安、李歆城中粮缺。郭淮自引兵亦到，看了地势，忻然而喜；回到寨中，乃与陈泰计议曰："此城山势高阜，必然水少，须出城取水；若断其上流，蜀兵皆渴死矣。"遂令军士掘土堰断上流。城中果然无水。李歆引兵出城取水，雍州兵围困甚急。歆死战不能出，只得退入城去。句安城中亦无水，乃会了李歆，引兵出城，并在一处；大战良久，又败入城去。军士枯渴。安与歆曰:"姜都督之兵,至今未到,不知何故。"歆曰:"我当舍命杀出求救。"遂引数十骑,开了城门,杀将出来。雍州兵四面围合,歆奋死冲突,方才得脱;只落得独自一人,身带重伤,余皆没于乱军之中。是夜北风大起,阴云布合,天降大雪,因此城内蜀兵分粮化雪而食。

却说李歆撞出重围,从西山小路行了两日,正迎着姜维人马。歆下马伏地告曰:"麹山二城,皆被魏兵围困,绝了水道。幸得天降大雪,因此化雪度日,甚是危急。"维曰:"吾非救迟;为聚羌兵未到,因此误了。"遂令人送李歆入川养病。维问夏侯霸曰:"羌兵未到,魏兵围困麹山甚急,将军有何高见?"霸曰:"若等羌兵到,麹山二城皆陷矣。吾料雍州兵,必尽来麹山攻打,雍州城定然空虚。将军可引兵径往牛头山,抄在雍州之后,郭淮、陈泰必回救雍州,则麹山之围自解矣。"维大喜曰:"此计最善!"于是姜维引兵望牛头山而去。

却说陈泰见李歆杀出城去了,乃谓郭淮曰:"李歆若告急于姜维,姜维料吾大兵皆在麹山,必抄牛头山袭吾之后。将军可引一军去取洮水,断绝蜀兵粮道;吾分兵一半,径往牛头山击之。彼若知粮道已绝,必然自走矣。"郭淮从之,遂引一军暗取洮水。陈泰引一军径往牛头山来。

却说姜维兵至牛头山,忽听的前军发喊,报说魏兵截住去路。维慌忙自到军前视之。陈泰大喝曰:"汝欲袭吾雍州!吾已等候多时了!"维大怒,挺枪纵马,直取陈泰。泰挥刀而迎。战不三合,泰败走,维挥兵掩杀。雍州兵退回,占住山头。维收兵就牛头山下寨。维每日令兵搦战,不分胜负。夏侯霸谓姜维曰:"此处不是久停之所。连日交战,不分胜负,乃诱兵之计耳,必有异谋。不如暂退,再作良图。"正言间,忽报郭淮引一军取洮水,断了粮道。维大惊,急令夏侯霸先退,维自断后。陈泰分兵五路赶来。维独拒五路总口,战住魏兵。泰勒兵上山,矢石如雨。维急退到洮水之时,郭淮引兵杀来。维引兵往来冲突。魏兵阻其去路,密如铁桶。维奋死杀出,折兵大半,飞奔上阳平关来。前面又一军杀到;为首一员大将,纵马横刀而出。那人生得圆面大耳,方口厚唇,左目下生个黑瘤,瘤上生数十根黑毛,乃司马懿长子骠骑将军司马师也。维大怒曰:"孺子焉敢阻吾归路!"拍马挺枪,直来刺师。师挥刀相迎。只三合,杀败了司马师,维脱身径奔阳平关来。城上人开门放入姜维。司马师也来抢关,两边伏弩齐发,一弩发十矢,乃武侯临终时所遗连弩之法也。

  据《三国志·蜀书·诸葛亮传》:亮性长于巧思,损益连弩,木牛流马,皆出其意;推演兵法,作八陈图,咸得其要云。

正是:难支此日三军败,独赖当年十矢传。未知司马师性命如何,且看下文分解。

第一百八回　丁奉雪中奋短兵　孙峻席间施密计

却说姜维正走，遇着司马师引兵拦截。原来姜维取雍州之时，郭淮飞报入朝，魏主与司马懿商议停当，懿遣长子司马师引兵五万，前来雍州助战；师听知郭淮敌退蜀兵，师料蜀兵势弱，就来半路击之。直赶到阳平关，却被姜维用武侯所传连弩法，于两边暗伏连弩百余张，一弩发十矢，皆是药箭，两边弩箭齐发，前军连人带马射死不知其数。司马师于乱军之中，逃命而回。

却说麹山城中蜀将句安，见援兵不至，乃开门降魏。姜维折兵数万，领败兵回汉中屯扎。司马师自还洛阳。

据《资治通鉴》卷七十五：（嘉平元年）秋，汉卫将军姜维寇雍州，依麹山筑二城，使牙门将句安、李歆等守之，聚羌胡质任，侵逼诸郡。征西将军郭淮与雍州刺史陈泰御之。泰曰："麹城虽固，去蜀险远，当须运粮；羌夷患维劳役，必未肯附。今围而取之，可不血刃而拔其城；虽其有救，山道阻险，非行兵之地也。"淮乃使泰率讨蜀护军徐质、南安太守邓艾进兵围麹城，断其运道及城外流水。安等挑战，不许，将士困窘，分粮聚雪以引日月。维引兵救之，出自牛头山，与泰相对。泰曰："兵法贵在不战而屈人。今绝牛头，维无反道，则我之禽也。"敕诸军各坚垒勿与战，遣使白淮，使淮趣牛头截其还路。淮从之，进军洮水。维惧，遁走，安等孤绝，遂降。淮因西击诸羌。邓艾曰："贼去未远，或能复还，宜分诸军以备不虞。"于是留艾屯白水北。三日，维遣其将廖化自白水南向艾结营。艾谓诸将曰："维今卒还，吾军人少，法当来渡；而不作桥，此维使化持吾，令不得还，维必自东袭取洮城。"洮城在水北，去艾屯六十里，艾即夜潜军径到。维果来渡，而艾先至据城，得以不败，汉军遂还。（参见《三国志·魏书·陈群传附子泰传》《郭淮传》《邓艾传》）

据《三国志·蜀书·后主传》：（延熙十二年）秋，卫将军姜维出攻雍州，不克而还。将军句安、李歆降魏。

至嘉平三年秋八月，司马懿染病，渐渐沉重，乃唤二子至榻前嘱曰："吾事魏历年，官授太傅，人臣之位极矣；人皆疑吾有异志，吾尝怀恐惧。吾死之后，汝二人善理国政。慎之！慎之！"言讫而亡。长子司马师，次子司马昭，二人申奏魏主曹芳。芳厚加祭葬，优锡赠谥；封师为大将军，总领尚书机密大事，昭为骠骑上将军。

据《资治通鉴》卷七十五：（嘉平三年秋）八月戊寅，舞阳宣文侯司马懿卒。诏以其子卫将军师为抚军大将军、录尚书事。……嘉平四年春正月癸卯，以司马师为大将军。（参见《三国志·魏书·齐王芳纪》）

却说吴主孙权，先有太子孙登，乃徐夫人所生，于吴赤乌四年身亡，

据《三国志·吴书·孙登传》：孙登字子高，权长子也。魏黄初二年，以权为吴王，……立登为太子。……登所生庶贱，徐夫人少有母养之恩，……立凡二十一年，年三十三卒。……是岁，赤乌四年也。（参见《资治通鉴》卷七十四，《三国志·吴书·吴主权徐夫人传》）

遂立次子孙和为太子,

  按：据《三国志·吴书·孙和传》，孙和为孙权第三子，非次子。

乃琅琊王夫人所生。和因与全公主不睦，被公主所谮，权废之，和忧恨而死。

  据《三国志·吴书·孙和传》：孙和字子孝，虑弟也。少以母王有宠见爱，……赤乌五年，立为太子，时年十九。……是后王夫人与全公主有隙。……夫人忧死，而和宠稍损，……权沉吟者历年，后遂幽闭和。……竟徙和于故鄣。……太元二年正月，封和为南阳王，遣之长沙。……四月，权薨，诸葛恪秉政。恪即和妃张之舅也。妃使黄门陈迁之建业上疏中宫，并致问于恪。临去，恪谓迁曰："为我达妃，期当使胜他人。"此言颇泄。又恪有徙都意，使治武昌宫，民间或言欲迎和。及恪被诛，孙峻因此夺和玺绶，徙新都，又遣使者赐死。

  据《资治通鉴》卷七十四：（正始三年春正月，）吴主立其子和为太子，大赦。……八月，吴主封子霸为鲁王。霸，和母弟也，宠爱崇特，与和无殊。……吴太子和与鲁王同宫，礼秩如一，群臣多以为言，吴主乃命分宫别僚；二子由是有隙。……全公主与太子母王夫人有隙，吴主欲立王夫人为后，公主阻之；恐太子立怨己，心不自安，数谮毁太子。……（王）夫人以忧死，太子宠益衰。（参见《三国志·吴书·吴主传》《吴主权王夫人传》）

  据《资治通鉴》卷七十五：初，会稽潘夫人有宠于吴主，生少子亮，吴主爱之。全公主既与太子和有隙，欲豫自结，数称亮美，以其夫之兄子尚女妻之。吴主以鲁王霸结朋党以害其兄，心亦恶之，……遂有废和立亮之意，然犹沉吟者历年。……（嘉平二年）秋，吴主遂幽太子和。……废太子和为庶人，徙故鄣，赐鲁王霸死。

又立三子孙亮为太子，

  据《三国志·吴书·孙亮传》：孙亮字子明，权少子也。权春秋高，而亮最少，故尤留意。姊全公主尝谮太子和子母，心不自安，因倚权意，欲豫自结，数称述全尚女，劝为亮纳。赤乌十三年，和废，权遂立亮为太子，以全氏为妃。

  据《三国志·吴书·吴主权潘夫人传》：赤乌十三年，亮立为太子。

  按：据《三国志·吴书·孙亮传》，孙亮为孙权幼子，排行第七，非第三子。

乃潘夫人所生。

  据《三国志·吴书·吴主权潘夫人传》：吴主权潘夫人，会稽句章人也。父为吏，坐法死。夫人与姊俱输织室，权见而异之，召充后宫。得幸有娠，梦有以龙头授己者，已以蔽膝受之，遂生亮。

此时陆逊、诸葛瑾皆亡，

  据《资治通鉴》卷七十四：太子太傅吾粲请使鲁王出镇夏口，出杨竺等不得令在京师，又数以消息语陆逊；鲁王与杨竺共谮之，吴主怒，收粲下狱，诛。数遣中使责问陆逊，逊愤恚而卒。

  据《三国志·吴书·陆逊传》：权累遣中使责让逊，逊愤恚致卒，时年六十三，家无余财。

  据《三国志·吴书·诸葛瑾传》：赤乌四年，年六十八卒。

一应大小事务，皆归于诸葛恪。

> 据《资治通鉴》卷七十五：是时，吴主颇寤太子和之无罪，（嘉平三年）冬十一月，吴主祀南郊还，得风疾，欲召和还；全公主及侍中孙峻、中书令孙弘固争之，乃止。吴主以太子亮幼少，议所付托，孙峻荐大将军诸葛恪可付大事。吴主嫌恪刚很自用，峻曰："当今朝臣之才，无及恪者。"乃召恪于武昌。……恪至建业，见吴主于卧内，受诏床下，以大将军领太子太傅，孙弘领少傅；诏有司诸事一统于恪，惟杀生大事，然后以闻。为制群官百司拜揖之仪，各有品序。又以会稽太守北海滕胤为太常。胤，吴主婿也。（参见《三国志·吴书·诸葛恪传》注引《吴书》）

太元元年秋八月初一日，忽起大风，江海涌涛，平地水深八尺。吴主先陵所种松柏，尽皆拔起，直飞到建业城南门外，倒插望道上。权因此受惊成病。至次年四月内，病势沉重，乃召太傅诸葛恪、大司马吕岱至榻前，嘱以后事，嘱讫而薨。

> 据《资治通鉴》卷七十五：吴主病困，召诸葛恪、孙弘、滕胤及将军吕据、侍中孙峻入卧内，属以后事。（嘉平四年）夏四月，吴主殂。（参见《三国志·吴书·诸葛恪传》《孙亮传》）

在位二十四年，寿七十一岁，乃蜀汉延熙十五年也。后人有诗曰：

　　紫髯碧眼号英雄，能使臣僚肯尽忠。二十四年兴大业，龙盘虎踞在江东。

孙权既亡，诸葛恪立孙亮为帝，大赦天下，改元建兴元年；谥权曰大皇帝，葬于蒋陵。

> 据《资治通鉴》卷七十五：谥吴主曰大皇帝。太子亮即位，大赦，改元建兴。（嘉平四年夏四月）闰月，以诸葛恪为太傅，滕胤为卫将军，吕岱为大司马。（参见《三国志·吴书·孙亮传》）

> 据《三国志·吴书·吴主传》：（太元二年）夏四月，权薨，时年七十一，谥曰大皇帝。秋七月，葬蒋陵。

早有细作探知其事，报入洛阳。司马师闻孙权已死，遂议起兵伐吴。尚书傅嘏曰："吴有长江之险，先帝屡次征伐，皆不遂意；不如各守边疆，乃为上策。"师曰："天道三十年一变，岂得常为鼎峙乎？吾欲伐吴。"昭曰："今孙权新亡，孙亮幼懦，其隙正可乘也。"遂令征南大将军王昶引兵十万攻南郡，征东将军胡遵引兵十万攻东兴，镇南都督毌丘俭引兵十万攻武昌；三路进发。又遣弟司马昭为大都督，总领三路军马。

> 据《资治通鉴》卷七十五：镇东将军诸葛诞言于大将军师曰："今因吴内侵，使文舒逼江陵，仲恭向武昌，以羁吴之上流；然后简精卒攻其两城，比救至，可大获也。"是时征南大将军王昶、征东将军胡遵、镇南将军毌丘俭等各献征吴之计。朝廷以三征计异，诏问尚书傅嘏。嘏对曰："议者或欲泛舟径济，横行江表；或欲四道并进，攻其城垒；或欲大佃疆场，观衅而动；诚皆取贼之常计也。然自治兵以来，出入三载，非掩袭之军也。贼之为寇，几六十年矣，君臣相保，吉凶共患，又丧其元帅，上下忧危，设令列船津要，坚城据险，横行之计，其殆难捷。今边壤之守，与贼相远，贼设罗落，又特重密，间谍不行，耳目无闻。夫军无耳目，校察未详，而举大众以临巨险，此为希幸徼功，先战而后求胜，非全军之长策也。唯有进军大佃，最差完牢；可诏昶、遵等择地居险，审所错置，及令三方一时前守。夺其肥壤，使还堉土，一也；兵出民表，寇钞不犯，二也；招怀近路，降附日至，三也；罗落远设，间构不来，四也；贼退其守，罗落必浅，佃作易立，五也；坐食积谷，士不运输，六也；衅隙时闻，讨袭速决，七也；凡此七者，

军事之急务也。不据则贼擅便资，据之则利归于国，不可不察也。夫屯垒相逼，形势已交，智勇得陈，巧拙得用，策之而知得失之计，角之而知有余不足，虏之情伪，将焉所逃！夫以小敌大，则役烦力竭；以贫敌富，则敛重财匮。故曰：'敌逸能劳之，饱能饥之'，此之谓也。"司马师不从。（参见《三国志·魏书·傅嘏传》及注引《战略》）

是年冬十二月，司马昭兵至东吴边界，屯住人马，唤王昶、胡遵、毌丘俭到帐中计议曰："东吴最紧要处，惟东兴郡也。今他筑起大堤，左右又筑两城，以防巢湖后面攻击，诸公须要仔细。"遂令王昶、毌丘俭各引一万兵，列在左右："且勿进发；待取了东兴郡，那时一齐进兵。"昶、俭二人受令而去。昭又令胡遵为先锋，总领三路兵前去："先搭浮桥，取东兴大堤；若夺得左右二城，便是大功。"遵领兵来搭浮桥。

却说吴太傅诸葛恪，听知魏兵三路而来，聚众商议。平北将军丁奉曰："东兴乃东吴紧要处所，若有失，则南郡、武昌危矣。"恪曰："此论正合吾意。公可就引三千水兵从江中去，吾随后令吕据、唐咨、留赞各引一万马步兵，分三路来接应。但听连珠炮响，一齐进兵。吾自引大兵后至。"丁奉得令，即引三千水兵，分作三十只船，望东兴而来。

却说胡遵渡过浮桥，屯军于堤上，差桓嘉、韩综攻打二城。左城中乃吴将全端守把，右城中乃吴将留略守把。此二城高峻坚固，急切攻打不下。全、留二人见魏兵势大，不敢出战，死守城池。胡遵在徐塘下寨。时值严寒，天降大雪，胡遵与众将设席高会。忽报水上有三十只战船来到。遵出寨视之，见船将次傍岸，每船上约有百人。遂还帐中，谓诸将曰："不过三千人耳，何足惧哉！"只令部将哨探，仍前饮酒。丁奉将船一字儿抛在水上，乃谓部将曰："大丈夫立功名，取富贵，正在今日！"遂令众军脱去衣甲，卸了头盔，不用长枪大戟，止带短刀。魏兵见之大笑，更不准备。忽然连珠炮响了三声，丁奉扯刀当先，一跃上岸。众军皆拔短刀，随奉上岸，砍入魏寨，魏兵措手不及。韩综急拔帐前大戟迎之，早被丁奉抢入怀内，手起刀落，砍翻在地。桓嘉从左边转出，忙绰枪刺丁奉，被奉挟住枪杆。嘉弃枪而走，奉一刀飞去，正中左肩，嘉望后便倒。奉赶上，就以枪刺之。三千吴兵，在魏寨中左冲右突。胡遵急上马夺路而走。魏兵齐奔上浮桥，浮桥已断，大半落水而死；杀倒在雪地者，不知其数。车仗马匹军器，皆被吴兵所获。司马昭、王昶、毌丘俭听知东兴兵败，亦勒兵而退。

据《资治通鉴》卷七十五：（嘉平四年冬）十一月，诏王昶等三道击吴。十二月，王昶攻南郡，毌丘俭向武昌，胡遵、诸葛诞率众七万攻东兴。甲寅，吴太傅恪将兵四万，晨夜兼行，救东兴。胡遵等敕诸军作浮桥以度，陈于堤上，分兵攻两城。城在高峻，不可卒拔。诸葛恪使冠军将军丁奉与吕据、留赞、唐咨为前部，从山西上。奉谓诸将曰："今诸军行缓，若贼据便地，则难以争锋，我请趋之。"乃辟诸军使下道，奉自率麾下三千人径进。时北风，奉举帆二日，即至东关，遂据徐塘。时天雪，寒，胡遵等方置酒高会。奉见其前部兵少，谓其下曰："取封侯爵赏，正在今日！"乃使兵皆解铠，去矛戟，但兜鍪刀楯，保身缘堨。魏人望见，大笑之，不即严兵。吴兵得上，便鼓噪，斫破魏前屯，吕据等继至。魏军惊扰散走，争渡浮桥，桥坏绝，自投于水，更相蹈藉。前部督韩综、乐安太守桓嘉等皆没，死者数万。综故吴叛将，数为吴害，吴大帝常切齿恨之，诸葛恪命送其首以白大帝庙。获车乘、牛马、骡驴各以千数，资器山积，振旅而归。（参见《三国志·吴书·丁奉传》《诸葛恪传》《孙亮传》）

却说诸葛恪引兵至东兴，收兵赏劳了毕，乃聚诸将曰："司马昭兵败北归，正好乘势进取中原。"遂一面遣人赍书入蜀，求姜维进兵攻其北，许以平分天下；

据《三国志·吴书·诸葛恪传》注引《汉晋春秋》：恪使司马李衡往蜀说姜维，令同举,曰:"古人有言,圣人不能为时,时至亦不可失也。今敌政在私门,外内猜隔,兵挫于外,而民怨于内,自曹操以来,彼之亡形未有如今者也。若大举伐之,使吴攻其东,汉入其西,彼救西则东虚,重东则西轻,以练实之军,乘虚轻之敌,破之必矣。"维从之。

一面起大兵二十万,来伐中原。临行时,忽见一道白气,从地而起,遮断三军,对面不见。蒋延曰:"此气乃白虹也,主丧兵之兆。太傅只可回朝,不可伐魏。"恪大怒曰:"汝安敢出不利之言,以慢吾军心!"叱武士斩之。众皆告免,恪乃贬蒋延为庶人,仍催兵前进。丁奉曰:"魏以新城为总隘口,若先取得此城,司马师破胆矣。"恪大喜,即趱兵直至新城。守城牙门将军张特,见吴兵大至,闭门坚守。恪令兵四面围定。早有流星马报入洛阳。主簿虞松告司马师曰:"今诸葛恪困新城,且未可与战。吴兵远来,人多粮少,粮尽自走矣。待其将走,然后击之,必得全胜。但恐蜀兵犯境,不可不防。"师然其言,遂令司马昭引一军助郭淮防姜维;毌丘俭、胡遵拒住吴兵。

> 据《资治通鉴》卷七十六:(嘉平五年春正月,)王昶、毌丘俭闻东军败,各烧屯走。朝议欲贬黜诸将,大将军师曰:"我不听公休,以至于此。此我过也,诸将何罪!"悉宥之。师弟安东将军昭时为监军,唯削昭爵而已。以诸葛诞为镇南将军,都督豫州;毌丘俭为镇东将军,都督扬州。……二月,吴军还自东兴。进封太傅恪阳都侯,加荆、扬州牧,督中外诸军事。恪遂有轻敌之心,复欲出军。诸大臣以为数出罢劳,同辞谏恪,恪不听。中散大夫蒋延固争,恪命扶出。……三月,恪大发州郡二十万众复入寇,以滕胤为都下督,掌统留事。……夏四月,(姜维)……乃将数万人出石营,围狄道。吴诸葛恪入寇淮南,驱略民人。诸将或谓恪曰:"今引军深入,疆场之民,必相率远遁,恐兵劳而功少;不如止围新城,新城困,救必至,至而图之,乃可大获。"恪从其计,(嘉平五年夏)五月,还军围新城。诏太尉司马孚督诸军二十万往赴之。大将军师问于虞松曰:"今东西有事,二方皆急,而诸将意沮,若之何?"松曰:"昔周亚夫坚壁昌邑而吴、楚自败,事有似弱而强,不可不察也。今恪悉其锐众,足以肆暴,而坐守新城,欲以致一战耳。若攻城不拔,请战不可,师老众疲,势将自走,诸将之不径进,乃公之利也。姜维有重兵而县军应恪,投食我麦,非深根之寇也。且谓我并力于东,西方必虚,是以径进。今若使关中诸军倍道急赴,出其不意,殆将走矣。"师曰:"善!"乃使郭淮、陈泰悉关中之众,解狄道之围;敕毌丘俭等案兵自守,以新城委吴。陈泰进至洛门,姜维粮尽,退还。(参见《三国志·魏书·齐王芳纪》注引《汉晋春秋》)

却说诸葛恪连月攻打新城不下,下令众将:"并力攻城,怠慢者立斩。"于是诸将奋力攻打。城东北角将陷。张特在城中定下一计,乃令一舌辩之士,赍捧册籍,赴吴寨见诸葛恪,告曰:"魏国之法:若敌人困城,守城将坚守一百日,而无救兵至,然后出城降敌者,家族不坐罪。今将军围城已九十余日;望乞再容数日,某主将尽率军民出城投降。今先具册籍呈上。"恪深信之,收了军马,遂不攻城。原来张特用缓兵之计,哄退吴兵,遂拆城中房屋,于破城处修补完备,乃登城大骂曰:"吾城中尚有半年之粮,岂肯降吴狗耶!尽战无妨!"恪大怒,催兵打城。城上乱箭射下。恪额上正中一箭,翻身落马。诸将救起还寨,金疮举发。众军皆无战心;又因天气亢炎,军士多病。恪金疮稍可,欲催兵攻城。营吏告曰:"人人皆病,安能战乎?"恪大怒曰:"再说病者斩之!"众军闻知,逃者无数。忽报都督蔡林引本部军投魏去了。恪大惊,自乘马遍视各营,果见军士面色黄肿,各带病容。遂勒兵还吴。早有细作报知毌丘俭。俭尽起大兵,随后掩杀。吴兵大败而归,恪甚羞惭,托病不朝。吴主孙亮自幸其宅问安,文武官僚皆来拜见。恪恐人议论,先搜求众官将过失,轻则发遣边方,重则斩首示众。于是内外官僚,无不悚惧。又令心腹将张约、朱恩管御林军,以为牙爪。

据《资治通鉴》卷七十六：扬州牙门将涿郡张特守新城。吴人攻之连月，城中兵合三千人，疾病战死者过半，而恪起土山急攻，城将陷，不可护。特乃谓吴人曰："今我无心复战也。然魏法，被攻过百日而救不至者，虽降，家不坐；自受敌以来，已九十余日矣，此城中本有四千余人，战死者已过半，城虽陷，尚有半人不欲降，我当还为相语，条别善恶，明日早送名，且以我印绶去为信。"乃投其印绶与之。吴人听其辞而不取印绶。特乃投夜彻诸屋材栅，补其缺为二重，明日，谓吴人曰："我但有斗死耳！"吴人大怒，进攻之，不能拔。会大暑，吴士疲劳，饮水，泄下，流肿，病者太半，死伤涂地。诸营吏日白病者多，恪以为诈，欲斩之，自是莫敢言。恪内惟失计，而耻城不下，忿形于色。将军朱异以军事迕恪，恪立夺其兵，斥还建业。都尉蔡林数陈军计，恪不能用，策马来奔。诸将伺知吴兵已疲，乃进救兵。秋七月，恪引军去，士卒伤病，流曳道路，或顿仆坑壑，或见略获，存亡哀痛，大小嗟呼。而恪晏然自若，出住江渚一月，图起田于浔阳；诏召相衔，徐乃旋师。由此众庶失望，怨谤兴矣。（参见《三国志·吴书·诸葛恪传》，《三国志·魏书·齐王芳纪》注引《魏略》）

却说孙峻字子远，乃孙坚弟孙静曾孙，孙恭之子也；孙权存日，甚爱之，命掌御林军马。

据《三国志·吴书·孙峻传》：孙峻字子远，孙坚弟静之曾孙也。静生暠。暠生恭，为散骑侍郎。恭生峻。少便弓马，精果胆决。孙权末，徙武卫都尉，为侍中。权临薨，受遗辅政，领武卫将军，故典宿卫，封都乡侯。

今闻诸葛恪令张约、朱恩二人掌御林军，夺其权，心中大怒。太常卿滕胤，素与诸葛恪有隙，乃乘间说峻曰："诸葛恪专权恣虐，杀害公卿，将有不臣之心。公系宗室，何不早图之？"峻曰："我有是心久矣；今当即奏天子，请旨诛之。"于是孙峻、滕胤入见吴主孙亮，密奏其事。亮曰："朕见此人，亦甚恐怖；常欲除之，未得其便。今卿等果有忠义，可密图之。"胤曰："陛下可设席召恪，暗伏武士于壁衣中，掷杯为号，就席间杀之，以绝后患。"亮从之。却说诸葛恪自兵败回朝，托病居家，心神恍惚。一日，偶出中堂，忽见一人穿麻挂孝而入。恪叱问之，其人大惊无措。恪令拿下拷问，其人告曰："某因新丧父亲，入城请僧追荐；初见是寺院而入，却不想是太傅之府。却怎生来到此处也？"恪大怒，召守门军士问之。军士告曰："某等数十人，皆荷戈把门，未尝暂离，并不见一人入来。"恪大怒，尽数斩之。是夜，恪睡卧不安，忽听得正堂中声响如霹雳。恪自出视之，见中梁折为两段。恪惊归寝室，忽然一阵阴风起处，见所杀披麻人与守门军士数十人，各提头索命。恪惊倒在地，良久方苏。次早洗面，闻水甚血臭。恪叱侍婢，连换数十盆，皆臭无异。

恪正惊疑间，忽报天子有使至，宣太傅赴宴。恪令安排车仗。方欲出府，有黄犬衔住衣服，嘤嘤作声，如哭之状。恪怒曰："犬戏我也！"叱左右逐去之，遂乘车出府。行不数步，见车前一道白虹，自地而起，如白练冲天而去。恪甚惊怪，心腹将张约进车前密告曰："今日宫中设宴，未知好歹，主公不可轻入。"恪听罢，便令回车。行不到十余步，孙峻、滕胤乘马至车前曰："太傅何故便回？"恪曰："吾忽然腹痛，不可见天子。"胤曰："朝廷为太傅军回，不曾面叙，故特设宴相召，兼议大事。太傅虽感贵恙，还当勉强一行。"恪从其言，遂同孙峻、滕胤入宫，张约亦随入。

据《三国志·吴书·诸葛恪传》：孙峻因民之多怨，众之所嫌，构恪欲为变，与亮谋，置酒请恪。恪将见之夜，精爽扰动，通夕不寐。明将盥漱，闻水腥臭，侍者授衣，衣服亦臭。恪怪其故，易衣易水，其臭如初，意惆怅不悦。严毕趋出，犬衔引其衣，恪曰："犬不欲我行乎？"还坐，顷刻乃复起，犬又衔其衣，恪令从者逐犬，遂升车。初，恪将征淮南，有孝子著缞衣入其阁中，从者白之，令外诘问，孝子曰："不自觉入。"时中外守备，亦悉不见，众皆异之。出行之后，所坐厅事屋栋中折。自新城出住东兴，有白虹见其船，还拜蒋陵，白虹复绕其车。及将见，驻车宫门，峻已伏兵于帷中，恐恪不时入，事泄，自出见恪曰："使君若尊体不安，自可须后，峻当具白主上。"欲以尝知恪。恪答曰："当自力入。"散骑常侍张约、朱恩等密书与恪曰："今日张设非常，疑有他故。"恪省书而去。未出路门，逢太常滕胤，恪曰："卒腹痛，不任入。"胤不知峻阴计，谓恪曰："君自行旋未见，今上置酒请君，君已至门，宜当力进。"恪踌躇而还。

　　据《资治通鉴》卷七十六：孙峻因民之多怨，众之所嫌，构恪于吴主，云欲为变。（嘉平五年）冬十月，孙峻与吴主谋置酒请恪。恪将入之夜，精爽扰动，通夕不寐，又家数有妖怪，恪疑之。旦日，驻车宫门，峻已伏兵于帷中，恐恪不时入，事泄，乃自出见恪曰："使君若尊体不安，自可须后，峻当具白主上。"欲以尝知恪意。恪曰："当自力入。"散骑常侍张约、朱恩等密书与恪曰："今日张设非常，疑有他故。"恪以书示滕胤，胤劝恪还。恪曰："儿辈何能为！正恐因酒食中人耳。"

　　据《三国志·吴书·诸葛恪传》注引《吴历》：张约、朱恩密疏告恪，恪以示滕胤，胤劝恪还，恪曰："峻小子何能为邪！但恐因酒食中人耳。"乃以药酒入。孙盛评曰：恪与胤亲厚，约等疏，非常大事，势应示胤，共谋安危。然恪性强梁，加素侮峻，自不信，故入，岂胤微劝，便为之冒祸乎？《吴历》为长。

　　据《资治通鉴考异》：《（诸葛）恪传》曰："恪省（张约等）书而去。未出路门，逢太常滕胤，恪曰：'卒腹痛，不任入。'胤不知峻阴计，谓恪曰：'君自行旋未见上，今上置酒请君，君已至门，宜当力进。'恪踌躇而还。"孙盛以为不然。今从《吴历》。

恪见吴主孙亮，施礼毕，就席而坐。亮命进酒，恪心疑，辞曰："病躯不胜杯酌。"孙峻曰："太傅府中常服药酒，可取饮乎？"恪曰："可也。"遂令从人回府取自制药酒到，恪方才放心饮之。酒至数巡，吴主孙亮托事先起。孙峻下殿，脱了长服，着短衣，内披环甲，手提利刃，上殿大呼曰："天子有诏诛逆贼！"诸葛恪大惊，掷杯于地，欲拔剑迎之，头已落地。张约见峻斩恪，挥刀来迎。峻急闪过，刀尖伤其左指。峻转身一刀，砍中张约右臂。武士一齐拥出，砍倒张约，剁为肉泥。孙峻一面令武士收恪家眷，一面令人将张约并诸葛恪尸首，用芦席包裹，以小车载出，弃于城南门外石子岗乱冢坑内。

　　据《三国志·吴书·诸葛恪传》：剑履上殿，谢亮，还坐。设酒，恪疑未饮，峻因曰："使君病未善平，当有常服药酒，自可取之。"恪意乃安，别饮所赍酒。酒数行，亮还内。峻起如厕，解长衣，著短服，出曰："有诏收诸葛恪！"恪惊起，拔剑未得，而峻刀交下。张约从旁斫峻，裁伤左手，峻应手斫约，断右臂。武卫之士皆趋上殿，峻云："所取者恪也，今已死。"悉令复刃，乃除地更饮。先是，童谣曰："诸葛恪，芦苇单衣篾钩落，于何相求成子阁。"成子阁者，反语石子冈也。建业南有长陵，名曰石子冈，葬者依焉。钩落者，校饰革带，世谓之钩络带。恪果以苇席裹其身而篾束其腰，投之于此冈。

　　据《资治通鉴》卷七十六：恪二子竦、建闻难，载其母欲来奔，峻使人追杀之。以苇席裹恪尸，篾束腰，投之石子冈。又遣无难督施宽就将军施绩、孙壹军，杀恪弟奋威将军融于公安，及其三子。恪外甥都乡侯张震、常侍朱恩，皆夷三族。

　　据《三国志·吴书·孙和传》：（太元二年夏）四月，权薨，诸葛恪秉政。恪即和妃张之舅也。妃使黄门陈迁之建业上疏中宫，并致问于恪。临去，恪谓迁曰："为我达妃，期当使胜他人。"此言颇泄。又恪有徙都意，使治武昌宫，民间或言欲迎和。及恪被诛，孙峻因此夺和玺绶，徙新都，又遣使者赐死。和与妃张辞别，张曰："吉凶当相随，终不独生活也。"亦自杀，举邦伤焉。

> 据《资治通鉴》卷七十六：南阳王和妃张氏，诸葛恪之甥也。先是恪有徙都之意，使治武昌宫，民间或言恪欲迎和立之。及恪被诛，丞相峻因此夺和玺绶，徙新都，又遣使者追赐死。……和将死，与张妃别，妃曰："吉凶当相随，终不独生。"亦自杀。

> 按：诸葛恪被杀的原因，史书有两种说法。《三国志·吴书·诸葛恪传》称，诸葛恪被杀，是因其讨伐魏国失利，引起朝内外不满。《演义》即采此说。据《三国志·吴书·孙和传》记载，诸葛恪被杀，与流传他欲迎立孙和为帝有关。

却说诸葛恪之妻正在房中心神恍惚，动止不宁，忽一婢女入房。恪妻问曰："汝遍身如何血臭？"其婢忽然反目切齿，飞身跳跃，头撞屋梁，口中大叫："吾乃诸葛恪也！被奸贼孙峻谋杀！"恪合家老幼，惊惶号哭。不一时，军马至，围住府第，将恪全家老幼，俱缚至市曹斩首。时吴建兴二年冬十月也。

> 据《三国志·吴书·诸葛恪传》注引《搜神记》：恪入，已被杀，其妻在室，语使婢曰："汝何故血臭？"婢曰："不也。"有顷愈剧，又问婢曰："汝眼目视瞻，何以不常？"婢蹶然起跃，头至于栋，攘臂切齿而言曰："诸葛公乃为孙峻所杀！"于是大小知恪死矣，而吏兵寻至。

昔诸葛瑾存日，见恪聪明尽显于外，叹曰："此子非保家之主也！"

> 据《资治通鉴》卷七十六：初，恪少有盛名，大帝深器重之，而恪父瑾常以为戚，曰："非保家之主也。"父友奋威将军张承亦以为恪必败诸葛氏。（参见《三国志·吴书 诸葛瑾传》）

又魏光禄大夫张缉，曾对司马师曰："诸葛恪不久死矣。"师问其故，缉曰："威震其主，何能久乎？"至此果中其言。

> 据《资治通鉴》卷七十六：光禄大夫张缉言于师曰："恪虽克捷，见诛不久。"师曰："何故？"缉曰："威震其主，功盖一国，求不死，得乎！"

却说孙峻杀了诸葛恪，吴主孙亮封峻为丞相、大将军、富春侯，总督中外诸军事。自此权柄尽归孙峻矣。

> 据《三国志·吴书·孙峻传》：既诛诸葛恪，迁丞相大将军，督中外诸军事，假节，进封富春侯。

> 据《资治通鉴》卷七十六：吴群臣共议上奏，推孙峻为太尉，滕胤为司徒。有媚峻者言曰："万机宜在公族，若承嗣为亚公，声名素重，众心所附，不可量也。"乃表峻为丞相、大将军，督中外诸军事，又不置御史大夫；由是士人失望。（参见《三国志·吴书·孙峻传》注引《吴录》）

且说姜维在成都，接得诸葛恪书，欲求相助伐魏，遂入朝，奏准后主，复起大兵，北伐中原。正是：一度兴师未奏绩，两番讨贼欲成功。未知胜负如何，且看下文分解。

第一百九回　困司马汉将奇谋　废曹芳魏家果报

蜀汉延熙十六年秋，将军姜维起兵二十万，令廖化、张翼为左右先锋，夏侯霸为参谋，张嶷为运粮使，大兵出阳平关伐魏。维与夏侯霸商议曰："向取雍州，不克而还；今若再出，必又有准备。公有何高见？"霸曰："陇上诸郡，只有南安钱粮最广；若先取之，足可为本。向者不克而还，盖因羌兵不至。今可先遣人会羌人于陇右，然后进兵出石营，从董亭直取南安。"

> 据《三国志・蜀书・姜维传》：（延熙）十六年春，（费）祎卒。夏，维率数万人出石营，经董亭，围南安。

> 据《资治通鉴》卷七十六：及祎死，维得行其志，（嘉平五年夏四月，）乃将数万人出石营，围狄道。

维大喜曰："公言甚妙！"遂遣郤正为使，赍金珠蜀锦入羌，结好羌王。羌王迷当，得了礼物，便起兵五万，令羌将俄何烧戈为大先锋，引兵南安来。

魏左将军郭淮闻报，飞奏洛阳。司马师问诸将曰："谁敢去敌蜀兵？"辅国将军徐质曰："某愿往。"师素知徐质英勇过人，心中大喜，即令徐质为先锋，令司马昭为大都督，领兵望陇西进发。军至董亭，正遇姜维，两军列成阵势。徐质使开山大斧，出马挑战。蜀阵中廖化出迎。战不数合，化拖刀败回。张翼纵马挺枪而迎，战不数合，又败入阵。徐质驱兵掩杀，蜀兵大败，退三十余里。司马昭亦收兵回，各自下寨。

姜维与夏侯霸商议曰："徐质勇甚，当以何策擒之？"霸曰："来日诈败，以埋伏之计胜之。"维曰："司马昭乃仲达之子，岂不知兵法？若见地势掩映，必不肯追。吾见魏兵累次断吾粮道，今却用此计诱之，可斩徐质矣。"遂唤廖化分付如此如此，又唤张翼分付如此如此，二人领兵去了。一面令军士于路撒下铁蒺藜，寨外多排鹿角，示以久计。

徐质连日引兵搦战，蜀兵不出。哨马报司马昭说："蜀兵在铁笼山后，用木牛流马搬运粮草，以为久计，只待羌兵策应。"昭唤徐质曰："昔日所以胜蜀者，因断彼粮道也。今蜀兵在铁笼山后运粮，汝今夜引兵五千，断其粮道，蜀兵自退矣。"徐质领令，初更时分，引兵望铁笼山来，果见蜀兵二百余人，驱百余头木牛流马，装载粮草而行。魏兵一声喊起，徐质当先拦住。蜀兵尽弃粮草而走。质分兵一半，押送粮草回寨；自引兵一半追来。追不到十里，前面车仗横截去路。质令军士下马拆开车仗，只见两边忽然火起。质急勒马回走，后面山僻窄狭处，亦有车仗截路，火光迸起。质等冒烟突火，纵马而出。一声炮响，两路军杀来：左有廖化，右有张翼，大杀一阵，魏兵大败。徐质奋死只身而走，人困马乏，正奔走间，前面一枝兵杀到，乃姜维也。质大惊无措，被维一枪刺倒坐下马，徐质跌下马来，被众军乱刀砍死。质所分一半押粮兵，亦被夏侯霸所擒，尽降其众。

霸将魏兵衣甲马匹，令蜀兵穿了，就令骑坐，打着魏军旗号，从小路径奔回魏寨来。魏军见本部兵回，开门放入，蜀兵就寨中杀起。司马昭大惊，慌忙上马走时，前面廖化杀来。昭不能前进，急退时，姜维引兵从小路杀到。昭四下无路，只得勒兵上铁笼山据守。原来此山只有一条路，四下皆险峻难上；其上惟有一泉，止够百人之饮，——此时昭手下有六千人，被姜维绝其路口，山上泉水不敷，人马枯渴。昭仰天长叹曰："吾死于此地矣！"后人有诗曰：

　　　　妙算姜维不等闲，魏师受困铁笼间；庞涓始入马陵道，项羽初围九里山。

主簿王韬曰:"昔日耿恭受困,拜井而得甘泉。将军何不效之?"昭从其言,遂上山顶泉边,再拜而祝曰:"昭奉诏来退蜀兵,若昭合死,令甘泉枯竭,昭自当刎颈,教部军尽降;如寿禄未终,愿苍天早赐甘泉,以活众命!"祝毕,泉水涌出,取之不竭,因此人马不死。

却说姜维在山下困住魏兵,谓众将曰:"昔日丞相在上方谷,不曾捉住司马懿,吾深为恨;今司马昭必被吾擒矣。"

　　按:姜维困司马昭于铁笼山,不见于史。

却说郭淮听知司马昭困于铁笼山上,欲提兵来。陈泰曰:"姜维会合羌兵,欲先取南安。今羌兵已到,将军若撤兵去救,羌兵必乘虚袭我后也。可先令人诈降羌人,于中取事;若退了此兵,方可救铁笼之围。"郭淮从之,遂令陈泰引五千兵,径到羌王寨内,解甲而入,泣拜曰:"郭淮妄自尊大,常有杀泰之心,故来投降。郭淮军中虚实,某俱知之。只今夜愿引一军前去劫寨,便可成功。如兵到魏寨,自有内应。"迷当大喜,遂令俄何烧戈同陈泰来劫魏寨。俄何烧戈教泰降兵在后,令泰引羌兵为前部。是夜二更,竟到魏寨,寨门大开。陈泰一骑马先入。俄何烧戈骤马挺枪入寨之时,只叫得一声苦,连人带马,跌在陷坑里。陈泰兵从后面杀来,郭淮从左边杀来,羌兵大乱,自相践踏,死者无数,生者尽降。俄何烧戈自刎而死。郭淮、陈泰引兵直杀到羌人寨中,迷当大王急出帐上马时,被魏兵生擒活捉,来见郭淮。淮慌下马,亲去其缚,用好言抚慰曰:"朝廷素以公为忠义,今何故助蜀人也?"迷当惭愧伏罪。

　　据《三国志·魏书·郭淮传》:(正始)八年,陇西、南安、金城、西平诸羌饿何、烧戈、伐同、蛾遮塞等相结叛乱,攻围城邑,南招蜀兵,凉州名胡治无戴复叛应之。讨蜀护军夏侯霸督诸军屯为翅。淮军始到狄道,议者佥谓宜先讨定枹罕,内平恶羌,外折贼谋。淮策维必来攻霸,遂入沨中,转南迎霸。维果攻为翅,会淮军适至,维遁退。进讨叛羌,斩饿何、烧戈,降服者万余落。

淮乃说迷当曰:"公今为前部,去解铁笼山之围,退了蜀兵,吾奏准天子,自有厚赐。"迷当从之,遂引羌兵在前,魏兵在后,径奔铁笼山。

时值三更,先令人报知姜维。维大喜,教请入相见。魏兵多半杂在羌人部内;行到蜀寨前,维令大兵皆在寨外屯扎。迷当引百余人到中军帐前,姜维、夏侯霸二人出迎。魏将不等迷当开言,就从背后杀将起来。维大惊,急上马而走。羌、魏之兵,一齐杀入。蜀兵四分五落,各自逃生。维手无器械,腰间止有一副弓箭,走得慌忙,箭皆落了,只有空壶。维望山中而走,背后郭淮引兵赶来;见维手无寸铁,乃骤马挺枪追之。看看至近,维虚拽弓弦,连响十余次。淮连躲数番,不见箭到,知维无箭,乃挂住钢枪,拈弓搭箭射之。维急闪过,顺手接了,就扣在弓弦上;待淮追近,望面门上尽力射去,淮应弦落马。维勒回马来杀郭淮,魏军骤至。维下手不及,只掣得淮枪而去。魏兵不敢追赶,急救淮归寨,拔出箭头,血流不止而死。

　　据《三国志·魏书·郭淮传》:正元二年薨,追赠大将军,谥曰贞侯。
　　据《资治通鉴》卷七十六:(正元二年春正月闰月)癸未,征西将军郭淮卒,以雍州刺史陈泰代之。

司马昭下山引兵追赶,半途而回。夏侯霸随后逃至,与姜维一齐奔走。维折了许多人马,一路收扎不住,自回汉中。虽然兵败,却射死郭淮,杀死徐质,挫动魏国之威,将功补罪。

　　据《三国志·蜀书·姜维传》:(延熙十六年)夏,维率数万人出石营,经董亭,围南安，魏雍州刺史陈泰解围至洛门，维粮尽退还。

据《资治通鉴》卷七十六：大将军（司马）师……使郭淮、陈泰悉关中之众，解狄道之围；敕毌丘俭等案兵自守，以新城委吴。陈泰进至洛门，姜维粮尽，退还。

却说司马昭犒劳羌兵，发遣回国去讫，班师还洛阳，与兄司马师专制朝权，群臣莫敢不服。魏主曹芳每见师入朝，战栗不已，如针刺背。一日，芳设朝，见师带剑上殿，慌忙下榻迎之。师笑曰："岂有君迎臣之礼也？请陛下稳便。"须臾，群臣奏事，司马师俱自剖断，并不启奏魏主。少时朝退，师昂然下殿，乘车出内，前遮后拥，不下数千人马。芳退入后殿，顾左右止有三人：乃太常夏侯玄、中书令李丰、光禄大夫张缉。缉乃张皇后之父，曹芳之皇丈也。芳叱退近侍，同三人至密室商议。芳执张缉之手而哭曰："司马师视朕如小儿，觑百官如草芥，社稷早晚必归此人矣！"言讫大哭。李丰奏曰："陛下勿忧。臣虽不才，愿以陛下之明诏，聚四方之英杰，以剿此贼。"夏侯玄奏曰："臣叔夏侯霸降蜀，因惧司马兄弟谋害故耳；今若剿除此贼，臣叔必回也。臣乃国家旧戚，安敢坐视奸贼乱国，愿同奉诏讨之。"芳曰："但恐不能耳。"三人哭奏曰："臣等誓当同心灭贼，以报陛下！"芳脱下龙凤汗衫，咬破指尖，写了血诏，授与张缉，乃嘱曰："朕祖武皇帝诛董承，盖为机事不密也。卿等须谨细，勿泄于外。"丰曰："陛下何出此不利之言？臣等非董承之辈，司马师安比武祖也？陛下勿疑。"

三人辞出，至东华门左侧，正见司马师带剑而来，从者数百人，皆持兵器。三人立于道傍。师问曰："汝三人退朝何迟？"李丰曰："圣上在内廷观书，我三人侍读故耳。"师曰："所看何书？"丰曰："乃夏、商、周三代之书也。"师曰："上见此书，问何故事？"丰曰："天子所问伊尹扶商、周公摄政之事，我等皆奏曰：今司马大将军，即伊尹、周公也。"师冷笑曰："汝等岂将吾比伊尹、周公！其心实指吾为王莽、董卓！"三人皆曰："我等皆将军门下之人，安敢如此？"师大怒曰："汝等乃口谀之人！适间与天子在密室中所哭何事？"三人曰："实无此状。"师叱曰："汝三人泪眼尚红，如何抵赖！"夏侯玄知事已泄，乃厉声大骂曰："吾等所哭者，为汝威震其主，将谋篡逆耳！"师大怒，叱武士捉夏侯玄。玄揎拳裸袖，径击司马师，却被武士擒住。师令将各人搜检，于张缉身畔搜出一龙凤汗衫，上有血字。左右呈与司马师。师视之，乃密诏也。诏曰：

司马师弟兄，共持大权，将图篡逆。所行诏制，皆非朕意。各部官兵将士，可同仗忠义，讨灭贼臣，匡扶社稷。功成之日，重加爵赏。

司马师看毕，勃然大怒曰："原来汝等正欲谋害吾兄弟！情理难容！"遂令将三人腰斩于市，灭其三族。三人骂不绝口。比临东市中，牙齿尽被打落，各人含糊数骂而死。

据《资治通鉴》卷七十六：正元元年春二月，杀中书令李丰。初，丰年十七八，已有清名，海内翕然称之。其父太仆恢不愿其然，敕使闭门断客。曹爽专政，司马懿称疾不出，丰为尚书仆射，依违二公间，故不与爽同诛。丰子韬，以选尚齐长公主。司马师秉政，以丰为中书令。是时，太常夏侯玄有天下重名，以曹爽亲故，不得在势任，居常怏怏；张缉以后父去郡家居，亦不得志：丰皆与之亲善。师虽擢用丰，丰私心常在玄。丰在中书二岁，帝数独召丰与语，不知所说。师知其议己，请丰相见以诘丰，丰不以实告；师怒，以刀镮筑杀之，送尸付廷尉，遂收丰子韬及夏侯玄、张缉等皆下廷尉，钟毓案治，云："丰与黄门监苏铄，永宁署令乐敦，冗从仆射刘贤等谋曰：'拜贵人日，诸营兵皆屯门，陛下临轩，因此同奉陛下，将群僚人兵，就诛大将军；陛下傥不从人，便当劫将去耳。'"又云："谋以玄为大将军，缉为骠骑将军；玄、缉皆知其谋。"庚戌，诛韬、玄、缉、铄、敦、贤，皆夷三族。

据《三国志·魏书·夏侯尚传附子玄传》：爽诛，征玄为大鸿胪，数年徙太常。玄以爽抑绌，内不得意。中书令李丰虽宿为大将军司马景王所亲待，然私心在玄，遂结皇后父光禄大夫张缉，谋欲以玄辅政。丰既内握权柄，子尚公主，又与缉俱冯翊人，故缉信之。丰阴令弟兖州刺史翼求入朝，欲使将兵入，并力起。会翼求朝，不听。嘉平六年二月，当拜贵人，丰等欲因御临轩，诸门有陛兵，诛大将军，以玄代之，以缉为骠骑将军。丰密语黄门监苏铄、永宁署令乐敦、冗从仆射刘贤等曰："卿诸人居内，多有不法，大将军严毅，累以为言，张当可以为诫。"铄等皆许以从命。大将军微闻其谋，请丰相见，丰不知而往，即杀之。事下有司，收玄、缉、铄、敦、贤等送廷尉。廷尉钟毓奏："丰等谋迫胁至尊，擅诛冢宰，大逆无道，请论如法。"于是会公卿朝臣廷尉议，咸以为"丰等各受殊宠，典综机密，缉承外戚椒房之尊，玄备世臣，并居列位，而包藏祸心，构图凶逆，交关阍竖，授以奸计，畏惮天威，不敢显谋，乃欲要君胁上，肆其诈虐，谋诛良辅，擅相建立，将以倾覆京室，颠危社稷。毓所正皆如科律，报毓施行"。诏书："齐长公主，先帝遗爱，原其三子死命。"于是丰、玄、缉、敦、贤等皆夷三族，其余亲属徙乐浪郡。玄格量弘济，临斩东市，颜色不变，举动自若，时年四十六。

据《三国志·魏书·齐王芳纪》：(嘉平六年春二月)庚戌，中书令李丰与皇后父光禄大夫张缉等谋废易大臣，以太常夏侯玄为大将军。事觉，诸所连及者皆伏诛。

师直入后宫。魏主曹芳正与张皇后商议此事。皇后曰："内廷耳目甚多，倘事泄露，必累妾矣！"正言间，忽见师入，皇后大惊。师按剑谓芳曰："臣父立陛下为君，功德不在周公之下；臣事陛下，亦与伊尹何别乎？今反以恩为仇，以功为过，欲与二三小臣，谋害臣兄弟，何也？"芳曰："朕无此心。"师袖中取出汗衫，掷之于地曰："此谁人所作耶！"芳魂飞天外，魄散九霄，战栗而答曰："此皆为他人所逼故也。朕岂敢兴此心？"师曰："妄诬大臣造反，当加何罪？"芳跪告曰："朕合有罪，望大将军恕之！"师曰："陛下请起。国法未可废也。"乃指张皇后曰："此是张缉之女，理当除之！"芳大哭求免，师不从，叱左右将张后捉出，至东华门内，用白练绞死。

据《资治通鉴》卷七十六：(嘉平六年春)三月，废皇后张氏，夏四月，立皇后王氏，奉车都尉夔之女也。(参见《三国志·魏书·齐王芳纪》)

后人有诗曰：

当年伏后出宫门，跣足哀号别至尊。司马今朝依此例，天教还报在儿孙。

次日，司马师大会群臣曰："今主上荒淫无道，亵近娼优，听信谗言，闭塞贤路：其罪甚于汉之昌邑，不能主天下。吾谨按伊尹、霍光之法，别立新君，以保社稷，以安天下，如何？"众皆应曰："大将军行伊、霍之事，所谓应天顺人，谁敢违命？"师遂同多官人永宁宫，奏闻太后。太后曰："大将军欲立何人为君？"师曰："臣观彭城王曹据，聪明仁孝，可以为天下之主。"太后曰："彭城王乃老身之叔，今立为君，我何以当之？今有高贵乡公曹髦，乃文皇帝之孙；此人温恭克让，可以立之。卿等大臣，从长计议。"一人奏曰："太后之言是也。便可立之。"众视之，乃司马师宗叔司马孚也。师遂遣使往元城召高贵乡公；请太后升太极殿，召芳责之曰："汝荒淫无度，亵近娼优，不可承天下；当纳下玺绶，复齐王之爵，目下起程，非宣召不许入朝。"芳泣拜太后，纳了国宝，乘王车大哭而去。只有数员忠义之臣，含泪而送。

据《资治通鉴》卷七十六：帝以李丰之死，意殊不平。安东将军司马昭镇许昌，诏召之使击姜维。(嘉平六年秋)九月，昭领兵入见，帝幸平乐观以临军过。左右劝帝因昭辞，杀之，勒兵以退大将军；已书诏于前，帝惧，不敢发。昭引兵入城，大将军师乃谋废帝。

甲戌，师以皇太后令召群臣会议，以帝荒淫无度，亵近倡优，不可以承天绪；群臣皆莫敢违。乃奏收帝玺绶，归藩于齐。使郭芝入白太后，太后方与帝对坐，芝谓帝曰："大将军欲废陛下，立彭城王据！"帝乃起去。太后不悦。芝曰："太后有子不能教，今大将军意已成，又勒兵于外以备非常，但当顺旨，将复何言！"太后曰："我欲见大将军，口有所说。"芝曰："何可见邪！但当速取玺绶！"太后意折，乃遣傍侍御取玺绶著坐侧。芝出报师，师甚喜。又遣使者授帝齐王印绶，使出就西宫。帝与太后垂涕而别，遂乘王车，从太极殿南出，群臣送者数十人，司马孚悲不自胜，余多流涕。师又使使者请玺绶于太后。太后曰："彭城王，我之季叔也，今来立，我当何之！且明皇帝当永绝嗣乎？高贵乡公，文皇帝之长孙，明皇帝之弟子。于礼，小宗有后大宗之义，其详议之。"丁丑，师更召群臣，以太后令示之，乃定迎高贵乡公髦于元城。髦者，东海定王霖之子也，时年十四，使太常王肃持节迎之。师又使请玺绶，太后曰："我见高贵乡公，小时识之，我自欲以玺绶手授之。"
（参见《三国志·魏书·齐王芳纪》及注引《魏略》、注引《魏书》）

后人有诗曰：
　　昔日曹瞒相汉时，欺他寡妇与孤儿。谁知四十余年后，寡妇孤儿亦被欺。
　　却说高贵乡公曹髦，字彦士，乃文帝之孙，东海定王霖之子也。当日，司马师以太后命宣至，文武官僚备銮驾于西掖门外拜迎。髦慌忙答礼。太尉王肃曰："主上不当答礼。"髦曰："吾亦人臣也，安得不答礼乎？"文武扶髦上辇入宫，髦辞曰："太后诏命，不知为何，吾安敢乘辇而入？"遂步行至太极东堂。司马师迎着，髦先下拜，师急扶起。问候已毕，引见太后。后曰："吾见汝年幼时，有帝王之相；汝今可为天下之主，务须恭俭节用，布德施仁，勿辱先帝也。"髦再三谦辞。师令文武请髦出太极殿，是日立为新君，改嘉平六年为正元元年，大赦天下。

　　据《三国志·魏书·高贵乡公髦纪》：高贵乡公讳髦，字彦士，文帝孙，东海定王霖子也。正始五年，封郯县高贵乡公。少好学，夙成。齐王废，公卿议迎立公。十月己丑，公至于玄武馆，群臣奏请舍前殿，公以先帝旧处，避止西厢；群臣又请以法驾迎，公不听。庚寅，公入于洛阳，群臣迎拜西掖门南，公下舆将答拜，傧者请曰："仪不拜。"公曰："吾人臣也。"遂答拜。至止车门下舆。左右曰："旧乘舆入。"公曰："吾被皇太后征，未知所为！"遂步至太极东堂，见于太后。其日即皇帝位于太极前殿，百僚陪位者欣欣焉。大赦，改元。（参见《资治通鉴》卷七十六）

假大将军司马师黄钺，入朝不趋，奏事不名，带剑上殿。文武百官，各有封赐。

　　据《三国志·魏书·高贵乡公髦纪》：（正元元年冬十月）癸巳，假大将军司马景王黄钺，入朝不趋，奏事不名，剑履上殿。戊戌，黄龙见于邺井中。甲辰，命有司论废立定策之功，封爵、增邑、进位、班赐各有差。

正元二年春正月，有细作飞报，说镇东将军毌丘俭、扬州刺史文钦，以废主为名，起兵前来。司马师大惊。正是：汉臣曾有勤王志，魏将还兴讨贼师。未知如何迎敌，且看下文分解。

第一百十回　文鸯单骑退雄兵　姜维背水破大敌

却说魏正元二年正月，扬州都督、镇东将军、领淮南军马毌丘俭，字仲闻，河东闻喜人也。

> 据《三国志·魏书·毌丘俭传》：毌丘俭字仲恭，河东闻喜人也。……迁左将军，假节，监豫州诸军事，领豫州刺史，转为镇南将军。诸葛诞战于东关，不利，乃令诞、俭对换。诞为镇南，都督豫州。俭为镇东，都督扬州。

> 按：《演义》称毌丘俭字仲闻，据史书，毌丘俭字仲恭。

闻司马师擅行废立之事，心中大怒。长子毌丘甸曰："父亲官居方面，司马师专权废主，国家有累卵之危，安可宴然自守？"俭曰："吾儿之言是也。"遂请刺史文钦商议。钦乃曹爽门下客，当日闻俭相请，即来拜谒。俭邀入后堂，礼毕，说话间，俭流泪不止。钦问其故，俭曰："司马师专权废主，天地反覆，安得不伤心乎！"钦曰："都督镇守方面，若肯仗义讨贼，钦愿舍死相助。钦中子文淑，小字阿鸯，有万夫不当之勇，常欲杀司马师兄弟，与曹爽报仇，今可令为先锋。"俭大喜，即时酾酒为誓。二人诈称太后有密诏，令淮南大小官兵将士，皆入寿春城，立一坛于西，宰白马歃血为盟，宣言司马师大逆不道，今奉太后密诏，令尽起淮南军马，仗义讨贼。众皆悦服。俭提六万兵，屯于项城。文钦领兵二万在外为游兵，往来接应。俭移檄诸郡，令各起兵相助。

> 据《资治通鉴》卷七十六：初，扬州刺史文钦，骁果绝人，曹爽以乡里故爱之。钦恃爽势，多所陵傲。及爽诛，钦已内惧，又好增虏级以邀功赏，司马师常抑之，由是怨望。镇东将军毌丘俭素与夏侯玄、李丰善，玄等死，俭亦不自安，乃以计厚待钦。俭子治书侍御史甸谓俭曰："大人居方岳重任，国家倾覆而晏然自守，将受四海之责矣！"俭然之。正元二年春正月，俭、钦矫太后诏，起兵于寿春，移檄州郡，以讨司马师。又表言："相国懿忠正，有大勋于社稷，宜宥及后世，请废师，以侯就第，以弟昭代之。太尉孚忠孝小心，护军望，忠公亲事，皆宜亲宠，授以要任。"望，孚之子也。俭又遣使邀镇南将军诸葛诞，诞斩其使。俭、钦将五六万众渡淮，西至项；俭坚守，使钦在外为游兵。

> 据《三国志·魏书·毌丘俭传》：初，俭与夏侯玄、李丰等厚善。扬州刺史前将军文钦，曹爽之邑人也，骁果粗猛，数有战功，好增虏获，以徼宠赏，多不见许，怨恨日甚。俭以计厚待钦，情好欢洽。钦亦感戴，投心无贰。正元二年正月，有彗星数十丈，西北竟天，起于吴、楚之分。俭、钦喜，以为己祥。遂矫太后诏，罪状大将军司马景王，移诸郡国，举兵反。迫胁淮南将守诸别屯者，及吏民大小，皆入寿春城，为坛于城西，歃血称兵为盟，分老弱守城，俭、钦自将五六万众渡淮，西至项。俭坚守，钦在外为游兵。

却说司马师左眼肉瘤，不时痛痒，乃命医官割之，以药封闭，连日在府养病；忽闻淮南告急，乃请太尉王肃商议。肃曰："昔关云长威震华夏，孙权令吕蒙袭取荆州，抚恤将士家属，因此关公军势瓦解，今淮南将士家属，皆在中原，可急抚恤，更以兵断其归路：必有土崩之势矣。"师曰："公言极善。但吾新割目瘤，不能自往。若使他人，心又不稳。"时中书侍郎钟会在侧，进言曰："淮楚兵强，其锋甚锐；若遣人领兵去退，多是不利。倘有疏虞，则大事废矣。"师蹶然起曰："非吾自往，不可破贼！"遂留弟司马昭守洛阳，总摄朝政。师乘软舆,带病东行。

> 据《资治通鉴》卷七十六:司马师问计于河南尹王肃,肃曰:"昔关羽虏于禁于汉滨,有北向争天下之志,后孙权袭取其将士家属,羽士众一旦瓦解。今淮南将士父母妻子皆在内州,但急往御卫,使不得前,必有关羽土崩之势矣。"时师新割目瘤,创甚,或以为大将军不宜自行,不如遣太尉孚拒之。唯王肃与尚书傅嘏、中书侍郎钟会劝师自行,师疑未决。嘏曰:"淮、楚兵劲,而俭等负力远斗,其锋未易当也。若诸将战有利钝,大势一失,则公事败矣。"师蹶然起曰:"我请舆疾而东。"戊午,师率中外诸军以讨俭、钦,以弟昭兼中领军,留镇洛阳,召三方兵会于陈、许。(参见《三国志·魏书·王朗传附子肃传》)

令镇东将军诸葛诞,总督豫州诸军,从安风津取寿春;又令征东将军胡遵,领青州诸军,出谯、宋之地,绝其归路;

> 据《资治通鉴》卷七十六:乃遣诸葛诞督豫州诸军,自安风向寿春;征东将军胡遵督青、徐诸军出谯、宋之间,绝其归路。

又遣荆州刺史、监军王基,领前部兵,先取镇南之地。

师领大军屯于襄阳,聚文武于帐下商议。光禄勋郑袤曰:"毌丘俭好谋而无断,文钦有勇而无智。今大军出其不意,江、淮之卒锐气正盛,不可轻敌;只宜深沟高垒,以挫其锐。此亚夫之长策也。"监军王基曰:"不可。淮南之反,非军民思乱也;皆因毌丘俭势力所逼,不得已而从之。若大军一临,必然瓦解。"师曰:"此言甚妙。"遂进兵于濦水之上,中军屯于濦桥。基曰:"南顿极好屯兵,可提兵星夜取之。若迟则毌丘俭必先至矣。"师遂令王基前部兵来南顿城下寨。

却说毌丘俭在项城,闻知司马师自来,乃聚众商议。先锋葛雍曰:"南顿之地,依山傍水,极好屯兵;若魏兵先占,难以驱遣,可速取之。"俭然其言,起兵投南顿来。正行之间,前面流星马报说,南顿已有人马下寨。俭不信,自到军前视之,果然旌旗遍野,营寨齐整。俭回到军中,无计可施。忽哨马飞报:"东吴孙峻提兵渡江袭寿春来了。"俭大惊曰:"寿春若失,吾归何处!"是夜退兵于项城。

> 据《资治通鉴》卷七十六:师问计于光禄勋郑袤,袤曰:"毌丘俭好谋而不达事情,文钦勇而无算。今大军出其不意,江、淮之卒,锐而不能固,宜深沟高垒以挫其气,此亚夫之长策也。"师称善。师以荆州刺史王基为行监军,假节,统许昌军。基言于师曰:"淮南之逆,非吏民思乱也,俭等诳诱迫胁,畏目下之戮,是以尚屯聚耳。若大兵一临,必土崩瓦解,俭、钦之首不终朝而致于军门矣。"师从之。以基为前军,既而复敕基停驻。基以为:"俭等举军足以深入,而久不进者,是其诈伪已露,众心疑沮也。今不张示威形以副民望,而停军高垒,有似畏懦,非用兵之势也。若俭、钦虏略民人以自益,又州郡兵家为贼所得者,更怀离心,俭等所迫胁者,自顾罪重,不敢复还,此为错兵无用之地而成奸宄之源,吴寇因之,则淮南非国家之有,谯、沛、汝、豫危而不安,此计之大失也。军宜速进据南顿,南顿有大邸阁,计足军人四十日粮。保坚城,因积谷,先人有夺人之心,此平贼之要也。"基屡请,乃听,进据濦水。闰月甲申,师次于濦桥,俭将史招、李续相次来降。王基复言于师曰:"兵闻拙速,未睹巧之久也。方今外有强寇,内有叛臣,若不时决,则事之深浅未可测也。议者多言将军持重。将军持重,是也;停军不进,非也。持重,非不得之谓也,进而不可犯耳。今保壁垒以积实资房而远运军粮,甚非计也。"师犹未许。基曰:"将在军,君令有所不受。彼得则利,我得亦利,是谓争

地，南顿是也。"遂辄进据南顿，俭等从项亦欲往争，发十余里，闻基先到，乃复还保项。……吴丞相峻率骠骑将军吕据、左将军会稽留赞袭寿春，司马师命诸军皆深壁高垒，以待东军之集。诸将请进军攻项，师曰："诸军得其一，未知其二。淮南将士本无反志，俭、钦说诱与之举事，谓远近必应；而事起之日，淮北不从，史招、李继前后瓦解，内乖外叛，自知必败。困兽思斗，速战更合其志。虽云必克，伤人亦多。且俭等欺诳将士，诡变万端，小与持久，诈情必露，此不战而克之术也。"乃遣诸葛诞督豫州诸军，自安风向寿春；征东将军胡遵督青、徐诸军出谯、宋之间，绝其归路；师屯汝阳。毌丘俭、文钦进不得斗，退恐寿春见袭，计穷不知所为。淮南将士家皆在北，众心沮散，降者相属，惟淮南新附农民为之用。（参见《三国志·魏书·王基传》，《三国志·魏书·毌丘俭传》及注引《魏氏春秋》）

　　司马师见毌丘俭军退，聚多官商议。尚书傅嘏曰："今俭兵退者，忧吴人袭寿春也。必回项城分兵拒守。将军可令一军取乐嘉城，一军取项城，一军取寿春，则淮南之卒必退矣。兖州刺史邓艾，足智多谋；若领兵径取乐嘉，更以重兵应之，破贼不难也。"师从之，急遣使持檄文，教邓艾起兖州之兵破乐嘉城。师随后引兵到彼会合。

　　却说毌丘俭在项城，不时差人去乐嘉城哨探，只恐有兵来。请文钦到营共议，钦曰："都督勿忧。我与拙子文鸯，只消五千兵，敢保乐嘉城。"俭大喜。钦父子引五千兵投乐嘉来。前军报说："乐嘉城西，皆是魏兵，约有万余。遥望中军，白旄黄钺，皂盖朱幡，簇拥虎帐，内竖一面锦绣帅字旗，必是司马师也，安立营寨，尚未完备。"时文鸯悬鞭立于父侧，闻知此语，乃告父曰："趁彼营寨未成，可分兵两路，左右击之，可全胜也。"钦曰："何时可去？"鸯曰："今夜黄昏，父引二千五百兵，从城南杀来；儿引二千五百兵，从城北杀来：三更时分，要在魏寨会合。"钦从之，当晚分兵两路。

　　且说文鸯年方十八岁，身长八尺，全装惯甲，腰悬钢鞭，绰枪上马，遥望魏寨而进。是夜，司马师兵到乐嘉，立下营寨，等邓艾未至。师为眼下新割肉瘤，疮口疼痛，卧于帐中，令数百甲士环立护卫。三更时分，忽然寨内喊声大震，人马大乱。师急问之，人报曰："一军从寨北斩围直入，为首一将，勇不可当！"师大惊，心如火烈，眼珠从肉瘤疮口内迸出，血流遍地，疼痛难当；又恐有乱军心，只咬被头而忍，被皆咬烂。原来文鸯军马先到，一拥而进，在寨中左冲右突；所到之处，人不敢当，有相拒者，枪搠鞭打，无不被杀。鸯只望父到，以为外应，并不见来。数番杀到中军，皆被弓弩射回。鸯直杀到天明，只听得北边鼓角喧天。鸯回顾从者曰："父亲不在南面为应，却从北至，何也？"鸯纵马看时，只见一军行如猛风，为首一将，乃邓艾也，跃马横刀，大呼曰："反贼休走！"鸯大怒，挺枪迎之。战有五十合，不分胜败。正斗间，魏兵大进，前后夹攻，鸯部下兵各自逃散，只文鸯单人独马，冲开魏兵，望南而走。背后数百员魏将，抖擞精神，骤马追来；将至乐嘉桥边，看看赶上。鸯忽然勒回马大喝一声，直冲入魏将阵中来；钢鞭起处，纷纷落马，各各倒退。鸯复缓缓而行。魏将聚在一处，惊讶曰："此人尚敢退我等之众耶！可并力追之！"于是魏将百员，复来追赶。鸯勃然大怒曰："鼠辈何不惜命也！"提鞭拨马，杀入魏将丛中，用鞭打死数人，复回马缓辔而行。魏将连追四五番，皆被文鸯一人杀退。后人有诗曰：

　　　　长坂当年独拒曹，子龙从此显英豪。乐嘉城内争锋处，又见文鸯胆气高。

　　原来文钦被山路崎岖，迷入谷中，行了半夜，比及寻路而出，天色已晓，文鸯人马不知所向，只见魏兵大胜。钦不战而退。魏兵乘势追杀，钦引兵望寿春而走。

　　　　据《资治通鉴》卷七十六：俭之初起，遣健步赍书至兖州，兖州刺史邓艾斩之，将兵万余人，兼道前进，先趋乐嘉城，作浮桥以待师。俭使文钦将兵袭之。师自汝阳潜兵就艾于乐嘉，钦猝见大军，惊愕未知所为。钦子鸯，年十八，勇力绝人，谓钦曰："及其未定，击之，可破也。"于是分为二队，夜夹攻军。鸯率壮士先至鼓噪，军中震扰。师惊骇。所病目突出，恐众知之，啮被皆破。钦失期不应，会明，鸯见兵盛，乃引还。师谓诸将曰："贼走矣，可追之！"诸将曰："钦父子骁猛，未有所屈，何苦而走？"师曰："夫一鼓作气，再而衰。鸯鼓噪失应，其势已屈，不走何待！"钦将引而东，鸯曰："不先折其势，不得也。"乃与骁骑十余摧锋陷陈，所向皆披靡，遂引去。师使左长史司马班率骁将八千翼而追之，鸯以匹马入数千骑中，辄杀伤百余人，乃出，如此者六七，追骑莫敢逼。（参见《三国志·魏书·毌丘俭传》及注引《魏氏春秋》）

却说魏殿中校尉尹大目，乃曹爽心腹之人，因爽被司马懿谋杀，故事司马师，常有杀师报爽之心；又素与文钦交厚。今见师眼瘤突出，不能动止，乃入帐告曰："文钦本无反心，今被毌丘俭逼迫，以致如此。某去说之，必然来降。"师从之。大目顶盔惯甲，乘马来赶文钦；看看赶上，乃高声大叫曰："文刺史见尹大目么？"钦回头视之，大目除盔放于鞍鞒之前，以鞭指曰："文刺史何不忍耐数日也？"此是大目知师将亡，故来留钦。钦不解其意，厉声大骂，便欲开弓射之。大目大哭而回。

据《资治通鉴》卷七十六：殿中人尹大目小为曹氏家奴，常在天子左右，师将与俱行，大目知师一目已出，启云："文钦本是明公腹心，但为人所误耳；又天子乡里，素与大目相信，乞为公追解语之，令还与公复好。"师许之。大目单身乘大马，被铠胄，追钦，遥相与语。大目心实欲为曹氏，谬言："君侯何苦不可复忍数日中也！"欲使钦解其旨。钦殊不悟，乃更厉声骂大目曰："汝先帝家人，不念报恩，反与司马师作逆，不顾上天，天不祐汝！"张弓傅矢欲射大目。大目涕泣曰："世事败矣，善自努力！"（参见《三国志·魏书·毌丘俭传》注引《魏末传》）

钦收聚人马奔寿春时，已被诸葛诞引兵取了；欲复回项城时，胡遵、王基、邓艾三路兵皆到。钦见势危，遂投东吴孙峻去了。

却说毌丘俭在项城内，听知寿春已失，文钦势败，城外三路兵到，俭遂尽撤城中之兵出战。正与邓艾相遇，俭令葛雍出马，与艾交锋，不一合，被艾一刀斩之，引兵杀过阵来。毌丘俭死战相拒。江淮兵大乱。胡遵、王基引兵四面夹攻。毌丘俭敌不住，引十余骑夺路而走。前至慎县城下，县令宋白开门接入，设席待之。俭大醉，被宋白令人杀了，将头献与魏兵。于是淮南平定。司马师卧病不起，唤诸葛诞入帐，赐以印绶，加为镇东大将军，都督扬州诸路军马；一面班师回许昌。

据《资治通鉴》卷七十六：是日，毌丘俭闻钦退，恐惧，夜走，众遂大溃。钦还至项，以孤军无继，不能自立，欲还寿春；寿春已溃，遂奔吴。吴孙峻至东兴，闻俭等败，（正元元年春正月闰月）壬寅，进至橐皋，文钦父子诣军降。毌丘俭走，比至慎县，左右人兵稍弃俭去，俭藏水边草中。甲辰，安风津民张属就杀俭，传首京师，封属为侯。诸葛诞至寿春，寿春城中十余万口，惧诛，或流迸山泽，或散走入吴。诏以诞为镇东大将军、仪同三司，都督扬州诸军事。夷毌丘俭三族。俭党七百余人系狱，侍御史杜友治之，惟诛首事者十余人，余皆奏免之。……吴孙峻闻诸葛诞已据寿春，乃引兵还。以文钦为都护、镇北大将军、幽州牧。（参见《三国志·魏书·毌丘俭传》《高贵乡公髦纪》，《三国志·吴书·孙亮传》）

师目痛不止，每夜只见李丰、张缉、夏侯玄三人立于榻前。师心神恍惚，自料难保，遂令人往洛阳取司马昭到。昭哭拜于床下。师遗言曰："吾今权重，虽欲卸肩，不可得也。汝继我为之,大事切不可轻托他人,自取灭族之祸。"言讫,以印绶付之,泪流满面。昭急欲问时,师大叫一声,眼睛迸出而死。时正元二年二月也。

于是司马昭发丧,申奏魏主曹髦。髦遣使持诏到许昌,即命暂留司马昭屯军许昌,以防东吴。昭心中犹豫未决。钟会曰:"大将军新亡,人心未定,将军若留守于此。万一朝廷有变,悔之何及?"昭从之,即起兵还屯洛水之南。髦闻之大惊。太尉王肃奏曰:"昭既继其兄掌大权,陛下可封爵以安之。"髦遂命王肃持诏,封司马昭为大将军、录尚书事。昭入朝谢恩毕。自此,中外大小事情,皆归于昭。

> 据《资治通鉴》卷七十六:舞阳忠武侯司马师疾笃,还许昌,留中郎将参军事贾充监诸军事。充,逵之子也。卫将军昭自洛阳往省师,师令昭总统诸军。(正元元年春正月闰月)辛亥,师卒于许昌。中书侍郎钟会从师典知密事,中诏敕尚书傅嘏,以东南新定,权留卫将军昭屯许昌为内外之援,令嘏率诸军还。会与嘏谋,使嘏表上,辄与昭俱发,还到洛水南屯住。二月丁巳,诏以司马昭为大将军、录尚书事。会由是常有自矜之色,嘏戒之曰:"子志大其量,而勋业难为也,可不慎哉!"(参见《三国志·魏书·钟会传》《高贵乡公髦纪》)

却说西蜀细作哨知此事,报入成都。姜维奏后主曰:"司马师新亡,司马昭初握重权,必不敢擅离洛阳。臣请乘间伐魏,以复中原。"后主从之,遂命姜维兴师伐魏。

维到汉中,整顿人马。征西大将军张翼曰:"蜀地浅狭,钱粮鲜薄,不宜远征;不如据险守分,恤军爱民:此乃保国之计也。"维曰:"不然。昔丞相未出茅庐,已定三分天下,然且六出祁山以图中原;不幸半途而丧,以致功业未成。今吾既受丞相遗命,当尽忠报国以继其志,虽死而无恨也。今魏有隙可乘,不就此时伐之,更待何时?"

> 据《资治通鉴》卷七十六:(正元二年秋七月,)汉姜维复议出军,征西大将军张翼廷争,以为:"国小民劳,不宜黩武。"维不听,率车骑将军夏侯霸及翼同进。(参见《三国志·蜀书·张翼传》)

夏侯霸曰:"将军之言是也。可将轻骑先出枹罕。若得洮西南安,则诸郡可定。"张翼曰:"向者不克而还,皆因军出甚迟也。兵法云:'攻其无备,出其不意。'今若火速进兵,使魏人不能提防,必然全胜矣。"

于是姜维引兵五万,望枹罕进发。兵至洮水,守边军士报知雍州刺史王经、征西将军陈泰。王经先起马步兵七万来迎。姜维分付张翼如此如此,又分付夏侯霸如此如此,二人领计去了。维乃自引大军,背洮水列阵。王经引数员牙将出而问曰:"魏与吴、蜀,已成鼎足之势;汝累次入寇,何也?"维曰:"司马师无故废主,邻邦理宜问罪,何况仇敌之国乎?"经回顾张明、花永、刘达、朱芳四将曰:"蜀兵背水为阵,败则皆没于水矣。姜维骁勇,汝四将可战之。彼若退动,便可追击。"四将分左右而出,来战姜维。维略战数合,拨回马望本阵中便走。王经大驱士马,一齐赶来。维引兵望着洮水而走;将次近水,大呼将士曰:"事急矣!诸将何不努力!"众将一齐奋力杀回,魏兵大败。张翼、夏侯霸抄在魏兵之后,分两路杀来,把魏兵困在垓心。维奋武扬威,杀入魏军之中,左冲右突,魏兵大乱,自相践踏,死者大半,逼入洮水者无数,斩首万余,垒尸数里。王经引败兵百骑,奋力杀出,径往狄道城而走;奔入城中,闭门保守。姜维大获全功,犒军已毕,便欲进兵攻打狄道城。张翼谏曰:"将军功绩已成,威声大震,可以止矣。今若前进,倘不如意,正如'画蛇添足'也。"维曰:"不然。向者兵败,尚欲进取,纵横中原;今日洮水一战,魏人胆裂,吾料狄道唾手可得。汝勿自堕其志也。"张翼再三劝谏,维不从,遂勒兵来取狄道城。

据《资治通鉴》卷七十六：（正元二年秋）八月，维将数万人至枹罕，趋狄道。征西将军陈泰敕雍州刺史王经进屯狄道，须泰军到，东西合势乃进。泰军陈仓，经所统诸军于故关与汉人战不利，经辄渡洮水。泰以经不坚据狄道，必有他变，率诸军以继之。经已与维战于洮西，大败，以万余人还保狄道城，余皆奔散，死者万计。张翼谓维曰："可以止矣，不宜复进，进或毁此大功，为蛇画足。"维大怒，遂进围狄道。（参见《三国志·魏书·陈群传附子泰传》）

据《三国志·蜀书·张翼传》：维至狄道，大破魏雍州刺史王经，经众死于洮水者以万计。翼曰："可止矣，不宜复进，进或毁此大功。"维大怒，曰："为蛇画足！"维竟围经于狄道，城不能克。

据《三国志·蜀书·姜维传》：（延熙）十八年，复与车骑将军夏侯霸等俱出狄道，大破魏雍州刺史王经于洮西，经众死者数万人。经退保狄道城，维围之。

按：姜维在洮西大败王经，于史有据，但并非背水破敌。

却说雍州征西将军陈泰，正欲起兵与王经报兵败之仇，忽兖州刺史邓艾引兵到。泰接着，礼毕，艾曰："今奉大将军之命，特来助将军破敌。"泰问计于邓艾，艾曰："洮水得胜，若招羌人之众，东争关陇，传檄四郡：此吾兵之大患也。今彼不思如此，却图狄道城；其城垣坚固，急切难攻，空劳兵费力耳。吾今陈兵于项岭，然后进兵击之，蜀兵必败矣。"陈泰曰："真妙论也！"遂先拨二十队兵，每队五十人，尽带旌旗、鼓角、烽火之类，日伏夜行，去狄道城东南高山深谷之中埋伏；只待兵来，一齐鸣鼓吹角为应，夜则举火放炮以惊之。调度已毕，专候蜀兵到来。于是陈泰、邓艾，各引二万兵相继而进。

却说姜维围住狄道城，令兵八面攻之，连攻数日不下，心中郁闷，无计可施。是日黄昏时分，忽三五次流星马报说："有两路兵来，旗上明书大字：一路是征西将军陈泰，一路是兖州刺史邓艾。"维大惊，遂请夏侯霸商议。霸曰："吾向尝为将军言：邓艾自幼深明兵法，善晓地理。今领兵到，颇为劲敌。"维曰："彼军远来，我休容他住脚，便可击之。"乃留张翼攻城，命夏侯霸引兵迎陈泰。维自引兵来迎邓艾。行不到五里，忽然东南一声炮响，鼓角震地，火光冲天。维纵马看时，只见周围皆是魏兵旗号。维大惊曰："中邓艾之计矣！"遂传令教夏侯霸、张翼各弃狄道而退。于是蜀兵皆退于汉中。维自断后，只听得背后鼓声不绝，维退入剑阁之时，方知火鼓二十余处，皆虚设也。维收兵退屯于钟提。

据《三国志·魏书·陈群传附子泰传》：（姜）维乘胜围狄道。泰军上邽，分兵守要，晨夜进前。邓艾、胡奋、王秘亦到，即与艾、秘等分为三军，进到陇西。艾等以为："王经精卒破衄于西，贼众大盛，乘胜之兵既不可当，而将军以乌合之卒，继败军之后，将士失气，陇右倾荡。古人有言：'蝮蛇螫手，壮士解其腕。'孙子曰：'兵有所不击，地有所不守。'盖小有所失而大有所全故也。今陇右之害，过于蝮蛇，狄道之地，非徒不守之谓。姜维之兵，是所辟之锋。不如割险自保，观衅待弊，然后进救，此计之得者也。"泰曰："姜维提轻兵深入，正欲与我争锋原野，求一战之利。王经当高壁深垒，挫其锐气。今乃与战，使贼得计，走破王经，封之狄道。若维以战克之威，进兵东向，据栎阳积谷之实，放兵收降，招纳羌胡，东争关、陇，传檄四郡，此我之所恶也。而维以乘胜之兵，挫峻城之下，锐气之卒，屈力致命，攻守势殊，客主不同。兵书云'修橹轒辒，三月乃成，拒堙三月而后已'。诚非轻军远入，维之诡谋仓卒所办。县军远侨，粮谷不继，是我速进破贼之时也，所谓疾雷不及掩耳，自然之势也。洮水带其表，维等在其内，今乘高据势，临其项领，不战必走。寇不可纵，围不可久，君等何言如此？"遂进军度高城岭，潜行，夜至狄道东南高山上，多举烽火，鸣鼓角。狄道城中将士见救者至，皆愤踊。维始谓官救兵当须众集乃发，而卒闻已至，谓有奇变宿谋，上下震惧。自军之发陇西也，以山道深险，贼必设伏。泰诡从南道，维果三日施伏。定军潜行，卒出其南，维乃缘山突至。泰与交战，维退还。凉州军从金城南至沃干阪。泰与经共密期，当共向其还路，维等闻之，遂遁，城中将士得出。经叹曰："粮不至旬，向不应机，举城屠裂，覆丧一州矣。"泰慰劳将士，前后遣还，更差军守，并治城垒，还屯上邽。（参见《资治通鉴》卷七十六）

据《三国志·蜀书·姜维传》：经退保狄道城，维围之。魏征西将军陈泰进兵解围，维却住钟题。（参见《资治通鉴》卷七十七）

按：据史书，姜维在洮西大破魏军并进围狄道城，魏将邓艾等主张据险自保，陈泰则力主进攻并率军击退蜀军，解除了狄道之围。《演义》此处为突出邓艾，将陈泰的话移植于邓艾。

且说后主因姜维有洮西之功，降诏封维为大将军。

据《三国志·蜀书·姜维传》：（延熙）十九年春，就迁维为大将军。

维受了职，上表谢恩毕，再议出师伐魏之策。正是：成功不必添蛇足，讨贼犹思奋虎威。不知此番北伐如何，且看下文分解。

第一百十一回　邓士载智败姜伯约　诸葛诞义讨司马昭

却说姜维退兵屯于钟提，魏兵屯于狄道城外。王经迎接陈泰、邓艾入城，拜谢解围之事，设宴相待，大赏三军。泰将邓艾之功，申奏魏主曹髦，髦封艾为安西将军，假节，领护东羌校尉，同陈泰屯兵于雍、凉等处。

> 据《资治通鉴》卷七十六：（正元二年秋八月）辛未，诏长水校尉邓艾行安西将军，与陈泰并力拒维。（参见《三国志·魏书·高贵乡公髦纪》）

> 据《三国志·魏书·邓艾传》：解雍州刺史王经围于狄道，姜维退驻钟提，乃以艾为安西将军，假节，领护东羌校尉。

邓艾上表谢恩毕，陈泰设席与邓艾作贺曰："姜维夜遁，其力已竭，不敢再出矣。"艾笑曰："吾料蜀兵必出有五。"泰问其故，艾曰："蜀兵虽退，终有乘胜之势；吾兵终有弱败之实：其必出一也。蜀兵皆是孔明教演，精锐之兵，容易调遣；吾将不时更换，军又训练不熟：其必出二也。蜀人多以船行，吾军皆在旱地，劳逸不同：其必出三也。狄道、陇西、南安、祁山四处皆是守战之地；蜀人或声东击西，指南攻北，吾兵必须分头守把；蜀兵合为一处而来，以一分当我四分：其必出四也。若蜀兵自南安、陇西，则可取羌人之谷为食；若出祁山，则有麦可就食：其必出五也。"陈泰叹服曰："公料敌如神，蜀兵何足虑哉！"

> 据《资治通鉴》卷七十七：姜维在钟提，议者多以为维力已竭，未能更出。安西将军邓艾曰："洮西之败，非小失也，士卒雕残，仓廪空虚，百姓流离。今以策言之，彼有乘胜之势，我有虚弱之实，一也。彼上下相习，五兵犀利，我将易兵新，器仗未复，二也。彼以船行，吾以陆军，劳逸不同，三也。狄道、陇西、南安、祁山各当有守，彼专为一，我分为四，四也。从南安、陇西因食羌谷，若趣祁山，熟麦千顷，为之外仓，五也。贼有黠计，其来必矣。"（参见《三国志·魏书·邓艾传》）

于是陈泰与邓艾结为忘年之交。艾遂将雍、凉等处之兵，每日操练；各处隘口，皆立营寨，以防不测。

却说姜维在钟提大设筵宴，会集诸将，商议伐魏之事。令史樊建谏曰："将军屡出，未获全功；今日洮西之捷，魏人已服威名，何故又欲出也？万一不利，前功尽弃。"维曰："汝等只知魏国地宽人广，急不可得；却不知攻魏者有五可胜。"众问之，维答曰："彼洮西一败，挫尽锐气，吾兵虽退，不曾损折：今若进兵，一可胜也。吾兵船载而进，不致劳困，彼兵皆从旱地来迎：二可胜也。吾兵久经训练之众，彼皆乌合之徒，不曾有法度：三可胜也。吾兵自出祁山，掠抄秋谷为食：四可胜也。彼兵须各守备，军力分开，吾兵一处而去，彼安能救：五可胜也。不在此时伐魏，更待何日耶？"夏侯霸曰："艾年虽幼，

> 按：邓艾时已年过六十，不应称之为"年幼"。

而机谋深远；近封为安西将军之职，必于各处准备，非同往日矣。"维厉声曰："吾何畏彼哉！公等休长他人锐气，灭自己威风！吾意已决，必先取陇西。"众不敢谏。

维自领前部，令众将随后而进，于是蜀兵尽离钟提，杀奔祁山来。哨马报说魏兵已先在祁山立下九个寨栅。维不信，引数骑凭高望之，果见祁山九寨势如长蛇，首尾相顾。维回顾

第一百十一回 邓士载智败姜伯约 诸葛诞义讨司马昭

左右曰:"夏侯霸之言,信不诬矣!此寨形势绝妙,止吾师诸葛丞相能之。今观邓艾所为,不在吾师之下。"遂回本寨。唤诸将曰:"魏人既有准备,必知吾来矣。吾料邓艾必在此间。汝等可虚张吾旗号,据此谷口下寨;每日令百余骑出哨,每出哨一回,换一番衣甲、旗号、按青、黄、赤、白、黑五方旗帜相换。吾却提大兵偷出董亭,径袭南安去也。"遂令鲍素屯兵于祁山谷口。维尽率大兵,望南安进发。

却说邓艾知蜀兵出祁山,早与陈泰下寨准备;见蜀兵连日不来搦战,一日五番哨马出寨,或十里或十五里而回。艾凭高望毕,慌入帐与陈泰曰:"姜维不在此间,必取董亭袭南安去了。出寨哨马只是这几匹。更换衣甲,往来哨探,其马皆困乏,主将必无能者。陈将军可引一军攻之,其寨可破也。破了寨栅,便引兵袭董亭之路,先断姜维之后。吾当先引一军救南安,径取武城山。若先占此山头,姜维必取上邽。上邽有一谷,名曰段谷,地狭山险,正好埋伏。彼来争武城山时,吾先伏两军于段谷,破维必矣。"泰曰:"吾守陇西二三十年,未尝如此明察地理。公之所言,真神算也!公可速去,吾自攻此处寨栅。"于是邓艾引军星夜倍道而行,径到武城山;下寨已毕,蜀兵未到。即令子邓忠,与帐前校尉师纂,各引五千兵,先去段谷埋伏,如此如此而行。二人受计而去。艾令偃旗息鼓,以待蜀兵。

却说姜维从董亭望南安而来,至武城山前,谓夏侯霸曰:"近南安有一山,名武城山;若先得了,可夺南安之势。只恐邓艾多谋,必先提防。"正疑虑间,忽然山上一声炮响,喊声大震,鼓角齐鸣,旌旗遍竖,皆是魏兵;中央风飘起一黄旗,大书"邓艾"字样。蜀兵大惊。山上数处精兵杀下,势不可当,前军大败。维急率中军人马去救时,魏兵已退。维直来武城山下搦邓艾战,山上魏兵并不下来。维令军士辱骂。至晚,方欲退军,山上鼓角齐鸣,却又不见魏兵下来。维欲上山冲杀,山上炮石甚严,不能得进。守至三更,欲回,山上鼓角又鸣,维移兵下山屯扎。比及令军搬运木石,方欲竖立为寨,山上鼓角又鸣,魏兵骤至。蜀兵大乱,自相践踏,退回旧寨。次日,姜维令军士运粮草车仗,至武城山,穿连排定,欲立起寨栅,以为屯兵之计。是夜二更,邓艾令五百人,各执火把,分两路下山,放火烧车仗。两兵混杀了一夜,营寨又立不成。维复引兵退,再与夏侯霸商议曰:"南安未得,不如先取上邽。上邽乃南安屯粮之所;若得上邽,南安自危矣。"遂留霸屯于武城山,维尽引精兵猛将,径取上邽。行了一宿,将及天明,见山势狭峻,道路崎岖,乃问向导官曰:"此处何名?"答曰:"段谷。"维大惊曰:"其名不美:'段谷'者,'断谷'也。倘有人断其谷口,如之奈何?"正踌躇未决,忽前军来报:"山后尘头大起,必有伏兵。"维急令退兵。师纂、邓忠两军杀出,维且战且走,前面喊声大震,邓艾引兵杀到:三路夹攻,蜀兵大败。

> 据《资治通鉴》卷七十七:(甘露元年)秋七月,姜维复率众出祁山,闻邓艾已有备,乃回,从董亭趣南安;艾据武城山以拒之。维与艾争险不克,其夜,渡渭东行,缘山趣上邽。艾与战于段谷,大破之。……维与其镇西大将军胡济期会上邽,济失期不至,故败,士卒星散,死者甚众。(参见《三国志·蜀书·姜维传》《三国志·魏书·邓艾传》)

幸得夏侯霸引兵杀到,魏兵方退,救了姜维,欲再往祁山。霸曰:"祁山寨已被陈泰打破,鲍素阵亡,全寨人马皆退回汉中去了。"维不敢取董亭,急投山僻小路而回。后面邓艾急追,维令诸军前进,自为断后。正行之际,忽然山中一军突出,乃魏将陈泰也。魏兵一声喊起,将姜维困在垓心。维人马困乏,左冲右突,不能得出。荡寇将军张嶷,闻姜维受困,引数百骑杀入重围。维因乘势杀出。嶷被魏兵乱箭射死。维得脱重围,复回汉中,因感张嶷忠勇,殁于王事,乃表赠其子孙。

> 据《资治通鉴》卷七十六:(正元元年冬)汉姜维自狄道进拔河间、临洮。将军徐

质与战,杀其荡寇将军张嶷,汉兵乃还。(参见《三国志·蜀书·姜维传》)

> 据《三国志·蜀书·张嶷传》:魏狄道长李简密书请降,卫将军姜维率嶷等因简之资以出陇西。既到狄道,简悉率城中吏民出迎军。军前与魏将徐质交锋,嶷临陈陨身,然其所杀伤亦过倍。既亡,封长子瑛西乡侯,次子护雄袭爵。

> 按:据史书记载,张嶷已于两年前——蜀汉延熙十七年(254)——随姜维进兵狄道时战死,《演义》未记此役,而将其战死移植于此次姜维出祁山败于段谷之役。

于是,蜀中将士多有阵亡者,皆归罪于姜维。维照武侯街亭旧例,乃上表自贬为后将军,行大将军事。

> 据《三国志·蜀书·姜维传》:(延熙)十九年春,就迁维为大将军。更整勒戎马,与镇西大将军胡济期会上邽,济失誓不至,故维为魏大将邓艾所破于段谷,星散流离,死者甚众。众庶由是怨谤,而陇已西亦骚动不宁,维谢过引负,求自贬削。为后将军,行大将军事。(参见《资治通鉴》卷七十七)

却说邓艾见蜀兵退尽,乃与陈泰设宴相贺,大赏三军。泰表邓艾之功,司马昭遣使持节,加艾官爵,赐印绶;并封其子邓忠为亭侯。

> 据《三国志·魏书·邓艾传》:甘露元年诏曰:"逆贼姜维,连年狡黠,民夷骚动,西土不宁。艾筹画有方,忠勇奋发,斩将十数,馘首千计;国威震于巴、蜀,武声扬于江、岷。今以艾为镇西将军,都督陇右诸军事,进封邓侯。分五百户封子忠为亭侯。"
> 据《资治通鉴》卷七十七:以艾为镇西将军,都督陇右诸军事。

时魏主曹髦,改正元三年为甘露元年。司马昭自为天下兵马大都督,出入常令三千铁甲骁将前后簇拥,以为护卫;一应事务,不奏朝廷,就于相府裁处:自此常怀篡逆之心。

> 据《资治通鉴》卷七十七:(甘露元年秋)八月庚午,诏司马昭加号大都督,奏事不名,假黄钺。(参见《三国志·魏书·高贵乡公髦纪》)

有一心腹人,姓贾,名充,字公闾,乃故建威将军贾逵之子,为昭府下长史。

> 据《三国志·魏书·贾逵传附子充传》注引《晋诸公赞》:充字公闾,甘露中为大将军长史。高贵乡公之难,司马文王赖充以免。为晋室元功之臣,位至太宰,封鲁公。

充语昭曰:"今主公掌握大柄,四方人心必然未安;且当暗访,然后徐图大事。"昭曰:"吾正欲如此。汝可为我东行。只推慰劳出征军士为名,以探消息。"

贾充领命,径到淮南,入见镇东大将军诸葛诞。诞字公休,乃琅琊南阳人,即武侯之族弟也;

> 据《三国志·魏书·诸葛诞传》:诸葛诞字公休,琅邪阳都人,诸葛丰后也。

向事于魏,因武侯在蜀为相,因此不得重用;后武侯身亡,诞在魏历任重职,封高平侯,总摄两淮军马。当日,贾充托名劳军,至淮南见诸葛诞。诞设宴待之。酒至半酣,充以言挑诞曰:"近来洛阳诸贤,皆以主上懦弱,不堪为君。司马大将军三辈辅国,功德弥天,可以禅代魏统。未审钧意若何?"诞大怒曰:"汝乃贾豫州之子,世食魏禄,安敢出此乱言!"充谢曰:"某以他人之言告公耳。"诞曰:"朝廷有难,吾当以死报之。"充默然。

次日辞归,见司马昭细言其事。昭大怒曰:"鼠辈安敢如此!"充曰:"诞在淮南,深得人心,久必为患,可速除之。"昭遂暗发密书与扬州刺史乐綝。一面遣使赍诏征诞为司空。

诞得了诏书，已知是贾充告变，遂捉来使拷问。使者曰："此事乐綝知之。"诞曰："他如何得知？"使者曰："司马将军已令人到扬州送密书与乐綝矣。"诞大怒，叱左右斩了来使，遂起部下兵千人，杀奔扬州来。将至南门，城门已闭，吊桥拽起。诞在城下叫门，城上并无一人回答。诞大怒曰："乐綝匹夫，安敢如此！"遂令将士打城。手下十余骁骑，下马渡壕，飞身上城，杀散军士，大开城门，于是诸葛诞引兵入城，乘风放火，杀至綝家。綝慌上楼避之。诞提剑上楼，大喝曰："汝父乐进，昔日受魏国大恩！不思报本，反欲顺司马昭耶！"綝未及回言，为诞所杀。一面具表数司马昭之罪，使人申奏洛阳；一面大聚两淮屯田户口十余万，并扬州新降兵四万余人，积草屯粮，准备进兵；又令长史吴纲，送子诸葛靓入吴为质求援，务要合兵诛讨司马昭。

据《资治通鉴》卷七十七：征东大将军诸葛诞素与夏侯玄、邓飏等友善，玄等死，王凌、毌丘俭相继诛灭，诞内不自安，乃倾帑藏振施，曲赦有罪，以收众心，畜养扬州轻侠数千人以为死士。因吴人欲向徐塘，请十万众以守寿春，又求临淮筑城以备吴寇。司马昭初秉政，长史贾充请遣参佐慰劳四征，且观其志。昭遣充至淮南，充见诞，论说时事，因曰："洛中诸贤，皆愿禅代，君以为如何？"诞厉声曰："卿非贾豫州子乎？世受魏恩，岂可欲以社稷输人乎！若洛中有难，吾当死之。"充默然。还，言于昭曰："诸葛诞再在扬州，得士众心。今召之，必不来，然反疾而祸小；不召，则反迟而祸大；不如召之。"昭从之。甲子，诏以诞为司空，召赴京师。诞得诏书，愈恐，疑扬州刺史乐綝间己，遂杀綝，敛淮南及淮北郡县屯田口十余万官兵，扬州新附胜兵者四五万人，聚谷足一年食，为闭门自守之计。遣长史吴纲将小子靓至吴，称臣请救，并请以牙门子弟为质。（参见《三国志·魏书·诸葛诞传》）

据《三国志·魏书·诸葛诞传》注引《世语》：司马文王既秉朝政，长史贾充以为宜遣参佐慰劳四征，于是遣充至寿春。充还启文王："诞再在扬州，有威名，民望所归。今征，必不来，祸小事浅；不征，事迟祸大。"乃以为司空。书至，诞曰："我作公当在王文舒后，今便为司空！不遣使者，健步赍书，使以兵付乐綝，此必綝所为。"乃将左右数百人至扬州，扬州人欲闭门，诞叱曰："卿非我故吏邪！"径入，綝逃上楼，就斩之。

此时东吴丞相孙峻病亡，从弟孙綝辅政。綝字子通，为人强暴，杀大司马滕胤、将军吕据、王惇等，因此权柄皆归于綝。吴主孙亮，虽然聪明，无可奈何。

据《资治通鉴》卷七十七：文钦说吴人以伐魏之利，孙峻使钦与骠骑将军吕据及车骑将军刘纂、镇南将军朱异、前将军唐咨自江都入淮、泗，以图青、徐。峻饯之于石头，遇暴疾，以后事付从父弟偏将军綝。（甘露元年秋九月）丁亥，峻卒。吴人以綝为侍中、武卫将军、都督中外诸军事，召吕据等还。……吕据闻孙綝代孙峻辅政，大怒，与诸督将连名共表荐滕胤为丞相；綝更以胤为大司马，代吕岱驻武昌。据引兵还，使人报胤，欲共废綝。冬十月丁未，綝遣从兄宪将兵逆据于江都，使中使敕文钦、刘纂、唐咨等共击取据，又遣侍中左将军华融、中书丞丁晏告喻胤宜速去意。胤自以祸及，因留融、晏，勒兵自卫，召典军杨崇、将军孙咨，告以綝为乱，迫融等使作书难綝。綝不听，表言胤反，许将军刘丞以封爵，使率兵骑攻围胤。胤又劫融等使诈为诏发兵，融等不从，皆杀之。或劝胤引兵至苍龙门："将士见公出，必委綝就公。"时夜已半，胤恃与据期，又难举兵向宫，乃约令部曲，说吕侯兵已在近道，故皆为胤尽死，无离散者。胤颜色不变，谈笑如常。时大风，比晓，据不至，綝兵大会，遂杀胤及将士数十人，夷胤三族。己酉，大赦，改元太平。或劝吕据奔魏者，据曰："吾耻为叛臣。"遂自杀。……十一月，吴孙綝迁大将军。綝负贵倨傲,多行无礼。峻从弟宪尝与诛诸葛恪,峻厚遇之,官至右将军、无难督,平九官事。綝遇宪薄于峻时,宪怒,与将军王惇谋杀綝。事泄,綝杀惇,宪服药死。(参见《三国志·吴书·孙峻传》《孙綝传》)

于是吴纲将诸葛靓至石头城,入拜孙綝。綝问其故,纲曰:"诸葛诞乃蜀汉诸葛武侯之族弟也,向事魏国;今见司马昭欺君罔上,废主弄权,欲兴师讨之,而力不及,故特来归降。诚恐无凭,专送亲子诸葛靓为质。伏望发兵相助。"綝从其请,便遣大将全怿、全端为主将,于诠为合后,朱异、唐咨为先锋,文钦为向导,起兵七万,分三队而进。

  据《资治通鉴》卷七十七:吴纲至吴,吴人大喜,使将军全怿、全端、唐咨、王祚将三万众,与文钦同救诞;以诞为左都护,假节,大司徒、骠骑将军、青州牧,封寿春侯。怿,琮之子;端,其从子也。(参见《三国志·魏书·诸葛诞传》)

吴纲回寿春报知诸葛诞。诞大喜,遂陈兵准备。

  却说诸葛诞表文到洛阳,司马昭见了大怒,欲自往讨之。贾充谏曰:"主公乘父兄之基业,恩德未及四海,今弃天子而去,若一朝有变,悔之何及?不如奏请太后及天子一同出征,可保无虞。"昭喜曰:"此言正合吾意。"遂入奏太后曰:"诸葛诞谋反,臣与文武官僚,计议停当:请太后同天子御驾亲征,以继先帝之遗意。"太后畏惧,只得从之。次日,昭请魏主曹髦起程。髦曰:"大将军都督天下军马,任从调遣,何必朕自行也?"昭曰:"不然。昔日武祖纵横四海,文帝、明帝有包括宇宙之志,并吞八荒之心,凡遇大敌,必须自行。陛下正宜追配先君,扫清故孽,何自畏也?"髦畏威权,只得从之。昭遂下诏,尽起两都之兵二十六万,命镇南将军王基为正先锋,安东将军陈骞为副先锋,监军石苞为左军,兖州刺史州泰为右军,保护车驾,浩浩荡荡,杀奔淮南而来。

东吴先锋朱异,引兵迎敌。两军对圆,魏军中王基出马,朱异来迎。战不三合,朱异败走,唐咨出马,战不三合,亦大败而走。王基驱兵掩杀,吴兵大败,退五十里下寨,报入寿春城中。诸葛诞自引本部锐兵,会合文钦并二子文鸯、文虎,雄兵数万,来敌司马昭。正是:方见吴兵锐气堕,又看魏将劲兵来。未知胜负如何,且看下文分解。

第一百十二回　救寿春于诠死节　取长城伯约鏖兵

却说司马昭闻诸葛诞会合吴兵前来决战，乃召散骑长史裴秀、黄门侍郎锺会，商议破敌之策。锺会曰："吴兵之助诸葛诞，实为利也；以利诱之，则必胜矣。"昭从其言，遂令石苞、州泰先引两军于石头城埋伏，王基、陈骞领精兵在后，却令偏将成倅引兵数万先去诱敌；又令陈俊引车仗牛马驴骡，装载赏军之物，四面聚集于阵中，如敌来则弃之。

是日，诸葛诞令吴将朱异在左，文钦在右，见魏阵中人马不整，诞乃大驱士马径进。成倅退走，诞驱兵掩杀，见牛马驴骡，遍满郊野；南兵争取，无心恋战。忽然一声炮响，两路兵杀来：左有石苞，右有州泰，诞大惊，急欲退时，王基、陈骞精兵杀到。诞兵大败。司马昭又引兵接应。诞引败兵奔入寿春，闭门坚守。昭令兵四面围困，并力攻城。

据《三国志·魏书·诸葛诞传》：（甘露二年夏）六月，车驾东征，至项。大将军司马文王督中外诸军二十六万众，临淮讨之。大将军屯丘头。使基及安东将军陈骞等四面合围，表里再重，堑垒甚峻。又使监军石苞、兖州刺史州泰等，简锐卒为游军，备外寇。钦等数出犯围，逆击走之。（参见《资治通鉴》卷七十七）

时吴兵退屯安丰，魏主车驾驻于项城。锺会曰："今诸葛诞虽败，寿春城中粮草尚多，更有吴兵屯安丰以为掎角之势；今吾兵四面攻围，彼缓则坚守，急则死战；吴兵或乘势夹攻：吾军无益。不如三面攻之，留南门大路，容贼自走；走而击之，可全胜也。吴兵远来，粮必不继；我引轻骑抄在其后，可不战而自破矣。"昭抚会背曰："君真吾之子房也！"

据《资治通鉴》卷七十七：司马昭初围寿春，王基、石苞等皆欲急攻之，昭以为："寿春城固而众多，攻之必力屈；若有外寇，表里受敌，此危道也。今三叛相聚于孤城之中，天其或者使同就戮，吾当以全策縻之。但坚守三面，若吴贼陆道而来，军粮必少；吾以游兵轻骑绝其转输，可不战而破也。吴贼破，钦等必成擒矣！"乃命诸军按甲以守之，卒不烦攻而破。……司马昭之克寿春，锺会谋画居多；昭亲待日隆，委以腹心之任，时人比之子房。（参见《三国志·魏书·诸葛诞传》《锺会传》）

遂令王基撤退南门之兵。

却说吴兵屯于安丰，孙綝唤朱异责之曰："量一寿春城不能救，安可并吞中原？如再不胜必斩！"朱异乃回本寨商议。于诠曰："今寿春南门不围，某愿领一军从南门入去，助诸葛诞守城。将军与魏兵挑战，我却从城中杀出：两路夹攻，魏兵可破矣。"异然其言。于是全怿、全端、文钦等，皆愿入城。遂同于诠引兵一万，从南门而入城。魏兵不得将令，未敢轻敌，任吴兵入城，乃报知司马昭。昭曰："此欲与朱异内外夹攻，以破我军也。"乃召王基、陈骞分付曰："汝可引五千兵截断朱异来路，从背后击之。"二人领命而去。朱异正引兵来，忽背后喊声大震：左有王基，右有陈骞，两路军杀来。吴兵大败。朱异回见孙綝，綝大怒曰："累败之将，要汝何用！"叱武士推出斩之。又责全端子全祎曰："若退不得魏兵，汝父子休来见我！"于是孙綝自回建业去了。

据《资治通鉴》卷七十七：（甘露二年）秋七月，吴大将军綝大发卒出屯镬里，复遣朱异帅将军丁奉、黎斐等五人前解寿春之围。异留辎重于都陆，进屯黎浆，石苞、州泰又击破之。太山太守胡烈以奇兵五千袭都陆，尽焚异资粮，异将余兵，食葛叶，走归孙綝。綝使异更死战，异以士卒乏食，不从綝命。綝怒，九月己巳，綝斩异于镬里。辛未，引兵还建业。綝既不能拔出诸葛诞，而丧败士众，自戮名将，由是吴人莫不怨之。（参见《三国志·吴书·孙綝传》《三国志·魏书·诸葛诞传》）

钟会与昭曰："今孙綝退去，外无救兵，城可围矣。"昭从之，遂催军攻围。全祎引兵欲入寿春，见魏兵势大，寻思进退无路，遂降司马昭。昭加祎为偏将军。祎感昭恩德，乃修家书与父全端、叔全怿，言孙綝不仁，不若降魏，将书射入城中。怿得祎书，遂与端引数千人开门出降。诸葛诞在城中忧闷，谋士蒋班、焦彝进言曰："城中粮少兵多，不能久守，可率吴、楚之众，与魏兵决一死战。"诞大怒曰："吾欲守，汝欲战，莫非有异心乎！再言必斩！"二人仰天长叹曰："诞将亡矣！我等不如早降，免至一死！"是夜二更时分，蒋、焦二人逾城降魏，司马昭重用之。因此城中虽有敢战之士，不敢言战。

据《资治通鉴》卷七十七：司马昭曰："异不得至寿春，非其罪也，而吴人杀之，欲以谢寿春而坚诞意，使其犹望救耳。今当坚围，备其越逸，而多方以误之。"乃纵反间，扬言"吴救方至，大军乏食，分遣羸疾就谷淮北，势不能久"。诞等益宽恣食，俄而城中乏粮，外救不至。将军蒋班、焦彝，皆诞腹心谋主也，言于诞曰："朱异等以大众来而不能进，孙綝杀异而归江东，外以发兵为名，内实坐须成败。今宜及众心尚固，士卒思用，并力决死，攻其一面，虽不能尽克，犹有可全者；空坐守死，无为也。"文钦曰："公今举十余万之众归命于吴，而钦与全端等皆同居死地，父兄子弟尽在江表，就孙綝不欲来，主上及其亲戚岂肯听乎！且中国无岁无事，军民并疲，今守我一年，内变将起，奈何舍此，欲乘危徼幸乎！"班、彝固劝之，钦怒。诞欲杀班、彝，二人惧，（甘露二年）十一月，弃诞逾城来降。全怿兄子辉、仪在建业，与其家内争讼，携其母将部曲数十家来奔。于是怿与兄子靖及全端弟翩、缉皆将兵在寿春城中，司马昭用黄门侍郎钟会策，密为辉、仪作书，使辉、仪所亲信赍入城告怿等，说"吴中怒怿等不能拔寿春，欲尽诛诸将家，故逃来归命"。十二月，怿等率其众数千人开门出降，城中震惧，不知所为。诏拜怿平东将军，封临湘侯；端等封拜各有差。（参见《三国志·魏书·诸葛诞传》及注引《汉晋春秋》，《三国志·魏书·钟会传》，《三国志·吴书·全琮传附子怿传》）

诞在城中，见魏兵四下筑起土城以防淮水，只望水泛，冲倒土城，驱兵击之。不想自秋至冬，并无霖雨，淮水不泛。城中看看粮尽，文钦在小城内与二子坚守，见军士渐渐饿倒，只得来告诞曰："粮皆尽绝，军士饿损，不如将北方之兵尽放出城，以省其食。"诞大怒曰："汝教我尽去北军，欲谋我耶？"叱左右推出斩之。文鸯、文虎见父被杀，各拔短刀，立杀数十人，飞身上城，一跃而下，越壕赴魏寨投降。司马昭恨文鸯昔日单骑退兵之仇，欲斩之。钟会谏曰："罪在文钦，今文钦已亡，二子势穷来归，若杀降将，是坚城内人之心也。"昭从之，遂召文鸯、文虎入帐，用好言抚慰，赐骏马锦衣，加为偏将军，封关内侯。二子拜谢，上马绕城大叫曰："我二人蒙大将军赦罪赐爵，汝等何不早降！"城内人闻言，皆计议曰："文鸯乃司马氏仇人，尚且重用，何况我等乎？"于是皆欲投降。诸葛诞闻之大怒，日夜自来巡城。以杀为威。

据《资治通鉴》卷七十七：甘露三年春正月，文钦谓诸葛诞曰："蒋班、焦彝谓我不能出而走，全端、全怿又率众逆降，此敌无备之时也，可以战矣。"诞及唐咨等皆以为然，遂大为攻具，昼夜五六日攻南围，欲决围而出。围上诸军临高发石车火箭，逆烧破其攻具，矢石雨下，死伤蔽地，血流盈堑，复还城。城内食转竭，出降者数万口。钦欲尽出北方人,省食,与吴人坚守,诞不听,由是争恨。钦素与诞有隙,徒以计合,事急愈相疑。钦见诞计事,诞遂杀钦。钦子鸯、虎将兵在小城中,闻钦死,勒兵赴之;众不为用,遂单走逾城出,自归于司马昭。军吏请诛之,昭曰:"钦之罪不容诛,其子固应就戮;然鸯、虎以穷归命,且城未拔,杀之是坚其心也。"乃赦鸯、虎,使将数百骑巡城,呼曰:"文钦之子犹不见杀,其余何惧!"又表鸯、虎皆为将军,赐爵关内侯。城内皆喜,且日益饥困。(参见《三国志·魏书·诸葛诞传》及注引《汉晋春秋》,《三国志·吴书·孙亮传》)

按:《演义》称司马昭欲斩文鸯,为钟会谏止,与史不合。据史书,司马昭是反对杀文鸯的,罗贯中将司马昭的话移植给了钟会。

钟会知城中人心已变,乃入帐告昭曰:"可乘此时攻城矣。"昭大喜,遂激三军,四面云集,一齐攻打。守将曾宣献了北门,放魏兵入城。诞知魏兵已入;慌引麾下数百人,自城中小路突出;至吊桥边,正撞着胡奋,手起刀落,斩诞于马下,数百人皆被缚。王基引兵杀到西门,正遇吴将于诠。基大喝曰:"何不早降!"诠大怒曰:"受命而出,为人救难,既不能救,又降他人,义所不为也!"乃掷盔于地,大呼曰:"人生在世,得死于战场者,幸耳!"急挥刀死战三十余合,人困马乏,为乱军所杀。后人有诗赞曰:

司马当年围寿春,降兵无数拜车尘。东吴虽有英雄士,谁及于诠肯杀身!

司马昭入寿春,将诸葛诞老小尽皆枭首,灭其三族。

据《资治通鉴》卷七十七:司马昭身自临围,见城上持弓者不发,曰:"可攻矣!"乃四面进军,同时鼓噪登城。二月乙酉,克之。诞窘急,单马将其麾下突小城欲出,司马胡奋部兵击斩之,夷其三族。……吴将于诠曰:"大丈夫受命其主,以兵救人,既不能克,又束手于敌,吾弗取也。"乃免胄冒陈而死。(参见《三国志·魏书·诸葛诞传》及注引干宝《晋纪》,《三国志·吴书·孙亮传》)

武士将所擒诸葛诞部卒数百人缚至。昭曰:"汝等降否?"众皆大叫曰:"愿与诸葛公同死,决不降汝!"昭大怒,叱武士尽缚于城外,逐一问曰:"降者免死。"并无一人言降。直杀至尽,终无一人降者。昭深加叹息不已,令皆埋之。

据《资治通鉴》卷七十七:诞麾下数百人,皆拱手为列,不降,每斩一人,辄降之,卒不变,以至于尽。(参见《三国志·魏书·诸葛诞传》及注引干宝《晋纪》)

后人有诗赞曰:

忠臣矢志不偷生,诸葛公休帐下兵,《薤露》歌声应未断,遗踪直欲继田横!

却说吴兵大半降魏,裴秀告司马昭曰:"吴兵老小,尽在东南江、淮之地,今若留之,久必为变;不如坑之。"钟会曰:"不然。古之用兵者,全国为上,戮其元恶而已。若尽坑之,是不仁也。不如放归江南,以显中国之宽大。"昭曰:"此妙论也。"遂将吴兵尽皆放归本国。唐咨因惧孙綝,不敢回国,亦来降魏。昭皆重用,令分布三河之地。淮南已平。

据《资治通鉴》卷七十七:唐咨、王祚等皆降。吴兵万众,器仗山积。……议者又以为"淮南仍为叛逆,吴兵室家在江南,不可纵,宜悉坑之"。昭曰:"古之用兵,全国为上,戮其元恶而已。吴兵就得亡还,适可以示中国之大度耳。"一无所杀,分布三河近郡以安处之。拜唐咨安远将军,其余裨将,咸假位号,众皆悦服,其淮南将士吏民为诞所胁略者,皆赦之。听文鸯兄弟收敛父丧。给其车牛,致葬旧墓。(参见《三国志·魏书·诸葛诞传》)

正欲退兵，忽报西蜀姜维引兵来取长城，邀截粮草。昭大惊，慌与多官计议退兵之策。

时蜀汉延熙二十年，改为景耀元年。姜维在汉中，选川将两员，每日操练人马：一是蒋舒，一是傅佥。二人颇有胆勇，维甚爱之。忽报淮南诸葛诞起兵讨司马昭，东吴孙綝助之，昭大起两都之兵，将魏太后并魏主一同出征去了。维大喜曰："吾今番大事济矣！"遂表奏后主，愿兴兵伐魏。中散大夫谯周听知，叹曰："近来朝廷溺于酒色，信任中贵黄皓，不理国事，只图欢乐；伯约累欲征伐，不恤军士：国将危矣！"乃作《仇国论》一篇，寄与姜维。维拆封视之。论曰：

或问：古往能以弱胜强者，其术何如？曰：处大国无患者，恒多慢；处小国有忧者，恒思善。多慢则生乱，思善则生治，理之常也，故周文养民，以少取多；句践恤众，以弱毙强。此其术也。

或曰：曩者楚强汉弱，约分鸿沟，张良以为民志既定则难动也，率兵追羽，终毙项氏；岂必由文王、句践之事乎？曰：商、周之际，王侯世尊，君臣久固。当此之时，虽有汉祖，安能仗剑取天下乎？及秦罢侯置守之后，民疲秦役，天下土崩，于是豪杰并争。今我与彼，皆传国易世矣，既非秦末鼎沸之时，实有六国并据之势，故可为文王，难为汉祖。时可而后动，数合而后举，故汤、武之师，不再战而克，诚重民劳而度时审也。如遂极武黩征，不幸遇难，虽有智者，不能谋之矣。

据《资治通鉴》卷七十七：是时，维数出兵，蜀人愁苦。中散大夫谯周作《仇国论》以讽之曰："或问往古能以弱胜强者，其术如何？曰：吾闻之，处大无患者常多慢，处小有忧者常思善；多慢则生乱，思善则生治，理之常也。故周文养民，以少取多，勾践恤众，以弱毙强，此其术也。或曰：曩者，项强汉弱，相与战争，项羽与汉约分鸿沟，各归息民，张良以为民志既定，则难动也，率兵追羽，终毙项氏。岂必由文王之事乎？曰：当商、周之际，王侯世尊，君臣久固，民习所专；深根者难拔，据固者难迁。当此之时，虽汉祖安能杖剑鞭马而取天下乎！及秦罢侯置守之后，民疲秦役，天下土崩，或岁改主，或月易公，鸟惊兽骇，莫知所从，于是豪强并争，虎裂狼分，疾搏者获多，迟后者见吞。今我与彼皆传国易世矣，既非秦末鼎沸之时，实有六国并据之势，故可为文王，难为汉祖。夫民之疲劳，则骚扰之兆生，上慢下暴，则瓦解之形起。谚曰：'射幸数跌，不如审发。'是故智者不为小利移目，不为意似改步，时可而后动，数合而后举，故汤、武之师不再战而克，诚重民劳而度时审也。如遂极武黩征，土崩势生，不幸遇难，虽有智者，将不能谋之矣。"（参见《三国志·蜀书·谯周传》）

姜维看毕，大怒曰："此腐儒之论也！"掷之于地，遂提川兵来取中原。乃问傅佥曰："以公度之，可出何地？"佥曰："魏屯粮草，皆在长城；今可径取骆谷，度沈岭，直到长城，先烧粮草，然后直取秦川，则中原指日可得矣。"维曰："公之见与吾计暗合也。"即提兵径取骆谷，度沈岭，望长城而来。

却说长城镇守将军司马望，乃司马昭之族兄也。城内粮草甚多，人马却少。望听知蜀兵到，急与王真、李鹏二将，引兵离城二十里下寨。次日，蜀兵来到，望引二将出阵。姜维出马，指望而言曰："今司马昭迁主于军中，必有李傕、郭汜之意也，吾今奉朝廷明命，前来问罪，汝当早降。若还愚迷，全家诛戮！"望大声而答曰："汝等无礼，数犯上国，如不早退，令汝片甲不归！"言未毕，望背后王真挺枪出马，蜀阵中傅佥出迎。战不十合，佥卖个破绽，王真便挺枪来刺；傅佥闪过，活捉真于马上，便回本阵。李鹏大怒，纵马轮刀来救。佥故意放慢，等李鹏将近，努力掷真于地，暗掣四楞铁简在手；鹏赶上举刀待砍，傅佥偷身回顾，向李鹏面门只一简，打得眼珠迸出，死于马下。王真被蜀军乱枪刺死。姜维驱兵大进。司马望弃寨入城，闭门不出。维下令曰："军士今夜且歇一宿，以养锐气。来日须要入城。"次日平明，蜀兵争先大进，一拥至城下，用火箭火炮打入城中。城上草屋一派烧着，魏兵自乱。维又令人取干柴堆满城下，一齐放火，烈焰冲天。城已将陷，魏兵在城内嚎啕痛哭，声闻四野。

正攻打之间，忽然背后喊声大震。维勒马回看，只见魏兵鼓噪摇旗，浩浩而来。维遂令后队为前队，自立于门旗下候之。只见魏阵中一小将，全装惯带，挺枪纵马而出，约年二十余岁，面如傅粉，唇似抹朱，厉声大叫曰："认得邓将军否？"维自思曰："此必是邓艾矣。"挺枪纵马来迎。二人抖擞精神，战到三四十合，不分胜负。那小将军枪法无半点放闲。维心中自思："不用此计，安得胜乎？"便拨马望左边山路中而走。那小将骤马追来，维挂住了钢枪，暗取雕弓羽箭射之。那小将眼乖，早已见了，弓弦响处，把身望前一倒，放过羽箭。维回头看时，小将已到，挺枪来刺；维一闪，那枪从肋傍过边，被维挟住。那小将弃枪，望本阵而走。维嗟叹曰："可惜！可惜！"再拨马赶来。追至阵门前，一将提刀而出曰："姜维匹夫，勿赶吾儿！邓艾在此！"维大惊。原来小将乃艾之子邓忠也。维暗暗称奇；欲战邓艾，又恐马乏，乃虚指艾曰："吾今日识汝父子也。各且收兵，来日决战。"艾见战场不利，亦勒马应曰："既如此，各自收兵，暗算者非丈夫也。"于是两军皆退。邓艾据渭水下寨，姜维跨两山安营。艾见了蜀兵地理，乃作书于司马望曰："我等切不可战，只宜固守。待关中兵至时，蜀兵粮草皆尽，三面攻之，无不胜也。今遣长子邓忠相助守城。"一面差人于司马昭处求救。

却说姜维令人于艾寨中下战书，约来日大战，艾佯应之。次日五更，维令三军造饭，平明布阵等候。艾营中偃旗息鼓，却如无人之状。维至晚方回。次日又令人下战书，责以失期之罪。艾以酒食待使，答曰："微躯小疾，有误相持，明日会战。"次日，维又引兵来，艾仍前不出。如此五六番。傅佥谓维曰："此必有谋也，宜防之。"维曰："此必捱关中兵到，三面击我耳。吾今令人持书与东吴孙綝，使并力攻之。"忽探马报说："司马昭攻打寿春，杀了诸葛诞，吴兵皆降。昭班师回洛阳。便欲引兵来救长城。"维大惊："今番伐魏，又成画饼矣，不如且回。"正是：已叹四番难奏绩，又嗟五度未成功。未知如何退兵，且看下文分解。

第一百十三回　丁奉定计斩孙綝　姜维斗阵破邓艾

却说姜维恐救兵到，先将军器车仗，一应军需，步兵先退，然后将马军断后。

据《三国志·蜀书·姜维传》：（延熙）二十年，魏征东大将军诸葛诞反于淮南，分关中兵东下。维欲乘虚向秦川，复率数万人出骆谷，径至沈岭。时长城积谷甚多而守兵乃少，闻维方到，众皆惶惧。魏大将军司马望拒之，邓艾亦自陇右，皆军于长城。维前住芒水，皆倚山为营。望、艾傍渭坚围，维数下挑战，望、艾不应。景耀元年，维闻诞破败，乃还成都。复拜大将军。（参见《资治通鉴》卷七十七）

细作报知邓艾。艾笑曰："姜维知大将军兵到，故先退去。不必追之，追则中彼之计也。"乃令人哨探，回报果然骆谷道狭之处，堆积柴草，准备要烧追兵。众皆称艾曰："将军真神算也！"遂遣使赍表奏闻。于是司马昭大喜，又加赏邓艾。

却说东吴大将军孙綝，听知全端、唐咨等降魏，勃然大怒，将各人家眷，尽皆斩之。吴主孙亮，时年方十六，见綝杀戮太过，心甚不然。一日出西苑，因食生梅，令黄门取蜜。须臾取至，见蜜内有鼠粪数块，召藏吏责之。藏吏叩首曰："臣封闭甚严，安有鼠粪？"亮曰："黄门曾向尔求蜜食否？"藏吏曰："黄门于数日前曾求蜜食，臣实不敢与。"亮指黄门曰："此必汝怒藏吏不与尔蜜，故置粪于蜜中，以陷之也。"黄门不服。亮曰："此事易知耳。若粪久在蜜中，则内外皆湿，若新在蜜中，则外湿内燥。"命剖视之，果然内燥，黄门服罪。亮之聪明，大抵如此。

据《资治通鉴》卷七十七：（甘露二年）夏四月，吴主临正殿，大赦，始亲政事。孙綝表奏，多见难问，又科兵子弟十八已下，十五以上三千余人，选大将子弟年少有勇力者，使将之，日于苑中教习，曰："吾立此军，欲与之俱长。"又数出中书视大帝时旧事，问左右侍臣曰："先帝数有特制，今大将军问事，但令我书可邪？"尝食生梅，使黄门至中藏取蜜，蜜中有鼠矢；召问藏吏，藏吏叩头。吴主曰："黄门从尔求蜜邪？"吏曰："向求，实不敢与。"黄门不服。吴主令破鼠矢，矢中燥，因大笑，谓左右曰："若矢先在蜜中，中外当俱湿；今外湿里燥，此必黄门所为也。"诘之，果服，左右莫不惊悚。（参见《三国志·吴书·孙亮传》注引《吴历》及《江表传》）

虽然聪明，却被孙綝把持，不能主张，綝令弟威远将军孙据入苍龙宿卫，武卫将军孙恩、偏将军孙干、长水校尉孙闿分屯诸营。

据《资治通鉴》卷七十七：吴孙綝以吴主亲览政事，多所难问，甚惧；返自镬里，遂称疾不朝，使弟威远将军据入仓龙门宿卫，武卫将军恩、偏将军干、长水校尉闿分屯诸营，欲以自固。（参见《三国志·吴书·孙綝传》）

一日，吴主孙亮闷坐，黄门侍郎全纪在侧，纪乃国舅也。亮因泣告曰："孙綝专权妄杀，欺朕太甚；今不图之，必为后患。"纪曰："陛下但有用臣处，臣万死不辞。"亮曰："卿可只今点起禁兵，与将军刘丞各把城门，朕自出杀孙綝。但此事切不可令卿母知之，卿母乃綝之姊也。倘若泄漏，误朕匪轻。"纪曰："乞陛下草诏与臣。临行事之时，臣将诏示众，使綝手下人皆不敢妄动。"亮从之，即写密诏付纪。纪受诏归家，密告其父全尚。尚知此事，乃告妻曰："三日内杀孙綝矣。"妻曰:"杀之是也。"口虽应之,却私令人持书报知孙綝。綝大怒,当夜便唤弟兄四人,点起精兵,先围大内;一面将全尚、刘丞并其家小俱拿下。比及平明,吴主孙亮听得宫门外金鼓大震,内侍慌入奏曰:"孙綝引兵围了内苑。"亮大怒,指全后骂曰:"汝父兄误我大事矣!"乃拔剑欲出。全后与侍中近臣,皆牵其衣而哭,不放亮出。孙綝先将全尚、刘丞等杀讫,然后召文武于朝内,下令曰:"主上荒淫久病,昏乱无道,不可以奉宗庙,今当废之。汝诸文武,敢有不从者,以谋叛论!"众皆畏惧,应曰:"愿从将军之令。"尚书桓彝大怒,从班部中挺然而出,指孙綝大骂曰:"今上乃聪明之主,汝何敢出此乱言!吾宁死不从贼臣之命!"綝大怒,自拔剑斩之,即入内指吴主孙亮骂曰:"无道昏君!本当诛戮以谢天下!看先帝之面,废汝为会稽王,吾自选有德者立之!"叱中书郎李崇夺其玺绶,令邓程收之。亮大哭而去。

据《资治通鉴》卷七十七:吴主阴与全公主及将军刘丞谋诛綝。全后父尚为太常、卫将军,吴主谓尚子黄门侍郎纪曰:"孙綝专势,轻小于孤。孤前敕之使速上岸,为唐咨等作援,而留湖中不上岸一步;又委罪于朱异,擅杀功臣,不先表闻;筑第桥南,不复朝见。此为自在,无所复畏,不可久忍,今规取之。卿父作中军都督,使密严整士马,孤当自出临桥,率宿卫虎骑、左右无难一时围之,作版诏敕綝所领皆解散,不得举手。正尔,自当得之;卿去,但当使密耳!卿宣诏卿父,勿令卿母知之;女人既不晓大事,且綝同堂姊,邂逅漏泄,误孤非小也!"纪承诏以告尚。尚无远虑,以语纪母,母使人密语綝。(甘露三年秋)九月戊午,綝夜以兵袭尚,执之,遣弟恩杀刘承于苍龙门外,比明,遂围宫。吴主大怒,上马带鞬执弓欲出,曰:"孤大皇帝適子,在位已五年,谁敢不从者!"侍中近臣及乳母共牵攀止之,不得出,叹咤不食,骂全后曰:"尔父愦愦,败我大事!"又遣呼纪,纪曰:"臣父奉诏不谨,负上,无面目复见。"因自杀。綝使光禄勋孟宗告太庙,废吴主为会稽王。召群臣议曰:"少帝荒病昏乱,不可以处大位,承宗庙,已告先帝废之。诸君若有不同者,下异议。"皆震怖,曰:"唯将军令!"綝遣中书郎李崇夺吴主玺绶,以吴主罪班告远近。尚书桓彝不肯署名,綝怒,杀之。典军施正劝綝迎立琅邪王休,綝从之。己未,綝使宗正楷与中书郎董朝迎琅邪王于会稽。遣将军孙耽送会稽王亮之国,亮时年十六。徙全尚于零陵,寻追杀之;迁全公主于豫章。(参见《三国志·吴书·孙綝传》及注引《江表传》)

后人有诗叹曰:
乱贼诬伊尹,奸臣冒霍光。可怜聪明主,不得莅朝堂。

孙綝遣宗正孙楷、中书郎董朝,往虎林迎请琅琊王孙休为君。休字子烈,乃孙权第六子也,在虎林夜梦乘龙上天,回顾不见龙尾,失惊而觉。

据《三国志·吴书·孙休传》:孙休字子烈,权第六子。年十三,从中书郎射慈、郎中盛冲受学。太元二年正月,封琅邪王,居虎林。四月,权薨,休弟亮承统,诸葛恪秉政,不欲诸王在滨江兵马之地,徙休于丹杨郡。太守李衡数以事侵休,休上书乞徙他郡,诏徙会稽。居数岁,梦乘龙上天,顾不见尾,觉而异之。

次日,孙楷、董朝至,拜请回都。行至曲阿,有一老人,自称姓干,名休,叩头言曰:"事久必变,愿殿下速行。"休谢之。行至布塞亭,孙恩将车驾来迎。休不敢乘辇,乃坐小车而入。百官拜迎道傍,休慌忙下车答礼。孙綝出令扶起,请入大殿,升御座即天子位。休再三谦让,方受玉玺。文官武将朝贺已毕,大赦天下,改元永安元年;封孙綝为丞相、荆州牧;多官各有封赏;

据《三国志·吴书·孙休传》:孙亮废,己未,孙綝使宗正孙楷与中书郎董朝迎休。

休初闻问,意疑,楷、朝具述綝等所以奉迎本意,留一日二夜,遂发。十月戊寅,行至曲阿,有老公干休叩头曰:"事久变生,天下喁喁,愿陛下速行。"休善之,是日进及布塞亭。武卫将军恩行丞相事,率百僚以乘舆法驾迎于永昌亭,筑宫,以武帐为便殿,设御座。己卯,休至,望便殿止住,使孙楷先见恩。楷还,休乘辇进,群臣再拜称臣。休升便殿,谦不即御坐,止东厢。户曹尚书前即阶下下赞奏,丞相奉玺符。休三让,群臣三请。休曰:"将相诸侯咸推寡人,寡人敢不承受玺符。"群臣以次奉引,休就乘舆,百官陪位,綝以兵千人迎于半野,拜于道侧,休下车答拜。即日,御正殿,大赦,改元。是岁,于魏甘露三年也。永安元年冬十月壬午,诏曰:"夫褒德赏功,古今通义。其以大将军綝为丞相、荆州牧,增食五县。武卫将军恩为御史大夫、卫将军、中军督,封县侯。威远将军据为右将军、县侯。偏将军干杂号将军、亭侯。长水校尉张布辅导勤劳,以布为辅义将军,封永康侯。董朝亲迎,封为乡侯。"(参见《资治通鉴》卷七十七)

又封兄之子孙皓为乌程侯。

据《三国志·吴书·孙休传》:(永安元年冬十月)己丑,封孙皓为乌程侯,皓弟德钱唐侯,谦永安侯。(参见《资治通鉴》卷七十七)
据《三国志·吴书·孙和传》:孙休立,封和子皓为乌程侯。

孙綝一门五侯,皆典禁兵,权倾人主。吴主孙休,恐其内变,阳示恩宠,内实防之。綝骄横愈甚。

据《三国志·吴书·孙休传》:綝一门五侯皆典禁兵,权倾人主,有所陈述,敬而不违,于是益恣。休恐其有变,数加赏赐。

冬十二月,綝奉牛酒入宫上寿,吴主孙休不受,綝怒,乃以牛酒诣左将军张布府中共饮。酒酣,乃谓布曰:"吾初废会稽王时,人皆劝吾为君。吾为今上贤,故立之。今我上寿而见拒,是将我等闲相待。吾早晚教你看!"布闻言,唯唯而已。次日,布入宫密奏孙休。休大惧,日夜不安。数日后,孙綝遣中书郎孟宗,拨与中营所管精兵一万五千,出屯武昌;又尽将武库内军器与之。于是,将军魏邈、武卫士施朔二人密奏孙休曰:"綝调兵在外,又搬尽武库内军器,早晚必为变矣。"休大惊,急召张布计议。布奏曰:"老将丁奉,计略过人,能断大事,可与议之。"休乃召奉入内,密告其事。奉奏曰:"陛下无忧。臣有一计,为国除害。"休问何计,奉曰:"来朝腊日,只推大会群臣,召綝赴席,臣自有调遣。"休大喜。奉同魏邈、施朔掌外事,张布为内应。

据《资治通鉴》卷七十七:孙綝奉牛酒诣吴主,吴主不受,赍诣左将军张布。酒酣,出怨言曰:"初废少主时,多劝吾自为之者。吾以陛下贤明,故迎之。帝非我不立,今上礼见拒,是与凡臣无异,当复改图耳。"布以告吴主,吴主衔之,恐其有变,数加赏赐。(甘露三年冬十月)戊戌,吴主诏曰:"大将军掌中外诸军事,事统烦多,其加卫将军、御史大夫恩侍中,与大将军分省诸事。"或有告綝怀怨悔上,欲图反者,吴主执以付綝,綝杀之,由是益惧,因孟宗家出屯武昌,吴主许之。綝尽敕所督中营精兵万余人,皆令装载,又取武库兵器,吴主咸令给与。綝求中书两郎典知荆州诸军事,主者奏中书不应外出,吴主特听之。其所请求,一无违者。将军魏邈说吴主曰:"綝居外,必有变。"武卫士施朔又告綝谋反。吴主将讨綝,密问辅义将军张布,布曰:"左将军丁奉,虽不能吏书,而计略过人,能断大事。"吴主召奉告之,且问以计画。奉曰:"丞相兄弟支党甚盛,恐人心不同,不可卒制;可因腊会有陛兵以诛之。"吴主从之。(参见《三国志·吴书·孙綝传》《丁奉传》)

第一百十三回 丁奉定计斩孙綝 姜维斗阵破邓艾

是夜，狂风大作，飞沙走石，将老树连根拔起。天明风定，使者奉旨来请孙綝入宫赴会。孙綝方起床，平地如人推倒，心中不悦。使者十余人，簇拥入内。家人止之曰："一夜狂风不息，今早又无故惊倒，恐非吉兆，不可赴会。"綝曰："吾弟兄共典禁兵，谁敢近身！倘有变动，于府中放火为号。"嘱讫，升车入内。吴主孙休忙下御座迎之，请綝高坐。酒行数巡，众惊曰："宫外望有火起！"綝便欲起身。休止之曰："丞相稳便。外兵自多，何足惧哉？"言未毕，左将军张布拔剑在手，引武士三十余人，抢上殿来，口中厉声而言曰："有诏擒反贼孙綝！"綝急欲走时，早被武士擒下。綝叩头奏曰："愿徙交州归田里。"休叱曰："尔何不徙滕胤、吕据、王惇耶？"命推下斩之。于是张布牵孙綝下殿东斩讫。从者皆不敢动。布宣诏曰："罪在孙綝一人，余皆不问。"众心乃安。布请孙休升五凤楼。丁奉、魏邈、施朔等，擒孙綝兄弟至，休命尽斩于市。宗党死者数百人，灭其三族，命军士掘开孙峻坟墓，戮其尸首。将被害诸葛恪、滕胤、吕据、王惇等家，重建坟墓，以表其忠。其牵累流远者，皆赦还乡里。丁奉等重加封赏。

据《资治通鉴》卷七十七：（甘露三年冬十月）十二月丁卯，建业中谣言明会有变，綝闻之，不悦。夜，大风，发屋扬沙，綝益惧。戊辰，腊会，綝称疾不至；吴主强起之，使者十余辈，綝不得已，将入，众止焉。綝曰："国家屡有命，不可辞。可豫整兵，令府内起火，因是可得速还。"遂入，寻而火起，綝求出，吴主曰："外兵自多，不足烦丞相也。"綝起离席，奉、布目左右缚之。綝叩头曰："愿徙交州。"吴主曰："卿何以不徙滕胤、吕据于交州乎！"綝复曰："愿没为官奴。"吴主曰："卿何不以胤、据为奴乎！"遂斩之。以綝首令其众曰："诸与綝同谋者，皆赦之。"放仗者五千人。孙闿乘船欲降北，追杀之。夷綝三族，发孙峻棺，取其印绶，斫其木而埋之。己巳，吴主以张布为中军督。改葬诸葛恪、滕胤、吕据等，其雁恪等事远徙者，一切召还。（参见《三国志·吴书·孙綝传》《丁奉传》）

驰书报入成都。后主刘禅遣使回贺，吴使薛珝答礼。珝自蜀中归，吴主孙休问蜀中近日作何举动。珝奏曰："近日中常侍黄皓用事，公卿多阿附之。入其朝，不闻直言；经其野，民有菜色。所谓'燕雀处堂，不知大厦之将焚'者也。"

据《资治通鉴》卷七十七：吴主使五官中郎将薛珝聘于汉，及还，吴主问汉政得失，对曰："主暗而不知其过，臣下容身以求免罪，入其朝不闻直言，经其野民皆菜色。臣闻燕雀处堂，子母相乐，自以为至安也，突决栋焚，而燕雀怡然不知祸之将及，其是之谓乎！"珝，综之子也。（参见《三国志·吴书·薛综子珝传》注引《汉晋春秋》）

休叹曰："若诸葛武侯在时，何至如此乎！"于是又写国书，教人赍入成都，说司马昭不日篡魏，必将侵吴、蜀以示威，彼此各宜准备。

姜维听得此信，忻然上表，再议出师伐魏。时蜀汉景耀元年冬，大将军姜维以廖化、张翼为先锋，王含、蒋斌为左军，蒋舒、傅佥为右军，胡济为合后，维与夏侯霸总中军，共起蜀兵二十万，拜辞后主，径到汉中。与夏侯霸商议，当先攻取何地。霸曰："祁山乃用武之地，可以进兵，故丞相昔日六出祁山，因他处不可出也。"维从其言，遂令三军并望祁山进发，至谷口下寨。

时邓艾正在祁山寨中，整点陇右之兵。忽流星马报到，说蜀兵现下三寨于谷口。艾听知，遂登高看了，回寨升帐，大喜曰："不出吾之所料也！"原来邓艾先度了地脉，故留蜀兵下寨之地；地中自祁山寨直至蜀寨，早挖了地道，待蜀兵至时，于中取事。此时姜维至谷口分作三寨，地道正在左寨之中，乃王含、蒋斌下寨之处。邓艾唤子邓忠，与师纂各引一万兵，为左右冲击；

却唤副将郑伦，引五百掘子军，于当夜二更，径从地道直至左营，于帐后地下拥出。

却说王含、蒋斌因立寨未定，恐魏兵来劫寨，不敢解甲而寝。忽闻中军大乱，急绰兵器上的马时，寨外邓忠引兵杀到。内外夹攻，王、蒋二将奋死抵敌不住，弃寨而走。姜维在帐中听得左寨中大喊，料道有内应外合之兵，遂急上马，立于中军帐前，传令曰："如有妄动者斩！便有敌兵到营边，休要问他，只管以弓弩射之！"一面传示右营，亦不许妄动。果然魏兵十余次冲击，皆被射回。只冲杀到天明，魏兵不敢杀入。邓艾收兵回寨，乃叹曰："姜维深得孔明之法！兵在夜而不惊，将闻变而不乱：真将才也！"次日，王含、蒋斌收聚败兵，伏于大寨前请罪。维曰："非汝等之罪，乃吾不明地脉之故也。"又拨军马，令二将安营讫。却将伤死身尸，填于地道之中，以土掩之。令人下战书单搦邓艾来日交锋。艾忻然应之。

次日，两军列于祁山之前。维按武侯八阵之法，依天、地、风、云、鸟、蛇、龙、虎之形，分布已定。邓艾出马，见维布成八卦，乃亦布之，左右前后，门户一般。维持枪纵马大叫曰："汝效吾排八阵，亦能变阵否？"艾笑曰："汝道此阵只汝能布耶？吾既会布阵，岂不知变阵！"艾便勒马入阵，令执法官把旗左右招飐，变成八八六十四个门户；复出阵前曰："吾变法若何？"维曰："虽然不差，汝敢与吾八阵相围么？"艾曰："有何不敢！"两军各依队伍而进。艾在中军调遣。两军冲突，阵法不曾错动。姜维到中间，把旗一招，忽然变成"长蛇卷地阵"，将邓艾困在垓心，四面喊声大震。艾不知其阵，心中大惊。蜀兵渐渐逼近，艾引众将冲突不出。只听得蜀兵齐叫曰："邓艾早降！"艾仰天长叹曰："我一时自逞其能，中姜维之计矣！"

忽然西北角上一彪军杀入，艾见是魏兵，遂乘势杀出。救邓艾者，乃司马望也。比及救出邓艾时，祁山九寨，皆被蜀兵所夺。艾引败兵，退于渭水南下寨。艾谓望曰："公何以知此阵法而救出我也？"望曰："吾幼年游学于荆南，曾与崔州平、石广元为友，讲论此阵。今日姜维所变者，乃'长蛇卷地阵'也。若他处击之，必不可破。吾见其头在西北，故从西北击之，自破矣。"艾谢曰："我虽学得阵法，实不知变法。公既知此法，来日以此法复夺祁山寨栅，如何？"望曰："我之所学，恐瞒不过姜维。"艾曰："来日公在阵上与他斗阵法，我却引一军暗袭祁山之后。两下混战，可夺旧寨也。"于是令郑伦为先锋，艾自引军袭山后；一面令人下战书，搦姜维来日斗阵法。维批回去讫，乃谓众将曰："吾受武侯所传密书，此阵变法共三百六十五样，按周天之数。今搦吾斗阵法，乃班门弄斧耳！但中间必有诈谋，公等知之乎？"廖化曰："此必赚我斗阵法，却引一军袭我后也。"维笑曰："正合我意。"即令张翼、廖化，引一万兵去山后埋伏。

次日，姜维尽拔九寨之兵，分布于祁山之前。司马望引兵离了渭南，径到祁山之前，出马与姜维答话。维曰："汝请吾斗阵法，汝先布与吾看。"望布成了八卦。维笑曰："此即吾所布八阵之法也，汝今盗袭，何足为奇！"望曰："汝亦窃他人之法耳！"维曰："此阵凡有几变？"望笑曰："吾既能布，岂不会变？此阵有九九八十一变。"维笑曰："汝试变来。"望入阵变了数番，复出阵曰："汝识吾变否？"维笑曰："吾阵法按周天三百六十五变。汝乃井底之蛙，安知玄奥乎！"望自知有此变法，实不曾学全，乃勉强折辩曰："吾不信，汝试变来。"维曰："汝教邓艾出来，吾当布与他看。"望曰："邓将军自有良谋，不好阵法。"维大笑曰："有何良谋！不过教汝赚吾在此布阵，他却引兵袭吾山后耳！"望大惊，恰欲进兵混战，被维以鞭梢一指，两翼兵先出，杀的那魏兵弃甲抛戈，各逃性命。

却说邓艾催督先锋郑伦来袭山后。伦刚转过山角，忽然一声炮响，鼓角喧天，伏兵杀出，为首大将乃廖化也。二人未及答话，两马交处，被廖化一刀，斩郑伦于马下。邓艾大惊，急勒兵退时，张翼引一军杀到。两下夹攻，魏兵大败。

按：《演义》所述姜维第六次伐魏，出祁山，夺祁山九寨，与邓艾斗阵法，大破邓艾的故事，均不见于史。

艾舍命突出，身被四箭。奔到渭南寨时，司马望亦到。二人商议退兵之策。望曰："近日蜀主刘禅，宠幸中贵黄皓，日夜以酒色为乐。可用反间计召回姜维，此危可解。"艾问众谋士曰："谁可入蜀交通黄皓？"言未毕，一人应声曰："某愿往。"艾视之，乃襄阳党均也。艾大喜，即令党均赍金珠宝物，径到成都结连黄皓，布散流言，说姜维怨望天子，不久投魏。于是成都人人所说皆同。黄皓奏知后主，即遣人星夜宣姜维入朝。

却说姜维连日搦战，邓艾坚守不出。维心中甚疑。忽使命至，诏维入朝。维不知何事，只得班师回朝。邓艾、司马望知姜维中计，遂拔渭南之兵，随后掩杀。正是：乐毅伐齐遭间阻，岳飞破敌被谗回。未知胜负如何，且看下文分解。

第一百十四回　曹髦驱车死南阙　姜维弃粮胜魏兵

却说姜维传令退兵，廖化曰："将在外，君命有所不受。今虽有诏，未可动也。"张翼曰："蜀人为大将军连年动兵，皆有怨望；不如乘此得胜之时，收回人马，以安民心，再作良图。"维曰："善。"遂令各军依法而退。命廖化、张翼断后，以防魏兵追袭。

却说邓艾引兵追赶，只见前面蜀兵旗帜整齐，人马徐徐而退。艾叹曰："姜维深得武侯之法也！"因此不敢追赶，勒军回祁山寨去了。

且说姜维至成都，入见后主，问召回之故。后主曰："朕为卿在边庭，久不还师，恐劳军士，故诏卿回朝，别无他意。"维曰："臣已得祁山之寨，正欲收功，不期半途而废。此必中邓艾反间之计矣。"后主默然不语。姜维又奏曰："臣誓讨贼，以报国恩。陛下休听小人之言，致生疑虑。"后主良久乃曰："朕不疑卿；卿且回汉中，俟魏国有变，再伐之可也。"姜维叹息出朝，自投汉中去讫。

却说党均回到祁山寨中，报知此事。邓艾与司马望曰："君臣不和，必有内变。"就令党均入洛阳，报知司马昭。昭大喜，便有图蜀之心，乃问中护军贾充曰：

据《三国志·魏书·贾逵传附子充传》：充，咸熙中为中护军。

"吾今伐蜀，如何？"充曰："未可伐也。天子方疑主公，若一旦轻出，内难必作矣。旧年黄龙两见于宁陵井中，群臣表贺，以为祥瑞；天子曰：'非祥瑞也。龙者君象，乃上不在天，下不在田，屈于井中，是幽困之兆也。'遂作《潜龙诗》一首。诗中之意，明明道着主公。其诗曰：

　　'伤哉龙受困，不能跃深渊。上不飞天汉，下不见于田。
　　蟠居于井底，鳅鳝舞其前。藏牙伏爪甲，嗟我亦同然！'"
司马昭闻之大怒，谓贾充曰："此人欲效曹芳也！若不早图，彼必害我。"

据《资治通鉴》卷七十七：甘露四年春正月，黄龙二见宁陵井中。先是，顿丘、冠军、阳夏井中屡有龙见，群臣以为吉祥，帝曰："龙者，君德也，上不在天，下不在田，而数屈于井，非嘉兆也。"作《潜龙诗》以自讽，司马昭见而恶之。（参见《三国志·魏书·高贵乡公髦纪》及注引《汉晋春秋》）

据《三国志·魏书·高贵乡公髦纪》注引《魏氏春秋》：（郑）小同诣司马文王，文王有密疏，未之屏也，如厕还，谓之曰："卿见吾疏乎？"对曰："否。"文王犹疑而鸩之，卒。

据《后汉书·郑玄传附郑小同传》注引《魏氏春秋》：小同，高贵乡公时为侍中。尝诣司马文王，文王有密疏，未之屏也，如厕还，问之曰："卿见吾疏乎？"答曰："不。"文王曰："宁我负卿，无卿负我。"遂鸩之。

据《三国志集解》卷四《高贵乡公髦纪》：卢弼按：据《晋史》所载，当时实将有废立之事，昭之密疏或即为此。郑小同之鸩死，虑其漏泄也。

据《三国志·魏书·高贵乡公髦纪》注引《世语》：青龙中，石苞鬻铁于长安，得见司马宣王，宣王知焉。后擢为尚书郎，历青州刺史、镇东将军。甘露中入朝，当还，辞高贵乡公，留中尽日。文王遣人要令过。文王问苞："何淹留也？"苞曰："非常人也。"明日发至荥阳，数日而难作。

充曰："某愿为主公早晚图之。"

时魏甘露五年夏四月，司马昭带剑上殿，髦起迎之。群臣皆奏曰："大将军功德巍巍，合为晋公，加九锡。"髦低头不答。昭厉声曰："吾父子兄弟三人有大功于魏，今为晋公，得毋不宜耶？"髦乃应曰："敢不如命？"

  据《三国志·魏书·高贵乡公髦纪》：（甘露三年）夏五月，命大将军司马文王为相国，封晋公，食邑八郡，加之九锡，文王前后九让乃止。……（五年）夏四月，诏有司率遵前命，复进大将军司马文王位为相国，封晋公，加九锡。

  按：据史书，在曹髦被杀前一个月，司马昭就当上晋公了。

昭曰："《潜龙》之诗，视吾等如鳅鳝，是何礼也？"髦不能答。昭冷笑下殿，众官凛然。髦归后宫，召侍中王沈、尚书王经、散骑常侍王业三人，入内计议。髦泣曰："司马昭将怀篡逆，人所共知！朕不能坐受废辱，卿等可助朕讨之！"王经奏曰："不可。昔鲁昭公不忍季氏，败走失国；今重权已归司马氏久矣，内外公卿，不顾顺逆之理，阿附奸贼，非一人也。且陛下宿卫寡弱，无用命之人。陛下若不隐忍，祸莫大焉。且宜缓图，不可造次。"髦曰："是可忍也，孰不可忍也！朕意已决，便死何惧！"言讫，即入告太后。王沈、王业谓王经曰："事已急矣。我等不可自取灭族之祸，当往司马公府下出首，以免一死。"经大怒曰："主忧臣辱，主辱臣死，敢怀二心乎？"王沈、王业见经不从，径自往报司马昭去了。

  据《资治通鉴》卷七十七：帝见威权日去，不胜其忿。（景元元年夏）五月己丑，召侍中王沈、尚书王经、散骑常侍王业，谓曰："司马昭之心，路人所知也。吾不能坐受废辱，今日当与卿自出讨之。"王经曰："昔鲁昭公不忍季氏，败走失国，为天下笑。今权在其门，为日久矣。朝廷四方皆为之致死，不顾逆顺之理，非一日也。且宿卫空阙，兵甲寡弱，陛下何所资用；而一旦如此，无乃欲除疾而更深之邪！祸殆不测，宜见重详。"帝乃出怀中黄素诏投地曰："行之决矣！正使死何惧，况不必死邪！"于是入白太后。沈、业奔走告昭，呼经欲与俱，经不从。（参见《三国志·魏书·高贵乡公髦纪》注引《汉晋春秋》）

  据《三国志·魏书·高贵乡公髦纪》注引《晋诸公赞》：沈、业将出，呼王经。经不从，曰："吾子行矣！"

  据《三国志·魏书·高贵乡公髦纪》注引《世语》：王沈、王业驰告文王，尚书王经以正直不出，因沈、业申意。

  据《资治通鉴考异》：《世语》曰：经因沈、业申意。今从《晋诸公赞》。

少顷，魏主曹髦出内，令护卫焦伯，聚集殿中宿卫苍头官僮三百余人，鼓噪而出。髦仗剑升辇，叱左右径出南阙。王经伏于辇前，大哭而谏曰："今陛下领数百人伐昭，是驱羊而入虎口耳，空死无益。臣非惜命，实见事不可行也！"髦曰："吾军已行，卿无阻当。"遂望云龙门而来。

只见贾充戎服乘马，左有成倅，右有成济，引数千铁甲禁兵，呐喊杀来。髦仗剑大喝曰："吾乃天子也！汝等突入宫庭，欲弑君耶？"禁兵见了曹髦，皆不敢动。贾充呼成济曰："司马公养你何用？正为今日之事也！"济乃绰戟在手，回顾充曰："当杀耶？当缚耶？"充曰："司马公有令，只要死的！"成济捻戟直奔辇前。髦大喝曰："匹夫敢无礼乎！"言未讫，被成济一戟刺中前胸，撞出辇来；再一戟，刃从背上透出，死于辇傍。焦伯挺枪来迎，被成济一戟刺死。众皆逃走。王经随后赶来，大骂贾充曰："逆贼安敢弑君耶！"充大怒，叱左右缚定，报知司马昭。昭入内，见髦已死，乃佯作大惊之状，以头撞辇而哭，令人报知各大臣。

　　据《资治通鉴》卷七十七：帝遂拔剑升辇，率殿中宿卫苍头官僮鼓噪而出。昭弟屯骑校尉伷遇帝于东止车门，左右呵之，伷众奔走。中护军贾充自外入，逆与帝战于南阙下，帝自用剑。众欲退，骑督成倅弟太子舍人济问充曰："事急矣，当云何？"充曰："司马公畜养汝等，正为今日。今日之事，无所问也！"济即抽戈前刺帝，殒于车下。昭闻之，大惊，自投于地。（参见《三国志·魏书·高贵乡公髦纪》注引《汉晋春秋》、注引干宝《晋纪》）

　　据《三国志·魏书·高贵乡公髦纪》注引《魏氏春秋》：戊子夜，帝自将冗从仆射李昭、黄门从官焦伯等下陵云台，铠仗授兵，欲因际会，自出讨文王。会雨，有司奏却日，遂见王经等出黄素诏于怀曰："是可忍也，孰不可忍也！今日便当决行此事。"入白太后，遂拔剑升辇，帅殿中宿卫苍头官僮击战鼓，出云龙门。贾充自外而入，帝师溃散，犹称天子，手剑奋击，众莫敢逼。充帅厉将士，骑督成倅弟成济以矛进，帝崩于师。时暴雨雷霆，晦冥。

　　据《三国志·魏书·高贵乡公髦纪》注引《魏末传》：贾充呼帐下督成济谓曰："司马家事若败，汝等岂复有种乎？何不出击！"倅兄弟二人乃帅帐下人出，顾曰："当杀邪？执邪？"充曰："杀之。"兵交，帝曰："放仗！"大将军士皆放仗。济兄弟因前刺帝，帝倒车下。

　　据《三国志·魏书·高贵乡公髦纪》：（景元元年夏）五月己丑，高贵乡公卒，年二十。

时太傅司马孚入内，见髦尸，首枕其股而哭曰："弑陛下者，臣之罪也！"遂将髦尸用棺椁盛贮，停于偏殿之西。昭入殿中，召群臣会议。群臣皆至，独有尚书仆射陈泰不至。昭令泰之舅尚书荀𫖮召之。泰大哭曰："论者以泰比舅，今舅实不如泰也。"乃披麻带孝而入，哭拜于灵前。昭亦佯哭而问曰："今日之事，何法处之？"泰曰："独斩贾充，少可以谢天下耳。"昭沉吟良久，又问曰："再思其次？"泰曰："惟有进于此者，不知其次。"

　　据《资治通鉴》卷七十七：太傅孚奔往，枕帝股而哭，甚哀，曰："杀陛下者，臣之罪也！"昭入殿中，召群臣会议。尚书左仆射陈泰不至，昭使其舅尚书荀𫖮召之，泰曰："世之论者以泰方于舅，今舅不如泰也。"子弟内外咸共逼之，乃入，见昭，悲恸。昭亦对之泣曰："玄伯，卿何以处我？"泰曰："独有斩贾充，少可以谢天下耳。"昭久之曰："卿更思其次。"泰曰："泰言惟有进于此，不知其次。"昭乃不复更言。𫖮，彧之子也。（参见《三国志·魏书·高贵乡公髦纪》注引《汉晋春秋》）

　　据《三国志·魏书·陈群传附子泰传》注引干宝《晋纪》：高贵乡公之杀，司马文王会朝臣谋其故。太常陈泰不至，使其舅荀𫖮召之。𫖮至，告以可否。泰曰："世之论者，以泰方于舅，今舅不如泰也。"子弟内外咸共逼之，垂涕而入。王待之曲室，谓曰："玄伯，卿何以处我？"对曰："诛贾充以谢天下。"文王曰："为我更思其次。"泰曰："泰言惟有进于此，不知其次。"文王乃不更言。

　　据《三国志·魏书·陈群传附子泰传》注引《魏氏春秋》：帝之崩也，太傅司马孚、尚书右仆射陈泰枕帝尸于股，号哭尽哀。时大将军入于禁中，泰见之悲恸，大将军亦对之泣，谓曰："玄伯，其如我何？"泰曰："独有斩贾充，少可以谢天下耳。"大将军久之曰："卿更思其他。"泰曰："岂可使泰复发后言。"遂呕血薨。臣松之案本传，泰不为太常，未详干宝所由知之。孙盛改易泰言，虽为小胜。然检盛言诸所改易，皆非别有异闻,率更自以意制,多不如旧。凡记言之体,当使若出其口。辞胜而违实,固君子所不取,况复不胜而徒长虚妄哉?《资治通鉴考异》认为:裴松之以为违实。今从干宝《晋纪》。

据《世说新语·方正》:高贵乡公薨,内外喧哗。司马文王问侍中陈泰曰:"何以静之?"泰云:"唯杀贾充以谢天下。"文王曰:"可复下此不?"对曰:"但见其上,未见其下。"

昭曰:"成济大逆不道,可剐之,灭其三族。"济大骂昭曰:"非我之罪,是贾充传汝之命!"昭令先割其舌。济至死叫屈不绝。弟成倅亦斩于市,尽灭三族。

据《资治通鉴》卷七十七:(景元元年夏五月)戊申,昭上言:"成济兄弟大逆不道。"夷其族。

据《三国志·魏书·高贵乡公髦纪》注引《魏氏春秋》:成济兄弟不即伏罪,袒而升屋,丑言悖慢;自下射之,乃殪。

后人有诗叹曰:

司马当年命贾充,弑君南阙赭袍红。却将成济诛三族,只道军民尽耳聋。

昭又使人收王经全家下狱。王经正在廷尉厅下,忽见缚其母至。经叩头大哭曰:"不孝子累及慈母矣!"母大笑曰:"人谁不死?正恐不得死所耳!以此弃命,何恨之有!"次日,王经全家皆押赴东市。王经母子含笑受刑。满城士庶,无不垂泪。

据《资治通鉴》卷七十七:(景元元年夏五月己丑,)太后下令,……收王经及其家属付廷尉。经谢其母,母颜色不变,笑而应曰:"人谁不死,正恐不得其所;以此并命,何恨之有!"及就诛,故吏向雄哭,哀动一市。王沈以功封安平侯。(参见《三国志·魏书·夏侯尚传附王经传》及注引《汉晋春秋》、注引《世语》)

后人有诗曰:

汉初夸伏剑,汉末见王经:真烈心无异,坚刚志更清。
节如泰华重,命似羽毛轻。母子声名在,应同天地倾。

太傅司马孚请以王礼葬曹髦,昭许之。

据《资治通鉴》卷七十七:(景元元年夏五月己丑,)太后下令,罪状高贵乡公,废为庶人,葬以民礼。……庚寅,太傅孚等上言,请以王礼葬高贵乡公,太后许之。

据《三国志·魏书·高贵乡公髦纪》:(景元元年夏五月)庚寅,太傅孚、大将军文王、太尉柔、司徒冲稽首言:"伏见中令,故高贵乡公悖逆不道,自陷大祸,依汉昌邑王罪废故事,以民礼葬。臣等备位,不能匡救祸乱,式遏奸逆,奉令震悚,肝心悼栗。春秋之义,王者无外,而书'襄王出居于郑',不能事母,故绝之于位也。今高贵乡公肆行不轨,几危社稷,自取倾覆,人神所绝,葬以民礼,诚当旧典。然臣等伏惟殿下仁慈过隆,虽存大义,犹垂哀矜,臣等之心实有不忍,以为可加恩以王礼葬之。"太后从之。

据《三国志·魏书·高贵乡公髦纪》注引《汉晋春秋》:丁卯,葬高贵乡公于洛阳西北三十里瀍涧之滨。下车数乘,不设旌旐,百姓相聚而观之,曰:"是前日所杀天子也。"或掩面而泣,悲不自胜。 臣松之以为若但下车数乘,不设旌旐,何以为王礼葬乎?斯盖恶之过言,所谓不如是之甚者。

贾充等劝司马昭受魏禅,即天子位。昭曰:"昔文王三分天下有其二,以服事殷,故圣人称为至德。魏武帝不肯受禅于汉,犹吾之不肯受禅于魏也。"贾充等闻言,已知司马昭留意于子司马炎矣,遂不复劝进。是年六月,司马昭立常道乡公曹璜为帝,改元景元元年。璜改名曹奂，字景召。乃武帝曹操之孙，燕王曹宇之子也。

> 据《资治通鉴》卷七十七：使中护军司马炎迎燕王宇之子常道乡公璜于邺，以为明帝嗣。炎，昭之子也。……（景元元年夏）六月癸丑，太后诏常道乡公更名奂。甲寅，常道乡公入洛阳，是日，即皇帝位，年十五，大赦，改元。（参见《三国志·魏书·高贵乡公髦纪》）

> 据《三国志·魏书·陈留王奂纪》：陈留王讳奂，字景明，武帝孙，燕王宇子也。甘露三年，封安次县常道乡公。高贵乡公卒，公卿议迎立公。六月甲寅，入于洛阳，见皇太后，是日即皇帝位于太极前殿，大赦，改年，赐民爵及谷帛各有差。

> 按：《演义》称，曹奂字景召；据史书，曹奂字景明。

奂封昭为相国、晋公，赐钱十万、绢万匹。其文武多官，各有封赏。

> 据《三国志·魏书·陈留王奂纪》：景元元年夏六月丙辰，进大将军司马文王位为相国，封晋公，增封二郡，并前满十，加九锡之礼，一如前诏。

> 按：据史书，曹髦被杀后，司马昭曾"固让相国、晋公、九锡之命，太后诏许之"，所以曹奂即位后，下诏任司马昭为相国，封晋公。

早有细作报入蜀中。姜维闻司马昭弑了曹髦，立了曹奂，喜曰："吾今日伐魏，又有名矣。"遂发书入吴，令起兵问司马昭弑君之罪；一面奏准后主，起兵十五万，车乘数千辆，皆置板箱于上；令廖化、张翼为先锋：化取子午谷，翼取骆谷；维自取斜谷，皆要出祁山之前取齐。三路兵并起，杀奔祁山而来。

时邓艾在祁山寨中，训练人马，闻报蜀兵三路杀到，乃聚诸将计议。参军王瓘曰："吾有一计，不可明言，现写在此，谨呈将军台览。"艾接来展看毕，笑曰："此计虽妙，只怕瞒不过姜维。"瓘曰："某愿舍命前去。"艾曰："公志若坚，必能成功。"遂拨五千兵与瓘。

瓘连夜从斜谷迎来，正撞蜀兵前队哨马。瓘叫曰："我是魏国降兵，可报与主帅。"哨军报知姜维，维令拦住余兵，只教为首的将来见。瓘拜伏于地曰："某乃王经之侄王瓘也。近见司马昭弑君，将叔父一门皆戮，某痛恨入骨。今幸将军兴师问罪，故特引本部兵五千来降。愿从调遣，剿除奸党，以报叔父之恨。"维大喜，谓瓘曰："汝既诚心来降，吾岂不诚心相待？吾军中所患者，不过粮耳。今有粮车数千，现在川口，汝可运赴祁山。吾只今去取祁山寨也。"瓘心中大喜，以为中计，忻然领诺。姜维曰："汝去运粮，不必用五千人，但引三千人去，留下二千人引路，以打祁山。"瓘恐维疑惑，乃引三千兵去了。维令傅佥引二千魏兵随征听用。忽报夏侯霸到。霸曰："都督何故准信王瓘之言也？吾在魏，虽不知备细，未闻王瓘是王经之侄。其中多诈，请将军察之。"维大笑曰："我已知王瓘之诈，故分其兵势，将计就计而行。"霸曰："公试言之。"维曰："司马昭奸雄比于曹操，既杀王经，灭其三族，安肯存亲侄于关外领兵？故知其诈也。仲权之见，与我暗合。"于是姜维不出斜谷，却令人于路暗伏，以防王瓘奸细。不旬日，果然伏兵捉得王瓘回报邓艾下书人来见。维问了情节，搜出私书，书中约于八月二十日，从小路运粮送归大寨，却教邓艾遣兵于坛山谷中接应。维将下书人杀了，却将书中之意，改作八月十五日，约邓艾自率大兵，于坛山谷中接应。一面令人扮作魏军往魏营下书；一面令人将现有粮车数百辆卸了粮米，装载干柴茅草引火之物，用青布罩之，令傅佥引二千原降魏兵，执打运粮旗号。维却与夏侯霸各引一军，去山谷中埋伏。令蒋舒出斜谷，廖化、张翼俱各进兵，来取祁山。

却说邓艾得了王瓘书信，大喜，急写回书，令来人回报。至八月十五日，邓艾引五万精

第一百十四回 曹髦驱车死南阙 姜维弃粮胜魏兵

兵径往坛山谷中来,远远使人凭高眺探,只见无数粮车,接连不断,从山凹中而行。艾勒马望之,果然皆是魏兵。左右曰:"天已昏暮,可速接应王瓘出谷口。"艾曰:"前面山势掩映,倘有伏兵,急难退步;只可在此等候。"正言间,忽两骑马骤至,报曰:"王将军因将粮草过界,背后人马赶来,望早救应。"艾大惊,急催兵前进。时值初更,月明如昼,只听得山后呐喊,艾只道王瓘在山后厮杀。径奔过山后时,忽树林后一彪军撞出,为首蜀将傅佥,纵马大叫曰:"邓艾匹夫!已中吾主将之计,何不早早下马受死!"艾大惊,勒回马便走。车上火尽着,那火便是号火。两势下蜀兵尽出,杀得魏兵七断八续,但闻四下山上只叫:"拿住邓艾的,赏千金,封万户侯!"唬得邓艾弃甲丢盔,撇了坐下马,杂在步军之中,爬山越岭而逃。姜维、夏侯霸只望马上为首的径来擒捉,不想邓艾步行走脱。维领得胜兵去接王瓘粮车。

却说王瓘密约邓艾,先期将粮草车仗,整备停当,专候举事。忽有心腹人报:"事已泄漏,邓将军大败,不知性命如何。"瓘大惊,令人哨探,回报三路兵围杀将来,背后又见尘头大起,四下无路。瓘叱左右令放火,尽烧粮草车辆。一霎时,火光突起,烈火烧空。瓘大叫曰:"事已急矣!汝等宜死战!"乃提兵望西杀出。背后姜维三路追赶。维只道王瓘舍命撞回魏国,不想反杀入汉中而去。瓘因兵少,只恐追兵赶上,遂将栈道并各关隘尽皆烧毁。姜维恐汉中有失,遂不追邓艾,提兵连夜抄小路来追杀王瓘。瓘被四面蜀兵攻击,投黑龙江而死。余兵尽被姜维坑之。维虽然胜了邓艾,却折了许多粮车,又毁了栈道,乃引兵还汉中。

按:《演义》所述姜维第七次伐魏,魏将王瓘诈降,姜维将计就计,弃粮胜魏兵的故事,均不见于史。

邓艾引部下败兵,逃回祁山寨内,上表请罪,自贬其职。司马昭见艾数有大功,不忍贬之,复加厚赐。艾将原赐财物,尽分给被害将士之家。昭恐蜀兵又出,遂添兵五万,与艾守御。姜维连夜修了栈道,又议出师。正是:连修栈道兵连出,不伐中原死不休。未知胜负如何,且看下文分解。

第一百十五回　诏班师后主信谗　托屯田姜维避祸

却说蜀汉景耀五年冬十月，大将军姜维，差人连夜修了栈道，整顿军粮兵器，又于汉中水路调拨船只。俱已完备，上表奏后主曰："臣累出战，虽未成大功，已挫动魏人心胆。今养兵日久，不战则懒，懒则致病。况今军思效死，将思用命。臣如不胜，当受死罪。"后主览表，犹豫未决。谯周出班奏曰："臣夜观天文，见西蜀分野，将星暗而不明。今大将军又欲出师，此行甚是不利。陛下可降诏止之。"后主曰："且看此行若何。果然有失，却当阻之。"谯周再三苦谏不从，乃归家叹息不已，遂推病不出。

却说姜维临兴兵，乃问廖化曰："吾今出师，誓欲恢复中原，当先取何处？"化曰："连年征伐，军民不宁；兼魏有邓艾，足智多谋，非等闲之辈：将军强欲行难为之事，此化所以未敢专也。"

> 据《三国志·蜀书·廖化传》注引《汉晋春秋》：景耀五年，姜维率众出狄道，廖化曰："'兵不戢，必自焚'，伯约之谓也。智不出敌，而力少于寇，用之无厌，何以能立？诗云'不自我先，不自我后'，今日之事也。"（参见《资治通鉴》卷七十八）

维勃然大怒曰："昔丞相六出祁山，亦为国也。吾今八次伐魏，岂为一己之私哉？吾当先取洮阳。如有逆吾者必斩！"遂留廖化守汉中，自同诸将提兵三十万，径取洮阳而来。

早有川口人报入祁山寨中。时邓艾正与司马望谈兵，闻知此信，遂令人哨探。回报蜀兵尽从洮阳而出。司马望曰："姜维多计，莫非虚取洮阳而实来取祁山乎？"邓艾曰："今姜维实出洮阳也。"望曰："公何以知之？"艾曰："向者姜维累出吾有粮之地，今洮阳无粮，维必料吾只守祁山，不守洮阳，故径取洮阳；如得此城，屯粮积草，结连羌人，以图久计耳。"望曰："若此，如之奈何？"艾曰："可尽撤此处之兵，分为两路去救洮阳。离洮阳二十五里，有侯河小城，乃洮阳咽喉之地。公引一军伏于洮阳，偃旗息鼓，大开四门，如此如此而行；我却引一军伏侯河，必获大胜也。"筹画已定，各各依计而行。只留偏将师纂守祁山寨。

却说姜维令夏侯霸为前部，先引一军径取洮阳。霸提兵前进，将近洮阳，望见城上并无一杆旌旗，四门大开。霸心下疑惑，未敢入城，回顾诸将曰："莫非诈乎？"诸将曰："眼见得是空城，只有些小百姓，听知大将军兵到，尽弃城而走了。"霸未信，自纵马于城南视之，只见城后老小无数，皆望西北而逃。霸大喜曰："果空城也。"遂当先杀入，余众随后而进。方到瓮城边，忽然一声炮响，城上鼓角齐鸣，旌旗遍竖，拽起吊桥。霸大惊曰："误中计矣！"慌欲退时，城上矢石如雨。可怜夏侯霸同五百军，皆死于城下。

> 按：《演义》称夏侯霸于蜀汉景耀五年（262）战死于洮阳，不见于史。夏侯霸卒年，史无明文；据《三国志》有关传记推断，他病死于蜀汉景耀二年（259）。

后人有诗叹曰：

大胆姜维妙算长，谁知邓艾暗提防。可怜投汉夏侯霸，顷刻城边箭下亡。

司马望从城内杀出，蜀兵大败而逃。随后姜维引接应兵到，杀退司马望，就傍城下寨。维闻夏侯霸射死，嗟伤不已。是夜二更，邓艾自侯河城内，暗引一军潜地杀入蜀寨。蜀兵大乱，姜维禁止不住。城上鼓角喧天，司马望引兵杀出。两下夹攻，蜀兵大败。维左冲右突，死战得脱，退二十余里下寨。蜀兵两番败走之后，心中摇动。维与众将曰："胜败乃兵家之常，今虽损兵折将，不足为忧。成败之事，在此一举，汝等始终勿改。如有言退者立斩。"张翼进言曰：

第一百十五回　诏班师后主信谗　托屯田姜维避祸

"魏兵皆在此处，祁山必然空虚。将军整兵与邓艾交锋，攻打洮阳、侯河；某引一军取祁山。取了祁山九寨，便驱兵向长安。此为上计。"维从之，即令张翼引后军径取祁山。

维自引兵到侯河搦邓艾交战。艾引军出迎。两军对圆，二人交锋数十余合，不分胜负，各收兵回寨。次日，姜维又引兵挑战，邓艾按兵不出。姜维令军辱骂。邓艾寻思曰："蜀人被吾大杀一阵，全然不退，连日反来搦战：必分兵去袭祁山寨也。守寨将师纂，兵少智寡，必然败矣。吾当亲往救之。"乃唤子邓忠分付曰："汝用心守把此处，任他搦战，却勿轻出。吾今夜引兵去祁山救应。"是夜二更，姜维正在寨中设计，忽听得寨外喊声震地，鼓角喧天，人报邓艾引三千精兵夜战。诸将欲出，维止之曰："勿得妄动。"原来邓艾引兵至蜀寨前哨探了一遍，乘势去救祁山，邓忠自入城去了。姜维唤诸将曰："邓艾虚作夜战之势，必然去救祁山寨矣。"乃唤傅佥分付曰："汝守此寨，勿轻与敌。"嘱毕，维自引三千兵来助张翼。

却说张翼正到祁山攻打，守寨将师纂兵少，支持不住。看看待破，忽然邓艾兵至，冲杀了一阵，蜀兵大败，把张翼隔在山后，绝了归路。正慌急之间，忽听的喊声大震，鼓角喧天，只见魏兵纷纷倒退。左右报曰："大将军姜伯约杀到！"翼乘势驱兵相应。两下夹攻，邓艾折了一阵，急退上祁山寨不出。姜维令兵四面攻围。

话分两头。却说后主在成都，听信宦官黄皓之言，又溺于酒色，不理朝政。时有大臣刘琰妻胡氏，极有颜色；因入宫朝见皇后，后留在宫中，一月方出。琰疑其妻与后主私通，乃唤帐下军士五百人，

> 按：此处"五百人"系罗贯中误解了史书"五百"一词的含义而致误。史书中"五百"即伍伯。古代军中五人为一伍，伍伯为五人之首，即伍长。其职司多为舆卫前导及执杖行刑。

列于前，将妻绑缚，令军以履挞其面数十，几死复苏。后主闻之大怒，令有司议刘琰罪。有司议得："卒非挞妻之人，面非受刑之地，合当弃市。"遂斩刘琰。自此命妇不许入朝。

> 据《三国志·蜀书·刘琰传》：（建兴）十二年正月，琰妻胡氏入贺太后，太后令特留胡氏，经月乃出。胡氏有美色，琰疑其与后主有私，呼五百挞胡，至于以履搏面，而后弃遣。胡具以告言琰，琰坐下狱。有司议曰："卒非挞妻之人，面非受履之地。"琰竟弃市。自是大臣妻母朝庆遂绝。

> 按：据史书，刘琰怀疑其妻胡氏与后主有私而痛打胡氏，事发而被处死，发生在蜀汉建兴十二年（234）；《演义》为表现刘禅的荒淫无道，遂将此事移植到景耀五年（262），即蜀汉灭亡的前一年。234年时，诸葛亮还活着，他当时曾委派郭攸之、费祎、董允等人监督宫中之事（即负责管教刘禅），故刘禅与胡氏极不可能有私。据史书，刘琰妻胡氏本是"入贺太后，太后令特留胡氏，经月乃出"，《演义》则改为"入宫朝见皇后，后留在宫中，一月方出"，从而使刘琰的"疑其与后主有私"变得颇有道理。

然一时官僚以后主荒淫，多有疑怨者。于是贤人渐退，小人日进。时右将军阎宇，身无寸功，只因阿附黄皓，遂得重爵；闻姜维统兵在祁山，乃说皓奏后主曰："姜维屡战无功，可命阎宇代之。"后主从其言，遣使赍诏，召回姜维。维正在祁山攻打寨栅，忽一日三道诏至，宣维班师。维只得遵命，先令洮阳兵退，次后与张翼徐徐而退。邓艾在寨中，只听得一夜鼓角喧天，不知何意。至平明，人报蜀兵尽退，止留空寨。艾疑有计，不敢追袭。

> 据《三国志·蜀书·姜维传》：（景耀）五年，维率众出汉、侯和，为邓艾所破，还

住沓中。(参见《三国志·蜀书·后主传》,《资治通鉴》卷七十八,《三国志·魏书·陈留王奂纪》《邓艾传》)

姜维径到汉中,歇住人马,自与使命入成都见后主。后主一连十日不朝。维心中疑惑。是日至东华门,遇见秘书郎郤正。维问曰:"天子召维班师,公知其故否?"正笑曰:"大将军何尚不知?黄皓欲使阎宇立功,奏闻朝廷,发诏取回将军。今闻邓艾善能用兵,因此寝其事矣。"维大怒曰:"我必杀此宦竖!"郤正止之曰:"大将军继武侯之事,任大职重,岂可造次?倘若天子不容,反为不美矣。"维谢曰:"先生之言是也。"

  据《资治通鉴》卷七十七:秘书令郤正久在内职,与皓比屋,周旋三十余年,澹然自守,以书自娱,既不为皓所爱,亦不为皓所憎,故官不过六百石,而亦不罹其祸。(参见《三国志·蜀书·郤正传》)

次日,后主与黄皓在后园宴饮,维引数人径入。早有人报知黄皓,皓急避于湖山之侧。维至亭下,拜了后主,泣奏曰:"臣困邓艾于祁山,陛下连降三诏,召臣回朝,未审圣意为何?"后主默然不语。维又奏曰:"黄皓奸巧专权,乃灵帝时十常侍也。陛下近则鉴于张让,远则鉴于赵高。早杀此人,朝廷自然清平,中原方可恢复。"后主笑曰:"黄皓乃趋走小臣,纵使专权,亦无能为。昔者董允每切齿恨皓,朕甚怪之。卿何必介意?"维叩头奏曰:"陛下今日不杀黄皓,祸不远也。"后主曰:"爱之欲其生,恶之欲其死。卿何不容一宦官耶?"令近侍于湖山之侧,唤出黄皓至亭下,命拜姜维伏罪。皓哭拜维曰:"某早晚趋侍圣上而已,并不干与国政。将军休听外人之言,欲杀某也。某命系于将军,惟将军怜之!"言罢,叩头流涕。

维忿忿而出,即往见郤正,备将此事告之。正曰:"将军祸不远矣。将军若危,国家随灭!"维曰:"先生幸教我以保国安身之策。"正曰:"陇西有一去处,名曰沓中,此地极其肥壮。将军何不效武侯屯田之事,奏知天子,前去沓中屯田?一者,得麦熟以助军实;二者,可以尽图陇右诸郡;三者,魏人不敢正视汉中;四者,将军在外掌握兵权,人不能图,可以避祸:此乃保国安身之策也,宜早行之。"维大喜,谢曰:"先生金玉之言也。"次日,姜维表奏后主,求沓中屯田,效武侯之事。后主从之。

  据《三国志·蜀书·董允传》:后主渐长大,爱宦人黄皓。皓便辟佞慧,欲自容入。允常上则正色匡主,下则数责于皓。皓畏允,不敢为非。终允之世,皓位不过黄门丞。

  据《资治通鉴》卷七十八:初,维以羁旅依汉,身受重任,兴兵累年,功绩不立。黄皓用事于中,与右大将军阎宇亲善,阴欲废维树宇。维知之,言于汉主曰:"皓奸巧专恣,将败国家,请杀之!"汉主曰:"皓趋走小臣耳,往董允每切齿,吾常恨之,君何足介意!"维见皓枝附叶连,惧于失言,逊辞而出,汉主敕皓诣维陈谢。维由是自疑惧,返自洮阳,因求种麦沓中,不敢归成都。(参见《三国志·蜀书·姜维传》及注引《华阳国志·刘后主志》)

  据《三国志·蜀书·诸葛亮传附樊建传》注引孙盛《异同记》:瞻、厥等以维好战无功,国内疲弊,宜表后主,召还为益州刺史,夺其兵权;蜀长老犹有瞻表以阎宇代维故事。

  据《三国志·蜀书·诸葛亮传附樊建传》:自瞻、厥、建统事,姜维常征伐在外,宦人黄皓窃弄机柄,咸共将护,无能匡矫,然建特不与皓和好往来。

  按:《演义》称姜维到沓中屯田,于史有据;但称此事为郤正策划,则不见于史。

维遂还汉中,聚诸将曰:"某累出师,因粮不足,未能成功。今吾提兵八万,往沓中种麦屯田,徐图进取。汝等久战劳苦,今且敛兵聚谷,退守汉中;魏兵千里运粮,经涉山岭,自然疲乏；疲乏必退：那时乘虚追袭，无不胜矣。"遂令胡济守汉寿城，王含守乐城，蒋斌守汉城，蒋舒、傅佥同守关隘。

　　据《资治通鉴》卷七十七：初，汉昭烈留魏延镇汉中，皆实兵诸围以御外敌，敌若来攻，使不得入。及兴势之役，王平捍拒曹爽，皆承此制。及姜维用事，建议以为："错守诸围，适可御敌，不获大利。不若使闻敌至，诸围皆敛兵聚谷，退就汉、乐二城，听敌入平，重关头镇守以捍之，令游军旁出以伺其虚。敌攻关不克，野无散谷，千里运粮，自然疲乏；引退之日，然后诸城并出，与游军并力搏之，此殄敌之术也。"于是汉主令督汉中胡济却住汉寿，监军王含守乐城，护军蒋斌守汉城。(参见《三国志·蜀书·姜维传》)

　　据《三国志·蜀书·蒋琬传附子斌传》：子斌嗣，为绥武将军、汉城护军。

分拨已毕，维自引兵八万，来沓中种麦，以为久计。

　　按：据《三国志·蜀书·后主传》，诸葛亮死后十五年间，蜀汉基本上是休养生息，闭关自守。至蜀汉延熙十二年(249)，姜维开始其北伐生涯，在十四年间，共有八次出兵：

　　延熙十二年(249)"秋，卫将军姜维出攻雍州，不克而还。将军句安、李韶降魏"。

　　延熙十三年(250)，"姜维复出西平，不克而还"。

　　延熙十六年(253)"夏四月，卫将军姜维复率众围南安，不克而还"。

　　延熙十七年(254)"夏六月，维复率众出陇西。冬，拔狄道、河关、临洮三县民，居于绵竹、繁县"。

　　延熙十八年(255)"夏，（姜维）复率诸军出狄道，与魏雍州刺史王经战于洮西，大破之。经退保狄道城，维却住钟题"。

　　延熙十九年(256)"秋八月，维为魏大将军邓艾所破于上邽。维退军还成都"。

　　延熙二十年(257)，"姜维复率众出骆谷，至芒水"。

　　景耀五年(262)，"姜维复率众出侯和，为邓艾所破，还住沓中"。

《演义》所述姜维八次北伐，未写史书的第二、四次，而虚构了景耀元年(258)和景耀三年(260)姜维获胜的第六、七次北伐。《演义》所述的其余各次北伐，也多有虚构之处。

　　却说邓艾闻姜维在沓中屯田，于路下四十余营，连络不绝，如长蛇之势。艾遂令细作相了地形，画成图本，具表申奏。晋公司马昭见之，大怒曰："姜维屡犯中原，不能剿除，是吾心腹之患也。"贾充曰："姜维深得孔明传授，急难退之。须得一智勇之将，往刺杀之，可免动兵之劳。"从事中郎荀勖曰："不然。今蜀主刘禅溺于酒色，信用黄皓，大臣皆有避祸之心。姜维在沓中屯田，正避祸之计也。若令大将伐之，无有不胜，何必用刺客乎？"

　　据《资治通鉴》卷七十八：司马昭患姜维数为寇，官骑路遗求为刺客入蜀，从事中郎荀勖曰："明公为天下宰，宜杖正义以伐违贰，而以刺客除贼，非所以刑于四海也。"昭善之。勖，爽之曾孙也。

昭大笑曰："此言最善。吾欲伐蜀，谁可为将？"荀勖曰："邓艾乃世之良材，更得钟会为副将，大事成矣。"昭大喜曰："此言正合吾意。"乃召钟会入而问曰："吾欲令汝为大将，去伐东吴，可乎？"会曰："主公之意，本不欲伐吴，实欲伐蜀也。"昭大笑曰："子诚识吾心也。但卿往伐蜀，当用何策？"会曰："某料主公欲伐蜀，已画图本在此。"昭展开视之，图中细载一路安营下寨屯粮积草之处，从何而进，从何而退，一一皆有法度。昭看了大喜曰："真良将也！卿与邓艾合兵取蜀，何如？"会曰："蜀川道广，非一路可进，当使邓艾分兵各进可也。"昭遂拜锺会为镇西将军，假节钺，都督关中人马，调遣青、徐、兖、豫、荆、扬等处；一面差人持节令邓艾为征西将军，都督关外陇上，使约期伐蜀。

  据《资治通鉴》卷七十八：昭欲大举伐汉，朝臣多以为不可，独司隶校尉锺会劝之。……乃以锺会为镇西将军，都督关中。征西将军邓艾以为蜀未有衅，屡陈异议；昭使主簿师纂为艾司马以谕之，艾乃奉命。（参见《晋书·文帝纪》）

  据《三国志·魏书·锺会传》：文王以蜀大将姜维屡扰边陲，料蜀国小民疲，资力单竭，欲大举图蜀。惟会亦以为蜀可取，豫共筹度地形，考论事势。景元三年冬，以会为镇西将军，假节，都督关中诸军事。文王敕青、徐、兖、豫、荆、扬诸州，并使作船，又令唐咨作浮海大船，外为将伐吴者。

  次日，司马昭于朝中计议此事，前将军邓敦曰："姜维屡犯中原，我兵折伤甚多，只今守御，尚自未保；奈何深入山川危险之地，自取祸乱耶？"昭怒曰："吾欲兴仁义之师，伐无道之主，汝安敢逆吾意！"叱武士推出斩之。须臾，呈邓敦首级于阶下。众皆失色。

  据《资治通鉴》卷七十八：（景元四年）秋八月，军发洛阳，大赉将士，陈师誓众。将军邓敦谓蜀未可讨，司马昭斩以徇。

昭曰："吾自征东以来，息歇六年，治兵缮甲，皆已完备，欲伐吴、蜀久矣。今先定西蜀，乘顺流之势，水陆并进，并吞东吴；此灭虢取虞之道也。吾料西蜀将士，守成都者八九万，守边境者不过四五万，姜维屯田者不过六七万。今吾已令邓艾引关外陇右之兵十余万，绊住姜维于沓中，使不得东顾；遣锺会引关中精兵二三十万，直抵骆谷，三路以袭汉中。蜀主刘禅昏暗，边城外破，士女内震。其亡可必矣。"众皆拜服。

  据《资治通鉴》卷七十八：昭谕众曰："自定寿春已来，息役六年，治兵缮甲，以拟二虏。今吴地广大而下湿，攻之用功差难，不如先定巴蜀，三年之后，因顺流之势，水陆并进，此灭虢取虞之势也。计蜀战士九万，居守成都及备他境不下四万，然则余众不过五万。今绊姜维于沓中，使不得东顾，直指骆谷，出其空虚之地以袭汉中，以刘禅之暗，而边城外破，士女内震，其亡可知也。"乃以锺会为镇西将军，都督关中。……诏诸军大举伐汉，遣征西将军邓艾督三万余人自狄道趣甘松、沓中，以连缀姜维；雍州刺史诸葛绪督三万余人自祁山趣武街桥头，绝维归路；锺会统十余万众分从斜谷、骆谷、子午谷趣汉中。以廷尉卫瓘持节监艾、会军事，行镇西军司。瓘，觊之子也。

  据《三国志·魏书·陈留王奂纪》：（景元四年）夏五月，诏曰："蜀，蕞尔小国，土狭民寡，而姜维虐用其众，曾无废志；往岁破败之后，犹复耕种沓中，刻剥众羌，劳役无已，民不堪命。夫兼弱攻昧，武之善经，致人而不致于人，兵家之上略。蜀所恃赖，唯维而已，因其远离巢窟，用力为易。今使征西将军邓艾督帅诸军，趣甘松、沓中以罗取维，雍州刺史诸葛绪督诸军趣武都、高楼，首尾蹴讨。若擒维，便当东西并进，扫灭巴蜀也。"又命镇西将军锺会由骆谷伐蜀。

  却说锺会受了镇西将军之印，起兵伐蜀。会恐机谋或泄，却以伐吴为名，令青、兖、豫、荆、扬等五处各造大船；又遣唐咨于登、莱等州傍海之处，拘集海船。司马昭不知其意，遂召锺会问之曰："子从旱路收川，何用造船耶？"会曰："蜀若闻我兵大进，必求救于东吴也。故先布声势，作伐吴之状，吴必不敢妄动。一年之内，蜀已破，船已成，而伐吴，岂不顺乎？"昭大喜，选日出师。时魏景元四年秋七月初三日，锺会出师。司马昭送之于城外十里方回。西曹掾邵悌密谓司马昭曰:"今主公遣锺会领十万兵伐蜀,愚料会志大心高,不可使独掌大权。"昭笑曰:"吾岂不知之?"悌曰:"主公既知,何不使人同领其职?"昭言无数语,使邵悌疑心顿释。正是:方当士马驰日,早识将军跋扈心。未知其言若何,且看下文分解。

第一百十六回　锺会分兵汉中道　武侯显圣定军山

却说司马昭谓西曹掾邵悌曰："朝臣皆言蜀未可伐，是其心怯；若使强战，必败之道也。今锺会独建伐蜀之策，是其心不怯；心不怯，则破蜀必矣。蜀既破，则蜀人心胆已裂。'败军之将，不可以言勇；亡国之大夫，不可以图存。'会即有异志，蜀人安能助之乎？至若魏人得胜思归，必不从会而反，更不足虑耳。此言乃吾与汝知之，切不可泄漏。"邵悌拜服。

> 据《三国志·魏书·锺会传》：初，文王欲遣会伐蜀，西曹属邵悌求见曰："今遣锺会率十余万众伐蜀，愚谓会单身无重任，不若使余人行。"文王笑曰："我宁当复不知此耶？蜀为天下作患，使民不得安息，我今伐之如指掌耳，而众人皆言蜀不可伐。夫人心豫怯则智勇并竭，智勇并竭而强使之，适为敌禽耳。惟锺会与人意同，今遣会伐蜀，必可灭蜀。灭蜀之后，就如卿所虑，当何所能一办耶？凡败军之将不可以语勇，亡国之大夫不可与图存，心胆以破故也。若蜀以破，遗民震恐，不足与图事；中国将士各自思归，不肯与同也。若作恶，只自灭族耳。卿不须忧此，慎莫使人闻也。"（参见《资治通鉴》卷七十八）

却说锺会下寨已毕，升帐大集诸将听令。时有监军卫瓘，护军胡烈，大将田续、庞会、田章、爰彰、丘建、夏侯咸、王买、皇甫闓、句安等八十余员。会曰："必须一大将为先锋，逢山开路，遇水叠桥。谁敢当之？"一人应声曰："某愿往。"会视之，乃虎将许褚之子许仪也。众皆曰："非此人不可为先锋。"会唤许仪曰："汝乃虎体猿班之将。父子有名；今众将亦皆保汝。汝可挂先锋印，领五千马军、一千步军，径取汉中。兵分三路：汝领中路，出斜谷；左军出骆谷；右军出子午谷。此皆崎岖山险之地，当令军填平道路，修理桥梁，凿山破石，勿使阻碍。如违必按军法。"许仪受命，领兵而进。锺会随后提十万余众，星夜起程。

> 据《三国志·魏书·锺会传》：会统十余万众，分从斜谷、骆谷入。先命牙门将许仪在前治道，会在后行，……仪者，许褚之子。

却说邓艾在陇西，既受伐蜀之诏，一面令司马望往遏羌人，又遣雍州刺史诸葛绪、天水太守王颀、陇西太守牵弘、金城太守杨欣，各调本部兵前来听令。比及军马云集，邓艾夜作一梦：梦见登高山，望汉中，忽于脚下迸出一泉，水势上涌。须臾惊觉，浑身汗流；遂坐而待旦，乃召护卫爰邵问之。邵索明《周易》，艾备言其梦，邵答曰："《易》云：山上有水曰蹇。蹇卦者：'利西南，不利东北。'孔子云：'蹇利西南，往有功也；不利东北，其道穷也。'将军此行，必然克蜀；但可惜蹇滞不能还。"艾闻言，愀然不乐。

> 据《三国志·魏书·邓艾传》：初，艾当伐蜀，梦坐山上而有流水，以问殄虏护军爰邵。邵曰："按《易》卦，山上有水曰蹇。蹇繇曰：'蹇利西南，不利东北。'孔子曰：'蹇利西南，往有功也；不利东北，其道穷也。'往必克蜀，殆不还乎！"艾忱然不乐。

忽锺会檄文至，约艾起兵，于汉中取齐。艾遂遣雍州刺史诸葛绪，引兵一万五千，先断姜维归路；次遣天水太守王颀，引兵一万五千，从左攻沓中；陇西太守牵弘，引一万五千人，从右攻沓中；又遣金城太守杨欣，引一万五千人，于甘松邀姜维之后。艾自引兵三万，往来接应。

第一百十六回 锺会分兵汉中道 武侯显圣定军山

> 据《资治通鉴》卷七十八：诏诸军大举伐汉，遣征西将军邓艾督三万余人自狄道趣甘松、沓中，以连缀姜维；雍州刺史诸葛绪督三万余人自祁山趣武街桥头，绝维归路；……邓艾遣天水太守王颀直攻姜维营，陇西太守牵弘邀其前，金城太守杨欣趣甘松。（参见《三国志·魏书·邓艾传》《锺会传》）

却说锺会出师之时，有百官送出城外，旌旗蔽日，铠甲凝霜，人强马壮，威风凛然。人皆称羡，惟有相国参军刘寔，微笑不语。太尉王祥见寔冷笑，就马上握其手而问曰："钟、邓二人，此去可平蜀乎？"寔曰："破蜀必矣。但恐皆不得还都耳。"王祥问其故，刘寔但笑而不答。祥遂不复问。

> 据《资治通鉴》卷七十八：会过幽州刺史王雄之孙戎，问："计将安出？"戎曰："道家有言：'为而不恃。'非成功难，保之难也。"或以问参相国军事平原刘寔曰："钟、邓其平蜀乎？"寔曰："破蜀必矣，而皆不还。"客问其故，寔笑而不答。

却说魏兵既发，早有细作入沓中报知姜维。维即具表申奏后主：

请降诏遣左车骑将军张翼

> 据《三国志·蜀书·张翼传》：景耀二年，迁左车骑将军，领冀州刺史。

领兵守护阳安关，右车骑将军廖化

> 据《三国志·蜀书·廖化传》：先主薨，为丞相参军，后为督广武，稍迁至右车骑将军，假节，领并州刺史，封中乡侯，以果烈称。官位与张翼齐，而在宗预之右。

领兵守阴平桥：这二处最为要紧，若失二处，汉中不保矣。一面当遣使入吴求救。臣一面自起沓中之兵拒敌。

时后主改景耀六年为炎兴元年，日与宦官黄皓在宫中游乐。忽接姜维之表，即召黄皓问曰："今魏国遣锺会、邓艾大起人马，分道而来，如之奈何？"皓奏曰："此乃姜维欲立功名，故上此表。陛下宽心，勿生疑虑。臣闻城中有一师婆，供奉一神，能知吉凶，可召来问之。"后主从其言，于后殿陈设香花纸烛、享祭礼物，令黄皓用小车请入宫中，坐于龙床之上。后主焚香祝毕，师婆忽然披发跣足，就殿上跳跃数十遍，盘旋于案上。皓曰："此神人降矣。陛下可退左右，亲祷之。"后主尽退侍臣，再拜祝之。师婆大叫曰："吾乃西川土神也。陛下欣乐太平，何为求问他事？数年之后，魏国疆土亦归陛下矣。陛下切勿忧虑。"言讫，昏倒于地，半晌方苏。后主大喜，重加赏赐。自此深信师婆之说，遂不听姜维之言，每日只在宫中饮宴欢乐。姜维累申告急表文，皆被黄皓隐匿，因此误了大事。

> 据《资治通鉴》卷七十八：姜维表汉主："闻锺会治兵关中，欲规进取，宜并遣左右车骑张翼、廖化，督诸军分护阳安关口及阴平之桥头，以防未然。"黄皓信巫鬼，谓敌终不自致，启汉主寝其事，群臣莫知。……汉人闻魏兵且至，乃遣廖化将兵诣沓中，为姜维继援，张翼、董厥等诣阳安关口，为诸围外助。（参见《三国志·蜀书·姜维传》）

> 按：《演义》写司马昭伐蜀，蜀汉因黄皓信巫贻误军机，与史实相符；但称刘禅信鬼巫未发兵，则与史不合。据史书记载，刘禅曾派军分别支援沓中和汉中。

却说锺会大军，迤逦望汉中进发。前军先锋许仪，要立头功，先领兵至南郑关。仪谓部将曰："过此关即汉中矣。关上不多人马，我等便可奋力抢关。"众将领命，一齐并力向前。原来守关蜀将卢逊，早知魏兵将到，先于关前木桥左右，伏下军士，装起武侯所遗十矢连弩；

比及许仪兵来抢关时，一声梆子响处，矢石如雨。仪急退时，早射倒数十骑。魏兵大败。仪回报锺会。会自提帐下甲士百余骑来看，果然箭弩一齐射下。会拨马便回，关上卢逊引五百军杀下来。会拍马过桥，桥上土塌，陷住马蹄，争些儿掀下马来。马挣不起，会弃马步行；跑下桥时，卢逊赶上，一枪刺来，却被魏兵中荀恺回身一箭，射卢逊落马。锺会麾众乘势抢关，关上军士因有蜀兵在关前，不敢放箭，被锺会杀散，夺了山关。即以荀恺为护军，以全副鞍马铠甲赐之。会唤许仪至帐下，责之曰："汝为先锋，理合逢山开路，遇水叠桥，专一修理桥梁道路，以便行军。吾方才到桥上，陷住马蹄，几乎堕桥；若非荀恺，吾已被杀矣！汝既违军令，当按军法！"叱左右推出斩之。诸将告曰："其父许褚有功于朝廷，望都督恕之。"会怒曰："军法不明，何以令众？"遂令斩首示众。诸将无不骇然。

据《三国志·魏书·锺会传》：会统十余万众，分从斜谷、骆谷入。先命牙门将许仪在前治道，会在后行，而桥穿，马足陷，于是斩仪。仪者，许褚之子，有功王室，犹不原贷。诸军闻之，莫不震竦。（参见《三国志·魏书·许褚传附子仪传》）

时蜀将王含守乐城，蒋斌守汉城，见魏兵势大，不敢出战，只闭门自守。锺会下令曰："兵贵神速，不可少停。"乃令前军李辅围乐城，护军荀恺围汉城，

据《资治通鉴》卷七十八：汉人闻魏兵且至，乃遣廖化将兵诣沓中，为姜维继援，张翼、董厥等诣阳安关口，为诸围外助。……敕诸围皆不得战，退保汉、乐二城，城中各有兵五千人。……锺会率诸军平行至汉中。（景元四年）九月，锺会使前将军李辅统万人围王含于乐城，护军荀恺围蒋斌于汉城。（参见《三国志·魏书·锺会传》）

自引大军取阳安关。守关蜀将傅佥与副将蒋舒商议战守之策，舒曰："魏兵甚众，势不可当，不如坚守为上。"佥曰："不然。魏兵远来，必然疲困，虽多不足惧。我等若不下关战时，汉、乐二城休矣。"蒋舒默然不答。忽报魏兵大队已至关前，蒋、傅二人至关上视之。锺会扬鞭大叫曰："吾今统十万之众到此，如早早出降，各依品级升用；如执迷不降，打破关隘，玉石俱焚！"傅佥大怒，令蒋舒把关，自引三千兵杀下关来。锺会便走，魏兵尽退。佥乘势追之，魏兵复合。佥欲退入关时，关上已竖起魏家旗号，只见蒋舒叫曰："吾已降了魏也！"佥大怒，厉声骂曰："忘恩背义之贼，有何面目见天下人乎！"拨回马复与魏兵接战。魏兵四面合来，将傅佥围在垓心。佥左冲右突，往来死战，不能得脱；所领蜀兵，十伤八九。佥乃仰天叹曰："吾生为蜀臣，死亦当为蜀鬼！"乃复拍马冲杀，身被数枪，血盈袍铠；坐下马倒，佥自刎而死。后人有诗叹曰：

一日抒忠愤，千秋仰义名。宁为傅佥死，不作蒋舒生。

锺会得了阳安关，关内所积粮草、军器极多，大喜，遂犒三军。

据《资治通鉴》卷七十八：初，汉武兴督蒋舒在事无称，汉朝令人代之，使助将军傅佥守关口，舒由是恨。锺会使护军胡烈为前锋，攻关口。舒诡谓佥曰："今贼至不击而闭城自守，非良图也。"佥曰："受命保城，惟全为功；今违命出战，若丧师负国，死无益矣。"舒曰："子以保城获全为功，我以出战克敌为功，请各行其志。"遂率其众出。佥谓其战也，不设备。舒率其众迎降胡烈，烈乘虚袭城，佥格斗而死，佥，肜之子也。锺会闻关口已下，长驱而前，大得库藏积谷。（参见《三国志·蜀书·姜维传》及注引《汉晋春秋》、注引《蜀记》，《三国志·魏书·锺会传》）

按：《演义》称，傅佥出关迎敌，蒋舒守关献城投降，有悖于史。据史书记载，是傅佥守关，蒋舒出关投敌并引敌破关。

是夜，魏兵宿于阳安城中，忽闻西南上喊声大震。钟会慌忙出帐视之，绝无动静。魏军一夜不敢睡。次夜三更，西南上喊声又起。钟会惊疑，向晓，使人探之。回报曰："远哨十余里，并无一人。"会惊疑不定，乃自引数百骑，俱全装惯带，望西南巡哨。前至一山，只见杀气四面突起，愁云布合，雾锁山头。会勒住马，问向导官曰："此何山也？"答曰："此乃定军山，昔日夏侯渊殁于此处。"会闻之，怅然不乐，遂勒马而回。转过山坡，忽然狂风大作，背后数千骑突出，随风杀来。会大惊，引众纵马而走。诸将坠马者，不计其数。及奔到阳安关时，不曾折一人一骑，只跌损面目，失了头盔。皆言曰："但见阴云中人马杀来，比及近身，却不伤人，只是一阵旋风而已。"会问降将蒋舒曰："定军山有神庙乎？"舒曰："并无神庙，惟有诸葛武侯之墓。"会惊曰："此必武侯显圣也。吾当亲往祭之。"次日，钟会备祭礼，宰太牢，自到武侯墓前再拜致祭。祭毕，狂风顿息，愁云四散。忽然清风习习，细雨纷纷。一阵过后，天色晴朗。魏兵大喜，皆拜谢回营。

据《三国志·蜀书·诸葛亮传》：（景耀六年）秋，魏镇西将军钟会征蜀，至汉川，祭亮之庙，令军士不得于亮墓所左右刍牧樵采。

据《资治通鉴》卷七十八：会径过，西趣阳安口，遗人祭诸葛亮墓。（参见《三国志·魏书·钟会传》）

是夜，钟会在帐中伏几而寝，忽然一阵清风过处，只见一人，纶巾羽扇，身衣鹤氅，素履皂绦，面如冠玉，唇若抹朱，眉清目朗，身长八尺，飘飘然有神仙之概。其人步入帐中，会起身迎之曰："公何人也？"其人曰："今早重承见顾。吾有片言相告：虽汉祚已衰，天命难违，然两川生灵，横罹兵革，诚可怜悯。汝入境之后，万勿妄杀生灵。"言讫，拂袖而去。会欲挽留之，忽然惊醒，乃是一梦。会知是武侯之灵，不胜惊异。于是传令前军，立一白旗，上书"保国安民"四字；所到之处，如妄杀一人者偿命。于是汉中人民，尽皆出城拜迎。会一一抚慰，秋毫无犯。后人有诗赞曰：

数万阴兵绕定军，致令钟会拜灵神。生能决策扶刘氏，死尚遗言保蜀民。

却说姜维在沓中，听知魏兵大至，传檄廖化、张翼、董厥提兵接应；一面自分兵列将以待之。

据《资治通鉴》卷七十八：汉人闻魏兵且至，乃遣廖化将兵诣沓中，为姜维继援，张翼、董厥等诣阳安关口，为诸围外助。……翼、厥北至阴平，闻诸葛绪将向建威，留住月余待之。（参见《三国志·蜀书·姜维传》《后主传》）

忽报魏兵至，维引兵迎之。魏阵中为首大将乃天水太守王颀也。颀出马大呼曰："吾今大兵百万，上将千员，分二十路而进，已到成都。汝不思早降，犹欲抗拒，何不知天命耶！"维大怒，挺枪纵马，直取王颀。战不三合，颀大败而走。姜维驱兵追杀至二十里，只听得金鼓齐鸣，一枝兵摆开，旗上大书"陇西太守牵弘"字样。维笑曰："此等鼠辈，非吾敌手！"遂催兵追之。又赶到十里，却遇邓艾领兵杀到。两军混战。维抖擞精神，与艾战有十余合，不分胜负，后面锣鼓又鸣。维急退时，后军报说："甘松诸寨，尽被金城太守杨欣烧毁了。"维大惊，急令副将虚立旗号，与邓艾相拒。维自撤后军，星夜来救甘松，正遇杨欣。欣不敢交战，望山路而走。维随后赶来。将至山岩下，岩上木石如雨，维不能前进。比及回到半路，蜀兵已被邓艾杀败。魏兵大队而来，将姜维围住。维引众骑杀出重围，奔入大寨坚守，以待救兵。忽然流星马到，报说："钟会打破阳安关，守将蒋舒归降，傅佥战死，汉中已属魏矣。乐城守将王含、汉城守将蒋斌，知汉中已失，亦开门而降。

据《三国志·蜀书·姜维传》：会攻乐城，不能克。（参见《华阳国志·刘后主志》）

据《华阳国志·刘后主志》：（汉中）诸围守皆奉后主敕令乃下。

按：据史书记载，汉中诸围，唯阳安关为锺会攻占，其余诸围仍多为蜀汉守。

胡济抵敌不住，逃回成都求援去了。"维大惊，即传令拔寨。

是夜兵至疆川口，前面一军摆开，为首魏将，乃是金城太守杨欣。维大怒，纵马交锋，只一合，杨欣败走，维拈弓射之，连射三箭皆不中。维转怒，自折其弓，挺枪赶来。战马前失，将维跌在地上。杨欣拨回马来杀姜维。维跃起身，一枪刺去，正中杨欣马脑。背后魏兵骤至，救欣去了。维骑上从马，欲待追时，忽报后面邓艾兵到。维首尾不能相顾，遂收兵要夺汉中。哨马报说："雍州刺史诸葛绪已断了归路。"维乃据山险下寨。魏兵屯于阴平桥头。维进退无路，长叹曰："天丧我也！"副将宁随曰："魏兵虽断阴平桥头，雍州必然兵少，将军若从孔函谷，径取雍州，诸葛绪必撤阴平之兵救雍州，将军却引兵奔剑阁守之，则汉中可复矣。"维从之，即发兵入孔函谷，诈取雍州。细作报知诸葛绪。绪大惊曰："雍州是吾合守之地，倘有疏失，朝廷必然问罪。"急撤大兵从南路去救雍州，只留一枝兵守桥头。姜维入北道，约行三十里，料知魏兵起行，乃勒回兵，后队作前队，径到桥头，果然魏兵大队已去，只有些小兵把桥，被维一阵杀散，尽烧其寨栅。诸葛绪听知桥头火起，复引兵回，姜维兵已过半日了，因此不敢追赶。

却说姜维引兵过了桥头，正行之间，前面一军来到，乃左将军张翼、右将军廖化也。维问之，翼曰："黄皓听信师巫之言，不肯发兵。翼闻汉中已危，自起兵来时，阳安关已被锺会所取。今闻将军受困，特来接应。"遂合兵一处，前赴白水关。化曰："今四面受敌，粮道不通，不如退守剑阁，再作良图。"维疑虑未决。忽报锺会、邓艾分兵十余路杀来。维欲与翼、化分兵迎之。化曰："白水地狭路多，非争战之所，不如且退去救剑阁可也；若剑阁一失，是绝路矣。"维从之，遂引兵来投剑阁。将近关前，忽然鼓角齐鸣，喊声大起，旌旗遍竖，一枝军把住关口。正是：汉中险峻已无有，剑阁风波又忽生。未知何处之兵，且看下文分解。

第一百十七回　邓士载偷度阴平　诸葛瞻战死绵竹

却说辅国大将军董厥，闻魏兵十余路入境，乃引二万兵守住剑阁；当日望尘头大起，疑是魏兵，急引军把住关口。董厥自临军前视之，乃姜维、廖化、张翼也。厥大喜，接入关上，礼毕，哭诉后主黄皓之事。维曰："公勿忧虑。若有维在，必不容魏来吞蜀也。且守剑阁，徐图退敌之计。"厥曰："此关虽然可守，争奈成都无人；倘为敌人所袭，大势瓦解矣。"维曰："成都山险地峻，非可易取，不必忧也。"

据《资治通鉴》卷七十八：邓艾遣天水太守王颀直攻姜维营，陇西太守牵弘邀其前，金城太守杨欣趣甘松。维闻钟会诸军已入汉中，引兵还。欣等追蹑于强川口，大战，维败走。闻诸葛绪已塞道屯桥头，乃从孔函谷入北道，欲出绪后；绪闻之，却还三十里。维入北道三十余里，闻绪军却，寻还，从桥头过，绪趣截维，较一日不及。维遂还至阴平，合集士众，欲赴关城；未到，闻其已破，退趣白水，遇廖化、张翼、董厥等，合兵守剑阁以拒会。（参见《三国志·魏书·邓艾传》《钟会传》）

正言间，忽报诸葛绪领兵杀至关下，维大怒，急引五千兵杀下关来，直撞入魏阵中，左冲右突，杀得诸葛绪大败而走，退数十里下寨，魏军死者无数。蜀兵抢了许多马匹器械，维收兵回关。

却说钟会离剑阁二十里下寨，诸葛绪自来伏罪。会怒曰："吾令汝守把阴平桥头，以断姜维归路，如何失了！今又不得吾令，擅自进兵，以致此败！"绪曰："维诡计多端，诈取雍州；绪恐雍州有失，引兵去救，维乘机走脱；绪因赶至关下，不想又为所败。"会大怒，叱令斩之。监军卫瓘曰："绪虽有罪，乃邓征西所督之人；不争将军杀之，恐伤和气。"会曰："吾奉天子明诏、晋公钧命，特来伐蜀。便是邓艾有罪，亦当斩之！"众皆力劝。会乃将诸葛绪用槛车载赴洛阳，任晋公发落；随将绪所领之兵，收在部下调遣。

据《资治通鉴》卷七十八：邓艾进至阴平，简选精锐，欲与诸葛绪自江油趣成都。绪以本受节度邀姜维，西行非本诏，遂引军向白水，与钟会合。会欲专军势，密白绪畏懦不进，槛车征还，军悉属会。（参见《三国志·魏书·钟会传》）

有人报与邓艾。艾大怒曰："吾与汝官品一般，吾久镇边疆，于国多劳，汝安敢妄自尊大耶！"子邓忠劝曰："小不忍则乱大谋，父亲若与他不睦，必误国家大事。望且容忍之。"艾从其言。然毕竟心中怀怒，乃引十数骑来见钟会。会闻艾至，便问左右："艾引多少军来？"左右答曰："只有十数骑。"会乃令帐上帐下列武士数百人。艾下马入见。会接入帐礼毕。艾见军容甚肃，心中不安，乃以言挑之曰："将军得了汉中，乃朝廷之大幸也，可定策早取剑阁。"会曰："将军明见若何？"艾再三推称无能。会固问之。艾答曰："以愚意度之，可引一军从阴平小路出汉中德阳亭，用奇兵径取成都，姜维必撤兵来救，将军乘虚就取剑阁，可获全功。"会大喜曰："将军此计甚妙！可即引兵去。吾在此专候捷音！"二人饮酒相别。会回本帐与诸将曰："人皆谓邓艾有能。今日观之，乃庸才耳！"众问其故。会曰："阴平小路，皆高山峻岭，若蜀以百余人守其险要，断其归路，则邓艾之兵皆饿死矣。吾只以正道而行，何愁蜀地不破乎！"遂置云梯炮架，只打剑阁关。

据《三国志·蜀书·姜维传》：会攻乐城，不能克，闻关口已下，长驱而前。翼、厥甫至汉寿，维、化亦舍阴平而退，适与翼、厥合，皆退保剑阁以拒会。会与维书曰："公侯以文武之德，怀迈世之略，功济巴、汉，声畅华夏，远近莫不归名。每惟畴昔，尝同大化，吴札、郑乔，能喻斯好。"维不答书，列营守险。会不能克，粮运悬远，将议还归。

却说邓艾出辕门上马，回顾从者曰："钟会待吾若何？"从者曰："观其辞色，甚不以将军之言为然，但以口强应而已。"艾笑曰："彼料我不能取成都，我偏欲取之！"回到本寨，师纂、邓忠一班将士接问曰："今日与钟镇西有何高论？"艾曰："吾以实心告彼，彼以庸才视我。彼今得汉中，以为莫大之功；若非吾屯沓中绊住姜维，彼安能成功耶！吾今若取了成都，胜取汉中矣！"当夜下令，尽拔寨望阴平小路进兵，离剑阁七百里下寨，有人报钟会，说："邓艾要去取成都了。"会笑艾不智。

却说邓艾一面修密书遣使驰报司马昭，

据《资治通鉴》卷七十八：姜维列营守险，会攻之，不能克，粮道险远，军食乏，欲引还。邓艾上言："贼已摧折，宜遂乘之。若从阴平由邪径经汉德阳亭趣涪，出剑阁西百里，去成都三百余里，奇兵冲其腹心，出其不意：剑阁之守必还赴涪，则会方轨而进；剑阁之军不还，则应涪之兵寡矣。"（参见《三国志·魏书·邓艾传》）

按：据此条史料，邓艾自阴平小路奇袭成都的主张，乃上书司马昭时提出，并非赴剑阁与钟会相见时说出。据史书记载，邓艾未曾赴剑阁见钟会，他自沓中追赶姜维至阴平，距剑阁尚有几百里，即自阴平道偷度袭取成都。

一面聚诸将于帐下问曰："吾今乘虚去取成都，与汝等立功名于不朽，汝等肯从乎？"诸将应曰："愿遵军令，万死不辞！"艾乃先令子邓忠引五千精兵，不穿衣甲，各执斧凿器具，凡遇峻危之处，凿山开路，搭造桥阁，以便军行。艾选兵三万，各带干粮绳索进发。约行百余里，选下三千兵，就彼扎寨；又行百余里，又选三千兵下寨。是年十月自阴平进兵，至于巅崖峡谷之中，凡二十余日，行七百余里，皆是无人之地。魏兵沿途下了数寨，只剩下二千人马。前至一岭，名摩天岭，马不堪行，艾步行上岭，正见邓忠与开路壮士尽皆哭泣。艾问其故。忠告曰："此岭西皆是峻壁巅崖，不能开凿，虚废前劳，因此哭泣。"艾曰："吾军到此，已行了七百余里，过此便是江油，岂可复退？"乃唤诸军曰："不入虎穴，焉得虎子？吾与汝等来到此地，若得成功，富贵共之。"众皆应曰："愿从将军之命。"艾令先将军器撺将下去。艾取毡自裹其身，先滚下去。副将有毡衫者裹身滚下，无毡衫者各用绳索束腰，攀木挂树，鱼贯而进。邓艾、邓忠，并二千军，及开山壮士，皆度了摩天岭。方才整顿衣甲器械而行，忽见道傍有一石碣，上刻："丞相诸葛武侯题"。其文云："二火初兴，有人越此。二士争衡，不久自死。"艾观讫大惊，慌忙对碣再拜曰："武侯真神人也！艾不能以师事之，惜哉！"后人有诗曰：

阴平峻岭与天齐，玄鹤徘徊尚怯飞。邓艾裹毡从此下，谁知诸葛有先几。

却说邓艾暗度阴平，引兵行时，又见一个大空寨。左右告曰："闻武侯在日，曾拨一千兵守此险隘。今蜀主刘禅废之。"艾嗟呀不已，乃谓众人曰："吾等有来路而无归路矣！前江油城中，粮食足备，汝等前进可活，后退即死，须并力攻之。"众皆应曰："愿死战！"于是邓艾步行，引二千余人，星夜倍道来抢江油城。

却说江油城守将马邈，闻东川已失，虽为准备，只是提防大路；又仗着姜维全师守住剑阁关，遂将军情不以为重。当日操练人马回家，与妻李氏拥炉饮酒。其妻问曰："屡闻边情甚急，将军全无忧色，何也？"邈曰："大事自有姜伯约掌握，干我甚事？"其妻曰："虽然如此，将军所守城池，不为不重。"邈曰："天子听信黄皓，溺于酒色，吾料祸不远矣。魏兵若到，降之为上，何必虑哉？"其妻大怒，唾邈面曰："汝为男子，先怀不忠不义之心，枉

第一百十七回　邓士载偷度阴平　诸葛瞻战死绵竹

受国家爵禄,吾有何面目与汝相见耶!"马邈羞惭无语。忽家人慌入报曰:"魏将邓艾不知从何而来,引二千余人,一拥而入城矣!"邈大惊,慌出纳降,拜伏于公堂之下,泣告曰:"某有心归降久矣。今愿招城中居民,及本部人马,尽降将军。"艾准其降。遂收江油军马于部下调遣,即用马邈为向导官。

> 据《三国志·魏书·邓艾传》:(景元四年)冬十月,艾自阴平道行无人之地七百余里,凿山通道,造作桥阁。山高谷深,至为艰险,又粮运将匮,频于危殆。艾以毡自裹,推转而下。将士皆攀木缘崖,鱼贯而进。先登至江由,蜀守将马邈降。(参见《资治通鉴》卷七十八)

忽报马邈夫人自缢身死。艾问其故,邈以实告。艾感其贤,令厚礼葬之,亲往致祭。魏人闻者,无不嗟叹。

> 按:《演义》称马邈妻劝马邈尽责守城,马邈投降后,她自杀殉国,此情节不见于史。

后人有诗赞曰:
> 　　后主昏迷汉祚颠,天差邓艾取西川。可怜巴蜀多名将,不及江油李氏贤。

邓艾取了江油,遂接阴平小路诸军,皆到江油取齐,径来攻涪城。部将田续曰:"我军涉险而来,甚是劳顿,且当休养数日,然后进兵。"艾大怒曰:"兵贵神速,汝敢乱我军心耶!"喝令左右推出斩之。众将苦告方免。

> 据《资治通鉴》卷七十八:艾之入江油也,田续不进,艾欲斩续,既而舍之。(参见《三国志·魏书·邓艾传》注引《汉晋春秋》)

艾自驱兵至涪城。城内官吏军民疑从天降,尽皆投降。

蜀人飞报入成都。后主闻知,慌召黄皓问之。皓奏曰:"此诈传耳。神人必不肯误陛下也。"后主又宣师婆问时,却不知何处去了。此时远近告急表文,一似雪片,往来使者,联络不绝。后主设朝计议,多官面面相觑,并无一言。郤正出班奏曰:"事已急矣!陛下可宣武侯之子商议退兵之策。"原来武侯之子诸葛瞻,字思远。

> 据《三国志·蜀书·诸葛亮传附子瞻传》:瞻字思远。

其母黄氏,即黄承彦之女也。母貌甚陋,而有奇才:上通天文,下察地理;凡韬略遁甲诸书,无所不晓。武侯在南阳时,闻其贤,求以为室。

> 据《三国志·诸葛亮传》注引《襄阳记》:黄承彦者,高爽开列,为沔南名士,谓诸葛孔明曰:"闻君择妇,身有丑女,黄头黑色,而才堪相配。"孔明许,即载送之。时人以为笑乐,乡里为之谚曰:"莫作孔明择妇,正得阿承丑女。"

武侯之学,夫人多所赞助焉。及武侯死后,夫人寻逝,临终遗教,惟以忠孝勉其子瞻。瞻自幼聪敏,尚后主女,为驸马都尉。后袭父武乡侯之爵。景耀四年,迁行军护卫将军。时为黄皓用事,故托病不出。

> 据《三国志·蜀书·诸葛亮传附子瞻传》:建兴十二年,亮出武功,与兄瑾书曰:"瞻今已八岁,聪慧可爱,嫌其早成,恐不为重器耳。"年十七,尚公主,拜骑都尉。其明年为羽林中郎将,屡迁射声校尉、侍中、尚书仆射,加军师将军。瞻工书画,强识念,蜀人追思亮,咸爱其才敏。每朝廷有一善政佳事,虽非瞻所建倡,百姓皆传相告曰:"葛侯之所为也。"是以美声溢誉,有过其实。景耀四年,为行都护卫将军,与辅国大将军

南乡侯董厥并平尚书事。

  据《资治通鉴》卷七十七：（景元二年）冬十月，汉主以董厥为辅国大将军，诸葛瞻为都护、卫将军，共平尚书事，以侍中樊建为尚书令。时中常侍黄皓用事，厥、瞻皆不能矫正，士大夫多附之，唯建不与皓往来。

  当下后主从郤正之言，即时连发三诏，召瞻至殿下。后主泣诉曰："邓艾兵已屯涪城，成都危矣。卿看先君之面，救朕之命！"瞻亦泣奏曰："臣父子蒙先帝厚恩、陛下殊遇，虽肝脑涂地，不能补报。愿陛下尽发成都之兵，与臣领去决一死战。"后主即拨成都兵将七万与瞻。瞻辞了后主，整顿军马，聚集诸将问曰："谁敢为先锋？"言未讫，一少年将出曰："父亲既掌大权，儿愿为先锋。"众视之，乃瞻长子诸葛尚也。尚时年一十九岁，博览兵书，多习武艺。瞻大喜，遂命尚为先锋。是日，大军离了成都，来迎魏兵。

  却说邓艾得马邈献地理图一本，备写涪城至成都三百六十里山川道路，阔狭险峻，一一分明。艾看毕，大惊曰："若只守涪城，倘被蜀人据住前山，何能成功耶？如迁延日久，姜维兵到，我军危矣。"速唤师纂并子邓忠，分付曰："汝等可引一军，星夜径去绵竹，以拒蜀兵。吾随后便至。切不可怠缓。若纵他先据了险要，决斩汝首！"

  据《资治通鉴》卷七十八：诸葛瞻督诸军拒艾，至涪，停住不进。尚书郎黄崇，权之子也，屡劝瞻宜速行据险，无令敌得入平地，瞻犹豫未纳；崇再三言之，至于流涕，瞻不能从。艾遂长驱而前，击破瞻前锋，瞻退住绵竹。

  据《三国志·蜀书·黄权传附子崇传》：权留蜀子崇，为尚书郎，随卫将军诸葛瞻拒邓艾。到涪县，瞻盘桓未进，崇屡劝瞻宜速行据险，无令敌得入平地。瞻犹与未纳，崇至于流涕。会艾长驱而前，瞻却战至绵竹，崇帅厉军士，期于必死，临陈见杀。

  师、邓二人引兵将至绵竹，早遇蜀兵。两军各布成阵。师、邓二人勒马于门旗下，只见蜀兵列成八阵。三冬鼓罢，门旗两分，数十员将簇拥一辆四轮车，车上端坐一人：纶巾羽扇，鹤氅方裾。车傍展开一面黄旗，上书："汉丞相诸葛武侯"。唬得师、邓二人汗流遍身，回顾军士曰："原来孔明尚在，我等休矣！"急勒兵回时，蜀兵掩杀将来，魏兵大败而走。蜀兵掩杀二十余里，遇见邓艾援兵接应。两家各自收兵。

  艾升帐而坐，唤师纂、邓忠责之曰："汝二人不战而退，何也？"忠曰："但见蜀阵中诸葛孔明领兵，因此奔还。"艾怒曰："纵使孔明更生，我何惧哉！汝等轻退，以致于败，宜速斩以正军法！"众皆苦劝，艾方息怒。令人哨探，回说孔明之子诸葛瞻为大将，瞻之子诸葛尚为先锋。车上坐者乃木刻孔明遗像也。艾闻之，谓师纂、邓忠曰："成败之机，在此一举。汝二人再不取胜，必当斩首！"

  师、邓二人又引一万兵来战。诸葛尚匹马单枪，抖擞精神，战退二人。诸葛瞻指挥两掖兵冲出，直撞入魏阵中，左冲右突，往来杀有数十番，魏兵大败，死者不计其数。师纂、邓忠中伤而逃。瞻驱士马随后掩杀二十余里，扎营相拒。师纂、邓忠回见邓艾，艾见二人俱伤，未便加责，乃与众商议曰："蜀有诸葛瞻善继父志，两番杀吾万余人马，今若不速破，后必为祸。"监军丘本曰："何不作一书以诱之？"艾从其言，遂作书一封，遣使送入蜀寨。守门将引至帐下，呈上其书。瞻拆封视之。书曰：

  征西将军邓艾，致书于行军护卫将军诸葛思远麾下：切观近代贤才，未有如公之尊父也。昔自出茅庐，一言已分三国，扫平荆益，遂成霸业，古今鲜有及者；后六出祁山，非其智力不足，乃天数耳。今后主昏弱，王气已终，艾奉天子之命，以重兵伐蜀，已皆得其地矣。成都危在旦夕，公何不应天顺人，仗义来归？艾当表公为琅琊王，以光耀祖宗，决不虚言。幸存照鉴。

瞻看毕，勃然大怒，扯碎其书，叱武士立斩来使，令从者持首级回魏营见邓艾。艾大怒，即欲出战。丘本谏曰："将军不可轻出，当用奇兵胜之。"艾从其言，遂令天水太守王颀、陇西太守牵弘，伏两军于后，艾自引兵而来。此时诸葛瞻正欲搦战，忽报邓艾自引兵到。瞻大怒，即引兵出，径杀入魏阵中。邓艾败走，瞻随后掩杀将来。忽然两下伏兵杀出。蜀兵大败，退入绵竹。艾令围之。于是魏兵一齐呐喊，将绵竹围的铁桶相似。

诸葛瞻在城中，见事势已迫，乃令彭和赍书杀出，往东吴求救。和至东吴，见了吴主孙休，呈上告急之书。吴主看罢，与群臣计议曰："既蜀中危急，孤岂可坐视不救。"即令老将丁奉为主帅，丁封、孙异为副将，率兵五万，前往救蜀。丁奉领旨出师，分拨丁封、孙异引兵二万向沔中而进，自率兵三万向寿春而进，分兵三路来援。

> 据《资治通鉴》卷七十八：（景元四年）冬十月，汉人告急于吴。甲申，吴主使大将军丁奉督诸军向寿春；将军留平就施绩于南郡，议兵所向；将军丁封、孙异如沔中，以救汉。（参见《三国志·吴书·孙休传》）

> 据《三国志·吴书·丁奉传》：（永安）六年，魏伐蜀，奉率诸军向寿春，为救蜀之势。蜀亡，军还。

却说诸葛瞻见救兵不至，谓众将曰："久守非良图。"遂留子尚与尚书张遵守城，瞻自披挂上马，引三军大开三门杀出。邓艾见兵出，便撤兵退。瞻奋力追杀，忽然一声炮响，四面兵合，把瞻困在垓心。瞻引兵左冲右突，杀死数百人。艾令众军放箭射之，蜀兵四散。瞻中箭落马，乃大呼曰："吾力竭矣，当以一死报国！"遂拔剑自刎而死。其子诸葛尚在城上，见父死于军中，勃然大怒，遂披挂上马。张遵谏曰："小将军勿得轻出。"尚叹曰："吾父子祖孙，荷国厚恩，今父既死于敌，我何用生为！"遂策马杀出，死于阵中。

> 据《资治通鉴》卷七十八：艾以书诱瞻曰："若降者，必表为琅邪王。"瞻怒，斩艾使，列阵以待艾。艾遣子惠唐亭侯忠等出其右，司马师纂等出其左。忠、纂战不利，并引还，曰："贼未可击！"艾怒曰："存亡之分，在此一举，何不可之有！"叱忠、纂等，将斩之。忠、纂驰还更战，大破，斩瞻及黄崇。瞻子尚叹曰："父子荷国重恩，不早斩黄皓，使败国殄民，用生何为！"策马冒阵而死。（参见《三国志·蜀书·诸葛亮传附子瞻传》及注引《华阳国志·刘后主志》，《三国志·魏书·邓艾传》）

后人有诗赞瞻、尚父子曰：

不是忠臣独少谋，苍天有意绝炎刘。当年诸葛留嘉胤，节义真堪继武侯。

邓艾怜其忠，将父子合葬。乘虚攻打绵竹。张遵、黄崇、李球三人，各引一军杀出。蜀兵寡，魏兵众，三人亦皆战死。艾因此得了绵竹。

> 据《三国志·蜀书·张飞传附孙遵传》：苞子遵为尚书，随诸葛瞻于绵竹，与邓艾战，死。

> 据《三国志·蜀书·黄权传附子崇传》：权留蜀子崇，为尚书郎，随卫将军诸葛瞻拒邓艾。……会艾长驱而前，瞻却战至绵竹，崇帅厉军士，期于必死，临陈见杀。

> 据《三国志·蜀书·李恢传附弟子球传》：恢弟子球，羽林右部督，随诸葛瞻拒邓艾，临陈授命，死于绵竹。

劳军已毕，遂来取成都。正是：试观后主临危日，无异刘璋受逼时。未知成都如何守御，且看下文分解。

第一百十八回 哭祖庙一王死孝 入西川二士争功

却说后主在成都，闻邓艾取了绵竹，诸葛瞻父子已亡，大惊，急召文武商议。近臣奏曰："城外百姓，扶老携幼，哭声大震，各逃生命。"后主惊惶无措。忽哨马报到，说魏兵将近城下。多官议曰："兵微将寡，难以迎敌；不如早弃成都，奔南中七郡。其地险峻，可以自守，就借蛮兵，再来克复未迟。"光禄大夫谯周曰："不可。南蛮久反之人，平昔无惠；今若投之，必遭大祸。"多官又奏曰："蜀、吴既同盟，今事急矣，可以投之。"周又谏曰："自古以来，无寄他国为天子者。臣料魏能吞吴，吴不能吞魏。若称臣于吴，是一辱也；若吴被魏所吞，陛下再称臣于魏，是两番之辱矣。不如不投吴而降魏。魏必裂土以封陛下，则上能自守宗庙，下可以保安黎民。愿陛下思之。"后主未决，退入宫中。

次日，众议纷然。谯周见事急，复上疏诤之。后主从谯周之言，正欲出降；忽屏风后转出一人，厉声而骂周曰："偷生腐儒，岂可妄议社稷大事！自古安有降天子哉！"后主视之，乃第五子北地王刘谌也。后主生七子：长子刘璿，次子刘瑶，三子刘琮，四子刘瓒，五子即北地王刘谌，六子刘恂，七子刘璩。七子中惟谌自幼聪明，英敏过人，余皆懦善。后主谓谌曰："今大臣皆议当降，汝独仗血气之勇，欲令满城流血耶？"谌曰："昔先帝在日，谯周未尝干预国政；今妄议大事，辄起乱言，甚非理也。臣切料成都之兵，尚有数万；姜维全师，皆在剑阁，若知魏兵犯阙，必来救应：内外攻击，可获大功。岂可听腐儒之言，轻废先帝之基业乎？"后主叱之曰："汝小儿岂识天时！"谌叩头哭曰："若势穷力极，祸败将及，便当父子君臣背城一战，同死社稷，以见先帝可也。奈何降乎！"后主不听。谌放声大哭曰："先帝非容易创立基业，今一旦弃之，吾宁死不辱也！"后主令近臣推出宫门，遂令谯周作降书，遣私署侍中张绍、驸马都尉邓良同谯周赍玉玺来雒城请降。

据《资治通鉴》卷七十八：汉人不意魏兵卒至，不为城守调度；闻艾已入平土，百姓扰扰，皆迸山野，不可禁制。汉主使群臣会议，或以为蜀之与吴，本为与国，宜可奔吴；或以为南中七郡，阻险斗绝，易以自守，宜可奔南。光禄大夫谯周以为："自古以来，无寄他国为天子者，今若入吴国，亦当臣服。且治政不殊，则大能吞小，此数之自然也。由此言之，则魏能并吴，吴不能并魏明矣。等为称臣，为小孰与为大！再辱之耻何与一辱！且若欲奔南，则当早为之计，然后可果。今大敌已近，祸败将及，群小之心，无一可保，恐发足之日，其变不测，何至南之有乎！"或曰："今艾已不远，恐不受降，如之何？"周曰："方今东吴未宾，事势不得不受，受之不得不礼。若陛下降魏，魏不裂土以封陛下者，周请身诣京都，以古义争之。"众人皆从周议。汉主犹欲入南，狐疑未决。周上疏曰："南方远夷之地，平常无所供为，犹数反叛，自丞相亮以兵威逼之，穷乃率从。今若至南，外当拒敌，内供服御，费用张广，他无所取，耗损诸夷，其叛必矣！"汉主乃遣侍中张绍等奉玺绶以降于艾。北地王谌怒曰："若理穷力屈，祸败将及，便当父子君臣背城一战，同死社稷，以见先帝可也，奈何降乎！"汉主不听。（参见《三国志·蜀书·谯周传》）

时邓艾每日令数百铁骑来成都哨探。当日见立了降旗，艾大喜。不一时，张绍等至，艾令人迎入。三人拜伏于阶下，呈上降款玉玺。艾拆降书视之，大喜，受下玉玺，重待张绍、

第一百十八回　哭祖庙一王死孝　入西川二士争功

谯周、邓良等。艾作回书，付三人赍回成都，以安人心。

> 据《资治通鉴》卷七十八：张绍等见邓艾于雒，艾大喜，报书褒纳。

> 据《三国志·蜀书·后主传》：（景耀六年）冬，邓艾破卫将军诸葛瞻于绵竹。用光禄大夫谯周策，降于艾，奉书曰："限分江、汉，遇值深远，阶缘蜀土，斗绝一隅，干运犯冒，渐苒历载，遂与京畿攸隔万里。每惟黄初中，文皇帝命虎牙将军鲜于辅，宣温密之诏，申三好之恩，开示门户，大义炳然，而否德暗弱，窃贪遗绪，俯仰累纪，未率大教。天威既震，人鬼归能之数，怖骇王师，神武所次，敢不革面，顺以从命！辄敕群帅投戈释甲，官府帑藏一无所毁。百姓布野，余粮栖亩，以俟后来之惠，全元元之命。伏惟大魏布德施化，宰辅伊、周，含覆藏疾。谨遣私署侍中张绍、光禄大夫谯周、驸马都尉邓良奉赍印绶，请命告诚，敬输忠款，存亡敕赐，惟所裁之。舆榇在近，不复缕陈。"是日，北地王谌伤国之亡，先杀妻子，次以自杀。绍、良与艾相遇于雒县。艾得书，大喜，即报书，遣绍、良先还。

> 据《三国志·蜀书·后主传》注引王隐《蜀记》：艾报书云："王纲失道，群英并起，龙战虎争，终归真主，此盖天命去就之道也。自古圣帝，爰逮汉、魏，受命而王者，莫不在乎中土。河出《图》，洛出《书》，圣人则之，以兴洪业，其不由此，未有不颠覆者也。隗嚣凭陇而亡，公孙述据蜀而灭，此皆前世覆车之鉴也。圣上明哲，宰相忠贤，将比隆黄、轩，侔功往代。衔命来征，思闻嘉响，果烦来使，告以德音，此非人事，岂天启哉！昔微子归周，实为上宾，君子豹变，义存《大易》，来辞谦冲，以礼舆榇，皆前哲归命之典也。全国为上，破国次之，自非通明智达，何以见王者之义乎！"

> 据《华阳国志·刘后主志》：光禄大夫谯周劝降魏，魏必裂土封后主。后主从之，遣侍中张绍、驸马都尉邓良赍玺绶奉笺诣艾降。

> 按：周寿昌《三国志注证遗》认为：汉"遣私署侍中张绍、光禄大夫谯周、驸马都尉邓良"，《华阳国志》载：劝降是谯周，而遣使则惟张绍、邓良二人，无周名。观下"绍、良与艾相遇"语，则常《志》为信。

三人拜辞邓艾，径还成都，入见后主，呈上回书，细言邓艾相待之善。后主拆封视之，大喜，即遣太仆蒋显赍敕令姜维早降；遣尚书郎李虎，送文簿与艾：共户二十八万，男女九十四万，带甲将士十万二千，官吏四万，仓粮四十余万，金银各二千斤，锦绮彩绢各二十万匹。余物在库，不及其数。择十二月初一日，君臣出降。

> 据《资治通鉴》卷七十八：汉主遣太仆蒋显别敕姜维使降锺会，又遣尚书郎李虎送士民簿于艾，户二十八万，口九十四万，甲士十万二千，吏四万人。（参见《三国志·蜀书·后主传》）

> 据《三国志·蜀书·后主传》注引王隐《蜀记》：禅又遣太常张峻、益州别驾汝超受节度，遣太仆蒋显有命敕姜维。又遣尚书郎李虎送士民簿，领户二十八万，男女口九十四万，带甲将士十万二千，吏四万人，米四十余万斛，金银各二千斤，锦绮彩绢各二十万匹，余物称此。

北地王刘谌闻知，怒气冲天，乃带剑入宫。其妻崔夫人问曰："大王今日颜色异常，何也？"谌曰："魏兵将近，父皇已纳降款，明日君臣出降，社稷从此殄灭。吾欲先死以见先帝于地下，不屈膝于他人也！"崔夫人曰："贤哉！贤哉！得其死矣！妾请先死，王死未迟。"谌曰："汝何死耶？"崔夫人曰："王死父，妾死夫，其义同也。夫亡妻死，何必问焉！"言讫，触柱而死。谌乃自杀其三子，并割妻头，提至昭烈庙中，伏地哭曰："臣羞见基业弃于他人，故先杀妻子，以绝挂念，后将一命报祖！祖如有灵，知孙之心！"大哭一场，眼中流血，自刎而死。蜀人闻知，无不哀痛。

  据《资治通鉴》卷七十八：汉主……降于艾。……是日，谌哭于昭烈之庙，先杀妻子，而后自杀。（参见《三国志·蜀书·后主传》及注引《汉晋春秋》）

后人有诗赞曰：
  君臣甘屈膝，一子独悲伤。去矣西川事，雄哉北地王！
  捐身酬烈祖，搔首泣穹苍。凛凛人如在，谁云汉已亡？
后主听知北地王自刎，乃令人葬之。

  次日，魏兵大至。后主率太子诸王，及群臣六十余人，面缚舆榇，出北门十里而降。邓艾扶起后主，亲解其缚，焚其舆榇，并车入城。后人有诗叹曰：
  魏兵数万入川来，后主偷生失自裁。黄皓终存欺国意，姜维空负济时才。
  全忠义士心何烈，守节王孙志可哀。昭烈经营良不易，一朝功业顿成灰。
于是成都之人，皆具香花迎接。艾拜后主为骠骑将军，其余文武，各随高下拜官；请后主还宫，出榜安民，交割仓库。

  据《资治通鉴》卷七十八：艾至成都城北，汉主率太子诸王及群臣六十余人，面缚舆榇诣军门。艾持节解缚焚榇，延请相见；检御将士，无得虏略，绥纳降附，使复旧业；辄依邓禹故事，承制拜汉主禅行骠骑将军，太子奉车、诸王驸马都尉，汉群司各随高下拜为王官，或领艾官属。（参见《三国志·魏书·邓艾传》）
  据《三国志·蜀书·后主传》：艾至城北，后主舆榇自缚，诣军垒门。艾解缚焚榇，延请相见。因承制拜后主为骠骑将军。诸围守悉被后主敕，然后降下。艾使后主止其故宫，身往造焉。

又令太常张峻、益州别驾张绍，招安各郡军民。又令人说姜维归降。一面遣人赴洛阳报捷。艾闻黄皓奸险，欲斩之。皓用金宝赂其左右，因此得免。

  据《资治通鉴》卷七十八：艾闻黄皓奸险，收闭，将杀之，皓赂艾左右，卒以得免。（参见《三国志·蜀书·董允传》）

自是汉亡。后人因汉之亡，有追思武侯诗曰：
  鱼鸟犹疑畏简书，风云长为护储胥。徒令上将挥神笔，终见降王走传车。
  管乐有才真不忝，关张无命欲何如！他年锦里经祠庙，《梁父》吟成恨有余！

  且说太仆蒋显到剑阁，入见姜维，传后主敕命，言归降之事。维大惊失语。帐下众将听知，一齐怨恨，咬牙怒目，须发倒竖，拔刀砍石大呼曰："吾等死战，何故先降耶！"号哭之声，闻数十里。维见人心思汉，乃以善言抚之曰："众将勿忧。吾有一计，可复汉室。"众皆求问。姜维与诸将附耳低言，说了计策。即于剑阁关遍竖降旗，先令人报入锺会寨中，说姜维引张翼、廖化、董厥等来降。会大喜，令人迎接维入帐。会曰："伯约来何迟也？"维正色流涕曰："国家全军在吾，今日至此，犹为速也。"会甚奇之，下座相拜，待为上宾。维说会曰："闻将军自淮南以来，算无遗策；司马氏之盛，皆将军之力，维故甘心俯首。如邓士载，当与决一死战，安肯降之乎？"会遂折箭为誓，与维结为兄弟，情爱甚密，仍令照旧领兵。维暗喜，遂令蒋显回成都去了。

  据《资治通鉴》卷七十八：姜维等闻诸葛瞻败，未知汉主所向，乃引军东入于巴。

第一百十八回 哭祖庙一王死孝 入西川二士争功

钟会进军至涪,遣胡烈等追维。维至郪,得汉主敕命,乃令兵悉放仗,送节传于胡烈,自从东道与廖化、张翼、董厥等同诣会降。将士咸怒,拔刀斫石。于是诸郡县围守皆被汉主敕罢兵降。钟会厚待姜维等,皆权还其印绶节盖。(参见《三国志·蜀书·姜维传》《三国志·魏书·钟会传》)

据《三国志·蜀书·姜维传》注引干宝《晋纪》:会谓维曰:"来何迟也?"维正色流涕曰:"今日见此为速矣!"会甚奇之。

据《三国志·蜀书·张翼传》:(景耀)六年,与维咸在剑阁,共诣降钟会于涪。

按:《演义》称姜维是在剑阁向钟会投降的,与史不合。据史书记载,姜维知诸葛瞻兵败,遂率军从剑阁后撤,到广汉郪县接到刘禅命令才投降的。

却说邓艾封师纂为益州刺史,牵弘、王颀等各领州郡;又于绵竹筑台以彰战功,大会蜀中诸官饮宴。艾酒至半酣,乃指众官曰:"汝等幸遇我,故有今日耳。若遇他将,必皆殄灭矣。"多官起身拜谢。

据《三国志·魏书·邓艾传》:以师纂领益州刺史,陇西太守牵弘等领蜀中诸郡。使于绵竹筑台以为京观,用彰战功。士卒死事者,皆与蜀兵同共埋藏。艾深自矜伐,谓蜀士大夫曰:"诸君赖遭某,故得有今日耳。若遇吴汉之徒,已殄灭矣。"又曰:"姜维自一时雄儿也,与某相值,故穷耳。"有识者笑之。(参见《资治通鉴》卷七十八)

忽蒋显至,说姜维自降钟镇西了。艾因此痛恨钟会。遂修书令人赍赴洛阳,致晋公司马昭。昭得书视之。书曰:

臣艾切谓兵有先声而后实者,今因平蜀之势以乘吴,此席卷之时也。然大举之后,将士疲劳,不可便用;宜留陇右兵二万、蜀兵二万,煮盐兴冶,并造舟船,预备顺流之计;然后发使,告以利害,吴可不征而定也。今宜厚待刘禅,以致孙休;若便送禅来京,吴人必疑,则于向化之心不劝。且权留之于蜀,须来年冬月抵京。今即可封禅为扶风王,锡以资财,供其左右,爵其子为公侯,以显归命之宠,则吴人畏威怀德,望风而从矣。

司马昭览毕,深疑邓艾有自专之心,乃先发手书与卫瓘,随后降封艾诏曰:

征西将军邓艾,耀威奋武,深入敌境,使僭号之主,系颈归降;兵不逾时,战不终日,云彻席卷,荡定巴、蜀;虽白起破强楚,韩信克劲赵,不足比勋也。其以艾为太尉,增邑二万户,封二子为亭侯,各食邑千户。

邓艾受诏毕,监军卫瓘取出司马昭手书与艾。书中说邓艾所言之事,须候奏报,不可辄行。艾曰:"将在外,君命有所不受。吾既奉诏专征,如何阻当?"遂又作书,令来使赍赴洛阳。

时朝中皆言邓艾必有反意,司马昭愈加疑忌。忽使命回,呈上邓艾之书。昭拆封视之。书曰:

艾衔命西征,元恶既服,当权宜行事,以安初附。若待国命,则往复道途,延引日月。《春秋》之义,"大夫出疆,有可以安社稷、利国家,专之可也"。今吴未宾,势与蜀连,不可拘常以失事机。兵法:进不求名,退不避罪。艾虽无古人之节,终不自嫌以损于国也。先此申状,见可施行。

据《三国志·魏书·邓艾传》:(景元四年冬)十二月,诏曰:"艾曜威奋武,深入虏庭,斩将搴旗,枭其鲸鲵,使僭号之主,稽首系颈,历世逋诛,一朝而平。兵不逾时,战不终日,云彻席卷,荡定巴蜀。虽白起破强楚,韩信克劲赵,吴汉禽子阳,亚夫灭七国,计功论美,不足比勋也。其以艾为太尉,增邑二万户,封子二人亭侯,各食邑千户。"

艾言司马文王曰:"兵有先声而后实者,今因平蜀之势以乘吴,吴人震恐,席卷之时也。然大举之后,将士疲劳,不可便用,且徐缓之;留陇右兵二万人,蜀兵二万人,煮盐兴冶,为军农要用,并作舟船,豫顺流之事,然后发使告以利害,吴必归化,可不征而定也。今宜厚刘禅以致孙休,安士民以来远人,若便送禅于京都,吴以为流徙,则于向化之心不劝。宜权停留,须来年秋冬,比尔吴亦足平。以为可封禅为扶风王,锡其资财,供其左右。郡有董卓坞,为之宫舍。爵其子为公侯,食郡内县,以显归命之宠。开广陵、城阳以待吴人,则畏威怀德,望风而从矣。"文王使监军卫瓘喻艾:"事当须报,不宜辄行。"艾重言曰:"衔命征行,奉指授之策,元恶既服;至于承制拜假,以安初附,谓合权宜。今蜀举众归命,地尽南海,东接吴会,宜早镇定。若待国命,往复道途,延引日月。《春秋》之义,'大夫出疆,有可以安社稷,利国家,专之可也'。今吴未宾;势与蜀连,不可拘常以失事机。兵法,进不求名,退不避罪,艾虽无古人之节,终不自嫌以损于国也。"锺会、胡烈、师纂等皆白艾所作悖逆,变衅以结。诏书槛车征艾。(参见《资治通鉴》卷七十八)

司马昭看毕大惊,忙与贾充计议曰:"邓艾恃功而骄,任意行事,反形露矣。如之奈何?"贾充曰:"主公何不封锺会以制之?"昭从其议,遣使赍诏封会为司徒,就令卫瓘监督两路军马,以手书付瓘,使与会伺察邓艾,以防其变。会接读诏书。诏曰:

镇西将军锺会,所向无敌,前无强梁,节制众城,网罗迸逸;蜀之豪帅,面缚归命;谋无遗策,举无废功。其以会为司徒,进封县侯,增邑万户,封子二人亭侯,邑各千户。

据《三国志·魏书·锺会传》:(景元四年冬)十二月诏曰:"会所向摧弊,前无强敌,缄制众城,罔罗迸逸。蜀之豪帅,面缚归命,谋无遗策,举无废功。凡所降诛,动以万计,全胜独克,有征无战。拓平西夏,方隅清晏。其以会为司徒,进封县侯,增邑万户。封子二人亭侯,邑各千户。"

据《三国志·魏书·陈留王奂纪》:(景元四年冬十二月)乙卯,以征西将军邓艾为太尉,镇西将军锺会为司徒。

锺会既受封,即请姜维计议曰:"邓艾功在吾之上,又封太尉之职;今司马公疑艾有反志,故令卫瓘为监军,诏吾制之。伯约有何高见?"维曰:"愚闻邓艾出身微贱,幼为农家养犊,今侥幸自阴平斜径,攀木悬崖,成此大功;非出良谋,实赖国家洪福耳。若非将军与维相拒于剑阁,艾安能成此功耶?今欲封蜀主为扶风王,乃大结蜀人之心,其反情不言可见矣。晋公疑之是也。"会深喜其言。维又曰:"请退左右,维有一事密告。"会令左右尽退。维袖中取一图与会,曰:"昔日武侯出草庐时,以此图献先帝,且曰:益州之地,沃野千里,民殷国富,可为霸业。先帝因此遂创成都。今邓艾至此,安得不狂?"会大喜,指问山川形势。维一一言之。会又问曰:"当以何策除艾?"维曰:"乘晋公疑忌之际,当急上表,言艾反状;晋公必令将军讨之。一举而可擒矣。"会依言,即遣人赍表进赴洛阳,言邓艾专权恣肆,结好蜀人,早晚必反矣。于是朝中文武皆惊。会又令人于中途截了邓艾表文,按艾笔法,改写傲慢之辞,以实己之语。

据《资治通鉴》卷七十八:会因邓艾承制专事,乃与卫瓘密白艾有反状。会善效人书,于剑阁要艾章表、白事,皆易其言,令辞指悖傲,多自矜伐;又毁晋公昭报书,手作以疑之。(参见《三国志·魏书·锺会传》注引《世语》)

司马昭见了邓艾表章,大怒,即遣人到锺会军前,令会收艾;又遣贾充引三万兵入斜谷,昭乃同魏主曹奂御驾亲征。西曹掾邵悌谏曰:"锺会之兵,多艾六倍,当令会收艾足矣,何必明公自行耶?"昭笑曰:"汝忘了旧日之言耶?汝曾道会后必反。吾今此行,非为艾,实为会耳。"悌笑曰:"某恐明公忘之,故以相问。今既有此意,切宜秘之,不可泄漏。"昭然其言,遂提大兵起程。时贾充亦疑锺会有变,密告司马昭。昭曰:"如遣汝,亦疑汝耶?吾到长安,自有明白。"

　　据《资治通鉴》卷七十八:咸熙元年春正月壬辰,诏以槛车征邓艾。晋公昭恐艾不从命,敕锺会进军成都,又遣贾充将兵入斜谷。昭自将大军从帝幸长安,以诸王公皆在邺,乃以山涛为行军司马,镇邺。

　　初,锺会以才能见任,昭夫人王氏言于昭曰:"会见利忘义,好为事端,宠过必乱,不可大任。"及会将伐汉,西曹属邵悌言于晋公曰:"今遣锺会率十万余众伐蜀,愚谓令单身无任,不若使余人行也。"晋公笑曰:"我宁不知此邪!蜀数为边寇,师老民疲,我今伐之,如指掌耳,而众方蜀不可伐。夫人心豫怯则智勇并竭,智勇并竭而强使之,适所以为敌禽耳。惟锺会与人意同,今遣会伐蜀,蜀必可灭。灭蜀之后,就如卿虑,何忧其不能办邪?夫蜀已破亡,遗民震恐,不足与共图事;中国将士各自思归,不肯与同也。会若作恶,只自灭族耳。卿不须忧此,慎勿使人闻也!"及晋公将之长安,悌复曰:"锺会所统兵五六倍于邓艾,但可敕会取艾,不须自行。"晋公曰:"卿忘前言邪,而云不须行乎?虽然,所言不可宣也。我要自当以信意待人,但人不当负我耳,我岂可先人生心哉!近日贾护军问我:'颇疑锺会不?'我答言:'如今遣卿行,宁可复疑卿邪?'贾亦无以易我语也。我到长安,则自了矣。"(参见《三国志·魏书·锺会传》)

早有细作报知锺会,说昭已至长安。会慌请姜维商议收艾之策。正是:才看西蜀收降将,又见长安动大兵。不知姜维以何策破艾,且看下文分解。

第一百十九回　假投降巧计成虚话　再受禅依样画葫芦

　　却说钟会请姜维计议收邓艾之策。维曰："可先令监军卫瓘收艾。艾若杀瓘，反情实矣。将军却起兵讨之，可也。"会大喜，遂令卫瓘引数十人入成都，收邓艾父子。瓘手下人止之曰："此是钟司徒令邓征西杀将军，以正反情也。切不可行。"瓘曰："吾自有计。"遂先发檄文二三十道。其檄曰："奉诏收艾，其余各无所问。若早来归，爵赏如先，敢有不出者，灭三族。"随备槛车两乘，星夜望成都而来。

　　比及鸡鸣，艾部将见檄文者，皆来投拜于卫瓘马前。时邓艾在府中未起。瓘引数十人突入大呼曰："奉诏收邓艾父子！"艾大惊，滚下床来。瓘叱武士缚于车上。其子邓忠出问，亦被捉下，缚于车上。府中将吏大惊，欲待动手抢夺，早望见尘头大起，哨马报说钟司徒大兵到了。众各四散奔走。

　　　　据《晋书·卫瓘传》：邓艾、钟会之伐蜀也，瓘以本官持节监艾、会军事，行镇西军司，给兵千人。蜀既平，艾辄承制封拜。会阴怀异志，因艾专擅，密与瓘俱奏其状。诏使槛车征之，会遣瓘先收艾。会以瓘兵少，欲令艾杀瓘，因加艾罪。瓘知欲危己，然不可得而距，乃夜至成都，檄艾所统诸将，称诏收艾，其余一无所问。若来赴官军，爵赏如先；敢有不出，诛及三族。比至鸡鸣，悉来赴瓘，唯艾帐内在焉。平旦开门，瓘乘使者车，径入至成都殿前。艾卧未起，父子俱被执。艾诸将图欲劫艾，整仗趣瓘营。瓘轻出迎之，伪作表草，将申明艾事，诸将信之而止。俄而会至。（参见《资治通鉴》卷七十八，《三国志·魏书·钟会传》）

　　　　据《三国志·魏书·邓艾传》注引《魏氏春秋》：艾仰天叹曰："艾忠臣也，一至此乎！白起之酷，复见于今日矣。"

　　钟会与姜维下马入府，见邓艾父子已被缚，会以鞭挞邓艾之首而骂曰："养犊小儿，何敢如此！"姜维亦骂曰："匹夫行险徼幸，亦有今日耶！"艾亦大骂。会将艾父子送赴洛阳。

　　会入成都，尽得邓艾军马，威声大震。乃谓姜维曰："吾今日方趁平生之愿矣！"维曰："昔韩信不听蒯通之说，而有未央宫之祸；大夫种不从范蠡于五湖，卒伏剑而死：斯二子者，其功名岂不赫然哉，徒以利害未明，而见几之不早也。今公大勋已就，威震其主，何不泛舟绝迹，登峨嵋之岭，而从赤松子游乎？"会笑曰："君言差矣。吾年未四旬，方思进取，岂能便效此退闲之事？"维曰："若不退闲，当早图良策。此则明公智力所能，无烦老夫之言矣。"会抚掌大笑曰："伯约知吾心也。"二人自此每日商议大事。

　　　　据《三国志·蜀书·姜维传》注引《汉晋春秋》：会阴怀异图，维见而知其心，谓可构成扰乱以图克复也，乃诡说会曰："闻君自淮南已来，算无遗策，晋道克昌，皆君之力。今复定蜀，威德振世，民高其功，主畏其谋，欲以此安归乎！夫韩信不背汉于扰攘，以见疑于既平；大夫种不从范蠡于五湖，卒伏剑而妄死：彼岂暗主愚臣哉？利害使之然也。今君大功既立，大德已著，何不法陶朱公泛舟绝迹，全功保身，登峨嵋之岭，而从赤松游乎？"会曰："君言远矣，我不能行，且为今之道，或未尽于此也。"维曰："其他则君智力之所能，无烦于老夫矣。"由是情好欢甚。（参见《资治通鉴》卷七十八）

　　　　据《三国志·蜀书·姜维传》：会与维出则同舆，坐则同席，谓长史杜预曰："以伯约比中土名士，公休、太初不能胜也。"

维密与后主书曰："望陛下忍数日之辱，维将使社稷危而复安，日月幽而复明。必不使汉室终灭也。"

> 据《资治通鉴》卷七十八：姜维欲使会尽杀北来诸将，已因杀会，尽坑魏兵，复立汉主，密书与刘禅曰："愿陛下忍数日之辱，臣欲使社稷危而复安，日月幽而复明。"（参见《三国志·蜀书·姜维传》注引《华阳国志·刘后主志》）

却说钟会正与姜维谋反，忽报司马昭有书到。会接书。书中言："吾恐司徒收艾不下，自屯兵于长安；相见在近，以此先报。"会大惊曰："吾兵多艾数倍，若但要我擒艾，晋公知吾独能办之。今日自引兵来，是疑我也！"遂与姜维计议。维曰："君疑臣则臣必死，岂不见邓艾乎？"会曰："吾意决矣！事成则得天下，不成则退西蜀，亦不失作刘备也。"

> 据《资治通鉴》卷七十八：（咸熙元年春正月）丙子，会至成都，送艾赴京师。会所惮惟艾，艾父子既禽，会独统大众，威震西土，遂决意谋反。会欲使姜维将五万人出斜谷为前驱，会自将大众随其后，既至长安，令骑士从陆道，步兵从水道，顺流浮渭入河，以为五日可到孟津，与骑兵会洛阳，一旦天下可定也。会得晋公书云："恐邓艾或不就征，今遣中护军贾充将步骑万人径入斜谷，屯乐城，吾自将十万屯长安，相见在近。"会得书惊，呼所亲语之曰："但取邓艾，相国知我独办之；今来大重，必觉我异矣，便当速发。事成，可得天下；不成，退保蜀、汉，不失作刘备也！"（参见《三国志·魏书·钟会传》）

维曰："近闻郭太后新亡，可诈称太后有遗诏，教讨司马昭，以正弑君之罪。据明公之才，中原可席卷而定。"会曰："伯约当作先锋。成事之后，同享富贵。"维曰："愿效犬马微劳，但恐诸将不服耳。"会曰："来日元宵佳节，于故宫大张灯火，请诸将饮宴。如不从者尽杀之。"维暗喜。

次日，会、维二人请诸将饮宴。数巡后，会执杯大哭。诸将惊问其故，会曰："郭太后临崩有遗诏在此，为司马昭南阙弑君，大逆无道，早晚将篡魏，命吾讨之。汝等各自签名，共成此事。"众皆大惊，面面相觑。会拔剑出鞘曰："违令者斩！"众皆恐惧，只得相从。画字已毕，会乃困诸将于宫中，严兵禁守。维曰："我见诸将不服，请坑之。"会曰："吾已令宫中掘一坑，置大棒数千；如不从者，打死坑之。"

> 按：《演义》称钟会欲棒杀诸将，与史相悖。据史书记载，棒杀诸将之说，乃是胡烈编造的谎言。

时有心腹将丘建在侧。建乃护军胡烈部下旧人也，时胡烈亦被监在宫。建乃密将钟会所言，报知胡烈。烈大惊，泣告曰："吾儿胡渊领兵在外，安知会怀此心耶？汝可念向日之情，透一消息，虽死无恨。"建曰："恩主勿忧，容某图之。"遂出告会曰："主公软监诸将在内，水食不便，可令一人往来传递。"会素听丘建之言，遂令丘建监临。会分付曰："吾以重事托汝，休得泄漏。"建曰："主公放心，某自有紧严之法。"建暗令胡烈亲信人入内，烈以密书付其人。其人持书火速至胡渊营内，细言其事，呈上密书。渊大惊，遂遍示诸营知之。众将大怒，急来渊营商议曰："我等虽死，岂肯从反臣耶？"渊曰："正月十八日中，可骤入内，如此行之。"监军卫瓘深喜胡渊之谋，即整顿了人马，令丘建传与胡烈。烈报知诸将。

却说钟会请姜维问曰："吾夜梦大蛇数千条咬吾，主何吉凶？"维曰："梦龙蛇者，皆吉庆之兆也。"会喜，信其言，乃谓维曰："器仗已备，放诸将出问之，若何？"维曰："此辈皆有不服之心，久必为害，不如乘早戮之。"会从之，即命姜维领武士往杀众魏将。维领命，方欲行动，忽然一阵心疼，昏倒在地；左右扶起，半晌方苏。忽报宫外人声沸腾。会方令人探时，喊声大震，四面八方，无限兵到。维曰："此必是诸将作恶，可先斩之。"忽报兵已入内。会令闭上殿门，使军士上殿屋以瓦击之，互相杀死数十人。宫外四面火起，外兵砍开殿门杀入。会自掣剑立杀数人，却被乱箭射倒。众将枭其首。维拔剑上殿，往来冲突，不幸心疼转加。维仰天大叫曰："吾计不成，乃天命也！"遂自刎而死。

> 按：《演义》称姜维在与魏将交战时因心疼而自刎，与史不合。据史书记载，姜维是被乱军杀死的。

时年五十九岁。

> 按：据《三国志·蜀书·姜维传》推算，姜维享年为六十三岁（虚岁）。

宫中死者数百人。卫瓘曰："众军各归营所，以待王命。"魏兵争欲报仇，共剖维腹，其胆大如鸡卵。众将又尽取姜维家属杀之。

> 据《资治通鉴》卷七十八：（咸熙元年春正月）丁丑，会悉请护军、郡守、牙门骑督以上及蜀之故官，为太后发哀于蜀朝堂，矫太后遗诏，使会起兵废司马昭，皆班示坐上人，使下议讫，书版署置，更使所亲信代领诸军；所请群官，悉闭著益州诸曹屋中，城门宫门皆闭，严兵围守。卫瓘诈称疾笃，出就外廨。会信之，无所复惮。姜维欲使会尽杀北来诸将，已因杀会，尽坑魏兵，复立汉主，……会欲从维言诛诸将，犹豫未决。会帐下督丘建本属胡烈，会爱信之。建愍烈独坐，启会，使听内一亲兵出取饮食，诸牙门随例各内一人。烈绐语亲兵及疏与其子渊曰："丘建密说消息，会已作大坑，白棓数千，欲悉呼外兵入，人赐白帢，拜散将，以次棓杀，内坑中。"诸牙门亲兵亦咸说此语，一夜，转相告，皆遍。己卯，日中，胡渊率其父兵雷鼓出门，诸军不期皆鼓噪而出，曾无督促之者，而争先赴城。时会方给姜维铠仗，白外有匈匈声，似失火者，有顷，白兵走向城。会惊，谓维曰："兵来似欲作恶，当云何？"维曰："但当击之耳！"会遣兵悉杀所闭诸牙门郡守，内人共举机以拄门，兵斫门，不能破。斯须，城外倚梯登城，或烧城屋，蚁附乱进，矢下如雨，牙门郡守各缘屋出，与其军士相得。姜维率会左右战，手杀五六人，众格斩维，争前杀会。会将士死者数百人，杀汉太子璿及姜维妻子，军众钞略，死丧狼藉。卫瓘部分诸将，数日乃定。（参见《三国志·魏书·锺会传》）

> 据《三国志·魏书·锺会传》会时年四十。

> 据《晋书·卫瓘传》：会留瓘谋议，乃书版云"欲杀胡烈等"，举以示瓘，瓘不许，因相疑贰。瓘如厕，见胡烈故给使，使宣语三军，言会反。会逼瓘定议，经宿不眠，各横刀膝上。在外诸军已潜欲攻会。瓘既不出，未敢先发。会使瓘慰劳诸军。瓘心欲去，且坚其意，曰："卿三军主，宜自行。"会曰："卿监司，且先行，吾当后出。"瓘便下殿。会悔遣之，使呼瓘。瓘辞眩疾动，诈仆地。比出阁，数十信追之。瓘至外解，服盐汤，大吐。瓘素羸，便似困笃。会遣所亲人及医视之，皆言不起，会由是无所惮。及暮，门闭，瓘作檄宣告诸军。诸军并已唱义，陵旦共攻会。会率左右距战，诸将击败之，唯帐下数百人随会绕殿而走，尽杀之。瓘于是部分诸将，群情肃然。

> 据《三国志·蜀书·姜维传》：会既构邓艾，艾槛车征，因将维等诣成都，自称益州牧以叛。欲授维兵五万人，使为前驱。魏将士愤怒，杀会及维，维妻子皆伏诛。

> 据《三国志·蜀书·姜维传》注引《世语》：维死时见剖，胆如升大。

邓艾部下之人，见钟会、姜维已死，遂连夜去追劫邓艾。早有人报知卫瓘。瓘曰："是我捉艾；今若留他，我无葬身之地矣。"护军田续曰："昔邓艾取江油之时，欲杀续，得众官告免。今日当报此恨！"瓘大喜，遂遣田续引五百兵赶至绵竹，正遇邓艾父子放出槛车，欲还成都。艾只道是本部兵到，不作准备；欲待问时，被田续一刀斩之。邓忠亦死于乱军之中。

  据《资治通鉴》卷七十八：邓艾本营将士追出艾于槛车，迎还。卫瓘自以与会共陷艾，恐其为变，乃遣护军田续等将兵袭艾，遇于绵竹西，斩艾父子。艾之入江油也，田续不进，艾欲斩续，既而舍之。及瓘遣续，谓曰："可以报江油之辱矣。"镇西长史杜预言于众曰："伯玉其不免乎？身为名士，位望已高，既无德音，又不御下以正，将何以堪其责乎！"瓘闻之，不候驾而谢预。预，恕之子也。邓艾余子在洛阳者悉伏诛。徙其妻及孙于西城。（参见《晋书·卫瓘传》，《三国志·魏书·邓艾传》及注引《汉晋春秋》）

后人有诗叹邓艾曰：
  自幼能筹画，多谋善用兵。凝眸知地理，仰面识天文。
  马到山根断，兵来石径分。功成身被害，魂绕汉江云。

又有诗叹钟会曰：
  髫年称早慧，曾作秘书郎。妙计倾司马，当时号子房。
  寿春多赞画，剑阁显鹰扬。不学陶朱隐，游魂悲故乡。

又有诗叹姜维曰：
  天水夸英俊，凉州产异才。系从尚父出，术奉武侯来。
  大胆应无惧，雄心誓不回。成都身死日，汉将有余哀。

  却说姜维、钟会、邓艾已死，张翼等亦死于乱军之中。

  据《三国志·蜀书·张翼传》：（景耀）六年，与维咸在剑阁，共诣降钟会于涪。明年正月，随会至成都，为乱兵所杀。

太子刘璿、汉寿亭侯关彝，皆被魏兵所杀。

  据《三国志·蜀书·后主太子璿传》：咸熙元年正月，钟会作乱于成都，璿为乱兵所害。

  据《三国志·蜀书·关羽传》注引《蜀记》：庞德子会，随钟、邓伐蜀，蜀破，尽灭关氏家。

军民大乱，互相践踏，死者不计其数。旬日后，贾充先至，出榜安民。方始宁靖。留卫瓘守成都，乃迁后主赴洛阳。止有尚书令樊建、侍中张绍、光禄大夫谯周、秘书郎郤正等数人跟随。

  据《资治通鉴》卷七十八：刘禅举家东迁洛阳，时扰攘仓卒，禅之大臣无从行者，惟秘书令郤正及殿中督汝南张通舍妻子单身随禅，禅赖正导宜适，举动无阙，乃慨然叹息，恨知正之晚。（参见《三国志·蜀书·郤正传》）

  据《三国志·蜀书·诸葛亮传附樊建传》：后为侍中，守尚书令。

廖化、董厥皆托病不起，后皆忧死。

  据《三国志·蜀书·廖化传》：咸熙元年春，（廖）化、（宗）预俱内徙洛阳，道病卒。

据《三国志·蜀书·诸葛亮传附董厥传》：蜀破之明年春，（董）厥、（樊）建俱诣京都，同为相国参军，其秋并兼散骑常侍，使蜀慰劳。

时魏景元五年改为咸熙元年，春三月，吴将丁奉见蜀已亡，遂收兵还吴。中书丞华覈奏吴主孙休曰："吴、蜀乃唇齿也，唇亡则齿寒；臣料司马昭伐吴在即，乞陛下深加防御。"休从其言，遂命陆逊子陆抗为镇东大将军，领荆州牧，守江口；左将军孙异守南徐诸处隘口；又沿江一带，屯兵数百营，老将丁奉总督之，以防魏兵。

据《三国志·吴书·孙休传》：（永安六年冬十月）甲申，使大将军丁奉督诸军向魏寿春，将军留平别诣施绩于南郡，议兵所向，将军丁封、孙异如沔中，皆救蜀。蜀主刘禅降魏问至，然后罢。

据《资治通鉴》卷七十八：吴人闻蜀已亡，乃罢丁奉等兵。吴中书丞吴郡华覈诣宫门上表曰："伏闻成都不守，臣主播越，社稷倾覆，失委附之土，弃贡献之国，臣以草芥，窃怀不宁。陛下圣仁，恩泽远抚，卒闻如此，必垂哀悼。臣不胜忡怅之情，谨拜表以闻！"（参见《三国志·吴书·华覈传》）

据《三国志·吴书·孙休传》：（永安七年春）二月，镇军将军陆抗、抚军将军步协、征西将军留平、建平太守盛曼，率众围蜀巴东守将罗宪。……魏使将军胡烈步骑二万侵西陵，以救罗宪，陆抗等引军退。

据《三国志·蜀书·霍峻传附子弋传》注引《襄阳记》：罗宪字令则。……（后主）令宪守永安城。寻闻成都败，城中扰动，江边长吏皆弃城走，宪斩称成都乱者一人，百姓乃定。得后主委质问至，乃帅所统临于都亭三日。吴闻蜀败，起兵西上，外托救援，内欲袭宪。宪曰："本朝倾覆，吴为唇齿，不恤我难而徼其利，背盟违约。且汉已亡，吴何得久，宁能为吴降虏乎！"保城缮甲，告誓将士，厉以节义，莫不用命。吴闻钟、邓败，百城无主，有兼蜀之志，而巴东固守，兵不得过，使步协率众而西。宪临江拒射，不能御，遣参军杨宗突围北出，告急安东将军陈骞，又送文武印绶、任子诣晋王。协攻城，宪出与战，大破其军。孙休怒，复遣陆抗等帅众三万人增宪之围。被攻凡六月日而救援不到，城中疾病大半。或说宪奔走之计，宪曰："夫为人主，百姓所仰，危不能安，急而弃之，君子不为也，毕命于此矣。"陈骞言于晋王，遣荆州刺史胡烈救宪，抗等引退。晋王即委前任，拜宪凌江将军，封万年亭侯。

据《三国志·魏书·陈留王奂纪》：初，自平蜀之后，吴寇屯逼永安，遣荆、豫诸军掎角赴救。七月，贼皆遁退。

建宁太守霍戈

按：霍戈，史书中作霍弋。

闻成都不守，素服望西大哭三日。诸将皆曰："既汉主失位，何不速降？"弋泣谓曰："道路隔绝，未知吾主安危若何。若魏主以礼待之，则举城而降，未为晚也；万一危辱吾主，则主辱臣死，何可降乎？"众然其言，乃使人到洛阳，探听后主消息去了。

据《资治通鉴》卷七十八：汉建宁太守霍弋都督南中，闻魏兵至，欲赴成都，刘禅以备敌既定，不听。成都不守，弋素服大临三日。诸将咸劝弋宜速降，弋曰："今道路隔塞，未详主之安危，去就大故，不可苟也。若魏以礼遇主上，则保境而降未晚也。若万一危辱，吾将以死拒之，何论迟速邪！"得禅东迁之问，始率六郡将守上表曰："臣闻人生在三，事之如一，惟难所在，则致其命。今臣国败主附，守死无所，是以委质，不

第一百十九回 假投降巧计成虚话 再受禅依样画葫芦

敢有贰。"晋王善之，拜南中都尉，委以本任。（参见《三国志·蜀书·霍峻传附子弋传》注引《汉晋春秋》）

据《三国志·蜀书·霍峻传附子弋传》：迁监军、翊军将军，领建宁太守，还统南郡事。景耀六年，进号安南将军。是岁，蜀并于魏。弋与巴东领军襄阳罗宪各保全一方，举以内附，咸因仍前任，宠待有加。

且说后主至洛阳时，司马昭已自回朝。昭责后主曰："公荒淫无道，废贤失政，理宜诛戮。"后主面如土色，不知所为。文武皆奏曰："蜀主既失国纪，幸早归降，宜赦之。"昭乃封禅为安乐公，赐住宅，月给用度，赐绢万匹，僮婢百人。子刘瑶及群臣樊建、谯周、郤正等，皆封侯爵。后主谢恩出内。

据《三国志·蜀书·后主传》：后主举家东迁，既至洛阳，……食邑万户，赐绢万匹，奴婢百人，他物称是。子孙为三都尉封侯者五十余人。尚书令樊建、侍中张绍、光禄大夫谯周、秘书令郤正、殿中督张通并封列侯。

据《三国志·蜀书·诸葛亮传附樊建传》：蜀破之明年春，厥、建俱诣京都，同为相国参军，其秋并兼散骑常侍，使蜀慰劳。

据《三国志·蜀书·谯周传》：时晋文王为魏相国，以周有全国之功，封阳城亭侯。

据《三国志·蜀书·郤正传》：赐爵关内侯。

昭因黄皓蠹国害民，令武士押出市曹，凌迟处死。时霍弋探听得后主受封，遂率部下军士来降。次日，后主亲诣司马昭府下拜谢。昭设宴款待，先以魏乐舞戏于前，蜀官感伤，独后主有喜色。昭令蜀人扮蜀乐于前，蜀官尽皆堕泪，后主嬉笑自若。酒至半酣，昭谓贾充曰："人之无情，乃至于此！虽使诸葛孔明在，亦不能辅之久全，何况姜维乎？"乃问后主曰："颇思蜀否？"后主曰："此间乐，不思蜀也。"须臾，后主起身更衣，郤正跟至厢下曰："陛下如何答应不思蜀也？倘彼再问，可泣而答曰：先人坟墓，远在蜀地，乃心西悲，无日不思。晋公必放陛下归蜀矣。"后主牢记入席。酒将微醉，昭又问曰："颇思蜀否？"后主如郤正之言以对，欲哭无泪，遂闭其目。昭曰："何乃似郤正语耶？"后主开目惊视曰："诚如尊命。"昭及左右皆笑之。昭因此深喜后主诚实，并不疑虑。

据《资治通鉴》卷七十八：（咸熙元年春三月）丁亥，封刘禅为安乐公，子孙及群臣封侯者五十余人。晋王与禅宴，为之作故蜀伎，旁人皆为之感怆，而禅喜笑自若。王谓贾充曰："人之无情，乃至于是！虽使诸葛亮在，不能辅之久全，况姜维邪！"他日，王问禅曰："颇思蜀否？"禅曰："此间乐，不思蜀也。"郤正闻之，谓禅曰："若王后问，宜泣而答曰：'先人坟墓，远在岷、蜀，乃心西悲，无日不思。'因闭其目。"会王复问，禅对如前，王曰："何乃似郤正语邪！"禅惊视曰："诚如尊命。"左右皆笑。（参见《三国志·蜀书·后主传》注引《汉晋春秋》）

后人有诗叹曰：

追欢作乐笑颜开，不念危亡半点哀。快乐异乡忘故国，方知后主是庸才。

却说朝中大臣因昭收川有功，遂尊之为王，表奏魏主曹奂。时奂名为天子，实不能主张，政皆由司马氏，不敢不从，遂封晋公司马昭为晋王，谥父司马懿为宣王，兄司马师为景王。

据《资治通鉴》卷七十八：（咸熙元年春三月）己卯，进晋公爵为王，增封十郡。……（夏五月）癸未，追命舞阳宣文侯懿为晋宣王，忠武侯师为景王。

昭妻乃王肃之女，生二子：长曰司马炎，人物魁伟，立发垂地，两手过膝，聪明英武，胆量过人；次曰司马攸，情性温和，恭俭孝悌，昭甚爱之，因司马师无子，嗣攸以继其后。昭常曰："天下者，乃吾兄之天下也。"于是司马昭受封晋王，欲立攸为世子。山涛谏曰："废长立幼，违礼不祥。"贾充、何曾、裴秀亦谏曰："长子聪明神武，有超世之才，人望既茂，天表如此，非人臣之相也。"昭犹豫未决。太尉王祥、司空荀顗谏曰："前代立少，多致乱国。愿殿下思之。"昭遂立长子司马炎为世子。

据《资治通鉴》卷七十八：初，晋王娶王肃之女，生炎及攸，以攸继景王后。攸性孝友，多材艺，清和平允，名闻过于炎。晋王爱之，常曰："天下者，景王之天下也，吾摄居相位，百年之后，大业宜归攸。"炎立发委地，手垂过膝，尝从容问裴秀曰："人有相否？"因以异相示之。秀由是归心。羊琇与炎善，为炎画策，察时政所宜损益，皆令炎豫记之，以备晋王访问。晋王欲以攸为世子，山涛曰："废长立少，违礼不祥。"贾充曰："中抚军有君人之德，不可易也。"何曾、裴秀曰："中抚军聪明神武，有超世之才，人望既茂，天表如此，固非人臣之相也。"晋王由是意定，（咸熙元年冬十月）丙午，立炎为世子。（参见《三国志·魏书·王朗传附子肃传》注引《世语》）

大臣奏称："当年襄武县，天降一人，身长二丈余，脚迹长三尺二寸，白发苍髯，着黄单衣，襄黄巾，挂藜头杖，自称曰：吾乃民王也。今来报汝：天下换主，立见太平。如此在市游行三日，忽然不见。此乃殿下之瑞也。殿下可戴十二旒冠冕，建天子旌旗，出警入跸，乘金根车，备六马，进王妃为王后，立世子为太子。"昭心中暗喜；回到宫中，正欲饮食，忽中风不语。次日，病危，太尉王祥、司徒何曾、司马荀顗及诸大臣入宫问安，昭不能言，以手指太子司马炎而死。时八月辛卯日也。何曾曰："天下大事，皆在晋王；可立太子为晋王，然后祭葬。"是日，司马炎即晋王位，

据《三国志·魏书·陈留王奂纪》：（咸熙二年夏五月，）命晋王冕十有二旒，建天子旌旗，出警入跸，乘金根车、六马，备五时副车，置旄头云罕，乐舞八佾，设钟虡宫县。进王妃为王后，世子为太子，王子、王女、王孙，爵命之号如旧仪。癸未，大赦。秋八月辛卯，相国晋王薨。壬辰，晋太子炎绍封袭位，总摄百揆，备物典册，一皆如前。（参见《资治通鉴》卷七十九）

封何曾为晋丞相，司马望为司徒，石苞为骠骑将军，陈骞为车骑将军，谥父为文王。

据《三国志·魏书·陈留王奂纪》：（咸熙二年秋九月）戊午，司徒何曾为晋丞相。癸亥，以骠骑将军司马望为司徒，征东大将军石苞为骠骑将军，征南大将军陈骞为车骑将军。（参见《资治通鉴》卷七十九）

安葬已毕，炎召贾充、裴秀入宫问曰："曹操曾云：'若天命在吾，吾其为周文王乎！'果有此事否？"充曰："操世受汉禄，恐人议论篡逆之名，故出此言。乃明教曹丕为天子也。"炎曰："孤父王比曹操何如？"充曰："操虽功盖华夏，下民畏其威而不怀其德。子丕继业，差役甚重，东西驱驰，未有宁岁。后我宣王、景王，累建大功，布恩施德，天下归心久矣。文王并吞西蜀，功盖寰宇。又岂操之可比乎？"炎曰："曹丕尚绍汉统，孤岂不可绍魏统耶？"贾充、裴秀二人再拜而奏曰："殿下正当法曹丕绍汉故事，复筑受禅坛，布告天下，以即大位。"炎大喜，次日带剑入内。此时，魏主曹奂连日不曾设朝，心神恍惚，举止失措。炎直入后宫，奂慌下御榻而迎。炎坐毕，问曰："魏之天下，谁之力也？"奂曰："皆晋王父祖之赐耳。"炎笑曰："吾观陛下，文不能论道，武不能经邦。何不让有才德者主之？"奂大惊，口噤不能言。傍有黄门侍郎张节大喝曰："晋王之言差矣！昔日魏武祖皇帝，东荡西除，南征

第一百十九回　假投降巧计成虚话　再受禅依样画葫芦

北讨，非容易得此天下；今天子有德无罪，何故让与人耶？"炎大怒曰："此社稷乃大汉之社稷也。曹操挟天子以令诸侯，自立魏王，篡夺汉室。吾祖父三世辅魏，得天下者，非曹氏之能，实司马氏之力也，四海咸知。吾今日岂不堪绍魏之天下乎？"节又曰："欲行此事，是篡国之贼也！"炎大怒曰："吾与汉家报仇，有何不可！"叱武士将张节乱瓜打死于殿下。奂泣泪跪告。炎起身下殿而去。奂谓贾充、裴秀曰："事已急矣，如之奈何？"充曰："天数尽矣，陛下不可逆天，当照汉献帝故事，重修受禅坛，具大礼，禅位与晋王：上合天心，下顺民情，陛下可保无虞矣。"

奂从之，遂令贾充筑受禅坛。以十二月甲子日，奂亲捧传国玺，立于坛上，大会文武。后人有诗叹曰：

　　魏吞汉室晋吞曹，天运循环不可逃。张节可怜忠国死，一拳怎障泰山高。

请晋王司马炎登坛，授与大礼。奂下坛，具公服立于班首。炎端坐于坛上。贾充、裴秀列于左右，执剑，令曹奂再拜伏地听命。充曰："自汉建安二十五年，魏受汉禅，已经四十五年矣；今天禄永终，天命在晋。司马氏功德弥隆，极天际地，可即皇帝正位，以绍魏统。封汝为陈留王，出就金墉城居止；当时起程，非宣诏不许入京。"奂泣谢而去。太傅司马孚哭拜于奂前曰："臣身为魏臣，终不背魏也。"炎见孚如此，封孚为安平王。孚不受而退。是日，文武百官，再拜于坛下，山呼万岁。炎绍魏统，国号大晋，改元为泰始元年，大赦天下。魏遂亡。

　　据《资治通鉴》卷七十九：（咸熙二年）十二月壬戌，魏帝禅位于晋；甲子，出舍于金墉城。太傅司马孚拜辞，执帝手，流涕歔欷不自胜，曰："臣死之日，固大魏之纯臣也。"丙寅，王即皇帝位，大赦，改元。丁卯，奉魏帝为陈留王，即宫于邺；优崇之礼，皆仿魏初故事。魏氏诸王皆降为侯。

　　据《三国志·魏书·陈留王奂纪》：（咸熙二年）十二月壬戌，天禄永终，历数在晋。诏群公卿士具仪设坛于南郊，使使者奉皇帝玺绶册，禅位于晋嗣王，如汉魏故事。甲子，使使者奉策。遂改次于金墉城，而终馆于邺，时年二十。

后人有诗叹曰：

　　晋国规模如魏王，陈留踪迹似山阳。重行受禅台前事，回首当年止自伤。

晋帝司马炎，追谥司马懿为宣帝，伯父司马师为景帝，父司马昭为文帝，

　　据《资治通鉴》卷七十九：追尊宣王为宣皇帝，景王为景皇帝，文王为文皇帝。尊王太后曰皇太后。

立七庙以光祖宗。那七庙？汉征西将军司马钧，钧生豫章太守司马量，量生颍川太守司马隽，隽生京兆尹司马防，防生宣帝司马懿，懿生景帝司马师、文帝司马昭：是为七庙也。

　　据《资治通鉴》卷七十九：初，汉征西将军司马钧生豫章太守量，量生颍川太守俊，俊生京兆尹防，防生宣帝。泰始二年春正月丁亥，即用魏庙祭征西府君以下并景帝凡七室。

大事已定，每日设朝计议伐吴之策。正是：汉家城郭已非旧，吴国江山将复更。未知怎生伐吴，且看下文分解。

第一百二十回　荐杜预老将献新谋　降孙皓三分归一统

却说吴主孙休，闻司马炎已篡魏，知其必将伐吴，忧虑成疾，卧床不起，乃召丞相濮阳兴入宫中，令太子孙𩅦出拜。吴主把兴臂、手指𩅦而卒。兴出，与群臣商议，欲立太子孙𩅦为君。左典军万彧曰："𩅦幼不能专政，不若取乌程侯孙皓立之。"左将军张布亦曰："皓才识明断，堪为帝王。"丞相濮阳兴不能决，入奏朱太后。太后曰："吾寡妇人耳，安知社稷之事？卿等斟酌立之可也。"兴遂迎皓为君。

> 据《资治通鉴》卷七十八：（咸熙元年秋七月，）吴主寝疾，口不能言，乃手书呼丞相濮阳兴入，令子𩅦出拜之。休把兴臂，把𩅦以托之。癸未，吴主殂，谥曰景帝。群臣尊朱皇后为皇太后。吴人以蜀初亡，交趾携叛，国内恐惧，欲得长君。左典军万彧尝为乌程令，与乌程侯皓相善，称："皓才识明断，长沙桓王之俦也；又加之好学，奉遵法度。"屡言之于丞相兴、左将军布，兴、布说朱太后，欲以皓为嗣。朱后曰："我寡妇人，安知社稷之虑，苟吴国无陨，宗庙有赖，可矣。"于是遂迎立皓，改元元兴，大赦。……吴主封太子𩅦及其三弟皆为王，立妃滕氏为皇后。（参见《三国志·吴书·孙休传》及注引《江表传》，《三国志·吴书·濮阳兴传》《丁奉传》）

皓字元宗，大帝孙权太子孙和之子也。当年七月，即皇帝位，改元为元兴元年，封太子孙𩅦为豫章王，追谥父和为文皇帝，尊母何氏为太后，加丁奉为右大司马。

> 据《三国志·吴书·孙皓传》：孙皓字元宗，权孙，和子也，一名彭祖，字皓宗。孙休立，封皓为乌程侯，遣就国。……休薨，……迎立皓，时年二十三。改元，大赦。是岁，于魏咸熙元年也。元兴元年八月，以上大将军施绩、大将军丁奉为左右大司马，张布为骠骑将军，加侍中，诸增位班赏，一皆如旧。九月，贬太后为景皇后，追谥父和曰文皇帝，尊母何为太后。十月，封休太子𩅦为豫章王，次子汝南王，次子梁王，次子陈王，立皇后滕氏。

次年改为甘露元年。

> 据《资治通鉴》卷七十九：（泰始元年）夏四月，吴改元甘露。

皓凶暴日甚，酷溺酒色，宠幸中常侍岑昏。濮阳兴、张布谏之，皓怒，斩二人，灭其三族。由是廷臣缄口，不敢再谏。

> 据《资治通鉴》卷七十八：初，吴主之立，发优诏，恤士民，开仓廪，振贫乏，科出宫女以配无妻者，禽兽养于苑中者皆放之。当时翕然称为明主。及既得志，粗暴骄盈，多忌讳，好酒色，大小失望，濮阳兴、张布窃悔之。或谮诸吴主，（咸熙元年冬）十一月朔，兴、布入朝，吴主执之，徙于广州，道杀之，夷三族。（参见《三国志·吴书·孙皓传》及注引《江表传》，《三国志·吴书·濮阳兴传》）

又改宝鼎元年，以陆凯、万彧为左右丞相。

> 据《资治通鉴》卷七十九：吴改元宝鼎。吴主以陆凯为左丞相，万彧为右丞相。（参

见《三国志·吴书·孙皓传》）

时皓居武昌，扬州百姓溯流供给，甚苦之；又奢侈无度，公私匮乏。陆凯上疏谏曰：

今无灾而民命尽，无为而国财空，臣窃痛之。昔汉室既衰，三家鼎立；今曹、刘失道，皆为晋有：此目前之明验也。臣愚，但为陛下惜国家耳。武昌土地险瘠，非王者之都。且童谣云："宁饮建业水，不食武昌鱼；宁还建业死，不止武昌居！"此足明民心与天意也。今国无一年之蓄，有露根之渐；官吏为苛扰，莫之或恤。大帝时，后宫女不满百；景帝以来，乃有千数：此耗财之甚者也。又左右皆非其人，群党相挟，害忠隐贤，此皆蠹政病民者也。愿陛下省百役，罢苛扰，简出宫女，清选百官，则天悦民附而国安矣。

疏奏，皓不悦。

据《资治通鉴》卷七十九：吴主居武昌，扬州之民溯流供给，甚苦之，又奢侈无度，公私穷匮。凯上疏曰："今四边无事，当务养民丰财，而更穷奢极欲，无灾而民命尽，无为而国财空，臣窃痛之。昔汉室既衰，三家鼎立；今曹、刘失道，皆为晋有：此目前之明验也。臣愚，但为陛下惜国家耳。武昌土地危险墝确，非王者之都。且童谣云：'宁饮建业水，不食武昌鱼；宁还建业死，不止武昌居。'以此观之，足明民心与天意矣。今国无一年之蓄，民有离散之怨，国有露根之渐，而官吏务为苛急，莫之或恤。大帝时，后宫列女及诸织络数不满百，景帝以来，乃有千数，此耗财之甚者也。又左右之臣，率非其人，群党相扶，害忠隐贤，此皆蠹政病民者也。臣愿陛下省息百役，罢去苛扰，料出宫女，清选百官，则天悦民附，国家永安矣。"吴主虽不悦，以其宿望，特优容之。（参见《三国志·吴书·陆凯传》）

又大兴土木，作昭明宫，令文武各官入山采木；

据《资治通鉴》卷七十九：（泰始三年）夏六月，吴主作昭明宫，二千石以下，皆自入山督伐木。大开苑囿，起土山、楼观，穷极伎巧，功役之费以亿万计。陆凯谏，不听。（参见《三国志·吴书·孙皓传》注引《太康三年地记》《江表传》）

又召术士尚广，令筮蓍问取天下之事。尚对曰："陛下筮得吉兆：庚子岁，青盖当入洛阳。"皓大喜，谓中书丞华覈曰："先帝纳卿之言，分头命将，沿江一带，屯数百营，命老将丁奉总之。朕欲兼并汉土，以为蜀主复仇，当取何地为先？"覈谏曰："今成都不守，社稷倾崩，司马炎必有吞吴之心。陛下宜修德以安吴民，乃为上计。若强动兵甲，正犹披麻救火，必致自焚也。愿陛下察之。"皓大怒曰："朕欲乘时恢复旧业，汝出此不利之言！若不看汝旧臣之面，斩首号令！"叱武士推出殿门。华覈出朝叹曰："可惜锦绣江山，不久属于他人矣！"遂隐居不出。于是皓令镇东将军陆抗部兵屯江口，以图襄阳。

早有消息报入洛阳，近臣奏知晋主司马炎。晋主闻陆抗寇襄阳，与众官商议。贾充出班奏曰："臣闻吴国孙皓，不修德政，专行无道。陛下可诏都督羊祜率兵拒之，俟其国中有变，乘势攻取，东吴反掌可得也。"炎大喜，即降诏遣使到襄阳，宣谕羊祜。祜奉诏，整点军马，预备迎敌。自是羊祜镇守襄阳，甚得军民之心。吴人有降而欲去者，皆听之。减戍逻之卒，用以垦田八百余顷。其初到时，军无百日之粮；及至末年，军中有十年之积。祜在军，尝着轻裘，系宽带，不披铠甲，帐前侍卫者不过十余人。

据《资治通鉴》卷七十九：帝有灭吴之志，（泰始五年春二月）壬寅，以尚书左仆射羊祜都督荆州诸军事，镇襄阳；征东大将军卫瓘都督青州诸军事，镇临菑；镇东大将军东莞王伷都督徐州诸军事，镇下邳。祜绥怀远近，甚得江、汉之心。与吴人开布大信，降者欲去，皆听之。减戍逻之卒，以垦田八百余顷。其始至也，军无百日之粮，及其季年，乃有十年之积。祜在军，常轻裘缓带，身不被甲，铃阁之下，侍卫不过十数人。(参见《晋书·羊祜传》)

一日，部将入帐禀祜曰："哨马来报：吴兵皆懈怠。可乘其无备而袭之，必获大胜。"祜笑曰："汝众人小觑陆抗耶？此人足智多谋，日前吴主命之攻拔西陵，斩了步阐及其将士数十人，吾救之无及。

据《晋书·羊祜传》：及还镇，吴西陵督步阐举城来降。吴将陆抗攻之甚急，诏祜迎阐。祜率兵五万出江陵，遣荆州刺史杨肇攻抗，不克，阐竟为抗所擒。有司奏："祜所统八万余人，贼众不过三万。祜顿兵江陵，使贼备得设。乃遣杨肇偏军入险，兵少粮悬，军人挫衄。背违诏命，无大臣节。可免官，以侯就第。"竟坐贬为平南将军，而免杨肇为庶人。

据《三国志·吴书·孙皓传》：凤皇元年秋八月，征西陵督步阐。阐不应，据城降晋。遣乐乡都督陆抗围取阐，阐众悉降。阐及同计数十人皆夷三族。

此人为将，我等只可自守；候其内有变，方可图取。若不审时势而轻进，此取败之道也。"众将服其论，只自守疆界而已。一日，羊祜引诸将打猎，正值陆抗亦出猎。羊祜下令："我军不许过界。"众将得令，止于晋地打围，不犯吴境。陆抗望见，叹曰："羊将军有纪律，不可犯也。"日晚各退。祜归至军中，察问所得禽兽，被吴人先射伤者皆送还。吴人皆悦，来报陆抗。抗召来人入，问曰："汝主帅能饮酒否？"来人答曰："必得佳酿，则饮之。"抗笑曰："吾有斗酒，藏之久矣。今付与汝持去，拜上都督：此酒陆某亲酿自饮者，特奉一勺，以表昨日出猎之情。"来人领诺，携酒而去。左右问抗曰："将军以酒与彼，有何主意？"抗曰："彼既施德于我，我岂得无以酬之？"众皆愕然。

却说来人回见羊祜，以抗所问并奉酒事，一一陈告。祜笑曰："彼亦知吾能饮乎！"遂命开壶取饮。部将陈元曰："其中恐有奸诈，都督且宜慢饮。"祜笑曰："抗非毒人者也，不必疑虑。"竟倾壶饮之。自是使人通问，常相往来。一日，抗遣人候祜。祜问曰："陆将军安否？"来人曰："主帅卧病数日未出。"祜曰："料彼之病，与我相同。吾已合成熟药在此，可送与服之。"来人持药回见抗。众将曰："羊祜乃是吾敌也，此药必非良药。"抗曰："岂有酖人羊叔子哉！汝众人勿疑。"遂服之。次日病愈，众将皆拜贺。抗曰："彼专以德，我专以暴，是彼将不战而服我也。今宜各保疆界而已，无求细利。"众将领命。

据《资治通鉴》卷七十九：羊祜归自江陵，务修德信以怀吴人。每交兵，刻日方战，不为掩袭之计。将帅有欲进谲计者，辄饮以醇酒，使不得言。祜出军行吴境，刈谷为粮，皆计所侵，送绢偿之。每会众江、沔游猎，常止晋地，若禽兽先为吴人所伤而为晋兵所得者，皆送还之。于是吴边人皆悦服。祜与陆抗对境，使命常通。抗遗祜酒，祜饮之不疑；抗疾，求药于祜，祜以成药与之，抗即服之。人多谏抗，抗曰："岂有鸩人羊叔子哉！"抗告其边戍曰："彼专为德，我专为暴，是不战而自服也。各保分界而已，无求细利。"吴主闻二境交和，以诘抗，抗曰："一邑一乡不可以无信义，况大国乎！臣不如此，正是彰其德，于祜无伤也。"（参见《晋书·羊祜传》，《三国志·陆逊传附子抗传》注引《晋阳秋》、注引《汉晋春秋》）

忽报吴主遣使来到，抗接入问之。使曰："天子传谕将军：作急进兵，勿使晋人先入。"抗曰："汝先回，吾随有疏章上奏。"使人辞去，抗即草疏遣人赍到建业。近臣呈上，皓拆观其疏，疏中备言晋未可伐之状，且劝吴主修德慎罚，以安内为念，不当以黩武为事。吴主览

毕，大怒曰："朕闻抗在边境与敌人相通，今果然矣！"遂遣使罢其兵权，降为司马，

　　　　按：《演义》称陆抗因与羊祜来往而被罢兵权并降职，不见于史。

却令左将军孙翼代领其军。群臣皆不敢谏。吴主皓自改元建衡，至凤凰元年，恣意妄为，穷兵屯戍，上下无不嗟怨。

　　　　据《资治通鉴》卷七十九：（泰始五年）冬十月，吴大赦，改元建衡。……（泰始七年十二月，）吴改明年元曰凤凰。

丞相万彧、将军留平、大司农楼玄三人见皓无道，直言苦谏，皆被所杀。

　　　　据《资治通鉴》卷七十九：吴主之游华里也，右丞相万彧与右大司马丁奉、左将军留平密谋曰："若至华里不归，社稷事重，不得自还。"吴主颇闻之，以彧等旧臣，隐忍不发。是岁，吴主因会，以毒酒饮彧，传酒人私减之。又饮留平，平觉之，服他药以解，得不死。彧自杀；平忧懑，月余亦死。徙彧子弟于庐陵。初，彧请选忠清之士以补近职，吴主以大司农楼玄为宫下镇，主殿中事。玄正身帅众，奉法而行，应对切直，吴主浸不悦。中书令领太子太傅贺邵上疏谏曰……吴主深恨之。于是左右共诬楼玄、贺邵相逢，驻共耳语大笑，谤讪政事，俱被诘责。送玄付广州，邵原复职。既而复徙玄于交趾，竟杀之。（参见《三国志·吴书·孙皓传》及注引《江表传》，《三国志·吴书·楼玄传》及注引《江表传》）

　　　　据《资治通鉴考异》：《吴志·孙皓传》云"彧被谴忧死"，今从《江表传》。

前后十余年，杀忠臣四十余人。皓出入常带铁骑五万。群臣恐怖，莫敢奈何。

却说羊祜闻陆抗罢兵，孙皓失德，见吴有可乘之机，乃作表遣人往洛阳请伐吴。其略曰：

　　夫期运虽天所授，而功业必因人而成。今江淮之险不如剑阁，孙皓之暴过于刘禅，吴人之困甚于巴蜀，而大晋兵力盛于往时。不于此际平一四海，而更阻兵相守，使天下困于征戍，经历盛衰，不可长久也。

司马炎观表，大喜，便令兴师。贾充、荀勖、冯纨三人，力言不可，炎因此不行。祜闻上不允其请，叹曰："天下不如意事，十常八九。今天与不取，岂不大可惜哉！"

　　　　据《资治通鉴》卷八十：祜上疏请伐吴，曰："先帝西平巴蜀，南和吴会，庶几海内得以休息。而吴复背信，使边事更兴。夫期运虽天所授，而功业必因人而成，不一大举扫灭，则兵役无时得息也。蜀平之时，天下皆谓吴当并亡，自是以来，十有三年矣。夫谋之虽多，决之欲独。凡以险阻得全者，谓其势均力敌耳。若轻重不齐，强弱异势，虽有险阻，不可保也。蜀之为国，非不险也，皆云一夫荷戟，千人莫当。及进兵之日，曾无藩篱之限，乘胜席卷，径至成都，汉中诸城，皆鸟栖而不敢出，非无战心，诚力不足以相抗也。及刘禅请降，诸营堡索然俱散。今江、淮之险不如剑阁，孙皓之暴过于刘禅，吴人之困甚于巴、蜀，而大晋兵力盛于往时。不于此际平壹四海，而更阻兵相守，使天下困于征戍，经历盛衰，不可长久也。今若引梁、益之兵水陆俱下，荆、楚之众进临江陵，平南、豫州直指夏口，徐、扬、青、兖并会秣陵，以一隅之吴当天下之众，势分形散，所备皆急。巴、汉奇兵出其空虚，一处倾坏则上下震荡，虽有智者不能为吴谋矣。吴缘江为国，东西数千里，所敌者大，无有宁息。孙皓恣情任意，与下多忌，将疑于朝，士困于野，无有保世之计，一定之心；平常之日，犹怀去就，兵临之际，必有应者，终不能齐力致死，已可知也。其俗急速，不能持久，弓弩戟楯不如中国，唯有水战

是其所便，一入其境，则长江非复所保，还趣城池，去长入短，非吾敌也。官军县进，人有致死之志，吴人内顾，各有离散之心，如此，军不逾时，克可必矣。"帝深纳之。而朝议方以秦、凉为忧，祜复表曰："吴平则胡自定，但当速济大功耳。"议者多有不同，贾充、荀勖、冯紞尤以伐吴为不可。祜叹曰："天下不如意事，十常居七八。天与不取，岂非更事者恨于后时哉！"唯度支尚书杜预、中书令张华与帝意合，赞成其计。（参见《晋书·羊祜传》）

至咸宁四年，羊祜入朝，奏辞归乡养病。炎问曰："卿有何安邦之策，以教寡人？"祜曰："孙皓暴虐已甚，于今可不战而克。若皓不幸而殁，更立贤君，则吴非陛下所能得也。"炎大悟曰："卿今便提兵往伐，若何？"祜曰："臣年老多病，不堪当此任。陛下另选智勇之士，可也。"遂辞炎而归。

　　据《资治通鉴》卷八十：羊祜以病求入朝，既至，帝命乘辇入殿，不拜而坐。祜面陈伐吴之计，帝善之。以祜病，不宜数入，更遣张华就问筹策。祜曰："孙皓暴虐已甚，于今可不战而克。若皓不幸而没，吴人更立令主，虽有百万之众，长江未可窥也，将为后患矣！"华深然之。祜曰："成吾志者，子也。"帝欲使祜卧护诸将，祜曰："取吴不必臣行，但既平之后，当劳圣虑耳。功名之际，臣不敢居。若事了，当有所付授，愿审择其人也。"（参见《晋书·羊祜传》）

是年十一月，羊祜病危，司马炎车驾亲临其家问安。炎至卧榻前，祜下泪曰："臣万死不能报陛下也！"炎亦泣曰："朕深恨不能用卿伐吴之策。今日谁可继卿之志？"祜含泪而言曰："臣死矣，不敢不尽愚诚：右将军杜预可任；若伐吴，须当用之。"炎曰："举善荐贤，乃美事也；卿何荐人于朝，即自焚奏稿，不令人知耶？"祜曰："拜官公朝，谢恩私门，臣所不取也。"言讫而亡。炎大哭回宫，敕赠太傅、巨平侯。

　　据《资治通鉴》卷八十：羊祜疾笃，举杜预自代。（咸宁四年冬十一月）辛卯，以预为镇南大将军，都督荆州诸军事。祜卒，帝哭之甚哀。是日，大寒，涕泪沾须鬓皆为冰。祜遗令不得以南城侯印入柩。帝曰："祜固让历年，身没让存，今听复本封，以彰高美。"（参见《晋书·羊祜传》）

　　据《资治通鉴》卷八十：祜历事二世，职典枢要，凡谋议损益，皆焚其草，世莫得闻，所进达之人皆不知所由。常曰："拜官公朝，谢恩私门，吾所不敢也。"（参见《晋书·羊祜传》）

南州百姓闻羊祜死，罢市而哭。江南守边将士，亦皆哭泣。襄阳人思祜存日，常游于岘山，遂建庙立碑，四时祭之。往来人见其碑文者，无不流涕，故名为"堕泪碑"。

　　据《资治通鉴》卷八十：南州民闻祜卒，为之罢市，巷哭声相接。吴守边将士亦为之泣。祜好游岘山，襄阳人建碑立庙于其地，岁时祭祀，望其碑者无不流涕，因谓之堕泪碑。（参见《晋书·羊祜传》）

后人有诗叹曰：
　　晓日登临感晋臣，古碑零落岘山春。松间残露频频滴，疑是当年堕泪人。
　　晋主以羊祜之言，拜杜预为镇南大将军，都督荆州事。

　　据《晋书·杜预传》：时帝密有灭吴之计，而朝议多违，唯预、羊祜、张华与帝意合。祜病，举预自代，因以本官假节，行平东将军，领征南军司。及祜卒，拜镇南大将军，都督荆州诸军事。

杜预为人，老成练达，好学不倦，最喜读左丘明《春秋传》，坐卧常自携，每出入必使人持《左传》于马前，时人谓之"左传癖"。

> 据《晋书·杜预传》：预博学多通，明于兴废之道，……既立功之后，从容无事，乃耽思经籍，为《春秋左氏经传集解》。又参考众家谱第，谓之《释例》。又作《盟会图》《春秋长历》，备成一家之学，比老乃成。又撰《女记赞》。当时论者谓预文义质直，世人未之重，唯秘书监挚虞赏之，曰："左丘明本为《春秋》作传，而《左传》遂自孤行，《释例》本为《传》设，而所发明何但《左传》，故亦孤行。"时王济解相马，又甚爱之，而和峤颇聚敛，预常称"济有马癖，峤有钱癖"。武帝闻之，谓预曰："卿有何癖？"对曰："臣有《左传》癖。"

及奉晋主之命，在襄阳抚民养兵，准备伐吴。

此时吴国丁奉、陆抗皆死，吴主皓每宴群臣，皆令沉醉；又置黄门郎十人为纠弹官。宴罢之后，各奏过失，有犯者或剥其面，或凿其眼。由是国人大惧。

> 据《资治通鉴》卷八十：吴主每宴群臣，咸令沉醉。又置黄门郎十人为司过，宴罢之后，各奏其阙失，迕视谬言，罔有不举。大者即加刑戮，小者记录为罪，或剥人面，或凿人眼。由是上下离心，莫为尽力。（参见《三国志·吴书·孙皓传》）

晋益州刺史王濬上疏请伐吴。其疏曰：

> 孙皓荒淫凶逆，宜速征伐。若一旦皓死，更立贤主，则强敌也；臣造船七年，日有朽败；臣年七十，死亡无日。三者一乖，则难图矣。愿陛下无失事机。

晋主览疏，遂与群臣议曰："王公之论，与羊都督暗合。朕意决矣。"侍中王浑奏曰："臣闻孙皓欲北上，军伍已皆整备，声势正盛，难与争锋。更迟一年以待其疲，方可成功。"晋主依其奏，乃降诏止兵莫动，退入后宫，与秘书丞张华围棋消遣。近臣奏边庭有表到。晋主开视之，乃杜预表也。表略云：

> 往者，羊祜不博谋于朝臣，而密与陛下计，故令朝臣多异同之议。凡事当以利害相校，度此举之利，十有八九，而其害止于无功耳。自秋以来，讨贼之形颇露；今若中止，孙皓恐怖，徙都武昌，完修江南诸城，迁其居民，城不可攻，野无所掠，则明年之计亦无及矣。

晋主览表才罢，张华突然而起，推却棋枰，敛手奏曰："陛下圣武，国富民强；吴主淫虐，民忧国敝。今若讨之，可不劳而定。愿勿以为疑。"晋主曰："卿言洞见利害，朕复何疑！"

> 据《资治通鉴》卷八十：益州刺史王濬上疏曰："孙皓荒淫凶逆，宜速征伐，若一旦皓死，更立贤主，则强敌也；臣作船七年，日有朽败；臣年七十，死亡无日。三者一乖，则难图也。诚愿陛下无失事机。"帝于是决意伐吴。会安东将军王浑表孙皓欲北上，边戍皆戒严，朝廷乃更议明年出师。王濬参军何攀奉使在洛，上疏称："皓必不敢出，宜因戒严，掩取甚易。"杜预上表曰："自闰月以来，贼但敕严，下无兵上。以理势推之，贼之穷计，力不两完，必保夏口以东以延视息，无缘多兵西上，空其国都。而陛下过听，便用委弃大计，纵敌患生，诚可惜也。向使举而有败，勿举可也。今事为之制，务从完牢，若或有成，则开太平之基，不成不过费损日月之间，何惜而不一试之！若当须后年，天时人事，不得如常，臣恐其更难也。今有万安之举，无倾败之虑，臣心实了，不敢以瞹昧之见自取后累，惟陛下察之。"旬月未报，预复上表曰："羊祜不先博谋于朝臣，而密与陛下共施此计，故益令朝臣多异同之议。凡事当以利害相校，今此举之利十有八九，而其害一二，止于无功耳。必使朝臣言破败之形，亦不可得，直是计不出己，功不在身，各耻其前言之失

而固守之也。自顷朝廷事无大小，异意锋起，虽人心不同，亦由忌恩不虑后患，故轻相同异也。自秋已来，讨贼之形颇露，今若中止，孙皓或怖而生计，徙都武昌，更完修江南诸城，远其居民，城不可攻，野无所掠，则明年之计或无所及矣。"帝方与张华围棋，预表适至，华推枰敛手曰："陛下圣武，国富兵强，吴主淫虐，诛杀贤能。当今讨之，可不劳而定，愿勿以为疑！"帝乃许之。（参见《晋书·王濬传》《杜预传》）

即出升殿，命镇南大将军杜预为大都督，引兵十万出江陵；镇东大将军琅琊王司马伷出涂中；安东大将军王浑出横江；建威将军王戎出武昌；平南将军胡奋出夏口：各引兵五万，皆听预调用。又遣龙骧将军王濬、广武将军唐彬，浮江东下：水陆兵二十余万，战船数万艘。又令冠军将军杨济出屯襄阳，节制诸路人马。

  据《资治通鉴》卷八十：（咸宁五年）冬十一月，大举伐吴，遣镇军将军琅邪王伷出涂中，安东将军王浑出江西，建威将军王戎出武昌，平南将军胡奋出夏口，镇南大将军杜预出江陵，龙骧将军王濬、巴东监军鲁国唐彬下巴、蜀，东西凡二十余万。命贾充为使持节、假黄钺、大都督，以冠军将军杨济副之。充固陈伐吴不利，且自言衰老，不堪元帅之任。诏曰："君若不行，吾便自出。"充不得已，乃受节钺，将中军南屯襄阳，为诸军节度。（参见《三国志·吴书·孙皓传》）

早有消息报入东吴。吴主皓大惊，急召丞相张悌、司徒何植、司空滕循，计议退兵之策。悌奏曰："可令车骑将军伍延为都督，进兵江陵，迎敌杜预；骠骑将军孙歆进兵拒夏口等处军马。臣敢为军师，领左将军沈莹、右将军诸葛靓，引兵十万，出兵牛渚，接应诸路军马。"皓从之，遂令张悌引兵去了。

  据《资治通鉴》卷八十一：吴主闻王浑南下，使丞相张悌督丹杨太守沈莹、护军孙震、副军师诸葛靓帅众三万渡江逆战。（参见《三国志·吴书·孙皓传》注引《襄阳记》）

皓退入后宫，不安忧色。幸臣中常侍岑昏问其故。皓曰："晋兵大至，诸路已有兵迎之；争奈王濬率兵数万，战船齐备，顺流而下，其锋甚锐，朕因此忧也。"昏曰："臣有一计，令王濬之舟，皆为齑粉矣。"皓大喜，遂问其计。岑昏奏曰："江南多铁，可打连环索百余条，长数百丈，每环重二三十斤，于沿江紧要去处横截之。再造铁锥数万，长丈余，置于水中。若晋船乘风而来，逢锥则破，岂能渡江也？"皓大喜，传令拨匠工于江边连夜造成铁索、铁锥，设立停当。

  据《资治通鉴》卷七十九：（王濬）作大舰，长百二十步，受二千余人，以木为城，起楼橹，开四出门，其上皆得驰马往来。时作船木柹，蔽江而下，吴建平太守吴郡吾彦取流柹以白吴主曰："晋必有攻吴之计，宜增建平兵以塞其冲要。"吴主不从。彦乃为铁锁横断江路。（参见《晋书·王濬传》《吾彦传》）

  按：《演义》称制造铁锁横截江面是吴中常侍岑昏之计，与史不合。据史书记载，此事乃建平太守吾彦所为。

却说晋都督杜预，兵出江陵，令牙将周旨引水手八百人，乘小舟暗渡长江，夜袭乐乡，多立旌旗于山林之处，日则放炮擂鼓，夜则各处举火。旨领命，引众渡江，伏于巴山。次日，杜预领大军水陆并进。前哨报道："吴主遣伍延出陆路，陆景出水路，孙歆为先锋，三路来迎。"杜预引兵前进，孙歆船早到。两兵初交，杜预便退。歆引兵上岸，迤逦追时，不到二十里，一声炮响，四面晋兵大至。吴兵急回，杜预乘势掩杀，吴兵死者不计其数。孙歆奔到城边,周旨八百军混杂于中,就城上举火。歆大惊曰:"北来诸军乃飞渡江也?"急欲退时,被周旨大喝一声,斩于马下。陆景在船上,望见江南岸上一片火起,巴山上风飘出一面大旗,上书:"晋镇南大将军杜预"。陆景大惊,欲上岸逃命,被晋将张尚马到斩之。伍延见各军皆败,乃弃城走,被伏兵捉住,缚见杜预。预曰:"留之无用!"叱令武士斩之。遂得江陵。于是沅、湘一带,直抵广州诸郡,守令皆望风赍印而降。预令人持节安抚,秋毫无犯。遂进兵攻武昌,武昌亦降。

  据《资治通鉴》卷八十一:(太康元年春正月,)杜预向江陵,王浑出横江,攻吴镇、戍,所向皆克。……(二月,)杜预遣牙门周旨等帅奇兵八百泛舟夜渡江,袭乐乡,多张旗帜,起火巴山。吴都督孙歆惧,与江陵督伍延书曰:"北来诸军,乃飞渡江也。"旨等伏兵乐乡城外,歆遣军出拒王濬,大败而还。旨等发伏兵随歆军而入,歆不觉,直至帐下,虏歆而还。乙丑,王濬击杀吴水军都督陆景。杜预进攻江陵,甲戌,克之,斩伍延。于是沅、湘以南,接于交、广,州郡皆望风送印绶。预杖节称诏而绥抚之。凡所斩获吴都督、监军十四,牙门、郡守百二十余人。胡奋克江安。(参见《晋书·杜预传》)

杜预军威大振,遂大会诸将,共议取建业之策。胡奋曰:"百年之寇,未可尽服。方今春水泛涨,难以久住。可俟来春,更为大举。"预曰:"昔乐毅济西一战而并强齐;今兵威大振,如破竹之势,数节之后,皆迎刃而解,无复有着手处也。"遂驰檄约会诸将,一齐进兵,攻取建业。

  据《资治通鉴》卷八十一:杜预与众军会议,或曰:"百年之寇,未可尽克,方春水生,难于久驻,宜俟来冬,更为大举。"预曰:"昔乐毅藉济西一战以并强齐,今兵威已振,譬如破竹,数节之后,皆迎刃而解,无复著手处也。"遂指授群帅方略,径造建业。(参见《晋书·杜预传》)

时龙骧将军王濬率水兵顺流而下。前哨报说:"吴人造铁索,沿江横截;又以铁锥置于水中为准备。"濬大笑,遂造大筏数十方,上缚草为人,披甲执杖,立于周围,顺水放下。吴兵见之,以为活人,望风先走。暗锥着筏,尽提而去。又于筏上作大炬,长十余丈,大十余围,以麻油灌之,但遇铁索,燃炬烧之,须臾皆断。两路从大江而来。所到之处,无不克胜。

  据《资治通鉴》卷八十一:(太康元年春)二月戊午,王濬、唐彬击破丹杨监盛纪。吴人于江碛要害之处,并以铁锁横截之;又作铁锥,长丈余,暗置江中,以逆拒舟舰。濬作大筏数十,方百余步,缚草为人,被甲持仗,令善水者以筏先行,遇铁锥,锥辄著筏而去。又作大炬,长十余丈,大数十围,灌以麻油,在船前,遇锁,然炬烧之,须臾,融液断绝,于是船无所碍。庚申,濬克西陵,杀吴都督留宪等。壬戌,克荆门、夷道二城,杀夷道监陆晏。(参见《晋书·王濬传》)

却说东吴丞相张悌,令左将军沈莹、右将军诸葛靓,来迎晋兵。莹谓靓曰:"上流诸军不作提防,吾料晋军必至此,宜尽力以敌之。若幸得胜,江南自安。今渡江与战,不幸而败,则大事去矣。"靓曰:"公言是也。"言未毕,人报晋兵顺流而下,势不可当。二人大惊,慌来见张悌商议。靓谓悌曰:"东吴危矣,何不遁去?"悌垂泣曰:"吴之将亡,贤愚共知;今若君臣皆降,无一人死于国难,不亦辱乎!"诸葛靓亦垂泣而去。张悌与沈莹挥兵抵敌,晋兵一齐围之。周旨首先杀入吴营。张悌独奋力搏战,死于乱军之中。沈莹被周旨所杀。吴兵四散败走。

  据《资治通鉴》卷八十一:吴主闻王浑南下,使丞相张悌督丹杨太守沈莹、护军孙震、副军师诸葛靓帅众三万渡江逆战。至牛渚，沈莹曰："晋治水军于蜀久矣，上流诸军，素无戒备，名将皆死，幼少当任，恐不能御也。晋之水军必至于此，宜畜众力以待其来，与之一战，若幸而胜之，江西自清。今渡江与晋大军战，不幸而败，则大事去矣！"悌曰："吴之将亡，贤愚所知，非今日也。吾恐蜀兵至此，众心骇惧，不可复整。及今渡江，犹可决战。若其败丧，同死社稷，无所复恨。若其克捷，北敌奔走，兵势万倍，便当乘胜南上，逆之中道，不忧不破也。若如子计，恐士众散尽，坐待敌到，君臣俱降，无复一人死难者，不亦辱乎！"（太康元年春）三月，悌等济江，围浑部将城阳都尉张乔于杨荷。乔众才七千，闭栅请降。诸葛靓欲屠之，悌曰："强敌在前，不宜先事其小，且杀降不祥。"靓曰："此属以救兵未至，少力不敌，故且伪降以缓我，非真伏也。若舍之而前，必为后患。"悌不从，抚之而进。悌与扬州刺史汝南周浚，结陈相对，沈莹帅丹杨锐卒、刀楯五千，三冲晋兵，不动。莹引退，其众乱；将军薛胜、蒋班因其乱而乘之，吴兵以次奔溃，将帅不能止，张乔自后击之，大败吴兵于版桥。诸葛靓帅数百人遁去，使过迎张悌，悌不肯去，靓自往牵之曰："存亡自有大数，非卿一人所支，奈何故自取死！"悌垂涕曰："仲思，今日是我死日也！且我为儿童时，便为卿家丞相所识拔，常恐不得其死，负名贤知顾。今以身徇社稷，复何道邪！"靓再三牵之，不动，乃流泪放去，行百余步，顾之，已为晋兵所杀，并斩孙震、沈莹等七千八百级，吴人大震。（参见《三国志·吴书·孙皓传》注引《襄阳记》、注引干宝《晋纪》）

后人有诗赞张悌曰：

　　杜预巴山见大旗，江东张悌死忠时。已拚王气南中尽，不忍偷生负所知。

　　却说晋兵克了牛渚，深入吴境。王濬遣人驰报捷音，晋主炎闻知大喜。贾充奏曰："吾兵久劳于外，不服水土，必生疾病。宜召军还，再作后图。"张华曰："今大兵已入其巢，吴人胆落，不出一月，孙皓必擒矣。若轻召还，前攻尽废，诚可惜也。"晋主未及应，贾充叱华曰："汝不省天时地利，欲妄邀功绩，困弊士卒，虽斩汝不足以谢天下！"炎曰："此是朕意，华但与朕同耳，何必争辩！"忽报杜预驰表到。晋主视表，亦言宜急进兵之意。晋主遂不复疑，竟下征进之命。

　　据《资治通鉴》卷八十一：吴之未下也，大臣皆以为未可轻进，独张华坚执以为必克。贾充上表称："吴地未可悉定，方夏，江、淮下湿，疾疫必起，宜召诸军还，以为后图。虽腰斩张华不足以谢天下。"帝曰："此是吾意，华但与吾同耳。"荀勖复奏，宜如充表，帝不从。杜预闻充奏乞罢兵，驰表固争，使至轘辕而吴已降。充惭惧，诣阙请罪，帝抚而不问。

王濬等奉了晋主之命，水陆并进，风雷鼓动，吴人望旗而降。

　　吴主皓闻之，大惊失色。诸臣告曰："北兵日近，江南军民不战而降，将如之何？"皓曰："何故不战？"众对曰："今日之祸，皆岑昏之罪，请陛下诛之。臣等出城决一死战。"皓曰："量一中贵，何能误国？"众大叫曰："陛下岂不见蜀之黄皓乎！"遂不待吴主之命，一齐拥入宫中，碎割岑昏，生啖其肉。

　　据《资治通鉴》卷八十一：吴主之嬖臣岑昏，以倾险谀佞，致位九列，好兴功役，为众患苦。及晋兵将至，殿中亲近数百人叩头请于吴主曰："北军日近而兵不举刃，陛下将如之何？"吴主曰："何故？"对曰："正坐岑昏耳。"吴主独言："若尔，当以奴谢百姓！"众因曰："唯！"遂并起收昏。吴主骆驿追止，已屠之矣。（参见《三国志·吴书·孙皓传》及注引干宝《晋纪》）

陶濬奏曰："臣领战船皆小，愿得二万兵乘大船以战，自足破之。"皓从其言，遂拨御林诸军与陶濬上流迎敌。前将军张象，率水兵下江迎敌。二人部兵正行，不想西北风大起，吴兵旗帜，皆不能立，尽倒竖于舟中；兵卒不肯下船，四散奔走，只有张象数十军待敌。

> 据《资治通鉴》卷八十一：王濬自武昌顺流径趣建业，吴主遣游击将军张象帅舟师万人御之，象众望旗而降。濬兵甲满江，旌旗烛天，威势甚盛，吴人大惧。……陶濬将讨郭马，至武昌，闻晋兵大入，引兵东还。至建业，吴主引见，问水军消息，对曰："蜀船皆小，今得二万兵，乘大船以战，自足破之。"于是合众，授濬节钺。明日当发，其夜，众悉逃溃。（参见《三国志·吴书·孙皓传》）

却说晋将王濬，扬帆而行，过三山，舟师曰："风波甚急，船不能行；且待风势少息行之。"濬大怒，拔剑叱之曰："吾目下欲取石头城，何言住耶！"遂擂鼓大进。吴将张象引从军请降。濬曰："若是真降，便为前部立功。"象回本船，直至石头城下，叫开城门，接入晋兵。

> 据《晋书·王濬传》：濬自发蜀，兵不血刃，攻无坚城，夏口、武昌，无相支抗。于是顺流鼓棹，径造三山。皓遣游击将军张象率舟军万人御濬，象军望旗而降。

孙皓闻晋兵已入城，欲自刎。中书令胡冲、光禄勋薛莹奏曰："陛下何不效安乐公刘禅乎？"皓从之，亦舆榇自缚，率诸文武，诣王濬军前归降。濬释其缚，焚其榇，以王礼待之。唐人有诗叹曰：

> 西晋楼船下益州，金陵王气黯然收。千寻铁锁沉江底，一片降旗出石头。
> 人世几回伤往事，山形依旧枕寒流。今逢四海为家日，故垒萧萧芦荻秋。

于是东吴四州，四十三郡，三百一十三县，户口五十二万三千，官吏三万二千，兵二十三万，男女老幼二百三十万，米谷二百八十万斛，舟船五千余艘，后宫五千余人，皆归大晋。

> 据《资治通鉴》卷八十一：时王浑、王濬及琅邪王伷皆临近境，吴司徒何植、建威将军孙晏悉送印节诣浑降。吴主用光禄勋薛莹、中书令胡冲等计，分遣使者奉书于浑、濬、伷以请降。又遗其群臣书，深自咎责，且曰："今大晋平治四海，是英俊展节之秋，勿以移朝改朔，用损厥志。"使者先送玺绶于琅邪王伷。（太康元年春三月）壬寅，王濬舟师过三山，王浑遣信要濬暂过论事；濬举帆直指建业，报曰："风利，不得泊也。"是日，濬戎卒八万，方舟百里，鼓噪入于石头，吴主皓面缚舆榇，诣军门降。濬解缚焚榇，延请相见。收其图籍，克州四，郡四十三，户五十二万三千，兵二十三万。（参见《三国志·吴书·孙皓传》《晋书·王濬传》）

> 据《三国志·吴书·孙皓传》注引《晋阳秋》：濬收其图籍，领州四，郡四十三，县三百一十三，户五十二万三千，吏三万二千，兵二十三万，男女口二百三十万，米谷二百八十万斛，舟船五千余艘，后宫五千余人。

大事已定，出榜安民，尽封府库仓廪。次日，陶濬兵不战自溃。琅琊王司马伷并王戎大兵皆至，见王濬成了大功，心中忻喜。次日，杜预亦至，大犒三军，开仓赈济吴民。于是吴民安堵。惟有建平太守吾彦，拒城不下；闻吴亡，乃降。

> 据《资治通鉴》卷八十一：王濬之东下也，吴城戍皆望风款附，独建平太守吾彦婴城不下，闻吴亡，乃降。帝以彦为金城太守。（参见《晋书·吾彦传》）

王濬上表报捷。朝廷闻吴已平，君臣皆贺，上寿。晋主执杯流涕曰："此羊太傅之功也，惜其不亲见之耳！"

> 据《晋书·羊祜传》：祜卒二岁而吴平，群臣上寿，帝执爵流涕曰："此羊太傅之功也。"因以克定之功，策告祜庙，仍依萧何故事，封其夫人。（参见《资治通鉴》卷八十一）

骠骑将军孙秀退朝，向南而哭曰："昔讨逆壮年，以一校尉创立基业；今孙皓举江南而弃之！悠悠苍天，此何人哉！"

> 据《资治通鉴》卷八十一：朝廷闻吴已平，群臣皆贺上寿。……骠骑将军孙秀不贺，南向流涕曰："昔讨逆弱冠以一校尉创业，今后主举江南而弃之，宗庙山陵，于此为墟。悠悠苍天，此何人哉！"（参见《三国志·吴书·孙匡传附孙秀传》注引干宝《晋纪》）

却说王濬班师，迁吴主皓赴洛阳面君。皓登殿稽首以见晋帝。帝赐坐曰："朕设此座以待卿久矣。"皓对曰："臣于南方，亦设此座以待陛下。"帝大笑。贾充问皓曰："闻君在南方，每凿人眼目，剥人面皮，此何等刑耶？"皓曰："人臣弑君及奸回不忠者，则加此刑耳。"充默然甚愧。帝封皓为归命侯，子孙封中郎，随降宰辅皆封列侯。

> 据《资治通鉴》卷八十一：（太康元年）夏四月甲申，诏赐孙皓爵归命侯。……琅邪王伷遣使送孙皓及其宗族诣洛阳。（太康元年夏）五月丁亥朔，皓至，与其太子瑾等泥头面缚，诣东阳门。诏遣谒者解其缚，赐衣服、车乘、田三十顷，岁给钱谷、绵绢甚厚。拜瑾为中郎，诸子为王者皆为郎中，吴之旧望，随才擢叙。孙氏将吏渡江者复十年，百姓复二十年。庚寅，帝临轩，大会文武有位及四方使者，国子学生皆预焉。引见归命侯皓及吴降人，皓登殿稽颡。帝谓皓曰："朕设此座以待卿久矣。"皓曰："臣于南方，亦设此座以待陛下。"贾充谓皓曰："闻君在南方凿人目，剥人面皮，此何等刑也？"皓曰："人臣有弑其君及奸回不忠者，则加此刑耳。"充默然甚愧，而皓颜色无怍。（参见《三国志·吴书·孙皓传》）

丞相张悌阵亡，封其子孙。封王濬为辅国大将军。其余各加封赏。

> 据《资治通鉴》卷八十一：（太康元年夏五月）庚辰，增贾充邑八千户，以王濬为辅国大将军，封襄阳县侯；杜预为当阳县侯；王戎为安丰县侯；封琅邪王伷二子为亭侯；增京陵侯王浑邑八千户，进爵为公；尚书关内侯张华进封广武县侯，增邑万户；荀勖以专典诏命功，封一子为亭侯；其余诸将及公卿以下，赏赐各有差。

自此三国归于晋帝司马炎，为一统之基矣。此所谓"天下大势，合久必分，分久必合"者也。后来后汉皇帝刘禅亡于晋泰始七年，

> 据《资治通鉴》卷七十九：（泰始七年，）安乐思公刘禅卒。

> 据《三国志·蜀书·后主传》：公泰始七年薨于洛阳。

魏主曹奂亡于太安元年，

> 据《资治通鉴》卷八十四：（太安元年，）陈留王薨，谥曰魏元皇帝。

> 据《三国志·魏书·陈留王奂纪》注引《魏世谱》：封帝为陈留王。年五十八，太安元年崩，谥曰元皇帝。

吴主孙皓亡于太康四年，

> 据《资治通鉴》卷八十一：（太康四年，）归命侯孙皓卒。

> 据《三国志·吴书·孙皓传》：（太康）五年，皓死于洛阳。

> 据《三国志·吴书·孙皓传》注引《吴录》：皓以四年十二月死，时年四十二，葬